Das Leben Jesu Christi

Sechster Band

SALZWASSER
VERLAG

Johann Nepomuk Sepp

Das Leben Jesu Christi

Sechster Band

Unveränderter Nachdruck der Originalausgabe von 1865.

1. Auflage 2022 | ISBN: 978-3-37500-878-9

Verlag: Salzwasser Verlag GmbH, Zeilweg 44, 60439 Frankfurt, Deutschland
Vertretungsberechtigt: E. Roepke, Zeilweg 44, 60439 Frankfurt, Deutschland
Druck: Books on Demand GmbH, In de Tarpen 42, 22848 Norderstedt, Deutschland

Das

Leben Jesu Christi.

Von

Dr. Joh. Nep. Sepp.

Sechster Band.

Der Lehrwandel Christi.

Zweite Auflage.

(Volksausgabe.)

Regensburg.

1865.

Inhalt.

Viertes Osterfest oder Todespascha bis zur Geistessendung am Pfingstfeste.

*

Leidensgeschichte Christi.

Viertes Osterfest oder Todespascha bis zur Geistessendung am Pfingstfeste.

I. Kapitel.

Dritte Versammlung des Hohenrathes wider Christus.

13. Nisan. 14. April.

„Nachdem Jesus all diese Reden vollendet hatte, während Er im Hause Simons zu Bethanien weilte, sprach Er zu seinen Jüngern: Ihr wisset, daß übermorgen Ostern ist, und der Menschensohn zur Kreuzigung ausgeliefert werden soll.“

Er sprach dieß ahnungsvoll, indem Er in die Ferne schauend die Vorgänge in Jerusalem und zugleich die geheimen Schritte seines Jüngers zur selben Stunde erkannte.

„Zwei Tage vor Ostern oder dem Feste der ungesäuerten Brode versammelten sich die Hohenpriester und die Schriftgelehrten und Ältesten des Volkes im Palast des Hohenpriesters, Namens Kaiphas, und hielten Rath, wie sie Jesum mit List ergreifen und tödten könnten. Sie sprachen aber: Nur nicht am Feste, damit kein Aufruhr unter dem Volk entstehe.“ (Mth. XXVI, 1—5. Mk. XIV, 1. 2. Lk. XXII, 1. 2.)

Das war die dritte Versammlung des Hohenrathes gegen Christus. Bei der ersten wurde in Folge der Heilung des Blindgebornen das Interdikt gegen die Anhänger des neuen Messias geschleudert, vor dem Osterfeste (29. März) des Jahres 781 u. c.,

28 n. Chr. Zum zweitenmale versammelte sich das Synedrium am Tage nach der Auferweckung des Lazarus, und sprach gegen Christus selber den Bann aus, vierzig Tage vor seinem Leidensgange, oder am Montage, den 7. März 782 u. c., 29 n. Chr. Zum drittenmale galt es jetzt, zwei Tage vor Ostern, d. i. am Donnerstage, seine Gefangensetzung und Hinrichtung. Dieß waren eben die beiden Wochentage, an welchen das Synedrium überhaupt sich versammelte. Die Sitzung war insoferne eine ordentliche, als sie nicht zur ungewöhnlichen Zeit statt fand, wie am folgenden Morgen. Den Berathungsgegenstand bildeten die Maaßregeln, die gegen Jesus von Nazaret zu ergreifen wären, nachdem Er neuerdings am Feste erschienen; wie aber seine Verhaftung zu bewerkstelligen sey, darüber blieb man der Umstände nicht gewiß.

So erfüllte sich jetzt Ps. II, 2: „Es vereinigen sich die Fürsten miteinander und rathschlagen wider den Herrn und seinen Gesalbten."

Der Hoherath heißt II. Makk. I, 10. IV, 44 *γερουσία*, so wie in Hellas, oder auch XIV, 5 *συνέδριον*, jüdisch Sanhedrin. Diese oberste Curie war aus drei Kammern zusammengesetzt: dem Rathe der Sopherim oder Gesetzeslehrer, wie sie sich von Esra her nannten; dem Collegium der Hohenpriester, und dem Rathe der Ältesten oder Israeliten; diese drei Collegien wurden durch den Nasi,[1]) Ab Bethdin und Chakam an ihrer Spitze repräsentirt. Nach der Regel saßen in jedem dreiundzwanzig Mitglieder, dazu der Nasi und der Pontifex, im Ganzen also einundsiebenzig Häupter, wie es Sanhed. c. 1, 6 heißt: „Das große Sanhedrin bestund aus 71, ein kleines aus 23 Personen. Jenes erhellt aus Num. XI, 16 (wo Gott zu Moses spricht): Sammle mir 70 Männer aus den Ältesten Israels. Moses aber war über sie gesetzt. Mithin waren es 71."

Wie Moses der Gesetzgeber, und nicht Aaron der Hohepriester an der Spitze der Richter stand, so war der Nasi, nicht aber der Hohepriester, Präsident des Hohenrathes sowie Haupt der Überlieferung oder Vorstand der rabbinischen Akademie. Er hieß der „Fürst Israels", und sollte aus dem Hause Davids seyn, darum erbte die Würde im Geschlechte Hillels fort, damit auch jetzt noch die Hoffnung aufrecht erhalten blieb: „das Szepter werde nicht von Juda genommen,

---

1) Den Titel Nasi soll eigentlich Gamaliel II. um 100 n. Chr. angenommen haben; später tritt der Name Patriarch der Juden an die Stelle, z. B. im Cod. Justinian.

bis der Schilo komme.“ Zur Seite stund ihm der Chakam oder rechtskundige „Weise“ (vgl. Bd. V, 343. Otho lex. 631), woran sich die übrigen Mitglieder, meist berühmte Kanonisten, schloßen.

Diesem gegenüber stand an der Spitze der Hohenpriesterschaft der oberste Pontifex oder gesalbte „Vater des Richthauses“ mit dem Sagan als beigeordneten Stellvertreter. Sagan, Zoganes ist ein babylonischer Name und bezeichnet ursprünglich den Vorsteher des auch den Persern bekannten Sakäenfestes, von dessen Bestand nach Athenäus' Angabe, p. 639, schon bei Berosus sich Nachrichten fanden. Der Name rührte von dem Königsmantel her, der bei dem fünftägigen Feste im Monate Lous, wo die Knechte die Herren spielten, dem zum Opfertode substituirten, zur Krönung, Ausziehung, Geißlung und Aufknüpfung verurtheilten Sklaven umgehangen ward. Ebenso hießen die Vorstände der verschiedenen Klassen der Magier, und רַב סְגָנִין der Archimagus. So finden wir es gleich nach der Rückkehr aus der Gefangenschaft unter Josua und Serubabel, indem jener Pontifex, dieser Princeps in Israel war. (Jos. Ant. XI, 4, 1 f.) Die übrigen Sitze wurden zumeist von den Vorständen der 24 Ephemerien, den Familienhäuptern der einzelnen Priesterzünfte und den Vorgesetzten des Tempels eingenommen; sie alle führten den Titel ἀρχιερεῖς, Erzpriester oder Priesterarchonten. [2])

Die Rathsversammlung der Ältesten bestand aus den Häuptern der Stämme, schriftkundigen und rechtserfahrenen Laien, ohne genaue Regulirung der Zahl, so daß die Mehrzahl des Senates mit Beschränkung der Priester aus Israeliten bestehen konnte, wie der Fall doch nur in Folge revolutionärer Einflüsse wirklich unter Hyrkan, dann unter Herodes eingetreten war. [3])

Dieses so zusammengesetzte Haus bildete den obersten Gerichtshof für Judäa, und den geistlichen Areopag auch für alle Juden der Diaspora. So getheilt in Geistliche und Weltliche zerfielen sie dann wieder in Sadducäer oder Phari-

2) Ant. XX, 8, 8. bell. II. 20, 4. V, 13, 1. Als Haupt der Ephemerie durfte auch Zacharias den Titel Hoherpriester führen, daher die Verwechslung mit dem eigentlichen Pontifex, der zwischen Tempel und Altar erschlagen war. R. Gans nennt auch Joh. Bapt. den Hohenpriester. Zemach David f. 25, 1.

3) Maimon. in Sanhed. c. 2. Praeceptum est, ut in Synedrio magno sint Sacerdotes et Levitae, s. d. „Ibis ad sacerdotes et Levitas.“ Si non inveniantur constetque Synedrium totum ex Israelitis, ecce licitum est.

säer; und diese abermals in Hillelisten und Schammaianen. Sie entschieden über Leben und Tod, Hab und Gut, über Glauben und Häresie: aber mit dem Eintritte der Römer war der, durch die improvisirte Cabinetsjustiz des alten Herodes schon lange vorbereitete Übergang der Categorie der Capitalverbrechen an das Tribunal des Prätors entschieden, wogegen dieser um die geistlichen Anliegenheiten sich nichts bekümmerte, oder in solchen Fällen höchstens die Exekution ausübte. Hiedurch erhielt das Ansehen des Hohenpriesters im Synedrium das Übergewicht, so daß er wie von selbst den Vorrang unter den Vätern einnahm, ja für sich allein die hohe Rathsversammlung berufen mochte, zumal die Anwesenheit eines Drittels, nehmlich von dreiundzwanzig Mitgliedern, zur Eröffnung der Sitzung genügte. Daraus erklärt sich die seltsame Erscheinung, daß, ungeachtet der wiederholten Gerichtssitzungen zur Verurtheilung und Verdammung Jesu, doch des eigentlichen Präsidenten im hohen Rathe der Richter nicht gedacht wird, sey es, daß er vor dem abscheulichen Wüthen des Pontifex und dem keiner Vernunft zugängigen Fanatismus der gesammten Priesterschaft gegen den Nazarener sich gerne zurückzog, oder sammt seinen Collegen von den Hohenpriestern perhorrescirt wurde.

Die Hinrichtung Jesu, ihres Messias, war der letzte eigentliche Gerichtsakt, den das hohe Synedrium vornahm; denn, sehen wir es bei der Ankunft der Magier bereits im Namen und auf Befehl des Königs Herodes versammelt, der das Pontifikat durch die Entfernung der Asmonäer vom Stuhle hauptsächlich geschwächt hatte, so wurde der Hoherath durch die Präsentirung der unwürdigsten Mitglieder bald so sehr erniedriget, daß sogar ein römischer Oberst (Χιλίαρχος) ihn zusammenberufen mochte, und selbst der Hohepriester unter ihnen nicht mehr zu erkennen war. (Ant. XX, 10. Apstg. XXII, 29. 30. XXIII, 5.)

II. Kapitel.

Collegium der Schriftgelehrten.

Es saß aber derzeit auf dem Präsidentenstuhle Gamaliel, Simeons Sohn, und Enkel des berühmten Hillel, der gelehrte Pharisäer und Lehrer des heiligen Paulus, den wir auch in der Apostelgeschichte (V, 34.) milde und gegen die messianische Partei wenigstens nicht verfolgungssüchtig finden; aber seine Stimme wurde in diesen

Schreckenstagen überhört vor dem Toben des gottesmörderischen Geschlechtes. Er starb noch glücklich, ohne den gänzlichen Untergang des Reiches zu erleben, achtzehn Jahre vor dem letzten Gerichte über Jerusalem. (Bd. II, 1, S. 170.) Zur Seite stund ihm sein Sohn und endlicher Nachfolger auf dem Hohenrichterstuhle, der mit dem Ahnherrn gleichnamige Rabban Simeon, ein heftiger Widersacher der Römer, wie wir noch aus seinen Reden im Talmud entnehmen: und so büßte er auch bei der Zerstörung der Stadt und des großen Tempels sein Leben ein.

Am meisten ragten um diese Zeit an Geist hervor Jonathan ben Uzziel und Akylas oder Onkelos,[1]) die berühmten Verfasser der Targumim. Onkelos, den Proselyten und jüngeren aus beiden, erklärt das Buch Sohar[2]) wiederholt für einen Zeitgenossen Hillels und Schammai's, und einstimmig mit dem Talmud für einen Freund Gamaliels. Die Bibel bildete das Rechtsbuch der Juden, wie der Koran für die Nationen des Islam; dieß galt besonders in Ansehung der Beurtheilung oder Verurtheilung des Messias.

Berühmte Namen unter den Gesetzeskundigen der Zeit sind ferner Chanania ben Ezechia ben Garon, ebenfalls ein Hillelist, der ihre Aussöhnung mit den Schammajanen versuchte. R. Nechonia ben Hakkana, der Verfasser des Sepher habbahir oder leuchtenden Buches, das mit in den Sohar aufgenommen ist (Bd. II, 1, S. 68), hatte zum Schüler den R. Ismael ben Elischa, einen der Zehn, die in den letzten Tagen Martyrer durch die Römer wurden. Noch bemerken wir den R. Zaduk, welcher beim Kreuztode Christi eine Rolle spielt, und R. Bon oder Abun, die zusammen den großen Tag noch überlebten, und unter dem hundertjährigen Jochanan ben Zachai ein neues Synedrium in Jabne zu bilden suchten.[3]) Dieser R. Zaduk ist der Vater des R. Eliezer, welcher häufig im Gespräche mit Gamaliel II. uns

1) Nach aram. Aussprache, wie auch Graetz Gesch. d. Jud. IV, 124 urtheilt. Vgl. Bd. II, 1, S. 179 f.

2) Levit. XVIII, 4. col. 131. Avoda sara p. 81. H. Demai f. 25, 4. Onkelos proselytus divisit hereditatem cum fratre suo gentili, atque usumfructum ejus abdicavit ad mare salsum.

3) Vgl. Bd. V. Kap. CXXXII. Joma f. 39, 2. Rabban Jochanan ben Zaccai, sacerdos, vixit annos 120. Gratiam habuit apud Caesarem, a quo obtinuit Jafnen, et sapientes ejus et medicos, qui curarent R. Zadoc. Ex quo obiit, defecit splendor sapientiae.

vorgeführt wird. (Chetub. f. 16.) Endlich R. Bava ben Juda, welcher wohl etwas später fällt. Als nehmlich nach der Zerstörung des jüdischen Staates die Römer ein Edikt erließen, das jedem den Tod androhte, wer fürder eine Handauflegung vornehme oder sich ordiniren lasse: wurde auch dieser Bava ben Juda zum Martyr, und mit Pfeilschüssen hingerichtet, weil er fünf Jüngern das Rabbinat ertheilt hatte.[4]) Ein namhafter Schriftgelehrter jener Tage ist ferner R. Jose der Galiläer, welcher die 32 Wege der Auslegung erfand und dessen Sohn Ananias später dem Synedrium zu Usha angehörte. (Scheviith f. 39, 2.)

III. Kapitel.

Rath der Hohenpriester.

Im Collegium der Hohenpriester saß obenan Joseph mit dem Zunamen Kajaphas, nach seiner Herkunft von Kaipha; schon von Valer. Gratus zum Pontifikate erhoben (Chronol. 232), behauptete er sich während der ganzen Dauer seiner Landpflegerschaft, sowie unter seinem Nachfolger Pilatus (24—36 aer. vulg.). Ihm zur Rechten stand als Sagan Sacerdotii der alte Ananus Sethson, der berüchtigte Annas, der bereits vor 22 Jahren, 760 u. c., nach des Ethnarchen Archelaos Entfernung von Quirinius auf den Stuhl Aarons gesetzt war, diesen acht Jahre inne hatte, aber bei Gratus' Ankunft 767 u. c. ihn an Ismael Fabi abtrat, wie dieser zehn Jahre später ihn an des Annas Sohn Eleazar abtreten mußte. Auch dieser konnte nur Ein Jahr sich halten und wurde von Simon Camithi verdrängt, bis endlich nach abermaliger Jahresfrist des Annas Schwiegersohn Kaiphas als der 68ste in der Reihe die Pontifikalien übernahm. Annas wurde von seinen Zeitgenossen glücklich gepriesen, weil er nicht nur selbst lange die hohe Würde bekleidete, sondern auch fünf seiner

---

4) B. Sanhedrin f. 14, 1. Quid fecit Bava ben Juda: Profectus sedit inter Usham et Schaphram, et ordinavit quinque presbyteros, sc. R. Meir, R. Judam ben Ilai, R. Simeonem ben Jochai, R. Josi et R. Eliezer ben Simeon. Rabh Oia addit R. Nehemiam. Cum hoc notum esset inimicis, dixit suis: o filii mei, fugite! Dixerunt: Rabbi, quid de te fiet? Dixit: ecce projectus sum sicut lapis, cui non sunt motores. Dicunt, quod non recesserunt, donec ei infixissent trecenta spicula ferrea, eumque fecissent cribro similem.

Söhne und seinen Eidam im Hohenpriesteramte sah: welche Ehre noch keinem Pontifex zu Theil geworden. Doch war es hinter diesen der alte Schlaukopf, der thatsächlich die hohe Macht in Händen, und überall die Hand im Spiele hatte. Jetzt stand er als Antistes der Priesterschaft seinem Eidam in demselben Verhältnisse nahe, wie in unserer Kirche der Weihbischof oder Coadjutor dem Bischof: denn der Sagan war sonst der herkömmliche Nachfolger des jüdischen Pontifex, und trug als solcher auch den Titel zweiter Hoherpriester,[1]) daher wir ihn im Evangelium neben, ja selbst vor Kaiphas genannt finden.

Den Probst der Erzpriesterschaft umgaben zwei s. g. Catholikin[2]) oder Generalvikare, zur Zeit Johannes und Alexander (Apstg. IV, 6), nehmlich der oft genannte Jochanan ben Zachai, wie auch das Buch Juchasin f. 21, 1. 60, 2 bezeugt, aus priesterlichem Geschlechte, der nach Gamaliels Tod, 60 n. Chr., den Rabban Simeon im Vicepräsidium ersetzte.

---

1) Lk. III, 2. Apstg. IV, 6. So werden Jer. LII, 24 Saraias und Zephanias als erster und zweiter Priester aufgeführt, wobei der Targum und Jarchi letzteres durch Sagan der Priester erklären. Später werden die „beiden Hohenpriester", Jonathan der abgesetzte und Ananias der herrschende, vom syr. Statthalter Quadratus gemeinsam zur Verantwortung nach Rom geschickt. Jos. bell. II, 12, 6. IV, 5, 2 nennt nicht minder den Ananus und Jesus Hohepriester zu einer und derselben Zeit. Cf. Ant. XI, 8, 2. XVII, 6, 4 μετέχων ἀρχιερωσύνης, ἕτερος ἀρχιερεύς. Juchasin f. 16, 1. 57, 1. Sagan vel pater Senatus quoad gradum idem summo Pontifici, nec quispiam rite ad pontificatum erat promotus, nisi ante fuerat Sagan. Zwar erklärt H. Sanhed. 29, 1: „man setzt keine zwei Hohenpriester für eine und dieselbe Zeit ein." Aber bei der zufälligen Verunreinigung des Pontifex am Versöhnungsfeste trat der Sagan als zweiter an seine Stelle, wie H. Horajoth f. 47, 4 ein Beispiel vorliegt.

2) Maimon. hilc. Bia c. 9, 12. Praeficiunt Pontificem M., qui caput omnibus sacerdotibus. Deinde constituunt aliquem sacerdotem, qui sit Pontifici M. qualis secundus a rege majestati regiae; hic dicitur Sagan, nonnunquam Praefectus, et stat Pontifici M. perpetuo a dexteris, quod magno ipsi ducitur honori. 18. Omnes autem sacerdotes potestati Sagan istius subsunt. Praeterea etiam constituunt Catholikin, ad minimum duos, qui se habent ad Sagan, quemadmodum hic ad Pontificem. Itidem ordinant Camerarios, non infra septem, in quorum manu claves Atrii, ut volente uno aperire non possit, donec congregati omnes aperiant. Tandem potestati Camerariorum subordinant Thesaurarios, ad minimum tres, qui exigunt omnia consecrata.

Nun folgten im Synedrium der Reihe nach die übrigen vom hohenpriesterlichen Geschlechte: Eleazar, Jonathan, Theophilus, Matthias und Ananus, die fünf Söhne des alten Annas, die in der Parabel vom reichen Prasser ihre Rolle spielen, und in kurzen Zwischenräumen nach einander durch den Einfluß ihres Geschlechtes zur Hohenpriesterwürde gelangten. Davon war Eleazar der Ältere, durch Gratus erhöht und enthoben, bereits Expontifex, zugleich Schriftgelehrter und nachmals Tempelpräfekt. Zehn Jahre vor der Zerstörung hoben ihn zur Osterzeit Nachts die Sikarier auf, um damit die Loslassung gewisser Meuchelmörder vom Landpfleger zu erzwingen. Jonathan, der Nachfolger des Kaiphas, gelangte zweimal zur höchsten Würde, bis er auf Veranstalten des Landpflegers Felix, den er öfter zur treueren Verwaltung ermahnte, durch gedungene Mörder umgebracht ward. Sein Bruder Theophilus war das erstemal an seine Stelle getreten, indem der Statthalter Vitellius seit Kaiphas' Enthebung dieses jus implendi negligentiam inferiorum mehrmals übte; Matthias aber durch König Herodes Agrippa zum Stuhle befördert. Ananus endlich oder der jüngere Annas ist derselbe, der nachmals als Mörder Jakobus, des „Bruders" Christi, den Zorn des neuen Landpflegers Albinus auf sich lud, und schon nach drei Monaten des Pontifikates verlurstig ging, nach dem Ausbruche des Judenkrieges aber zugleich mit Joseph Gorion, Nikodemus' Sohn, zum Statthalter Jerusalems erhoben, und zuletzt mit Jesus Gamaliels Sohn, kurz vor dem Tode des Zacharias Barachias, von den Zeloten erschlagen wurde.

Außerdem saßen bereits als Expontifices im Rathe: Joazar und Eleazar, die Söhne jenes Simon Boëthi aus Alexandrien, der als Vater der zweiten Mariamne durch den alten Herodes zum Hohenpriesterthume gelangt war: und ihr Bruder Simon mit dem Zunamen Canthera, welcher erst nach Theophilus den Stuhl Aarons bestieg, und Jakobus den Zebedäiden zur Marter führen sah, während sein Sohn Elioneus, gleicherweise durch Herodes Agrippa erhöht, alsbald dem obigen Matthias im Pontifikate folgte. Sodann Ismael Phabias, der schönste Mann seiner Zeit, der auch die letzte rothe Kuh verbrannte, unter dem jüngeren Agrippa noch einmal zum höchsten Amte gelangte, und unter Festus mit elf anderen Primaten von den Juden als Vermittler nach Rom gesandt wurde. Ferner Simon Camithi, auch weiland Pontifex Eines Jahres, dessen vielleicht schon im Rathe anwesender Sohn aber, Josephus

Camei, oder Camydi, wie ihn der jüdische Geschichtschreiber nennt, fünfzehn Jahre nach Jesu Tod durch Herodes, den König von Chalcis und Bruder des eben verstorbenen ältern H. Agrippa, nach Elioneus Canthera zu demselben obersten Stuhle gelangte. Nun folgte Ananias Nebedäi, der im Talmud genannte Sagan der hohen Priesterschaft, und aus der Apostelgeschichte hinlänglich bekannte Verfolger des heiligen Paulus, der zuvor gleich dem Apostel gefangen den Weg nach Rom gemacht hatte, doch später neuerdings zu Würden und Ehren sich zu erschwingen wußte. Er, ein wüthender Sadducäer, wie Annas und seine Söhne, auch ihrem Hause verwandt, wodurch diese fanatische Partei damals im Synedrium die Oberhand gewann, [3]) büßte zuletzt die Frevel seines Lebens durch ein schreckliches Ende im jüdischen Kriege.

Nun erklärt sich der Ausdruck der Evangelisten von der Versammlung der Hohenpriester, indem dieß Consistorium die Häupter der zahlreichen aaronischen Priesterschaft vereinte, die meisten Beisitzer aus hochpriesterlichem Geschlechte stammten, auch aus ihrer Mitte in der Regel der Hohepriester erwählt ward, und die Expontifices, welche Klasse jetzt immer durch ein Dutzend Mitglieder vertreten war, stets in den Hohenrath Israels zurückgingen. Noch nennt uns Josephus bell. II, 20, 4 Sapphia, einen der Hohenpriester dieser Zeit, dessen Sohn Jesus mit Eleazar, des Ananias Sohn, nachmals im jüdischen Krieg eine Rolle spielte. Unter den weiteren Assessoren des damaligen Synedriums erscheint auch Ant. XX, 8, 11 Helkias, der Aufseher des Tempelschatzes (γαζοφύλαξ, sacri aerarii custos), welcher der oberpriesterlichen Verwaltung unterstellt war. Aus seiner Hand empfing Judas den Lohn seines Verrathes, die dreißig Silberlinge. Er machte später mit Ismael dem Pontifex und zehn anderen Angesehenen die Gesandtschaftsfahrt nach Rom mit, wo er von Nero nebst den übrigen als Geißel zurückbehalten wurde. Überdieß lernen wir selbst aus der Apostelgeschichte XIX, 13 kennen: Skevas, einen jüdischen Hohenpriester, dessen sieben Söhne in der Folge als Beschwörer herumzogen, um auch im Namen Jesu Wunder zu thun, und so den Aposteln entgegen zu wirken, gleichwie die ägyptischen Zauberer dem Moses Widerstand thaten. Endlich Nikodemus, dessen Herkunft wir Bd. III, 76 besprochen, früher von der Partei der Pharisäer, jetzt aber gläubig.

3) Apstg. IV, 1. V, 17. XXIII, 6. Jos. Ant. XX, 9, 1. 3.

Außerdem glänzten unter den hochpriesterlichen Geschlechtern zu Jerusalem damals die Maroni, das Haus Anubai, und die rivalisirenden Familien Zeboim und Kophai oder Nekiphi.[4]) Ob von der jüngeren Generation Josephus Cabi, des Hohenpriesters Simon Sohn, welchen hierauf der jüngere Agrippa zum Pontifikate bestellte; ferner Josephus Damnäi und Matthias Theophili, wahrscheinlich der Sohn des gleichnamigen Pontifex, der zur Zeit, da Jesus zwölf Jahre alt im Hause Gottes lehrte, in der Versammlung saß, jetzt schon im Hohenrathscollegium sich befanden, ist nicht wohl auszumachen. Matthias Josephi, aus der ersten Familie Jojarib, der Vater unseres Geschichtschreibers Flavius, war bei der Verurtheilung Christi erst 24 Jahre alt. Doch wie die Priester zur ersten Amtsverrichtung keineswegs gleich den Leviten 30 Jahre zählen mußten (Cholin f. 24, 1. Bemidbar r. 122, 3), sondern in jedem Jahre der reiferen Jugend den Dienst antreten mochten, auch mit 50 Jahren ihre Dienstfähigkeit nicht aufhörte: so hatten die Hohenpriester auch ihre s. g. Sopherim haberim oder Adjunkten, welche an den Rathssitzungen ohne Stimmrecht Theil nahmen, aber mit der Zeit einrückten, und mit den je 23 Schülern der beiden anderen Collegien als die jüngeren Rathsgenossen die Reihen der Richter verstärkten.

IV. Kapitel.
Senat der Israeliten.

Von der Kammer der Ältesten oder Stammeshäupter und rechtskundigen Israeliten kennen wir aus dem Evangelium bereits Joseph von Arimathäa, der ein reicher Standesherr und geheimer Anhänger Christi war. Nebstdem erfahren wir von zwei Hierosolymitanen: Simon, der, im Gesetze bewandert, selbst gegen den König Agrippa für die Aufrechthaltung der Ehre des Tempels eiferte, und zur Volksaufregung griff; und Doras, einem Freunde des Hohen-

4) H. Kidduschin f. 60, 3. Bava bathra 17, 1. Historia est de Meroni (vel Maronita מרוני) Hierosolymis. Cf. Lightf. fragm. posthum. p. 66. §. 3. B. Jevamoth f. 15, 2. At hoc ego testor de duabus familiis magnis, quae erant Hierosolymis: Beth Zeboim de ben Akmai, et Beth Kophai de ben Mekoses, qui erant filii rivalium, et quidam ex iis tamen erant summi Pontifices et ministrarunt super altare. Hier. f. 3, 1. Familia Anubai e domo Zebuim et familia Nekiphi e domo Koses.

priesters Jonathan Annassohns, an dem er später zum Verräther und Meuchelдinger wurde. Dortus dann, der in der Folge unter Quadratus mit noch drei Primaten als Aufhetzer gegen die Römer am Leben gestraft ward. Noch schließen sich vom ersten Range unter den Ältesten Jerusalems vier Männer an, die unter Cuspius Fadus als Legaten an Kaiser Claudius abgingen, und die oder deren Väter ebenmäßig zur Zeit Christi ihre Stühle im hohen Senat eingenommen haben mögen: Cornelius Ceron's, Tryphon Theudion's, Dorotheus Nathanael's Sohn, und Johanan ben Jochanan.[1]) Hohen Ruf genießen bei den Talmudisten die beiden Häupter Zizith Hakkäseth und Calba Sabua von Jerusalem, bei welchem der nachmals hochberühmte Synedrist R. Akiba in seiner Jugend als Hirtenknabe im Dienste stand, und insgeheim die Tochter zur Ehe gewann, später jedoch durch den großen Ruf seiner Gelehrsamkeit den reichen Vater versöhnte. Auch die patricischen Geschlechter der Pegarim und Zipporia aus der Stadt Emmaus, die mit den ersten priesterlichen Familien verschwägert waren, mochten bei ihrem hervorragenden Ansehen ihre Stellung im Hohenrathe behaupten.[2])

Durch Stimmenabgabe der jedesmaligen Beisitzer oder bei obwaltender Diskordanz durch das Loos, nicht durch königliche Ernennung, wurde die Aufnahme neuer Mitglieder regelmäßig entschieden, und nach der Händeauflegung (Semicha) mit den Worten: „Siehe, du bist verordnet und dir ist die Gewalt übertragen, zu richten über Leben und Tod" — installirt.

---

1) Ant. XIX, 7, 4. Hierosolymitanus quidam indigena, nomine Simon, qui legis peritus habebatur, multitudine in concionem vocata, cum rex (H. Agrippa) Caesaream profectus, ausus eum accusare, quasi non sanctus esset, mereretur que arceri ab omni in templum aditu, qui non nisi indigenis pateret. XX, 1, 2. 6, 2. 8, 5. Cf. XVII, 4, 2. Theudion, als Bruder der Doris, des Weibes Herodis.

2) Erachin f. 10, 1. Succa 51, 1. Servi sacerdotum erant, ait R. Meir; at R. Jose dicit: erant de familia Beth Pegarim et Zeparia in Emmaunte, matrimonio elocantes filias suas sacerdotibus. Gl.: Emmaus fuit nomen loci, cujus habitatores erant Israelitae generosi, filiasque eorum duxerunt Sacerdotes in uxores. Cf. bell. V, 13, 1.

V. Kapitel.

Vom Conclave Gazith und der Versetzung des Richterstuhles.

Der Hoherath hielt seine Sitzungen ursprünglich im s. g. Quadersaale (Lischcath ha Gazith). „Das Gericht der Einundsiebzig," heißt es Sanh. f. 88, 2. c. 11, 2, „saß im Conclave Gazith, ein anderes von 23 Mitgliedern über dem Thor des Tempelberges (der Ostpforte Susa), und wieder eines über dem Thor des Vorhofes (der Pforte Nikanor). Im übrigen bestanden Gerichtshöfe von 23 Männern in allen (größeren) Städten Israels. Wollte man seine Sache anhängig machen, so geschah es zunächst vor dem Gerichte der eigenen Stadt und man trug daselbst seine Angelegenheit vor. War man mit dem Ausspruche nicht zufrieden, so appellirte man an das Gericht über dem Tempelberge, ging dann vor das über dem Thore des Vorhofes, und endlich vor den Hohenrath im Saale Gazith." Es gab demnach eine zweifache Instanz, bis man an den obersten Staatsrath gelangte. „Das Conclave Gazith war (zufolge Joma f. 25, 1) in der Form einer stattlichen Basilika erbaut, so zwar, daß die eine Hälfte in's Heiligthum sich hinein erstreckte, die andere außen im Chel (oder Heidenvorhof) lag; auch hatte es zwei Thüren, eine nach dem Heiligthum, die andere nach dem Profanum zu. Der Präsident saß an der Westseite des Conclave, ihm zur Rechten der Ab Bethdin, und die Ältesten im Halbkreise umher" — so daß einer den andern, und der Fürst und Vater der Versammlung sie alle überschauen konnte. Vor ihnen saßen drei Reihen von Lehrjüngern der Weisen, jede Reihe aus 23 Personen bestehend, die erste nehmlich zunächst am Sanhedrin, die andere unter dieser und die dritte unter der zweiten, abgestuft nach der Verschiedenheit ihres in der Weisheit erlangten Reichthums (Maim. in Sanh. c. 3 u. 4). Sevachim f. 108, 2 wird sogar behauptet, daß die Schechina auf dem Antheil des Stammes Benjamin, das Synedrium im Gebiete Juda lag; jedenfalls war es so geordnet, daß die Richter dem Altare zunächst und gewissermaaßen im Angesichte des Allerheiligsten ihren Spruch fällen sollten. Ihre Stühle selbst standen auf heiligem Gebiete, während die Beklagten und Kläger die andere Halbseite des Richtsaals auf profanem Boden behaupteten; rechts und links saß ein Schreiber, um die Sentenz der Lossprechung oder Verurtheilung aufzuzeichnen. (Pea c. 2, 6.) Übrigens nahm der Richtsaal die Mitte der Südseite des innern Tempelhofes ein.

Todesurtheile konnten schon von einem Gericht der Dreiundzwanzig ausgesprochen werden, oder wenn im Hohenrathe nur dreiundzwanzig anwesend waren. Aber jene mißverstandene Philanthropie, vermöge welcher man auch in anderen Zeiten (zur besseren Mehrung und Förderung der Verbrecher) die Todesstrafe gänzlich beseitigt wissen wollte: dazu die vornehme Selbstüberschätzung, die Jesus so oft zu rügen fand, ihre übermäßige Einbildung von der Heiligkeit jedes Israeliten in den Augen Jehova's, drang auch im Hohenrathe durch, und aus Furcht, so ein auserwähltes Kind Gottes, einen Juden, sey er auch ein Mörder oder Dieb und zehnfach des Galgens würdig, am Leben strafen zu müssen: wollten sie lieber die Gerechtigkeitspflege aus den Händen, und das Land unsicher, ja zu einer Räuberhöhle werden lassen; lieber vom Ort ihres Richteramtes Angesichts der göttlichen Majestät auswandern, als den Vorwurf eines destruktiven oder radikalen Synedriums auf sich laden. [1]) Nur in diesem Saale aber durfte über Leben und Tod gerichtet, außerhalb des Hauses Gazith kein Todesurtheil gesprochen werden: darum zogen sie aus, und saßen fürder in Chanioth [2]) ober den Buden an der Ostpforte zu Gerichte. Seit Ga-

1) Maccoth. c. 1, 17. Synedrium, a quo vel unus morte punitur intra septennium, vocatur destructorium. R. Lazar ben Azaria dixit: imo, a quo vel unus intra 70 annos. R. Tarphon et R. Akiba dixerunt: si nos fuissemus in Synedrio; non esset unquam ab eo quisquam interfectus. R. Simeon ben Gamaliel dixit: hi auxerunt numerum homicidarum in Israele. Bava Metzia 83, 2. R. Eliezer ben R. Simeon prehendit fures. Misit ad eum R. Josua ben Korcha, dicens: acetum fili vini (fili nequam patris boni)! quousque tradis populum Dei nostri ad occisionem? Resp. eradico sentes e vinea. Cui alter: veniat Dominus vineae, atque ipsa eradicet. Cum R. Ismael ben R. Jose constitueretur magistratus a rege, occurrit ei ipse Elias reprehendens: quousque etc.

2) Avoda sara f. 8, 2. Rabh Nachman dicit: ne dicas, non judicatum esse de damnis, sed non de capitalibus. Quare hoc? Cum viderent, quod multiplicarentur homicidae, ut non possent eos judicare, dixerunt: praestat, ut migremus e loco in locum, et sic reatum evadamus — nam iste locus adstrinxit. H. Sanhed. f. 18, 4. Pro tribus regionibus annum intercalabant, pro Judaea, regione trans Jordanem, et Galilaea. Rabban Gamaliel et Seniores, uti narratur, sedebant ubi ad templum ascenditur, et Jochanan scriba coram iis considebat. Dixit ei Rabban Gamaliel: scribe ad fratres in regione australi superiore et inferiore: Pax multiplicetur vobis. Certiores vos facimus, venisse tempus, separandi decimas vestras; et ad fratres Galilaeae superioris et inferioris, ad fratres captivos Babylonis, Mediae

maliel wanderte der hohe geistliche Gerichtshof vom Tempelberge in die Stadt, und verblieb hier bis zum Untergang des Reiches, worauf Jochanan ben Zachai mit Titus' Erlaubniß das Synedrium zu Jabne oder Jamnia bei Joppe wieder herstellte. Unter Gamaliel dem Jüngern zogen sie nach Uscha und wieder nach Jabne, unter seinem Sohne Rabban Simeon, welcher der einzige noch aus dem Blutbade von Bethar entronnene Lehrjünger war, abermals nach Uscha. Alsdann wandten sie sich weiter nach Sepharama; darnach unter des Vorigen Sohne, Rabban Juda dem Heiligen, nach Bethscharaim, Zipporis und Tiberias (B. Rosch hasch. f. 31, 1), wo endlich unter Hillel II., dem zehnten in der Linie der Nachkommen des großen Hillel, die hohe Synagoge für immer ein Ende nahm, obwohl sie vom V. bis X. Jahrhundert in Babylon dem Namen nach sich fortsetzte und zu Sora ein zehnter Sitz des Synedriums gegründet ward, während der R. Chanania, welcher sogar den Titel: „Seiner Heiligkeit" erhielt, die hohe Schule zu Nehardea stiftete. Eigentlich besteht noch jetzt in Polen ein Nasi in partibus, nach dessen Entscheidung aber niemand frägt.

VI. Kapitel.

Der geistliche Gerichtsbann.

So lange der Hoherath noch in seinem gefeiten Sitzungssaale zunächst dem Sanktuarium seine Versammlungen hielt und der Fürst des Synedriums aus dem Hause Davids war, konnte die Nation sich der Illusion hingeben, noch sey das Szepter nicht von Juda genommen. Hatte doch 100 v. Ch. Simon ben Schetach in Askalon auf einmal achtzig Weiber als Hexen oder Giftmischerinen aufhängen lassen, wie die Mischna Sanhed c. 6, 4 erzählt, obwohl man sonst nur zwei Personen an Einem Tage und vor Einem Gerichte verurtheilte. Im Zeitalter des Augustus wirkte Agrippa den Juden das Recht aus, jeden, der sich am Tempelgeld oder heiligen Schatze vergriffen, als Kirchenräuber

et Graeciae, et ad totam Captivitatem Israeliticam: Pax vobis multiplicetur. Certiores vos facimus eo, quod agni parvuli sint et columbae recentes adhuc sint parvulae, et tempus spicarum maturarum nondum venerit, visum esse mihi et sociis meis, triginta dies huic anno apponere. Apstg. XXII, 3. 5. 30. Graetz Gesch. d. Juden III, 387.

nach ihrem Gesetze richten zu dürfen.[1]) Thatsächlich hatte König Herodes die Macht der Synagoge gebrochen. Jos. Ant. XX, 10 erklärt indeß, daß nach Archelaus' Entfernung wieder einige der Hohenpriester die öffentlichen Angelegenheiten leiteten (ἐπολιτεύσαντο). Dieses wiedererlangte Selfgovernement erstreckte sich wohl nur auf die selbstständige Ordnung und Verwaltung ihrer kirchlichen Angelegenheiten, denn schon der erste Landpfleger Coponius hatte vom Kaiser die Gewalt über Leben und Tod erhalten (μεχρὶ τοῦ κτείνειν λαβὼν παρὰ τοῦ Καίσαρος ἐξουσίαν bell. II, 8, 1). Der Jurisdiktion der jüdischen Curie blieben nur die Verbrechen wider die Religion abzuurtheilen, wie sie B. Sanhed. 42, 2. 53, 1 näher aufgeführt werden: Gotteslästerer, Apostaten und Verführer zur Apostasie, Zauberer u. dgl.; insbesondere aber erklärt die Mischna Sanhed c. 1, 5: „Ein Gericht von 71 Personen wird erfordert, wenn die Anklage einem falschen Propheten oder einem Hohenpriester u. s. w. gilt." Natürlich hing die Bestättigung eines solchen Urtheils vom Prätor ab, obwohl man auffallend nirgends erwähnt findet, daß derselbe die Fasces führte. Wir lesen wiederholt (Mth. XII, 14. Joh. VI, 4. VII, 1. 25), wie die Pharisäer in Berathung gingen und Jesus aus dem Wege zu räumen trachteten, auch schließlich Ihn in den Bann thaten und ein öffentliches Manifest wider Ihn erließen. (Joh. XI, 57.) Demnach muß der Hoherath der Juden doch noch so viel Macht behalten haben, um wenigstens in ihren religiösen Angelegenheiten ein Todesurtheil zu fällen. Wie aber die Einundsiebzig aus dem Conclave auswanderten und freiwillig die höchste Gerichtsbarkeit aus der Hand ließen, oder um es ernster zu fassen, wie die Römer den Blutbann sich vorbehielten, und es mit der Selbstregierung Israels somit ein Ende hatte — da erhob sich lauter Jammer wie damals, als mit Herodes zuerst ein fremder König im Lande aufkam. Das Volk band sich Cilicien um den Leib, that Buße und klagte, daß es nun mit allem zu Ende gehe.[2]) Der Messias sey

---

1) Ant. XVI, 6, 4. Si qui sacram Judaeorum, pecuniam furati ad asyla confugerint, eos inde abstrahi volo et Judaeis in supplicia dari, quo jure abstrahi solent sacrilegi.

2) Nachman. in Gen. XLIX, 10. Cum migrasset Synedrium de camera dolata, et ablata fuissent ab iis judicia capitalia, consuerunt cilicium super cutem suam, et depilaverunt caput suum dicentes: vae nobis, quia recessit sceptrum de Juda et nondum venit Messias. Hoc est autem, q. d. Amos. VIII, 1.

nicht erschienen, und doch die Herrschaft von Juda genommen, und alle Richter in Israel hätten aufgehört. [3])

Aus H. Sanhed. init. erhellt, daß das Synedrium vierzig Jahre vor der Tempelzerstörung das Tribunal im Musivsaale Gazith nolens volens aufgegeben habe. Zwar kehrten die Synedristen noch einigemal, besonders zu den Festzeiten, zu ihren früheren Stühlen zurück, [4]) um den geistlichen Gerichtsbann, den ihnen Augustus selbst zugestanden, wieder aufzunehmen; auch verhingen sie von da aus wirklich noch einige Todesurtheile [5]) in Sachen ihrer Religion: so die Verbrennung einer Priesterstochter, die sich mit einem anderen versündigt, wie sie auch während der Gefangenschaft zu Babel dieß Beispiel an Susanna hatten statuiren wollen; aber die Bestättigung durch den Prätor durfte nicht umgangen werden. Die Steinigung des Stephanus scheint im Auflaufe erfolgt zu seyn. Die erste ausgedehnte Christenverfolgung unter Saulus' Leitung geht ganz allein von der Synagoge aus, und bis von

---

3) Onkelos in Gen. XLIX, 10. Non recedet faciens potentiam ex domo Juda, et scriba ex nepotibus ejus in aeternum, donec veniet Messias. Jonathan: Non cessabunt reges et praesides ex domo Judae, et scribae docentes legem ex semine ejus usque ad tempus, quo veniet rex Messias. Sanhed. f. 98, 1. Filius David non ante venit, quam omnes judices et praefecti ex Israel desierint, q. d. Zephan. III, 15. R. Moses Haddarschan in Beresch. r. Gen. XLIX. „Non recedet sceptrum de Juda,“ haec est camera dolata, quae est in parte Judae, s. d. Ps. LXXVIII, 67. „Et legislator de pedibus ejus,“ illi sunt habitantes in Jabesch (יְשִׁיבָה consessus?), custodientes sententias in Israel in Synedrio magno, quod sedebat in camera dolata in parte Juda s. d. I. Chron. II, 55 de Voisin Observ. in Raim. Martini P. II. c. 4.

4) Avoda sara f. 8, 2 Gl. Cum pro tempore viderent necessarium, redierunt ad istud conclave. Gl. in Chetub. f. 30, 1. Aliquando pro necessitate temporis rediit Synedrium ad conclave Gazith; verum ad judicia capitalia in causa homicidii redierunt nunquam: nam ratio migrationis erat propter homicidia, quia viderunt quod multiplicati fuerunt homicidae etc. Weitere Glosse: Quo tempore sedit Synedrium magnum in loco suo, ut oportuit, juxta altare, tunc judices constitues in omnibus portis tuis ad judicandum in capitalibus: at cum recessit Synedrium magnum, cesserunt omnia judicia capitalia.

5) Cf. B. Sanhedr. f. 52, 1. Juchasin 51, 1. Lightf. in Mth. XXVI. in Joh. XVIII, 31. Über die Hinrichtung des angeblichen ben Satda zu Lydda Bd. III, 325, not. 2.

Damaskus denkt dieser Eiferer für das Gesetz die Anhänger des Nazareners herbeizuschleppen, damit sie gestraft würden; sobald er aber selber in Jerusalem in Gefangenschaft geräth und die Römer ihn der Hand seiner Feinde entreißen, appellirt er als civis Romanus nach Rom, um dem Schicksale des Protomartyrs zu entgehen, da der Hohepriester und die Vornehmsten der Juden (Apstg. XXIV, 6) ihn nach ihrem Gesetze richten wollten. Bei dieser Gelegenheit bereitete Festus dem Hohenrathe eine eigenthümliche Demüthigung, indem er bei seiner Anwesenheit in Jerusalem sich weigerte, den Paulus von Cäsarea zurückbringen zu lassen, und den Ananias mit seinen Collegen nöthigte, als Ankläger vor dem Tribunal zu Cäsarea zu erscheinen. Kaiser Claudius erließ noch 46 v. Chr. ein Sendschreiben „an die Magistrate von Jerusalem, den Senat, das Volk und die ganze Nation der Juden." (Ant. XX, 1, 2.) Als aber der sadducäische Hohepriester Annas II. die Zeit des Interregnums bis zur Ankunft des neuen Landpflegers von Rom dazu benützte, schleunig das Conclave zu berufen, um den Apostel und ersten Bischof von Jerusalem, Jakob den Alphäiden, zur Steinigung zu verurtheilen, ohne das Endurtheil von Seite des Landpflegers abzuwarten, beklagten sich die Pharisäer über diese Anmaaßung der peinlichen Justiz bei Albinus, worauf Herodes Agrippa II. einen anderen Pontifex bestellte 60 n. Chr. (Ant. XX, 9, 1.)

Die Beschränkung der einheimischen Gerichtsbarkeit schloß demnach keineswegs deren volle Aufhebung in sich. Wie hätte sonst Pilatus sprechen können (Joh. XVIII, 31): „Nehmt Jesum hin und richtet Ihn nach eurem Gesetze!" — worauf sie zwar erwiedern: „Uns ist es nicht erlaubt, jemand zu tödten," aber auf die Äußerung des Landpflegers: „So nehmet Ihn hin und kreuziget Ihn, ich meinestheils finde keine Schuld an Ihm!" sofort erklären (XIX, 7): „Wir haben ein Gesetz und nach diesem muß Er sterben, denn Er hat sich selbst zum Sohne Gottes gemacht." Die Bestättigung und den Vollzug dieses Todesurtheils, das sie bereits in der Nacht gefällt, erwarteten sie eben vom Prätor. Die Synedristen hätten nach mosaischem Rechte die Hinrichtung erst am anderen Tage nach der Verurtheilung, also gesetzlich nicht mehr vor dem Feste vollziehen können; auch wollten sie die Verantwortung seines Todes nicht allein auf sich haben, darum gaben sie Ihn schließlich als politischen Verbrecher an, und überlieferten Ihn der Macht der Römer. Es mußte so geschehen, damit auch die Heiden einen Theil des großen Verbrechens und der unaussprechlichen Sünde über sich nähmen, die unserer aller Erlösung zur Folge hatte.

Dafür aber, daß so die eigentliche Justiz des Hohenrathes an den römischen Landpfleger gekommen war, hatten die Juden von Pilatus das Privilegium erlangt, alljährlich am hohen Festtage, d. i. dem Pascha, einen einheimischen Verbrecher loszugeben; denn daß dieß Vorrecht auf einer erneuten Concession beruhte, erhellt deutlich aus Mk. XV, 8. Mth. XXVII, 15. Bei der Verurtheilung Christi hielt der jüdische Areopag unter dem vorwiegenden Einflusse des Hohenpriesters seine Sitzung im Palast des Kaiphas. In den letzten vier Jahren vor der Zerstörung Jerusalems nahm das Synedrium die oberste richterliche Gewalt wieder an sich, ja schlug, wie es scheint, sogar auf eigene Hand Münzen.

Wir wissen nicht, wo die ersten drei Rathsversammlungen wider Jesus und seine Anhänger statt fanden, jedenfalls wurde Er nicht im Saale Gazith verurtheilt. Wenn aber der Hoherath diese Gerichtssitzungen 40 Jahre vor dem Sturze des jüdischen Staates nolens volens sistirte, so fällt dieß Ereigniß beiläufig in die Zeit des Todes Christi, und vielleicht blieb dieser nicht ohne Einfluß darauf. Zwar verbürgen nur die apokryphen Akten des Pilatus die Angabe, daß Tiberius auf die Mittheilung, die er vom Tode Jesu erhielt, dem Judensenat seine letzte richterliche Gewalt entzogen, aber es wäre nicht zum erstenmale, daß Apokryphen historische Wahrheiten enthalten.

Zunächst war es das Collegium der Hohenpriester, welches gegen den Messias sich verschworen, und jetzt daran ging, seinen Höllenplan in's Werk zu setzen. Was war aber dieß für ein hohes Presbyterium? Es waren Pfaffen fast sämmtlich, zur Hälfte degradirte Hohepriester, wie denn Valerius Gratus, der Vorfahr des Pilatus, allein deren vier abgesetzt hatte. Oder es waren Söhne von solchen, die als Miethlinge, Diebe und Wölfe räuberisch in den Schafstall eingebrochen, und nicht durch die Thüre eingegangen waren, was ihnen Jesus so eindringlich zum Vorwurfe machte; die mit Eindringlingen ihre Reihen fortwährend ergänzten, indem die Älteren immer für ihre Söhne und Verwandten im abgeschlossenen Kreis die erledigten Pfründen erwarben, und so eine unverbesserliche Genossenschaft bildeten. Hatten sie doch schon unter Hillel den großen Akabia ben Mahalalel vom Amte eines Hohenrichters ausgeschlossen, weil er in vier Punkten sich nicht zu ihren Grundsätzen verstehen wollte, worauf er im festen Tone erwiederte: Lieber will ich mein Lebelang ein Thor heißen, als einmal mit Bewußtseyn vor Gott als Frevler dastehen; nie sage man mir nach, ich hätte meine Überzeugung für eine Würde geopfert. (Beracoth f. 18. Edaioth f. 11.) So starb er im Banne, und noch seine Bahre wurde gesteinigt! Es waren verwilderte Sadducäer, die in strenger Consequenz an keinen Gott, weil an keine Unsterblichkeit glaubten, die nicht auf die Auferstehung hofften, d. h. nach damaliger Ideenverbindung auf alle Erlösung durch den Messias Verzicht thaten; die kein Gericht und keine ewige Bestrafung fürchteten, zufrieden damit, die Güter dieses Lebens behaglich zu genießen. Das gehörte mit zum Sadducäismus der Zeit, daß sie die Verbrecher laufen ließen, weil sie in ihrer Skepsis im Blutbann nicht mehr ein stellvertretendes Gericht Gottes erkannten, sondern ihre Heimsuchung vom rächenden Schicksal erwarteten, das jeden Schuldigen hienieden die gebührende Strafe erfahren lasse.[6])

Da sah dieß ehebrecherische Geschlecht sich jetzt durch einen Mann vom Geschlechte Davids, der sich für den Messias erklärte, und eine Regeneration des verdorbenen Abrahamssaamens, ja der ganzen Menschheit verlangte, unwillkürlich aufgerüttelt. Darum mußten diese Gleißner, die auch, wie nach Cicero die Haruspices, einander hätten zulachen mögen, daß sich das Volk noch mit seinem Glauben ihnen ehrlich gefangen gab, rebelliren wider den Sohn Gottes, der sie der Früchte ihres Daseyns verlurstig zu machen drohte. Und so waren sie an diesem Vormittage wieder zusammengekommen mit einigen Schriftgelehrten und Ältesten Israels, um zu rathen, was zu thun sey, und wie sie Ihn aus dem Wege räumen möchten.

VII. Kapitel.

Verrath des Judas. Die dreißig Silberlinge.

13. Nisan. 14. April.

Im Hohenrathe machte sich die Stimmung geltend, es sey zu spät, noch vor dem Feste etwas gegen den Nazarener zu unternehmen,

---

6) Cf. Sota f. 8, 2. Sanhed. f. 37, 2. Chetub. f. 30, 1. Traditio R. Chijae: a die, quo excisum est templum, quamvis cessarit Synedrium, tamen non cessarunt quatuor mortes (poenae capitales, quibus Synedrium infligere solebat). Nam qui reus erat lapidationis, aut de tecto decidit, aut bestia eum dilaceravit: qui reus erat combustionis, aut in ignem incidit, aut a serpente morsus est: qui jugulationem promeruit, aut traditus est regno ethnico, aut a latronibus interfectus est: et qui reus strangulationis, aut submersus est in aliquo fluvio, aut suffocatione colli periit.

da das Pascha vor der Thüre stand, wo sie Ihn nicht richten durften, und wenn sie Ihn, wie später mit Petrus (Apstgsch. XII, 3. 4) geschah, vom Tage der ungesäuerten Brode über die heilige Zeit gefangen setzten, eine gewaltsame Befreiung durch die Volkshaufen zu befürchten war. „Nur nicht am Feste!" war die einstimmige Meinung; hatte es doch erst im Vorjahre mit den Galiläern Tumult im Tempel gegeben. Eben wollten sie mit dem Beschlusse, sich zu vertagen, auseinandergehen: da wendete sich die Sache.

Da Jesus noch im Hause Simons von Bethanien war, „wissend, daß seine Stunde komme, wo Er aus dieser Welt zum Vater gehen sollte, weil Er die Seinen, die Er in dieser Welt hatte, liebte, ja liebte bis zum Ende — gab es der Satan Simons Sohn, dem Judas Iskarioth, der einer von den Zwölfen war, in's Herz, daß er Ihn verrathen sollte, und er ging hin zu den Hohepriestern, um ihnen Jesum anzugeben."

Iskarioth tritt als der erste Apostel auf, der im Glauben an Christus irre geworden. Er war keine gemeine Natur, sonst hätte er nicht im Kreise der Jünger Zutritt gefunden. Zwar nennt ihn die Schrift einen Dieb, aber er war dieß wesentlich in jener weitergreifenden Bedeutung, wie der Teufel (Diw, wovon divus und dives) ein Dieb heißt, indem er Gott die Ehre nimmt und sich selbst zum Ankläger des Menschensohnes aufwirft. Er war gewiß vom Ehrgeize nicht minder als vom Geldteufel besessen. Iskarioth hatte eine rein sozialistische Auffassung vom Messiasreiche, das machte ihn seinem Apostelberufe untreu; aber indem er den Heiland selber verschachert, hat er statt allen Gewinnes sich den Strick erkauft. Als der treue Repräsentant des ebenso herrschsüchtigen als geldgierigen Israels verläugnet er seine bessere Überzeugung, und was ihn eigentlich irre macht, ist nichts mehr und nichts weniger, als daß dieser Messias nicht die Reiche und Reichthümer der Erde an die Seinen zu vertheilen gekommen war. [1]) Iskarioth erwartete einen

1) Der Ischariothismus der Zeit besteht eben darin, daß alle Gedanken in irdischen Interessen aufgehen. Auch die moderne Philosophie bewegt sich auf dem Standpunkte des Spekulativsten unter den Aposteln, indem sie Jesum nur als großen Geist, als einen philosophischen Seher gelten lassen will. Die petitio principii ist nicht Gott oder der wunderbare Christus, sondern nur der gottähnliche Lehrer, der allzu einfach in seinem Auftreten seine Vorträge noch dazu popularisirt und nicht in das Brokatgewand der Philosophie gehüllt und mit blendender

zeitlichen Erlöser, der mit Hilfe des ihm anhänglichen Volkes sich zum Oberherrn in Judäa aufwerfen, und vor allem seinen Jüngern die Herrlichkeit einräumen würde. Schon nach jener theokratischen Volkserhebung im vorigen Jahre, wobei Christus sich nicht als Werkzeug zum allgemeinen Umsturze hergab, hatte Iskarioth Ärgerniß genommen. Beim Einzug in Jerusalem mochte er neuerdings an die bevorstehende Gründung eines Messiasreiches denken, d. h. daß sie bald auf zwölf Stühlen sitzen und die Kinder Israels regieren, zugleich aber das Erbe der Völker einthun sollten. Statt dessen stellte Christus sein Leiden und seinen Tod in Aussicht, und nahm, anstatt zum Könige, die Salbung auf seinen Tod hin in Anspruch. Die geistliche Obrigkeit, die hohe Synagoge, hat den Bannstrahl gegen den Nazarener geschleudert und einen Preis auf seinen Kopf gesetzt: jetzt vermag Judas selbst als Retter des Vaterlandes aufzutreten. Sein Meister war ja für vogelfrei erklärt und jeder treue Israelit aufgefordert, seinen Aufenthalt anzuzeigen. (Joh. XI, 57.) Dieß Publikandum entschuldigte ihn nicht bloß in seinem Gewissen, sondern rechtfertigte seine Anzeige, seinen Verrath auch in den Augen der Welt. Er sah aus Jesu Reden und den Anstalten seiner Feinde, daß es mit dem Lehrer zu Ende gehe; er hatte nie unbedingten Glauben an seine göttliche Messianität gefaßt, darum wollte er noch eilends und mit Vortheil sich aus der Schlinge ziehen. Gekränkter Stolz, fehlgeschlagene Hoffnungen waren die eigentlichen Triebfedern zu seiner Handlungsweise. Er ist des immerwährenden Hin- und Herziehens, der ruhelosen Wanderung und Verfolgung müde; es bedünkt ihn eine Schwärmerei zu seyn mit dem ihnen vorgestellten ideellen Gottesreiche. Oder war der Volksmann Jesus wirklich der Gottesmann, so mußte der eingeleitete Angriff Ihn vielmehr zwingen, ohne längeres Zaudern hervorzutreten und seine messianische Macht zu entfalten. Statt auf's Ungewisse hin dem Unruhstifter weiter zu folgen, will er sich lieber trennen, und so erscheint er als getreuer Sohn der Synagoge vor dem Hohenrath.

Und wie sie da saßen auf ihren erkauften Stühlen, und hin und

---

Dialektik ausgestattet. Eine Judassünde ist es ferner, seinen Glauben gegen zeitlichen Nutzen zu verkaufen. Wenn Christus vor Gericht und zum Kreuze geschleppt wird, schüttelt Iskarioth den vollen Beutel, wo die Kirche ihr Recht verliert, theilt sich der Jude in die Beute, wo das Christenthum sinkt, triumphirt die Börse.

her berietben, ohne zu einer thatkräftigen Entscheidung zu gelangen, trat mit einmal der finstere Verräther unter sie, „und sprach zu ihnen: Was wollt ihr mir geben, so will ich Ihn euch überliefern? Da sie das hörten, waren sie erfreut, und versprachen ihm Geld zu geben, und sie boten ihm dreißig Silberlinge an. Er aber verbürgte sich für eine schickliche Gelegenheit, um ihnen denselben ohne Auflauf in die Hände zu liefern."

Das Evangelium unterscheidet ausdrücklich zwischen dem, was sie ihm versprochen, und dem, was sie ihm sofort als Handgeld eingereicht. Wir kennen die verheißene Summe nicht; sie wollten den Lohn des Verrathes natürlich nicht vor dem Gelingen der That bezahlen: indeß wogen sie, nach alter Weise, ihm vorläufig dreißig Seckel dar. Es sind Silberseckel, da Goldseckel (I. Chron. XXI, 15) weit weniger im Curse waren. Man unterschied einen gemeinen und einen heiligen Seckel; letzterer galt noch einmal so viel und kömmt erst seit der Zeit der Asmonäer (143 v. Chr.) als geprägte Münze vor. [2]) Das Gepräge enthält als Avers den blühenden Stab Aarons mit der Umschrift: „Jerusalem die heilige"; als Revers aber eine Palme, ein Mannaschäffel und einen Becher mit der Inschrift: „Seckel Israels". In kleiner Münze betrug er 20 Gera (Ex. XXX, 13), die an Werth den attischen Obolen gleich kamen; Josephus Ant. III, 8, 2 gibt ihn auf vier attische Drachmen, d. i. einen Reichsthaler an. Fünfzig Seckel gingen auf eine Mine und 3000 auf ein Talent. Er wog nach den noch übrigen Exemplaren 272 Par. Gran. Der Verrätherlohn betrug also nach unserem Gelde nahezu 26 pr. Thaler. Es ist aber der heilige Seckel gemeint, indem das Geld aus dem Schatze im Gazophylakium genommen ward. Dreißig Silberlinge bildeten den Blutpreis für einen getödteten Sklaven. (Ex. XXI, 32.) Erachin f. 14, 2 heißt es: „Wenn einer den nächsten beßten Sklaven ermordet, bezahlt er 30 Selaim" — und Maimon. in Sanh. c. 1 hilc. Niske Mammon c. 11, 1: „Das Lösegeld eines Sklaven, groß oder klein, männlich

2) Der babyl. pers. Seckel war dem στατήρ gleich, nach Xenoph. = 7½ att. Obolen, wurde aber zu Christi Zeit nicht mehr geprägt. Silbermünzen besitzen wir nur vom 1—4. Jahre Simons des Makkabäers (I. Makk. XV, 6), alle anderen sind kupfern, anfangs mit hebr., dann bei Antigonus und Al. Jannaeus mit hebr. und griech., unter den Herodiern nur mehr mit griech. Inschrift und selbst heidnischen Emblemen. Jerusalem hatte kein Vorrecht, Silber auszuprägen.

oder weiblich, beträgt 30 Seckel reinen Silbers, mag der Sklave nun 100 Minen oder nur einen Denar werth seyn." [3])

Den Sokrates wollten die Seinen für 30 Minen vom Tode loskaufen (Plat. Apol. 133), für eine weit mindere Taxe wird Christus hier vorläufig von seinen Mördern erstanden. Der Verrath an Jesus durch Judas hat den Verkauf des Joseph auf Anstiften des Stammvaters der Juden zum Gegenbilde; [4]) auch war nach jüdischer Überlieferung derselbe von Putiphar um den Preis von 30 Silberlingen aus der Hand der ismaelitischen Kaufleute erkauft. Helkias, der Schatzmeister (sacri aerarii custos Ant. XX, 8. 11), sollte die Summe dem tückischen Verräther ausbezahlen, und Judas mochte sich mit der bestimmten Versicherung zufrieden geben, dieß sey nur ein erstes Angebot, eine Abschlagszahlung für den großen Dienst, den er der ganzen Judenheit leiste, wenn seine immer etwas verdächtige Zusage nur erst in Erfüllung gegangen wäre; doch er betrog sich, denn auch da konnte sich der jüdische Wuchergeist nicht überwinden, der Verräther ging leer aus, als der schreckliche Handstreich gelungen war, und er warf noch kurz vor seinem unseligen Hintritt diesen Spottpreis den hohnlachenden Hohenpriestern und Ältesten vor die Füße in den Tempel hin, wo er das Blutgeld empfangen hatte.

Es war wieder ein göttlicher Fingerzeig in dieser Preisbestimmung. Christus wurde einem Sklaven gleich geachtet, aber die rächende Vergeltung blieb nicht aus; denn nur noch zweiundvierzig Jahre, da wurden nach dem Untergange Jerusalems 97,000 Juden von den Römern zu Kriegsgefangenen gemacht, und alle unter siebenzehn Jahren, sowie die Weiber, zum Verkaufe ausgestellt, ja je dreißig für Einen Silberling losgeschlagen.

Jetzt ging Judas hin, und „verabredete sich mit den Hauptleuten der Tempelwache, wie er ihnen Jesus in die Hände

---

3) Darauf nimmt eben Zach. XI, 12. 13 Bezug. Jonathan in Gen. XXXIX, 1. Beresch. r. 86. More Neboch. P. III. c. 40. Servo illati damni pretium hoc in casu constitutum est dimidia pars pretii liberi, sc. 30 sicli argentei; ad plurimum enim reperies hominem liberum aestimari 60 siclis, servum vero 30, Jos. Ant. XII, 2. 3. Zwanzig Seckel galt ein minderjähriger Sklave im Alter von 5—20 Jahren. (Lev. XXVII, 5.) Daher auch der ägyptische Joseph für diese Summe verkauft wird.

4) Gen. XXXVII, 26. Hieron. in Mth. IV. Infelix Judas damnum, quod ex effusione unguenti se fecisse credebat, vult magistri pretio compensare. Vorläufig empfing er nur 120, nicht 300 Denare.

liefern wollte; und er lauerte auf die Gelegenheit, Ihn zu verrathen." Diese ergab sich leicht, und er hatte sie im Grunde schon gefunden, da Christus täglich Abends auf den Ölberg ging, und dort bis zum anbrechenden Morgen im Gebete übernächtete. „Es wußte aber auch der Verräther um den Ort; denn Jesus hatte sich oft mit seinen Jüngern daselbst versammelt." [5])

Die Hauptleute der Tempelwache, mit welchen Judas die Verabredung pflog, waren die jüdischen Ädilen, die als die „Hüter der Schwelle" mit bewaffneter Macht über die Ordnung und Sicherheit im Heiligthume wachten, auch die Feuerwache führten, und für die bauliche Instandhaltung des Hauses Gottes Sorge tragen mußten. Der *στρατηγός τοῦ ἱεροῦ* führte die Oberaufsicht in den Vorhöfen, und hatte auch die Thüren des Heiligthums zu schließen (bell. VI, 5, 3). In der Mischna (Schekalim c. 5. Tamid 1, 1) führt er den Titel: Isch har habait, Herr des Tempelberges, und es heißt von ihm Middoth c. 1, 2, daß er bei der nächtlichen Runde die Tempelwachen visitirte. (Bd. V. Kap. CLXIV.) Wir haben seine Leute schon Joh. VII, 32. 45. 46 in Amtsthätigkeit gegen Jesus gefunden, und lesen ferner Apstg. IV, 1, wie der Tempelhauptmann sich des Petrus und Johannes bemächtigte und sie gefangen setzte; ebenso tritt derselbe mit seinen Dienern V, 24. 26 bei ihrer späteren Gefangennehmung auf. Als in der Folge (Ant. XX, 6, 2) der jüngere Annas mit mehreren Patriciern der Stadt sich in eine Verrätherei gegen die Römer verwickelte, und diese durch einen Samariter entdeckt und dem syrischen Statthalter Quadratus angezeigt wurde, ließ er vier der Primaten hinrichten, den Tempelhauptmann aber nebst dem Hohenpriester Ananias in Ketten nach Rom vor das Tribunal des Kaisers Claudius liefern. Merkwürdig bleibt es indeß immerhin, daß so viele der Theilnehmer am Morde des Gottessohnes gerade in der erwählten Hauptstadt des neuen Bundes zu Gericht gezogen wurden.

VIII. Kapitel.

Der Rüsttag.

„Nun nahte aber das Fest der ungesäuerten Brode, welches Pascha heißt. Da sprach Jesus zu seinen Jüngern: Ihr

5) Mk. XIV, 10. 11. Mth. XXVI, 14—16. Lk. XXI, 37. XXII, 3—6. 39. Joh. VIII, 1. XIII, 1. 2. XVIII, 2.

wisset, daß nach zweien Tagen Ostern ist, wo der Menschensohn zur Kreuzigung ausgeliefert wird. Es traten hierauf die Jünger zu Ihm, und fragten: wo willst du, daß wir hingehen, und Anstalt treffen, für dich das Osterlamm zu bereiten?" (Mk. XIV, 1. 12. Mth. XXVI, 1. 2. 17. Lk. XXII, 1. 7.)

Die Vorbereitungen zum Abendmahle wurden am Tage vor dem Pascha getroffen; da aber Jesus seinen Tod voraussah, ließ Er ausnahmsweise zwei Tage vor dem Osterfeste dazu Anstalt machen. Es war am Donnerstage, wo Er seinen Jüngern hiezu den Auftrag gab. Astronomisch fiel der 14te Tag nach dem Neulicht auf den 16. April, einen Sonntag (meine Chronol. 296); da aber der Wochensabbat und Festtag insoferne collidirten, als nicht Ein Tag zur Vorbereitung auf den andern dienen mochte, so anticipirte die Synagoge das Hauptfest des Jahres, so daß der Rüsttag zum Pascha mit der wöchentlichen *παρασκευή* oder dem Freitage zusammenfiel, wo für den Ruhetag in voraus gekocht und die Arbeiten verrichtet wurden, die man am Feste nicht thun durfte. Der Name Pascha gebührte eigentlich nur dem ersten Tage des Festes; dieser und der siebente Tag oder 15. und 21. Nisan waren gesetzlich heilig (Ex. XII, 16); aus Engbrüstigkeit aber feierten die Juden acht Tage der ungesäuerten Brode (Jos. Ant. II, 15, 1), und begannen schon am 14. Nisan des Morgens Azymen zu essen oder statt der gesetzlichen sieben Tage (Ex. XII, 19. Lev. XXIII, 6) auch den Vortag des Gesäuerten sich zu enthalten. So kömmt es, daß Josephus bald acht (Ant. II, 15, 1. III, 10, 5), bald sieben Paschatage zählt, wie III, 10, 8, wo er den 16. Nisan noch den zweiten Tag der süßen Brode nennt: die Festzeit ging aber mit der Nacht ein.

Am Tage vor dem Feste, *πρὸ τῆς ἑορτῆς*, wie Joh. XIII, 1 ausdrücklich bezeugt, feierte Jesus das Abendmahl und nahm dabei die Fußwaschung vor. Seltsam contrastirt hiemit der Ausdruck *πρώτη τῶν ἀζύμων* bei den ersten Synoptikern. Die Schwierigkeit wurzelt in einem Hebraismus. Die hebräische Sprache hat nehmlich keinen Comparativ und behilft sich dafür mit מִן oder dem status constructus bei Bezeichnung eines Vergleiches. *Πρῶτος* ist darum nicht immer als Positiv zu nehmen, [1]) sondern steht nicht selten für *πρότερος*,

1) Vgl. Whitby u. Lardner probability II, 1. Paschke Tübinger Quartalschr, 1851. III. Heft. S. 410 f. Meine Chronol. S. 145. not. 17.

wenn es nehmlich mit dem Genitiv hinter sich construirt ist, wie πρῶτός μου Joh. I, 15. 30; ebenso Lk. II, 2, wo schon Theophylakt προτέρα in Vorschlag bringt. Darum erklärt Ewald [2]): „werden nur zwei verglichen, so ist nach unserer Sprache der Comparativ zu verstehen." Ebenso steht Mth. XXII, 36. 38 ποία ἐντολὴ μεγάλη, anstatt des Comparatives, während der Deutsche im Superlativ übersetzt: welches ist das größte Gebot?

Somit bedeutet obiges πρώτῃ soviel als προτέρᾳ und ist zu übersetzen: am Tage vor dem der ungesäuerten Brode, oder am Vortage der Azymen, d. h. am 13. Nisan. Außerdem würden Markus und Matthäus, entsprechend dem hebr. אֶחָד, einer, d. h. erster, mit τῇ μιᾷ oder κατὰ μίαν, den ersten Azymentag bezeichnet haben. [3]) Am Paschavorabende vollbrachte der Heiland sein Leiden, am Festsabbate ruhte Er im Grabe, und Markus XV, 42 sagt vom Tage der Kreuzigung: „Es war Rüsttag, d. h. Vorsabbat." Ebenso Lukas XXIII, 54: „Es war der Vorbereitungstag und der Sabbat brannte ein." Vorher XXII, 1. 7 schreibt er: es nahte der Tag der ungesäuerten Brode, ἤγγιζε und ἦλθε, nicht ἐληλύθει oder παρῆν. Es ist schlechterdings undenkbar, daß die Juden den hohen Festtag des Pascha als προσάββατον zum gewöhnlichen Wochensabbat behandelt und benannt hätten, auch verbietet dieß Johannes XIX, 31, indem er ihn ausdrücklich den Zubereitungstag auf den großen Sabbat nennt, abgesehen davon, daß derselbe schon XIX, 14 ihn als Rüsttag vor dem Pascha bezeichnet hat.

„Der fünfzehnte Nisan ist das Fest," heißt es Rosch haschana c. 4, 1. Der erste und letzte Festtag oder die Oktave bei achttägigen Festen hießen יום טוב, der gute oder fröhliche Tag, und die Erklärung dessen ist das griechische μεγάλη. Dieselbe Bezeichnung gilt von der Oktave der Laubhütten. (Joh. VII, 37.) Es gab mithin eine πρώτη μεγάλη und eine ἐσχάτη μεγάλη, während die Zwischentage, die nur

---

2) Kritische Grammat. d. hebr. Sprache §. 302. Lk. X, 42 heißt es: Maria hat den guten Theil erwählt, nach dem Hebr. statt den besseren im Vergleich mit Martha. Vgl. Lk. XI, 39 ἔξωθεν, ἔσωθεν der Äußere oder Innere. Mth. XVII, 11. Mk. X, 44. XII, 28. 29. Lk. XVIII, 14. Joh. IX, 39. I. Joh. IV, 19.

3) Vgl. Mth. XXVIII, 1. Alle vier Evangelisten bedienen sich des Ausdrucks μία σαββάτων für den ersten Wochentag, wie auch Apstgsch. XX, 7. I. Kor. XVI, 2.

halbe Feiertage bildeten, den Namen מוֹעֵד קָטָן oder kleine Feste, μικραὶ ἡμέραι führten. Der Talmud bewahrt die historische Überlieferung und erklärt wiederholt (Bd. III, 325, not. 2. V, 370): „Jesus sey am Ereb Pesach an's Kreuz geschlagen worden." Ereb Pesach heißt der Feierabend vor dem Osterfeste, wie Ereb Jom Kippur, der Tag vor dem Versöhnungsfeste. Dieß äußere Zeugniß schließt jede weitere Mißdeutung der Evangelien in diesem Punkte aus und bildet die strenge Controle der Wahrheit.

Johannes, der selber das Abendmahl bereiten half, wird nicht müde, daran zu erinnern, daß es der Vorbereitungstag des Pascha, d. h. der 14. Nisan war (XIX, 14. 31. 42), warum anders, als weil er auf den religiösen Typus oder das höchste Mysterium der Religionsgeschichte aufmerksam machen will, daß Christus, welcher die Sünden der Welt trug, zur selben Stunde sein Blut zur Versöhnung vergoß, als das Lamm des Bundes blutete oder das seit Jahrtausenden vorbildliche Gotteslamm zum Pascha geschlachtet ward, welches seit Abrahams Opfer auf Moria eben die Erlösung Israels in den messianischen Zeiten vorbedeutete. All diese Symbolik, auch die der heidnischen Frühlingsopfer, ging jetzt in Erfüllung. Johannes zählt sogar vom Sabbat bis auf's Pascha, wenn er XII, 1 schreibt: „Sechs Tage vor dem Osterfeste kam Jesus nach Bethanien." Der Herr legte es absichtlich darauf an, als Lamm des Bundes an dem Tage, wo das Lamm an das Zwerchholz gespießt ward, seinerseits die Erlösung zu vollbringen. Er hielt sich darum ein paar Tage in Bethanien verborgen, und kam nicht mehr zur Stadt, damit die Juden nicht früher Hand an Ihn legten.

Am Ende der Ruhetage, als der erste Wochentag anbrach, geht Magdalena zum Grabe des Auferstandenen (Mth. XXVIII, 1), am Rüsttage oder Vorsabbate starb der Heiland am Kreuze (Mk. XV, 42); und wir fragen uns noch: ist unter παρασκευή der mit Auszeichnung s. g. Rüsttag zum Pascha, oder der gewöhnliche Freitag als Zubereitungstag für den Wochensabbat (wie beispielsweise Jos. Ant. XVI, 6, 2) zu verstehen? Schon Lev. XXIII, 11. 15 wird das Osterfest ausdrücklich mit Sabbat bezeichnet; ebenso von Pseudo-Ignatius ad Philipp. c. 13 und Sokrates hist. e. V, 22 mit σάββατον τοῦ πάσχα und σάββατον τῆς ἑορτῆς. Fiel demnach der große Festsabbat mit dem Sonnabende zusammen, oder bildete er den Vortag des Wochensabbats, d. h. gab es zwei Rüsttage nach einander, am Donnerstage für das Fest, am Freitag für den Wochensabbat, und konnte das Pascha selber, soferne es auf den Freitag fiel, „Vorsabbat" heißen? Wir antworten: Nie und nimmermehr! Stellt doch die Gemara Pesach f. 33, 1. 66, 1 die Regel auf: Pascha pellit Sabbatum! d. h. im Collissionsfalle muß der Sabbat dem Pascha weichen, und dieses hat als Fest soweit den Vorrang, daß die Verpflichtungen für den Sabbat als untergeordnet zu betrachten sind! Mechilta 5, 1 beseitigt alle Zweifel hierüber, und Beza 2, 1 wird entschieden: Wenn der Freitag ein Festtag wäre, bliebe es an ihm nicht erlaubt, die Speisen für den folgenden Sabbat zu bereiten, sondern dieß müßte am Donnerstag für beide Tage vorausgeschehen. Somit konnte der Hauptsabbat des Jahres niemals zum Rüsttage werden! Der größte jüdische Kanonist, Maimonides, erklärt in Jom tob c. 1: Dies festus non parat Sabbato nec Sabbatum pro die festo. Ein Festtag konnte nie zur παρασκευή für den Sabbat dienen, noch dieser zum Rüsttag für einen anderen Feiertag. Mit anderen Worten: das Osterfest konnte weder auf Freitag noch Sonntag fallen, sondern mußte in diesem Falle verlegt werden, so daß nicht selten der Wochensabbat zugleich Festsabbat, mithin ein doppelter Ruhetag (τὰ σάββατα) war. Niemals, wenigstens nicht seit dem babylonischen Exil, ist der erste Ostertag auf einen Freitag gefallen. Die Talmudisten stellen deßhalb die gematrische Regel בדו oder lo bedu Pesach auf, wonach das Pascha weder auf den zweiten, vierten noch sechsten Wochentag treffen durfte. Nach der weiteren Formel At basch gar traf der nächste Neujahrstag auf denselben Wochentag, wie der dritte Tag der Mazzoth; endlich nach lo adu rosch konnte der Neujahrstag nicht auf den ersten, vierten und sechsten Wochentag fallen. Der Versöhnungstag hinwieder durfte dem Sabbat weder vorangehen noch nachfolgen. Das war altes Herkommen, wenn auch die Formel dafür jünger ist. [4]) So lesen wir: Als nach Schemaja's und Abtalions Tod die Frage aufgeworfen ward, ob das Pascha am Sabbat geschlachtet werden dürfe,

---

4) Wenigstens seit dem IV. Jahrh. n. Chr. besteht das Gesetz Badu. Nunquam Badu Pascha, d. h. das Pascha soll nie auf einen Montag, Mittwoch oder Freitag fallen. Allerdings ist von der Verlegung oder Binirung des Feiertags nirgend besonders die Rede, indeß war das verwichene Jahr ein Schaltjahr. Vgl. Bd. III, 359.

und Hillel dafür entschied, stieß er auf heftigen Widerspruch. (Tosiphta Sanhed. 7.) Am Sabbat schlachten die Samariter noch heute das Osterlamm nicht; die Schlachtung traf aber auf die Vesperzeit.

Im Grunde überhebt uns schon Joh. XIX, 14 alles Zweifels, indem er den Leidenstag *παρασκευή τοῦ πάσχα* nennt. Anerkanntermaaßen ist dieß nur die Übersetzung des hebräischen Ereb Pesach, oder der stereotype Ausdruck für Ostervorabend. Ulfilas sagt: Garotag vora Ostron (weil man alles gar machte, vorauskochte). Unmöglich, daß Johannes und der Talmud gleichmäßig desselben Wortes sich bedient haben sollten, um einen andern als den herkömmlichen Sinn hineinzulegen und den verständigen Leser irre zu führen.

Von Anfang der Kirche hat die Auslegung Platz gegriffen, daß Christus am Festsabbate im Grabe geruht, am Rüsttage den Tod gelitten, das Abendmahl des neuen Bundes aber den Tag vorher, also nicht mit den Juden begangen habe. Dieß erklärt vor allen Evangelisten schon der heilige Paulus (I. Kor. V, 7): „Feget aus den alten Sauerteig, denn unser Osterlamm Christus ist geschlachtet. Darum lasset uns das Festmahl feiern nicht im alten Sauerteige, sondern im Ungesäuerten der Lauterkeit und Wahrheit.“ Justin, der älteste unter den Vätern, wiederholt dieß Trypho c. 111, ebenso Tertullian[5]) u. a. Indeß die Schwierigkeit, die Synoptiker mit Johannes zu vereinbaren, arbeitete der rationalistischen Exegese vor, welche den Opfertod Christi außer Beziehung zur Symbolik vom geschlachteten Osterlamm setzen, überhaupt die Lehre von der Versöhnung durch das Blut Christi abschwächen wollte. Demgemäß wäre *παρασκευή* = עֲרוּבְתָּא, vigiliae einfach der Freitag, *τοῦ πάσχα* wäre im Grund ein überflüssiger Zusatz, denn *πάσχα* hieße Paschawoche, obwohl Johannes XVIII, 28 von den Juden sagt, daß sie das Pascha essen und deßhalb sich nicht verunreinigen, nicht des Morgens in's Prätorium des heidnischen Landpflegers hineingehen wollten. Auch das Pascha essen soll hier einen anderen als den stehenden Sinn haben und sich auf das Essen der Chagiga beziehen, d. h. dem Nachtisch soll hier das Essen des Osterlammes, wie dem Wochensabbat der große Festsabbat untergeordnet seyn, und wir müßten dann nur durch Combination errathen, wann das Pascha war? Doch

5) Adv. Jud. c. 8. Passio perfecta est die prima azymorum, quo agnum ut occiderent ad vesperam a Moyse fuerat praeceptum.

nein, das erräth niemand, daß der Tag der Erlösung der Nation aus der ägyptischen Knechtschaft, an welchem auch das Erlösungswerk durch den Messias erfolgen sollte, bloß als Vorbereitungstag zum Wochensabbat charakterisirt wäre? Warum müssen denn die Evangelisten auf den Wochensabbat Gewicht legen, wenn er nicht zugleich μεγάλη ἡ ἡμέρα τοῦ σαββάτου (Joh. XIX, 31) oder τὰ σάββατα (Mth. XXVIII, 1) in der Bedeutung des großen Jahressabbats war, an welchem der Wochensabbat und Festsabbat eben zusammenfiel? Warum soll der Evangelist den heiligen Ostertag nicht einfach πάσχα, worauf es doch in Betracht des Leidens Christi ankam, sondern παρασκευὴ τοῦ πάσχα genannt haben, gleich als ob ihm und uns am Wochensabbat, dessen ganze Begehungsart Christus abschaffte, mehr gelegen seyn sollte? Wie konnte Johannes, der als der letzte Evangelist mögliche Mißverständnisse seiner Vorgänger wiederholt berichtiget (z. B. in Betreff der Maria Magdalena), sich noch deutlicher ausdrücken, als er that, um das nachfolgende Paschafest als solches kund zu geben? Gerade das ist das Bedeutsame, will er sagen, daß Jesus alle Vorbilder erfüllte, daß Er im selben Augenblicke, wo man die Lämmer im Tempel schlachtete, als das wahre Lamm Gottes am Kreuze blutete. Dürfen wir glauben, derselbe habe es förmlich darauf angelegt, mißverstanden zu werden, und darum statt eines allenfallsigen παρασκευὴ τοῦ σαββάτου, wenn ihm denn doch um den Sabbat so viel zu thun war, π. τ. πάσχα gesagt? Es gibt gar kein Beispiel, daß π. τ. π. Freitag in der Paschawoche bezeichnete. Rüsttag soll der heiligste Tag im Jahre geheißen haben, weil man an ihm nichts vorbereiten durfte, sondern er vielmehr der Lichtpunkt war, auf den alle Jahresfeste convergirten; diese Auslegung erinnert ja an das bekannte lucus a non lucendo! Wäre der Leidenstag Christi das hochheilige Pascha gewesen, so war der vorangehende Tag der Ereb Pesach; dafür soll der Evangelist das Osterfest so genannt und als Vorabend zum Sonnabend charakterisirt haben? Diese gleichwohl von der Mehrzahl der Theologen aller christlichen Confessionen [6]) jetzt adoptirte Auslegung ist noch ärger, als wenn man das Osterfest den Sonntag in der Osterwoche hieße, denn hier wüßte man doch, daß der erste oder letzte Sonntag gemeint sey, aber das Pascha hatte keinen bestimmten Wochentag, wie

---

6) Vgl. Wieseler Chronol. Synopse der vier Evang. 339 f. und ein ganzes Gefolge von Nachbetern, die ohne selbstständige Überzeugung von den Brosamen leben, welche von der Tafel evangelischer Schriftgelahrtheit fallen.

unsere Ostern, und es konnte der Freitag ebensowohl sechs Tage nach dem Pascha fallen. Also eine Zeitbestimmung und doch keine, wozu dann das Ganze? Ereb hakippurim würde analog den Freitag in der Woche des Versöhnungsfestes bedeuten, eine Annahme, worüber jeder Sach- und Sprachverständige lachen muß. — In Wahrheit kann *Πάσχα* mit dem Artikel nur das Paschafest heißen, all die Jahrhunderte von Anfang der Kirche hat man es nicht anders verstanden, erst in neuerer Zeit wird Johannes auf das Prokrustesbett gelegt, gefoltert und gestreckt, um uns zu sagen, was er nicht will. Was soll vollends die Bezeichnung *μεγάλη ἡμέρα* für den Sabbat nach dem ersten Ostertage, für den Wochensabbat nach dem Hauptfeste?

Der Freitag, an welchem Jesus gekreuzigt wurde, soll der erste Paschatag, das Fest *κατ' ἐξοχήν* oder der hohe Sabbat, der höchste Feiertag im jüdischen Kalender, der an Heiligkeit unserem Ostertage gleich kömmt, gewesen seyn, und doch nimmt sich alles an ihm so werktägig aus. [7]) Am Sabbat sollte alles verboten, am heiligen Tage dagegen alles erlaubt gewesen seyn? ungeachtet das Gesetz vorschreibt: „Eine heilige Zusammenkunft sollt ihr halten und keinerlei Werkthätigkeit oder Arbeit vollbringen!" Am vornehmsten Jahresfeste sollen die Juden dem heidnischen Prätor ohne weiters zugemuthet haben, für sie am frühesten Morgen zu Gericht zu sitzen, auch der Jude Herodes soll sich in seiner Festtagsruhe haben stören lassen? Was würde ein ganz gewöhnlicher Beamter zu der Zumuthung sagen, am Ostersonntage eine Criminaluntersuchung zu führen?

Wer da sagt: die Römer, nicht die Juden, hätten die Hinrichtung vollzogen, jene aber an den Sabbat sich nicht zu kehren gehabt, der vergißt der Betheiligung der Hohenpriester bis nach vollstreckter Kreuzigung und daß selbst die Römer den Gesetzen der Juden nicht Hohn

---

7) „Und es sollte der hohe Festtag gewesen seyn?" frägt auch der jüd. Verf. der Gesch. des R. Jeschua III, 13, und argumentirt S. 26 mit geflissentlichem Hohne, daß, im Falle man aus den Synoptikern auf die Kreuzigung Jesu am Hauptfeste des Pascha schließe, daraus klar und deutlich die völlige Nichtbetheiligung der Hohenpriester und somit die Unschuld der Juden an Jesu Tod erhelle, obwohl selbst eine solche Verhöhnung des jüdischen Festtags durch den heidnischen Richter unglaublich erscheine. — Heutzutage wird jeder in's Gefängniß gesteckte Jude, wenn er nicht als Verbrecher zu behandeln ist, von den türkischen wie konsularischen Behörden am Freitag Abend freigelassen, um in seinem Familienkreis in Andacht den Sabbat zu feiern, wie auch dem Barabbas widerfährt.

zu sprechen wagen durften, sondern noch desselben Abends auf Grund der Institutionen des Volkes (Deut. XXI, 23) die Gekreuzigten vom Holze abnehmen müssen. Für die Hierosolymitanen sowohl, wie für Simon von Cyrene, Nikodemus, Joseph von Arimathäa und die Frauen war der Todestag Christi kein Feiertag, vielmehr wird Joh. XIX, 42 die Wahl des nahen Ortes der Begräbniß durch den (zu Ende gehenden) Rüsttag begründet. Auch die Frauen besorgen noch in der Eile allerlei Einkäufe von Salben und Gewürzen für die nach dem Feste vorzunehmende Einbalsamirung. Am Osterfestsabbate würden sie also einbalsamirt haben, wenn die Zeit und Vorbereitung nur reichte, wegen des Wochensabbats dagegen sollten sie bis zum dritten Tage aussetzen? wer wird dieß glauben? Der ganze erste Festtag des Pascha wird ohne die geringste Scheu tumultuarisch entweiht, aber beim Beginn des folgenden Tages tritt mit einmal der ängstlichste Stillstand ein, als ob der Wochensabbat für die Juden weit höhere Bedeutung gehabt hätte, als das Hauptfest des Jahres, nehmlich der Jahrestag der Erlösung Israels?

Wie sollte Christus am Paschafeste selber, d. h. den 15. Nisan (nicht am Vorbereitungstage, den 14ten) hingerichtet worden seyn, da als unverbrüchliches Gesetz im ganzen Alterthume galt, daß die Ruhe der Festtage nicht gestört, geschweige eine Hinrichtung vorgenommen werden dürfe. In Athen verurtheilte man den Ctesikles zum Tode, weil er während der bacchischen Feste einen Feind mit der Peitsche geschlagen hatte. (Hospinian de fest. p. 4. Demosth. c. Midiam p. 410.) In der ganzen Zeit, während das bekränzte Schiff des Theseus um das heilige Feuer nach Delos fuhr und bis es wieder zurückkam, durften die Athener nach Plato (Phaedon) niemand hinrichten, denn das Fest war in Folge eines Gelübdes zum Andenken an die Erlösung des Volkes von dem grausamen Tribute der sieben Jünglinge und sieben Jungfrauen eingesetzt, und den Tag vor der Heimkehr hatte der Priester Apollo's das Vordertheil des Staatsschiffes bekränzt. Daher mußte Sokrates bis zur Rückkehr desselben noch im Gefängnisse verbleiben, und ward aufgespart, um erst nach dem Feste den Giftbecher zu trinken. (Dasselbe geschieht bei Petrus wegen der Ostern. Apstg. XII, 4.) Ebenso wenig fand bei den Römern an den Saturnalien eine Hinrichtung statt; denn es war ein Freudenfest, das Fest der Lösung und Befreiung der Sklaven. So meldet Masurius bei Makrob. Saturn. I, 10, die Römerin Ämilia sey am XV. Cal. Jan. verurtheilt worden. Sequebantur eum diem

Saturnalia; postero autem die, qui fuit XIII. Cal. Jan. Liciniam virginem ut causam diceret jussit. Am XIV., d. i. am Festtage selbst, wäre Verhör und Verurtheilung undenkbar gewesen (nec causam omnino dixisset).

Wie sollte nicht dieselbe, und wo möglich eine noch größere Strenge bei den bigotten Juden gewaltet haben! Ausdrücklich erklärt der Talmud, worin die gesetzliche Überlieferung schriftlich gefaßt ist, von den hohen Festtagen: lo danim! an ihnen richtet man nicht! Im Traktate vom Osterei (Beza f. 36, 2) wie vom guten Tage (Mischna Jom tob c. 5, 2) heißt es: „Alles, was den Weisen am Sabbate zu thun verboten ist, ist auch am Festtage verboten: Dinge aber, die am Sabbate und an Feiertagen untersagt bleiben, sind: man hält kein Gericht, man nimmt kein Verlöbniß vor, man heiligt, schätzt und verbannt nicht u. s. w. Zwischen einem Feste und Sabbattage besteht also kein Unterschied, außer was das Essen und Futter betrifft.“ Wir lesen ferner im Mizvoth Tora des Moses Kotzi praecept. negat. 67: „Man straft nicht am Sabbat, wenn es gleich eine Strafe auf positiven Befehl beträfe, man schlägt den Schuldigen nicht und bringt ihn nicht vom Leben zum Tode, weil Ex. XXXV, 3 steht: „Ihr sollt am Sabbat kein Feuer in einer von euren Wohnungen anzünden,“ worin eine Warnung für das Sanhedrin liegt, daß sie niemand, der zum Feuertode verurtheilt ist, am Sabbate verbrennen; und dieß ist auch das Gesetz in Absicht auf alle, die zu anderen Strafen verurtheilt sind (nehmlich zur Steinigung, zum Henkertod oder zur Enthauptung, welches die vier Kapitalstrafen der Juden waren Sanh. c. 7, 1). Nicht bloß am wichtigsten aller Jahresfeste, dem Pascha, sondern während der ganzen Woche der ungesäuerten Brode durfte kein Todesurtheil gefällt noch vollstreckt werden. Eben deßhalb hatte es mit der Einkerkerung und Kreuzigung Christi solche Eile. Nicht am gemeinen Sabbat durfte eine Hinrichtung vor sich gehen, und am Festsabbat sollte der römische Prätor sich haben nöthigen lassen, öffentliche Gerichtssitzung zu halten, und sie nicht auf das Unzeitige ihres Begehrens aufmerksam gemacht haben? So revolutionär war noch keine radikale Regierung der Neuzeit, daß sie es gewagt hätte, am Osterfeste eine Hinrichtung vorzunehmen, nicht einmal an einem Sonntage geschähe solches. Und die Römer sollten es gethan haben, die doch aus Politik die so leicht erregbaren Juden als Ausnahmsvolk behandelten?

Daß Christus am großen Festsabbate gekreuziget

wurde, daß Er von den Wachen, in Begleitung der Hohenpriester, nachdem sie eben das Lamm gegessen, in der heiligen Paschanacht eingefangen, und coram pleno zum Tode verurtheilt wurde, und was der Betrieb der Hinrichtung weiter mit sich brachte, widerspricht ganz und gar der gebotenen heiligen Stille am hohen Sabbate, wo von Sonnenuntergang angefangen keine Gerichtssitzung mehr eingeleitet noch Zeugen verhört wurden.[8]) Gleichwohl wäre, falls man den Justizmord auf den Festsabbat verlegt, den geistlichen und weltlichen Gesetzen und allem Herkommen zum Trotze nicht bloß der Heiland, mit dessen Hinrichtung es drängte, am „Ruhetage" der Ostern abgeurtheilt und zum Tode ausgeführt worden, sondern die Römer sollen auch die drei Sikarier, den Barabbas und die beiden Schächer, die wegen Aufruhrs und Mordes auf der That ertappt und eher standrechtlich gerichtet werden mochten, eigens auf den hohen Festtag aufgespart haben, um sie an ihm hinzurichten? Das heißt die Dinge in's gerade Gegentheil verkehren. Während wir die Hohenpriester noch am Kreuze geschäftig sehen, hätten sie nicht dafür am Ostertage schon vom ersten Hahnenrufe an, wo bereits die Israeliten im Vorhofe sich versammelten, im Tempel gegenwärtig bleiben, den Brandopferaltar von Asche reinigen, das Morgenopfer darbringen und die zahlreichen Chagiga schlachten müssen?[9])

Der Festsabbat, wie jeder Wochensabbat, war nur das Abbild jenes siebenten Schöpfungstages, wo Gott von seinem Werke ruhete, und das Vorbild jenes ewigen Friedens im zukünftigen Reiche Gottes. Nach Philo de migrat. Abrah. (ed. Pfeifer III, 452) war Anklagen und Richten am Sabbat verboten. „Wenn," spricht derselbe, „unter der Feier des Sabbats der tiefere Sinn verborgen ist, daß Gott allein Thätigkeit, der Creatur dagegen Leiden zukömmt, so dürfen wir die betreffenden Vorschriften über seine Heilighaltung in keinem Falle verletzen, kein Feuer anzünden, nicht die Erde bebauen noch Lasten tragen, anklagen, richten, anvertrautes Gut zurückfordern, Schulden eintreiben oder Dinge anderer Art verrichten, die an Werktagen wohl erlaubt sind." Und die auf die Sabbatheiligung so

---

8) B. Sanhed. f. 35, 1. Maimon. in Sanh. p. 6. Non poterant incipere ulla judicia ea (sc. Paschatis) nocte, neque admittebant ullos testes ea nocte.

9) Movers Das letzte Passamahl und der Todestag des Herrn. Rheinische Zeitschr. für Phil. u. k. Theol. H. VII. u. VIII. Vgl. Lundius Die altjüd. Heiligth. I. 5. c. 10—15.

erpichten Juden sollten gerade am höchsten Sabbat des Jahres all diese Vorschriften mit Füßen getreten haben? statt dem Volke mit gutem Beispiele voranzugehen, hätten die Hohenpriester in Person (Lk. XXII, 52. 54) in der heiligen Nacht wie am Tage mitsammt den Rathsherren, die eben in der Amtstracht aus dem Rathsaale kommen, bis zum Fuße der Schädelstätte eine Geschäftigkeit entwickelt, die offenbar Anstoß und Ärgerniß erregen mußte. Am Sabbat durfte selbst vom gemeinen Manne nichts gethan, insbesondere keine Waffen getragen werden, sondern mit Bezug auf Js. II, 4 erklärt die Mischna Sabbat c. 6, 4 ausdrücklich: „Kein Mann darf alsdann ausgehen mit Schwert oder Bogen, Schild, Tartsche oder Spieß, und thut er es dennoch, so schuldet er ein Sündopfer. Denn, so sagen die Weisen, es gilt davon das Wort Js. II, 4." Gerade die Paschazeit vergegenwärtigte das goldene Zeitalter des Friedens, wo die Schwerter in Pflugscharen, die Spieße in Traubenmesser umgeschmiedet werden sollen. Noch in der Makkabäerzeit (I. Makk. II, 34 f. II. Makk. VI, 11) ließen sich die Juden lieber tödten, als am Sabbat Waffen zu ihrer Vertheidigung zu führen, und jetzt sollten die Tempelsoldaten sich so vergessen haben, daß sie am höchsten Sabbat im Jahre mit Spieß und Stangen zum Angriffe ausgezogen wären? Josephus führt bell. II, 19, 2 es als höchst auffallend an, daß die Juden beim Ausbruch der Empörung an einem Sabbat zu den Waffen gegriffen hätten. Hingegen rückt die Tempelwache bewaffnet gegen Christus aus, als gelte es einen Mörder einzufangen, auch zieht Petrus vor dem Gange nach dem Ölberge zwei Schwerter hervor, und schlägt hierauf mit aller Schärfe darein.

Am Tage vor dem Osterfeste mußte das ganze Haus ausgekehrt und der letzte Winkel nach Brodkrummen u. s. w. durchsucht werden, denn der Festtag selbst war so hoch und feierlich gehalten, daß man keinen Besen anrühren durfte, wie dieß an den drei Hauptfesten der Christen (zu Ostern, Pfingsten und Weihnachten) in jedem ordentlichen Hauswesen Herkommen ist, auch der Bäcker nicht backt u. s. w. [10]) Nehem. XIII, 16 wird wider die Sabbatschänder geeifert, daß einige die Kelter an diesem Tage traten, Garben banden, Thiere

10) In der Julnacht mußten die Hausmütter auf Island alle Winkel und Gebäude ihres Hofes bei brennendem Lichte ausfegen und rein kehren, dazu alle Thüren öffnen, damit die Elfen am heiligen Abend ihren Einzug halten konnten. Noch bis heute geschieht dieß auf Neujahr.

mit Früchten beluden und nach Jerusalem führten. Auch brachten die Tyrier Fische und andere Waare auf den Sabbat zum Verkaufe nach Jerusalem. Da droht Nehemias den Vorstehern der Juden mit dem Zorne Gottes, weil sie den Sabbat brächen, ließ die Stadtthore vor dem Sabbat aufziehen und die Hausthüren schließen, und erst nach dem Sabbat wieder öffnen; und da die Händler über Nacht außen blieben, verbot er ihnen, je wieder am Sabat zu kommen — was fortan auch unterblieb. Dieselbe Regel galt in den Tagen Jesu, selbst die Stadtthore Jerusalems waren am Osterfeste verschlossen, da gesetzlich niemand aus dem Hause gehen sollte, es sey denn in den Tempel. Auch unter der Herrschaft des Islam werden noch fortwährend Freitag Mittags die Stadtpforten gesperrt und niemand aus- und eingelassen, bei der Hinrichtung des Heilandes dagegen sehen wir sie bis spät am Abend offen stehen — also kann diese nicht am Hauptsabbat der Juden vollstreckt worden seyn.

Ja, hätte der Herr genau nach mosaischer Vorschrift am vierzehnten des Abends das Lamm gegessen, so durfte Er nicht einmal mit seinen Jüngern an den Ölberg gehen; denn man mußte die erste Nacht innerhalb der Mauern Jerusalems zubringen, weil der Ort innen für heiliger galt.[11]) Exodus XII, 22 bestimmt: Nullus vestrum egrediatur ostium domus usque ad mane; und Deuter. XVI, 6. 7: In loco quem elegerit Dominus Deus tuus, immolabis Phase vespere ad solis occasum, maneque consurgens vades in tabernacula tua.

Wie konnten auch die Apostel beim Fortgehen des Judas nach dem Abendmahle meinen, er habe vom Herrn den Auftrag erhalten, den Armen etwas zuzutragen, oder noch auf das Fest etwas einzukaufen (Joh. XIII, 29), wenn die gesetzliche Zeit schon vorüber war; da das Pascha am Abende des vierzehnten doch den Hauptbestandtheil der ἑορτῆ ausmachte? Nach dem Eingange der heiligen Zeit war es offenbar zu spät, Einkäufe auf das Fest zu machen.

---

11) H. Pesach. f. 95, 2. Paschate primo quivis tenetur ad pernoctationem intra Hierosolymam, ut et Paschate secundo. Gl.: Paschatizans tenetur ad pernoctationem in Hierosolyma nocte prima. Maimon. in Kelim c. 1. Nam intra muros locus sanctior erat, quam in omnibus reliquis urbibus. Dagegen Tosaphoth in Pesach. 8. In Paschate Aegyptiaco dicitur: nemo exeat usque ad mane; sed sic non fuit in sequentibus generationibus, quibus comedebatur in uno loco, et pernoctabant in alio (sc. aedificio?).

Also gibt die Voraussetzung der Jünger kund, daß sie das Judenfest noch vor sich hatten, und erst ein Vormahl zu begehen gewiß waren. Am eigentlichen Festabende war keine Bude, kein Kramladen mehr offen, sondern Kauf wie Verkauf strenge verpönt. (II. Esr. XIII, 15—21.) Ja nicht einmal den Armen durfte zufolge Sabbat c. 1 nach dem Eingange des Festsabbats etwas verabreicht, oder von ihnen auch nur angenommen werden.

Die halbe Nacht und der folgende Tag gehen mit Waffenlärm dahin; zuvörderst führen sie Jesum vom Hohenrathe nach dem Prätorium, wagen dieß aber nicht zu betreten, um sich nicht zu beflecken; denn der Umgang mit einem Heiden verunreinigte, als wenn man einen Euterflüssigen berührt hätte, einen ganzen Tag bis an den Abend. Sie aber waren bedacht „ἵνα φάγωσι τὸ πάσχα" das Osterlamm zu essen. Hier kann nicht das Chagiga oder die sonstige Fleischmahlzeit gemeint seyn, welche man schon am Morgen des Hauptfestes und den folgenden Tagen zur beliebigen Stunde aß, aber ohne dazu verpflichtet zu seyn. (Deut. XVI, 2. II. Chron. XXX, 22.) Es fand gar keine besondere Mahlzeit der Chagiga statt, sondern Pesach. c. 6, 4 heißt es: „Man nimmt die Festopfer von kleinem und großem Vieh, von Schafen und Ziegen, gleichviel ob männliche oder weibliche, und man ißt davon zwei und einen halben Tag." Ferner steht geschrieben Chagiga c. 1, 6: „Wer die Chagiga nicht am ersten Festtage geopfert hat, kann sie an den übrigen Tagen, sey es auch am letzten Tage des Festes, darbringen, ist aber das Fest vorüber, so ist er nicht schuldig, sie nachzuholen." Jos. Ant. III, 10, 5 bezeugt, daß an den einzelnen Tagen der ungesäuerten Brode zwei Stiere, ein Widder und sieben Lämmer geschlachtet worden seyen, und die Priester von dem Fleische zu ihren Mahlzeiten erhielten. Um diese Chagiga einzubringen, sollen die Priester nicht in's Richthaus gegangen seyn, während sie aus der Feier des Festtags sich keine Skrupel gemacht hätten? Aber am Tage, wo das Synedrium jemand zum Tode verurtheilte, mußten dessen Mitglieder noch überdieß fasten! (B. Sanhed. f. 63, 1.) Also konnte seitens der Ankläger Jesu an gar kein anderes Pascha, als an das eigentliche Ostermahl gedacht seyn.

Welch ein Widerspruch! die Juden trachten Jesu nach dem Leben, weil Er den Sabbat verletzte (Joh. VII, 21. 25), und sie sollten selbst auf dem Todesgange Ihn zur Sabbatverletzung veranlaßt haben? Am gewöhnlichen Wochensabbate Holz zu tragen, war unter der Strafe von Steinigung im Gesetze (Num. XV, 35) verboten, und Jeremias XVII, 21. 22 wiederholt ernstlich diese mosaische Vorschrift. Der Gichtbrüchige am Bethesda wird schon angefahren, weil er seine Krücke oder den Lagerschemmel trägt; ja nach der Volksmythe (Grimm Myth. 681) geht der Mann im Monde zur Strafe dafür um, weil er am Sabbat Holz gelesen, und darüber gesteinigt worden [12]) — und die Hohenpriester sollten durch ihre Anklage verursacht haben, daß durch die Kreuztragung der Verurtheilten gegen das Gesetz gefrevelt werde? Schon Kaiser Augustus hatte mit Agrippa entschieden, daß kein Jude an einem Sabbate (geschweige am Osterfeste) zu einer Dienstleistung gezwungen werden dürfe. [13]) Und Simon von Cyrene sollte gutwillig das Kreuzholz eines zum Tode Verurtheilten sich aufgeladen und nicht eifersüchtig auf sein Recht als Jude sich berufen haben? Er hätte sich, wie die makkabäischen Brüder wegen des verbotenen Schweinefleisches, eher martern lassen, da nach Sabbat c. 8, 5. 9, 5 schon am gewöhnlichen Sabbat unerlaubt war, auch nur „so viel Holz zu tragen, als genügte, um ein Ei zu sieden!“ und er im Übertretungsfalle gesteinigt zu werden verdiente.

Die Hohenpriester und Vorgesetzten der Juden machten sich kein Gewissen daraus, wie man annimmt, die Ruhe des hohen Festsabbats tumultuarisch zu stören, und sie sollten so engbrüstig gewesen seyn wegen des folgenden kleinen Sabbats, daß Joh. XIX, 31 schreibt: „Weil gerade Vorbereitungstag war und der große Sabbat bevorstand, so baten die Juden den Pilatus, er möge den Hingerichteten die Beine brechen und sie abnehmen lassen, damit die Leichen nicht über den Sabbat am Kreuze hingen“? Die Mischna erklärt Sabbat c. 23, 5: „Sie thun an den Todten alle nöthigen Dinge auch am Sabbat: sie salben ihn (Bartenora spricht: mit Öl) und sie waschen

---

12) Die gemeinsamen Völkersagen von der wilden Jagd oder dem verwünschten Sonntagsschänder wie vom Holzhauer oder Reisichträger im Monde geben Zeugniß, wie die alte Welt über die Entweihung der Feiertage dachte.

13) Jos. Ant. XVI, 6, 2. 4. Caesar Aug. Pont. Max. Trib. Potest. edicit: Placuit mihi, ut Judaei suis moribus uti ex patria ipsorum Lege sinerentur, quemadmodum usi fuissent tempore Hyrcani pontificis summi Dei; neque eorum donaria attingerentur, sed Hierosolyma mitti permitterentur, et iis tradi, quibus esset recipiendi munus Hierosolymis delegatum; neve cogerentur ad vadimonia praestanda Sabbatis, aut quae ante haec fuerit praeparatio (παρασκευῇ) ab hora nona.

ihn." Demnach brauchten sie wegen des bevorstehenden Sabbats die Herrichtung zur Begräbniß nicht zu unterbrechen, wohl aber wegen des Festsabbats. Nach der Angabe bei Mk. XV, 46 kauft Joseph von Arimathäa erst Leinwand, den Leichnam Jesu einzuwickeln. Ebenso schafft Nikodemus ein großes Quantum, nehmlich gegen hundert Litren Myrrhen und Aloe herbei, während nach Sabbat 9, 6 ein Verbot darauf lag, „alle Arten von Spezereien, sey es auch noch so wenig, am Sabbat auszutragen." Alles aber, was an einem gewöhnlichen Sabbat unterbleiben sollte, mußte auch am Festtage unterlassen werden, um wie viel mehr am Osterfestsabbat. Die Frauen kaufen darauf noch schnell Arome und Salben, und darnach ruhen sie wegen des eingehenden Sabbats. (Lk. XXIII, 56.) Und doch war nicht nur Kauf und Verkauf ein Verbrechen wider den Sabbat, sondern nach Sabbat 6, 6 einer Frau nicht einmal erlaubt, an diesem Tage Geld mit sich zu führen. Geschweige am Paschafeste!

Also war es denn doch ein Werktag, der Rüsttag zum Pascha, an dem die Kreuzigung vollzogen ward, denn wozu sonst die Tage Badu, wenn man am Osterfeste alle Geschäfte thun durfte? Am Ende der Ruhetage geht Magdalena zum Grabe. (Mth. XXVIII.) Auch die Hohenpriester ruhen am Tage nach Jesu Tod und verfügen sich erst gegen Abend zu Pilatus, ihn um eine Grabwache zu ersuchen — wozu diese Gewissenhaftigkeit, wenn sie nicht den Festsabbat betraf? Warum sollten die Apostel und die Frauen nicht gleich des anderen Tages zum Grabe Christi geeilt seyn, sondern erst am Morgen des dritten, wenn die Juden doch am Hauptfesttage den Herrn gekreuzigt hatten? war etwa der Tag nach dem Pascha heiliger, als der hohe Sabbat, daß sie am Festtage (?) Ihn eilig beigesetzt, den folgenden Tag geruht, und erst am dritten Tage wieder zum Grabe gegangen wären, um die Einbalsamirung zu vollenden?

Wie wir immer es betrachten, es ist unmöglich, daß Christus mit den Juden gemeinsam das letzte Abendmahl feierte.

IX. Kapitel.

Abrogation der jüdischen Pascha. Christus der neue Melchisedek.

Matthäus schreibt XXVII, 62: „Des andern Tages, der auf den Rüsttag folgte," kamen die Hohenpriester und Pharisäer zu Pilatus mit der Bitte, das Grab versiegeln zu lassen. Dieser sonderbare Ausdruck gewinnt eben dadurch Bedeutung, daß er den Namen Pascha vermeidet, offenbar um die weitere Giltigkeit des jüdischen Festkalenders in Abrede zu stellen. Auch die Bezeichnung *παρασκευὴ τῶν Ἰουδαίων* ist mit dem Nebenblick auf die sofortige Ungiltigkeit der Judenfeste verbunden. Christus, welcher der Samaritin erklärte, die wahre Gottesverehrung sey fortan nicht mehr, wie Deuter. XII, 11—14 an die Wallfahrt nach dem Moria oder Garizim gebunden, und der den ganzen mosaischen Opferritus abschaffte, bricht auch mit der gesetzlichen Begehung des Pascha, sowie Er die Sabbatfeier aufgehoben hat.

Chrysostomus [1]) hält dafür, der Heiland allein habe das Osterlamm zu der Zeit gegessen, wo es gesetzlich gegessen werden mußte (*ἔδει θύεσθαι* Lk. XXII, 7); hingegen die Juden damals das Fest um einen Tag verspätet, um noch vorher die Hinrichtung des Herrn zu vollziehen — oder mit anderen Worten: sie hätten den vorhergängigen Monat voll (zu dreißig), Christus aber hohl (zu neunundzwanzig Tagen) angenommen, so daß im Grunde beide Theile es am vierzehnten begingen. Aber es ist unschwer nachzuweisen, daß Christus vielmehr am eigentlichen Ostertage auferstand und die Juden den Festsabbat auf den Wochensabbat ordneten, da letzterer nicht zu den Vorrichtungen für das Pascha dienen durfte.

Wie ist dieß aber zu rechtfertigen? — Der Heiland selbst erklärt sich darüber Mth. XXVI, 2, indem Er am heutigen Vormittage spricht: „Ihr wisset, daß nach zweien Tagen Ostern ist; doch der Menschensohn wird ausgeliefert, auf daß Er gekreuzigt werde." Und Lk. XXII, 15: Desiderio desideravi! „sehnsüchtig hat mich verlangt, mit euch dieß Pascha zu essen noch vor meinem Leiden," *πρὸ τοῦ με παθεῖν* (vielmehr *πάσχειν*), d. h. „bevor Ich selber Pascha werde oder als Osterlamm blute." Maimonides und Bartenora bemerken in Pesach. c. 10, 1, man habe Tags vor dem Pascha weniger gegessen, um mit desto mehr Begierde (בְּתַאֲבוֹן) das Osterlamm zu genießen. Der

1) In Matth. homil. LXXXV. Epiph. haer. I, 27. Quae quum Judaeis aberrandi causa fuisset, non modo perturbantes omnia biduo legitimum Paschatis tempus anteverterunt, sed et uno insuper die praetergressi magnis sese erroribus implicarunt. Stier Die Reden des Herrn Jesu. II. Aufl. V, 106.

Heiland dagegen begehrt voll höherer Inbrunst das Pascha zu genießen: ἐπιθυμίᾳ ἐπεθύμησα. Auch Johannes XIII, 1 deutet dieß an mit den Worten: „Bei dem Mahle, welches Jesus noch vor dem Osterfeste hielt, indem Er wußte, daß seine Stunde gekommen sey, wo Er aus dieser Welt scheiden sollte.“ Da der Tag der Hebräer mit dem Abende begann, und wie bei den Athenern u. s. w. [2]) ein νυχθήμερον war, so gehörte eben die Nacht, worin das Lamm genossen ward, zum Feste. Johannes durfte daher nicht sagen: vor dem Feste habe der Herr das Mahl eingenommen, so wenig, als es verständlich wäre, zu sagen: vor Weihnacht, Fastnacht, Sonnabend u. s. w., wenn eben die Weihnacht gemeint bliebe.

Der Herr anticipirte mithin das Pascha, weil Er den eigentlichen Festabend nicht mehr erleben sollte. Darauf erwiedern seine Jünger (Mth. XXVI, 17): „Wo willst Du, daß wir Dir das Pascha bereiten?“ Deßhalb ließ sich Christus auch beim Hausvater durch seine beiden Apostel entschuldigen, indem Er ihnen die Worte auftrug: Saget ihm: der Meister läßt dir melden, seine Zeit rückt heran u. s. w. (Mth. XXVI, 18.) Er rechtfertigt sich gleichsam, daß Er noch vor dem Osterfeste sein Abendmahl einnehme. Auch Hiskias aß das Osterlamm im Falle der Noth nicht zur bestimmten Zeit, und bis auf ihn wurde es von Josua an gar nicht genossen. (II. Chron. XXX, 2. 3. 16. 17. vgl. Num. IX, 2.) Von den Samaritern heißt es wohl, daß sie oft einen Tag vor oder nach der gesetzlichen Zeit ihr Pascha celebrirten [3]) Ja, es läßt sich nachweisen, daß die Chutäer, wie nachmals die Karäer, die Vorschrift des Gesetzes Ex. XII, 6 und Deut. XVI, 6: „bis zum Abende des vierzehnten das Paschalamm aufzubewahren, und es dann zu schlachten,“ nicht vom Ausgange, sondern vom Anbruche dieses Tages, also, da die Hebräer ihren Kalendertag mit Sonnenuntergang anfingen, vom Abende unseres dreizehnten verstanden, und darnach ihre Festmahlzeit begingen. Rosch haschana c. 2, 1 wird geklagt, daß die Minäer Verwirrung in die Bestimmung des Neumondes gebracht hätten, wornach die Ostern sich richteten, daher man von unbekannten Personen kein Zeugniß für

2) Auch Kelten und Germanen rechneten die Zeit von der Nacht an (Caesar b. g. VI, 18) und zählten, wie Tacitus Germ. 2 berichtet, a sacris nocturnis solennibus.

3) Tosiphta in Pesachim c. 1. Cuthaei aliquando Pascha celebrarunt ante diem, quo Israelitae, aliquando post.

die Phase des Neumondes mehr annahm. Die Christen hießen aber im Munde der Juden von Anbeginn Minäer oder Ketzer. Der oft scharfsinnige Harduin geräth auf den Gedanken, daß vielleicht auch die Juden mitunter anticipirten. Indem nehmlich bei der übergroßen Menge der erforderlichen Osterlämmer unmöglich alle an Einem Abende hätten geschlachtet werden können, mochte für die aus allen Nationen gesammelten Festpilger vor den Augen der Eigenthümer die Opferung schon am dreizehnten Nisan im Atrium begonnen, und darauf mancher Israelite, wie hier Christus, gleich denselben Abend noch das Lamm zu Hause am Spieße gebraten, und das Paschamahl gehalten haben!

Die Schlachtung fand statt im Vorhofe der Priester zwischen dem Brandopferaltare und dem Beth Hammoked in einem für die Zahl der Festbegeher unverhältnißmäßig kleinen Raume. Reland berechnet (antiq. I, 9, 3) nach der Mischna den Umfang des Schlachtplatzes der Osterlämmer bei 11 Ellen Breite und 135 Ellen Länge auf 1485 Quadratellen. Auch die Priester standen da, die nicht mitzählten. Die Schlachtung dauerte nur ein paar Stunden nach dem Abendopfer, das am Pascha um eine Stunde früher (d. h. um 2½) begangen wurde, bis gegen Sonnenuntergang, und zwar in drei Abtheilungen, denn während die vorderste bei verschlossenen Thoren opferte, stand die zweite im Chel oder Außenumfang der Mauer, die dritte auf dem Tempelberge, d. h. im Heidenvorhof. (Pesach. c. 5, 9. 10.) Somit konnten nur etliche Tausende zur Opferung in den Tempel gelangen und sie vertraten das ganze Volk, gleichwie der Vorhof Israels nur den Ephemerien eingeräumt war. Dieß war nicht der zehnte Theil der Festpilger, da auf ein Lamm wenigstens zehn, manchmal zwanzig Gäste kamen und mancher mehr Lämmer mitbringen mochte. Dabei ereignete es sich allerdings, daß die Räumlichkeit zu beschränkt war und einzelne im Gedränge unter die Füße getreten wurden.[4]) Wenn aber Jos. bell. VI, 9, 3 die Summe der von den Priestern auf die Seite gelegten Nieren auf 256,500 angibt, also ebenso viele Paschalämmer zählen läßt, so hat er eben eine Nulle zu viel gesetzt, was ihm öfter begegnet, so wenn er angibt, daß der geringste Flecken in Galiläa 15,000 Einwohner zähle, daß er in Jotapata 40,000 Mann um sich gehabt hatte

4) Eccha rabbathi f. 59, 1. 2. Tempore quodam ingressi sunt in montem templi et non potuit eos continere. Erat autem inter eos senex quidam, quem sub pedibus conculcarunt. Vocarunt ergo istud Pascha compressum.

(wo in den noch erhaltenen Ruinen sich kaum 4000 aufstellen könnten), oder wenn er bei der Belagerung Jerusalems die Todten in der Stadt auf elfmalhundert Tausende angibt (bell. VI, 9, 3), während nach Tacitus die Belagerten nicht über 600,000 waren und der Feind die Zahl der Besiegten gewiß nicht verringert hat. Wir lesen II. Chron. XXXV: „Josias hielt des Herrn Pascha zu Jerusalem, und schlachtete am vierzehnten Tag des ersten Monats 30,000 Lämmer und junge männliche Ziegen und 3000 Rinder." Woher hätte man aber später zehnmal so viel Thiere genommen?

Gleichwohl befremdet die kurze Frist für das Pesachopfer, wenn es im gleichnamigen Traktate 5, 1 heißt: „Das tägliche Abendopfer wird eine halbe Stunde nach acht Uhr geschlachtet, und dargebracht eine halbe Stunde nach neun Uhr (d. h. um halb vier Uhr). An Paschavortagen wird es geschlachtet eine halbe Stunde nach sieben Uhr, und dargebracht eine Stunde später, sowohl an Werktagen, als am Sabbat. Fällt aber der Vortag des Pascha auf den Vortag des Sabbat, so wird es eine halbe Stunde nach sechs Uhr geschlachtet, und eine Stunde später dargebracht; und darnach das Pascha." In Übereinstimmung damit setzt Josephus bell. VI, 9, 3 den gewöhnlichen Termin der Paschaschlachtung auf die Zeit von der neunten bis zur elften Stunde. Eine halbe Stunde längstens währte das Vesperopfer; somit begann am Todestage des Herrn die Schlachtung der Osterlämmer um römisch halb drei Uhr Nachmittags, und dauerte bis zur einbrechenden Dunkelheit, wo Er vom Kreuze abgenommen wurde. Die Zeit der Schlachtung am 14. Nisan hieß בֵּין הָעַרְבַּיִם „zwischen beiden Abenden", von der natürlichen Neige des Tages bis zur gesetzlichen oder bis Sonnenuntergang. [5]) Diese Opferstunden führten, wie die drei vorbereitenden Stunden vor jedem Sabbate, im engsten Sinne den Namen Paraskeue, und bestimmten die Zeit, binnen welcher auch die Speisen in voraus gekocht wurden. Man arbeitete überhaupt bis zum Mittage des 14ten (nur die Galiläer feierten den ganzen Vortag [6])), die Priester reinigten den

5) Maimon. hilc. Korban Pesach. c. 1, 4. Mactatio agni fit elapso meridie; ubi ante meridiem fuerit mactatus, pro profano habetur.

6) Avoda sara f. 6, 2. In Galilaca festivantur etiam vesperiis diei expiationis. H. Chagiga 3, 7. Die Galiläer feierten den Vortag des Festes so heilig, wie das Fest selbst. Bd. II, 2. S 20.

Vorhof von Blut und jedermann machte seine Festeinkäufe. Die Hausväter trugen oder ließen durch ihre Diener ein Lamm in den Tempelvorhof tragen, wo dasselbe unter dem Namen Paschalamm vorgezeigt und dann von denselben Personen abgethan wurde. Den Grund für die drei Abtheilungen gibt Pesach. c. 5, 5. 6 an: „Man schlachtet das Osterlamm allzeit in drei Haufen (Chitos), wie es Ex. XII, 6 heißt: „die Versammlung, die Gemeinde und Israel.“ Die Priester stießen in die Trompeten und die Leviten stimmten im Chore das Hallel oder den CXIII. bis CXVIII. Psalm, sämmtlich Triumph- und Dankeslieder an, woran sich Ps. CXXXVI. schloß. Indeß trat die erste Schaar herein. Wenn eine Gruppe eingelassen und der Vorhof voll war, schloß man die Thüren, und blies die Trompeten. Die Priester standen reihenweise und hatten große silberne und goldene Becken in der Hand, um das Blut aufzufangen, die eine Reihe lauter silberne, die andere lauter goldene. Der eine Priester empfängt (das Blut) und gibt es dem nächsten an ihm, und dieser wieder dem nächsten hinüber, und er empfängt (das Becken) voll, und leer kömmt es wieder zurück. Der Priester, der zunächst am Altare steht, sprengt es als Besprengung gegen den Grund desselben.“ Nach der Schlachtung mußten die Lämmer ausgeweidet und die Haut abgestreift werden, wozu an den Wänden eine Menge eiserner Haken angebracht waren, oder man konnte im Mittelraume auf Stäben, die man auf die eigene Schulter und die des Vordermanns legte, die Ausweidung vornehmen. Von dem Eingeweide wurden das Fett, Leber und Nieren nebst dem Schweife als s. g. Opfertheile auf Schüsseln nach dem Altar Jehova's gebracht und dort verbrannt. (Ex. XXIII, 18.) So folgte die zweite und dritte Schaar, bis man mit dem Schlachten zu Ende war.

Außerdem kam auch anderes Opfervieh, wie Rinder, dazu Lämmer beiderlei Geschlechts, Ziegen und Ziegenböcke als Friedensopfer zur Schlachtung: das später s. g. Chagiga, wobei man ein Chagiga des 14. und des 15. Nisan unterschied, indem man es theils mit dem Pascha aß.

Die ganze Nation stellte sich heute als ein priesterliches Volk dar, indem ausnahmsweise für diesen Tag jeder Israelite selber schlachtete, nur für die Unreinen besorgten die Priester die Schlachtung. (II. Chron. XXX, 16. XXXV, 11.) Maimonides bemerkt hilc. Korban Pesach. c. 1, 1 sq.: „Wenn sie das Pascha am Vormittage schlachteten, war es nicht recht; sie tödteten es also nicht eher, als nach dem Abendopfer, nachdem das abendliche Räucherwerk geopfert und die Lampen zugerichtet waren: alsdann begannen sie bis zum Ende des Tages die Paschalämmer zu schlachten. Wenn sie aber dieselben am Nachmittag vor dem Abendopfer schlachteten, war es recht..... Sie schlachten das Paschalamm sowie die übrigen Hostien nur im Vorhof des Tempels. Sogar damals, als man einzelne Altäre aufzurichten sich erlaubte, blieb das Verbot, daß das Paschaopfer nie auf einem Privataltare abgethan werden dürfe. Wer also das Paschalamm auf seinem Hausaltar schlachtete, verdiente Züchtigung, weil wir im Gesetze geschrieben lesen: Du darfst das Pascha nicht in jeder deiner Städte schlachten." Als ein römischer Jude Theodos seine Landsleute vermochte, am Paschavorabend ein Zicklein zu braten und zur Vergegenwärtigung des Pascha zu essen, fanden die Rabbinen es ungesetzlich, und nur sein hohes Ansehen schützte ihn vor dem Banne (Beza f. 22, 2 sq.), wenn gleich Gamaliel den Gebrauch nicht für unstatthaft erklärte.

Darum vertheidigt Hugo Grotius die Ansicht, Christus habe nicht das eigentliche mosaische Pascha (θύσιμον), sondern nur ein Gedächtnißmahl (πάσχα μνημονευτικόν, ὁμώνυμον) der Befreiung Israels für sich begehen wollen, gleichwie die Juden in der Diaspora unmöglich alle Jahre bis nach Jerusalem reisen, und der Vorschrift des Gesetzes Deut. XVI, 5. 6, das Lamm nur an der heiligen Stätte zu schlachten, Folge leisten konnten, sondern sich durch Deputationen vertreten ließen, die mit ihren Opfergaben und dem aus dem Ertrage der Erstlinge gesammelten Gelde am Tempel erschienen, während sie inzwischen zu Hause an dem beiläufigen Tage solch ein Erinnerungsmahl, im Hinblick auf die Paschafeier in ihrer heiligen Tempelstadt, hielten. Denn wie in unseren Alpenthälern jährlich am heiligen Ostertage die Landleute auf ihre Fluren hinausgehen, und unter freiem Himmel niederknieen, das Angesicht nach Rom gewendet, um in diesem Augenblicke des Segens, den der heilige Vater von Sankt Peters Dom aus über die ganze Welt ertheilt, theilhaftig zu werden: so richteten auch damals die Israeliten in der Zerstreuung an diesem Tage ihr Auge nach Jerusalem, um an dem Opfer des Lammes und dem Segen des Bundes der Befreiung geistiger Weise Antheil zu nehmen.

Auffallend erlangen wir allein durch Philo [7]) die bestimmte

7) Vita Mosis l. III, p. 686. In qua non alias plebeji homines victimas

Gewißheit, daß am Osterfeste jeder Israelite zur Schächtung des Osterlammes am eigenen Heerde berechtigt war. „Am Pascha," so spricht der alexandrinische Philosoph und Zeitgenosse Christi, „opfert jeder allenthalben für sich, ohne die Dazwischenkunft der Priester abzuwarten, indem das Gesetz im ganzen Jahre ausschließlich an diesem Tage dem gesammten Volke die Selbstverrichtung der Opfer zugesteht." Beresch. r. f. 71, 1: „Warum wünschte unser Vater Jakob das Erstgeburtsrecht zu erlangen? Weil, wie die Überlieferung sagt, vor der Errichtung des Tabernakels Altäre üblich und freigestellt waren, wo die Erstgebornen das Priesteramt zu verrichten hatten. Nach Errichtung der Bundeslade aber waren jene Altäre verboten und die heilige Funktion ging an die Priester über."

Damit löst sich jenes alte Räthsel, wie in den wenigen Abendstunden im engen Raume des Priesterhofes nach dreimaligem Einlasse zufolge der ermäßigten Annahme eine Viertelmillion Menschen, durch jeden zehnten Mann vertreten, all die Lämmer schlachten und die Priester das Blut am Altare sprengen konnten. So mochten auch die Jünger ein mackelloses Zicklein oder Böcklein bei Seite gebracht haben oder nunmehr nach der Stadt tragen und zum Abendmahle bereiten.

Das Verbot der thierischen Speise und die Anweisung an Pflanzennahrung hängt bei den Orphikern und orphischen Pythagoräern mit der Lehre von der Seelenwanderung zusammen. Nur der jährliche Genuß vom Fleische des heiligen Opferstieres in den Mysterien machte davon eine Ausnahme, indem man dadurch zur Communion des Leibes der Gottheit zu gelangen glaubte. So mußten die Juden wenigstens einmal im Jahre zum Tische des Herrn gehen und vom Opfer des unbefleckten Lammes kosten.

Nach dem Abendmahle zieht Petrus auf Jesu Wort (Lk. XXII, 38) auf einmal zwei Schwerter hervor. Im ganzen Orient und schon in Griechenland sind die Schlachtwerkzeuge der Fleischer durchaus schwert-

adducunt ad altare mactandas a sacerdotibus, sed jubente lege (Ex. XVI, 6) tota gens sacrificat, dum pro se quisque mactat hostiam, suis manibus. Tunc universus populus exultabat, unoquoque existimante se sacerdotii dignitate honoratum. De decalog. p. 766. Quando populariter singuli sacrificant non exspectatis sacerdotibus, ipsi permissu legis fungentes sacerdotio, quotannis per unum diem destinatum huic negotio. — Eine solche Notiz fehlt uns leider, um auch über die Verlegung des Festsabbats in's Klare zu kommen.

ähnlich und wie Yatagane zu brauchen; auch zählt Athenäus deipnos. XIV. μάχαιρα unter die Utensilien. Schon Chrysostomus (in Mth. XXVI.) hält Petrus' Schwert für ein *Opfermesser*; ebenso Theophylakt in Joh. XVIII, 10, Lyranus u. a. Μάχαιρα nennt Homer das Opfermesser *Agamemnons*, und die Siebzig das des *Abraham*. *Demnach war es wohl Petrus, der an der Stelle des Hausherrn das Lamm schlachtete.*

Christus zeigt sich auch hier als der *Herr des Sabbats*. Nahm Er das Festmahl früher ein, so ahmte Er gewissermaaßen den *Brauch der Juden in der Heidenwelt* nach, ja er hatte dieß vielleicht schon bei früherer Gelegenheit gethan. In der Gemara Erubin f. 39, 2. Pesach. f. 52, 1 ist von den *Doppelfesten der in die Diaspora* Ausgewanderten die Rede (שְׁנֵי יָמִים טוֹבִים שֶׁל גָּלֻיּוֹת). Beza f. 5, 1 heißt es, daß die beiden Neujahrstage gleich den andern Doppelfesten der Ausgewanderten zu betrachten seyen, aber einer davon nur für einen gemeinen Wochentag gelten könne. Da überall, wohin die Boten des Synedriums nicht kamen, Ungewißheit über den Eintritt des Neumonds herrschte, der das Pascha bestimmte, so hieß nach Ablauf der 29 Monatstage der folgende Rosch Chodesch oder Neumond der erste des Kirchenjahres; um aber in der Feier mit Jerusalem möglichst übereinzustimmen, beging man den ersten und letzten Tag des Pascha doppelt. (Beim Pfingst-, Hütten- und Neujahrsfeste war dieß nicht mehr nöthig, denn bis dahin erfuhr man wohl den Festkalender des laufenden Kirchenjahres.) Der 14. und 15. Nisan, mit der vorangehenden Nacht beginnend, war somit gleichmäßig der erste Festtag, und hieß zum Unterschiede nur πρωτόπρωτον, πρωτοδεύτερον, der achte dagegen, welcher der zweite eigentliche Festtag am Schlusse der Paschawoche war, δευτερόπρωτον, δευτεροδεύτερον, i. e. der 21. und 22. Nisan. So findet die Stelle Lk. VI, 1 ihre überraschende Erklärung. Christus beging nun das Fest charakterisch so, wie die *Erinnerungsfeier* in der Diaspora der Heiden stattfand, oder Er beging es auch gar nicht, wie ein Jahr zuvor, 781; Er verabschiedete sich zwei Jahre vor seinem Tode 780 am achten Tage, nachdem mittlerweile die Gerste reif geworden, deren Primizien man am Pascha darbrachte. [8])

8) Serno Der Tag des letzten Paschamahles. Berl. 1859, gestützt auf Ideler Chronol. I, 512.

"Αρνιον, das Lamm in der Apokalypse, bezeichnet das Passaböcklein, ἀμνός dagegen das Lamm, das zum Schuldopfer bestimmt war. Angenommen, Jesus habe in Ansehung seines morgigen Todes noch am Morgen vor der Rüstzeit oder vor seinem Leidenstage ein Lamm zum Friedensopfer im Tempel schlachten, und darauf durch seine Apostel nach der Weise des Pascha zurichten lassen, so wurden dabei Brust und Schulter, wie bei allen Thysien herausgenommen, während dem Paschalamm kein Bein gebrochen werden durfte! Also auch ein Friedenslamm will sich nicht passen.

Aber wozu bedurfte Christus bei der Einsetzung des neutestamentlichen Bundesmahles überhaupt eines Lammes? Er consecrirte ja in Brod und Wein! Ist Er denn nicht selber das Lamm, das vom Throne Gottes gekommen, das Lamm, das von Anfang geschlachtet ward, und die Sünden der Welt trägt? (Offb. V, 6. 12. XIII, 8. Joh. I, 36.) Hat Er nicht das blutige Opferlamm abgeschafft und das unblutige Abendmahl eingesetzt? War nicht das mosaische und all die mythologischen Vorbilder in diesem Augenblicke erfüllt, da die Apostel zum Hochzeitmahle des wahren Lammes geladen wurden? (Offb. XIX, 9.) Hatte nicht das Alte ein Ende, indem das neue Opfer des Brodes und Weines an die Stelle trat? Er, der bei der Hochzeit zu Kana als der eigentliche Bräutigam figurirt, steht ja auch hier als das längst angekündigte wahre Lamm Gottes. Schon durch die Nichtbegehung des vorjährigen Pascha und die Erklärung vom wahren Manna, das vom Himmel gekommen sey, hatte Christus diese Abrogation ausgesprochen. Dadurch, daß Er sein prototypes Ostermahl anticipirte, und am eigentlich kalendarischen Ostertag auferstand, vollendete Er die Derogation. Er aß nicht mehr das vorbildliche Paschalamm, denn Er war selber das wahrhaftige Agnus Dei und ging an dem nämlichen Tage in den Tod, an dem die Juden Abends das Pascha einnahmen. Der Zeit sowohl wie der Bedeutung nach sollte das jüdische Osterfest abgeschafft und durch das christliche ersetzt werden, dessen Einsetzung einen Hauptakt des messianischen Sendamtes ausmachte.

Merkwürdig ist, daß diese Andeutung schon im Hebräerevangelium in Bezug auf das letzte Pascha vorkömmt. Auf die Frage der Jünger nehmlich: „Wo willst Du, daß wir für Dich die Vorbereitungen zum Paschaessen treffen?“ erwiedert Jesus: „Habe ich denn den Wunsch, das Pascha als Fleisch zu genießen?" [9]) Die judaisirenden Ebioniten waren die ersten, welche auf die Annahme drangen, daß Jesus zugleich mit den Juden Ostern gehalten habe.

Nach den beiden ersten Bechern fand rituell eine Handwaschung statt, welche Christus zur Fußwaschung erweiterte (Joh. XIII, 2); darauf, anstatt nun das Osterlamm zu essen, setzte Er das unblutige Opfer und die Communion des neuen Bundes ein. Aber aus dem Umstande, daß derselbe den jüdischen Festkalender beibehalten, folgerten die Kleinasiaten mit Unrecht, [10]) daß Christus das Ostermahl zugleich mit den Juden begangen. Schon Pabst Anicetus rügt gegen Polykarp die abweichende Praxis, da aber die dortigen Gemeinden sich auf das Beispiel ihres Stifters beriefen, kam 170 zu Laodicäa der Osterstreit zum Ausbruche. Vor allen erklärte sich Cl. Apollinaris von Hierapolis wider den mosaischen Brauch, mit der Behauptung, daß Christus als wahres Osterlamm am 14. Nisan geopfert worden sey. Die Quartodecimaner, über welche zuletzt Pabst Viktor das Anathem schleuderte, erfuhren den Vorwurf, daß sie sich vielmehr an Matthäus (im Widerstreit mit Johannes) hielten, und den Herrn am 14. das Pascha essen, am 15. kreuzigen ließen, was wider das Gesetz sey — indem nehmlich am Pascha unmöglich eine Hinrichtung vor sich gehen durfte. Ebenso erklärten sich in eigenen Schriften Melito von Sardes, Clemens von Alex., Tertullian, Hippolyt von Portua, der Verfasser des Chronicon Paschale [11]) und noch Euthy-

9) Epiph. haer. I, 2, 22. *Μὴ ἐπιθυμίᾳ ἐπεθύμησα κρέας τοῦτο τὸ πάσχα φαγεῖν.*

10) Dieselben beriefen sich ja auch auf Johannes mit ihrer Angabe, daß Jesus 40 bis 50 Jahre auf Erden hingebracht habe, und doch waren sie bei ihrer Argumentation im vollsten Irrthume. (Vgl. meine Chronol. S. 339 f.) Bei Eisenmenger I, 255 ist aus Maggen Abraham ausdrücklich der Osterstreit wegen des 13. und 14. Nisan erläutert.

11) Wie Tillemont meint, der alex. Presbyter im III. Jahrh. ed. Migne Patrologiae t. XCII. p. 78. Salvator postquam praedicavit, non comedit agnum, sed ipse passus est ut verus agnus in paschali festivitate.... Isto die, quo Judaei manducaturi erant Pascha, crucifixus est Dominus, hostia factus..... Quo tempore passus est, legale non manducavit Pascha sed ipse ut verus agnus immolatus est in umbratilis Paschatis festivitate die Parasceves, XIV primi mensis lunae. Desiit ergo typicum Pascha, praesente vero: „Pascha enim nostrum pro nobis immolatus est Christus......" Christum crucifixerunt Judaei et tunc Pascha manducaverunt.... Hippolytus haec ita verbotenus scripsit libro primo de Paschate: Qui

mius und Nicetas Seidus im XII. Jahrhundert. Hippolyt beruft sich dabei auf das Wort des Herrn: „Ich werde nicht mehr mit euch Pascha halten.“ Clemens aber erklärt, der Heiland habe zwar in früheren Jahren Ostern, wie die Juden am 14. Nisan begangen, im Todesjahre jedoch seinen Jüngern am 13ten das Geheimniß des Lammes (τοῦ τύπου τὸ μυστήριον) ausgelegt. Eusebius hist. V, 24 führt ein Schreiben von Polykrates an den römischen Bischof Viktor an, worin derselbe von den Aposteln Philippus und Johannes, von dessen Schüler Polykarp und noch vielen anderen kleinasiatischen Lehrern sagt: *Οὗτοι πάντες ἐτήρησαν τὴν ἡμέραν τῆς τεσσερεσκαιδεκάτης τοῦ πάσχα κατὰ τὸ εὐαγγέλιον.* Dieses *σωτήριον πάσχα* ist = *σταυρώσιμον πάσχα.* Von den Aposteln und vom Evangelisten Johannes insbesondere ging also die Tradition aus, das Pascha der Erlösung am 14. des Monats zu begehen, und damit die Faste zu beenden, wogegen die übrigen Kirchen die Faste bis zum Auferstehungstage des Herrn am nächsten Sonntag fortsetzten. Des weiteren schreibt Epiphanius haer. 70. § 11: „Wenn jene (die Juden das Chagiga) schmausen, dann fastet ihr und trauert über sie, daß sie am Tag des Festes (ἐν τῇ ἡμέρᾳ τῆς ἑορτῆς) Christum gekreuziget haben, und wenn sie trauern, indem sie ihr ungesäuertes Brod mit bitteren Kräutern essen, dann

---

praedixit: »quia non adhuc manduco Pascha«, verisimiliter coenam coenavit ante Pascha.... Apollinarius in libro de Paschate docuit hisce verbis: Sunt, qui ex ignorantia excitant contentiones ajuntque decima quarta agnum cum discipulis manducasse Dominum, magna vero Azymorum die passum esse, atque ita dicere Matthaeum, uti illum intelligunt: unde legi contraria est eorum interpretatio, iisque adversari videntur evangelia.... Sed et Clemens, s. Alexandrinae ecclesiae presbyter, vir antiquissimus et qui non multum abfuit ab apostolicis temporibus, in libro de Paschate consimilia docet, ita scribens: Praeteritis ergo temporibus immolatum a Judaeis Pascha, festum agens, manducavit Dominus. Sed postquam praedicavit, ipse qui erat Pascha agnus Dei, ut ovis ad occisionem ductus, discipulos statim edocuit figurae mysterium decima tertia..... Quod igitur, eo quo passus est tempore, Dominus noster et Salvator legalem et umbratilem agnum non manducavit, sed ipse ut verus agnus immolatus et pro nobis die Parasceves, XIV primi mensis lunae, ex iis perspicuum est.... Resurgente tertia die una Sabbati, quae est Dominica, XVI primi mensis lunae, qua et manipulum offerre pontificem lex praecipit, finem accepit typicum Pascha, cum Pascha verum adfuit.

schmauset ihr" (dann seyd ihr fröhlich über die Auferstehung trotz der Fortdauer ihrer Azyma, die Deut. XVI, 3 das Brod des Elends heißen).

Die morgenländische Kirche hat von jeher festgehalten, daß Christus einen Tag vor dem Judenpascha das heilige Abendmahl des neuen Bundes eingesetzt habe, und es folgern hieraus die Griechen, auf Epiphanius Dafürhalten gestützt, mit Hartnäckigkeit, daß Jesus gesäuertes Brod consecrirt habe, weil erst am 14. Nisan die achttägige Faste in den Azymen begann — wogegen die Kleinasiaten aus dem Gebrauche ungesäuerter Hostien bei der Liturgie, der sich bestimmt bis auf Johannes den Evangelisten zurückführen ließ, den Schluß zogen, als habe der Herr mit den Juden seine Ostern gehalten.

Die römische Kirche setzte seit dem Concil zu Nicäa die Feier des Auferstehungstages statt des wandelbaren Wochentages der jüdischen Ostern trotz aller Irrungen mit den Quartodecimanern standhaft durch. Der Tag der Freiheit, wo Christus die Bande des Todes brach und die Gefangenen aus dem Kerker der Nacht mit sich empor führte zum Lichte, verdrängte die Erinnerung an die Befreiung Israels aus Ägypten unter Moses, welche am 14. Nisan erfolgt war. Der Sonntag tritt als Freudentag an die Stelle des Sabbats, der seit der Weltschöpfung begangen worden war, und diese Neuerung ist das Werk des Menschensohnes am Schlusse seines Erdenwandels. Et antiquum testamentum novo cessat ritui, singt darum die Kirche. O legis destructorem! ruft Patritius de evgl. III, 514 ungläubig über dieß Postulat aus. Aber Christus hat in der That durch die Begehung am Vortag das Gesetz der Paschafeier destruirt, Er hat nicht bloß die jüdischen Satzungen, sondern Altar und Tempel sammt der heiligen Stadt umgestürzt, und das früher auserwählte Volk selbst entwurzelt und nach allen Winden zerstreut.

X. Kapitel.

Zusammentreffen des Petrus und Johannes mit dem Wasserträger.

„Da sandte Jesus den Petrus und Johannes, seine Jünger, ab und sprach: Gehet hin, und wenn ihr in die Stadt kommet, so wird euch ein Mensch begegnen, der einen irdenen Wasserkrug trägt, [1]) dem

1) „Auf dem Rücken" trägt, wie die pers. Version Lk. XXII, 10 liest; vielmehr: auf der Schulter.

folget in das Haus zu einem gewissen Manne, wo er hineingeht, und sprechet zu dem Hausherrn: Der Meister läßt dir sagen: meine Zeit rückt heran, wo ist der Speisesaal, daß ich mit meinen Jüngern Ostern halten kann? Er wird euch darauf einen großen, wohleingerichteten Speisesaal zeigen, daselbst treffet für uns die Zubereitung." [2])

Nur in Jerusalem durfte man das Pascha essen, dahin sendet der Herr seine Jünger. Er hatte das vorige Osterfest nicht besucht, scheint indeß einen bekannten Hausvater um die Gaststube ansprechen zu lassen und sieht die Begegnung voraus. Der Name des Gastfreundes ist uns ein Geheimniß. Ὑπάγετε πρὸς τὸν δεῖνα Mth. XXVI, 18 „geht zu dem und dem"! [3]) kann der Herr nicht gesagt haben, wie schon Augustinus bemerkt; nur der Evangelist bedient sich dieses Ausdruckes, sey es, daß man damals den Namen vergessen hatte oder aus Gründen verschweigen wollte. Und wie Samuel X, 2 dem Saul zur Stärkung seines Glaubens ein Zeichen angibt, er werde seines Vaters Esel wieder finden, ja wie Jesus jüngst vor seinem Einzuge verkündet, sie würden in Bethphage eine Eselin mit ihrem Füllen angebunden treffen, so gibt Er Ihnen jetzt das Zeichen von der Begegnung des Wasserträgers.

Die Wasserträger aus der untern Volksklasse trugen zu bestimmten Tageszeiten das Wasser in die Wohnungen, wo man sie bestellt, oder luden ihre Ziegenschläuche auf Eselsrücken, und zogen damit von Haus zu Haus, so damals wie noch heute. Im Dorfe Siloa, welches an 300 waffenfähige Männer zählt, beschäftigen sich 60 bis 70 mit dem Transport und Verkauf des Wassers in Jerusalem, welches sie in der „Marienquelle oder dem Brunnen der Jungfrau", [4]) und

2) Lk. XXII, 8—12. Mk. XIV, 13—15. Mth. XXVI, 18. Im Syrischen u. Persischen steht Mk. XIV, 14: „Unser Meister läßt dir sagen." Daß man die Vorbereitungen zum Pascha durch seine Untergebenen treffen ließ, lehrt Pesachim c. 8, 2: „Wenn jemand zu seinem Diener spricht: Gehe hin und opfere für mich das Passa, und jener schlachtet ein Böcklein, darf er auch davon essen; schlachtet er ein Lamm, ist es ihm ebenfalls gestattet, davon einen Antheil zu erhalten; schlachtet er aber ein Böcklein und ein Lamm, so darf er nur von dem Fleische des ersteren Thieres genießen."

3) Cons. evgl. II, 80. Non quia hoc Dominus dixerit, sed ut ipse (evangelista) nobis insinuaret, tacito nomine fuisse quemdam in civitate, ad quem Domini discipuli mittebantur.

4) Nach dem Briefe des Barnabas mußte der Tempelknabe vom Siloabrunnen

unterhalb am Siloateiche schöpfen. Die Oberdörfler sollen herkömmlich nur oben, die Unterdörfler unten Wasser holen dürfen, während es den Frauen ober- und unterhalb erlaubt ist; auch nehmen die Siloaner das Wasser des Nehemiasbrunnens in Besitz, wo viel gewaschen wird. Ein solcher Mann mit seinem Lastesel, welcher die Ladung in Ziegenschläuchen trägt, mag sich des Tages zehn Piaster verdienen. Das meiste Wasser, namentlich so ferne es zur Fußwaschung diente, schöpfte man in Jerusalem von jeher aus den Cisternen, doch wird bis zur Stunde noch manches aus der Umgegend in Ziegenschläuchen von Frauen aus Lifta (Nephtoa) und Malchah oder auf Eselsrücken zu Markte gebracht und von der Bevölkerung gekauft. Der Mann im Evangelium war aber vielleicht ein Hausgenosse, der eben mit seinem gefüllten Kruge von der Siloaquelle herauf kam durch das Cedronthal. Wir kennen von den Straßen des alten Jerusalems nur die breite Gasse am Wasserthor und am Ephraimthor (Neh. VIII, 1. 16) und die Bäckergasse. (Jer. XXXVII, 21.) Es diente dieß Wasser zugleich zur Bereitung der süßen Brode, wie man es sonst beim Anbruch des 14. Nisan mit den Worten schöpfte: „Dieß ist das Wasser zum ungesäuerten Brode!“ und sofort die Mazza bereitete.

Die Häuser Jerusalems waren für die drei Festzeiten als Eigenthum Jehova's angesehen und somit juris communis, d. h. der zugewanderte Israelit mochte überall nach Maaßgabe des Platzes und der Bekanntschaft beim Gastfreunde, den man einmal gefunden, zusprechen und sich einquartieren, ohne dafür weiter zu Dank verpflichtet zu seyn, als daß man dem Gastwirthe das Fell des Osterlammes und den Topf, worin man es gebraten hatte, zurückließ. [5])

Bei der Bestimmung der Abendmahlsherberge gibt der Herr den Seinen die Weisung, zu achten, daß sie in ein Haus kämen, wo das nöthige Reinigungswasser nicht fehle, indem Er zwar nicht die ceremonielle Händespülung (Lk. XI, 38), wohl aber die Fußwaschung im Auge hielt. Ebenso spielen die Wasserkrüge zu Kana eine Rolle. Nach einigen Andeutungen wäre der Gastfreund Jesu Nikodemus gewesen. Es wird Avoth Nathan c. 35 unter die Wunder gerechnet, daß ungeachtet der Menge der Festpilger niemals jemand zu seinem Freunde

---

auch das Wasser zur Schlachtung der rothen Kuh tragen. Bd. V. Kap. CXXII. not. 2.

5) B. Joma f. 12, 1. Lightfoote in Mth. XXVI, 19 f. Vgl. Bd. III, 76. not. 8.

sagen konnte: ich habe in Jerusalem kein Feuer gefunden, das Osterlamm zu braten, kein Bett, darauf zu schlafen, oder keinen Platz, um meinen Aufenthalt einzurichten.

Die beiden Apostel kamen dem Auftrag des Meisters nach, folgten dem Manne auf der Straße und gaben dem Hauseigenthümer zugleich die Zahl der Lehrjünger Christi an (Mth. XXVI, 18), damit beim Abendmahlstische darauf angetragen werden konnte. Man wies ihnen im Hause sofort den oberen Stock, *τὸ ἀνάγαιον*, an, welcher zu Versammlungen und zugleich zum Gebetsorte diente. [6]) Das traditionelle Gebäude des Cönakulums, über dem Mausoleum Davids gelegen, [7]) wird schon im IV. Jahrhundert von Cyrill Kirche der Apostel genannt, und galt für älter als die Bauten Constantins. Um 600 n. Chr. hieß sie Basilica Zion, später auch Marienkirche, als Sterbeplatz der Mutter Gottes, laut alter Tradition. Der Architektur Judäas in alter wie neuer Zeit entsprechend war der Obersaal ein überwölbter Quaderbau, wobei der Übergang aus dem Viereck zur Kuppel mittels der Gewölbekappen durch das Achteck vermittelt ward und die Seitenmauern naturgemäß in den Spitzbogen verliefen. Somit war der hier geräumig genannte Saal des Abendmahls eine natürliche Kapelle, und zugleich das Vorbild der späteren Kirchenbauten.

XI. Kapitel.

Vorbereitungen zum Abendmahle.

„Die Jünger gingen hin, kamen in die Stadt, und fanden es so, wie Er ihnen gesagt hatte. Darauf bereiteten sie das Ostermahl, so

---

6) Auffallend gebrauchten Mk. XIV, 14 und Lk. XXII, 11 den Ausdruck *κατάλυμα*, wie II, 7 bei der Geburt zu Bethlehem, gleichsam dadurch anzudeuten, daß Christus im Abendmahle abermals Mensch geworden. Eigentlich ist der Obersaal wie Bd. III, 193 gemeint. *Ὑπερῷον*, coenaculum ist die Übersetzung von עֲלִיָּה aus עָלָה, ascendit. Vgl. Richt. III, 20. I. Kön. XVII, 19. II. Kön. I, 2. IV, 10. Dan. VI, 10. Apstg. I, 13. X, 9.

7) Apstg. I, 16. II, 29. Epiph. lib. de mens. Ecclesia Dei eo loco, ubi diversi discipuli ascenderunt in coenaculum, illic enim aedificatum fuerat, hoc est in parte Sion. Cyrill. Catech. XVI, 4. *Ἐνταῦθα ἐν τῇ Ἱερουσαλὴμ ἐν τῇ ἀνωτέρᾳ τῶν Ἀποστόλων ἐκκλησίᾳ.* Vgl. im übrigen mein „Pilgerbuch in das gelobte Land“.

wie Jesus ihnen befohlen hatte." (Mk. XIV, 16. Mth. XXVI, 18. Lk. XXII, 13.)

Es war Donnerstags, den 13. Nisan oder 14. April, zwei Tage vor dem Feste, am Vormittage, wo zugleich Iskarioth unter andern vorgeblichen Geschäften als der dritte Apostel in die Stadt gegangen war, aber nur, um sich dem Hohenrathe zur Gefangennehmung seines Meisters anzubieten, worauf er sich wieder in Bethanien einfand. Am 10. Nisan kaufte und sonderte man nach Ex. XII, 3 das jährige fehlerfreie Böcklein oder den Widder ab mit der Bestimmung und Erklärung, daß er zum Pascha dienen solle, und mancher Hausvater band ihn an die Bettstelle bis zum festlichen Tage. (Chelim 19, 2.) Christus ward am neunten im Triumphe eingeführt, und beging auch einen Tag früher die Ostern; insoferne Er aber die Formen des mosaischen Bundesmahles beibehielt, ungeachtet seiner besonderen Anordnungen, müssen wir das jüdische Pascharitual in's Auge fassen.

Beim Anbruch des 14. Nisan begann nach dem Abendgebete das Wegschaffen des Sauerteiges und alles Gesäuerten nach Ex. XII, 15. (Bd. V, 79.) Um aber sicher etwas hinwegzuschaffen zu haben, legten die pharisäisch Gesinnten hie und da Sauerteig oder Brod in einen Winkel, und nun durchsuchte man mit einem Öllichte alle Ritzen im Hause. Der Hausvater sprach dabei: „Gepriesen seyst du, Herr unser Gott, König in Ewigkeit, der uns durch seine Gebote geweiht und befohlen hat, das Gesäuerte wegzuschaffen." Alle Geschirre, woran allenfalls Gesäuertes hing, wurden schon einen Tag früher gereiniget und ausgebrannt. Nach der Hausdurchsuchung sprach derselbe: „Alles Gegohrene und Gesäuerte, was in meinem Bereiche ist, was ich gesehen oder nicht gesehen, sey aufgegeben und werde wie Staub der Erde." Zu Anfang der sechsten Tagesstunde oder am Mittag des 14ten wurde hierauf, was man Gesäuertes aufgehoben hatte, verbrannt, und der Hausvater wiederholte dabei die letzten Worte. Schon eine Stunde vorher durfte nichts Gesäuertes mehr genossen werden. Jesus deutet die Ceremonie auf das Ferment des Bösen; auf das Osterfest soll ja auch im neuen Bunde jeder sein Haus reinigen und in einen Tempel Gottes umschaffen, sein Gewissen sorgfältig erforschen und seinen Leib heiligen, um das wahre Osterlamm oder das Brod der Engel zu empfangen.

So wie es dunkel ward, zündete man die Sabbatlampe an, welche gewöhnlich zwölf Röhren zählte. Wo es anging, d. h. die Verhältnisse es zuließen, mußten goldene und silberne Geschirre auf die Paschatafel gestellt werden, und sollte man sie entlehnen, wie dieß bereits in Mizraim (Ex. XII, 35) der Fall gewesen war. Der Herd vertrat den Altar, dort durchstach man das Lamm nach seiner ganzen Länge und an den Vorderfüßen durch die Quere mit Holzspießen vom Granatenbaume, weil, wie Maimonides in Pesach. 7, 1 als Grund angibt, aus diesem, wenn es heiß wird, kein Wasser aussiedet. Auf diese Weise erhielten die beiden Hölzer die Kreuzesform, worauf Justin Trypho 40 mit den Worten aufmerksam macht: „Das gebratene Lamm hatte, wenn es zum Braten kam, die Kreuzfigur." Der Ofen selbst bestand aus einem Topf mit einer Öffnung am Boden, um das Feuer anzuschüren, und das Lamm darüber zu braten, wozu noch die edleren Eingeweide gehangen wurden. Das Lamm kam nach dem zweiten Becher, worauf eine Handwaschung folgte, zur Theilung; darnach sollte man keinen weiteren Bissen mehr genießen. (Maimon. de fermento et azymo.) So verordnete Moses Ex. XII, 8: „Du sollst Fleisch essen in derselben Nacht, am Feuer gebraten, und ungesäuert Brod mit bitteren Salzen."

„Drei Dinge waren zum Paschamahl nöthig: das Paschalamm, das ungesäuerte Brod und bittere Kräuter." (Pesach. c. 10, 5.) Jeder einzelne Bestandtheil stellte symbolisch ein großes historisches Ereigniß der Nation dar. Das Paschalamm erinnerte an den Vorübergang des Würgengels in Ägypten, das Ungesäuerte angeblich an die Eile bei der Auswanderung; die Bitterkräuter, nehmlich Lattich, Eppich, Meer- und gemeiner Rettig, Mangold oder Ranne, Endivie, Petersilie, Körbelkraut, dann Brunnenkresse oder wilder Salat, Andorn und dergleichen Wurzelgewächse sollten daran erinnern, „daß die Ägypter das Leben ihrer Väter mit Bitterkeit in Mizraim erfüllt hatten." Von diesem Grünzeuge führt vielleicht der Gründonnerstag den Namen. Daran reihte sich als Zukost ein dicker Brei von Ziegelfarbe, der an den Frohndienst beim Städtebau in Ägypten denken ließ. Sie nahmen, erklärt Maimon. hilc. Chammetz ummaza c. 7, 11, Datteln und Rosinen u. dgl. und brachten sie in der Nacht des Pascha auf den Tisch (c. 8, 2). Daneben tunkte der Herr des Hausgesindes die Kräuter und das ungesäuerte Brod, besonders oder indem man das Brod mit den Kräutern zusammenrollte, in eine Schaale Essig. Bartenora schreibt in Pesach. c. 10, 3: „Der Eintunk, Charoset geheißen, war von Feigen, Nüssen, Mandeln und anderen Früchten, wozu sie auch noch Äpfel nahmen; alles das stampften sie in einem Mörser und vermengten es mit Weinessig, thaten Specereien, Kalmus und Zimmt daran, in langen schmalen Streifen zum Gedächtnisse des Strohes, auch mußten sie dick seyn zur Erinnerung an den Mörtel."

Endlich durfte am Abendmahlstische auch das rothgefärbte Osterei nicht fehlen zur Erinnerung an den ägyptischen Kindermord, als der Sage nach Pharao sich im Blute hebräischer Knaben badete, um vom Aussatze rein zu werden. Das rothe Ei bedeutete, daß der Saame Abrahams trotz alles Ungemachs gleichwohl im Keime erhalten geblieben war und wie das Küchlein aus dem Ei hervorging. Jedenfalls ist der Gebrauch aus Ägypten entlehnt und dort noch heute das Buntfärben üblich. Das Osterei symbolisirt zunächst das Weltei, aus dem die Schöpfung im Frühling der Zeiten hervorgegangen, oder das Ei des im Feuer sich selbst verjüngenden Phönix; darum genoß es bei so vielen Nationen des Alterthums eine religiöse Weihe und bildete einen wesentlichen Bestandtheil des jüdischen Paschamahles, um die Regenerationen der Zeiten und Völker aus dem unverwüstlichen Keime darzustellen.[1]) Wie die Perser am Frühlingsfeste Nuruz oder Neulicht gefärbte Eier austheilten, so ward von den Slaven am Lenzfeste Letnice ein Ei der Sonne geboten, während die Römer damit Lustrationen vornahmen, daher Juvenal VI, 517 singt: Nisi me centum lustraverit ovis. Zahlreiche Volksgebräuche, wie der Wettlauf nach Eiern am Märzfeste des Castor und Pollux durch den römischen Circus, wo die Eier als Siegespreis den Dioskuren geweiht waren, die selber aus dem Ei der Schwangöttin hervorgegangen und die beiden Eierschaalen als Helme trugen, dazu die Eiertänze u. s. w. hängen damit zusammen. Auch in der Gräbersymbolik der Alten figurirt das Ei als Bild des geheimnißvoll unter der Scholle der Erde verborgenen Lebens, das zur

1) Mein Heidenth. I, 44 f. Beim Sommergewinn in Eisenach am Sonntag Lätare färbt man zum Spiel Hühner- und Taubeneier. Diese geputzten Eier und die damit in Verbindung gebrachten künstlichen Vögel sinnbilden, daß das Jahr in seinem sommerlichen Anfang wie ein Vogel aus dem Neste komme. Wolf Deutsche Mythol. II, 104. Vgl. das Eierlesen zu Breslau am Ostermontage, und das Eierlaufen zu Pfungstadt in Hessen. Sprechend sind besonders die rothgefärbten Ostereier der Russen, wo vom Kaiser angefangen bis zum letzten Bauer jeder seine Bekannten mit dergleichen beschenkt und der Verbrauch auf 3 Millionen Eier sich allein in Petersburg berechnet. Anderwärts weiß man noch im Volke, daß die Sitte, die Ostereier roth zu färben, an das Blut erinnern soll, womit die Israeliten ihre Thürschwellen bestrichen, daß der Würgengel vorübergehe. Leoprechting Aus dem Lechrain 175. Bachofen Gräbersymb. Bas. 1859.

Wiedergeburt oder Auferstehung gelangen soll. Die strengeren Orphiker und Pythagoräer enthielten sich der Eier, eben weil dieß für das Sinnbild des Schöpfungseis galt, woraus das All entstanden. Die Eier sind in Jerusalem und ganz Syrien von der Größe der abendländischen, während sie in Ägypten nicht die Länge von 2 Zoll, und nur 1″ 3‴ Dicke erreichen. Im Talmud handelt der ganze Traktat Beza vom Ei des Festtages, ob z. B. ein Ei, das die Henne am Festtage gelegt, genossen werden dürfe oder nicht. Hillel bejaht, Schammai verneint das, 800 Rabbinen streiten für und wider, und die Verhandlungen machen einen Folianten aus.

Die Paschanacht war nach Pirke Eliezer die erste Schöpfungsnacht gewesen, in dieselbe sollte auch die Recreation und Regeneration durch den Messias fallen, sowie der Vorläufer Elias beim Ostermahle erwartet ward. Targum Hier. in Ex. XII, 42 heißt es: „Vier Nächte sind im Gedenkbuche verzeichnet: erstens die der Schöpfung, zweitens die des Bundesschlusses mit Abraham, drittens die erste Paschanacht, viertens die Nacht, wo das Ende der Welt sich erfüllt, die Erlösung sich vollzieht, die Stricke der Bosheit zerreißen und das eiserne Joch (des Römerreiches. Chronol. 264) zerbrochen wird. In der Paschanacht frägt das Kind: „Warum unterscheidet sich diese Nacht von allen andern Nächten?“ Antwort: „Weil wir Sklaven waren im Lande der Pharaonen und Gott uns mit starker Hand in's Land der Freiheit geführt hat.““ Das Kirchenjahr nahm mit dem heiligen Abend seinen Anfang und das Lamm bildete das große vorbildliche Opfer zur Heiligung des Volkes für die kommende Zeit. Wer den Genuß des Abendmahles unterließ, dessen Seele sollte ausgerottet werden: die vollständigste Entsündigung war durch die gesetzmäßige Feier erlangt.

Das ungesäuerte Brod konnte zufolge Challa c. 1, 2 aus dem Mehle von fünf Getreidesorten: Waizen, Gerste, Spelt, Hafer und Roggen bereitet werden. Wir lesen II. Sam. XIII, 8. 9: „Thamar ging in das Haus ihres Bruders Ammon, der zu Bette lag. Und sie nahm einen Teig, knetete und buck ihn vor seinen Augen, nahm die Platte (Pfanne) und schüttete sie vor ihm aus.“ Ähnlich verhält es sich mit dem Brode, das Sara (Gen. XIX, 3) den drei Engeln bereitete, wobei die hebräische Überlieferung behauptet, es sey dieß am Pascha geschehen. Ebenso spricht R. Samuel bar Nachman Bereschith r. f. 42, 1: „Das Brod, welches Melchisedek dem Abraham reichte, waren Schaubrode.“

Es ist hier von ungesäuerten Kuchen die Rede, wie man sie in Palästina noch täglich bereitet, und im gewöhnlichen Leben höchstens mit Salz bestreut, indem man rund und flach gewölbten Teig, weiche Brode von etwa 12 Zoll Durchmesser auf runden Lehmherden ausbäckt. Man trifft mit Erstaunen noch heute dort zu Lande dieselben blattdünnen Scheiben, wie sie die Juden zum Ostermahle brauchten. Die Hausfrau knetet vor unseren Augen Teig aus Waizenmehl, macht aus Netes oder Christdorn ein schnell aufloderndes Feuer, erhitzt gelegentlich auch ein rundes Eisenblech, streicht den Teig darüber und legt ihn um, so daß er schnell durchgebacken ist. Man fährt so fort mit dem zweiten und allen weiteren Kuchen, die man dann auf einander gelegt (wie die Schaubrode im Tempel) auf den Tisch bringt — ganz wie bei der Bereitung der Osterkuchen geschah. Die Therapeuten hatten außer ihren gemeinschaftlichen Mahlen (Liebesmahlen) auch eine Art Abendmahl (*παναχέστατον σίτιον*), bestehend aus ungesäuertem Brode, woran jedoch nur die Besseren theilnahmen.[2]) Kömmt man in Ägypten in ein Dorf und ist kein Brod vorhanden, so wird schnell ein Schlauch Flüssigkeit herbeigeschafft, ohne Umstände aus Mehl und Wasser ein Teig bereitet, der Ofen mit Kuh- oder Kameelmist geheizt, d. h. ein Topf erhitzt und der darüber ausgebreitete Kuchen gar gemacht, oder man legt ihn einfach an die Sonne; ja im Midrasch Rabba wird erzählt, die Israeliten hätten beim Auszug Brodteig auf die Achsel genommen und an der Sonne ausgebacken. Mitunter breitet man den Teig auch bloß auf die Asche aus und gewinnt so das Brod des Elends (Deut. XVI, 3), offenbar das älteste Brod der Menschheit. Derlei Brodkuchen werden auch am Libanon schichtweise fünf bis sechs auf einander dem Gaste zum Imbiß vorgesetzt, und man taucht sie zusammengerollt in die Brühe (Dibs), was nicht ohne Verschütten abgeht. Auch die Kurden, schreibt Layard (Nineve und Babylon 217), rollen den Teig in große Kuchen, die kaum dicker sind als ein Blatt Papier; dieß geschieht auf einem flachen Holzteller, worauf man sie auf einer etwas convexen eisernen Platte (Sadsch) am gelinden Feuer röstet. Selbst in Deutschland hat sich diese älteste Form der

2) Philo über die Therapeuten II, 484 *ἀπέχεσθαι δὲ τῶν ἄρτων (ἀζύμων οἱ ἄλλοι) ἵνα ἔχωσι προνομίαν οἱ κρείττονες. Τὰ ἄζυμα* sc. *λάγανα* (Lev. VII, 12) sind ungesäuerte Dünnscheiben. Jahn Archäol. I, 2. §. 162. Robinson Neuere Forsch. S. 56. Frankl Nach Jerus. II, 441. Israel Benjamin Acht Jahre in Asien zc. 224. Leben J. Chr. V, 81.

Brode, die s. g. Aschenkuchen, bis zur Stunde erhalten. Es sind Scheiben so groß wie ein Teller, aber bei zwei Finger dick, die man aus gewöhnlichem Teige formt, walzt und an der Oberfläche mit der Gabel vielfach durchstößt, damit keine Blasen auffahren. Man bäckt sie in der Eile, wenn das andere Brod ausgegangen, und versäumt nicht, jedesmal dem Holzfräulein einen oder zwei Kuchen mitzubacken und auf dem Herde zu lassen. [3])

Der Backtrog hatte bei den Juden die Form eines unten weiten, nach oben sich verengernden Kruges, an dessen Außenwand man den dünn und tellerartig zubereiteten Brodteig klebte und so backen ließ. Hatte der Ofen seine Weitung nach oben, so belegte man ihn nach innen und buck so in Geschwindigkeit die Brode heraus. Noch heutzutage trifft man solche Feuerstellen im Lande, nehmlich eine Vertiefung, mit Topfscherben ausgeplattet, um den Teig am Feuer in der Mitte zu einem genießbaren Zelten zu backen. Wegen der Dünne und Sprödigkeit der Scheiben konnte die Mazza nicht mit Messern geschnitten, sondern nur gebrochen werden, wie man auch die weicheren Aschenbrode, die regelmäßig statt der Teller dienen, einfach mit den Fingern zerreißt. Der Hausvater hatte beim Paschamahle regelmäßig drei ungesäuerte Brode auf einander vor sich liegen, wovon das obere und untere ganz, das mittlere schon gebrochen war. Von diesen Mazzoth, welche das erste Gericht beim Ostermahle ausmachten, sollte der erste dem Priester, der andere den Leviten, der dritte dem jüdischen Volke gelten; auch bildeten sie ein feineres Gebäck als gewöhnliche Aschenkuchen, welche nicht nothwendig ungesäuert waren.

Endlich wurde der Wein kredenzt, weil es nach Pesach. f. 37, 2 Pflicht war, die Hausgenossen aufzuheitern, zufolge Deut. XVI, 14: „Und du sollst fröhlich seyn an deinem Feste, du und dein Sohn, deine Tochter, Knecht und Magd. Zach. X, 7 aber spricht: „Ihre Herzen werden fröhlich durch Wein.“ Dabei bestand die Pflicht, rothen Wein zu trinken, und der Talmud B. Pesach. erklärt ausdrücklich: Geschmack und Farbe des Weines sollen nicht vermißt werden. Wenn bei der Consecration die jüdische Sitte (Maimon. in Sabbat c. 8, 1) eingehalten ward, mußte der Wein mit einem Fünftheile Wasser gemischt seyn.

Die Frage, woher Jesus Azymen, oder wie sie hießen „reine Brode“ (ἄρτοι καθαροί) nahm, erledigt sich wohl aus dem unge-

3) Schönwerth Sagen und Sitten der Oberpfalz II, 377.

heuren Verbrauche solcher geweihten Mazza, dergleichen die heutigen Juden ja noch das ganze Jahr hindurch aufbewahren, und da man schon am Morgen des 14ten davon aß, den man von der Zurichtung alles Nöthigen zum Feste in Haus und Keller eben *παρασκευή* benannte, so mochte für die Hunderttausende von Festbegehern ein Theil wohl schon am Vorabende des 14ten oder unter den Augen der Gäste gebacken werden, da es einer Säure und Gährung nicht bedurfte.

Bei Christi Abendmahl kömmt nur Brod und Wein, und nicht das Haupterforderniß, das Fleisch des Osterlammes, zur Sprache. Matth. XXVI, 26 spricht ausdrücklich: Jesus nahm *τὸν ἄρτον*, das bestimmte Brod, nehmlich מַצָּה, und *τὸ ποτήριον*, den Paschakelch אַרְבַּע כּוֹסוֹת, während die übrigen Evangelisten und der Korintherbrief den Artikel weglassen. *Ἡτοίμασαν τὸ πάσχα:* die Jünger bereiteten das Ostermahl in der Form des alten Bundesmahles und der Herr consecrirt in Azymis; denn „es ziemte Ihm, alle Gerechtigkeit zu erfüllen.“ (Mth. III, 15.)

XII. Kapitel.
Die Tafelrunde.

„Als es aber Abend geworden, kam Jesus mit den Seinen nach, und da die Stunde da war, legte Er sich zu Tisch, und die zwölf Apostel mit Ihm.“

Wenn die Sterne aufgingen, ließ man sich zu Tische nieder. Der Tisch, auf welchen das unbefleckte Lamm nach der häuslichen Schlachtung gebracht ward, stellte eigentlich den Opferaltar vor. Zunächst heißt mensa der Opfertisch und stimmt zur Wurzel, die in den übrigen Sprachen Fleisch (sskr. mansa, arisch miesd) bezeichnet; verwandt ist das ahd. manzo = Fett und mangiare, manger, ménager. Der Tisch der Schaubrode war nur anderthalb Ellen hoch und der Paschatisch gewiß nicht höher, und am Schlusse der Mahlzeit wurde die Tafel wörtlich aufgehoben. Der Tisch selbst war mit frischen Linnen bedeckt; darauf lag die schneeweiße Mazza oder das ungesäuerte Waizenbrod, genannt von מָצַץ, rein, welches Wort vielleicht die Wurzel zu Missa oder Messe abgibt. [1]) Da das Pascha ursprünglich

---

1) Maza oder Hygieia (Gesundheit) nannten die Griechen das Opferstück, das man als heilbringend kostete oder mit nach Hause nahm. Athenäus deipnos. 3.

ein Naturfest war, das im Grunde allen Nationen gemeinsam blieb, so schreibt sich dasselbe nicht ausschließlich von Moses her; die Rabbinen deuten dieß in Bezug auf das Opfer Melchisedeks und die Osterbrode am Tische der drei Elohim selbst an. Beim Auszug aus Ägypten aßen es die Israeliten stehend, den Wanderstab in der Hand. Noch heute frägt der jüdische Hausvater in Nordafrika seinen Sohn, der mit dem Wanderstabe und dem Reisesack mit Brod auf der Schulter im Kreise der Hausgenossen steht: „Woher kömmst du, Pilgersmann?“ Antw. Aus Mizraim. „Bist du erlöst von den Banden der Knechtschaft?“ Antw. Wohl, ich bin frei und erlöst. „Und wohin willst du?“ Der Pilgerknabe antwortet: Nach Jeruschalaim.

In Judäa finden wir beim Pascha nur mehr des Sitzens oder zu Tischeliegens erwähnt. Die Gewohnheit, sich zu Tische zu legen, herrschte nach Casaubon auch bei den Assyrern und Chaldäern, Medern und Persern, Indern und Celten, Griechen, Etruskern und Römern, und zwar mit Ausnahme der Letzteren schon im frühesten Alterthume. Nur die Frauen pflegten nach Varro's Zeugniß Anstands halber immer zu sitzen, ebenso die Sklaven, während die Herren sich nach der Seite lehnten. [2]) Amos VI, 4. 7 spielt mit bitterem Tadel auf das Liegen bei Tische an. „Hingereckt über Elfenbeinstühlen, treibt ihr Muthwillen auf euren Lagern und schmauset.“ Als pers. Sitte kömmt dieß Esra I, 6. VII, 8 vor; ausdrücklich geschah es bei Hochzeiten und andern festlichen Mahlen. (Mth. XXII, 10.) Die Rabbinen unterscheiden genau zwischen ישיבה sitzen, und הסיבה liegen bei Tische. Im ersteren Falle mußte jeder das Tischgebet besonders (Berac. c. 6, 6), im letztern einer für alle vorbeten. Das Ostermahl sollte jeder, auch der Ärmste, in liegender Stellung einnehmen. H. Pesach. f. 37, 2: „Es ist die Weise von Knechten, stehend zu essen, aber hier (beim Pascha) geschieht

---

Ὑγίεια δὲ καλεῖται ἡ διδομένη ἐν ταῖς θυσίαις μᾶζα, ἵνα ἀπογεύσωνται. Miezd, das gesegnete heilige Fleisch der Parsen, repräsentirte das Opfer des ganzen Thierreiches. Zendavesta I, 211. Mein Heidenth. II, 321.

2) Bd. III, 122 f. Isid. Orig. XX, 11. Apud veteres Romanos usus non erat accumbendi, unde et considere dicuntur. Postea ut Varro ait de vita populi Romani, viri discumbere coeperunt, mulieres sedere, quia turpis visus est in muliere accubitus. Petron. Satyr. 64. Trimalchio camellam grandem jussit misceri, portiones dividi omnibus servis, qui ad pedes sedebant. Der Vorstellung einer sitzenden domina zu Füßen ihres bei Tische liegenden dominus begegnen wir häufig auf röm. Grabdenkmälern. Cf. Boissardus und Gruterus thes. inscript. Wetstein in Luc. X, 39.

es liegend, weil sie aus der Sklaverei zur Freiheit gelangten." f, 108, 1: „Wenn man das ungesäuerte Brod oder den Wein genießt, soll man in liegender Stellung bleiben, beim Genuß der bittern Kräuter ist dieß nicht erforderlich (weil diese an die Zwingherrschaft im Nillande erinnerten)." Rab Nachmann will bei dem Weine nur die ersten besten Becher gemeint haben, die beiden andern kann man in jeder Körperlage trinken. Maimonides schreibt in Pesach. c. 10, 1: „Wir sind verpflichtet, liegend zu essen, wie Könige und große Herren, weil dieß ein Zeichen der Freiheit ist."

Die ägyptischen Herren pflegten sich nach unserer Art zu Tische zu setzen, wie wir noch aus zahlreichen Vorstellungen und Abbildungen ersehen. Auch die Helden Homers sitzen ἐν θρόνοις καὶ κλισμοις. Die Juden schloßen sich zunächst an die Sitte des Nillandes an, und zum Hausrathe beider gehörten etwas niedere Stühle. Da die Evangelisten ausdrücklich ἀνακεῖσθαι (Mark. XIV, 18. Matth. XXVI, 20) oder noch deutlicher ἀνέπεσεν (Lk. XXII, 14. Joh. XIII, 12. 25. XXI, 20) „niederlegen, sich hinwerfen" gebrauchen, so muß Christus den Gebrauch des zu Tischeliegens adoptirt haben, [3]) wenn nicht die heiligen Autoren sich bloß der römischen Redeweise anbequemten (vgl. Bd. II, 2. S. 199. 201). Die späteren Rabbinen wissen nur mehr von der römischen Sitte. So lesen wir H. Taanith f. 68, 1. B. Beracoth 46, 2 Gl.: „Sie pflegten liegend zu essen, und zwar nach der linken Seite gelehnt, wobei die Füße auf der Erde ruhten, jeder auf seinem Lagerbette. Wenn nur zwei Polster vorhanden sind, liegt der Vornehmste zu oberst, der zweite an Rang ober ihm (d. h. rechts). Wenn drei, liegt der Vornehmste in der Mitte, der zweite nach ihm über ihm und der dritte neben ihm (zur Linken). Wenn er mit jenem sprechen will, richtet er sich auf und sitzt aufrecht, denn so hingestreckt kann er mit ihm nicht wohl der Unterredung pflegen." Dieß ist es, was Mk. XIV, 3 recumbere, bei den Römern accubitus heißt. Noch

---

3) Wie im Hause Simons, des vornehmen Pharisäers, und bei Lazarus in Bethanien geschah (Bd. III, 318. V, Kap. XI). Indeß folgen die Künstler der Regel und sind im vollen Rechte, wenn sie den Heiland mit den Zwölfen beim Abendmahle sitzend darstellen; unpassend sind nur die Messer und Gabeln, wie sie selbst Raphael malt. Der Orientale gebraucht für gewöhnlich weder Tisch noch Stuhl, noch andere Eßwerkzeuge außer seinen fünf Fingern; jeder Gast hat sechs oder mehr solcher Brodfladen, unsern ungegangenen Ofenkuchen vergleichbar, vor sich liegen, bildet daraus eine Art Schöpflöffel für den Eintunk, und ißt so „den Löffel sammt der Sauce".

heute legt sich der Morgenländer entweder einfach um den Herd, der zugleich die Stelle des Tisches vertritt, oder bedient sich niedriger Stühlchen und Polster, um nach der Linken gelehnt mit der Rechten die Speisen zum Munde zu führen.

Weniger als zehn sollten nicht die Palmen tragen, nicht das Trauergefolge bei einer Begräbniß, noch die Freudenbegleitung bei einer Hochzeit bilden, nicht jene Gebetsgenossenschaft im Namen des Herrn, noch die Gesellschaft am Paschamahle ausmachen. (Cf. Megilla c. 4, 3.) „Nicht weniger als zehn, nicht mehr denn zwanzig durften von einem Paschalamme essen, wie auch Jos. bell. VI. 9, 3 bemerkt. Die Alten gaben nach dem hergerichteten Tische oder der Zahl der Gäste dem Speisesaale den Namen Triklinion oder Heptaklinion. Die Theilnehmer am Symposion sollten nicht unter der Zahl der Grazien bleiben und die Zahl der Musen nicht überschreiten. Hier aber ist von einer Tafel für zehn oder zwölf Gäste die Rede. Zwölf ist die heilige Zahl für die Tafelrunde der Götter und Menschen,[4]) und indem die Völker des Alterthums selber der Mehrzahl nach, Israel an der Spitze, der dodekarchischen Staatseintheilung folgten, sehen wir hier die Apostel als die Repräsentanten der Nationen an der Tafel des himmlischen Abendmahles. Dreizehn ist eine Unglückszahl; wo dreizehn vereint an einem Tische sitzen, muß einer demnächst sterben. Über dem Tische von oben herab brannte die Sabbatlampe mit zwölf Lichtern, um an den Sonnentisch zu erinnern, wie dieß noch heute bei den Juden der Fall ist, nach einer ursprünglich solaren Idee, indem ja auch das Licht der Sonne der Welt in zwölf Jahresabschnitten leuchtet und die Sonne in den zwölf Stationen des Thierkreises herrscht. Mazza, die Brodscheibe, hatte, wenn man will, die Form einer Sonnenscheibe,[5]) so wie die Propheten von Mond-

4) Jul. Capitol. in Vero. Notissimum fertur tale convivium, in quo primum duodecim accubuisse dicitur, quum sit notissimum dictum de numero convivarum septem convivium, novem vero convicium. Mein Heidenth. I, 456. II, 302 f. Grimm Mythol. 818.

5) Vgl. mein Heidenth. II, 324. 332. Wenn unsere christl. Maler von Leonardo bis auf unsern liebenswürdigen Meister Heß ein Semmelbrod auf den Abendmahlstisch bringen oder Christo in die Hand geben, so ist dieß eine kleine Ketzerei, weil ein durch Säure gegohrenes und aufgetriebenes Brod nicht zu den Ostern paßt und von Anfang der Kirche das Brod der Wandlung in Bezug auf die jüdischen Mazzoth die bestimmte Form der Sonnenscheibe hat. Derselbe Verstoß ist es, wenn Guido Reni beim Abendessen mit den Jüngern

broden der Astarte Isis bei den Heiden zu reden wissen, und war, wie noch heute, getüpfelt, so zwar, daß man nach der Richtung der Sprenkel die Brode nach der Zahl der Gäste, die herkömmlich zehn bis zwölf betrug, in Stücke brach. Die Form der Hostiengebäcke, wobei in der Regel eine Anzahl kleiner Hostien aus Einem Brodkuchen gewonnen werden, hat damit die größte Ähnlichkeit. Nach dem altjüdischen Ceremoniell brach der Hausvater, welchen hier Christus in der Wirklichkeit, wie sonst in der Parabel, vorstellt, ehe er das Osterlamm vorlegte, diese mannagleiche Oblate, das wenigstens spannbreite Osterbrod, in so viel Stücke, als Gäste an der Tafel waren, und reichte jedem seinen Theil mit den bezüglichen Worten.

XIII. Kapitel.

Charakteristik der Apostel.

Petrus saß oder lag Jesu zur Rechten, Johannes zur Linken, oder nach morgenländischem Ausdruck: Johannes lag Ihm an der Brust, wie er selbst in seinem Evangelium XXI, 20 schreibt, Petrus aber zu Haupten. Beide lagen Ihm also gleich nahe, Petrus jedoch an dem nächsten Ehrenplatze, wie es vergleichnißweise heißt [1]): „Der Menschensohn sitzt zur Rechten des Vaters.“ Christus lag an der Brust des Petrus, Johannes war Ihm gelegener zum Sprechen. So sitzt Alcibiades an der Seite des Sokrates (Plato Symp. p. 448). Dieser Platz ist auch gemeint, wenn es vom armen Lazarus in der Parabel heißt, er habe im Schooße Abrahams geruht. Zur Rechten war bei den Alten auch der Sitz der Braut und Gemahlin. [2])

---

zu Emmaus Jesu eine Wecke einhändigt, während in der ganzen Paschawoche nur ungesäuertes Brod genossen werden durfte. In der griech. Kirche wird nach der gottesdienstl. Feier gesegnetes gebrochenes Brod ausgetheilt, ebenso geschah es in der römischen noch im XI. Jahrh. (Baronius T. II, 1008.) Ja in Frankreich und auf Seite der Unirten in Ungarn sieht man noch bei jedem Festamte zum Symbol der Communion den Gläubigen Brode vertheilen, die eigens zum Abbrechen eingeschnitten sind. Außerdem soll die gesegnete Wecke oder Männelwecke, die am Gründonnerstage am Rhein, wie die Charfreitaghäute, die in Oberdeutschland vor den Kirchen verkauft werden, an die ungesäuerten Brode erinnern.

1) Eph. I, 20. Cf. Genes. XLVIII, 13—19. Ps. CIX, 1. I. Kön. II, 19. Syr. XII, 12. III. Esra IV, 29. Mk. XIV, 62. Joh. I, 18.

2) Plutarch Sympos. I, 3. Ὁ μὲν γὰρ ὑπ' αὐτὸν (τὸν ἑστιῶντα τόπος) ἢ

Philippus und Andreas sitzen als Freunde neben einander, sie waren von Bethsaida, Andreas hatte zuerst den Simon, dann den Philippus zu Jesus geführt, Philippus und Andreas werden bei der wunderbaren Speisung und wieder bei der Vorstellung der Hellenen persönlich handelnd eingeführt. (Joh. I, 41. 43. VI, 7. 8. XII, 22.)

Jesus lag also an der Brust des Petrus; dem Petrus zu Haupten lag Andreas, weiter zur Linken hinab Philippus. Sodann folgen am „Tische des Herrn" (1. Kor. X, 21) Nathanael oder Bartholomäus, Thomas oder Didymus, und zu äußerst Matthäus Levi. Zur Rechten hinauf aber im Halbkreise lag an der Brust des Johannes sein Bruder Jakobus der Zebedäide; dann die Alphäiden: Jakobus der Kleine, Simon der Zelote, Judas Thaddäus oder Lebbäus, und am unteren Ende Judas Iskarioth, dem Matthäus gegenüber, so daß sie durch diese Stellung zugleich ihre Erwählung und das Rangverhältniß ausdrückten, in welchem sie zu ihrem Meister standen. Darum finden wir die priesterliche Gruppe der vier Fischer um den Heiland her in der Mitte. Sie, die Ersterwählten, sind gleichsam die Erstgebornen im Hause des neuen Israel, und unter ihnen Petrus, gleich Juda, der Mann, auf dem die Verheißung ruht. Wie aber Israel den Juda, und seine Nachfolger in ihm, besonders gesegnet hat Gen. XLIX, 8: „Dich werden deine Brüder loben; deine Hand wird über dem Nacken deiner Feinde seyn, und die Kinder deines Vaters werden sich vor dir beugen" — so spricht Christus zu Simon Petrus: „Ich habe für dich gebetet, daß du nicht wankest; du aber, wenn du dich ermannt hast, stärke deine Brüder." Und wie es weiter heißt: „Das Szepter soll nicht von Juda genommen werden, noch der Führer von seines Fußes Stärke, bis der kömmt, der

---

γυναικός ἢ παίδων ἐστίν· ὁ δὲ ὑπὲρ αὐτὸν εἰκότως τῷ μάλιστα τιμωμένῳ τῶν κεκλημένων ἀπεδόθη, ἵνα ἐγγὺς ᾖ τοῦ ἑστιῶντος. Odys. IV, 69. Eustathius in Il. Ζ. p. 498. 27. Ἐν συμποσίοις ἄκροι κάθηνται οἱ ἄριστοι. Plinius epist. IV, 22. Coenabat Nerva cum paucis, Vejento proximus, atque etiam in sinu recumbebat. Petronius 36. Non erubui eum, qui supra me accumbebat, hoc ipsum interrogare. Die Künstler aller Zeiten haben diesen Ausdruck fast abenteuerlich mißverstanden, indem sie den Jünger der Liebe Christo auf den Schooß setzen oder so an die Brust lehnen, daß der Herr kaum zu athmen noch sich zu rühren vermöchte, während doch Christus und seine Jünger alle auf gleiche Weise gelagert waren und gerade die rechte Hand immer frei blieb.

gesandt werden soll;" so wird auch der Stab des Kirchenregiments nicht von Petrus genommen, der Hirtenstab nicht von seinen Händen weichen, mit dem er die Schafe und Lämmer zu weiden hat, noch sein Stuhl durch die Pforten der Hölle erschüttert, bis da kömmt die Erwartung der Völker, zu richten die Lebendigen und die Todten. Dabei ist der Löwe, das Symbol der Herrschaft und Königswürde, von Juda auf Petrus und seinen Schüler Markus übergegangen. Der Apostelfürst trägt nach der Annahme, daß er seine Mitjünger getauft und im Namen des Herrn zu Priestern geweiht, zugleich den Pontifikalornat; sein Priesterthum ist unbestritten.

Neben ihm tritt von den Boanergen, die wir bereits Bd. IV, 12 mit Simeon und Levi verglichen, Johannes als Presbyter auf, welchen Titel er auf seinen Jünger in Ephesus vererbt. Die abendländische Kirche stellt Johannes immer jung, die griechische immer als Greis dar. Johannes der Evangelist trägt den Kelch zugleich als Mundschenk, indem er das letzte Abendmahl bestellte. Christus, indem Er Johannes liebt und dieser an seinem Busen liegt, haucht gleichsam seine Seele in die des Freundes aus: Er hat die Freundschaft geheiliget, ihr eine höhere Weihe verliehen. Sein Bruder Jakobus der Ältere trinkt zuerst den Kelch des Martyrthums und taucht in der Graalsage wieder auf. Andreas verschwindet als Bischof und Martyr in der Legende.

Daran schließen sich die vier Apostel zur Rechten hinauf, nehmlich Philipp von Bethsaida, Nathanael von Kana, Matthäus Levi von Kapharnaum und Thomas: sie stehen im niederen Missionsgeschäfte als Förderer der christlichen Cultur gleichsam am Pfluge, ohne zurückzublicken, und mögen füglich in Vergleich kommen mit der zweiten Tetrade unter den Stammvätern Israels: mit Nephthali und Zabulon, Aser und Issachar, die im Dienste der Erde wirkten. Ihnen gegenüber oder zur Linken hinab repräsentiren in der entschieden heroischen Gruppe: Jakobus, der Bruder des Herrn, den Joseph; Simon der Zelote den Benjamin, welcher auch im Segen Jakobs einem reißenden Wolfe verglichen wird; Judas Thaddäus oder Lebbäus, d. h. der Beherzte, den Stamm Gad, Iskarioth aber den unstäten Dan, welcher den Skorpion führt und eine listige Schlange auf dem Wege heißt, die das vorübergehende Roß in die Ferse sticht, daß sein Reiter zu Boden stürzt.

Merkwürdig treten in diesen Tetraden auch die vier Temperamente hervor, welche wieder den vier Elementen entsprechen. So trägt Johannes das Element der Luft in sich, und der Adler ist auch in dieser Beziehung sein gewähltes Symbol: er ist der Sanguiniker. Jakobus der Zebedäide dagegen hat als Choleriker gleich dem feuereifernden, aber durch einen Blitzstrahl von oben in einen Eiferer Gottes umgewandelten Saulus, der ihn später in der Reihe der Apostel ersetzte, und wie dessen Vorgänger Stephanus das Element des Feuers in sich, das auch in Moses, Elias und Johannes Baptista loderte. Daß daher die beiden Donnerkinder über die ungastliche Samariterstadt Feuer vom Himmel riefen, paßt ganz zu dieser Signatur: es ist der Zorn Simeons und Levi's, aus der Zwölfzahl der Kinder Israels, wider die Sichemiten. Simon Jonas der Fischer trägt auch Ebbe und Fluth in seinem Charakter, und hat das angeborne Temperament des Wassers, bis der Herr ihn befestigt und zum Felsen über den Wassern erhebt. Andreas endlich ist der Mann des indifferenten Erdelementes, der Phlegmatiker, der in ruhiger Gelassenheit und bemessenem Gleichmuthe die Geschäfte um den Heiland her besorgt: so tritt er kenntlich genug nach seiner Sinnesweise im Evangelium hervor.

Zur zweiten Vierheit übergehend sehen wir wieder in Philippus den Sanguiniker, in seinem Freunde Nathanael aber gleich bei der ersten Begegnung den entschiedenen Choleriker. Thomas hinwieder ist melancholischer Natur: ahnungsvollen und schweren, unruhigen Gemüthes, ist er auf einmal vorschnell entschlossen, zu sterben, dann wieder verzagt, bis seinem Unglauben noch zuletzt vom Herrn abgeholfen wird, daß er zum höchsten Glauben an die Gottheit Christi übergeht, und seinen früheren Wankelmuth zur entscheidenden Stunde bereuend in ruhiger Mäßigung die rechte Temperatur findet. Matthäus endlich ist der Geldmann, der Phlegmatiker, und wie diese Natur mehr receptiv als produktiv sich nicht leicht vordrängt, so tritt er auch nach seiner Erwählung im ganzen Evangelium nicht weiter hervor.

In der dritten Tetrade begegnen wir ganz in der richtigen Folge, wie sie der dritte Apostelkatalog bei ihrer ersten Missionsreise paarweise ordnet, zuerst Jakobus dem Jüngeren, zugenannt der Gerechte, von jener liebenswürdigen Gemüthsart, die man so gern für die glücklichste hält; dann Simon dem Zeloten, dem früher extravaganten cholerischen Eiferer. Endlich ist Thaddäus, der fast an seinem Heilande irre ward, weil Er nicht öffentlich vor der Welt sich zeigte, und noch beim letzten Abendmahle den Herrn mit dieser Frage ungestümm drängte, mehr vom Naturell des Petrus und Thomas, wie ihn auch der Sänger der Messiade glücklich aufgefaßt hat. Judas Iskarioth aber mit dem Seckel, schon durch seine Korpulenz, wie die Tradition spricht, zum Phlegma geschaffen, offenbart jene bösartige, finster in sich hineinbrütende, und alles in sich vergrabende scheue Gemüthsart, welche von Geiz ausgehend und zu Unterschleif fortgerissen zuletzt auf heimtückischen Verrath sinnt, und gerne mit Selbstmord endet: während Matthias, sein Ersatzmann, dem Typus zufolge, mehr die gute Seite dieses Temperamentes kalter Berechnung, wie Andreas und Matthäus, sich angeeignet hat, welche beide seltsamer Weise übrigens auch wie Judas als Rechner auftreten.

Ebenso ist es um die vier Evangelisten des alten und neuen Bundes gethan, in welchen auch die entsprechenden Himmelszeichen deutlicher hervortreten. Markus entspricht Petrus dem Felsenmanne, und hinwieder dem kernvollen, ungemein kräftig zeichnenden Isaias im alten Bunde; Matthäus aber dem Jeremias, und stimmt, zunächst an die Juden sich wendend, auch am lebhaftesten die Klage über die Zerstörung Jerusalems an. Lukas ist, wie Paulus, vom Elemente des Feuers, und bietet Ezechiel die Hand; Johannes aber dem Daniel, dem Seher der Apokalypse des alten Bundes.

Also waren die dreimal vier Apostel nach der angegebenen Ordnung gelagert, oder mit Albertus Magnus zu sprechen:

Rex sedet in coena turba cinctus duodena,
Se tenet in manibus, se cibat ipse cibus.

XIV. Kapitel.

Letztgiltige Feier des mosaischen Pascha.

Wie Johannes XIII unterscheidend meldet, stand Jesus vom Abendmahle auf, den Jüngern die Füße zu waschen, und legte sich darauf wieder zu Tische. Die Fußwaschung trennt demnach das alte und neue Testament und Sakrament. Der Heiland hatte die Seinen zum letztenmal um sich versammelt und die Coena nimmt ihren Anfang. Das mosaische Pascha, dessen Mittelpunkt das Lamm ausmachte, war ein Erinnerungsmahl in Bezug auf die Vergangenheit, indem kraft dieses stellvertretenden Opfers Israel, der Erstgeborne Jehova's, Verschonung erfuhr, während Ägypten mit dem Tode seiner Erstgeburt heimgesucht wurde — so wie in Betreff der Zukunft, sofern das wahre Lamm Gottes einst für die Erlösung seines Volkes bluten sollte. Dieß ging jetzt in Erfüllung: darum war nicht mehr das symbolische Mahl von Bedeutung, nur bildet das alte prototype Opfer die Grundlage und den Berührungspunkt des christlichen Abendmahls oder der Einsetzung des realen neutestamentlichen Bundesopfers. Wie aber das mosaische Pascha dem Auszug, ging die Einsetzung des christlichen der messianischen Erlösung voran.

Nach der Weise, wie die Juden das Paschamahl begingen, ergriff der Hausvater stehend zuerst den Weinbecher mit der Rechten,[1]) und sprach zuvor den Segen über den Tag, da der Herr ihnen das Fest der ungesäuerten Brode zu feiern geboten, mit den Worten: „Dieß ist die Zeit unserer Befreiung zur heiligen Verkündung und zum Gedächtnisse des Auszuges aus Ägypten.“ Dann über den Wein: „Gepriesen sey der Herr, der Ewige, der die Frucht des Weinstockes erschaffen hat!“ Darauf trank er seinen Becher aus, und die anderen folgten; oder er trank aus dem gemeinschaftlichen Becher, reichte ihn dann dem Nächstfolgenden, und nach ihm trank jeder auf dieselbe Weise. Die Griechen tranken sich nach der rechten Seite zu.[2])

Dieser Tischsegen hieß bei den Juden בְּרָכָה, d. i. *εὐλογία*, *εὐχαριστία;* das Lamm selbst aber sacrificium eucharisticum (זֶבַח תּוֹדָה): davon hat das christliche Abendmahl oder die consecrirte Hostie den Namen Eucharistie geschöpft. Maimonides erklärt hilc. Beracoth c. 7, 2—5: „Der Hausherr spricht und endiget den Segen, darnach bricht er das Brod, doch nicht bevor sie das Salz gebracht, das mit dem Brode gegessen werden muß. . . . Und er bricht kein kleines Stück, daß er nicht sparsam, noch ein größeres denn ein Ei, daß er nicht hungrig zu seyn scheine. Nur am Sabbat bricht er einen großen Bissen. . . . Es ist ein Hauptgebot, ein ganzes Brod zu brechen. Wer das Brod gebrochen, legt ein Stück vor einen jeden, und der andere nimmt es in die Hand; nur dem Trauernden gibt man es in die

---

1) Maim. Sabbat c. 29. Poculum vini ad sanctificandum ingressum Sabbati adhibitum dextra manu sumendum erat, auxilio sinistrae non admisso.

2) Athenäus deipnos. XI, 11. Cf. X, 7. Die Alten kredenzten sieben Becher süßen Weines beim festlichen Gastmahl, davon waren zwei voll Wasser, zur Mischung bestimmt. Die Armenier verwarfen den gemischten Wein des Abendmahles, noch vor den Reformatoren.

Hand. Die, welche zu Tische liegen, mögen es nicht eher kosten, bis es der, welcher den Segen spricht, gekostet hat, und dieser ißt nicht, bevor das Amen aus dem Munde der Mehrzahl geendet ist."

Und Jesus sprach zu den Aposteln: „Herzlich hat mich verlangt, noch einmal mit euch dieß Osterlamm zu essen, ehe dann Ich leide. Denn Ich sage euch: von nun an werde Ich es nimmermehr essen, bis die Erfüllung im Reiche Gottes eintritt." — Es war sein letztes Mahl! „Und Er nahm darauf den Kelch, dankte, und sprach: Nehmet hin und theilet ihn unter euch; denn Ich sage euch: Ich werde nun nicht mehr trinken vom Gewächse des Weinstocks, bis zu jenem Tage, wo Ich es mit euch von neuem im Reiche meines Vaters trinken werde." [3])

Vor der Erfüllung im Reiche Gottes (vgl. Ps. XXXV, 9. Bd. III, 15. 91) will der Heiland nicht mehr trinken, d. h. fortan nüchtern bleiben, bis Er den Leidenskelch bis auf den letzten Tropfen leeren mußte.

Der Wein bezeichnete das Sühnblut des geschlachteten Opfers, den Bluttrank, mit dessen Genuß man Bündniß und Blutsbrüderschaft unter sich stiftete. Darum mußte der Wein roth seyn; so heißt es ausdrücklich H. Pesach. f. 37, 3: „R. Jeremia spricht, es ist befohlen, dem Gebote mit rothem Wein nachzukommen. Der „Kelch des Heils". (Ps. CXVI, 12 Kos Jeschua) bedeutet den Maschiach; darum sorge man bei der Feier des Korban Pesach für guten und wo möglich rothen Wein, und fülle den Becher damit viermal." In der heiligen Schrift begegnet uns wiederholt [4]) der Ausdruck *αἷμα σταφυλῆς* Blut der Traube, und bei Achilles Tatius II *αἷμα βοτρύων* auch im Munde des Heiden. Irenäus V nennt den Bluttrank carnis potus. (Cf. Clem. paedag. II, 2.) Der Genuß des Blutweines im Abendmahle

3) Lk. XXII, 15—18. Mk. XIV, 25. Mth. XXVI, 29. Der Cod. Cantabrig. liest *βρωθῇ*, anstatt *πληρωθῇ*, und Valkenaer urgirt diese Leseart. Der Sinn: consumere, liegt in beiden, im letzteren aber noch mehr.

4) Gen. XLIX, 11. Deut. XXXII, 14. Syrach XXXIX, 26. L, 15. I. Makk. VI, 34. Dem Weine wird auch das Blut der Gläubigen verglichen, das in der Verfolgung geflossen. Der Kelterer ist Gott selbst (Is. LXIII. Jerem XXV, 30. Klagel. I, 15). Schön spricht Philo, der Bischof von Karpasos, zum Hohel. VII, 9: „Wie die Weintrauben in der Kelter getreten und ausgepreßt das freudebringende Getränk des Weines geben, so bringen auch die Gerechten, in den Ängsten und Bedrängnissen der Versuchungen ausgekeltert, gleich Trauben der Kirche durch ihren Sieg die Freude im Geiste."

schließt einen Blutbund, das Eingehen einer Blutverwandtschaft in sich, und eine Gemeinschaft oder Verwandtschaft aller, die zum Abendmahle treten. Nach morgenländischer Sitte wird der Wein immer gewässert, und man trinkt ihn nie ungemischt, darum ist der Krater oder Mischbecher am Platze. Jesus verspricht, mit seinen Jüngern im Reiche der Herrlichkeit den Becher wieder zu trinken, denn das Himmelreich wird unter dem Bilde eines Gastmahles vorgestellt, der Kelch aber drückt die Gemeinschaft der Auserwählten aus. Auch Sohar Levit. f. 17, 2 steht vom „Weine der zukünftigen Welt", Zeror hammor f. 3, 4 von einem geistlichen Trank in den letzten Tagen geschrieben (vgl. Hebr. VI, 5).

Jetzt wurde der Tisch mit den bitteren Kräutern herbeigerückt, zur Vergegenwärtigung der herben Kost, die sie während der Knechtschaft in Ägypten genoßen. Daneben stand eine Schaale Essig oder Salzwasser, zum Andenken der Thränenfluth und der ausgestandenen Trübsale. Dann Charoset oder ein Apfel- und Mandelbrei nach Puddingart, mit Citronen und derlei Früchten im Weine dick eingekocht, und mit Ingwer oder ähnlichen leicht gestoßenen Gewürzen bestreut, der durch seine längliche Form an die Strohziegel und den Mörtel erinnern sollte, womit sie die Städte Phitom und Ramesses erbauen mußten. Ferner das Gebäck der süßen Brode, welches von der Hausfrau ebenfalls oft mit allerlei Ingredienzien versetzt, und in der Weise von Lebkuchen bereitet wurde.

Und nun begann der Hausvater: „Gebenedeit sey der Herr, der die Frucht der Erde erschaffen hat!" nahm darauf von den bitteren Kräutern, hob sie empor, und sprach: „Diese herben Kräuter essen wir zum Gedächtnisse dessen, daß die Ägypter das Leben unserer Väter im Lande Misraim verbittert haben" — tauchte sie sodann in den Essig, und aß davon wenigstens in der Quantität einer Olive, immer noch stehend, denn stehen war ein anderes Gedenkzeichen der alten Sklaverei. Und wie er, so thaten alle Übrigen.

Dann wurde der Tisch mit den Bitterkräutern hinweggeschoben, um eine Pause auszudrücken, auch um der Jugend dieß eher in's Gedächtniß einzuprägen; und der Hausvater las die Hagada oder Verkündigung, d. h. einige Stellen aus dem Gesetze, unter andern Deuter. XXVI, 5 f. vor, welche auf die Bedeutung dieser Nacht Bezug hatten. Hernach ergriff er zum zweitenmale den Becher, füllte ihn mit rothem Weine, zum Andenken an das Blut der Erstgeburt Ägyptens, die der Würgengel des Herrn erschlagen, während er an Israels Thürpfosten vorüberging. Und nachdem der Tisch wieder herbeigerückt war, legte man sich zum Mahle.

Der Hausvater nahm jetzt das Brod, hob es in die Höhe, und sprach: „Dieses ungesäuerte Brod zehren wir zum Andenken dessen, daß unsere Väter nicht mehr Zeit fanden, den Teig zu säuern, bis sich Gott ihnen offenbarte und sie erlöste. Darum lasset uns ihn loben und preisen, ehren und benedeien, daß er so große Wunderthaten an unseren Vätern und an uns gethan, und uns herausgeführt hat aus der Knechtschaft in die Befreiung, aus dem Schmerz in die Freude, aus der Finsterniß zum hellen Lichte. Sprechet also: Halleluja! Lobet, ihr Knechte, den Herrn!" Dann wurde als Stufengebet der CXIII. und CXIV. Psalm bis zu Ende gebetet, und am Schlusse gesprochen: „Gepriesen seyst du, Herr, unser Gott und ewiger König, der du uns und unsere Väter aus Ägypten erlöst, und uns zu dieser Nacht verholfen hast, wo wir das ungesäuerte Brod und die bitteren Kräuter essen." Sofort wiederholte er den Segen über den Wein, trank ihn aus, und wusch sich die Hände, wie nach dem ersten Trunke; und die Übrigen thaten desgleichen.

Und nun erhob er zwischen zwei ganzen Broden ein gebrochenes, sprach darüber den Segen: „Gepriesen sey der Herr, der das Brod aus der Erde hervorbringt!" und in Bezug auf den Tag: „Dieß ist das Brod des Elends (לחם עני), das unsere Väter in Ägypten gegessen haben. Wen da hungert, der komme her und esse; wer es bedarf, der komme her und halte Ostern!" — brach es sodann in Stücke, und legte es so auf den noch ganzen Brodkuchen, zum Andenken, daß es ein Brod der Armuth sey, der Arme aber von Brosamen und Stücklein lebe. Das Brod ward nicht gebrochen, ehe der Segen vollendet und das Amen gesprochen war. Der ganze Segen aber führte von diesem Brode den Namen Hamotzi. Darauf nahm er einen Bissen, umwickelte ihn mit Kräutern, und tunkte ihn in den süßen Eintauch oder den Brei Charoset, sprechend: „Gepriesen seyst du, unser Herr, Weltregent, der uns durch seine Gebote geheiligt, und ungesäuertes Brod mit bitteren Kräutern zu essen anbefohlen hat!" — und damit aß er, was er eingetunkt hatte.

„Wie sie aber so zu Tische lagen, und aßen, sprach Jesus: Wahrlich! Ich sage euch: Einer von euch wird mich verrathen, der mit mir ißt! Sie aber wurden traurig, und fingen an, einer um den andern Ihn zu fragen: Herr! bin ich es?

Er antwortete, und sprach: Einer von den Zwölfen, dessen Hand mit mir über Tische ist — oder: der die Hand mit mir in die Schüssel taucht.[5]) Nun geht zwar der Menschensohn dahin, wie es von Ihm vorherbestimmt ist; aber wehe jenem Menschen, durch welchen Er verrathen wird. Er wäre besser nie geboren. Ich rede dieß nicht von euch allen, denn Ich kenne die, welche Ich erwählt habe. Es muß aber die Schrift erfüllt werden: „Der mit mir ißt, erhebt seine Ferse wider mich.“ Das sage Ich euch jezt schon, ehe es geschieht, damit ihr nach der That glaubet, daß Ich es bin. Da fingen sie an, einander zu fragen: wer unter ihnen wohl dazu fähig wäre? Judas aber, der Ihn verrieth, stotterte und sprach: Bin's etwa ich, Meister? Und Jesus erwiederte: Du sagst es.“

Mit den Worten: „Des Menschen Sohn geht dahin, wie von Ihm geschrieben steht,“ nimmt der Herr die Weissagung vom Weibessaamen für sich in Anspruch, der von der Schlange in die Ferse gestochen werden solle, ihr aber den Kopf zertreten werde. Der falsche und verrätherische Judas ist ein würdiges Werkzeug, ein rechter Drachensohn, der zum Unheile das Licht der Welt erblickte. Es ist der größte Fluch, die Stunde seiner Geburt verwünschen und das Leben überhaupt beklagen zu müssen. (Vgl. Predig. IV.) „Nicht geboren zu werden, ist weitaus das beßte, und das zweite, sobald wie möglich zu sterben,“ spricht Silen in der Haft des Midas. Die Redensart: „Er wäre besser nicht geboren,“ kehrt auch Berac. f. 17, 1 wieder. Insbesondere wird Sohar Gen. f. 41, 1. 46, 4 von dem Lügner und Schänder der Ehre seines Gottes, und von offenbaren Sündern erklärt: er wäre besser nicht in die Welt gekommen, lieber nicht geschaffen. f. 71: „Wenn jemand hartherzig gegen die Armuth ist, der wäre besser nicht auf der Welt.“ f. 84: „Wer im Gesetze forscht, aber aus einer andern als frommen Absicht, für den wäre es besser, nicht geboren zu seyn.“ Wer sich unaufgefordert vertheidigt, klagt sich an, und so frägt auch Judas: bin ich's?

Nun erst begann die Hauptmahlzeit, eingeleitet durch eine Handwaschung, worauf man sich zu Tische legte. Sofort ward die Dank-

5) Matth. schreibt ἐμβάψας, der getaucht hat, d. h. überhaupt (= Ps. XL, 10): der mit mir gemeinschaftlich ißt; nicht vom zufälligen Zusammentreffen ihrer Hände in der Schüssel ist die Rede. Mark. XIV, 18—21. Matth. XXVI, 21—25. Luk. XXII, 21—23. Joh. XIII, 18. 19. Ὑπάγειν „hingehen“ heißt „sterben“. Vgl. Gen. XV, 2. Ps. XXXIX, 14. Hiob XIV, 20.

sagung, und in gleicher Weise der Segen über das Pascha und Chagiga gesprochen: „Gelobt seyst du, Herr, unser Gott, Weltregent, daß du uns durch dein Gesetz geheiliget, und uns geboten hast, das Osterlamm zu essen! Dieß ist das Pascha, welches wir essen zum Gedächtnisse, daß der Herr an den Häusern unserer Väter in Ägypten vorübergegangen ist.“ Darauf wurde beides zerschnitten, und zum Genusse gereicht. Wahrscheinlich vertheilte der Hausvater die Bissen an die Tischgenossen; seine Stelle vertrat Christus. Das Paschafleisch sollte nach Deut. XVI, 4. 6 ganz genossen und nicht über Nacht aufbehalten werden. Der Korban Pesach heißt גּוּפוֹ שֶׁל פֶּסַח „Paschakörper“, Paschaleib. So schreibt Maimonides Chametz umatza c. 8, l. 7: „Sie bringen den zubereiteten Tisch und darauf die Bitterkräuter und das Grüne, das ungesäuerte Brod, den Eintauch und den Leib des Paschalammes. . . . . Er endet die Benediktion: Gepriesen seyst du, o Herr ꝛc. und ißt vom Leib des Pascha.“ Im Zusammenhange hiemit stehen die Worte: Dieß ist mein Leib. Mit Ausnahme des Osterlammes, welches *πρὸς μερίδας* vertheilt ward, speiste man das Übrige *ἐκ κοίνου*, d. h. alle reichten in dieselbe Schüssel. Die I. Sam. XIII, 21 erwähnte Gabel diente bloß dazu, das Fleisch aus dem Topf auf den Holzteller zu nehmen.

Jetzt wurde auch von dem übrigen geweihten Osterfleisch, gewöhnlich Böcklein- und Hammelbraten, gespeist, und damit hatte das Mahl im Grunde ein Ende. Man aß eben ohne Unterschied von den Gerichten, bis der Becher zum viertenmale die Runde gemacht hatte, wie noch heutzutage bei den Juden geschieht; denn die vier Becher sollten die vier Weltalter symbolisiren, nach deren Ablauf der Messias kommen würde. Sein viermaliger Inhalt war für jeden ein italisches Quart rothen Weines. Zuletzt genoß noch jeder wenigstens in der Quantität einer Olive vom Osterlamme, um es ganz aufzuzehren; sonst mußte der Rest, wie die Knochen, in's Feuer geworfen und, weil geweiht, verbrannt werden. Nach dem Osterlamme aber aß man nichts mehr die ganze Nacht hindurch.

Zum Andenken an das alttestamentliche Ostermahl werden in der katholischen Kirche des Abend- wie des Morgenlandes noch bis auf diese Stunde die Bestandtheile des mosaischen Pascha: Meerrettig, Salz und Eier, der süße Kuchen oder Osterfladen, entsprechend der jüdischen Matza, und der Osterbraten, das gebratene Paschalamm, so wie etwas **Geräuchertes**, die Bestandtheile des Chagigamahles vorstellend, am Auferstehungstage zur Weihe getragen, und dann vom Hausvater an seine Familie und sämmtliche Hausgenossen vertheilt. Die Verkünder des Wortes sollten das Volk auf die uralte Bedeutung dieser Gegenstände aufmerksam machen.

Nach gehaltener Mahlzeit stand der Hausvater auf, **wusch seine Hände** wieder, und schenkte darauf den **dritten Becher Weins** ein, welcher mit Auszeichnung der **Segensbecher** (*τὸ ποτήριον τῆς εὐλογίας*) hieß; denn nun wurde die Danksagung für das genossene Paschamahl, und neuerdings der Segen über den Wein gesprochen. Die Heiden pflegten vor Aufhebung der Tafel den s. g. „**Becher des heiligen Gottes**" zu trinken,[6]) dem gleicht der Becher der Danksagung. Oder sollen wir an den „Trostbecher" beim Todtenmahle erinnern? Jer. XVII, 7.

XV. Kapitel.

Die Fußwaschung.

„**Nach dem Abendmahle** aber, da **Jesus** wußte, daß Ihm der Vater alles in die Hände gegeben, daß Er vom Vater ausgegangen, und wieder zu Gott heimkehren sollte, stand Er vom Tische auf, legte seine Kleider ab, nahm ein Linnentuch und umschürzte sich damit, goß dann Wasser in ein Becken, und schickte sich an, **seinen Jüngern die Füße zu waschen**, und mit dem Tuche, womit Er umgürtet war, abzutrocknen."

Das vorläufige Essen war zu Ende, aber ein höheres Mahl stand bevor, darum übte der Herr das gastwirthliche Recht, welches gebot, seinen Gästen die Füße zu waschen, ehe sie sich zu Tische legten. Die Fußwaschung bildet also den Übergang zum Genusse der eucharistischen Hostie und des consecrirten Weines. Auch heute noch pflegt in Palästina nach aufgehobener Tafel der Hausvater angesehenen Gästen das Wasser zur Händewaschung zu reichen, was absolut nothwendig wird, da man mit bloßen Fingern essend sich beschmutzt, wobei er das

---

6) Athenäus deipnosoph. XV. *Ἀλλ' ἐγχέασα θᾶττον ἀγαθοῦ Δαίμονος, ἀπενεγκάτω μοι τὴν τράπεζαν ἐκ ποδῶν — ὅτι δοθείσης τῆς τοῦ ἀγαθοῦ δαίμονος κράσεως, ἔθος ἦν βαστάζεσθαι τὰς τραπέζας.* Ebendieß erklärt der Ausleger des Aristophanes. *Ἔθος δὲ ἦν ὅποτε μέλλοι ἡ τράπεζα, αἴρεσθαι κρᾶσιν ἀγαθοῦ Δαίμονος ἐπιῤῥεῖν, ὡς Θεοπόμπος ἱστορεῖ.* Vgl. Glosse in Odyss. III. Bucherus in Mth. XXVI. §. 55.

zuweilen golbgestickte Handtuch zum Abtrocknen über die Schulter geschlagen hat. Ausdrücklich geschah dieß beim Ostermahle dreimal, insbesondere trat zu Folge der Pesach Hagada (Lpz. 1843) S. 16 nach dem zweiten Becher eine allgemeine Handwaschung ein, welche Christus, indem Er nach angegangener Mahlzeit sich feierlich erhob (δείπνου γενομένου ἐγείρεται), somit zur Fußwaschung erweiterte. Auffallend erscheint, daß der Herr mit den Seinen schon von vornherein an der Tafel saß oder lag; aber da die Tische niedrig waren und das Rituale vielleicht nicht fest stand, darf es weniger befremden. Jadaim c. 4, 1 und Kelim c. 20, 2 wird erwähnt, daß die Becken zur Fußwaschung von zwei Log bis zu neun Kab hielten. Ein Kab war zwei Maaß, ein Log der vierte Theil eines Kab.

Die Füße zu waschen war bei den Juden ein Geschäft der Diener und Sklaven,[1]) wie auch bei den Griechen und Römern, ja sogar ein Dienst der Troßjungen in den römischen Heeren, woher sie lixae hießen; nur Caligula ließ einst in seinem Übermuthe von Senatoren, mit demselben Schurze umgürtet, sich diesen Dienst thun. (Suet. Cal. 26.) Übrigens besteht die Fußwaschung, von Sklaven oder Sklavinen vollzogen, noch jetzt als Sitte des orientalischen Gastrechtes. So tief erniedrigte sich der Gottgesandte, daß, wie Er dort zu Nazaret des Zimmergeschäftes, oder gleich dem Weisesten unter den Heiden der menschenformenden Bildhauerarbeit sich nicht schämte, Er auch hier in seiner Demuth zu den untersten Knechtesdiensten sich herbeiließ. Nicht ohne Grund sagten jedoch die Juden: Gott habe von jeher Knechtes-

1) Midrasch in Jalkut Schimoni 1, 27. 2. Schemoth rabba sect. 20. f. 119. 120. Qualis est consuetudo omnis terrae? Quisquis emit servos, id facit, ut se lavent, ungant, vestiant, gestent et lucem praeferant. Sed Deus s. b. non sic egit cum Israelitis, verum eos contra consuetudinem omnium hominum duxit. . Nimirum lavit, unxit et vestivit ipsos, q. d. Ez. XVI, 9. 10. Gestavit ipsos Ex. XIX, 4 et lucem ipsis praetulit XIII, 21. — Sect. 25. f. 123, 4 in Ps. LXXXVI, 8. Cur dicitur, quod nemo sit sicut Dominus? resp.: Quia nemo talia, qualia ipse, facere potest. Apud homines discipulus facem praefert magistro; verum Deus non sic agit. Apud homines servus lavat Dominum; verum Deus non sic agit. Avoth Nathan 16. Nonne ancilla tua sum et famula ad lavandum pedes discipulorum tuorum. Gen. XVIII, 4. XIX, 2. Deut. XXIX, 11. Jos. IX, 21. I. Sam. XXV, 11. 41. Vgl. Robinson Paläst. III, 243. In Armenien liegt der jüngsten Frau in der Familie die Pflicht ob, dem Gaste Abends die Füße und den Kopf zu waschen; wie Haxthausen Transkauk. 215 erfuhr, der sich nur den Kopf waschen ließ. Ähnlich frägt Petrus, ob nicht auch den Kopf?

dienste an ihnen gethan: er habe sie gekleidet, wie Adam, den ersten Menschen; er habe sie gebadet und gesalbt, geführt und ihnen das Licht vorgetragen durch die Wüste, u. s. f.

Aber diese Waschung gewinnt hier eine höhere Bedeutung. Vor dem Beginne eines Opfers begingen die Priester aller Zeiten eine Selbstlustration, um gleichsam die Mackel der Sünde von sich abzuwaschen, und rein vor Gottes Altar zu treten. Aaron und seine Söhne, die jüdischen Priester, mußten gemäß Ex. XXX, 19 sich Hände und Füße waschen, wenn sie in die Stiftshütte eingingen, oder auch nur zu räuchern vor den Altar traten, damit sie nicht wegen ihrer Unreinheit oder Unheiligkeit stürben. Die Jünger sollten besonders rein seyn, denn sie empfingen jetzt das wahre Osterlamm, um es mit ihrer Hand zu Munde zu führen, wie der Priester am Altare von der Hostie genießt. Christus selbst war keiner Sünde schuldig vor Gott und den Menschen, Er bedurfte der Reinigung nicht, wohl aber seine Apostel, und zwar ihre Füße, zum Symbole eines reinen Wandels, da Er sie jetzt bei der Einsetzung des neuen Bundesopfers zu Priestern des neuen Testamentes creirte.

„Als Jesus nun zu Simon Petrus kam (indem Er nehmlich bei ihm den Anfang machte), sprach dieser zu Ihm: Herr! du wolltest mir die Füße waschen? Jesus antwortete ihm, und sprach: Was Ich hier thue, verstehst du jetzt noch nicht, du wirst es aber in der Folge verstehen. Petrus jedoch erwiederte: In Ewigkeit 'sollst Du mir die Füße nicht waschen! Da antwortete ihm Jesus: Wenn Ich dich nicht wasche, wirst du keinen Theil an mir haben!" — ein Ausspruch, wodurch uns bethätigt wird, daß das, was Er ihnen reichte, die Communion seines Leibes und Blutes sey. „Da sprach Simon Petrus: Herr! nicht bloß meine Füße, sondern auch die Hände und das Haupt. Jesus antwortete ihm: Wer gewaschen wird, bedarf nur die Füße sich waschen zu lassen, dann ist er rein. Auch ihr seyd rein, aber nicht alle. Er kannte nehmlich den, der Ihn verrathen würde, darum sprach Er: Ihr seyd nicht alle rein. Und nachdem Er ihre Füße gewaschen, und seine Kleider angelegt hatte, ließ Er sich wieder nieder."

Die Sitte, vor der Mahlzeit die Füße zu baden, hat im Orient von Alters her bestanden und besteht noch heute. Abraham und Lot waschen den Elohim die Füße, als sie unbekannt das Gastrecht in Anspruch nehmen. Die Religionssage der Hindu meldet, daß der göttliche Chrischna in seinem Erdenwandel aus Demuth den Brachmanen die Füße gewaschen habe. Diese patriarchalische Sitte gilt nicht bloß bei den Muhammedanern bis zur Stunde, sondern wird auch von dem Volke der Serben gegen den Gast geübt. Namentlich Hochzeitsgästen wurden in derselben Weise die Füße gebadet. Die Fußwaschung unmittelbar vor dem Abendmahle des neuen Bundes bedeutet die Reinigkeit, mit welcher jeder dem Tische des Herrn sich nahen soll, ja bezeichnet die Lustration von aller Sündenschuld, wie sie durch die Taufe erfolgt. „Wer den Altar anrührt, soll heilig seyn,“ schreibt die Thora vor; dasselbe galt von der Reinigung der gottesdienstlichen Gefäße Ex. XXX, 29. Aber nicht bloß die mosaischen Priester mußten Hände und Füße waschen, bevor sie den Altar berührten, bei Todesstrafe, sondern dieß Symbol der Reinheit fehlte auch nicht in den Mysterien. In den dionysischen Weihen empfängt die Mysterienbraut, die Seele als Libera, vom dienenden Genius das Fußbad. Daneben findet sich auf Vasen so oft das nachfolgende Gastmahl abgebildet: es ist die Initiation zur Wiedergeburt. So nahm nach Philo bei den Essenern jeder Novize an den reinen Wassern (πρὸς ἁγνείαν ὑδάτων) Theil, bevor er zu den gemeinsamen Mahlen gezogen wurde.

Das Bedenken, welches Jesus Syrach XXXIV, 4 in Bezug auf die religiösen Läuterungen des Alterthums ausspricht: „Wer mag von einem Unreinen gereinigt werden!“ ist hier gehoben, indem der Sündenlose, der von der reinen Magd Geborne, selber die Handlung der Purifikation an seinen Auserwählten vornimmt, und sie rein spricht. Die Fußwaschung bedeutet, daß die Nachfolger Petri und seiner Mitapostel nicht auf unreinen Wegen gehen, nicht die Pfade schmutziger Weltpraxis und fleckenvoller Politik betreten sollen, weil hier Gefahr vorliegt; es wird ihnen aber nicht das Haupt gewaschen, denn die Reinheit der Doktrin steht unter dem Schirme des Geistes, der seiner Kirche für alle Zeiten gesichert ist. Nunmehr erklärt der Herr die Seinen für rein, wenn auch nicht alle. Die Apostel sind dadurch als Gäste des himmlischen Abendmahls dargestellt, zu dem nur solche Zutritt haben, deren Wandel rein und gerecht ist. Insoferne kann man bei allen Erdenpilgern die Bedeutung unterlegen: Haltet den Fuß rein, daß er keine unrechten Wege gehe, daß er sich in Bewegung setze zu guten Handlungen, aber nicht auf den Abweg der Sünde. Haltet das Auge rein von bösen Gelüsten 2c. Die Fußwaschung war das Zeichen, daß sie sich zum priesterlichen Amte vorbereiten sollten. Jesus selbst wollte seinen Anhängern die Initiation ertheilen, und Petrus sträubt sich umsonst wider diese Verdemüthigung seines Herrn. Die Fußwaschung trägt alle Merkmale eines Sakramentes an sich, die beiden vornehmsten Jünger besorgen das Wasser, Christus nimmt die Handlung zum erstenmal vor dem neuen Bundesmahle vor, woran keiner Antheil haben sollte, der nicht zuvor vom Hohenpriester des neuen Bundes gereinigt oder losgesprochen worden war. Die Weihungen und Sakramentalien der Kirche knüpfen sich vorzugsweise an das Wasser.

Indeß hat die Fußwaschung weniger für die Apostel als für den Heiland Bedeutung, der durch diese Vornahme einen Akt der äußersten Unterwürfigkeit begeht, und als der Sohn Davids sich dem letzten Unterthan gleich stellt. Die Hauptbedeutung liegt darin, daß der König Himmels und der Erde Knechtesgestalt annimmt, an den Seinen die Dienste eines Sklaven verrichtet und die Jünger zugleich bei Tische bedient. Die Idee der Unterdrückung und einstigen Wiedererhöhung der gefallenen Menschheit, die Geschichte der Erniedrigung der früher herrschenden priesterlichen Stämme hat sich in gewissen Festgebräuchen der alten Welt erhalten, wonach die Herren sich zu den Diensten der Knechte hergeben mußten, während diese zu Tische saßen und sich bedienen ließen. Solche Feste waren das babylonische Sesak und die persischen Sakäen, die pelasgischen Pelorien und römischen Saturnalien, sowie das nordische Julfest. Alljährlich im Dezember begingen die alten Perser das Fest des „fröhlichen Tages" (Churremruß), wobei der Schach vom Throne stieg, sich in die Reihen seiner Unterthanen mischte, mit ihnen an Einem Tische aß und sprach: „Ich bin wie Einer von euch." [2])

Das jüdische Pascha war das Erinnerungsfest, daß Israel, der auserwählte Stamm, welcher vorzugsweise zur Herrschaft berufen schien, Knechtesdienste in Ägypten verrichtet hatte. Das Ostermahl, wobei man nach Herrenweise saß, vergegenwärtigte die Befreiung aus der Sklaverei, weitere Volksgebräuche mochten dazu kommen. Erfahren wir doch erst aus dem Evangelium, daß man auf das hohe Fest einen Gefangenen zu amnestiren, die andern dagegen hinzurichten pflegte, wie Pharao am Jahresfeste mit den beiden Mitgefangenen Josephs verfuhr. Merkwürdig ergänzt der Heiland das Erlösungsfest durch Hereinziehung jener heidnischen Gebräuche, welchen Er damit eine feierliche Sanktion und höhere Bedeutung

---

2) Hyde relig. veter. Pers. 252. Lipsius Saturn. I, 2. Mein Heidenthum II, 253 f. Mein Pilgerbuch in's heilige Land I, Kap. 23.

verlieh; war Er doch auch am folgenden Tage bestimmt, wie der babylonisch-persische Sagan oder Zoganes als Festkönig maskirt und verhöhnt und darauf hingerichtet zu werden. Es überrascht uns, daß der Heiland selbst in den letzten Tagen auf diesen Festgebrauch der Saturnalien hinweist, indem Er Luk. XII, 37 spricht: „Selig die Knechte, welche der Herr bei seiner Ankunft wachend findet: Fürwahr! Er wird sich umgürten und sie zu Tische sitzen lassen und herumgehen, ihnen zu dienen.“ An den Saturnalien geschah es, daß die Herren mit den Knechten selbst die Kleider wechselten, und denselben die Speisen vorsetzten.

„Und nun sprach Er zu ihnen: Wisset ihr jetzt, was Ich euch gethan habe? Ihr heißet mich Meister und Herr, und das mit Recht; denn Ich bin es. Wer ist aber größer, der zu Tische liegt, oder der aufwartet? Nicht wahr, der zu Tische liegt? Ich aber bin in eurer Mitte wie einer, der da dienet. Wenn nun Ich, der Herr und Meister, euch die Füße gewaschen habe, so müßt auch ihr einander die Füße waschen. Denn Ich habe euch das Beispiel gegeben, auf daß auch ihr thuet, wie Ich euch gethan habe. Wahrlich! wahrlich! Ich sage euch: der Knecht ist nicht größer, als sein Herr, und der Gesandte nicht größer, als der, welcher ihn gesendet hat. Da ihr nun dieses wisset, so seyd ihr selig, wenn ihr es auch thut.“ (Joh. XIII, 2—17. Luk. XXII, 27.)

So übte der König der Könige die Verrichtungen des untersten Dieners aus, um seinen Aposteln und Nachfolgern ein Beispiel zu hinterlassen, daß auch sie servi servorum seyen. Diese Handlung dient zugleich zu einer ständigen Vergegenwärtigung der Mahnung Christi Mark. IX, 34: „Wer unter euch der Erste seyn will, der sey der Diener der Dienenden.“ [3]) Damit ging jene uralte Sitte in's Christenthum über, und wie Creta's König jährlich am Chronosfeste sich des Purpurs entkleidete und sich unter seine Unterthanen demüthigte, so verrichten Kaiser und Könige, Pabst und Bischöfe, Äbte und Ritterorden von Alters her denselben Akt der Erniedrigung,

3) In dem Augenblicke, wo ich dieß schreibe, nennt sich selbst Sultan Abdul Medschid in einem Handschreiben „den unwürdigen Knecht Gottes“. Dasselbe besagt der Ausdruck von Gottes Gnaden — oder Barmherzigkeit, wie den Titel auch Äbte und Äbtissinen im Mittelalter führten. Der selige Pater Claver fügt zu seinen Ordensgelübden hinzu: auf immer der Sklave der Negersklaven seyn zu wollen.

ihren Untergebenen, Armen und Pilgern die Füße zu waschen, und sie darauf bei Tische zu bedienen. Wie Christus der Herr sprach: Dieß thut zu meinem Andenken, hält seine Kirche die Ceremonie der Fußwaschung aufrecht, ohne sie jedoch den Gläubigen als Verpflichtung aufzuerlegen.

XVI. Kapitel.

Einsetzung des heiligen Abendmahles.

„Und in der Nacht, da Er verrathen ward, nahm Jesus das Brod, segnete und brach es, reichte es seinen Jüngern und sprach: Nehmet hin und esset, das ist mein Leib, der für euch hingegeben wird; dieß thut zu meinem Andenken! In gleicher Weise nahm Er nach dem Mahle auch den Kelch, dankte, reichte ihn seinen Jüngern und sprach: Trinket alle daraus, denn dieser Kelch ist der neue Bund in meinem Blute — oder: dieß ist mein Blut, das Blut des neuen Bundes, welches für euch und für viele vergossen wird zur Vergebung der Sünden. Thut dieß, so oft ihr trinket, zu meinem Angedenken! Und sie tranken alle daraus.“ [1])

Die Ostermahlzeit durfte nicht über Mitternacht hinaus verlängert werden (Maim. in Pesach. c. 10, 9) mit Bezug auf Ex. XII, 29 — offenbar fügte es sich so auch beim Opfer des neuen Bundes. Ganz mit ähnlichen Worten ward von Moses der alte Bund geweiht, indem er Ex. XXIV, 8 sprach: „Sehet, das ist das Blut des Bundes, den der Herr mit euch macht.“ Lev. XXIV, 7: „Das ist das Gedenkbrod zur Darbringung vor dem Herrn; alle Sabbate sollen sie von den Kindern Israels zum ewigen Bunde dargebracht werden.“ Justin der Martyr wirft den Juden vor, daß sie bei Esra VI, zwischen V. 19 und 22 die Sätze weggelassen hätten [2]): „Dieses Pascha ist unser Erlöser und unsere Zukunft, und wenn ihr es betrachten werdet und dieß in euer Herz eingeht, daß wir ihn im Zeichen erniedrigen und darnach auf ihn hoffen, so wird dieser Platz in Ewigkeit nicht verwüstet werden, spricht der Herr der Heerschaaren. Wenn ihr aber nicht an ihn glaubt und nicht auf seine Verkündung hört, werdet ihr

---

1) Mk. XIV, 22—24. Mth. XXVI, 26—28. Lk. XXII, 19. 20. Joh. XIII, 2. I. Kor. XI, 23—29. V, 7.

2) Haneberg Geschichte der Offenbarung 723.

den Völkern zum Spotte werden." Mit den Worten: Das ist mein Blut, das Blut des neuen Testamentes (I. Kor. XI, 25 der neue Bund, d. h. das Siegel desselben, wie es Gen. XVII, 10 heißt: Mein Bund wird in euerm Fleische seyn!) hebt der Heiland in Einem Akte zugleich das blutige Altaropfer und die Beschneidung auf.

Das Pascha war vorüber, und das Fleisch zertheilt und genossen bildete die alle gemeinsam verbindende Nahrung oder Communion des alten Bundes. Die Fußwaschung bildet die Abgrenzung zwischen dem alten und neuen Bunde, indem sie wie eine sakramentale Taufe in die Mitte tritt. Darauf läßt der Herr sich nieder zur Consecration des Brodes und Weines, welches in der Wesenheit seines Leibes und Blutes an die Stelle der Substanzen des alten Opfermahles tritt, um den unblutigen Dienst zu begründen, der bis an das Weltende keine Unterbrechung mehr finden wird. Nur hat begreiflich der Heiland nicht selbst das Sakrament genossen. Jesus nahm das Brod; denn, heißt die rabbinische Vorschrift [3]: „Keiner spricht eher den Segen, bevor er das Brod in seine Hände genommen, damit alle sehen können, daß er es segne." Die Pflicht zu vier Bechern leitete man von Gen. XL, 11 und 13 her, wo des Bechers viermal erwähnt wird, und den Namen aus Ps. CXVI, 13, wo es heißt: „Den Becher des Heils will ich ergreifen und den Namen des Herrn anrufen." Die Rabbinen beziehen diese vier Paschabecher auf die vierfache Wiedergeburt Adams in Seth, Noa, Moses und dem Messias. Es scheint, daß der Herr den dritten Becher consecrirte, der vierte aber wegblieb. Nehmet hin und esset, spricht der, welcher zugleich gesagt: Ich will sie nicht ungespeist ziehen lassen, damit sie nicht unterwegs verschmachten, nehmlich auf dem Wege durchs Leben nicht ohne Wegzehrung (vialicum) bleiben. Ähnlich spricht die göttliche Weisheit IX, 5 im alten Bunde: „Kommt, esset von meinem Brode und trinket vom Weine, den ich gemischt habe!" „Trinket daraus alle!" ergeht die Einladung — weil alle aus Einem und demselben Becher tranken.

3) Schulchan Aruch („der gedeckte Tisch") in Buxtorf de coena dom. 45. *Εὐλογήσας* das Dankgebet verrichten = *εὐχαριστήσας*. — *Τοῦτό ἐστι τὸ σῶμά μου* ist von *σῶμα* regiert. Wiseman weist Horae Syriacae mit Bestimmtheit 45 verschiedene aram. Worte nach, welche „bedeuten, bildlich darstellen" u. s. w. bezeichnen. Christus aber spricht: Das ist mein Leib. Vgl. Js. XLVI, 5.

Das Brod des Lebens und den verlorenen Trank der Unsterblichkeit wieder zu gewinnen, zur Quelle der ewigen Jugend zurückzugelangen, die in Eden floß, ist die Hoffnung des Menschengeschlechtes seit der Vertreibung aus dem Paradiese geblieben, Brod und Wein bilden einen Ersatz für das Verlorene, sie sind zur höheren Nahrung und zum Heilstranke bestimmt und ihre Spender, Osiris-Dionysos, der Herr des Paradieses, und Isis Demeter, werden für die Gabe des Weinstocks und der Ähre göttlich gepriesen. Christus setzt unter beiden Gestalten das heilbringende Sakrament für alle Zukunft ein, wie jene mythologischen Vorbilder den Heilstrank zu ihrem Andenken hinterlassen hatten. Blutopfer waren für Jäger- und Hirtenvölker entsprechend. Waizen und Wein sind die edelsten Nahrungsmittel der Menschheit im Zustande der Agrikultur und darum auch Cultusmaterie. Wie zwischen Brod und Fleisch herrscht zwischen Wein und Blut eine gewisse Wahlverwandtschaft. Wenn im Frühlinge das Pflanzenblut in der ganzen organischen Natur in Wallung geräth, fängt auch der Wein im Fasse zu gähren an; es ist gewissermaaßen der Lebenssaft, durch dessen Genuß das Geschlecht seine Existenz fortsetzt. Dieselben Substanzen schließen in der Consecration die Bürgschaft unsterblichen Lebens in sich. Alles Leben ist im Blute, und ein gemeinsamer Strom des Blutes und Lebens rinnt durch die Adern des menschlichen Geschlechtes, um dessen Aussterben zu verhindern. Dasselbe muß aber mit höherem Blut und unverweslicher Nahrung tingirt seyn, um der unsterblichen Verklärung theilhaftig zu werden. Wie im Weine das Pflanzenblut auf's höchste sich läutert, und im Waizen die reinste Lebensnahrung geboten ist, ja nach mythologischer Ansicht das Waizenkorn und die Rebenpflanze das Fleisch und Blut der Gottheit enthielt, die in der Weltschöpfung von ihrem Wesen den Geschöpfen mitgetheilt,[4]) so theilt sich nun Christus wirklich mit, um alle zu sich zu erheben.

---

4) Die Titanen tödten den unschuldigen Götterknaben, Sohn des Zeus und der Persephone, Gaia saugt begierig das Blut, und daraus entsteht der Granatbaum, Athene birgt das noch schlagende Herz, aus ihm entsproßt der Weinstock, die übrigen Theile sammelt Apollo im Kessel des Dreifußes im Allerheiligsten seines Tempels zu Delphi. Das Selinon oder der Eppich (Sellerie, Petersilie) erwächst aus den Blutstropfen des dritten Korybanten (Cadmilos), den die beiden Brüder getödtet und dessen Haupt sie am Parnaß bestattet. (Clemens Al. Protrep. c. 2, 19.) Darum setzten die Priester es nie mit der

Wie der göttliche Logos sich mit dem Menschenleibe in Maria vereinigte, so erklärt Justin Apol. I, 66 die Verbindung mit dem Brod und Wein im Abendmahle, die Er als Hüllen oder Körper anzieht. Leib und Blut können um so füglicher Brod und Wein heißen, als ja jeder Leib, sofern er von Brod sich nährt, an sich Brod, und das Brod als Leibesnahrung potentia Leib ist, spricht Gregor von Nissa orat. catech. 37. Ebendas ist das Verhältniß zwischen Wein und Blut. Das göttliche Leben mußte in der Incarnation mit dem menschlichen sich einigen, um dieses zu sich hinaufzuziehen; es muß aber auch im engsten Verbande mit demselben bleiben, auf daß dieses aus jenem Lebensbrunnen seine fortwährende Läuterung und Begeistigung trinke. Darum macht sich Christus hier selbst zum kirchlichen Lebensbande, und erklärt sich als das Lebensbrod und die Heilquelle für die ganze Menschheit. So sind die Gäste dieses Abendmahles Leib von seinem Leibe, sein Blut rinnt in ihren Adern, seine Nerven geisten in ihrem Fleische, alle sind Glieder Eines Leibes, und wie sie dem sündigen Adam vermöge der Abstammung angehören, so eignen sie sich vom himmlischen Adam den Leib der Auferstehung an. Christus ist das Haupt und der Herzschlag des ganzen kirchlichen Organismus. Wie Eva aus des entschlafenen Adams Seite genommen worden, so ist der Leib der Kirche aus der geöffneten Seite des im Tode entschlummerten Christus entsprossen; es begibt sich sohin eine Wiedererneuerung

---

Wurzel auf den Tisch. Nach andern Sagen entsprang es aus dem Blut des Opheltes oder Archemoros. Aus den Blutstropfen des Attys entsproß die purpurfarbene Viole, welcher er Saft und Kraft verleiht; aus dem Blut des Hyakinthos, den Apollo durch den Zug des Zephyr beim Diskusspiele tödtete, die nach ihm genannte purpurne, vielklagende Blume, auf deren Blätter der klagende Gott den Wehelaut *al! al!* schrieb, sprechend: Sey du beständig mit mir! Pausanias I. 35, 3 läßt sie aus Ajax' Blut entstehen, der sich selbst mordete, und gleichzeitig sproßte sie auf troischem Boden wie auf seiner Geburtsinsel Salamis. Aus Krokos' Blut, den Hermes mit der Wurfscheibe getödtet, entsteht der Krokos, aus dem Leib des Adonis die Rose. Hades Geliebte, die schöne Minthe, wird durch Persephone getödtet, lebt aber als Pflanze fort, die bei den Alten Wohlgeruch hieß. Dasselbe gilt von Amarakus. Vgl. die Agdestismandel. Die Anemone sproßt aus den Thränen Aphroditens. (Bötticher Baumcultus der Hellenen und Römer 266 f.) Nur nach ägyptischer Ansicht ist der Wein aus dem Blute der Giganten entstanden, welche die Götter bekämpften. Darum, sagt Plutarch Is. 6, genoßen die Könige bis auf Psammetich keinen Wein. So alt und wohl motivirt ist das Weinverbot in der heißen Zone.

der Schöpfung; der Leib der Christenheit, seiner Braut, ist mit Ihm Ein Leib, sie sind zwei in Einem Fleische. Das Blut Christi bewegt die Pulse der neuen Gemeinde: wir sind in seinem Leibe gleichsam eines einigen Nerven und seiner Adern Gezweige. Jetzt ist die Stunde gekommen, wo der nie versiegende Blutwein, der wahre Wunderwein und Heiltrank, gespendet werden soll. In diesem Liebesmahle ist es der Lebenswein in der Rebe, der, von mild leuchtender Sonne zum Blut der ascetisch durch die Cultur gezügelten Erde ausgekocht, im Vegetationsprozesse geläutert, im Gährungsprozesse noch einmal von aller Hefe gereint, und nun lind begeisternd und erhebend zum symbolischen Träger des höheren Lebensgeistes wird. Schon bei der ersten Offenbarung zu Kana hatte der, welcher alsbald im Tode für das Geschlecht bluten wollte, im Hinblick auf den jetzt einzusetzenden und zu reichenden unvergänglichen Lebenswein gesagt: seine Stunde sey noch nicht gekommen — nehmlich den wahren Lebenswein zu spenden; doch hatte Er damals, als der verheißene Dionysos der neuen Zeit, das erste, und darauf in der wunderbaren Brodvermehrung mit Hinweisung auf den heutigen Tag das zweite Vorbild geschaffen. Jetzt aber ist, indem der Akt der Transsubstantiation durch alle Jahrhunderte perennirend gemacht wird, mit der Speise, die uns Christo einverleibt, wie wir uns sonst die Natur einverleiben, zugleich die Quelle fortwährender Begeistigung und Lebensverjüngung für die heilsbedürftige Menschheit gefunden.

Mit der ersten Sündenkost war der Mensch in's untere Naturleben herabgesunken. Nach dem Spruche: „Sage mir, was du issest, und ich sage dir, wer du bist!“ demgemäß sich seyn und essen (esse) auch sprachlich identificirt, hatte er die Frucht der Erde mit all ihren Schädlichkeiten sich einverleibt, und war dadurch ihrem Staube verfallen. Er bewegte sich ganz in diesem Kreise, und konnte sich nicht mehr aus dem Naturbanne herauswinden. Darum mußte der Erlöser die Speise der Natur, und zwar ihr bestes und edelstes Produkt, die Ähre, gleichsam als das Fleisch, und den Wein, als das Blut der Erde, zum Substrate der Mittheilung eines höheren gottmenschlichen Lebens wählen. Weil die Menschen an dem Lebensbaume im Paradiese vorübergegangen, und der Einladung der Schlange zum Baum der Erkenntniß folgten, mußte Er als der neue Lebensbaum eintreten, und nachdem Er der Schlange den Kopf zertreten, und im Kampf mit dem Drachen an der empfangenen Wunde verblutet, vom Kreuzholze herab uns die neue Lebensfrucht darbieten. Deßwegen ist das Essen vom Tische des Herrn für den Christen unerläßlich.

Wie also Christus in der Incarnation seine göttliche Natur mit der menschlichen vereinigte, und mit dem verklärten Menschenleibe jetzt auf dem Throne Gottes sitzt, so theilt Er auch, im consecrirten Leib des Brodes wahrhaft und wesentlich in seiner Gottheit gegenwärtig, sich uns mit — nicht ebenso aber behauptet das Brod seine Wesenheit neben ihm. Als der göttliche Logos sich incarnirte, stand Ihm die Menschheit in ihrer freien Selbstständigkeit gegenüber, sie mochte coexistent einen Bund mit Ihm eingehen, Ihn zu sich aufnehmen, und Er konnte diese freie Wesenheit nicht aufheben, ohne die menschliche Persönlichkeit selbst aufzulösen, und durch solchen Monophysitismus die übernommene Satisfaktion und Erlösung für unser Geschlecht überhaupt aufzugeben. Anders ist es, wenn Gott mit seiner Wesenheit in die vernunft- und willenlose Natur eingeht: diese hebt Er ganz und gar auf und reißt sie völlig an sich, eben weil sie nicht in selbstständiger Gegenwärtigkeit Ihm entgegenkömmt, nicht in abgeschlossener Substanzialität wie einer der Elohim (Gen. III, 22) Ihm gegenübertritt; mit ihr also kann Er sich nicht einigen, außer daß Er ihre Wesenheit in sich aufgehen läßt und umwandelt. Im Abendmahle bedeutet seine Gegenwart mehr, als seine Ubiquität im weiten Universum.

An die Einverleibung der Gottheit im Blute der Reinsten unseres Geschlechtes war das Heil und die Restauration der Gesammtheit geknüpft; dieß Wunder einer Incarnation wiederholt sich nun täglich auch mit uns. Die menschliche Seele ist gleichsam die Jungfrau, die durch das Thränenbad der Buße gereinigte und weiß gewaschene Braut des Herrn, die im heiligsten Abendmahle ihren Bräutigam empfängt. Brod und Leib ist von der Erde genommen, aber die vergöttlichte Substanz ist im Tode unser Träger hinüber zum höheren Leben. Schön erklärt in dieser Beziehung der heilige Ignazius der Martyr, Patriarch von Antiochien, in dem Briefe, den er, schon auf dem Wege begriffen, um im Coliseum den wilden Thieren vorgeworfen zu werden, noch den Römern voraussandte (§. 4. Iren. haer. V, 28. Eus. hist. III, 36): „Ich bin der Waizen Gottes, und werde von den Zähnen wilder Thiere gemahlen, damit ich als reines Brod erfunden werde.“ Das Mehl war schon bei den Heiden das Sinnbild des Segens der Vermählung, wobei eine Wesensmittheilung zur Erneuerung des Geschlechtes erforderlich ist, darum fand die confarreatio zwischen zwei aufgeschütteten Haufen von Salz und Mehl statt: hier ist es das Mahl des Brodes, das uns den himmlischen Gemahl zuführt. Darum ist die Communion und Spendung des Minnebechers auch bei der christlichen Vermählung hergebracht. Der Blutwein selbst war mit Wasser gemischt, zum Symbol der unzertrennbaren Vereinigung der Gottheit mit der Menschheit, wie es noch jetzt bei dem immerwährenden Opfer der Kirche geschieht; denn auch die Juden benedicirten den Wein nicht, bevor sie ihn mit Wasser gemengt hatten.[5]) Zum Abendmahle am Paschafeste aber wurde damals nur rother Traubensaft gebraucht, um an die blutigen Kindesopfer zu erinnern, welche Pharao nach der jüdischen Legende einst von den Söhnen der Hebräer gebracht, um in diesem Blutbade seine Reinigung vom Aussatze zu erlangen. Auch dieser Umstand ist zur ganzen Auffassung des heiligen Abendmahles wesenhaft.

Konnten aber die Apostel die Ausdrücke Christi von der Einsetzung des neuen Bundesopfers, die Transelementation des Brodes und Weines zu seiner Selbstmittheilung in ihrer reellen Bedeutung sogleich fassen? Vielleicht! und wenn nicht, so galt auch hier das Wort des Herrn: „Noch könnt ihr es nicht verstehen, aber Ich will euch meinen Geist, den Paraklet senden, daß er euch alles lehre.“ Übrigens war allen Israeliten zuvörderst die Vorstellung geläufig: „Wenn der Messias komme, würden alle Opfer aufhören, nur das Opfer von Brod und Wein nach der Ordnung Melchisedeks werde ewig dauern.“ Ihn, den Priester des Allerhöchsten, erklären sie darum selbst für Christus, von dem geschrieben stehe: „Siehe, dein König kömmt zu dir, er ist gerecht und siegreich.“ Jede bildliche Deutung der Consecrationsworte fällt um so mehr in den Staub, als gerade an diesem Abende der Heiland nicht mehr im Bilde und Gleichnisse, sondern, wie auch seine Jünger sich dessen erfreuten (Joh. XVI, 29), deutlich und

---

5) B. Beracoth f. 50, 2. Tradunt Rabbini: super vinum, cui non immisceatur aqua, non benedicunt: »benedictus sit, qui creavit fructum vitis;« sed: »benedictus sit, qui creavit fructum arboris.« Suffragantur sapientes R. Eleazaro, non benedicendum esse super poculum benedictionis, donec ei immisceatur aqua. Gl.: Vinum eorum strenuum erat admodum, et potationi non idoneum absque immixta aqua.

eigentlich redete, ja ausdrücklich in sie einzugehen, und Wohnung in ihnen zu nehmen versprach (Joh. XIV, 23. Offenb. III, 20): schon durch diese einzige Versicherung ist uns die wesenhafte Erklärung als allein zulässig verbürgt. Anklängen in Betreff einer höheren, sakramentalen Auffassung des Bundesopfers begegnen wir außerdem in Schriften,[6]) die noch Pico von

6) Vgl. bei Petrus Galatinus De arcanis cathol. verit. l. X. c. 6. u. 7. R. Cahana in Gen. XLIX. Haec verba: „Ligans ad vitem civitatem suam" ostendunt, quod sacrificium, quod fiet ex vino, non solum transmutabitur in substantiam sanguinis Messiae, sed etiam convertetur in substantiam corporis ejus — und R. Jochai in Num. XXVIII: „Oblationem meam panis mei ad ignes odoris suavitatis meae respicietis ad offerendum mihi in tempore suo." i. e. in tempore Messiae. „Et dices ad eos: sacrificia, quae offerre debetis, agnus" .... cum reliquis. „Hoc est sacrificium, quod in praesentia facitis." Erit autem hic panis duarum facierum, de quo scriptum est Exod. XXV. „Panis facierum coram me semper." Quare autem dicatur panis facierum, ratio est, quia, ut ait R. Judas, transmutabitur ex substantia panis, cum sacrificabitur, in substantiam corporis Messiae, qui descendet de coelis. Et ipse idem erit sacrificium. Ideo dicit: „respicietis ad offerendum mihi," i. e. offerri me. Eritque invisibilis atque inpalpabilis: cujus rei fidem facit sedes Eliae. Et magistri ajunt, eam ob rem dictum esse panem facierum, quia in ipso sacrificio erunt duae substantiae, divinitas et humanitas. — Rabbenu Hakkadosch, der nahe Zeitgenosse mit Simon ben Jochai, dem Verfasser des Sohar, führt in seinem Buche Gale Razaia aus dessen älterem Werke Mechkar hassodoth folgendes an: Cum semel idem R. Simeon in spelunca duplici orans vidisset Eliam sibi apparentem, et se tanquam summum pontificem induentem remque sacram facientem, atque ideo omnes laetantes, tandem post multa interrogavit, dicens: Sacrum illud, quod faciebatis coram Deo s. b. quidnam erat? Resp. ei Elias: hoc est sacrificium, quod, postquam venerit Messias, facient sacerdotes coram Deo s. b. Tunc enim cessabunt omnia sacra, quae prius fiebant; facient autem sacrificium illud ex pane et vino. Quod cum primum sacerdotes exercebunt, omnes angeli coeli audientes illa sacra sanctaque verba ex ore sacerdotum prodeuntia intelligentes, invidebunt mirum in modum illis, et contremiscent. Iratique omnes ad Deum venient dicentes: o Domine mundi, quam magna est laus ista, quam dedisti Israel, qui peccatis pleni sunt, et non dedisti nobis, qui coram te a peccatis sumus immunes. Deus respondebit illis dicetque: Non est vobis locus invidiae in Israel, quandoquidem vos oratum pro illis accessistis. Quia autem illi peccatores sunt, et ad peccandum proclives, ideo, ut illis remittam, Messiam misi, docuique eos hanc excellentem laudem. Vos vero, qui peccare non potestis, non

Mirandola und anderen vor Augen lagen, aber seitdem zunehmends seltener werden. Wir können hiebei wohl in Anschlag bringen, daß eine Zeit war, wo die Juden, um gewisse Manuskripte an sich zu bringen oder auf Bibliotheken zu radiren, eigene Sendlinge unterhielten, ja daß bereits Hieronymus zur Stelle bei Michas V bemerkt, die Juden hätten den Namen Bethlehem aus ihren hebräischen Codices gestrichen, wofern nicht die Septuaginta uns die Prophezeiung unverstümmelt erhalten haben würde. Schon Philo in seiner Schrift *περὶ θυόντων* macht auf den Gegensatz der beiden Altäre im salomonischen Tempel aufmerksam: auf den äußeren, welcher im Vorhof unter freiem Himmel stand, und wo das Blut von Millionen von Schlachtthieren floß, und auf den inneren Altar, wo nur der Duft des feinsten Rauchwerks zum Himmel stieg, mit dem Tische daneben, welcher die Schaubrode, als das symbolische Opfer der Zukunft bewahrte. Der Blutaltar im Vorhofe vergegenwärtiget die alte Bundeszeit mit ihrem schrecklichen Opferdienste, so bei Heiden wie Juden; der innere hinter dem Vorhang bedeutet das neue Testament mit dem geheimnißvollen Sakramente des wahren, vollgiltigen, aber unblutigen Opfers. Wenn aber die Juden, im Hinblick auf das Heiligthum und den ihnen noch verdeckten Tisch der Brode, in den Tagen des Messias von dem Dienst der Schlachtopfer erlöst zu werden hofften, so gilt dieß nicht weniger auch von den Nationen der Welt. Die furchtbaren *τεκνοθυσίαι* auf den Schädelstätten der alten Welt, welche im Wahnsinn der *υἱοθυσίαι* oder Opferung des Erstgebornen ihren Gipfelpunkt erreichten, und als objektive Versöhnungsmittel betrachtet wurden, verbunden mit der grauenvollen Mysteriensitte, von dem Opferfleische der geschlachteten Kinder zu essen, wie wir dieß bei den skythischen Massageten, Issedonen, Tauriern u. s. w., ja selbst den lykäischen Menschenopfern in Arkadien bis auf die Zeit des Porphyrius herab

---

indigetis hujusmodi laude. Tunc angeli ab ira discedentes dicent: Domine Deus noster, quam admirabile est nomen tuum in universa terra, quoniam elevata est magnificentia tua super coelos. Tunc Deus misericordia implebitur, et virtute ingenti sanctorum verborum, quae ab ore sacerdotum manabat, et illud omne sacrificium, quod in unaquaque ara celebrabitur, in corpus Messiae convertetur. Tunc autem angeli variis instrumentis coram Deo s. b. laudes maximas edent, dicentes: Sanctus, s. s. Dominus Deus exercituum. Pleni sunt coeli et terra gloria tua.

finden: sie sprechen nur die eine, tiefgeahnte Wahrheit aus, daß der eingefleischte Gottessohn, der Eingeborne vom Vater, für uns blutend sein Leben hingeben, und im Opfer des Altares fortwährend als Sühn- und Speiseopfer zur Regeneration eines neuen Lebens in der Kirche allen Gläubigen sich darbieten sollte.[7]) Aber in der frohen Voraussicht der einstigen Abstellung dieser entsetzlichen Gräuel, in der Erwartung einer endlichen, allgemein giltigen und realen Versöhnung und Wiederherstellung des glückseligen goldenen Zeitalters, die der Sohn des allerhöchsten Gottes, Apollo, oder sein Stellvertreter auf Erden herbeiführen sollte, fand schon bei den Heiden eine Substitution statt. Darum wurden in den vorbereitenden Cerealien und dionysischen Mysterien Brod und Wein, die höchsten Gaben der Natur, als das Gott allein angenehme Opfer eingesetzt; statt der pelasgischen Menschenopfer, wie sie das Zeitalter des zürnenden Chronos-Saturn mit sich brachte, wurden die Opferthiere in Backwerk nachgeformt und dann genossen. Hostien, d. h. Schlachtopfer oder Agnus Dei heißen noch die gewöhnlich mit dem Gotteslamme bezeichneten eucharistischen Brode.

Auch die Heiden aßen eucharistisch von ihren Opfern, um in die Gemeinschaft, den Schutz und die Gastfreundschaft der Götter zu treten — eine Analogie, deren sich selbst der große Weltapostel (I. Kor. X, 16 f.) zum Glaubensargumente bedient.[8]) So findet das Essen ungesäuerter Opferkuchen bei den Eingeweihten des Mithras, und noch in der Darunsfeier der Perser statt; und der Homsaft, vom paradiesischen Lebensbaume, oder der heiligen Pflanze, welche eine falsche Naturekstase hervorruft und darum Unsterblichkeit verleihen soll, am Gah Havan oder bei Sonnenaufgang getrunken, ist gleichsam der Lebenswein in der Religion des Zabismus. Überhaupt stellt diese Communion im persischen Mithrasdienste, so wie in einigen Opfern

7) Vgl. v. Lasaulx Die Sühnopfer der Griechen und Römer S. 23—27. Mein Heidenth. u. dessen Bedeut. für d. Christenth. II, 187 f. In zahlreichen Legenden und entsprechenden Kunstwerken wird das Abendmahl und die Messe unter die Vorstellung des Opferns, Zerstückelns, Austheilens oder Genießens eines Kindes gebracht, was einigen Neueren mißverstanden zum Vorwurfe eines christl. Molochcultes Veranlassung gab.

8) I. Kor. X. Über das Essen vom Opfertische der Gottheit vgl. Ex. XVIII, 12. XXXII, 6. XXXIV, 15. Num. XXV, 2. Richt. IX, 27. XVI, 23. I. Sam. I, 3 f. XVI, 11. Ps. CVI, 28. Js. XVII, 7. Ez. XVIII, 11. Amos II, 8. Die Classiker Cudworth de vera notione coenae domini.

Indiens, China's, des Nordens und Amerika's, äußerlich eine solche Ähnlichkeit heraus, daß schon Justin (Apol. p. 98), der erste unter den Kirchenvätern, den Verdacht schöpfte, das Abendmahl sey in Folge fehlerhafter Nachbildung in den heidnischen Cult übergegangen. Im Gegentheile! wie Christus, der sich selbst im Tode als Speise zur Resurrektion uns darbietet, bei Johannes XII, 24 vom Saamenkorn spricht, das in die Erde fällt, und erstirbt, um zum neuen Leben aufzuerstehen, war der Waizen als Sinnbild des künftigen Lebens Inhalt der Mysterienlehre während der achtzehn Jahrhunderte, so lange diese bestanden.

Nach einer orientalischen Sage, auf welche auch Athenäus (XI, 55) Rücksicht nimmt, hatte Dschemschid einen geheimnißvollen Becher, Kondy, der, wie jener Joseph des Ägypters, zum Weissagen diente (Gen. XLIV, 5), indem er in sieben astrologische Kreise eingetheilt war. Es ist Gap ginunga in der nordisch-germanischen Mythologie, der ursprüngliche Schöpfungs- und Lebensbecher, der bei den finnischen Völkern hinwieder zum Zauberkelch geworden, der symbolische Weltbecher, worin der erste Dionysos die Elemente der Schöpfung gemischt. Nach der religiösen Idee des Alterthums hat die Gottheit selber den Blut- und Lebensbecher in der Hand, um darin die Substanzen der Geburt und Wiedergeburt zu mengen und die ewige Wandlung bis zur letzten Unifikation mit Gott zu bewirken. Aber nachdem durch den Becher des bösen Zaubers oder die Büchse der Pandora alles Übel in die Welt sich ausgebreitet, tritt jetzt der Becher des Heils mit dem Lebensmanna zur Sühne im neuen Bunde stellvertretend ein.

Mit dem Abendmahlsbecher hatte es auch bei den Juden eine mysteriöse Bewandtniß: er läßt selbst eine Beziehung auf die Sephiroth zu. Zehn Dinge[9]) werden ausgesagt vom Kelche der Benediktion, wie der dritte Becher Weines bei der Mahlzeit

9) B. Beracoth f. 51, 1. Decem res dicuntur de poculo benedictionis: lotio et prolutio, vinum purum, plenum sit, coronatio per discipulos, obvelatio (i. e. secundum Rabh Papa: velat se, et considet; secundum Rabh Issai: sudarium expandit in caput suum). Poculum accipit manu utraque, at dat in manum dextram, elevat a mensa, oculos in illud figit etc. sunt, qui dicant: dono impertit suis. Pesachim f. 117, 2. Poculum tertium est poculum benedictionis, cum benedicitur post cibum. Vinum purum infunditur, et fit commistio aquae in poculo. Quartum est, super quo perficit Hallel, additque benedictionem Cantici: laudent te, Domine, omnia opera tua etc.

des Osterlammes hieß, welche uns jene frühere Beziehung verhüllen. Zuvörderst wurde er von außen und innen gewaschen, daß keine Spur von den beiden vorhergehenden Einschenkungen übrig blieb; hierauf reiner rother Wein in den Pokal gegossen, und mit Wasser bis obenan gefüllt, während die Jünger oder Rabbinenschüler eine Krone um ihren Meister bildeten. Und nun umhüllte sich dieser das Haupt, erfaßte den Kelch mit beiden Händen, behielt ihn in der Rechten, hob ihn so in die Höhe, die Augen auf ihn geheftet, und spendete ihn dann unter die Seinigen aus. Auch mußte man, während man beim ersten und zweiten Becher stand, zu den beiden folgenden, welche nachdem kredenzt wurden, sich lagern.

Diesen „Becher des Segens" (כּוֹס הַבְּרָכָה), so wie das reine ungegohrene Osterbrod nahm also Christus zur Einsetzung des heiligen Abendmahles in seinem Leibe und Blute her, weßhalb der heilige Paulus (I. Kor. X, 16) den consecrirten Kelch auch wörtlich *τὸ ποτήριον τῆς εὐλογίας* nennt. Wie aber schon im ganzen Alterthume bei der Besieglung eines Bündnisses ein feierliches Gastmahl, d. h. der gemeinschaftliche Genuß von Brod und Wein stattfand, ja wie das erste Paschamahl in Ägypten den mosaischen Bund eröffnete: so tritt das heilige Abendmahl hier an den Eingang der christlichen Zeit, und ist uns als der Anfangspunkt des neuen Bundes bezeichnet. Blieb durch das Blut des Paschalammes einst Israels Erstgeburt vom Tode verschont, so wurde durch das Blut Christi die ganze Menschheit von der Sünde und dem geistigen Tode erlöst. Wie man endlich beim Passamahl die Erzählung von der Befreiung aus Ägypten las, so sollen wir beim heiligen Abendmahle den Tod des Herrn verkündigen, bis Er wiederkommen wird. War aber schon der Heiland selbst bei der ersten Verkündung der Eucharistie am Tage nach der wunderbaren Brodvermehrung unter seinen Anhängern auf Hartnäckigkeit gestoßen, an die transsubstanziale Lebensspeise zu glauben: so geschah dieß noch mehr nach seinem Hingange, wie Er in providentiellem Geiste bei der damaligen Trennung vieler Jünger zu Kapharnaum vorausgesagt: „Ärgert euch das? wie wird es erst dann der Fall seyn, wenn der Menschensohn dahin aufgefahren ist, wo Er zuvor gewesen!" (Joh. VI, 61 f.) Die Erhebung und Verklärung seines irdischen Leibes zur Herrlichkeit

Gottes sollte allen ein Beweis von der Möglichkeit der sakramentalen Wandlung seyn; aber dennoch fand die Zukunft darin wieder eine harte Rede, und so sind die damals von Jesus zurückgetretenen Anhänger das Vorbild zu dem Abfalle der halben Christenheit, und die Worte des Erlösers eine trübe Weissagung auf diese!

XVII. Kapitel.

Das Opfer des neuen Bundes.

Christus, der Hohepriester in Ewigkeit und Melchisedek des neuen Bundes, steht im Begriffe, Opfer und Cult des neuen Bundes einzusetzen, und seine Apostel zugleich zu Priestern seines Dienstes zu verordnen. Der Satz I. Kor. XI, 24: „Dieß thut, so oft ihr trinkt, zu meinem Gedächtnisse," schließt die Bedeutung der *θυσία* in sich. Wie das deutsche „thun" mit *θύειν* opfern identisch ist, und abthun so viel als „abschlachten", durchthun (tuer), „tödten" bezeichnet, so bedeutet *τοῦτο ποιεῖτε* „opfert das", *σῶμα ποιεῖν* den Leib opfern, victimam facere. Auch facio ist wurzelgleich mit *σφάττω*, daher carnifex, pontifex, der Fleischschlächter, der Opferer auf der Brücke. Wie die älteste Menschheit das Andenken der Heilsgötter im Culte beging, die zugleich für das Leben der Welt nach der Mythe [1]) gelitten, auch für Ägypten die Feier des Maneros das Gedächtniß des Horus bezeichnet, und die nordische Heidenwelt die Minne oder den Liebestrank der alten Götter, später der Heiligen trank, so sollte nun das Gedächtnißfest an die wirkliche Erlösung begangen werden. Unter dem Bilde des Saamenkornes wurde die Unsterblichkeit der Seele und die

---

1) Mein Heidenth. II, 36. Ich verweise auf diesen ganzen Band, worin die Lehre vom heidnischen und jüdischen Opferdienst und den Mysterien in Bezug auf das Christenthum ausführlich vorgetragen ist. Die Sitte, das Gedächtniß der Todten bei Gastmählern zu feiern, ist eine uralte. Herodot II, 78 meldet: „Bei den Ägyptiern trägt in den Gesellschaften der Reichen Einer nach der Mahlzeit immer einen Todten im Sarge herum, der aus Holz gefertigt und in Malerei und Schnitzarbeit so gut wie möglich nachgebildet ist, immerhin eine oder zwei Ellen groß. Ihn zeigt er dann jedem Gaste und spricht: Sieh auf diesen da, und trink und sey fröhlich, denn gerade so wirst du nach dem Tode aussehen." Der Gebrauch hat sich in gewissen Orden erhalten, insoferne beim Stundenschlage während des Mahles jedesmal mit erschütterndem Tone das Ultima in mortis hora angestimmt wird.

Auferstehung des in der Erde verwesenen Leibes namentlich in den Eleusinien den Eingeweihten vorgeführt. Ähnlich ward am Pascha die Wiedergeburt der Natur und der Nation mit der prophetischen Voraussicht einer höheren Restauration der Dinge begangen. Das mosaische Abendmahl war ein Gedächtnißmahl (*μνημονευτικόν*) in Ansehung der Erlösung aus Ägypten, und ein vorbildliches Opfermahl mit Bezug auf die Befreiung durch den künftigen Messias, welcher ein neues Opfer einsetzen sollte. Beracoth f. 22 legt ben Soma die Stelle Deut. XVI, 3: „Damit du an den Auszug aus Ägypten denkest all die Tage deines Lebens," so aus: d. h. bis auf die Zeit des Maschiah. Vajicra r. sect. 9 f. 152, 4 f. steht: „R. Pinchas, R. Levi und R. Jochanan lehrten im Namen R. Menahems des Galiläers: Zur Zeit des Messias werden alle Opfer ein Ende nehmen, nur das eucharistische nicht; alle Gebetsformeln werden eingehen, die Danksagung aber nicht."[2]) Die Stelle Jer. XXXIII, 11. Ps. CX, 4: „Der Herr hat geschworen: Du bist ein Priester ewiglich nach der Ordnung Melchisedeks," wird sowohl im Targum und Sohar chadasch f. 42, 1 als Bereschith r., Schemoth r. und Avoth Nathan c. 33 auf den Messias bezogen. Das Andenken an die Erlösung durch Christus vertritt fortan die Paschaerinnerung an den Auszug aus Ägypten und an all die ähnlichen Befreiungsfeste der Nationen der Welt. Wie der Todesengel am Bundesblute Israels vorüberging, so erfolgte nun die Substitution des Blutes Christi als des wahren Osterlammes. All die symbolischen Vorgänge dieser Nacht gingen jetzt in das Mysterium des neuen Bundes über.

Auf Moria, wo der Engel der Pest in Davids Tagen das Schwert senkte, hatte Abraham den Widder anstatt seines Sohnes geschlachtet; jetzt wird auf der ganzen Erde dem Menschen- und Thieropfer Einhalt gethan, und die eucharistische Darbringung trat an die Stelle. Am Sinai war das Blut des alten Testamentes gestiftet (Ex. XXIV, 8), wie das des neuen auf Sion; den Mittelpunkt aber bildet das Paschalamm als Sinnbild des für das Leben der Welt in den Tod gehenden Messias. Diese Coena Domini bildet den Gegensatz zur coena daemonum,

---

2) Bemidbar r. oder R. Hadarschan in Num. XXVIII. R. Pinchas filius Jairi dixit: Tempore Messiae omnia sacrificia cessabunt, at sacrificium panis et vini nunquam cessabit, s. d. Gen. XIV et Ps. CX. R. Jochai dicit: sacrificium vini non deficiet s. d. Gen. XLIX et Judic. IX sacrificium vero panis, q. d. Ps. LXXII „et erit placenta frumenti in terra."

den bacchischen Zaubermahlen oder dem Hexensabbat, dessen Erinnerung sich an den anderen Sion oder den Hermon knüpfte. Das Opfer ist um so vollkommener und versöhnender, je höher der sich Opfernde steht; es ist also göttliches Lebensbrod, das uns im Ostermahle des neuen Bundes gebrochen wird, aber gleichwohl das ganze Opfer, den vollkommenen Christus darstellt, so wie der an der gesegneten Mahlzeit des Osterlammes Theil hatte, welcher auch nur einen Bissen, so groß wie eine Olive, nach regelmäßiger Vorschrift genoß. Wie die Sonne in unzähligen Scherben eines Spiegels sich immer ganz wiederspiegelt, so ist der Erlöser in den Partikeln des Brodes integer in fragmentis. Die Wandlung des Wassers in Wein bildet den Anfang, die Wandlung des Weines in Blut im h. Abendmahl den Endpunkt der Wunder Christi. Er ist dabei zum erstenmal in seiner Gemeinde.

Christus ist der Erlöser der Völker von den blutigen Opfern, selbst die Diener Mosis sollten dieselben nicht länger darbringen, indem ihr Tempel nach Jesu Wort dem Erdboden gleich gemacht ward. Er selber bringt das Opfer, welches den großen Abgrund schließen sollte, und stiftet die Todtenfeier vor seinem Leidensgange. Sic prandimus, tanquam apud inferos coenaturi, spricht Leonidas zu seinen Gefährten beim letzten Mahle vor Termopylä (Orig. Cels. II, 17). Durch Christi Tod ist den Sterblichen der Weg ad superos eröffnet. Durch die Eucharistie ist eine lebendige Verbindung zwischen Christus und seinen Gläubigen geknüpft, die Wandlung steht als recreatio der ursprünglichen Creation gegenüber. Es ist der göttliche Arzt, der aus dem neuen Lebensbecher das unsterbliche Heilmittel zur Mittheilung bringt, woran die Regeneration des Geschlechtes geknüpft ist, und um die Wirkung bleibend zu machen, die Apostel und deren Nachfolger zu Ausspendern der Geheimnisse der neuen Liturgie [3]) macht. Wie bei diesem Opfer der Tod des Herrn verkündet wird, so wird das Verdienst dieses Todes auch den Lebendigen und Verstorbenen aus der Gemeinschaft der Gläubigen zugewendet. Und der Altar dieses neuen Bundesopfers soll nicht wieder umgestoßen, die Gemeinschaft des Brodbrechens (Apstg. II, 42) nicht wieder aufgehoben werden.

---

3) Der Ausdruck λειτουργία findet sich auch Röm. XIII, 6. XV, 27. Hebr. I, 14. VII, 23. 24. Ἀπαράβατον heißt hier weniger immerwährendes, als unübertragbares Opfer.

XVIII. Kapitel.

Christus der wahre Weinstock und lebendige Mannabaum.

„Ich bin der wahre Weinstock und mein Vater ist der Weingärtner. Jede Rebe an mir, die keine Frucht bringt, wird er hinwegnehmen, jede aber, die Frucht bringt, wird er reinigen, daß sie noch mehr Frucht bringe. Ihr seyd nun rein durch das Wort, das Ich zu euch geredet habe. Bleibet in mir, so bleibe Ich in euch. Wie eine Rebe von sich selbst keine Frucht bringen kann, wenn sie nicht am Weinstocke bleibt, so auch ihr nicht, wenn ihr nicht in mir bleibet. Wer in mir bleibt und in dem Ich bleibe, der bringt viele Frucht, denn ohne mich könnet ihr nichts thun. Dadurch wird mein Vater verherrlicht, wenn ihr viele Frucht bringt und meine Jünger werdet. Wer aber nicht in mir bleibt, der wird wie eine Rebe weggeworfen und verdorrt. Man sammelt ihn und wirft ihn in's Feuer, daß er verbrenne." (Joh. XV, 1—6. 8.)

Was man am Pascha nicht verzehrte, Bitterkräuter, Gebeine u. s. w., verbrannte man. Bei obigen Worten wurden aber, wie es scheint, die Überreste vom Mahle in's Herdfeuer geworfen, zum Sinnbilde der Verwerfung desjenigen, der an diesem Abende als der erste Ungläubige ausschied und die Wege des Verrathes und Verderbens ging. Sonst erfolgte diese Verbrennung erst am 16. Nisan zum Sinnbilde des Weltbrandes bei der Erneuerung aller Dinge, wie bei uns das s. g. Judasfeuer am Charsamstage dieselbe Bedeutung hat. Christus ist der wahre Weinstock, die vitis mystica, woran auch die Poesie des Mittelalters ihre Schößlinge trieb; während aber der Wein häufig in vitium verleitet, ist Er die vita oder der wahre Lebensspender. Die Juden hielten den Baum des Paradieses für den Weinstock, an dessen Frucht sich auch der zweite Stammvater Noa vergriffen. So lesen wir Jalkut Rubeni f. 117, 2: „Eva gab dem Jakob eine Traube zu essen und bewirkte dadurch für sich und alle Israeliten den Tod." Vielmehr ist der Weinstock nach der religiös mythologischen Auffassung [1])

1) Majer Myth. Lexik. s. v. Hom. Furtmayr malte 1481 in einem Missale für den Erzbischof von Salzburg den Baum des Lebens und Todes, wie er links die Äpfel des Todes, rechts Hostien trägt. Links steht Eva und läßt sich von der Schlange berücken, den Apfel zu brechen, rechts pflückt Maria die Hostie.

das Bild des Lebensbaumes, von dessen Frucht zu kosten den Stammältern nach dem Sündenfalle verwehrt war, damit sie nicht in ihrer Gottentfremdung sich die Unsterblichkeit aneignen. Da erscheint der Erlöser von Sünde und Tod, um uns die unvergängliche Lebensspeise zu bieten.

Die Ausleger des Koran II, 35, z. B. Beidhawi, erklären den Lebensbaum in Eden für Waizen oder Rebe. Jetzt ist es das Saatkorn des gottmenschlichen Leibes, das in die Erde gelegt aufsprossen sollte zur neuen Lebensfrucht. Sein Fleisch ist das Lebensmark im Waizenkorn, das in die Grabesfurche gelegt hundertfältige Frucht bringt, um die Menschheit zu sättigen, in sich zu einigen, und Ihm zu assimiliren. (Joh. XII, 24.) Sein Blut, zum Heile der Menschheit vergossen, ist das Traubenblut, das in jenem Rebstock aufquillt und durch alle Adern fließt. Hier, wo Christus sich mit dem Weinstock identificirt, wird die Bedeutung der Mythologie für das Verständniß der Weltreligion wieder recht einleuchtend. Jene kosmischen Götter, welche die Heidenwelt als Schöpfer der Materie kraft der Hingebung des eigenen Lebens und Blutes verehrte, sie haben den Flüssen, Bäumen und Heilpflanzen nicht bloß ihren Namen gelassen, sondern aus dem Blute der Gottheit sind diese Gewächse entsprossen, so die Anemone aus dem Blute des Adonis oder phönizischen Adonai; im Dienste des phrygischen Attys wurde der heilige Baum in Prozession getragen, unter dem die Gottheit ihr Leben gelassen. Es ist der Leichnam des Osiris, der mit der Erikapflanze zusammenwächst und diese zu einem mächtigen Baume werden läßt, und als er gefällt und zur Palastsäule im Königshause zu Byblos verwendet wird, selbst diesen Stamm wieder blühen macht. Aus dem Blute des von Ebers Zahn getödteten Odin erblühen die Blumen des Lenzes.[2]) Dieß gilt vor allen von Dionysos,

2) Vgl. weiter mein Heidenth. I, 273 f. II, 18. 33. 40. Der Weinstock wird nicht aus Saamen gezogen, sondern als Rebe von der Rebe genommen und in das Erdreich gepflanzt. So ist auch Christus der Sprosse Jesse in die Erde eingesenkt; indem Er im Mutterschooße empfangen ward, unterwirft Er sich dem Schicksale, das der Rebe widerfährt. Der Weinstock wird beschnitten, um Frucht zu bringen, ebenso Jesus, indem Er sich dem Gesetze unterwarf, abgeschnitten sodann durch sein Exil und verlassen wie nie ein anderer. Um den Weinstock wird der Boden aufgegraben; so wird der Boden um Christus unterwühlt und Ihm eine Grube um die andere von seinen Verfolgern gegraben, worauf Er blutige Früchte trägt. Der Weinstock wird gebunden: so Christus mit den Banden des Gesetzes, im Gehorsam gegen die Seinen, in

dem Weinspender, dessen Wiederkehr als θεὸς σωτήρ die Völker erwarteten. Christus ist jener verheißene Weltheiland, jene Mysterien in Brod und Wein gestiftet sind nur das Vorbild des wahren Sakramentes; während aber die Mythologie diese Vereinigung Gottes mit der Menschheit in pantheistischer Weise auffaßte, ist im Christenthum die Persönlichkeit gerettet und nirgend von einem Aufgehen Gottes im Geschöpfe noch der Geschöpfe im Schöpfer die Rede.

Christus ist zugleich der wahre Mannabaum, indem Er sich selber mit jenem figürlichen Himmelsbrode vergleicht. (Bd. V, 19 f.) Das Manna dringt wie Thau aus allen Ästen und Zweigen des Tarfabaumes, und bildet die reinste, schon beim Strahl der Sonne zerfließende Speise, ein Bild des Brodes der Unsterblichen oder der Speise der Engel. Es ist der Lebenssaft, gleichsam das Blut des Baumes, und steht insoferne dem Weinstocke gegenüber. Die Araber essen dieß Manna. Die mosaische Kirche wird oft mit einem Weinstocke verglichen. Sohar in Gen. 49, 11. f. 127, 3 bemerkt, daß hier der Messias so genannt werde in Exod. f. 70, 2, daß die Schechina גֶּפֶן, ein Weinstock heiße Ps. LXXX, 16. „Den Stamm, den deine Rechte gepflanzt," erklärt der Targum vom Messias (vgl. Js. V, 1). In Christus hat das Christenthum nicht bloß seinen Anfang, sondern auch seine fortdauernde Lebensquelle, dergestalt, daß aus ihm alles christliche Leben unaufhörlich pulsirt und an ihm hangt, wie die Reben am Weinstock. Gleich tief gründet das Symbol vom Manna.

Den Israeliten war zuvörderst im Manna das Vorbild der wunderbaren Speisung in den Tagen des Messias, und die Vorbereitung auf das lebenspendende Sakrament Christi gegeben. So spricht Moses Deut. VIII, 3: „Der Herr dein Gott speiste dich mit Manna, auf daß dir kund würde, der Mensch lebe nicht allein vom Brode, sondern vom Worte, das aus dem Munde Gottes kömmt." Darum lesen wir Midrasch Coheleth f. 90, 2: „Wie der erste Erretter das Manna vom Himmel herabbrachte, nach den Worten: Siehe, ich lasse Brod vom Himmel regnen! (Ex. XVI, 4) — so wird der letzte

---

der Gefangenschaft und insbesondere an der Geißlungssäule, so wie am Kreuze, wo Er mehr noch durch Banden der Liebe, als durch die Nägel befestigt ward. Endlich fließt durch die Schraubenpresse und schmerzhafte Kelter am Kreuze der blutige Traubensaft aus der Frucht des Weinstockes, und sammelt sich im Kelch des neuen Bundes zur Mittheilung an alle Gläubigen.

Erretter Manna herabbringen, denn es steht geschrieben: Es wird Händevoll von Getreide auf Erden seyn." Ps. LXXII, 16. Ferner hören wir [3]): In den Zeiten des Messias werde Gott den Israeliten einen Tisch bereiten und mit Speise besetzen, daß, wer davon esse, nicht ferner mehr einen Tisch zu rüsten brauche, oder keiner weiteren Nahrung mehr bedürfe. Nach der herrschenden Tradition war das Manna nach der Intention des Essenden verwandelt worden, wie dieß auch das Buch der Weisheit (XVI, 20. 21. 25. 26) verkündet, indem wir lesen: „Du nährtest dein Volk mit Engelspeise und gabst ihnen ohne Mühe das Brod, vom Himmel bereitet, das alle Annehmlichkeit und jeglichen Geschmackes Süße in sich vereinte. Diese deine Speise machte offenbar, wie gütig du gegen deine Kinder seyest; denn sie ward einem jeglichen nach seinem Willen in das verwandelt (substantia transfigurata est), was er begehrte. Darum nahm sie auch alle Gestalten an, und diente deiner allnährenden Gnade nach dem Willen derer, die sich darum sehnend an dich wandten."

Die Rabbinen ergehen sich in Beschreibungen von der Süßigkeit dieses „verwandelten Brodes", לֶחֶם מִשְׁתַּנֶּה, wie es Abarbanel Ex. XVI, 22 nennt. Nicht nur ist im Schemoth r. 25 und im Talmud Joma c. 8. f. 75 von dieser Verwandlung die Rede, sondern in dem ältesten Commentar, der Pesikta, heißt es umständlich: „Gleichwie der Säugling an der Mutterbrust jede Art von Süßigkeit schmeckt, so Israel am Manna, und wie die Brust dem Säuglinge allein seine Speise ist, wie sie das Wesentliche aller durch Accidenzien verschiedenen Speisen enthält: so war auch das Manna Wesenheit, alles übrige nur Zuthat; wie aber die Brust, auch wenn der Säugling den ganzen Tag von ihr sich nährt, ihn nicht beengt, so das Manna bei den Israeliten. Löset die Muttermilch, obwohl nur eine Gattung ausmachend, sich in eine Anzahl von Geschmäcken auf, so verwandelte sich das Manna den Israeliten in alles, was sie nur wollten. Wie aber der Säugling weint und trauert, wenn man ihn von der Mutterbrust trennt, so Israel, als man es vom Manna trennte." Im Sohar lesen wir des weiteren (I. f. 28, 2): „Alle Gläubigen gingen hinaus zu sammeln, und priesen den Namen des Heiligen dafür.

3) Schemoth r. 50. f. 142, 3. Dixit Deus s. b. ad Israelitas: vos parastis mihi mensam, ego liberabo vos, ut non amplius illam instruere debeatis, et ipse instruam vobis mensam temporibus Messiae. Vgl. Haneberg Abh. im Theol. Archiv. Münch. 1843. Heft XII.

Dieses Manna aber gab den Duft jeglicher Wohlgerüche des Paradieses von sich, von welchem es herabkam: wenn es jemand vorgesetzt wurde, so schmeckte er jeden Geschmack darin, welchen er begehrte." Im Siphre zu Num. XI, 5 endlich sprechen die Weisen: „Das Manna verwandelte sich den Israeliten in jedes Ding, was sie wollten, nur daß sie dieß mit bloßen Augen nicht sahen, daher geschrieben steht: Nichts als Manna erblicken unsere Augen."

Wie es vom Vorbilde heißt: „Wer mehr gesammelt, der hatte nicht mehr; wer weniger holte, fand nicht weniger" (Ex. XVI, 18); und wie es darnach im Tabernakel aufbewahrt wurde: so ist auch das neutestamentliche Manna uns in immerwährender Gegenwart dargestellt, und durch Theilung der Gestalten findet so wenig eine Verminderung der Substanz des Leibes und Blutes Christi statt, als durch Entziehung des Kelches seiner Untheilbarkeit im heiligsten Altarssakramente ein Eintrag geschieht, indem auch die kleinste Partikel seine himmlische Wesenheit uns mittheilt, wie die Sonne ihr Licht vollkommen in dem kleinsten Thautropfen wiederspiegelt. Diesen Typus des Manna hatten die Weisen des Judenthums wohl begriffen, und wir finden es bei den Rabbinen deutlich und wiederholt ausgesprochen: der Tabernakel sowohl, als die heiligen Gefäße und der ganze Tempel seyen nur das sinnliche Bild von den göttlichen Dingen, und alles, was auf Erden uns in Sichtbarkeit der Zeichen gegeben sey, verhalte sich wie der Schatten zum Körper, und bilde nur den Reflex von der Wesenheit der Gestalten, die uns in der Wirklichkeit dereinst oben vom Himmel geboten würden.

Schon das „Brod des Angesichtes", welches unaufhörlich jeden Sabbat neu vor Jehova auf den Schautisch gestellt wurde, war die Darstellung der sättigenden Kraft, die von Jehova ausgeht, das Symbol der Mittheilung und Offenbarung, welche vom göttlichen Leben ausströmt, und wodurch unser geistiges und leibliches Leben immerdar erhalten wird; die zwölf Schaubrode also, deren Genuß nur dem Priester erlaubt war, sinnbilden die consecrirten Brode, welche der Heiland heute den Aposteln vorlegt. Nicht minder bedeutsam ist der Eruf oder Kuchen, welcher als Opfer der sabbatlichen Communion oder Lebensgemeinschaft von dem beigetragenen Brodteige der Juden einer ganzen Stadt bereitet und in der Synagoge bewahrt wurde, oder zum Imbiß für alle diente, so daß sie, wie auch der erste Korintherbrief X, 17 darauf hinzielt, alle in die Union des Brodes traten.

Besonders merkwürdig aber ist es, wie R. Eliezer, der Zeitgenosse des Apostelschülers Polykarp, sich über das zu hoffende „Manna in den Tagen des Messias" ausspricht, und als Grund dieser Erwartung eine Verheißung des Propheten Jeremias anführt.[4]) „Zur Stunde nehmlich, als Jeremias zu Israel sprach: Weßhalb beschäftiget ihr euch nicht mit dem Gesetze? gaben sie ihm zur Antwort: Wovon werden wir uns dann den Unterhalt erwerben? Da brachte er eine Schüssel voll Manna heraus, und sprach zu ihnen: Siehe da, du gegenwärtiges Geschlecht, das Wort Gottes! Eure Väter, welche sich mit dem Gesetze beschäftigten, haben gesehen, wovon sie ihren Unterhalt bekamen: und wenn ihr euch mit dem Gesetze abgebet, wird der hochgebenedeite Gott auch euch hievon Unterhalt gewähren."

Diesem Manna legen die Rabbinen eine solche Wichtigkeit bei, daß es im alten Commentar Baal hathurim heißt: „Das Gesetz ist niemanden gegeben, als den Essern des Manna;" und Tanchuma (in Jalkut Schimoni P. I. f. 73, 4. Cf. Joma c. 8) ertheilt auf die Frage: „Wem dieß Manna bereitet sey?" die Antwort: „Den Gerechten im künftigen Säkulum. Nur wer glaubt, ist würdig, daß er davon esse." Im Buche Sohar (Ex. f. 26, 102) wird es eine „heilige, kostbare Himmelsspeise zur Nahrung des Geistes und der Seele" genannt, ein Brod aus dem fernen, ganz unvergleichlichen Himmelsraume, ein Imbiß der Weisen, welcher von der oberen Weisheit denen zukömmt, die dem Gesetze sich widmen. Noch entschiedener spricht sich der R. Eliezer (f. 28, 3) über die Vorzüge des messianischen im Vergleich zum mosaischen Manna aus: „Die Gerechten sind bestimmt, von diesem Manna in dem kommenden Zeitalter zu essen; und wenn du frägst: etwa auf dieselbe Weise? so lautet die Antwort: nein, auf eine weit erhabenere Weise, wie es in Ewigkeit nie war."

Diese hohe vorbildliche Bedeutung des Manna in der hebräischen Überlieferung vorausgesetzt, erklärt es sich leicht, warum die Rabbinen selbst auf die obige Psalmstelle so großes Gewicht legen. Schon der chaldäische Targum übersetzt: „Es wird ein Getreideopfer seyn im Lande auf den Höhen der Berge der Kirche." Wenn es aber im Bereschith rabba (in Gen. XXXIX, 1) nur

4) Mechilta f. 20, 1. Tanchuma f. 29, 4. Bodenschatz II, 134 f.

allgemein erläuternd heißt: „Gott lasse ihnen eine gute Speise herabkommen, die ihres Gleichen nicht hat, wie geschrieben steht: Es wird ein Manipel Getreides seyn im Lande" — so erklärt selbst der jeder christlichen Deutung abgeneigte Raschi[5]): „Unsere Rabbinen geben die Auslegung von einer Art Kuchen in den Tagen des Messias, wie sie überhaupt den ganzen Psalm vom Messias verstanden wissen wollen." Fast bis zur christlichen Anschauung aber erschwingt sich die rabbinische Spekulation, wenn wir bei Kimchi zu Oseas XIV, 8 lesen: „Einige legen diese Worte: sie werden vom Getreide leben, so aus: es werde in der Zukunft, wenn der Erlöser erscheint, eine Veränderung in der Natur des Getreides (שִׁנּוּי טֶבַע, transsubstantiatio) stattfinden." Andere reden selbst von einem Geheimnisse des Manna (סוֹד הַמָּן), von einem geistigen Manna und einer ideellen Speise; ja der R. Mose ben Nachman schreibt: „Das Manna ist gezeugt vom göttlichen Lichte, welches nach dem Willen seines Schöpfers einen Leib angenommen hat" (שֶׁנִּתְגַּשֵּׁם).

Das ist es, was auch Christus erklärte, als die Juden in ihrer materiellen Befangenheit wider Ihn, wie einst gegen Moses, murrten. War ihnen damals erwiedert worden: „Der Mensch lebt nicht allein vom Brode, sondern von jedem Worte, das aus dem Munde Gottes kömmt" — so sprach Er jetzt: „Die Worte, die Ich zu euch rede, sind Geist und Leben; wer zu mir kömmt, den wird nicht hungern, und wer an mich glaubt, den wird nimmermehr dürsten." Denn das Wort war Fleisch geworden, und wie es sichtbar unter uns gewandelt, so wollte es auch in der Gestalt des Brodes und Weines gegenwärtig bleiben. Nach dem Vorgange des Syraciden XXIV, 26—29 spricht besonders Philo[6]) die Idee aus, daß der göttliche Logos das Brod

---

5) Cf. in Ps. II. Doctores nostri sensum explicarunt de rege Messia, verum ad respondendum haereticis rectius ille explicatur de ipso (Davide). Die ganze Reihe der Bibelstellen, in deren messianischer Erklärung die Rabbinen der Tradition treu geblieben, siehe: Biblisch-talmudisches Lexikon von Nork s. v. משיח. Dazu de Voisin Obs. in Raim. Martini p. 150—154 a. 157 b.

6) Ed. Pfeiffer. De profugis p. 566. Verbum divinum pascens animam. De legis allegor. l. II. Hic est panis, cibus quem dedit Deus animabus, ut se pascant verbo ipsius atque sermone. Nam hic est panis datus nobis ad vescendum, videlicet verbum hoc .... Audiat igitur anima vocem Dei,

des Lebens und die Speise der Seelen sey; und in diesem Sinne heißt es auch im Sohar (f. 27, 4. f. 28), daß nur jene der Speise des Manna theilhaftig werden, welche Tag und Nacht im Gesetze Gottes betrachten.

XIX. Kapitel.

Entdeckung des Verrathes.

Christus hält mit den Seinen ein Symposion, und verordnet das Abendmahl zu seinem Gedächtnisse, bis sie alle dereinst im Hause seines Vaters das himmlische Gastmahl feiern würden. Während hier der Lebensbecher unter den Freunden kreist, steht der Todesbecher im Hintergrund, was die wehmüthige Stimmung der Apostel bedingt. Das jüdische Pascha sollte ein Freudenmahl seyn, beim Abendmahle des Herrn herrscht nur wehmüthige Stimmung. Jenes erinnerte an die Befreiung des Volkes, hier sagt der wahre Israel voraus, daß Er verrathen und verkauft, gefangengeführt und getödtet werden solle, und dabei alle Ihn im Stiche lassen würden. Kleinmuth und Verzagtheit übermannen die Jünger, mit schmerzlichen Abschiedsworten redet zu ihnen der Heiland.

„Nun aber wurde Jesus bewegt im Geiste, betheuerte und sprach: Wahrlich! wahrlich! Ich sage euch: einer aus euch wird mich verrathen! Da sahen sich die Jünger untereinander an, und waren verlegen, von wem Er rede. Es lag aber einer von ihnen an der Brust Jesu, den Jesus lieb hatte. Dem winkte Simon Petrus, daß er sehen möchte, wer es wäre, von dem Er redete?" — denn

---

quod non solo pane vivet homo factus ad imaginem Dei, sed omni verbo, quod procedit ex ore Dei. III. p. 343 in Ex. XVI, 13. Quibus ait Moses: Hic est panis quem Dominus dedit ad vescendum, hic est sermo, quem praecepit Dominus. Viden cibum animae qualis sit? Verbum Dei continuum, rori simile, per circuitum totam complectens terram, et nullam partem ejus expertem sui relinquens. Hoc verbum non ubique apparet; ajunt autem rei rusticae periti, etiamsi semen hoc concidatur minutissime, singulas portiunculas et micas satas germinare, non secus quam corianum solidum. Hujusmodi est etiam verbum Dei, quod vel integrum juvare potest, vel quavis sui parte etc. Vom Brode des Glaubens, der Lehre und der Liebe spricht auch noch Ignatius nach Weise der jüdischen Volkslehrer ad Trallian. c. 8. Ἀνακτίσασθε ἑαυτοὺς ἐν πίστει, ὅ ἐστι σὰρξ κυρίου, ἐν ἀγάπῃ, ὅ ἐστιν αἷμα κυρίου.

Petrus hätte aufstehend sonst seinem Herrn über das Gesicht hineinsprechen müssen. Petrus ist zuerst besorgt, den Verräther seines Herrn zu entdecken; und diese Sorge ist auch für alle kommenden Jahrhunderte ihm aufgegeben, denn er führt die Schlüssel als der Verwalter des Hauses, er ist der Statthalter Christi, und seiner Obhut die Kirche Gottes anvertraut.

„Auf das legte sich jener noch näher an Jesu Brust, und fragte: Herr! wer ist es? Jesus erwiederte: Der ist's, dem Ich diesen Bissen eintauche und gebe. Er tauchte den Bissen ein, und gab ihn Judas, Simons Sohn, dem Iskarioten. Und nach dem Bissen fuhr der Satan in ihn, worauf Jesus ihn ansprach: Was du thun willst, das thue bald!" — B. Sota f. 3, 1 wird gesagt: niemand begehe eine Sünde, bevor der Geist der Bosheit in ihn gefahren. Judas hatte die Eucharistie unwürdig empfangen, und sich den Tod und das Gericht hinein gegessen. Aber ein übereiltes Verbrechen wird noch milder gerichtet, als ein lange überlegter Vorsatz: darum räth der Herr ihm Eile an.

„Keiner jedoch von denen, welche mit zu Tische lagen, wußte, warum Er das sagte. Denn einige meinten, weil Judas die Börse führte, so habe Jesus ihm sagen wollen: Kaufe, was wir auf das Fest nöthig haben; oder daß er den Armen etwas geben sollte" — ein Beweis, wie oft der Säckelmeister betreffs des Almosengebens vom Herrn in Anspruch genommen wurde.

Den folgenden Tag, d. h. am 14. Nisan nahmen die Galiläer nach ihrer etwas strengeren Gesetzeshandhabung nichts mehr vor, die Juden indeß arbeiteten bis Mittag, d. h. sie durften wenigstens eine bereits begonnene Arbeit bis dahin vollenden, wenn auch am Rüsttage selbst keine neue Arbeit mehr anfangen. Darum beeilten sich die Galiläer, noch vorher die nöthigen vorbereitenden Geschäfte alle abzuthun; und die fremden, eben zugekehrten Pilger benützten schnell noch die Stunden der Nacht, während welcher die Kaufläden bei Lampenschein wahrscheinlich größtentheils offen blieben, um ihren Bedarf für das Fest einzukaufen. Die Armen aber erbaten sich von den mitleidigen Fremdlingen eine Gabe, um den Aufwand für das Pascha zu bestreiten. So erschien also den Jüngern das Hinweggehen ihres Säckel- und Proviantmeisters ganz natürlich!

„Und nachdem Judas den Bissen genommen hatte, ging er sogleich hinaus: es war aber Nacht." (Joh. XIII, 21—30.) Er ging hinaus, und ging den Weg der Nacht!

Ein Jahr war nun vorüber seit der wunderbaren Speisung der Fünftausende, wo Christus zuerst sich für das Brod des Lebens erklärt hatte, sprechend: „Das Brod, welches Ich geben werde, ist mein Fleisch, für das Leben der Welt. Mein Fleisch ist wahrhaftig eine Speise, und mein Blut wahrhaftig ein Trank. Wer mein Fleisch ißt und mein Blut trinkt, der bleibt in mir, und Ich in ihm.“ Damals, als viele Jünger an dieser „harten Rede“ Anstoß genommen und abgefallen waren, hatte auch Judas sich zuerst geärgert: aber obwohl der Herr es ihm und allen frei stellte, sich von Ihm loszusagen und ihres Weges zu gehen, blieb er allein in treuloser Verstellung bei Ihm; und als zur selben Zeit vom Hohenrathe zu Jerusalem durch's ganze Land das Manifest erging, das all seine Anhänger in den Bann erklärte, und endlich ein Preis auf seinen Kopf gesetzt war, so daß Jesus nicht einmal mehr das Fest besuchen konnte: da artete seine falsche Anhänglichkeit förmlich in Spionerie aus, und es lag seinem Ehr- und Geldgeize der Gedanke nahe, sich durch Auslieferung seines Meisters um das Gemeinwesen der Juden verdient zu machen. Das Ausweichen vor dem Vierfürsten Herodes und die wiederholte Flucht vor dem Hohenrathe nach Peräa und der Wüste Ephrem ließen ihm seinen Herrn nicht in der Größe erscheinen, wie er sich's dachte. Die erfahrene Zurücksetzung bei jener Salbung von Bethanien hatte seinen Stolz beleidigt; das geringe Einkommen zu dem vielen Almosen, das der Heiland ihm zu geben gebot, gaben ihm wenig Aussicht, sich selbst zu bedenken, und hier sein Auskommen zu finden. Als er aber in diesen letzten Tagen, während ihrer Verborgenheit im Hause Simons zu Bethanien, nach den dringlich mahnenden Gleichnißreden seines Meisters sich durchschaut und entdeckt sah, verhärtete sein Herz: statt in sich zu gehen, oder mit Fug und Gelegenheit sich fort zu machen, that er den verhängnißvollen Schritt des Verrathes. Da kam jetzt die Stunde, wo Jesus jene Sprache vom Lebensbrod nicht nur wiederholte, sondern seinen Leib wirklich als Speise, und sein Blut im Weine zum Tranke ihnen darzureichen erklärte: sein Herz empörte sich im Unglauben dawider noch mehr, als das erstemal; er war der erste Läugner der Wandlung der Gestalten, worin er später so viele Nachfolger hatte. Aber er aß dennoch davon, um der anderen willen; da fuhr nach dem Mahle der Satan in ihn: es war für ihn die Frucht der Erkenntniß des Guten und Bösen, eine Eucharistie des Todes und des Gerichtes, und es trieb ihn hinaus, seinen teuflischen Plan in's Werk zu setzen.

Treffend äußert Chrysostomus: „Die Vorsehung ist weder an der Gottlosigkeit schuld, noch legt sie eine Nothwendigkeit darauf, sie zu verüben; denn Judas war kein Verräther, weil Gott es vorhersah, sondern Er sah es vorher, weil Judas solches thun mochte.“ Jesus wollte seinem Apostel nicht Gelegenheit zum Sakrilegium geben, darum warnte Er ihn schon während der vorangehenden Paschamahlzeit. Judas ist der Patron derjenigen, welche die h. Hostie profaniren, darum malt Luka Signorelli ihn im Dom zu Orvieto, wie er das h. Abendmahl in die Ledertasche steckt. Anderseits zeichnet Overbeck nicht den Judas selbst, sondern einen umgestürzten Stuhl als den Platz des hinausgegangenen Verräthers.

XX. Kapitel.

Abschied Christi von seinen Jüngern. Einsprache des Petrus, Thomas, Philippus und Thaddäus.

„Als er aber hinweg gegangen war, sprach Jesus: Nun ist der Menschensohn verherrlichet, und Gott verherrlichet in Ihm. Ist aber Gott verherrlichet in Ihm, so wird Ihn Gott auch verherrlichen in sich selbst, ja Er wird Ihn bald verherrlichen. Kindlein! nur eine kleine Weile bin Ich noch bei euch. Ihr werdet mich suchen, und was Ich den Juden sagte, das sage Ich nun auch euch: wo Ich hingehe, dahin könnt ihr nicht kommen. Da sagte Simon Petrus zu Ihm: Herr! wo gehst du denn hin? Jesus antwortete: Wo Ich hingehe, dahin kannst du mir jetzt nicht folgen; du wirst mir aber später nachfolgen.“ — Er ging an's Kreuz, und somit hatte Er seinem Nachfolger Petrus wiederholt seine künftige Todesart vorhergesagt. An dieses Domine, quo vadis? knüpft sich die Legende, Christus habe die Frage, als Petrus aus Rom flüchtete und der Herr ihm unter dem appischen Thore entgegenkam, zum andernmale beantwortet, sprechend: Nach Rom, um mich dort abermals kreuzigen zu lassen — worauf der Apostelfürst selber dem Kreuzestode sich muthig unterzog.

„Da erwiederte Petrus: Herr! warum kann ich dir jetzt nicht folgen? Ich will mein Leben für dich lassen. Jesus antwortete ihm: Simon! Simon! siehe! der Satan hat verlangt,[1]) euch wie den Waizen zu sichten. Ich aber habe für dich ge-

1) Ἐξαιτεῖσθαι, es auf jemand abgesehen haben, so wie Satan auch an Hiob II, 4. 5 sich zu machen begehrt.

beten, daß dein Glaube nicht aufhöre. Doch du, wenn du bekehrt bist, stärke deine Brüder!"

Die Wiederholung des Namens ist ein Ausdruck der Liebe. So wenigstens deuten die Rabbinen [2]) das Rufen Jehova's: Moses! Moses! Num. III, 4, sowie schon Gen. XXII, 11 Abraham, Abraham gerufen wird. Petrus wird hier als der Hüter des Glaubens, sein Mund für das Siegel der Lehre erklärt. Er ist es, von dem alle Jünger, alle Confessionen der Christenheit ihren Glauben empfangen, und was sie noch von höherer, geoffenbarter Wahrheit besitzen, geschöpft haben; zu dessen Stuhle auch alle, wie weit sie immer in der Erkenntniß der Religion sich verirrt haben mögen, wieder zurückkehren müssen, um von ihm die erneute Bekräftigung ihres Glaubens zu erlangen. Eingedenk dieser Mission verfaßt Petrus später seine beiden Pastoralbriefe, und sucht im ersten I, 6. 7. II, 19. 20. III, 14 f. IV, 12 f. V, 8 f. seine christlichen Brüder zu erwecken und zum Anhalten an Christus zu ermuntern, während er im zweiten I, 10. 12. II, 1. 2. 20. 21. III, 2. 17 durch seine Warnungen sie wider die Verführungen des Irrthums zu waffnen bestrebt ist, die mehr als die Schrecken der heißesten Verfolgung zu fürchten seyen. Es ist providentiell, daß der Glaube Roms auch in den trübsten Zeiten, wie im Jahrhundert vor Gregor VII. und während der babylonischen Gefangenschaft der Nachfolger Petri in Avignon nicht gewankt, als es den Bannstrahlen des Hohenpriesters an der Kraft der Weihe gebrach. Darnach aber kam wieder eine Zeit, wo Petri Stuhl gestärkt ward, um seinen Brüdern zur Stütze und Kräftigung zu dienen.

Jesus aber fuhr fort: „Ich sage euch: ihr alle werdet euch an mir ärgern noch in dieser Nacht. Denn es steht geschrieben: Ich will den Hirten schlagen, und die Schafe werden zerstreut werden. [3]) Es kömmt die Stunde, ja sie ist schon

2) Tzeror hammor f. 88, 4. Bemidbar r. f. 217, 1. Jarchi in Gen. XXII, 11. Siphra in Jalkut Schimoni f. 114, 3 s. f. Quando in sacris nomen repetitur Abraham! Abraham! Jacob! Jacob! Samuel! Samuel! hoc indicat amorem et excitationem.

3) Trifft den Hirten ein Schlag, so zerstreut sich die Heerde. Vgl. Matth. XXVI, 61 und Joh. II, 19. Wenn der Weisel todt ist, zerstreuen sich die Bienen. Virgil de apibus:

Rege incolumi mens omnibus una,
Amisso rupere fidem.

da, wo ihr euch, jeder für sich, zerstreuen und mich allein lassen werdet. Aber Ich bin nicht allein, denn der Vater ist mit mir. Wenn Ich aber auferstanden bin, werde Ich euch nach Galiläa vorausgehen." Merkwürdig finden wir diese Stelle des Propheten auch bei Aben Esra[4]) vom Tode des Messias und von den vielen darauf ausbrechenden Kriegen erklärt. Wie bedeutungsvoll erscheinen nun die Worte bei Zacharias! Der Prophet mit den Narben in den Händen, von dem es heißt: „Im Hause derer, die mich liebten, ward ich so sehr gezüchtiget!" sinnbildet Christum, den Sohn Davids, welcher in den Psalmen selbst pastor fidelis heißt; die Zerstreuten aber sind dort die Juden, wie geschrieben steht: „Zwei Volkstheile sollen vom ganzen Lande zerstreut werden und umkommen, der dritte nur soll darin übrig bleiben." Das erfolgte im jüdischen Kriege, wo Judäa und Samaria verwüstet, Galiläa aber für Jahrhunderte der Sammelplatz der Flüchtlinge wurde.

„Da fiel Ihm Petrus in die Rede, und sprach zu Ihm: Wenn sich alle an dir ärgern, so will doch ich gewiß mich niemals an dir ärgern. Herr, mit dir bin ich bereit, auch in's Gefängniß und in den Tod zu gehen. Jesus erwiederte ihm, und sprach: Du willst dein Leben für mich lassen? Wahrlich! wahrlich! Ich sage dir: noch in dieser Nacht, ehe der Hahn zweimal kräht, wirst du mich dreimal verläugnen, als ob du mich nicht kennest. Petrus aber betheuerte es nur noch mehr, und sprach: Und wenn ich auch mit dir sterben müßte, so will ich dich doch nicht verläugnen! Gerade so redeten auch alle übrigen Jünger."

Die Juden unterschieden einen dreimaligen Hahnenruf,[5]) daher

---

Livius spricht ähnlich vom Zustand des Heeres nach dem Tode des Feldherrn: Sicut acies funditur duce occiso, ita dilapsi alii alio. Homer beschreibt den Fall Sarpedons:

ἀλλ' ἐφόβηθεν
Πάντες, ἐπεὶ βασιλῆα ἴδον βεβλάμμενον ἦτορ
Κείμενον ἐν νεκρῶν ἀγόρει.

H. Grotius in Mth. XXVI, 31.

4) In Zach. XIII, 7. „O gladie super pastorem" Prophetat de bellis multis, quae erunt in universa terra tempore mortis Messiae filii Joseph.

5) Joma f. 21, 1. Dicit R. Shilla: quicunque iter aggreditur ante galli cantum, sanguis ejus sit in caput suum. R. Josia: sit, si ante cantum secundum; at sunt, qui dicant: si ante cantum tertium. At de quali

die Gegenüberstellung des dreimaligen Verrathes: Einer wird mich verrathen, der andere verläugnen, alle aber mich verlassen. In dieser Voraussicht beurkundet sich wieder die göttliche Providenz. Wer glaubt, er stehe fest, sehe sich vor, daß er nicht jählings falle. Petrus wollte den Namen des Verräthers wissen, um ihn zu behandeln wie sofort den Malchus, und allenfalls in Stücke zu hauen. Er versah sich nicht seines eigenen Verrathes und daß er vielmehr nöthig habe, die Waffenrüstung Gottes gegen die Anfälle des Satans anzuziehen. (Eph. VI, 11.)

„Darauf sprach Jesus zu ihnen: Als ich euch ohne Beutel,[6]) ohne Tasche und ohne Schuhe aussandte, habt ihr da an etwas Mangel gelitten? Sie antworteten: An nichts! Er fuhr fort: Aber nun, wer einen Beutel hat, der nehme ihn, und so auch die Tasche; und wer kein Schwert hat, der verkaufe sein Gewand, und kaufe sich ein Schwert. Denn Ich sage euch: auch dieß Wort der Schrift muß noch an mir erfüllt werden: „Er ist unter die Übelthäter gerechnet worden." Denn jetzt wird alles, was auf mich hindeutet, in Erfüllung gehen. Da sagten sie: Herr! sieh, hier sind zwei Schwerter. Er aber antwortete: Schon gut!"[7])

Der Ausdruck *ἱκανόν ἐστι*, es ist genug, verdolmetscht eine noch dem Orientalen übliche Redensart, um etwas nicht Gewolltes abzuweisen und Einhalt zu gebieten. Er hatte sein Leben nicht an den Krieg gesetzt, Er hatte seine Lehre nicht auf das Schwert gegründet, wie Muhammed; Er war der Sieger über Sünde und Tod, der Erlöser der Welt durch den Kaufpreis seines Blutes, und Er sprach: Es ist genug! Das Wort des Fürstenapostels galt übrigens dem Mittelalter für so inhaltsschwer, daß es den herrschenden Grundgedanken und das Normalgesetz der christlichen Jahrhunderte aussprach. Darum heißt es im Sachsenspiegel: „Zwei swert liez got in ertriche zu

---

gallo haec dicuntur? De gallo mediano. (Gl.: Qui cantum nec nimis accelerat, nec nimis differt.) Unoquoque die cineres ab altari removebant circa galli cantum: at die expiationis a media nocte etc.

6) Ἄνευ βαλαντίου, ohne Beutel, d. h. nach dem Scholiasten über die Vögel des Aristophanes p. 548. Ἄνευ ἀργυρίου καὶ δαπάνης, ohne Geld und Aufwand.

7) Megilla f. 3, 1. Exit vox coelestis dicens: Sufficit! Jugendgesch. 182, not. 5. Mark. XIV, 27—31. Matth. XXVI, 31—35. Luk. XXII, 31—38. Joh. XIII, 31—33. 36—38. Einige halten Luk. XXII, 36 für ein Sprichwort. Vgl. indeß Maimonides Chanuka c. 4, 12. „Wenn jemand am Feste der Tempelweihe auch nur von Almosen zu leben hat, so muß er betteln oder sein Kleid verkaufen, und sich Öl und Lampen schaffen, um sie anzuzünden."

beschirmene dy christenheit, dem papste das geistliche, dem kaiser das werltliche." Das eine war das Opfermesser, wie zur Schlachtung des Lammes, das andere, welches Petrus in der Nacht auf dem Ölberge mit sich führt, eine Schwertwaffe im engeren Sinne, um zur Vertheidigung zu dienen, obwohl der Heiland dieß nicht billigte und einen Wanderstab genügend fand. Josephus bell. II. 8, 4 schreibt indeß auch vom Orden der Essener: „Auf ihren Reisen versehen sie sich mit nichts, außer mit Waffen gegen die Straßenräuber." (B. V, 54.) Dasselbe bestättigt Cyrillus von den Palästinareisenden zu seiner Zeit und es gilt noch heute.

Und Jesus sprach weiter: „Euer Herz betrübe sich darum nicht, und zage nicht! Ihr glaubet an Gott, so glaubet ihr auch an mich. Im Hause meines Vaters sind viele Wohnungen. Wenn dem nicht so wäre, so hätte Ich es euch nicht gesagt. Ich gehe hin, um euch eine Stätte zu bereiten. Wenn Ich aber hingegangen bin, und euch eine Stätte bereitet habe, so will Ich wieder kommen, und euch zu mir nehmen, damit auch ihr seyd, wo Ich bin. Wohin Ich gehe, das wisset ihr, und den Weg wisset ihr auch."

Das Haus des Vaters ist der Himmel, wie II. Kor. V, 1 ausgeführt wird: „Wir wissen, daß, wenn unser irdisches Haus, diese Hütte zerstört wird, wir ein Gebäude von Gott erhalten, ein Haus, nicht von Händen gemacht, sondern ewig, im Himmel." Auffallend entspricht dem vorstehenden Ideenkreise das Buch Sohar in Gen. f. 76. §. 299: „Bevor ein Frommer stirbt, ruft ein Bath Kol im Paradiese den Gerechten, die daselbst weilen, zu: Bereitet eine Stätte für N. N." Deut. f. 113, 1: „Wie viel Wohnungen über Wohnungen (medurim al medurim) sind nicht für die Gerechten in dieser Welt!" Moses Hadarsan in Gen. II, 9: „Im Paradiese sind sieben Wohnungen, 12,000 Meilen lang, 10,000 breit und ebenso hoch." Der Himmel heißt in Hieroglypheninschriften häufig „das Wohnhaus des Osiris". Die zwölf Thierzeichen sind im Todtenbuch von Turin c. 145 f. die Hausherren genannt. Sie umschließen zugleich die Wohnungen der Asen. Das Bild von den Wohnungen im himmlischen Vaterhause ist ein alttestamentliches und möglicher Weise auch hergenommen von den Kammern und Kapellen, welche rings um den Tempel angebaut waren. Jer. XXXV, 2 f. Vgl. Luk. XVI, 9.

„Da wandte sich Thomas an Ihn: Herr! wir wissen nicht, wohin du gehst; wie könnten wir den Weg wissen? Jesus spricht zu ihm: Ich bin der Weg, die Wahrheit und das Leben.

Niemand kömmt zum Vater, als durch mich. Wenn ihr mich kennet, so kennet ihr auch meinen Vater; und von nun an kennet ihr Ihn, und sehet Ihn." Die Juden hielten das vorbereitende Gesetz Mosis für den einzigen Weg; der wahre Weg aber heißt bei den Orientalen immer die wahre Religion. (Bd. II, 72.) Bava Bathra f. 74, 1 ist zu lesen: „Jemand zeigte einem Rabbi die Stelle, wo die Erde Kora und seine Rotte verschlungen. „Horche!" flüsterte er ihm zu, „was sie da unten sprechen." Da vernahmen sie deutlich die Worte: Moses und seine Lehre sind die Wahrheit." Jesus erklärt dieß einzig vom Christenthume, und Er fordert den Glauben an Ihn als identisch mit dem Glauben an Gott.

„Nun nahm Philippus das Wort: Herr! zeige uns den Vater, so sind wir zufrieden. Jesus spricht zu ihm: So lange Zeit bin Ich schon bei euch, und du kennst mich noch nicht, Philippus? Wer mich sieht, der sieht den Vater. Wie kannst du nun sagen: zeige uns den Vater? Glaubst du denn nicht, daß Ich im Vater bin, und der Vater in mir? Die Worte, die Ich zu euch rede, rede Ich nicht von mir selbst; und der Vater, der in mir ist, wirkt auch die Werke. Glaubet ihr mir nicht, daß Ich im Vater, und der Vater in mir ist, so glaubet es doch um der Werke willen. Wahrlich! wahrlich! Ich sage euch: wer an mich glaubt, der wird die Werke, die Ich thue, auch vollbringen. Ja noch größere, als diese, wird er thun; denn Ich gehe zum Vater. Und was ihr immer den Vater in meinem Namen bittet, das will Ich thun, damit der Vater im Sohne verherrlichet werde. Bisher habt ihr in meinem Namen noch um nichts gebeten; bittet aber, und ihr werdet erhalten, damit eure Freude vollkommen sey. Wenn ihr in mir bleibet und meine Worte in euch, so möget ihr verlangen, was ihr immer wollet, und es wird euch gewährt werden."

Er hatte ihnen eben auf's neue seine Gottheit enthüllt; und wenn es schon von der irdischen Zeugung gilt, daß wer den Sohn sieht, in ihm die Züge des Vaters erkennt; wenn die Juden namentlich von ihren Patriarchen sagten [8]): wer den Isaak gesehen, habe in ihm den Abraham erkannt, und wer den Abraham kannte, den Sohn in ihm wiedergefunden: um wie viel mehr gilt dieß von der himmlischen Sohnschaft! Darum fordert der göttliche Mittler die Seinen auf,

8) Vgl. Sanhed. 107, 2. Quicunque videbat Abrahamum, dicebat: hic est Isaac! quicunque Isaacum, dicebat: hic est Abraham!

fürder in seinem Namen zum Vater aller Wesen zu bitten, und wenn Er auch vor seinem Hingange zum Vater die Adoration von Seite Magdalena's ablehnte: bei seiner Auffahrt erwiesen Ihm die Apostel zuerst den Akt der Anbetung, und wie der Menschensohn nun zur Rechten Gottes sitzt, und nach Paulus' Wort (Röm. VIII, 34) für uns fürbittet, so beten auch wir nach seinem Auftrage stets zum himmlischen Vater durch Jesum Christum, seinen eingebornen Sohn, unsern Herrn.

„Da fiel Judas, nicht der Iskariothe (mit einer Frage, die er schon früher einmal an Jesus gerichtet hatte, Joh. VII, 3. 4), ein: Herr, wie kömmt es, daß Du dich nur uns, und nicht auch der Welt offenbaren willst? Jesus antwortete und sprach zu ihm: Nur noch eine kleine Weile, so sieht die Welt mich nicht mehr. Ihr aber sollt mich sehen, denn Ich lebe und ihr sollt auch leben. Über ein Kleines werdet ihr mich nicht mehr sehen, und nur auf eine kleine Weile werdet ihr mich wiedersehen, denn Ich gehe zum Vater." [9])

„Da sagten einige von den Jüngern zu einander: Was ist das, daß Er zu uns redet: Über ein Kleines werdet ihr mich nicht mehr sehen, und bloß auf ein Kleines werdet ihr mich wiedersehen? und: denn Ich gehe zum Vater? Was soll doch das heißen: eine kleine Weile? Wir verstehen nicht, was Er damit meint. Da nun Jesus merkte, daß sie Ihn fragen wollten, sprach Er zu ihnen: Ihr fraget einander darüber, warum Ich gesprochen: Nur noch eine kleine Weile, so werdet ihr mich nicht mehr sehen; und wiederum eine kleine Weile, so werdet ihr mich wiedersehen? Wahrlich! wahrlich! Ich sage euch: ihr werdet weinen und weheklagen, aber die Welt wird frohlocken. Ihr werdet traurig seyn, aber eure Traurigkeit wird in Freude verwandelt werden. Ein Weib, wenn sie gebären soll, hat Wehen, weil ihre Stunde gekommen ist; [10]) hat sie aber das Kind geboren,

---

9) Die Übersetzung: „Nur noch eine kleine Weile, so werdet ihr mich nicht sehen, und wieder eine kleine Weile, so werdet ihr mich sehen; denn Ich gehe zum Vater!" verläugnet den Causalnexus. Bei der Recapitulation dieser Worte im Folgesatz läßt Jesus den Schluß: „Dann aber gehe Ich zum Vater!" hinweg. *Καὶ* hat hier entweder die Bedeutung: quo temporis spatio elapso, wie Joh. XIV, 19. Hos. I, 4. Hagg. II, 7, oder erklärt sich durch quo durante. Im einen Falle ist die kleine Weile die Frist bis zum Tode, im anderen während seiner Grabesruhe.

10) Tanchuma f. 48, 3: „Wenn ein Weib dem Gebären nahe ist, stößt sie vier

so gedenkt sie ihrer Wehen nicht mehr, um der Freude willen, daß ein Mensch zur Welt geboren ist. So seyd auch ihr jetzt traurig; Ich werde euch aber wiedersehen, dann wird sich euer Herz erfreuen, und diese Freude wird niemand von euch nehmen. An demselben Tage werdet ihr erkennen, daß Ich in meinem Vater bin und ihr in mir, wie Ich in euch. An jenem Tage werdet ihr mich nichts mehr fragen. Bisher habe Ich zu euch in Bildern gesprochen: aber es kömmt die Stunde, wo Ich nicht mehr in Gleichnissen zu euch rede, sondern mit deutlichen Worten euch vom Vater verkündigen werde. An demselben Tage werdet ihr in meinem Namen bitten, und Ich sage nicht, daß Ich den Vater für euch bitten werde. Denn der Vater selbst hat euch lieb, weil ihr mich liebet, und glaubet, daß Ich von Gott ausgegangen bin. Ich bin vom Vater ausgegangen, und in die Welt gekommen: nun verlasse Ich die Welt wieder, und gehe zum Vater."

„Da sprachen seine Jünger zu Ihm: Sieh! schon jetzt redest du deutlich, und nicht mehr im Bilde. Jetzt wissen wir, daß du alles weißt, und nicht nöthig hast, daß dich erst jemand frage. Darum glauben wir, daß du von Gott ausgegangen bist. Jesus erwiederte ihnen: Jetzt glaubet ihr also? Sieh! Ich habe es euch jetzt gesagt, ehe es geschieht, damit ihr glaubet, wenn es sich begibt. Anfangs habe Ich euch das nicht vertraut, weil Ich bei euch war: jetzt aber gehe Ich hin zu dem, der mich gesandt hat, und nun fragt mich niemand mehr von euch: wo gehst du hin? Sondern weil Ich euch dieß sage, hat Traurigkeit euer Herz erfüllt. Ich aber lasse euch nicht als Waisen zurück, Ich komme zu euch." (Joh. XIII, 31—34. 36—38. XIV, 1—14. 18—20. 22. 23. XV, 16. XVI, 16—32.)

Zu Aaron und Mirjam spricht Jehova im alten Bunde Num. XII, 6 f.: „Höret meine Worte! ist jemand unter euch ein Prophet des Herrn, dem will Ich mich kundgeben in einem Gesichte oder im Traume mit ihm reden; aber nicht so mit meinem Diener Moses. Mündlich spreche Ich mit ihm, und er sieht den Herrn in seiner Ge-

---

und neunzig Angsttöne aus, die Todesnähe zu verkünden scheinen, und nur einen Laut, welcher noch Hoffnung des Lebens ausspricht. Brechen ihre Wehen allzuheftig aus, gelobt sie, daß sie niemals mehr ihrem Gatten Umarmung gewähren wolle; weil sie aber in der Folge diesen Vorsatz auszuführen sich zu schwach fühlt, deßhalb ist sie für die Nichterfüllung ihres Gelübdes ein Opfer in den Tempel zu bringen verpflichtet."

stalt, nicht durch dunkle Bilder und Gleichnisse.“ Ebenso behaupteten die Rabbinen eine zweifache Lehrmethode: entweder sprachen sie durch Gleichnisse (עַל דֶּרֶךְ מָשָׁל) oder unverblümt (בְּפַרְהֶסְיָא). Christus bediente sich beider Arten des Unterrichtes bis an sein Ende, wo seine Apostel noch seine deutliche Offenbarung inne werden.

Die Jünger jammern über den Hingang ihres Meisters. Als der gefeierte Verfasser des Sohar auf's Sterbelager kam, gaben sich seine Schüler der Verzweiflung hin. Cf. Num. f. 96, 3: „R. Abba sprach zu Simeon ben Jochai: Wehe der Welt, wenn du sie verlassen wirst, wehe den Geschlechtern, die dann in der Welt seyn werden, wenn du daraus weggenommen bist. Vaterlose Waisen werden sie durch dich.“ [11]) Auch den Schülern des Sokrates war zu Muthe, als wenn sie nun, ihres Vaters beraubt, das übrige Leben als Waisen hinbringen müßten. [12]) Jesus aber tröstet die Seinen: „Ich lasse euch nicht als Waisen zurück.“ Indeß der Meister muß von den Schülern genommen werden, damit deren Erkenntniß zur selbstständigen Reife gelange und ihr Geist sich kräftige, auf daß ihr Wort Zeugniß gebe von der inwohnenden Geisteskraft, und sie nicht die Lehre als bloße Formel und leeren Wortkram überliefern, sondern das bisher seelisch Besessene auch geistig sich aneignen.

XXI. Kapitel.

Des Heilands Testament. Verheißung des Trösters.

„Und Ich will den Vater bitten und Er wird euch einen andern Tröster senden, damit Er bei euch bleibe in Ewigkeit: den Geist der Wahrheit, den die Welt nicht empfangen kann, weil sie Ihn nicht sieht

---

11) In Gen. f. 65. §. 258. Wehe, ruf' ich, o Rabbi, daß die Welt bei deinem Hinscheiden aus lauter Waisen bestehen wird. In Exod. f. 10. §. 39. Abba weinte: Wehe, wenn du von hinnen scheidest und die Welt waise zurücklässest, wer wird an deiner Statt uns das Gesetz lehren? In Lev. f. 42. §. 167. Abba weheklagte: Wehe dem Zeitalter, wenn du vom Leben scheidest; es bleibt dann verwaiset. Aboth R. Nathan f. 24. R. Akiba begegnete dem Geiste des kürzlich verstorbenen Eleazar, da zerriß er plötzlich von Betrübniß überwältigt seine Kleider und weheklagte: Weh mir und allen Zeitgenossen, o Rabbi, welche du als Waisen zurückgelassen hast.

12) Plato Phaed. p. 123, 12. Ἀτεχνῶς ἡγούμενοι ὥσπερ πατρὸς στερηθέντες διάξειν ὀρφανοὶ τὸν ἔπειτα βίον.

und Ihn nicht kennt. Ihr aber werdet Ihn kennen, denn in euch wird Er wohnen und in euch wird Er seyn. Der Tröster aber, der heilige Geist, welchen der Vater senden wird in meinem Namen, der wird euch alles lehren und euch an alles erinnern, was Ich euch gesagt habe. Wenn aber der Tröster kommen wird, welchen Ich euch vom Vater senden werde, der Geist der Wahrheit, welcher vom Vater ausgeht, so wird Er von mir Zeugniß geben. Und auch ihr werdet zeugen, weil ihr von Anfang an bei mir waret.

Den Frieden hinterlasse Ich euch, meinen Frieden gebe Ich euch, nicht wie ihn die Welt gibt. Ein neues Gebot hinterlasse Ich euch, daß ihr einander liebet. Wie Ich euch geliebt habe, so sollt auch ihr einander lieben. Darin wird jedermann erkennen, daß ihr meine Jünger seyd, wenn ihr einander liebet. Liebet ihr mich, so haltet meine Gebote. Wer meine Gebote hat, und sie hält, der ist's, der mich liebt. Wer aber mich liebt, der wird von meinem Vater geliebt werden, und auch Ich werde ihn lieben und mich ihm offenbaren. Wer mich liebt, der wird mein Wort bewahren, und mein Vater wird ihn lieben, wir werden zu ihm kommen, und Wohnung bei ihm nehmen. Wer aber mich nicht liebt, der hält mein Wort nicht; das Wort aber, das ihr gehört habt, ist nicht mein, sondern des Vaters, der mich gesandt hat. Dieß sage Ich euch, da Ich noch bei euch bin."

Wenn Gott im alten Bunde seine Gegenwart offenbart, wird in der Schrift (Ex. II, 2. XXIV, 16 rc.) gesagt: Schachan, er wohnte da. So will sich Gott auch im neuen Bunde herablassen, es ist die Schechina, die die Apostel überschweben und bei der Kirche bleiben soll. Der alte Bund geht nun zu Ende, und doch gilt das Wort Gen. IX, 16: „Ich gedenke des ewigen Bundes zwischen Gott und jeder lebenden Seele." Ein neues Gesetz richtet der Herr auf, das sein Fundament in der Liebe hat, denn Gottes Zorn fordert nicht weiter blutige Opfer, sondern sein Eingeborner stiftet die ewige Versöhnung. Auch die Rabbinen sollten im Messias einen neuen Gesetzgeber erwarten. So lesen wir im Sohar chadasch f. 42, 3: „In den messianischen Zeiten wird die Erkenntniß erneuert, wie Jer. XXXI, 34 geweissagt. Jalkut Schimoni f. 46, 1: Gott wird im Paradiese sitzend, von den Gerechten umgeben, das neue Gesetz predigen, welches er durch den Messias geben wird."

In den letzten Stunden pflegen Ältern ihren Kindern, Lehrer ihren Jüngern die letzten Willensbestimmungen zu geben, daher der Ausdruck ἐντολή Joh. XIII, 34. So steht ἐντέλλεσθαι II. Sam.

XVII, 23. II. Kön. XX, 1. Xenophon nennt Lykurgs Gesetze καινότατοι νόμοι. Christus vermacht den Seinen seine Liebe und das Gebot des Friedens, und in der That! aus Tertullian Apol. 39 wissen wir, daß in den ersten Jahrhunderten die Liebe unter den Christen zu einander so groß war, daß die Heiden, indem sie solches sahen, mit Verwunderung ausriefen: „Sehet, wie lieb sie sich haben!“ Eine höhere Offenbarung Gottes und Kraft und Vollendung im Menschen kann es nicht geben, als die, welche in der Liebe liegt. Darum ist die Offenbarung in Christus die höchste, einzig wahre und wahrhaft göttliche, welche alle Kräfte des Menschen löst, frei macht und vollendet. Nur die Mißkennung der rechten und tiefen Bedeutung des Christenthums kann von einer Religion des Geistes reden, die mit der Zeit an die Stelle des Christenthums treten sollte. Wo könnte der Geist eine erhabenere Religion erfassen, als die, welche in der höchsten Kraft der geistigen Freiheit, in der Liebe liegt? Woher haben Vernunft und Verstand ihre Kraft und Weihe im Menschen, wenn nicht aus der Liebe? Eine größere Liebe aber kann niemand haben, als der sein Leben für die Seinen hingibt. Jesus aber fuhr fort:

„Wenn ihr meine Gebote haltet, so bleibt ihr in meiner Liebe, so wie auch Ich die Gebote meines Vaters halte, und in seiner Liebe bleibe. Dieß ist mein Gebot, daß ihr einander liebet, so wie Ich euch. Eine größere Liebe aber hat niemand, als diese, daß er sein Leben läßt für seine Freunde. Ihr seyd meine Freunde, wenn ihr thut, was Ich euch gebiete. Ich nenne euch nun nicht mehr Knechte, denn ein Knecht weiß nicht, was sein Herr thut; sondern Freunde nenne Ich euch, weil Ich alles, was Ich von meinem Vater gehört, euch mitgetheilt habe. Ihr habt mich nicht erwählt, sondern Ich habe euch erwählt, und euch dazu bestimmt, daß ihr hingehet und Frucht bringet, und daß eure Frucht bleibe.“

Merkwürdig stimmt zu diesen Worten Sohar Gen. f. 121. col. 479: „Gott nennt die Israeliten seine Brüder und Freunde.“ Pirke Aboth c. 6, 1: „R. Meir sagte: Wer im Gesetze des Gesetzes wegen forscht, wird ein Freund und Genosse der Gottheit genannt.“ Tanchuma f. 62, 3 in Cant. V, 1: „Esset, ihr Lieben, trinket, meine Freunde!“ Darunter sind die Israeliten gemeint, denn sie werden Freunde (רֵעִים) genannt, wie Ps. CXXII, 8 geschrieben steht: „Um meiner Brüder und Freunde willen wünsche ich den Frieden.“ Siphra f. 174, 1 in Lev. XIX, 17: „Du sollst deinen Bruder nicht anfeinden!“ Hier kann nicht von leiblichen Brüdern die Rede seyn, sondern von Gott, welcher keine anderen Brüder hat, als die Gerechten in der Welt; weil sie seine Gebote erfüllen, nennt er sie Brüder und Freunde." —

„Dieß gebiete Ich euch also, daß ihr einander liebet. Wenn euch aber die Welt hasset, so wisset, daß sie mich schon vor euch gehaßt hat. Wäret ihr von der Welt, so würde euch die Welt als ihr Eigenthum lieben; weil ihr aber nicht von der Welt seyd, sondern Ich euch von der Welt auserlesen habe, darum haßt euch die Welt. Denket an das Wort, das Ich euch gesagt habe: Der Knecht ist nicht größer, als sein Herr. Haben sie mich verfolgt, so werden sie auch euch verfolgen. Haben sie aber mein Wort gehalten, so werden sie auch das eure halten. Dieß alles werden sie euch thun um meines Namens willen; denn sie kennen den nicht, der mich gesandt hat. Wäre Ich nicht gekommen, und hätte Ich nicht zu ihnen geredet und Werke unter ihnen gethan, wie sie kein anderer gethan, so hätten sie keine Sünde. Nun aber haben sie dieselben gesehen, und hassen doch mich und meinen Vater; denn wer mich haßt, der hasset auch meinen Vater: also haben sie keine Entschuldigung für ihre Sünde. So muß aber das Wort erfüllt werden, das in ihrem Gesetze geschrieben steht: „Sie hassen mich ohne Ursache.""

Schon der Psalmist klagt XXXV, 19: „Mögen sich jene nicht über mich freuen, die mir ohne Ursache feindlich gesinnt sind." LXIX, 5: „Die mich ohne Grund hassen, sind zahlreicher als die Haare meines Hauptes." Merkwürdig bringen die Rabbinen diese Stelle und Ps. LXVIII, 5: „Sie hassen mich ohne Ursache" in Causalnexus mit der zweiten Zerstörung des Tempels. So heißt es Joma f. 9, 2: „Aus welchem Grunde wurde der erste Tempel zerstört? Weil Abgötterei, Unzucht und Blutvergießen in Israel allgemein geworden waren. Was verursachte die Verwüstung des zweiten, da doch bekannt ist, wie sehr in unserem Zeitalter das Lesen im Gesetze und die Ausübung frommer Werke jedermanns Sache ist? Antwort: Unbegründete Feindschaft der Menschen gegen einander. Hieraus entnehmen wir, daß dieß eine Laster jene drei Sünden aufwiegt." Der Heiland spricht weiter:

„Dieß habe Ich zu euch geredet, damit ihr euch nicht ärgert. Sie werden euch in den Bann thun, ja es kömmt die Stunde, wo jeder, wer euch tödtet, meinen wird, Gott damit einen Dienst zu erweisen. Und dieß werden sie euch thun, weil sie weder den Vater, noch mich kennen. Aber Ich habe euch dieß gesagt, damit ihr, wenn die Stunde kömmt, euch an mein Wort erinnert. Ich habe es euch gesagt, damit ihr in mir Friede habet; denn in der

Welt werdet ihr Bedrängniß haben, aber seyd getrost: Ich habe die Welt überwunden."

„Ich sage euch aber die Wahrheit: es ist gut für euch, daß Ich hingehe, denn wenn Ich nicht hinginge, so käme der Tröster nicht zu euch; wenn Ich aber hingehe, will Ich ihn zu euch senden. Wenn aber der Tröster kommen wird, welchen Ich euch vom Vater senden will, der Geist der Wahrheit, welcher vom Vater ausgeht, so wird Er von mir zeugen. Und auch ihr werdet von mir zeugen, weil ihr vom Anfange an bei mir waret. Und wenn derselbe kömmt, so wird Er die Welt überweisen von der Sünde, von der Gerechtigkeit, und von dem Gerichte. Von der Sünde: weil sie nicht geglaubt haben an mich. Von der Gerechtigkeit aber, weil Ich zum Vater gehe, und ihr mich nun nicht mehr sehen werdet. Vom Gerichte endlich, weil der Fürst dieser Welt schon gerichtet ist. Ich hätte euch noch vieles zu sagen, aber ihr könnet es noch nicht tragen. [1]) Wenn aber jener Geist der Wahrheit kommen wird, wird Er euch in alle Wahrheit einführen; denn Er wird nicht von sich selbst reden, sondern was Er hören wird, das wird Er reden, und was künftig ist, wird Er euch verkünden. Er wird mich verherrlichen; denn von dem Meinigen wird Er es nehmen, und euch verkündigen. Alles, was der Vater hat, ist mein. Darum habe Ich euch gesagt: von dem Meinigen wird Er es nehmen, und euch verkündigen."

„Euer Herz betrübe sich nicht und fürchte sich nicht. Ihr habt gehört, daß Ich euch gesagt habe: Ich gehe hin, aber Ich komme wieder zu euch. Hättet ihr mich lieb, so würdet ihr euch freuen, daß Ich zum Vater gehe, denn der Vater ist größer als Ich. Ich werde nun nicht mehr viel mit euch reden, denn es kömmt der Fürst dieser Welt, aber gegen mich vermag er nichts. Damit aber die Welt erkenne, daß Ich den Vater liebe und thue, was Er mir befohlen hat, so stehet auf und laßt uns von hinnen gehen." (Joh. XIII, 34. 35. XIV, 15—17. 21. 23—31. XV, 9—27. XVI, 1—15. 33.)

Sokrates benützte die letzten dreißig Tage, die ihm bei dem Aufschub seiner Urtheilsvollstreckung wegen der delischen Festfeier noch

1) Mechilta f. 22, 1 in Ex. XIV, 13. „Sehet zu, was für ein Heil der Herr an euch thun wird! Da fragten die Kinder Israels: Wann wird dieß geschehen? Moses antwortete: Morgen! Wieder äußerten sie: Wir werden es nicht ertragen (אֵין בָּנוּ כֹּחַ לִסְבּוֹל, d. h. zu begreifen vermögen), auf welche Weise Gott für uns streiten wird."

zu leben vergönnt waren, um mit unauslöschlichen Zügen seine Lehre in die Herzen seiner Jünger einzuprägen; und dieser Schluß seines Lebens ist das Erhabenste und Würdigste, was die vorchristliche Heidenzeit aufzuweisen hat. Die Abschiedsrede von seinen Schülern, die Worte des Weisesten in der Heidenwelt, bieten einen Vergleich zu dem Scheidegruße Christi vor der Trennung von seinen Jüngern. Dort bildet das Gespräch über die Unsterblichkeit der Seele und den Zustand nach diesem Leben den Gegenstand der letzten Unterhaltung, bevor der große Lehrer Griechenlands den Giftbecher trinkt; hier ist es der Herr über Tod und Leben, der die Seinen der Rückkehr zum Vater im Himmel versichert, wo Er auch ihnen eine Stätte bereiten will. Sokrates betet sterbend zu den Göttern, daß die Wanderung von hier dorthin für ihn glücklich vor sich gehen möge — Christus ist selber der Weg und der Führer nach oben. Sokrates weigert sich, von der Möglichkeit zur Flucht Gebrauch zu machen, wie der Herr sich dem Tode nicht entzieht, um das große Beispiel für alle Welt zu geben. Dort bittet der Scherge den Verurtheilten um Verzeihung, und es spricht der Diener der Elfmänner im Phädon, wie er dem Verurtheilten den Giftbecher reicht: O Sokrates, über dich werde ich mich nicht zu beklagen haben, wie über andere, die mir böse sind und fluchen, wenn ich ihnen den Befehl der Obrigkeit ansage, das Gift zu trinken. Du wirst mir sicherlich nicht zürnen, in der Überzeugung, daß ja ich nicht daran schuld bin. Nun also, da du weißt, weßhalb ich gekommen, lebe wohl und suche so leicht als möglich zu ertragen, was nicht zu ändern ist. Da weinte er, wendete sich ab und ging. Wie Sokrates' Jünger von seinen Abschiedsreden die ideale Seite über der irdischen Auffassung vergaßen, so die Apostel beim Heimgange Jesu, besonders Philippus.

Was sollen wir erst von den Worten des Heilands sagen? Wir bewundern hier wieder den Entwicklungsgang der Rede, welche anhebend von seinem nahen Abschiede sofort in das Geheimniß der Gottheit einführt. Jesus spricht hier zuerst vom heiligen Geiste, welcher vom Vater ausgeht, aber zugleich durch den Sohn vom Vater geschickt wird, und während der Sohn wieder zum Vater zurückkehrt, als der Tröster erscheinen, die Apostel in ihrer Verlassenheit stärken und die durch ein Wunder begründete Kirche erhalten, ihre Vorsteher alles lehren und regieren wird bis an das Ende der Tage.

Der Heiland verkündete ihnen eine nahe Freude, daß sie nach kurzem Abschiede Ihn wiedersehen sollten — Er redete prophetisch von seiner Auferstehung. Die Apostel dagegen faßten diese Worte von seiner letzten Wiederkehr und von dem jüngsten Tage, wie wir hörten: um so weniger also fanden sie sich veranlaßt, eine schriftliche Auffassung zu treffen. Als es aber später dennoch, und zwar von den Schülern der Apostel zuerst geschah und geschehen mußte, ehe die historische Erinnerung sich auflöste und zerfloß: da waren nicht nur mehrere Apostel noch am Leben, sondern es blieb ja der heilige Geist, der fortwährend in der Kirche waltet und lehrt, und es dauerte die tröstliche Versicherung des Herrn, daß auch aus dem Leben Christi nichts von dem, was nothwendig ist, uns verloren gehen werde.

XXII. Kapitel.

Das Hohepriestergebet Christi für seine Gläubigen.

„Nachdem Jesus dieses geredet hatte, erhob Er seine Augen gen Himmel, und sprach: Vater! die Stunde ist gekommen, verherrliche deinen Sohn, damit dein Sohn auch dich verherrliche; wie du Ihm die Macht über alles Fleisch gegeben, damit Er allen, die du Ihm geschenkt hast, das ewige Leben gebe. Dieß aber ist das ewige Leben, daß sie dich, den allein wahren Gott erkennen, und Jesum Christum, den du gesandt hast. Ich habe dich verherrlichet auf Erden; Ich habe das Werk vollendet, das du zu thun mir aufgegeben. Und nun verherrliche mich, o Vater! auch bei dir selbst, mit jener Herrlichkeit, die Ich bei dir hatte, ehe die Welt war. [1]) Geoffenbaret hab' ich deinen Namen den Menschen, die du mir von der Welt gegeben hast. Dein waren sie, und mir hast du sie gegeben, und dein Wort haben sie gehalten. Nun wissen sie, daß alles, was du mir gegeben hast, von dir ist; denn die Worte, die du mir eingegeben, habe Ich ihnen mitgetheilt. Sie haben sie aufgenommen und wahrhaftig erkannt, daß Ich von dir ausgegangen bin, und haben geglaubt, daß du mich gesandt hast. Für sie bitte Ich, nicht für die Welt, sondern für die, welche du mir gegeben hast; denn sie sind dein. Alles, was mein ist,

---

1) Matth. XXV, 34. Eph. I, 4. II. Tim. I, 9. I. Petr. I, 20. Offb. XIII, 8. Bereschith r. 1, 5. Sex res praecesserunt creationem mundi: lex, solium gloriae, patres, Israel (vox asini Bileamis), domus sanctitatis et nomen Messiae ante creationem mundi ascenderunt in cogitationem Dei.

ist dein, und was dein ist, ist mein. Und Ich bin in ihnen verherrlichet."

Bedeutsam heißt es im gleichzeitigen Buche Henoch c. 48, 3 f.: „Ehe die Sonne und die Sterne gebildet waren, wurde der Name (des Auserwählten) verherrlicht von dem Heere der Geister. In Zukunft werden alle, welche auf Erden wohnen, niederfallen und vor ihm anbeten: sie werden ihn segnen und rühmen und ihm Preis singen im Namen des Herrn der Geister; denn die Auserwählten wohnten bei ihm, ehe die Welt geschaffen war." Der Herr fährt fort:

„Ich bin nun nicht länger mehr in der Welt; sie aber sind noch in der Welt, und Ich komme zu dir. Heiliger Vater! erhalte sie in deinem Namen, die du mir gegeben, damit sie eins seyen, wie wir. So lange Ich bei ihnen in der Welt war, habe Ich sie in deinem Namen erhalten. Was du mir gegeben, habe Ich bewahrt, und es ist keiner von ihnen verloren gegangen, als der Sohn des Verderbens, damit die Schrift erfüllt würde. Nun aber komme Ich zu dir, und rede dieses in der Welt, damit sie meine Freude vollkommen in sich haben.[2]) Ich habe ihnen dein Wort gegeben, und die Welt hasset sie, weil sie nicht von der Welt sind, sowie auch Ich nicht von der Welt bin. Ich bitte nicht, daß du sie von der Welt wegnehmest, sondern daß du sie vor dem Bösen bewahrest. Sie sind nicht von dieser Welt, sowie auch Ich nicht von dieser Welt bin. Heilige sie in deiner Wahrheit; dein Wort ist Wahrheit. Wie du mich in die Welt gesandt hast, so sende auch Ich sie in die Welt. Ich heilige mich selbst für sie, damit auch sie in der Wahrheit geheiliget seyen."

„Aber nicht für diese allein bitte Ich, sondern auch für jene, die durch ihr Wort an mich glauben werden: damit alle eins seyen, wie du, Vater! in mir, und Ich in dir; damit auch sie in uns eins seyen, und die Welt glaube, daß du mich gesandt hast. Die Herrlichkeit, die du mir verliehen, habe Ich auch ihnen verliehen, damit sie eins seyen, wie wir eins sind, Ich in ihnen, und du in mir; damit sie vollkommen eins seyen, und die Welt erkenne, daß du mich gesandt, und sie liebest, wie du mich geliebt hast. Vater! Ich will, daß wo Ich bin, auch die bei mir seyen, die du mir geschenkt hast, auf daß sie die Herrlichkeit sehen, die du mir verliehen, schon ehe die Welt gegründet war. Gerechter Vater! die Welt kennt dich nicht, Ich aber kenne dich, und

---

2) Eine hebräische Redeweise ist: שִׂמְחָתוֹ הַמְתִינָה, „Seine Freude blieb."

diese erkennen, daß du mich gesandt hast. Und Ich habe ihnen deinen Namen kund gethan, und werde ihn kund thun, damit die Liebe, womit du mich geliebt, in ihnen sey, und Ich in ihnen!" [3])

Diese Worte sind die Fundamente der Theologie. Jesus wußte, daß Ihm sein Vater alles übergeben unter der Bedingung, daß Er übergeben würde in die Hand seiner Feinde. Also trägt Er beim letzten Abendmahle zuvörderst die Lehre vom versöhnenden Leiden vor. Sofort ist Joh. XIV, 11 die wechselseitige Einwohnung (περιχώρησις) der göttlichen Personen ausgesprochen, was die Kirchenväter im Streite gegen die Arianer besonders ausbildeten. Die Communicatio Idiomatum, die Dualität der Natur, die endliche Glorifikation des eingebornen Menschensohnes auf dem Throne der göttlichen Majestät, all das führt sich auf diese Reden Christi in seinen letzten Tagen zurück. Der seiner höheren Natur nach sich von Ewigkeit bekennt, Er ist jetzt im Begriff, das Kleid der Sterblichkeit, die Knechtsnatur, die Ihn verläugnet hat, im qualvollen Tode abzulegen, um die Herrlichkeit wieder anzuziehen, die Er von Anbeginn beim Vater hatte, und der Er, nur aus Liebe zu uns sich erniedrigend, sich entschlagen. Also Abschied nehmend von der Welt und von den Seinen trägt Er noch Vorsorge für seine Hinterbliebenen. Er ertheilt ihnen das Gebot der Liebe, Er hinterläßt ihnen seinen Frieden, denn daraus, daß sie nicht in Sektenspaltung zerrissen wären, würde die Welt erkennen, wo seine wahre Kirche sey. Kein Gebot hat der Heiland den Seinen so dringend eingeschärft als das, in der Einheit zu bleiben; das Verharren in der Einheit seiner Kirche soll selbst das Zeichen seiner Jüngerschaft seyn. Gleichwohl ist dieß Gesetz am wenigsten beobachtet, und bei so vielen Glaubensspaltungen im Laufe der Jahrhunderte übertreten worden, wo Ärgerniß mehr noch genommen als gegeben und die Einheit der Kirche verlassen ward. Er betet noch zuletzt über sie, die Er in den härtesten Trübsalen und Verfolgungen zurückließ; sein Trost vor seinem Todesgang ist: daß Er die Erstlinge, die Er als Väter der christlichen Gemeinde gesammelt, treu erhielt und bewahrte. Auch von uns wird einst gefordert werden, daß wir sagen können: Von allen, die du mir anvertraut hast, habe ich keinen verloren. Er betet auch für seine zukünftige Kirche, den Ihm angeeigneten Keim der Mensch-

3) Joh. XVII. Cf. Berac. f. 28, 1. „Ich bitte, o Gott, für mich nicht nur, sondern auch für meine Jünger, daß sie in der Auslegung des Gesetzes niemals irren mögen."

heit, deren fernste Schicksale Er vorausverkündet. Dieß alles hat uns der Jünger der Liebe auf eine so rührende Weise, in unnachahmlicher Darstellung des ganzen Verlaufes der letzten Reden unseres göttlichen Erlösers und der Wechselgespräche mit seinen Jüngern in der Fülle und Erweckung des heiligen Geistes beschrieben, daß er uns dadurch wie zu Augenzeugen und Mitgenossen des letzten Abendmahles macht, woraus eben auch die Gegenwart des heiligen Verfassers bei der neuen Bundesstiftung, und damit die Apostolicität dieses Evangeliums unwidersprechlich sich erweist. Jetzt aber naht die Catastrophe, wo der Wandel des Gottmenschen über der Erde mit der letzten Genugthuung, dem Akt des Todes zum Heile der insolventen Menschheit, enden soll.

XXIII. Kapitel.

Der Lobgesang.

Und nun, nachdem Jesus dieß göttliche Gebet geendet, „stimmte Er den Lobgesang an.“ (Mk. XIV, 26. Mth. XXVI, 30.)

Es war das große Halleluja der Befreiung, welches bei dem Ostermahle gesungen wurde;[1]) denn heute ist alles typisch und prophetisch mysteriös, auch bleibt keine Minute dieses Tages, die nicht durch die heiligen Berichterstatter ausgefüllt wäre. Es ist der Hymnus, der an allen hohen Freudenfesten, so am Tage der Gesetzgebung zu Pfingsten, namentlich aber am Feste der Hütten[2]) angestimmt wurde. „Woher,“

1) Pesach. f. 116, 2 in Ex. XIII, 8. Ideo officium nostrum est, confiteri, laudare, honorare, ornare, exaltare, celebrare, benedicere, extollere et glorificare illum, qui nobis et majoribus nostris haec signa exhibuit, nosque ex servitute in libertatem, ex anxietate ad laetitiam, ex luctu ad diem festum, ex tenebris in lucem magnam, ex subjectione denique ad liberationem perduxit, et coram illo dicamus: Halleluja! Gemara f. 118, 1. R. Tarphon inquit: Hallel magnum, alii Ps. XXIII. Undenam incipit Hallel magnum? R. Jehuda resp. a Ps. CV. „Benedicite Domino,“ usque ad CXXXVII. (excl.) „Super flumina Babylonis.“ R. Jochanan ait: a Ps. CXX. ad Ps. CXXXVII. R. Acha filius Jacobi ait: a Ps. CXXXV, 4. „Quoniam Jacob elegit sibi Dominus“ ad Ps. CXXXVII. Cur dicitur Hallel magnum? R. Jochanan resp.: quod in eo Deus s. b. in excelsitate mundi sedere omnibusque creaturis cibos distribuere dicitur. R. Josua ben Levi dixit: Cur vox הודו „laudate“ vicies et septies repetitur? resp. Quia Deus viginti septem generationes creavit, nullique ipsarum Legem dedit, vel easdem ipse gratia sua sustentavit etc.

2) Siphra f. 188, 4. Septem diebus festi tabernaculorum nos canimus Hallel,

frägt die Gemara Pesach. 9, 3, „wird die Nothwendigkeit der Dankgesänge bei der Paschamahlzeit erwiesen?“ R. Johannan, der Sohn R. Simons, beruft sich für die Unerläßlichkeit dieses Ritus auf Js. XXX, 29: „Da werdet ihr singen wie in der Nacht des heiligen Festes.“ Die Nacht, welche auf ein (folgendes) Fest geheiligt wird, besteht die Verpflichtung zu einem Hymnus. Mischna f. 117, 2: „Nach dem vierten Becher beendet man das Hallel und recitirt den Lobgesang.“ f. 118, 1: „Warum nennen wir das Hallel, welches in der Paschanacht abgesungen wird, das große Hallel? Antwort: Weil an fünf wichtige Ereignisse darin erinnert wird, als: der Auszug aus Ägypten, die Theilung des rothen Meeres, die Gesetzgebung auf Sinai, die Auferstehung der Todten und die Leiden des Messias.“ — Vom Auszug aus Ägypten handelt Ps. CXIV, 1: „Als Israel aus Ägypten zog ꝛc.“ Von der Spaltung des rothen Meeres Ps. CXIV, 3: „Das Meer sah und floh.“ Von der Gesetzgebung auf Sinai Ps. CXIV, 4: „Die Berge hüpften wie Lämmer.“ Von der Auferstehung der Todten Ps. CXVI, 9: „Ich will wandeln vor dem Herrn im Lande der Lebendigen.“ Von den Leiden des Messias Ps. CXV, 1: „Nicht uns, Herr, nicht uns, sondern deinem Namen gib Ehre ꝛc.“ Die letztern Worte will R. Johannan nicht vom Messias, sondern von der Unterdrückung Israels durch die Heiden verstanden haben; allein R. Nachman Sohn Isaaks behauptet, es sey im Hallel von der Befreiung der Seelen der Gerechten aus der Hölle die Rede, wie geschrieben ist Ps. CXVI, 4: „Herr! errette meine Seele!“ Dieser Festhymnus begriff die sechs Jubelpsalmen von CXIII bis CXVIII in sich. Die beiden ersteren, wie wir vernommen, wurden vor dem Segenweine, d. h. nach dem zweiten Becher der Paschamahlzeit gebetet oder gesungen; bei der Mischung des vierten Bechers aber das Hallel CXV—CXVIII vollendet. Also begann jetzt der Heiland mit dem Anfange des CXV. Psalmes: „Nicht uns, Herr, nicht uns, sondern deinem Namen gib die Ehre, damit die Völker nicht sagen: wo ist ihr Gott?“ — und endete mit den Worten des CXVIII. Ps.: „Hochgelobt sey, der da kömmt!“ worauf die Versammlung respondirte: „Im Namen des Herrn!“ Und fürwahr, wenn wir das feierliche Schlußgebet Jesu über seine Jünger,

---

verum festo Paschatis illud non canimus nisi die festo primo לֵילִן et nocte eum praecedente. Cur ita fit? resp. Quia de internecione et clade inimicorum non nimis gaudendum.

im XVII. Kapitel bei Johannes, betrachten: es ist offenbar die Einleitung zum endlichen davidischen Lobgesang, ja es ist selber ein himmlisch erhabener Psalm, von Jesus uns zum Andenken bei seinem Scheiden hinterlassen, und sollte vielleicht die Stelle jener nachfolgenden Hymnen vertreten. Nach diesem Wechselgesang wurde bei den Juden noch der vierte Becher kredenzt, darüber sprachen sie dann, was sie den Segen des Gesanges nannten, nehmlich Ps. CXLV, 10 f. Sie mochten auch noch einen fünften Becher mischen, und das große Hallel oder den großen Lobgesang (Ps. CXXXVI) sprechen, doch bestand hiezu keine Verbindlichkeit. (Maim. Kametz umatza c. 8, 5.) Der Heiland setzte den letzten Theil des Hallel bis zum Schlusse des Abendmahles aus, und sang nun erst jene Psalmen (CXV, 1. CVI, 12—15. CXVIII, 22—27), die nach der eigenen Erklärung des Talmuds B. Pesach. f. 118, 1 eben auf die Schmerzen des Messias sich beziehen.

Wenn die Juden den Lobgesang sprachen und das große Hallel anstimmten, intonirte immer der Älteste, die übrigen alle respondirten bei jedem Verse: Halleluja! [3]) Besonders aber legte man dem Amen einen großen Werth und Segen bei; man unterschied darum ein leeres (orphanum), ein abgebrochenes (raptum vel concisum) und ein ausdrückliches oder volles (distinctum vel prolixum). Man hielt dafür, es gehe über alle Gebete, und wer es in Andacht spreche und bete: „Gelobt sey der h. Name!“ würde, wenn er auch der größte Sünder sey, der Verdammniß entrinnen und die Thore des Paradieses offen finden; wenn es aber die ganze Gemeinde bete, würden die Seelen im Scheol Nachlassung ihrer Sünden und die ewige Ruhe gewinnen. (Schoettgen in I. Cor. XIV, 16.)

Nach der Einsetzung und Austheilung des heiligen Abendmahles stimmt der Heiland mit seinen Aposteln den Lobgesang an. Dieser Hymnus ist der Anfang aller Kirchengesänge, der Heiland selber hat das Beispiel gegeben. [4]) Die Lerche wirbelt in Gottes freier Natur

3) B. Succa f. 38, 1. Si servus vel foemina vel puer praecineret, repetit unusquisque de coetu ipsissima illa verba, quae ille dixerat, si vero grandaevior aut dignior, post eum respondent Halleluja.

4) Bei der Einsetzung des h. Abendmahls sang Christus seine erste Messe, heißt es Mone Schausp. d. Mittelalt. 1, 9. Von den uranfänglichen christl. Hymnen lesen wir Apstg. IV, 24. XVI, 25. Eph. V, 19. Kol. III, 16. Jak. V, 13. Tertullian schreibt (Grotius in Mth. XXVI, 30): Post aquam manualem et lumina, ut quisque de scripturis vel de proprio ingenio potest, provocatur in medium Deo canere.

in schmetternden Tönen ihr Sursum corda in die Luft. Die Tonwelt muß in ihren Harmonien mit der Schöpfung Gottes übereinstimmen, und im engeren Gottestempel der Sphärengesang seinen Wiederhall finden. Der Islam ließ den religiösen Gesang nicht aufkommen, denn das Geheul der Derwische ist wie eine Satyre zu den himmlischen Tönen der Kirchenmusik. Die christliche Kirche dagegen fährt fort, den Gottesdienst zu begehen in Chören und mit Cymbeln und Pauken. Noch am Schlusse der Psalmen singt David: „Lobet den Herrn mit Posaunenschall, preiset ihn mit Psalter und Zitter, lobet ihn mit Pauken und Reigen, verherrlichet ihn mit Saitenspiel und Flöten, lobet ihn mit helltönenden Cymbeln, glorificirt ihn mit Jubelklängen auf Cymbeln. Alles, was Odem hat, lobe den Herrn, Alleluja!" „Holet mir einen Saitenspieler," spricht Elisa II. Kön. III, indem er in die prophetische Stimmung versetzt und zum Weissagen angeregt seyn will.

Damit, daß die instrumentirte Musik zur Verherrlichung des Gottesdienstes im alten Bunde, bei Juden wie Heiden, diente neben dem Chorgesang, ist der Unterschied der Kirchenmusik gerechtfertigt. Paulus lehrt Eph. V, 19 den Herrn in Psalmen, Festgesängen und geistlichen Liedern zu preisen. Die Weltgeschichte beruht auf einem festgeordneten Parallelismus, und ist die Kundgebung eines großen antistrophischen Gesanges, bestehend aus dem Rufe Gottes und der Antwort der Menschen. [5])

XXIV. Kapitel.

Gang über den Cedron nach Gethsemane.

„Nachdem Jesus diese Reden vollendet und den Lobgesang gesprochen hatte, ging Er nach seiner Gewohnheit hinaus an den Ölberg, seine Jünger aber folgten Ihm. Und Er schritt über den Bach Cedron dahin, wo ein Garten war, in den Er sich mit seinen Jüngern begab." (Joh. XVIII, 1. Luk. XXII, 39.)

Ἠν κῆπος, schreibt der Evangelist, er meint nehmlich vor Jerusalems Untergang. Vom Cönakulum ist eine gute Viertelstunde nach

---

5) Augustin. Civ. Dei XI, 18. Deus ordinem saeculorum tanquam pulcherrimum carmen ex quibusdam quasi antithetis honestavit. Vgl. P. Pet. Singers metaphysische Blicke in die Tonwelt in seinem Neuen System der Tonwissenschaft. München 1847.

dem Ölberge. Der Weg führte den Heiland über eine der beiden Cedronbrücken, wahrscheinlich über die untere. Johannes heißt den Cedron *χειμάῤῥους*, einen Winterbach oder Sturmbach, Jos. bell. V. 3, 2 dagegen *φάραγξ*, die Schlucht oder Kluft. Eigentlich gibt es bloß ein Thal Cedron; nur gegen Marsaba hinab trifft man im Thalbett eine Felsrinne bis zu zwei Fuß hoch vom Winterregen ausgewaschen, während derselbe oberhalb schon nach wenig Schritten vom dürren Erdboden aufgesogen wird. Wenn der Geschichtschreiber des jüdischen Krieges V. 6, 1 die Thalzunge *κεδρῶνα*, den Ölberg *ἐλαιῶνα* nennt, wie die Griechen auch *δαφνῶνα*, *πλατανῶνα* sagen, so bringt er den Namen mit den I. Kön. X, 27. II. Chron. I, 15 erwähnten Cederpflanzungen Salomo's in Verbindung, welche um Jerusalem her so häufig gestanden seyn sollen, wie die Sykomoren in den Gründen.[1] Indeß führt die Schlucht schon in Davids Tagen diesen Namen. Es ist wohl das Thal Save, wo Melchisedek zur Danksagung für den Sieg Abrahams oder für die gefallenen Kämpfer das erste unblutige Opfer darbrachte, und hieß später das Königsthal oder Gerichtsthal (Joel III, 2), wovon der Name Josaphat auf eines der Grabmäler überging. Eusebius nennt es das hohle: *κοιλὰς Ἰωσαφάτ*. Hieronymus faßt zuerst die Wurzel קָדַר in's Auge, und macht die Bedeutung Thal der Schmerzen oder Thränenthal geltend. Die richtige Deutung ist aber die dunkle, schwarze Schlucht oder das Schattenthal. Am kürzesten Tage fällt das Sonnenlicht erst 15 Minuten nach 10 Uhr, mehr als drei Stunden später, nachdem sie Jerusalem beschienen, in die tiefste Stelle der engen Kluft dem Dorfe Siloa gegenüber, um schon nach fünfthalb Stunden wieder dem Schatten zu weichen, so daß es in dieser Zeit auch um ein paar Grade kälter daselbst ist, als in der Stadt auf der Höhe.

„Indeß kam Jesus mit ihnen zu dem Landgute Gethsemane." Johannes spricht von einem Hofe,[2] die Synoptiker bezeichnen es mit *χώριον*, Feldstück oder Landgut. Gethsemane selbst erklären einige

---

1) Ant. VIII, 7, 4. Auch die arab. Version liest Joh. „Bach der Ceder". I. Kön. XV, 13 steht mit Grund *ἐν τῷ χειμάῤῥῳ τῷ κέδρῳ*, nicht *τῶν κέδρων*. Cidron, wie Nemrod, Nimrod, Nesibis, Nisibis. Gen. VI, 14 liest Onkelos: Cedernholz. Vgl. Abaddon Offb. IX, 11. *Τῶν κέδρων* steht auch II. Sam. XV, 23. II. Kön. II, 13, ohne Artikel XXIII, 4. 6. 12. Bd. V, 174 not.

2) *Κῆπος* = Hnoba, die Pflanzung eines civis. *Χώριον* Apstg. I, 19. XXVIII, 7.

durch גֵא שְׁמָנִים Ölthal, wie der Name Js. XXVIII, 1 in Ephraim vorkömmt, andere durch גֵי סְמָנֵי Thal der Zeichen, wie der Sinai B. Sabbat f. 89, 1 הַר סִימָנַאי Berg der Zeichen heißt. Allein die richtige Bedeutung ist Ölkelter גַת שְׁמָנֵי, auch führt der Talmud B. Joma f. 16, 1 im Tempel Beth-Semane, eine Ölkammer an, wo der Wein und das Öl für den Tempeldienst verwahrt wurde. Möglich, daß der Ölgarten mit seiner Kelter für den Dienst des Tempels in Anspruch genommen ward. [3]) Jetzt aber war er bestimmt zur Kelter des Zorns vor den Augen des himmlischen Vaters. Da man in Palästina Ölmühlen nicht selten in Höhlen angebracht findet, so ist es mir bei näherer Vergegenwärtigung der Grotte der Todesangst Christi wahrscheinlich, daß eben hier die Ölpresse war, und man bei der Ärnte die Oliven von oben hineinschüttete, während außerdem der Ort verlassen oder vielmehr dem Pilger und Fremdling oder obdachlosen Armen zur Nachtherberge überlassen war. Die Westseite war das s. g. Gartenfeld von Jerusalem und der ganze Strich mit Anlagen von Oliven bedeckt.

„Daselbst sprach Er zu seinen Jüngern: Setzet euch hier, während Ich dorthin gehe und bete. Den Petrus aber und die zwei Söhne des Zebedäus, Jakobus und Johannes, nahm Er mit sich." (Mark. XIV, 32. 33. Matth. XXVI, 36. 37.)

Wie gerade vor 2100 Jahren Abraham, als er mit seinem Sohne Isaak den Berg zur Opferung bestieg, nahe an derselben Stelle seine Begleiter zurückließ: so läßt der Gottmensch seine Jünger am Eingange zurück, als Er seinem Leiden entgegenging. Er trat allein in die Kelter, und im Blut der Trauben wusch Er seinen Mantel (Js. LXIII, 2). Nur die, welche Zeugen seiner Verherrlichung gewesen, sollen auch Zeugen seiner Todesangst werden.

XXV. Kapitel.

Todeskampf Christi.

„Und nun fing Er an traurig zu werden, zu zagen und zu zittern; und als Er an den bestimmten Ort gekommen war, sprach Er zu ihnen: Meine Seele ist betrübt bis in den Tod! bleibet hier

---

3) Von Ölpressen und Ölmühlen vgl. Mischna Tohoroth c. 9, 7. 8.

und wachet mit mir. Es zog Ihn aber noch ungefähr einen Steinwurf weit vorwärts,[1]) da kniete Er nieder, fiel auf sein Angesicht zur Erde und betete, indem Er sprach: Abba, Vater! ist es möglich, so nimm diesen Kelch von mir hinweg, aber nicht mein, sondern dein Wille geschehe!"

Betrübt bis zum Tode ist ein Ausdruck, der im alten Testamente nicht vorkömmt, um die höchste Todesangst, eine Traurigkeit zum Sterben, den Schauer der leiblichen Creatur vor ihrer Auflösung anzuzeigen. Das Opferlamm zittert vor der Schlachtung. Wir lesen B. Berac. f. 34: Kida bedeutet das Liegen auf dem Angesicht, wie es heißt: Bathseba neigte sich zur Erde. Keria bezeichnet das Liegen auf den Knieen, Hischtachavaa das Ausbreiten der Hände und Füße. Die gefalteten Hände sprechen aus, daß Er sich ganz der göttlichen Gerechtigkeit zum Gefangenen gegeben habe. Christi Körper bricht in der Agonie kraftlos zusammen, er sinkt von den Knieen auf das Angesicht nieder, wie nach Maimon. de inform. c. 1, 3 die Juden am Versöhnungsfeste sich niederzuwerfen pflegten und man noch heute am „Klageplatz" an der Westseite des untergegangenen Tempels beobachten kann. Maimonides erörtert Tephilla c. 5, 13: „Wie geschieht das Beten? Antw. Nachdem jemand sein Haupt erhoben, neigt er es fünfmal, läßt sich auf den Erdboden nieder und fällt auf sein Angesicht gegen den Erdboden, und flehet mit Inbrunst, wie er will."

Auffallend, wie schon Bynäus de antiq. passion. c. 10 bemerkt, betet auch der Heide nach den Worten des Dichters:

Μή μοι γένοιθ' ἃ βούλομ' ἀλλ' ἃ συμφέρει.

„Laß mir nicht geschehen, was ich will, sondern was mir dient."

Auch Plato bringt aus einem ungenannten Dichter das Gebet bei:

Ζεῦ βασιλεῦ, τὰ μὲν ἐσθλὰ καὶ εὐχομένοις καὶ ἀνεύκτοις
Ἄμμι διδοῦ, τὰ καὶ δεινὰ καὶ εὐχομένοις ἀπαλάξης.

„Vater Zeus, gewähr' uns das Gute, ob wir darum bitten oder nicht bitten,
und wende von uns ab das Böse, auch wenn wir darum bitten sollten."

Abba, Vater, wird Gott schon Deuter. XXXII, 6 genannt. Abba hießen die Ureinwohner auf den Philippinen das höchste Wesen, als Magellan

1) Lk. XXII, 43. Ἀπεσπάσθη, Er sonderte sich ab, Er ward hinweggezogen, hingerissen. So wendet sich Joseph der Ägypter von seinen Brüdern ab, und zieht sich zurück, um seiner tiefen Bewegung Luft zu machen und sich auszuweinen. Gen. XLII, 24. XLIII, 30. Bucherus Antiq. bibl. 669.

der Entdecker dort landete. Der Syrer und Äthiope liest אבי אבא, Vater, mein Vater. Abba ist ein Ehrenname, womit man den Mann höheren Standes, den Lehrer und Vorgesetzten ehrte. Damit erklärt sich hier der Heiland als unterwürfigen und bis in den Tod getreuen Diener und Knecht Gottes. Mit dem Worte: Mein Vater! aber erinnert Er ihn zugleich an die göttliche Sohnschaft, daß Er als der Eingeborne von Ewigkeit jetzt in der Zeit und Erniedrigung, herabgestiegen vom Himmelsthrone, auf der Erde solches dulde. Philo de Abraham p. 374 läßt den Abraham auf die Frage Isaaks nach dem Brandopfer, wozu er, der eingeborne Sohn, vom Vater selber bestimmt ist, erwiedern: „Bei Gott sind alle Dinge möglich, auch die, welche für Menschen schwer oder unmöglich sind.“ Wie also der Patriarch nach der jüdischen Überlieferung in der Seele dem Gedanken Raum gibt, Gott könne noch im letzten Momente ein anderes Schlachtopfer ausersehen, so läßt hier Christus in der Angst des Todes unausgesprochen, ob nicht in den ewigen Rathschlüssen gleichwohl die Möglichkeit eines andern Opferlammes gegeben seyn möge. Vollkommener Gehorsam ist die Haupttugend im alten Bunde, wo das Gesetz vorherrscht; ihn erprobt Abraham durch die Hingabe seines Sohnes. Auch Christus trägt ihn und wiederholt, daß Er nur den Willen seines Vaters thue; aber dieß ist das Geheimniß der gottgleichen Macht des Menschensohnes, und begründet eben seine Verherrlichung. Obedienti paret mundus. Eine volle Stunde währte dieser Todeskampf.

„Und Er kam wieder zu seinen Jüngern, fand sie schlafend und sprach zu Petrus: Simon, du schläfst? also nicht eine Stunde konntet ihr mit mir wachen? Wachet und betet, damit ihr nicht in Versuchung fallet. Der Geist ist zwar willig, aber das Fleisch ist schwach.“

Letztere Worte galten sowohl Ihm, als seinen Jüngern. Die Angst des Leidens läßt Ihn selbst Trost suchen bei den Verzagten. Je reiner die menschliche Natur in Jesu war, desto tiefer mußte sie den Schmerz durchempfinden. Wie der Erzvater Jakob von seinen elf Söhnen gefolgt, in der Nacht mit dem Engel ringt, und hinfällig und schwach wird, so wird hier Christus von seinen Aposteln begleitet, aber obwohl Er in der Verlassenheit Trost bei ihnen sucht, in der Stunde der Trübsal verlassen. Zuvörderst wird Petrus als Schläfer vom Herrn erweckt und auch die beiden andern sind in Schlummer gesunken, während der Herr leidet. Wenn es Hebr. V, 7 von Christus dem Hohenpriester heißt: „Dieser nun hat in den Tagen seines Fleisches Gebet und Flehen unter starkem Geschrei und Thränen Dem dargebracht, der

Ihn aus dem Tode retten konnte, und hat wegen seiner Gottergebenheit Erhörung gefunden. Obwohl Gottes Sohn, hat Er durch Erdulden seiner Leiden doch Gehorsam gelernt" — so eröffnet uns der Weltapostel hier einen Blick in die Scene des vorbereitenden Leidens, da der Herr in Angst und Todesschweiß in der Grotte am Ölberg Hände ringend lag.

„Darauf ging Er zum andernmale hin, betete und sprach: Mein Vater, ist es nicht möglich, daß dieser Kelch an mir vorübergehe, so geschehe dein Wille! Und Er kam wieder zurück und fand sie abermal schlafend; denn ihre Augen waren schwer, und sie wußten nicht mehr, was sie Ihm antworteten."

Den Kelch des Heiles [2]) hatte Er so eben den Seinen zum Andenken zurückgelassen: aber die Menschheit hatte Ihm dafür den Becher des Leidens und Todes bis obenan gefüllt, und der Erlöser muß ihn jetzt bis auf den letzten Tropfen leeren. In der Todesbetrübniß bei diesem Seelenkampfe fleht Er Himmel und Erde um Beistand an. Die Gottvergessenheit des Geschlechtes hat die Gottverlassenheit des Menschensohnes zur Folge. Das Gebet führt auch den verzagten Sterblichen zu Gott zurück. Der Kleinmuth vergegenwärtigt uns die steigende Angst, denn die Erwartung der drohenden Marter ist ärger als der Tod. [3]) Nicht unempfindlich zeigt sich der Herr, nicht der stoischen Härte und Unmenschlichkeit zugethan, nicht enthoben dem irdischen Leiden; es ist keine Scheinmarter, die Er duldet, sondern die grausamste Wirklichkeit. Diese Scene und das Ecce homo bilden das Gegenstück zur Verklärung. Auf Tabor wie am Ölberg sind die drei auserwählten Jünger zugegen: dort auf Bergeshöhen entschlummern sie im ekstatischen Schlaf, hier in der Angstgrotte vor Schmerzbetäubung und menschlicher Schwäche, jedesmal muß sie Christus erwecken und auf-

---

2) D. h. den Inbegriff des Heiles, vgl. Jer. XLIX, 12 — des Trostes XVI, 7 — des Zornes und Taumels Is. LI, 17 — der Trauer und Schmerzen Ezech. XXIII, 31 f. So tröstet der R. Chaija den R. Lakis über den Tod seines Sohnes mit den Worten: „Dieses ist der Weg, der seit Anfang der Schöpfung gewandelt wird; viele haben schon aus diesem Kelche getrunken und viele werden noch trinken." Auf einem altdeutschen Bilde reicht Gott Vater im Himmel persönlich Christo seinem Sohne den Leidenskelch dar.

3) Wie Ovid spricht:

Morsque minus poenae, quam mora mortis habet.

Vgl. Ps. CXVI, 3. Chrysost. in Mth. XXVI, 39. „*Εἰ δύνατον παρελθέτω*" *ἔδειξε τὸ ἀνθρώπινον.*

richten. In beiden Fällen stellt sich die doppelte Natur des Heilands wie in ihrem Brennpunkte dar: auf Tabor erscheint die Menschheit im göttlichen Lichte verklärt, am Ölberg die Gottheit zurückgetreten und der Mensch allein gelassen.

„Was will das sagen," frägt Plato (rep. opp. V, 349. 350), „wenn man behauptet, daß ein Mensch sich selbst überwunden, daß er sich stärker gezeigt als er selbst? .... Offenbar behauptet man, er sey zugleich stärker und schwächer, als er selbst; denn ist es er, welcher der Schwächere ist, so ist auch er der Stärkere, weil man eines und dasselbe von dem gleichen Subjekte behauptet. Der als Einer vorausgesetzte Wille kann ebenso wenig mit sich selbst im Widerspruche stehen, als ein Körper zugleich von zwei wirklichen und entgegengesetzten Bewegungen getrieben werden mag; denn kein Subjekt kann zwei Gegensätze gleichzeitig in sich vereinigen."

Christus setzt hier wie am Kreuze Geist und Fleisch in Gegensatz. Walten so in jedem Menschen zwei Willensinklinationen, so war im Menschensohne der schwache menschliche Wille jetzt sich selbst überlassen, und wenn auch der göttlichen Kraft versichert, allzeit dem höheren Willen unterthan. Wie aber der Kranke nach Licht verlangt, und bei seinem Leiden beruhigter ist, wenn er weiß, daß jemand bei ihm wache, so ruft auch der Heiland wiederholt seine Jünger wach.

„Er ließ sie, ging wieder hin, und betete zum drittenmale, indem Er die nämlichen Worte sprach. Todesangst überfiel Ihn, Er betete noch dringender, und sein Schweiß wurde wie Blutstropfen, die auf die Erde fielen. Da erschien Ihm ein Engel vom Himmel, und stärkte Ihn."

Wie die Sünde, die Ursache der menschlichen Hinfälligkeit, im Garten Eden begonnen, so sollte jetzt das Leiden und der Todesgang dessen, der die Sünden aller Welt auf sich genommen, im Garten vor sich gehen, endlich aber auch der Triumph über Tod und Hölle in der Auferstehung in einem Garten sich ereignen. Nicht mehr steht hier der Todesengel mit dem Schwerte, sondern der Engel des Trostes und der Heilnng (Raphael) reicht ihm den Stärkungsbecher. Die Legende läßt den Engel Chemuel mit Becher und Stab den Heiland zu seinem bitteren Leiden stärken.

Eine dreifache Versuchung hatte sich dem Messias am Eingange seiner Laufbahn in den Weg gestellt: eine dreimalige nahte Ihm vor seinem Ende. Der himmlische Retter hatte die dreifache Begierlichkeit, womit die Menschen in den drei Regionen ihres irdischen

Daseyns gewöhnlich sündigen, die Lust des Fleisches, Gier der Augen und Hoffahrt des Lebens, überwunden und von sich gewiesen, und so, freigeblieben von jeder Schuld in sich und befreit von dem Feinde in der eigenen Brust, was noch keinem sterblichen Kämpfer gelungen, sich fähig gemacht, die Sünden der Welt als ein Äußeres von sich zu bekämpfen und vermöge Substitution zu tragen. Jetzt aber, beim Eingange seines Leidens in Folge jener freiwilligen Übernahme, überfielen ihn die bösen Geister in namenloser Zahl. Alles, was je die Menschen seit dem Falle von Anbeginn verschuldet und verbrochen, die Vergehen des Leibes, die Lüste des Willens und die Verbrechen des hoffährtigen Geistes, schwebten Ihm vor Augen, erschütterten seinen Geist und drückten zentnerschwer auf Ihn, daß sein Körper unter der Last der selbstüberbürdeten Verschuldungen dreimal zu Boden sank. Die ganze Bilderreihe seines bevorstehenden Leidens und des Undanks der Menschheit ging an seiner Seele vorüber, und der Angstschweiß lief Ihm in heißen Tropfen das Angesicht herab.

Das Vorkommen *blutigen Schweißes* bei Personen, die in großer Beklemmung und im Todesschrecken sich befinden, weist bereits *Aristoteles*[4]) nach, und man könnte bis auf die neueren Ärzte und Naturforscher Autoritäten anführen. Diokles erklärt bei *Galenus*: „Aller Schweiß ist lymphatisches Blut.“ *Diodor* von Sizilien meldet von einer indischen Schlange, die durch ihren Biß den Menschen so in Todesschweiß versetze, daß dieser in Blutstropfen von seinem Angesichte rinne. Dergleichen Nattern heißen bei Solinus polyhist. 40 und Isidor etym. l. 12, 4 darum haemorrhois. Es war die höllische Schlange, die den unschuldigen Erlöser, den Saamen vom Weibe geboren, in den Nacken biß, und stechend seine Ferse verwundete, daß das Blut des sich Opfernden aus allen Poren zur Erde rieselte. Doch

4) De part. animal. 3, 15. probl. II. c. 26. 31. Lukanus schreibt:

Sic omnia membra
Emisere simul rutilum pro sanguine virus.
Sanguis erant lacrymae, quaecunque foramina novit,
Humor ab his largus manat cruor, ora redundant,
Et patulae nares, sudor rubet, omnia plenis
Membra fluunt venis, totum est pro vulnere corpus.

Diodor L. XVII. p. 560. Serpentes ibi sunt, qui per morsus suos mortes acerbissimas operantur: percussum autem ab iis angores graves tenent et profluxus sudoris instar sanguinis prehendit.

indem der Stachel des sich krümmenden Drachen zurückbleibt, hat Er den Tod und den Fürsten der Hölle überwunden.

Aber gleich wie nach dem großen Kampfe in der Wüste die Engel des Herrn zu Ihm getreten und Ihn erquickten: so steigt auch jetzt nach dem dreimaligen Todesringen, wo die niedergedrückte Menschheit des gottgebornen Erlösers unter dem dreifachen Drangsal und im Vorgefühl aller bevorstehenden Leiden zu erliegen droht, ein Engel Jehova's mit dem Kelche der Stärkung hernieder, und richtet Ihn wieder auf.

Thuanus (hist. sui temp. I, l. 8. p. 804 sq.) erzählt von einem Kriegsobersten, der durch List in Gefangenschaft gerathen und auf die Bedrohung mit einem schändlichen Tode so sehr sich entsetzte, daß ein Blutschweiß über seinen ganzen Leib lief. Auch meldet derselbe IV, l. 82. p. 69 von einem jungen Florentiner, der, von Papst Sixtus V. zum Tode verurtheilt, bei der Ausführung vor gewaltiger Angst statt des Schweißes Blut am ganzen Leibe ausschwitzte. Florentius Leudanus bezeugt,[5]) als eine Religiosin in Feindeshände gefallen und die gezückten Schwerter und die toddrohenden Messer sah, habe sie vor Schrecken aus allen Körpertheilen Blut geschwitzt, bis sie unter den Augen ihrer Feinde erschöpft starb. Ebenso schreibt Maldonat in Luc. XX, 44, er habe es von Augenzeugen und verläßigen Berichterstattern, daß zu Paris ein starker, gesunder Mann auf das Anhören seines strengen Urtheils alsbald am ganzen Leibe von blutigem Schweiß überronnen ward. Zwar findet sich die Stelle vom Blutschweiße nach Tischendorf nicht in den ältesten Codices, auch ist Schweiß wie Blutstropfen nicht nothwendig blutiger Schweiß, aber das spätere Zeugniß ist darum noch nicht ungiltig, und sowie die Möglichkeit desselben sich nicht in Abrede stellen läßt, erhellt die Wirklichkeit insbesondere aus dem Beispiele solcher Personen, die in der Leidensbetrachtung des Herrn den Weg des Kreuzes wandeln. Ist es doch gerade die gegenwärtige Zeit, wo dieß Blut der Schmerzen bei mystisch ekstatischen Personen in der katholischen Kirche nachbildlich an Donnerstagen und Freitagen und zu bestimmten heiligen Zeiten

5) Sanguis quem Chr. passionis initio sudavit. Diss. H. Wernhoefer. Coburg 1665. §. 8. Über den Blutschweiß Christi in Folge der Seelenbeklommenheit vgl. Gruner Comment. de J. Ch. morte. Hal. 1805. p. 32. Dr. W. Stroud: a treatise on the physical cause of the death of Christ. 1847.

so häufig hervortritt; und der Verfasser ist ja nicht der einzige, welcher derlei Erscheinungen in mehrfachen Fällen zu beobachten Anlaß hatte.

„Und Er stand auf vom Gebete, kam zum drittenmale zu seinen Jüngern, und fand sie schlafend vor Betrübniß." Es war nicht der erquickende Schlummer gewöhnlicher Ruhe, nein! sondern jener unüberwindliche Schlaf, der Zwillingsbruder des Todes, der den Freund am Lager des Freundes, den Bruder am Sterbebette des Bruders überwältigt, wenn die übermannte Seele unter der Wucht der Schmerzen ersterben will, und die mütterliche Natur eine schwermüthige Betäubung über uns verhängt, daß der bekümmerte Geist den Gram minder empfinde. Diesem Schlafe waren auch die Apostel im Angesichte ihres leidenden Erlösers mitleidend am Ölberge unterlegen. Der Trauernde findet allein im Schlummer Trost und Beruhigung, wie der Irre im Wahnsinn.

„Jesus aber sprach zu ihnen: Ihr schlafet noch und ruhet? Jetzt ist es genug! Sehet, die Stunde ist gekommen, wo der Menschensohn in die Hände der Sünder überliefert wird: stehet auf und lasset uns gehen. Sehet, der mich verräth, ist nahe!" [6])

Es ist genug des Schlafes! *Ἀπέχει!* oder: es ist vorbei! d. h. vorüber ist die Anwandlung der Zaghaftigkeit und Beklommenheit, die Todesängstigung und beunruhigende Furcht vor dem bevorstehenden Leiden, wo Ich vergebens nach sterblichem Troste, nach mitleidenden Tröstern mich umsah. Jetzt möget ihr immerfort schlafen. Gott hatte Ihn gekräftigt und wunderbar mit seiner Gnade gestärkt. Vorbei sind die Stunden des Kampfes, wegen dessen Er sie wiederholt wach gerufen, um Ihn, wie Aaron und Hur den Moses, im Gebete zu unterstützen, daß Er vor Schwäche die Arme nicht sinken ließe, und im Kampfe nicht unterläge. Sie aber wurden im Gebete schläfrig, und ein Engel mußte Ihn unterstützen und seine sinkende Kraft wieder aufrichten. Der innere Kampf ist vorüber, doch der Ausruf des Herrn bezieht sich auf die drohende äußere Gewalt. *Ἀπέχει*, sufficit, es ist aus! es ist gefehlt! Dasselbe bezeichnen Virgil, Terenz, Seneka mit den Worten: **Habet, peractum est!** So ruft der Gladiator aus, der

---

6) Mk. XIV, 33—42. Mth. XXVI, 37—46. Lk. XXII, 40—46. *Ἀπέχει*, das den Auslegern von jeher so viele Schwierigkeiten gemacht, heißt als Übersetzung von חָלִ֫ילָה, *μὴ γένοιτο*, absit, das sey ferne! daher Symmachus den hebräischen Ausdruck mit *ἀπειη* statt *ἀπέχοι* wiedergibt, was wie *ἀπέχει* nach itacistischer Aussprache *ἀπέχι* lautet.

den Todesstoß empfangen hat. Der Araber und Syrer übersetzt mit Recht: „Das Ende naht"! Es ist geschehen, die letzte Stunde naht! Er sieht sie kommen, es gilt nicht zu fliehen, sondern dem Verfolger entgegenzutreten, und diesem Beispiele sind viele große Kirchenfürsten, wie Athanasius u. a. gefolgt. Mit providentiellem Auge sieht der Menschensohn die Ereignisse kommen, von deren Eintritt die Weltumgestaltung abhing.

XXVI. Kapitel.

Die Gefangennehmung.

„Mittlerweile hatte Judas Iskarioth eine große Schaar Soldaten und die Knechte der Hohenpriester und Pharisäer mit Laternen, Fackeln und Waffen zu sich genommen; und da Jesus noch redete, kam der ganze Haufe mit Schwertern und Stangen, abgeschickt von den Hohenpriestern, Schriftgelehrten und Ältesten des Volkes. Sein Verräther aber hatte mit ihnen ein Zeichen verabredet, und gesagt: Den ich küssen werde, der ist's, den ergreifet, und führet Ihn sicher."

Außer der Dienerschaft der Hohenpriester oder den Tempelknechten, welche sich mit Schwertern, Knütteln und Fackeln versehen hatten, zog nach Joh. XVIII, 3 auch noch eine Schaar Soldaten zur Gefangennehmung aus. Es ist darunter die Tempelwache zu verstehen, welche die Landpfleger an den hohen Festtagen den Hohenpriestern zur Verfügung stellten. Σπεῖρα bezeichnet wörtlich eine Cohorte, ist aber schwerlich im strengen Sinne zu nehmen, wo sie den zehnten Theil einer Legion oder 500—600 Mann bezeichnete. In der Regel lag nur eine Cohorte in der Burg Antonia und deren sechs bildeten die ganze Mannschaft, die den Prokuratoren zur Verfügung stand, bis diese wegen der wachsenden Unruhen weitere Zuzüge von den syrischen Statthaltern verlangten. Σπεῖρα bedeutet also ein Commando von den Truppen in der Tempelburg, die, um vorkommenden Unordnungen am Pascha zu steuern, die Wache in den Hallen, d. h. im Heidenvorhofe bezogen. Der Tempelhauptmann, welcher die 24 Wachposten im Umfang des heiligen Hauses mit eingebornen Juden besetzte, hatte demnach Hilfe von den Römern requirirt. Ἀρχηγὸς τοῦ ναοῦ heißt ihn Josephus, während der Oberste der Wachmannschaft in der Burg Antonia bei demselben Ant. XVIII. 4, 3 den Titel φρούραρχος führt. Johannes XVIII, 12 nennt den Anführer der Kriegsschaar χιλίαρχος, mit dem Namen des römischen Kriegstribuns. Der Verräther dachte den Meister vielleicht noch auf dem Berge Sion im Hause des Abendmahles zu überfallen, bis aber die Häscher gerüstet waren, kam er zu spät, und mußte Ihn am Ölberg aufsuchen. Das Toldos Jeschu p. 16 läßt die Bürgerschaft Jerusalems mit Waffen und in Panzerrüstung ausziehen, den Herrn gefangen zu nehmen. Judas spricht: „Haltet euch gegen Morgen um diese Zeit bereit, und der Mann, dem ich Ehrerbietung beweisen, vor dem ich mich beugen werde, der ist's. Haltet euch wie Kriegsleute, streitet wider seine Mitgenossen (es waren aber damals 2000 Mann bei Jesu) und greifet Ihn an. Da nun die Jünger sahen, daß Er gefangen ward, und nicht wider sie fechten konnten, liefen sie weg, erhoben ihre Stimme und weinten bitterlich." Das jüdische Lästerbuch ist eine unlautere Quelle.

Die Hoffnung, der Person Jesu ganz in der Stille der Nacht habhaft zu werden, mußte die Behörde zur schleunigsten Eile veranlassen. So brechen sie auf *μετὰ φανῶν*, mit Laternen, die auch hebräisch פָּנָס heißen. Sie bestanden nach Maimon. und Bartenora in Chelim c. 2, 4. 8 aus irdenen Gefäßen mit einer bedeckten Kerze und seitlichen Öffnungen, durch welche das Licht ausstrahlte, sowie die לַפִּיד oder Lampen in irdenen Rohren mit einem schüsselartigen Aufsatze bestanden haben sollen, worin Lumpen, in Öl getaucht, brannten. Feuerkörbe auf Eisenstangen mit Kienholz genährt sind noch des Nachts in Kairo und Constantinopel üblich, wenn die Wächter ihre Runde machen und man sich durch die Straßen leuchten läßt. Der Vollmond war schon hinabgestiegen, daher sie deren bedurften. Sie zündeten die Fackeln wohl erst am Ölberge an, um nicht zu frühe ihre Annäherung zu verrathen und Jesum in der Höhle, wo Er wohl schon manche Nacht nebst seinen Jüngern zugebracht hatte, zu überfallen.

Die Gefangennehmung Christi am Ölberg ist das Vorbild der Gefangenführung manches christlichen Hohenpriesters oder Bischofs in den späteren Jahrhunderten. Die Heuchelei Iskarioths spielt dabei keine geringe Rolle. Der Bösewicht machte sich auf alle Fälle gefaßt, denn er war sich der Macht seines Herrn wohl bewußt. So sollte der Kuß des Friedens, den der Herr eingesetzt und den Seinen zum Andenken seiner Bruderliebe hinterlassen hatte, wie die Apostel ihn gaben, [1]) ihm zum Verrathe seines Meisters dienen. Er

1) Röm. XVI, 16. I. Cor. XVI, 20. II. Cor. XIII, 12. I. Thess. V, 26.

schreitet der bewaffneten Schaar voraus, und wollte durch Kuß und Umarmung Jesum aus der Mitte seiner Anhänger ausfindig machen, während die kriegerischen Haufen außerhalb blieben und den Garten umzingelten. Greifet Ihn und führet Ihn vorsichtig! spricht der Verräther, dem es wohl bekannt war, wie die Nazaretaner Ihn von Bergeshöhe stürzen, die Juden im Tempel Ihn wiederholt greifen und steinigen wollten, aber seiner nicht habhaft wurden, indem sie wie von unsichtbarer Hand gehalten oder gleich den Sodomiten mit Blindheit geschlagen waren, so daß Er unangetastet mitten unter ihnen hindurch schritt. (Lk. IV, 30. Joh. VIII, 59. X, 39.) Dieß war das verabredete Zeichen in der Dunkelheit der Nacht, auf das hin der Hauptmann Hand an Jesum legte.

Unter den Juden, Hellenen und Römern küßten sich bei einer Begegnung vornehmlich die Verwandten und zwar auf den Mund, das Kinn oder den Bart, auch auf die Wangen. Bei den Griechen war es namentlich Sitte, daß die Schüler ihren Lehrer mit einem Kusse empfingen. Auch die Grußformel χαῖρε ῥαββί enthält die gewöhnliche griechische Ansprache, und ist das römische salve. (Cic. de finib. I, 13.) Nach Sanhed. f. 98, 1 grüßte damals ein Jünger seinen Lehrer mit Schalom elecha Rabbi u Mori: Friede sey mit dir, mein Herr und Meister! Sonst ist der herkömmliche Gruß salem aleika, Friede mit dir! Der Kuß ist der leibliche Ausdruck der Hingabe der Seele in Liebe und Freundschaft, das Siegel des Friedens. Dieses Zeichens bedient sich der Verräther, um seinen Herrn zum Tode zu bringen. So küßt Joab den Amasa, und erdolcht ihn im selben Augenblicke (II. Sam. XX, 9), und Paris ersticht den Achill, während Deiphobus diesen küßt. Denselben Judaskuß werfen dem Heilande alle Namenchristen zu, die sich auf ihre christliche Geburt berufen und ihres Glaubens nur erwähnen, wenn sie an der Kirche Verrath üben. Hier tritt der Todesfeind des Herrn auf mit einer bewaffneten Schaar, und mißbraucht das Zeichen des Herzensbundes — als Vorgänger und Patron aller jener politischen und sonstigen Heuchler, die unter einer glatten Miene und äußeren Freundschaftsversicherungen die Arglist des Herzens, Lug und Trug ihres Handelns verstecken. Er trägt den Frieden im Mund, und bringt den Krieg. Wie Iskarioth tritt Falsch-

---

I. Petr. V, 14. Jetzt haben die Muhammedaner den Ort zunächst, wo Judas seinen Meister, wie Nero seine Mutter vor deren Tödtung, verrätherisch küßte, als eine Stelle des Fluches mit Steinen überworfen.

heit und Verrath allzeit auf, an seinem Beispiele mögen sich die Politiker der Welt erbauen. Auch ihnen gilt das Wort: Amice, ad quid venisti?

„Und wie er ankam, ging er vor ihnen her, trat gleich auf Jesu zu, und sprach: Sey gegrüßt, Meister! und küßte Ihn. Jesus aber sprach: Freund, wozu bist du gekommen? Judas, mit einem Kuß verräthst du den Menschensohn? Jesus aber, der alles wußte, was über Ihn kommen würde, ging hinaus, und sprach zu ihnen: Wen suchet ihr? Sie erwiederten: Jesum von Nazaret. Und Er sprach: Ich bin's! Judas, der Ihn verrieth, stand auch dabei. Als Jesus nun sagte: Ich bin's! wichen sie scheu zurück, und fielen zu Boden."

Es ist Johannes, der als Augenzeuge auch der kleinsten Umstände bei der Verhaftung seines Meisters gedenkt. Das Wort „Jeschua hanootzri" ist kaum heraus, als die Soldaten, Ihn vor sich sehend, betroffen weichen und zurückstürzen. „Ich bin's", spricht Der, welcher im alten Bunde sich enthüllte mit den Worten: Ich bin der Ich bin! Der Unaussprechliche, der Unnahbare tritt mit dem Schrecken seines Namens ihnen entgegen. Gleichwie Gott zu Moses spricht: „Mein Angesicht kannst du nicht sehen, aber meinen Rücken will ich dir zeigen!" (Exod. XXXIII, 20. 23) sehen sich hier die Häscher beim Anblick seiner Majestät von unsichtbarer Hand niedergeworfen. Wahrscheinlich war den Gemeinen auch jetzt erst der Verhaftsbefehl eröffnet worden, daß sie gegen den großen Propheten ausgesandt seyen. Wenn aber die Geschichte schon im Leben eines Marius, eines Mark Anton,[2] Probus und Pertinax erzählt, wie die gegen sie ausgesandten Schaaren bei ihrem Anblicke oder auf das erste Erkennungswort zurückwichen, und die Waffen ihrer Hand entsanken: wie könnte es befremden, daß der Menschensohn denselben Eindruck auf seine Widersacher machte?

„Daher fragte Er sie nochmals: Wen suchet ihr? Sie sagten: Jesum von Nazaret." — Die lärmende tobende Rotte hatte Jesus zu Boden gestürzt, ihnen zu zeigen, daß Er die Macht habe; als aber die zweite Antwort stiller geworden, ergab Er sich. „Und Er sprach: Ich habe es euch schon gesagt, daß Ich es bin; suchet ihr also mich,

---

2) Valer. Max. VIII, 9, 2. Missi a saevissimis ducibus milites ad M. Antonium obtruncandum sermone ejus obstupefacti destrictos jam et vibrantes gladios cruore vacuos vaginis reddiderunt.

so lasset diese ihres Weges gehen! So mußte sich das Wort erfüllen, das Er gesprochen: Ich habe keinen verloren von denen, die du mir gegeben hast! — Da traten sie hinzu, legten Hand an Ihn, und bemächtigten sich seiner." (Joh. XVIII, 3—9. Mk. XIV, 43—46. Mth. XXVI, 47—50. Lk. XXII, 47. 48.)

Seine erste Geisteserhebung, sein Dankgefühl nach oben spricht sich im Augenblicke seiner Festnehmung dafür aus, daß keiner von den Seinen ein Leid erfahren, keiner in sein bevorstehendes Schicksal verstrickt sey. Wie Simson gebunden ward, nachdem er sein Lichthaar abgelegt, so gibt der Erlöser sich gefangen, nachdem Er einen Augenblick zuvor sich übermächtig gezeigt. Der Herr, der alle Gewalt verschmähte, erliegt hier dem feindlichen Angriff; der sich freiwillig in den Tod hingibt, läßt nicht nur die ganze Fülle von Angst und Trübsal bis zum Sterben auf sich eindringen, sondern gibt sich auch den äußeren Feinden preis. Zum Zeichen, daß Christus in Gefangenschaft gerathen, wird in Mexiko in der Charwoche der Schlüssel zum Tabernakel an einem Bande vom Geistlichen dem Alkalden umgehangen, so daß der Allerheiligste von der weltlichen Macht unter Verschluß gehalten erscheint.

XXVII. Kapitel.

Malchus und der Unbekannte. Flucht der Apostel.

„Als nun die, welche um Ihn waren, sahen, wo es hinauswollte, sprach einer: Herr sollen wir nicht mit dem Schwerte dreinschlagen? Und er streckte die Hand vor, da er einen Säbel bei sich hatte, holte aus mit der Schärfe des Schwertes, schlug nach dem Knechte des Hohenpriesters, und hieb ihm das rechte Ohr ab. Der Knecht aber hieß Malchus. Da sprach Jesus: Höret auf, und gehet nicht weiter (ἐᾶτε ἕως τούτου)! Und Er begann zu Simon Petrus: Stecke dein Schwert an seinen Ort, denn alle, die das Schwert ergreifen, werden durch das Schwert umkommen. Darauf rührte Er dessen Ohr an, und heilte ihn." [1])

---

1) Die Wunde des Ohres, das wohl noch mit der Kopfhaut zusammenhing, heilt unter Jesu Hand. Anderseits verliert der Puritaner Prynne 1634 nach Richterspruch beide Ohren, läßt sich dieselben aber annähen, und sie wachsen ihm im Gefängnisse nach, worauf ihm zum andernmale dieselbe Strafe zudiktirt wird. Dahlmann Engl. Revol. 177 f.

Wer gefangen führt, wird in's Gefängniß wandern, wer mit dem Schwerte tödtet, muß mit dem Schwerte getödtet werden, heißt es Offb. XIII, 10. Mein ist die Rache, Ich will vergelten, spricht der Herr, und setzt damit zugleich der Blutrache und Wiedervergeltung, die mehr oder weniger Satzung der alten Zeit gewesen war, eine Grenze. Malchus oder Maluch, ein bei den Juden nicht ungewöhnlicher Name (vgl. I. Chron. VI, 44. Neh. X, 4. 27. XII, 2), bedeutet eigentlich König; denselben führte auch der bekannte christenfeindliche Heide, der ihn mit Porphyrius, Purpurträger, vertauschte. Malchus repräsentirt in der That das Königthum, wenn es sich gegen den Herrn auflehnt, Ihn zu binden und gefangen zu halten. Nur zu oft hat dann der Nachfolger Petri sich in der Vertheidigung seiner Macht gegen den Moloch des Staates übernommen. Petrus holt mit dem Schwerte aus, aber nicht nach Judas dem Verräther, der sich schnell zurückgezogen und in der Menge verloren, sondern nach dem gewaltthätigen Helfershelfer. Er zückt wider den Unrechten das Schwert, wie auch der Bannstrahl des Vatikans zuweilen gegen den nur entfernt Schuldigen geschleudert ward. Doch der Herr gebietet ihm, das Schwert einzustecken, also nie selbst Waffengewalt zu gebrauchen, weder um Gewalt von der Kirche abzuwehren, noch um den Glauben zu verbreiten. Waffe und Schwert der geistlichen Gewalt ist das Wort Gottes, die Kirche untersagt ihren Priestern, Waffen zu tragen. Ein Hoherpriesterdiener, Vetter dessen, den Petrus über das Ohr gehauen, verräth den Petrus darauf vor den Kriegsknechten. (Joh. XVIII, 26.)

Jesus aber fuhr fort: „Soll Ich den Kelch nicht trinken, den mir mein Vater darreicht? Oder glaubst du, Ich könnte meinen Vater nicht bitten, und Er würde mir sogleich mehr als zwölf Legionen Engel schicken? Wie würde aber alsdann die Schrift erfüllt werden, daß es so geschehen muß?"

Die Schrift muß erfüllt werden, nehmlich Ps. XLI, 9. 10: „Sie haben ein Bubenstück wider mich beschlossen. Selbst mein Freund, dem ich vertraute, mit dem ich das Brod brach, tritt mich unter die Füße." Js. LIII, 7. 8: „Er that den Mund nicht auf wie ein Lamm, das zur Schlachtbank geführt wird." Klagel. IV, 20: „Der Gesalbte des Herrn, der unser Trost war, ist gefangen worden, daß wir unter seinem Schutze leben wollten unter den Heiden."

Warum der Erlöser eben den Ausdruck zwölf Legionen, d. h. zweiundsiebenzig Tausend Engel, gebrauchte, liegt am Tage. Für's erste gilt zwölf wie zehn für eine s. g. runde Zahl; daher spricht auch Cäsar seinen Feinden gegenüber (Hirtius b. h. 42): „Wußtet ihr nicht, daß nach meinem Untergange dem römischen Volke zehn Legionen zu Gebote stünden, übergenug, um euch Widerstand zu leisten, ja den Himmel selbst herniederzustürzen?“ — Jesus hatte ferner unter den Menschen nur zwölf Apostel, die jetzt in seiner Nähe waren, und zweiundsiebenzig Jünger zu seinen entschiedenen Anhängern geworben; aber die tausendfache Zahl wäre Ihm unter den höheren Geistern zu Gebote gestanden! Am Ölberg streitet Christus mit den Geistern der Finsterniß, mit den schrecklichen Mächten der Tiefe. Legionen von Dämonen hatte der Herr überwunden, sollte der himmlische Vater Ihm nicht Schutzgeister senden? (Mk. V, 9.) Im Angesicht der Weltstadt, wo der Engel des Herrn 185,000 Assyrer erschlagen, sollte der Menschensohn nicht eine Legion Engel zu Hilfe erwarten? Hatten nicht die himmlischen Heerschaaren seine Geburt verherrlicht, stund nicht eben ein Engel Ihm tröstend bei, warum sollte Er nicht des Beistands von oben gewärtig seyn? Christus sieht sich von unsichtbaren Mächten umgeben, wie Elisa, als er, von den Feinden eingeschlossen, zu seinem Diener spricht: „Fürchte dich nicht, denn deren, die bei uns sind, ist mehr, als deren, die bei ihnen sind. Und Elisa betete. Da öffnete der Herr dem Diener die Augen, und er sah den Berg voll feuriger Rosse und Wagen um Elisa her.“ (II. Kön. VI, 16.)

Allnächtlich steigen nach dem Glauben der Moslemin (Medschireddin p. 386) 70,000 Engel vom Himmel auf Jerusalem herab, um mit Alleluja Gott zu lobpreisen, und bis am Tage des Gerichtes in den Himmel zurückzukehren. Nach Kemaleddiu p. 12 f. ist die Aksa Moschee mit dem Himmel durch ein Thor verbunden, wodurch Gott täglich die 70,000 Engel sendet. So glaubten auch die Juden an einen unmittelbaren Verkehr zwischen dem himmlischen und irdischen Sion, und die zwölf Legionen wären genau zweimal 70,000. [2]) Siebzigtausend Engel bewachen allezeit die Kaaba und haben Befehl, beim Posaunenschall des jüngsten Gerichtes sie sogleich in das Paradies hinüber zu tragen. Dem Glauben der Hebräer, daß das heilige Haus zu Jerusalem (wie das Haus Abrahams zu Mekka) in direkter Verbindung mit der Engelwelt stehe, leiht auch der Hebräerbrief XII, 22 Worte, wo es heißt: Ihr seyd gekommen zum Berge Sion, zur Stadt des

2) Bd. III, 293. Jalkut Schimoni f. 7, 1 spricht von 600,000 Engeln. Legion bezeichnet was μύριοι oder unser Tausend, eine ungezählte Menge. Tobler Topogr. Jerus. I, 457.

lebendigen Gottes, zum himmlischen Jerusalem, zu den Myriaden Engeln. Im Buche der Offenbarung XIX, 14 endlich erscheint der ewige Richter an der Spitze des himmlischen Heeres.[3]) Christus, von dessen Hoheit überwältigt hier die Häscher niederfallen, gibt noch mehr durch dieß sein Wort seine Gottesmacht zu erkennen, indem Er freiwillig seinem gottmenschlichen Leiden sich unterzieht und die Hilfe der Menschen, wie der Geister ablehnt. Der die Widersacher, welche frevelnd Hand an Ihn legen wollen, niederwirft, hat auch Macht und Gewalt, am jüngsten Tage das Ite maledicti auszusprechen.

„Die Rottenwache aber mit ihrem Obersten und die Knechte der Juden nahmen Jesum in ihrer Mitte fest, und banden Ihn. In derselben Stunde sagte der Herr zu den Schaaren und zu den Hohenpriestern, Tempelhauptleuten und Ältesten, die nun hinzugekommen waren: Wie gegen einen Mörder seyd ihr ausgezogen mit Schwertern und Spießen, um mich zu fangen. Saß Ich nicht täglich bei euch im Tempel und lehrte, und ihr habt keine Hand gegen mich ausgestreckt? Aber dieß ist eure Stunde, wo der Finsterniß Macht gegeben ist: es mußten die Schriften der Propheten in Erfüllung gehen!"

Bei Joh. II, 4. VII, 6. 30. VIII, 20 wiederholt sich in einem fort die Rede, seine Zeit oder Stunde sey noch nicht gekommen, bis Jesus endlich XVII, 1 am Abendmahlstisch und bei der Gefangennehmung am Ölberg seine Stunde für gekommen erklärte. Die verbrecherische Unruhe läßt die Häupter der Judenschaft nicht des Schlafes genießen, sie folgen den Bewaffneten nach und finden sich am Orte des Verrathes ein, sie betheiligen sich persönlich an der finstern That. Von Jakob, der mit dem Engel gerungen, erklärt der Sohar Gen. f. 67, c. 267: „Als durch die aufsteigende Morgenröthe die Herrschaft der Nacht zu Ende ging, verschwand der Fürst der Finsterniß in den Schlund der Hölle." Vgl. Raya Mehimma in Sohar Lev. f. 37, 2: „Die Engel des Verderbens werden Finsterniß, ja dicke Finsterniß genannt."

3) Vergleichnißweise vermag der deutsche Gottkönig Wodan mit dem Wunschhütlein nicht nur den Wind zu erregen, sondern auch Kriegsheere zu erwecken. Im Mährchen tritt er mit dem Reisestock auf und dreht er an dessen Knopf, so stehen 100,000 Reiter in Reih' und Glied. Dieser sein Stab (Odins Speer) verleiht dem Besitzer den Sieg über den stärksten Feind: ein Stoß mit dem Schwert in die Erde, und im Nu steht ein Regiment Soldaten da. Auch der Inder bedient sich des Ausdrucks Legionen Engel, Dewta-logue, Schaaren mächtiger Geister, die dem Brahma unterthan sind seit ihrer Schöpfung.

„Jetzt ließen Ihn all seine Jünger im Stiche und ergriffen die Flucht. Ein Jüngling aber folgte Ihm, der nur eine Leinwand um den bloßen Leib hatte. Als ihn aber die Soldaten ergriffen, ließ er die Leinwand fahren und floh nackt vor ihnen.“ (Joh. XVIII, 10. 11. Mark. XIV, 47—52. Matth. XXVI, 51—56. Luk. XXII, 49—53.)

Den Jüngling (νεανίσκος), der bloß im Linnengewande, worin man des Sommers zu schlafen pflegte, entlief, hält Epiphanius haer. 79 für Jakobus den Alphäiden, der nach Hegesipp sich in Leinwand zu kleiden pflegte, wogegen Ambrosius in Ps. XXXVI, Gregor M. moral. IV, 23 in Job XIX und Chrysostomus in Ps. XIII den Johannes darin sehen möchten, der nicht von seinem Meister lassen wollte. Die Meldung hievon findet sich nur bei Markus: daraus haben andere Väter den Schluß gezogen, er sey selber dieser Flüchtling gewesen,[4]) was allerdings mehr für sich hat, als der Gang des Lukas nach Emmaus; denn Maria, Markus' Mutter, hatte ein Haus in Jerusalem, das sie mit ihrem Sohne bewohnte, und nach dem Tode Jesu den Aposteln und Jüngern zur Versammlung eröffnete. (Apstg. XII, 12.) Der Jüngling im Nachtgewande war kein müßiger Gaffer, kein neugieriger Zuschauer, das Evangelium bespricht nirgends überflüssige Personen, sondern er spielt beim Akte der Gefangenführung eine bestimmte Rolle. Die Araber nennen einen Überwurf, womit man Nachts sich zudeckt, Heik. War es etwa ein Mann aus der Vorstadt, von einer benachbarten Behausung, sey es aus dem Meierhofe Gethsemane selbst, der von dem plötzlichen Lärm erweckt schnell aufgesprungen war und bloß eine Decke über den Leib werfend neugierig herbeikam, um seinen Vorwitz zu büßen, indem er sein Nachtkleid zum Pfande lassen mußte? Aber Markus XIV, 51 bemerkt ausdrücklich ἠκολούθει αὐτῷ, er war Jesu nachgegangen, zweifelsohne weil er von dem Anschlage gegen den Meister Kunde bekommen, und Ihn mit den Seinen vor der heranschleichenden Rotte warnen wollte, ohne daß er, verspätet oder nicht, seine gute Absicht erreichen konnte. Er hatte nur eine Nachtdecke in der Eile über seine Blöße (ἐπὶ γυμνοῦ) geworfen, und war so nach Gethsemane gekommen; aber schon naht der Wolf und die Heerde zerstreut sich. Man möchte vermuthen, es sey sogar ein Mann von der Kommandantschaft gewesen, der dem Nazarener

4) Sighart führt S. 167 aus Albertus Magnus Comment. in Marc. die mittelalterliche Legende an, jener Flüchtling sey dieser Evangelist selbst gewesen, der dabei außer seinem Kleide auch noch den Daumen eingebüßt.

heimlich einen Wink geben wollte, denn es steht sofort auch: Die Jünglinge (νεανίσκοι) ergriffen ihn, die Kriegsleute nehmlich, die auch I. Sam. XXI, 4. 5 pueri heißen. Die Vulgata, sowie die syrische, arabische und persische Version lassen das Wort übrigens aus. Auffallend kehrt sich die Wuth der Büttel weniger gegen die Jünger, die vielmehr Zeit finden, zu entrinnen, nicht einmal gegen Petrus, der ungeachtet seines Angriffes auf Malchus und der Zudringlichkeit in den Hof des Hohenpriesters nicht verhaftet wird, wohl aber gegen den gespenstischen Ungenannten, in welchem sie also einen Auskundschafter ihres nächtlichen Planes sehen mochten, der im Hause des Annas verabredet worden war. Indeß gelingt es auch ihm, wenn gleich nur, wie Joseph dem Ägypter, mit Zurücklassung seines Mantels, zu entfliehen. Wie beim Schiffbruche der Pilot seine letzte Habe in die Wellen wirft, so läßt der Unbekannte alles im Stiche, um bloß das nackte Leben zu retten, denn das Schiff des Herrn will zu Grunde gehen, die Seinen geben alles verloren, und jeder flüchtet sich, wohin er kann, von panischem Schrecken getrieben. — Am grünen Donnerstage werden in den Kirchen nach und nach 12 von den 13 auf dem Altar brennenden Kerzen ausgelöscht, die dreizehnte aber brennend hinter den Altar getragen, zur Erinnerung an die Flucht der 12 Apostel und die Treue der h. Jungfrau.

XXVIII. Kapitel.

Christus vor Annas.

„Die Schaarwache aber, der Oberhauptmann und die Knechte der Juden, die Jesum ergriffen und gebunden hatten, führten Ihn gefangen fort und brachten Ihn zuerst zu Annas, dem Schwiegervater des Kaiphas, der in diesem Jahre Hoherpriester war. Petrus folgte Ihm von ferne bis in den Hof des Hohenpriesters hinein.“

Der Weg vom Ölberge nach der Sionshöhe an der Südseite der Stadt führt über den unteren Brückenbogen, der, bei 20 Fuß hoch, etwas oberhalb der Grabpyramide Absalons höchst malerisch über die Cedronschlucht sich wölbt. Dieß ist nach der Tradition der Weg der Gefangenführung; seit Jahrhunderten werden nun die Leichen der Juden dahinab geschleppt, um jenseits am Fuße des Ölbergs ihr Grab zu finden. Von da schlängelt sich der Weg den Hügel Ophel hinan, wo die Nethinim oder „Hörigen“, die niedrigen Tempelknechte wohnten

(Neh. III, 26 f.), nach dem Dungthore am untersten Punkte der Stadt, oder in der Schlucht, wo zwischen dem Tempelberg und der Oberstadt das Thal Tyropöon mündet und gegen Siloa hinab ausläuft. Das Gärberthor der Kreuzritter oder die heutige Barbareskenpforte, welche gewöhnlich verschlossen ist, entspricht der Lage nach zunächst jener porta sterquilinii im Südwesten des Tempels. Abendwärts führten „die Stufen" nach der Davidsstadt hinauf. (Neh. III, 14. 15. XII, 37.)

Das sogenannte Ölbaumkloster (Dēr es Seluneh) auf Sion, von armenischen Nonnen bewohnt, soll die Stelle von Annas' Palast einnehmen, und führt seinen Namen von der Sage, daß hier Christus an einen Ölbaum gebunden ward; auch zeigt man daselbst Habes es Messieh, „das Gefängniß des Messias", bis Er zu Kaiphas abgeführt wurde. Annas hatte kein Recht, Jesum zu verhören, und sowie der Heiland den Hohenrath und die Competenz des Pilatus anerkennt, hätte er gegen die Gerichtsbarkeit des Annas sich erklären müssen. Annas wachte indeß: dieser graue, unselig politische Priesterfürst hatte eben die Gefangennehmung des Heilands veranlaßt und war die Haupttriebfeder der Begebenheiten dieser Nacht. Seine Meinung war im Hohenrathe durchgedrungen wider den Rath derer, welche sprachen: nur nicht auf's Fest Jesum zu ergreifen, weil sonst ein Auflauf im Volke entstehen könnte. Annas war aber nicht bloß gewesener Hoherpriester und Schwiegervater des jetzigen Pontifex, sondern zugleich Sagan des Synedriums der Hohenpriester, der höchsten kirchlichen und religiös-richterlichen Behörde, also ἀρχιερεύς im eminenten Sinne. Dagegen brauchte der Hohepriester des Jahres, der nehmlich das jährliche Versöhnungsopfer brachte, nicht einmal gesetzeskundig zu seyn, [1]) d. h. gar nicht nothwendig im Hohenrathe zu sitzen: hatte er doch seinen Stellvertreter. Bei Annas also wurde jetzt der hohe Gefangene untergebracht, bis Kaiphas geweckt und von dem gedungenen Attentate in Kenntniß gesetzt war.

„Hierauf sandte Annas Jesum gebunden in das Haus des Hohenpriesters Kaiphas. Petrus folgte von ferne." (Joh. XVIII, 12. 13. 24. Vgl. Luk. XXII, 54. Mark. XIV, 54. Matth. XXVI, 58.)

---

1) Joma c. 1, 6. Si pontifex maximus sit sapiens, exponit, sin minus, exponunt ei; si assuetus ille lectioni, ipse legit, sin minus, legunt coram eo. Abarbanel Schofetim in Deut. XVII, 8. Primarius inter 70 erat secundus a principe sedebatque a dextra ipsius, nuncupatus pater domus judicii.

Der Gefangene wird zuerst vor die einheimische Gerichtsbehörde gestellt, und das geistliche Collegium versammelt sich auf den Ruf des Amtsdieners in Eile noch um Mitternacht. Jetzt erfüllte sich das Wort im Buche der Weisheit II, 12 f.: „Lasset uns den Gerechten umzingeln, denn wir können ihn nicht brauchen; er widersetzt sich unserem Thun, und macht die Sünden wider unser Gesetz offenkundig. Er rühmt sich göttlicher Erkenntniß und nennt sich einen Sohn Gottes. Er überführt uns selbst wegen unserer Gedanken. Er gibt vor, daß es den Gerechten zuletzt wohl ergehen werde, und nennt Gott seinen Vater. So laßt uns sehen, ob seine Worte wahr seyen, und versuchen, was es mit ihm für ein Ende nehmen wird. Ist er wahrhaft Gottes Sohn, so wird dieser sich seiner annehmen, und ihn aus den Händen seiner Widersacher befreien. Mit Schmach und Qual wollen wir ihn inquiriren, und erfahren, wie fromm und geduldig er sey. Zum schmählichsten Tode wollen wir ihn verdammen, damit sich der Werth seiner Worte erprobe. Solchen Anschlag ersinnen sie, und erkennen nicht die Geheimnisse Gottes (nescierunt sacramenta Dei). Aber durch des Teufels Neid ist die Sünde in die Welt gekommen, und die seines Antheils sind, helfen dazu.“

XXIX. Kapitel.

Nächtliches Verhör vor Kaiphas. Der Backenstreich.

„Die aber Jesum gefangen genommen hatten, führten Ihn zu Kaiphas, dem Hohenpriester, bei welchem sich alle Priester und Schriftgelehrten und Ältesten versammelten. Es war derselbe Kaiphas, der den Juden rieth: es sey besser, Ein Mensch sterbe für das Volk.“ (Mark. XIV, 53. Matth. XXVI, 57. Joh. XVIII, 14.)

Mit Recht nimmt schon Augustinus consens. evgl. c. 6 an, das Haus des Annas habe am Wege zu Kaiphas gelegen. Den Palast des Kaiphas verlegt schon das älteste Itinerar des „Pilgers von Bordeaux“ 333 n. Chr. an die Stelle in der Oberstadt, wo jetzt die Salvatorkirche steht. Beim Wiederaufbau der Stadt gedenkt Nehemias III, 14 f. zuerst des Mistthores, dann des Quellthores und der Mauern oberhalb Siloa, der Treppen, die auf dieser Seite zur Davidsstadt hinaufführten, darauf des Grabes Davids, des Zeughauses, und der weitläufigen Behausung des Hohenpriesters Eliasib, welche wohl die Stelle des früheren Pontifikalgebäudes einnahm. Das Zeugniß des Josephus bell. II. 17, 6 bestättigt die Fortdauer dieser

Verhältnisse bis auf die letzten Tage. Als nehmlich beim Aufstande unter Florus die Empörer in die Oberstadt eindrangen, zündeten sie das Haus des Hohenpriesters Ananias, dazu die Königsburg des Agrippa an. Es betrifft mithin die hohepriesterliche Amtswohnung, und so ist zugleich durch die Lage der Richterpaläste auf Sion ausgesprochen, daß die geistliche Behörde verweltlicht oder die weltliche Macht an die Stelle der geistlichen getreten war.

In der Nacht wird der Heiland in's Verhör genommen, wie bei der Vehme, die ursprünglich die Abschwörer des Glaubens vor ihr geheimes Tribunal zog. Wegen Catilina's veranstaltete Cicero eine nächtliche Versammlung, und so wird auch Christus einem Staatsverbrecher gleich behandelt. In der Nacht macht der Hoherath sich schlüssig, um in aller Frühe durch rasche Abstimmung sein Todesurtheil ausfertigen und dem Pilatus zur Bestättigung einhändigen zu können.

Als Jesus in den Gerichtssaal eingeführt wurde, saß bereits der hochrichterliche Blutrath bei einander: auf den Stühlen der Justiz, die sie durch die himmelschreiende Ungerechtigkeit entweihten, im Gewande des Priesterthums, das sie durch den entsetzlichsten aller Richtersprüche, über den Gottgesalbten selbst, befleckten. In ihrer Mitte erhob sich auf seinem Thronstuhle der Pontifex, ihm zur Rechten saß Annas.

„Der Hohepriester aber fragte Jesum über seine Jünger und über seine Lehre. Jesus antwortete ihm: Ich habe öffentlich geredet vor aller Welt, Ich habe allzeit gelehrt in den Synagogen oder im Tempel, wo alle Juden zusammenkommen; heimlich habe Ich nichts geredet, was fragst du mich also? Frage die, welche gehört haben, was Ich geredet, sie wissen, was Ich sagte."

Sie fragen Ihn nach seiner Lehre, nicht um sich zu belehren, sondern Ihn wo möglich in seinen Reden zu verwickeln, und aus seinen Antworten erst die Form der Anklage zu ermitteln, da es ihnen an direkten Beweisen gebricht. Sie stellen Ihn wie einen Winkelpropheten hin, darum erwiedert Er, wie nach Xenophon memor. I, 6, 9. IV. 8, 10 einst Sokrates mit ruhigem Gewissen gethan: „Ich habe stets öffentlich geredet, so sage man doch, ob ich je Schlechtes lehrte statt des Guten. Ich weiß, daß mir die Nachwelt einst das Zeugniß geben wird, daß ich keinem Menschen Unrecht gethan, keinen schlechter gemacht, wohl aber stets bemüht war, meine Freunde zu bessern." Christus konnte sogar noch mehr sagen: Wer von euch kann mich einer Sünde beschuldigen?

„Auf diese Rede gab einer von den Dienern, der neben Ihm stand, Ihm einen Faustschlag in's Angesicht und sprach: Ist das eine Antwort vor dem Hohenpriester?"

Der Platz des Beklagten war etwas erhöht (I. Kön. XXI, 9. 12), ihm zur Rechten sollte der Regel gemäß sein Anwalt stehen, der hier fehlte, rechts und links befanden sich zwei Schreiber, jener um die allenfallsige Lossprechung, der zur Linken, um die Verurtheilung zu Protokoll zu nehmen, ein dritter controlirte nöthigenfalls beide (Sanhed. 1, 56). In der Nähe stunden noch einige Offizialen, πράκτορες, welche Maimonides Liktoren mit Stricken und Riemen nennt, um den Urtheilsspruch in Ausführung zu bringen. Sie hatten Ihm nicht einmal vor dem Tribunale frei zu stehen erlaubt, aus Furcht vor seiner geheimen Wundermacht, sondern die Schergen hielten Ihn in ihrer Mitte, welche die arge Stimmung in der Versammlung gegen den Nazarener bald herausfühlten und demgemäß handelten. Wer in der Ungnade der Oberen steht, an dem übt jeder seinen Muthwillen. [1]) Dasselbe geschah dem Michas durch den falschen Propheten Zedekias vor König Josaphat (II. Chron. XVIII, 23).

Daß der subalternste Diener sich Angesichts des Hohenrathes eine solche Mißhandlung erlauben und dem Angeklagten das Recht der Vertheidigung verleiden durfte, zeigt, sowie der ähnliche Fall mit Paulus (Apstg. XXIII, 2), wie tief der Hoherath um diese Zeit gesunken war. Auch aus den Martyrakten des Bischofs Pothinus in Lyon 177 geht hervor, daß, als er auf die Frage des römischen Legaten nach dem Gotte der Christen antwortete: Du wirst's erfahren, wenn du's würdig bist! sogleich ein Kriegsknecht ihn in's Angesicht schlug. War es aber nach der Überlieferung Malchus, der Ihn schlug, so übte er für Petrus' Schuld am Herrn die Wiedervergeltung.

„Jesus aber erwiederte: Habe Ich Unrecht gesprochen, so beweise es; habe Ich aber recht geredet, warum schlägst du mich?" (Joh. XVIII, 19—23.)

---

1) Wie ein gemeiner Pope konnte auch ein Pontifex gestraft werden, und war nach Empfang der Schläge wieder, was er zuvor gewesen: was konnte man vor einer so würdelosen Versammlung sich nicht herausnehmen! Cf. Maimon. hilc. Sanhedr. c. 17. Pontifex vapulat praesentibus tribus, quemadmodum reliqui de plebe, et postea ad dignitatem suam redit.

XXX. Kapitel.

Anklage und Zeugenaussage auf Untergrabung des Mosaismus.

„Jetzt suchten die Hohenpriester und der ganze Rath ein Zeugniß wider Ihn, damit sie Ihn zum Tode brächten, fanden jedoch keines. Es legten zwar viele ein falsches Zeugniß wider Ihn ab, aber die Aussagen stimmten nicht mit einander überein. Zuletzt traten endlich zwei falsche Zeugen auf, und sie sprachen wider Ihn: Wir haben Ihn sagen hören: Ich kann oder will diesen Tempel Gottes, der mit Händen gemacht ist, abbrechen, und einen anderen aufbauen, der nicht mit Händen gemacht ist. Aber auch so war ihr Zeugniß nicht übereinstimmend.“ (Mk. XIV, 55—59. Mth. XXVI, 59—61.)

Christus beruft sich auf die Öffentlichkeit seines Lehrwandels, aber die Hohenpriester halten bereits öffentliche Zeugen bereit, welche gegen Ihn als „Sohn der Abtrünnigen“ und Verführer zur Apostasie auftreten sollten, wie der Talmud selbst mittheilt. Die ganze Verhandlung erläutert sich durch die Mischna Sanhed. c. 7, 10: „Vor denen, welche im Gesetze zum Tode verurtheilt werden, hält man die Zeugen mit List verborgen, wie auch vor Betrügern und Verführern zur Abgötterei. Sie verbergen seine Zeugen hinter einer Mauer oder einem Schirme, und derjenige (den er zu verführen suchte) spricht zu ihm: Gestehe, was du insgeheim zu mir geredet.“ H. Sanh. 25, 4: „Sie stellen zwei Zeugen im Innern des Hauses im Hinterhalt auf, ihn aber außen, und zünden daneben Fackeln an, daß man ihn sehe und höre. So geschah es mit Ben Satda in Lud (d. h. mit Jesus Bd. III, 325). Sie stellten zwei Jünger der Weisen in den Hintergrund und führten Ihn vor's Synedrium.“ Bab. 67, 1: „Keinem von allen, die gegen das Gesetz sich verfehlen, stellt man nach, außer jenem (der andere von der wahren Religion abwendig machen will). Wie geschieht das? Man zündet im inneren Gemache eine Lampe an, und stellt Zeugen außerhalb auf, damit sie ihn sehen und seine Stimme vernehmen können, während er sie nicht sieht. .... So machten sie es mit dem Sohne der Satda in Lud, und brachten ihn am Vorabende der Ostern an's Kreuz.“

Die vorbedachte Bosheit erhellt am meisten daraus, daß sie schon die Zeugen für den Fall seiner Gefangennehmung des Nachts bereit hielten und offenbar für ihren Zweck näher informirten. Die Anklage lautet auf Verrath an der Religion Mosis und verächtliches Reden wider den Tempel Jehova's, worauf der Tod stand. (Apstg. VI, 13 f.) Es war aber vor allem Eine Äußerung, welche eine feste Handhabe bot, ein Anklagepunkt, unter dessen Gewicht der Nazarener erliegen mußte. Darum suchten sie die Aussagen dahin zu vereinbaren, Jesus wolle den Mosaismus abschaffen, Er habe erklärt, der Tempel und Altar solle umgestürzt werden und ein neuer Gottesdienst beginnen. Es waren drei Jahre seit dem ersten Auftreten des Herrn, wobei Er die Opferhändler und Opferthiere vom heiligen Berge vertrieben und jene Verkündung gethan. Bestimmte Zeugen hiefür mochten schwer zu finden seyn, indeß die Priester hatten sich's gemerkt. Iskarioth, der Schacherjude, war damals zur Partei des neuen Messias übergetreten, wie Johannes andeutet (Bd. III, 64 f.), Christus aber wußte von Anfang, wer Ihn verrathen würde; vielleicht instruirte er jetzt die Zeugen. Diese sagen aus, sie hätten es selbst gehört — wohl die erste Lüge! Sodann wollte der eine wissen, Jesus habe gesagt: Ich kann diesen Tempel abbrechen, der andere: Ich will diesen abbrechen! In Wahrheit aber hatte Er gesprochen: Brechet diesen Tempel ab! Doch darauf kam wenig an. Christus meinte wirklich den Tempel, sonst erschiene es als reservatio mentalis; denn wie konnten die Juden ahnen, daß Er es auf sich beziehe. Falsche Zeugen heißen sie nur, wie Denuntiant mit dem häßlichen Nebenbegriffe auch der heißt, welcher geflissentlich zum Verderben seines Nächsten mit einer thatsächlichen Meldung sich hervorthut. Die syrische, persische und äthiopische Übersetzung läßt Mk. XIV, 56 das Wort falsch aus, wohl unter der Voraussetzung, daß das Zeugniß allerdings wahr gewesen und um den Anlaß zum Mißverständnisse zu beseitigen. Das Zeugniß war richtig, der Sinn der Worte Jesu gehörig aufgefaßt, die Zeugen selbst aber vielleicht bloß angebliche, die sich dazu kaufen, bestechen oder irgendwie bestimmen ließen, und wie alle Sykophanten zu jeder Bosheit und Verschlagenheit aufgelegt waren. Falsche Zeugen, wie falsche Werber sind solche, die Böses im Schilde führen und sich als Werkzeuge, wie man sie bestellt, gebrauchen lassen.

Das Wort des Sohnes Davids: Nieder mit diesem Tempel, nur eine kurze Frist, und Ich will einen neuen bauen, nicht mit Menschen, sondern mit Gottes Hilfe! muß fürwahr einen ungeheuern Eindruck auf die Juden gemacht haben. Mit dem Tempel fiel ja ihr ganzes Religionswesen, ihr Staats- und Volksthum auseinander! Und doch mußte es so kommen. Nach dem zweiten Buche Samuels VII hatte König David zuerst den Gedanken gefaßt, Gott einen Tempel zu bauen; aber der Herr wehrte es ihm, weil das Blut so vieler Kriege an seinen Händen klebte, und verhieß ihm dagegen: „Einen Nachkommen, der von deinen Lenden stammt, will Ich erwecken und sein Reich befestigen. Dieser wird meinem Namen ein Haus bauen, und Ich den Thron seines Reiches auf ewig befestigen. Ich werde sein Vater, und er wird mein Sohn seyn." (Vgl. Ps. LXXXVIII, 27.) Diesen Ausspruch erklärten die Juden nach Targum Schir vom Messias, der, wenn er komme, Jehova einen herrlichen Tempel erbauen werde, welcher den salomonischen an Pracht weit überträfe. Ebenso finden wir noch lange nach dem Falle Jerusalems bei dem Karäer R. Elias Beschitzy in seinem Buche Assara Maaroth die alte Erwartung bezeugt: Der Erlöser werde das Haus Gottes an seiner alten Stelle einst prächtiger als je wiederherstellen. Da kam nun der neue Salomo; Er hatte vom Vater die Vollmacht, den neuen Gottesdienst herzustellen; deßhalb erklärte Er: Wenn dieser Tempel in Trümmer gehe, solle in drei Tagen — so lange als nach der Judenmeinung jeder Todte im Grabe seiner Verklärung entgegensah — durch Ihn ein neuer erstehen.

„Die beiden Tempel standen um des Sohnes Gottes willen," heißt es in einer der merkwürdigsten Stellen im ganzen Sohar (I. p. 21); sie wurden durch Ihn genährt, sowohl der erste, als der zweite. Als Er aber hinweggenommen war, wurde auch die Gnadenströmung hinweggenommen, und Er schlug die Stätte, und zerstörte sie, und der heilige Thron fiel!" Das Gleichniß geht von Benaja, dem Knechte Davids, der von Cabzeel oder „aus dem Schooße der Gottheit" kommend erklärt, und in dessen Namen eben das Geheimniß des Sohnes Gottes (בֶּן יָהּ) hineingelegt wird. Wie von diesem (II. Sam. XXIII, 20 f.) geschrieben steht, er habe zwei Löwen am Schneetage erschlagen, so wird der Altar in den beiden Tempeln mit dem fressenden Löwen (Ariel Is. XXIX, 1) verglichen, weil er eine Unzahl Opfer verzehrte. Und wie dann Benaja, mit einem bloßen Stabe bewehrt, dem Isch Mizri oder ägyptischen Manne mit Gewalt die Waffe aus der Hand genommen und ihn getödtet: so sollte nach der Überlieferung im Sohar der Messias den

Moses überwältigen und seinen Dienst abthun. Die Rede ist offenbar von der Auflösung des mosaischen Cultus, und der Zerstörung des zweiten, wie jenes ersten Tempels: aber die Erklärung Jesu über diese seine Mission erweckte bei den Juden einen fürchterlichen Ingrimm.

Der Tempel auf Moria, sowie die Stiftshütte, war nach Philo [1]) nur ein Abbild des Universums oder großen Gotteshauses in der Natur, ein symbolischer Bau. Und was hier den Vorwurf betrifft, Jesus erklärte, einen Tempel aufzubauen, der nicht von Menschenhänden gemacht wäre, so zielte Er auf den prototypen Tempel des himmlischen Jerusalems, welcher nun auf die Erde herabsteigen, oder auf den lebendigen Tempel, der sich aus allen Gläubigen erbauen sollte. Indeß erlangen wir über den Bezug dieser Worte noch näheren Bescheid. Es war nehmlich eine volksthümliche Sage unter den Juden: zur Zeit, als der weise Salomo Gott den ersten steinernen Tempel erbaute, habe man nicht Eines Steinmetzen Schlag dabei vernommen, sondern was die Geister, die ihm zu Dienste standen, des Nachts an riesigen Steinen herbeigeschafft, jedesmal mit dem „Würmlein Schamir", einem Demant, bestrichen, welchen Benaja von der Spitze eines hohen Berges aus eines Adlers Nest geholt, worauf die Quadern alsbald in rechter Form und Fügung nach dem Striche sich abgeplattet und geglättet hätten — eine talmudische Erzählung, die auch der Koran und die arabischen Geschichtschreiber bewahren. Die Patriarchen hatten Gott von unbehauenen Steinen Altäre errichtet, und so das heilige Land gleichsam in Voraus rechtlich in Besitz genommen, wie dieß in unseren Tagen durch Aufrichtung einer Fahne, oder von den Missionären durch Erhöhung eines Kreuzes geschieht. Ebenso hatte die Steine des Altars im salomonischen, wie später nach Josephus' Zeugniß (de b. V. 5, 6) im herodischen Tempel kein Eisen berührt, weil dieß nach Exod. XX, 25 für eine Entweihung gegolten hätte; denn dem Herrn der Natur sollte nicht von Hausteinen der Altar seines Dienstes errichtet werden. Während aber damals die Juden unter großem Lärm und Geräusch

1) De mundi opif. p. 57. *Οἶκός τις ἢ νεὼς ἱερὸς ψυχῆς λογικῆς.* Clemens Strom. V, 563. Mein Heidenth. I, 488 f. Leben Chr. II, 2. S. 41. V, 501 f. 578 f. Eisenmenger I, 351 f. II, 720. 849 f. 859.

in langer Zeitfrist einen herodischen Tempel zu bauen unternahmen, erklärte der Heiland, auf jene Legende anspielend, in prophetischer Weise: Er werde nach der durch die Juden selbst herbeigeführten Zerstörung des mosaischen Ceremonientempels in kürzester Frist, oder wie der Sprachgebrauch plastischer und concreter sich ausdrückte, in drei Tagen ohne fremde Handanlegung einen Tempel des allgemeinen lebendigen Gottesdienstes herstellen.

Wenn Eine Weissagung des Herrn unanfechtbar erscheint, so ist es die, daß Er seine drohende Stimme gegen den Tempel erhob. Sie schließt schon gewissermaaßen die Prophezie der Zerstörung Jerusalems in sich, und die Römer säumten nicht, als Werkzeuge des göttlichen Zornes beide Verkündungen zu vollstrecken. Der Ruf: „Brechet diesen Tempel ab!" war es, der jetzt zur Anklage auf Leben und Tod gegen den Messias sich wandte. Noch dem Gekreuzigten schreien sie dieß sein Verbrechen in die Ohren, und später ging Stephanus für dasselbe laut ausgesprochene Bekenntniß: „Jesus von Nazaret wird diese Stätte zerstören und die Gebräuche ändern, die uns Moses gegeben!" in den Tod. (Bd. III, 54 f.)

In eigenthümlicher Weise steht das Auftreten des Messias mit dem Tempel in Verbindung. War doch Jesus, wie wir hörten (Chronol. 206 f.), am Feste der Lichter oder am 158sten Jahrestage der Tempelweihe geboren, während die Rabbinen den verheißenen Sohn Davids am Tage der Tempelzerstörung in Bethlehem zur Welt kommen lassen. (Uranologie 76.) Wenn Johannes den Worten eine mysteriöse Beziehung auf seinen Leib gibt, so schließt dieß die eigentliche Bedeutung nicht aus, vielmehr wurde eben jene Äußerung die nächste Veranlassung, daß jetzt der Tempel seines Leibes abgebrochen ward. Die Erklärung II, 21: „Er aber redete vom Tempel seines Leibes!" zielt aber nicht bloß symbolisch auf den Abbruch, sondern vielmehr auf den Neubau eines künftigen Tempels, welcher ein Tempel seines Leibes seyn sollte, nehmlich — die heilige Grabkirche und alle Tempel, welche über dem Corpus Christi erbaut sind.

Fast schien man im Anfange der Kirche davor zu erschrecken, sich das Äußerste einzugestehen, daß Judenthum und Christenthum sich gegensätzlich verhalten, und der exklusive Nationalkult, die mosaische Religion mit ihrer pharisäischen Orthodoxie oder dem rein äußerlichen Ceremoniendienst ohne innere Heiligung nach des Herrn Wort sofort ein Ende nehmen müsse. Doch Moses selbst hatte dieß vorausgesehen, und verkündet: „Einen Propheten gleich mir wird der Herr aus der Mitte deiner Brüder erwecken; wer auf die Worte, die ich in seinen Mund lege, nicht hört, an dem will ich Rache nehmen!" (Deuter. XVIII, 18.) Sie aber wenden umgekehrt die Stellen XIII, 1—15. XVIII, 20 auf Ihn an und verurtheilen Ihn als falschen Propheten zum Tode, weil Er das Volk vom Mosaismus abtrünnig mache. Allerdings war Christus nicht gekommen, das Gesetz und die Propheten zu negiren oder die heiligen Bücher des alten Bundes, wohl aber den alttestamentlichen Dienst zu abrogiren, und gerade indem Er dieß that, erfüllte Er Gesetz, Psalmen und Propheten, worin deutlich auf die einstige Aufhebung der blutigen, Gott widerwilligen Thieropfer und die Verödung der heiligen Stätte oder die Erweiterung der Offenbarung an alle Völker hingewiesen ist. Jerusalem war von jeher ein Wallfahrtsort und lebte zum Theile von den Pilgern; schon in den Klageliedern des Jeremias I, 1. 4 hören wir den Jammer, daß niemand mehr auf's Fest kommen wolle. Und nun erklärte Jesus die Zeit nahe, wo man weder in Jerusalem noch auf Garizim ausschließlich anbeten werde — sollten die Priester Mosis nicht außer sich kommen? (Vgl. Bd. V, 363 f.)

Die Namen der vorgeschobenen beiden Zeugen sind Ananias und Achazias, deren die rabbinische Überlieferung schon (Bd. V, 419) vor dem Palmeneinzug erwähnt, wo sie Jesus vom hohen Rathe als Spione entgegengesendet worden waren. Der Spruch: „Durch zweier Zeugen Mund wird allerwärts die Wahrheit kund!" den der Dichter bespottet, war besonders bei den Juden in Anwendung gebracht, ja auf die Spitze getrieben.[2]) So sehen wir schon zu Achabs Zeit gegen Naboth, und später gegen Stephanus wieder zwei solche Zeugen der Lüge auftreten.[3]) Da standen jetzt die ehrlosen Sprecher,

---

2) Deut. XIX, 15. Maimon. in Maccoth c. 1. Testes testantur: Ruben occidit Simeonem; et postea veniunt Kohath et Huschim, et improbant eorum testimonium; veniuntque postea testes alii, testanturque idem cum prioribus, quod nempe Ruben occidit Simeonem, et Kohath et Huschim eorum testimonium etiam improbant, secundi, tertii, quarti, etiam si mille advenirent, atque idem testarentur, si duo isti sic improbent, omnes morientur ex testimonio duorum istorum etc.

3) Num. XXXV, 30. I. Kön. XXI, 10. 13. Duos viros, filios Belial. Apstg. VI, 13. Zwei Zeugen genügen, um vor dem Kadi jemand der Lästerung Allah's oder seines Propheten anzuklagen.

advokatisch seine Worte verdrehend, und schwuren wider Ihn. Draußen im Vorhofe stehen zwei andere Zeugen, wie sie der Herr Apstg. I, 8 selbst nennt, die von Anfang her in Jerusalem, Judäa und Samaria wie im Grenzland oder Galiläa mit Ihm gewesen. Von diesen aber war der eine eben im Begriffe, seinen Meister zu verläugnen, der andere kömmt nicht zur Sprache; und träten sie als Entlastungszeugen hervor, so harrete ihrer ein Schicksal, ähnlich dem der beiden Zeugen Christi im Buche der Offenbarung XI, die durch das Thier des Abgrundes getödtet werden — sie würden, wie die Schächer, mit Ihm gekreuziget, obwohl in anderen Fällen die Rechtswohlthat der Vertheidigung zukam. [4]) Ließen es die Richter doch auf das Gesetz ankommen, einem Pseudopropheten solle kein Aufschub noch sonst eine Gunst bewilliget seyn.

XXXI. Kapitel.

Feierliche Erklärung der Messiaswürde.

„Nun stand der Hohepriester auf, trat in die Mitte hervor und fragte Jesum: Antwortest du nichts auf das, was diese wider dich zeugen? Jesus aber schwieg. Da fuhr der Hohepriester fort und sprach: Ich beschwöre dich im Namen des lebendigen (d. h. des rächenden) Gottes: bist du Christus, der Sohn des gebenedeiten Gottes? Jesus antwortete: Du hast es gesagt! Ich aber sage euch: von nun an werdet ihr den Menschensohn zur Rechten der Kraft Gottes sitzen und auf den Wolken des Himmels kommen sehen." (Mark. VIV, 60—62. Matth. XXVI, 63. 64.)

Da die Anklage auf Leben und Tod durch Zeugenaussage nicht genug begründet werden kann, fordert Kaiphas Jesum zum Eidschwur beim lebendigen Gott auf, ob Er sich für den Messias erkläre. Es gilt zugleich die Bejahung des Psalm II, 7: Dominus dixit ad me, filius meus es tu, hodie genui te! Mit Recht steht: Bist du Christus,

---

4) Sanhed. c. 5, 4. f. 40, 1. Et deinceps introvocant testium alterum, et examinant eum: si inveniant verba eorum consentanea, ordiuntur a parte defensoria. Cum dicit unus testium: est mihi quo eum defendam! aut unus discipulorum: est mihi, quo eum accusem! silentium indicunt eis. Cum dicit unus discipulorum: est mihi, quo eum defendam! eum ad se vocant et collocant inter se, nec descendit ille inde per totum diem.

der Sohn des Hochgebenedeiten — Gottes nehmlich; doch läßt der Hohepriester den unaussprechlichen Namen Jehova aus. Es ist aber bei den Rabbinen stehende Formel, Gott als הַקָּדוֹשׁ בָּרוּךְ הוּא, den Heiligen, Benedeiten zu bezeichnen. Darum nennt Paulus Röm. IX, 5 auch Christum *θεὸς εὐλογητὸς εἰς τοὺς αἰῶνας*. An den Zeugen war es zuvörderst, nicht an Christus mußte die Aufforderung ergehen, die Wahrheit zu beschwören, da man dem Verklagten doch nicht zumuthen konnte, sich selbst mittels eines Eides das Urtheil zu sprechen. Sie wollten in öffentlicher Versammlung des Synedriums sich erst aus seinem Munde versichern, daß Er sich für den göttlichen Messias erkläre, um Ihn als Gotteslästerer zu verdammen.

Jesus aber spricht: את אמרת, du hast's gesagt! d. h. es ist, wie du es ausgesprochen. Noch vor den Hohenrichtern bekennt Er sich als den, der nach Daniels Prophezie einst in den Wolken des Himmels als Weltrichter in seiner Herrlichkeit erscheinen werde. Obwohl jetzt in der Niedrigkeit vor ihnen stehend, werde Er einst in aller Herrlichkeit wieder kommen und seine Feinde unter seine Füße legen. Der Ausdruck: sitzen zur Rechten der Macht, bedeutet mitregieren (I. Kor. XV, 25), und ist im Talmud bezeichnend für den Allmächtigen (Buxtorf lex. talm. s. v.); ja הַגְּבוּרָה, *δύναμις*, ist insbesondere den Kabbalisten ein nicht ungewöhnlicher Beiname Gottes. Christus selbst spricht vor dem Hohenrathe in der heiligen Sprache, vor Pilatus dagegen griechisch. Der Verhörrichter interpellirt Jesum wegen seiner Messianität, und meint auf dessen offenes Geständniß, Er habe sich selbst verurtheilt; denn dieß dünkte ihm offen ausgesprochene Blasphemie, [1]) und er versucht die Worte: Ex ore tuo judico te! nun gegen Jesus selber zu wenden.

XXXII. Kapitel.

Zerreißung des Gewandes und Verurtheilung durch die Hohenpriester.

„Da zerriß der Hohepriester seine Kleider und sprach: Er hat gelästert, was haben wir noch Zeugen nöthig? Seht, soeben habt ihr die Gotteslästerung vernommen, was dünkt euch? Sie antworteten und sprachen: Er ist des Todes schuldig. Sie aber

1) Sanhedr. c. 7, 5. Blasphemus non tenetur, nisi expressit nomen.

verurtheilten Ihn alle, daß Er den Tod verdient habe." (Mk. XIV, 63. 64. Mth. XXVI, 65. 66.)

Im Hohenrathe verurtheilen sie Jesum, weil Er sich selbst zum Gotte gemacht (den Sabbat abschaffe), und sogar den Tempel abbrechen, also den Mosaismus aufheben wolle. Das offene Bekenntniß seiner Messianität gilt für Gotteslästerung, der Hohepriester zerreißt sein Gewand, und das ganze Synedrium schreit zusammen: Er ist des Todes schuldig! Die hebräische Formel lautete: בן מות, „Er ist ein Kind des Todes," wie David II. Sam. XII, 5 über die Strafbarkeit seines eigenen Verbrechens urtheilt. Bei einer offenbaren Lästerung des Hochgebenedeiten durch den Mund eines Israeliten mußte der Richter sein Gewand zerreißen, die übrigen aber aus Entrüstung wenigstens von ihren Stühlen aufspringen. Der Riß durfte nicht wieder zugenäht werden, um anzuzeigen, daß die Sünde wider den heiligen Geist keine Vergebung zu erwarten habe.

Das Zerreißen des Gewandes geschah zum Zeichen des überwältigenden Schmerzes bei allgemeinem Unglück oder öffentlicher Trauer. Als Hiob sämmtliche Habe und all seine Kinder an Einem Tage verliert, zerreißt er sein Gewand; ebenso Ruben, da er Joseph wiederfindet, und Jakob, als sie ihm den in's Blut getauchten Rock seines Sohnes weisen. (Gen. XXXVII, 29. 34.) Das mosaische Gesetz (Lev. X, 6. Num. XIV, 6) befahl dieß beim Tode eines Verwandten. Josua zerreißt seine Kleider beim Lageraufruhr und nach der Niederlage von Ai, wirft sich sodann auf die Erde und streut Staub auf sein Haupt. (Num. XIV, 6. Jos. VII, 6.) Jephte thut es, als auf sein Opfergelübde ihm seine Tochter zuerst begegnet (Richt. XI, 35), David bei der Nachricht von Sauls und Jonathans Tod (II. Sam. I, 11; vgl. XIII, 19), Elisa, da Elias von ihm scheidet, Eliakim und Hiskias beim Anzuge Sanheribs (II. Kön. XVIII, 37. XIX, 1), Esra IX, 3 zerreißt Ober- und Unterkleid, weil die Juden sich mit den Heiden gemein machten. Paulus und Barnabas thun dieß, als das Volk ihnen göttliche Ehren erweist. Ebenso findet sich diese Trauerceremonie bei den Griechen und Römern, bei Homer und Virgil zum öftern erwähnt, freilich kam sie mehr den Frauen zu;[1]) auch besteht die Sitte, bei einer Unglücksbotschaft oder sonstigen

---

1) Die ägypt. Trauersitte, zumal beim Tode eines Königs Herod. II, 89. Diod. I. 95. Äschyl. Pers. v. 460. 821 sq. Ovid Hero XV, 122. Eram lacero

Mißfällen die Kleider zu zerreißen, unter den Arabern noch heutzutage. Moed katon 26, 1 wird die Nothwendigkeit, bei Entweihung des göttlichen Namens die Kleider zu zerreißen, aus II. Kön. XVIII, 37 erwiesen, wo sie auf die Lästerung Sanheribs gegen Jehova erfolgt; auch heißt es Sanhed. f. 60, 1. Gem.: „Unsere Rabbinen sagen, sowohl der, welcher eine Blasphemie gehört, als der sie von einem Dritten vernommen, muß seine Kleider zerreißen, nur die Zeugen sind nicht dazu verbunden.“ 2)

Die Kleider der Juden waren unter dem Kinne offen, und man riß stehend vom Hals an nach der Vorderseite, nicht nach rückwärts, nicht seitwärts noch an den unteren Fransen. Der Riß soll die Länge einer Palme haben, und nicht am inneren Gewand oder Linnenhemd, noch am äußeren oder dem Mantel vorgenommen werden, sonst aber an allen Kleidern, die man am Körper trug, und wären deren zehn gewesen. (Buxtorf lex. talm. p. 2146.) Nach Levit. XXI, 4. 10 sollte der Hohepriester sein Gewand nicht zerreißen. Jonathan umschreibt: „nicht zur Zeit der Trauer“. Geschah es aber, wie hier, vor Gericht, so riß er von unten nach oben, während die gewöhnlichen Priester, der Vorschrift nach, ihr Kleid von oben nach unten zerreißen sollten. 3)

---

pectus aperta sinu. Fasti IV, 448. Ipsa suos absciderat que sinus. Beispiele bei Männern Sueton Caes. 33. Nero 42. Diod. LVI, 23.

2) H. Sanhed. f. 25, 1. 2. Judicantes blasphemantem interrogant primum testem: loquere plane, quid audivisti? cumque effatur, judices pedibus stantes scindunt vestimenta, et non resuunt. Dixit R. Jehuda ex ore R. Samuelis: si quis nomen Dei pronunciari audiat a gentili, non debet vestes scindere, etiamsi Rabsake dicat, Israelitas esse apostatas; sed tantum si τετραγράμματον proterat: inde de nominibus Dei appellativis non valet. Dissentit vero R. Chaija: si quis nomen Dei pronunciari audiat hoc tempore (Raschi: Quo in captivitate sumus), non tenetur vestes lacerare, sic enim vestes in infinitum lacerandae essent. Maimon. in Avoda sara c. 2. Qui nomen Dei blasphemari audit, tenetur scindere vestimenta. Et judices, cum eloquantur testes, qualem blasphemiam audierint, tenentur surgere, et unusquisque vestimenta scindere, neque ea resarcire licet. Hal. Ebhel c. 8. Non fit ruptura nisi a stante, s. d. I. Sam. XIII, 31 surrexit rex etc. Mart. Geier de Ebraeorum luctu p. 420.

3) Mischna Massecheth Horajoth c. 3. Pontifex maximus dilacerat a parte ima, sacerdos gregarius a summa. Maimon. i. l. Dilacerandae erant vestes ab anteriore parte; qui autem a tergo, aut a latere, aut ab inferiore parte dilacerabat, a ritu dilacerationis aberrabat. Quod tamen de pontifice summo non est intelligendum, cui a parte inferiore dilacerandum erat.

Der hochpriesterliche Ornat dagegen, den der Pontifex am Versöhnungsfeste trug, durfte gesetzlich nie einen Riß erfahren, auch war er die ganze übrige Zeit unter Verschluß. Hier im Hohenrathe trug derselbe Privatkleidung. Aus Schmerz über eine Niederlage hatte der Hohepriester Jonathas seinen Chiton oder Talar zerrissen und Asche auf sein Haupt gestreut. (I. Makk. XI, 71.) Als aber später der Protomartyr voll des heiligen Geistes Christum zur Rechten Gottes zu erblicken, und seine Herrlichkeit im Himmel zu schauen verkündete, da, meldet der Evangelist VIII, 56, schrieen sie alle aus vollem Halse zusammen, hielten sich die Ohren zu, und stießen ihn hinaus — um nehmlich die vermeinte Gotteslästerung nicht mit anhören, und ihre Kleider nicht zerreißen zu müssen.

Kaiphas läßt seine Empörung über die Kundgebung des Messias, der als Gefangener ihm nahe tritt, an seinem Gewande aus, aber bald sollten die Juden aus ganz anderen Gründen ihre Gewänder schlitzen. Das Zerreißen des Gewandes bedeutet, daß das alttestamentliche Priesterthum in Stücke gehe und zerrissen sey. Es war in den letzten Tagen des Reiches unter Florus, wo, wie Jos. bell. II. 15, 2. 3. 4 erzählt, die Hohenpriester Asche auf ihre Häupter säeten und mit zerrissenen Talaren und entblößter Brust unter das Volk gingen, um es zu beschwören, nicht durch Aufruhr den Römern Vorschub zu leisten und den Untergang des Staates herbeizuführen. Es kam die Zeit, wo jeder israelitische Pilger beim ersten Anblicke Jerusalems sein Kleid zerreißen mußte, und es geschieht noch heute, daß derselbe, wenn er auf eine Tagereise Jerusalem nahe kömmt, seine beßten Kleider anzieht und sie beim Anblick der heiligen Stadt zerreißt, niederfällt und über ihren Fall weheklagt, auch mit staubbedecktem Haupte in die Stadt seiner Väter tritt. Andere lassen sich, meistens vor dem Stadtthore, eine „Kerie schneiden", d. h. mit einer Scheere auf die schonendste Weise „das Kleid zerreißen". Der so Zugerichtete bezahlt dem Manne, der dieß Amt ausübt, eine Kleinigkeit, und betet zugleich den Spruch nach: „Zion ist zur Wüste geworden und liegt zerstört." (Frankl Nach Jerus. II, 14.)

Von Seite der jüdischen Pfaffen ist das Todesurtheil lärmend entschieden, und die längst bereiten Stimmen werden unifurio abgegeben. Moses hatte verkündet: „Einen Propheten wie mich wird der Herr euch senden, Ihn sollt ihr hören;" jetzt aber stützt sich die Verurtheilung eben auf Deuter. III, wo von der Bestrafung falscher Propheten die Rede ist. [4])

XXXIII. Kapitel.

Petrus und Johannes im Vorhofe. Die Pförtnerin.

Mittlerweile hatte sich ein anderes Verhör außen (Mth. XXVI, 69), oder wie Markus XIV, 66 genauer schreibt, unten im Hofraume begeben. Die Rathssitzung fand nehmlich im Obersaale statt. Die Häuser der Vornehmen waren in der Regel in's Viereck gebaut, und der innere Raum, den die Palastgebäude umschloßen, mit bedeckten Gängen umgeben.

„Simon Petrus und noch ein anderer Jünger waren Jesu nachgefolgt. Dieser Jünger war beim Hohenpriester bekannt und ging mit Jesus hinein in den Vorhof des Hohenpriesters. Petrus aber stand draußen vor dem Thore. Da ging der andere Jünger, welcher dem Hohenpriester bekannt war, hinaus, redete mit der Thürhüterin und führte den Petrus hinein.“

Der ungenannte Jünger ist Johannes, wie schon Theophylakt betont, da er sich in seinem Evangelium immer auf ähnliche Art einführt. Es ist räthselhaft, wie er im Palaste bekannt war, vielleicht von früheren Jahren her, wo er als Fischerjunge seine Waare in's Haus trug, wie der Alexandriner Nonnus wissen will, ab arte sua piscatoria. Vielleicht auch ohne dieß! Wenn der Heiland an der Spitze seiner Jünger durch die Straßen von Sion wandelte, mußte Er wohl das Aufsehen aller Einwohner, die Aufmerksamkeit der Männer und die Neugier der Frauen auf sich ziehen. Petrus und Johannes gingen und standen Ihm zunächst, sie umgaben Ihn zur Rechten und Linken, daher mußten sie am meisten in die Augen fallen und bekannt seyn. Wirklich bemerkt die Apstg. IV, 13 von beiden, daß sie im allgemeinen den Hohenpriestern bekannt waren, da sie sich zu Jesus gehalten hatten.

Johannes drang zuerst hindurch, und nachdem er sich wegen ihrer Sicherheit umgesehen, holte er auch den Petrus herein. Weiblichen Personen den Dienst des Thorstehens anzuvertrauen, war bei den Alten herkömmlich. [1]) So steht nach den Argonauten v. 897 in der

---

4) Saalschütz Mosaisches Recht S. 626.

1) Beispiele bei Euripides Troad. v. 193. u. 194, II. Samuel IV, 5, Plautus

Burg des Aëtes, die das goldene Vließ verwahrt, selbst Artemis als Thorhüterin, ἐμπυλίη. Bei den Juden waren es Mägde, bei Griechen und Römern Sklavinen, wie sie der Islam wieder kennt, während bei den Muhammedanern gemiethete Mägde wider Volks- und Religionssitte wären. Heutzutage versehen im Oriente oder rings um die Küsten des Mittelmeeres, in Griechenland, Malta und Ägypten, meist Mohrinen den Dienst der Mägde, Ausgeherinen und Thürsteherinen.

„Da sprach die Magd, welche Pförtnerin war, zu Petrus: Bist du nicht auch einer von den Jüngern dieses Menschen? Er erwiederte: Ich bin's nicht! und ging hinein."

Die Beschließerin des Palastes läßt sich beschwichtigen und beide Jünger passiren, theilt jedoch ihre Bemerkungen den übrigen Mägden mit, worauf die eine zwar nicht den jüngeren Johannes, wohl aber den älteren Petrus verfolgt, bis sie ihn entdeckt.

„Nun zündeten sie mitten im Hofe ein Kohlenfeuer an, und die Knechte und Diener standen und setzten sich herum, um sich zu wärmen, weil es kalt war. Da stellte sich Petrus auch zu ihnen hin, und wärmte sich." (Joh. XVIII, 15—18.)

Beim Eintritt der Dämmerung beginnt es in Palästina empfindlich kühl zu werden; je heißer der Tag, desto fröstelnder um diese Jahreszeit die Nacht. [2]) Wie in Christi Tagen, so schaart man sich noch heute im Orient und zumal in Jerusalem um einen Mankal oder Kohlentopf, um sich dabei die Hände u. s. w. zu wärmen, und die Handwerker und Verkäufer in den Gassen haben solche in Winterszeit regelmäßig neben sich stehen, ebenso ist's im Innern der Häuser. Der Zutritt zum Herdfeuer, zur Reichung des Handwassers (malluvium) und zum Genusse des Mahles sicherte dem Fremden den Schutz, die Ausschließung davon (aqua et igne interdicere) war bei den Römern das sprichwörtliche Kennzeichen des Bannes. In Italien dient der Brassero auf den Wachen zur Erwärmung von Händen und Füßen. Der schnell aufflackernde Dornstrauch (Netes) bildet das gewöhnliche Feuerungsmaterial. Es ist die Magd, die Kohlen herbeischafft und die Jüngerschaft des Petrus verräth.

Cucurlio Act. I, 1. v. 75, Plinius XV, 30, Petronius 95 und in der Apostelgeschichte XII, 13. Weitere hat Pignorius de servis p. 454 gesammelt.

2) Maimon. Kidduschin chodesch c. 4. Non intercalant annum propter nivem aut propter gelu.

XXXIV. Kapitel.

Dreimalige Verläugnung. Der Hahnschrei.

„Und Petrus setzte sich unter die Knechte, um den Ausgang abzuwarten. Da kam eine von den Mägden des Hohenpriesters, [1]) und als sie ihn in ihrer Mitte am Feuer sitzen sah, betrachtete sie ihn und sprach: Auch du warst bei Jesus von Nazaret, dem Galiläer! (Und zu den Übrigen:) auch dieser war mit Ihm! Petrus aber läugnete Angesichts aller und sprach: Das fällt mir nicht ein, ich weiß nicht, was du sagst!"

Und er zog sich zurück in den Vorhof. „Wie er aber durch die Thorhalle hinausging, sah ihn eine andere Magd und sprach zu den Umstehenden: Auch dieser war einer von ihnen und hielt zu Jesus dem Nazarener! Petrus aber verläugnete Ihn abermals mit einem Schwure und sprach: Weib, ich kenne Ihn nicht! Ich kenne den Mann gar nicht! Und alsbald krähte der Hahn." (Mk. XIV, 54. 66—70. Mth. XXVI, 58. 69. 70. Lk. XXII, 55—58.)

Er nennt Ihn wie verächtlich „jenen Menschen"; und dieß — אותו הָאִישׁ — ist noch bis auf heute der Ausdruck, unter dem die Juden Jesum begreifen. Aber woher denn ein Hahnschrei? In ganz Jerusalem gab es keinen Göckelhahn, [2]) und keine Henne versammelte daselbst ihre Küchlein unter ihre Flügel! Wirklich war einmal ein Gesetz gegeben worden, daß alle Hähne bei Lebzeiten aus Jerusalem verbannt seyn sollten, weil sie, ihre Nahrung im Kothe suchend, allerlei unreine Thiere auskratzen, und damit die Opfer und andere geweihte Sachen verunreinigen konnten; und dieß gehörte mit zu den zehn Vorrechten der Stadt. Ebensowenig findet man heute im ganzen Umkreis der heiligen Stadt eine Katze, aus Rücksicht auf die

---

1) In der äthiopischen Version: eine Tochter des Hohenpriesters.

2) Bava Kama c. 7. hal. ult. Non alunt gallos Hierosolymis propter sacra, nec sacerdotes eos alunt per totam terram Israeliticam. Gl. Etiam Israelitis prohibitum est, gallos alere Hierosolymis propter sacra; nam Israelitae comederunt illic carnem sacrificiorum pacificorum et eucharisticorum; jam vero mos est gallis gallinaceis vertere stercoraria, et inde forsan educerent carnem reptilium, unde pollui possent sacra comedenda. R. Nathan f. 9, 1. Non nutriunt in ea (Hierosolyma) pavones aut gallos, multo minus porcos.

Cisternen. Aber das Interdikt galt auch von den Pfauen, dem Attribute der Juno, wie noch mehr von Ebern und Schweinen, welche der Mars- und Adoniscult mit sich brachte. Also werden wir auch den Grund dieses Hahnenverbotes tiefer, und zwar im Gegensatze des Mosaismus zum gesammten Heidenthume suchen müssen.

Unter den Idolen der assyrischen Thiersymbolik zu Samaria finden wir Nergal, den chaldäischen Feuergott, nach dem Zeugnisse der Rabbinen unter dem Bilde eines Hahnes vorgestellt. Hähne wurden im Tempel des Herakles unterhalten, und waren dem Mars heilig, besonders bei den Griechen und Römern. [3]) In dem damals weltberühmten Hierapolis wurde neben dem heiligen See ein Hahn gehalten: wenn nun die große Seeprozession stattfand, pflegte jeder sein mit Wasser gefülltes Gefäß versiegelt mit Wachs zurückzubringen, um es im Tempel in den Schlund, wo die Fluth sich verlaufen haben sollte, auszugießen: der wunderbare Hahn besah aber zuvor das Gefäß und löste das Siegel. Wie zur Zeit des Cambyses bei den Ägyptern sollte dieß zugleich zur Erinnerung an die chronische Feuerzeit dienen, die durch den Dienst des Wassers verdrängt wurde, denn der rothe Hahn, der durch das aufgehende Licht geweckt wird, ist Repräsentant der Sonnenglut und der wilden Saturns-Periode. Succoth, die Plejadengöttin mit ihrem unzüchtigen Dienst, wurde als Henne mit ihren Küchlein abgebildet, und die römischen Auguren prophezeiten aus der Art, wie die Hühner den Mehlbrei fraßen. Auffallend spielt der Göckelhahn im jüdischen Culte und in der Mythe noch bis auf unsere Tage die Rolle eines dämonischen Thieres: es hängt dieser Abscheu mit ihrer ungewöhnlichen Heilighaltung bei den Heiden zusammen. Seit der Zerstörung Jerusalems schlachten die Juden am Tage vor dem Versöhnungsfeste einen Hahn, die Frauen eine Henne für sich, [4]) und ebenso für die Kinder, — zur Stellvertretung für den Sündenbock, welcher als das dem Bacchus geweihte Thier in der heidnischen Orgienzeit dem Teufel in der Wüste preisgegeben wurde.

---

3) Aelian hist. anim. 17, 46. Lucian Alectryon c. 3. Athen. 14. p. 655. Movers Phöniz. I, 384. Mein Heidenth. s. v. Hahn.

4) Midrasch Ps. L, 11. Eisenmenger II, 149 f. Mein Heidenth. s. v. Hahn. Auch den Deutschen erschien er wegen seiner Lichtfarbe als Symbol des Feuergeistes und wurde dem Loki geopfert, bildete aber auch den Gegensatz zu Tod und Teufel, weil er durch seinen Ruf die Nacht verscheucht.

Wie kömmt also ein Hahn in die heilige Tempelstadt? Oder meint der Evangelist etwa den Ruf des Wächterhorns um die Zeit des Hahnschreis? Doch des Kaiphas Palast lag hoch, und einen Hahnenruf in der Nacht hört man aus weiter Ferne. Soll man ihn doch in Constantinopel von der asiatischen Küste, und in Messina aus Calabrien herüber vernehmen! Dann ist hier nicht nothwendig von Einem Hahne die Rede; denn Arundel [5]) berichtet die von mehreren Reisenden im Oriente gemachte Erfahrung, daß die Hähne dort mit der Pünktlichkeit einer Uhr gewisse Stunden der Nacht durch ihr vereintes Krähen anzeigen. So kräht der gesammte Hahnenchor in Smyrna mit solcher Präcision den neuen Tag an, daß, wenn etwa eines dieser Thiere seinen Wächterruf früher oder später verlauten läßt, der Zeitunterschied nie über eine Minute beträgt. Heutzutage hört man sie [6]) auf Sion gewöhnlich vom Dorfe Siloa herüberkrähen. Noch mehr! Im Talmud lesen wir, [7]) daß einmal zu Jerusalem auf die Sentenz des Synedriums ein Hahn gesteinigt wurde, weil er einem Knäblein die Augen ausgehackt, und es so getödtet hatte. Nebstdem finden wir es damals Sitte, vor den Hochzeitleuten einen Hahn und eine Henne herzuführen, zum Symbol der Segensworte Gottes über seine Geschöpfe: Wachset und mehret euch! Auch in der Davidsstadt wurde die Nachtzeit nach dem Hahnenrufe bemessen; wenigstens hieß die dritte Nachtwache קְרִיאַת הַגֶּבֶר, „der Hahnschrei".

Beim Hahnschrei wurde täglich die Asche vom Altar weggenommen, am Versöhnungsfeste dagegen um Mitternacht. [8]) Das Krähen des

---

5) Schubert Reise in das Morgenl. I, 403.

6) In der That zeigte man den Ort und die Kirche des Hahnschreis um 1112 zunächst dem Grabmale Jakobs an der untern Cedronbrücke, also unweit Siloa. Tobler Siloa 301.

7) Erubin f. 26, 1. Vox ejus (galli) audiebatur a tribus parasangis. Exemplo sit rex Agrippa, qui cum iter faceret, illum audivit a tribus parasangis, et cum domum venisset, misit illi munera. Dixit R. Jochanan: audiebatur vox ejus usque Jerichuntem. Ab Hierosolyma autem ad Jerichuntem sunt decem parasangae.

8) B. Gittin f. 57, 1. Joma f. 20. Unoquoque die decinerarunt altare in gallicinio; at in die expiationis a media nocte, et in tribus festis a vigilia prima ... In tribus festis, cum plurimi adessent Israelitae et plurima essent sacrificia, decinerarunt altare a vigilia prima; nam priusquam foret

Hahnes, welches den Tag ankündete, war für das Alterthum um so bedeutsamer, als man keine Uhren hatte. Denn früher nicht als 306 v. Chr. erhielt Rom die erste, noch unrichtige Sonnenuhr, und 159 v. Chr. brachte Lukull die erste Wasseruhr nach Rom. Darnach mußten die Sklaven die Stunden ansagen (Plin. VII, 60).

XXXV. Kapitel.

Die galiläische Mundart.

„Nach beiläufig einer Stunde" — so lange dauerte also das Verhör mit Christus! — trieb die Angst und Besorgniß um seinen Meister den Simon Petrus wieder herein, und er näherte sich wieder den Spießgesellen am Feuer „unten im Hofe", um zu lauschen und Nachrichten einzuziehen, wie es dem Herrn gehe: während Johannes, wie es scheint, zu den höheren Räumen Zutritt gefunden hatte, und dort verblieb. Die Kunde, daß ein Anhänger Jesu sich im Hofe herumtreibe, verbreitete sich schnell, und die Nachforschung brachte Petrus in's Gedränge. Schon die weibliche Dienerschaft im Palaste hielt ihn für einen Spion, sollten die Schaarwächter anders denken?

„Und nach Verlauf von ungefähr einer Stunde, wie er so da stand, behauptete einer abermal und sprach: Meiner Treu, der war ja auch bei Ihm, er ist ein Galiläer" — und dann zu ihm gewendet: „Bist du nicht auch einer von seinen Jüngern? Petrus aber läugnete und sprach: Mensch, ich bin's nicht" — gleich als hätte jener ihn mit Namen genannt, und verrieth sich so selber. Zudem war er in der Noth und Verlegenheit mit seinem treuen Mutterdialekt herausgeplatzt. „Da traten die Umstehenden näher, und sprachen: Wahrhaftig, du bist einer davon, schon deine Mundart verräth dich ja, daß du ein Galiläer bist!" (Mark. XIV, 70. Matth. XXVI, 73. Luk. XXII, 58. 59. Joh. XVIII, 25.) Sie wußten nicht, daß sie einen Apostel, ja gerade das Haupt und den Obersten unter seinen Jüngern vor sich hatten: aber sie hielten die Galiläer überhaupt für Anhänger des Nazareners.

Die Umstehenden sind die Schergen von der Tempelwache, die

---

gallicinium, repletum est atrium Israelis. Vgl. Tob. VIII, 11. III. Makk. V, 23. und oben S. 109. not. 5.

als Einheimische über den Accent der Sprache ein Urtheil hatten. Hieronymus bemerkt i. l.: „Nicht weil Petrus von fremder Zunge, Nation und Heimat war, verrieth er sich (denn alle waren Hebräer, sowohl die ihn beinzichteten als der angeschuldet wurde), sondern weil jede Provinz und Landschaft ihre Eigenthümlichkeiten hatte und die landsmännische Redeweise sich nicht verläugnen ließ.“ Rein sprachen das Hebräische nur die Gelehrten; die Galiläer unterschieden sich von der gebildeten Aussprache der Judäer besonders, weil sie die Kehlbuchstaben אהחע durchweg rauh aussprachen, während die Samariter in entgegengesetzter Weise sie nur als spiritus lenis oder gar nicht hören ließen. Daran, so wie an einzelnen Provinzialismen, die zu manchen babylonischen Mißverständnissen Anlaß gaben, wurden sie von den Juden sogleich erkannt, und unter andern mit dem Wortspiele geneckt: Wenn ein Galiläer sage אֶמֶר, „Wort“, so wisse man nicht, ob es חֲמֹר „Esel“, oder חֶמֶר „Wein“, oder צֶמֶר „Wolle“, oder ob es אִימֶר „Lamm“ heißen solle. Vergl. Erubin f. 53, 2. „Weil die Galiläer in ihrer Aussprache nicht genau sind, darum ist die Thora nicht in ihren Händen geblieben; nur die Juden sind deutlich in ihrer Sprache. Wenn man einen vom Stamme Juda frägt: spricht man mehabberim oder meabberim? spricht man hakkoso oder akkoso? so weiß er es. Was wird aber von den Galiläern erzählt, welche in der Sprache ungenau sind? Ein Galiläer, welcher (irgendwo) wegreiste, sagte zu ihnen (den Anwesenden): amar leman? amar leman? „Wer hat ein amar?“ Da erwiederten sie ihm: Tölpischer Galiläer! (frägst du um) einen Esel zum Reiten, oder um Wein zu trinken, oder um Wolle zur Kleidung, oder um ein Lamm zum schlachten? (Glosse: Er sprach mit Aspiration, בִּשְׂפָה רָפָה, und unterschied die Buchstaben nicht.) Eine Frau wollte zu einer anderen sagen: (Schelubti) thei deochilech chalobo! „(Freundin) ich will dir Milch zu kosten geben!“ sprach aber dafür Scheluhti tochilech labo! „der Löwe soll dich fressen!“ Ein (anderes) Weib kam vor den Richter und sprach zu ihm: Mori kiri thafla havath li ugenabuk min etc. „Herr Knecht, ich habe eine Thorheit gehabt, und sie haben dich gestohlen, du Ketzer! Sie war so groß, daß, wenn sie dich daran aufhingen, deine Füße nicht die Erde berühren würden“ — während sie sagen wollte: mori qiri, tabla havath li ugenabuh minai etc. „Herr Monsieur! ich habe eine Tafel gehabt, und sie haben mir selbe entwendet; sie war aber so groß, daß, wenn man dich darauf setzte, deine Füße nicht an die Erde reichen würden.‘“ [1])

„R. Jose der Galiläer war einst auf dem Wege; da fand er die Beruria (die berühmte Tochter des R. Chanina ben Tera und Gattin des R. Meir des Parabolisten), und sprach zu ihr: Welcher Wege wollen wir nach Lydda gehen? Sie aber erwiederte ihm: Ein Galiläer ist mir ein Thor; haben denn die Weisen nicht gesagt: du sollst nicht viel schwätzen mit einem Weibe? dann hättest du auch sagen sollen: welchen Weg geht man nach Lydda?“ [2])

Zu der Schwerfälligkeit der Aussprache und Satzbildung kam also noch die Vernachläßigung der grammatischen Form. Die Galiläer waren gleichsam die Dorier unter dem Hebräervolke, namentlich bildete das א ihr Schiboleth, und wie ehedem die Ephraimiten ihr Siboleth hatten, und ein Levite sich durch die Stimme kenntlich machte (Richt. XII, 6. XVIII, 3), so sprechen selbst die Neusamaritaner das Hebräische sehr verschieden von den Juden aus, und unterscheiden bis heute die Kehllaute nicht gehörig. Dem verdorbenen galiläischen Dialekte aber sind Wortbildungen wie Jodaphat, Jotapata, talmudisch Gopatata, jetzt Dschefat zuzuschreiben. So steht Dalmanutha für Dalmaus oder

---

1) תַּפְלָא für תַּבְלָא Tafel; כֵּירִי (Cheiri) für קִירִי (Kiri = κύριε). Sie sprachen אטר, עטור, חטור und הטר völlig gleichlautend aus, oder ließen den Anlaut weg לבא für חלבא, Milch. Mitunter zogen sie zwei Worte in eines zusammen, z. B. תֵּי אֹכְלִיךְ in תּוֹכְלִיךְ, „komm zum Essen“. Sie sprachen נַבְבוּךְ für בְּנְבוּהָ. Ebenso verwechselten sie die Vokale, אוּשׁ für אִישׁ, Mann. Anderseits liebten die Jerusalemer die Apokope der Gutturale שִׁיב für שְׁבַע, יֵשׁוּ für יֵשׁוּעַ. Mehr dergleichen Wortspiele mit den Galiläern wegen Verwechslung der Gaumenlaute s. Wetstein in Matth. XXVI, 73. Schegg Matth. III, 406.

2) S. oben S. 6. Es ist dieß der im Talmud berühmte R. Jose ha Galili, der nahe Zeitgenosse und Landsmann Jesu Christi, welcher zunächst um die Zeit der Zerstörung des Tempels lebte, den R. Eliezer und R. Chanina zu Söhnen, und eine Xantippe zum Weibe hatte, von der er sich aber nach der Sitte der Zeit, und mit Hilfe seines Schülers R. Eliezer ben Azaria trennte, indem dieser für ihn die Mitgift herausbezahlte. Die Bedeutung dieses R. Jose, des Gründers der s. g. hagadischen oder symbolischen Schriftauslegung, wird in der jüd. Zeitschrift: „Der Orient“ von Fürst. 1843. S. 694 f. zum Behufe einer mythischen Auffassung der Ursprünge des Christenthums maßlos übertrieben.

Δαλμαοῦντα, Dschedur ist aus Ituräa gebildet, wobei י und ג verwechselt werden. Klopas ist nur dialektisch von Alphäus verschieden (Bd. II, 2, S. 245 f.), ebenso Agab gleich Jakob, und so erklärt sich auch Gal. IV, 25 die Wechselbeziehung von הָגָר und הָהָר, *τὸ ὄρος*.

Wegen dieser komischen Mißverständnisse sollten Galiläer in den Synagogen nicht einmal vorlesen dürfen. Dieser durchgängige Fehler in Accent und Redensart selbst bei Rabbinen lag sowohl in dem größeren Verkehr mit Nichtjuden, als in dem Mangel an Jugendschulen, bis Jesu ben Gamla bald nach dieser Zeit solche allenthalben errichten hieß. Dergleichen Unterricht hatte Petrus noch nicht genossen, und er gab sich um so leichter eine Blöße, da kein Falsch in ihm war. Wie aber der Fürstenapostel durch dergleichen Sprachverstöße und seine für Pronunciation der Mediallaute und Tenues nicht geläufige Zunge sich kenntlich machte, so Jesus durch seine Worte am Kreuz, daher Ihn die Juden ausspotteten und Eloi! Eloi! auf Elias bezogen. Und vielleicht gilt dieß selbst Luk. XXIV, 18, indem Kleophas Ihn gleich als einen Fremdling erkennt.

XXXVI. Kapitel.

Dritte Abläugnung der Jüngerschaft. Zeitbestimmung.

„Auf dieses fing er an, zu betheuern und zu schwören: **ich kenne den Menschen nicht, von dem ihr redet!** Jetzt fuhr aber einer von den Knechten des Hohenpriesters, ein Vetter dessen, dem Petrus das Ohr abgehauen hatte, ihn an: Habe ich dich nicht im Garten bei Ihm gesehen? Da läugnete Petrus abermal; und sogleich, während er noch redete, **krähte der Hahn zum zweitenmale.**“ [1])

Petrus sucht sich zu verläugnen und verläugnet damit seinen Meister. „Mein Gott,“ spricht er, „ich kenne den Mann gar nicht!“ kompromittirt sich aber dadurch nur um so mehr, denn er wiederholt das verhängnißvolle אוּשׁ, usch, für אִישׁ, isch, Mann, und steigert durch seine falsche Betonung den Verdacht zur Gewißheit.

Die Römer theilten die Nacht, wie wir wissen, in vier Vigilien,

1) Mk. XIV, 71. 72. Mth. XXVI, 74. Lk. XXII, 60. Joh. XVIII, 26. 27. Die deutsche Bibel liest: zu fluchen! Davon ist doch wohl keine Rede. Wohl schwört Saul I. Sam. XIV, 44: „Gott thue mir dieß und das!“ Petrus aber bedient sich nur einer Ausrede, die einer Verläugnung gleich sieht.

eine Eintheilung, die bald auch in's bürgerliche Leben anderer Völker überging. Mit Censorin[2]) zu reden, bildet die Mitternacht den Anfang und das Ende des römischen Tages. Die Zeit, welche dieser zunächst kömmt, heißt um Mitternacht (de media nocte), darauf folgt das gallicinium, wann die Hähne zu krähen anfangen, dann das conticinium, wenn sie schweigen. Sodann folgt die Zeit ante lucem oder vor Tagesanbruch, und das diluculum, wenn es tagt, obgleich noch nicht die Sonne aufgegangen ist. Das zweite diluculum heißt mane, Morgen, wenn man das Sonnenlicht sieht. Daß der Herr Mark. XIII, 35 spricht: „Seyd wachsam, denn ihr wisset nicht, wann der Herr kömmt, des Abends oder um Mitternacht, beim Hahnschrei oder am Morgen," und Luk. XII, 38 die Nachtwachen aufzählt, ist ein bündiger Beweis von der Giltigkeit der römischen Nachteintheilung in Judäa. Markus referirt nach dem Munde des Petrus am genauesten die Voraussagung des Herrn XIV, 30: „Ehe der Hahn zweimal kräht, wirst du mich dreimal verläugnen." Er unterscheidet 64. 72 auch einen zweimaligen Hahnschrei. Die erste Verläugnung erfolgt im großen Hofe (*αὐλή*, impluvium), die andere *εἰς τὸ προαύλιον*, im Vestibulum oder Thorhause. Matthäus schreibt *εἰς τὸν πυλῶνα*. Da läßt der Hahn sich zum erstenmal hören. Bei der dritten Verläugnung wiederholt der Hahn seinen Morgenruf, und nun gedenkt Petrus der Worte des Meisters und geht in sich. Der Zeitverlauf ist vom gallicinium bis conticinium;[3]) beide fielen nach Plinius X, 24 in die vierte Nachtwache. Lukas XXII, 59 gibt die Frist auf eine Stunde an, also von drei bis vier Uhr.

Die Juden bezogen die vier Nachtwachen: Abenddämmerung, Mitternacht, Hahnschrei und Morgen sinnvoll auf die vier Weltreiche der alten Bundeszeit — bis mit der Ankunft des Messias, der Sonne der Gerechtigkeit, die Morgenröthe der neuen Zeit anbrach. Mitternacht war ihnen

2) De die natali 24. Macrob. Sat. I, 3. Primum tempus diei dicitur mediae noctis inclinatio, deinde gallicinium, inde conticinium, cum et galli conticescunt, et homines etiam tum quiescunt, deinde diluculum. Mth. XIV, 25. Bd. V, 15.

3) Des zweiten Hahnrufs gedenkt noch Aristoph. eccles. 390. *Οὐδ' εἰ μὰ Δία τότ' ἦλθες, ὅτε τὸ δεύτερον ἀλεκτρυὼν ἐφθέγγετ'.* Apul. metam. VIII, 1 bezeichnet damit die Zeit vor Tagesanbruch. Friedlieb Archäol. d. Leidensgesch. 79 f.

die Stunde der Thränen: da hatten die Babylonier Jerusalem zerstört, und das Volk, weil es seinen Gott verläugnet, in die Gefangenschaft geführt, wie es um dieselbe Nachtwache jetzt an seinem Erlöser sich verging. Überhaupt knüpfen die Rabbinen auch nach dem zweiten Untergange der heiligen Stadt seltsame Betrachtungen an diese Stunden der Nacht. „In der ersten Nachtwache,“ heißt es im Sohar, [4]) „erschwingen sich die im Schlafe losgebundenen Seelen zu den höheren Räumen. In der zweiten singen die Geister in den Himmelshöhen, insbesondere den CXXXVII. Psalm: „An den Strömen Babylons da saßen wir und weinten.“ Dann erwacht der Hochgebenedeite, und stampft auf die Firmamente, daß sich zwölftausend Welten bewegen, und Er brüllt und weint, wie geschrieben steht Jerem. XXV, 30. Denn Er gedenkt an Israel, und Er läßt zwei Thränen in den großen Ozean herabfallen: alsdann wacht eine Flamme auf in der Nordregion, und stößt den Wind vor sich her, und wandelt und schweift in der Welt, und in dieser Stunde wird die Nacht getheilt. Und die Flamme geht aus, und schlägt an die Flügel des Hahnes, und dieser kräht; und der Hochgebenedeite hat keine Ruhe, bis daß er in das Paradies geht und sich erlustiget an den Seelen der Gerechten. In der dritten Nachtwache fahren sie fort, Gott zu preisen, und ihr Loblied wird von den Sternen fortgesetzt; endlich steigt die Sonne herauf, und lobet Gott, und die Israeliten vereinigen sich mit ihrem Lobe.“

Die Nacht, die keines Menschen Freund, ist der Zeitraum für die Wirksamkeit des Herrn der Finsterniß. In der Nacht verspricht der Böse denen, mit welchen er nach zahlreichen Sagen den Pakt fertig gebracht, sein Werk zu vollführen, geht aber der Wette, den Preis der menschlichen Seele verlustig, wenn der Hahn zuvor kräht. So läugnet auch Petrus im Grauen der Nacht sich von seinem Meister weg, und geräth in Versuchung, seine Seele dem Bösen zuzuschwören:

---

4) II. p. 312. III. p. 37. ed. Sulzb. Diese Stelle zeugt zugleich vom ursprünglichen Zusammenhange der Kabbala mit dem Parsismus oder chaldäischen Magierthum; denn auffallend finden wir auch im Zendavesta (Farg. XVIII) „den Vogel Peroderesch, den die Menschen uneigentlich Kehrkas nennen,“ von Ormuzd zum Wächter der Nachtzeiten bestellt, damit er den Menschen fortwährend das Thun und Verlangen Gottes in's Gewissen rufe, daß sie sich von keiner Versuchung überfallen lassen, sondern die Reinigkeit in Gedanken, Worten und Werken bewahren.

da kräht noch früh genug der Hahn, die Mahnung schlägt an sein Ohr, das Blendwerk schwindet, und die Gnade blickt ihn erbarmungsvoll an. Wie der Löwe in der Finsterniß geht der Satan umher, suchend, wen er verschlinge, aber der Löwe kann das Krähen des Hahnes nicht ertragen, ergreift vor ihm die Flucht und so entrinnt ihm die aufgeschreckte Beute. Schön lautet ein persisches Sprichwort (Rhode 307): „Der Hahn weckt durch seine starke Stimme bei Tag und Nacht den Menschen zum Gebete." Den Persern ist der irdische Hahn Kehrkas nur der Stellvertreter des himmlischen Hufraschmodad. Im Vendidad Fargard 18 heißt er Perodereſch, der um den Gah Oschen (in der Morgenfrühe) durch seine starke Stimme die Menschen zum Gebete weckt. Und Jescht Aban c. 13 (Zendavesta B. II, p. 200) steht geschrieben: „Der Vogel in Kehrkas Gestalt hält dreimal bei Tag und dreimal bei Nacht über die schutzlosen Wohnungen des Schlafes Wache, damit nicht grausame Gewalt sich ihrer bemächtige. Um das letzte Drittel der Nacht, den Gah Oschen, die Zeit dieser Furcht, ruft dieser Vogel dreimal mit hoher starker Stimme um Schutz der Quelle Arduisur." Die Ägypter wollten wissen, in sieben Intervallen begrüße der Hahn durch seinen Ruf die Tagessonne. Apulejus aber unterscheidet: die Schwalbe singe des Morgens, die Cikade Mittags, die Eule Abends, die Nachtvögel in der Nacht, der Hahn aber vor Sonnenaufgang. Die Araber erzählen von einem weißen Hahne von ungewöhnlicher Größe am Throne Gottes, dessen Stimme allen Hähnen der Erde zum Signale diene. Deßhalb halten sie den Hahnenruf für Gottes Stimme. In der Edda weckt der goldkammige Hahn Giöllner (d. h. der gellende, gallus) die siegreichen Helden am jüngsten Tage. Als Verkünder des Lichtes und Symbol der Wachsamkeit figurirt der Hahn auf den Kirchthürmen. Der Vorbote des dämmernden Morgens erscheint auch als Bote des Heiles, als der Prediger der guten Botschaft, darum heißt es von ihm: Gallus in templis instar habet praeconium ecclesiae.

XXXVII. Kapitel.

Petrus' Fehltritt und Reue.

In dem Augenblicke wurde die Aufmerksamkeit der Männer nach einer anderen Seite hingelenkt, zum Glück für den Apostelfürsten, welcher eben auf dem Punkte stand, festgenommen zu werden, nachdem er lange genug ungekannt unter Bangniß und Sorgen dem rohen

Soldatenwitze zugehört hatte. Das Verhör war jetzt zu Ende, und man brachte den Gefangenen herab. „Da wandte sich der Herr, und blickte Petrus an. Jetzt erinnerte sich Petrus an das Wort, das der Herr zu ihm sprach: Ehe der Hahn zweimal kräht, wirst du mich dreimal verläugnen. Und Petrus ging hinaus, verhüllte sein Haupt und weinte bitterlich." (Mark. XIV, 72. Matth. XXVI, 75. Luk. XXII, 61. 62.)

So mußte durch eine unbedachte Ausrede der fallen, und in böser Stunde zaghaft seinen Meister abschwören oder den Namen Gottes eitel nennen, der eben noch muthbeherzt für Ihn Freiheit und Leben gewagt, und ganz allein das Schwert gegen die Angreifer zu ziehen entschlossen war. Er dachte wirklich nicht daran, seinen Herrn zu verläugnen, und hätte in demselben Augenblicke wieder betheuert, er werde es niemals thun. Er konnte doch der lästigen Magd nicht Rede stehen, und mußte ihre Neugier schnell abzufertigen suchen, weil sie ihm sonst den Zutritt in die Nähe seines geliebten Meisters versperren wollte. War etwa das rohe Gesinde am Feuer befugt, ihn zu inquiriren? und so läugnete er unwillig, um von ihnen loszukommen, und ungehindert seinem Heilande zum Beistande in der Nähe zu bleiben. Er hatte bei jener Betheuerung gegen Jesus an ein feierliches Verhör gedacht, und dann hätte er sein Wort sicher nicht umgestanden: da aber die Versuchung ihn leise und unmerklich beschlich, fiel er um so eher. So leicht ist es, den inneren Richter zu überhören! Sein Mund redet Unwahres, aber seine Meinung blieb davon ferne; denn seine Gedanken waren nur auf Jesum gerichtet. Es führt ihn die leise Nothlüge unbeachtet bis zur Betheuerung und zum Schwur fort, zur mahnenden Warnung, daß wer das kleinste Gesetz übertritt, sich des größten schuldig machen könne!

Petrus' Fehler ist ein doppelter, weil er sich zuvor so selbstvertrauend gerühmt und hoch und theuer verschworen, nie und nimmer werde er den Herrn verläugnen, und nun durch eine einfache Magd zum Falle kam. Besorgte er, als Zeuge vorgerufen zu werden? Auch dieser Zug in der Centralgeschichte oder im Leben des Herrn ist von tiefer Bedeutung, oder wo finden sich jene, welche ein öffentliches Zeugniß für die Wahrheit abzulegen den Muth haben, wenn sie damit Gefahr laufen. So wie man sich in entscheidender Stunde auf Zeugen verlassen will, ziehen die Freunde sich befremdet zurück und verlaufen sich, ja die beßten stehen ferne und schauen mit Schmerz zu. Wie mancher rühmt sich, der noch keinen Sturm bestanden, seines Muthes auf dem Meere oder seiner Tapferkeit, wenn es zur Schlacht käme! Wer die Versuchung nicht kennt, hält sich für unüberwindlich: aber in der Noth wird das Herz ihnen klein. Jene sind nie die Standhaftesten, welche viel von sich reden und aus sich machen.

Es ist bedeutsam, daß bei Hofe der Verrath vor sich geht. Wie dem Petrus, so ergeht es im Laufe der Geschichte manchem Priester, der bei Hofe sich wärmt. Die Paläste der Fürsten machen die Liebe erkalten, erzeugen Weltfurcht und mindern die Gottesfurcht; kräht aber der Hahn, so überhört man seinen Ruf oder der Wecker des Gewissens wird als Störefried abgethan. Das Evangelium bietet hier seinen Verkündern die große Lehre, sich nicht bei Hofe zu viel zu wärmen, auf die Gefahr, die Finger zu verbrennen. Es ist dasselbe, was Ignatius den Jüngern der Gesellschaft Jesu einschärfte, nicht den Beichtstuhl an den Hof zu tragen, sondern die Höflinge an sich kommen zu lassen, und ja nicht durch ihre Anwesenheit den Schein vor dem Volke zu erwecken, als ob sie mit in das Fluchen und Schelten der Dienerschaft einstimmen und den leidenden Heiland gebunden vor Gericht führen sehen wollten. Erst als Petrus den Hof verläßt, geht er vollends in sich und wendet sich vom Versucher ab wieder dem Heilande zu. „Siehe da! die festeste Säule wankt bei einem Windstoße," ruft Augustinus in Joh. XVIII aus. Petrus selbst erfährt die Wahrheit des Psalmes: „Das menschliche Herz ist ein hoffährtiges und verzagtes Ding." Er ist, umgeben von den Kriegsknechten, das Vorbild jener schwachen Christen, die in der Zeit der Kirchenverfolgung von der Gemeinschaft Christi sich ausschließen, und hat zu Nachfolgern all jene Bischöfe, welche aus Nachgiebigkeit und Schwäche ihre Stellung verläugnen und sich zurückziehen.

Doch der Apostel richtet sich in bitterem Reueschmerze von seinem Falle auch wieder auf. Mit Selbstvertrauen hatte er begonnen, seinem Meister nachzuwandeln, wie dort auf dem Meere von Genesaret: da beschlich ihn mit einmal Kleinmuth und Verzagtheit; und er begann zu sinken, und war verloren, wenn ihn die Gnade nicht noch angeblickt und gehalten hätte. So war die bessere Natur selbst in dem Muthigsten zu Schanden geworden; die Edelsten, aus der Mitte des Geschlechtes vom Heilande selber erwählt, waren zum Falle gekommen, in tiefster Beschämung erröthet die menschliche Natur ob ihrer Schwäche. Nun stürzt er trostlos hinaus, verhüllt sich in sein Gewand und zerfließt in Thränen. So lesen wir von Davids Schmerz, als er Jerusalem verließ, und bei der Nachricht von Absaloms Tod, was den Ausdruck des Evangelisten [1]) erläutert. Maimonides hilc. Ebel c. 5, 19 schreibt: „Das Linnen, womit der Trauernde sein Haupt bedeckt, schlägt derselbe auch ein wenig über seinen Mund, wie Levit. XIII, 45 gesagt ist, er soll eine Decke über seine Oberlippe legen — wozu Onkelos beifügt: wie ein Trauernder, der sich selbst überdeckt.“ Ebenso steht Targum Esther VI, 12 von Haman: Er ging nach Hause, trauerte um seine Tochter, und warf als ein Trauernder eine Decke über sein Haupt. (Vgl. VII, 8 Targ. Mich. III, 11.) — Er verbirgt sein Haupt in den Falten seines Kleides, als ob die Nacht seine Scham nicht genug verbergen konnte. In dem, der zu sündigen nicht gewohnt ist, erweckt selbst das leiseste Vergehen einen grenzenlosen Schmerz.

Rubens malt die Vorbilder der Reue: David, Petrus, Magdalena und den Schächer knieend vor dem Welterlöser. Nach alter Überlieferung drückte sich der Reueschmerz über die Verläugnung so tief in des Apostels Seele, daß er sein ganzes übriges Leben, so oft er den Hahnenruf hörte, auf die Kniee sank und weinend für seine Schuld dem Himmel Abbitte leistete.

XXXVIII. Kapitel.

Erste Verspottung. Jesus der Knecht Gottes.

Nachdem das Verhör und die Zeugenvernehmung über eine Stunde gedauert, ging das Synedrium um die Zeit, als der Tempelpräfekt zum letztenmal die Runde auf Moria machte und das Wächterhorn auf Sion erscholl, [1]) auseinander, um noch die letzten Stunden der Nacht zu schlafen und nach Tagesanbruch in voller Sitzung sich wieder

---

1) Ἐπιβαλών sc. τὴν ἐσθῆτα, ἔκλαιε, wie Casaubon will. Andere ergänzen τοὺς ὀφθαλμούς, er warf die Augen auf (Christus). Vgl. II. Sam. XV, 30. XIX, 4. Jerem. XIV, 3. 4. Ez. XII, 6. Oder nach Beispielen bei Wetstein ἐπιβαλών sc. τὸν νοῦν, „er vertiefte sich in seinen Schmerz“. Ἐπιβάλλω bezeichnet nach Eusthatius auch überlegen, nehmlich in Gedanken, also hier in Zerknirschung und Reue. Minder ansprechend ist ἐπιβαλών sc. ἑαυτόν oder τοὺς πόδας, sich hinausbegeben, fortmachen, se projicere foras. (Vgl. II. Makk. XII, 9. XIII, 19. XV, 1.)

1) Bd. V, 637. Außerdem finden wir bereits im Hohenliede (III, 3. V, 7 f.; vgl. Ps. CXXV, 1) städtischer Nachtwächter erwähnt, welche die Runde durch die Straßen machten.

zu versammeln. In der Zwischenzeit wurde der Menschensohn den jüdischen Kriegsknechten zur Bewachung übergeben. Diese ließen ihren Muthwillen und Hohn an Ihm aus, wie der Pöbel immer thut, wenn er einen großen Mann in seine Hand und Willkühr gegeben sieht: durch glänzende Tugenden zur Wuth gebracht, weil sie ihm zum Vorwurfe gereichen. Darum fährt der heilige Bericht fort:

„Die Menschen aber, die Jesum festhielten, fingen nun an, Ihn zu verspotten, dann spieen sie Ihm in's Angesicht und schlugen Ihn; nun verhüllten sie sein Antlitz, und gaben Ihm Faustschläge um die Ohren, die anderen Backenstreiche oder Ruthenhiebe, und lallten dazu: Prophezeie uns, Christe! wer ist's, der dich geschlagen hat? Auch die Bedienten versetzten Ihm Stöße und Stockstreiche. Und noch viele andere Lästerungen stießen sie wider Ihn aus" [2]) — Lästerworte, so schmachvoll, daß der Evangelist sie nicht auszuschreiben sich getraut.

Der Verurtheilte ist kaum in's Freie geführt, als Er dem herzlosen Spotte der Dienerschaft und den Mißhandlungen der Kriegsleute sich preisgegeben sieht, die wegen seiner Gefangensetzung auch um ihre Nachtruhe gekommen. Und nun hagelt es Faustschläge und Backenstreiche; aber wie der Heiland früher gelehrt, so stånd Er jetzt persönlich bereit, die andere Wange noch darzubieten. Selbst die äußerste Rohheit, von gemeinen Menschen in Bart und Gesicht gespuckt zu werden, erträgt Er mit einer Geduld, wie dieß von den Stoikern Diogenes und Cato gerühmt wird. [3])

Ein Schlag oder Stoß war bei den Juden sonst mit einem Säckel oder Reichsthaler verpönt; ein Backenstreich aber mit 200, und geschah es mittels umgekehrter Hand, mit 400 Zuzim oder Denaren, d. i. 50 bis 100 Reichsthalern gebüßt. Auf das Zerren bei den Ohren, Ausraufen der Haare, Herabreißen des Gewandes u. s. w. war eine ebenso große, ja nach Verhältniß der Würde der beleidigten Person

---

2) Mk. XIV, 65. Mth. XXVI, 67. 68. Lk. XXII, 61. 63—65. *Ῥάπισμα* konnte nach der Analogie von *ῥαβδός* auch einen Stockschlag bedeuten, indeß bezeichnet *ῥαπίζω* auch Mth. V, 39 einem einen Backenstreich geben.

3) Sophokles Antig. 1246. *πτύσας προσώπῳ*. Seneka de ira III, 38. Diogeni philosopho Stoico de ira cum maxime disserenti adolescens protervus inspuit. — Catoni cum causam agenti in frontem mediam quantum poterat attracta pingui saliva inspuisset Lentulus.

eine noch größere Buße gesetzt.[4]) „Wer vor seinem Meister ausspeit," heißt es B. Erubin f. 99, 1, „ist des Todes schuldig." Nun aber erfüllte sich Is. L, 6 f.: „Ich gab meinen Leib hin denen, die mich schlugen, meine Wange denen, die mich zerrauften, und wandte mein Antlitz nicht ab von jenen, die mich anflätschten und anspuckten. Theophylakt äußert: Der Herr der Propheten wird hier wie ein Betrüger beschimpft. In der That behandeln sie Ihn wie ein Kind (ἐνέπαιζον), oder verhöhnen Ihn, wie II. Kön. II, 23 die Kinder zu Bethel den Elisa. Sie spotten seiner Vorsehung, indem sie sein alldurchschauendes Auge verbinden, das Herz und Nieren prüft. Sie spielen mit Ihm blinde Kuh, oder vielmehr das Stockschlagen (collabismus) und rufen dann: Wer ist es, der dich geschlagen hat? Der Janhagel rauft Ihm zur größern Unehre sogar das Barthaar aus und spricht: Verzeih, ich habe es nicht gerne gethan! So lassen die Philister an dem wider die Säule gebundenen Simson, der alle Kraft eingebüßt zu haben schien, ihr Gespötte aus, und treiben mit ihm Scherzspiel und Zeitvertreib. Der gefesselte Löwe muß von jedem Esel sich einen Fußtritt gefallen lassen.

Auch die Griechen und Römer kannten diese Art Beschimpfung; so spie ein Jüngling den Stoiker Diogenes, Lentulus den Cato an. (Seneka de ira III, 38.) Ein gleiches erlitt Aristides der Gerechte, der aber die Schmach dem Beleidiger zuschob. (Seneka consolat. ad Helviam c. 13.) Eine ähnliche Verspottung widerfuhr nach Dio (LVIII, p. 628) bald selbst dem Lieblinge des Kaisers Tiberius, Sejanus, als er von der Curie nach dem Gefängnisse gebracht wurde, indem er von seinen Wächtern mit dem Stocke um das Haupt bedient wurde. Die Demüthigung, welche der König der Könige unschuldig duldet, bleibt mitunter auch den Mächtigen der Erde nicht erspart. Ein Beispiel bildet der unglückliche Kaiser Andronikus, welcher 1185 von der Höhe des Thrones und dem Gipfel der Herrlichkeit durch Aufruhr plötzlich in den Abgrund des Jammers gestürzt wird. Ergriffen und an Händen und Füßen gebunden wird er mit zwei

4) Bava Kama c. 8, 6. Si quis pugnum impingat proximo, ei siclum solvit. R. Jehuda nomine R. Josis Galilaei statuit minam. Si ei alapam impegit, ducentas drachmas ipsi pendit; si id fecerit inversa manu sua, quadringentas. Si ejus aures fulsit, evulsit ejus capillos, exsecrans eum conspuit, pallium ei detraxit, denudavit mulieris caput palam, quadringentas drachmas rependit — omnia pro ipsius dignitate.

schweren Eisenketten um den Hals im schmählichsten Zustande vor den Rebellen Isaak Angelus geführt, der ihn mit empörendem Stolze behandelt, mit Schmähungen überhäuft und sodann den Soldaten und dem grimmigen Pöbel preisgibt. Und nun beginnt erst das gräßlichste Schauspiel; denn die Unverschämten fallen von allen Seiten über ihn her, schimpfen und speien ihn in's Angesicht, stoßen ihn in die Rippen, raufen ihn bei den Haaren, schlagen ihm die Zähne aus, reißen ihm die Kleider vom Leibe, und schleppen ihn, unter tausend anderen Mißhandlungen, durch die Straßen; zuletzt hauen sie ihm die rechte Hand ab und werfen ihn dann in einen finstern Kerker, wo sie ihn ohne Speise oder Erquickung hilflos seinem Elende überlassen. Doch ist dieß nicht das Ende seiner Qualen. Am nächsten Tage ziehen sie ihn aus dem Kerker hervor, blenden ihn an einem Auge, scheeren ihm das Haupthaar ab, setzen ihm eine schimpfliche, von Zwiebeln geflochtene Krone auf, werfen ihm einen zerrissenen Mantel um die Schultern, setzen ihn, mit dem Antlitz rückwärts gewendet, auf ein abgemagertes, aussätziges Kameel, geben ihm einen lächerlichen Szepter in die linke Hand, die ihm allein noch übrigt, und führen ihn in diesem schmählichen Triumphzuge langsam auf den Hauptplatz, während aus den Straßen und Fenstern, wo er vorüberzieht, Erde, Staub, Kehricht und Töpfe voll siedenden Wassers auf ihn geworfen werden. Als sie endlich auf dem Forum anlangen, nehmen sie ihn vom Kameel, binden ihn, den Kopf abwärts, mit den Füßen auf zwei Säulen, und Jeder aus dem Pöbel, dem es beliebt, übt an ihm seinen teuflischen Muthwillen, bis zuletzt zwei Soldaten, scherzweise, und um zu erproben, wessen Schwert schärfer wäre, ihre Schwerter ihm zu gleicher Zeit durch den Rücken bohren. Bei allen diesen empörenden und gräßlichen Mißhandlungen wird dennoch an dem Unglücklichen keine Spur von Grimm oder Verzweiflung beobachtet, man hört ihn weder wehklagen noch gegen die ruchlosen Peiniger ein Wort des Zornes aussprechen; das Einzige, was man aus seinem Munde vernahm, waren die Worte des Psalmes: „Erbarme dich meiner, o Gott, erbarme dich meiner!“ und zuweilen auch die an das Volk gewendete Rede: „Warum wollt ihr den geknickten Halm zerbrechen?“

Die Szene der Verspottung Christi wiederholt sich im Laufe der Jahrhunderte, wo die Feinde Jesu die historische Wahrheit verunstalten, damit das Licht der Welt verdüstert erscheine, und an den Vertheidigern der Gottesidee und des guten Rechtes ihren Muthwillen auslassen. Im Hinblick auf den Erlöser mag jeder Dulder Trost im Leiden schöpfen. Die Schmach dieser Hudelung fällt mit der Verantwortung auf die Urheber der Ruchlosigkeit zurück. Doch hier ist dieß die Stimmung der Richter selbst, und wie der Scherge vor dem Hohenrathe gegen Christus verfuhr, so wüthen alle ohne Scheu gegen den Heiligen. Es ist der jüdische Fanatismus, der sich Bahn bricht, ja räthselhafter Weise sind es gerade die Religiosen, die Christum zum Tode bringen, die ausschließlichen Anhänger Mosis und des Jehovadienstes, welche den Gottessohn als einen Gottlosen verurtheilen. Auf solche Abwege kann der vermeintliche Eifer für die Ehre des Höchsten führen.

XXXIX. Kapitel.

Unser Herr im Kerker.

So dauert die Mißhandlung der einzig wirklichen, nehmlich göttlichen Majestät fort, vielleicht noch, nachdem sie Jesum bis zum hellen Morgen in's Armensünderloch geworfen. Sobald sie nehmlich ihren ärgsten Muthwillen an Ihm gekühlt, stoßen sie den mißhandelten Heiland in den Kerker. Wohl hätten die Hohenpriester Ihn noch gerne in der Nacht vor Pilatus gebracht, und zur Hinrichtung befördert: aber nach römischen Gesetzen war vor Anbruch des Morgens kein Richterspruch rechtskräftig;[1]) so kamen sie dann mit dem früheſten. Hier gilt vollkommen, was Seneka in der Trostschrift an seine Mutter Helvia 13 schreibt: „Sokrates sey mit derselben Miene, womit er einst allein die dreißig Tyrannen zur Ordnung gerufen, in den Kerker getreten, als ob er dem Orte selbst das Verunehrende nehmen wollte, denn man konnte es nicht mehr als ein Gefängniß betrachten, wenn Sokrates darin war."

Christus lag in der Haft an Händen und Füßen angekettet und außerdem noch bewacht, wie nicht zu zweifeln ist; hatten die Hohenpriester doch schon bei der Gefangennehmung alle denkbare Vorsicht gebraucht und neben ihren eigenen Leuten noch eine römische Cohorte aufgeboten. Sie warfen Ihn wahrscheinlich in ein unterirdisches Gewölbe im Stockhaus, wie wir lesen, daß Jeremias und vor ihm (II. Chron. XVI, 10) der Seher Hanani eingesteckt wurden. Jere-

1) Macrob. Saturn. I, 3. Magistratus post mediam noctem auspicantur, et post exortum solem agunt. Gellius noct. Att. XIV, 7. Senatus consulta ante exortum solem aut post solis occasum facta, rata non esse.

mias macht uns [2]) mit einem dreifachen Gefängnisse in Jerusalem bekannt. Zuvörderst lernt er das atrium, dann das ergastulum kennen, und wird zuletzt „an Stricken in den lacus oder die Kothlache hinabgelassen, worin kein Wasser war, sondern nur Schlamm".

Die Staatskerker im ganzen römischen Reiche waren ziemlich nach demselben Plane angelegt. Eine Halle mit Zellen, unmittelbar an das Richthaus stoßend, bildete das Vestibulum oder äußere Gefängniß; es empfing Licht und Luft aus dem Vorplatze, wohin auch die Thüre sich öffnete. Von da führte ein Gang zum inneren Kerkerloch, robur oder lignum genannt von den hölzernen Balken, worin man die Eingekerkerten in den Stock legte. Dieser Raum war ohne Fenster und die versperrte Thüre schloß den Tag und die Lebensluft aus. In eine Keuche dieser Art wurde Paulus mit Silas zu Philippi gebracht, indem es Apstg. XVI, 22 heißt: „Der Kerkermeister warf sie, um sie dem Befehle gemäß sicher zu verwahren, in's innerste Gefängniß und legte ihre Füße in den Stock." In einer Sträflingsstube ersterer Art hatte derselbe Apostel im herodianischen Prätorium zu Cäsarea (XXIII, 35) gelegen. Ebenso lautet in den Akten der scillitanischen Martyrer das Urtheil des Prokonsuls: „Sie sollen in das Gefängniß geworfen, und in das lignum geschlossen werden bis morgen." Hiezu kam drittens noch das Barathrum oder Tullianum, die Kloake, wo der Sträfling vor Finsterniß und Gestank fast umkommen mochte. Die Martyrakten geben davon Auskunft.

Nach römischem Herkommen erhielten Verbrecher am Abende vor ihrer Hinrichtung den sog. freien Tisch, d. h. eine bessere Mahlzeit, und ihre Freunde wurden zum Besuche zugelassen. Diese Wohlthat kam Christo nicht zu statten, Er bekam den ganzen letzten Tag bis an den Fuß des Kreuzes nichts mehr zu essen noch zu trinken. Sie werfen den Heiland in's Gefängniß, in oder außerhalb des hohenpriesterlichen Palastes — wir wissen es nicht, und halten Ihn wohl hinter Eisenthüren und in Ketten gelegt (vgl. Acta III, 3. V, 18 f.), schon aus Besorgniß, Er könnte von seinen Anhängern befreit werden. Hier hat Er keine Freunde um sich, sondern sieht sich von aller Welt verlassen; kein Tröster steht Ihm bei, wie man sie sonst selbst einem Verbrecher gönnt. Es war so kalt, daß Petrus es im Vorhofe nicht aushielt, ohne sich wiederholt an's Feuer zu stellen, ob-

2) XX, 2. XXXII, 2. XXXVII, 15. 16. XXXVIII, 6. Newman, Kallista K. 32.

wohl er dort Gefahr lief, erkannt und mit in Untersuchung genommen zu werden. Fieberschauer durchrieseln sein Gebein in der grimmigen Nacht, ja im Mittelalter nahm man an, daß der Heiland vor Kälte zitternd und innerlich durchfröstelt wirklich sterbenskrank geworden sey.[3])

Das Gefängniß Christi, arab. Habes el Messieh, ist auf dem Sion in der Salvatorkirche oder dem Hause des Kaiphas eigens als Kapelle lokalisirt. Die Griechen nennen sie ἡ φυλακὴ τοῦ Χριστοῦ. Auch im Hause des Annas und am Fuße des Golgatha weist man einen solchen Kerker, und so haben sich die Kapellen unter dem Titel: „Unser Herr im Kerker" durch die ganze Christenheit verbreitet.

XL. Kapitel.

Christus vor dem großen Rathe.

„Gleich frühen Morgens, als es nun Tag ward, versammelten sich die Hohenpriester mit den Schriftgelehrten und Ältesten des Volkes vom ganzen Synedrium, und hielten Rath über Jesus, wie sie seine Hinrichtung bewerkstelligen möchten."

Die Sitzungen des hohen Synedriums begannen frühestens nach dem täglichen Morgenopfer, welches nach Joma c. 3, 2 um die Zeit der Morgenröthe geschlachtet, und eine Stunde später (Pesach. c. 5, 1) dargebracht wurde, so daß zwischen sieben und acht Uhr nach unserer Zeit die Rathsversammlung beginnen mußte, wenigstens wenn die Sache dringend war. Während aber, wie Maimonides Sanh. c. 3, 1 angibt, „das hohe Sanhedrin vom Morgen- bis zum Abendopfer saß", und bei Fällung eines Todesurtheils den Tag über nüchtern bleiben mußte, war es zur Verurtheilung des Herrn schon gleich nach Tagesanbruch in Bewegung, um auf dem Wege eines möglichst

3) Unter andern lautet ein alter Fiebersegen:

Als unser Herr Jesus in sein bitter Leiden und Sterben trat,
Da zittert Er, als Er gesprochen hat;
Da sprachen die bösen Juden aus Hohn und Spott:
Schau zu, wie zittert der Sohn Gottes,
Als hätt' Er den Ritten.
Da sprach unser Herr: Den Ritten ich nicht hab,
Den wird auch niemand haben,
Wer mir mein Kreuz hilft tragen und klagen,
Den will ich vom Ritten absagen.

abgekürzten oder summarischen Verfahrens desto rascher mit dem Nazarener zum Ziele zu kommen. Nehmen wir die beiden ersten Synoptiker beim Worte, so war schon in der Sitzung nach Mitternacht nicht bloß der kleine Rath der Dreiundzwanzig oder die Mitgliederschaft der Hohenpriester, sondern alle drei Stände im Palaste des Kaiphas versammelt gewesen, so viel jedenfalls, als sonst zur Majorität erforderlich waren. Um aber formale Giltigkeit zu erlangen, mußte, da eine nächtliche „Tagsatzung" ungesetzlich war,[1]) der vorgefaßte Beschluß erneuert und so schleunig als möglich darüber abgestimmt werden. So tritt denn der große Rath der Einundsiebzig nunmehr in seiner Vollzahl zusammen, um das Werk der Nacht mit seinem Beifall zu krönen und zu vollenden.

„Nun führten sie Jesum vor ihre Versammlung und sprachen: Wenn du Christus bist, so sag' es uns! Er aber sprach: Wenn Ich euch sage, so glaubt ihr mir nicht; und wenn Ich euch frage, so könnt ihr mir nicht antworten, noch werdet ihr mich loslassen. Von nun an wird der Menschensohn zur Rechten der Kraft Gottes sitzen. Da sprachen alle: Du bist also der Sohn Gottes? Er antwortete: Ja, wie ihr's saget! Ich bin es. Darauf schrien sie zusammen: Was brauchen wir noch Zeugnisse? da haben wir's ja selbst aus seinem Munde gehört!" (Lk. XXII, 66—71.)

Wie? Sollten die Rabbinen diesem Vernehmen nach wirklich schon so ausgebildete Begriffe vom Sohne Gottes gehabt haben, gleich dem, was wir darunter verstehen? Ganz und gar nicht. „Sohn Gottes, Menschensohn" war nur einer von den vielen Beinamen, die sie dem Messias gaben, den sie sonst auch Jehova, den Logos oder das Wort Gottes, das Licht und den Ersten und Eingebornen, oder die Rechte des Herrn nannten, u. s. w.[2]) Das Beth din hagadol oder der große Gerichtshof, dem einst die Wahl der Könige zugestanden, erhebt hier wider den Erben Davids, den König Himmels und der Erde seine Anklage als gegen einen Aufrührer. Wegen der dem Synedrium noch immer eingeräumten richterlichen Macht nennt Josephus Ant. XX, 10; cf. XIV. 5, 4 die judäische Verfassung eine aristokratische.

Die drei Stände des Volkes, die Priester, Schriftgelehrten

1) B. Sanhed. f. 63, 1. Cum Synedrium quemquam morti adjudicavit, ne quicquam degustent isto die. Synopsis Sohar p. 56, n. 2. Sessiones judicii instituendae sunt mane, non autem postquam homo edit et bibit.

2) Schöttgen De nominibus Messiae.

und Ältesten, haben ihre Repräsentanten gesendet, und diese sind zuerst in die Handlung eingetreten. Die Priester hegten die Erwartung, wenn der Messias komme, werde Er den mosaischen Dienst nach ihrem Verstande zur Hauptsache machen, sie zu seinen Opferpriestern ernennen, und ihre Sektengegner unterdrücken. Dann wollten sie den Zehnten von der ganzen Erde erheben, und mit Ihm ausziehen, alle Tempel und Altäre des Heidenthums zerstören, und mit dem Zorneifer des Elias alle Götzenpfaffen erwürgen. Nun aber kündigte sich einer dafür an, der nicht nur öffentlich selbst den Samaritern vor ihnen den Vorzug einräumte, sie um ihr Ansehen brachte und entlarvte, auch ihre selbstgemachten Satzungen, die sie noch über das Gesetz Mosis erhoben, verwarf, und von vielem den Zehent abgeschafft wissen wollte: sondern sogar den Tempel selber abzubrechen erklärt hatte, und in einem fort den Sabbat entheiligte. Aus diesem einen Grunde schon war Er ein Sünder, daher hatten sie ihr Urtheil ohne weitere Untersuchung seiner Lehre schon zum voraus gefällt, und erklärten Ihn des Todes schuldig.

Ihnen traten die Schriftgelehrten bei. Diese, in den Buchstaben verstrickt, hofften, der Messias werde die Spitzfindigkeiten der Schule zu ihrem Vortheile entscheiden, ihre hochwichtigen doktrinären Zweifel über Plus oder Minus zwischen Hillelismus oder Schammaismus schlichten, und entweder die Sadducäer oder die Pharisäer zurechtweisen. Sie hofften, Er werde in der Weise wie Salomo auftreten, und alles, von der Ceder bis zum Hysop, auslegen. Dann wollten sie eine gelehrte Akademie um Ihn bilden, zum Spiel gelehrter Eitelkeit ihre correspondirenden Mitglieder über die ganze Erde ernennen, und wie die Königin von Saba mit Geschenken zu Salomo gekommen, ihm Räthsel vorzutragen, so sollten dann alle Könige vor dem Thron des noch größeren Salomo erscheinen, und alle Zweifel ihre Lösung finden. Nun aber zeigte sich einer, der von ganz obscuren Männern begleitet auftrat, die zum Theil nicht einmal schreiben konnten, und weder den Talmud, noch andere Wissenschaften verstanden. Die Lehre, die Er vortrug, war so einfach und schlicht, und so wenig spitzfindig und gelehrt gefaßt, daß sie wohl gut genug schien für das dumme Volk, unwerth aber für hohe Gebildete, wie noch jetzt der Zeitgeist spricht. So unterschrieben sie schnell das Todesurtheil.

Jetzt folgten die Ältesten Israels, die Stammhäupter der Geschlechter, oder der Adel im Hebräerlande, soweit er mit dem Richteramte bekleidet war. Auch sie hatten vom Messias gehört, und seine Erscheinung nach ihrer adeligen Weise gedeutet. Sie dachten sich einen politischen Heiland, der kommen und ihre Genealogien ordnen werde, wie wir (Jugendgesch. S. 112, not. 6) lesen. Alsdann wollten sie als seine Feldobersten sich an die Spitze des Volkes stellen, und den großen Rachekampf führen, in dem die Kräfte des Himmels ihnen zu Gebote stehen mußten. Dann wollten sie die Völker demüthigen, die Könige der Goim im Triumphe nach Jerusalem gefangen vor den König Messias führen, und zugleich mit Ihm von Sions Gipfel aus herrschen über das unterjochte Rom. Merkwürdiger Weise finden wir selbst bei Philo diese Ansicht vor: der Erretter werde an der Spitze der Frommen ausziehen, und mächtige und zahlreiche Nationen unter seine Botmäßigkeit bringen. Wie sie nun so rechneten, erschien einer in Armuth, der sich nicht einmal Zeit nahm, seinen eigenen Stammbaum zu führen, und auf seine königliche Abkunft aus Bethlehem sie aufmerksam zu machen; der selbst noch dem Kaiser den Zins bezahlen hieß, und im Triumphe seiner Herrlichkeit nicht auf einem stolzen arabischen Roß, sondern auf demüthigem Eselsrücken seinen Einzug hielt, und statt eines demantblitzenden Sattels mit goldstrotzender Decke nur die schlichten Kleider seiner Jünger darüber gebreitet hatte. Dieß mußte ihnen als der bitterste Hohn erscheinen, und so traten auch sie jenem Urtheile bei.

XLI. Kapitel.

Einsprache Josephs von Arimathäa.

„Aber, sieh! ein tapferer und rechtschaffener Rathsherr, Namens Joseph von Arimathäa, einer Stadt der Juden, der ebenfalls das Reich Gottes erwartete, hatte ihrem Anschlage und Verfahren nicht beigestimmt.“ (Lk. XXIII, 50. 51.)

Die Geschichte zählt jene Edlen den Heroen bei, welche, wenn ein Volk in seinen Vertretern bis zum Königsmorde sich hinreißen ließ, Muth genug besaßen, einer bis zum Wahnsinn empörten Versammlung gegenüber die Vertheidigung zu übernehmen, im Namen der göttlichen Gerechtigkeit wider einen ungesetzlichen Beschluß Einsprache zu thun und so viel an ihnen war, ihr Veto einzulegen. Ein solcher war der reiche und angesehene Rathsherr Joseph, der, wie es vom greisen Simeon Lk. II, 25. 38 heißt, ebenfalls den Trost Israels erwartete. Im Rathe der Ältesten unter so vielen Bescholtenen ein unbescholtener Mann, widersetzte er sich dem mörderischen Plane der

Mehrheit noch in der letzten Stunde, wie der Gesetzeslehrer Nikodemus den Herrn schon früher offen vertheidigt hatte. Johannes VII, 50. XIX, 38 und Matthäus XXVII, 57 nennen auch ihn einen Jünger Jesu, wenn auch einen geheimen aus Furcht vor den Juden; aber wie sein Genosse, der dieser Versammlung der Gottlosen nicht mehr anwohnte, war er jetzt entschlossen, freimüthig hervorzutreten und sich als Anhänger der Sache des Messias zu bekennen. Ein Gesetzeslehrer und einer der Ältesten schlägt sich im Hohenrathe auf Jesu Seite, nur aus dem Kreise der Hohenpriester erhebt sich keiner für Ihn!

Dieser Joseph, ein Mann von Reichthum und Ansehen, und deßhalb einer der Notabeln des Landes, war begütert und wohl auch gebürtig in Arimathäa, wovon er seinen Namen trägt. Die Stadt scheint gleichbedeutend mit Haramathaim, oder ohne hebr. Artikel Ramathaim, der Doppelhöhe, nehmlich der Geburts- und Grabstätte Samuels, dem heutigen Neby Samwil, zwei Stunden nördlich von Jerusalem. Wie aus Keria, „Stadt", sich Kerta und Kiriathaim bildet, so aus Rama: Ramatha und Ramathaim.[1]) Gleichwohl wird uns die Unterscheidung schwer, da viele Orte den Namensanklang bieten; denn selbst Hieronymus sucht Arimathia in der Nähe von Lydda, wo sich noch heute ein Remthieh findet. Obiges Ramathaim lag zwar auf dem Gebiete von Samaria, wurde aber I. Makk. XI, 28. 34 zu Judäa geschlagen, deßhalb heißt sie hier mit Nachdruck *πόλις τῶν Ἰουδαίων*.

Indeß wurde die Stimme des Einzelnen vom Geschrei der Menge übertäubt, die Jesum als Irrlehrer verdammten. Darauf deutet

1) I. Sam. I, 1. 19. VIII, 4. XV, 34. XVI, 13. XXVIII, 3. Hieron. Onom. Armatha Sophim . . . in regione Tamnitica juxta Diospolin, unde fuit Joseph, qui in Evangeliis ab Arimathia esse scribitur ep. 86 ad Eustoch. epitaph. Paulae p. 673 Lyddam versam in Diospolin . . . . haud procul ab ea Arimathiam, viculum Joseph, qui Dominum sepelivit, et Nobe urbem sacerdotum. Da sie von Antipatris kam, so würde hier ein *ὕστερον πρότερον* unterlaufen, wenn Remthieh anders Arimathia ist. Robinson II. Paläst. 183 f. sucht es darum zwischen Lydda und Noba. Hugo Grotius vergleicht damit Remeth, Jos. XIX, 21, eine südliche Grenzstadt von Issachar, heute Rameh, zwischen Dothain und Samaria. Auch Laodikea hieß phöniz. Ramitha, Ramatha. Betharam oder Beth Haramatha, die Königsburg des Herodes, unsern des Taufortes, welche der Vierfürst zum Range einer Stadt erhoben und in Livias umgetauft hatte, ist ein Arimathäa jenseits des Jordan, sowie er Remtheh in Basan zwischen Arbela und Adraa.

noch der Talmud mit der eigenthümlichen Formel zurück B. Sanhed. f. 103, 1. Berac. 17, 2 in Ps. XCI, 10: „Auf daß du keinen Sohn (oder Jünger) haben mögest, der öffentlich seine Speise (d. h. Lehre) verderbe, wie Jesus der Nazarener."

XLII. Kapitel.

Überlieferung Jesu an den römischen Landpfleger.

„Sie banden Jesum und führten Ihn fort und übergaben Ihn dem Landpfleger Pontius Pilatus." (Mk. XV, 1. Mth. XXVII, 2.)

Christus wird gebunden, sowie Er mit der Welt in Berührung kömmt; denn die Welt will einen gebundenen, keinen freien Christus. Der freie Erlöser befreit auch das Volk: Er vertreibt mit der Geißel alle Wucherer und Blutsauger, alle Egoisten und Simonisten aus der Kirche, die nur sich selber suchen; Er straft unerschrocken die Ehebrecher. Wer aber eine Rüge sich erlaubt, muß sich auf das Schicksal eines Jeremias, eines Täufers u. s. w. gefaßt machen. Auch die Gottlosen begehren einen Christus in Ketten, sie controliren all sein Thun und finden darin Aufregung, während die Gutgesinnten, wie immer, zaghaft stehen und alles mit sich geschehen lassen. Sie verurtheilen den Völkerlehrer als falschen Propheten zum Tode nach ihrem Gesetze. Aber: Apud Romanos jus valet gladii, caetera transmittuntur. Schon bei Archelaus' Entsetzung hatten die Juden das jus vitae et necis eingebüßt. (Bell. II. 8, 1. Ant. XVIII. 1, 1.)

Die Römer hatten, wie überall, sich den Blutbann zugeeignet, ihn übte der Prätor; und nach strengem Rechte blieb der Municipalität nur die Einfahung, Verhörung und Aufbewahrung der Verbrecher zuständig. Für die Eroberer, die derzeit der ganzen Welt Gesetze vorschrieben, hatte ein fremdes Erkenntniß oder schriftlich gefaßtes Urtheil keine Kraft, sondern der Präses der Provinz behielt sich die Appellation und das neue Verhör vor. [1]) Deßhalb mußte man jetzt in

---

1) L. VI. pr. §. 1 sq. de custodia et exhibitione reorum. Divus Hadrianus Julio Secundo ita rescripsit: et alias rescriptum est, non esse utique epistolis eorum credendum, qui quasi damnatos ad praesidem remiserint. Idem de irenarchis praescriptum est: quia non omnes ex fide bona elogia scribere compertum est .... ideo, qui cum elogio mittuntur, ex integro audiendi sunt, etsi per literas missi fuerint, vel etiam per irenarchas ducti.

Eile Ihn an die Gewalt der Römer ausliefern und schleunig seine Hinrichtung erwirken, um Ihn der Macht des Volkes zu entziehen, ehe ihr Vornehmen ruchbar geworden. Mit welcher Hast sie dabei zu Werke schritten, zeigt schon die ungewöhnliche Versammlung um die erste Tagesfrühe, während sonst jeder aufrichtige Pharisäer von der Morgenröthe angefangen bis zur dritten Stunde seine Phylakterien zu recitiren hatte. Wohl hätten sie Ihn jetzt gerne geißeln lassen mit den neununddreißig Streichen, nach der Macht, die noch bei ihnen stand: aber um sich das Spiel nicht zu verderben, durften sie dem Prätor nicht vorgreifen.

Hieronymus bemerkt in Mth. XXVII, 2: „Die Juden hatten die Sitte, daß, wenn sie jemand zum Tode verurtheilten, sie ihn gebunden dem Richter überantworteten." Der Landpfleger war bisher um so weniger veranlaßt gewesen, gegen den Nazarener feindselig aufzutreten, als die Römer den jüdischen Lehrangelegenheiten überhaupt fremd blieben, ihre Toleranz gegenüber allen Religionen wahrten, und hier ein Lehrer auftrat, der gerade die trotzigen höheren Klassen der Juden am wenigsten schonte. Mit hohnsprechender Unterwürfigkeit führen die sonst so übermüthigen, auf die selbständige Verwaltung ihrer religiösen Angelegenheiten so eifersüchtigen Juden jetzt den Heiland vor den Landpfleger, um ihn zum Werkzeuge ihrer Rache zu machen. Indem darüber, ob Jesu Lehre im Widerspruche mit dem Mosaismus stehe, kraft des Gesetzes dem Hohenrathe der Juden allein ein Urtheil zustand, übrigte nach ihrer Meinung dem Prätor bloß das Placet zu üben und nachzugeben. Abgeordnete des Hohenrathes schreiten als Ankläger dem Zuge des hohen Gefangenen voran zu Pilatus, um ihn von der Dringlichkeit des Falles und dem Ergebnisse der Morgensitzung des Hohenrathes zu benachrichtigen. Die Klage mußte zwar vor dem öffentlichen Gerichte vorgebracht und neuerdings untersucht seyn, jedoch schon aus Rücksicht auf Gegenseitigkeit, wie sie eine Behörde der andern schuldet, soll Christus geopfert werden, und doch hat in seiner Person das Judenvolk sich selber verurtheilt, wie selbst Pilatus ihnen zu fühlen gibt (Joh. XIX, 21.). Mit Recht erklärt Theophylakt in Marc. XV, 1: „Die Juden überlieferten unsern Heiland den Römern; um dieser Sünde willen sind sie selbst in die Hände der Römer übergeben worden."

Stephanus nennt Apstg. VII, 52 die Hohenpriester Verräther und Mörder Jesu, weil sie den Judas zum Verrathe durch Anerbieten von Geld angespornt, oder weil sie selber als Vorsteher der Juden

den Davidssohn an die Heiden verrathen hatten. Machten die drei vereinigten Collegien, wie im gegebenen Falle, sich schnell schlüssig, so konnte der Herr bereits vor acht Uhr Morgens dem Landpfleger vorgeführt werden, der an diesem Tage mehr als gewöhnlich durch die Beilegung von Ruhestörungen aller Art wegen der kaum zählbaren Volksmassen in Anspruch genommen war. Sie überreichten Pilatus offenbar die Anklageschrift und drangen laut auf seinen Tod, ihre Immunität in religiösen Dingen in Anspruch nehmend. Daß sie einen eigenen Ankläger als Wortführer voranstellten, ähnlich wie in der Folge gegen Paulus den römischen Sachwalter Tertullus (Apstg. XXIV, 1. 2), will aus dem Evangelium nicht erhellen.

Judäa hatte wegen der Ausnahmsstellung der Nation einen eigenen Prokurator oder Proprätor cum potestate, welcher indeß dem Präses in Antiochia untergeordnet war. Die römischen Prokonsuln pflegten der Gerichtspflege wegen von Zeit zu Zeit ihre Provinz zu bereisen. So sprach der römische Prätor jährlich einmal in Sardis öffentlich Recht, und Plutarch (Ob die Leiden der Seele rc. 4.) redet ausführlich von diesen jährlichen Prozeßversammlungen in Asien, wo alle Welt auf offenem Markte um den Richterstuhl sich zusammendränge. Seitdem Cäsarea am Mittelmeere zur Residenz erhoben war, schlug der jüdische Landpfleger regelmäßig im Jahre seinen Richterstuhl in der Davidsstadt auf. Auch Pilatus that dieß, indem er wenigstens auf die Festzeit jährlich im Gefolge seiner Truppen nach Jerusalem kam, um die dem hohen Synedrium entzogenen schwersten Criminalfälle in einer mehr oder weniger summarischen Verhandlung zu erledigen, daher seine Erscheinung als Blutrichter einen unheimlichen Eindruck machen mochte, während seine Soldaten als wachsame Hunde sich in der Citadelle auf Sion und in der Caserne Antonia einquartierten, welche als Zwingburg den Tempel beherrschte, um mittels der in den Vorhöfen ausgestellten Wachen das Volk, das zur Opferung drängte, im Zaume zu halten und jeden mindesten Aufruhr niederzuschlagen. So findet sich in der Folge der jüdische Prokurator Cumanus, und nach dessen Entfernung der Präses von Syrien, Quadratus, von Antiochien auf dem Osterfeste ein. [2]) Nach ihm war Cestius Gallus zur Paschazeit anwesend, wo die Juden über ihren Landpfleger Gessius Florus Klage führten, weil dieser, in ähnlicher Weise wie Pilatus

---

2) Bell. II. 12, 1. Ant. XX, 5. 3. 8, 11; cf. XVII. 9, 3. Apstg. XXI, 31. Bd. V, 48 f.

auftretend, sein Kriegsvolk nach Jerusalem gezogen und den heiligen Schatz geplündert hatte. Für jetzt aber war der syrische Statthalter selbst nicht zugegen, sonst wäre er ohne Zweifel mit in die Gerichtsverhandlung hineingezogen, Jesus aber am Leben erhalten worden. Als Paulus ein Menschenalter später auf das Pfingstfest nach der Tempelstadt zieht, trifft er nur einen Chiliarchen daselbst, der ihn bei dem im Tempel entstandenen Tumulte schnell durch die Wache nach der Burg abführen und daselbst geißeln und foltern ließ. Als aber das Volk seinen Tod begehrte, seine Kleider in die Höhe warf, Staub in die Luft streute, und unter gräßlichem Tumulte rief: Fort von der Erde, er darf nicht länger leben! läßt ihn der Oberst in der Nacht unter Bedeckung von 200 Legionären und 70 Reitern zum Prätor hinab nach Cäsarea bringen, und dort im Richthaus des Herodes verwahren, bis die Hohenpriester, seine Ankläger, nachkommen. Dasselbe wäre auch Christus begegnet, wenn Er nach dem Pascha der Verhaftung verfiel, oder der Landpfleger nicht beim Feste sich eingefunden hätte.

XLIII. Kapitel.

Lage des Prätoriums auf Sion.

Prätorium hieß ursprünglich der oberste Gerichtshof in Rom, dann jedes Richthaus in den Provinzen. Die römischen Prokuratoren und Prätoren bewohnten aber regelmäßig die Burgen der alten, vertriebenen Landesfürsten, so der berüchtigte Verres in Syrakus die Residenz des Königs Hiero. (Cic. in Verrem II. 5. c. 12. 31.) Erst Herodes hatte Stratonsthurm in eine größere Hafenstadt umgebaut, und nach dem Cäsar genannt; Sabinus aber war der erste Prokurator, der daselbst residirte. Ebenso hält Pilatus und nach ihm Felix im Prätorium des Herodes zu Cäsarea Hof, wo Apstg. XXIII, 35 Paulus in Verwahr gesetzt wird. Dasselbe galt in der Davidsstadt. Das bestimmteste Zeugniß liefert im voraus Philo, der Zeitgenosse Jesu; denn er lehrt uns die Residenz des Königs Herodes geradezu als den Sitz der Statthalterei unter Pilatus kennen.

Der Stolz der Römer konnte es nicht übertragen, daß die Juden keine Insignien der kaiserlichen Herrschaft in ihrer Tempelstadt duldeten, sondern dem Eroberer nur den Regierungssitz Cäsarea preisgaben. Insbesondere drang Caligula darauf, daß seine Statue in Jerusalem aufgestellt werden sollte. Dieß zu hintertreiben stellte sich Philo selber an die Spitze einer Gesandtschaft, und in seinem Berichte hierüber nimmt er ausdrücklich Bezug auf einen ähnlichen Vorgang unter Pilatus. Dieser hatte schon bei seinem Amtsantritte die Legionstandarten mit dem gemalten Bildnisse des Kaisers Nachts in die heilige Stadt bringen und dort aufstellen lassen, worüber die ganze Judenschaft in Aufruhr gerieth (Bd. II, 2, S. 53), bis er sie wieder entfernte, und nach dem Beispiele seiner Vorfahren bloß Fahnen ohne die verhaßten Bilder zuließ. Gekränkt über dieß Mißlingen erneuerte er den Versuch in anderer Weise, denn der alexandrinische Philosoph[1]) erzählt:

„Da Pilatus die Landpflegerschaft in Judäa verwaltete, ließ er weniger aus Liebe zu Tiberius, als um seinen Groll am Volke auszulassen, inner der heiligen Stadt im Königsbau des Herodes (ἐν τοῖς Ἡρώδου βασιλείοις) vergoldete Schilde ohne Bildniß oder sonst einen anstößigen Gegenstand aufhängen — bloß die Inschrift enthielt den Namen des Spenders und dessen, dem die Widmung galt. Als dieß jedoch im Volke ruchbar ward, rief es die vier Königssöhne, welche hoch in Ansehen und Ehren standen (Bd. V, 648), nebst den übrigen Familiengliedern und Standesmännern um Beistand an, flehend, daß ihre väterlichen Gebräuche, die sich des Schutzes königlicher Obern, ja selbst des Kaisers erfreuten, nicht gekränkt würden. Als jener Starrkopf, wie er denn trotzigen und hartnäckigen Sinnes war, sich gleichwohl widersetzte, erhoben sie ein Lärmgeschrei: Höre auf, zu Empörung und Krieg zu reizen und den Landfrieden zu

---

1) Legat. ad Cajum p. 38. Pilatus non tam in gratiam Tiberii, quam in odium populi auratos clypeos dedicavit intra sanctam urbem in Herodis regia, nulla insignes imagine, nec habentes quidquam vetitum. Tantum titulus continebat nomen dedicantis, et ejus, cui dedicabantur. Id ubi divulgatum est in populum, orabant, ut tolleretur illa clypeorum novitas, nec violarentur ritus patrii. Cumque ille adversaretur, rigide, ut erat pervicaci duroque ingenio, conclamatum est: Desine seditiones bellaque ciere etc. aut ostende edictum vel epistolam, ut te omisso per legatos oremus Dominum. Id autem eum magis exasperavit, veritum, ne si mitteretur legatio, cetera quoque detegeret ejus crimina, venditas sententias, rapinas, injurias, clades, tormenta, crebras caedes indemnatorum, crudelitatem saevissimam. Es scheint fast, Philo habe hier eine Rücksicht auf die Verurtheilung des Herrn genommen, doch mit Vermeidung dessen, Ihn zu nennen.

brechen! Durch Schändung unserer Gesetze wird dem Kaiser keine Ehre angethan; darum stehe ab, uns unter diesem Vorwande zu beleidigen! *Tiberius will nicht*, daß unser gottesdienstliches Herkommen in etwas verletzt werde, oder zeige uns ein Edikt von ihm, sei es eine Zuschrift oder dergleichen, dann wollen wir von dir ablassen und uns durch eine *Gesandtschaft* mit gebührender Vorstellung an unseren Herrn wenden! — Indem so die Entrüstung sich zunehmends steigerte, erwachte in jenem die Angst, es möchte wirklich zur Absendung einer Botschaft und dann seine Verbrechen alle an den Tag kommen, nehmlich die *verkauften Richtersprüche*, seine Räubereien und Unbilden, seine Gewaltmaßregeln und Torturen, seine häufigen Hinrichtungen ohne Urtheil und Rechtsspruch, kurz seine ganze blutige Grausamkeit. Obwohl nun der zornmüthige Mann vor Wuth entbrannte, *schwankte er doch im Gemüthe*, indem er die Weihgegenstände weder mit einmal zu entfernen wagte, noch seinen Untergebenen zu Gnaden handeln wollte; war ihm doch die Standhaftigkeit des Tiberius in solchen Punkten nicht unbekannt. Als dieß nun die Volksältesten merkten und erkannten, wie ihn sein Unterfangen gereue, obgleich er dieß verhehlte, *erließen sie an Tiberius ein Schreiben* mit dem unterthänigsten Bittgesuche, wodurch derselbe in Kenntniß gesetzt ward, welche Reden und Drohungen sich Pilatus erlaubt hatte. Nun ist unnöthig, weiter auseinanderzusetzen, welchen Zorn dieser faßte, wenn er sich auch nicht davon hinreißen ließ. Die That bewies es, indem er umgehend ein Rescript erließ, sein keckes Vorgehen rügte und unverzüglich jene Schilde beseitigen hieß, worauf sie nach der Seestadt Cäsarea geschafft wurden. Damals — fährt Philo in seiner Vorstellung an Cajus fort: wurden bloß Schilde ohne Köpfe am *Hause der Landpfleger* aufgehangen (*καὶ τότε μὲν ἡ ἀνάθεσις ἐν οἰκίᾳ τῶν ἐπιτρόπων ἦν*), jetzt hingegen solle eine große Statue im Allerheiligsten des Tempels seine Aufstellung finden."

Auch aus diesen Stimmen hören wir den Ruf heraus: *Du bist kein Freund des Kaisers!* in Verbindung mit der Drohung, den Landpfleger bei Tiberius zu verklagen, und es ist mit klaren Worten das Königsschloß des alten Herodes für das Prätorium des Pilatus erklärt.

Diesen Königsbau hatte der alte Herodes aufgeführt, und der jüdische Geschichtschreiber meldet hievon im Zusammenhange mit der Restauration des Tempels bell. I. 21, 1. V, 4, 4. Ant. XV. 9, 3: „Der Königspalast, nach Norden gelegen, stand mit den drei Thürmen

Hippikus, Phasael und Mariamne in innerer Verbindung und war durch seine Pracht und künstliche Einrichtung unübertroffen. Mit einer dreißig Ellen hohen Mauer umgeben und rings mit Thürmen flankirt, die in gleichen Abständen geschmackvoll aufgeführt waren, schloß er große Triklinien ein, wo für hundert Gäste gedeckt war. Unbeschreiblich war das buntfarbige Steinmaterial, das man aus allen Ländern herbeigeschafft, bewunderungswürdig dazu die Decken sowohl wegen der Länge der Balken als der Pracht der Verzierungen. Zu der Menge der Zimmer kam die tausendfältige Verschiedenheit in der Form, alle strotzten von Einrichtungen, die zumeist von Silber und Gold waren. Mehrere Galerien, eine um die andere einen Cirkel beschreibend, prangten mit ihren verschiedenen Säulen. Die Räume unter freiem Himmel aber zeigten ringsum Grün, auch boten die Lusthaine dieselbe Abwechslung, theils lange Alleen, neben welchen tiefe Bassins an vielen Stellen mit Erzfiguren besetzt waren, wodurch das Wasser sich ergoß, dann viele Thürme am Wasser mit zahmen Tauben. Doch ist es unmöglich, den königlichen Palast nach Gebühr zu beschreiben. Ausgezeichnet waren durch ihre Größe besonders der sogenannte Kaisersaal, dann der Agrippasaal (Caesarium et Agrippium) — Augustus und seinem Freunde zu Ehren! Diese Hofburg mit ihren Baumschatten und Springbrunnen ließ sich nur mit dem berühmten Bruchion in Alexandria vergleichen.

Der jüdische Geschichtschreiber erzählt bell. V. 5, 8 des weiteren: „Wie der Tempel als eine Festung neben der Stadt lag, so neben dem Tempel die Antonia, in welcher die Wache von den drei Vesten ihr Standlager hatte; aber auch die Oberstadt hatte ihre eigene Burg, nehmlich den Palast des Herodes.“ Hier, an der Westseite der Stadt, wie es bell. II. 3, 1. 2. 4 ausdrücklich heißt, gab nach Archelaus' Sturz Sabinus vom höchsten Castellthurm Phasael den Soldaten seiner Legion das Zeichen zum Angriff gegen die Aufrührer, die sie eingeschlossen hielten. Zu unserer weiteren Genugthuung wird 14, 8. 9. 15, 1 f. auch des Richterstuhls vor dem Palaste gedacht — auf dem Platze, den das Evangelium Gabbatha oder Lithostroton nennt; denn: „Florus brachte die Nacht im königlichen Schlosse zu, und setzte sich des andern Tages vor demselben auf sein Tribunal. Da kamen zu ihm die Hohenpriester mit den höchsten Amts- und Würdeträgern und stellten sich neben den Gerichtsstuhl. Da befahl ihnen Florus die Auslieferung der Schuldigen, die ihn mit Schmähungen überhäuft, und drohte im Weigerungsfalle mit

Rache. Sie aber flehten um Gnade und verbürgten, das Volk verhalte sich ruhig und wolle nichts als den Frieden. Hierüber noch mehr gereizt, schrie er den Soldaten zu, nur den Obermarkt zu plündern, und jeden, der ihnen in den Weg käme, niederzustoßen. Hierauf Plünderung, Gemetzel und allgemeine Flucht. Die Krieger drangen selbst in die Häuser und engen Gäßchen ein und schleppten viele von den Gemäßigten vor Florus, der sie nach schimpflicher Geißlung an's Kreuz schlagen ließ. Ja er übernahm sich, selbst jüdische Männer vom Ritterstande vor seinem Tribunal mit Ruthen peitschen und kreuzigen zu lassen. König Agrippa's Schwester Berenice, welche den Gräuel vor Augen sah, schickte vor Angst wiederholt ihre Reiteroffiziere und einige von der Leibwache an Florus, mit der Bitte, dem Gemetzel ein Ende zu machen. Aber die Wuth und Wildheit der Soldaten wandte sich selbst gegen die Königin, und sie würden sie getödtet haben, wäre sie nicht eilig nach der Königsburg (εἰς τὴν βασιλικὴν αὐλήν) geflüchtet, wo sie die Nacht bei der Wache zubrachte. Baarfuß flehte sie vor dem Richterstuhle (πρὸ τοῦ βήματος) den Florus an, setzte sich aber, schnöde mißachtet, nur der Lebensgefahr aus. Dieß ereignete sich am 16. Mai; des folgenden Tages strömte das Volk mit lauter Weheklage nach dem Obermarkte; die Angesehenen mit den Hohenpriestern aber zerrissen die Kleider. Die Reiterei begann einzuhauen, es gab ein gewaltiges Gedränge der Flüchtlinge an den Thoren. Florus selbst führt die Seinen aus dem Königsschlosse, um schnell in's Castell zu gelangen. Umsonst; denn die Juden schleudern Steine und Pfeile von den Dächern und verbarrikadiren sich in den engen Gassen, so daß die Rückkehr nach dem königlichen Palaste nothwendig wird. Als aber nun König Agrippa von Alexandria zurückkam, gingen ihm die Hohenpriester, Optimaten und Rathsherren entgegen, und beschworen ihn, Gesandte an Nero zu schicken, um den Florus wegen seiner Wütherei zu verklagen."

Wir haben hier denselben Richterstuhl vor uns, auf welchen Pilatus sich setzte (ἐπὶ τοῦ βήματος Joh. XIX, 13); es geht auf demselben Forum die Geißlung der Kreuzigung voran, das Volk appellirt an den Kaiser, wie es vor Pilatus wiederholt droht, und die ganze Evangelienscene wird durch obige Schilderung nur noch anschaulicher. Kurz: Christus wurde vor der Burg Davids auf Sion, an welche sich die Königsburg der Herodier oder das nunmehrige Prätorium schloß, vom Landpfleger verurtheilt.

Der aufgehangene Schild ist das Symbol des an Ort und Stelle eröffneten Gerichtes. Daran gemahnt vor allem das goldene Schilddach in Asgart, wo der Hochstuhl Allfaders und der zwölf Asen, als der obersten Richter, steht. Auch Valhöll ist ein goldenes Haus, eine Schildburg nehmlich mit Goldschilden gedeckt, und die Wohnung der Helden darin der Götterwohnung gleich. Schild und Lanze waren am Mallberge, der offenen Gerichtsstätte, aufgehangen: hiezu stimmt noch die Sage von zahlreichen Gerichts- oder Weltbäumen, deren Stamm zwar längst verdorrt, einst wieder Sprossen treiben soll; wenn er aber im Stande ist, den Schild des großen Königs zu tragen, wird das Weltgericht angehen. [2])

Wir begegnen übrigens der Sitte, königliche Paläste mit güldenen Schilden zu verzieren, schon im hohen Alterthume, bei Strabo XIII, p. 600 und Plinius XXXV, 3, und vor allem im Hohenliede IV, 4, wo es heißt: „Tausend Schilde hängen am Thurme Davids, die ganze Rüstung der Starken.“ David, so lesen wir II. Sam. VIII, 5, schlug die Syrer, nahm den Dienern Hadadesers die güldenen Schilde und brachte sie nach Jerusalem. Salomo ließ 200 Schilde von feinstem Golde anfertigen, wobei das Goldblech für jeden einzelnen 600 Silberlinge auswog; dazu 300 kleine Schilde oder Halbmonde für je 300 Minen Goldes, um damit seinen Cedernpalast zu schmücken. Sisak aber nahm die goldenen Schilde vom Königshause als Beute mit sich, wofür Rehabeam dann eherne machen ließ. (I. Kön. X, 16. XIV, 26 f.) Jojada der Priester nahm die Heerschilde Davids aus dem Hause des Herrn, und die Obersten erhoben hierauf Joas zu ihrem Könige. (II. Chron. XXIII, 9.) Die Makkabäer zierten das wieder lustrirte Heiligthum mit goldenen Schilden, während Antiochus noch kurz vor seinem Tode einen ähnlich bereicherten Tempel in Elymais zu plündern ausgezogen war. (I. Makk. IV, 57. VI, 2.) Einen goldenen Schild im Werthe von 50,000 Goldstücken überbrachten die Gesandten Hyrkans dem siegreichen Cäsar nach Syrien gleichsam als königliches Huldigungszeichen. (Jos. Ant. XIV. 8, 5.) Pilatus dachte somit am Prätorium planmäßig jene Königsschilde, das Zeichen des Sieges und der Richtergewalt zu erneuern, die schon zum Theil seit Davids Zeit an der alten Herrscherburg gehangen hatten.

2) Mein Heidenth. III. 159. Pilgerbuch in's h. Land I. Kap. 14.

Angesichts dieser uralten Schildburg wurde mit der Verurtheilung des Messias ein zeitliches Weltgericht und zugleich der größte Justizmord begangen, den die Weltgeschichte aufweist. Es liegt darin fürwahr eine göttliche Ironie und die tiefste Demüthigung für den Sohn Davids, daß Er vor dem Hause seines Vaters David zum Tode verdammt ward. So singt der Psalmist von dem Herrn XLIX, 2: „Aus Sion leuchtet der Glanz seiner Herrlichkeit;" LXXXIII, 8: „Sie werden den Gott der Götter daselbst schauen;" CIX, 2: „Von Sion wird der Herr das Szepter seiner Macht ausstrecken und mitten unter seinen Feinden regieren." Is. II, 3: „Von Sion wird das Gesetz ausgehen und des Herrn Wort von Jerusalem." Nun aber hielt nicht Er Gericht über seine Feinde, sondern sie über Ihn! Den Palast des großen Königs, wo Ihm zu herrschen gebührte über den weiten Erdkreis, betrat Er als Gefangener, den Purpur vertrat ein Soldatenrock, und sein Szepter bildet ein Moosrohr, in seinem Blute aber wusch Er seinen Königsmantel.

XLIV. Kapitel.

Christus vor Pilatus. Scheu der Juden vor der Schwelle des Richthauses.

„Es erhob sich also der ganze Haufe derselben, und sie führten Jesum von Kaiphas zu Pilatus in das Prätorium, als es noch am frühen Morgen war." (Lk. XXIII, 1. Joh. XVIII, 28.)

Jetzt beginnt also von neuem das Gericht. Die jüdischen Obern haben ihr moriatur gesprochen, um ja, so viel an ihnen war, die Blutschuld auf ihr Haupt zu laden: doch um ihre Sentenz zum Vollzuge zu bringen, muß erst der Landpfleger beigezogen werden. Der Theil der Rolle, den die Vorsteher des Hebräervolkes an diesem Akte allein übernommen, war abgelaufen, Priester, Adel und Gelehrte stürmen vereint als Ankläger vor den Richterstuhl des Römers, daß auch das römische Wesen in die große Handlung eintrete, um seinen Theil des Schimpfes auf sich zu nehmen. Es sollte der Nachwelt klar werden, welche Bewandtniß es um die römische Gerechtigkeit habe, die seit Jahrhunderten gerühmt ward und so großes aus sich gemacht hatte. Pilatus repräsentirt sie: schon schleppen die drei Stände den Gefangenen schreiend vor sein Tribunal. Der Drache übergibt die Gewalt der Bestie. (Offenb. XIII, 4.) Es war eine ungewöhnliche Erscheinung, so frühe den ganzen Hohenrath (ὅλον τὸ συνέδριον, Mk.

XV, 1) vor den Thoren des landrichterlichen Palastes versammelt, und auf die Verurtheilung eines Gefangenen dringen zu sehen. Bisher hatten sie sich um die Justiz des Prätors höchstens bekümmert, um durch ihre ungestüme Anwesenheit einen Verbrecher loszumachen. Im allgemeinen scheint Kaiphas mit Pilatus in gutem Einvernehmen gestanden zu haben, indem er fast die ganze Zeit seines Landpflegeramtes sich auf dem Hohenpriesterstuhle behauptete, während dessen Vorgänger Valerius Gratus allein vier Pontifices wechselte: darum durfte er auch mehr wagen. Wahrscheinlich hatte Pilatus schon Tags vorher von der bevorstehenden Einbringung eines hohen Gefangenen Kunde erhalten, und deßfalls die Erlaubniß zur Requisition einer Abtheilung von der römischen Schloßcohorte den Hohenpriestern ertheilt.

„Sie selbst aber gingen nicht in's Prätorium hinein, damit sie nicht unrein würden, sondern das Osterlamm essen dürften."

Die Juden als Unterthanen zu behandeln erfordert in der That nicht wenig Geduld, wie schon die Römer erfuhren. Der Talmud B. Erubin f. 62, 2 spricht: „Der Hof eines Fremdlings sey wie die Wohnung eines Viehes." So fürchteten diese eingefleischten Pharisäer jetzt durch den Eintritt in's Haus des heidnischen Prätors sich zu verunreinigen — nicht aber durch das Blut des Gerechten! Eine Verunreinigung dauerte bis zum Abend, aber diesen Nachmittag sollten sie das Pascha schlachten und das Blut am Altare spritzen, daher ihre Vorsicht. Daß diese Ostentation für den Landpfleger eine bittere Beleidigung war und ihn auf eine Linie mit einem räudigen Hunde stellte, fiel den Juden gar nicht ein. Das Haus eines Heiden mit den Erzstatuen im Innern, welche nach Josephus' Bericht schon Herodes aufgestellt hatte, galt einem Götzentempel oder Wohnsitze von Aussätzigen gleich (vgl. Bd. III, 190, oben S. 193). Diesen Abend aber ging ein doppelter Festtag ein, nehmlich die Sabbatfeier und das hochheilige Pascha, an dem nur reine Personen Theil nehmen durften, nicht solche, die durch irgend eine Berührung eine gesetzliche Unreinigkeit sich zugezogen hatten. In der Mischna Succa c. 5, 1. 7 und 8 ist ausdrücklich von der Binirung der Feste, wenn nehmlich ein Hauptfest auf den Sabbat fiel, die Rede; außerdem wird der Fall erwogen, wenn es auf Donnerstag oder Montag falle (da am Tage vor und nach dem Sabbat solches nicht anging). [1])

---

1) Theodoret kennt die Ausnahmstage Badu schon bei den Quartodecimanern;

„Da trat Pilatus zu ihnen heraus und sprach: Welche Klage bringet ihr wider diesen Mann vor? Sie antworteten und sprachen zu ihm: Wenn Er kein Übelthäter wäre, hätten wir Ihn dir nicht überliefert. Und viel derlei Klagen brachten die Hohenpriester gegen Ihn vor.“

Die Juden fühlen sich beleidigt, wie Pilatus nur noch zweifeln könne, daß Er ein Übelthäter sey! Nachdem ihr Urtheil über Ihn entschieden ist, soll er es einfach bestättigen. Aber nicht ungehört sollte ja nach der römischen Rechtspflege einer abgeurtheilt werden. (Apstg. XXV, 16.) Zu den mancherlei Beschuldigungen gehörte wohl, Er sey ein Sabbatschänder und Gesetzesfrevler oder auch ein Zauberer und falscher Prophet,[2]) der mittels ägyptischer Magie oder des h. Namens

---

denn er schreibt haeret. fab. III. πότε μὲν τρίτῃ, πότε δὲ πέμπτῃ, πότε δὲ σαββάτῳ ἢ ὅπως ἂν τύχῃ πανηγυρίζουσι τοῦ πάθους τὴν μνήμην. Also auf Montag, Mittwoch und Freitag sollte der bewegliche Festtag nie fallen. Diese Sitte kann demnach nicht erst durch den jüdischen Kalender des Nasi Hillel 358 nach Chr. aufgekommen seyn; denn in so später Zeit übten die Juden auf die Christen keinen Einfluß mehr. Der Verfasser der Paschahomilien unter den Werken des Chrysostomus sagt hom. VII: Ἐν τῇ ὥρᾳ τῆς σφαγῆς τοῦ προβάτου ὁ σωτὴρ ἀποδοὺς τὸ πνεῦμα τὴν ἀντεισαγωγὴν τοῦ αἰνίγματος ἀπεδείξατο. Auch bei den Syrern gilt der 14. Nisan als Todestag; cf. Jacobi Nisibeni serm. (arm.) Rom. 1756, p. 348 Secundum numerum dierum mensis dies crucifixionis est XIV Nisan. Tertullian cont. Marcion. IV, 40 erkennt in Christus das wahre Osterlamm, das gleichzeitig mit dem Festlamme blutete, und die Antijudaisten, sowie auch Marcion stellten geradezu in Abrede, daß Christus das Judenpascha gehalten. Epiph. haer. XLII, 61. p. 343. Cf. Eusebius in der Catena Corderii in Luc. XXII, 12: Salvator non egit Pascha cum Judaeis circa tempus passionis. Nam illi quidem hoc egerunt in parasceue, quando passus est Dominus, Dominus vero die praecedenti, feria nempe quinta Sabbati. Er hält dafür, die Juden hätten das Pascha um einen Tag verschoben: insidiis Salvatori struendis impediti. Wichelhaus, Comment. zur Leidensgesch. 189. Peterman (Reisen im Orient I, 236) erzählt, als er am 22. April 1852 der Osterfeierlichkeit der Samariter auf dem Garizim beiwohnte, habe dieselbe gegen Mittag begonnen, statt gegen Abend, „da dießmal das Pesach auf den Sonnabend fiel, an dem sie nicht arbeiten durften, und dieser mit Sonnenuntergang des Freitags beginnt.“

2) Was hier fehlt, tragen zur Ergänzung die Akten des Pilatus nach: „Wir wissen, daß dieser als Sohn Josephs, des Zimmermanns, von Maria geboren ist, und doch gibt Er sich für den Sohn Gottes und einen König aus. Er schändet den Sabbat (τὰ σάββατα, unsere Festzeiten), und will aufheben das Gesetz unserer Väter (und die Propheten, auch macht Er uns Frauen und Kinder abspänstig. So Marcion bei Epiphan. haer. XLII, 69. Hierauf paßt

seine Wunderkünste verrichte, wie diese Vorwürfe im jüdischen Lästerbuche Toldos Jeschu gesammelt sind. Sie schreien von Beweisen und nennen Jesum einen Bösewicht, um wenigstens seine Unschuld zu überschreien, da sie keine strafbare Handlung vorzubringen wissen. Ihr Amtskleid soll zugleich ihre Wahrhaftigkeit verbürgen und sie legen das ganze Gewicht ihrer Autorität in die Wagschaale, die sich doch nicht soweit vergessen werde, durch Verdächtigung eines Unschuldigen sich selber eines Verbrechens schuldig zu machen. Sie kennen sich selbst als grundehrliche Leute, ihr Urtheil macht gleichsam die Sentenz des Richters überflüssig; diesen Vorgriff gibt ihnen aber Pilatus empfindlich zu fühlen, und spricht: Nun, so nehmet ihr Ihn auf euer Gewissen. Noch lautet die Anklage erst auf religiöse Verirrung, in die sich der Prätor nicht mengen darf.

„Darum erwiederte Pilatus: Nun, so nehmet ihr Ihn hin, und richtet Ihn nach eurem Gesetze. Da sagten die Juden zu ihm: Uns ist es nicht erlaubt, jemand am Leben zu strafen.“ (Joh. XVIII, 29—31. Mk. XV, 3.)

Pilatus hat keine Ahnung, daß hier ein Antrag auf Todesstrafe vorliege, und weist darum die Verhandlung von sich, sie möchten sie vor ihrem forum internum behandeln. Jerusalem genoß ja das Vorrecht der eigenen Gerichtsbarkeit, daß alle leichteren Rechtsgeschäfte vom Gerichte der Dreiundzwanzig, alle schwereren Fälle, mit Ausnahme der judicia de capite oder Todesurtheile, vom großen Rathe behandelt werden sollten. Da erklären die jüdischen Primaten sich für incompetent, und so erfährt der Landpfleger erst, daß es einen reservirten Rechtsfall betreffe. Nun hatte der Hoherath allerdings in geistlichen Dingen die Inquisition auf Leben und Tod, wie sie noch späterhin in Anwendung gebracht wurde; selbst Titus gesteht ihnen das Recht zu, jedem Unbeschnittenen, und sey er auch ein Römer, wenn

---

die Antwort: So nehmet ihr Ihn hin und richtet Ihn nach eurem Gesetze!). Ein Zauberer ist Er, der in Kraft des Beelzebul die Geister der Dämonen austreibt, denn alle sind Ihm unterthan. (Sie wußten, daß Tiberius mit äußerster Strenge wider die Magier verfahren wissen wollte. Tacit. Ann. II, 32. Sueton Tib. 36. Dio LVII, 15.) Pilatus erwiedert: Saget mir: wie kann ich, der ich nur Prätor bin, über einen König zu Gericht gehen? Die Hohenpriester erklären: Uns steht es nicht zu, jemand zu tödten. Pilatus versetzt: Nun, wenn euch Gott verbietet, jemand zu tödten, das kann ich schon!“ — Vgl. Tischendorf, Pilati circa Chr. judic. Lips. 1855.

er die gesetzlichen Schranken (im Tempel) überschritten, und nach ihrem Urtheile öffentlich wider ihre Religion gefrevelt hätte, den Tod zuzuerkennen. Aber die Urtheilsvollstreckung hing von der Zustimmung des Prätors ab, auch durften sie nicht hoffen, dieselbe bei dem Widerspruche des Volkes in eigener Vollmacht durchzusetzen. Zudem war bereits die Osteroktave eingegangen, um die neunte Stunde sollten unverweilt die Festopfer stattfinden, und ein Aufschub der Hinrichtung war noch weniger rathsam. Darum rufen sie so rasch das römische Tribunal an und begeben sich der weiteren Justiz. Das Szepter war von Juda genommen und der Mechokek oder Schreiber von ihren Füßen, der nehmlich die Aussprüche der Richter auffetzte, seit das Synedrium aus Gazith gewandert war. Vielleicht aber bezieht sich das Wort: Uns ist nicht erlaubt, jemand zu tödten, nur auf die von Tiberius seinem Prätor zur ausschließlichen Aburtheilung vindicirten präjudicirlichen Majestätsverbrechen; denn wir lesen Apstg. V, 30. 33, daß die Juden den Petrus auf dessen Anklage, sie hätten Jesum an's Kreuz gehangen und getödtet, ebenfalls umzubringen beschließen. Doch nur noch kurze Zeit und es galt für alle Zukunft das Wort: Uns ist nicht erlaubt, jemand hinzurichten. [3])

XLV. Kapitel.

Geheimes Verhör. Was ist Wahrheit?

„Da fingen sie an, Ihn anzuschuldigen: Wir haben Beweise, daß dieser Mensch unser Volk verführt, und es abhält, dem Kaiser den Zins zu geben, indem Er sagt: Er sey Christus, der König. Jetzt ging Pilatus wieder in das Richthaus hinein und rief Jesum."

Jesus war kein Jude, daß Er aus pharisäischen Skrupeln nicht in's heidnische Prätorium gehen sollte, Er hatte von Anfang mit den Heiden Tischgemeinschaft gepflogen und war ebenso in's Haus des Centurio von Kapharnaum eingegangen. So schritt Er dem Pilatus

---

3) Cf. Beracoth f. 58, 1. Quare flagellasti eum? resp.: Quia rem habuit cum jumento. Dixerunt: habesne testes ejus rei? resp. Omnino. Venit Elias assimulatus homini, ac testimonium perhibuit. Dixerunt ergo: si ita se res habet, dignus est morte. Dixit ipsis: nos ab isto tempore, quo migrare coacti fuimus ex terris nostris, non habemus potestatem, occidendi aliquem.

folgend durch die Säulenhalle nach dem Gerichtssaale, dem obigen Caesarium oder Agrippium, oder einem der inneren Palastgemächer. Bei Prozeßverhandlungen figurirt heutzutage häufig ein Dolmetsch, der das Arabische in die Sprache der türkischen Herrscher zu übertragen hat; vor Pilatus wurde die Verhandlung ohne Zweifel griechisch gepflogen, was die Jerusalemer Juden ebenso geläufig redeten und verstanden, wie ihre Muttersprache. Offenbar sprach Christus ohne Dolmetsch.

„Jesus stand vor dem Landpfleger, und der Landpfleger fragte Ihn und sprach zu Ihm: Bist du der König der Juden? Jesus antwortete: Redest du dieses von dir selbst, oder haben es dir andere von mir gesagt? Pilatus erwiederte: Bin ich ein Jude? Dein Volk und die Hohenpriester haben dich mir überliefert, was hast du gethan? Jesus antwortete: Mein Reich ist nicht von dieser Welt. Wäre mein Reich von dieser Welt, so würden wohl meine Diener darum kämpfen, daß Ich den Juden nicht überliefert worden wäre. Nun aber ist mein Reich nicht von hienieden.“

Pilatus verstand nicht, daß die bloße Annahme des Titels Christus in den Augen der Juden schon ein Majestätsverbrechen sey. B. Sanhedrin f. 43, 1 ist wie hier der Vorwurf ausgesprochen, daß Jesus ohne Gnade getödtet ward, weil er nach dem Königreiche (קָרוֹב לְמַלְ־כוּת) gestrebt habe. Das eben war der Grund, warum die Juden Christo nicht anhingen, weil Er seiner Messiaswürde keine politische Bedeutung gab, sondern erklärte: das Reich Gottes ist in euch, und dessen Wachsthum mit einer Pflanze verglich. Welche Heimtücke von Seite dieser jüdischen Obern, jetzt die Anklage in's politische Gebiet hinüberzuspielen, wo der Prätor sich der Competenz nicht entziehen konnte! So beginnt er den Beklagten denn abseits von der Menge zu vernehmen, und der Herr steht ihm Rede: das Reich, welches Er anspreche und begründe, sey über irdische Machtanfechtung erhaben. Pilatus hält die Antwort für ausweichend: nicht die Herrschaft über die Welt spreche Er an, wie die Römer, sondern nur über die Juden. Oder sollte er Ihn für einen „gesalbten König“ halten, wie David zu Sauls Zeiten war, ehe er zum wirklichen Königthume gelangte?

„Nunmehr sprach Pilatus zu Ihm: So bist du also doch ein König? Jesus antwortete: Du sagst es: Ich bin ein König! doch dazu bin Ich geboren und in die Welt gekommen, daß Ich der Wahrheit Zeugniß gebe; und ein jeder, der aus der Wahrheit ist, hört meine Stimme."

Die Formel: Du sagst es, Du hast es ausgesprochen, bringt die orientalische Höflichkeit mit sich, welche erfordert, daß man bei Beantwortung einer Frage nie mit Ja erwiedert, sondern dem Fragesteller die Ehre einräumt und ihm die Antwort aus seinem eigenen Munde zurückgibt, Unglücksbotschaften aber nur errathen läßt, um nicht der Indiscretion sich schuldig zu machen, sondern des odiosen Auftrages in der mildesten Form sich zu entledigen. [1])

Christus versteht sich nicht dazu, ein König der Juden zu heißen (Joh. XVIII, 33); vielmehr erklärt Er sich für den König der Wahrheit, und gibt damit indirekt zu verstehen, daß die *Wahrheit im Judenthume nicht zur Herrschaft* gelangte, also außer demselben zu suchen sey. Er erkennt als Ziel seiner Sendung, die Wahrheit unter den Menschen auszubreiten. Dieß klingt wundersam in den Ohren des Römers, der von Jugend auf in der Weisheit der sophistischen Schulen erwachsen war, die unter sich ausgemacht hatten, daß es keine Wahrheit gebe, da jede, zwischen die Hörner der Antinomie gebracht, gleiche Gründe für und wider sich habe. Auch wenig sittliche Wahrheit fand sich mehr in der römischen Geschichte, die meisten Vertreter waren da zu Schanden geworden. So nahm der Landpfleger denn an der allgemeinen *Skepsis* der gebildeten Stände Theil.

„Da sprach Pilatus zu Ihm: *Was ist Wahrheit?*" [2])

---

1) Σὺ εἶπας. Äschyl. Eumen. v. 689. Vgl. B. Bava Kama c. 9. Ubi est depositum? resp. furto ablatum. Adjuro te an sit ita. Resp. Amen. H. Beracoth (Wagenseil in Sota p. 1001): „Die von Zipporis fragten, ob R. Juda gestorben sey? Der Sohn Kaphras antwortete: Ihr habt es gesagt." Kelaim 32, 2: „Sie sagten zu ihm: Ist der Meister todt? Er erwiederte: Ihr habt es gesagt." B. Chetub f. 103 f.: „Als R. Juda der Heilige starb, und das Volk im Schmerzgefühle ausrief: Er ist todt! sprach Bar Kappara: Ihr sagt es."

2) Joh. XVIII, 33—38. Mk. XV, 2. Mth. XXVII, 11. Lk. XXIII, 2. Quid est veritas? Merkwürdig lautet das *Anagramm*: Est vir, qui adest! Cf. H. Sanhed. f. 18. Quodnam est sigillum sancti benedicti? R. Bibai dixit: veritas (אמת)? At quid est veritas? R. Bon dicit: Deus vivens et rex aeternus. Resch Lakisch dicit: א est prima littera Alphabeti, מ media, et ת ultima, quasi diceret Jehova: ego sum primus, nec quicquam accepi a quopiam, et praeter me non est Deus; nam non est, qui mecum commisceatur, et cum postremo ego sum. 64, 1. Schedula cecidit de firmamento, in qua scriptum erat אמת. R. Chanina dicit: inde disce, quod sigillum Dei sit veritas.

Daß sein Reich geistiger Natur sey, etwa wie der platonische Weltstaat, und Er die Wahrheit suche, brachte Pilatus jetzt auf den Gedanken, Jesus sey ein religiöser Schwärmer oder ein hebräischer Philosoph, der gekommen, eine neue Schule zu begründen, was nach römischen Gesetzen keineswegs strafbar war. Wollte Er aber darum einem Könige sich gleich halten, wie die Rabbinen derzeit durchaus, und nach Diogenes Laertius' Zeugniß [3]) schon die stoischen Weisen sich bedünkten, auch jüngst wieder Cicero von Plato, ja Horaz von sich selbst noch überspanntere Ausdrücke gebrauchte: wer sollte Ihm das wehren? Bisher hatte sich der Landvogt wenig um Christus bekümmert, wenn er auch von Ihm reden hörte, da er sich immer in Cäsarea aufhielt, wohin der Heiland selbst nie kam, die Angriffe zu Jerusalem aber auch nie zu solchen Gewaltschritten gediehen waren. Und so wird Er von Pilatus für unschuldig befunden, der Richter schließt die erste Inquisition!

„Wahrheit! Was ist Wahrheit?" Mit dieser Frage, worauf keine Antwort erfolgte, schloß die alte Welt ihre Rechnung mit der Wahrheit ab. Selbst der Weiseste in ihr hatte darauf hingewiesen, daß noch ein Gott vom Himmel der Menschheit Belehrung bringen müsse, und war in der Sehnsucht nach jenem Tage freudig gestorben. Die Späteren, sich klüger dünkend, hatten wunderliche Systeme ausgefunden, die Kategorien aller Dinge zu ergründen, die alle sich einander widersprachen. Jetzt — am Schlusse der alten Zeit — war man endlich darüber einig geworden, daß es keine höchste Wahrheit gebe, sondern alles Maya oder Täuschung sey, um mit den Indern zu reden, und auf Trugschlüsse und Disputiren hinauslaufe. Da kam die Wahrheit persönlich hernieder, in Christus war das Leben und Licht der Erkenntniß, der Weg und die Bewegung der Menschen zu ihr gefunden, daher der Apostel mit Recht spricht: Ich weiß nichts außer Christus! Er wirkte unsere Weisheit, unsere Gerechtigkeit und Erlösung, Er wirkte unser Leben, indem Er lehrte, daß das Grab selbst die Pforte der Auferstehung sey. Darüber mußte sich die ganze Heidenwelt verwundern.

---

3) L. VII. segm. 122. *Οὐ μόνον ἐλευθέρους εἶναι τοὺς σοφούς, ἀλλὰ καὶ βασιλέας.* Cf. Cic. de nat. Deor. II, 12. Audiamus Platonem, quasi quendam Deum philosophorum. Horat. l. I. epist. 1. Ad summam, sapiens uno minor est Jove, dives, Liber, honoratus, pulcher, rex denique regum; Praecipue sanus, nisi cum pituita molesta est.

„Was ist Wahrheit?“ In dieser Frage liegt auch der ganze Stand der kritischen Sophistik und des theologischen Rationalismus jener wie unserer Tage vor Augen, der unablässig dieselben Worte wiederholt, obgleich fest entschlossen, keine Wahrheit zu finden, und sich jeden Glauben daran aus dem Sinne zu schlagen. Es ist rein der Standpunkt der heutigen Aufklärung, die auf den kirchlichen Lehrbegriff als gleichgiltige Nebensache verzichtet. Diese Frage werfen in einem fort alle jene auf, welche der Kirche Christi das Prädikat der Alleinseligmachenden anstreiten, indem sie damit erklären, daß es keine allgemeine Wahrheit, keine glaubhafte Gewißheit, sondern nur verschiedene Confessionen gebe, die sich in die Bruchstücke der fraglichen Offenbarungswahrheiten getheilt und darum alle auf gleiche Toleranz Anspruch hätten. Es ist aber auch der Standpunkt der modernen Advokatie, die nach Rechts und Links hin mit Rechtssätzen um sich wirft: gewinne, bei wem das Interesse hinzieht, ohne daß man sich viel um das wahre Recht zu bekümmern hat! So war es auch bei Pilatus.

Was ist Wahrheit? frägt der zeitliche Richter achselzuckend, indem er sich auf die Höhe des Zeitbewußtseyns stellt, das über alle Wahrheit und Erkenntniß sich hinwegsetzt, um das subjektive Dafürhalten allein geltend zu machen. Diplomatisch wahr ist, was nützlich und zweckmäßig sich erweist und man zum Fortkommen brauchen kann; darum muß sich die Wahrheit nach den Umständen fügen. Eine Wahrheit, die sich nicht akkomodirt, stößt gegen die Zeitverhältnisse an, und wer sie gleichwohl hartnäckig vertheidigt, ist als Unruhestifter und Aufrührer zu behandeln. Nur zu oft dekretirt die weltliche Macht mit kategorischem Imperativ, was selbst als religiöse Wahrheit zu betrachten sey; solcher Schöpfung sind die verschiedenen eng begrenzten Staatsreligionen, aber die Zeit läßt sie mit all ihrer Weisheit und Regierungskunst zu Schanden werden und vom Gipfel ihrer selbstgeschaffenen Herrlichkeit herabstürzen. Es soll zugleich hier offenbar werden, daß es ohne den Glauben an die Wahrheit keine Bürgschaft des Rechtes gebe. Wo das religiöse Gewissen des Richters nicht zur Magnetnadel dient, verliert die Gerechtigkeit ihren Stützpunkt; darum verdammt auch Pilatus aus Parteirücksicht den Herrn, obwohl er von seiner Unschuld überzeugt ist. Der Zweifel an der kirchlichen Wahrheit ruft nothwendig die politische Neuerungssucht wach, und es entsteht die Frage: was ist Recht? Wo sind die Grenzen der Freiheit? Sofort geht mit der religiösen Revolte die politische entweder Hand in Hand, oder folgt ihr, wie die politische Revolution der kirchlichen, auf dem Fuße nach. All diese Fragen erledigen sich Angesichts des Heilandes, und wenn Christus heute wieder käme, müßte Er erklären: Ich bin die Freiheit, die Wahrheit wird euch frei machen.

Was ist Wahrheit? frägt der skeptische Richter. Der Mensch kann nur einzelne Wahrheiten fassen und einseitig verbinden: hier aber stand die gottpersönliche Wahrheit vor dem menschlichen Gerichte. Die Philosophie lehrt: Verum esse convenientiam entis ad intellectum, oder wie Avicenna spricht: Veritas cujuslibet rei est proprietas sui esse, quod stabilitum est rei. Das Wort „wahr" stammt von der Sanskritwurzel vri, beschützen, abwehren, goth. varjan, wehren, Stand halten, vertheidigen, wie hebr. aman, stützen, befestigen. Das skr. satja, wahr, heißt eigentlich das Gesetzte. Christus ist der Gesetzte von Ewigkeit und der Setzer der Weltordnung oder der höchste Gesetzgeber, in Ihm kommen Begriff und Wesen überein, Er ist der Logos der Wahrheit. Schön äußert sich Savonarola über Psalm LXXXV, 11: „Die Güte und Treue begegnen einander, die Gerechtigkeit und der Friede küssen sich! Vier Namen stellt David hier zusammen. Es ist Ein Gott, je nach den verschiedenen Wirkungen, die Er in den Geschöpfen hervorbringt. So gehe denn hin zur Krippe Jesu Christi, und betrachte diese vier in den vier Ecken der Krippe, die hier Friede gemacht haben unter dem heiligen Hüttendache. Vor der Fleischwerdung des Sohnes Gottes suchte die Philosophie die Wahrheit ohne die Barmherzigkeit, die Juden aber die Barmherzigkeit ohne die Wahrheit; denn sie glaubten, daß sie bei der Ankunft des Messias ein weltliches Regiment erlangen und vom Römerjoche frei werden würden. Gleicherweise suchte die Philosophie, wie die Juden, die Gerechtigkeit ohne den Frieden; denn sie wähnte sich selbst durch ihre Werke rechtfertigen zu können ohne Christus. Die Römer und alle anderen Völker suchten den Frieden ohne die Gerechtigkeit, nehmlich durch Entwicklung der menschlichen Kräfte. Sie fanden alle nicht, was sie suchten, und warum nicht? Jene Töchter des Himmels suchten einander, sie wollten nicht hervortreten und sich offenbaren, ehe sie einander begegneten, und weil sie noch nicht mit einander vermählt waren, so gingen alle Menschen in der Irre und handelten wie Blinde und Unsinnige. Als aber die Vereinigung und Vermählung an der Krippe

Christi, des Jungfrauensohnes von Maria geschah, wurden sie alle vereinigt gefunden."

In den s. g. Akten des Pilatus p. 219. 273 „spricht der römische Richter: Was ist Wahrheit? Jesus aber antwortet ihm: Die Wahrheit ist vom Himmel. Darauf jener: Also ist auf Erden keine Wahrheit? Jesus antwortet: Ich bin die Wahrheit, und du siehst, wie diese auf Erden von denen, die hier Gewalt haben, verurtheilt wird." — Das ist sokratische Ironie.

Bei der damals in der römischen Welt herrschenden Abspannung grenzte es an ein Wunder, in den höheren Klassen der Gesellschaft noch einen Gläubigen zu finden; vielmehr waren gerade die griechisch Gebildeten (und die griechische Sprache hatte damals dieselbe Bedeutung, wie heutzutage die französische!) dem Skepticismus im Glauben wie dem Epikuräismus im Leben ergeben. So läßt Plutarch in der Abhandlung über den Verfall der Orakel (45) vom Statthalter von Cilicien erzählen, wie er für seine Person unschlüssig in Dingen der Religion, zwar nicht von tief eingewurzeltem Unglauben gewesen, aber bei seiner übermüthigen und bösen Natur eine Anzahl von Epikuräern in seiner Umgebung hatte, welche vermöge ihrer sauberen Naturlehre aller höheren Dinge spotten zu dürfen glaubten. Darum habe er auch das Orakel des Mopsus und Amphilochus auf die Probe gestellt, sey aber mit seinem Hofstaate empfindlich beschämt worden.

Das Reich der Lüge soll jetzt ein Ende nehmen und die Herrschaft der Wahrheit an die Stelle treten: hier steht der Gründer dieses neuen Reiches! Deßhalb schreibt Paulus an seinen Jünger (I. Tim. VI, 13): „Ich gebiete dir vor Jesus Christus, der vor Pilatus das schöne Bekenntniß abgelegt hat." Wer die Wahrheit habe, darüber streiten sich Heiden, Juden und Christen. Wer die Wahrheit besitzt, hat ein Recht auf Duldung, ihm seine Existenz zu verkümmern, wäre heillos. Darin besteht aber das große Unrecht in der Geschichte, daß Wahrheit und Gesetz so oft in Conflikt gerathen, daß schon Pilatus den Lehrer der Wahrheit opfert und Ihm sein Recht verweigert, daß die Lüge und der Vater der Lüge, welcher ein Mörder von Anbeginn ist, ihren Candidaten durchzubringen wissen, und der Mund der Wahrheit zum Schweigen gebracht wird.

XLVI. Kapitel.
Christus der König.

Das Alterthum hatte seine priesterlichen Königsgeschlechter, die zwar längst um die Herrschaft, nicht aber um den Namen gekommen waren, und in den jährlichen Festaufzügen und Spielen die Erinnerung ihrer einstigen Würde forterhielten. Dergleichen Priesterkönige waren die Magier, die das Zeichen des Messias erkannten und dem Sterne folgend zur Stätte seiner Geburt gelangten. (Meine Chronol. 176.) So hießen die Priester der ephesischen Artemis, die Eunuchen waren, Herrscher und Könige oder Megabyzoi. Das Wort ist persischen Ursprungs und Mehabazes bezeichnet den großen König.[1]) Auch Essener nannte man sie, *ἐσσήν* aber bedeutet den Bienenkönig, wie Suidas erklärt: *βασιλεύς, κύριος τῶν μελισσῶν.* Wie in Ephesus herrschten auch in Milet und Erythrä solche *βασιλεῖς* oder das Geschlecht der Basiliden mit priesterlicher Würde.[2]) Zu Cyrene blieb dem alten Herrschergeschlechte seit Battus nichts als das Priesterthum. (Herod. IV, 161 f.) Auch in Paphos auf Cypern rettete die alte Dynastie nur die geistliche Würde, sowie man nach Plutarch quaest. rom. 113 in Hellas die bei der Bewerbung um die Magistratur Übergangenen mit dem Sacerdotium entschädigte. Eben das wird von Albanien und von Cumana in Cappadocien gemeldet. (Strabo XI, 503. XII, 535. 557.) Zu den Panjonien stellte Priene einen Jüngling als Opferkönig (Strabo VIII, 384), und diese *βασιλεῖς Ἑλικώνιοι* verwalteten fortwährend im Namen der Bundesstaaten die Poseidonsopfer. Diese jonischen Priesterkönige nannten sich selbst poseidonischen Geschlechtes, ob sie sich nun von Neleus oder von Glaukos dem Lycier, dem Urenkel des korinthischen, ableiteten (Herod. I, 147), und Basilai hießen die Priester des Chronos zu Olympia, die in der Frühlingsnachtgleiche ihr großes Opfer darbrachten. (Pauf. VI. 20, 1.)

Die meisten griechischen Städte und Staaten ließen, als sie der Königsherrschaft müde sie abschafften, die Familien im Besitze des Hohenpriesterthums mit allen Ehrenzeichen der verlorenen Königswürde,

---

1) *Βάζης* stellt sich wurzelhaft zu *βάω, βάζω, βασιλεύς*, Weisel, wie die Bienenkönigin heißt.

2) Aristotel. polit. V. 5, 4. *Καὶ ἐν Ἐρυθραῖς δὲ ἐπὶ τῆς τῶν Βασιλιδῶν ὀλιγαρχίας ἐν τοῖς ἀρχαίοις χρόνοις.* Strabo XIII, 607.

nehmlich mit dem Rechte, Szepter und Purpur zu tragen und bei öffentlichen Kampfspielen den Vorsitz einzunehmen, auch den Dienst der Landes- und Stammesgötter fortzuführen. [3]) Ἀνακτοτελέσται, reges sacrorum hießen die Priester der korybantischen, d. i. kabirischen Orgien. (Clem. protrept. 2.) Die Fürsten und Obrigkeiten zu Delphi, welchen der Schutz des Heiligthumes anvertraut war, nannten sich κοίρανοι πυθικόι, Δελφῶν ἄνακτες. (Eurip. Jon. 1219 f.) Der eleusinische Krieg hatte zur Folge, daß Eumolpos die Hierophantie und das Gericht über die Angelegenheiten des eleusinischen Cultes bei seinem Stamme und beim Geschlechte der Ceryken behielt, die von Celeus' Töchtern stammten, Erechtheus dagegen Eleusis in politischer Beziehung mit Attika vereinte; auch hatte dem Vertrage gemäß der König von Athen die Oberaufsicht über die Festfeier. Strabo gibt XIV, 633 Nachricht, daß die von den attischen Königen stammenden Neliden und Androkliden zugleich mit dem Titel βασιλεῖς die Opfer der eleusinischen Demeter als ein Vorrecht ihres Geschlechtes behielten. In Athen war die Oberaufsicht, und überhaupt die geistliche Seite der Funktionen des Königes nach Codrus' Tod auf den ἄρχων βασιλεύς übergegangen (Hesych. s. v. βασιλεύς), der einer der neun Archonten des Staates war und am Feste der großen städtischen Dionysien die Aufsicht führte, als Festkönig die Aufzüge zu ordnen hatte u. s. w.; auch heißt in der solonischen Gesetzgebung der Oberpriester βασιλεύς. Rex nemorensis oder Hainkönig hieß der Priester im heiligen nemus der Diana zu Aricia, welcher aber allzeit ein entlaufener Sklave seyn mußte, und seine Würde dadurch erlangte, daß er seinen Vorgänger im Zweikampfe erlegte. In Rom bestand das priesterliche Geschlecht der frommen Äneaden von Albalonga im Hause der Julier fort. Nach der Abschaffung des Königthums blieb dem Opferpriester der Titel rex sacrificulus mit dem Vorrechte der Begnadigung, so daß, wenn er in das Haus trat, jeder darin Gefesselte augenblicklich die Freiheit erhielt. Nach Livius II, 2 war der rex sacrorum zu Rom ein dem Pontifex untergebener Priester, welcher bei feierlichen Opfern die Handlungen vornahm, die ehedem der König verrichtete. Dazu bestand in der Familie der Marcier, die von Mamerkus herstammte, der Zuname rex fort (desgleichen in der patricischen gens Cluilia Liv. I, 22), nicht zu reden davon, daß die Clienten ihre reichen Patrone reges et dominos nannten. Der rex

---

3) Strabo XIV, 938. Liv. II, 2. Ottf. Müller, Proleg. 248.

sacrificulus hatte die Besorgung derjenigen Opfer auf sich, welche von dem gemeinschaftlichen Staatsherde ausgingen. Ein besonderes Fest am 24. Februar hieß regifugium, von der Flucht des Opferköniges, nicht des Königs Tarquinius, wie das Volk es auslegte. Es stammte vielmehr aus Etrurien und erinnert an die attischen Buphonien. Dabei erschien der Pontifex M. nebst den Saliern in den Comitien und brachte das Opfer dar, floh aber, sobald er dieß verrichtet hatte. Eine ähnliche Feier hatte am 24. März und 23. Mai statt. Regia hieß das Haus der Vestalinen, weil sie in der alten Königsburg zwischen dem palatinischen und kapitolinischen Hügel den heiligen Herd bedienten, der für den Mittelpunkt der Stadt und des Staates galt, oder weil damit die Behausung des Pontifex M. zusammenhing, welcher die Aufsicht über die Vestapriesterinen hatte, während die regina sacrorum dem Jupiter und der Juno allmonatlich und an den regiae feriae im Königshause opferte. An gewissen Tagen kamen die Vestalinen zum Opferkönige und sprachen: „Wachst du, König, wache!" [4]) Dieser wurde allzeit aus den Patriciern genommen, und sein Amt erhielt sich bis auf die Tage des Kaisers Theodosius. In Athen hieß die Amtswohnung des Archon Basileus *στοὰ βασίλειος* oder Basilika, obwohl es keinen König mehr gab.

So zählt Irland noch heutzutage seine längst antiquirten Königsgeschlechter, die Hy Neal oder O'Neal, die O'Brien, O'Connor und O'Donnel in seiner Mitte; im deutschen Reiche aber führte noch unter Karl V. der Comes palatinus, der mit der Vertheilung der Adelsbriefe und Wappen betraut war, den Titel Wappenkönig, sowie man von einem Schützenkönig, Jungfrauen-, Spiel-, Immen- und Festkönig spricht.

Diese Vieldeutigkeit des Namens König bringt uns den Gedanken des Pilatus näher, in welchem er den Melchisedek des neuen Bundes fragen konnte: Bist du ein König? oder: Was bist du für ein König? Er hielt Ihn vielleicht für einen Sprößling der abgedankten asmonäischen Königsfamilie, von einem Prätendenten aus dem Hause Davids mochte er wenig erfahren haben. In Wahrheit aber war Jesus de stirpe regia (Jugendgesch. S. 8. not. 2), nehmlich vom Stamme Isai, der längst entthront, aber durch den herodischen Kindermord wieder in Erinnerung gebracht war.

Die Geschichte nennt eine Menge Namen von falschen Präten-

---

4) Serv. V, 228. Hartung, Relig. der Römer 159. Schwenk, Myth. II, 59.

denten, die beim Aussterben alter Königsgeschlechter, beim ungewissen Tode des letzten Throninhabers, dessen Namen adoptirend, eine wenigstens vorübergehende Rolle spielten, so die falschen Smerdes und Alexander, die falschen Sebastiane, Demetrius und Peter. Pilatus dachte wohl, Jesus sey ein solcher Ehrgeiziger, der sich vielleicht für einen Abkommen der verdrängten Makkabäer ausgebe, und von ihnen herzustammen vorschütze. Jesus hatte noch ein höheres Anrecht, die davidische Herkunft nehmlich, die bei allem Volke Ihm Anhang verschaffen mußte. Aber Er war nicht gekommen, eine politische Rolle zu spielen, nicht auf dem Wege der Waffengewalt ein irdisches Reich zu stiften und durch blutige Eroberung zu erweitern. Darum verschmähte der gesalbte Sohn Davids während seines messianischen Wandels, sich zum Könige ausrufen zu lassen, und auch in den letzten Stunden seines Lebens konnte Ihn der Ehrgeiz nicht bestechen, seines fürstlichen Geschlechtes sich zu rühmen oder seine Bedeutung in seine königliche Abkunft zu setzen. Vielmehr nahm Er als König in seiner tiefsten Erniedrigung (vergl. S. 80) die Fußwaschung vor.

Josephus verschweigt auffallend, und unterdrückt absichtlich, von den Messiashoffnungen der Juden zu reden. Anstatt der Verheißung des Schlangentreters Gen. III, 15 zu gedenken, läßt er Gott bloß die Schlange zur Feindin des Menschengeschlechtes erklären und die Menschen ermahnen, sie auf's Haupt zu schlagen. (Ant. I. 1, 4.) Das Opfer Melchisedeks wird ihm unter der Hand zu einer bloßen gastlichen Bewirthung der Kriegsleute Abrahams, wobei der Priesterkönig Gott lobpreist. (Ant. I. 10, 2.) Bezüglich der Weissagung Daniels vom Traumriesen oder den vier Weltaltern lehnt er ein Eingehen auf den Messias mit der Phrase ab: „Auch in Betreff des Steines (aus der Höhe) deutete Daniel dem Könige alles, aber dieß zu erzählen, däucht mir nicht gut, da es in meinem Plane liegt, Vergangenes, nicht Zukünftiges aufzuzeichnen." Er will nicht den Schleier der Prophezie heben, theils wegen der Römer, theils wegen der nahen Beziehung auf Christus; ja im verheißenen Herrscher aus dem Oriente will er bell. VI. 5, 4, euphemisch genug, Vespasian erkennen. Hier vor Pilatus' Richterstuhl drängen die Hohenpriester die religiösen Motive ihrer Klagen gegen Christus in den Hintergrund, und ziehen politische hervor: Er sey ein Volksaufwiegler, Er mache sich zum Könige der Juden, und rebellire so wider den Kaiser. Auch als Verführer der Menge mußten sie Ihn nach dem Gesetze (Deut. XVII, 12 f.) auf den Tod anklagen, und so beruhigten sie ihr Gewissen, als ob sie bei diesem Frevel wider Gott und seine Gerechtigkeit noch in beßter Form ihre Pflicht erfüllten.

XLVII. Kapitel.

Fortsetzung des öffentlichen Gerichtes.

Pilatus hält offenes Gericht, wie im Alterthume allerwärts üblich war, wie es in den Ländern des Islam noch heute besteht und im Abendlande wieder zum Durchbruche kömmt. Die Zeugen treten auf und das Volk stellt sich zustimmend ein, doch zieht sich der Richter mit dem Angeklagten noch zum besonderen Verhöre zurück. Hier vernimmt er zum erstenmal in seinem Leben von einem Könige der Wahrheit. Der Prätendent scheint ihm indeß ungefährlich, die Antwort dünkt ihm eher verrückt, und so kehrt er Ihm achselzuckend den Rücken.

„Und nachdem Er dieß gesprochen, ging er wieder zu den Juden hinaus und erklärte den Hohenpriestern und dem Volke: Ich finde keine Schuld an diesem Menschen! Sie aber bestanden darauf und sprachen: Er wiegelt das Volk auf, indem Er durch das ganze Judenland seine Lehre verbreitet, von Galiläa angefangen bis hieher.“ (Joh. XVIII, 38. Lk. XXIII, 4. 5.)

Wie verfänglich legen sie Jesu Fallstricke! Erst beschuldigen sie Ihn der Verletzung ihres Gesetzes, d. h. des Mosaismus; dann stellen sie Ihn in bedenklicher Weise als Kronbewerber hin, während doch nur in ihrem jüdischen Messiasbegriffe eine politische Tendenz lag. Endlich beschuldigen sie Ihn der Wühlerei und des Umsturzes im allgemeinen. So nennt ein Achab den Elias einen Volksverführer (*ὁ διαστρέφων τὸν Ἰσραήλ*), und doch war derselbe der große Reformator des Mosaismus, wie Christus der Stifter des neuen Bundes. Ja sie wollen Jesum planmäßig sogar verantwortlich machen wegen jener Aufregung der Galiläer im vorigen Jahre, und der darauf erfolgten Niedermetzlung derselben durch den Landpfleger zu Jerusalem. Die Einwohner Galiläa's galten nach den Vorgängen der letzten Zeit ohnehin für eine leicht bewegliche und rebellische Menge, wie Josephus Flavius bemerkt; dann sollte der Heiland auch wegen der kundgege-

1) Lk. XXIII, 2. Marcion las diese Stelle: *Τοῦτον εὕρομεν διαστρέφοντα τὸ ἔθνος καὶ καταλύοντα τὸν νόμον καὶ τοὺς προφήτας, ἀποστρέφοντα τὰς γυναῖκας καὶ τὰ τέκνα.* Ebenso findet sich in einem von Griesbach angeführten Mannskripte: Et filios nostros et uxores avertit a nobis S. 198. Luk. XXIII, 27.

benen Volksliebe beim jüngsten Palmeneinzuge Rede stehen, weil Er als ein Verbannter gleichsam wie Camillus an der Spitze der Volkshaufen zurückgekehrt war.

„Als Er nun so von den Hohenpriestern und Ältesten verklagt wurde, erwiederte Er nichts. Da fragte Ihn Pilatus abermals und sprach: Hast du darauf nichts zu antworten? Hörst du nicht, was sie alles gegen dich zeugen, und wie viele Klagen sie gegen dich vorbringen? Er aber antwortete ihm darauf nicht Ein Wort, so daß der Landpfleger sich sehr verwunderte." (Mk. XV, 4. 5. Mth. XXVII, 12—14.)

Christus schweigt zu den Verleumdungen vor dem weltlichen Tribunale, sowie die Kirche gar oft zu schweigen hat. Auch Sokrates verschmähte, sich vor seinen Richtern zu verantworten; denn als er auf seine Vertheidigung sann, trat ihm sein Dämon warnend entgegen. Sein ganzes bisheriges Leben, glaubte er, enthalte eine hinreichende Vertheidigung. (Xenoph. mem. IV. 8, 5.) Und wie Cicero (Tusc. I, 29. 71) an Sokrates den unerschrockenen Freimuth, liberam contumaciam, rühmt, so hebt Origenes[1]) an Christus die großartige Hinwegsetzung über seine Feinde hervor. Pilatus steht verwundert beim Anblicke des außerordentlichen Mannes, Er macht auf ihn einen Eindruck, wie auf die Gefangennehmer in Gethsemane, wie auf die Pharisäer und das versammelte Volk am Fuße des Tabor.

XLVIII. Kapitel.

Überantwortung Jesu an den Vierfürsten von Galiläa.

„Da aber Pilatus von Galiläa hörte, fragte er, ob dieser Mann ein Galiläer wäre? Und als er vernahm, daß Er aus dem Gebiete des Herodes sey, sandte er Ihn zu Herodes, der in diesen Tagen eben auch in Jerusalem anwesend war." (Lk. XXIII, 6. 7.)

Im Ausdrucke Galiläer lag stillschweigend der Vorwurf, als ob Christus als Volksverführer in die Fußstapfen des Judas von Gamala getreten sey, welcher schlechthin der Galiläer hieß. Schon die Mägde im Palaste des Kaiphas wissen von Jesus dem Nazarener und seinen Anhängern, den Galiläern, im Sinne einer religiös-politischen Sekte. Von Anfang herein mußte die messianische Partei wegen dieser Verwechslung mit der Faktion der Zeloten vieles leiden. Wir

1) Cels. praef. I. §. 2. *μεγαλοφυῶς ὑπερεωρακέναι τοὺς κατηγόρους.*

aber finden hier wieder bestättigt, daß das Land dießseits und jenseits des galiläischen Meeres den Namen Galiläa, d. h. „Grenzland", führte; denn alsbald entdeckte Pilatus, daß Jesus aus dem Gebiete des Herodes Antipas stamme, während der Gaulonite ein Unterthan des Tetrarchen Philippus war. Gerade dieß ist ihm ein willkommener Umstand, um Ihn als Ausländer und Nichtjudäer einem anderweitigen Tribunale zuzuschieben. Er will mit Gewalt das odium dieser himmelschreienden Gerichtsverhandlung von sich wälzen, und verweist, um sich aus der Verlegenheit zu ziehen, Jesum vor das Forum seiner Heimat (ad forum originis vel domicilii), zu dem eben aus Galiläa oder von seiner näheren Residenz in Peräa am Feste eingetroffenen Landesfürsten. Der römische Richter ergreift mit Begier den Vorwand der Nichtcompetenz, um die tumultuirenden Fanatiker sich vom Halse zu schaffen und der peinlichen Nöthigung zu entgehen, diesem widerwärtigen, Gott und der Welt verhaßten Volke gegen seine Überzeugung nachgeben und einen Unschuldigen zum Opfer bringen zu müssen. Er will außer seiner Sphäre nicht aburtheilen: finde Herodes, als besser unterrichtet, Jesum todeswürdig, so möge nach dem Verlangen der jüdischen Magnaten geschehen. Schon bei früherer Gelegenheit hatte er den Propheten Johannes, den Täufer zugenannt, an ihn ausgeliefert. (Bd. IV, 90.) Auch damals war von einer gefährlichen Neuerung und einem besorglichen Abfalle gesprochen, aber nachdem derselbe als Martyr geblutet, war er durch die Volksstimme zum Himmel erhoben worden.

Wir erfahren aus Josephus Ant. XX, 1. 3, wie Kaiser Claudius dem Herodes von Chalcis die Verwaltung des Tempels und heiligen Schatzes und die Bestellung des Hohenpriesters übertrug, und wie unter Nero der König Agrippa II. sogleich den jüngeren Annas des Pontifikates enthob, nachdem dieser in Abwesenheit des Prätors den Apostel Jakobus den Alphäiden hatte hinrichten lassen. (XX. 9, 1.) Wie es scheint, hatte auch Herodes Antipas wegen des großen Wohlwollens (amicitia Ant. XVIII. 2, 3) von Seite des Kaisers Tiberius, dem zu Ehren er auch seine Hauptstadt benannt hatte, die Aufsicht über die Tempelgelder, weil deren willkürliche Verwendung von Pilatus ihn in Feindschaft mit ihm brachte. (Bd. V, 47. 50.) Das war mit die Ursache, warum er am Osterfeste in Jerusalem erschien. Die besondere Gerichtsbarkeit, welche den Consuln oder bevollmächtigten Gesandten der christlichen Mächte über ihre Schutzbefohlenen in den Ländern des Islam eingeräumt ist, ohne daß die türkische Regierung sich darum kümmert, mußte auch dem Vierfürsten Antipas zustehen, der als das vornehmste Glied der herodischen Königsfamilie für den natürlichen Vertreter der Juden galt. Dabei benützte der römische Landpfleger die Gelegenheit, mit der diplomatischen Anerkennung der Jurisdiktion, zumal im religiösen Gebiete, indem er einen seiner galiläischen Unterthanen ihm auslieferte, dem benachbarten Fürsten ein Compliment zu machen. Ebenso stellt der Prätor Festus ein paar Decennien darauf den Paulus, nach dessen Blute die Juden lechzten, dem Nachfolger unseres Vierfürsten, Herodes dem jüngeren Agrippa, vor, mit der ausdrücklichen Erklärung (Acta XXV, 23), daß er auf die jüdischen Religionszwiste sich nicht verstehe. Ja, vierzig Jahre später sehen wir selbst Vespasian noch so verfahren, indem er nach der Eroberung Galiläa's auf dem Richterstuhle zu Tarichäa am See die Einheimischen der Gerichtsbarkeit des Königs Agrippa überließ, mit den anderen aber ohne weiters zum Tode verfuhr. (Bell. III, 5 f.) Diese Politik ist im römischen Rechtsstaate nicht ohne Beispiel, wie denn Dionys v. Hal. III, 22 erzählt, daß bei dem heikelen Urtheil über den siegreichen Horatier, der seine Schwester getödtet, der König erst dessen Vater, und dann dem Volke die Entscheidung anheimgab. Ausdrücklich bezeugt Josephus Ant. XVIII. 5, 3, daß der Vierfürst Herodes später mit dem Statthalter Vitellius auf das Fest nach Jerusalem hinaufzog, so daß dessen Anwesenheit auch bei den früheren Paschazeiten bestättiget ist. Die herodische Familie fand sich zur Festzeit in der Tempelstadt zusammen, um durch Betheiligung am Abendmahle in den Augen ihrer Unterthanen sich noch als rechtgläubig zu legitimiren.

XLIX. Kapitel.

Die Herodesburg.

Die herodische Familie bewohnte auf der Ostseite des Sion den alten Hof oder die frühere Asmonäerburg. Schon Salomo hatte hier seinen berühmten Palast, das Haus vom Walde Libanon erbaut, so genannt, weil die Decke der Basilika von Cederstämmen gestützt war; im Portikus davor stand der Richtstuhl.[1]) Von da gingen die Könige geradezu in den Tempel hinüber. Die Chaldäer

1) I. Kön. VII. X, 16 f. XIV, 26. 27. II. Chron. IX, 4. Ant. VIII. 5, 2. Bd. V, S. 648.

brannten den Palast wie die übrige Stadt nieder, nach dem Exile aber richtete Nehemias (II, 8) das Dach wieder auf. König Hyrkan öffnete in der Bruderfehde mit Aristobul dem Pompejus die Thore und den königlichen Palast, worauf die Römer von hier aus dem Tempel zusetzten. Auch Herodes warf sich in die Residenz, als er, noch Vierfürst, die Asmonäerfürsten angriff. (Bell. I. 7, 2. Ant. XIV. 4, 2. 13, 4.) Da er aber später neben der Burg Sion seinen neuen Königsbau mit herrlichen Lustgärten und Springbrunnen herstellte (wo nun der armenische Klostergarten liegt), blieb der alte Königshof verlassen, bis sein eigenes Geschlecht vom Throne verdrängt hier wieder einzog, während das neue Schloß neben der Citadelle zum Prätorium diente. Die Makkabäer hatten (II. Makk. IV, 12. 14) zwischen der Sionhöhe und dem Tempel ein Gymnastum errichtet, welches von den bedeckten Hallen Xystus hieß; unter dem Landpfleger Festus aber, so meldet Josephus Ant. XX. 8, 11, faßte König Agrippa der Jüngere den Plan, prope Xystum in regia Hierosolymitana Herodiana, quae olim fuerat Asamonaei filiorum regia, wegen der Hochlage, die eine Aussicht über Stadt und Tempel begünstigte, noch einen luftigen Belvedere aufzuführen: weil er aber dadurch einen Einblick in den Tempel gewann, erhöhten die Priester die Mauer super exedram, über dem Capitelsaale an der Abendseite, und da Agrippa sowohl als Festus auf deren Niederlegung antrugen, ging wieder eine Gesandtschaft zur Klageführung an Kaiser Nero nach Rom ab, bei welcher Helkias, der Schatzmeister des Tempels, sich betheiligte. (S. 9.) Hier am Platze Xystus oder bei den Arkaden, welche zu der Tempelbrücke hinabführten, versammelte derselbe Agrippa II. in den letzten Tagen des Reiches nach den oben erwähnten Metzeleien des Florus das Volk, bestieg „das Haus der Asmonäer, welches über dem Xystus am äußersten Ende der Oberstadt lag", und hielt an die Versammlung eine beruhigende Rede. Später steckten die Zeloten das Haus des Hohenpriesters Ananias und die Paläste des Agrippa und der Berenice in Brand, trugen das Feuer nach dem Archiv, und vernichteten hier alle Schuldverschreibungen, während die Soldaten des Königs mit demselben Hohenpriester (Apstg. XXIII, 2) sich in den oberen Palast retteten. Darauf erstürmten die Aufrührer die Burg Antonia, erbrachen das Zeughaus des Königs Herodes, und belagerten sofort den königlichen Palast, untergruben auch einen der Thürme, worauf die jüdische Leibwache des Titularkönigs freien Abzug erhielt, die Römer aber aus ihrem Standquartiere nach den drei königlichen Thürmen: Hippikus, Phasael und Mariamne, sich durchschlugen. Dieß geschah am 6. September (68 n. Chr. bell. II. 17, 6. 8).

Wir sehen hier deutlich das untere oder östliche Königshaus der Asmonäer oder Herodier von dem oberen Palaste oder Prätorium neben der Burg Davids unterschieden. Στρατόπεδον aber bezeichnet hier dieselbe Stationswache der Soldaten, welcher Christus zur Geißlung und Verspottung ausgeliefert ward, und in deren Schutz sich die Königin Berenice flüchtete.

O wunderbare Fügung der Vorsehung! Wie der Heiland dort unter den Ruinen des Thurmes oder königlichen Hauses David zu Bethlehem geboren war, so sollte Er jetzt von Herodes Antipas in dem auf der Grundlage des salomonischen Cedernpalastes erbauten alten Königshofe der Asmonäer, welchen somit die makkabäischen Fürsten nach dem Exil inne hatten, und anderseits von Pilatus in der Herrscherburg der herodischen Fürsten Angesichts des Thurmes Davids oder der Burg Sion gerichtet und zum Tode verurtheilt werden!

L. Kapitel.

Christus vor Herodes.

„Sofort sandte Pilatus Jesum zu Herodes, welcher eben in Jerusalem anwesend war.“

Eine neue Episode flicht sich in die dramatische Handlung ein und neue Personen treten auf die Bühne: es ist der Hofstaat des Vierfürsten Herodes und seine Repräsentanten, die Höflinge. Hatten dort die Sadducäer und Pharisäer Jesu das Urtheil gesprochen, so kam nun das Erkenntniß an die Herodianer. An den Höfen ist von religiösen und sittlichen Prinzipien in der Regel wenig die Rede, sie gehören in dieser Beziehung der Tiefe an. Wir oben, über den Gemeinen erhaben, was haben wir mit den Gründen der Dinge und mit den religiösen Doktrinen zu schaffen? Die Macht beruht ja eben darauf, daß sie nicht davon befangen sey, sondern sie befängt und beherrscht, und, selbst von ihren Geboten nicht berührt, das Volk damit zufrieden stellt. Von Bergeshöhen überschaut man alle Wolken der Täuschungen: die Himmelssterne aber sind zu ferne, als daß ihr Einfluß weiter zu befürchten wäre! — Darum: wie es auf den Bergen kaltet, während es in der Niederung warm ist, obwohl jene der Himmelsleuchte näher stünden, so ist es gewöhnlich auch an den Höfen der Großen. Gleichgiltig gegen das Höhere sind sie dabei doch wundersüchtig, und möchten gerne die geheime Maschinerie durchschauen, wo die Wunder spielen, um entweder durch ihren Scharfsinn diese Propheten aus der Höhe zu entlarven; oder gibt es wirklich Wunderthäter, dann den Einfluß dieser Marabuten zu ihrer Machtvermehrung auf das Volk zu benutzen, und zugleich die Zukunft, die verschleierte, sich zu sichern. Aber wie es sich dann findet, daß gerade die frechsten Ungläubigen am allermeisten abergläubisch sind, und mit einer kindischen Furcht überall von bösen Omen verfolgt werden: so war es auch hier mit der Wundersucht des Prophetenmörders der Fall. (Ps. XIV, 5. LIII, 6.) Der Vielbesprochene naht, geführt von den Pharisäern und Schriftgelehrten.

„Herodes aber freute sich sehr, Jesum von Angesicht zu sehen. Denn er hatte schon lange gewünscht, seinen Anblick zu genießen, weil er schon viel von Ihm gehört hatte; und nun hoffte er, Ihn irgend ein Wunder wirken zu sehen."

In der That hatte Pilatus ihm damit ein unerwartetes Compliment erwiesen, wie früher mit der Aufhebung des Johannes Baptista: und so empfängt Ihn der Vierfürst mit den Worten unserer heutigen Courtoisie, die also schon über achtzehnhundert Jahre sich herdatiren. Er freut sich der Gelegenheit, daß Er ihn seine Kunststücke schauen und seine Weissagungen hören lassen werde, damit er sich mit Augen überzeuge, was an der Berühmtheit sey. War der Messias um dieselbe Zeit ein Jahr früher der gefährlichen Neugier seines Landesherrn ausgewichen (Bd. IV, 359), so erfuhr dieser „listige Fuchs" jetzt die Genugthuung, daß ihm derselbe gebunden vorgeführt wurde.

„Und er fragte Ihn nun um mancherlei. Er aber antwortete ihm mit keiner Sylbe."

Vielleicht sollte Jesus ihm die Mittel und Wege seiner baldigen Königserhöhung offenbaren, die all seine Regentengedanken in Anspruch nahm. Oder er muthete Ihm zu, auch in seiner Gegenwart Brod zu vermehren. Der aber, der dem Römer Rede gestanden, da Er doch den Ernst in seinem Herzen erkannt, muß verachtend auf jene hohlen Gespenster sehen, die mit dem Heiligen nur Scherz treiben.

„Es traten indeß auch hier die Hohenpriester und Schriftgelehrten auf, und verklagten Ihn heftig." (Lk. XXIII, 7—10.)

LI. Kapitel.
Zweite Verspottung. Investitur des neuen Hohenpriesters.

Jetzt steigt in den Hofschranzen die Vermuthung auf: unser Glanz hat Ihn betroffen, darum schweigt Er. Es ist Einfalt, Blödsinn von Ihm, der an unserer Herrlichkeit zu Schanden geworden. Was bleibt mehr vorzukehren, als Verachtung?

„Und Herodes mit seinem Hofstabe verhöhnte und verspottete Ihn, sie zogen Ihm ein weißes Kleid an, und so sandte er Ihn wieder dem Pilatus zurück.“ (Lk. XXIII, 11.)

Λαμπρὰν bezeichnet eigentlich ein schimmerndes, grellfarbiges, buntscheckiges Gewand, vielleicht aus der Sklavengarderobe, das diese zu scenischen Vorstellungen gebrauchten; denn Antipas liebte das griechische Theaterwesen, wie wir (Mk. VI, 22) hörten, und konnte dessen selbst im Kriege gegen die Araber in seinem Hauptquartiere Machärus nicht entbehren, gleich einem Ludwig XV. in dem schlechtesten Zeitraume der neueren Geschichte. Wieder verstärkt hier Herodes den Glanz seiner äußeren Erscheinung durch seine Umgebung mit den Kriegsleuten (*στρατεύμασι*) oder Heergenossen und Feldobersten, die auch sein Gefolge beim damaligen Bankete bildeten. (Bd. IV, 272. 275.) Darum heißt es: „Herodes verachtete Jesum mit seinem ganzen Heere.“ Es ist die Weise eitler, aufgeblasener Personen, die ihrer Stellung nicht gewachsen sind, sich mit einem Trosse von Dienern zu umgeben, um durch die imposante Schaar ihre eigene Leerheit und Unbedeutendheit zu verbergen. So führt der ständige Candidat des Königthums, Herodes, einen ganzen Schwarm von Höflingen mit sich, um als die hervorragendste Persönlichkeit im Kreise der Unterwürfigen seine Herrlichkeit zu zeigen. Dieses prunkhafte militärische Auftreten war es, was ihn zuletzt den Römern verdächtig machte und seinen Sturz herbeiführte. Eine Gaukelscene,[1]) in solcher Gesellschaft aufgeführt, ist um so empörender.

---

1) Sie vermummen Ihn zum göugelman. Mone, Schausp. des Mittelalters II, 294.

Will ein orientalischer Fürst einen Fremden huldreich empfangen, so pflegt er ihm ein Ehrenkleid zu übersenden, damit er sich würdig vorstellen könne, oder einen Kaftan zur Anerkennung seiner Verdienste und Erhöhung seiner Stellung zu verleihen. Für Christus wird das Gewand eines Thoren als Staatskleid passend gefunden. (Vgl. Jak. II, 2.)

Weiß war die Farbe, wie man damals einen Thoren kleidete; ein Narrengewand statt eines Königsmantels, das war der Schimpf, womit sich jetzt der schwache, eitle, wankelmüthige Vierfürst für jene Majestätsbeleidigung entschädigte und rächte, daß seine eigenen Unterthanen Jesum im vorigen Jahre nach jener Brodvermehrung für ihren König hatten ausrufen wollen; und von Seite der Höflinge Rache dafür, weil der Herr zuvor, wie ihnen gemeldet ward, sich Anzüglichkeiten über sie erlaubt, indem Er (Lk. VII, 25) sprach: „Die weichlich gekleideten Menschen sitzen an den Höfen der Könige!“ Herodes selbst war ein solcher wollüstiger und wie ein Schilfrohr wankelmüthiger Weichling — *ἀγαπῶν τὴν ἡσυχίαν*, wie Josephus schreibt; und nur durch sein Furienweib einigermaaßen aus seinem Phlegma aufzustacheln. (Bell. II. 9, 6.)

Ein weißes Kleid, ein strahlender Mantel, gehörte bei den Persern, Ägyptern und selbst bei den Römern zu den Insignien königlicher Würde, auch Götterbilder wurden so gekleidet. Der siegreiche Imperator wurde bei den Etruriern mit den Gewändern des Tinia, ihres obersten Gottes, geschmückt, um ihm als Triumphator übermenschliche Ehren widerfahren zu lassen. Christus dagegen empfängt hier das Gewand eines Hof- und Schalksnarren. Hohe Staatsmänner, wie Senatoren, Präfekten, Tribunen, trugen bei Festlichkeiten, Feldherren am Tage der Schlacht eine weiße Chlamis; ebenso führten alle, welche sich um Ehrenstellen bewarben, candidas vestes, woher noch der Name Candidat stammt. So sollte Jesus in dieser Tracht zuvörderst als Prätendent der Messiaswürde auftreten, und von Herodes, der Ihn längst zu sehen Verlangen getragen hatte, als solcher verhöhnt werden. Er steht hier als Narrenbischof und Schellenkönig zugleich, wie der Aufzug von Sklaven und untergeordneten Kirchendienern in solchem Costüme von den römischen Saturnalien auf die christlichen Weihnachts- und Fastnachtsgebräuche sich fortgeerbt hatte. (Mein Heidenth. II. §. 90—92.)

Weiß war auch der hohepriesterliche Talar, und selbst die

gewöhnlichen Priester trugen eine solche Tunika.[2]) Damit wollte der Tetrarch Jesum zugleich als Stellvertreter des Hohenpriesters und des jüdischen Presbyterats maskiren, weil Er in der Bestrafung seines sittenlosen Hoflebens und in der Rüge der übrigen Laster der Zeit strenger als der Pontifex selber verfuhr.

Endlich war nach Josephus' und der Rabbinen Zeugniß[3]) es bei den Juden (wie Römern) Herkommen, daß angeschuldete Verbrecher in schwarzen Kleidern sich vor Gericht stellten, bis sie sich reinigen und von der Anklage weiß waschen konnten, und so gleichsam wie die Täuflinge das Kleid der Unschuld wieder anzuziehen würdig wären. Im weißen Aufzuge aber sandte Herodes den Heiland zu Pilatus zurück, damit höhnisch anzudeuten, als sey Er keiner Zurechnung fähig. Wir thun hier einen Blick in die klägliche Corruption und über alle Beschreibung gehende Schlechtigkeit der Höflinge. Wir sehen die Menschen voll sittenlosem Unglauben, ihre höhnische Ausgelassenheit und Hinwegsetzung über alles Heilige, ihre raffinirte Bosheit. Doch lassen die heiligen Berichterstatter schnell den Vorhang fallen, die Völker erfahren dergleichen immer früh genug. Franz Bako, der sein Lebenlang mit Fürsten umgegangen, schreibt essays XIV, 2: „Unter allen Menschenkindern sind die Könige diejenigen, die am wenigsten für Gott thun, obgleich Gott am meisten für sie gethan hat.“ So wird hier wie anderwärts an den Höfen mit dem lieben Gott Comödie gespielt, ohne daß den Frivolen eine Ahnung kömmt, daß dadurch das Königthum selbst zu einer Comödie werden möchte.

Vielleicht glaubte der Vierfürst dieß seiner Würde schuldig zu seyn und hatte Jesu wohl auch den Rohrstab, womit Ihn nachher die römischen Soldaten während der Geißlung und Krönung schlugen, bei der Zurückführung zu Pilatus mitgegeben, aus Rache für die vermeinte Beleidigung, die der Herr bei derselben Gelegenheit früher ihm zugefügt, indem Er zum Volke sprach: „Was

2) Tacit. hist. II, 89. Valer. Max. I. 6, 12. Exod. XXVIII, 39. 40. Wetstein in Luc. XXIII, 11. Bd. III, 114.

3) Ant. XIV. 9, 4. XVI. 9, 3; cf. bell. II. 1, 1. Joma f. 19, 1. In conclavi Gazith sedit Synedrium Israelis, et examen habuit de sacerdotibus: quicunque labe tactus inveniebatur, nigro vestitus et velatus dimittitur; quicunque absque labe, albo amictus atque velatus in atrium ingreditur, et ministrat cum fratribus suis sacerdotibus. Ebenso Middoth c. 5, 3. f. 37, 8.

seyd ihr hinausgegangen, zu sehen? ein Schilfrohr, das vom Winde hin- und hergetrieben wird?" — Dafür erhielt Jesus nun ein Rohr eingehändigt, steif und fest, daß es von keinem Windhauch hin- und hergetrieben wurde, und der Heiland mußte es fühlen! Hatte der alte Herodes den Magiern von Osten spöttisch erklärt: sie möchten nur nach Bethlehem vorangehen, er werde zur Anbetung nachfolgen! so übernimmt sein Sohn mit seinem Hofstaate die Erfüllung der Adoration. Aber der Spott fiel auf ihre Häupter zurück, ihre Rolle war zu Ende: kaum zehn Jahre später, und Herodes wurde, all seiner Herrlichkeit und seines Fürstenmantels entkleidet, sammt seiner eitlen Gemahlin Herodias schimpflich nach Lyon in Frankreich in's Elend verwiesen, starb aber zuletzt in Spanien.

LII. Kapitel.

Rücktransport in's Prätorium. Befreundung zwischen Herodes und Pilatus.

„Und so schickte er Ihn wieder zu Pilatus heim. Am selben Tage wurden Herodes und Pilatus Freunde, nachdem sie vorher sich feindselig gegenübergestanden waren." (Lk. XXIII, 11. 12.)

Der Vierfürst sendet den Nazarener, aus dem er nichts herauszubringen weiß, nachdem sie ihren Muthwillen an Ihm ausgelassen, im weißen Ornate als einen Gegenstand des Gespöttes zurück. Siebenmal wird Christus an seinem Leidens- und Opfertage hin und wieder geführt: von Gethsemane zu Annas, von da zu Kaiphas, aus dem Kerker vor den Hohenrath, von hier vor Pilatus, Herodes und wieder zum Landpfleger zurück, und endlich vom Prätorium zur Richtstätte. Darum ist den Pilgern auch der Besuch von sieben Kirchen vorgeschrieben.

Der Vierfürst erklärt sich nicht näher, aber der ganze Aufzug und Mummenschanz verräth dem Römer zur Genüge seine geheime Meinung über den Messias. Übrigens deuten die Worte: von da an waren sie Freunde! wohl noch auf eine verbindliche Mittheilung insgeheim. Nichts war natürlicher, als die Abneigung, welche die Herodier gegen die römischen Prätoren empfanden; denn obwohl der alte Herodes selbst die einheimische Königsfamilie entthront und als Usurpator sich an die Stelle gesetzt hatte, betrachteten seine Söhne doch Judäa als ihr Stammland, und nach Archelaus' Entfernung wünschte gerade Antipas nichts sehnlicher, als König darin zu werden.

Statt diesem Wunsche zu willfahren, schickte Rom fort und fort seine Prokuratoren. Hiezu kam, daß ihn die Römer in seinem Kriege gegen die Araber nicht unterstützten. (Bd. IV, 283. 352.) Pilatus hatte sich zum Bau der Wasserleitung von Ethan einen Eingriff in den Tempelschatz erlaubt (Bd. V, 46 f.), worüber Herodes Antipas und noch den späteren Judenfürsten die Obhut zustand. Deßhalb war es, zumal der Wasserthurm eingestürzt war und viele Arbeiter erschlagen hatte, am vorjährigen Osterfeste zu einem Volksaufstand und blutigen Gemetzel gekommen, das Pilatus vorzugsweise unter den Galiläern, den Unterthanen desselben Herodes, beim Opfer im Tempel anrichten ließ — Gründe genug, um die Spannung bis zur offenkundigen Feindseligkeit zu steigern.

Die Veranlassung zum Zerwürfniß zwischen Herodes und Pilatus war aber wohl eine mehrfache und beiderseitige. Einerseits hatte der Landpfleger eine Anzahl Galiläer bei der Schlachtung der Osterlämmer im Tempel hingeopfert, ohne sie zur allenfallsigen Bestrafung an ihren Landesherrn auszuliefern; anderseits unterhielt Herodes hinter dem Rücken der römischen Statthalter einen fortgesetzten unmittelbaren Verkehr mit dem kaiserlichen Hofe, der nichts anderes bezweckte, als eben die Entfernung der Prokuratoren und die Wiederherstellung des herodischen Königthums. Als der Legat in Syrien, Vitellius, der Vater des nachmaligen Kaisers, auf Tiberius' Befehl mit dem Partherkönig Artaban zur Friedensbesprechung persönlich auf dem Euphrat zusammenkam, begleitete ihn der dienstbeflissene Vierfürst, und ließ den hohen Gästen und ihren Vasallen in einem Zelte mitten auf dem Flusse mit großem Aufwande eine Mahlzeit anrichten; benützte aber zugleich die Gelegenheit, da Artaban seinen Sohn Darius mit pompösen Geschenken dem Kaiser als Geisel zuschickte, durch eigene Kouriere den Tiberius von deren Ankunft zu verständigen, so daß dieser dem Vitellius auf seinen Bericht zurückmeldete, er sey bereits von allem unterrichtet gewesen. Dieß nahm ihm der römische Statthalter übel, und ließ schließlich unter Cajus seinen Groll an ihm aus. Herodes Agrippa klagte den Antipas vor demselben Caligula des Einverständnisses mit Sejanus zum Sturz des Tiberius und des geheimen Bündnisses mit Artaban gegen die Herrschaft des Cajus an und führte zum Beweise die 70,000 Waffenrüstungen in seinen Arsenalen auf. Lief diese Inzicht, die ihm sein Vierfürstenthum kostete, auch vielleicht auf eine Verleumdung hinaus, so zeigt sie doch, welcher

Zweideutigkeit man ihn für fähig hielt, und wie die Familie Herodis selber gegen einander wüthete. So fehlte es nicht an nachbarlicher Rivalität. Jetzt aber, da Herodes eigens auf's Fest gekommen, damit seinen Unterthanen nicht wieder ein Leid geschehe, überliefert Pilatus seiner fürstlichen Hoheit unter geziemender Anerkennung seiner Jurisdiktion seinen berühmten Unterthan, den Propheten aus Nazaret, der Tetrarch aber, dessen eifersüchtigen machthaberischen Ansprüchen damit ein Zugeständniß gemacht war, findet sich geschmeichelt.

Ein Machthaber in so schwieriger Stellung, wie sie Pilatus unter diesem allzeit unzufriedenen und zu Klage und Tumult aufgelegten Judenvolke einnahm, mußte zumal bei seiner ungewissen Stellung dem Kaiserhofe gegenüber wünschen, die Zahl seiner Gegner in der Provinz thunlichst zu vermindern, und so benützte er den Anlaß, den Herodes seiner dienstbereiten Ergebenheit und ausgezeichneten Freundschaft zu versichern, zugleich aber an die frühere Gefälligkeit mit der Aufhebung des Propheten Johannes zu erinnern. (Bd. IV, 90.) Es erfolgt, wie unser unvergleichlicher Overbeck es so meisterhaft zeichnet, ein diplomatischer Händedruck. Der Römer will dem Gekränkten eine öffentliche Genugthuung geben, und durch die Zuvorkommenheit ihn wieder freundlich stimmen; er handelt zugleich nach dem Grundsatze: Schlug ich deine Juden, schlag du meinen Juden! Der Vermittler zwischen Juden- und Heidenthum, „indem Er die trennende Scheidemauer niederriß, die Feindschaft aufhob und am Kreuze tödtete" (Eph. II, 14 f.), stiftet unwillkürlich auch noch zwischen Pilatus und Herodes die Versöhnung. Der Heide und der Jude verständigen sich mit einander, Christus aber wird das Opfer dieses Bündnisses — dieß ist ein charakteristischer Zug, der durch die ganze Geschichte geht, wo der Pakt der weltlichen Gewalt mit dem Freimaurerthum Epoche macht.

Herodes macht von seiner heimischen Gerichtsbarkeit auf fremdem Boden keinen Gebrauch, sondern weist den Gefangenen dem forum apprehensionis zu. Sollte er Ihn etwa nach Machärus abführen lassen, und durch seine Hinrichtung die Volksungunst noch vermehren, die ihm bereits der Tod des Täufers zugezogen hatte? Die Scene kehrt also wieder zu Pilatus zurück, vor dessen Hause sich der tobende Pöbelhaufen von neuem versammelt. Dem Römer geschah Recht, er muß nun wieder an's Werk: sofort beginnt das zweite Verhör im Prätorium, im Ganzen aber schon die vierte Prozedur an diesem Vormittage.

LIII. Kapitel.
Begnadigungssitte auf die Festzeit.

„Nun pflegte aber der Landpfleger und benöthigte Pilatus, dem Volke auf das Fest einen Gefangenen loszugeben, welchen es begehrte.“ [1])

Der heutige Tag war der Geburtstag der Nation. Eben am vierzehnten Nisan hatte Israel seine Freilassung aus der Dienstbarkeit in Ägypten erlangt, und mußten die Ältern nach Ex. XII, 26 die Geschichte der Befreiung unter seinem Führer und Gesetzgeber Moses und die Bedeutung des Paschaopfers erklären; an diesem Tage hoffte die Nation auch die zweite Erlösung durch den Messias. Dem zur dankbaren Erinnerung wurde nach einem alten und bedeutsamen Herkommen ein Theil der Gefangenen immer auf diese heilige Zeit in Freiheit gesetzt, die großen Verbrecher aber aus allen Landestheilen herbeigeführt, und Angesichts des ganzen bei dem Feste anwesenden Volkes zum abschreckenden Exempel hingerichtet. Aus letzterem Grunde brachten sie auch den Zebedäiden Jakobus am Osterfeste vom Leben zum Tode, ja nach Hegesippus' Meldung bei Eusebius h. e. II, 23 hat selbst Jakobus der Bruder des Herrn am Pascha den Martyrtod erlitten. Was am Versöhnungsfeste die beiden Sündenböcke, und außerdem die beiden Sperlinge waren, [2]) das stellten am Ostertage diese armen Sünder vor, von denen immer ein Theil losgelassen wurde, der andere sein Blut geben mußte.

Zu diesem, wie es scheint, uralten und ursprünglichen Herkommen kam aber in jüngster Zeit ein besonderes Volksprivilegium, dessen wir außer dem Evangelium noch im Talmud Erwähnung finden. Seit nehmlich die Väter des Hohenrathes theils freiwillig aus mißverstandener Schonung gegen Übelthäter, um nicht hie und da ein löbliches Mitglied des auserwählten Gottesvolkes hinrichten zu müssen,

---

1) Mk. XV, 6. Mth. XXVII, 15. Lk. XXIII, 17 κατὰ δὲ ἑορτὴν, secundum morem festi, oder nach dem Festgebrauche der Ostern. Vergl. Röm. VI, 15. Gal. III, 15 κατὰ ἄνθρωπον λέγω, ich rede nach Menschenart. I. Kor. III, 3. XV, 32. So heißt κατὰ θεὸν nach dem Beispiele Gottes, κατὰ τὰ αὐτά, auf dieselbe Weise.

2) Vgl. Bd. IV, S. 5. Bei der Krönung der französischen Könige ließ man Vögel fliegen.

theils durch die überhand nehmende Zahl der Verbrecher und die Vollmachten des römischen Landpflegers gezwungen, ihre einheimische Gerichtsbarkeit über criminelle Vergehen mit ihren Sitzungen im Conclave Gazith sistirt hatten, was nach den jüdischen Berichten vier Decennien, oder nach einer Stelle: mehr als vierzig Jahre vor der Zerstörung Jerusalems geschehen war, hatten sie dafür, um jene alte Sitte aufrecht zu halten und zugleich ihrem falschen Mitleide zu genügen, von dem Landpfleger das Recht erlangt, immer an diesem Tage die Begnadigung eines todeswürdigen Verbrechers vor dem römischen Tribunale auszuwirken. Die erneute Begünstigung stammt vielleicht erst von Pilatus her, weil er selber spricht: „Ihr seyd gewöhnt, daß ich euch am Pascha einen Gefangenen losgebe" — dann wurde dieser Gnadenakt von ihm erst zum viertenmale ausgeübt; denn mit Unrecht liest die Peschito und die arabische Version Matth. XXVII, 15 „an jedem Feste".

Origenes in Matth. glaubt, durch derartige Gnadenakte hätten die Römer Rücksicht auf die unterworfenen Völker genommen, bis es ihnen gelungen, sie vollends unter ihr Joch zu zwingen. Doch im Leben des Menschensohnes wickelt sich die Centralgeschichte ab, und so haben wir auch hier einen, bei den Hauptvölkern der Vorzeit hergebrachten welthistorischen Akt vor uns, der sich gewissermaaßen an die alte Königssitte der Fußwaschung und Bedienung der niedrigsten Unterthanen beim Festmahle anschließt.

Im Alterthume wurden die Tage einer Hinrichtung als große Opfertage betrachtet. Bei dem Bewußtseyn, daß jeder im Volke mehr oder weniger schuldig sey, wurde an dem Verbrecher das Exempel statuirt, daß er als einer für alle bluten mußte, und so gleichsam die Sünden der Gesammtheit auf sich nahm. Der Tag galt darum als ein Feiertag, oder vielmehr man verlegte die Hinrichtungen auf hohe Festzeiten, und sparte die Verbrecher dazu auf, so in Rhodus auf das jährliche Chronosfest,[3]) in Athen und anderen jonischen Städten auf das Fest der Thargelien, das, dem delischen Apollo

3) Porphyr. de abstin. II, 54. Sacrificabatur enim Rhodi mensis Metageitnion die sexta homo aliquis in honorem Saturni. Qui mos cum diu invaluisset tandem mutatus est. Unum enim ex iis, qui publice morti adjudicati erant, usque ad Saturnalia in vinculis servabant; instante vero festo hominem extra portas juxta Aristobulae templum producentes prius propinato illi vino jugularunt. Mein Heidenth. II, 109. 119. 140.

geweiht, neuerdings von Androgeus dem Kreter eingesetzt war. Man führte alsdann ein paar arme Leute mit Blumen bekränzt wie Opferthiere in der ganzen Stadt umher, überhäufte sie mit Verwünschungen und belud sie gleichsam mit den Sünden des ganzen Volkes, wie bei den Juden den Sündenbock, um sie darauf vor dem Thore von Felsen zu stürzen oder zu verbrennen und ihre Asche in's Meer zu werfen, wie auch in Massilia geschah. Damit aber das Opfer in den Augen der Gottheit einen höheren Werth erhielte, und das Verdienst der Sühne ein um so größeres wäre, wurde das schuldige oder unschuldige Opfer, wie bei den Babyloniern, nominell zum Könige erhoben, oder wie noch im mittelalterlichen Florenz geadelt. So stirbt hier Christus am großen Opferfeste des Pascha als erklärter König der Juden.

Ursprünglich hatte man in der Chronoszeit die jährlichen Menschenopfer zur Versöhnung der rächenden Gottheit an deren Hauptfest durch das Loos erwählt, also unschuldige Kinder oder solche, die sich freiwillig darbrachten, oder durch das Orakel wo möglich aus den höchsten Ständen erkoren wurden, so in Carthago, Rom und anderwärts, wenn nicht der König oder Hohepriester selber das große Opfer auf sich nahm. Auch Fremdlinge kaufte oder raubte man zu dem Zwecke, und lud ihnen als Feinden der Götter auf, alle Schuld des Jahres zu sühnen. Zuletzt aber waren es meist Verbrecher, die, ohnehin des Todes schuldig, unter öffentlichem Gebete geopfert wurden, indeß die übrigen frei ausgingen.

Weil das Pascha von Anfang an den Charakter eines Sühnfestes hatte, welches blutige Opfer erforderte, wurden auch Verbrecher auf diesen Tag zur Hinrichtung aufgespart. Die Gallier glaubten, daß die Opfer von Verbrechern den Göttern besonders angenehm seyen (Caesar b. G. VI, 16), und nach Diodor V hielten die Cimbern ihre Verbrecher fünf Jahre lang — ein trauriges Noviziat! — im Gefängnisse, und hingen sie dann zum Opfer mit vielen anderen Erstlingen an den Galgen, wobei sie große Scheiterhaufen errichteten. Überhaupt traten im späteren Heidenthum bei den jährlichen Cultusfesten vorwiegend Übelthäter an die Stelle der früheren freiwilligen Opfer. Dieser Grundgedanke eines Opfers, das mittels der Hinrichtung der Gottheit gebracht wird, ist aber dem Judenthum so wenig als dem Christenthum fremd, denn auch in der christlichen Zeit wurden die Tage einer öffentlichen Hinrichtung, wie die Schlachttage als große Opferfeste des Volkes betrachtet, wo man eingedenk war, daß eigentlich alle vor Gott sündhaft seyen, aber einer für alle zum Exempel am

Leben gestraft werde. Ihn hielt man dafür der Seligkeit für versichert, und so ging unter dem Gebete, Gott möge die Gemeinde, von dem Vorwurfe erlöst, wieder in seine Gnade aufnehmen, der blutige Akt der Gerechtigkeit vor sich.

Zur Festfeier der großen Panathenäen gehörte, daß die Gefangenen während desselben ihrer Freiheit genoßen.[4]) Ähnliches galt an den Thesmophorien und Bachanalien der Griechen und Römer. So lesen wir bei Marcellin im Briefe an Hermogenes von den Festen der Ceres: *Νόμος ἐν τοῖς Θεσμοφορίοις, λύεσθαι τοὺς δεσμώτας.* Nicht bloß die Römer an ihren Lektisternien, sondern nach dem Zeugnisse des Homer, Plato und Pausanias auch die Griechen, und nach Xenophons Angabe die Perser, so wie nach Athenäus (deipn. XIV) schon die Babylonier, ließen den Gefangenen an hohen Festzeiten wenigstens größere Freiheit und einige Erquickung zukommen, theilweise aber selbst eine Amnestie für Verbrecher eintreten, so zwar, daß die Kerker sich öffneten, zugleich Prozesse suspendirt oder niedergeschlagen wurden, und eine allgemeine Gastfreundschaft Freund und Feind versöhnte zur dankbaren Erinnerung, daß auch die Götter einst erbarmend zu den Menschen niedergestiegen, sie von den Fesseln der Thierheit und Barbarei befreit, und ihnen dieses Freudenfest bereitet hatten. Solches geschah namentlich bei den Ägyptern am Fest des Amun, bei den Tyriern an

4) Schol. Demost. Timokr. 184. Livius V, 13. Anno u. c. 355. Duumviri sacris faciundis, lectisternio tunc primum in urbe Romana facto, per dies octo Apollinem, Latonamque et Dianam, Herculem, Mercurium atque Neptunum tribus, quam amplissime tum adparari poterat, stratis lectis placavere. Privatim quoque id sacrum celebratum est. Tota urbe patentibus januis, promiscuoque usu rerum omnium in propatulo posito, notos ignotosque passim advenas in hospitium ductos ferunt, et cum inimicis quoque benigne ac comiter sermones habitos, jurgiis ac litibus temperatum, vinctis quoque demta in eos dies vincula; religioni deinde fuisse, quibus eam opem Dii tulissent, vinciri. Euseb. de martyr. Palaest. c. II, 3. Cum Imperatoris vicennalia jam adessent, et ex solemni more universis, qui in custodia tenebantur, indulgentia publice per praeconem annuntiata est, solus Romanus, Caesariensis ecclesiae diaconus, Antiochiae martyrio exornatus est. Meursius Graec. fer. 800. Attic. VI, 21 und Panathen. c. 26. Casaubon in Sueton. Tiber. c. 61. Bucherus Ant. Bibl. p. 423 sq. Kreuzer, Symb. u. Myth. in Mone S. 321.

jenem des Herakles Melkart, bei den Italioten am Fest des Saturn im Dezember, so daß der Jahrgott, welcher zum Sinnbild der gebundenen Sonnenkraft und in Zeiten der Noth regelmäßig selbst gefesselt gewesen war, seiner Banden entlediget, und zugleich ein Erlöser und Befreier der Sklaven wurde. Darum nannten die Thasier den Herakles auf ihren Münzen σωτήρ, ihren Heiland, und von ganz ähnlichen Festen, die zu Cydonia auf Creta gefeiert wurden, weiß uns Eustathius zu berichten. Die sicher altjüdische Observanz[5]) rechtfertigte sich in den Augen der Römer um so eher, da bei diesen ein ganz ähnlicher Gebrauch herrschte.

Jetzt sollte es wieder Frühling auf Erden werden, und der Panzer des alten Winters, der so lange die Erde gefesselt hielt, zerspringen, oder die Ketten der eisernen Zeit von dem rettenden Gotte sich lösen: dafür schlugen sie den Erlöser in Banden. Sie wollen von der Begnadigung absehen, oder machen ihres Gleichen los und gesellen sich zu ihm, um dafür den Unschuldigen büßen zu lassen. In diesem Falle haben sie sich an Ägyptens Knechtschaft gewöhnt: um so weniger ist es ihnen um ihre messianische Befreiung zu thun. Zu ihrem Verdrusse muß jetzt Pilatus das Volk und die Priesterschaft auf den Gebrauch ihres alten Vorrechts aufmerksam machen: sie, die sonst so ängstlich über ihre Privilegien wachten, hätten dießmal gerne darauf verzichtet, da es den Tod des Messias galt, um an Ihm nach Paulus' Ausspruch zu bewahrheiten, daß das mosaische Gesetz keine Gnade kannte. (Hebr. X, 28.)

---

5) Pesachim f. 91, 1. Si quis mortuum luget aut tumulum aperit, et sic etiam is, cui promiserunt eductionem ex carcere, idem infirmus et senex, qui quantitatem olivae comedere possunt, pro illis mactant agnum paschalem. Maimon. hilc. Sanhedrin c. 7. Mos est antiquus tempore Paschatis, quo dimittunt ex vinculis eos, qui levius delictum commiserunt, ut gaudere possint gaudio magno, i. e. solemniter in festo Paschatis cum universo populo. At sceleratos homines ac peccatores per eminentiam exhilarant quidem tempore Paschatis, sed remittunt hos velut operarios iniquitatis, in domum custodiae, ut morte plectantur.

LIV. Kapitel.
Barabbas.

„Da rief Pilatus die Hohenpriester und die Primaten des Volkes näher, und sprach zu ihnen: Ihr habt diesen Mann mir vorgeführt, als wenn Er das Volk aufwiegle; aber seht, ich habe Ihn in eurer Gegenwart verhört, und in keinem Punkte schuldig befunden, wessen ihr Ihn zeihet. Auch Herodes nicht; denn ich habe euch an ihn gewiesen; und seht, es liegt keine That auf Ihm, wodurch Er den Tod verdiente. Ihr habt aber das Herkommen, daß ich euch am Osterfeste einen Gefangenen begnadige, welchen ihr verlangt. So will ich Ihn also zuvor züchtigen, und dann loslassen.“ [1])

Pilatus mochte, so wenig er auch bisher von Jesus Notiz genommen hatte, doch auf Sympathien rechnen, die derselbe im Volke hatte. Was ist aber von dem Wankelmuth der Menge zu erwarten? Auch verrechnete sich der Landpfleger, wenn er glaubte, die versammelte Judenmasse werde das Verbrechen des Barabbas für so verabscheuungswerth halten. Im Gegentheil! wer immer in jener Zeit einen Tumult erregte, wenn es nur gegen die verhaßten Römer losging, wurde vielmehr als Freiheitsheld und im Unglücksfall als Martyr gepriesen.

„Er hatte aber damals einen berüchtigten Gefangenen, Namens Barabbas. Dieser war wegen Aufruhrs, den er in der Stadt erregte, und um eines Mordes willen in's Gefängniß geworfen, und lag mit den anderen Aufrührern in Banden.“

Die äthiopische Version liest: „einen allbekannten Räuberhauptmann, der mit Aufrührern und Mördern gefangen saß“. Bar Abba ist bei den Juden kein ungewöhnlicher Name, [2]) so Samuel bar Abba, Nathan bar Abba, Abba bar Abba; ebenso geläufig war ihnen Rab und Rabba: und in der That stand Barraban im Hebräerevangelinm, [3])

---

1) Lk. XXIII, 13—16. *Ἀνακρίνειν* ist die feierliche Formel der gerichtlichen Befragung und Entscheidung, wie Apstg. IV, 7. XXV, 26. XXVIII, 18.

2) H. Moëd Katon f. 82, 1. B. Beracoth f. 18, 1. Juchasin f. 70, 1.

3) Hieron. in Mth. XXVII. Vinctus insignis iste in evangelio, quod scribitur juxta Hebraeos, filius magistri eorum interpretatur, qui propter seditionem et homicidium fuerat condemnatus.

also der Sohn eines Rabban, Rabboni oder Rabbuni, d. i. eines Schulhauptes. Zufolge der Chronik der Samariter stürzte Babarrabas, der Sohn Nathanaels des Sohnes Äbon, ihres Hohenpriesters, den ehernen Adler, welcher bei der römischen Eroberung auf Garizim gepflanzt ward, um die Bewohner vom Besuche des h. Berges abzuhalten. — Die Evangelisten schreiben jedoch *Βαραββᾶς*.

Markus deutet an, Barabbas war Einer der Aufruhrsgenossen! denn es gab damals bereits eine Faktion der Tumultuanten von Profession, aus welchen die bei Josephus (bell. IV, 9, 9 f.) so berüchtigten latrones seditiosi, Sikarier oder mörderischen Zeloten hervorgingen, welche den großen Aufstand der letzten Tage verschuldeten und Stadt und Volk in's Verderben hineinzogen. Die Verwilderung hat seitdem im Oriente nicht abgenommen, denn wie damals Ituräer und Idumäer, so sehen wir ganze Stämme entarten, und die Namen Beduine, Assassine, Ismaelier, Nasairier mit Räuber und Mörder gleichbedeutend geworden. Das Vorspiel des Aufruhrs, wovon hier die Rede ist, hatte sich wahrscheinlich in Folge der Gewaltschritte des Pilatus erst vor kurzem ereignet (vgl. Bd. V, 53 f.). So sehr waren Meuterei und Wegelagerung bereits an der Tagesordnung, daß uns der jüdische Geschichtschreiber eine Menge Räubernamen aus dieser Zeit namhaft macht, wie: Annibas oder Hannibal, Ptolemäus, Amaram, Eliezer und andere, woraus wir ersehen, daß diese Helden der allgemeinen Menschheit schon frühe die Kunst verstanden, unter alten Heroennamen ihr sauberes Handwerk zu treiben, und sich vulgo berühmt und gefürchtet zu machen. Ein solcher Bandenführer war auch Barabbas. Der Richter weiß, es naht die heilige Zeit des Volkes, wo er zu Gerichte zu sitzen pflegt, die aber zugleich eine Gnadenzeit ist. Er denkt den für unschuldig erkannten Heiland nach vorgängiger Züchtigung, die Ihm für die Kreuzstrafe hingehen sollte, wie sie sonst der Kreuzigung immer voranging, freizulassen, und so zu ihrer Satisfaktion den Akt der Gesetzmäßigkeit an Ihm, wie gegen einen Verbrecher, vorzunehmen.

„Indem nun das Volk sich versammelt hatte und hinaufdrängte,[4])

4) Einige Handschriften, darunter die Vatic. 1209 und Cantabrig., sowie die Vulgata, die memphitische und saïtische Übersetzung, lesen hier im Texte *ἀναβάς*, Vulg. ascendisset. Erasmus schlägt das etwas ungewöhnliche *ἀναβήσας* vor, welches zwischen dem *ἀναβάς* und dem *ἀναβοήσας* der meisten griechischen Handschriften, besonders des Cod. Alexandrinus, die Mitte hält. Mk.

fing es an zu bitten, er möchte ihnen gewähren, was er bisher immer gethan." Die Menge drang mit Gewalt gegen den Palast vor, erfüllte den Hochplatz und erstürmte gleichsam oder erstieg den Richterstuhl auf dem Forum vor dem Prätorium, sowie sie sich auch förmlich zum Richter aufwarf. Da rief Pilatus den Versammelten zu, und sprach: Welchen wollt ihr, daß ich euch losgebe: Barabbas, oder Jesus den Judenkönig, welcher Christus genannt wird? [5]) Origenes las noch in einem großen Theile der älteren, mitunter noch vorhandenen Handschriften: „Wen wollt ihr loshaben: Jesus Barabbas, oder Jesus, welcher Christus genannt wird?"

Auch die armenischen, syrischen und hierosolymitischen Versionen nebst einem Scholion lesen Jesu Barabbas, die andern nicht, daher Lachman den Zunamen verwirft. Also trug nach einer merkwürdigen Fügung des Zufalls auch der Raubmörder (wie gleichzeitig mehrere Hohepriester) den Namen Jesus oder Josua. Später jedoch fand man dieß anstößig, und ließ die erstere Pronomination aus dem Texte. Aber es liegt wirklich eine Ironie des Schicksals in diesem Zusammentreffen, daß gerade Jesus der Sohn Abba's begnadigt, der Sohn des himmlischen Vaters aber verurtheilt wurde! Mit dem wiederholten Jesus, dem Christus oder dem gesalbten König der Juden neckt Pilatus absichtlich die gesalbten Hohenpriester, ihren angestammten Theokratenstolz. Das Volk selbst nimmt an der Verhandlung Theil; wenn aber bei den judiciis popularibus in Rom dem Magistrat Klage, Zeugenverhör und Straferkenntniß zukam, und das Volk das Recht der Bestättigung oder Lossprechung übte, so war in Jerusalem der Senat der Judenschaft Kläger, das Volk aber vermöge des jus aggratiandi betheiligt, indem es am heutigen Tage einen Verbrecher freibitten durfte.

XV, 8. Die Worte 13: *Οἱ δὲ πάλιν ἔκραξαν* sprechen indeß mehr für unsere jetzige griechische Lesart, also: „Da fing der Haufe Eines Zusammenrufens an, zu begehren."

5) Mk. XV, 7—9. Mth. XXVII, 16. 17. Lk. XXIII, 19. Orig. tract. VIII in Mth. In multis exemplaribus non continetur, quod Barabbas etiam Jesus dicebatur, et forsitan recte, ut ne nomen Jesu adveniat alicui iniquorum. In den Worten: Christus der Judenkönig, oder der gesalbte König der Juden, gibt sich die Fortsetzung des obigen Spottes kund. S. 199.

LV. Kapitel.

Traumgesicht der Claudia Prokula. Pilatus' Herkunft.

„Während Pilatus nun auf dem Richterstuhle saß, schickte seine Gemahlin und ließ ihm sagen: Habe mit diesem Gerechten nichts zu schaffen, denn ich habe heute im Traume viel um Ihn gelitten.“ [1])

Die Römerin hat ein Gesicht gehabt! war es doch das ganze Heidenthum, das wie in einer Traumwelt lebte, und von solchen ominösen Visionen sich bestimmen ließ. Im Traume spielen beide Welten ineinander, die Welt der Wirklichkeit und die Welt der Täuschungen: hier aber hat sich den entbundenen Sinnen in der Passionsnacht das schrecklich Bevorstehende gezeigt; und wie Calpurnia nach dem schweren Traume in der Nacht vom 14. auf 15. März den Julius Cäsar vor dem verhängnißvollen Idus warnt, so sucht die Obige ihren Mann von übereilten Schritten abzuhalten, und die nahe Zukunft wird lehren, ob die Ahnung wahrgesagt. Das Judenthum empfängt keine Offenbarung, wohl aber die Heidin, und der Fall ist zugleich psychologisch interessant. Träumte sie, wie die nordische Chriemhilde, daß zwei wilde Thiere, der Löwe von Juda und die römische Wölfin, den Phönix von Galiläa erwürgten, der in seiner Jugend von Zipporis, der Vogelstadt, nach dem ägyptischen Heliopolis hinübergeflogen war? Sah sie den Tod ihres Gatten voraus, der aus Verzweiflung über den Messiasmord sich zuletzt in sein eigenes Schwert stürzte? Oder ahnte sie den Untergang des ganzen Geschlechtes, die semitische Nibelungennoth, in Folge deren all die Häupter des gewaltthätigen Volkes sammt Tempel und Palast verbrannt werden sollten? Sah sie im nächtlichen Gesichte das dunkle Verhängniß heraufsteigen, welches der Völkerheiland auf seinem Todesgange den klagenden Matronen Jerusalems vergegenwärtigte mit den Worten: Jammert nicht über mich, sondern über euch und eure Kinder! Die Römerin kann die Angst nicht mehr bewältigen, sie ist vom Lager aufgesprungen und erhebt, eine unglückkündende Cassandra, ihre Stimme, sie schaut in der

---

1) Mth. XXVII, 19. Cf. B. Taanith 25, 2. Cum aggrederetur rex Sapores Rabbam affligere, misit ad eum mater ejus, dicens: nihil tibi sit cum isto Judaeo!

verhängnißvollen Stunde in die Zukunft, und die Geschichte bekundet, daß sie wahrgesagt.

Die historische Überlieferung im Evangelium Nikodemi c. 2 und bei Nicephorus Callistus hist. I, 30 nennt sie Claudia Prokle; indeß war sie nach derselben Quelle [2]) bereits eine Proselytin des Thors, ein Vorkommen, welches damals unter den römischen Damen schon so häufig war, daß der Senat in Rom bald sogar mit Gewalt dawider einschreiten wollte.

Aber wie kömmt die Römerin nach Palästina? Noch Kaiser Augustus hatte nach ächtrömischer Strenge die alte Lex Oppia eingeschärft, welche allen Staatsmännern, wie auch den Legaten untersagte, ihre Frauen mit in die ihnen anvertrauten Provinzen zu nehmen, und nur in den Wintermonaten diesen eine Besuchsreise erlaubte. Die Damen dieser Befehlshaber galten in der Regel für die eigentlichen Plagegeister der eroberten Länder; bei allen Klagen und Erpressungen waren es immer die Weiber, gegen welche am meisten Klage geführt wurde: an sie schloß sich ein ganzer Anhang von habgierigem Gesindel, daher jene Norm. Als jedoch unter Tiberius der Senator Severus Cäcinna dieß Gesetz erneut wissen wollte, und allen vorstellte, welche Bestechungen und Gunsterschleichungen das Frauenregiment in den unterjochten Ländern nach sich ziehen würde, wie kostspielig ihr Aufwand im Frieden, wie niederschlagend ihre Besorgnisse im Krieg, und wie unstatthaft es überhaupt wäre, sich in solchem Weiberaufzuge den ausländischen Völkern und Bundesgenossen vorzustellen: da fand er heftigen Widerspruch, die Opposition setzte die Verwerfung seines Antrages durch, nur sollte nach Senatsbeschluß die Modifikation eintreten, daß die Statthalter für alle Intriguen ihrer Frauen, weil diese sogleich anfingen, ihre Protektion wieder geltend zu machen, verantwortlich wären. [3])

---

2) Evgl. Nicod. I, 2. *θεοσεβὴς ἐστιν καὶ μᾶλλον ἰουδαΐζει.* Im mittelalterlichen Passionsspiele (Mone I, 114) gibt der Teufel dem Weibe des Pilatus diesen Traum ein, um so das Erlösungswerk rückgängig zu machen.

3) Sueton August. c. 24. Tacit. Annal. I, 40. II, 54. 55. III, 33. 34. IV. 20; cf. V, 1. Während meiner Anwesenheit in Jerusalem 1845 auf 1846 beliebte es dem Pascha Mohammed, die Fleischpreise herabzusetzen. Die Fleischer der Stadt, mit dieser Maaßregel unzufrieden, wandten sich zuerst an ihn, als ihnen aber der Versuch mißlang, an seine Gemahlin, und brachten es sofort durch ihre Bestechung dahin, daß sie die Taxe wieder erhöhen durften.

Dieß fürchtete man im Capitol um so mehr, da die Einwohner der Provinzen auf diese Weise häufig größere Milde und Schonung zu erfahren hoffen durften, was dem starren Römerthum gefährlich schien. So kömmt es selbst in den Zeiten der Judenverfolgung unter Gamaliel dem Jüngern vor, daß, als zwei Brüder, Julian und Pappus, deren Andenken noch jetzt von den Juden hoch gefeiert wird, wegen ihrer Weigerung, eine gesetzwidrige Handlung zu begehen, gleich den makkabäischen Geschwistern, von den gebietenden Römern hingerichtet wurden, der R. Josua ben Schemua an der Spitze einer Gesandtschaft an eine vornehme Dame zu Cäsarea sich wandte, und also das Wort führte: „O Himmel! sind wir denn nicht Kinder Eines Vaters und Einer Mutter? Warum sollen wir anderen Völkern nachstehen, daß ihr so schreckliche Gesetze wider uns erlasset?“ Die Worte verfehlten ihren Zweck nicht, und auf die Verwendung dieser Römerin wurden Trajans Verfolgungsmandate zurückgenommen. (H. Megilla f. 70, 3. Rosch haschana f. 19. Taanith f. 18.)

Also sehen wir jetzt auch Pilatus, nach dem Vorgange des Germanicus und der Agrippina in Deutschland, sowie des Statthalters L. Piso in Syrien u. a., seine Gemahlin bei sich haben, und auch sie legt ihre erbarmende Fürsprache ein. Prokle selbst führte den Vornamen Claudia wahrscheinlich als Angehörige der gens Claudia, aus welcher der Kaiser Tiberius stammte, und diesem Umstande mochte der römische Ritter Pilatus eben seine Erhebung zum Prätorate verdanken, ähnlich wie nachmals der Landpfleger Felix als ein Freigelassener des Kaisers Claudius denselben Posten eroberte. Dieser Felix hatte sich wohl erst im Lande mit Drusilla, einer Jüdin, verheiratet. (Apstg. XXIV, 24.)

Pontius ist ein samnitischer Name für Pomtius und bedeutet (wie πέντε oder pomtis auf der bantischen Tafel = quinque), was Quinctius. Pilatus aber heißt entweder der Kahlkopf (pỳlatus, vgl. pelet, zu pelé, der Haare beraubt), daher der Berg dieses Namens in der Schweiz (wo der Landpfleger versunken seyn soll) eigentlich der Kahlenberg genannt ist. Oder es ist, was pỳlosus = comatus oder crinitus, capillosus, ein Beiname von Freien, die langes Haar trugen. Pīlatus, mit langem i, ist der mit dem Pfeil oder Wurfspieß versehene. Pileati hießen die mit der spitzen phrygischen Mütze bekleideten Priester in den Mithriaken (Seel Mithr. 436), sowie nach Jornandes die Priester der Gothen von ihren Hüten, weil sie mit bedecktem Haupte opferten. Der Pileus (Filzhut) mit kurzgeschnittenem Haar war ein

Abzeichen des Römers im Gegensatze zum Sklaven. Pilatus wäre demnach abgeleitet, wie Capet von cappatus. Vielleicht hatte einer der Vorfahren des Prätors sich beim primus pilus ausgezeichnet, wenigstens gebrauchen Virgil und Martial dieß Wort als Adjektiv. Das griechische Menologium zählt Prokula unter die Heiligen, und Pontius Pilatus figurirt bekanntlich im Credo. An seinem Geburtstage oder Thronfeste hatte der Vierfürst Herodes den Täufer Johannes aus der Haft zu befreien gewünscht, aber seine ränkesüchtige Gemahlin Herodias wußte seinen Eidschwur zum Verderben des Propheten zu wenden. Umgekehrt sucht des Landpflegers Frau ihren Gatten gnädig zu stimmen, und dieser das Begnadigungsrecht am Jahrestage der Erlösung Israels zu Gunsten des gefangenen Nazareners auszulegen.

LVI. Kapitel.

Volkssentenz wider Christus. Amnestie für den Rebellen.

„Inzwischen bestachen die Hohenpriester und Ältesten das Volk, und hetzten es auf, daß sie den Barabbas losbitten und Jesum verderben sollten."

Sie hatten diesen Condottiere ja in ihr Interesse gezogen, wenn nicht selber gedungen, darum suchen sie ihn pflichtschuldig durchzubringen, und der Pöbel, der allzeit eher für seines Gleichen eingenommen ist, fällt ihnen zu. Schon weil dieser Aristides der Gerechte genannt wird, also einen Vorzug vor uns anderen behauptet, spricht der Bürger Athens, will ich seinen Namen auf meinen Scherben schreiben, auf daß er durch den Ostracismus bürgerlich todt und aus dem Staate verwiesen werde.

„Da schrie die ganze Menge zusammen: Hinweg mit diesem! den Barabbas gib uns los! Pilatus redete ihnen noch einmal zu, indem er Jesum gerne freilassen wollte; denn er wußte wohl, daß Ihn die Priester nur aus Eifersucht überliefert hatten. Er erwiederte ihnen: Was soll ich denn mit diesem thun, den ihr den König der Juden nennet? Sie aber schrien dawider und riefen alle: An's Kreuz mit Ihm! an's Kreuz mit Ihm!" (Mk. XV, 10–13. Mth. XXVII, 18. 20–23. Lk. XXIII, 18. 20. 21.)

Das Volk selbst übernimmt jetzt die Rolle. Dieses, nur von seinen Wohlthaten wissend, sollte wohl des Gerechten sich annehmen, und dem Gerichte den Mörder und Todtschläger übergeben. Aber dem geschieht nicht so: es schlägt sich auf die Seite des Verruchten, und erklärt sich somit offen für das verbrecherische Geschlecht, dessen Väter von jeher die Propheten getödtet, die zu ihrem Heile gesendet worden. So ist der Pöbel zu aller Zeit launig, wetterwendisch und von keinem Verlasse, nur dem seinen Beifall zujauchzend, welchem und so lange die Glückssonne ihm scheint. Wo aber ein edler, unschuldig verfolgter Mann, der Verfechter einer Idee und wahre Volksfreund, im entscheidenden Augenblicke von seiner Umgebung und den nächst Betheiligten eine nachdrückliche Haltung, eine entschiedene, inner den Grenzen des Rechtes sich beschränkende Unterstützung erwartet: er wird feige Seelen um sich sehen, die, alles Charakters baar, ihn preisgeben, und nur um ihr Interesse zu wahren, vor dem möglichen Zorne der Gewaltigen noch schnell genug aus der Schlinge zu ziehen sich beeilen, ja aus niedriger Wohlthuerei seine eigenen Ankläger werden. So zur Zeit eines Sokrates, so zur Zeit Christi.

Die Stimme der Unschuld fand kein Gehör. Einige mochten unter ihnen jetzt einzig der Hoffnung sich hingeben, Jesus werde im letzten critischen Augenblicke wohl noch durch ein Wunder sich retten, wie Er schon dreimal seinen Peinigern und Steinigern unsichtbarer Weise sich entzogen hatte. Der bestochene und erhitzte Haufe macht das Recht der Majorität geltend und bringt jede andere Stimme zum Schweigen. Nicht Jesum, sondern vielmehr oder im Gegentheile (μᾶλλον) den Barabbas! brüllt er und stürmt gegen das Richthaus vor. Ob noch so vielstimmig, sind sie doch dem Sinne nach einstimmig, und so liest die persische Übersetzung Mth. mit Recht: „Sie erwiederten: laß Barabbam los, aber übergib uns Jesum!" Fürwahr! ein würdiger Held und Gegenstand der Erlösung, den die Volksführer in Vorschlag bringen! Die Stimmführer nehmen sich gleichwohl seiner an und erklären sich für seines Gleichen als Mörder des Menschensohnes.

In förmlichem Aufruhr hatten die Juden vor Jahr und Tag Jesum zum König auszurufen begehrt, Er aber sich ihnen entzogen. Nunmehr beschuldigen sie Ihn nicht bloß als einen Aufrührer, sondern — welch seltsamer Widerspruch! erheben eben einen Straßenauflauf, um seine Verurtheilung zu erzwingen und dagegen einen auf der That ertappten Unruhestifter loszubringen. Barabbas ist der Repräsentant jener aufständischen Banden, welche zuletzt die Oberhand in Jerusalem und dem ganzen Lande erhielten, und Stadt und Volk in's Verderben hineinrissen. Christus wird als Rebell verurtheilt, der bekannte Bandit aber geht vogelfrei aus, ob er gleich Aufſtand angezettelt und Mord und Straßenraub verübt hat. Dieß iſt die Moral in und nach allen Revolutionen. Um den Nazarener fallen zu machen, ſind die Juden geneigt, auf ihr Privilegium der Loslaſſung eines Gefangenen lieber gar zu vergeſſen; Pilatus ſelbſt muß ſie an ihr Vorrecht erinnern, aber er gibt den Gerechten auf, um es mit dem gebildeten und ungebildeten Janhagel nicht zu verderben, der ſonſt gegen ſeine Verwaltung Klage führen würde. Das iſt der Weltlauf. Sowie die Machthaber gegen die Kirche zu Felde ziehen, begeben ſich die Volksvertreter willig ihrer Anſprüche und Vorrechte. Und ſiehe da! der Staat läßt dem ſouveränen Pöbel gegen die Kirche freien Lauf, mit anderen Worten: Der weltliche Deſpotismus befreundet ſich mit dem kirchlichen Radikalismus, um ſeine Stellung zu behaupten. Den ordentlichen Bürger und ehrlichen Unterthan hat man nicht zu fürchten, er bleibt ja unter allen Umſtänden treu, ihm braucht die Regierung keine Zugeſtändniſſe zu machen. Pilatus behauptet ſich länger im Amte, da er es mit der rothen Meute hält und den Gerechten opfert.

Wunderliche Praxis! Man will der Revolution wehren, ſchützt aber die revolutionären Prinzipien, läßt den Wühler los und zieht vielmehr jene zur Strafe, die dem Umſturze zu begegnen trachten. Der, welcher das Volk allein veredeln, ſittlich beſſern und in Ordnung erhalten konnte, muß das Vorbild abgeben, wie der unchriſtlich gewordene Staat ſich gerade an denen vergreift, die ihn allein ſtützen könnten, und die Kirche knebelt, als ob von ihr ein Umſturz zu beſorgen wäre, dagegen die Aufrührer, die für das Königthum Schaffote errichten, frei läßt, und deren modus acquirendi ſich aneignet. „Lieber den Barabbas als die Kirche freigeben!“ iſt die Parole der Aufklärung. Der Prozeß zwiſchen Chriſtus und Barabbas, wovon, wie bei den Mitgefangenen des ägyptiſchen Joſeph: der eine an’s Holz gehangen, der andere frei gelaſſen worden, erhält dazu noch immer neue Auflagen, ſo oft es gilt, zwiſchen einem Apoſtaten oder kirchlichen Rebellen und einem Rechtgläubigen ein Urtheil zu fällen. In Wahrheit aber genügt es nicht, den Barabbas gebunden zu halten, ſondern man muß den gebundenen Chriſtus frei machen, es darf nicht Gut und Bös’ als gleichberechtigt behandelt werden.

„Es war aber um die dritte Stunde, da ſie mit Ihm an’s Kreuz trachteten.“ So faßt Auguſtinus die Stelle Mk. XV, 25 und erklärt: linguis occiderunt eum, ſie hefteten Ihn mit ihren Zungen an’s

Kreuz! Es war Vormittags, kurz nach neun Uhr nach unserer Stundenzählung, als sie Ihn zu kreuzigen begehrten.

LVII. Kapitel.

Die Geißlung.

„Zum drittenmale nahm jetzt der Landpfleger das Wort, und fragte: Was hat Er denn Böses gethan? Ich finde einmal keine Todesschuld an Ihm: ich will Ihn also geißeln und frei lassen." (Lk. XXIII, 22.)

Es ist merkwürdig, wie der Versuch, Jesum zu retten, diesem nur neue Beschimpfung, Pein und Verhöhnung, dazu hier die Geißlung und Dornkrönung eintrug. Er will Ihn züchtigen (παιδεύειν, castigare), mit Ruthen streichen, eigentlich witzigen, wie ein Kind durch Strafe klug machen, um von weiteren Dingen abzuschrecken. Er dachte Ihn durch eine so schimpfliche Züchtigung zu entehren, und nach dieser Infamie Ihm allen weiteren Einfluß auf das Volk, alle Gedanken auf eine Thronbewerbung zu verleiden, wie es die Römer in ähnlichen Fällen thaten, um Ihn dann anderwärts hin zu verbannen. Auch sonst, wenn ein Sklave frei werden sollte, pflegte sein Herr ihn vor den Prätor zu führen, und dieser ihn mit einer leichten Ruthe (virgulta) zur Vergeltung auf den Rücken zu schlagen, damit er sich's merkte. Aber die Strafe entehrt nicht, sondern die Schuld, und wie schuldlos mußte der seyn, dem selbst ein ungerechter Richter das öffentliche Zeugniß seiner Unschuld wiederholen mußte!

„Da nahm Pilatus Jesum und ließ Ihn geißeln. Die Soldaten führten Ihn also hinein in den Vorhof des Richthauses, riefen die ganze Schaar zusammen und zogen Ihn aus."

Der Diktator hatte 24, der Consul 12, der Prätor aber 6 Stabträger in seinem Gefolge, deren Name lictor gleichbedeutend mit ligator erscheint, soferne sie in Banden schlugen. Auffallend wird beim jüdischen Landpfleger keiner solchen Liktoren erwähnt, welche in ihren Fasces das Richtbeil mit den Ruthenbündeln führten; darum mußten die Soldaten der Hauptwache requirirt werden, die, wie wir aus Josephus (bell. II. 13, 1 custodia. 17, 8 castra; vgl. S. 194) wissen, zunächst am Palaste des Prätors lag und öfter der Schauplatz solcher Scenen war. Allerdings finden wir auch sonst (Sueton Calig. 26), daß einfach Soldaten die Auspeitschung vollstreckten. Die Geißlung gehörte eigentlich mit zur peinlichen Untersuchung. So soll Paulus (Apstg. XXII, 24 f.) gestäupt und gefoltert, und zu dem Zwecke mit Riemen gestrichen werden. Es scheint sich hier um eine am Platze stehende Schandsäule zu handeln; selbst das berüchtigte Toldos Jeschu p. 17 faßt es so auf: „Die Ältesten von Jerusalem nahmen Jesum, brachten Ihn in die Stadt und banden Ihn an einen marmornen Pfeiler (stehend) in der Stadt, schlugen Ihn darauf mit Peitschen, sprechend: Wo sind deine Wunderwerke, die du gethan?" Catasta hieß außerdem der Stein, worauf man Sklaven zum Verkauf und Angeklagte zum Verhör stellte. Der Traktat Maccoth, worin von den gerichtlichen Streichen die Rede ist, erklärt c. 3, 12: „Der Sträfling stützt beide Hände auf eine Säule (oder sie werden ihm, wenn sie zu hoch ist, zu beiden Seiten angebunden), der Chazan faßt seine Kleider, sie mögen reißen oder sich trennen, bis die Brust entblößt ist. Hinter ihm liegt ein Stein, auf ihn tritt der Chazan und hält einen Riemen von Kalbsleder in der Hand, der doppelt und vierfach über einander geschlungen ist, wozu noch zwei Riemen (von Eselhaut) sich verbinden." Diese Säule war nach Bartenora i. l. so hoch, daß ein Mann sich darüber lehnen mochte, d. i. zwei Ellen, oder nach Jom tob nur anderthalb. Auf dem Quader dahinter stehend zur Vermehrung der Wucht der Streiche hieb der Strafmeister aus Leibeskräften erstlich ein Drittheil der vorgemessenen Zahl (d. h. dreizehn) stracks auf die bloße Brust; darauf die beiden anderen Drittel der Geißelhiebe über die rechte und linke Schulter. Dabei durfte aber der arme Sünder keineswegs mehr an die Säule sich lehnen, sondern wurde noch zur Vermehrung der Wucht der Streiche bei dem grausamen Martervollzuge mit dem Oberleibe nach vorne getaucht. Diese Strafe hatte der Weltapostel Paulus von der jüdischen Synagoge fünfmal an seinem Leibe erduldet, wie er selbst im zweiten Briefe an die Korinther XI, 24 schreibt. Blieb der Delinquent dem Peiniger unter den Händen, so trug dieser keine Strafe davon, er hätte denn die Zahl der Riemen über Menschengebühr verstärkt. [1])

1) Von der Trauerweide sagt die Legende, sie lasse ihre Zweige voll Trauer darüber herabhängen, weil mit Ruthen von diesem Baume Christus gestäupt worden sey. Die Palme strebt aufrecht zur Höhe, während ihre Blätter wie in Demuth sich herabbiegen. Sie ist das Symbol des Triumphes und der Auferstehung. Jetzt aber wird der dürre, unfruchtbare Zweig zur Ruthe gebunden, dem Sinnbild der Sündenstrafe, des Lebens, das keine oder nur böse Frucht trägt.

So war es bei den Juden: alle Beschreibung überstieg aber erst die blutdürstige Grausamkeit der Römer! Hier galt wahrlich das Wort des alten Königs Roboam im Vergleiche: Wurde bei den Juden mit Ruthen gepeitscht, so hieben die Römer mit Skorpionen. Man unterschied hiebei zwischen der Anwendung des Stockes (fustis), der Ruthe (virga) und der Geißel (lorum, flagellum), die aus Leder geflochten und mit Stacheln (scorpio) oder Thierknöcheln versehen war (flagra pecuinis ossibus catenata). Unter den Kaisern kamen auch Geißeln mit eingeflochtenen Bleikugeln (plumbatae) vor. Die Ruthenstrafe, von den Liktoren vollstreckt, kehrten die Römer wider Personen von Ansehen und Geburt und wider Freie vor; Sklaven dagegen oder solchen gleich Geachtete wurden mit Peitschen traktirt. Vor der Geißlung wurde dem Sträflinge vorerst das Gewand herabgerissen, dann erfolgte die schauderhafte Prozedur. (Dion. v. H. IX, p. 596. Apstg. XVI, 22.) Ebenso geschah es mitunter, daß man die so Entblößten an eine niedrige Säule band, um sie zu einer gebückten Stellung zu zwingen und Rücken und Leib um so mehr der Vollkraft der Hiebe auszusetzen, daß die Opfer der Justiz in der That wie Würmer sich unter dem Fuße ihrer Peiniger krümmten. So schreibt Gellius X, 3: „Auf dem Forum steht ein vereinsamter Pfahl, dahin wurde jetzt der angesehenste Mann der Stadt geschleppt, ihm die Kleider herabgerissen und die Geißlung mit Ruthen vorgenommen.“ Dasselbe besagt die Tradition in Bezug auf den Heiland. Bereits Hieronymus, nehmlich ep. ad Eustoch., und Gregor v. Tours, de glor. mart. c. 11, bezeugen, diese Säule sey noch vorhanden (man wollte sie der heiligen Paula in Rom gezeigt haben), und Prudentius beschreibt sie als drei Hand (oder Spannen?) hoch. Die Säule stellt sonst die Stärke vor, jene aber, an welche Christus gebunden ist, ist bildlich eine geborstene zum Sinnbild der gebrochenen Kraft des Heilandes.

Zur Erforschung der Wahrheit stund dem römischen Richter die Tortur (quaestio per tormenta) zu Gebote, wobei Beklagte mittels dünner Ulmenstäbchen oder Sklaven mit Resteln voll Knochenspitzen und Bleistücken auf gegründeten Verdacht hin so lange gegeißelt wurden, bis der Richter erklärte, es sey der Quästion genug [2]) geschehen.

---

2) Martial epig. II, 17. Cruenta pendent qua flagella tortorum. Juvenal Sat. XIII, 195. Occultum quatiente animo tortore flagellum.

Nach römischer Sitte wurde aber auch jeder, der ausgeführt werden sollte und nicht römischer Bürger war, erst gegeißelt. Livius erzählt dieß besonders von den Hinrichtungen im Sklavenkriege, Curtius auch von Alexander dem Großen. Einer Geißlung mit ausgesuchten Qualen gedenkt Justin hist. XXI, 4 vom karthagischen Feldherrn Hanno: Dieser wurde zuerst gegeißelt, dann, nachdem sie ihm die Augen ausgestochen, gerädert, endlich aber, bereits todt, noch an's Kreuz geschlagen. Dergestalt war bei den Römern eine zweifache Geißlung im Gebrauche, und oft erlitten jene, welche bereits zum Kreuztode verurtheilt waren (bell. II. 14, 9), sie so grausam, daß die Opfer während der Exekution ihren Geist aufgaben. Philo und Josephus erwähnen vorzugsweise der unter Flakkus und Florus, den Nachfolgern des Pilatus, vorgekommenen abscheulichen Züchtigungen. Ersterer führt (Flacc. §. 10) Beispiele an, daß Delinquenten sogleich todt hinfielen oder lebensgefährlich erkrankten. Da die Strafe oft genug in Anwendung kam, mußten die Marterwerkzeuge im Gerichtshause vorhanden seyn.

Die Geißlung Jesu gleicht der römischen Tortur, wobei der Körper jämmerlich genug zerhauen ward.[3]) Er, der Adams Schande zugedeckt, mußte sich hier zuerst öffentlich entblößen lassen: seine Gewande wurden Ihm herabgerissen, und darnach wieder angezogen, daß sie an seinem blutigen Leibe klebten. Sie fielen mit ganz besonderer Wuth und Grausamkeit über Ihn her, da Pilatus durch eine grauenvolle Zerschlagung und Verwundung selbst das wüthende Volk zum Mitleid gegen seinen Gefangenen herabstimmen, und dann Ihn begnadigen wollte; während die römischen Kriegsknechte es für eine quaestio per tormenta nahmen, und durch die möglichst schreckliche Folter schon ein Schuldbekenntniß aus Ihm herauszupressen dachten, da ihnen die Untersuchung bereits lange genug zu dauern schien. Um die Marterpein zu verstärken, bedienten sie sich gewiß der Geißeln mit Nesteln oder Stricken, an deren Enden kleine würfelförmige Knochenstücke (μάστιξ ἀστραγάλωτος) oder metallene Knöpfchen und Kugeln befestigt waren. So schreiben die Smyrnäer von ihren

3) Vgl. Apstg. XXII, 24. Im Passionsspiel aus dem XIV. Jahrhundert tritt der Jude Rufus auf, und gibt den Kriegsknechten 20 Mark, daß sie Jesum recht unbarmherzig geißeln und dem Zorn und Rachegefühl der Juden Genüge geschehe — nachdem Pilatus selber gesprochen: Schlaget Ihn, daß Er nie solche Pein hat erlitten in seinem Leben.

Martyrern,"[4]) sie hätten eine Geißlung ausgestanden, bei der man sie bis auf die Flechsen und Aderngeflechte hinein zerfleischt, so daß man die ganze Anatomie des Körpers an ihnen habe abnehmen können. Eusebius erzählt von einer solchen wörtlich: „Alle Anwesenden erschracken, als man sah, wie sie zum Theil bis auf die Adern zerrissen waren, dergestalt, daß die Glieder des Leibes bloß lagen und selbst die Eingeweide zu sehen waren."

Bei einer römischen Prozedur wurde der Verurtheilte von vier Kriegsknechten zugleich am ganzen Leibe, ohne Maaßgabe der Streiche, mit Geißelhieben zerfetzt und blutig geschunden. Das Opfer der Justiz wurde mit verhülltem Haupte, mit gebundenen Händen und entblößtem Rücken gegeißelt, zum Zeichen der Infamie oder daß er römischer Bürger zu seyn aufgehört habe; alsdann erfolgte die Hinrichtung. Im flavischen Amphitheater oder Colisseum wurden die zum Tode bestimmten Opfer häufig auf eine Plattform gestellt, um mehr gesehen zu werden: — so war auch hier das Volk Zeuge der blutigen Züchtigung. Die Brutalität roher Menschen wächst, wenn der Beleidigte sich ruhig alles gefallen läßt; der menschliche Übermuth will dann gleichsam sich selber erschöpfen, und die Grenze der Leidensfähigkeit des Gemarterten erproben, bis wo er genug habe und es ihm zu viel werde. So erging es dem Heilande mit seiner himmlischen Geduld bei der erbärmlichen Marter, indeß Er auf alle Angriffe keine Widerrede einlegte.[5])

Hier steht Er, der Mann der Schmerzen, wie Ihn Isaias LIII, 4 f. geschildert, also zerschlagen und verwundet, als ob die strafende Hand Gottes auf Ihm, wie auf Hiob, gelegen, dabei stumm, wie ein Lamm, das zur Schlachtbank geführt wird. Aber unsere Leiden hat Er auf sich genommen und um unser willen wird Er gemartert, damit die Menschheit beim Anblicke solcher Schmerzen zur Besinnung käme, um die schrecklichen Torturen aufzuheben, wie sie das heidnische Alterthum zum Theil selbst in gottesdienstlicher Absicht verhing, anderseits um die Mängel der Mönchsascese zu ergänzen. So geißelte man

---

4) Epist. eccl. Smyrn. c. 2. *Οἱ μάστιξι μὲν καταξανθέντες, ὥστε μεχρὶ τῶν ἔσω φλεβῶν καὶ ἀρτεριῶν τὴν τῆς σαρκὸς οἰκονομίαν θεωρεῖσθαι ὑπεμεῖναν.*

5) Im heutigen Jerusalem dient die Bastonade als Foltermittel. Ehedem verrichteten die lateinischen Mönche in der heil. Grabkirche am Charfreitag unter sich die Geißlung, so auch in den Klöstern.

Knaben am Altare der Mondgöttin in Arkadien und zu Sparta, wie die fremden Kauffahrer auf Delos, und im Dienste der römischen Bellona mußten die Priester Arme und Schultern sich blutig ritzen. Das Blut, welches so den Altar der Göttin bespritzte, sollte nach Lykurgs Verordnung stellvertretend für das Blut von Menschenopfern eintreten (Cicero Tusc. quaest. I, 14), d. h. es ward ihm dieselbe sühnende Kraft beigemessen. Daß Verbrecher nach gemeiner Sitte an Säulen gefesselt wurden, weiß schon Homer zu berichten.[6]) Jetzt wird Eros durch Psyche, oder in Prosa geredet, die göttliche Liebe durch die Menschenseele an eine Säule gebunden, deren Lüsternheit als erste Verschuldung die geschaffenen Wesen um ihren Himmel gebracht. Sklaven pflegte man zu peitschen, so wie die Kreuzigung eine Sklavenstrafe war; darum nennt sie Josephus προβασανιζόμενοι. Wegen eines von Antonius Maximus bis auf den Tod geschlagenen und gekreuzigten Sklaven soll Jupiter selbst seinen Unwillen ausgesprochen haben. Auch bei den Deutschen war das Stäupen eine Strafe für Knechte, zudem wurden coloni geschlagen. Ein mit dieser Leibesstrafe belegter Freier büßte damit seine Freiheit ein. Nach der Carolina traf auch Kuppler und Kupplerinen dieß Loos. Daß die Römer die Geißlung vor wie nach den Tagen Christi häufig in Anwendung brachten, zeigt außer dem Beispiele des Diakons Laurentius, welch letzterer vor seinem Feuertode erst mit Ruthen geschlagen ward, das Schicksal des Simon Giora, der als Hauptrebelle im jüdischen Kriege nach der Einnahme Jerusalems gefangen, und in Rom im Triumphe aufgeführt, mit dem Strick um den Hals über das Forum geschleift, am Richtplatze der Verbrecher auf dem Felsenrande gegen das Forum zu erst hart mit Ruthen gestrichen, dann vollends hingerichtet wurde. Um so mächtiger wirkte später das Beispiel des leidenden Erlösers auf die Rechtsübung im christlichen Staate.

Pilatus hofft noch immer, das Volk werde so mitleidig seyn, wie seine Götter, und die Geißlung für das Opfer des wirklichen Todes hinnehmen — doch der fanatisirte Haufe gibt sich nicht zufrieden, sondern begehrt mit denselben Zeichen, wie der römische

6) Od. XXII, 193. Dionys. Laert. VIII, 21. Plut. Bach. IV. 6, 25. Mein Heidenth. II, 112 f. Die Oberpriester der Mexikaner mußten bei schweren Unglücksfällen sich mit schneidenden Instrumenten verletzen und wie die Baalspfaffen sich Blut entlocken.

Pöbel im Cirkus gegenüber dem verwundeten Gladiator den letzten Todesstoß.

LVIII. Kapitel.

Barbarische Grausamkeit der Römer.

Bei solchen Mißhandlungen zeigte sich recht die mordlustige Blutgier und schonungslose Brutalität der römischen Soldaten, die durch die ganze Geschichte Roms so entsetzlich mit allen Völkern der alten Zeit umgegangen. Erschrecklich lautete schon die Formel, mit welcher der Sträfling zur Geißlung abgeliefert wurde, wie sie Hugo Grotius (in Matth. XXVII, 19) nach Seneka u. a. anführt: Summove, Lictor, despolia, verbera, lege age, animadverte! „Beiseite, Liktor, die Kleider vom Leibe, schlag' zu nach Commando! Achtung!"

Von der damaligen Barbarei hat man seit Einführung des Christenthums keinen Begriff mehr. Welch grausamer Blutdurst sich im ganzen römischen Volke entzündet hatte, das nach den Wüthereien des Krieges noch an der öffentlichen Schlachtung der Gefangenen in den fortgesetzten Gladiatorenspielen sich letzte, davon gibt selbst ihr Familienleben Beispiele. Was die Geißlung (virgarum saevitia) insbesondere betrifft, so hatte schon jede zahlreichere Sklavenfamilie ihren eigenen Knutenmeister, lorarius genannt, der mit dem oben geschilderten, gewöhnlich mit Draht umflochtenen Marterinstrument die unmenschlichen Stäupungen zur Friedensunterhaltung vorzunehmen hatte; ja man fragte sich allen Ernstes, ob denn eine Sklavencreatur auch ein Mensch sey? Die römischen Matronen bedienten sich häufig der öffentlichen Peitschenknechte (carnifices) nach ihrer Laune zur Bestrafung ihrer armen Sklavinen wegen des geringsten Versehens beim Putztische oder wie immer, und zahlten denselben für ihre Bemühung einen ordentlichen Jahrgehalt (annua). Bei bloßem Körper wurden diese dann mit zusammengedrehten Haaren an eine Säule oder an die Thürpfosten gebunden, und mit Riemen aus Rindsleder (taurea) bis auf's Blut durchgepeitscht, bis es der erzürnten Herrin gefiel, zu sagen: Es ist genug! worauf sie, mit Fußeisen und Ketten in den Stock gelegt, diesen bei Tag und bei Nacht umherschleppen mußten. Außerdem galt es für eine gelinde Strafe, wenn sie ihnen nach beliebter Gewohnheit mit Haarnadeln die Brüste durchstachen, und mit Zähnen, Nägeln, Fäusten und Füßen sie zurichteten; ja der fleischfarbige Stein Onyx hat gerade von den Nägeln, die das zarte Fleisch blutroth an den Wangen in Vorschein kommen ließen, seinen Namen. (Bötticher Sabina IV.)

Valerius Maximus II. 7, 8 berichtet, wie der Consul Papirius einen Reiteranführer bestrafte, weil er das Heer ohne Befehl zum Siege geführt hatte. „Welch erschütterndes Schauspiel! Rullianus, der Sieger, muß sich das Kleid abreißen, den Körper entblößen und sich von den Streichen der Liktoren zerfleischen lassen! Noch klaffen die Schlachtwunden, da reißen die knotigen Ruthen auf's neue die Blutquellen auf, und spritzen ihren Inhalt nach den Lorbeern, welche soeben ein glänzender Sieg eintrug." Tiberius ließ einen Centurio wegen Vernachläßigung der Wege auf die Erde niederwerfen und fast zu todt peitschen. (Suet. 60.) Sein Nachfolger Caligula ließ seinem Quästor, dessen Name bei einer Verschwörung mitgenannt war, die Kleider herunterziehen und ihn auspeitschen. Die Soldaten aber mußten sich auf dieselben stellen, um beim Austheilen der Streiche fester Stand zu halten. Bei Fechterspielen gab derselbe Wütherich zuweilen erbärmliche und abgelebte Menschen, ja sogar Maschinenfechter (die man aus einer Holzmaschine durch den sich öffnenden Boden in den Thierzwinger hinabfallen ließ) und allbekannte, aber mit irgend einem körperlichen Fehler behaftete Familienväter den wüthenden Bestien preis; und als einst das Futterfleisch für die zum Hetzen bestimmten Thiere zu theuer war, bezeichnete er die Gefangenen, welche von den Bestien zerrissen werden sollten, ja befahl, indem er sie in der Mitte des Ganges in Augenschein nahm, ohne sich um Namen und Schuld eines einzigen zu erkunden, sie alle abzuführen von einem Kahlkopf bis zum andern. Viele Männer von Stand wurden in die Bergwerke und zum Straßenbau verurtheilt, oder er ließ sie mitten auseinander sägen, vielleicht weil einer von seinem Fechterspiele übel gesprochen. Die Eltern mußten bei der Hinrichtung ihrer Kinder zugegen seyn, und einem Vater, der sich mit Unwohlseyn entschuldigte, schickte er eine Sänfte, einen andern lud er unmittelbar darnach zur Tafel und munterte ihn zur Fröhlichkeit auf. Einen Aufseher der Fechterspiele und Thierhetzen ließ er mehrere Tage hinter einander vor seinen Augen mit Ruthen geißeln und nicht eher hinrichten, als bis der Gestank seines in Fäulniß übergegangenen Gehirns sein Riechorgan beleidigte. Einen römischen Ritter, welchen er den wilden Thieren vorgeworfen und der laut seine Unschuld betheuerte, ließ er noch einmal zurückholen, ihm die Zunge ausschneiden und dann erst den Bestien wieder vorwerfen. Sueton 26 f. erzählt im Zusammenhange damit noch eine Menge weiterer Ruchlosigkeiten, die das blutdürstige Gemüth des damaligen Herrn der römischen Welt kennzeichnen. Kaiser Hadrian stach einem seiner Lieblingssklaven mit dem Griffel im Zorne ein Auge heraus.

Daß die Römer die Geißlung und alles, was mit dem Hinrichtungsakte des jüdischen Propheten zusammenhing, mit unmenschlicher Wuth vornahmen, lag ganz in ihrem Charakter. Jahrhunderte lang hatten sie sich an das Bluthandwerk gewöhnt. Wie wurden die römischen Kriegsknechte in den Schlachten, die der Stiftung des Kaiserreichs vorangingen und nachfolgten, gleich Bluthunden an den Völkern abgehetzt, und da keine Nation auf dem Erdboden so sehr wie die Juden ihnen verhaßt war: welche Barmherzigkeit mochten sie gegen den göttlichen Heiland üben? Wie sollten sie bei dieser ihnen zur anderen Natur gewordenen tigerartigen Grausamkeit, sie, denen Schinden und Plagen, Torturen und ausgesonnene Folterqualen über andere zu verhängen zum täglichen Leben gehörte, gegen den König der Juden eine mitleidsvolle Schonung bewiesen haben? Alle Völker hatten sie mißhandelt und unter die Füße getreten, was sollten sie an brutaler Hudelung gegen den einzelnen sparen?

Also wie im Kriege, so in Friedenszeit weideten sich die Römer an dem Schauspiele der Hinmetzelung und Erwürgung unschuldiger Menschen. Diese Gefühllosigkeit und furchtbare Barbarei spricht sich besonders in ihren Gladiatorenspielen aus; nicht nur gelernte Kämpfer mußten unter sich oder mit wilden Thieren unter den Augen alles Volkes auf Leben und Tod fechten, sondern hundert, ja nicht selten tausend Paare von Gladiatoren warfen nothgedrungen dem Cäsar ihr morituri te salutant zu. Selbst unter dem frommen Trajan, dem Vater des Vaterlandes, währten die blutigen Schauspiele einst 123 Tage; denn in geringerer Zeit konnten die 5000 Paare von Gladiatoren und die vielen Tausende von wilden Thieren sich nicht vernichten oder erwürgen lassen. (Dio LXVIII, 15.) Nach ungefährem Überschlag rafften die Amphitheater im weiten römischen Reiche monatlich 20 bis 30 tausend Menschen hinweg, und an diesem Spiele mit dem Blute und Leben der Menschen, an den gräßlichen Wunden, Zerfleischungen und Todeszuckungen erbauten sich nicht bloß Männer und Jünglinge, sondern auch Frauen und Jungfrauen, ja selbst die Vestalinen, und durch das Rauschen des Blutes in Fieberhitze versetzt, riefen sie mit Ungestüm den Kämpfern ihr Vorwärts! zu. Wenn minder geübte Fechter vor überlegenen Gegnern sich zurückzogen, wurden sie mit Peitschen und glühenden Eisen ihren Würgern in die Hände getrieben; die meisten Verwundeten, welche zu Boden sanken, oder ihre Waffen sinken ließen, erhielten vom Volke mit einem Zeichen der Hand (verso pollice) und dem fürchterlichen Rufe: repete! das Todesurtheil gesprochen. Das Volk sah es nach Seneka's Ausspruch für eine Beleidigung an, wenn einer nicht gerne starb, oder ein paar lange fochten, ohne daß einer tödtlich verwundet zu Boden fiel. Die meisten boten indeß ohne Zagen sich ihren Siegern zur Abschlachtung dar, und nahmen das tödtende Schwert, das sie oft selbst leiteten, willig in ihre Kehle oder in ihre Brust auf.

So sah man den Blutfesten in der Arena des Morgens wie des Abends zu; damit aber kein Augenblick ungenützt und ohne Blutvergießen vorüber ginge, schob man nach der Beendigung der Kämpfe mit den wilden Thieren, wenn der größte Theil der Zuschauer zum Mittagstische nach Hause ging, die s. g. Mittagsspiele ein, indem man die Unglücklichen mit einander fechten ließ, welche von den Gefechten mit den reißenden Bestien übrig geblieben waren. Es war ein Anblick, daß sich die Steine hätten erbarmen mögen. „Ich kam neulich," schreibt derselbe Zeitgenosse der Apostel, Seneka, „von ungefähr zu dem Mittagsschauspiele, wo ich Scherze und Schwänke erwartete, wodurch die vom Anblick des vergossenen Menschenblutes ermüdeten Augen und Gemüther ein wenig erquickt würden; allein alle Kämpfe, die man vorher durchgemacht hatte, waren nichts gegen diejenigen, die man jetzt sah. Die Kämpfenden hatten gar keine Bedeckung mehr, und wenn sie überdem im Gebrauch der Waffen nicht geübt waren, so brachte jeder Streich Wunden und den Tod. Die meisten ziehen diese mörderischen Gefechte, wo man nichts als tödtliche Streiche und klaffende Wunden sieht, den gewöhnlichen Gladiatorenkämpfen vor, und warum sollten sie es nicht? Bei den mittäglichen Kämpfen hält nicht Schild noch Helm den Schwertstreich auf; denn all diese Werkzeuge, sowie die Vertheidigungskünste sind nur Verzögerungen des Todes, den man zu sehen wünscht. Des Morgens wirft man die Menschen den Löwen und Bären, des Mittags den Zuschauern vor; die Sieger über die Thiere werden für andere Sieger aufgespart und ihnen entgegen gestellt, und der Ausgang des Streites ist allemal der Tod. Dieß geschieht, wenn der Kampfplatz leer und das Schauspiel unterbrochen ist; damit man also nicht ganz müssig sey, werden mittlerweile Menschen geschlachtet."

Da das Theater und die Arena zu aller Zeit den beßten Maaßstab für die herrschende Sittlichkeit eines Volkes abgibt, so kann es nicht befremden, daß bei einer solchen öffentlichen Erregung der leidenschaftlichen Mordlust Rom zu einer Räuber- und Mördergrube wurde, wo es von Meuchlern, Mordbrennern, Giftmischern, Vater- und Kindermördern wimmelte — ein Muttermörder wurde Nero selbst! — und daß auch Roms Krieger für alle weicheren Gefühle abgestumpft waren. So zahlreich die Gefängnisse waren, wurden sie doch für die Menge von Verbrechern zu enge, und die Schmiede in der Tiberstadt waren nach Juvenal (Sat. III, 305 f.) mehr mit der Anfertigung von Ketten als von Ackerwerkzeugen beschäftigt. Dieselbe Abnahme aller Gefühle der Menschlichkeit theilte sich auch den überwundenen Völkern mit, die, so sehr sie auch die ersten Schauspiele derart verabscheuten, doch bald um so mehr Wohlgefallen und unüberwindliches Vergnügen daran fanden, je mehr sie auch sonst den ausgearteten Römern ähnlich wurden. [1]) Daß unser Gemüth sich gegen solche Mißhandlung sträubt, ja alle besseren Gefühle wider die Vorstellung solcher Marter sich auflehnen, beweist eben die große Thatsache, daß durch das Christenthum erst Humanität in die Welt gekommen.

LIX. Kapitel.

Die Dornkrönung.

„Da nahmen die Soldaten des Landpflegers Jesum, führten Ihn hinein in den Vorhof des Richthauses und riefen die ganze Cohorte herbei, daß sie sich um Ihn versammelte.“ (Mk. XV, 16. Mth. XXVII, 27.)

Der jüdische Geschichtschreiber hat uns mit dem *στρατόπεδον* oder Lagerquartier neben dem Prätorium auf Sion bekannt gemacht. Hier ist von der herbeigerufenen Besatzung des Lagers oder der nahen Citadelle, einst der Burg Davids, die Rede. *Σπεῖρα*, die römische Cohorte, war der zehnte Theil einer Legion, manchmal auch gleich dem Manipel oder dritten Theile der Cohorte. [1]) Ein Manipel zählte 200 Mann: die Römer waren mit ihren Wachen nicht sparsam. Vor

---

1) Meiners Gesch. des Sittenverfalls der Römer S. 221.

1) Polyb. XI, 21 *σπεῖρα καλεῖται τὸ σύνταγμα τῶν πεζῶν, παρὰ Ῥωμαίοις κοόρτις.* So Apstg. X, 1. XXI, 31. XXVII, 1.

dem Prätorium war ein ganzer Manipel eingelagert, vor jedem Lagerthore standen zehn Mann, vor dem Zelt des Tribuns acht, vor dem des Quästors vier, der Legat hatte zwei Mann Schutz- oder Ehrenwache.

„Nun flochten die Soldaten eine Krone von Dornen, und setzten sie Jesu auf's Haupt." (Joh. XIX, 2.)

Damit nahm der Menschensohn auch noch symbolisch den Fluch der Erde auf sich; denn Dornen und Disteln sind die Frucht der Verwünschung, seit der Mensch das Paradies verlassen hat. Insbesondere war Israel, der Weinberg Gottes, von Dornen und Disteln überwuchert, daß jede gute Rebe davon erstickte, wie es Js. XXVII, 4 heißt; und sie ausrottend wurde der Herr also verwundet. Er war jetzt selber das Wort Gottes, das unter die Dörner gerathen, und wurde von ihnen bis zum Tode umstrickt. Schon Michas VII, 4 bejammert das Elend seines Volkes mit diesem Vergleiche: „Der Beßte von ihnen sey wie ein Dorn, der Redlichste wie der Stachel von der Hecke." Jetzt kam das Lamm des Bundes, und ward, wie Abrahams Opfer auf Moria, also in die Dornen verwickelt.

Der Himmelssohn, der die Strahlenkrone der göttlichen Herrlichkeit abgelegt, um den Menschen zu dienen, wird zum Lohne dafür von diesen mit einer Dornkrone und mit einer Distel in der Hand bedacht. Die Krone in ihrer zackigen Form auf den Häuptern der Könige, wie der Nimbus oder Heiligenschein der Götter, ist nur das Abbild der Sonnenstrahlen, da dem höchsten Alterthume der Gottkönig als geheiligter Stellvertreter der Sonne erschien, um den sich die anderen als Planeten und Trabanten bewegen. Clemens von Alexandrien erinnert,[2]) daß der Herr der Offenbarung, der das Volk Israel mit der Dornhecke des Gesetzes umgürtet, wie Er auf Horeb im Dornbusche erschienen, jetzt am Schlusse der alten Bundeszeit,

---

2) Paedag. II, 8. Cum omnipotens universorum Dominus per Verbum legem ferre et Mosi potentiam suam manifestare coepit, ei divina visio ostenditur formatae lucis in rubo ardente. Spinosa autem planta est rubus. Postquam Verbum incarnatum legem ferre et cum hominibus conversari desiit, mystice rursus Dominus corona coronatur, hinc abiens illuc, unde descenderat, veteris descensus principium instaurans ac de integro veluti in summam redigens, ut quod primum per rubum Verbum visum fuerat, per spinam rursus assumtum ostenderet, omnia esse unius potentiae, cum sit unus et Patris, qui unus est principium et finis saeculi,

nachdem Er mit seiner Menschwerdung die Strahlenkrone seiner Herrlichkeit abgelegt, mit dem Dornkranze um's Haupt von der Erde geschieden sey. Um eine Krone drehen sich fast alle Kämpfe der Welt, und den Lorbeer, mit dem Blute der Feinde getränkt, flechten die Sieger und Helden sich um's Haupt: hier mögen die Könige und Gewaltigen der Erde von Christus Entsagung ihrer Eroberungsgelüste lernen. Sprechend genug ist in jener Parabel von Abimelech im Buche der Richter IX, 19 der Dornstrauch, der die Herrschaft unter den Bäumen an sich reißt, nachdem der Ölbaum, die Feige und der Weinstock sie abgelehnt, das Sinnbild des Thronräubers und ungerechten Herrschers: und so duldet jetzt der Heiland, was andere verdient, indem Er in solchem Aufzuge gleichsam als König der rebellischen Juden die Krönung erhält.

Der Dornkranz ist das Sinnbild der Todesweihe. So schreibt Plinius XVI, 4: „Man sagt, daß zuerst unter allen Vater Liber sein Haupt mit einer Krone aus Epheu bekränzt habe; darauf nahmen die, welche den Göttern zu Ehren opferten, den Brauch an, und die Opfer wurden gleichfalls bekränzt.“ Um Osiris' Grab zu Abydus im Nillande blühte ein Akanthus mit der Sage, daß die Götter daselbst ihre aus Akanthus, Granatapfelblüthe und Weinlaub geflochtenen Kränze an der Dornstaude aufhingen, oder ihre Götterkrone in die Dornen niederfiel auf die Nachricht, daß Typhon zur Herrschaft gekommen sey. Caligula übergab einen Mann, der das Gelöbniß gethan, sein Leben zu opfern, den Priesterknaben, die ihn mit einem Kranze von Opferkraut und einer Binde schmückten, und in den Straßen umherführten, bis er sich vom (collinischen) Hügel hinabstürzte. (Sueton Cal. 27.) Auch die Opferthiere wurden mit Bändern und Kränzen (vittis, infulis) geziert, und waren bei den Römern zugleich mit dem cingulum Gabinium umgürtet.

Von welcher Beschaffenheit war aber dieser Dornenkranz? Der Evangelist nennt die Krone *στέφανον ἐξ ἀκανθῶν*, also bloß mit dem Gattungsnamen. So lag im Norden von Jerusalem ein Akanthonaulon oder Dornthal, während uns jenseits des Jordan der Platz, wo die Kinder Israels die Todtenfeier ihres Vaters Jakob begingen, Area Atad, begegnet. Atad aber ist die hebräische Benennung des Stechdorns (Rhamnus paliurus nach Linné), jenes Stachelgewächses, das über der Wurzel in viele gerade, mit Dornen besäete Äste sich theilt, schwarze Beeren trägt, und in Syrien und Ägypten, besonders aber am Jordansufer bei der Jakobsbrücke, zu Jerusalem in wie außerhalb der Stadt bis zu dieser Stunde in Haufen wächst. Er hat sehr scharfe Spitzen und biegsame Zweige, und heißt bei den heutigen Einwohnern Netes.

Merkwürdig führt Lokman[3]) dieß Dorngesträuch unter dem Namen Auseg in der Fabel redend ein, wie es zum Gärtner gesprochen: „Pflanze mich doch in Mitte des Gartens, gieße und pflege mich, daß Könige meine Blüthe und Frucht zu sehen begehren, und sich daran erfreuen!“ Als aber der Gärtner darnach that, sieh! da wurzelte es tief im Boden, wuchs über alle Bäume hinaus, umschlang sie mit seinen Ästen, und erfüllte mit seinem Gedörn den ganzen Garten, daß niemand mehr ihm nahe kommen konnte — ein schönes Bild für den überhand nehmenden Sündenbaum. Zwanzig verschiedene Namen von Dornen und Disteln werden nach Raschi in Ez. II, 6 in der heiligen Schrift genannt: dieß sind zur Zeit die eben so vielen Sekten im Judenthume, welche den Weingarten des Herrn erfüllen. Unter sie wurde Christus hineingeschleudert, wie Gott bei demselben Propheten das Bild gebraucht, und wie im Alterthume Verbrechen gebüßt wurden (Richt. VIII, 7. 16); und von ihnen war Er umgeben die ganze Zeit seines Lehrwandels hindurch, bis sie Ihm heute den Tod brachten, nachdem Er ihnen, wie (nach Erklärung der Talmudisten zu Exod. I, 12) Israel einst den Ägyptern, stets ein Dorn im Auge gewesen.

Zur Gattung Rhamnus gehören aber der Judendorn, bei den Mauren Schauk et Ibrahim oder die Dornstaude Abrahams (worin sich der Widder verwickelte), und der Christdorn (spina Christi), welcher oft eine Höhe von fünfzehn bis zwanzig Fuß erreicht, Blätter wie vom Ölbaume entwickelt, und als Wegegesträuch zu Hecken dient, auch im Frühlinge leicht zu einem Nadelgeflechte biegsam ist. So mußte Christus, der die Dornhecke des Gesetzes hinwegnahm, selber für uns Dornen tragen. Von diesem letzteren also, oder dem Kreuzdorn (lycium spinosum), arabisch Nabke, welcher aufrechte, hin- und wiedergebogene Äste, viele scharfspitzige Doppel-

3) Celsius Hierbot. I, 205. II, 195. 223. Gretser de cruce Chr. I, 31. Die Distel folgte den Spaniern nach Amerika nach, und verdrängt mehr und mehr den Graswuchs auf den ungeheuren Pampas. Wo der Mensch die alte Vegetation eines Landes zerstört, stellt dieß geharnischte, spitzstachlige Unkraut sich ein. Der Bocksdorn wurzelt in der Asche des Ätna mit verborgenen Stacheln. Es ist gleichsam der bewaffnete Pöbel unter den Pflanzen.

stacheln hat, wurde die Marterkrone Christi gewunden;[4]) damit trat er den Dornenweg zur Kreuzigung an. — Die Römer wählten wahrscheinlich diese Nabke zum so größeren Spotte, weil sie einige Ähnlichkeit mit dem Epheu hat, womit die römischen Kaiser und Siegeshelden zu ihrem Triumphe bekränzt zu werden pflegten.

Das menschliche Leben trägt Dornen zum Lohne; wer dieß nicht weiß, hat nie den Ernst des Daseyns kennen gelernt. Christi Haupt, voll Blut und Wunden, hat sie den Menschen zum Vorbild getragen, und die Dornkrone wird dadurch zum Diadem der höchsten Ehren. Das alles duldete Christus durch den Muthwillen der Kriegsleute über Gebühr, hauptsächlich um die Sünden jener abzubüßen, welche in Vollstreckung peinlicher Strafen mit wohllüstiger Grausamkeit sich übernehmen. Der Dorn ist das natürliche Bild des bösartig in's Herz dringenden, feindseligen Spottes; er ritzt, durchsticht, verwundet bis auf's Gebein, und sein Stich thut schmerzlich wehe. So dringt der Spott, in dem Haß und Verachtung sich gleichmäßig kund gibt, durch Mark und Bein bis in die Seele.

LX. Kapitel.

Dritte Verspottung Jesu. Einsetzung zum Könige der Juden.

Die Evangelisten erzählen im Zusammenhange: „Die Soldaten zogen Jesum aus und legten Ihm einen Purpurmantel an, setzten Ihm eine aus Dornen geflochtene Krone auf's Haupt und gaben Ihm ein Rohr in seine Rechte. Nun traten sie vor Ihn hin, machten Ihm Kniebeugungen, fielen vor Ihm nieder, beteten Ihn an, begannen Ihn zu salutiren und sprachen: Sey gegrüßt, du König der Juden! Sie verspotteten Ihn, spieen Ihn an, nahmen das Rohr und schlugen es Ihm um das Haupt und gaben Ihm Backenstreiche." (Joh. XIX, 2. 3. Mk. XV, 17—19. Mth. XXVII, 28—30.)

---

4) Die Legende will, sie sey vom Hundsrosenstrauch gewesen, in den seitdem der Blitz nicht mehr einschlägt. Die erste Krone von purpurblühendem Weißdorn (spina sancta, sp. Chr.) nahm man Christo ab, und setzte Ihm die zweite de juncis marinis auf. Die Spanier nehmen daran 72 Stacheln an, zum Sinnbild der Ihm angehefteten Leidensschuld aller Nationen der Welt. W. Menzel Christl. Symbolik s. v. Dorn. Sinnvoll wird der armen Schulordensschwester bei Ablegung der Profeß ein Dornenkranz auf's Haupt gesetzt.

Sie haben Jesum blutig gegeißelt und Ihm den Rock über die klaffenden Wunden gestreift; jetzt reißen sie Ihm sein Gewand im Hofe des Prätoriums wieder herab und damit die Wunden auf, so daß Er seine Kleider mit seinem Blute wäscht. Und als sie Ihn entkleidet, oder nach der englischen Übersetzung entblößt hatten, hingen sie Ihm einen scharlachrothen Soldatenmantel (sagum) oder abgetragenen Offiziersrock um.[1]) Unter Chlamys ist hier ein rundes Pallium, ein Stück Wollentuch mit Cokkus gefärbt zu verstehen, das man mittels einer Spange an der rechten Schulter befestigt im Felde über dem Brustharnisch und der ganzen Rüstung trug, so daß es nur die linke Seite verhüllte. Bei den Imperatoren (Kaisern wie Feldherren) hieß es paludamentum, und Numa, der Priesterkönig, soll dasselbe zuerst getragen haben. (Suidas s. v. chlamys.) In Rom mußte auch der Prätor am Feste der Megalesien, dessen Feier vom 4. bis 12. April fiel, die ganze Zeit über im Purpur einhergehen. (Martial X, 41.) Hier versah der schlechteste der saga denselben Dienst; es war Purpur, den man oft genug mit coccus verwechselte. Das Trödelstück machte den König der Juden lächerlich; denn nach ihrer Erwartung (Mos. Hadarschan in Beresch. r. c. 49, 11) sollte der Sohn Davids, wenn er käme, sein Reich zu stiften, in feinen Purpur gekleidet seyn. Kostbare Gewänder mit Halsbändern und güldenen Ketten wurden als Auszeichnung von den Königen verliehen; so erhält der ägyptische Joseph als Vezir vom Pharao Kleider von Byssus und eine goldene Kette um den Hals. Zum Halsschmuck Christi dient hier der Strick. Ein Purpurgewand wird Ihm zum Hohne umgeworfen, was an Js. LXIII, 1 erinnert. So wurde während der Christenverfolgungen den Martyrern, welche man den wilden Thieren vorwerfen wollte, die rothe Kleidung der Saturnspriester angezogen; auch der Oberpriester des Moloch zu Carthago trug rothe, die fünf assistirenden Priester weiße Gewande. Die Alten schlachteten ihre Opfer bekränzt, d. h. nicht nur trugen die Opfernden Kränze auf dem Haupte und in den Händen (Apollod. III. 15, 7. Apoll. Rhod. II, 159), sondern auch die Opfer, insbesondere die Menschenopfer an den Hochfesten der Heiden waren so geziert. Sogar die Osterlämmer waren mit Kränzchen um den Hals aufgeputzt. Die Krone des Lebens, das Symbol der höchsten Ehren, sollte auch dem

---

1) Coccum. Plin. XXII, 2. 3. Plautus in Rud. II. 2, 9. Qui tres duceret chlamydatos. Eutropius hist. rom. IX. Prius imperii insigne in chlamyde purpurea tantum erat.

ewigen Könige und Hohenpriester nicht fehlen, der als Opfer und Opfernder zugleich sich darstellte. Aber sie wird Ihm von Dornen mit Wucht aufgesetzt, damit sie Ihm ja nicht vom Haupte falle, und Er sein vermeintliches Gelüsten nach dem Königthume büße.

Auf einen Stein wird Er gesetzt: es ist der Königsstein, der Salb- oder Krönungsstein, wie Plinius bei den Persern und Indern den Stein als nothwendiges Erforderniß für die Magier zum Behufe einer Königskrönung bezeichnet, wie der irische Lia Fail zu demselben Zwecke diente, und der heilige unfürdenkliche Königsstein der Schotten noch im englischen Königsstuhle in der Westmünsterkirche eingeschlossen ist. Das Szepter des neuen Salomo in Israel ist ein Rohr, worauf Er sich stützen mag. Diese angestellte Maskerade, diese bittere Ironie ist ein welthistorischer Akt. Es wird damit nicht bloß das Judenthum gehöhnt, indem Jesus in solchem Aufzuge über die Straßen der Hauptstadt geführt wird, die vor wenig Tagen seine Erhöhung feiern sah, sondern es spricht sich darin für alle Zeiten der revolutionäre Hohn gegen das Königthum von Gottes Gnaden aus, es ist der Muthwille der Eindringlinge gegen den gesetzlichen Erben, die Gemeinheit des Pöbels versetzt dem gefesselten Löwen noch den letzten Stoß.

Sie werfen dem zerschlagenen Körper des Heilandes, der doch unter aller Mißhandlung keine Klage ausstößt, ein grobes Monturstück über, setzen Ihn auf einen Schemmel oder Stein, wie den λίθος ὕβρεως auf dem Areopag, auf dem Verklagte und Mörder zu sitzen hatten, während neben dem Steine der Schande die Kläger auf dem s. g. Steine der Beleidigung saßen. Es genügt ihnen auch ein Kothhaufen als der Ihm gebührende Thronstuhl, und nun feiern sie seine Inauguration als König, indem Ihm seine Bewerbung um die Messiaswürde gelungen. Die Könige des Orients pflegten im Herrscherschmucke, angethan mit einem Königsmantel und auf dem Throne sitzend mit Krone und Szepter, die Huldigung anzunehmen. Dabei war vor allen die προσκύνησις oder Adoration mittels Kniebeugung geboten. Die Kriegsknechte verfehlen nichts von all dem, auch nicht die Begrüßung χαῖρε ὦ βασιλεῦ; Have Caesar! womit man herkömmlich einen Herrscher empfing. (Martial epigr. XIV. 71, 2. Makrob. Sat. II, 4.) Die Krönung der alten Könige von Juda fand vor dem Thore am fließenden Wasser statt. Jetzt geht die Persiflage auf den neuen Salomo vor sich, Ihm wird, von seltsamen Hohenpriestern in der That! die Marterkrone aufgesetzt, der Rohrstab statt des Szepters in die

Rechte gegeben; Speichel dient zur Salbe, um Ihn als Messias oder gesalbten König der Juden darzustellen; und nun gellt Ihm noch das Vivat rex! vivat rex! in die Ohren. „Gehet hinaus, ihr Töchter Sions, zu sehen euren König mit dem, womit Ihn seine Mutter am Tage seiner Vermählung geschmückt hat, am Freudentage seines Herzens.“ (Hohel. III, 11.)

Sie gehen höhnisch mit Ihm zu Werke nach Weise einer orientalischen Krönungsfeier, wie wir bei Abulfeda (annal. moslem. II, 184) gelegentlich der Einsetzung des Chalifen Motawakel lesen: „Der Kadi legt ihm das lange Herrschergewand um, umwindet sein Haupt mit dem Kopfschmucke, küßt ihn auf die Stirne und sprach: „Sey gegrüßt, Fürst der Gläubigen!“ Einzelne von der rohen Soldateska vergrößern die Beschimpfung, indem sie vor dem mit einer Brombeer- oder ähnlichen Dornstaude Gekrönten vollends sich auf die Knie werfen, wie vor einem Fürsten, der eben zu Thron kommen soll, und Ihm, während sein tragisches Ende in Aussicht steht, ein langes Leben und eine glückliche Regierung anwünschen, einen erhöhten Thron in den Lüften in Aussicht stellen. Sie krönen Ihn zum Eintagskönig, wie dort Herzog Philipp von Burgund den von der Straße aufgehobenen Bettler. Sie rufen Ihm die Namen Majestät und königlicher Herr! zu, und Er, dessen Antlitz den Stempel der Gottheit trägt, der, in dessen Namen alle Knie sich beugen im Himmel, auf Erden und unter der Erde, nimmt dieß geduldig an zur Abbuße all der menschlichen Ungebühr, die durch den Mißbrauch obiger Titel schon verübt worden.

LXI. Kapitel.

Volksthümliches Narrenspiel.

Was will die rothe Kriegschlamys für den König des Friedens? was der Rohrstock für den, der nie ein Kind beleidigt? Es ist der Königsstab des Sohnes Himmels und der Erde, und der Dornbund das Diadem und die Strahlenkrone einer Herrlichkeit. Die Backenstreiche vertreten die Stelle des Kusses, mit dem man im Alterthume einem neuen Könige huldigte. Der König der Ehren im Purpurgewande ist ein König der Schmach geworden, also zerschlagen und verwundet um unserer Sünden willen, wie die Propheten geweissagt, offenbart Er jetzt sichtbar vor den Augen aller Welt die Schmach und Verunehrung, die die Menschen vom

Anbeginne der Schöpfung dem Bilde Gottes zugefügt, und wie sie selbes entstellt haben. Der bissige Hohn der Juden, deren unbändiger Haß noch heute im Orient sprichwörtlich ist, dazu der rohe Soldatenwitz der Wachtmannschaft, das sind die Schmeichelreden seiner Hofleute, zur Abbuße dafür, was je die Höflinge an Fürsten und Volk gesündigt! Er ist der König, der die Gewalt an sich selber erduldet, welche zu Zeiten die Mächtigen an ihren Untergebenen verübten. Und welche Gewalt! denn das Rohr, das zur Knute, oder spöttisch zum Ritterschlage dient, war keineswegs ein Kolbenrohr (canna), das auf den ersten Schlag zersplittert wäre, auch in Palästina nicht vorkommt, sondern ein Seerohr, wuchtig und fest, indem es dort allgemein zu Meßruthen und Reisestöcken dient. Es war ein s. g. cyprisches Rohr,[1]) dessen harter, holziger Halm eine Höhe von acht Fuß erreicht, und dicker als ein Mannsdaumen wird, mit welchem Christus das Maaß unserer Sünden zugemessen ward, und womit Er zur Strafe büßte, daß die Juden so oft nach eigenen Herrschern begehrten. Nur zu oft ist seitdem das Szepter der Könige zum gebrechlichen Rohrstabe geworden, wie es II. Kön. XVIII, 21 und Js. XXXVI, 6 in Bezug auf Ägypten heißt.

Seit jenem Weltkampfe bei Babel, wo die Semiten und Japhetiden mit vereinter Macht das verhaßte Nimrodsreich der vom Stammvater selbst zum Sklaventhume verdammten Chamiten stürzten, feierten die Völker des Alterthums jährlich das Andenken ihrer Befreiung von dieser und ähnlichen Unterdrückungen durch ein dergleichen Fastnachtspiel, indem sich die Diener als Herren, die Herren als Sklaven verkleideten. So brachte das fünftägige Sakenfest bei den Babyloniern und Persern es mit sich, daß ein todeswürdiger Verbrecher aus dem Kerker geführt, auf den Thron gesetzt und zum Spotte mit den königlichen Insignien bekleidet wurde, auch für diesen Tag den Namen Zogan erhielt, und mit Wein und üppigem Festmahle sich ergötzen mochte; darnach aber ausgezogen, mit Geißeln gestrichen und verbrannt wurde.[2]) Jetzt muß der Heiland sich zum Gegenstande des lächerlichen Aufzuges hergeben.

---

1) Baculus arundineus oder arundo donax, unser spanisches Rohr. Ez. XXIX, 6. XL, 6. Sabbat f. 17, 3. Dioskorides I. c. 115.

2) Dio Chrysost. orat. IV de regno: Nonne animadvertisti Saccorum diem festum, quem Persae celebrant. Accipiunt unum ex captivis ad mortem

Diese Verspottung Christi ist sonach von welthistorischer Bedeutung. Die Schilderung ist aber eben so charakteristisch für die damalige Völkerstimmung; denn Philo meldet von einem ähnlichen Skandale während der Durchreise des eben von Caligula zum Könige Judäa's ernannten Agrippa, dessen nahe Gleichzeitigkeit gewiß auffallend ist. „Es war," so schreibt er wörtlich an Flaccus p. 533, „hier ein gewisser närrischer Mensch, Namens Carabas, nicht von den offenbar Tobsüchtigen, sondern von der Gattung der Blödsinnigen einer, der Tag und Nacht bloß auf den Kreuzwegen herumirrte, und weder durch Hitze noch Kälte, noch durch das Gespötte der Gassenkinder und des jüngeren Volkes sich abwendig machen ließ. Diesen Armseligen zogen sie nun auf den Rennplatz, stellten ihn auf einen erhöhten Ort, damit er von allen gesehen werden konnte, setzten dann eine papierne Krone ihm auf den Kopf, hingen ihm für ein Oberkleid eine Strohmatte um, und einer steckte ihm statt eines Szepters ein vom Boden aufgerafftes Stück Rohr in die Hand. So mit den königlichen Insignien ausstaffirt, und nach Schauspielerweise in einen König umgekleidet, stellten die Jungen mit Stöcken geschultert sich als seine Leibwache um ihn her: einige näherten sich ihm mit huldigender Begrüßung, andere trugen ihm Rechtshändel vor, wieder andere fragten ihn um Rath über das Wohl der Republik. Jetzt erhoben die Umstehenden eine Akklamation, und riefen mit hellem Rufe: Maris! was im Syrischen „Herr" bedeutet; denn sie wußten, daß Agrippa von syrischer Abkunft sey, und über einen großen Theil dieses Landes herrsche."

Anderseits meldet Vopiscus von Proculus (§. 2): „Als dieser einst bei einer Schmauserei im Schachspiel zehnmal nach einander Sieger geblieben war, habe ein ganz gemeiner Possenreißer ihm zugerufen: Gott grüß' dich, Augustus! darauf einen rothen, gefütterten Oberrock (laena purpurea) zur Hand genommen, ihm über die Schulter gehangen, und sich zur Huldigung vor ihm niedergeworfen."

Somit sehen wir recht deutlich an den beiden Gegenstücken, was dem Heiland damals für eine Ehre angethan, und wie Er von den römischen Soldaten mit Thoren und närrischen Usurpatoren auf

---

collocantque in regis thronum et eundem illi dant vestitum sinuntque eum deliciari et concubinis regiis uti illis diebus, et nemo illum vetat quicquam facere, quae velit. Mein Heldenth. II. §. 91.

eine Stufe gestellt wurde; denn der Übermuth unter der Menschheit blieb sich zu jeder Zeit gleich. Dieß ist die dreifache Verspottung Jesu an seinem Leidenstage. Zuerst höhnen und mißhandeln Ihn die jüdischen Knechte und Diener der Hohenpriester, die Ihn in der Nacht gefangen genommen, im Palasthofe des Kaiphas, und lassen dem zuvor Gefürchteten seine jetzige Ohnmacht und ihr herrisches Übergewicht empfinden. Alsdann verspotten Ihn die Herodianer im Empfangsaale des Vierfürsten in dem s. g. unteren Königshofe; die Höflinge ziehen den Propheten und göttlichen Messias auf und investiren Ihn als Hohenpriester. Endlich heben die heidnischen Kriegskumpane Jesum als König der Juden auf den Thron, und es geschieht zum Übermaaße, daß die Römer ihren ganzen Haß und die Verachtung, die sie wider die Juden und ihre Institutionen gleich den übrigen Völkern in ihrem Herzen trugen, an unserem Herrn, als dem Strohkönig ihrem Kaiser gegenüber, auslassen. Sie verspotten in Ihm das jüdische Volk.

LXII. Kapitel.

Ecce homo.

„Nachdem sie Ihn nun verspottet hatten, ging Pilatus abermals hinaus und sprach: Ich führe Ihn euch heraus, damit ihr Ihn sehet: ich finde einmal keine Schuld an Ihm. Nun trat Jesus hervor: Er trug die Dornenkrone und den Scharlachmantel. Und Pilatus sprach zu ihnen: Ecce homo! Sehet, welch' ein Mensch!" (Mk. XV, 20. Mth. XXVII, 31. Joh. XIX, 4. 5.)

Der Heiland wird mit seinen erbärmlichen Wunden und in seiner possenhaften Vermummung jetzt vor dem Volke auf den Pranger gestellt. Der Landpfleger führt Ihn auf die Terrasse oder in die Säulengallerie heraus, welche den neuherodischen Königspalast, das nunmehrige Prätorium, im Halbkreise umgab. Vor dem Tribunale der Griechen und Römer war ein erhöhter Standort für den Beklagten angebracht, daß ihn jedermann sehen konnte. Hier präsentirt Pilatus den Heiland von der Palasttreppe aus: Die Martern waren so erschrecklich, daß Jesus, obwohl Er, als der Sündenlose, in seinem Leben nie krank gewesen, einer kräftigen Constitution und der wesentlichsten Gesundheit sich erfreute, darauf am Kreuze schon nach drei Stunden seinen Geist aufgab: — aber dieß erweichte die Herzen der mitleidlosen Juden nicht! Mit gesenktem Haupte steht der Herr der

Welt, betrübt über die Menschheit und die Scham empfindend, die ihr zukam: siehe der Mann der Schmerzen!

Ecce homo! Pilatus sieht in Jesu einen ungefährlichen religiösen Schwärmer; Er hat nun seine Strafe und ist gewiß gewitzigt, so meint er. Sehet Ihn nur an in diesem Zustande und laßt Ihn gehen! — All seine Hoheit scheint dahin, so haben die Sünden der Menschen Ihn verunstaltet. In dieser sterblichen Erniedrigung verschwindet das höhere Ansehen des Gottessohnes, sowie die göttliche Gestalt des Christenthums in der Kirche gar oft nicht zu erkennen ist, wo dann die Herren des Jahrhunderts nicht verfehlen, zu zeigen, wie so gar nichts Göttliches an ihr sey. Gleichwohl ist Christus der Mensch von Gott gesandt (Joh. I, 6), das Prototyp der geschaffenen Menschen oder der paradiesische Adam Cadmon in seinem unverrückten Verhältnisse zur geschöpflichen Welt: in Ihm ist das Menschliche urbildlich oder in vollkommener Reinheit ausgeprägt. Das Wort: Deus homo schließt alle Weisheit und den Sinn der ganzen Weltgeschichte in sich.

Ecce homo! So spricht der Herr bei Ezechiel XXII, 30: „Ich suchte einen Mann, der einen Zaun aufrichte und sich mir entgegenstelle in der Bresche für die Erde, daß ich sie nicht verderbe, aber ich fand keinen.“ Da erscheint Christus und stellt sich vor den Riß, daß dem Bösen nicht weiter Raum gegeben und dem Verderben gewehrt sey. Hier steht Er, der Bürgschaft für uns leistet und ganz allein die gähnende Kluft ausfüllt, der als der einzige König so viele Wunden durch den Widersacher davon getragen, und als wahrer Pontifex von der Brücke ihn zurückgeschlagen, die den Übergang zwischen Himmel und Erde vermittelt. Nicht einer sey gerecht, erklärt Satan vor Gottes Throne im Buche Hiob; alle sind schuldig und rein nicht einer, heißt es im Psalmisten. Da steht Er in Knechtesgestalt, der den göttlichen Zorn entwaffnet! Auch über Ihn glaubt der Versucher Gewalt zu haben, wird aber im Kampfe überwunden und der Verleumder der Menschen von Anbeginn wird aus der Höhe gestürzt.

Ecce homo! Die alte Welt zeigt uns den Diogenes, der mit der Laterne nach einem ganzen Manne suchen geht. Der Blinde am Bethesda findet keinen Menschen, der ihm hineinhelfe. Hier ist Er endlich, der das menschliche Geschlecht in den Gesundbrunnen versetzt, die fünf porticus (Joh. V, 2) sind seine fünf Wunden. Verschone, o Herr! wolle die Menschheit nicht noch einmal dem Untergange weihen, nachdem ihr Stellvertreter, der Mann Gottes, durch die ewige Gerechtigkeit so schrecklich gestraft und heimgesucht worden. (Nah. I, 9.) Hiob, der große Dulder, vom Weib und von Freunden verspottet, sitzend auf dem Dünger, ist das alttestamentliche Vorbild Christi im Elende oder als Ecce homo. In der griechischen Kirche ist Hiob als König, in der römischen als Armer abgebildet.

LXIII. Kapitel.

Unerbittlichkeit der Juden: An's Kreuz mit Christus!

„Da Ihn nun die Hohenpriester und Gerichtsdiener sahen, schrien sie: Kreuzige, kreuzige Ihn! — Pilatus erwiederte: Nehmet ihr Ihn hin und kreuziget Ihn; denn ich finde keine Schuld an Ihm."

Ihre stumpfe Rohheit und baare Gefühllosigkeit empört selbst den Landpfleger, so daß er auf ihr Gebrüll: Kreuzige Ihn! unwillig erwiedert: Kreuziget ihr Ihn! Er kann Ihn als Aufrührer und Kronbewerber nicht schuldig finden.

„Da antworteten die Juden: Wir haben ein Gesetz, und nach diesem muß Er sterben; denn Er hat sich selbst zu Gottes Sohn gemacht. Da Pilatus dieß Wort hörte, gerieth er noch mehr in Verlegenheit." (Joh. XIX, 6—8.)

Jetzt springen sie mit ihrer Anklage auf seine Messiasbewerbung zurück, und wenn Er auch nach römischen Gesetzen unschuldig sey, so müsse Er nach ihren jüdischen Satzungen sterben. So machten sie nachträglich doch ihr Urtheil im Hohenrathe gegen Ihn als Sohn Gottes geltend. Pilatus mußte es klar sehen: alles, was sie zuerst gegen Ihn vorgebracht, beruhe auf bloßem Haß; aber er hat ihrer Raserei gegenüber keine Gewalt mehr. Er maaße sich höhere Geburt an, woraus Ihm bedenkliche Ansprüche erwachsen, Aufruhr errege Er, rufen die Hohenpriester dem Landpfleger zu; Aufrührer aber wurden, wie auch spätere Beispiele unter Cumanus (Jos. Ant. XX. 6, 2) u. s. w. lehren, ohne weiteres gekreuzigt. Darum „an's Kreuz mit Ihm! an's Kreuz mit Ihm!"

Es ist ein Ausnahmsvolk, das sich allzeit auf sein Religionsgesetz und seine privilegirte Sonderstellung beruft. Zwar schildert Philo[1]) den Pilatus von Natur aus unbeugsam, strenge und eigenwillig, und der Römer bewährt hier seinen ganzen Charakter. Er haßt, ja ver-

---

1) Legat. ad Cajum p. 1034. *Τὴν φύσιν ἀκαμπὴς καὶ μετὰ τοῦ αὐθάδους ἀμείλικτος.*

achtet diese verstockten Juden, die immer vor Gericht liegen, und durchschaut ihre fanatische Wuth; um jeden Preis sucht er den Nazarener ihrer Rache zu entziehen, nimmt Ihn geheim in's Verhör, überantwortet Ihn seinem Landesfürsten, will dann das Begnadigungsrecht auf Ihn anwenden, endlich ihren Rachedurst durch die martervolle Geißlung befriedigen, aber alles umsonst! Mehr als einmal haben sie ihm unter Berufung auf ihr Gesetz getrotzt und ihren Willen durchgesetzt, der Landpfleger ist angewiesen, ihr Herkommen zu achten, die Politik befiehlt, dieses geld- und einflußreiche, dabei allzeit unruhige Volk zu schonen, und Politik ist dem Römer das Erste.

LXIV. Kapitel.

Die Obrigkeit von Gottes Gnaden.

„Er ging also wieder hinein in das Richthaus, und redete Jesu zu: Woher bist du? Jesus aber gab ihm keine Antwort. Da sprach Pilatus zu Ihm: Mir willst du nicht antworten? weißt du nicht, daß ich Macht habe, dich zu kreuzigen, und Macht, dich los zu lassen? Jesus antwortete: Du hättest keine Macht über mich, wenn sie dir nicht von oben übertragen wäre: darum trägt auch der, welcher mich dir überlieferte, eine größere Sünde." (Joh. XIX, 9—11.)

Non est potestas, nisi a Deo, erklärt der Weltapostel Röm. XIII, 1, und so spricht noch fort und fort die christliche Kirche zum Staate, wenn er über sie zu Gerichte geht, und stellt ihm vor, daß er seine eigene Grundlage als weltliche Rechtsordnung untergrabe, wenn er die höhere Autorität läugne und die religiösen Fundamente untergrabe. Die Verfassungen und die Träger der öffentlichen Gewalt mögen wechseln, die Macht selbst aber ist nicht von dieser Welt, sondern von Gottes Gnaden übertragen, und jede Obrigkeit hat sie nur stellvertretend auszuüben. Pilatus seinerseits findet eine moralische Macht nicht von Belange, die nicht von dieser Welt sey. Er urtheilt als Weltmann, der keine Ahnung von der Macht des göttlichen Glaubens auf die Gemüther hat, sondern mit äußeren Kraftmitteln alles zu beherrschen sich zutraut, der sein Vertrauen auf die Stärke seiner Krieger und die Willfährigkeit seiner Beamten setzt. So halten es feindselige Obrigkeiten im Kampfe mit der Kirche; nachdem sie ihr aber alles genommen, erfahren sie erst, daß es außer der weltlichen Polizei noch eine höhere, geistige Macht gebe, die unerreichbar dasteht, und je mehr sie verfolgt wird, nur um so mehr ihre Kraft über die Herzen der Menschen ausübt.

LXV. Kapitel.

Volksappell an den Kaiser.

„Sofort trachtete Pilatus, Ihn loszugeben. Die Juden aber schrien: Wenn du Ihn losläßt, bist du kein Freund des Kaisers; denn wer sich zum Könige aufwirft, empört sich gegen den Kaiser." (Joh. XIX, 12.)

Die wunderbare Hoheit, das übermenschlich erhabene Wesen in Christus imponirt dem Prätor, darum ist er jetzt unwandelbar, wie er glaubt, entschlossen, Ihn freizugeben und vielleicht mit militärischer Bedeckung bis Cäsarea oder Galiläa geleiten zu lassen. Doch die gehässigen Juden wissen ihn bei der schwachen Seite zu fassen und seinen edlen Vorsatz zu vereiteln. Nichts macht mehr verächtlich, als wenn jemand seine eigenen Grundsätze verläugnet, um anderen zu schaden. Dieß thaten jetzt die Juden, indem sie vor Pilatus ausrufen: Dieser erklärt sich für den Messias, wer dieß thut, gibt sich für den König der Juden aus und lehnt sich somit gegen den Kaiser auf, ist also ein Hochverräther. Sie klagten damit ihre eigenen Propheten an, die sie auf den Messias hingewiesen. Dafür sollten sie bald in Masse büßen. Josephus selbst läßt den Juden Ant. XI, 2 durch den Mund der benachbarten Völker vor Cambyses das Zeugniß geben, daß sie den Königen sich gerne widersetzten, und die natürlichen Feinde aller Regenten seyen. Hier aber spielen sie vor Pilatus die Servilen und kriechen aus Falschheit im Staube.

Wenn der Geschichtschreiber des jüdischen Krieges I. 4, 3 ferner von den Tagen des Alex. Jannäus sagt: „Die Juden erregten während des Festes einen Aufstand; denn meist entglimmt der Aufruhr an ihren hohen Festen", so gilt dieß noch ungleich mehr von den letzten Zeiten, wo bereits die Zeloten ihr Wesen trieben. So kömmt der Landpfleger Cumanus auf's Osterfest nach Jerusalem, und läßt eine bewaffnete Cohorte am Tempelthore sich aufstellen, um jeden etwaigen Tumult zu unterdrücken. „Ebenso," bemerkt wieder Josephus Ant. XX. 5, 3, „pflegten es die, welche vor ihm die Verwaltung über Judäa führten, an den Festtagen zu halten."

Sie hören nicht auf, gegen die Römer zu tumultuiren, nun aber sündigen sie darauf, daß der Prätor sich auf ihre inneren Angelegenheiten nicht verstehe, nach seinen eigenen Worten, und denunciren sofort den Nazarener, als provocire Er Aufstände, Er werfe sich zum Könige auf, und wenn Pilatus Ihm durchhelfe, treffe ihn die Mitschuld. Auch später bei den Christenverfolgungen hören wir Empörung wider den Kaiser als gewöhnliches Motiv vorgeschützt; man verschrie sie als unloyale Unterthanen, irreligiosi in Caesares, um einen Vorwand zur Verfolgung zu haben; ja fort und fort werden die treuen Anhänger der Kirche, welche zwar in geistlichen Angelegenheiten den Staat nicht als obersten Richter anerkennen, wohl aber in allen zeitlichen und weltlichen Dingen sich als treue Unterthanen bekennen und Folge leisten, der Empörung bezüchtigt. Sie schuldigen den Nazarener als Aufrührer, mithin als Feind des Kaisers an. Indem aber Pilatus sich seiner annahm, erschien er selbst als Feind des Staatsoberhauptes.

In der Parabel vom Königssohne, der sein Erbe in Besitz nehmen will, rufen seine rebellischen Unterthanen: „Wir wollen nicht, daß dieser über uns herrsche!“ (Lk. XIX, 14.) So ist die Parole späterer Zeit: Ecrasez l'infame! Die Parabel aber geht bereits durch die Juden in Erfüllung, indem sie das Geschrei erheben: Wir brauchen keinen König, als den Kaiser! Sie lassen sich den Cäsaropapismus gefallen, sie unterwerfen sich der absoluten Staatsgewalt lieber, als daß sie das sanfte Joch Christi ertrügen. Sie verdächtigen das Reich Christi als einen Staat im Staate, als ob man nicht dem Heilande zugleich gehorchen und ein getreuer Staatsbürger seyn könnte! Lieber die Knute, als der christliche Gehorsam! Diese Gesinnung, obwohl sie den Menschen dem unvernünftigen Thiere gleich stellt, liegt gleichwohl im Charakter der Meisten. Das Judenvolk bekennt sich hier willig dazu, dem Kaiser hold und botmäßig zu seyn, einem fremden Herrn zu Gnaden zu leben, wenn sie nur von Christus befreit werden.

Augustus gewährte den römischen Juden so viel Religionsfreiheit, daß er verordnete, wenn die Austheilung öffentlicher Spenden auf einen Sabbat fiele, ihnen dieselben an einem anderen Tage zu verabreichen, und Tiberius änderte darin nichts. (Philo legat. ad Caj. 1015.) Varus gestattete den Juden, fünfzig Abgeordnete nach Rom zu senden, um ihre Beschwerden gegen Archelaus vor den Kaiser zu bringen, nachdem dieser dreitausend hatte niedermetzeln lassen. Ebenso lagen sie wegen ihrer Landpfleger dem Kaiser in den Ohren und setzten auch unter Tiberius Abstellung von Beschwerden durch.

(Tacit. Annal. II, 42.) Gegen Pilatus hatten sie bereits ihr Spiel gewonnen, indem sie ihn wegen seiner in Jerusalem dem Kaiser dedicirten Schilde in Rom belangten. Ohnehin war des Wanderns nach Rom kein Ende. (Vgl. S. 9.) Die Juden äußern auch hier ihre klägerische Wuth, indem sie ihres Einflusses auf den römischen Hof sich vollkommen bewußt sind.

LXVI. Kapitel.

Pilatus' Furcht vor Tiberius' Zorn. Amicus Caesaris.

Die entfernteren Provinzen standen als minder gesicherte unmittelbar unter dem Kaiser, während die näheren vom Senate abhingen. Dieß System hatte eine furchtbare Aussaugung zur Folge, wie schon Cäsar bell. civ. I, 42 es schildert. Tiberius wünschte die Landpfleger demungeachtet nicht immer zu wechseln, indem er sagte: „Wenn man die gesättigten Insekten verscheucht, kommen andere, die noch durstiger sind und den letzten Blutstropfen aussaugen." Auch Syrien und mit ihm Palästina bildeten eine solche provincia imperatoria, wie wir hiermit erfahren, und Tiberius sandte dahin kraft allerhöchsteigener Verleihung seine Legaten, wie zur Zeit den syrischen Proconsul Vitellius und den jüdischen Präses Pilatus, nachdem er seinen Vorgänger Gratus elf Jahre im Amte belassen hatte. Amicus Caesaris aber war eben der Ehrenname der kaiserlichen Legaten, Präfekten und Statthalter, sowie der römischen Bundesgenossen wegen ihrer innigen Beziehung zum Kaiser.[1]) Mit dem schmeichelhaften amici, fratres, consanguinei, foederati waren die Römer freigebig, um alle Nachbarfürsten in ihr Netz zu ziehen, und viele bewarben sich noch darum zu ihrem und ihres Landes Verderben, ja Freund des Kaisers zu heißen und diese Ehre nicht zu verscherzen. Dem König Herodes wollte einst Augustus wegen seiner Eigenmächtigkeit diesen Titel entziehen.[2]) Nach Prokopius bell. goth. II, 6 hießen sie unter den

---

1) Dionys v. Hal. V, 35. Plinius epist. X, 22. Trajanus — ad Pompejum Plantam, praefectum Aegypti, amicum meum. Tacit. Annal. IV, 26. Cognitis dehinc Ptolemaei per id bellum studiis, repetitus ex vetusto mos, missusque e senatoribus, qui scipionem eburneum, togam pictam, antiqua munera patrum daret, regemque et socium atque amicum apellaret. Sueton Calig. 19. Nero 5. Galba 7. Spartian Hadr. 18.

2) Jos. Ant. XVI. 9, 3. „Se eum aliquando in amicis habuisse, nunc pro

Deutschen auch die Gothen φίλους καὶ ξυμμάχους. Noch Kaiser Claudius betitelt Ant. XIX. 5, 3 die damaligen Judenfürsten Agrippa I. und Herodes von Chalcis: reges mihi amicissimi!

Jetzt drohen die Juden ihrem Landpfleger mit dem Verluste seines Titels und Ranges, er habe aufgehört, noch länger sein Amt zu verwalten, wenn er ihnen nicht willfahre; er sey selber ein Rebell, oder warum sonst nehme er Jesu Partei? Gib uns nach, richte dich nach uns und unseren Gesetzen, oder du wirst nicht lange mehr Freund des Cäsars heißen. Sie haben ihn bei seiner schwachen Seite gefaßt; denn er hängt, wie Tausende von Staatsmännern, mehr am Amte, als an seiner Pflicht, und alle Regungen des Mitleides und der Gerechtigkeit müssen ersticken. Die jüdischen Vorsteher treten kühn auf. Ihre Geduld mit der Art seiner Verwaltung sey zu Ende, sagen sie. Den Pilatus mußte der Vorwurf, er sey nicht regierungsfreundlich gesinnt, um so mehr in Schrecken setzen, als er die Natur des Tiberius kannte. Der Kaiser war nehmlich von Hause aus äußerst argwöhnisch und falschen Anklägern zugänglich. Er war so sehr vom Gedanken an Verrath und Rache, Marter und Tod erfüllt, daß er einen Gastfreund aus Rhodus, den er eigens nach Rom berufen hatte, um ihn mit Ehren zu überhäufen, aus Argwohn foltern, als er aber den Irrthum erkannte, hinrichten ließ, damit sein Versehen nicht bekannt würde. (Sueton 62.)

In Rom pflegte man zur Zeit alles zu vergeben, nur nicht Nachlässigkeit im Amte oder zweideutige Nachsicht gegen gefährliche Männer. Kaiser Tiberius, eine durchaus aristokratische Natur, haßte den Pöbel und Pöbeltumulte wüthend, und verzieh nichts weniger, als Vergehen gegen seine Würde. Tiberius hatte das schon von Augustus angewandte Gesetz wegen Majestätsverbrechens selbst wegen geringfügiger Äußerungen wieder eingeführt, wobei, während man früher nur wegen Heeresverrath, Volksaufwieglung und Beleidigung der Majestät des Volkes durch schlimme Staatsverwaltung eine Untersuchung gefährdete, jetzt die leiseste mündliche oder schriftliche Äußerung genügte. Jede böse Laune dieses Fürsten konnte zur Zeit Amt und Würde und selbst das Leben des Denunzirten verwirken lassen. Schreibt doch Tacitus Annal. III, 38 wörtlich: „Weder Tiberius noch die An-

---

servo habiturum" — quoniam Judaeorum rex esset Caesaris ira dejectus. Freund der Könige redet schon Demetrius I. Makk. XIII, 36 den Hohenpriester Simon an.

geber wurden je müde. A. Priskus hatte den C. Cordus, Proprätor von Creta, wegen Erpressung mit Beifügung des Majestätsverbrechens belangt, welches damals das Vollmaaß aller Anklagen bildete (majestatis crimen omnium accusationum complementum erat). Als A. Vetus, einer der vornehmsten Macedonier, von seinen Richtern freigesprochen ward, schalt sie der Fürst, und zog ihn neuerdings wegen Majestätsverbrechen als einen Ruhestörer zur Verantwortung" u. s. w. Auch Sueton Tib. 58 bezeugt, Majestätsvergehen habe Tiberius auf die grausamste Weise geahndet, so sehr er auch früher derlei Spionerie verpönt hatte. Seneka de benef. III, 26 äußert sogar: Unter Tiberius war die Wuth der Angeberei so allgemein, daß sie über einen Bürgerkrieg ging. Der ehemalige Prätor Paullus war bei einem Abendessen mit einer Gemme am Finger, welche das Bild des Kaisers vorstellte, bei Verrichtung eines natürlichen Bedürfnisses betroffen, sofort wegen dieser Verunehrung des kaiserlichen Bildnisses von seinem Sklaven Maro angeklagt und auf die Ächtungsliste gesetzt. [3])

Aus bloßem Verdachte rottete er das ganze Haus des Germanikus und ebenso des Sejanus aus, als dieser sein intimster Günstling in seine Ungnade gefallen war — wie sollte er eines Mannes schonen, der wahrscheinlich seine hohe Stellung bloß der Verbindung mit einem Weibe aus der kaiserlichen Verwandtschaft verdankte? Pilatus kam zu seiner Statthalterwürde, als der tückische Sejanus als allgewaltiger Minister herrschte, vor welchem der Senat und selbst der Kaiser zitterte. Er war ohne Zweifel seine Creatur und auch eines solchen Protektors würdig. Nach Sejanus' Hinrichtung aber fanden die Juden Fürsprecher in Rom, zumal in der Person der Antonia, des Kaisers Schwägerin, welche dem Tiberius das Complott des allgewaltigen Ministers entdeckt hatte und der herodischen Familie geneigt war. Den Sejanus bezeichnet Philo als den Hauptanstifter der römischen Judenverfolgung; er hatte die Juden wegen ihrer Proselytenmacherei aus Rom zu verbannen gewußt, und 4000 Judenjünglinge nach Sardinien geschickt (in Flacc. II, 517; legat. 569). Nach seinem Sturze ließ Tiberius sie nach zwölfjähriger Verbannung

3) Eine Anzahl Beispiele bei Tacit. Annal. I, 72. 74. IV, 42. 68. 70. VI. 7. Von Cajus meldet Sueton Calig. 28, er habe, über einen Senator erbost, eigens Leute angestiftet, die ihm beim Gange nach der Curie zurufen mußten, er sey kein Freund des römischen Volkes, um ihn darauf niederzubohren.

wieder nach Rom zurückkehren. Herodes Antipas wurde später wegen angeblicher Betheiligung an der Verschwörung des Sejan in Rom belangt und gestürzt,[4]) gleiches fürchtet jetzt Pilatus und die Juden kennen seine bedenkliche Stellung.

Die Drohung mit des Kaisers Zorn entkräftet sofort die milde Fürsprache seiner Gattin. Um seinen Posten nicht zu verlieren, ist Pilatus, wie so mancher Staatsmann, nothgedrungen, alles zu unterschreiben. Wich er doch nur der Gewalt. Wer sich selbst zum Könige macht, widersetzt sich dem Cäsar: dieß Wort wiederhallt in den Ohren des Landpflegers. Hatte er auch bisher von Jesus kaum den Namen, geschweige von seinen aufrührerischen Thaten vernommen, wie gegründet war nicht die Furcht, da die Edlen des Volkes so viele Angst vor Ihm zeigten, Er könnte vielleicht später sich zum Haupte der allzeit unruhigen und zum Aufstande geneigten Judenschaft aufwerfen, und so seine jetzige Humanität ihm nachträglich verderblich werden? Wegen des einen Falles kann er doch seiner hohen Stellung nicht entsagen: die gute Sache selbst würde darunter leiden: er muß sich halten, schon die Rücksicht auf seine Familie fordert dieß. Er selber weiß am beßten, daß er unersetzlich ist; denn wo fände sich ein Nachfolger gleich gut gesinnt! Bei der Eifersucht auf seine Würde und Besorgniß um die Ruhe der Provinzen mußte die Freisprechung Jesu, der als Unruhestifter und jüdischer Kronprätendent verklagt ward, den Landpfleger unfehlbar stürzen, sowie dieß dem Kaiser zu Ohren kam.

Also greifen jetzt die Juden in das eigene Gebiet des Pilatus über. Sie drohen, ihn wegen seiner harten Verwaltung beim Imperator zu verklagen: daß er dem Herkommen unter seinen Vorgängern entgegen die Standbilder der Legionen nach Jerusalem gebracht, daß er mit dem heiligen Schatze den großen Aquädukt zu bauen sich unterfangen, sie dadurch zur Verzweiflung und Nothwehr getrieben, und in dem erzwungenen Aufstande viele Bürger, und eine Anzahl Galiläer von ihrem Volke sogar im Tempel muthwillig habe niedermachen lassen u. s. w. Sie bringen, boshaft genug, ihre stärksten Waffen gegen ihn in Anwendung, und weil er früher wiederholt gegen ihr Gesetz sich vergangen, und durch seine Unklugheit Anlaß zu Unruhen gegeben (Ant. XVIII. 3, 1. 2; bell. II. 9, 2), hoffen sie dießmal um so

4) Ant. XVIII. 7, 2. Cajus cum Agrippae literas perlegeret, in Herodis accusationis compositas — accusabat autem eum et conspirationis cum Sejano contra Tiberii imperium, et . . .

gewisser Glauben zu finden. Dieß ist es, was den Pilatus in die Enge treibt. So drohen sie ihm unter beständigen Vorwürfen mit Rom, dort steht ihm jetzt Verantwortung, Entsetzung und schmähliches Exil bevor, hier bietet sich ihm der einzige Ausweg, die Verurtheilung Christi. Wenn der Angriff von dieser politischen Seite aus nicht wirkt, haben Volk und Priester ihr böses Spiel umsonst angefangen, und Jesus sieht seiner Befreiung entgegen. Doch sie haben sich nicht verrechnet. Er sey kein Freund des Kaisers, dieß allein hat ihn zum Nachgeben bestimmt, Menschenfurcht und Schwäche bringt die römische Gerechtigkeit zum Falle. Sein Gewissen ist ganz in das des Kaisers aufgegangen: er kennt kein Recht, als seine Gunst und Gnade, kein Unrecht, das über sein Mißfallen ginge; und so muß Jesus es entgelten. Das Gewissen muß dem Staatszwecke weichen, wie allezeit: ja die Politik tritt als Gewissenlosigkeit ein. Sich aus der Verlegenheit zu ziehen, beschließt Pilatus, Jesum zu opfern, um durch seine Nachgiebigkeit zugleich seine vorigen Gewaltthätigkeiten in Vergessenheit zu bringen.

LXVII. Kapitel.

Der Richterstuhl auf Gabbatha oder am Platze Lithostroton.

„Da aber Pilatus solche Reden hörte, führte er Jesum heraus, und setzte sich auf den Richterstuhl an dem Platze, der griechisch Lithostroton, hebräisch Gabbatha hieß. (Joh. XIX, 13.)

Während der Landpfleger bis dahin das Verhör innerhalb des Prätoriums abgehalten hatte, in welches die Juden aus Furcht vor Verunreinigung nicht einzutreten wagten, führte er jetzt den Herrn zu dem feierlichen Urtheilsspruche, der öffentlich ergehen mußte, hinaus, und setzte sich auf sein Tribunal, die steinerne Tribüne auf Gabbatha. Nur vom öffentlichen Richterstuhle aus sprachen die Statthalter Recht. Derselbe stand auf dem Forum, dieses aber lag in Jerusalem auf dem Obermarkte, d. h. auf Sion. Zufällig hieß das Forum zu Constantinopel πλακωτόν, weil, wie Zonaras von Constantin sagt: *Κατέστρωτο λιθίναις πλαξί.* Dasselbe galt von dem Hochplatze zwischen der Davidsburg und dem Prätorium oder herodischen Königshofe: er hieß Lithostroton, das Hochpflaster. Wahrscheinlich ist die griechische Benennung Lithostroton nicht geradezu Übersetzung des hebräischen Wortes. גַּב heißt jede Höhe, גָּבַהּ hoch seyn. Im Talmud lesen wir H. Sanhedrin f. 18, 4: „Die Ältesten hielten Sitzung auf Gab, der äußersten Spitze des Tempelberges" (זְקֵנִים שֶׁהָיוּ יוֹשְׁבִין עַל גַּב מַעֲלֶה בְּהַר הַבַּיִת). Das chaldäische גַּבַּחְתָּא bedeutet wörtlich eine Glatze oder Platte, „den glatten geplatteten Platz" (im Grunde, was Xystus — von ξύω); nach der Wurzel גָּבַע, chaldäisch גִּבְעָתָא ist Gebatha oder Gabatha gleich Hügel oder Höhe.

Wie aber, wenn Gabbatha aus גַּבִּיפְּתָא oder *βῆμα* sich erklärt und der Platz vom Tribunale den Namen trug? Schon König Salomo hatte stracks dem Tempel gegenüber solch ein eigenes Tribunal, dreißig Ellen in's Gevierte, in Mitte des Richthauses errichtet. (I. Kön. VII, 7. Ant. VIII. 5, 2.) *Βῆμα* oder tribunal hieß in Rom die Bühne oder viereckige Erhöhung von behauenen Steinen, um zu den Tribus zu sprechen, mit der sella curulis darauf. [1]) Dem Cäsar wurde eine sella aurea zuerkannt; sella und sceptrum übersandte der Senat auch fremden Königen. Die sella curulis wanderte in den Krieg und in die Provinzen mit, und war häufig mit Elfenbein ausgelegt. Die römischen Gesetze verlangten nach Sueton Caes. c. 46, daß in Criminalfällen das Urtheil immer ex superiori gesprochen würde. So hatten die Prätoren auch in ihrer gewöhnlichen Residenz zu Cäsarea ihren erhöhten Richterstuhl in der Rennbahn; davor lagen die Juden sieben Tage, um den Pilatus zur Nachgiebigkeit wegen der kaiserlichen Fahnenbilder zu bewegen. [2]) Im Vorjahre erhoben die Juden um das Tribunal auf Sion Tumult, nachdem Pilatus den Tempelschatz zum Bau der Wasserleitung angegriffen hatte, [3]) worauf der Landpfleger von Gabbatha aus das Zeichen zu ihrer Niedermetzlung gab.

---

1) In Athen lag bei dem königlichen Portikus (*ἐν βασιλείῳ στοᾷ*) auf dem Forum ein Stein, wo nach Solons Gesetz die Thesmotheten schwören mußten, das Gesetz zu beobachten oder eine goldene Statue vom Gewichte eines Mannes nach Delphi zu weihen. (Meursius lect. Attic. 15 f.) Überdieß legten die Athener dort ihre Schwüre und Zeugnisse ab. Daneben lag ein Stein für den Herold, wie auf dem Pnyx ein solcher als Standort der Redner.

2) Ant. XVIII. 3, 1. Ipse suggestum in circo factum conscendit.

3) Bell. II. 9, 4. Cum Pilatus praesens adesset Hierosolymis, circumfusi suggesto adversus eum inclamabant. Ille vero (praeviderat enim tumultum illorum futurum) cum armatos milites plebejo habitu multitudini immiscuisset, eisque praecepisset, ut vociferantes non gladiis sed fustibus ferirent, signum illis e suggesto dedit. Vgl. oben.

Vor des Prätors Tribunal war sonst auch ein Speer aufgepflanzt, daher der Ausdruck: sub hasta, von Gerichts wegen.

Auch das Lithostroton vor dem Prätorium verdient eine besondere Auslegung. Es war ein glattes Marmorpflaster, das den ganzen Raum um das Tribunal her einnahm, von bunten Steinen gefügt, oder gleich einem Schachbrette gewürfelt, wie selbe bei den Römern seit Sylla's Zeit aufkamen, und in Bädern, Höfen und Terrassen, sowie in den kaiserlichen Prunkzimmern angebracht, ja von Cäsar selbst im Lager eingeführt wurden, um darauf den Richterstuhl zu setzen.[4]) Diese römischen Mosaikböden haben sich auch in unseren Landen wunderschön erhalten und durften damals in keinem Patricierhause fehlen. Gesetzlich sollte in Jerusalem nur im Conclave Gazith, dem s. g. Quadersaale vom Hohenrathe über Leben und Tod geurtheilt werden. Aber nach jenem providentiellen Zusammentreffen, welches wir durchgängig im Leben Christi wahrnehmen, tritt hier das heidnische Gazith auf dem äußeren Forum an die Stelle; denn es sollte selbst plastisch offenbar werden, daß, wenn der Messias käme, die Macht von den Juden genommen, und an die Edomiter oder Römer übergegangen sey.

LXVIII. Kapitel.

Volkstumult und Urtheilsspruch.

„Pilatus setzte sich auf den Richterstuhl; und er sprach zu den Juden: Sehet da euren König!“

Sich setzen hieß sich in Amtsthätigkeit begeben.[1]) Zum drittenmale führt er ihnen Christus, den König der Juden,

---

4) Sueton Caesar. 46. Tessellata et sectilia pavimenta. Aruch s. v. גזית: Dictum est conclave Gazith, quia structum fuit lapidibus dolatis. Merkwürdig sitzen schon bei Homer in der Richterversammlung die Ältesten auf ähnlichem Boden im Kreisrund. Il. XVIII, 503.

οἱ δὲ γέροντες
Εἵατ' ἐπὶ ξεστοῖσι λίθοις ἱερῷ ἐνὶ κύκλῳ.

I. Kön. V, 17 gedenkt Ebeni Gazith oder lapidum dolatorum VII, 2. mensurae in dolandis saxis adhibitae. Amos V, 2 domorum quadro lapide constructarum. Plin. XXXVI, 15. Pavimenta originem apud Graecos habent, elaborata arte, picturae ratione, donec lithostrota expulere eam.

1) Servius in Aen. I, 56. 75. Est enim curantis et solliciti sedere. Matth. XXV, 31.

vor; denn das Gericht sollte öffentlich werden, wie keines je vordem. Darum mußte es eben ein Tag seyn, an dem kein Jude in's Prätorium eintrat; die Verhandlungen mußten vor allem Volke auf freiem Forum vor sich gehen, damit die ganze Welt davon Zeuge sey, und jeder, der vorüberging, sehe, ob je ein Unrecht größer war, denn dieses. Zum letztenmale spricht er mit Spott und Entrüstung, wie sie den, der in solcher Verlassenheit vor ihnen stünde, wohl für einen gefährlichen Nebenbuhler des Kaisers ausgeben möchten, Ihn, den er offenbar nur als ein bedauernswerthes Opfer ihres Fanatismus betrachten mußte.

„Die Juden aber hielten an mit großem Geschrei, und forderten, daß Er gekreuziget würde, und ihre und der Hohenpriester Stimmen wurden immer stärker: Hinweg! hinweg mit Ihm! Kreuzige Ihn! Pilatus erwiederte: Euern König soll ich kreuzigen? Da antworteten die Hohenpriester: Wir haben keinen König, als den Kaiser." (Joh. XIX, 13—25. Lk. XXIII, 23.)

Sie wollen den Friedensfürsten als Aufrührer, das Ideal der Tugend als Tempelschänder und Verführer an's Kreuz geschlagen wissen, und bestimmen Ihm so einen Tod, zu dem Josua die Könige der Kanaanäer verurtheilt hatte. Und zum drittenmale rufen sie Ihn an's Kreuz. Eben was die Menschen an Gott verschuldet, soll der Gottmensch für uns abbüßen. Sie verklagen Ihn hartnäckig als Rebellen, und sind eben daran, selber das Volk aufzuhetzen und durch den Aufruhr der Menge ein ungerechtes Urtheil zu erzwingen. Sie bringen die vox populi in Anregung, aber dadurch die vox Dei zum Schweigen, und das souveräne Volk beweist auch hier seine Mündigkeit. Der tausendstimmige Ruf: An's Kreuz mit Ihm! fand bald seinen Wiederhall in dem Christianos ad leones. Wie Christo dem Herrn, so schreit die Welt auch jedem Vertheidiger seines Glaubens zu: Kreuzige, kreuzige ihn! und verurtheilt sie ungehört. Die Worte: „Wir haben keinen König, als den Kaiser!" sollten indeß keineswegs vor dem Tribunal des Pilatus verklingen, sondern dem Gedächtnisse der Nachwelt sich einprägen. Seit jenen Tagen haben die Juden wirklich keinen eigenen König mehr, sondern galten das ganze Mittelalter hindurch nur für des Kaisers Kammerknechte. Zugleich gestanden sie damit die Erfüllung der Weissagung zu, daß mit der Ankunft des Schilo das Szepter von Juda genommen bleiben solle.

„Wie nun Pilatus sah, daß er nichts ausrichte, sondern vielmehr ein Aufruhr entstehe, bestättigte[2]) er das Urtheil, daß nach ihrem Verlangen geschehen sollte."

Das Volk erhebt seine drohende Stimme und dringt mit Geschrei vor, um seine Forderung gewaltsam durchzusetzen. Auch weiß der Richter nur zu gut, wessen seine tumultuarischen Kläger fähig sind, und wie sie wochenlang wegen vorgeblicher Entweihung der Gottesstadt wie hier, vor seinem Richterstuhle gelegen, um ihr Begehren durchzusetzen, oder seine Geduld zu erschöpfen. Die Zahl der zum Osterfeste Versammelten war allerdings geeignet, ihm Nachgiebigkeit einzuflößen: war es doch von jeher gerade dieser Zeitpunkt, den die unzufriedenen Juden zu Unruhen und Aufständen benützten,[3]) was auch Pilatus dießmal befürchtete. Der Landpfleger hat das Äußerste versucht, das Todesurtheil des Synedriums rückgängig zu machen; es ist ihm heiliger Ernst, er nimmt eine furchtbare Amtsmiene an: am Ende aber sinkt die ganze Justiz zur Pantomime und Convenienz herab. Die Appellation ergeht vom Hohenrathe an den Statthalter, von Pilatus an Herodes und wieder zurück, so daß Christus in allen Instanzen verurtheilt ist; zuletzt nimmt noch das Volk die Verantwortung auf sich. Der Senat der Juden erklärt sich wider Christus, das römische Recht soll durch Pilatus vertreten werden; aber es handelt sich schließlich um eine bloße Form. Der Landpfleger rechtfertigt sein Urtheil, indem er dem Ausdrucke „König" einen politischen Sinn unterlegt, und urtheilt so nach dem Buchstaben, nicht aber nach dem Geiste des Gesetzes. Er spricht zu dreien Malen seine richterliche Überzeugung von der Unschuld des Nazareners aus. Mit Worten ist er dafür, in der That aber dagegen. Er hat die Wahl zwischen Wahrheit und Lüge, weil er aber indifferent, d. h. über den sittlichen Standpunkt erhaben ist, weil er der Skepsis huldigt, läßt er die Dinge gehen, und bringt dem Staatsmechanismus das edelste Leben zum Opfer; ist er doch dann der Volksgunst und des Beifalls der Parteien versichert. Was lag dem Römer an einem Menschenleben mehr oder weniger; hatten sie doch zu

---

2) Mth. XXVII, 24. *Ἐπέκρινε*, Lk. XXIII, 24, nach der Bedeutung, wie wir es bei Herodian l. VI. c. 1. n. 4. Plutarch in Lycurgo und Suidas s. v. ausdrücklich gebraucht und erklärt finden. *Ἐπέκρινε* sc. *θάνατον*, adjudicare morti II. Makk. IV, 47.

3) Ant. XVII. 9, 3. 10, 2. XX. 5, 3; de bello I. 4, 3. V. 5, 8.

Millionen geschlachtet und halbe Nationen erwürgt, wie auch den Juden bevorstand, dem verachtetsten unter allen Stämmen.

Der Römer gibt nach, sein harter Sinn ist gebrochen; nach den vergeblichen Anstrengungen, die er zur Rettung des Beklagten gemacht, ist sein Gewissen beruhigt, die Drohungen seiner Unterthanen machen ihn mürbe; er rettet durch diesen eklatanten Justizmord seine Amtsführung noch sieben Jahre, bis er gleichwohl wegen seiner blutigen Gewaltthätigkeit gegen die Samariter von diesen beim syrischen Statthalter Vitellius verklagt und um dieselbe Zeit des Osterfestes 789 u. c. zugleich mit Kaiphas vom Stuhle gestoßen und zur Verantwortung nach Rom geschickt wird. Pilatus ist das Spiegelbild aller weltlichen Machthaber, die sich gleichgiltig gegen das Heilige verhalten; der glatte, eiskalte Diplomat. Je nachgiebiger eine Regierung gegen die tumultuirende Menge wird, um so mehr jubelt diese ihr zu, wenn sie gleich dadurch ein himmelschreiendes Unrecht begeht — ein Beweis, daß Popularität nicht immer durch Gerechtigkeit erzielt wird, und daß nichts weniger ein Beleg für eine richtige Handlungsweise ist, als der momentane Beifall der blinden Menge. Pilatus erschrickt, zu vernehmen, seine Regierung sey so verhaßt, daß man auf öffentliche Anklage sinne; er will einen eklatanten Schritt thun, um wieder volksthümlich zu werden. Aber wie sehr täuscht er sich, wenn er auf die Fortdauer dieser Akklamationen rechnet; früh genug soll er die Gesinnungen des wetterlaunischen Pöbels erfahren und selber der Volksjustiz unterliegen. Das Volk triumphirt, daß ihm die Demüthigung der Obrigkeit gelingt. Ist nur der Form genügt, dann wäscht der Richter sich die Hände, und nach dem Grundsatze: manus manum lavat! wird seine Nachgiebigkeit ihm von der anderen Seite eine Reinsprechung von mancher Ungebühr einbringen.

In revolutionären Zeiten bringen die Träger der öffentlichen Gewalt nicht selten die Männer von Grundsätzen oder jene, welche allein noch auszusprechen wagen: Gebet Gott, was Gottes, und dem Kaiser, was des Kaisers ist! den „Liberalen" und Radikalen zum Opfer, um Freunde des Volkes zu bleiben, und sich die Fortdauer ihrer Herrlichkeit zu erkaufen. Diese mögen sich im Hinblick auf einen Höheren aufrichten, welcher den Gelüsten des meuterischen Pöbels, dem jede Tugend verhaßt ist, ausgeliefert und zur Sühne für fremde Handlungen der blutigen Marter preisgegeben ward, während der feige Machthaber sich hinreichend entschuldigt hält, wenn daneben auch ein paar Schurken gerichtet werden.

LXIX. Kapitel.

Händewaschung des Pilatus.

„Da nahm Pilatus Wasser, wusch sich die Hände Angesichts des Volkes, und sprach: Ich bin unschuldig an dem Blute dieses Gerechten; da möget ihr zusehen.“ (Mth. XXVII, 24.)

Nach Ansicht des Alterthums war jeder Mord eine Befleckung, die einer Reinigung bedurfte. Bei den Juden mußten bei Auffindung eines Leichnams und selbst eines Aases auf dem Felde, wenn der Todtschläger nicht bekannt war, Richter und Älteste die Hände darüber waschen und sprechen: „Unsere Hände haben nicht vergossen dieses Blut und unsere Augen es nicht gesehen. Vergib deinem Volke Israel, das du erlöst, o Herr, und lege nicht die Verantwortung unschuldigen Blutes in deines Volkes Mitte.“ [1]) Nach Herodot I, 35 „kömmt Adrastus der Phryger, dessen Hände verunreinigt waren, zu Crösus mit der Bitte um Reinigung nach den Landesgebräuchen, weil er aus Versehen seinen eigenen Bruder gemordet. Crösus reinigte ihn, die Lustrationsgebräuche aber waren bei den Lydern nahezu dieselben, wie bei den Hellenen“. [2]) Ebenso bemerkt der Scholiast des Sophokles [3]): „Es war eine Gewohnheit unter den Alten, wenn sie einen Menschen getödtet oder Blut vergossen hatten, ihre Hände in Wasser zu waschen um sich von dieser Verunreinigung zu säubern.“ Nicht minder spricht Äneas bei Virgil II, 718:

Mir, der ich eben vom Kriege und frischen Morde gekommen,
Ziemet keine Betastung, bis ich im fließenden Wasser Reinigung wieder erlangt.

---

1) Deut. XXI, 1 f. Sota 8, 6. Seniores urbis illius lavabant aqua manus suas, in loco, ubi vitula decollata fuit, profitentes: manus nostrae non effuderunt hunc sanguinem. Gl. Quemadmodum manus nostrae mundae sunt, ita et nos mundi sumus ab illius caede. Clemens Constit. apostol. l. II, 52. Philo vit. Mosis III. Λουτὴρ σύμβολον ἀνυπαιτίου ζωῆς.

2) Über diese Lustration vgl. Dionys v. Hal. VII. Eurip. Orest: ἁγνός γάρ εἰμι χεῖρας. Hippol. 946. Ovid Fasti 11, 35. Lobeck Aglaoph. 959. Ottf. Müller Die Dorier I, 334.

3) In Ajac. Mastigoph. III, 1. 663. Ἔθος ἦν τοῖς παλαιοῖς, ὅτε ἤ φόνον ανθρώπου ἤ ἄλλας σφαγὰς ἐποίουν, ὕδατι ἀπονίπτειν τὰς χεῖρας εἰς κάθαρσιν τοῦ μιάσματος.

Blutschuld hieß euphemisch Händebefleckung, und bei Herodian l. I heißt ein Mörder geradezu ἀνὴρ μὴ καθαρὸς τὰς χεῖρας. Seneka aber erklärt Hercul. Fur. act. 5: „Weder Meer noch Flüsse können die Rechte abwaschen, welche mit Verbrechen und Blut befleckt ist."

Auch der Römer dachte mit den Unschuldigen seine Hände zu waschen, und sich rein zu halten von dem Blute des Gerechten. Er that eben, was Ovid von seiner Zeit tadelt, wenn er in seinen Fasten II, 45 singt:

> Ah nimium faciles, qui tristia crimina caedis
> Fluminea tolli posse putetis aqua!

Wenn es Psalm XXVI, 6 heißt: „Ich will meine Hände in Unschuld waschen, und deinen Altar umgeben, o Herr!" LXXIII, 13: „Ist es umsonst, daß ich meine Hände in Unschuld wasche?" (vgl. Hiob IX, 30), so erinnert Pilatus' Handwaschung die Priester, wie sie mit einer solchen Sünde beladen das große Opfer des reinen Osterlammes heute darzubringen wagen dürften? Das ganze alte Testament besteht in gesetzlichen Waschungen. Aristäas erzählt bei Jos. Ant. XII. 2, 2 f., „die siebzig Dollmetscher hätten täglich, bevor sie an ihre Übersetzung der Schrift gingen, die Hände gewaschen, um so zu bezeugen, daß sie rein und keiner Sünde sich bewußt seyen." Dieselbe Bedeutung hatten die gesetzlichen Waschungen der Pharisäer, insbesondere die Fußwaschung und Händeablution vor dem österlichen Abendmahle. Die Pharisäer drangen vor allem auf äußere Reinigung und hatten eine Anzahl Satzungen, die sich allein auf die Händewaschung bezogen (Bd. IV, 94 f.); waren nur diese Ceremonien beobachtet, dann konnten sie im Gewissen beruhigt seyn. Ebenso wäscht jetzt der Landpfleger sich vor ihren Augen, um trotz des Tumultes und ohne ein Wort weiter zu reden, allen zu verstehen zu geben, daß er von diesem sträflich von seiner Hand geforderten Blute sich rein wisse. Sein Palast, von den tobenden Haufen umringt, gleicht zuletzt einer belagerten Citadelle. Ganz Judäa wogt durch die Straßen Jerusalems, und der Lärm wird zuletzt so arg, daß er sich anders nicht mehr verständlich machen kann. Er wiederholt mit Worten und durch Zeichen bis zum letzten Augenblick die Erklärung, daß Jesus unschuldig sey und er nur der Gewalt weiche.

Die Acta Pilati erklären, Pilatus habe ἀπέναντι τοῦ ἡλίου, Angesichts der Sonne, die alles sieht, die Hände gewaschen, um sowohl von der Unschuld des Verurtheilten, als von seiner Unschuld an dem Morde Zeugniß abzulegen. Aber das lichte Himmelsauge bringt seine Blutschuld an den Tag, und obwohl er blind gegen seine eigene Unthat war, wird doch der Name des ungerechten Blutrichters noch täglich von Millionen Zungen genannt, der gleich Hunderten von Verbrechern bei Verübung ihrer Unthat dachte: ein wenig Wasser wäscht den Blutfleck ab! Schon Theodoret hist. eccl. IV, 7 zieht die Stelle aus obigen Akten an. Wie Hugo Grotius erwähnt, pflegten bei den Alten die Richter, auch wenn sie jemand nach den Gesetzen zum Tode verurtheilen mußten, zur Sonne aufzublicken und zu betheuern: *ἀθῶοι ὑπάρχειν τοῦ αἵματος τοῦ ἀνθρώπου.*

Der Richter vollzieht nur das Gesetz, er handelt in höherem Auftrage; hat auch die Obrigkeit von Volksgnaden kein Recht über das Leben eines Unterthans, da sie jedem einzelnen und der Gesammtheit ihre Vollmacht verdankt, so erwächst dem, der in Kraft eines höheren Richters das Richterschwert führt, sogar die traurige Pflicht, den gesellschaftlichen Verband gegen einzelne Übelthäter auf jede Weise sicher zu stellen, dem Richter ist daraus kein Verbrechen zu machen. Wie jetzt der Scharfrichter den Condemnirten um Verzeihung bittet, weil er an ihm nur seine Schuldigkeit thue: so war es dagegen im Alterthum Sitte, daß die obrigkeitlichen Personen sich die Hände wuschen, um zu erkennen zu geben, daß sie unschuldig am Tode nur der peinlichen Noth des Gesetzes gehorchten, und ihm seinen Lauf gelassen hätten. Noch, wenn die Juden ein Begräbniß begehen, pflegen die Verwandten sich die Hände zu waschen, zum Zeichen, daß sie wegen Pflege u. s. w. an dem Tode des Verblichenen keine Schuld trügen. Die mehr durch symbolische Handlungen redende Vorzeit fand darin einen ähnlichen Ausdruck, wie in der Demonstration, den Staub von Kleidern und Schuhen zu schütteln. Eben hat Pilatus vom Herrn die Erinnerung erfahren, daß seine Gewalt von oben stamme! Da will er sich damit rechtfertigen, daß sein Amt das Bluturtheil mit sich bringe, und er wäscht sich die Hände. So glaubt er leichten Kaufes mit seinem Gewissen fertig zu werden, als habe er das seinige gethan, Ihn loszumachen, und durch die wiederholte Erklärung, er könne das Gesetz nicht gegen einen Schuldlosen bewaffnen, seine Seele salvirt. Der Stab bricht, und wird Jesu vor die Füße geworfen: aber gleichzeitig erklärt der Richter selbst die Sentenz für ungesetzlich und erzwungen. Er opfert Ihn nur der Politik seines Amtes, und empfängt dafür den lauten Zuruf des Volkes, das ihn für diese Handlung hoch leben läßt.

Aber die Nemesis blieb nicht aus; denn nur noch ein Menschenalter, und beim Brande des Tempels, den das Blut vieler Tausende nicht zu löschen vermag, erklärt auch Titus, er sey unschuldig an dieser Zerstörung. Ja der Talmud [4]) erklärt mit Fug: „Gott selber wäscht die Hände über der Zerstörung seines Heiligthums, zum Zeichen seiner Nichtbetheiligung."

LXX. Kapitel.

Blutschuld auf den Häuptern der Juden.

„Ich bin unschuldig an dem Blute dieses Gerechten; ihr möget zusehen!" sprach Pilatus und nahm das Wasser. „Aber das ganze Volk antwortete und rief: Sein Blut komme über uns und unsere Kinder!" (Matth. XXVII, 25.)

Das Volk hat die furchtbare Äußerung gethan, deren Tragweite es selbst nicht erwog. Tausende hören es, Tausende rufen es nach. Ja, es kam über sie. Der Racheengel vollstreckt das Gericht nach dem Worte Ex. XX, 5: „Gott sucht die Missethat der Väter an den Kindern heim bis in's dritte und vierte Glied." Hatte der Herr Matth. XXIV, 36 gedroht, daß alles unschuldig auf Erden vergossene Blut, vom Blute Abels des Gerechten bis zum Blute des Hohenpriesters Zacharias, gerächt werden solle, der zur Zeit des ersten Tempels fiel, so laden sie nun vollends das Blut des Menschensohnes auf sich. Sie haben die erschreckliche Verwünschung über sich gerufen, darum erfüllt sich auch an ihnen das Wort Gen. IV, 10 f.: „Verflucht seyst du auf Erden, die ihren Mund aufgethan, deines Bruders Blut, vergossen von deinen Händen, zu trinken. Unstät und flüchtig sollst du auf Erden herumwandeln." Und wenn Kain spricht: „Meine Sünde ist größer, als daß sie Vergebung finden könnte. Sieh, du treibst mich aus dem Lande, ich muß mich vor deinem Angesichte verbergen und heimatlos und irre auf Erden seyn; so wird eines noch ergehen, daß mich todt schlägt, wer mich findet" — so hat sich dieß wörtlich am Volke Gottes erfüllt, weil es den guten Hirten erschlagen, und wie Kain der Flüchtling und Verbannte, gleich einem wilden Thiere gehetzt, irrt der ewige Jude, d. h. die jüdische Nation, umher,

---

4) Gittin f. 56, 1. Cupit Deus vastare domum suam et cupit abstergere manus suas. Gl. In signum innocentiae lavabantur vel abstergebantur manus.

um jene Geschicke zu erfüllen. Und wie Zacharias' Tod nur durch das Blut von einer Million bei dem ersten Untergange der heiligen Stadt beschwichtigt werden konnte, so übte die strafende Gerechtigkeit Gottes Genugthuung für den hingewürgten eingebornen Sohn in der zweiten Vertilgung Jerusalems und seiner Bewohner: und das Entsetzen davor verfolgt die noch übrigen Reste von Stund an auf jedem Schritte. (Apstg. V, 28.)

Die kommende Nacht war eine Erinnerung an jene Schreckensnacht in Ägypten, wo der Würgengel umherging und alle Erstgeburt erschlug, ja selbst das Blut über das Haupt des Volkes Israel, Jehova's Erstgebornen kam, wenn es die Thürschwelle überschritt. Damals bildete das Blut des Osterlammes die Versöhnung: jetzt verwirken sie die Gnade, die ihnen seitdem per substitutionem zu Theil ward, die Schlachtung wird sofort zur Superstition; denn das Volk hat das Blut auf sein eigen Haupt genommen, und dieselben Römer, denen es zugerufen worden, sind auch berufen, das Amt des Würgengels an ihnen und ihren Kindern zu vollziehen. Gott der Herr eröffnet in Israel drei Städte des Asyls, sprechend Deut. XIX, 10: „Daß nicht unschuldiges Blut in Mitte deines Landes vergossen werde und Blutschuld (sanguines) über dich komme." „Verflucht sey, wer für Geld unschuldiges Blut vergießt!" rufen bei der Beschwörung der Constitution des Landes die Leviten am Hebal, und alles Volk antwortet: Amen! (Deut. XXVII, 25.) Heute wiederholt sich dieser Fluch. Zu Rachab sprechen die Kundschafter Jos. II, 19: „Wer zur Thüre herausgeht, dessen Blut sey auf seinem Haupte und die Thäter unschuldig; wenn aber an die im Innern Hand angelegt wird, soll das Blut über die Mörder kommen," d. h. von den Israeliten gefordert werden. Ebenso,[1]) als Sauls Mörder David die Kunde seiner That bringt, spricht dieser: „Dein (vergossenes) Blut sey über deinem Haupte; denn dein eigener Mund hat wider dich gesprochen, da du sagst: Ich habe den Gesalbten des Herrn getödtet." Die Redensart kehrt im Talmud mehrfach wieder.

Es ziemte Gott nicht, Rache zu sprechen über eine That, die das Volk an seinem Sohne begangen: darum mußte es sich selber die Sentenz fällen. Wenn ein Gotteslästerer verurtheilt wurde, schreibt

---

1) II. Sam. I, 16; vgl. III, 28. 29. IV, 11. B. Pesach. f. 110, 1. Avoda sara 12, 2. Joma f. 21, 1: „Wer vor dem Hahnruf auf die Reise geht, dessen Blut ist auf seinem Haupte, d. h. er ist selber an seinem Tode schuld."

Maimonides de idololatr. c. 2. sect. 14, dann legten die Richter und Zeugen ihre Hände auf sein Haupt, sprechend: „Dein Blut sey auf deinem Haupte, denn du bist selbst daran schuld!" Also hatte jetzt das Volk der Gotteslästerung sich für persönlich schuldig und haftbar erklärt, und das Blutgericht willig auf sein Haupt genommen. Ferner pflegten die Richter nach Maimonides hilcoth Sanhed. c. 12, 3 die Zeugen vor Gericht auf diese Weise anzureden: „Ihr wisset, daß es mit Halsgerichtssachen anders ist, als mit Geldsachen; bei Geldsachen zahlt jemand seine Schuld und ist frei, aber in Sachen, die das Leben angehen, liegt sein Blut und das Blut seines Saamens auf ihm bis an das Ende der gesammten Welt. Denn sieh, von Kain wird gesagt: „Die Stimme vom Blute deines Bruders schreiet von der Erde zu mir auf, d. i. sein Blut und das Blut seines Saamens." Hier steht alles Volk, um falsches Zeugniß wider den Herrn zu geben, und wie sie der Richter mahnt, nehmen sie das unschuldig vergossene Blut auf sich. Die Schuld falle auf sein Haupt, ist orientalische Redensart, wenn man jemand verantwortlich macht. Dein Unglück komme über mich! ist ein Spruch, womit der Morgenländer eine Trauerbotschaft zu überbringen pflegt. So sammeln die Juden jetzt glühende Kohlen über ihrem Haupte. Schon Kaiphas fürchtet, es möchte das ganze Volk zu Grunde gehen, und wünscht dafür Einen zu opfern. Sie scheuen sich als ächte Pharisäer, die Schwelle des heidnischen Prätors zu betreten, um sich nicht durch Verunreinigung den Genuß des Pascha zu verderben, aber die Verantwortung des Messiasmordes macht ihnen kein Bedenken, ja sie rufen dreist das göttliche Strafgericht auf sich herab. „Euer Blut komme über euer Haupt!" bekräftiget Paulus Apstg. XVIII, 6. Die Juden nehmen das Testament ihres Gottes nicht an, sie kennen nur eine Bibel: darum müssen sie selber einstehen und büßen ihre Schuld; ihnen ist keiner gestorben: darum gehen sie erblos an den Verdiensten des Erlösers aus. Gott im Himmel hörte das Urtheil, womit sie ihre Selbstverdammung aussprachen: sein ist die Rache, er vollstreckt sie zu seiner Zeit. Das Wort ist heraus, und schon ein Menschenalter später hat alle, die es gerufen, und ihre Kinder und Kindeskinder der Fluch ereilt, und der Ort, wo es gesprochen war, Tempel, Palast und Häuser sind dem Erdboden gleich gemacht. Sie schreien nicht umsonst, sie hätten die Ehre des beleidigten Gottes zu rächen! Es war wieder ein prophetisches Wort an diesem Tage, wie jenes im Munde des Kaiphas und die Inschrift des Pilatus. Es wurde gerächt die Ehre des himmlischen Vaters an seinem ewigen Sohne an diesem Tage zur Sühne der schuldbeladenen Menschheit; gerächt aber auch in Bälde das Blut des Gerechten an seinem gottesmörderischen Volke. Der Fluch dieser Blutschuld war ihre Zerfahrenheit in Mitte der Völker: er ist nicht mehr von ihnen genommen worden und liegt fortan auf ihrem Geschlechte. Achtzehn Jahrhunderte sind seitdem vergangen, et nondum finis! Niemand kann jene Selbstverwünschung von ihnen nehmen, und an eine Wiederkehr in das Erbe Abrahams, Isaaks und Jakobs ist nicht zu denken.

LXXI. Kapitel.

Loskunft des Barabbas. Aburtheilung der beiden Schächer.

„Nun gab er ihnen den Barabbas, der wegen Aufruhrs und Mords im Gefängnisse saß, los, um dem Volk zu willfahren, Jesum aber überließ er ihrem Willen, und ließ nach der Geißlung Ihn kreuzigen." (Mth. XXVII, 26. Lk. XXIII, 25.)

Christus leistet Bürgschaft und stirbt des gewaltsamen Todes, der Mörder dagegen geht frei aus. So richtete Pilatus im Namen des römischen Kaisers. Denn es sollte der Welt klar werden, daß es keine nachhaltige Tugend und Sittlichkeit gebe ohne Christenthum, d. h. ohne Glaube, Hoffnung und Liebe, wie sie die Dichter immer malen möchten. Im Passion steigert sich die Bosheit bis zu dem Übermaaße, daß auch Barabbas nach seiner Freilassung sich unter die Peiniger Christi mengt. Barabbas steht vor uns als Repräsentant der gesammten Menschheit. Auch sie hatte im Aufruhr sich erhoben gegen den Allmächtigen, und sich vermessen, Gott gleich zu seyn; auch sie, brudermörderisch von Anbeginn, hatte jetzt einen Mord verübt, einen Justizmord, einen Mord der Sittlichkeit, den Todtschlag am eigenen Gottessohn! Aber wie Barabbas' Gefängniß heute sich öffnete durch die Hinopferung des Gerechten: so wurde auch das gesammte Geschlecht durch den stellvertretenden Tod Christi an diesem Tage in der Finsterniß des Kerkers, worin es seit Jahrtausenden im Todesschlaf und in den Fesseln der Sünde gebunden lag, mit Gnaden heimgesucht, entkettet und erlöst, und herausgeführt in die Freiheit des Lichtes und der Liebe Gottes. Der heutige Tag ist der von Ewigkeit in Gottes Rathschluß vorherbestimmte Versöhnungstag; er ist der inhaltsschwerste in der ganzen Geschichte, der erfolgreichste für die Vergangenheit und für alle Zukunft, weltbedeutend schon, weil die ganze damalige Menschheit in all ihren Richtungen und Bestrebungen in Massen repräsentirt an dem großen Akte Antheil nimmt, der dort auf der Weltbühne in der heiligen Stadt sich vollführet, und in die Handlung mit eintritt, welche die Centralgeschichte bildet.

Das Evangelium meldet [1]): „Sie hatten aber einen berüchtigten Gefangenen mit sammt den Aufständischen in Gewahrsam, welche beim Aufruhr einen Todtschlag verübt hatten.“

Hier ist von mehreren Übelthätern die Rede, die vielleicht das Gefängniß im Richthause nicht alle faßte, und es dient zur Bestättigung, was der Talmud einschlägig berichtet, Mischna Sanhed. c. 11, 4 f. 89, 1: „Einen vorsätzlichen Übelthäter brachte man nicht auf Befehl des Sanhedrins seiner Stadt, wie des Rathes von Jabne, sofort vom Leben zum Tode, sondern man führte ihn vor das große Sanhedrin zu Jerusalem, bewahrte ihn daselbst bis zum Feste auf, und brachte ihn dann vom Leben zum Tode, damit alles Volk es inne ward und einen Schrecken erfuhr.“ [2]) Hiezu bemerkt der Glossator: „Über Kapitalverbrecher urtheilte man nicht an den niederen Gerichten einer Stadt, sondern führte sie vor das große Synedrium im Quadersaale.“

So waren auf die Osterfestzeit 782 u. c. eine Anzahl Übelthäter eingebracht, und drei, wie es scheint, bereits zum Tode verurtheilt, wovon gerade der schuldigste jetzt durch die Volkshaufen losgebeten und vom Prätor sofort öffentlich begnadigt ward. Mit den beiden andern blieb die Sache res judicata, abgemacht bis zur Ausführung, und wir begegnen ihnen sowohl am Wege zur Richtstätte, als auf Golgatha, indem Luk. XXIII, 32 schreibt: „Es wurden auch zwei andere Missethäter ausgeführt, um zugleich mit Jesus hingerichtet zu werden“ u. s. w.

Drei Missethäter haben den Tod verdient, zwei leiden ihn wirklich,

---

1) Mth. XXVII, 16. εἶχον, Vulg. habebat; vgl. Bd. V, 116 not. 1. 412 not. 1. Mark. XV, 7. μετὰ τῶν συστασιαστῶν δεδέμενος, οἵτινες ἐν τῇ στάσει φόνον πεποιήκεισαν.

2) Maimon. Hilcoth Mamerim s. de rebell. c. 4. Usque ad festum custodiunt, et ipso festo strangulant, quia dictum est Deut. XVII, 13 „et omnis Israel audiet et timebit.“

der dritte wird durch die Volksjustiz ungerechter Weise frei, wogegen der Unschuldigste am Kreuze büßt. Wie aber Barabbas mit seiner unverdienten Befreiung dem gekreuzigten Heiland gegenübersteht, so wieder der unbußfertige Schächer dem bußfertigen, der zeitlich und ewig Verdammte dem, welcher ewig begnadet wird, nachdem die Gerechtigkeit inner der Zeitlichkeit an ihm erfüllt ist. In diesem Doppelkontraste um das h. Kreuz her ist der ganze Inhalt der christlichen Criminalrechtslehre eingeschlossen, jedenfalls erhellt auch aus der Bibel zur Genüge das Recht der Todesstrafe.

Origenes Cels. VI, 43 in Lev. IX und X gibt dem Sündenbock eine Beziehung auf Christus und Barabbas, sowie auf die beiden Schächer. Der Talmud überliefert B. Sanhed. f. 35, 1. 46, 1: „Sie richten nicht zwei an einem Tage, es sey denn, daß beide an derselben Missethat schuldig sind und eines gleichen Todes sterben." Dieß war bei den beiden Straßenräubern, ληϛαι, der Fall. Auch hierin griff übrigens die weltliche Gewalt der geistlichen in's Werk. Die Synoptiker stellen es im Zusammenhange so dar, als ob die Geißlung Jesu nach seiner Verurtheilung als herkömmliche Vorbedingung der Kreuzigung erfolgt sey, nur Johannes erklärt näher, daß Pilatus durch die Vornahme derselben die Todesstrafe abzuwenden trachtete. Dagegen wurde die Geißelstrafe jetzt an den beiden Schächern vollzogen, und für alle drei Todescandidaten das Marterholz zurechtgezimmert.

LXXII. Kapitel.

Der Justizmord.

Es ist eine entsetzliche Wahrheit, daß von jeher die größten Verbrechen im Namen der Politik und kraft derselben Gesetze verübt wurden, welche vor Unthat sichern und der Übertretung wehren sollen. Es gereicht der Menschheit zur nicht geringen Demüthigung, daß wo auch Recht und Gesetz nicht direkt im Widerspruche sich befinden, doch so oft durch die verkehrte Anwendung der Rechtsnorm die baare Ungerechtigkeit erzielt wird. Einen ärgeren Justizmord aber kennt die Weltgeschichte nicht, als das gegen den Nazarener gefällte und vollstreckte Todesurtheil, und mit Schaudern erfüllt uns hier der Gedanke: Tantum religio potuit suadere malorum.

Christus wurde auf Grund der altjüdischen Religion und im Namen des mosaischen Gesetzes zum Richthause und Richtplatze geschleppt! Moses hatte, wie schon Petrus

Apstg. III, 22 erinnert, dem Volke Israel Deut. XVIII, 18 Jehova's Verheißung hinterlassen: „Einen Propheten wie dich will ich aus der Mitte seiner Brüder erwecken, und meine Worte in seinen Mund legen, daß er zu ihnen rede alles, was ich ihm befohlen haben werde. Wer aber den Worten zu gehorchen sich weigert, die er in meinem Namen spricht, gegen den werde ich als Rächer auftreten." „Bist du es, der da kommen soll, oder haben wir einen andern zu erwarten?" fragten die Juden den Täufer am Jordan, dieser aber wies sie fortgesetzt an Jesus, das Lamm Gottes. Der Gottmensch berief sich in einem fort auf seine höhere Lehre, seine Zeichen und Wunder zur Beglaubigung, daß er im Auftrage des himmlischen Vaters gekommen und nach dessen Befehl rede. Im alten Bunde heißt es: Ich habe ihnen Gesetze gegeben, die nicht gut sind und kein Heil bringen. Die Vorgesetzten der Juden aber nahmen ihre Satzungen für ewig giltig und wesentlich gut; darum wenn Jesus sich die Macht zuschrieb, den Tempel abzubrechen, oder die Worte bildlich genommen, den bisherigen Cult abzuschaffen, wenn Er die pharisäische Sabbatfeier, ihre vorbereitenden Waschungen und leeren Ceremonien annullirte, erschien Er den Hohenpriestern vielmehr als ein Werkzeug des Teufels und all sein Vornehmen widergöttlich, ja sie wandten sofort den nächsten Satz Deut. XVIII, 20 auf Ihn an: „Doch wenn einer als Prophet in meinem Namen zu reden vermessen genug ist, was ich ihm nicht befohlen, oder im Namen fremder Götter auftritt, der soll getödtet werden." (Vgl. XIII.)

Schon nach der Verhaftung des Täufers hatten die Pharisäer und Herodianer den Plan zu seiner Ermordung entworfen (Bd. IV, 91). Der Hoherath mit Kaiphas an der Spitze erläßt nach der Auferweckung des Lazarus ein Manifest wider Jesus in der Absicht, Ihn aus dem Wege zu räumen (Bd. V, 370). Er ist zum Tode bestimmt, bevor man eine Untersuchung eingeleitet, verfolgt vom Sektengeiste und dem Hasse der geistlichen Obrigkeit, welche erst die weltliche herausfordert. Der oberste Gerichtshof hat sein Verderben beschlossen, bevor Jesus in seinen Händen ist. Anders lautet aber der Beweggrund seiner Verurtheilung im Hohenrathe, anders die Anklage vor dem weltlichen Richter. Es ist ein religionspolitischer Mord.

Abgesehen von der materiellen Begründung des Urtheils gegen den größten Wohlthäter der Menschheit treten auch in der Form des Gerichts die ärgsten Irregularitäten hervor. Gleich die erste Versammlung des Rathes der Hohenpriester bei Kaiphas war eine gesetzwidrige, denn nie durfte eine Gerichtssitzung in der Nacht statt haben. [1]) Wie sehr es mit der Verurtheilung Eile hatte, zeigt das weitere ungeregelte Verfahren. Nach dem Herkommen sollte eine Criminaluntersuchung nie am Vorabende vor einem Feste begonnen, auch nur Montags und Donnerstags Gerichtssitzungen gehalten werden. Von Rechts wegen mußte zuerst der Richter die Anschuldigung veröffentlichen: hier aber ist der Kläger zugleich der Richter, dazu war eine Menge verworfener Menschen als Ankläger und Belastungszeugen geladen. (Mth. XXVI, 60.) Falsche Zeugen, d. h. Denuntianten, werden geworben, die Jesu Worte selber nicht vernommen und sie gleichwohl bezeugen. Der geringste Widerspruch vernichtete sonst die Giltigkeit des Zeugnisses; hier aber übersah man gerne alles. Im Falle eines Meineides sollten die Zeugen die Strafe dulden, worauf die Anklage lautete; hier aber stunden die Hohenpriester mit ihnen insgeheim im Bunde. Der Angeklagte konnte durch einen oder mehrere Rechtsbeistände, causarum patronos, sich vertreten lassen, und es mußte die Vertheidigung gehört werden; davon ist hier keine Rede. Die Sitzung war in hohem Grade tumultuarisch. Da die Priester Jesu den Untergang geschworen hatten, fand weder der gesetzliche, noch sonst ein beliebiger Vertheidiger sich ein, obwohl jedem hiezu das Recht zustand Sanhed. f. 40, 1. Auch kein Entlastungszeuge tritt auf; denn der Tod war nach Joh. IX, 22 jedem gedroht, der Ihn als Messias anerkennen würde, und darum handelte es sich eben. Das Synedrium, das in Gegenwart des Königs Agrippa einen Sklaven desselben nicht zu verurtheilen wagte, verhandelt so über den König der Könige.

Eigentlich wußten nur die Feinde Christi um das nächtliche Gericht, nicht die Freunde — bis auf ein paar Vertraute. Der Hohepriester trägt die Klageakte vor, und beschwört Jesum feierlich oder nimmt Ihm einen Eid ab, ob Er der Messias, der Sohn Gottes sey?

---

1) B. Sanhed. c. 4, 1. De rebus pecuniariis judicant interdiu et determinare possunt nocte: judicia capitalia transigunt interdiu et finiunt interdiu. Sohar p. 56, 2. Sessiones judicii instituendae sunt mane. Bechor 45, 1 ist von einer ganz widerrechtlichen Hinrichtung durch das Synedrium die Rede. Vergl. Pesach. f. 75, 1. Chetub. 37, 1. Sota 7, 1. Bava Kama 51, 1. Sanh. 45, 1. 52, 1. 84, 1. 2. Jost Gesch. des Judenth. I, 406. Dupin Jesus devant Caiphe et Pilate Par. 1855 — wider den Juden Salvador, eine Schrift, deren Inhalt ich übrigens nicht kenne.

Als aber Christus sich im Namen des lebendigen Gottes dazu bekennt, fällt er gegen Ihn ohne weiteres die Todesstrafe wegen Gotteslästerung, obwohl der Heiland sich von Anfang durch seine Thaten legitimirte. Der Hohepriester greift dem Spruche des Hohenrathes, den er erst einholen sollte, mit seiner Erklärung vor, und überstürzt sich in blinder Leidenschaft; der förmlichen Instruirung des Prozesses konnte man sich um so füglicher entschlagen, als ja der hohen Synagoge nur der akkusatorische Theil überlassen blieb, und das Endurtheil den Römern zustand. Um indeß das Maaß der Ungesetzlichkeit voll zu machen, verweisen die Richter es selbst dem Schergen nicht, daß er dem Gefangenen vor ihren Augen einen Backenstreich versetzt. Brutale Gewalt ergeht für Recht, und der Herr ist mißhandelt, ohne daß die erbosten Obern durch direkten Befehl sich eine Blöße gegeben und compromittirt haben.

Ein Criminalprozeß sollte, außer im Falle der alsbaldigen Lossprechung, nie an Einem Tage beendigt, noch weniger aber an einem Festtag oder Vorsabbath entschieden und die Sentenz verkündet werden. Aber was kümmerte dieß das verbrecherische Synedrium, wo es den Tod des Messias galt! In allen Fällen hatte die jüdische Gerichtsbarkeit sich zur Maxime gestellt, eher auf die Freisprechung als auf die Verurtheilung eines Verbrechers hinzuwirken;[2]) darum schloß sich an die einleitende Gerichtsverhandlung, selbst wenn alle Zeugen über ein Verbrechen einstimmig waren, erst noch ein Ver-

2) B. Sanh. c. 4, 1. Judicia de pecuniariis absolvunt eodem die, sive mulctativa, sive absolutiva: judicia de capitalibus finiunt eodem die, si sint ad absolutionem; si ad damnationem, finiuntur die sequente. Beatus judex, qui fermentat judicium suum. Gl. Qui judicium moratur, et pernoctare facit, ut ventilet veritatem. In judiciis de capite incipiatur a transactione circa impunem dimittendum eum, qui judicio sistitur, et non incipiatur ab iis, qui ad condemnandum eum faciunt. Judicia pecuniaria ordiuntur sive a parte defensoria, sive a parte accusatoria, judicia capitalia a p. d. non a p. a. Fol. 35, 1. Si finias judicium ejus Sabbato, et occidas eum prima hebdomada, tu affligis ejus judicium. Gl. Quamdiu non finitum est judicium ejus, non est afflictio judicii, quia unaquaque hora exspectat, ut absolvatur. At cum finitum est judicium, exspectat mortem. H. Chetubboth f. 24, 4. Moëd Katon f. 63, 1. Ne judicent die festo, nec vesperiis Sabbati vel diei festi. Gl. Quod quidem obtinet in judiciis pecuniariis, caveturque ne sit scriptio: at vero in judiciis capitalibus non obtinet ea ratio, nam scripta erant suffragia absolventium aut damnantium die praecedente. Oben S. 157, not. 4.

theidigungsversuch, falls sich ein Anwalt fand, und es konnte überhaupt jeder als Fürsprecher, keineswegs aber als Kläger auftreten. Wer weiß, ob die Mitglieder alle geladen waren oder an dem nächtlichen Vehmgerichte sich betheiligen wollten? vielleicht würde sonst der milde Gamaliel ebenso wie in der Folge, Apstg. V, 35, von leidenschaftlichen Schritten abgemahnt haben. Eigentlich stund das oberste Richteramt ihm, dem Nasi Israels, zu, und er mochte, nachdem er die Indicien zur Reinigung des Beklagten gründlich erwogen, das Ergebniß in den Urtheilsspruch fassen: „Du, N., bist schuldig! oder du, N., bist unschuldig und gerechtfertigt," wie die Formel Sanhed. c. 3, 7 gegeben ist. Doch es galt dem Synedrium ja nur um den Schein von gesetzmäßigem Verfahren, das Urtheil lag in Bereitschaft.

Von der ungewöhnlichen Sitzung in aller Morgenfrühe schleppten die Richter Jesum vor den Landpfleger, um sofort als Kläger und Zeugen gegen Ihn aufzutreten. Entschlossen, unter allen Umständen seine Hinrichtung durchzusetzen, sprangen sie von einer Klage zur anderen über, als die Inzicht des Verrathes an ihrem Kirchenwesen mißlang, zur politischen Beschuldigung: Er rebellire wider den Landesherrn. Wie die Demokraten Athens gegen Sokrates als Jugendverführer auftraten und für ihre alte Volksreligion und Staatsverfassung eiferten, so erklären die Pharisäer gegen Christus: Er verführt das Volk, wiegelt die Menge auf und bringt den Staat in Gefahr. Sprach Sokrates zu den Athenern: „Ihr hasset mich, weil ich euch beweise, daß euer ganzes Staatswesen thöricht ist" — so erklärt Christus seinerseits Joh. VII, 7: „Mich hasset die Welt, denn ich halte ihr vor, daß ihre Werke böse sind." Er gibt sich vor Pilatus als König der Wahrheit zu erkennen, während dort der Weltweise von Athen zu seinen Richtern spricht (Plat. Apol. p. 134, 20 f.): „Ich bin jetzt von euch des Todes schuldig erklärt, ihr aber seyd von der Wahrheit schuldig erklärt der Schlechtigkeit und Ungerechtigkeit. Und nicht nur ich habe diese mir zuerkannte Strafe anzunehmen, sondern auch ihr, wie denn vielleicht beides so kommen mußte. Was aber nach diesem folgt, drängt es mich, euch jetzt zu weissagen, ich stehe ja schon an der Schwelle des Todes, wo die Menschen zu weissagen pflegen. Wahrlich, es wird sofort nach meinem Tode eine viel schwerere Strafe über euch kommen, als die ist, welche ihr über mich verhängt habt. Denn es werden andere von euch Rechenschaft fordern über euer Leben, und noch viel strenger, als ich von euch verlangt habe.“ Sokrates fiel durch das athenische Staatsgesetz, weil er die Ethik nicht bloß in die Philosophie, sondern in's Leben einführen wollte. (Diog. L. III, 56.) Auch der Sophist Prodikos von Keos mußte, gleich Sokrates der Verführung der Jugend angeklagt, den Schirlingsbecher trinken. War Pythagoras wegen falschen Verdachtes der Herrschsucht in einem Tempel verbrannt worden, hatte Sokrates als Tugendlehrer den Schirlingsbecher getrunken, um wie viel mehr liefert Christus den Beweis, daß der Staatsmechanismus keine außerordentliche Tugend ertragen könne. Christus wird von den jüdischen Religiosen an's Kreuz ausgeliefert, weil Er die Religion und Moral für ewig untrennbar erklärt und ihnen ihre heillose Frömmigkeit vorgestellt hatte.

Der Prozeß Jesu ist aber auch vor dem römischen Richter keineswegs in der Ordnung geführt; denn wenn schon die gewöhnliche formale Rechtspflege nach dem Buchstaben der Gesetzgebung nicht immer wirkliches Recht liefert, sondern das Gewissen des Richters die Waagschaale halten soll, daher der deutsche Volksspruch Recht und Billigkeit verlangt, so war es himmelschreiend, Jesum der Rache der Juden preiszugeben, nachdem der Richter Ihn für unschuldig erkannt und diese Überzeugung wiederholt ausgesprochen hatte. Sonst war es bei allen gesitteten Völkern rechtsherkömmlich, wenigstens Einen Tag nach der Urtheilssprechung zu verziehen. Nur beim Gottmenschen galt keine Stunde Verzug: dasselbe Volk, das kürzlich noch Hosanna gerufen, ruft nun, seinem wankelmüthigen Charakter zu allen Zeiten getreu, sein tolle, tolle, crucifige! Nach einer unter Tiberius erschienenen Verordnung des Senats (Suet. 75) sollte die Hinrichtung der Verurtheilten sogar in diem undecimum verschoben werden bei Senatsurtheilen, bei kaiserlichen dagegen eine Frist von dreißig Tagen bis zur Exekution frei stehen — freilich hielt man sich in Rom selbst nicht daran. Christus wurde um Mittag verurtheilt und ohne Aufschub hingerichtet. Zudem durften bei den Juden nie zwei an Einem Tage hingerichtet werden, noch viel weniger drei, außer wenn sie ein gemeinschaftliches Verbrechen begangen hatten; auch sollte nicht vor Sonnenuntergang der Strafvollzug eintreten;[3]) aber was verwußten sich noch die Juden vor Wuth des gesetzlichen Herkommens? Der Zweck heiligte jedes Mittel;

3) Sanhed. c. 6, 4. Gemara: Morantur, usque dum appropinquet occasus solis, et tum judicium ejus perficiunt, eumque interficiunt.

jetzt wollten sie ihr Gewissen gern über göttliches und menschliches Recht und Gebot hinwegsetzen, um nur, so viel an ihnen war, mit allen Kräften den Tod des Gerechten zu beschleunigen. Er wird angeklagt und der Richter selbst macht den Anwalt, verurtheilt, ohne überführt zu seyn, mit Brutalität mißhandelt, noch bevor die Sentenz erfolgt, die erst der Aufruhr erzwingt, und zuletzt unter Insulten aller Art in den Tod geschleppt, gleich als sollte Er unterwegs schon unter den Händen seiner Peiniger bleiben.

So erschöpft sich das geistliche und weltliche Gericht, um das Maaß der Ungerechtigkeit voll zu machen. Fürwahr der Tod Jesu ist der größte Justizmord, von dem die Geschichte weiß. Freilich würde bei dem todten Formular der Gesetze, wobei das Gewissen nicht als Regulativ gilt, Christus auch auf Grund der Legislationen der Neuzeit in aller Förmlichkeit unterliegen. Doch es war das Ziel seiner Sendung, für die Wahrheit in den Tod zu gehen; denn von jeher ist die menschliche Gesetzgebung und obrigkeitliche Rechtsverwaltung nur durch Justizmorde zur Besinnung und Umkehr vermocht worden.

In mittelalterlichen Kunstvorstellungen, z. B. am Westportale des Stephansdomes in Wien, wird die Ungerechtigkeit durch das Bild des Pilatus vorgestellt, wie der Ungehorsam durch Jonas, und die Synagoge (Bd. V, 236) durch das Weib mit verbundenen Augen.

LXXIII. Kapitel.

Christliche Rechtsmilderung und jährliche Gnadenakte.

Indeß hat sich die christliche Welt den uralten, im Evangelium sanktionirten Gebrauch tief zu Herzen genommen, und zum Andenken an die Begnadigung, welche dem unschuldigen Heiland zugedacht war, jährlich in der Osterwoche Gnade für Recht ergehen lassen. Zuvörderst beseitigte Constantin die am Kreuze haftende Schmach, indem er die Kreuzstrafe abschaffte, mitten in Rom seine Bildsäule mit dem Kreuze in der Hand und der Inschrift, daß er der Kraft dieses Zeichens den Sieg seiner Waffen und die Befreiung Roms verdanke (Euseb. vit. Const. I, 40), errichtete, und das Monogramm Christi mit den Worten: In hoc vinces! in das Labarum aufnahm.

Zum ehrenden Andenken an jene prophetisch vorbildliche Indulgenz unter den Juden erließen später die Kaiser Valentinian,

Theodosius[1]) und Arkadius immer am ersten Ostertage eine allgemeine Amnestie in den minderen Straffällen. Auch die blutige Geißlung ließ bereits Constantin durch sein Edikt vom Jahre 315 zu Ehren des martervollen Erlösungstodes Christi für immer abschaffen, und die ganze römische Welt dankte ihm dafür. Schon Chrysostomus bemerkt in seiner Homilie auf den Charfreitag de cruce T. V, p. 540: „Nicht wir allein ehren diese heilige Woche, ein gleiches thun auch die Kaiser, die Machthaber der ganzen Erde, und zwar geschieht dieß nicht bloß oberflächlich, sondern man stellt alle öffentlichen Verhandlungen ein, auf daß sämmtliche Staatsbeamte, frei von jeder Amtssorge, diese Tage dem heiligen Dienste weihen können. Laßt darum auch ihr alle Streitigkeiten ruhen. Zudem beschränkt sich des Kaisers frommer Sinn nicht darauf allein, sondern kaiserliche Erlasse werden in die Reichsprovinzen versendet, kraft deren die Bande der Gefangenen gelöst werden sollen, auf daß ebenso, wie Christus in die Vorhölle hinabstieg und alle eingeschlossenen Seelen vom Joche des Todes befreite, auch seine Diener nach Möglichkeit der Kräfte des göttlichen Meisters Beispiel nachahmend die im Kerker seufzenden Mitmenschen von den sichtbaren zeitlichen Banden befreien, da sie nicht vermögen, die unsichtbaren Ketten der Seelen zu brechen.“ Der Cod. Justinian. tit. 12 de feriis enthält insbesondere die Verordnung, daß in der Charwoche alle Prozesse ruhen sollten, mit Ausnahme jener, welche zur Freilassung der Sklaven nöthig wären. Gregor von Nyssa erwähnt (hom. 2 de resurr. Chr.), diese Freilassung sey eine sehr gewöhnliche Art gewesen, die Gedächtnißfeier des Leidens und Sterbens des Erlösers zu begehen.

Was das Abendland betrifft, so versichert der heilige Eligius, König Dagoberts Freund, in einer am Gründonnerstage gehaltenen Predigt, daß „den Missethätern ihre Frevel verziehen, und die

1) Sozomenus h. e. I, 8. Vgl. Aurel. Viktor de Caesaribus XLI, 3. Ut etiam vetus teterrimumque supplicium patibulorum et crucibus sustringendis primus removerit. Cod. Theod. tit. de indulgentiis. Ob diem Paschae, quem intimo corde celebramus, omnibus, quos reatus adstringit, carcer inclusit, claustra dissolvimus. Attamen sacrilegus, in majestate reus, etc. communione istius muneris absolvamus. Paschae celebritas postulat, ut quoscunque nunc aegra exspectatio quaestionis poenaeque formido sollicitat absolvamus. Lipsius III, 14.

Gefängnisse auf der ganzen Erde eröffnet würden". Als der fromme Frankenkönig Ruprecht im Begriffe war, das Osterfest zu Compiegne zu begehen, und zwölf Edelleute, die ihn ermorden wollten, durch List gefangen wurden, befahl er nach dem Verhöre, daß man dieselben in einem Hause festhalten und ebenso bedienen solle, wie ihn selbst. Am heiligen Osterfeste mußten sie das Abendmahl nehmen, und da sie den darauffolgenden Tag zum Tode verurtheilt wurden, schenkte ihnen der gottesfürchtige König Leben und Freiheit, aus Liebe zu dem barmherzigen Heiland, wie sich Ruprechts Geschichtschreiber Helgaldus hist. Franc. p. 64 ausdrückt — ein Beispiel, das auch der heilige Joh. Gualbertus gegen den Mörder seines einzigen Bruders am Charfreitage nachahmte, als er ihn einholte, und von diesem bittweise an den heutigen Tag erinnert wurde. Noch lange nachher hatten die Könige Frankreichs die Gewohnheit, am Charfreitage einen Gefangenen loszulassen, dessen Vergehen nach den Gesetzen lebenslängliche Bande verdiente, und der Clerus von Notre Dame in Paris durfte am Palmsonntage einem anderen im Gefängnisse des Petit Chatelet sitzenden Verurtheilten die Freiheit schenken. Der Kirche von Rouen stand das Recht zu, jährlich einen Verbrecher zu begnadigen; auch wurde bei den Hauptprozessionen eine Schlange umhergetragen zum Symbol, daß Satan unterworfen und die Menschen vom Tode der Sünde erlöst seyen. In Orleans haben noch die Bischöfe bei ihrem Amtsantritte dieses Begnadigungsrecht.

Howard berichtet, daß im Königreiche Navarra der Statthalter und Magistrat zweimal des Jahres, nehmlich auf Weihnachten und acht Tage vor Ostern sich in den Kerker begaben und so viele Gefangene losließen, als ihnen gefiel. Im Jahre 1783 setzten sie deren dreizehn auf freien Fuß, und einige Jahre früher hatten sie sogar allen Verurtheilten ihre Strafe nachgelassen. Die Geschichte meldet weiter, daß, nachdem Roger von Breteuil wegen einer gegen Wilhelm den Eroberer angezettelten Verschwörung zur ewigen Haft verurtheilt worden war, der Normanne bei herannahendem Osterfeste dem Gefangenen ein reiches Kleid mit kostbarem Pelzwerke übersenden ließ. Ein älterer Annalist, der des Verbrechens von Gilles Baignart erwähnt, fügt bei, daß es nicht einmal am Charfreitage Vergebung finden könne. [2])

Über einem Reliquienkästchen, worin seit acht Jahrhunderten ein

2) Wiseman Vorträge über die Liturgie der stillen Woche S. 128.

Nagel vom Kreuze Christi verwahrt wird, schenkt der Monarch von Spanien jeden Charfreitag zwei zum Tode verurtheilten Verbrechern das Leben. Meines Wissens besteht auch noch in der portugiesischen Monarchie das uralte Herkommen, in der Charwoche geringere Verbrecher, die sich würdig zeigen, frei zu lassen, und die Strafe anderer zu mildern. In Neapel begnadigt der König alljährlich am Charfreitage mehrere Verbrecher auf folgende rührende Weise: Der Monarch wohnt mit seiner Familie und dem Hofstaate dem Gottesdienste bei; nachdem das Kreuz Christi enthüllt und zum Küssen auf den Boden hingelegt wird, tritt, wenn der Erzbischof das Crucifix zuerst geküßt hat, der oberste Haushofmeister herbei, um es im Namen des Königs zu küssen, und legt am Fuße des Kreuzes in eine silberne Schüssel ein Packet königlicher Dekrete, worin die Begnadigung mehrerer Verbrecher enthalten ist. Hierauf nähert sich der General-Prokurator des obersten Gerichtshofes, nimmt nach dem Kusse des Crucifixes die Dekrete hinweg und die in denselben bezeichneten Gefangenen erhalten die Freiheit. Mitunter werden zwei zum Tode verurtheilte Verbrecher zur nächst niederen Freiheitsstrafe begnadigt. So machte der Regent der vereinigten Königreiche von diesem schönsten Rechte der Krone auf das Osterfest 1852 zu Gunsten von siebzehn Gefangenen Gebrauch.

Und fürwahr! es wäre schön, und würde unserer Zeit Ehre machen, wenn diese Sitte nicht außer Acht käme, vielmehr auch unsere deutschen Fürsten jährlich am Charfreitage oder auf Ostern, zum dankbaren Andenken, daß an diesem Tage die ganze sündige Menschheit von den Ketten des Fluches entledigt, und der Gottmensch selber, für jedes Vaterkind, d. h. für jeden Barabbas, überliefert wurde, einem reuigen Verbrecher unter ernster kirchlicher Feier die Bande lösen und die Kerkerthüren öffnen würden, um Gnade für Gnade ergehen zu lassen.

LXXIV. Kapitel.

Von der Erhöhung Christi. Symbol der Seraphschlange.

„So wurde der Ausspruch Jesu erfüllt, den Er gethan, um anzudeuten, welchen Todes Er sterben würde.“ (Joh. XVIII, 32.)

Fiel Jesus in die Hände des Vierfürsten Herodes, so stand Ihm ein Tod in Aussicht, wie dem Täufer Johannes; verurtheilte Ihn die Synagoge, so wurde er enthauptet oder gesteinigt, und wenn schon in der Bibel die Kreuzstrafe vorkömmt, so hat die rabbinische Überlieferung [1]) dieß wenigstens später nur vom Aufhängen an einem Pfahle nach vorausgegangener Tödtung, resp. Steinigung, [2]) verstanden, und gerade diese Strafe war zunächst gegen Idololatrie und Gotteslästerung, deren Christus hier angeklagt wurde, dem Talmud zu Folge verhängt. Der Erlöser aber sah voraus, daß Er durch die Hand der Römer sterben werde, darum weissagte Er seinen unmittelbaren Tod am Kreuze, wie sein Lieblingsjünger ausführt.

Dreimal hatte der Herr nach den Synoptikern ganz deutlich und umständlich sein Ende vorherverkündet: einmal beim Niedersteigen vom Tabor, indem das Schicksal seines Vorläufers Ihm vorschwebte (Bd. IV, 316), sodann vor Cäsarea Philippi, nachdem Er auf Petrus seine Kirche übertragen (V, 119); endlich beim letzten Gange nach Jerusalem (V, 384), wo Er sprach: „Sieh, wir gehen nach Jerusalem hinauf und alles wird sich erfüllen, was bei den Propheten vom Menschensohne geschrieben steht," und wie es die Synoptiker weiter ausführen. Johannes aber spürt noch den geheimnißvollen Andeutungen nach, und bezieht sich mit Obigem auf XII, 32—34, wo Jesus erklärt: „Wenn Ich von der Erde erhöht bin, will Ich Alle an mich ziehen. Dieß sagte Er, um anzudeuten, welchen Todes Er

1) Sanhed. c. 6, 4. Gl. Tardarunt finitionem judicii ejus, neque eum suspendunt mane, ne pigrescerent circa ejus sepulturam inciderentque in oblivionem (et penderet post occasum solis): sed prope ad occasum solis, ut cito eum sepelirent. Damnatum primo morte mulctarunt, et dein in arbore suspenderunt: at mos regni (Romani) primum suspendere, et inde morte mulctare.

2) Num. XV. Deut. XXI. Jos. VIII. X. Psalm XXII, 18. II. Kön. XXI. B. Sanhed. c. 6, 4. f. 45, 2. Mischna: Lapidati omnes suspenduntur secundum verbum R. Elieser. Sapientes autem dicunt: non suspenditur nisi blasphemus et idololatra. Mas suspenditur faciem populo obversus, mulier faciem conversa ad lignum, ut sentit R. Elieser. Sapientes autem dicunt: mas suspenditur, non item mulier. Quibus R. Elieser opponebat: Atqui, annon R. Simeon ben Schetach mulieres suspendebat Ascalone? Quin imo, responsum est ab ipsis, octoginta suspendit vice una, quum tamen ne bini quidem judicentur die uno. Bd. III, 325. not. 2.

sterben würde".[3]) Darauf fährt der Evangelist fort: „Da sprach das Volk zu Ihm: Wir haben aus dem Gesetze gehört, daß der Messias ewig bleiben solle."

Das Gesetz bedeutet hier wieder die Bücher Mosis und die Propheten und Hagiographen zusammen; denn es steht gerade Ps. LXXXIX, 35. 36. Is. IX, 7. Ez. XXXVII, 25. Dan. VII, 14: Mein Knecht David wird König seyn bis in Ewigkeit u. s. w. Nicht nur Apstg. I, 16. II, 30 heißt der Erzvater David ein Prophet, sondern auch den Moslemin gilt der erhabene Dichter der Psalmen noch für einen Neby.[4]) Seine Grabmoschee auf Sion heißt bis heute Neby Daûd, und die Sionpforte das Thor des Propheten David. Klar und deutlich ersehen wir hier auch, daß der Name Messias und Menschensohn den Juden gleichbedeutend war, wie dieß in der Zendwurzel (Sskr. mashja, pers. meschia, latein. mas, maspiter) begründet ist.

Der Evangelist gibt bedeutungsvoll dem Ausdrucke: „erhöht werden" eine mysteriöse Beziehung auf seinen Kreuzestod; denn im gewöhnlichen Gebrauche bedeutete es einfach sterben. So heißt es Schir haschirim r. f. 10, 2: „Moses rief den Herrn an: Schöpfer der Welt! wenn du mich von der Welt erhöhen willst (הואיל וְאַתָּה מְסַלְּקֵנִי מִן הָעוֹלָם), welche Männer hast du zu künftigen Führern deines Volkes erlesen?" Tanchuma f. 3, 1: „Wenn jemand erhöht wird, der kinderlos geblieben ist." Jalkut Rubeni f. 70, 2: „Wenn die Zeit heranrückt, wo wir von der Erde erhöht werden." Christus selbst bewahrheitete dieß, wie die Erwartung von der Auferstehung am dritten Tage (Bd. IV, 317) unmittelbar; hatte Er doch schon zu Nikodemus geäußert (III, 13 f.): „Niemand ist in den Himmel hinaufgestiegen, als der vom Himmel herabgestiegen kam, der Menschensohn, der im Himmel ist. Und wie Moses in der Wüste die Schlange erhöhte, so muß auch der Menschensohn erhöht werden." In Gestalt einer Schlange zieht die Seele im Traumbilde aus dem Körper, wenn der Tod eintritt. Christus ist die

---

3) Joh. VIII, 28. Apstg. II, 33. V, 31. Phil. II, 8 handelt es sich dagegen um die göttliche Inthronisation.

4) Selbst in den geistlichen Schauspielen des Mittelalters heißt David der große Prophet (K. Haase Geistl. Schausp. 73). Als der Jude Frankl (Nach Jerus. II, 191) das Grabmal Davids betreten durfte, und nicht sofort sich auf die Kniee warf, rief man ihm zu: Wie, verehrst du nicht diesen Propheten?

erhöhte Schlange, welche die anderen nach sich zieht, die Schlange des Heils, wie sie figürlich in den dionysischen Mysterien verehrt ward, gegenüber der Giftschlange. Von ihr heißt es Thikkune Sohar f. 67: „In derselben Zeit, wenn jene verfluchte Schlange erlegt und abgethan ist, kömmt die heilige Schlange zur Herrschaft."

Christus ist der Magnet, der, wenn Er erhöht wird, die Seelen der Gläubigen aus den Gräbern nach sich zieht. Es ist eine Art magnetischer Zug, der die Heiligen Gottes zum Throne des Himmels emporführen wird. [5]) Wie die Stimme vom Himmel waren auch diese Worte Jesu nicht allein für die Heiden bestimmt. Als gegen Anfang des II. Jahrhunderts n. Chr. das allgemeine Verderben seinen Höhepunkt erreichte, wie selbst Juvenal Sat. I, 149 gesteht (vgl. Chronol. 266), da that Seneka unter andern den Ausspruch: „Niemand ist im Stande, sich selber zu helfen; es muß jemand ihm die Hand reichen und ihn emporziehen." Er seinerseits hoffte alles von der Kraft der Philosophie (ep. 53), die doch nur das Studium Weniger seyn kann. Dagegen hatte hier Christus erklärt: „Ich werde Alle emporziehen," und wieder VI, 44: „Niemand kann zu mir kommen, wenn nicht der Vater, der mich gesandt hat, ihn zieht, und Ich werde ihn auferwecken am jüngsten Tage." Der Heiland hatte aber auch gesprochen Lk. IX, 23: „Wer mir nachfolgen will, nehme täglich sein Kreuz auf sich!" und XIV, 27: „Wer sein Kreuz nicht trägt und mir nachfolgt, kann mein Jünger nicht seyn."

So vieles mußte vorhergehen, und alles so wunderbar sich fügen: daß die einheimische Herrschaft zu Grabe stieg, der Hoherath seine Jurisdiktion einbüßte, und die Römer mit ihrer Gerichtsbarkeit kamen, welche die Kreuzigung gegen Nichtbürger in Todeserkenntnissen mit sich brachte, bis die Weissagungen der Propheten in Erfüllung gehen konnten. Was Urbeginns der Geschichte am Holze gesündigt worden,

---

5) Die alt- und neutestamentlichen Stellen, welche wesentlich aus der Mythologie eine Erläuterung und Erklärung gewinnen, finden sich am Schlusse des III. Bd. in meinem Heidenthum. Vgl. hier zunächst Bd. II, 180. Eigenthümlich ist die Auffassung des Gedankens in der mittelalterlichen Kunst (Bartsch Kupferstichsamml. der Hofbibl. zu Wien S. 80), wenn Christus die mit Stricken an's Kreuz gebundene Seele hält, sprechend: „Ich henk dich uff in dieser Frist, uber alles das irdisch ist." So spricht der sterbende Donoso Cortes, Marquis de Valdegamas: „Mein Gott, ich bin dein! Du hast gesagt, ich will alles an mich ziehen: nimm mich auf, nimm mich!"

das sollte auch am Holze wieder gebüßt werden: und so ist es gleichsam vorbildlich auf den Erlösungstod am Kreuze, wenn seit dem frühesten Alterthum nicht bloß bei den Römern (nach Cicero seit Tarquin), sondern auch bei den Persern, Afrikanern und Ägyptern, Griechen und namentlich bei den Achäern die Schuld am Kreuze gebüßt wurde. Zwar ward diese Strafe nur gegen die niedrigsten Verbrecher, als da sind Mörder, Räuber und Fälscher, und außerdem nur gegen Unfreie und Gefangene angewendet: doch so tiefunterst mußte jetzt der Erlöser sich herabwürdigen lassen!

Die Rabbinen sprechen die Erwartung aus, daß der Messias, dessen Name משיח nach der Gematria die gleiche Zahl (358) ausdrückt, wie die Schlange נחש den Baum der Erkenntniß in den Lebensbaum umwandeln werde.

Das Lied vom Wartburgkriege (J. Grimm Deutsche Myth. 757) deutet den Weltbaum auf das Kreuz Christi. Es ist die Esche (Yggdrasil), deren Schatten schon die Schlange flieht.

LXXV. Kapitel.

Zeitpunkt der Verurtheilung.

Dieß ereignete sich am Vorbereitungstage des Pascha ungefähr um die sechste Stunde." (Joh. XIX, 14.)

Das Wort gilt vom Betreten des Richterstuhles auf Gabbatha. Bei Christus wurde die Hinrichtung wegen des Festes beeilt, bei Sokrates wegen der Theorie nach Delos volle dreißig Tage verschoben. Da, wie auch Apstg. XII, 3. 4 erhellt, nur noch am heiligen Abend vor dem Eingange des Festes — oder nach den Tagen der ungesäuerten Brode zur Hinrichtung geschritten werden durfte, so war es, will der Evangelist sagen, die äußerste Zeit, um Jesu noch vor Eintritt des Pascha an's Kreuz zu schlagen. Der sommerliche Tag verhält sich in Palästina zum winterlichen, wegen dessen näheren Lage am Äquator, wie 14 zu 10, während bei uns das Verhältniß wie 16 zu 8 sich gestaltet. Es war also zwischen elf und zwölf Uhr, eine Stunde nach der Verurtheilung war Er am Kreuze erhöht.

Wie die Nacht zerfiel bei den Juden der Tag in vier gleiche Theile, mit der dritten, sechsten und neunten Stunde als den besonderen Zeitabschnitten, welche zugleich dem Gebete gewidmet waren. (Apstg. II, 15. III, 1. X, 9. Bd. V, 15.) Schon die Ägypter theilten den Tag in zwölf Stunden vom Morgen, die Nacht in zwölf vom

Abend an gerechnet, und Sklaven und Sklavinen sagten die Stunden nach dem Ablaufe der Wasseruhren oder dem Schatten an den Sonnenzeigern nach. Diese Sitte bestand namentlich an den Tempeln, darum finden wir z. B. Horoskopen und Hologen im Isisdienste, damit die Stunde der Opfer und Gebete nicht versäumt würde. Noch tritt in den Ländern des Islam der Muezzin als Ausrufer der Gebetsstunden auf. Auch im Tempel zu Jerusalem muß das Stundenansagen im Gebrauche gewesen seyn.

Die Juden hatten kein gleiches Stundenmaaß, wie wir bereits wissen, sondern da sie den Tag von Sonnenaufgang bis zum Untergange durchhin in zwölf Stunden theilten, so waren diese im Sommer um eben so viel länger, als sie im Winter kürzer ausfielen; und so umgekehrt die Nachtstunden; daher sich ihre Zeitangaben nie völlig genau auf unser regulirtes Uhrverhältniß übertragen lassen. Im gewöhnlichen Leben bemaß man die Zeit nur von drei zu drei Stunden, und richtete sich dabei nach dem Sonnenstande, doch so, daß die Mittagslinie die feste Grenze bildete. Wenn daher, bestimmt der Talmud,[1] von zweien Zeugen der eine auf die dritte, der andere auf die fünfte Stunde aussagte, so wurde dieß als kein Widerspruch angesehen; wohl aber, wenn die Angabe auf eine Stunde vor oder nach Mittag lautete. Die zu Jerusalem hielten sich auch an das Zeichen mit den Tempeltrompeten, welche zuerst am frühen Morgen bei der Öffnung der Pforte Nikanors, und zu jeglicher Stunde der Opferung nach den Tagesvierteln ihre Taratantara schmetterten, was statt der Glockenzeichen hinging.

Wir haben es im Evangelium durchweg mit hebräischen Tagzeiten, nicht aber mit unserer römischen Stundenzählung von Mitternacht an zu thun, wie jedem Unbefangenen einleuchtet. Der Urtheilsspruch kann nicht schon um 6 Uhr Morgens gefällt worden seyn, denn da beginnt es erst zu tagen, sondern er erfolgte um Mittag, nachdem das Volk lange genug seine Auslieferung zur Kreuzigung mit stürmischem

1) B. Pesach. f. 11, 2. Cum alter dicit: hora secunda, alter: tertia — testimonium eorum consistit. Cum vero alter dicit: hora tertia, alter: quinta — testimonium eorum est inane, ut censet R. Meir. At R. Jehuda dicit: testimonium eorum consistit. Cum vero alter dicit: hora quinta, alter: septima, testimonium eorum inane est, quia hora quinta sol est in parte coeli orientali, septima in occidentali.

Rufe begehrt hatte. [2]) Bis gegen Mitternacht setzte sich bei den Juden das Paschamahl fort; in diese Zeit fällt die Einsetzung des neuen Bundes mit all den erhabenen Reden, womit der Heiland von der Welt und von seinen Jüngern Abschied nahm. In die Stunde nach Mitternacht fällt sein Leidenskampf auf dem Ölberge, gegen zwei Uhr die Einbringung bei Annas, darnach folgt die Ablieferung an Kaiphas und das Verhör im Hohenpriesterpalaste, und vom gallicinium bis conticinium oder in der ersten Stunde der vierten Nachtwache, von drei bis vier Uhr Morgens, kömmt Petrus zum Falle. Darnach erleidet Christus die erste Verspottung und Einkerkerung, bis am frühen Morgen, gegen sieben Uhr, der gesammte Hoherath sich abermals versammelte. Dürfen wir annehmen, daß Pilatus schon um acht Uhr die Klage des hohen Synedriums entgegennahm und das Gericht eröffnete, so mochte um die dritte Stunde oder nach neun Uhr zuerst der Ruf: An's Kreuz mit Ihm! erschallen.

In der Regel gingen die Prätoren nicht vor der dritten Tagesstunde oder vor neun Uhr Morgens zu Gericht; hatte die Sache Eile, und erschienen die Parteien früher, so machte der Richter vielleicht eine Ausnahme. Auch nahm Pilatus selbst die ganze Untersuchung vor, während die Prätoren in Rom und die Proprätoren in den Provinzen hiezu gewöhnlich ihren eigenen Quästor hatten und nach Vernehmen der Anklage sich entfernten.

So sehen wir die vier Vigilien der vorangehenden Nacht, wie die vier Tageszeiten dieses letzten Tages durch weltumfassende Ereignisse ausgefüllt. Das erste Tagesviertel verfließt mit seiner Verurtheilung vor

2) Kap. LV. Wenn Mk. XV, 25 schreibt: „Es war um die dritte Stunde, da sie Ihn kreuzigten," so erklärt schon Augustinus: linguis occiderunt eum. Dem entspricht der Hymnus im Officium:

Crucifige clamitant hora tertiarum
Illusus induitur veste purpurarum
Caput ejus pungitur corona spinarum.

Die gesammte kirchliche Überlieferung weiß nichts davon, daß Christus bereits um die dritte Morgenstunde den Kreuzpfahl bestieg, und Johannes durfte keine andere Stundenzählung wählen, um nicht die ganze Zeitangabe zu verwirren. Um die sechste Stunde, referirt der Gnostiker Markus im II. Jahrh., wurde Christus am Holze erhöht. Iren. I. 14, 6. *Τὴν ἕκτην ὥραν, ἐν ᾗ προσηλώθη ἐν ξύλῳ.* Constit. apost. V, 16. Ligno crucis hora quidem sexta affixerunt, hora vero tertia sententiam contra eum pronunciatam acceperunt. Cf. VIII, 40 (al. 34).

dem Hohenrathe, das zweite mit der Inquisition vor Pilatus und Herodes und seiner schließlichen Verurtheilung, während der dritten Tageszeit hängt Er am Kreuze, und Finsterniß deckt bei seinem Sterben die Erde, bis zum Schlusse der vierten aber wird Er abgenommen und in der Gruft beigesetzt. Oder: zur Prim wird Christus vor seine Richter geführt, zur Terz schreien die Juden das Crucifige, zur Sext wird Er an's Kreuz geschlagen, zur Non haucht Er seine Seele aus, zur Vesper wird Er vom Kreuze abgenommen, zum Complet in's Grab gelegt.

LXXVI. Kapitel.

Die Kreuzstrafe.

Die Kreuzigung war eine im orientalischen Sonnendienste hergebrachte Opferart, wobei der an's Zwerchholz Gehenkte wie auf einem Altar im Angesicht der Himmelsgottheit ausgespannt blieb. Eine Erinnerung daran bietet Num. XXV, 4, wenn es heißt: „Nimm alle Fürsten des Volkes und hänge sie an Kreuze gegen die Sonne, damit mein Zorn von Israel weiche.“ So hing Josua VIII, 29. X, 16 f. die kanaanäischen Könige an den Kreuzgalgen (ἐπὶ ξύλου διδύμου), und sie blieben daran bis gegen Abend. Als aber die Sonne unterging, befahl er seinen Gefährten, sie von den Kreuzen abzunehmen. König Saul wird von den Philistern noch als Leiche auf der Mauer zu Bethsan gekreuziget, seine sieben Söhne aber von den Gibeoniten in den ersten Tagen der Gerstenärnte, d. h. zu Ostern, auf Bergeshöhen im Angesichte des Herrn an's Holz geheftet auf einmal. (II. Sam. XXI, 9.) Gleich Haman, dem sprichwörtlich gewordenen Feinde der Juden, soll der Sohn Davids an's Kreuz geschlagen werden. Noch bedeutsamer ist, was der Geschichtschreiber Justin XVIII, 7 meldet: Der von seiner Vaterstadt vertriebene karthagische Feldherr Maleus habe seinen eigenen Sohn Cartalo mit der hochpriesterlichen Infel auf dem Haupte und im königlichen Purpur vor den Mauern des von ihm belagerten Karthago an ein hohes Kreuz geheftet, worauf die Stadt durch die Gewalt dieses Opfers und vor Entsetzen nach wenig Tagen sich ergab. Also eben die Edelsten im Volke wurden zu solchen Todesopfern auserseben, und wenn Jesus, der Hohepriester und König des neuen Bundes, am hellen Mittage auf dem Berge an der Sonne hing, so entspricht dieß jenen älteren Beispielen.

Alexander M. ließ allein 2000 Tyrier an's Kreuz schlagen, und wiederholte diese Todesstrafe auf seinen Feldzügen, indem regelmäßig mit der Geißlung der Anfang gemacht ward.[1]) Crassus ließ nach seinem Siege über Spartakus auf dem Wege von Capua bis Röm Kreuze aufrichten und zehntausend gefangene Fechter daran schlagen. (Plin. ep. X, 38 f.) Cicero nennt die Kreuzstrafe in Verr. V, 64: crudelissimum, teterrimum supplicium, Nonus: damnatissimum fatum. Arnobius adv. gent. I, 36: extremum supplicium, ebenso Ulpian l. V. Paul. sent. tit. 12: summum supplicium. Das Kreuz selbst heißt Livius I, 26: infelix arbor s. lignum infamis stipes. Umgekehrt bildete also in den Augen der Abendländer die Kreuzigung gerade die verächtlichste Todesstrafe, womit man zuletzt Sklaven, Mörder, Diebe u. s. w. aus der Welt schaffte.[2]) Hirtius erzählt im spanischen Kriege ausdrücklich: Von drei Gefangenen wurden zwei als Sklaven gekreuzigt, der dritte, ein Soldat, enthauptet. Augustus ließ nach Beendigung des von Sextus Pompejus angeregten Krieges auf Sizilien 6000 herrenlose Sklaven auf einmal kreuzigen. (Oros. VI, 18.) Pro qualitatis dignitate wurden Aufrührer und Tumultuanten entweder gekreuzigt oder den wilden Thieren vorgeworfen. (Ulpian cit. 22.)

Es war die schmählichst erkannte, am meisten entwürdigende Hinrichtung, die dem erklärten Könige der Juden widerfuhr, indem er einem Sklaven gleich geachtet und wie ein Aufrührer oder Kriegsgefangener an's Holz gehenkt ward. Vor dieser qualvollsten Todesart hegte der Römer an und für sich so großen Abscheu, daß Cicero[3]) wünscht, es möge selbst der Name des Kreuzes nicht bloß mit dem Körper römischer Bürger, sondern selbst mit Gedächtniß, Auge und Ohr nicht mehr in Berührung kommen. Kein Wunder, daß die Lehre vom Gekreuzigten den Heiden von Anfang herein als die größte Thorheit erscheinen mußte.

---

1) Curtius VIII. Alexander omnes verberibus affectos sub ipsis radicibus Petrae crucibus affigi jussit. Liv. XXXIII, 36. Alios verberatos crucibus adfixit, qui principes conjurationis fuerant.

2) Plautus miles gloriosus II, 4. Scio crucem futuram mihi sepulcrum; ibi majores mei siti sunt, pater, avus, proavus, abavus. Vgl. den bei Tacitus hist. IV, Vulkatius Avid. Cass. c. 5, Capitolinus Macrin. c. 12 häufig sich wiederholenden Ausdruck: servile supplicium, und Juvenals pone crucem servo. Lipsius de cruce p. 53. 57. Bd. III, 19 not.

3) Pro Rabirio c. 5. Nomen ipsum crucis absit non modo a corpore civium Romanorum, sed etiam a cogitatione, oculis, auribus.

Der Kreuzestod war nach *Chrysostomus*[4]) mehr als Sterben, nehmlich ein Tod verbunden mit Schande und Fluch. Christus ist dadurch für uns zum Fluche geworden, wie Paulus Gal. III, 10. 13 schreibt. Man stellte den Heiland darum lieber als Opferlamm unter dem Kreuze dar, bis die Trullaner Synode 692 die Darstellung des Gekreuzigten am Holze geradezu vorschrieb. Wie der erste Adam *des Todes sterben* sollte, so der zweite, ja Er erniedrigte sich bis zum Tod am Kreuze. (Phil. II, 8.)

Die Kreuzstrafe war bei den Persern, Syrern und Ägyptern, Griechen und Römern eigentlich mehr hergebracht, als bei den Hebräern, schließlich aber sollte Judäa noch von Kreuzgalgen starren. (Vgl. Esra VI, 11.) Josephus erzählt bell. V. 11, 1, wie in den letzten Tagen der Belagerung Jerusalems die Bürger in Masse von Hunger gequält sich aus der Stadt flüchteten, in der Hoffnung, bei den Römern Gnade zu finden. „Sie wurden aber gegeißelt und vor dem Tode noch auf's martervollste gepeinigt, dann *der Mauer gegenüber gekreuzigt*. Dieß Unglück schien selbst des *Titus* Herz zu rühren, da *jeden Tag fünfhundert*, bisweilen sogar noch mehr eingefangen wurden. Größtentheils ließ er indeß diese Behandlung geschehen, in der Hoffnung, die Belagerten würden sich bei diesem Anblicke vielleicht ergeben. Demnach schlugen die Soldaten aus Erbitterung und Haß die Gefangenen an's Kreuz, und zwar Spottes halber die einen in dieser, die anderen in jener Richtung; wegen der Menge fehlte es zuletzt an Platz zur Aufrichtung der Kreuze und an Pfählen für die Gefangenen."

LXXVII. Kapitel.

Die Ausführung und Kreuzschleppung.

„Nachdem nun Pilatus ihnen Jesum übergeben hatte, daß Er gekreuziget würde, zogen sie Ihm den Rothmantel aus und seine eigenen Kleider wieder an, nahmen Ihn und führten Ihn aus zur Kreuzigung." (Joh. XIX, 16. Mk. XIV, 15. 20. Mth. XXVII, 26. 31. Lk. XXIII, 25.)

Das Urtheil wurde vom Tribunal in feierlicher Sentenz verkündet, wobei die Worte kurz und bündig, aber nicht vorgeschrieben waren.

---

4) Ep. II ad Corinth. XI. Τοῦ γὰρ ἀποθανεῖν τὸ οὕτως ἀποθανεῖν πολλῷ μεῖζον ἦν, ... οὐδὲ γὰρ κόλασιν εἶχε μόνον, ἀλλὰ καὶ αἰσχύνην.

Die gewöhnliche Fassung war: Ibis ad crucem, allenfalls mit Beifügung der Motive. In Rom und wo immer römische Statthalter ihre Liktoren zur Seite hatten, wurde Geißlung wie Kreuzigung durch diese vollzogen, und das Commando lautete: I lictor, expedi cruces! „Geh, rüste die Kreuze zu!" manchmal auch: „Geh, binde ihm die Hände zusammen, schlag' zu, verhülle den Kopf und häng ihn an den Unglücksbaum!" [1]) Waren keine Liktoren vorhanden, so wurden einfach Soldaten commandirt. Tertullian de corona 11 widerräth darum den Christen den Kriegsdienst, weil der Soldat Tortur und Hinrichtung vornehmen müsse.

Maimonides erklärt hilcoth Sanh. c. 12, 4: „Nachdem das Urtheil gesprochen ist, halten sie ihn nicht weiter auf, sondern tödten ihn an demselben Tage." Zwei Beisitzer des Hohenrathes mußten gesetzlich den Verurtheilten zum Richtplatze begleiten. Ein Centurio oder Tribun zu Pferde befehligte in der Regel den Zug, und heißt davon bei Tacitus III, 14 exactor mortis, bei Seneka de ira I, 16 centurio supplicio praepositus. Das Evangelium nennt ihn einen Befehlshaber über Hunderte (ἑκατόνταρχος), der Obrist über Tausende (χιλίαρχος) blieb zur Hut der Citadelle zurück. (Vgl. Apstg. XXII, 24. 26.) Übrigens begleitete den Zug eine gewiß starke Bedeckung, weil ein Aufruhr zu befürchten war. In der Apstg. X, 1 finden wir eine italische Cohorte in Cäsarea. Jos. Ant. XIX, 7. XX, 6 spricht von cäsareischen Schaaren. Diese übernahmen jetzt den Gefangenen, zogen Jesu seine eigenen Kleider wieder an und bürdeten Ihm das Kreuz auf die Schulter. Der Zug begann von der Geißlungssäule an, die auf dem Forum vor dem Prätorium, wie in Rom auf dem Comitium stand. (Liv. XXII.) Zu Hieronymus' Zeit stand dieselbe im Portikus einer Kirche, die man an der Stelle auf Sion erbaute.

---

1) Cic. pro Rabir. 4. I lictor, colligato manus, verberato, caput obnubito, arbori infelici suspendito. Liv. I, 26. Verberato vel infra pomoerium vel extra. Festus I, 15. Lipsius de cruce II, 4 führt eine Anzahl Beispiele an, daß man die zur Geißlung Verurtheilten an eine Säule fesselte, so aus Artemidor: Columnae alligatus multas accepit plagas. Plautus in Bacchide: Abducite hunc intro atque adstringite ad columnam fortiter. Vgl. S. 240. Hieron. epit. Paulae epist. 86. Ascendit Sion; ostendebatur illi (Paulae) columna, ecclesiae porticum sustinens infecta cruore Domini, ad quam vinctus dicitur et flagellatus — was Prudentius bestättigt:

Atque columnae
Annexus tergum dedit ut servile flagellis ....
Perstat adhuc templumque gerit veneranda columna.

„Und Er trug sein Kreuz selbst, und ging hinaus an den Ort, welcher hebräisch Golgotha oder die Galgenstätte heißt. Es wurden aber außerdem noch zwei Missethäter ausgeführt, um mit Ihm hingerichtet zu werden.“ (Joh. XIX, 17. Lk. XXIII, 32.)

Die selbsteigene Kreuztragung bildete wegen der Demüthigung, welche darin lag und wegen der schmerzlichen Last einen Theil der Strafe. Bei uns verbirgt man dem Verurtheilten das Instrument des Todes bis zum letzten Momente, nicht so in der vorchristlichen Zeit. Plutarch schreibt [2]): „Wie jeder Missethäter, der am Leibe gestraft wird, sein eigenes Kreuz hinaustragen muß, so zimmert ein jedes Laster das Werkzeug zu seiner Bestrafung.“ — Auch beide Schächer wurden gegeißelt und mußten ihr Kreuz selber zum Richtplatze schleppen. War das Galgenholz ein Standkreuz, so war die Ausführung unter der furca strafgesetzlich. [3]) Daher der Name σταυροφόροι, cruciferi oder furciferi, d. h. Kreuzträger. Die furca aber, von den Griechen ὑποστάτης, στήριγμα, bei uns früher der Bock oder die Geige genannt, ist derselbe berüchtigte Jochgalgen, in den sie schon bei der Geißlung mit Nacken und ausgestreckten Armen eingespannt und bis auf den Tod gepeitscht worden waren. Auch sie hatten vor ihrer Hinrichtung den betäubenden Trank zu kosten, sowie auch ihre Kleider von den Kriegsknechten getheilt wurden. Christus aber umarmt das Marterholz, Er küßt die Ruthe, welche Ihm die Menschheit gebunden, und nimmt die beiden Balken seines schmerzlichen Prokrustesbettes auf seinen

---

2) De sera num. vindicta c. 9. Artemidor oneir. II, 61. Portare aliquem Daemonum inferorum, malefico id somnium videnti crucem prodicit. Similis enim et crux morti, et qui in ea figendus, prius eam portat. Licin. Macer. hist. Deligati ad patibulos circumferuntur, et cruci defiguntur. Plautus Carbonaria: Patibulum feram per urbem, deinde affigar cruci. Persa V. 2, 72. Manus vobis do. To. Et post dabis sub furcis. Bereschith ketanna in Gen. XXII, 6. Et accepit Abraham ligna holocausti, et posuit ea super Isaac filium suum sicut iste, qui fert crucem suam humeris suis. Außer Lebrun kenne ich keinen Maler, der auch die Schächer unter dem Kreuze ziehend darstellte.

3) Valer. Maxim. I, 7. Servum verberibus multatum sub furca ad supplicium egit. Plutarch Coriolan c. 24. Sueton Nero 49. Legit (Nero), se hostem a senatu judicatum, et quaeri, ut puniatur more majorum. Interrogavitque, quale id genus esset poenae? et cum comperisset, nudi hominis cervicem inseri furcae, corpus virgis ad necem caedi etc. Cf. Salmasius de cruce bei Bartholini De latere Chr. 266—269. 407—415.

Rücken. Neben den unnennbaren Seelenleiden hat Er auch noch das Gewicht des Marterholzes zu tragen. Mit Recht sieht Tertullian adv. Jud. c. 10 das Vorbild Isaaks erfüllt, der von seinem Vater als Sühnopfer der ewigen Gerechtigkeit dargebracht werden wollte und sein Holz selbst zum Hochaltar trug. Ihn macht Theodoret (in Gen. interrog. 73), weil er nicht starb, zum Bilde der göttlichen Natur in Christo, während die menschliche durch den geopferten Widder vorgestellt werde.

Man wählte bei der Ausführung absichtlich die begangensten Wege. Dionys von Halikarnaß meldet Antiq. VII: „Autronius Maximus, ein edler Römer, übergab, indem er einen Sklaven zur Todesstrafe auslieferte, denselben seinen Mitsklaven, um den Menschen herumzuführen und seine Strafe recht anschaulich und ruchbar zu machen. Er ließ ihn unter Ruthenstreichen über das Forum und jeden irgend frequenten Platz der Stadt schleppen. Bei der Ausführung banden sie ihm beide Hände ausgespannt an's Holz, das ihm über Brust und Schulter bis an die Handfläche reichte und setzten ihm nach unter Geißelhieben auf den bloßen Leib.“ Laktanz instit. div. II, 8 kömmt auf dieß Beispiel zu sprechen. Quinctilian äußert decl. 274: „So oft wir Verbrecher kreuzigen, werden die frequentesten Straßen ausgewählt, wo die Menge zuschauen und von Furcht ergriffen werden mag.“ Auch ging bei den Juden [4]) immer ein Ausrufer oder Herold dem Zuge voran, der mit lauter Stimme Namen und Herkunft des Verurtheilten und sein Verbrechen allem Volke kund gab. Ja nach Apulejus' Zeugniß ritt in alter Zeit bei jeder Exekution ein Trompeter in der Stadt umher, und verkündete offen das Urtheil; bliesen sie ebenso bei der Ausführung voran, so vertrat die Trompete die Gerichtsposaune, anzudeuten, daß der Tempel Gottes in aller Geschwindigkeit abgetragen werden solle. In dieser Weise hat Raphael, der Theolog, die Ausführung behandelt: ein Reiter mit der Tuba eröffnet nach Römersitte den Zug zum Hochgerichte. [5])

---

4) Sanhed. c. 6, 2. f. 43, 1. Si non inveniatur pro eo defensio, educunt eum ad lapidandum, et praeivit praeco sic clamans: Prodit N. filius N. ad lapidationem, quia talia commisit: testes in eum sunt N. et N. quicunque pro eo defensionem proferre potest, prodeat et proferat.

5) Nach Ordnung des Münchener Malefizrechtes vom Jahre 1575 heißt es, nachdem das Urtheil gefällt; der Stab gebrochen und der Delinquent dem Nachrichter überliefert worden: „Alsdann setzt sich das Gericht zu Pferde, reitt

Drei Kreuzträger gehen durch das Thor: Christus der Erlöser, dann der gute Schächer, der Repräsentant jenes Theiles der Menschheit, die willig für ihre Schuld büßt und im Ertragen der Leiden dieses Lebens sich bekehrt; endlich der unbußfertige, jenes verstockte Geschlecht vorstellend, das selbst durch Noth und Elend nicht zur Selbsterkenntniß gebracht wird, und unter dem Joche, unfähig sich davon loszumachen, fort und fort rebellirt. Zum Überflusse trug man den zum Kreuztode Verurtheilten noch eine weiße Tafel mit schwarzer Schrift, *σανίς*, titulus, auch *λεύκωμα* oder *αἰτία* genannt, voran, oder hing sie ihm an den Hals, so daß jeder die darauf geschriebene Ursache der Hinrichtung lesen konnte. Der Königsmörder Milano in Neapel trug bei der Ausführung eine Tafel mit den Worten: l'uomo empio am Halse. Vielleicht war dieß auch bei Christus der Fall, so daß nur nachträglich erzählt ist, wie die Hohenpriester sich vor Pilatus über die Inschrift beschwerten, die mit Ihm an's Kreuz geschlagen ward.

Seneka schreibt de consol. ad Helv. 13: „Als man den Aristides (Phocion!) von Athen zur Hinrichtung abführte, schlug jeder, der ihm begegnete, die Augen nieder und seufzte, nicht als ob nur ein gerechter Mann, sondern als ob die Gerechtigkeit selber zur Strafe gezogen würde. Einer fand sich jedoch, der ihm in's Angesicht spuckte." — Um der göttlichen Gerechtigkeit Genüge zu thun, ging Christus in den Tod, Er ist die Gerechtigkeit selber, wie Er die Wahrheit und Weisheit persönlich vor seinem Richter vertrat. Zum Danke werden Ihm bei der Ausführung noch Faustschläge, Fußtritte und Beschimpfungen aller Art zu Theil, Anspuckungen und vielleicht auch Stein- und Kothwürfe sind sein Lohn von Seite der unsinnigen Menge, und so ist Er das Vorbild geworden, an dem die Märtyrer auf ihrem Todesgange sich stärkten. Die Krieger verfahren als gefühllose Vollstrecker von Befehlen, deren Grund sie nicht einzusehen brauchen, und wofür sie keine Verantwortung schulden, nach dem Grundsatze: inter arma silent leges. Sie waren nur für die

---

vor dem Mallesicanten daher: Ausrufung auf der Hauptstat ...." Oberbayer. Archiv XIII. 1. S. 57. Ein Herold ruft in Spanien allen voran das Verbrechen des Damnifikaten aus, z. B. bei Merinos Versuch des Parricidium gegen die k. Familie. Im alten Passion läßt der Dichter dreimal die Hörner auf dem Wege zur Kreuzigung blasen zum Schrecken seiner Mutter. Mone Schausp. d. Mittelalters II, 308.

Vollstreckung des Urtheils verantwortlich, doch dafür wollten sie sorgen.

So bewegt sich der Zug vom Hochplatze Gabbatha in der Oberstadt oder vom Prätorium auf Sion über das Forum zwischen der Burg Davids und der Residenz des Vierfürsten Herodes in der Richtung gegen die Unterstadt. Die Gassen waren nach Josephus bell. II. 14, 9 hier eng und verschlungen und gewiß auch unsauber, wie in jeder Judenstadt, obwohl sie damals täglich gekehrt werden mußten. Der Heiland schleppt die Kreuzeslast durch die Pforte Gennath oder das Gartenthor, welches nahe in der Ecke zwischen der antiken Sionsmauer und der Mauer der Unterstadt lag, noch zu ersterer gehörig (bell. V. 4, 2). Es trug seinen Namen von den außerhalb oder östlich und nördlich vom Hiskiasteich gelegenen Gärten, deren einer eben dem Joseph von Arimathäa gehörte. (Joh. XIX, 41.) Voran ziehen die beiden Strauchmörder, in der Mitte Jesus, umgeben von den Henkersknechten und dem wachsamen Gefolge der Hohenpriester und Ältesten, hintendrein die Kriegerrotte und das unzählig nachdrängende Volk. Plötzlich stockt der Zug, und er stockt abermals, indem der Nazarener, erschöpft von den Martern, unter der Last seines Kreuzes und den Mißhandlungen der Schergen auf dem Schmerzenswege wiederholt zu Boden sinkt. Von den üblichen Stachelungen und Peinigungen am Wege zur Richtstätte spricht namentlich Plautus.[6]) Am Charfreitag, wo der Herr sein Kreuz auf die Schulter genommen und zu Fuß nach Golgotha getragen, verbietet die christliche Sitte selbst dem Vornehmsten, zu Wagen zu fahren.

LXXVIII. Kapitel.

Simon von Cyrene.

„Wie sie nun hinauszogen, stießen sie auf einen Mann von Cyrene, mit Namen Simon, den Vater des Alexander und Rufus, welcher eben vom Felde hereinkam und vorüberging. Den ergriffen sie, legten ihm das Kreuz auf, und nöthigten ihn, es Jesu nachzutragen.“ (Mk. XV, 21. Mth. XXVII, 32. Lk. XXIII, 26.)

Die Kreuze waren in der Regel niedrig, und man mußte die Leichen bei Zeiten wegnehmen, sollten sie nicht von den Hunden und anderen Bestien angefressen werden. Schreibt doch Martial epigr. l. I

6) Mostellar. Ita te forabunt patibulatum per vias stimulis. not. 3.

von Laureolus, Euseb. hist. V, 1 von der Martyrin Blandina in Lyon, daß man sie noch am Kreuze den wilden Thieren zur Beute ausstellte. Nur Jesu Kreuz war wuchtiger, also größer, oder der Herr nicht so robust, wie die abgehärteten Verbrecher. Unter dem Brande der syrischen Mittagssonne sollte der von Blut und Wunden erschöpfte Heiland das zum wenigsten neun Fuß lange Marterholz über die engen Pflasterwege zum Richthügel schleppen, brach aber wiederholt zusammen. Im übrigen ist das Holz in Palästina bedeutend schwerer, weil es auf dem durchgängigen Felsengrund nur langsam wächst.

Der Heiland, vom Schmerze der Wunden erschöpft und durch die vorangegangenen Martern am ganzen Oberkörper aufgerieben, kömmt nicht mehr vorwärts, Er stürzt ohnmächtig unter dem Kreuze hin, ja die kirchliche Betrachtung der Leidensstationen nimmt sogar drei Fälle mit dem Kreuze an. Wenn es so fort ging, konnte Er unmöglich gleichzeitig mit den andern an der Richtstätte eintreffen. Da mußte fremde Hilfe requirirt werden. Ein römischer Krieger konnte nach Brauch und Herkommen jeden Nichtrömer im Falle der Noth in den Provinzen zum Frohndienste zwingen, ἀγγαρεύειν, wie es hier heißt. Thut niemand Gewalt an! spricht darum der Täufer Lk. III, 14, wogegen Christus den Rath ertheilt: Wenn man dich zwingt, eine Meile Weges mitzugehen, so gehe lieber zwei. (Bd. IV, 226.) Angari hießen ursprünglich die persischen Boten und Schnellläufer, welche zur schleunigeren Beförderung Lastthiere und Schiffe, die sie am Wege trafen, im Namen des Schach von Station zu Station für sich pressen konnten.[1]) Von dem Übermuth und den schonungslosen Requisitionen der römischen Soldaten, womit sie auch hier einen armen Plebejer in die Handlung hereinziehen, gibt uns Arrian IV, 1 einen Begriff, wenn er schreibt: „Wenn eine Frohne angesetzt wird und der Soldat dich treibt: laß es geschehen, widersetze dich nicht, murre nicht, sonst bekömmst du Schläge und verlierst deinen Esel noch dazu.“ Auch Josephus erzählt über ihre Tribulationen empörende Dinge.

Eben hält der Zug inne, der große Dulder ist nicht mehr vorwärts zu bringen: da kömmt ein Fremdling des Weges, und er schien den Brutalen dürftig genug, um sich hudeln zu lassen. Wahrscheinlich trug er eben vom Felde Holz für den bevorstehenden Festsabbat nach Hause, um das Osterlamm zu braten;[2])

---

1) Säubert Opera posthuma. Altd. 1694. II, 149. De angariis veterum.

2) Num. XV, 32. Betsa f. 31, 1. Importent ligna ex agro (die festo), vel

daher packten ihn die Kriegsknechte gleich auf und übertrugen ihm das Galgenholz. Es war eine ähnliche Eigenmächtigkeit und ein Gewaltstreich, wie sie zuvor mit der Verspottung und Dornkrönung Christi sich erlaubt hatten. Vielleicht hatte der Mann im Vorbeigehen auch sein Mitleid und herzliches Bedauern über die unmenschliche Behandlung des ihm Unbekannten geäußert — da kam er ihnen nun eben recht. Er seufzt wohl unter seiner Bürde: leichter wollte er das Holz zur Richtstätte schleppen! da wird seinem Wunsche willfahrt und er genöthigt, das Kreuzholz die übrige Strecke des Weges zu tragen, auf welches das Lamm Gottes gestreckt werden soll. So trägt er es in Gottes Namen, als ob er der Hinzurichtende wäre, bis auf den Kreuzberg. Er vollbringt ein *Werk der leiblichen Barmherzigkeit*, wie die Rabbinen von einem ähnlichen Falle erzählen Midrasch Coheleth f. 91, 2: „Der *Abba Techanna*, welcher ein barmherziger Mann war, ging einst am Vorabende des Sabbats, ein Bündel (Reisig) auf den Schultern, nach der Stadt zu. Von der hereinbrechenden Dämmerung bereits überrascht, fand er noch einen Mann, der von der Tageshitze und an Geschwüren verschmachtend am Scheidewege lag, und ihn ansprach: Rabbi, erweise mir doch die Liebe, mich nach der Stadt zu tragen. Jener überlegte bei sich: wenn ich mein Bündel zurücklasse, wovon werde ich mich und mein Haus nähren können? wenn ich aber den Kranken verlasse, werde ich meine Seele verlieren. Was that er also? Die gute Begier überwand die böse, und er trug ihn zur Stadt; darnach aber kehrte er zurück, fand sein Bündel, und kam mit Aufgang der Sonne zurück. Da wunderten sich alle und sprachen: Ist dieß der Abba Techanna, der Barmherzige genannt, der in seinem Herzen sich nicht fürchtet, den Sabbat zu verletzen? Im selben Momente ließ Gott die Sonne aufgehen, wie es bei Malachias II, 20 heißt; da erschrack er innerlich, und dachte, ob er nicht seinen Lohn bereits empfangen hätte. Aber eine Stimme vom Himmel rief ihm zu: Iß dein Brod in Fröhlichkeit, und trinke deinen Wein mit heiterem Gemüthe; denn deine That ist vor Gott angenehm."

---

collecta in unum, vel a loco aliquo circumsepto, vel sparsa. Gl.: Important ligna die festo ex agro, qui est inter limites Sabbaticos, si collecta in unum forent vesperiis diei festi etc. קַרְפֵּף est locus custoditus et circumseptus undique. — Rambam: R. Jose dicit: si sit in קַרְפֵּף ostium, quamvis distet ab urbe fere bis mille cubitis, qui sunt limites Sabbatici, licet inde importare ligna.

Simon von Cyrene mag noch ein junger Mann gewesen seyn; denn sein Weib lebte hochgeachtet noch, als Paulus seinen Römerbrief schrieb, sechsundzwanzig Jahre nach diesem Vorgange. Das, wozu er in den Augen der Juden zur größten Schmach gezwungen ward, war nach Gottes wundersamer Fügung eben der Weg zu seiner Bekehrung, indem er, seine bisherige Bürde verlierend, doch nur die Last der weltlichen Sorgen von sich legte, aber dafür uns allen ein erstes Vorbild der Nachfolge Christi geworden ist. Jesus aber wandelte neben ihm her, zum deutlichen Kennzeichen, daß Er für Andere leide!

Der Heiland, vom Schmerz der Wunden bis zum Tode ermattet, ging also allein voraus,[3]) ohne ferner mehr am Kreuze zu schleppen, wahrscheinlich waren Ihm indeß die Arme auf den Rücken gebunden. Der Mann aber, den die Soldaten hier ohne weiters aufgriffen, ist von Cyrene aus dem afrikanischen Lybien gebürtig. Ein Jason von Cyrene tritt bereits II. Makk. II, 24 auf, denn in der Cyrenaica lebten viele Juden. Ptolemäus Lagi hatte, als er Palästina in seine Gewalt bekam, 100,000 Hebräer in die dortige Pentapolis übergesiedelt; sie erhielten eine eigene Synagoge zu Jerusalem, wo sie unter andern gegen Stephanus sich auflehnten. (Apstg. VI, 9.) In Cyrene, schreibt Josephus Ant. XIV. 7, 2, bestand die ganze Bevölkerung aus vier Classen: Bürgern, Bauern, Miethwohnern und Juden. Sie verstärkten sich später in der neuen Heimath so bedeutend, daß sie, wie Dio Cassius im Leben Trajans meldet, 115 n. Chr. unter ihrem selbsterwählten Könige Lukuas oder Lucius jenen weitverzweigten wüthenden Aufruhr erhoben, der die ganze römische Welt in Bewegung setzte. Simon von Cyrene repräsentirt die cyrenäische Philosophenschule, die der Lust ergeben war: er schleppt jetzt am Kreuze. Oder war Simon vielleicht selbst ein geborner Afrikaner von dunkler Hautfarbe, und Proselyt, den wir dann in den Akten der Apostel XIII, 1 als Simon Niger neben Lucius von Cyrene wiederfinden? Denn Repräsentanten aller drei Welttheile, aller drei Stämme sollten bei dem großen Opfer zugegen und mitbehilflich seyn.

Simon von Cyrene, ein nordafrikanischer Jude oder Proselyt jener Küstenvölker, die nachmals so große Bischöfe über sich haben, ist

---

3) Die Künstler, welche Simon von Cyrene bloß am hinteren Theile des Kreuzes tragen lassen, bedenken nicht, daß er Jesu dadurch die Last noch um's doppelte vermehrt hätte.

der Vater des Alexander und Rufus, zweier in der Apostelgeschichte [4]) namhafter Männer, welche als die ersten Genossen und Mitstifter der cyrenäischen Christengemeinde erscheinen. Die marokkanischen Juden wie Moslemin bilden noch heutzutage einen Bestandtheil der Jerusalemer Bevölkerung; sogar ein eigenes Stadtviertel an der Südwestseite des Tempelberges mit dem entsprechenden Tempelthore und einer an die Aksa stoßenden besonderen Moschee trägt von den Magrebi oder dem Volke aus Westafrika (Magreb) den Namen. Die meisten kommen unbemittelt aus der Ferne, um in der Davidsstadt zu leben und zu sterben; Simon zählte gewiß zu diesen. [5])

Auch dieser Zug ist vorbedeutsam für die ganze Weltgeschichte. Simon von Cyrene, der in sklavischer Unterwürfigkeit das Kreuz trägt, welches ihm zum bleibenden Vorwurfe und zur Schande gemacht werden mochte, ist der Repräsentant des Welttheils der Sklaven. Es ist der Japhetide, ja die Christenvölker sind es, die dem Afrikaner, dem Neger, das Kreuz der Arbeit auflegen, indem sie selber das schwere Joch in der Glut der heißen Zone zu tragen nicht vermögen. Simon also ist der Patron der Stämme, die in der Geschichte verurtheilt erscheinen, im Schweiße ihres Angesichts für die Christenvölker zu arbeiten. Und keineswegs, um muthwillig Unterdrückung zu üben, sondern zur natürlichen Ausgleichung der Kräfte ist diese Ordnung getroffen, wie schon das Beispiel eines Las Casas lehrt. Der körperlich Starke kömmt dem geistig Starken zu Hilfe und beide ergänzen sich; im Laufe der Zeiten aber verwirklicht sich nur jenes große Wort des Stammvaters (Gen. IX, 27) im Beginne unserer Geschichte, daß Cham oder Kanaan der Knecht seiner Brüder sey.

LXXIX. Kapitel.

Die weinenden Frauen.

„Es folgte Ihm aber eine große Schaar Volkes nach, darunter auch Frauen, die Ihn bejammerten und beweinten.“ (Lk. XXIII, 27.)

---

4) XIX, 33. I. Tim. I, 20. II. Tim. IV, 14. Röm. XVI, 13.

5) Als ich 1845 von Beirut nach Jaffa mich einschiffte, fand sich auch eine zahlreiche marokkanische Judenfamilie mit unter der Schiffsgesellschaft, Willens, in Jerusalem vom Almosen aus der Fremde zu zehren; aber — fünf Köpfe davon ertranken alsbald beim Schiffbruch am Karmel.

Nach dem Zeugnisse des Talmud [1]) und des großen Kanonisten Maimonides in Sanh. c. 13, 6 „durfte über jene, welche durch das Synedrium gestraft wurden, nicht geweint werden, sondern ihre nächsten Freunde kommen und grüßen die Zeugen (bieten Frieden), sowie die Richter, um anzudeuten, daß sie im Herzen nichts wider sie haben, weil sie ein gutes Urtheil gesprochen.“ Indeß machte es eine Ausnahme bei der Verurtheilung durch fremde Richter. Maimonides hilc. Ebel c. 1, 9 fährt fort: „Über alle, die durch die Obrigkeit getödtet werden, ob sie gleich auf Befehl des Königs ihre Strafe leiden, und das Gesetz Vollmacht gibt, sie zu tödten, sieh, über diese weheklagen sie und vorenthalten ihnen nichts, ihr Vermögen fällt dem Könige zu und sie werden im Grabe ihrer Väter begraben; über alle jene dagegen, die durch den Sanhedrin hingerichtet werden, weheklagen sie nicht.“

In Jerusalem wie im Oriente überhaupt leben und wandeln die beiden Geschlechter getrennt, und nie wird man auch nur ein Ehepaar zusammen über die Straße gehen sehen. So gehen hier die Matronen der Davidstadt zum Kreuzberge, und später die galiläischen Frauen zum Grabe allein. Wenn in Rom eine Vestalin unversehens einem Verbrecher auf seinem Richtwege begegnete, wurde er von der Exekution befreit. Was aber erwirkt die Begegnung der Töchter Sions? Sie geben ihr Mitleid zu erkennen. Trotz alles Verbotes, dem Verurtheilten keine Thräne des Erbarmens nachzuweinen, brechen sie in Weheklagen und Trauerhymnen über den großen Dulder aus, um damit vor den Augen der Welt die grausamen Richter anzuklagen, die den Gerechten, welcher nie ein Kind beleidiget, zum schrecklichsten aller Tode führen lassen. Es gehörte Starkmuth und Selbstverläugnung zu ihren offenen Schmerzensäußerungen, und sie entgingen deßhalb den rohen Insulten der Mitziehenden sicher nicht. Auch haben sie noch ein besonderes Liebeswerk vor, Ihm seine Sterbestunde zu erleichtern.

Ausdrücklich erwähnt der Talmud, [2]) daß die Vornehmen Jeru-

---

1) Sanhedrin c. 6, 4. Non plangebant eductum ad supplicium, sed lugebant interius (animo tantum moerebant); nam luctus non est, nisi in corde. Gl. Non aperte de eo planxerunt ea ratione, ut ista vilificatio accresceret ei in expiationem: at corde luxerunt eum, nam hoc non in honorem ei cessit, ita ut inde nihil impedimenti esset ejus expiationi! Apstg. VIII, 2.

2) Sanhed. c. 12, 2. 3. Traditio, foeminas generosas (mulieres illustres vel

salems sich die Liebespflicht auferlegten, den Verurtheilten auf dem Gange zur Richtstätte zu begleiten und ihm die letzte Herzstärkung oder den sinneeinschläfernden Sterbetrank zu reichen. Auch hat sich das Verständniß dieser Sitte lange in der heiligen Stadt erhalten. Vom s. g. „Gerichtsthore“ kam Faber, der Predigermönch von Ulm (Reisebuch 1483. S. 250) zur Stelle des alten Weinhauses, wo man zur Zeit Christi den Verbrechern auf ihrem letzten Gange den stärksten Wein darreichte.

Mit dieser Congregation werkthätiger Liebe sind alle ähnlichen Bruder- und Schwesterbünde, milde Stiftungen und Wohlthätigkeitsvereine in die christliche Kirche eingeführt. So in Spanien die Congregacion de la misericordia y de la paz, welche sich zur Aufgabe stellt, den Verurtheilten auf seinen Sterbegang vorzubereiten, und ihm die letzten Stunden zu erleichtern. Ein eigener Kerker nimmt denselben auf, aus welchen kein anderer Ausweg als zur Richtstätte führt. Hier wird ihm auf Silbergeschirr sein letztes Mittag- und Abendessen geboten, seine allenfallsigen Schulden bezahlt, und in der capella dem adeligen Verbrecher ein schwarzes, dem bürgerlichen ein graues Sterbegewand umgehangen. Der Auszug zur Richtstätte gleicht einem Leichenbegängnisse. Ein Kreuzträger eröffnet den Zug, zur Vergegenwärtigung des kreuztragenden Christus, Priester folgen mit Kerzen, dann schließen sich paarweise die Mitglieder der Bruderschaft an, in langen Gewändern, wie der arme Sünder, der auf einem Esel reitet oder zu Fuß zwischen zwei Beichtvätern nachkömmt, die Hände mit Stricken auf den Rücken gebunden; endlich der Scharfrichter, worauf eine Abtheilung Soldaten unter einem Offiziere den Zug schließt. Die Brüder der Congregation, durch Kapuzen unkenntlich, sammeln dabei auf silbernen Tellern unter den Fenstern eine Beisteuer zum Seelenopfer für den Unglücklichen. Nach der Hinrichtung bemächtigen sich dieselben des Leichnams und legen ihn in einen Sarg, der Pönitentiar aber hält eine Rede an das Volk.

In Italien haben die christlichen Bruderschaften, zum Theil Mitglieder des Adels, an deren Spitze in Toskana der Landesfürst selber steht, auch diesen Zweig der misericordia ausgebildet, und die sich damit bei einer Hinrichtung befassen, heißen Confortatori. [3]) Auch

---

honoratiores) Hierosolymitanas motu proprio et sumtu suo ad supplicium capitis prodeunti obtulisse potum etc.

3) So lesen wir von Savonarola, daß ihm die Confortatori, an ihrer Spitze

sie gehen vermummt, damit niemand ihren Stand errathe, niemand beizutreten sich abhalten lasse.

Zu Nürnberg bestand vor der Zeit der Kirchenspaltung ein Jungfrauenbund, der sich zur Aufgabe machte, an den zum Tode Verurtheilten die leiblichen und geistigen Werke der Barmherzigkeit zu üben, sie zu trösten, mit ihnen zu beten und ihnen bessere Pflege angedeihen zu lassen. Zu dem Zwecke hatten sie Renten und ein Ewig-Geld aus der Losungsstube oder Finanzkammer an sich gebracht und kauften dafür Kissen, Pelze, Leilache und anderes Geräthe für den Unglücklichen, dem man das Leben abgesagt, und der in dem schauerlichen „Loch", einem unterirdischen Staatsgefängnisse des Rathhausgebäudes, wie in einer Mördergrube lag und des Winters vor Kälte zitterte. An dieser noch erhaltenen Stätte menschlichen Jammers erhielt der arme Sünder die Wohlthat eines wärmenden Bettes und stärkender Nahrung, die der Lochhüter oder Gefängnißwärter allein nicht verabreichen durfte; der Bund hatte den Schlüssel zur Gefängnißtruhe, die jene Gegenstände enthielt, und der Gefangene mochte, noch in dem letzten Augenblicke, dankbar gerührt den Blick zum Himmel werfen. Man hieß diese Jungfrauen, die sich auch mit Krankenpflege befaßten, die Geisterinen, eine Art barmherzige Schwestern, später vertraten sie Seelnonnen in eigens gestifteten Seelenhäusern.

Eine solche freiwillige Genossenschaft von Frauen, die sich verbindlich machten, dem Opfer der Justiz den letzten Liebesdienst zu erweisen, bestand nun eben in Jerusalem. Wie sinnig paßt hiezu der folgende Zug der historisch beglaubigten Legende!

LXXX. Kapitel.

Veronika.

Und Eine aus der Mitte der weinenden Frauen, Veronika nennen sie die „Akten des Pilatus", trat wehmuthsvoll hinzu und trocknete mit ihrem Schleier das Haupt voll Blut und Wunden, so daß Jesu heiliges Angesicht sich blutig darin abdrückte.

Der Schleier der Palästinenserinen besteht noch heutzutage in einem langen weißen Tuche, welches nicht bloß den Kopf bedeckt und

---

Jakopo Nikolino, auf dem Wege zum Scheiterhaufen etwas zu essen und zu trinken anboten, er sie aber mit den Worten abwies: „Wozu das, da ich schon aus diesem Leben scheide."

den Busen versteckt, sondern die halbe Gestalt umhüllt. Die Vornehmen tragen ihn nicht von Linnen, sondern von Seide, und seine Bestimmung ist nicht bloß Staub und Schweiß abzuwischen, sondern auch den Mund gegen den Zutritt der heißen Luft im Sommer zu schützen. So stellt sich uns hier Veronika dar. Selbstredend läßt die mysteriöse Deutung ex eventu, wonach man das Geheimniß vom „wahren Bilde“ (verum εἰκονι) in den Namen legt, als griechisch-lateinische Composition philologisch sich nicht rechtfertigen.

Φερενίκη, die Siegträgerin, hieß die Frau, welche zu Olympia wider Gewohnheit ihres Geschlechtes sich in den Wettkampf einließ und den Siegespreis davontrug. Wie aber Σεβήρεινα aus Severina und mazedonisch Βίλιππος für Φίλιππος, wurde Berenike für Veronike gesprochen und geschrieben. Das Haar der Berenice nennt Gregor v. Naz. orat. IV, p. 112 Βερονίκης πλόκαμον. Übrigens gab es im Alterthum neun Städte, welche die bedeutungsvolle Benennung meist von Königinen entlehnten, darunter die berühmtesten die am rothen Meere und jene in der cyrenäischen Pentapolis. (Ptol. V, 5.)

Die Nachricht von dieser frommen Dame beruht zwar nur auf der außerbiblischen Überlieferung, doch ist ihre Persönlichkeit von der Kirche liturgisch und kalendarisch (4. Febr.) anerkannt. Die Evangelisten haben in ihrer vierfachen Sammlung des Geschichtsmaterials zum Leben des Erlösers, obwohl sie eine bisher nicht geahnte Fülle des Inhalts bieten, die Thatsachen gleichwohl nicht erschöpft. So liefert Julius Afrikanus einen äußerst werthvollen Beitrag zur Jugendgeschichte Jesu. (Bd. II, 1, Kap. XIV.) Die Namen der Ältern Mariens, ihre Erziehung am Tempel u. s. w. beruhen auf derselben Tradition, die in Betreff der Veronika ihr Recht geltend macht. Gerade sie gehört der ältesten Legende an; beruhte doch das ganze Evangelium bis an die Zeit des jüdischen Krieges nur auf mündlicher Tradition.

Johanna, das Weib Chuzä, des Pflegers Herodis, unterstützt Jesum mit ihrem Vermögen und ihr Andenken wird am 24. Mai gefeiert; wir aber haben Chuza als vornehmen Idumäer von Geblüte kennen gelernt, der wie Costobar u. a. mit der herodischen Familie zusammenhing und zu den Herodianern zählte. (Bd. IV, 88 f. V, 648.) Vielleicht ist er jener königliche Beamte, dessen Sohn Jesus heilte? (Joh. IV, 46) wenn nicht, so gilt unsere Vermuthung, daß unter dem Namen Basilikos sogar ein kaiserlicher Domänenverwalter in's Leben des Erlösers verflochten ist. Der Milchbruder des Herodes Antipas — des Vierfürsten, der Christum verspotten ließ —, der

Herodianer Menahem, zählt sogar zu den Jüngern des Heilands. (Bd. III, 176 f. IV, 357 f.) Selbst Claudia Prokle, die Gattin des Landpflegers, nimmt für Christus Partei. Wenn, wie wir eben hören, die mitleidigen Frauen, welche dem unschuldigen Heiland noch im letzten Augenblicke eine Stärkung zu reichen hingehen, den edlen Geschlechtern angehörten, wer war dann Veronika?

In Judäa hatte der Name Berenice einen vornehmen Klang und war auffallend gerade in der herodischen Familie hergebracht. Paulus lernt Berenice, eine jüngere Schwester des Königs Agrippa, kennen, als dieser „beinahe" sich bereden läßt, ein Christ zu werden. (Apstg. XXV, 13. XXVI, 28. 30.) So hieß zur Zeit eben die Wittwe des Aristobul, jenes unglücklichen Sohnes der gleichfalls unglücklichen Asmonäerin Mariamne, den sein eigener Vater Herodes kurze Zeit vor dem Kindermorde zu Bethlehem in Samaria hatte erdrosseln lassen. Von dieser Berenice, der Tochter des obigen Costobar und der Salome aus bürgerlichem Geschlechte spricht Josephus wiederholt Ant. XVI. 1, 2. bell. I. 28, 1. Zu ihren Kindern von Aristobul zählen eben die obigen königlichen Geschwister, welche den Weltapostel in seiner Gefangenschaft in Cäsarea besuchten. Nach dem Tode des zweiten, ihr von Herodes aufgedrungenen Gemahles und mütterlichen Oheims Antipater unternahm sie persönlich eine Reise nach Rom, wohin auch vormals Aristobul gezogen war und wo sie vornehmlich durch die Freundschaft der Antonia, Gemahlin des Drusus, begünstigt, ihren Sohn Agrippa zum Königthum empfahl. Bewohnte später ihre gleichnamige Tochter, wie wir S. 194 hörten, den herodischen Palast an der Morgenseite des Sion, so wird auch die Mutter darin gelebt haben. Der Heiland trug das Kreuz vorüber und wer selber im Leben Kreuz getragen und vom Unglück heimgesucht war, lernt auch fremdes Leiden mitempfinden.

Übereinstimmend mit der erwähnten Notiz ist der Zug in den Apokryphen, wonach eben Veronika nach Rom pilgert, sowie ihr Zutritt zu Kaiser Tiberius in Sachen des Gekreuzigten, wie die Akten des Pilatus bezeugen. Die christliche Legende hat zugleich jenes unglücklichen Aristobul nicht vergessen, und bringt seinen Tod (Bd. II, 1, S. 147) mit den Weisen aus dem Morgenlande in Verbindung, als ob der tyrannische Herodes seinen Sohn aus Furcht, er sey der geborne König der Juden, der ihn vom Throne stoßen wolle, umgebracht habe. (S. Kap. CXXXI.)

Wenn mich die erste Entdeckung dieser persönlichen Verhältnisse überraschte, so war die zweite Überraschung nicht minder groß, daß auch die Bollandisten zum 4. Febr. anmerken, Veronika sey nach alten Annahmen aus herodischem Geschlechte gewesen, und Raynaldus, der gelehrte Ergänzer des Baronius, auf dasselbe Resultat gelangte, was die Richtigkeit unserer Forschung zu bekräftigen dient. Noch drei Jahrhunderte später gesellt sich eine 79jährige Matrone, die Kaiserin Helena zu den weinenden Frauen, um dem Herrn auf seinem Leidenswege nachzugehen, sein Grab zu suchen und sein Kreuz zu erheben.

LXXXI. Kapitel.

Threnodie über die Töchter Jerusalems.

„Da wandte sich Jesus zu ihnen um, und sprach: Ihr Töchter Jerusalems! weinet nicht über mich, sondern weinet über euch und euere Kinder! Denn sieh! es werden Tage kommen, wo man rufen wird: Selig die Unfruchtbaren und die Leiber, die nicht geboren, und selig die Brüste, die nicht gesäugt haben! Dann werden sie zu den Bergen schreien: fallet über uns her! und zu den Hügeln: bedecket uns! Denn wenn man das am grünen Holze thut, was wird erst mit dem dürren geschehen?" 1)

Der Verurtheilte darf auf dem Wege zur Richtstätte mit niemand sprechen, kann auch nicht, denn er geht innerhalb des Soldatenspalier's inmitten der Cohorte. Da indeß ein anderer als Kreuzträger eingetreten und die Matrone mit dem Schweißtuche in die nächste Nähe gedrungen ist, vermag der Heiland seitwärts ein Wort an die jammernden Frauen, und zugleich sein Auge auf Jerusalem zu richten.

Er weint über sein unglückliches Vaterland, welches seinen einzigen Retter in den Tod sendet und seine Zukunft verwirkt 2) — während Er geschlagen, verhöhnt und mit Dornen gekrönt ob seiner eigenen

---

1) Lk. XXIII, 28—31. So spricht die weissagende Cassandra bei Seneka (in Agamem. v. 659) zum Chor der Troerinen:

> Cohibete lacrymas, omne quas tempus petit,
> Troades, et ipsae vestra lamentabili
> Lugete gemitu funera.

2) Vgl. Juchasin f. 16, 2. „Als Jose ben Joëzer hingerichtet wurde, rief sein Neffe Jojakim verwundert aus: Wenn Männer, die Gottes Gebot erfüllen, solch ein Ende nehmen, wie mag es dann denen ergehen, welche keine Gottesfurcht besitzen?"

Leiden keinen Laut über die Lippen läßt. Maimonides [3]) bejammert laut, daß das Synedrium durch die Hinrichtung Jesu, der allgemein für den Messias gegolten, Feuer und Schwert gegen Israel heraufbeschworen und die Zerstreuung der Volksreste zur weiteren Unterdrückung in alle Länder der Welt verschuldet.

Die Propheten des alten und neuen Bundes stellen den Gerechten unter dem Symbole eines frischen Baumes dar, dessen Blätter nicht verwelken Ps. I, 3. Es ist das Bild des grünen Ölbaums LII, 10. Offb. XI, 4, einer Tanne Os. XIV, 9, oder eines Baumes, dessen Laub allzeit jung bleibt Jer. XVII, 8, im Gegensatze zu dem Gottlosen, dessen Zweig nicht grünen wird Hiob XV, 32. Vergleichsweise lesen wir B. Sanhed. f. 93, 1: „Wenn zwei dürre Hölzer sind und ein grünes, so verbrennen die dürren das grüne, d. h. die Gesellschaft zweier Gottloser verdirbt einen Frommen." Sohar Lev. f. 14, 2 heißen die Kinder der Menschen עֵצִים יְבֵשִׁים dürre Bäume. So spricht der Herr über Jerusalem Ezech. XX, 47: „Ich will in dir ein Feuer anzünden, das soll grüne und dürre Bäume verzehren, daß man seine Flamme nicht wird löschen können, sondern es soll verbrannt werden alles, was vom Mittage gegen Mitternacht steht." XXI, 3: „Sieh ich will mein Schwert aus der Scheide ziehen und in dir ausrotten Gerechte und Ungerechte." (Vgl. I. Petr. IV, 17. 18.) Der Targum umschreibt Ez. XVII, 24: „Ich habe das Völkerreich erniedrigt, das stark war, wie ein grüner Baum, und das Reich des Hauses Israel gestärkt, das schwach war wie ein dürrer Baum." Eigentlich zielt Christus damit auf den verwünschten Feigenbaum als das Sinnbild des zur Entwurzelung und Ausrottung bestimmten palästinensischen Volksstammes. (Bd. II, 2, S. 89. V, 489 f.) Mit den Worten: Ihr Berge fallet über uns her, ihr Hügel begrabt uns! bezieht Er sich im Geiste auf Zephanias I, 7: „Der Tag des Herrn ist nahe, denn der Herr hat ein Schlachtopfer zubereitet und seine Gäste dazu geladen. Und zur selben Zeit will ich heimsuchen die Fürsten und Königskinder u. s. w. Alsdann, spricht der Herr, wird ein lautes Geschrei sich erheben vom Fischthor, ein Jammer vom zweiten Platze (d. h. der Unter-

3) In Sanh. c. 11. Jesus utique Nazarenus visus est Messias, et occisus per domum judicii (Betholin) causa fuit, ut Israel destrueretur gladio et dispergerentur reliquiae ipsorum et ut deprimerentur.

stadt) und großes Wimmern von den Hügeln (Sion und Akra): heulet, die ihr wohnet in der Tiefe!" Pesikta Rabbathi wird diese Stelle trefflich auf ganz Palästina gedeutet: „Das Fischthor ist Akko, das an der See liegt; der zweite Platz die Stadt Lud, der vorzüglichste Sitz der Gelehrsamkeit nach Jerusalem, die Höhen bezeichnen Zipporis, die Stadt auf hohem Berge, die Tiefe aber Tiberias, das sehr tief und wie in einem Mörser liegt." Hiezu spricht der Targumist Oseas X, 8: „Er wird Gerichte über sie bringen, die ihren Zustand so elend machen, als ob die Berge sie bedeckten und die Hügel über sie fielen." Dieß ist der Ruf der Könige und Großen, wie der Unterthanen am Ende der Tage. (Offb. VI, 15 f.)

Solche inhaltsschwere Worte im Sinne einer letzten Prophezie preßt dem Heiland das rein menschliche Schmerzgefühl noch auf seinem Todesgange aus. Klagt doch auch Lydiens letzter König Crösus beim Gange nach dem Scheiterhaufen nicht über sich, sondern über das gemeinsame Schicksal, indem er an Solons Ausspruch sich erinnert, daß vor dem Tode niemand glücklich zu preisen sey. Der Delinquent hat sonst einen Tröster auf seinem letzten Gange zur Seite. Christo sprechen die Schergen zu und Er muß selber den Tröster der Frauen Jerusalems und der um Ihn Leidtragenden machen. Selig die Unfruchtbaren, ruft Er, und die Leiber, die nicht geboren. Wehe den Müttern und Säuglingen! Denn es kam die Zeit, wo eine Mutter ihr eigenes Kind, das den Busen umklammert, wegriß und mit Messern durchschnitt, kochte und mit blutiger Gier zum schrecklichen Mahle verzehrte, also zum zweitenmale in ihrem Leibe das Kind empfing — daß selbst alte Krieger vor der grausigen Scene erstarrten. (Jos. bell. VI. 3, 4.)

Noch auf dem Leidenswege denkt Er nicht an sich und seinen Schmerz, sondern klagt nur um den Untergang seines Heimatlandes. Jerusalem lag auf mehreren Hügeln, in deren unterirdische Vertiefungen sich die Bewohner in den letzten Zeiten der Belagerung flüchteten. Die Hügel sind über sie hergestürzt, und die Berge bedecken sie; Trümmerschutt füllt das Tyropöonthal bis zur Tiefe von 50, ja 80 Fuß aus, die wahre Via dolorosa selber liegt unter der Erde, und inner- wie außerhalb der Mauern des heutigen Jerusalems (auf der Südhälfte Sions) geht der Pflug über die Ruinen. Der Segensspruch, den das seligpreisende Weib von Kapharnaum über die Mutter Gottes ausgerufen, ist in dieser Stunde in Jesu Munde an den Müttern Judäa's zum Fluche geworden! Ähnlich jammert

Cicero[4]) von seinen Tagen: Jetzt möge sich glücklich schätzen, wer keine Kinder erzeugt, oder wer sie früh verloren habe: so unglücklich stünden die Zeiten. Noch einmal kehrt der Herr sich um, und blickt die Stadt und das Land an: Er hat für sich selbst keine Thräne; aber sein letztes Wehe ist Klage über die Zerstörung Jerusalems. Es war dasselbe schreckliche Wehe, das letztlich vor dem Untergange des Reiches ein anderer Jesus sieben ganzer Jahre und fünf Monate ohne Unterlaß über Jerusalem und seine Väter und Mütter, und über die Herrlichkeit des Tempels ausrief, bis es auch an ihm erfüllt war.

In der Ferne folgen auch Maria mit ihrem getreuen Jünger Johannes und den übrigen Verwandten nach, um Jesu wenigstens durch ihre Gegenwart unter dem Kreuze noch zu trösten.

LXXXII. Kapitel.

Die Schädelstätte Golgotha oder Calvaria.

„Nun kamen sie zu dem Orte, welcher den Namen Golgotha oder Schädelstätte führt." (Mk. XV, 22. Mth. XXVII, 33. Lk. XXIII, 33.)

Nach jüdischem wie römischem Rechte[1]) mußten der Richtplatz und die Grabstätten außerhalb des Lagers oder Stadtumfanges liegen. Schon die XII Tafeln enthielten die Verordnung: einen Todten sollst du nicht in der Stadt begraben, noch verbrennen. (Cic. leg. II, 23.) Wohl aber brachte es die Natur der Verhältnisse mit sich, daß man bei Erweiterung einer Stadt frühere Begräbnißplätze ihrer Bestimmung entfremdete. Dieß geschah z. B. in Rom mit dem alten Campus sceleratus vor dem Collinischen Thore. Cicero (Rabir. 4) wirft

---

4) Epist. fam. V, 16. Neque hae neque ceterae consolationes tantum videntur proficere debere, quantum status ipse nostrae civitatis, et haec prolatio temporum perditorum, cum beatissimi sint, qui liberos non susceperunt, minus autem miseri, qui his temporibus amiserunt, quam si eosdem bona aut denique aliqua republica perdidissent. Wetstein in Luc. XXIII, 29.

1) Plautus Miles glorios. act. II. sc. 4, 6. Credo ego istoc exemplo tibi esse eundum acturum extra portam, dispessis manibus patibulum cum habebis. Cic. in Verrem V, 66. Quid enim attinuit, cum Mamertini more atque instituto suo crucem fixissent post urbem in via Pompeja: te jubere in ea parte figere, quae ad fretum spectaret? Heliod. VIII, 9. Τοὺς τείχους ἐκτὸς ἤγετο, πολλοῦ καὶ ἄλλου πλήθους ἐκ τῆς πόλεως ἐπακολουθήσαντος. Vegetius de re milit. Decumana deducebantur olim extra vallum, ut capite plecterentur. S. mein Palästinawerk I, Kap. XIX.

dem Labienus vor, er habe auf dem Marsfelde an geweihter Stätte ein Kreuz zur Hinrichtung von Bürgern aufpflanzen lassen. Außer dem Lager fanden die Steinigungen in Moses Tagen statt (Num. XV, 35), und vor der Stadt wurde in der Königszeit hingerichtet. (I. Kön. XXI, 13.) Der Hebräerbrief macht XIII, 11 f. aufmerksam, daß Christus außer dem Thore gelitten, wie man Levit. XVI den mit dem Fluche alles Volkes belasteten Sündenbock und Num. XIX, 3 die rothe Kuh außer das Lager führte. Die Rabbinen leiteten zudem aus Levit. XXIV, 14 die Verordnung ab, außerhalb der drei Lager, nehmlich dem der Schechina, dem Berg des Hauses als dem Lager der Leviten, und der Stadt oder dem Lager der Israeliten, sollten die Hinrichtungen statt finden. (B. Sanhed. f. 42, 2.)

Golgotha ist durch Eliston aus גֻּלְגָּלְתָּה entstanden, der Syrer elidirt das zweite ל und liest Gogulto. Golgoltha stimmt zur Wurzel Galgal, Hügel, wovon *γολγοί*, die konischen Säulen und Felsenkegel im kananäisch-phönizischen und phrygischen Cult den Namen trugen, und die cyprische Venus das Prädikat *γολγῶν ἀνάσσα* führte. Golgos selbst heißt ein Sohn der Aphrodite und des Adonis, ein Bruder Priaps. Wahrscheinlich hat diese Erklärung in den Tagen Hadrians gegolten, der darum die Statue der Venus an der Kreuzigungsstätte aufgerichtet. Eigentlich bedeutet Golgotha der Schädel, *κράνιον*, Calvaria, und wie die Römer den Namen ihres Capitols daraus erklärten, daß hier bei der Grabung der Fundamente ein caput Toli entdeckt ward, läßt die Legende [2]) den Schädel Adams durch den Felsenriß zum Vorschein kommen, und vom Blute Christi bespritzt werden. Schon Origenes in Matth. III, 43 erklärt: „Es ist eine Überlieferung auf uns gekommen, daß der Leib Adams, des ersten Menschen, dort begraben liege, wo Christus gekreuzigt ward, so daß, wie in Adam alle sterblich sind, in Christus alle lebendig werden.“ Der Schädel, der in der christlichen Kunstsymbolik regelmäßig unter dem Crucifixe

2) Tertullian adv. Marcion l. II:

> Os magnum hic veteres nostri docuere repertum,
> Hic hominem primum suscepimus esse sepultum.

Epiph. in Panarion 46. Ambros. in Luc. XXIII. Hieron. ep. 17. Unde et locus, in quo crucifixus est dominus noster, Calvariae appellatur quod ibi sit antiqui hominis calvaria condita. Auf einem Bilde sitzt Maria mit dem Haupte Adams in der Hand, und in einem Manuscript der Pariser Bibliothek führt Christus selbst ein Gespräch mit dem Todtenschädel. W. Menzel Symb. I, 28.

vorkömmt, ist eben das Haupt des Vaters der Menschen. Auffallend ist das Zeugniß der Väter, daß schon die Hebräer sich mit der Sage vom Grabe des Mannes der Vorzeiten der Schädelstätte trugen.[3]) Der Name könnte wohl von der Felsenform herrühren.

Gleichwohl ist die Etymologie: der Schädel oder die Stätte des Schädels, *κρανίου τόπος* (Joh. XIX, 17), nicht die einzig passende. Wie, wenn der Name schon im alten Testamente, noch dazu in einer merkwürdigen Prophetenstelle vorkömmt, und eine noch bestimmtere Bedeutung gewinnt? So spricht der Herr durch den Mund des Jeremias XXXI, 39: „Es kömmt die Zeit, daß die Stadt des Herrn soll erbaut werden vom Thurm Hananeel bis an's Eckthor. Und die Richtschnur wird darüber hinausführen bis an den Hügel Gareb und sich gen Goatha umwenden." Der Thurm Hananeel steht noch und bildet mit dem Thurme Mea das Ölbergthor, oder jetzt s. g. Stephansthor; das Eckthor aber stand im Nordwestwinkel des Sion in der ältesten und ersten Mauer. (II. Kön. XIV, 13.) In einer Zeit, wo über die ganze alte Stadt die Zerstörung hereinbrach, weissagt der Prophet, es würden die Tage kommen, wo nicht bloß die Stadt nach der Linie der alten Mauer vom Thor im Osten bis zum äußersten Westen, sondern im weiteren Umfange um Gareb und Goatha, גַּל גּוֹעָתָה, den Hügel des Sterbens oder der Hinrichtung,[4]) sich ausdehnen würde. Dieß erfüllte sich durch den Bau der dritten Mauer unter König Agrippa, 42 n. Chr., und den Umfang der hadrianischen Stadt oder des neutestamentlichen Jerusalems, das die Hälfte Sions dem Pfluge überließ, während die übrige Stadt sich nach Westen und Norden erweitert hat, so daß Golgotha innerhalb liegt. Durch das Hereinziehen dieser beiden Hügel (und mit Bezug auf den Ophel und Gihon) war Jerusalem, die Metropole der Semiten und aller monotheistischen Religionen, Babel gegenüber zur Siebenhügelstadt geworden, wie sie Tanchuma f. 52, 3 heißt.

Wir lesen bei Valerius Max. l. VI. cap. ult., daß Polykrates auf

---

3) Athanas in Pass. et Cruc. Domini p. 791. *Κρανίου τόπον, ὃν Ἑβραίων οἱ διδάσκαλοι φασι τοῦ Ἀδὰμ εἶναι τάφον.* Hieron. in Math. IV. p. 232. Calvariae locum in quo sepultus est Adam, et ideo sic appellatum esse, qui ibi antiqui hominis sit conditum caput. Kreuser Christl. Kirchenbau II, 79.

4) Die Wurzel גָּוַע steht vom gewaltsamen Tode, vom Verenden der Thiere. Num. XVII, 27. Zachar. XIII, 8. Krafft Jerus. s. v.

der höchsten Bergspitze von Mykale (in excelsissimo montis Mycalensis vertice) gekreuzigt worden sey. Ein Berg oder Hügel in unserem Sinne ist der Calvaria allerdings nicht, und erst der Pilger von Bordeaux (itin. 333 n. Chr.) nennt ihn monticulus Golgatha, wohl aber ist es ein Felsenhöcker, der durch die Tieflage der Unterstadt an Ansehen gewann. Hieronymus nennt ihn ausdrücklich nordwärts vom Berge Sion gelegen. [5])

LXXXIII. Kapitel.

Der Myrrhenwein.

„Als sie nun an dem Orte anlangten, der Golgotha, d. i. Schädelstätte heißt, boten sie Ihm Myrrhenwein, der wie Essig und Galle schmeckte, zu trinken an. Er kostete, schlug ihn aber aus.“ (Mth. XXVII, 33. 34. Mk. XV, 23.)

Ihr weinenden Frauen Jerusalems, was will euer Gang nach dem Hochgericht? Ist's Neugier, die Marter mit anzuschauen, unziemend, wie sie den Pöbel treibt, ja sträflich, weil sie die Sitten verwildert und nur wohllüstige Blutgier weckt? Nein! es sind fürstliche Matronen, hochsinnige Damen der Königsstadt: sie kommen zu einem Liebeswerk, sie tragen in der Hand den Myrrhenwein, zwar bitter wie Galle und Essig, doch soll er dem Heiland ein Schlaftrunk seyn, daß sein letztes Leiden minder fühlbar an Ihm vorübergehe. Die babylonische Gemara Sanh. f. 43, 1 liefert eine Tradition aus dem Munde des R. Chasdam, daß man dem zur Hinrichtung Ausgeführten einen Becher Weins mit einem Gran Weihrauch zum Trunke gab, damit seine Besinnung schwinde, wie es Sprichw. XXXI, 6 heißt: „Gebet starkes Getränke den Unglücklichen und Wein den seelisch Betrübten; sie sollen trinken, auf daß sie ihres Elends vergessen und ihrer Schmerzen nicht mehr bewußt sind!“ Die Überlieferung sagt weiter, „daß die vornehmen Frauen von Jerusalem aus freiem Antriebe und auf ihre Kosten Ihm dieß Getränke dargeboten haben. Wenn aber jene edlen Damen nicht von freien Stücken es bereiteten, aus wessen Säckel schaffte man es her? Man bekennt sich zu der Meinung, daß

5) De situ et nom. loc. Golgotha, locus Calvariae in quo salvator pro salute omnium crucifixus est et usque hodie ostenditur in Aelia ad septentrionalem plagam montis Sion.

alsdann auf Gemeindekosten oder vom öffentlichen Fiskus der Trank hergerichtet wurde.“ [1])

Die Hinzurichtenden vorher mit Wein zu betäuben war eine auch von den Heiden hie und da geübte milde Sitte. So wurden nach Porphyrius (abst. II, 54) die zum Tode verurtheilten Verbrecher auf Rhodus, welche am 6. Juli, dem althergebrachten Chronosfeste, zur Sühne für das ganze Volk ihr Leben lassen mußten, zum Tempel geführt, mit Wein getränkt und dann getödtet. Die Brahmanen pflegen gewisse Narkotika, besonders Kampfer anzuwenden, und eine starke Dosis zur Betäubung der Schmerzen und völliger Abstumpfung der Nerven denen zu bieten, die sich selbst verbrennen wollen, z. B. Wittwen, nachdem diese zuvor siebenmal um den Holzstoß gegangen, worauf jene noch mit rauschender Musik, Cymbeln und Pauken das allenfallsige Geschrei des Opfers übertönen.

In der heiligen Stadt bestand also eine religiöse Innung, welche sich zur Aufgabe machte, den armen Sünder, welcher vom Synedrium zur Steinigung oder zum Kreuztode verurtheilt war, ein betäubendes Getränk zu überreichen, um seine Sinne zu benebeln und den Schmerz der Hinrichtung abzustumpfen. Diese fromme Sitte dauerte auch unter den römischen Prätoren fort, und die weinenden Frauen, welche Jesum deßhalb zur Richtstätte begleiten, bilden zugleich den Ausgangspunkt jener weiblichen Genossenschaften, welche sich die Verrichtung ähnlicher Werke der christlichen Barmherzigkeit zur Aufgabe stellen. Der betäubende Trank wurde aus starkem Wein mit opiumartig das Bewußtseyn einschläfernden Ingredienzen bereitet; man wählte zu dem Zwecke ein Korn Weihrauch, was nach Dioskorides mat. med. I, 53 und Galenus de fac. med. simpl. XI, 767 betäubende Wirkung äußerte: aber der erstere Arzt bringt

1) Avoda sara f. 12, 2. Tanchuma 39, 3. Si quis reus erat lapidationis, attulerunt ei vinum bonum et generosum et bibendum dederunt, ne affligeretur lapidatione. Ita faciunt omnibus, qui per Synedrium ad morte damnantur. Bamidbar rabba 10. f. 206, 4. Omnes a Synedrio ad mortem damnatos potarunt vino vivo (i. e. forti), ut diriperetur intellectus ejus, ad confirmandum q. d.: „Date potum inebriantem pereunti, bibat et obliviscatur infortunii sui.“ De perituro dicunt id fieri, ut obliviscatur mortis, quae est infortunium ejus. Massechet Semachot 2, 9. Iis, qui sententia judicum occiduntur, dant bibendum vinum et thus, ne affligantur. Cf. Maimon. hilc. Habak. II, 15.

I, 69 auch die Myrrhe in Vorschlag. Die Römer liebten den Wein unterschiedlich mit Aromen, wie Aloe, Amomum, Cassia, Safran, Calmus und Myrrhenharz, also mit bitteren Substanzen zu würzen, und er hieß dann Myrrhenwein, vinum murrhinum, οἶνος μυῤῥίνης. [2]) Apulejus [3]) meldet ausdrücklich, daß man den Genuß von Myrrhen als Präservativ gegen Brand, Stoß und Wundenschmerz betrachtete. Eine solche Mixtur, die auch zum medicinischen Gebrauche diente, hieß sopor, Schlaftrunk. Älian aber bemerkt hist. var. XII, 31, der Genuß der Myrrhe stumpfe die Empfindung dermaßen ab, daß man gegen Schläge und selbst gegen das Feuer gleichgiltig sey. Recht bedeutsam heißt Mur, Myrrhe, hebräisch zugleich Bitterkeit, und Myrrha die Mutter des Leidensgottes Adonis. In Myrrhen gehüllt wurde nach Herodot II, 73 der alte Phönix von dem jungen in Heliopolis bestattet. Im Opfer der Myrrhen, welche die Weisen aus dem Morgenlande darbrachten, lag eine prophetische Hinweisung auf die Stunde, wo Jesu der Myrrhenwein gereicht ward.

Die Frauen von Adel aus der Davidstadt hatten in hochherziger Gesinnung die Bereitung dieses letzten Labetrunkes vor der Ausführung freiwillig unternommen und dazu kostbare Myrrhe gewählt. Aber wie wohlwollend auch dieser schmerzstillende, todversüßende Trank angeboten ward, lehnte ihn Jesus doch ab: Er wollte von der Frucht des Weinstocks nicht mehr trinken, bis Er im Reiche seines Vaters war, d. h. bis zu seinem Tode.

Später lesen wir noch manchmal [4]) von christlichen Confessoren und Blutzeugen, wie sie, ehe sie zur Marter gingen, von ihren Brü-

---

2) Athen. deipnos. XI. p. 464. Plin. XIV, 13. Lautissima apud priscos vina erant myrrhae odore condita, ut apparet in Plauti fabula, quae Persa inscribitur act. I. sc. 3. Paul Diak. p. 144. Murrina genus potionis quae Graece dicitur nectar. Hunc mulieres vocabant murriolam quidam murratum vinum. Baronius denkt an einen murrhinischen Becher, die äußerst kostbar waren. Vgl. Seneka de benef. VII, 9. epist. 119. Plin. XXXVII, 2. Sueton Aug. 71.

3) Asin. aureus l. VIII. Sese multimodis conculcat ictibus, myrrhae praesumptione munitus. X. Sed obfirmatus myrrhae praesumptione, nullis verberibus ac ne ipsi quidem succubuit igni. Plin. XIV, 15. 19.

4) Cf. Tertull. de jejun. c. 12. Acta Fructuosi Tarracon. (Bei Ruinart. c. 3. f. 220.) Cum multi ex fraterna caritate iis offerrent, ut conditi permixti poculum sumerent.

dern noch ein solches Antidotum der Schmerzen eingehändigt erhielten. Insbesondere aber finden wir in den Martyrologien der christlichen Jungfrauen Maxima und Donatilla, daß sie vor ihrer Hinrichtung während der valerianischen Verfolgung ebenso, wie hier der Heiland (aceto et felle), mit Essig und Galle getränkt wurden. Als man den Martyr Fruktuosus, Bischof von Tarragona in Spanien, 258 n. Chr. zur Richtstätte führte, weigerte er sich, einen Erfrischungstrunk zu sich zu nehmen, weil es Freitag und erst die zehnte Morgenstunde sey. In der Folge aber verordnete Pabst Innocenz 462 zu Ehren des Leidens Christi, der den ganzen Leidenstag ohne einige Erquickung hinbrachte, sowie zur Abbuße für das verbotene Gelüsten des ersten sündigen Adams, die Abstinenz am Freitage. Als Thomas Morus auf dem Wege zur Hinrichtung war, trug ihm eine fromme Bürgerin einen Becher Weines zur Stärkung heraus, den er aber mit den Worten zurückwies: Christus hat nicht Wein, sondern Essig und Galle getrunken.

Im Mittelalter richtete die christliche Kirche eigene Capellen auf dem Richtwege auf, wo dem vorübergehenden Verbrecher ein letzter Trunk verabreicht wurde; und noch jetzt hat sich ein Rest von diesem alten Herkommen bei uns erhalten, indem man dem armen Sünder an den drei Tagen vor seinem letzten Gange Wein und Speise nach Gelüsten verabreicht, damit er, wie der Krieger, der dem Tode in der Schlacht entgegengeht, sich ein wenig davon labe. Das war überhaupt eine milde alterthümliche Sitte, [5]) vorzüglich, wie Casaubon erinnert, bei den Athenern, wo den Hinzurichtenden schließlich noch die „drei Worte" frei standen. Nur Jesus war während des ganzen Tages ohne alle Nahrung gelassen worden.

Unter jenen mildthätig sich erbarmenden Frauen befand sich auch die Mutter des heiligen Markus, deren Haus zu Jerusalem sich bald als Zufluchtsort für die verfolgten Christen öffnete, der zweite Kirchensaal, wo sie ihre religiösen Versammlungen hielten. Von Markus haben wir darum die ganze Erzählung vom Myrrhenwein.

Matthäus schreibt: „Sie reichten Ihm Essig mit Galle vermischt zu trinken."

---

5) Valer. Maxim. hist. IX, 2. 6. Septum altis parietibus locum cinere complevit suppositoque tigno prominente, benigne cibo et potione exceptos in eo collocabat, e quo somno sopiti in illam insidiosam congeriem decidebant. Ctesias Pers. LI.

Bei Jeremias VIII, 14. IX, 15. XXIII, 15 spricht der Herr der Heerschaaren zum Volke Israel und zu den falschen Propheten von Jerusalem: „Sieh, ich will sie mit Wermuth speisen und mit Galle tränken.“ So, denkt der Evangelist, wurde jetzt dem Heilande statt des schuldigen Theiles auch dieser Schmerzenstrank geboten. Er sollte den Kelch des Leidens bis auf die Hefe leeren, darum wird Ihm noch am Kreuze aus dem Essigkruge seiner Henker der Bodensatz gereicht. Wie die chaldäische, syrische, arabische und äthiopische Paraphrase und die Septuaginta Ps. LXIX, 27 und anderwärts ראש, welches Schirling, Coloquinten und alle Doldengewächse bezeichnet,[6]) wegen ihres außerordentlich bitteren Geschmackes mit χολή, Galle, übertragen, so konnte Matthäus auch die bittere Betäubungssubstanz für Coloquintensaft nehmen. Zwar war Myrrhenwein für die Hinzurichtenden bestimmt und auch die beiden Schächer sollten davon bekommen; aber vielleicht tranken die Soldaten ihnen den feurigen Wein weg, wie wir ähnlich bei Amos II, 8 lesen: „Sie aßen bei allen Altären sitzend auf verpfändeten Kleidern und tranken im Hause ihres Gottes den Wein derjenigen, welche sie verurtheilt hatten.“ Oder thaten sie die Myrrhe und Bitterwurzel in ihren Essignapf, wodurch das Getränk wie Galle schmeckend wurde und boten Ihm statt des Gewürzweines die Mischung?

Der Erlöser aber wollte nicht, wie Sokrates und Phocion von seinen Landsleuten bedacht, den Schierlingstrank genießen, nicht den Becher der Lethe trinken, um nicht unempfindlich zu werden und alle Gefühle abzustumpfen oder in soporösen Zustand zu versinken. Er war ja gekommen, um die Leiden alle willig auf sich zu nehmen, und alle Qualen für die Sünden der Menschheit fühlend abzutragen. Er berührte den Essignapf nur mit den Lippen, wie Er auch den Tod nur kurze Zeit gekostet hat, und schon am dritten Tage wieder auferstand.

Das Gefängniß Christi (ἡ φυλακὴ τοῦ Χριστοῦ) in der heiligen Grabkirche ist eine Felsenvertiefung, mit Löchern im Stein, wo angeblich Christus bis zur Annagelung im Blocke gelegen oder im Stock gesessen.

---

6) Sprichw. V, 4. Threni III, 15 übersetzen die Siebzig absinthium, Wermuth, mit χολή, ja Deut. XXXII, 32 sogar bittere Trauben durch gallige, σταφυλὴ χολῆς. Vgl. Celsius Hierobot. II, 47 f.

LXXXIV. Kapitel.

Form des Kreuzes Christi.

Mittlerweile wird das Kreuz, eine kosmische Himmelsleiter, fertig gezimmert. Das Eisen der Nägel ist vom Stoff des innersten Erdkernes, im Baume wendet sich das vegetabile Leben der Sonne zu, im Menschen löst sich das Erdgebilde von der Erde los und berührt sie gleichsam nur mehr mit der Fußsohle. Die Menschenseele ragt in die Geisterwelt hinein, in der Gottheit Christi aber ist die Höhe des Himmels uns zugeneigt. Somit vereinigt sich, mit Alban Stolz zu reden, in der Annaglung das Höchste, der Gottmensch, mit dem Tiefsten, dem Eisen und dem Holz, das abwärts wurzelt und nach oben gipfelt. Eisen auf Stein gibt Funken, auf lebendigen Leib aber Blut. Die Unterwelt mordet durch's Eisen das Leben, die Seele Christi aber steigt selbst in die Tiefe hinab, um die Lösung der Bande der Natur zu erwirken und mit dem Leibe empor zu fahren.

Was die Holzart betrifft, so führt die Glosse in Clement. I de summa trinit. an: „Das Kreuz soll vier Holzarten gehabt haben, Cedern im Stamme (stipite), Palmen im Längenpfahl, Cypressen im Querholz, Oliven in der Kreuztafel oberhalb. Cyprian de pass. Chr. vermuthet Palmenholz, was wenig Wahrscheinlichkeit hat, Lipsius (de cruce III, 13) nimmt einen Eichenstamm an. Die gewöhnliche Holzart um Jerusalem besteht aus Ölbäumen und Weiden.

Die Römer hatten dreierlei Formen von Kreuzen,[1]) die crux decussata, commissa und immissa. Die erste Art ist das s. g. Andreaskreuz, wobei die beiden, im spitzen Winkel mitten durchkreuzten Hölzer an zwei Enden in die Erde gepfählt, und der Delinquent an Armen und Füßen an je einen der vier Schenkel in aufrechter Stellung ausgespannt wurde. (Hieron. in Jer. XXXI.) Bei der crux commissa war ein kürzeres Querholz im rechten Winkel am Ende des Langbalkens befestigt, und bildete so die Figur eines T; wogegen die crux immissa das Querholz mehr gegen die Mitte hatte, so daß das kürzere

---

1) Salmasius de cruce epist. II. p. 422: Si vera Grammaticorum notatio, vox σταυρός tria Graecis significavit: quemlibet stipitem defixum, furcam, et crucem sic proprie dictum, quae tria his figuris denotantur: I. Y. T. Ganz dieselbe Art Kreuze findet sich auf den sinaitischen Inschriften aus den ersten christlichen Jahrhunderten.

Pfahlende oben hinausragte, und zur Anheftung des Kreuztitels diente. Der einfache Pfahl hieß nur stipes oder patibulum. (Seneka consol. ad Marc. c. 20.) Für das vierschenkelige Kreuz Christi spricht die Meinung der meisten Väter, so Justins, wenn er dial. 111. apolog. II. einen Beter mit ausgespannten Armen damit vergleicht, wie auch Minutius Felix (Octav. 29) die römische cantabra und vexilla vergoldete und gezierte Kreuze, und das Crucifix gleichsam das Feldzeichen und die Siegestrophäe der Christen nennt, ebenso wenn Hieron. in Marc. XV es auf die vier Himmelsregionen bezieht. [2]) Auf den christlichen Monumenten findet es sich bald viereckig, bald länglich; ja das ältest bekannte im Hause des Pansa unter den Ruinen von Pompeji in haut relief auf Stuck ausgeführte ist vierarmig.

Der längere Kreuzpfahl ward staticulum, das Zwerchholz antenna, Segelstange genannt; der Mittelpflock, welcher dazu diente, den Leib zu halten, daß Hände und Füße nicht aus den Nägeln rissen, hieß πῆγμα, cornu, sedile, unicornis in medio stipite palus. Dieser hornartige Sattel oder Holzbock (arrectarius stipes) war namentlich bei den Standkreuzen angebracht, die an den Heerstraßen errichtet waren. Auf diesen Kreuzsitz mußte der arme Sünder steigen oder sich heben und festbinden lassen, ehe es zur Anheftung kam, um daran vielleicht nach mehreren Tagen erst auszuröcheln und den Vögeln zur Beute hangen zu bleiben. Daß dieß in den meisten Fällen geschah, beweisen die mannigfaltigen Ausdrücke: crucem inscendere, insultare oder insilire, inequitare, in crucem tolli, exaltari, subferri, agi.

In der That nehmen die ältesten Väter, wie Justin [3]) und

---

2) Tertullian apol. 16. de idol. 12. Augustin in Ps. CIII. Joh. Damascenus de fide IV, 11. Salmasius bei Bartholin. de latere Chr. p. 122. 231 sq. 298. 335. Gretser de cruce I, 42. Friedlieb Archäol. d. Leidensgesch. 21. 30.

3) Trypho p. 318. (Deut. XXXIII, 17.) Unicornis enim cornua nulli alteri rei aut figurae quis attribuere queat, aut in ulla re ostendere, nisi in figura, quae crucem repraesentat. Erectum unum est lignum, unde summa pars in cornu sublatum est, quum aliud lignum ei adaptatum fuerit, et utrimque tamquam cornua, uni isti cornu adjuncta, extremitates appareant. Et quod in medio stipite impactum est, instar cornu et ipsum eminet, in quo vehuntur, qui crucis supplicium subeunt, et conspicitur ut cornu illud ipsum quoque cum aliis cornibus conformatum. Tertull. adv. nat. II. Sed nobis tota crux imputatur, cum antemna scilicet sua, et cum illo sedilis excessu. Adv. Jud. 11. Jam et benedicitur Joseph Deut. XXXIII, 17. Non utique rhinoceros destinabatur unicornis vel Minotaurus bicornis,

Tertullian an, das Kreuz Christi habe in der Mitte einen solchen Sitzpflock gehabt, ja Irenäus haer. II, 42 schließt aus sonstigen Fällen: „Die Form des Kreuzes bot fünf Ende und Höhen, zwei in die Länge, zwei in die Breite, und eines im Mittel, worauf der ruht, welcher mit den Nägeln angeheftet wird.“ Indeß ward das Zwerchholz des Nazareners zur Richtstätte getragen, und sein Leichnam sollte noch denselben Abend abgenommen werden. Er, der nicht hatte, wo Er sein Haupt hinlegte, fand auch keinen Ruhepunkt am Kreuzpfahle; der auf dem Throne der Gottheit die Erde zum Schemel seiner Füße hat, erhielt nicht einmal ein Fußbret (πηκτὸν ξύλον, ἀστράβη, ὑποπόδιον, suppedaneum), um in seiner Ausspannung am Kreuze sich darauf zu stützen, obwohl Augustin und Gregor von Tours, sowie einige alte Crucifixe daran erinnern. Er war auch nicht bloß mit Stricken um die Arme und Schenkel angebunden worden, sondern sie hatten Ihn mit Nägeln an Händen und Füßen durchbohrt am Kreuze erhöht,[4]) und so hing Er ohne Unterstützung, ausgezerrt nach der ganzen Schwere des Körpers am Kreuze, so daß man all seine Gebeine zählen konnte, wie beides schon der Psalmist geweissagt, und hauchte unter der Last der Schmerzen seine Seele aus.

Die Kreuze selbst waren nicht übermäßig hoch. Die Füße des Erlösers standen sogar nur ein paar Schuh von der Erde ab, da der Soldat zwar nicht mit der Hand, wohl aber mit Hilfe eines Hyssopstängels (hys. ocimifolius), welches höchstens drei bis vierthalb Fuß lang wächst, Ihm den Schwamm an den Mund halten konnte. Auch aus dem Umstande, daß die Beinbrecher die Kniee mit ihren Keulen erreichten, ergibt sich die Niedrigkeit der Kreuze.

LXXXV. Kapitel.

Die Entblößung Christi.

Von Polykarp meldet Eusebius,[1]) er habe vor seiner Marter selber sich entkleidet. Dieß zu thun war Christus nicht mehr

---

sed Christus ille significabatur, taurus ob utramque dispositionem, aliis ferus ut judex, aliis mansuetus ut salvator, cujus cornua essent crucis extima. Nam et in antemna navis, quae crucis pars est, hoc extremitates hujus vocantur, unicornis autem in medio stipite palus.

4) Joh. XII, 32. Daher die Ausdrücke σκολοπίζειν, προσηλοῦν, clavis affigere.

1) H. e. IV, 15. Curtius l. VI. Philotae dum obligantur oculi, dum vestis exuitur, deos patrios, gentium jura invocabat.

im Stande, denn sie pichten an seinem blutigen Leibe. Sofort zogen die Soldaten Jesu die Kleider aus oder rissen sie Ihm vielmehr vom Leibe. Nach römischer [2]) und auch nach jüdischer Sitte Sanhed. c. 6, 3 wurden Verurtheilte nackt gesteinigt und gekreuzigt. Das Gewand klebt an den Wunden des bitter gegeißelten und vom Haupt bis zu den Lenden zerschlagenen Heilands. Welche Unbarmherzigkeit, es Ihm jetzt, so zu sagen, mit der Haut abzuziehen, welch ein Zerren und Schinden bei unsäglicher Pein!

Doch nicht genug der Schmerzen! Er, der Adams Scham im Paradiese zugedeckt, sollte noch um unsertwillen nackt erscheinen. Die größte Abbuße des leidenden Erlösers für alle Schamlosigkeiten, deren die Menschen, Hoch wie Nieder, je sich schuldig machten und noch machen, war, daß der Unschuldige momentan vor den Augen alles Volkes sich mußte entblößen lassen, um ihnen noch zum Gespötte zu dienen. Thukydides schreibt I. 6, 3: „Die Lacedämonier waren die ersten, welche sich entkleideten und öffentlich entblößten. Vor Alters aber hatten auch beim olympischen Wettkampfe die Athleten Schamgürtel und es sind noch nicht viele Jahre her, seit dieß aufgehört hat. Noch jetzt werden bei einigen Barbaren, besonders bei den Asiaten, Preise im Faust- und Ringkampfe ausgesetzt und sie bestehen diese umgürtet.“ Nach Plato rep. V. p. 452 nahmen die Lacedämonier diese Unsitte von den Cretern an, Herodot I, 10 erklärt es bei den Barbaren für einen großen Schimpf, nackt sich blicken zu lassen.[1]

Bei den Faustkämpfen und Ringspielen erwähnt schon Homer des *ζῶμα*; völlige Entblößung verstieß wider die römische Sitte selbst bei Kampfspielen. [3]) Wie in den Gymnasien der alten Griechen, so erschien auch bei ihren Spielen nach Cic. off. I, 35 keiner sine subligaculo; die Römer bewahrten länger die Decenz und Sittenstrenge. Auch aus dem Evangelium Nikodemi ist das Lendentuch historisch begründet, indem es heißt c. 10: *περιέζωσαν αὐτὸν λέντιον*. Wir sehen demnach und setzen aus andern Beispielen [4])

2) Artemidor oneirocr. II, 58. Crucifigi bonum pauperi, quia sublimis est crucifixus, noxium vero diviti, quia nudi crucifiguntur.

3) Dionys. Hal. I, 80. *Γυμνούς, ὑπεζωσμένους τὴν αἰδῶ ταῖς δοραῖς τῶν νεοθύτων*. VII, 72. Vgl. Val. Max. II. 2, 9. Cincti pellibus immolatarum hostiarum. Kreuser Kirchenbau II, 237.

4) Sanhed. c. 6, 3. Cum jam quatuor cubitis a loco lapidationis abesset, denudant eum vestibus, virumque tegunt a parte priori (sc. pudendis),

mit Grund voraus, daß der göttliche Athlet zwar γυμνός, nudus in den Todeskampf ging; aber nackt hieß schon, wer bloß die Tunika anhatte;[5]) der Ausdruck schließt die Bedeckung der Lenden nicht aus, vielmehr schreibt die Mischna für den Fall der Kreuzigung ausdrücklich eine Hüftschürze vor, und die Römer mußten es bei dem Herkommen lassen. Das Hüftkleid der Priester hieß מִכְנָסִים: es ist der s. g. Herrgottsrock bei den Crucifixen aus der byzantinischen Zeit, wie schon die ältesten Bilder in den Katakomben den Leibrock oder Lendenschurz zeigen. Christus wird am Kreuze auch mit der Königskrone und Priesterstola dargestellt als sieggekrönter König und Hoherpriester. Er, der im Blut der Trauben seinen Mantel hat gewaschen, indem Er das Kreuz auf seinen Schultern schleppte, trägt nun, nachdem Ihm seine Kleider vom blutrünstigen Körper herabgerissen worden, nur noch das Schamtuch, wie es auch die älteren Künstler durchweg darstellen, denn die Seinen können es nicht dulden, daß Er, ein anderer Noa, diesem chamitisch entarteten Geschlechte durch seine Blöße Ärgerniß gebe. Daß Christus zudem mit der Spottkrone auf dem Haupte am Kreuze hing, unterstellen schon Origenes und Chrysostomus. Warum sollten die Kriegsknechte dieß Zeichen des gekrönten Königs von Juda, wie Ihn die Schandtafel hieß, dem Herrn abgenommen haben?[6])

LXXXVI. Kapitel.

Die Annagelung.

„Und nun schlugen sie Ihn an's Kreuz." (Mk. XV, 24.)

Jüdische Sitte war es nicht, jemand bei der Kreuzigung an Händen und Füßen anzunageln, wohl aber römische, wogegen bei den Juden der bereits Hingerichtete mit zusammengebundenen Händen,

---

foeminamque et a priori et a posteriori: haec sunt verba R. Judae; at Sapientes dicunt: vir lapidatur nudus, at foemina non nuda.

5) Vgl. Joh. XXI, 7. I. Kön. XIX, 24. Js. XX, 2. Liv. I, 5 nudi juvenes. Augustin civ. D. XIV, 17 wider Ambros. expos. in Luc. X. §. 110 und Hesychius. Chrysost. ep. 125. p. 670: ἐπὶ τὸ πάθος ἤγετο γυμνός.

6) Die Tonsur der Mönche und Cleriker wird auf die Dornkrönung bezogen, obwohl sie auch in vorchristlichen Culten ihre Begründung findet. Mein Heidenthum II, §. 117.

„wie der Fleischer mit dem Schlachtvieh verfährt“, aufgehangen wurde. [1]) Bei den Ägyptern war ein Aufknüpfen an Händen und Füßen hergebracht, [2]) bei den Römern die Annagelung. Die Untersuchungen hierüber sind im Grunde überflüssig, denn der Auferstandene selber weist Luk. XXIV, 39 seine durchbohrten Hände und Füße. Dagegen war es in Ägypten herkömmlich, die Verurtheilten mit Stricken um Arme und Füße an's Kreuz zu fesseln, so daß das Leben so bald kein Ende nahm.

Die Art der Annagelung war bei Christus eine doppelt mögliche: entweder legte man das Kreuz auf den Boden und trieb die Nägel durch die Hand- und Fußgelenke, wie Eusebius h. e. IV, 15 gedenkt, und die Martyrakten [3]) erzählen, daß z. B. Pionius sich selber entkleidet, Gott gedankt, und sich auf das Holz ausgestreckt habe, welches darnach mit ihm aufgerichtet wurde. Dieß Beispiel beweist, daß Cyprian, Augustin, Chrysostomus, Gregorius und Nonnus ohne entscheidenden Grund festhalten, auch Christi Kreuz sey zuvor aufgerichtet und dann der Erlöser daran festgenietet worden. Weil aber diese Aufrichtung mit der ganzen Körperlast nicht wenig beschwerlich war, zog man gewöhnlich vor, die Verbrecher an das bereits aufgerichtete Kreuz zu schlagen, so daß der arme Sünder auf der Leiter hinaufsteigen, sich auf den in der Mitte vorspringenden Holzpflock setzen und Arme und Füße erst mittelst Stricken festbinden lassen mußte, bis die Henker an die eigentliche Blutarbeit der Annagelung, vorerst der Hände, gehen konnten. Die älteren Maler drücken übrigens die Freiwilligkeit des Leidens Christi dadurch aus, daß sie Ihn muthig die Leiter zum Kreuze hinansteigen, ja das heilige Kreuz umarmen [4]) und erst oben angelangt Ihn angebunden und festgenagelt werden

---

1) Sanhed. f. 46, 1. Mischna. Quomodo suspendebant aliquem? Trabs in terram depangitur, ex qua lignum exstet, dein revinctis manibus suspenditur. R. Jose dicit: Trabs ad parietem inclinatur, et suspendunt eum eo modo, quo lanii faciunt (cum mactatam pecudem suspendunt).

2) Xenoph. Ephes. IV, 2. *Προσαρτῶσι σπάρτοις τὰς χεῖρας σφίγξαντες καὶ τοὺς πόδας, τοῦτο γὰρ τῆς ἀνασταυρώσεως ἔθος τοῖς ἐκεῖ* (sc. *ἐν Αἰγύπτῳ*).

3) Ruinart I, 346. Ultro se vestimentis spoliavit, et in coelum suspiciens, ac Deo gratias agens, super lignum se ipsum extendit, militique tradidit, ut clavis transfigeretur. Eum igitur ligno fixum erexerunt.

4) Noch jüngst hat Führich dieß meisterhaft dargestellt.

lassen. Mit Stricken mußte der Heiland in dem einen wie in dem anderen Falle festgebunden werden, damit die Glieder unter dem Hammer nicht ausweichen, wie auch bei der Aufstellung die Nagellöcher nicht reißen möchten.

Der Heiland läßt auf das Kreuz sich nieder, um Arme und Füße auszustrecken, der Hinrichtung gewärtig — welch ein Ruhebett! Und nun folgte die Annagelung (προςήλωσις), wobei die vier Mann an dem Heiland unter den krankhaften Zuckungen seiner Hände und Füße und dem Zusammenschaudern des ganzen Körpers die martervolle Operation vornahmen, daß ihnen von den durchbohrten Gefäßen das helle Blut in's Gesicht spritzte und über die Arme lief. Wie ein Pfeil durchsticht der Nagel die Füße Jesu und bereitet Ihm an der verwundbaren Stelle den Tod. So werden Ihm mit wuchtigen Eisenhämmern zwei Nägel durch die Handflächen oder Gelenke, zwei andere durch die Sohlen oder Fußknöchel getrieben. Lucian [5]) schildert die Kreuzigung des Prometheus am Kaukasus nach dem Leben, indem Hermes spricht: „Kurz und gut die rechte Hand her! du Hephästus, nur angezogen, angenagelt, und den Hammer kräftig geschwungen. Jetzt reiche noch die andere Hand, damit auch sie fest gemacht werde."

Die Annagelung der Füße bezeugen die Kirchenväter fast einstimmig, so Justin, der sich hiefür auf die Akten des Pilatus beruft, [6]) dann Tertullian adv. Marc. III, 19, Cyprian, Hilarius, Ephräm, Eusebius von Emesa und der gleichnamige Kirchengeschichtschreiber, Athanasius, Laktantius div. inst. IV, 18 u. a., welche die Kreuzigung noch

---

5) Dialog. de Prometh. 2. Sed praebe dexteram. Tu autem Vulcane, adstringe, et confige, et malleum fortiter demitte. Da et alteram, quo illa etiam recte detineatur. Cf. de maga Thessala. Plautus in Mostellaria act. II. scen. I, 13:

> Ego dabo ei talentum, primus qui in crucem excucurrerit,
> Sed ea lege, ut offigantur bis pedes bis brachia.

Ps. XXII, 18. Cf. Bynaeus de morte Chr. III, 5 et 6. Die Stigmatisirten seit Franz von Assis liefern hiezu den lebendigen Beweis.

6) Apol. I, 35. Foderunt meas manus et pedes (Ps. XXI, 18) narratio erat clavorum, qui in cruce manibus ejus et pedibus infixi sunt.... Haec ita gesta esse ex Actis sub P. Pilato confectis discere potestis. Ebenso Trypho 97.

aus eigener Anschauung kannten. „Darin habe eben die eigenthümliche Grausamkeit der Kreuzstrafe bestanden," äußert Tertullian adv. Jud. 10 mit Bezug auf Ps. XXI, 18: „Sie haben mir die Hände und Füße durchbohrt, und mich zugerichtet, daß man alle meine Gebeine zählen konnte." Darum singt auch der ägyptische Bischof Nonnus in seiner poetischen Paraphrase des Evangeliums Joh. in XIX, v. 29 (vgl. XX, v. 90) vom Heilande:

Καὶ ποσὶ καὶ παλάμῃσι σιδήρεια κέντρα κομίζων.

Ebenso Gregor von Nazianz in seinem Drama: Der leidende Christus v. 663:

ἥλωσαν χέρας,
Πόδας δὲ καθήλωσαν ἐν πυκτῷ ξύλῳ.

Wie man beide Füße mit Einem Nagel durchbohrt haben sollte, läßt sich schwer begreifen; gleichwohl nennt Gregor von Nazianz das Kreuz Christi *τρίσηλον ξύλον*, lignum triclave; ebenso Nonnus. Dagegen läßt schon Cyprian (serm. de pass.) vier Nägel zur Kreuzigung Christi verwendet werden, und Gregor von Tours de glor. mart. c. 6 bezeugt diesen Gebrauch als allgemein. Die älteren Crucifixe zeigen durchaus die Füße mit zwei Nägeln befestigt. In der That hielt man seit den Tagen der Kaiserin Helena an der Vierzahl der Nägel fest. [7]) Vom Martyrer Philomenus lesen wir, daß ihm selbst der Kopf angenagelt ward. Dieß und das bei den Alten nicht ungewöhnliche Verhüllen des Hauptes und Versperren des Mundes [8]) kam hier zum Glücke nicht vor.

Der Heiland wurde zuerst an's Kreuzholz festgenagelt, denn Er war die Hauptfigur bei der Vollstreckung. Der Umstand, daß die beiden Schächer nicht so schnell, wie der Heiland, verendeten, läßt uns glauben, daß sie auch weniger gelitten, und an den Füßen vielleicht bloß angebunden waren, so daß ihnen bei hinaufgezogenen Schenkeln die Kniee um so leichter zerschmettert werden konnten.

Inzwischen waren die Felsenlöcher ausgehauen und nun konnten

---

7) Theoph. Chronogr. p. 20. 21. Vgl. das Martyrol. vom 4. Nov. (Ruinart III, 102.) Agricolam plurimis clavis cruci affigentes interimerunt. Nos legimus Martyris clavos et multos quidem, ut plura fuerint vulnera quam membra. 24. Nov. Philomenus manibus pedibusque ac demum capite clavis confixo martyrium consummavit.

8) Tacit. Ann. IV, 70. Sabinus trahebatur damnatus, quantum obducta veste et adstrictis faucibus niti poterat clamitans. Lipsius de cruce I, 203.

die Kreuze aufgehoben werden, um sammt den daran hängenden Körpern mit voller Wucht in die Öffnungen hinabzufahren, daß den daran Haftenden die Arterien reißen und der Weheruf der Gemarterten die Luft durchzittern mußte. Nach dem Mark und Bein erschütternden Stoße wird das Zwerchholz mit seiner Last senkrecht in's Gleichgewicht gebracht und festgekeilt.

Jetzt gegenüber an der Stätte angelangt, wohin Isaak einst, vorbildend den großen Versöhnungstod, das Holz zur Opferung getragen hatte, und wo er am Altare gebunden lag, beginnt der Erlöser die Feier des großen, allein vollgiltigen Opfers, weil Priester und Holokaust im Darbringer sich identificiren. Jene damaligen Worte des Patriarchen: Gott selber habe sich das Lamm zur Schlachtung auserlesen, haben zur Stunde als Weissagung sich erwiesen, und sind der Erfüllung nahe. 2568 Jahre sind nun abgelaufen, seit auf dem Ararat Noe das erste Opfer der neuen Erde dargebracht, und den Bund des neuen Geschlechtes eingegangen hatte. Jetzt liegt ein anderes Opfer auf einem anderen Altar gefesselt, wo ein neuer Bund zum Abschlusse kommen soll; denn die alte Zeit des Unfriedens und des göttlichen Widerwillens ist zu Ende, und das neue Testament wird zur Versöhnung aller mit dem Blut des Sohnes besiegelt. Wie der Oberpriester jährlich vor den Altar tretend die Sünden des Volkes zuerst auf sein, dann auf des Sündenbocks Haupt ladet, und es dessen ermahnt: so nimmt jetzt der Erlöser die früheren wie die gegenwärtigen Sünden des Volkes allein auf sich, und bringt vor Gott für sie die Abbitte dar.

Das Opfer ist angeheftet, das Kreuz aufgerichtet, die Scene begibt sich darum her, alle Repräsentanten im Gerichte versammeln sich um den Gekreuzigten.

LXXXVII. Kapitel.

Die drei Gekreuzigten.

„Daselbst kreuzigten sie Ihn. Es wurden auch zwei Missethäter mit Ihm gekreuzigt, der eine zur Rechten, der andere zur Linken, Jesus aber in der Mitte. So ward die Schrift erfüllt, welche sagt: Er ist unter die Übelthäter gerechnet worden.“ (Joh. XIX, 18. Mth. XXVII, 38. Lk. XXIII, 33.)

Somit nahm der Herr am Kreuze unter den Verbrechern den Ehrenplatz oder die Mitte ein, und wie später das Crucifix auf

Golgotha im Vordergrunde stand, so ragte nach dem Grundsatze, ausgezeichnete Männer höher zu hängen, das Kreuzholz Christi zugleich über die anderen hervor. Dieß Vorkommen geht unter andern aus der Satyre des Dichters Ennius Lucilius [1]) hervor, wo der Neidische selbst auf dem Kreuze noch erblaßt, als er seinen Nebenmann eine höhere Stellung einnehmen sieht. Ausnahmsweise lesen wir, daß Hamans Galgen 50 Ellen hoch war; ebenso ward Regulus von den Puniern angeheftet, wie Silius singt, cum robore pendens Italiam cruce sublimis spectaret ab alta. (Lipsius III, 13.) Dem Prätor Verres wirft Cicero V, 66 vor, er habe für den römischen Bürger, als dieser sich auf seinen privilegirten Gerichtsstand berief, das Kreuz, statt an der Pompeischen Straße, eigens an der Meerenge aufschlagen lassen, damit er von seinem Marterholze herab seine Heimat Italien sehen und sterbend unter Qualen und Leiden nach dem Lande der Freiheit hinüberblicken konnte.

So wird Christus im Angesichte der Davidsstadt und des Tempels, vor den Augen der ganzen Nation, über die Er hier im Mittelpunkte des gelobten Landes von Sion aus hätte herrschen sollen, jetzt schmachvoll am Kreuze erhöht.

War sein Vorläufer durch das Schwert gestorben, so wurde der Gottessohn auf der Anhöhe des Kreuzberges, der so nahe vor dem Stadtthore lag, daß er nun sogar in Mitte ihres Umfanges sich aufgenommen findet: vor den Augen des ganzen auserwählten Volkes, welches Er durch die Geschichte geführt, und mit seiner Offenbarung begnadigt, und das Ihm jetzt mit solchem Undank vergalt, am Holz des Fluches unter furchtbaren Martern geopfert. Nie war ein grausamerer Tod gesehen, nie ein Gericht vor einer größeren Volksmenge vollstreckt.

Der Herr hängt zwischen zwei Mördern, was die Schmach seiner Hinrichtung noch vermehren soll; denn so erscheint Er gleichsam als ihr Haupt, und ist eigentlich als Rebellenfürst und als der ärgste Bösewicht dargestellt. So hing man im Mittelalter zur Erschwerung

---

1) *Μακροτέρῳ σταυρῷ σταυρόυμενον ἀλλὸν ἑαυτοῦ*
Ὁ φθονερὸς Διοφῶν ἐγγὺς ἰδὼν ἐτάκη.

Cf. Sueton Galba 9. Tutorem, quod pupillum, cui substitutus heres erat, veneno necasset, cruci affecit, implorantique leges, et civem Romanum se testificanti, quasi solatio et honore aliquo poenam levaturus, mutari, multoque praeter ceteras altiorem et dealbatam statui crucem jussit.

der Todesstrafe manchmal den Verbrecher zwischen zwei Hunden, und zwar nicht selten an den Füßen oder um so höher auf; in Dänemark wählte man statt der Hunde zwei Wölfe, um das Maaß der Entehrung voll zu machen. Savonarola wird zwischen Fra Silvestro und Fra Domeniko an den Pfahl geschlagen und in der Mitte aufgeknüpft, und seine Feinde rufen ihm jubelnd zu: „Jetzt, Bruder, ist es Zeit, Wunder zu thun.“ Als aber das Feuer des Scheiterhaufens sich von den Opfern der Justiz hinweg gegen das Volk zu wenden scheint, ergreift die Menge ein panischer Schrecken, und sie fliehen.

O unbeschreibliche Selbsterniedrigung! Der Sohn Gottes steigt vom Throne des himmlischen Vaters zur Erde herab, unter dem verachtetsten Volke wird Er von der Erbtochter eines entthronten Königsgeschlechtes empfangen, die einem Manne aus dem niedrigsten Stande im Lande, einem Handwerker verlobt ist, und in einem Stalle wird Er geboren. Seine erste Reise ist eine Flucht, und sein späterer Wohnsitz ist eine Stadt, kaum dem Namen nach bekannt und so gering geschätzt, daß man frägt, ob aus ihr auch etwas Gutes kommen könne? Wie der gemeinste Sünder stellt Er sich unter die Büßer am Jordan, besteht die strengste Faste und Versuchung, und aus dem niederen Volke wählt Er seine Gefährten. Zöllner und Sünder schließen sich Ihm an, und Er stößt selbst stadtkundige Sünderinen nicht zurück und läßt sich gefallen, daß man der Einwirkung des bösen Feindes zuschreibt, was Er in seiner Gottesmacht vollbringt. Von dem Auswurfe der Hauptstadt wird Er zuletzt unter allen erdenklichen Insulten und mit den verächtlichsten Insignien auf einem Steinhaufen auf offener Gasse zum Narrenkönig gekrönt, und während der Preis für seinen Verrath wie Hundegeld aus dem Tempel geworfen wird, bringt in Mitte der verworfensten Verbrecher der ewige Hohepriester selber am Kreuze ausgespannt sein Gebet und Opfer dar. Christus hängt zwischen zwei Schächern, dem verstockten Ungläubigen und öffentlichen Läugner des Christenthums, der an dem gekreuzigten Gott ein Ärgerniß nimmt und diesen Glauben für eine Thorheit hält — und dem reumüthigen Büßer, der seine Hoffnung auf das Reich Gottes setzt.

Es sind die Vertreter der drei Stämme der Menschheit, die hier vor den Augen aller Welt am Kreuze aufgerichtet werden: Christus, der Semite, wie Melchisedek, als der Priester des Allerhöchsten; der rechte Schächer, japhetidischen Blutes, dem die Hoffnung des Heiles noch vorbehalten bleibt, vielleicht ein Hellene, ein junger Krieger; der linke dagegen, schwarz von Antlitz wie in seiner Gesinnung, vom verworfenen Stamme des Cham, der auch im Aufruhr gegen seine Brüder sich befunden. Die nach den Akten des Pilatus traditionellen Namen der Beiden, Demas und Gestas, oder Gesmas und Dismas sind afrikanisch, wie Jamnes und Mambres, Harut und Marut, und erinnern an die Laute der dortigen Stämme der Phulas und Yulas, Nalus und Balus, Barbas und Bambaras, Basas und Gbeses, Legbas und Limbas, Bari und Barbari. Der heißblütige Mohr geht gerne beim Aufruhr voran, sein sanguinisches Temperament heißt ihn sich an die Spitze stellen. In der ersten französischen Revolution zeichnete sich bei den Septembermorden vor allen ein Neger aus, der allein 200 Gefängnißsträflinge abschlachtete. Solcher Art mag Gesmas gedacht werden. Dismas gilt indeß mundartlich für Theotimus, nebenbei ist es bemerkt worden, daß die Männer auffallend rein und schön ihre Sprache reden, denn sicher sind die beiden Verse Lk. XXIII, 40. 41 und die Worte des Zachäus XIX, 8 im ganzen Evangelium am beßten griechisch gehalten. Quaresmius II, 12 citirt eine Masse Autoritäten, daß der Schächer nicht von el Latron, sondern aus Ägypten gewesen. Bei den Charfreitagsprozessionen im Quito hängen bildlich zur Rechten des Heilands ein Weißer, zur Linken ein kupferfarbiger Indianer.

Nach alter Annahme bei Johannes Damaszenus orth. fid. IV, 13 und dem heiligen Germanus, Patriarchen von Constantinopel (theor. rer. eccl. Cf. Gretser de cruce Chr. I, 59) wandte Christus am Kreuze sein Angesicht gegen Abend, also vom Orient, der Paradiesesstätte, ab. Ausgespannt an der Mittagssonne kehrt der Herr dabei Jerusalem den Rücken; man möchte Jer. XVIII, 17 hierauf beziehen, wo es heißt: Dieß ist das Wort vom Herrn: Den Rücken, nicht das Angesicht will ich ihnen zeigen am Tage ihres Verderbens. Das Licht seiner Augen, der letzte Odem seines Lebens war gegen das Abendland gerichtet, und hat dort neues Licht gezündet, neuen Lebensodem geweckt.

LXXXVIII. Kapitel.

Die Kreuztafel.

„Pilatus schrieb auch einen Titel, um ihn auf das Kreuz zu setzen. Darauf stand geschrieben: Jesus von Nazaret, der König der Juden.“ (Joh. XIX, 19.)

Bei solchen Hinrichtungen wurden vor Alters immer der Namen

und das Verbrechen oder die Todesursache des Justifizirten (*αἰτία*, *ἐλέγχιον*, causa, materia) zum abscheulichen Exempel für das Volk an einem Brete oben angeschlagen, so daß das Kreuz zugleich zum Pranger ward: daher die Inschrift bei Christus. Nach Sueton (Aug. 33) pflegten damals die Beisitzer eines Gerichtes zwei Täfelchen zu führen, das eine, um die Lossprechung, das andere, um das Verdammungsurtheil darauf zu schreiben. Diese Schuldtafel, die sich schon bei den Athenern, wie noch jetzt bei uns vorfindet, nannte man *σανίς*, Titel, [1]) auch *λεύκωμα* oder tabula dealbata, nach Sozomenus, Nicephorus, Callistus u. a., weil, wie es noch eine lex des Kaisers Constantin im Cod. Theodos. ausweist, Gesetze und Strafurtheile an einem weißen aufrechten Brete publicirt zu werden pflegten, das hier am oberen Ende des Zwerchholzes (*δίδυμον ξύλον*) befestigt ward. Es war zudem Jesu Grabschrift; denn eine weiße Tafel mit schwarzer Inschrift setzten die Juden, um jeden sein bestraftes Verbrechen selbst predigen zu lassen, als gewöhnliches Epitaph über die Särge. Titulus hieß diese Überschrift am Kreuze wie über dem Grabe, ebenso das Denkmal.

Auch die beiden Schächer hatten eine solche Armensündertafel über sich, oder am Halse hängen, vielleicht aber nicht in dreifacher Sprache. Gewöhnlich wurde sie den Verurtheilten schon auf dem Wege nach dem Richtplatze an den Hals gehängt, wie wir hörten. Wie noch bei uns die Verurtheilten mit zwei nach vorne und rückwärts über die Schulter gehangenen Schuldtafeln auf den Pranger gestellt und ausgeführt werden, welche das verübte Verbrechen besagen, so boten die Sklavenhändler in den Städten ihre Waare auf hölzernen Gerüsten feil, indem jedem Sklaven eine Tafel an den Hals gehangen war, mit der Angabe, ob er gesund und daß er keines Verbrechens schuldig sey; auch traf die Kreuzstrafe zunächst diese Menschengattung. Dio LIV, p. 598 meldet von einem römischen Sklaven, den sein Herr mit der Aufschrift über die Ursache seines Todes (cum literis, quae causam mortis aperirent) kreuzigen

---

1) Hesychius: *Σανὶς λεύκη, λεύκωμα, ἐν ᾧ αἱ γραφαὶ Ἀθήνησιν ἐγράφοντο πρὸς τοὺς κακούργους· τίθεται δὲ καὶ ἐπὶ σταυροῦ.* Horaz serm. I. satyr. 3:

Si quis eum servum patinam qui tollere jussus
Semesos pisces tepidumque ligurrit jus,
In cruce suffigat: Labeone insanior inter
Sanos dicatur?

ließ. Der Wütherich Caligula,[2]) der seinen Genuß darin fand, Leute gleich während der Mahlzeit foltern, und durch einen Soldaten, welcher Meister darin war, Gefangene vor seinen Augen köpfen zu lassen, übergab einst einen Sklaven, welcher bei einem öffentlichen Gelage eine Silberplatte von der Stelle entwendet, sogleich dem Henker, der ihn mit abgehauenen, vom Halse über die Brust herabhängenden Händen und einem Schilde, auf welchem die Ursache seiner Bestrafung geschrieben stand, mitten unter den Gästen herumführen mußte. Eusebius hist. V, 1 berichtet von einem Martyr: „Derselbe wurde im Amphitheater im Kreise herumgeführt und trug eine Tafel nach vorne, worauf in römischer Sprache stand: Dieser ist Attalus der Christ." (Vgl. Sokrates h. e. I, 17.) Selbst im fernen China trägt der Hinzurichtende die Ursache seines Todes auf eine Tafel geschrieben am Halse, und die Angehörigen werden zuletzt weder zur Todtenklage noch zu dem Leichname gelassen. Nach römischer Sitte nagelte man die Inschrift an's Kreuz. Karl von Manderen hat die Kreuztafel mit Recht auch bei den Schächern angebracht. Jesus aber scheint dieselbe nicht mit hinausgetragen, sondern erst auf Golgotha über das Haupt angenagelt erhalten zu haben, wo sie die Juden lesen und sich darüber zu ärgern anfangen.

Pilatus wollte in seiner Inschrift eine Rechtfertigung seines Urtheils vor den Augen der Welt niederlegen, indem er Jesum als davidischen Kronprätendenten, mithin als Empörer gegen den Kaiser hinstellte, wie es die Hohenpriester selbst gewollt. Aber in der lakonischen Fassung der Worte lag ein unbeschreiblicher Hohn gegen die Juden: so solle es nehmlich jedem ergehen, der die religiösen Hoffnungen der Nation auf einen Messias länger festhalten wolle. Sprach bei den Schächern der Titel von Aufruhr und Mord, so lautete er bei Jesus auf Majestätsverbrechen, enthielt aber dabei noch einen besonderen Spott; denn Nazarener war zugleich der Name einer Räuberkolonie in Ituräa. Plinius gedenkt [3]) dieser Tetrarchia Nazerinorum

---

2) Sueton 32. Domit. c. 10. Patremfamilias, quod Thracem mirmilloni parem, munerario imparem dixerat, detractum e spectaculis in arenam canibus objecit, cum hoc titulo: Impie locutus parmularius.

3) V, 19. Jos. Ant. XX. 8, 5. bell. II. 13, 3. IV. 7, 2. Chetub. f. 51, 2. Hic (in Palaestina) Ben Nezer vocatur rex; illic vero (in Babylonia) vocatur latro. Gl. Ben Nezer latro fuit et cepit urbes, et regnavit in iis, et factus est dux latronum. Bereschith rabba sect. 76. Intuitus sum cornua, et ecce cornu aliud parvum ascendit inter ea (Dan. VII, 8). Hic est

in Syrien; es sind die noch s. g. Rosairi, die in Pompejus' und Josephus' Tagen als Sikarier, später als Assassinen eine berüchtigte Rolle spielten. Ja ben Rezer hieß damals der Alte vom Berge, einer der berüchtigsten Räuber, der sich mehrerer Städte bemächtigte und darin zum Könige aufwarf, so daß der Heiland auch in dieser Beziehung unter die Missethäter gerechnet ward. Noch der Kreuzpfahl verschreit Ihn, aller Welt zur Warnung, als einen Rebellen.

LXXXIX. Kapitel.

Die Inschrift in drei Sprachen.

„Oben über seinem Haupte hefteten sie die Aufschrift seiner Schuld an: Dieser ist Jesus, der König der Juden. Die Inschrift war aber hebräisch, griechisch und lateinisch geschrieben." (Mk. XV, 26. Mtth. XXVII, 37. Lk. XXIII, 38. Joh. XIX, 20.)

Der Titel lautete zufolge der unterschiedlichen Fassung bei den Evangelisten:

ישוע הנצרי מלך היהודים

Ουτος εστιν ο Βασιλευς των Ιουδαιων.

Rex Judaeorum.

Die Inschrift besteht in dreifacher Sprache, denn sie sollte allen Vorübergehenden verständlich seyn; nun aber war das Hebräervolk längst den Mazedoniern unterlegen und allmählig hellenisirt worden, wozu in jüngerer Zeit noch die Eroberung durch die Römer kam. Palästina war zweisprachig mehr oder weniger seit Alexanders M. Zeit, und die Machthaber in Tyrus, Sidon, Berytus, Askalon u. a. publicirten ihre Edikte in römischer und griechischer Sprache, damit alle sie lesen könnten; dasselbe geschah in Galiläa. [1]) Das gemeine Volk sprach aramäisch, die Gebildeten griechisch, die herrschenden Römer aber unter sich die Sprache Latiums — ungefähr wie auf Malta der altphönizisch-arabische Dialekt die Vulgärsprache bildet, woneben das Italienische in der höheren Gesellschaft und von der herrschenden Klasse das Englische gesprochen wird.

Was wir so im Evangelium lesen, steht im damaligen Jerusalem nicht vereinzelt. So stand zufolge Josephus bell. V. 5, 2. VI. 2, 4

Ben Nezer. Otho Lexic. s. v. hält dafür, daß die Rabbinen in verblümter Weise Christum selber darunter verstehen. Vgl. Bd. II, 2, S. 185. V, 511.

1) Jos. Ant. X. 2, 3. XIV. 12, 5. XVII. 11, 4. bell. II. 6, 3. Ant. XIX. 6, 3. vita 12. 13.

und laut der Rede, welche ihn Titus vor den Mauern der heiligen Stadt halten ließ, auf den sechs Säulen, welche die Grenzlinie des Heidenvorhofs gegen die inneren Tempelhöfe bezeichneten, in griechischer und lateinischer Sprache für alle Unbeschnittenen zu lesen: „Niemand überschreite diese Schranken!" Julius Capitolinus erzählt c. 24, wie die römischen Soldaten dem Kaiser Gordian beim coccejischen Lager an Persiens Grenze ein Grabmal setzten, „und dazu in lateinischer, persischer, jüdischer und ägyptischer Schriftsprache die Inscription setzten, auf daß es jedermann lesen könnte: Dem göttlichen Gordian, Sieger über die Perser, Gothen, Sarmaten und Germanen, dem Unterdrücker der römischen Unruhen, doch nicht Besieger der Philipper."

Dieß gilt zum Theile auch von den persisch-assyrischen und babylonischen Keilinschriften. Eine babylonische Säule, die sich unter den jüngst ausgegrabenen Denkmälern findet, bietet die Inschrift in drei Sprachen. Zu Wan in Armenien fand Schulz eine Tafel in dreifacher Sprache und Schrift, von Xerxes herrührend; und nach dem Kampfe der heidnischen Priesterschaft und ihres Anhanges mit der Partei der Christen in Armenien wurden den in der Schlacht Gefallenen Denkmäler mit assyrischer, griechischer und ismaelitischer (arabischer) Schrift gesetzt. [2]) Die berühmte Inschrifttafel von Rosette, welche besagt, daß die ägyptische Priesterschaft, um dem Könige Ptolemäus Evergetes göttliche Ehren zu erweisen, ihm eine Bildsäule im Tempel zu errichten beschlossen habe, ist in Hieroglyphen, dann in demotischen Charakteren und außerdem griechisch abgefaßt, und schließt mit den Worten: „festen Steines in heiliger und landesüblicher und hellenischer Schrift aufzustellen in jeder ersten und zweiten." Sie hat durch den Vergleich der Charaktere bei den vorkommenden Eigennamen eben Champollion Anlaß zur Entzifferung des Hieroglyphenalphabets gegeben. Die ebenfalls dreisprachige Turiner στήλη, bekannt durch die seltsame Entdeckung Youngs, befiehlt, die dem Callimachus, dem Vetter des Königs dekretirten Ehren nach Beschluß dem Amunspriester und Bürger zu Theben in enchorischer und griechischer Schrift bekannt zu machen. Clemens von Alexandria

2) Layard Nin. u. Bab. 299. Ritter Erdk. X. 3, S. 554. Esther I, 22. III, 12. In Delphi bestand das mysteriöse EI als Weiheschrift in Holz aus der ältesten Zeit von den sieben Weisen, auf Erz von den Athenern, in Gold von der Kaiserin Livia — allen leserlich; sicher fehlte es daneben nicht an barbarischen Votivinschriften. Tausende von Inscriptionen aus den ersten christlichen Jahr-

stellt drei Schriftklassen bei den Ägyptern fest, nehmlich die hieroglyphische, hieratische und demotische. Bilinguisch (hieroglyphisch und demotisch) sind zwei andere, von Lepsius im Hofe des großen Isistempels zu Philä entdeckte Dekrete des Ptolemäus Epiphanes, welche, wie die Rosetteinscription mit der Bestimmung schließen: die Inschrift solle in hieroglyphischer, demotischer und griechischer Sprache aufgestellt werden. Dieß Verhältniß bestand namentlich in Alexandria und in ganz Unterägypten, wo seit der Herrschaft der Griechen alle amtlichen Kundgebungen in griechischer Sprache und Schrift neben der einheimischen stattfanden. [3])

„Drei Sprachen gibt es," sagten die Juden [4]): „die hebräische zum Behuf des Gebetes, die römische für den Krieg, und die griechische für die Beredsamkeit und den Umgang. So bestimmten die Alten das Verhältniß derselben zu einander: sie entsprechen also den drei Grundrichtungen der menschlichen Natur, wie den drei Grundstämmen und Stammverhältnissen aller Völker. In ihnen kann die ganze Welt das Urtheil des Gottmenschen lesen." Latein war die Gerichtssprache, das Griechische diente zur Conversation der höheren Gesellschaft, das Hebräisch-

---

hunderten zeigen griechische und lateinische Buchstaben und Wörter unter einander, auch trifft man in den Katakomben den h. Namen häufig mit IHS, was die Deutung: Jesus hominum salvator erfuhr. Daß bei der palästin. Sprachmischung auch der Name Nazarener König der Juden gleichsam in Einem Zuge in dreifacher Sprache oder Schrift geschrieben seyn konnte, beweist jenes in Rom befindliche, wenigstens als Erfindung eines müßigen Gelehrten beurkundete Bruchstück der ächten Kreuztafel, worauf mit latein. Buchstaben in griech. Sprache nach hebräischer Weise von rechts nach links steht:

IЅAB ЅUЅƎI.

3) Kaiser Friedrich II. veröffentlicht seine Gesetzgebung in Sizilien in italienischer, griechischer und arabischer Sprache, und erwirbt sich damit den Dank des Volkes, während die Bauten in antike, maurische und normannische zerfallen. Bei Andreas Hofers Hinrichtung in Mantua wurde das Urtheil in drei Sprachen geschrieben und publicirt.

4) Midrasch Tillim f. 25, 4. R. Jochanan dixit: Tres sunt linguae: romana ad proelium, graeca ad orationem, assyriaca ad preces. H. Sota 49, 2. Gl. Graeca erat elegantior, quam syriaca et persica, quam aramaea. S. Bd. II, 2, S. 212. Die Ausdrücke für Waffen und was sich auf den Krieg bezieht: speculator, centurio, legio, sind selbst in unseren griechischen Evangelien lateinisch, während was auf Cultur und Landleben sich bezieht, dem griechischen Idiom angehört.

aramäische war die Sprache des gemeinen Volkes. Diese drei behaupteten jetzt ihre Herrschaft über alle andern und dienten der Welt zur Bildung und Gedankenmittheilung. Ähnlich sagt ein persisches Sprichwort: Türkisch ist Krieg, Persisch Weisheit, Arabisch Zucker, d. h. die Sprache der Höflichkeit und Conversation.

Den am Kreuz lesbaren drei Sprachen des Alterthums ist eine Auszeichnung und Ehre zu Theil geworden, wie sonst keiner Zunge der Welt: sie sollten Jesum als König des auserwählten Volkes verkünden. In den Tagen Karls des Großen hatte sich die seltsame Meinung festgesetzt, man dürfe zu Gott nur in den drei Sprachen, hebräisch, griechisch und lateinisch, beten. Dieß wird im Frankfurter Capitulare vom Jahre 794 (c. 52. Pertz III, p. 75) vom Kaiser ausdrücklich als ein Irrthum bekämpft. Gleichwohl liegt hierin eine Vorbedeutung und es ist kein blinder Zufall, daß hauptsächlich in griechischer und lateinischer Sprache das heilige Opfer dargebracht wird. Alle drei sind durch den Mund des Erlösers selber geheiligt, indem Er während seines Lehrwandels sich ihrer bediente. Wundere man sich darum nicht, wenn die Versuche, statt der alten Sprachen die modernen Volkssprachen in die Liturgie einzuführen, auf unüberwindlichen Widerstand stoßen. Das religiöse Gefühl verlangt die Beibehaltung jener Sprachen, in welchen der Herr auf Erden sein Evangelium mitgetheilt. In denselben Sprachen, die Ihn trotz seiner nazarenischen Herkunft als Erlöser und als König am Stamme des Kreuzes predigen, sind auch die Originalurkunden vom Leben und Leiden des Gottmenschen ursprünglich niedergelegt, und sie werden, sollte auch eine neue Barbarei über die Welt hereinbrechen, sich als Schriftsprachen bis zur zweiten Ankunft Christi erhalten, so wie sie auch nach der Finsterniß beim Tode Christi noch Zeugniß zu geben fortfuhren.

Vom Kreuzholze, wo der Erlöser für das Leben der Welt in den Tod ging, empfing das geistige Leben der Völker seinen Ausgang und neuen Impuls. Nicht ein einseitig jüdisches Gesetzesleben sollte dieß seyn, sondern die christliche Erziehung auf universaler Grundlage beruhen. Darum heit es: Et erat scriptum hebraice, graece et latine. Diese drei Sprachen hat die Kirche von jeher zur Civilisation der Völker in Anwendung gebracht. Den Werken in diesen Sprachen wohnt eine propädeutische Kraft bei, an ihnen bildeten mehr oder weniger die übrigen sich aus.

XC. Kapitel.

Prophetisches Wort des Pilatus wider die Juden.

„Diese Aufschrift lasen viele von den Juden, denn die Stätte, wo Jesus gekreuziget wurde, war vor dem Thore, nahe bei der Stadt, und die Inschrift hebräisch, griechisch und lateinisch verfaßt. Da sprachen die Hohenpriester der Juden zu Pilatus: Schreibe nicht König der Juden;' sondern Er hat gesagt: Ich bin der König der Juden. Pilatus aber erwiederte: Was ich geschrieben habe, bleibt geschrieben." (Joh. XIX, 20—22.)

Die Anklage der Juden vor Gericht lief auf ein angemaßtes Königthum Jesu hinaus, daran hält Pilatus ihnen zum Trotze fest, denn sie schämen sich vor der Öffentlichkeit der Welt ihrer eigenen Aussage. Hier tritt die sonstige Unbeugsamkeit des römischen Charakters bei Pilatus entschieden hervor. Öffentliche Schriften und Urkunden, wie Verordnungen der Landpfleger, wurden, wenn einmal bekannt gemacht, nicht weiter verändert, weil dieß dem Ansehen der Obrigkeit Eintrag gethan und Nachgiebigkeit eine Schwäche beurkundet hätte. [1]) Darum spricht der jüdische Prätor: Litera scripta manet, es bleibt bei dem Geschriebenen. [2])

Unter Kaiser Nero sagte ein Wahrsager voraus: Tacit. Ann. XV, 47: „Parari rerum humanarum aliud caput." Hier wird Christus der Welt als König vorgestellt. War es von Pilatus auch nur rächender Spott und Drohung gegen die Juden, daß sie sich keinen Nationalkönig weiter träumen lassen möchten — die Ironie hat sich als Wahrheit erwiesen. Wie früher Kaiphas ungeahnt und ungewollt prophetisch gesprochen: Es ist besser, daß Ein Mensch sterbe für das ganze Volk — und wie dann das Volk sich seine Zukunft prophezeite: indem es rief: Wir haben keinen König! so weissagte jetzt auch der stolze Römer mit den Worten der Kreuzinschrift; denn Jesus lebt und stirbt als König der Juden, und keinen anderen König und Mes-

---

1) Apulejus Florid. I. s. f. Proconsulis tabella sententia est, quae semel lecta neque augeri litera una, neque minui potest, sed utcunque recitata, ita provinciae instrumento refertur.

2) Vgl. Menacoth f. 3, 1. Jevamoth f. 106, 1. מָה שֶׁעָשׂוּי עָשׂוּי, was geschehen ist, ist geschehen!

sias wird das Volk Israel in Ewigkeit mehr haben. Dieser ist der König der Juden, nach dem hebräischen הוא ישוע, ist die Antwort auf die Frage, welche schon die Magier an König Herodes gerichtet. Das Volk von Thessalonich Apstg. XVII, 7 verstand es nicht anders, als daß Jesus als König verkündet werde.

Darum, daß der erste Adam sich freventlich Gott gleich gesetzt, muß jetzt der zweite als König und Gottessohn sich verhöhnen lassen. Es war eine denkwürdige Sitte des Alterthums, die Opfer zu adeln und ihnen einen höheren oder königlichen Namen beizulegen, um ihren Werth in Gottes Augen zu erhöhen, denn es sollte ja das Haupt für die Familie, der König und Hohepriester für das ganze Volk Genugthuung leisten, und sich im Leben und Tode dafür hingeben. Auch in diesem Sinne will Christus hier als König angesehen seyn, und zwar von Seite aller Völker, daher der Inhalt in den drei Hauptweltsprachen gegeben ist. Er stirbt als königlicher Hohepriester, aber wenn auch der Kreuztitel nur spottweise die Rangerhöhung vor den Augen des Volkes enthalten soll, enthält er doch die unveränderliche Wahrheit. Wie Christus wird auch seine Kirche häufig erst anerkannt, wenn sie gekreuziget ist.

So lautete die Weissagung des Volkes: Das Szepter werde nicht von Juda genommen, bis der Schilo komme. Jetzt sollte dem auserwählten Stamme die Erfüllung einleuchten, wie David Ps. LXXXVIII, 28. 39 f. verkündet: „Ich will meinen Eingebornen erheben hoch vor allen Königen der Welt; du aber hast ihn verworfen und verachtet, und hast deinen Gesalbten betrübt und sein Testament umgestoßen." Noch bedeutsamer ist Ps. XCVI, 1: *ὁ κύριος ἐβασίλευσεν ἀπὸ τοῦ ξύλου*, „der Herr regiert als König vom Holze herab." Es lag die volle baare Wahrheit in dem Kreuztitel: Jesus war der Heiland und Erlöser, wie sein Name sagt. Nazarener seiner irdischen Landsmannschaft nach war Er gleichwohl König im Himmel und auf Erden.

Mit der Kreuzinschrift tilgte Jesus als Bürge für das ganze Geschlecht den Schuldbrief Adams. Es ist ein denkwürdiger Ausspruch des Weltapostels Kol. II, 14, Jesus habe „die Handschrift des Gesetzes, welches wider uns zeugte, ausgelöscht, sie an's Kreuz geheftet und vernichtet". Er meint damit offenbar die Worte: König der Juden; denn vermöge des mosaischen Bundes war Jehova der Gott Israels, das er aus der ägyptischen Gefangenschaft geführt; nun aber erzeigt Er sich als der Erlöser der Welt.

XCI. Kapitel.

Die Kreuzwache beim Würfelspiel.

Nach vollbrachter Blutarbeit waschen auch die Blutknechte ihre Hände in Unschuld, wie der Prätor, oder wischen das von der Annagelung auf sie gespritzte Blut mit dem Schwamme von den Armen und vom Leibe, und lassen sich in ihren scharlachrothen Tuniken unter dem Kreuze nieder, um die Henkermahlzeit einzunehmen, [1]) auch, wie es die Gelegenheit mit sich brachte, eines herumzutrinken und sich die Zeit und Ungeduld mit Würfelspiel zu vertreiben, wobei sie die Habe der drei Verurtheilten auslooßten und vertranken, bis die Gekreuzigten ausgelitten hätten. Plutarch erzählt, [2]) wie Ptolemäus Philopator den König Cleomenes von Sparta, den er zum Selbstmord getrieben, noch als Leiche an's Kreuz knüpfen und bewachen ließ. In der Regel mußte die Wache aus dem Grunde, damit niemand einen Gekreuzigten lebendig vom Holze abnehme, bis zu dessen Tode fortgesetzt werden.

Das Würfelspiel der Soldaten galt für eine Erfindung Merkurs, des Hermes τετράγωνος, welcher der Zeitgöttin und Weltmutter Isis selbst in der Unterwelt das Spiel abgewonnen hatte. [3]) „Der tiuvel schuof daz würfelspiel," heißt es in mittelalterlichen Urkunden, ja man betrachtete die Würfel selber als leibhafte Dämonen, die den Menschen beständig in Versuchung seines Glückes brächten. Dieses Spiel war im Zeitalter Jesu besonders im Schwange, und selbst am Kaiserhofe in Aufnahme gekommen. Sueton Aug. 71 führt ein paar Schreiben des Augustus an Tiberius an, worin es heißt: „Während der Tafel machten wir Alten ein Würfelspiel nach gewohnter Weise, gestern sowohl wie heute. Wer einen Hund (Pasch) oder einen

---

1) So lesen wir bei dem gleichzeitigen Petronius Arbiter Satyr. c. 71. Miles, qui cruces asservabat, ne quis ad sepulturam corpora detraheret, coenaculum suum habuit, quam ad matronam Ephesinam adtulit in monumentum.

2) Cleomenes p. 823. *Οἱ δὲ σῶμα τοῦ Κλεομένους ἀνεσταυρωμένον παραφυλάττοντες.* Petron. cit. Cruciarii unius parentes ut viderunt noctu laxatam custodiam, detraxere pendentem. Lipsius de cruce I, 9.

3) Herod. II, 122. Als Ramsinit, der das Ramsen erfand. Über die Astragalen s. Philologus Zeitschr. von Leutsch XI, 36 f. Grimm Myth. 136.

Sechser (Senio) geworfen hatte, bezahlte für jeden Würfel einen Denar in die Büchse, wer aber einen Vennswurf (jactus Veneris) that, zog alles ein.“ Und wieder: „Wir haben das Quinquatrusfest recht vergnügt gefeiert; und die ganzen fünf Tage mit Spielen zugebracht, das Würfelspiel somit recht warm gehalten. Dein Bruder machte dabei viel Lärmens; am Ende erholte er sich wider alles Vermuthen von seinem großen Verluste. Ich für meinen Theil verlor 20,000 Sesterzien, doch nur weil ich wie gewöhnlich beim Spiele zu freigebig war und die Sätze nicht einforderte, sonst hätte ich gewiß an 50,000 gewonnen. Aber meine Freigebigkeit wird mir göttlichen Nachruhm schaffen.“ An seine Tochter schreibt er: „Ich schicke dir hier 250 Denare, soviel als ich jedem der Gäste gegeben, wenn sie während der Tafel würfeln oder Gerade und Ungerade spielen wollten.“

Wenn sich der Hof ein so wichtiges Geschäft aus dem Spiele machte, wie sollte das Volk und vorzüglich die Kriegsleute zurückgeblieben sein; danken doch gewisse Spielarten, wie der Landsknecht, eben dem müßigen Lagerleben ihren Ursprung. Die Würfel waren entweder tali mit vier Seiten, oder tessarae mit sechs; von erstern gebrauchte man vier, von letzteren drei. Der glücklichste Wurf war, wenn jede Seite eine andere Zahl wies. Dabei wartete man auf ein günstiges Auspiz, es war die Entscheidung des numen. Aber es ist auch hier der Teufel oder der alte Wunschgott Wuotan, der mit den Soldaten sein Spiel treibt, und mittlerweile den Todeswürfel über sie wirft und seine Opfer durch das Loos wählt. Die Kriegsbeute wird von den Soldaten gewöhnlich leichtsinnig verspielt, und es gilt der Spruch: wie gewonnen, so zerronnen — ein Bild dessen bietet hier das Loosen der Kreuziger. Das Bretspiel (πεττεία) kömmt bereits in der Odyssee I, 107 vor, und heißt eine Erfindung des Palamedes während des troischen Krieges (Paus. X, 31); dieser ist aber wieder kein anderer als Hermes. Mit dem Würfelspiel κυβεία verwandt ist der ἀστραγαλισμός.

Für den Anfang aller Zauberei und Hexerei hat aber von jeher das Kartenspiel gegolten. Je roher ein Volk, desto abergläubischer und spielwüthiger, der Aberglaube concentrirt sich aber förmlich im Loosen und Kartenschlagen. Vielleicht stammt auch das in Wälschland so beliebte Morospiel aus jener Zeit. Die Spielkarten sind nicht erst unter Karl VI. 1392 in Frankreich erfunden, sondern waren schon im VIII. Jahrhundert in Spanien durch die Araber bekannt geworden. Das Wort Charte stammt vollends aus dem Indischen und bezeichnet vier, wie denn die Alten auch mit vier talis würfelten, und die Vierzahl der Farben auf das kalendarische Spiel, auf die verschiedenen Kasten oder Stände seine erste Beziehung hatte. In den ältesten bekannten Spielkarten ist es der Tod, der den Trumpf abgibt und den Pabst und Kaiser, Marschalk und Einsiedler, wie den Narren und Verliebten, alle Größen der Erde nach einander todtmacht, oder hoch zu Roß mit seiner Sichel niedermäht. Die Spielkarten stellen den Todtentanz und alle Schichten der Gesellschaft vor. Die Juden sahen das Spiel mit scheelen Augen an, denn der Talmud [4]) erklärt: „Von der Zeugschaft ist ausgeschlossen, wer mit Würfeln spielt.“ So werfen jetzt die Soldaten das Loos: vielleicht scherzend, wer von ihnen zuerst sterben oder gar noch am Holze enden werde. Sie sind gewohnt, mit Tod und Leben zu spielen; am Ende handelt es sich um den Gewinn der Kleider, die im Judenlande, wie zur Stunde, selbst im alten Zustande noch immer als Werth habend betrachtet wurden, und weiter vertrödelt werden konnten.

Die römischen Legionäre waren selbst aus allen Ländern zusammengewürfelt, schon König Herodes hatte fremde Truppen in seinem Solde, und Thrazier, Germanen und Gallier, dazu die s. g. augusteischen (italischen) Truppen bildeten seine Leibwache und sein Gefolge beim Leichenzug, da auf die Einheimischen wenig Verlaß war, indem der Jude nicht kriegerisch ist. Auch bei der Jordantaufe sind wir solchen Soldtruppen begegnet. [5]) Eine römische Wache (*φυλάκειον*) bestand nach Polybius aus vier Mann (*τετράδιον*). Vier solche Commando machten eine Tags- oder Nachtwache aus, wie wir bei der Haft des Petrus (Apstg. XII, 4) sehen, weil die Römer ihre Nacht in vier Vigilien theilten. Vier Kriegsknechte also hatten den Herrn an's Kreuz genagelt, und dieser Vierheit entspricht die Anzahl der blutigen Nägel; ein fünfter Stift hielt die Kreuztafel fest. Vier Lanzenträger bildeten die nächste Kreuzwache, die übrigen standen mit ihrem Hauptmann in einiger Entfernung, um nöthigenfalls das Volk abzuhalten. Solche *λογχοφόροι* führte auch Vespasian gegen Jerusalem (bell. III. 6, 2).

---

4) Rosch haschana c. 1, 8. Vgl. über die Todtentänze in Kirchen ausführlich N. Münchener Zeitung 1857, Beilage 10.

5) Bd. II, 2, S. 98. Daher die Sage, daß der Ahnherr der Dalberge beim Tode Christi gewesen, deren Würdeträger in unseren Tagen auch bei der Säkularisation die deutschen Reichslande auswürfeln half.

Alles ist hier römisch: der Centurio, der das Wachcommando übernimmt, die Legionäre, die bei der Ausführung den nächsten Plebejer zum Kreuztragen pressen, die obrigkeitliche Schuldtafel oder Kreuzinschrift, die Kreuzwache und das Spielen, Trinken und Fluchen der Soldaten, während die Gekreuzigten mit dem Tode ringen, endlich die Theilung der Beute zufolge dem römischen Rechtsgange. Daher sind bei Matthäus in diesem Abschnitte lauter amtliche Ausdrücke.

XCII. Kapitel.
Vertheilung des Gewandes.

„Nachdem aber die Soldaten Jesum an's Kreuz geschlagen hatten, nahmen sie seine Kleider und machten vier Theile daraus, für jeden Soldaten einen Theil. Und nachdem sie so die Kleider getheilt, warfen sie das Loos darüber." (Lk. XXIII, 34. Joh. XIX, 23.)

Die Kleider der Hingerichteten verfielen wie Kriegsbeute regelmäßig der Verloosung; [1]) auch spricht sie das römische Gesetz de bonis damnatorum ihnen als Spolien von Rechtswegen zu. Hier halten die Soldaten als Urtheilsvollstrecker an den Gewandstücken des Nazareners wie der beiden Mitgekreuzigten gemeinsam für ihre Mühewaltung sich schadlos, gleichwie bei uns bis auf die jüngste Zeit an die Gewande derer, die ruhig auf ihrem Lager sterben, die Wärter ein Anrecht haben, unbenommen der Befugniß, daß die Anverwandten dieselben zurückerwerben. Erst Kaiser Hadrian hob diese Anmaßung auf. Chrysostomus in Joh. XIX, 33 schreibt: „Sie theilten seine Kleider unter sich, was bei Verurtheilten von geringer Herkunft, die wie ausgestoßen und gänzlich verlassen sind, zu geschehen pflegt" — und Cyrill von Alex. bezeugt in Joh. lib. XII: „Die Kleider der Verurtheilten aber eignen sie sich an, wie ihnen noch Erbrecht zustand." Die Soldaten machen sich für ihre Anstrengung und die Wohlthat, die sie den Hingerichteten erwiesen, mit deren Verlassenschaft bezahlt, als

---

1) Ammian. Marcell. l. XIV. Carnifex rapinarum sequester et obductio capitum et bonorum ubique mulctatio. Servius in Aen. III, 323. Ulpian Digest. XLVIII. t. 20. l. 6. Pannicularia sunt ea, quae in custodiam receptus secum attulit; spolia, quibus indutus est, cum quis ad supplicium ducitur, ut et ipsa appellatio ostendit: ista neque speculatores ultro sibi vindicent, neque optiones ea desiderent, quibus spoliatur, quo momento quis punitus est.

gehörte sie ihnen vermöge des Erbrechts. Der Verurtheilte wird bei noch lebendem Leibe vertheilt, als ob er nicht mehr existirte. Sträflinge hinterließen wohl nur unbedeutende Fetzen. Jesu Kleidungsstücke bestanden aus dem Simla, Chetoneth, Sadin und Michnasin, oder dem Mantel, Rock und Hemd, wozu das Hüftkleid oder Untergewand, die Sandalen und der Gürtel kamen. Sie theilten also den Mantel oder Oberrock unter sich in vier Theile; denn der jüdische Mantel bestand eben aus vier Flügelhaften, wie wir Deut. XXII, 12 lesen, was die Griechen τετράγωνον ἱμάτιον nannten, so daß die Theilung ohne Riß geschehen konnte. Ebenso nahmen sie den Rock; dieser aber war ohne Nath und von oben an durchaus ganz gewebt.

„Da sprachen die Soldaten zu einander: Den wollen wir nicht zertrennen, sondern darüber l o o s e n, wem er gehören soll. So mußte die Schrift in Erfüllung gehen, die da spricht: Sie haben meine Kleider unter sich getheilt, und über mein Gewand das Loos geworfen. Und sie machten es so, setzten sich dann, und bewachten Ihn daselbst.“ (Joh. XIX, 23. 24. Mth. XXVII, 35.)

Matthäus nennt dieß wieder einen Ausspruch des Propheten, obwohl die Stelle im Psalm XXI, 19 steht; es geschieht dieß nach der noch heute giltigen Anschauung vom Neby Daûd. (Vgl. S. 293.) Der blutbesprengte Rock Josephs ist das alttestamentliche Vorbild des heiligen Rockes Christi. Unter dem Kreuze findet jetzt eine Versteigerung statt, die Lanzen sind aufgesteckt und die Subhastation beginnt. In der Ferne lauern die Juden, um vielleicht auf wohlfeile Weise zu einem Stück von den Kleidern des Verurtheilten zu gelangen und es auf dem Trödelmarkt Jerusalems mit Vortheil zu veräußern. Zu diesem Zwecke dienen noch heute die aus Quadern ohne Mörtel erbauten Kaufgewölbe auf Sion aus salomonischer Zeit. Die Legionäre machen sich über die einzelnen Stücke her, trennen die Nähte auf und theilen sich darein. Der Rock des gekreuzigten Propheten aber erscheint werthvoll, denn er ist aus Einem Stück, und wirft nur Einem oder Keinem einen Vortheil ab. Um nicht durch einen Riß das ganze Gewebe aufzulösen, schütteln sie in einem Helm [2]) die vier Loose und ziehen, wer ihn gewinnen soll.

---

2) Vgl. Äschyl. Eumen. v. 712. Virgil. Aen. V, 49. Dejectamque aerea sortem accepit galea. Statius VI, 389. Sortitus Proteus versarat ahena casside. Vopiskus in Probo. In urnam militares jussit nomen suum mittere, ut aliquis equum sorte ductus acciperet.

Christus trug das Festtagsgewand, worin Er das Abendmahl eingesetzt, auch ging Er als Priester und König in den Tod. Als Rabbi trug Er den einfachen Rock, Chetoneth, dem Hohenpriester gebührte darüber noch das Mehil, eine Art Dalmatika, mit Glöckchen und Granatäpfeln, welches von weißer Farbe seyn mußte. Der Rock selber war purpurn, wenn nicht vom kostbaren glänzenden Scharlach von Tyrus, den man zu Prachtgewändern verwendete, doch vom s. g. plebejischen Purpur, oder bräunlich, wie Cicero pro Sexto 8 schreibt. Das Bedeutsame ist, daß der Leibrock des Erlösers ohne Naht war, und daß der zweite Adam ein Gewand von Linnen, nicht von Fellen oder thierischen Stoffen trug, also wie Adam vor dem Falle. Moses trug nach der Überlieferung ein solches Feierkleid an den sieben Weihetagen, als er vor dem Herrn stund; auch der Leibrock des Hohenpriesters mußte [3]) von gewirkter Arbeit (wie Jarchi erklärt, velo bemachat), „und nicht Eine Naht daran seyn". B. Joma f. 72, 2 erfahren wir: „Die Kleider der Priester sind nicht von Nadelarbeit, sondern von gewirkter, wie es Ex. cit. heißt. Abai spricht, die Nadel war nur für die Ärmel nöthig." Traditionell war der Ärmel eines Priesterrocks besonders gewirkt, und an das Kleid geheftet, welches bis an die flache Hand reichte.

Trat der Sohn Davids in seiner Niedrigkeit wie ein einfacher Weiser in Israel auf, so gab doch sein Kleid seine königliche und hochpriesterliche Würde kund oder gemahnte an seinen höheren Stand. Das Wort Sindon deutet ursprünglich auf ein indisches Gewebe hin. Von den Babyloniern meldet Herodot I, 195: „Ihre Kleidung besteht in einem linnenen Leibrock, der bis auf die Knöchel reicht, worüber sie einen wollenen Rock anziehen, und ein weißer Gürtel hält das Ganze zusammen." Im syrischen Hierapolis trugen die Priester ein weißes Gewand, der Oberpriester aber

---

3) Exod. XXVIII, 4. 32. 39. Jos. Ant. III. 7, 4. Sevachim f. 85, 1. Traditio: non faciunt vestes pontificales ope acus, sed ope textoris. Taanith f. 11, 2. Quali amictu ministravit Moses septem diebus consecrationis? Camisia alba? Rabh Cahna dicit, in camisia alba, in qua non erat sutura. Gl. Tota camisia erat compacta de filo uno, et non sicut vestes nostrae, quae habent brachialia affixa ad vestem corporis per suturam. Nach Isidor von Pelusium ep. I, 74 trugen sonst die armen Galiläer ein Hemd oder Überkleid aus Einem Stücke, welches im Nothfall wohl auf beiden Seiten Dienst machte, wie dieß bei den Arabern noch heute der Fall ist.

einen Purpurmantel nebst einer goldenen Tiara. Über die **Ägypter** schreibt der Vater der Geschichte II, 81: „Ihr Anzug besteht in linnenen, an den Beinen eingefranſten Röcken, Kalaſiris genannt, und dazu tragen ſie einen Überwurf von weißwollenem Gewande. Keiner jedoch geht mit einem wollenen Anzuge in den Tempel, noch wird einer damit begraben, denn das wäre Sünde. Und dieſes ſtimmt mit dem ſ. g. orphiſchen oder bacchiſchen, eigentlich aber ägyptiſchen und mit dem pythagoräiſchen Geheimdienſt überein; denn auch den Mitgliedern von dieſem iſt es **Sünde, in wollenen Gewanden begraben zu werden**, und es gibt darüber eine heilige Sage.“ Hiemit ſteht in Übereinſtimmung, daß die hebräiſchen Prieſter einen Linnenrock am Leibe trugen, und der Grund der Ausſchließung aller Wolle im Tempeldienſte war ihnen ſicher kein Geheimniß: iſt doch die Wolle thieriſche Kleidung und erinnerte ſtetsfort an den Adam nach dem Falle, da er zuerſt in Thierfelle gehüllt ward. Ein Linnenhemd am Leibe getragen, und ein Mantel von röthlicher Wolle zum Schutze gegen die Witterung und gegen die Kälte der Nacht bildeten übrigens damals wie heute die Tracht der Landeseinwohner, die ſich die meiſten ſelber bereiten. **Gregor der Große** erklärt [4]): „Die Wolle entſteht am verderblichen Fleiſche und erzeugt die Motte, welche wieder die Wolle zerſtört, aber das Linnen kömmt von der Erde.“ Chriſtus iſt der myſtiſche Aaron auch ſeiner Kleidung nach, wie das Pontifikale T. I, p. 97 erklärt.

XCIII. Kapitel.

Bedeutung des heiligen Rockes.

Die heilige Jungfrau, die in ihrer Jugend am Tempel den **Vorhang des Allerheiligſten gewebt, wirkte auch das Gewand für ihren göttlichen Sohn.**

Dieß war altväterliches Herkommen, leſen wir doch [1]) auch, Samuels Mutter Anna machte für ihren Sohn einen kleinen Rock. Ebenſo webt Penelope für Odyſſeus das Hemd, Alexander M. trägt Kleider, die ſeine Mutter Olympia gefertigt, und dasſelbe gilt bei Auguſtus

---

4) In Job. XXII, 18. n. 44. Linum de terra ... lana de corruptibili carne nascitur. Kreuſer Chriſtl. Kirchenbau II, 216. 223.

1) I. Sam. II, 19. Vgl. Sprichw. XXXI, 13. 19. 21. III. Esra IV, 17. Ipsae (mulieres) faciunt stolas omnium hominum.

und Karl dem Großen. Hier handelt es sich um die s. g. toga ocellata oder byssina; gewirkt aus Einem Stücke, reichte sie vom Haupte bis zu den Füßen, und war am Halse mit einer Spange befestigt. Jetzt war der heilige Rock die Beute der Henker geworden, doch die Soldaten konnten diese Kleider nicht brauchen, verkauften sie also an die umstehenden Frauen und Verwandten, jeder den ihm zugefallenen Theil. Der ungenähte graue Rock war, soviel sich ergibt, in den ersten Jahrhunderten noch in den Händen der Christen, denn Clemens von Alex. [2]) äußert: „Sollte sich jemand auf den bis auf die Füße herabfallenden Rock (Tunica) des Herrn berufen (zur Entschuldigung der Kleiderpracht), so wisse er, daß dieses buntblümige Kleid die Blumen der Weisheit, die mannigfachen und nicht auszulöschenden Schriften, die Aussprüche des Herrn zeigt, die in den Strahlen der Wahrheit glänzen. Mit einem ähnlichen anderen Gewande hat der Herr durch David den Geist bekleidet, indem er irgendwo singt: Das Bekenntniß und die Würde hast du angelegt, das Licht umwerfend wie ein Kleid."

Von diesem unzertrennten Leibrock des Herrn geht dieselbe Legende, wie von den Gewändern des Volkes Gottes während der Pilgerschaft in der Wüste, daß die Kleider mit ihm groß geworden und nicht veraltet. (Deut. VIII, 4. XXIX, 5.) Der Leib ist das Gewand der Seele: dieses Kleid der Unschuld sollte unzerrissen bleiben und der Verklärung theilhaftig werden — bis die Sünde den großen Riß hervorrief, und nun in Folge der Sterblichkeit das Gewirke der Mutter Natur fort und fort aufgelöst wird. Der Sohn Gottes aber hat jenes Gewand der Unschuld bewahrt, und mit dem weißen Kleide der Taufe ziehen seine Angehörigen wieder den Leib der Verklärung und der Unsterblichkeit an.

---

2) Paedag. II, 10. *Κἂν τὸν ποδήρη τις παραφέρῃ τοῦ Κυρίου, ὁ ποικιλανθὴς ἐκεῖνος χίτων τὰ τῆς σοφίας ἄνθη δευκνύει, τὰς ποικίλας καὶ μὴ μαραινομένας γραφὰς, τὰ λογία τὰ τοῦ Κυρίου ταῖς τῆς ἀληθείας ἀναστράπτοντα αὐγαῖς.* Diese Schilderung stimmt zu dem heiligen Rock, der wohl seit den Tagen der h. Helena in der alten Kaiserstadt Trier sich befindet. Ich selbst besitze übrigens ägyptische Linnen, die wohl um ein Jahrtausend älter sich in den dortigen Gräbern erhalten und beinahe noch brauchbar erscheinen. Aber wie theuer muß der Menschheit der Mann seyn, was muß Er für sie gethan haben, daß nach achtzehn Jahrhunderten noch über eine Million Menschen zu seinem Rocke wallfahrtet, ungerechnet die anderen Millionen, die im Geiste dort waren.

Schon Cyprian de unit. eccl. 7 nimmt den heiligen Rock zum Bilde der Einen ungetheilten Kirche, und schreibt: „Wer die Einheit der Kirche verletzt, der bricht Gottes Gesetz, der bewahrt nicht den Glauben an den Vater und den Sohn und hat nicht das Leben und das Heil. Dieses Heiligthum der Einheit, dieß Band der unzertrennlichen Eintracht wird dargestellt, wenn im Evangelium der Rock des Herrn Jesu Christi nicht getheilt, durchaus nicht zerschnitten, sondern beim Loosen darum, wer Christum anziehe, als ganzes Kleid hingenommen, als unversehrter und ungetheilter Rock fortan besessen wird. Der kann nicht das Kleid Christi besitzen, der da zerreißt und zertheilt die Kirche Christi. Als die zwölf Stämme Israels von einander getrennt wurden, hat der Prophet Achias sein Kleid zerschnitten; dagegen aber, weil das Volk Christi nicht getrennt werden mag, ist sein Rock, durch und durch gewebt und gefügt, auch von jenen, denen er zugefallen, nicht getheilt worden. Ungetheilt, verbunden in sich und in einander gewoben, stellt er unseres Volkes (die wir Christum angezogen) Eintracht und Zusammenhalten dar. Durch das Geheimniß seines Kleides bezeichnet Er die Einheit der Kirche. Wer ist also so freventlich und gottlos, wer so bethört vom Geiste der Zwietracht, daß er glaube, die Einheit Gottes könne zerrissen werden, oder es wagte, sie zu zerreißen, das Kleid des Herrn, die Kirche Christi?"

Als im IV. Jahrhundert die Donatisten sich von der Kirche trennten, schreibt Pacian, Bischof von Barcellona, epist. III: „Weit größer ist das Verbrechen eines Häretikers, als das irgend eines andern Verbrechers. Der Ketzer zerreißt das Kleid des Herrn, die Kirche Christi, verkürzt, verdirbt und befleckt es."

Augustin de unit. eccl. p. 196 (cf. enarr. in Ps. XXI, 19): „Es war daselbst der Rock, wie der Evangelist sagt, von oben gewebt, also vom Himmel, vom Vater, vom heiligen Geiste. Was bedeutet dieser Rock anders als die Liebe, die niemand trennen kann, was anders als die Einheit? Über ihn wird das Loos geworfen, niemand theilt denselben. Die Sakramente haben die Ketzer theilen können, die Liebe theilten sie nicht." Bischof Alexander von Jerusalem schreibt wider die Arianer [3]: „Ja, den ungetrennten Rock Christi, welchen die Kreuziger nicht zerschneiden wollten, tragen sie kein Bedenken zu zerreißen." Ähnlich Cyrill von Alex. Dem alexandrinischen Bischof Petrus erscheint, während er im Gefängnisse sitzt, Chri-

3) Theodoret hist. eccl. I, 3. Marx Gesch. d. h. Rockes S. 53 f.

stus im Traum mit zerrissenem Kleide, und erklärt auf seine Frage um die Ursache: „Arius hat es mir so zerrissen.“ (Baronius ad ann. 310.) Endlich schreibt noch der heilige Bernard in einem Briefe über Abälard: „Getheilt wurden die Kleider Christi, die Sakramente zerrissen, aber es bleibt ganz der ungenähte Rock, der von oben durch und durch gewebt ist. Dieser Rock bedeutet die Einheit der Kirche, die von keinem Risse weiß, keine Theilung verträgt, denn was von Oben gewebt, vom heiligen Geiste zusammengeschlungen ist, das wird von Menschen nicht aufgelöst werden. Wenn die Häretiker ihre Zunge geschärft haben wie Schlangen, wenn sie alle Stacheln des Witzes herausstrecken, um den Frieden der Kirche zu zerstören, sie werden dieselbe dennoch nicht überwältigen.“ Das Pallium, welches von den Nonnen zu St. Agnes in Rom gesponnen und, wie von den Tempeljungfrauen das Velum des Allerheiligsten, gewebt, dann vom Papste allen Bischöfen übersandt wird, soll eben die unzertrennliche Einheit des Episkopats mit dem römischen Stuhle vorstellen und besteht aus weißer Wolle mit vier purpurnen, die Cardinaltugenden sinnbildenden Kreuzen mit drei Nadeln, um es vorne auf der Brust, über der rechten und linken Schulter und hinten zu befestigen. Schon Markus soll dasselbe getragen haben, und die alexandrinische Kirche rühmte sich vor allen ihrer Einheit mit der römischen.

Der unzertrennte Rock Christi ist das Symbol der Einheit und Unauflösbarkeit der Kirche, während die Viertheilung des Mantels die Auflösung ihres weltlichen Besitzstandes und die Theilung der Staaten in Tetrarchien und Dodekarchien vorbezeichnet. Während die Häretiker an dem unverbrüchlichen Antheil des Herrn, dem zusammenhängenden Glauben sich vergreifen und ihn zerstücken wollen, ist dem Staate über den äußeren Besitz der Kirche allein Gewalt gegeben, auf die Gefahr hin, daß wer die Kirche todt theilt, auch seinerseits getheilt werde. [4]) Schon der zerrissene Prophetenmantel, wovon Achias zehn Theile dem Jeroboam zutheilt (I. Kön. XI, 29 f.), bezeichnet die Trennung des Reiches Israel von den verbundenen Stämmen Juda und Benjamin. So würfeln jetzt die Schergen der Staatsgewalt über das

4) Augustin. in Joh. tract. 118. c. 4. Quadripartita vestis Domini J. Chr. quadripartitam figuravit ejus ecclesiam, toto sc. qui quatuor partibus constat, terrarum orbe diffusam. Tunica vero illa sortita omnium partium significat unitatem, quae caritatis vinculo continetur.

heilige Erbe der Kirche: aber in demselben Augenblicke, wo sie spielen, wird zugleich über die Stadt Jerusalem und das Volk Gottes das Loos geworfen, und siehe da: es hat sein Land, seine Habe und Freiheit bei dem Spiele auf alle Zeiten hinaus verwirkt.

Wie die Soldaten unter dem Kreuze den Mantel in Stücke zerrissen, so ward in der Folge das römische Reich durch die Prätorianer zerrissen, und namentlich von Diokletian bis auf Constantin der Reichsmantel geviertheilt. Und entscheidet nicht auch in unseren Tagen das Würfelspiel des allgemeinen Stimmrechtes über den Bestand und die Auflösung der Staaten? Es würfelt der Militärstaat die Reiche der Welt aus, und setzt vor allem die Güter der Kirche ein. Doch wird die Zukunft lehren, daß diese Plünderung den Räubern keinen Segen bringt,[5]) und die christliche Kirche, wenn auch noch so sehr angefeindet, in ihrer Integrität sich behaupten wird.

CXIV. Kapitel.

Lästerungen wider den gekreuzigten Messias. Die sieben Worte.

„Das Volk aber stand dabei und hatte seine Augenweide.“ (Luk. XXIII, 35.)

Die Raubsucht der Heiden hat ihren Theil erhalten, jetzt kam der grausame Hohn und die verruchteste Gotteslästerung der Juden an die Reihe. Halb Jerusalem erfuhr erst jetzt die Hinrichtung des Nazareners, und es fehlte nicht an Zuschauern aller Art, welche, um ihre sträfliche Neugier zu befriedigen, vor das Thor gingen, noch an hohem und niederem Pöbel, welcher seine besondere Genugthuung und Befriedigung zu erkennen gab, daß der gekreuzigte Galiläer nun nicht mehr zu fürchten sey.

„Die Vorübergehenden aber lästerten Ihn, indem sie die Köpfe schüttelten und riefen: He du, der du den Tempel Gottes zerstörst und in drei Tagen wieder aufbaust, hilf dir nun selber! Bist du Gottes Sohn, dann steig herab vom Kreuze!“ [1])

---

5) In einem Miniaturwerke, das ich selbst besitze, finde ich die ächt mittelalterliche Vorstellung, daß die beiden Krieger, welche die Kleider Christi auswürfeln, darüber in Streit gerathen und sich gegenseitig mit dem Schwerte durchbohren.

1) Sie verzogen die Lippen, χεῖλη διέστρεφον setzt Justin Trypho 101 hinzu.

Sie hatten Ihn nach der Überlieferung bei Justin schon vor dem Prätorium auf das Tribunal gesetzt und als Weltrichter verhöhnt mit den Worten: Jetzt richte über uns! Diese Verspottung setzen sie nun mit dem Gekreuzigten fort. Es führte die Straße am Calvarienberge vorbei und wahrscheinlich zwischen der Schädelstätte und dem heiligen Grabe hindurch, daher die Wanderer vom Wege aus sich in Lästerungen ergehen konnten. Sie schüttelten die Köpfe zum Zeichen der Mißbilligung, wie es Ps. XXII, 8 heißt: Alle, die mich sehen, spotten mein, sperren das Maul auf und schütteln den Kopf. (Vgl. CX, 25. II Kön. XIX, 21.) „Die jungfräuliche Tochter Sion verachtet dich und spottet dein, die Tochter Jerusalem schüttelt das Haupt über dich." (Is. XXXVII, 22.) Klagelied II, 15: „Es schlagen über dich die Hände zusammen alle, die des Weges ziehen, zischen und schütteln das Haupt."

Der erste und höchste Grund der Entrüstung und der Anklage gegen Jesus auf Leben und Tod war für alle stockgläubigen Juden die Erklärung des Herrn, es solle und müsse der alte Dienst mit sammt dem Tempel fallen, und der mosaische Opfercult wie der Sabbat von nun an abgeschafft werden. Dafür höhnten sie Ihn jetzt mit dem Zurufe *Ουά!* dem bekannten jüdischen Auwai! Doch schon Is. LVII, 4 spricht: „Wider wen sperrest du das Maul auf und streckest die Zunge heraus?"

„Gleicherweise spotteten seiner auch die Hohenpriester und der Adel mit den Schriftgelehrten und Ältesten, und sprachen zu einander: Andern hat Er geholfen, sich selbst kann Er nicht helfen. Ist Er der Messias, der Auserwählte Gottes und König von Israel, so steige Er nun herab vom Kreuze, daß wir es sehen, und wir wollen an Ihn glauben. Er hat sich auf Gott verlassen, der mag Ihm nun Hilfe leisten, wenn Er Ihn so lieb hat. Hat er ja gesagt: Ich bin Gottes Sohn!" (Mk. XV, 29—32. Mth. XXVII, 39—43. Luk. XXIII, 35.)

Es gibt für einen Menschen keine größere Schmach und Selbstentwürdigung, als unberufen einer Hinrichtung beizuwohnen, und sich an der Tödtung seines Nächsten zu weiden, zumal wenn die Hinmarterung eine langsame ist. Dieß verräth eine innerliche Mordlust und mitunter schlechtere Gesinnung, als die, wegen deren Bethätigung

---

Apol. I, 35. Nam et illum, ut dixit Propheta per ludibrium in tribunali collocarunt et dixerunt: Judica nobis.

der Ruchlose am Leben gestraft wird, von einem himmelschreienden Justizmorde nicht zu reden. Aber die Juden konnten sich kaum gedulden, bis der Nazarener todt war, darum hielten die Hohenpriester unter dem Kreuze mit die Wache, und ließen indeß die Vorbereitungen zum Osterlamm durch ihre Angehörigen und Diener treffen. Selbst Mitglieder des Hohenrathes, die Repräsentanten der Juden, entblöden sich nicht, Angesichts des Kreuzes auf seinen Tod zu warten. Die Äußerung: „Gott mag Ihm jetzt helfen, wenn er Lust hat, oder wenn er Ihn so gern hat,“ zielt auf Ps. XXI, 9. Noch ausführlicher wird der Spott der Männer, die auf die Gerechtigkeit ihres Gesetzes pochen, gegenüber dem sterbenden Gerechten im Buche der Weisheit II, 11 f. geschildert.

„Auch die Soldaten machten über Ihn ihre Zotten, und riefen: Bist Du der Judenkönig, so hilf Dir nur selber.“ Lk. XXIII, 36. 37.

Sie spotteten sein und machten ihre Glossen, da sie Ihn seufzen hörten: Nun, wird es bald? geht es dir jetzt zu Herzen? hast du endlich genug oder müssen wir noch lange auf dein letztes Stündlein warten? Sie hörten Ihn stöhnen und weheklagen, klagen aber ist menschlich, stoische Härte dagegen unnatürlich und barbarisch, und schon von den Alten für das angesehen worden. Auch die Helden der Vorzeit schreien im Schmerze, wie die Meisterwerke der redenden und bildenden Kunst sie schildern, und erwecken durch ihre Klagen menschliche Rührung; nur für rohe Seelen gewährt das Unterliegen der Besten jedesmal einen freudigen Anblick, ja ein Triumphgefühl. So lösten sie sich mit Stachelreden ab, aber an den leidenden Messias, den sie doch in ihren Schriften hatten, [2]) dachten sie nicht.

XCV. Kapitel.

Gebet Jesu für seine Feinde.

„Jesus aber sprach: Vater, vergib ihnen, denn sie wissen nicht, was sie thun.“ (Lk. XXIII, 34.)

Die furchtbaren, sich zeitweise noch steigernden Schmerzen brachten die Gekreuzigten meist zur Verzweiflung, und veranlaßten den einen zu diesem, den andern zu jenem Ausbruche der Wuth. Manche lästerten Gott, verwünschten Himmel und Erde und die ganze Menschheit, vor allem die Stunde ihrer Geburt, verfluchten ihre Richter und spieen nach den Zuschauern (Seneka de vita beata 19), oder ver-

---

2) Ausführlich Schöttgen de Messia l. VI. c. 3.

letzten viele durch Offenbarung, sei es Andichtung geheimer Verbrechen. „Wisset ihr nicht," ruft Cicero pro Cluent. c. 66, „daß dem Strato die Zunge ausgerissen und er dann in Larinum an's Kreuz geschlagen wurde, weil die verruchte Sassia, die Gattenmörderin, fürchtete, durch das letzte Wort des elenden Sklaven im Tode verurtheilt zu werden!" Gleicherweise erzählt Justin XXII, 7, wie der karthagische Feldherr Bomilkar, als ihn seine Mitbürger wegen seiner Niederlage unter Agathokles mitten auf dem Marktplatze an's Kreuz schlugen, vom Kreuze herab, wie von einem Rednerstuhle auf die Abscheulichkeiten der Carthager loszog, und ihnen die gegen Hanno, Gisgo und seinen eigenen Oheim verübten ungerechten Urtheile vorwarf. „Nach solchen, vor einer sehr großen Menge Volkes mit lauter Stimme erhobenen Vorwürfen starb derselbe."

Hier schwebt die göttliche Unschuld am Kreuze zwischen Himmel und Erde, zweifach gekrönt: mit dem spitzen Stachelkranze, der sich um sein Haupt flicht, und mit der Dornenkrone der Verleumdung. Der Schmerz in der höchsten Potenz gebietet Schweigen, sein Mund aber öffnet sich gleichwohl, und die Zunge, die fast am Gaumen klebt, bewegt sich, um den Vater im Himmel um Verzeihung für seine Mörder zu bitten, die wie blutlechzende Hunde das Kreuz umlagern, Ihn anbellen und furchtbar lästern. Hätten sie's gewußt, sie würden es nicht gethan haben: dieß ist die einzige Entschuldigung. Kann es noch eine größere Liebe geben, als selbst im Tode noch für seine Feinde zu beten? Unkenntniß des Gesetzes entschuldigt vor dem weltlichen Richter: Christus aber will ihre offenbare Gesetzes- und Majestätsverletzung wenigstens mit der Nichtkenntniß seiner Person bei seinem himmlischen Vater entschuldigen, weil sonst für ihr Verbrechen vor dem göttlichen Gerichte noch weniger Gnade zu hoffen war. Die Worte Jesu Joh. III, 16: „So hat Gott die Welt geliebt" u. s. w., die den Grundgedanken der göttlichen Huld ausdrücken, erhalten hier ihren Commentar. Ein Ozean der Liebe thut sich im Kreuzgebete für seine Feinde auf, dessen Tiefe kein Nachsinnen und keine Dankbarkeit ermißt, und wovon alle einzelnen Gnadenerweisungen nur abgeleitete Rinnsale sind. Wie Moses erhebt Er die ausgespannten Arme zum Gebete, um Verzeihung für sein Volk zu erflehen, und dessen bevorstehende Niederlage durch seine Feinde abzuwehren. Der Tod des Achill und Siegfried fordert blutige Rache: Jesu Wunden bluten, und bieten himmlischen Trost denen, die ihre Zuflucht zu Ihm nehmen. Der Gedanke der Rache ist heidnisch und altjüdisch, aber dem Christenthum fremd. Christus bittet seinem himmlischen Vater die Sünden der Unwissenheit ab, die das ganze Geschlecht vom Anfang her begangen. So spricht Petrus Apstg. III, 17: „Ich weiß, daß ihr es aus Unwissenheit gethan habt, gleichwie eure Vorstände.“

„Als Er gelästert ward, lästerte Er nicht wieder,“ schreibt der Apostelfürst I. Petr. II, 23. „Er drohte nicht, da Er litt, sondern überließ sich dem, der Ihn ungerecht verdammte. Er trug unsere Sünden an seinem Leibe auf dem Holze, damit wir denselben abgestorben der Gerechtigkeit lebten.“ Vater, verzeihe ihnen! ist das Pontificalgebet dessen, der die Sünden der Welt auf sich genommen. Hier fleht Er zum Vater, auch nach seiner Menschheit zum Sohne aufgenommen zu werden, und bittet kraft der väterlichen Zuneigung um Schonung für die Seelen, welche er Ihm zum Eigenthume geben wollte, daß sie durch den Glauben zum Kindesrecht und Erbe gelangen sollten. (Ps. II, 7. 8. II. Sam. VII, 14. 15. Joh. I, 11. XVII.) Nicht selber wagt der Herr am Kreuze Verzeihung für die Mörder des neuen Abel, des guten Hirten auszusprechen, welchen das Kainszeichen für alle Zeiten aufgedrückt bleibt; aber er empfiehlt sie der Gnade des himmlischen Vaters. Er stellt sie als unzurechnungsfähige Verbrecher hin, die wie nach Num. XXXV, 25. 28 der unfreiwillige Mörder des Hohenpriesters ein Asyl erhalten und wieder zu ihrem Erbtheile gelangen sollten. Nicht alles, was Böses in der Welt geschieht, was in Kirche und Staat von den Dienern der Wahrheit und Gerechtigkeit gesündiget wird, hat in der menschlichen Bosheit seinen Grund, sondern die angeborne Leidenschaft in Verbindung mit der falschen Erziehung und die Bildung des Zeitgeistes übt eine so große Macht aus, daß man in vielen Fällen den Mantel der Liebe darüber decken und sprechen mag: Sie wissen nicht, was sie thun! Hatte der Herr doch seinen Aposteln vorausgesagt, mitten unter der Verfolgung und Marter würden ihre Peiniger noch glauben, Gott damit einen Dienst zu thun. An diese Bitte der Verzeihung und die Vollmacht der Absolution knüpft die Kirche den jährlichen Erlaß für alle reuigen Sünder gerade in der Osterzeit. Sie wissen nicht, spricht Er, was sie thun. Er vergißt des Neides der Hohenpriester, der Ungerechtigkeit des Pilatus, der Mißhandlungen seiner Schergen, des Undankes der Stadt Jerusalem, der falschen Zeugnisse und der Schmähungen, sowie des Hochmuths der Menge noch an der Kreuzigungsstätte. Er rechnet ihnen alles für Unverstand an, und gibt so allen Beleidigten ein ewig großes Beispiel. „Hätten sie Gottes geheimnißvolle und verborgene Weisheit, die vor Beginn der Welt getroffene Bestimmung erkannt, sie würden den Herrn der Herrlichkeit nicht gekreuzigt haben," wie der Apostel I. Kor. II, 8 spricht. „Im Irrthum wandeln die, so Böses thun, die Barmherzigkeit und Wahrheit aber bereitet das Gute vor" — lautet selbst die milde Auslegung in den Sprichwörtern XIV, 22. „Die alle Erkenntniß übersteigende Liebe Christi" (Eph. III, 19) bittet statt der Menschen den Vater im Himmel um Vergebung des an seinem Sohne begangenen Mordes; denn, so nimmt der Allerbarmer in seinem ewigen Rathschlusse an, das Gute, was sie thun, üben sie um des Guten willen, niemand ist aber absolut böse, um die Bosheit ihrer selber willen zu vollbringen; es geschieht nur aus Täuschung oder als Mittel. Bei großen Schmerzen an irgend einem Gliede pflegt man seine Freunde und Geschäfte, kurz alles zu vergessen und bei Seite zu setzen; der Herr am Kreuze aber, an dem jedes Glied wund ist, gedenkt selbst noch der Feinde. „Auch viele Wasser vermögen die Liebe nicht auszulöschen, noch ganze Ströme Blutes sie zu ersäufen." (Hohel. VIII, 7.) Entflammt von solch einem Beispiele, desgleichen die ganze Juden- und Heidenwelt kein zweites aufzuweisen hat, ruft auch Stephanus in Mitte seiner Marter aus: Herr, rechne ihnen diese Sünde nicht an. [1]) Durch Geduld will der Heiland seine Beleidiger zur Besinnung zurückführen, statt Rache an ihnen zu nehmen, und führt so auch im Werke seine Lehre aus: „Liebet eure Feinde, thut Gutes denen, die euch hassen und betet für die, welche euch verfolgen und verleumden." Nicht die Strafe macht den Menschen elend, sondern die Schuld, die ihm zugleich die zeitlichen und ewigen Güter vergällt: der Gerechte aber erhebt sich mitten in seinen Peinen. Die tiefsten und größten Lehren ertheilt Christus noch vom Kreuze aus, und bewährt sich dabei als Sieger in seinen Schmerzen, während seine Feinde über seine Niederlage triumphiren. So viele Güte sollte selbst seine Feinde versöhnen, doch umsonst! Indeß haben im Hinblicke auf den göttlichen Dulder die christlichen Blutzeugen dieselbe erhabene Großmuth geübt; darum berichten die Martyrologien von den Christen, daß sie im Todeskampfe unablässig beteten, Gott lobten und ihn um ihre Auflösung anflehten. Wenn sie das Christenthum in unseren Tagen verfolgen und die Vertheidiger kreuzigen, gilt auch das Wort: Herr, verzeihe ihnen, denn sie wissen nicht, was sie thun.

---

1) Apstg. VII, 59. Bellarmin de septem verbis 15 führt noch das Pater ignosce illis des ermordeten Erzb. Engelbrecht von Cöln an. Surius die 7 Novb.

XCVI. Kapitel.

Bekehrung des rechten Schächers.

„Sogar einer von den Verbrechern, den Mördern, die mit Ihm am Kreuze hingen, lästerte und schmähte Ihn, und sprach: Wenn du Christus bist, so rette dich selber, und uns damit. Der andere hingegen nahm das Wort, verwies es ihm, und sprach: Auch du fürchtest Gott nicht, da du doch in gleicher Noth bist? Und wir zwar mit Recht, denn wir empfangen nur den Lohn für unsere Thaten: dieser hingegen hat nichts Böses verschuldet. Dann sprach er zu Jesu: Herr, gedenke mein, wenn du in dein Reich kömmst! Jesus aber erwiederte ihm: ‚Wahrlich, Ich sage dir, heute noch wirst du mit mir im Paradiese seyn.“ (Lk. XXIII, 39—43. Mk. XV, 32. Mth. XXVII, 44.)

Nach der Annahme der Überlieferung stand das Kreuz Christi einen Schritt im Vordergrunde, so daß die beiden Schächer wohl Ihn, nicht aber Er die Schächer erblicken konnte. Es geschah häufig, daß den Malefikanten auch noch ein Schloß an den Mund geschnappt wurde, damit sie nicht gegen König und Obrigkeit lästerten [1]): kömmt doch der Capister selbst bei Hinrichtungen unter Kaiser Karl V. vor. Diese Unmenschlichkeit, die auch die Athener verabscheuten, war hier gleichwohl nicht in Anwendung gekommen, vielmehr sollte ihnen nach der üblichen Redensart [2]) Brod und Wein und die letzten drei Worte frei stehen. Diesem Umstande verdanken wir die Redelaute der Schächer und unseres sterbenden Erlösers.

Wie dort der ägyptische Joseph in der Finsterniß des Kerkers seinen beiden Mitgefangenen, dem einen zur Befreiung und Erhöhung, dem anderen zum Tode prophezeite: so hier seinen beiden Mitgekreuzigten der Erlöser. Und nun wurde selbst am Pfahle noch der eine angenommen, der andere verworfen. Gedenke

1) Erubin f. 19, 1. Solet in hoc mundo ita fieri, ut si quis reus a magistratu ad mortem condemnatur, impingant ipsi hamum in os ejus, ne maledicat regi. Cf. Ps. XXXIX.

2) Suidas s. v. *αὐλή*, dann *εἴποις τὰ τρία* und *τὰ τρία εἰς θάνατον. Εἴποις τὰ τρία τὰ παρὰ τῇ αὐλῇ· τοῖς ἐπὶ θάνατον ἀγομένοις ἐξῆν σίτου καὶ οἴνου πληρωθεῖσι τρία λέγειν, ἃ βούλοιντο, μεθ' ἀφιμωθέντες ἀπήγοντο πρὸς τὸν θάνατον.*

meiner, wenn du wieder in dein Amt kömmst und übe Barmherzigkeit an mir — hatte Joseph zu dem Mitgefangenen gesprochen, der seiner Wiedererhöhung entgegenging; der aber vergaß seiner Zusage. „Gedenke mein in deiner Seele!“ galt bei den Juden überhaupt als Abschiedswort und letztes Lebewohl, wie wir es ähnlich im Buche Sirach XXXVII, 6 lesen. Indeß spricht der Mitgekreuzigte noch deutlicher die Vorstellungen seiner Zeit aus, welche dahin gingen, daß die Seelen der Anwesenden beim Tode eines Frommen zum Eingange in's Paradies befähigt würden, indem sie sich seiner Fürsprache und Vermittlung bei Gott empfählen. Wir lesen nehmlich Chetuboth f. 103, 1: „Als Rabba sterben sollte, vernahm man eine Stimme vom Himmel: Wer in der Nähe dieses verscheidenden Gerechten weilt, wird einst ebenfalls des Paradieses theilhaftig werden.“ Ebenso fleht noch jetzt der Israelite auf dem Krankenlager mit den Worten um die Zulassung zum Paradiese: Wenn ich sterben soll, so gedenke meiner im ewigen Leben, daß ich Antheil habe am Garten Eden, welchen du für die Gerechten bestimmt hast.[3]) Darum empfiehlt sich der Sikarier sterbend in die Fürbitte des Gerechten, wenn Er in sein himmlisches Reich komme, und es ist hiemit, wie in der Parabel von Abraham und dem reichen Prasser, zugleich der Glaube an die Gemeinschaft oder Intercession der Heiligen ausgesprochen.

Die wilde Natur des Räubers wird durch die göttliche Milde des Erlösers bezwungen, sein verhärtetes Herz durch Jesu Liebe gerührt. Auch der Lasterhafte bietet oft noch einen Anknüpfungspunkt zur Rettung, und der letzte Rest von edler Gesinnung, die bloße Erinnerung an eine frühere gute Handlung mögen zu seinem Heile dienen. Der gute Schächer hält den gekreuzigten Erlöser für einen Heiligen, dem der Himmel so gewiß sey, wie er seinerseits die Hölle verdient habe: darum fleht er Ihn um seine Fürbitte an: vergiß mein nicht, wenn du in dein Reich, das Reich der Auserwählten gelangst. Der Unglückliche wendet sich an den Gekreuzigten um Fürsprache beim Vater des Lichtes, und der Herr vergaß seiner sicherlich nicht. Christus selbst vergleicht sich mit einem Edelmanne, welcher ein Königreich an-

---

3) Buxtorf Synag. Jud. p. 428 und Wetstein in Luc. XXIII, 43. Confessio Israelitae aegroti: »Sit mors mea expiatio omnium delictorum, iniquitatum et praevaricationum, quibus peccavi. Da, quaeso, ut partem habeam in Paradiso et memento mei in saeculo futuro, justis destinato.

treten will. (Lk. XIX, 12.) Allerdings lag es dem Schächer näher zu sprechen: Herr, gedenke meiner, wenn du in's Paradies kömmst! worauf Jesus erwiederte: Heute noch sollst du bei mir in meinem Reiche seyn! Dein Reich komme, beten wir alle. Während andere Könige von Krone und Leben scheiden, geht Christus eben durch Leiden und Tod in seine Herrlichkeit ein, und unwillkürlich spricht dieß selbst der Schächer aus. Die ewige Liebe aber vergißt der eigenen Schmerzen, und nimmt sich des armen Sünders an, ihm einen Antheil als Bürger des Himmelreiches versprechend. Niemand spricht für Jesu ein Wort des Mitleids, und die Lästerungen läßt Er unerwiedert: aber wo für seine Gnade nur ein Herz noch offen steht, da wendet Er sich hin, und sucht es für sein ewiges Heil zu gewinnen. Die gerechte Strafe ist über den Schächer gekommen, aber durch die willige Ertragung und das laute und offene Bekenntniß seiner Schuld vor dem Herrn erlangt er überflüssige Verzeihung, und es ist dieß nach der Fügung der Vorsehung eben der Weg zu seinem ewigen Glücke.

Mittlerweile der Mitgekreuzigte zur Linken unter Fluchen und Schelten seiner heidnischen Verstocktheit Luft macht, und wie die halbe Welt troß Kreuz und Leiden im Unglauben verharrt, bekehrt die himmlische Geduld des Nazareners den Schächer zur Rechten. Während der Linke den Freigeist spielt, und sich hochmüthig geberdet, oder als verhärteter Verbrecher noch Charakter und Consequenz zeigen will, auf daß ihm keiner nachsage, er sey in der letzten Stunde weich und schwach geworden, wird dagegen seinem Mitgefangenen der Kreuztod mit seiner Pein zum Martyrium angerechnet, wie schon Cyprian und Augustin de orig. anim. I, 9 geltend machen, weil er noch in der letzten Stunde Jesum nachgefolgt und sein Kreuz auf sich genommen, ja öffentlich Christum bekannt hat und willig für dieses Zeugniß zu sterben bereit ist. Der rechte Schächer ist ebenso ein Beispiel von der göttlichen Gnadenwirkung, wie der Linke von der Herzensverhärtung noch im Momente des Todes. Dafür soll die bußfertige Seele ohne weiteres in Gesellschaft des Herrn in's Paradies eingehen, ein Beweis zugleich, daß Gott die Reue des Sünders auch auf dem Todbette noch annehme, und daß über die Bekehrung eines solchen im Himmel die größte Freude sey.

Auf der Höhe des Kreuzes benimmt sich der Herr zugleich als Weltrichter; wie, wenn Er einst kommen wird in den Wolken des Himmels, Er die Böcke zur Linken, die Schafe zur Rechten stellen wird, überläßt Er den Unbußfertigen zur Linken seinem Schicksale, während Er den Bekehrten zur Rechten als Jünger aufnimmt. Der eine wird noch in der letzten Stunde zu den Schafen gesellt, während der andere verloren bleibt und zu den Böcken zählt. Der rechte Schächer ist Patron der geduldig büßenden Verbrecher und überhaupt der reuig sterbenden Sünder.

Nach Hieronymus sind die beiden Schächer Repräsentanten des Heiden- und Judenthums. Anfänglich lästern nach Markus und Matthäus beide, hernach aber that der Eine, erschreckt durch die Größe der Zeichen, Buße. Nun bekehrten sich die Heiden, unbußfertig aber blieb bis auf den heutigen Tag das hartnäckig erboste Judenvolk.

XCVII. Kapitel.

Verheißung des Paradieses.

Der göttliche Dulder tröstet den mitleidenden Sünder: „Heute noch sollst du bei mir im Paradiese seyn!“ Wieder nach damaliger Denk- und Redeweise ein bedeutsames Wort; denn heute war Sabbatabend, am Eingange des Sabbats aber zu sterben hielt wenigstens der Israelite für eine besondere Gnade, um sogleich zur ewigen Ruhe einzugehen.[1]) So ergeht das Wort: „Heute noch, wenn ihr seine Stimme höret, verhärtet doch eure Herzen nicht!“ Dem war der Mitgekreuzigte nachgekommen: darum spricht Christus zur bußfertigen Seele: Heute noch, wenn Ich in meine Herrlichkeit eingehe, sollst du den Paradiesesfrieden genießen! *Μετ' ἐμοῦ ἔσῃ*, du wirst mit mir seyn, bei mir dich einfinden, war die übliche Redensart, wenn man einen Gast zum Mahle lud. (Bos exercit. philol. p. 49. 50.) Heute noch und für immer sollst du mit mir im Wonnegarten weilen, heute nehme Ich dich zum Sohne und Mitglied des Reiches der Seligen an. Der Garten des Lebens war seit der Vertreibung der Stammesältern verschlossen, und der Zugang zum Lebensbaume verwehrt. Jetzt trägt der Baum des Todes die Frucht des Lebens, wer zu ihr aufblickt, wird Heil und Genesung finden, und ihm werden, wie dem Hauptmann am Kreuze, die Augen aufgehen. Ein Mörder war der erste, der den Anspruch auf das Paradies verwirkte, Kain nehmlich, der seinen Bruder erschlagen: einem Mörder wird dasselbe nach vollbrachter Erlösung von Christus zuerst wieder

---

1) Avoth R. Nathan c. 25. Si quis mortuus sit vespere Sabbati, signum bonum ei est. Gl. Quia statim intrat in requiem.

zugesagt. Im ganzen Alterthume hat keine Frage lebhafter die Gemüther bewegt, als die nach dem verlorenen Paradiese der Völker: jetzt naht der Augenblick der Lösung. Im Momente seines Todes hat der Weltheiland die Pforten des himmlischen Heimgartens erschlossen, und das Himmelreich als der andere Adam erobert und zugängig gemacht, dabei aber zugleich die Verheißung der Auferstehung des Fleisches in Erfüllung gebracht. Erst durch den verdienstlichen Tod ist der Zugang zum höheren Leben ermöglicht, darum betet Zoroaster Izeschne 30: „So ich sterbe, möge der Ized Bahman mich tragen in den Schooß der Freuden.“ Über die Brücke Tschinvat findet der Übergang der Seelen zu Gorotman statt. Gorot aber ist wurzelhaft, was χόρτος, hortus oder παράδεισος. Gorot, Garten nennt das Zendvolk den Gipfel des Albors, wo Ormuzd thront, sein Paradies; auch letzterer Name ist persisch und sanskritisch. Das Paradies bezeichnet einen Lustgarten morgenländischer Fürsten,[2]) der Herr des ersten Paradieses aber ist Gott. Wie er den ersten Erdensohn dahin versetzte (Gen. II, 8), der als Sünder daraus vertrieben ward, so soll nun der reuige und mitleidende Schächer in dasselbe wieder versetzt werden, nachdem die Pforten des Paradieses ebenso, wie der Vorhang des Tempels beim Tode Jesu sich öffnen.

Es ist eine Redensart der Juden bei einem sterbenden Gerechten: Heute wird er im Schooße Abrahams sitzen. Vgl. Zeror hammor f. 58, 4: „Die Seelen der Patriarchen kehren unmittelbar nach ihrem Abscheiden zu Gott zurück.“ Temura f. 16, 1: „Als unser Lehrmeister Moses in das Paradies einging, sagte er zu Josua: Wenn dir über einen Gegenstand (im Gesetze) ein Zweifel aufsteigt, so frage mich, wie du dich verhalten sollst.“ Ganz Israel wird des ewigen Lebens theilhaftig werden bis auf jene, welche die Auferstehung der Todten läugnen: so spricht der Talmud Sanhed. c. 11, 1 das damalige Zeiturtheil aus. Wo aber weilen die Schatten (Rephaim) bis dahin? Antwort: im Scheol, oder die Guten im Paradiese (Ezech. XXVIII, 13),

---

2) Pred. II, 5. Oder wie Laurins Rosengarten und die Asphodeloswiese der Griechen der Versammlungsort der Todten. „Heute noch!“ spricht der Einherier auf dem Grabhügel zum Todesengel, der Valkyre: „Es ist Zeit, das Roß treten zu lassen; auf der bleichen Lufttreppe nach Westen muß ich fahren, nach der Himmelsbrücke, ehe der Hahn das Siegesvolk weckt in Walhalla.“ Vgl. Mein Heidenthum und dessen Bedeutung für das Christenthum I, §. 85. „Das verlorene Paradies und die Inseln der Seligen.“

die Gottlosen in Gehenna. „Gott,“ heißt es Chagiga f. 15, 1, „schuf die Guten und die Bösen, die einen kommen in den Garten Eden, die andern in die Hölle.“

Die Juden unterschieden ein doppeltes Paradies: ein oberes der göttlichen Herrlichkeit, und ein unteres Eden, welches von jenem nur das Abbild sey.[3]). In dieses sollte Henoch und Elias auf feurigem Wagen über den gähnenden Schlund des Abgrundes hinüber versetzt worden seyn. Da saß der Vater Abraham an der Pforte, und empfing die Seelen der Gerechten Israels, ja duldete nicht, daß einer, der gleich ihm den Bund der Beschneidung eingegangen, in die flammende Lohe gestürzt werde, womit der Racheengel nach der Vertreibung der Stammältern den Garten der ewigen Ruhe umgürtet hatte. Da floß die lebendige Quelle, an der sich die Auserwählten labten, während die Verdammten in der Tiefe über die weite Kluft umsonst nach einem Tropfen heraufriefen. Das Paradies war nach späterer Vorstellung gegenüber den sieben Pforten der Hölle auch in sieben Häuser oder selige Wohnungen getheilt, und diese den Frommen Israels, den Patriarchen und Propheten, je nach den Graden ihrer Vollkommenheit, angewiesen. Im ersten Raume befanden sich die Proselyten der Gerechtigkeit, im zweiten die Seelen derer, die hienieden Buße gethan, im dritten die Altväter nebst David, Salomo und den Kindern Israels, die aus Ägypten gezogen; im fünften aber ruht der erstgeschaffene Messias selbst im Schooße des Elias, der ihn unverzüglich erwecken soll, wenn die Stunde der Erlösung gekommen ist.

Die Rabbinen bieten allerdings auch eine allegorische Auslegung H. Chagiga 14, 2: „Vier Weise sind in's Paradies eingegangen, nehmlich ben Asai, ben Soma, Achar und R. Akiba. Ben Asai schaute und starb, ben Soma wurde geisteswirre, Achar verwüstete die Pflanzungen, und R. Akiba entkam glücklich.“ In's Paradies eingehen, הִכָּנֵס לְפַרְדֵּס

3) Vgl. Bodenschatz Th. III. Kap. III—V. Die Rabbinen lassen außer den beiden Propheten noch sieben andere Gerechte, nehmlich den Messias, Lazarus den Diener Abrahams, Ebedmelech den Mohren, Hiram den König von Tyrus, Jabez den Enkel des Jehuda Hakadosch, Serach die Tochter Aschers und Bitja die Tochter Pharao's, oder an Hirams Stelle den R. Josua ben Levi lebendig in's Paradies eingehen, indem der Letztere bloß den Garten Gottes in der Nähe zu sehen begehrte, aber, vom Engel des Todes auf die Mauer gehoben, unversehens hineinsprang und nicht mehr zurückgeholt werden konnte. Chetub. f. 77, 2.

heißt aber hier, der Gnosis theilhaftig werden, und im Garten Eden sich befinden bedeutet: im Besitze der höchsten Erkenntniß seyn; denn Eden ist nach Philo[4]) die Weisheit. Das Paradies, spricht derselbe de plant. Noe p. 171, ist die Vorstellung einer Seele, die von der Fülle und Größe ihrer Freude entspringt. Maimonides in Sanh. 11, 1 erklärt: „Das Paradies ist ein Ort, wo man ohne alle körperliche Anstrengung und Mühsal sich befindet" — daran schließt sich eine weitere, fast muhammedanische Ausschmückung. Es bildet noch einen frommen Wunsch bei den Juden, zu sagen: „daß seine Seele im Paradiese seyn möge!" Anderseits spricht der Geist Samuels zu Saul in der Höhle von Endor: „Warum störst du meine Ruhe? Heute noch wird der Herr dich strafen, und morgen wirst du mit deinen Söhnen bei mir (im Scheol) seyn." I. Sam. XXVIII, 19. 20. „Gott wird mich noch heute in sein Paradies aufnehmen," äußert die Jungfrau von Dom Remy auf dem Gange zum Scheiterhaufen.

Die Väter der ersten Kirche nehmen das Paradies des Schächers für den limbus patrum oder die schmerzenlose Vorhölle, resp. Vorhalle des Himmels, worin auch Abraham sich befunden, der die Gerechten seines Stammes in seinen Schooß aufnimmt. Lk. XVI, 26. Es ist der Ort, zu dem der Erlöser niedergestiegen (I. Petr. III, 18 f. IV, 6), um den Geistern im Gefängnisse zu predigen, die beim Weltgerichte in den Tagen Noa's, dem Schächer am Kreuze vergleichbar, noch im letzten Momente in sich gingen. Das Paradies bezeichnet den Vorhof des Himmels, und die Juden nahmen gerne Palästina selber dafür, und schätzen sich noch zur Stunde glücklich, im heiligen Lande begraben zu liegen. Weil aber der christliche Tempel, wo im Sanktissimum die Gottheit sichtbar thront, das Allerheiligste des Himmels vorstellt, darum trägt der Vorhof der großen mittelalterlichen Gotteshäuser den Namen Paradies, und am Eingange findet sich mit Recht die Vorstellung von Adam und Eva, wie sie Giotto im Dom zu Florenz, Michel Angelo am Eingange zur Sixtinischen Kapelle malte. Athanasius T. I. p. 132 bedient sich des schönen Bildes, die Arianer suchten sich einzuschleichen, εἰς τὸν

4) Legis alleg. 1. ἀπὸ τῆς Ἐδὲμ τῆς τοῦ θεοῦ σοφίας. Mit ihm spricht Clemens strom. V: „Unsere Gnosis und unser geistiges Paradies ist unser Erlöser selbst." Es sollte in einem der sieben Himmel (dem vierten) liegen, wo die absolute Geistigkeit ohne materielle Trübung herrsche — nach Valentinus. Graetz Gnostizismus S. 56 f.

παράδεισον τῆς ἐκκλησίας. Paradies oder Rosengarten heißt dann auch der Gräberhof, weil man in den Vorhallen der Kirche die Gläubigen beizusetzen pflegte.

Vielleicht auf Anlaß dieser Worte des Herrn führte zuvörderst das Atrium der heiligen Grabkirche neben der Adamskapelle am Fuße des Golgotha, wo der Schächer gleich nach der Kreuzabnahme eingescharrt worden seyn mag, den Namen Paradies.[5]) Schon 870 n. Chr. nennt diesen Vorplatz der ältesten constantinischen Basilika, welche den Garten, das einstige Besitzthum Josephs von Arimathäa einnahm, darin das Kreuz als der Paradiesesbaum sich erhob, der Mönch Bernhard wie mit bekanntem Namen paradisus sine tecto. Von da ist die Benennung seit den Kreuzzügen auch auf den Vorhof so vieler bedeutender Münster des Abendlandes übergegangen. Wer wüßte nicht, daß neben der Deutschordenskirche zu Frankfurt, den Domen zu Mainz, Speier, Magdeburg, Maulbronn, Ellwangen und einigen Kirchen der Schweiz das Paradies sich findet, und die Vorhallen des Domes zu York, wie das coemeterium der Canoniker des heiligen Viktor zu Marseille, das Gerichtsgebäude zu Münster in Westphalen und das Atrium des Erfurter Domes die Benennung forterhalten, in Cöln aber neben einer Paradieseskapelle noch in der Kirche Maria ad gradus ein Altar in paradiso bestand?

XCVIII. Kapitel.

Mater dolorosa.

„Es standen aber bei dem Kreuze Jesu auch viele Frauen, welche Ihm als Diakonissen aus Galiläa gefolgt waren, und sahen von ferne

---

5) Auffallend heißt das alte Herodion mit der Grabstätte der Herodier zwischen Jerusalem und Bethlehem, wie auch der Campo santo von Hakeldama, bis zur Stunde Fardis oder el Fareidis, das kleine Paradies. Im el Haram zu Medina zeigt man außer Muhammeds Grab auch das des Aysa oder Jesus, der mit dem Propheten beim Trompetenschall zum jüngsten Gerichte kommen soll, und es heißt in der Koranlegende: Zwischen meinem Grabe und meiner Kanzel ist der Garten des Paradieses. Es ist Rada, der Garten der Gläubigen, und die Blumen und Arabesken an den Colonnaden sollen eben an Eden, pers. Hedenesch, den Garten der Freude (ἡδονή) erinnern, die die Gläubigen jenseits erwartet. Die persischen, indischen und türkischen Grabmäler liegen alle inmitten weitläufiger Gärten. Vgl. Kreuser Cölner Dombriefe 42.

zu. Unter diesen befand sich seine Mutter, seiner Mutter Schwester Maria das Weib Klopas, Jakobus des Kleinen und Jose's Mutter, Salome die Mutter der Söhne des Zebedäus, Maria Magdalena, und noch viele andere, die mit Ihm nach Jerusalem hinaufgezogen waren." [1])

Wie auf der einen Seite das Laster und die verbrecherische Verruchtheit, so hat anderseits auch die Tugend ihre Repräsentanten an das Kreuz gesendet. Fünf heilige Personen umstehen mitleidend das Kreuz des Erlösers, um wo möglich die letzte Barmherzigkeit an Ihm zu üben, darunter die eigene Mutter, die Königin der Jungfrauen, des Kreuzes Protomartyrin, dann Salome mit ihrem jungfräulichen Sohne Johannes, Maria Klopas, die Mutter zweier Jüngerpaare, und die Büßerin von Magdala. Der Herr des Lebens aber hängt ober ihnen am Kreuzesstamm zwischen den Verbrechern. Mit einmal taucht die Gnadenmutter hier wieder vor unseren Blicken auf. Nach der Hochzeit zu Kana und der Vertreibung ihres Sohnes aus Nazaret war sie auf kurze Zeit Ihm nach Kapharnaum gefolgt, aber wieder nach Nazaret zurückgegangen, ohne in die Landschaft Gennesaret mit überzusiedeln. Dafür kam sie, so oft der Heiland vom Osterfeste heimkehrte, nach Ausweis der Evangelien, Ihn heimzusuchen hinab, bis Er im dritten Jahre selbst wieder in seine Mutterstadt zurückkehrte. Nun endlich ging Er nach Jerusalem hinauf, um nicht mehr wiederzukehren; wie beunruhigend mochten die Nachrichten vom Bannstrahl der Synagoge und den öffentlichen und heimlichen Verfolgungen seiner Feinde auf sie wirken! Obwohl Frauen nicht zum Festbesuche verpflichtet waren und sie selbst das Pascha Jahrelang nicht mehr besucht hatte, war sie diesesmal entschlossen, die drei Tagereisen zurückzulegen, um in seine Nähe zu kommen; doch sie erschien nur, um Zeuge seiner Verurtheilung und schmählichen Hinrichtung zu seyn.

Wenn der Seher der Offenbarung nach dem Munde Christi spricht: „So hat Gott die Welt geliebt, daß er seinen Eingebornen dahingab, damit alle seine Gläubigen nicht verloren gehen, sondern das ewige Leben haben" — so ermessen wir aus diesen Worten zugleich das Opfer, das Maria in ihrem Sohne brachte, und wie sie durch ihre Hingebung in die unerforschlichen Plane der Vorsehung sich als würdige Mutter Gottes benahm. Gleich wie Noëmi, die Ahnfrau Christi,

1) Joh. XIX, 25. Mk. XV, 40. 41. Mth. XXVII, 55. Lk. XXIII, 49. Hieron. ep. 127. Tres Mariae stantes ante crucem.

als sie nach dem Verluste ihres Mannes und ihrer Söhne vom Moabiterlande zurückkehrend zur Heimat ihre Schritte lenkte, zu Bethlehems Frauen sprach: Nennet mich nicht mehr Noëmi, d. h. die Schöne, sondern nennet mich Mara, die Bittere, weil der Allmächtige mich mit Trübsalen überschüttet; denn ich bin ausgezogen in Fülle, und leer hat mich der Ewige heimgeführt: so konnte auch Maria jetzt sagen: Nennet mich nicht mehr „Herrin“ noch „Mutter des Herrn“, sondern nennet mich „Mutter der Schmerzen“! [2]) Welch ein Schmerz könnte größer seyn, als jener der Mutter, welche nicht bloß das gräßliche Lästern und Fluchen der Peiniger, sondern den Hammerschlag in's Ohr hört, nicht um den Sarg des Todten zu schließen, nein, um den Lebenden zu spießen und Hände und Füße an's Marterholz zu heften. Die Nägel dringen der Mutter durch's Herz; jedes Athemschöpfen des Gekreuzigten verräth, daß ihr göttlicher Sohn des qualvollsten Todes sterbe. Kein Mensch hat am Leiden Christi so vollen Antheil genommen, es so ganz mitgefühlt, als seine Mutter. Mutterliebe und religiöse Liebe steigern sich wechselseitig. Das Leiden Mariä ist von der tiefsten Bedeutung, und muß das Mitleid und die höchste Verehrung der Menschheit erwecken. [3]) Als die Gibeoniten die Söhne Sauls an's Kreuz schlugen, läßt sich Respha die Mutter in namenlosem Schmerze auf einem Trauersack am Felsen nieder bis das Wasser des Himmels über sie träuft, und wehret des Tages die Vögel des Himmels, des Nachts die Thiere des Feldes ab. (II. Sam. XXI, 6.) Wie die Mutter der sieben makkabäischen Brüder im Angesicht ihrer Marter siebenfachen Todesschmerz erlitt, so Maria beim Todeskampfe ihres Sohnes, beim siebenfachen Rufe des Leidenden.

Die Mutter voll der Gnaden, die Hochgebenedeite unter den Weibern stellt sich standhaft unter das Kreuz. Wenn die Mutter eines Verbrechers bei der Hinrichtung zugegen wäre, müßte nicht Schmach und Vorwurf auf sie fallen? Maria aber zeigt sich vor allem Volke mit der ganzen Würde und dem gerechten Stolz, den

---

2) Da kein griech. Wort auf μ endet, wurde aus dem hebr. Mirjam bei Jos. Mariamne, bei Mth. und Lk. dagegen Maria. Vgl. Ἀμίλκας, Ἀννίβας und Ἀσδρούβας für Hannibal u. s. w. Aus Joseph wird Joses oder Josepos, aus Kain: Kais, aus Abraam aber Abraamos, Abraames oder Abraas.

3) Alban Stolz Besuch bei Sem, Cham und Japhet 512 f. — Pietà ist im Gegensatz zu Maëstá die auf's tiefste erniedrigte und gedemüthigte Madonna.

am Kreuze erhobenen Gerechten ihren Sohn nennen zu dürfen. Die Gottesgebärerin steht dem sterbenden Heilande bei, wer schildert, was sie im Innern gelitten und empfunden hat! Wenn sie auch sein Leiden nicht lindern kann, so will sie wenigstens durch ihre Gegenwart Ihn trösten. Und doch muß der Anblick ihres Mitleidens Ihn im Innersten bewegen! Jetzt erfüllt sich das Wort, das der greise Simeon im Tempel weissagend zu Maria geredet: „Dir selber wird noch ein Schwert durch die Seele dringen.“ [4]) Jedes Wort des Heilands vom Kreuze durchbohrt ihre Brust, daher sie als die Mutter der sieben Schmerzen, Signora de' sette dolori, in der ganzen Christenheit verehrt wird. Sie steht hier als die Mutter der Schmerzen, ihres Namens würdig, und erfährt ein Martyrium des Herzens, um mit Bernardus zu reden, wie es nie eine Erdentochter erduldet. Schon der heilige Anselm erklärt: „Inmitten solcher Leiden ihres Sohnes hält sie sich aufrecht mit ihrem unerschütterlichen Glauben, und mit Grund wird sie in aufrechter Stellung dargestellt, wie diese der jungfräulichen Sittsamkeit geziemt. Sie zerfleischte sich nicht in ihrem großen Schmerze, sie fluchte nicht, sie murrte nicht und begehrte nicht Rache von Gott an ihren Feinden, sondern sie war aufrecht, gemäßigt, sittsam, eine überaus geduldige Jungfrau, voll Thränen, versunken in ihren Schmerz.“ Wer bewundert nicht ihren Starkmuth! sie zerrauft nicht die Haare, zerreißt nicht die Brust, sie sinkt nicht als sentimentale Heldin in Ohnmacht, und erfüllt nicht die Lüfte mit Geschrei. Um so mehr nagt der Schmerz an ihrer Seele. Es ist die Abbüßung, welche Maria für das ganze Geschlecht übernimmt dafür, daß Eva einst am Baume der Versuchung gestanden und sich in das verführerische Gespräch mit dem Satan, dem Vater der sinnlichen Lust, einließ. Maria steht hier am Baume des Lebens (Sprichw. III, 18. Offb. II, 7); Angesichts dessen aber erfüllt sich die volle Verblendung der Juden (Is. VI, 9 f.), sowie Psalm XVII, 5 f.: „Die Schmerzen des Sterbens ergreifen mich und überflüssige Unbill überschüttet mich. Die Stricke der Hölle umfangen mich, und die Banden gewaltsamen Todes überwältigen mich. In meiner Angst rufe ich zum Herrn und schreie zu meinem Gott, und

4) Lk. I, 35. Ein Schwert (oder ein Pfeil) wird durch deine Seele gehen, wie Ps. XLII, 11. LVII, 5 die Schmach und Lästerung von Menschenzungen mit einem scharfen Schwerte verglichen wird. Cf. CIV, 19. Ferrum pertransiit animam ejus. Ein altgriechischer Spruch lautet: *Ξίφος τιτρώσκει σῶμα, τὸν δὲ νοῦν λόγος.* Die Zunge ist ein scharfes zweischneidiges Schwert.

er hört meine Stimme. Die Erde bebt und ist bewegt und die Berge erzittern in ihren Grundvesten. Es neigen sich die Himmel und er steigt herab, und Finsterniß ist unter seinen Füßen. In der Sonne hat er sein Zelt aufgeschlagen, sein Tabernakel aber um ihn her ward finster, und in schwarzen Wolken verbirgt er sich. Da läßt der Allerhöchste seine Donner aus und sendet seine Blitze herab."

Wie lange mußten unter solchen Leiden und nach der am hellen Mittage hereingebrochenen Finsterniß Maria und ihrem Sohne am Kreuze die Stunden werden! Welche Seelenstärke einer Mutter, wie die, von der das Stabat mater klingt — der Hinrichtung des eigenen Sohnes beizuwohnen und bis zu seinem letzten Athemzuge in der Nähe zu bleiben! Hier gilt das Wort: „Ihr alle, die ihr am Wege vorübergeht, betrachtet, ob ein Schmerz ist wie der meine!" Maria, die Mutter der Barmherzigkeit, ist zugleich das Vorbild aller barmherzigen Töchter oder Schwestern in der Kirche, die am Sterbebette weilend jedes Todesröcheln bis zum letzten Hauche überwachen. Unter den Orientalen gehört es zur ehrwürdigen Stellung, die Hände über der Brust zu kreuzen, wenn sie beten. Künstlerisch wird Maria unter dem Kreuze mit erhobenen Händen dargestellt; es ist die Opferstellung, weil die heilige Jungfrau ihren Sohn dem ewigen Vater darbringt. Neben der Doppelkapelle der Kreuzerhöhung und Annagelung auf Golgotha steht die Kapelle der schmerzhaften Mutter; auch hat die Kirche zur Erinnerung ein eigenes Fest, den Schmerzenfreitag, acht Tage vor dem Leidenstage Christi eingesetzt. Die Scene auf Golgotha ist zudem in Tausenden von Kirchen verewigt, wo in der Mitte der Altar des Crucifixes, an der Seite ein Madonnenaltar und gegenüber ein dritter zu Ehren eines Apostels oder anderer Heiligen besteht.

XCIX. Kapitel.

Christi Testament. Vermächtniß der Mutter an den Jünger der Liebe.

„Als nun Jesus seine Mutter und den Jünger, den Er lieb hatte, stehen sah, sprach Er zu seiner Mutter: Weib, sieh hier deinen Sohn! Hierauf zum Jünger: Sieh hier deine Mutter! Und von der Stunde an nahm sie der Jünger zu sich." [1])

1) Joh. XIX, 26. 27. Ähnlich lautete die jüdische Trauungsformel oder

Am Kreuze hangend und dem Tode nahe empfiehlt Christus in seinem letzten Willen die Mutter dem Erben seiner Liebe. Die beste Erbe überträgt Er seinem Geliebtesten. Bei den Hebräern waren immer die Söhne und Erben gehalten, die Wittwe zu verpfründen, und ihr Pflege und Unterhalt zu reichen. 2) Dieß hatte Jesus seit Joseph des Nährvaters Tode gethan; da aber nun die Mutter ihren eingebornen und einzigen Sohn verliert, übernimmt Johannes die süße Sohnespflicht. Der Heiland schließt vor seinem Hintritte noch sein Testament ab: seinen Geist vermacht Er seinem himmlischen Vater, seinen Leib dem Grabe, sein Blut der Kirche zum Sakrament des neuen Bundes, das Paradies dem Schächer, seine Kleider den Kriegsknechten, seine Mutter ihrem Adoptivsohne, der für sie sorgen werde, wie Jesus selbst als Adoptivsohn Josephs gethan hatte.

Weib, spricht Er zum Abschied, wie im Beginne seiner Laufbahn bei der Hochzeit zu Kana, nicht in abstoßendem und verletzendem Tone, sondern in derselben Weise, wie auch die adelige Gemahlin des Landpflegers Pilatus Mth. XXVII, 19 γυνή heißt, und in unserer altdeutschen Sprache es unentschieden ist, ob die Benennung Weib oder Frau für ehrenvoller galt, bis Frauenlob dem letzteren Worte den Vorzug gab, und daher auch seinen Namen erhielt.

Das ist deine Mutter, spricht Christus zum Jünger der Liebe, und allen, die Jesum lieben, ist die Heilighaltung und Verehrung der Madonna an's Herz gelegt: sie ist unsere gemeinsame Mutter. In einem Liede Diego Murillo's werden die Worte des Erlösers an die Jungfrau und Johannes sinnvoll gedeutet, als gelten sie der ganzen erlösten Menschheit: jeder soll in Maria seine Mutter, in Christus seinen Bruder finden. Sieh deinen Sohn, spricht der Heiland zu jeder Mutter, die ihr Kind für das Reich Gottes und insbesondere zum Dienste der Kirche erziehen will; sieh deine Mutter, ruft Er jedem Sohne in's Gewissen, daß er seine Ältern im Alter unterstütze und ehre.

---

das Ehegelöbniß bei den Brautleuten: Ecce me sponsum (virum) tuum, ecce me maritum tuum, oder tu es uxor mea, tu es sponsa mea. Otho s. v. uxor. Wenn die Seele beim heiligen Abendmahle ihrem Erlöser angetraut wird, sind es wieder die Worte nach dem alten Kirchenrituale: Ecce corpus domini, Jesu Christi!

2) Chetubboth c. 2. Alenda est vidua per liberos mariti defuncti. Maimon. in Ischoth c. 18. Vidua sustentatur de bonis haeredum, quamdiu vidua est, donec recipiat dotem suam.

Das war zugleich der letzte Abschied von den Seinen. Die heilige Jungfrau war jetzt neunundvierzig Jahre oder eine heilige Jubeljahrwoche alt, da sie nach allgemeiner Überlieferung in ihrem vierzehnten Jahre den Heiland der Welt empfangen hatte, so daß Mariä Geburt in das Jahr 733 u. c. 21 v. Chr., und zwar nach kirchlicher Feier auf den achten September, welcher etwa mit dem jüdischen Neujahr zusammentraf, zu stehen kömmt — während Johannes nach dem s. g. Briefe des Evodius (φῶς) damals vierundzwanzig Jahre zählte. Jetzt kam die Stunde, wo jeder nach Jesu Wort sich in das Seinige zerstreuen, d. h. sich auf sich selbst zurückziehen sollte; der Jünger der Liebe aber nahm Maria zu sich oder „in sein Haus auf“. [3]) Es ist gesagt, als ob er gleich Petrus sein häusliches Eigenthum besaß, indeß wissen wir, daß er mit der Madonna bis zu ihrem Tode sich von Jerusalem nicht entfernte. Und so lebte Maria nach der Überlieferung aus dem Munde des obigen Schülers Petri, wie sie Nicephorus Callistus (hist. eccl. II, 3) aus der Bibliothek der Hagia Sophia geschöpft, bei Johannes noch elf Jahre, und starb im Alter von sechzig, um dieselbe Zeit, da Pilatus seinem Leben ein Ende machte, worauf sie von ihrem Pflegesohn am Fuße des Ölbergs begraben wurde, und dieser bei der darauf erfolgten Hinrichtung seines Bruders Jakobus und der sofortigen allgemeinen Zerstreuung der Apostel nach Ephesus hinüberzog.

Daß ein Sterbender seinem beßten Freunde das Liebste auf Erden vermache, ist kein seltener Vorgang. Hinterließ doch der Korinther Eudamidas, der selber äußerst arm war, aber reiche Freunde hatte, in seinem Testamente nach Luzian wörtlich das Legat: „Dem Aretäos vermache ich meine Mutter, sie zu ernähren und im Alter zu pflegen“ — und Aretäos erfüllte diese Pflicht gewissenhaft. Ebenso übergibt Polykrates, der Tyrann von Samos, die Mütter der im Kriege Gefallenen den Reichen zu ernähren mit den Worten: „Ich gebe dir diese zur Mutter.“ [4])

Drei wesentlich verschiedene Gruppen bilden sich unter dem Crucifixe. Maria steht zur Rechten, Johannes zur Linken des Kreuzes, wie auf Bildern beim Weltgerichte, wo der Täufer die Stelle des Letzteren einnimmt; Magdalena aber kniet zu Füßen, und benetzt diese

---

3) Εἰς τὰ ἴδια = לְבֵיתוֹ. Vgl. Joh. XVI, 32. XX, 10. Esth. VI, 12.

4) Ὅτι μητέρα σοι ταύτην δίδωμι. Friedlieb Archäol. 154.

abermals mit Zähren, wie sie Lk. VII, 38 bei der ersten Begegnung gethan. Es ist die erste oder mittlere Gruppe. Die zweite bilden links die Lästerer, jene Hohenpriester und Pharisäer, die das crucifige über Ihn gerufen, und noch den Sterbenden verhöhnen; die dritte Gruppe wird rechts durch die römischen Kriegsknechte gebildet, welche der Theilnahme an der Weltherrschaft sich stolz bewußt sind und die Staatsomnipotenz repräsentiren, nebst Joseph von Arimathäa.

Das Heidenthum verhält sich zum Christenthum, wie die mediceische Venus zur sixtinischen Madonna. Maria, die Sündenlose, und Magdalena, die Büßerin, stellen sich unter das Kreuz des Herrn; die Reuige an der Seite der Unbefleckten blickt zu Dem auf, der gekommen, nicht die Gerechten, sondern die Sünder zur Buße zu rufen. Magdalena zerfließt in Thränen, und der Heiland nimmt dieß Bekenntniß wohlgefällig an und spricht: Deine Sünden sind dir vergeben; ebenso erlangt der rechte Schächer auf sein Geständniß Vergebung. In Johannes und Magdalena wird zugleich der Weg der zweifachen Leidensbetrachtung uns vorgestellt; jener der inneren Contemplation ist durch den Jünger der Liebe gewiesen, welcher den Heiland am Kreuze und die Mutter der Schmerzen vor Augen hat und sich in den Höhen der göttlichen Geheimnisse ergeht, wogegen Magdalena mit dem Todtenkopfe zu Füßen den Weg der Buße und thränenreichen Nachfolge Christi betritt und in die Tiefe der Schmerzen und des zeitlichen Elends sich versenkt, um mitduldend die Gnade und Barmherzigkeit des ewigen Vaters kennen zu lernen, der seines eigenen Sohnes nicht verschont, sondern ihn zum Heile der Welt hingeopfert hat.

C. Kapitel.

Der durstleidende Heiland.

„Endlich, da Jesus wußte, daß alles vollbracht sey, und da die Schrift ganz erfüllt werden mußte, sprach Er: Mich dürstet!“ (Joh. XIX, 28.)

Von großem Blutverluste ausgedörrt, begehrt der Heiland zu trinken: die Zunge klebt Ihm am Gaumen, und in heißem Athem gehen alle Lebensgeister auf, der Schlund scheint sich zu verengen, ja der ganze Körper, von Trockenheit und Beklemmung zusammengeschnürt, will vor Hitze verbrennen. Das ist die furchtbarste aller Martern bei dieser Hinrichtungsart, und der Tod tritt gewöhnlich nur in Folge von wahnsinnigem Durst und krampfhafter Erstarrung ein. Man erwäge den durch die erbärmliche Zerfleischung unter den Streichen der vier Geißler erlittenen Blutverlust, die Kreuzschleppung halbwegs nach Golgotha, bis der Heiland ermattet niedersank, das erneute Blutverspritzen bei der Annagelung, den entsetzlichen Schmerzensstoß bei der Versenkung und Aufrichtung des Kreuzes, die Mark und Bein durchdringende Qual und verzehrende Glut des Gekreuzigten, das durch die Ausspannung an der Mittagssonne beschleunigte Wundenfieber — mußten diese Leiden nicht die stärkste Natur überwältigen! Selbst die abgehärteten Mörder verstummen und versinken in jenen stupor, der dem Tode zunächst vorangeht. Jesus kann das Haupt nicht regen, ohne die Dornen sich noch tiefer hineinzudrücken. Von den Armen und Füßen fließt desgleichen der Blutstrom und bei jedem Todesschauer, der den Körper überläuft, bricht die Kruste neuerdings auf.

Über die unaussprechlichen Qualen des langsamen Kreuztodes mögen uns folgende medizinische Auseinandersetzungen [1]) eine Vorstellung geben:

1) Die unnatürliche gewaltsame Lage des Leibes mit aufwärts ausgestreckten Armen während einer so langen Zeit mußte eine Folter seyn, die nicht mit Worten beschrieben werden kann, zumal nicht die geringste Bewegung oder Zuckung erfolgen konnte, ohne durch den ganzen Leib, besonders aber an den durchbohrten Gliedern und an dem durch die Geißlung zerfleischten Rücken unerträgliche Schmerzen zu verursachen.

2) Die Nägel waren oben an den Stellen durch die Glieder getrieben, wo die vielen reizbaren Nerven und Sehnen zusammenlaufen, die theils verletzt, theils gewaltsam gedrückt wurden, so daß hiedurch die empfindlichsten Schmerzen erregt und immer noch vermehrt wurden.

3) Die verwundeten Theile, beständig der freien Luft ausgesetzt, mußten nothwendig entzündet werden und allmälig blau und schwarz anlaufen. Eben dieß trat wohl auch an anderen Theilen ein, wo immer die Säfte, welche durch die gewaltsame Spannung des Körpers in ihrem Laufe gehemmt wurden, in Stockung geriethen. Die Inflammation dieser Theile und der daraus erwachsende Schmerz mußte in jedem Augenblicke zunehmen.

4) Da das Blut, welches aus der linken Herzkammer durch die Pulsadern in alle Theile des Leibes getrieben wird, in den verwun-

1) Chr. G. Richter dissert. quat. medicae. Goetting. 1775. p. 37 sq.

deten und gewaltsam aufgetriebenen Extremitäten nicht genug Platz fand, so mußte es mit vermehrtem Drange nach dem noch freien Kopfe hinfließen, die Schlagader unnatürlich ausdehnen und drücken, und so immerfort zunehmende Kopfschmerzen verursachen. Wegen dieser Hemmung des Blutumlaufs in den äußersten Theilen konnte sich auch die linke Herzröhre nicht alles Blutes entladen, und mußte das aus der rechten ihr zuströmende zurückhalten; darum fand das Blut in der Lunge keinen freien Abfluß mehr, woraus sich Herzbeklommenheit, und da in allen Adern Bedrängniß entstand, eine große Beängstigung ergab.

5) Unter solchen beständig wachsenden Martern und Qualen lebte der Gekreuzigte auf dem schimpflichen Galgen gewöhnlich drei Tage. Wenn der Heiland schon nach einem halben Tage seine Seele aushauchte, bevor Er noch den Herzensstoß erhielt, so trug hiezu die unsägliche Erschöpfung in Folge der vorangegangenen zwölfstündigen Torturen jeglicher Art bei.

Jesus litt an seinem ganzen Leibe, wie Thomas von Aquin III, qu. 46, a. 5 erinnert, das Prophetenwort zu erfüllen, daß man alle Gebeine zählen konnte. Der Inhaber des lebendigen Wassers, der die Samaritin um einen Trunk angesprochen, um sich ihr als den Herrn der Lebensquelle kund zu geben; der wandernde Fels in der Pilgerfahrt durch die Wüste dieses Lebens, an dessen Born sich alle erquicken, und von dem Paulus I. Kor. X spricht: Petra erat Christus — Er ruft hier verlassen am Kreuze: Mich dürstet. Ihn dürstet nicht nach Gold und Ehren oder weltlichem Vergnügen, sondern nach dem Heile der Menschen selbst auf Kosten seines Lebens. Ihn dürstet ebenso leiblich, denn jedes Glied seines Leibes, an dem vom Haupte bis zur Ferse keine heile Stelle mehr war, selbst Zunge und Gaumen, alle seine fünf Sinne sollen in Mitleidenschaft gezogen werden.

Der Heiland hatte mehr als die anderen sich verblutet; die große Erschöpfung aber, wie sie bei Verwundeten auf dem Schlachtfelde eintritt, wo die lymphatischen Gefäße mehr und mehr entleert sind, setzt den Körper in fieberhafte Aufregung und erweckt den entsetzlichsten Durst. Ein Trunk hierauf zieht soporöse Betäubung, und wie unvorsichtiges Essen bei rasendem Hunger nicht selten den schleunigen Tod nach sich. Alexander verlor nach Curtius l. VII bei solcher Gelegenheit einst mehr Mannschaft, als je in einer Schlacht. Was todtwunde Krieger in schauerlichen Nächten auf verlassenen Schlachtfeldern leiden, ist weit weniger verzeichnet, als die Drangsale im Leben der Martyrer. In der Geschichte des heiligen Emeram (Surius ad d. 22. Sept.) wird gemeldet, daß er, an den Pfahl gebunden und aus zahllosen Wunden blutend, zuletzt nur mehr über Durst sich beklagt habe. Gleichwohl hat man selbst bei Pfählungen Beispiele, daß Menschen bis an den dritten Tag, ja noch länger auf diese Weise lebend am Kreuze hingen.

So begegnen wir in einer arabischen Handschrift aus den Kreuzzügen der Erzählung von einem „gekreuzigten Mamluken", der aus irgend einem Grunde die Hand zum Morde wider seinen Herrn erhoben hatte, und an den Ufern des Flusses Barada unter dem Schlosse von Damaskus an's Holz geschlagen wurde, das Angesicht gegen Osten gekehrt. Seine Hände, Arme und Füße waren angenagelt, und so blieb er von Freitag Mittags bis zu derselben Stunde am Sonntage, wodann er starb. Er war der wohlgestaltetste der Jünglinge, ja bildschön von Gesicht, und hatte das längste Haar, dessen Werth (wie wir ähnlich II. Sam. XIV, 26 von Absolom lesen) einige Tausend Dirhems betrug. Merkwürdig durch seine Stärke und Tapferkeit war er mit seinem Herrn im heiligen Kriege bei Askalon gewesen, wo er eine große Anzahl Franken erschlug, und als er noch sehr jung war, hatte er einen Löwen getödtet. Mehrere außerordentliche Dinge trugen sich bei seiner Annagelung zu, wie: daß er sich ohne Widerstand der Kreuzigung hingab, und ohne Klagen seine Hände ausstreckte, die zuerst angenagelt wurden, und nach ihnen die Füße; er sah unterdessen zu und that nicht Einen Seufzer, veränderte nicht die Farbe, und bewegte nicht seine Glieder. Als er aber aufgestellt war, warf er seine Füße umher, bis er die Befestigung der Nägel locker machte, so daß er sie, wenn sie nicht stark im Holze gehaftet hätten, herausgerissen haben würde. Aber die fürchterlichste Qual war der Durst. Ich habe, meldet der Erzähler, dieß von einem Augenzeugen gehört, der mit zugegen war. Er hing endlich geduldig und schweigend, bis er starb, und brachte keine Weheklage vor, sondern blickte rings um sich auf das Volk zur Rechten und zur Linken: aber er flehte um Wasser, doch keines ward ihm verabreicht. Die Herzen des Volkes erweichten sich zum Mitleid gegen ihn und zum Erbarmen über ein Geschöpf Gottes, das, noch Jüngling, unter einer so schweren Heimsuchung litt. Unterdeß floß Wasser rings um ihn, und er sah darauf hin, und sehnte sich nach einem Tropfen ..... und er klagte über Durst den ganzen ersten Tag: hierauf wurde er still; denn Allah gab ihm Stärkung. [2])

Fürwahr! das grausamste Unthier ist der Mensch, aber nur türkische Barbarei konnte die römische bei der Kreuzigung des unschuldigsten Gottessohnes in diesem Stücke noch überbieten. Daß bei den Hinrichtungen in christlichen Ländern der Tempel Gottes in aller Geschwindigkeit abgetragen wird, ist jedenfalls dem Geiste des Christenthums zu danken.

Wie der ewig denkwürdige Psalm XXI, 16 prophetisch das gottmenschliche Leiden schildert, so klebte jetzt dem Heilande in trostloser Wirklichkeit die Zunge am Gaumen, sein Schlund war heiß, seine Adern wie versengt, seine Eingeweide wie von Feuer verzehrt, der ganze Körper ausgedorrt, darum ruft Er: Mich dürstet!

CI. Kapitel.

Der Essigtrank.

„Es stand aber eine Flasche voll Essig da; alsbald lief einer von ihnen hinzu, nahm einen Schwamm, füllte ihn mit dem Essig, steckte ihn auf einen Hysopstengel, und hielt ihn Ihm so an den Mund.“ [1])

Die römischen Krieger hatten zu ihrem Getränke eine Art Essig, mit Wasser verdünnt, was sie posca nannten. Die Alten hießen auch eine ganz schlechte Sorte Wein, welche vom Essig nicht viel verschieden war, חֹמֶץ, *οἰνάριον* oder *ὀξίνης*, römisch vappa. [2]) Auch die römischen Kriegsobersten, und selbst ihre Impera-

---

2) Nach Kosegartens Chrestom. arab. p. 33 sq. bei Wiseman Zusammenh. d. Ergebn. S. 210.

1) Joh. XIX, 29. Lk. XXIII, 36. Markus XV, 36 und Matthäus XXVII, 48 stellen es so dar, als habe Jesus, bis dieß geschah, schon das nächste Wort gesprochen; daher sind einige der Meinung, es sey einer der herumstehenden Juden mit dem Essigschwamme hinzugelaufen, zum Hohne, um Ihm denselben an die Nase zu halten, und seine Lebensgeister wieder zurückzurufen oder Ihm die Wunden auszuwaschen, und mit dem Schwamme das Blut zu stillen, bis der Elias käme! Vielleicht diente der Essig dazu, die Gekreuzigten, wenn sie bei der Annagelung von einer Ohnmacht befallen wurden, wieder zu Sinnen zu bringen.

2) Galen. l. I. c. 17 de simpl. med. facult. *οἶνον τεθνεῶτα καὶ νεκρὸν εἶναι τὸ ὄξος.* Nach Rosenmüller = omphacium, Saft von unreifen Trauben.

toren kosteten mitunter von der posca der Soldaten, so Scipio, Metellus, Trajan, Hadrian und andere. [3]) Es war ein Trunk für gemeine Leute, wie in Ägypten jene Art von Bier, welche schon Herodot kennt und man noch heute aus der Gährung von Gerstenbrodkrummen in Wasser bereitet. Wir lesen zur Genüge von eigenen Essigschenken, wie z. B. der Freigelassene des Vitellius zu Puteoli eine hielt (Sueton. Vit. 12), auch in Garküchen verabreichte man ihn. [4]) Schon im höchsten Alterthum bedienten sich die Schnitter einer Schaale Essig, um ihr Brod herauszutunken, und das Beispiel im Buche Ruth beziehen die Rabbinen [5]) sogar auf die Leiden des Messias. Eine solche Essigflasche hatte also die Wache bei sich, und einer davon, doch noch halb menschliches Mitleid fühlend, reichte Ihm hievon zu trinken, was aber dann gewöhnlich schleunigen Tod zur Folge hatte. Wir lesen nicht, ob auch die Schächer davon bekamen, vielleicht damit es mit der Hinrichtung und der Kreuzwache eher zu Ende ginge? Aber dafür trat schließlich die Beinbrechung ein.

Ein Schwamm ward mit Essig gefüllt. Man gebrauchte nach

---

3) Julian ep. 27. p. 161. Lydus de re milit. VI, 7. Spartian in Hadrian 10. Ipse quoque inter manipulares vitam militarem magistrans, cibis etiam castrensibus in propatulo libenter utens, h. e. larido, casco et posca. Und in Pescen. Nig. c. 10. Idem jussit vinum in expeditione neminem (militum) bibere, sed aceto universos esse contentos. Persius Satyr. IV. Pannosam faecem sorbens morientis aceti. Vegetius de re milit. IV, 7. Ulpian lex XII. t. 38. l. 1. C. de erogat. milit. annon. Repetita consuetudo monstravit, vinum atque acetum milites nostros solere percipere: uno die vinum, alio acetum.

4) Horaz l. II. Satyr. 3:

> Si positis intus Chii veterisque Falerni
> Mille cadis, nihil est, ter centum millibus, acre
> Potet acetum.

Plaut. miles glorios. A. III, sc. 2. rudens. A. IV, sc. 2, v. 32. Sed hic rex cum aceto pransurus est et sale sine bono pulmento. Vulcat. Gallic. vit. Avid. Cass. c. 5. Et propter lardum ac buccellatum atque acetum militem in expeditione portare prohibuit.

5) Midrasch Ruth II. „Accede huc, et comedes de pane, et tinges frustum tuum in aceto." Loquitur de rege Messia. „Accede huc": i. e. appropinqua ad regnum. „Et comedes de pane": iste est panis regni. „Et tinges frustum tuum in aceto": hae sunt passiones vel tormenta Messiae, de quo dictum est Is. LIII: „Et ipse vulneratus est propter culpas nostras, contritus propter peccata nostra."

Schabbat c. 21, 3 dergleichen Schwämme mit ledernen Handhaben, um sich weniger die Finger zu netzen. Den Legionären diente derselbe, um nach der Henkerarbeit das bei der Annagelung verspritzte Blut sich von Armen und Knieen zu waschen. Sie steckten den Schwamm auf Hysop; I. Kön. IV, 33 wird dieser unter die Bäume gerechnet, wohl nur, weil man ihn statt Holzes sammelte. (Pea c. 11, 8.) Der Azub oder Hysop figurirt in der Schrift als das kleinste unter den Holzgewächsen, er sproßt auch an der Wand und diente sogar als reinigendes Arzneimittel. Josephus bell. VI. 3, 4 gedenkt eines Ortes Bethezob jenseits des Jordan, woher jene Maria stammte, die während der Belagerung Jerusalems aus Hunger ihr eigenes Kind verzehrte. Vitringa hält dafür, daß auch der Platz Bethso in Jerusalem eigentlich בֵּית צוֹאָה Haus des Hysop zu deuten sey. Hysop wächst sowohl am Ölberge, als am Berge des Ärgernisses auf der anderen Seite der Stadt, und wird nach dem arabischen Naturbeschreiber Isak ben Omran im Morgenlande oft Ellen lang. Die Rabbinen unterschieden (Para c. 11, 7) zwischen Hysop zur Nahrung (officinalis), welcher bitter schmeckte, und Hysop zur Feuerung, welcher nach Succa f. 13, 1 insbesondere zur Errichtung der Laubhütten am Tabernakelfeste diente. Drei Hysopstängel waren nach Para 11, 9 zur Besprengung von Aussätzigen vorgeschrieben; er vertrat bei den Juden die Stelle des sühnenden Lorbeers oder Sprengwedels. Mit Hysopbüscheln ward vor Alters am heutigen Tage bei dem ersten Auszuge aus Ägypten das Blut des Opferlammes an die Thürschwellen gesprengt. Darum ruft der Psalmist LI, 9: „Besprenget mich mit Hysop, so werd' ich rein." Jetzt war Christus unser Opferlamm geworden, und so hat auch der Hysop seine Stelle und Bedeutung, nur daß er mit dem Blute des Eingebornen in Berührung kam. Also sehen wir heute vom Feigenbaume bis zum Hysop, vom Dornstrauche bis zum Meerschwamme und Seerohr die Gewächse der Erde bei der Kreuzigung mitbetheiligt. Anders gestaltet sich das Bild, wenn wir nach der kühnen Conjektur des Camerarius, statt *ὑσσωπος* vielmehr *ὑσσός*, oder mit Heinsius *ὑσσωτός*, das griechische Wort für telum [6]) zu lesen haben, so daß der Römer ganz einfach

---

6) Vegetius de re milit. II, 5. Daher die Emendation *ὑσσῷ προπεριθέντες*. Cf. De potu salvatoris moribundi diss. Joh. Ulr. Zornius Campid. Suevus Jenae 1762.

seinen Schwamm an dem Wurfspeil oder Lanzenschaft, den er zur Wache an der Hand führte, oben aufgesteckt hat!

„Da nahm Jesus den Essig, den sie Ihm zu trinken reichten.“ (Joh. XIX, 30. Mth. XXVII, 34. 48.)

So erfüllte sich das Wort Ps. LXIX, 27: „Sie gaben mir Galle zur Speise, und tränkten mich in meinem Durste mit Essig!“ und Klagel. III, 15: „Man hat mich mit Bitterkeit gespeist und mit Wermut getränkt.“ Deuter. XXIX, 18 wird der Götzendiener einer Wurzel verglichen, die Galle und Wermut trägt. (Vgl. Hebr. XII, 15.) Nach Augustin de consens. evgl. III steht Galle für Bitterkeit überhaupt.[7]) Auch der gallige Spott der Juden und bittere Hohn der Heiden zusammen tränken dem Gekreuzigten sein Leiden noch mit intensiverer Schärfe ein. Kurz, das Land, das von Milch und Honig fließt, hat dem Heilande nur Essig und Gallenbitterkeit zu bieten.[8])

CII. Kapitel.

Die Erdfinsterniß.

„Aber von der sechsten Stunde verbreitete sich eine Finsterniß über die ganze Erde, und die Sonne verdunkelte sich bis zur neunten Stunde.“ (Mk. XV, 33. Mth. XXVII, 45. Lk. XXIII, 44. 45.)

Von Mittag bis zur Vesperzeit zieht sich das Opfer hin, und in dem Grade, wie sein Inneres umnachtet, muß zunehmend auch die äußere Natur sich verdunkeln. Die Sonne wird blaß und glanzlos, ein Schauer weht durch die harrende Schöpfung, und Beben durchzuckt jede unbewußte Creatur. Es herrschte zuletzt eine dichte Finsterniß. Was der Prophet Joel[1]) verkündete: „Sonne und Mond werden verdunkelt werden, und die Sterne ihren Glanz zurückziehen; denn der Herr wird rufen über Jerusalem, und Himmel und Erde

---

7) Fel terrae heißt Plin. XXV, 6 das bitterste Kraut, wie Centaurion, das Tausendguldenkraut. Vgl. Ez. XXX, 34. Galle nach Michaelis = lolium temulentum, Coloquinte.

8) Vgl. Plaut. truculent. A. 1, sc. 2. In melle sunt linguae sitae vestrae (meretrices) atque orationes Lacteque, corde felle sunt sita atque acerbo aceto. Auson. epigr. 15. Qui melle carmen atque felle temperans torpere musas non sinis.

1) II, 10. III, 15. 16. Js. XIII, 10. Ez. XXXII, 7. 8. Amos VIII, 9.

werden erschüttert werden" — das hatte sich jetzt erfüllt. Finsterniß entstand, vergleichbar derjenigen, welche der Erlösung Israels aus Ägypten voranging. Wie aber im Gesichte der Seher die Sonne über Babylon und Misraim verging, so war jetzt in der Wirklichkeit der Natur Israels Sonne verdunkelt; denn während das Land Gosen, wo die Kinder Israels wohnten, verschont geblieben war (Ex. X, 22—24), jenen den Untergang, diesen die nahende Befreiung anzudeuten, trat jetzt der umgekehrte Fall ein: Israels Stern ging unter, drohend rollte bereits der Donner im Westen, und es zuckten die Blitze zu ihrem Verderben, hell aber ging dafür das Licht für die Heidenwelt auf. Eigenthümlich klingt der rabbinische Ausspruch (Ugolini thes. 18, p. 379), daß Sonnenfinsternisse für die Heiden, Mondverfinsterungen aber für die Juden bedeutsam seyen. War dieß mit eine Ursache, daß die einheimischen Autoren von diesem Sonnendunkel weniger Notiz genommen? Als Der verscheiden wollte, welcher einst gerufen: es werde Licht! und der selber das Licht der Wahrheit war, da dunkelte das Himmelslicht, der Tag wandelte sich in Nacht, und Kälte und Frost brach herein. So aber spricht der Herr Is. L, 3: „Ich umkleide den Himmel mit Dunkel und mache einen Sack zu seiner Decke." Es ist der Trauerflor, mit dem sich das Firmament umzieht, das Kleid der Klage und Schmerzen. „Finsterniß bedecket das Erdreich und Dunkel die Völker," wie Is. LX, 2 geweissagt, „aber (am dritten Tage) gehet auf der Herr und seine Herrlichkeit erscheint, daß die Heiden in seinem Lichte wandeln." Bei der Geburt des Heilandes verbinden sich Sonne und Planeten zu einer wunderbaren Constellation, und es offenbart sich zugleich ein neuer Stern; bei seinem Tode dagegen trauert die ganze Natur, und der Bote des himmlischen Lichtes hüllt sich gleichsam in Sack und Asche. Die Sonne Israels ging damit unter, wie Amos VIII, 9 verkündet: „So spricht der Herr: Zur selben Zeit will ich die Sonne am Mittag untergehen, und das Land am hellen Tage finster werden lassen." (Vgl. Jer. XV, 9.) Eine manichäische Erklärung bei Simplicius (Comment. in Epict. enchirid. c. 34 p. 167) besagt: „Wenn die Übel, welche mit dem Bau der Welt verflochten sind, durch ihre Bewegungen viele Verwirrung und Aufruhr stiften, so ziehen die Himmelslichter gewisse Vorhänge vor, um an jenem Gewühle keinen Antheil zu haben, und die Finsternisse beurkunden eben dieß Verborgenseyn derselben hinter den Vorhängen." Auf dem Elfenbeindeckel eines Evangeliariums aus dem XII. Jahrhundert von Niedermünster, nunmehr in München, ist zu lesen:

Igneus Sol obscuratur in aethere,
Quia Sol justitiae patitur in cruce,
Eclipsin patitur et Luna,
Quia de morte Christi dolet ecclesia.

Dieses, sowie die anderen großen Naturereignisse im Leben des Menschensohnes geben Zeugniß, daß die Geschichte des Reiches Gottes auch in die Ordnung der Natur eingreift und diese zu den großen geistigen Epochen sich nicht theilnahmlos verhalte. Das Chaos scheint wieder angebrochen, es ist gleichsam keine Zeit, denn der Zeiger an der Himmelsuhr verschwindet. Plutarch läßt Pericl. III, 392 f. für alle wichtigen Unternehmungen einen unglücklichen Erfolg ahnen, wenn eine Sonnen- oder Mondfinsterniß einfiel, und es schien ihnen nöthig, noch drei Tage nach der Eklipse auf der Hut zu bleiben. Sonach erscheinen die Tage bis zur Auferstehung als Unglückstage. Überhaupt verkünden alle Verfinsterungen der himmlischen Körper nach Justin XXII, 6 eine Veränderung der Lage der Dinge. Bei der Hinwegnahme des Romulus wie bei der Ermordung Cäsars erblaßte die Sonne, was die Autoren einmüthig bezeugen. Dasselbe melden die Rabbinen vom Tode ausgezeichneter Lehrer und großer Hoherpriester. Ja Sonnenfinsternisse wie Erdbeben galten nach Thukyd. I, 128 für eine Strafe des Himmels. Als während einer Schlacht der Meder und Lydier sich eine Eklipse ereignete, ließen beide Parteien sogleich die Waffen sinken und schloßen den Frieden ab. (Herod. I, 74.) August erbaute einem zu seiner Zeit erschienenen Cometen einen Tempel in Rom, den einzigen derart auf dem ganzen Erdkreise, wie schon Plinius (II, 23. XXXVII, 3) bemerkt. Sonnenfinsternisse bezeichnen den Sturz von Reichen, den Tod großer Könige, und wer möchte dieser Anschauung des Alterthums bei den unläugbaren Himmelserscheinungen, die nach Josephus vor der letzten Katastrophe Jerusalems eintraten, ihre Bedeutung absprechen? Traten dieselben Vorzeichen am Firmamente doch auch vor dem Ausbruche des cimbrischen Krieges ein. [2])

2) Plin. II, 58. Schwenk Mythol. II, 400 f. Humboldt hat im Kosmos III, 413 viele Fälle von außerordentlichen Sonnenfinsternissen zusammengestellt, so die 45 v. Chr. bei Cäsars Tod. In Said ibn Batriks Weltgesch. I, 476 ist aufgeschrieben, daß zur Zeit Constantins am Pfingsttage den 9. Mai zur dritten Tagesstunde ein Lichtkreuz über Golgotha bis zum Ölberge sich zeigte, welches mehrere Stunden lang heller als die Sonne glänzte. (Vgl. das In hoc signo vinces.)

- Die ganze Schöpfung wartet eines Harrens auf die Offenbarung der Kinder Gottes; sie seufzet und liegt in Geburtswehen, wie der Weltapostel Röm. VIII, 19. 22 so trefflich spricht. Dieß Mitgefühl drückt sich in der Finsterniß beim Tode des Herrn aus. Wie bei der Geburt, so ist auch beim Tode Christi die Natur in Bewegung. Die Sonne verschleiert bildlich ihr Angesicht, sie kann sein Leiden nicht schauen; die Schöpfung hüllt sich in Grabesnacht, denn Jesu Tod berührt das Weltganze. Er war geboren in stiller Mitternacht, und erhellte die Welt mit seinem Himmelslichte: aber am hellen Mittag schlug sie Ihn dafür an's Kreuz, und finster ward das Mittagslicht vor Grauen.

Da beim Vollmonde am Pascha eine regelmäßige astronomische Verfinsterniß nicht möglich ist, auch die Evangelisten sie nicht ἔκλειψις sondern σκότος nennen, so haben wir an eine atmosphärische Strahlenbindung und Verdunklung des Luftkreises zu denken. Es ließe sich diese Sonnenblässe im Zusammenhange mit dem Erdbeben erfassen, da nicht selten vulkanischen Ausbrüchen und Erdmotionen förmliche Verdunkelungen auf weite Gebiete vorangehen. Ob die Finsterniß übrigens bloß das jüdische Land, oder ob sie die ganze Erde bedeckte, und Lukas XXIII, 44 sie selbst in Antiochia ungefähr von der sechsten bis zur neunten Stunde beobachtete, ist aus dem griechischen Ausdruck allein nicht zu entscheiden; indeß sah das christliche Alterthum bis auf Orosius VII, 4 darin ein Zeichen, welches auch den anderen Welttheilen zu Theil geworden. Auffallend ist die Sicherheit, womit schon vor Tertullian, dem ältesten der Väter, (Bd. I, 299) der Martyr Lucian sich auf das Zeugniß der Archive für diese Finsterniß beruft, jener auf die römischen, dieser auf die zu Nikomedien. „Ziehet eure Annalen zu Rath," ruft er, „und ihr werdet finden, daß in den Tagen des Pilatus beim Leiden Christi die Sonne am hellen Tage verschwunden und das Mittagslicht unterbrochen wurde." — Nach Jesu Tod trat wieder der natürliche Zustand ein, so daß man den Anbruch des Abends unterscheiden konnte.

Der Schatten der Finsterniß streicht wie ein Todeshauch über die lebende Natur und Schauer ergreift jeden Lebenden. Die alten Dichter bedienen sich der stehenden Metapher, Angesichts der thyesteïschen Kindesopfer habe die Sonne ihr Haupt verhüllt. (Grotius in Mth. XXVII, 45.) Nun stirbt der, welcher die blutigen Sacrificien der alten Zeit durch seinen freiwilligen Tod beschließen sollte. Mit der Erscheinung Christi, der ewigen Geistersonne, ist der alte Sonnencult beiseite geschoben; mit der Erblindung des Himmelslichtes Apollo verdunkelt, wie die Götter Ägyptens in den zehn Plagen besiegt waren. Zum Andenken, daß die Sonne in der Natur erloschen, werden bekanntlich am Charfreitag und bis zur Auferstehung alle Lichter ausgelöscht und die Kirche dunkel gehalten.

CIII. Kapitel.

Die Gottverlassenheit Christi.

„Und um die neunte Stunde schrie Jesus mit lauter Stimme: Eloi, Eloi, Lama Sabachthani! das ist: Mein Gott! mein Gott! warum hast du mich verlassen!“ 1)

Jetzt ist die Angst des Gottmenschen auf's höchste gestiegen, und durch die fallende Dämmerung dringt sein Schmerzensruf: Mein Gott, warum hast du mich verlassen! Es ist der Anfang des zweiundzwanzigsten Psalms, sey es, daß der Erlöser am Kreuze ihn sterbend noch gebetet, oder nur das Gefühl desselben Ihm durch die Seele ging. Denn die ganze Bilderreihe, worin die Propheten seit Jahrtausenden geschaut, was jetzt geschieht, ist in dem Psalme ausgedrückt, der mit jenen Worten beginnt. Aufgelöst in unendlichen Schmerz, ohne Trost und Erleichterung der namenlosen Trübsal hingegeben, ist der Leidende nach seinem Seelenzustand dort geschildert; aber auch der äußere Zustand, die Kreuzigung mit der Ausstreckung der Glieder, daß alle Gebeine an Ihm zu zählen sind, das Theilen seiner Kleider und die Verloosung seines Gewandes, die vor Durst am Gaumen klebende Zunge, und die Rotte der Bösewichter um Ihn ist in jenen

---

1) Mk. XV, 34. Mth. XXVII, 46. Markus schreibt Elohi! Dieß ist die aramäisch-galiläische Form des Namens, wie er ihn aus dem Munde des Petrus empfing. Dahin gehört auch Schebaktani statt Azabhtani (Ps. XXII), wofür der Grieche, nach der übrigens nicht häufigen Verwechslung des ק und X bei biblischen Namen, Sabachthani schreibt. Cf. Esbuch für Azbuk. II. Esra III, 16. B. Megilla f. 15, 2 und Gl. in Joma f. 29, 1. Stetit Esther in atrio palatii interiori. Dicit R. Levi: cum ad idolum jam appropinquaret, recessit ab ea divina gloria; dixit ergo illa: Eli, Eli, lamma Azabhtani! Midrasch Tillim 22, 1. Dixit Esther: cur non facis mihi miracula. Deus mi! Deus mi! quare me dereliquisti? Lachmann liest *ἠλὶ ἠλὶ λεμὰ σαβακθανί*, Tischendorf *σαβαχθανί* wegen der griechischen Consonantverbindung, d. i. אֵלִי אֵלִי לְמָא שְׁבַקְתַּנִי.

Strophen ausgesprochen. Eli! Eli! Jesus erinnerte damit die Zuschauer, daß der ganze Psalm in diesem Augenblicke durch Ihn in Erfüllung gehe, wie ihn denn auch die Rabbinen auf den Messias beziehen.

Die menschliche Einsamkeit war noch ein kleines gegen die Verlassenheit, als die Gottheit, der Geist, der Ihn bisher geleitet und geführt, entwich, oder doch den leidenden Menschen sich selber überließ. Er sollte ganz den Schrecken der zu vernichtenden Natur preisgegeben seyn, und nicht nur sterben, nein, des Todes sterben, wie der Fluch auf Adams Sünde gelegt ward, zum Äquivalent der Schuld, die Er freiwillig zu tragen gekommen war. Wie Bergeslast lagen alle Sünden über Ihm, in ihrer grellen Häßlichkeit schweben sie wie Furiengestalten vor seiner Seele, und erfüllen Ihn mit Entsetzen. Die Hölle, die ihr Anrecht an die ihr verfallene Menschheit verlieren soll, läßt nun zur Schadloshaltung für ihre Racheforderung die ganze Wuth an ihrem Bürgen aus; aber indem sie den Stachel gegen Ihn aussetzt, bleibt dieser in seinem Fleische zurück, und Sünde, Tod und Hölle haben fürder ihre Obmacht verloren.

Er ruft nicht: mi Deus, sondern Deus meus, gleichsam: Gott in mir, warum verläßt du mich? Jesus fühlte sich bei seiner Menschheit stets in der Gotteseinheit, wie Er selber spricht: „Ich und der Vater sind Eins.“ Jetzt schien diese Unifikatio aufgehoben, die Gottheit selber kann nicht leiden, die menschliche Natur, der sterbliche Geist und Wille mußte am Kreuze sich selbst überlassen in unsäglicher Verlassenheit sich fühlen. Aber der Vater im Himmel hört seine Stimme und endet sein Leiden.

CIV. Kapitel.

Verspottung mit dem Elias.

„Da nun etliche von den Umstehenden Ihn so rufen hörten, sprachen sie: Jetzt ruft Er den Elias! Die übrigen aber sagten: Halt, laßt uns sehen, ob der Elias kömmt, um Ihm herabzuhelfen!“ (Mk. XV, 35. 36. Mth. XXVII, 47. 49.)

אל steht allein im Hebräischen als Gottesname, ausnahmsweise im Chaldäischen Ps. XXII, 1 und Syrischen Js. XIV, 13. Der Angstruf Christi: Eli! Eli! ist nicht eigentlich syrisch, obwohl das folgende Sabachthani dem damaligen palästinensischen Landesdialekt angehörte. Der Syrer spricht dafür: Mari! Mari! Mein Herr! Da

Jesus die Worte in seiner Muttersprache vorbrachte, war bei den Hörern eine Verwechslung mit dem Namen Elias um so leichter möglich, als man sprachlich häufig die Endung ה fallen ließ, und bloß Chanani, Sabdi u. s. w. sprach. Es war jedoch seitens der Juden ein absichtliches Mißverständniß und ein fortgesetzter Hohn, der ziemlich nahe lag; denn Elias galt für den eigentlichen Schutzpatron und starken Nothhelfer der Israeliten, der in den alleräußersten Bedrängnissen angerufen wurde. Daher lesen wir oft, wie er diesem oder jenem Rabbinen auf Anrufung als ein deus ex machina in unterschiedlichen Gestalten erschienen, ihn aus dem Kerker entführte und vor Folter und Tod bewahrte. Er galt den Juden auch für den Fuhrmann des Himmels, der die Seelen in das Paradies bringe, das er selber zuerst auf feurigem Wagen erobert. Zudem stand er in den Anschauungen dieses Volkes zu allen Zeiten mit dem leidenden und verherrlichten Messias in Verbindung: er ist dessen Vorläufer, ja Hoherpriester, der ihn salbt und vor dem Volke beglaubigt. Er heißt auch der Engel des Bundes nach Malach. III, 1, und die Erwartung der Juden geht noch heute dahin,[1]) der Messias werde mitten in der Nacht während der Paschafeier erscheinen — die eben bevorstand. Der Elias aber sollte Ihm vorangehen, und wird alljährlich als Erretter seines Volkes vom Joche der Heiden erwartet, daher noch die Sitte besteht, unter den für den heutigen Tag prophetischen Psalmgebeten bei den Worten (LXIX, 25. LXXIX, 6): „Gieße deinen Zorn aus über die Völker, die dich nicht mit deinem Namen anrufen" — zum Symbol die Hinterthüre zu öffnen, damit der Prophet alsogleich zum Weltgerichte hereintreten möge. Daß der Elias hin und wieder einem Frommen sich offenbarte, ist eine ebenso alte Meinung, die in den Schriften der Rabbinen[2]) vielfach bezeugt wird. Er wird als Rathgeber in Verlegenheiten angerufen, und es heißt bei den Talmudisten sprichwörtlich: „Der Thesbite wird alle Einwürfe und Zweifel lösen, warte nur, bis der Elias kömmt!"

---

1) Hieron. in Mth. XXV, 6. Traditio Judacorum, Christum media nocte venturum, quando Pascha celebratum est. Eisenmenger s. v. Elias. S. Kap. CXIII, not. 3.

2) Juchasin f. 66, 1. 79, 1. 101, 1. 118, 2. 132, 1. Otho s. v. Elias aus Aben Esra: Absque controversia est, Eliam visum fuisse in diebus sapientum sanctorum. Wetstein i. l. Jugendgesch. Jesu S. 56.

Elias galt in derselben Weise für den Patron der Sterbenden, der die Seelen in das ihm vor allen eröffnete Paradies einführen sollte, wie man im christlichen Mittelalter St. Christophorus als den betrachtete, der die Seele über den großen Strom hinübertrage, und selbst der rechte Schächer als Fürsprecher angerufen wird. Die Juden nennen außerdem noch einen Todesengel Duma oder Azariel.

Die feindseligen Pharisäer und die Hohenpriester an der Spitze glauben, der Gekreuzigte erhebe seine Stimme zum Elias, darum spotten sie: Umsonst rufst du den Elias, du Sohn Josephs, der Helfer in der Noth läßt dich stecken. Soll er, der Wagen Israels und sein Führer, dich etwa jetzt aufnehmen und in's Paradies geleiten, von dem du eben gesprochen? Er wird dir den rechten Rath geben, hilf dir nur selber! Also bietet sich uns selbst für das Mißverständniß eine sehr sinnvolle Erklärung! Und war die Verdrehung auch absichtlich, der Spott bleibt immer derselbe zu sagen: Jetzt geht es Ihm endlich zu Herzen! jetzt steht Ihm keine Hinterthüre mehr offen! Schon ruft er seinen letzten Tröster und Schutzengel an, der wird nun gleich seine Ankunft signalisiren.

CV. Kapitel.

Der Angstschrei und das Verscheiden Jesu.

„Die Sonne verdunkelte sich und Jesus rief abermals mit lauter Stimme: Es ist vollbracht! Vater, in deine Hände empfehle Ich meinen Geist! Und nach diesen Worten neigte Er sein Haupt zu verscheiden, und mit einem hellen Schrei gab Er seinen Geist auf." [1])

Schon drängt sich alles Blut und die letzten Lebensgeister in's Herz zusammen, der Athem droht Ihm zu verfangen, das Herz zu zerspringen, und in dem Grade, wie seine Angst zunimmt, sein Auge sich verdunkelt, verfinstert sich auch die Sonne mehr und mehr. Er betet die Worte des XXX. Psalms, die jetzt sämmtlich in Erfüllung gingen, und übergibt mit einem Himmel und Erde durchdringenden Rufe seine Seele in die Hände des himmlischen Vaters.

---

1) Joh. XIX, 30. Lk. XXIII, 46. Mk. XV, 37. Mth. XXVII, 50. Hugo Grotius führt aus Ovid an:

Sic corpus moriens jacet et defecta vigore,
Ipsa sibi est oneri cervix, humeroque recumbit.

Vollbracht ist das Werk des blutigen Leidens und der Erlösung, vollbracht das Opfer für das ganze menschliche Geschlecht, wie Jesus vorausgesagt: „Seht, wir gehen nach Jerusalem hinauf, damit alles in Erfüllung gehe, was vom Menschensohne durch die Propheten geschrieben steht" (Luk. XVIII, 31), und wieder, wenn Er bei Joh. XVII, 4 zum Vater betet: „Ich habe das Werk vollendet, das du mir zu thun aufgetragen, und deinen Namen vor der Welt verherrlichet." Getrunken ist der Kelch des Leidens bis auf die Neige, von dem Christus fragend zu den Zebedäiden spricht: „Könnet ihr den Becher trinken, den Ich trinken werde?" Mth. XX, 22. Was die Menschen und die gefallenen Geister der Gottheit, die persönlich im Fleische erschienen, an Beleidigung zufügen konnten, es ist vollbracht. Selbst der Tod hat seinen Stachel an Ihm ausgelassen, und die Hölle Ihn fort und fort bekämpft, um Ihn zum Falle zu bringen, um, indem das Erlösungswerk rückgängig würde, das ganze Geschlecht in den Abgrund hinabzuziehen. Vollbracht ist dagegen siegreich das Werk der göttlichen Liebe und Gnade, wovon schon im alten Bunde die unverkennbare Weissagung geschrieben steht: „Das ist unser Gott und kein anderer ihm zu vergleichen, der den Weg der Weisheit gefunden, und sie Jakob seinem Sohne, seinem geliebten Israel mitgetheilt hat. Darnach ist er erschienen auf Erden, und hat unter den Menschen gewohnt." (Baruch III, 36—38.)

Vollbracht ist das allein giltige Opfer der Erlösung, worauf bei dem uns Menschen angebornen Verlangen nach Versöhnung mit der beleidigten Gottheit alle Menschenopfer unwillkürlich deuteten, nicht zu reden von den blutigen Opfern der Lämmer und Stiere unter den verschiedenen Himmelsstrichen auf den Altären der alten Welt. Vollbracht ist alles im Centrum der Zeit und der Geschichte, worauf im Reiche der Natur und der historischen Ordnung der Dinge, wie in der religiösen Entwicklung der Nationen hingewiesen war: „Nicht mit vergänglichem Golde oder Silber, sondern mit dem kostbaren Blute des unbefleckten und tadellosen Lammes Christi ist die Erlösung vollbracht" (I. Petr. I, f.) und zwar nicht etwa bildlich, sondern thatsächlich und wirksam für alle Zeiten und Generationen. Der gute Hirt hat sich den Wölfen preisgegeben, um durch seine Hinopferung die Heerde am Leben zu erhalten. Jesus gleicht nicht jenem Baumeister bei Lk. XIV, 29, der den Grund zum Thurme legt, aber nicht vermag ihn zu vollenden. Er hat es vollbracht, und seine Kirche in seinem Blute fest gegründet. Es ist vollbracht! ist der Ausruf des Sieges im Moment des Todes.

Von den sieben Worten beziehen sich drei auf seine Umgebung, nehmlich das erste auf seine Feinde, das andere auf seine Freunde, das weitere auf seine Blutsverwandten; in den übrigen zieht Er sich auf sich selbst und seinen Rapport mit dem himmlischen Vater zurück.

Endlich gönnt Er dem Tode Zutritt, und übergibt seine Seele in die Hände des Vaters. Schon Chrysostomus äußert: „Geneigt hat Er sein Haupt, noch bevor Er seinen Geist aufgab, um damit anzuzeigen, daß Er nicht nothwendig, sondern aus freiem Antriebe gestorben, daß Er so lange gelebt als Er wollte, und wenn Er wollte, dem Tode sich ergeben habe." Ebenso Athanasius: „Geneigt hat Er sein Haupt, weil der Tod Christum fürchtete und Ihm nicht nahen durfte; darum hat Christus ihn durch Senkung des Hauptes herzugerufen." Geneigt hat Er sein Haupt, um von seiner Mutter und allen, die Ihm noch im Tode treu geblieben, Urlaub zu nehmen. Mit geneigtem Haupte wendet der Heiland sich gegen Niedergang, den Ländern des Abendlandes zu, als wollte Er sagen: seht ihr Nationen des Westens, euch neige Ich mich noch sterbend zu, wie Ich mein gnädiges Angesicht dem Petrus zu seiner Bekehrung zugewendet, und an euch soll hauptsächlich die Gnade der Erlösung sich erfüllen. Wenn ein regierendes Haupt ungern von Titeln und Ehren scheidet, so zeigt der Herr durch Entfernung seines Hauptes von dem Kreuztitel ober Ihm, daß Er nicht ein König der Juden fürder heißen wolle, sondern dankbarere Unterthanen sich erwählt habe. Christus neigt sein Haupt zur Rechten denen zu, die auf Seite der Seligen stehen, wohin Er auch die drei segnenden Finger seiner rechten Hand erhebt.

CVI. Kapitel.

Todesart des Erlösers.

Sechs Stunden hing der Herr mit ausgestreckten Armen und einem vierfach strömenden Blutquell auf seinem Marterbette: da neigt Er sein Haupt zu verscheiden. Es ist dieß ein rascher Tod, da oft selbst Gespießte bis an den dritten Tag leben. Indeß dauerte sein Leiden bereits seit Mitternacht. Er hatte durch die Geißlung und Krönung mehr erlitten und mehr Blut vergossen, als seine Mitgekreuzigten, und war schon auf dem Richtgange so schwach, daß Er sein Kreuz nicht mehr zu tragen vermochte. Sokrates endete mit siebzig Jahren an langsam tödtendem Gifte, Christus in der Blüthe des Alters und der männlichen Kraft am Kreuze. Es litt hier der edelste Sterbliche gegenüber den abgehärteten Räubern. Doch was sagen wir: Namenloser Seelenschmerz lag neben seinem leiblichen Dulden auf Ihm. Er hatte die Sünden aller Welt abzubüßen auf sich genommen, und der Undank der Menschen drückte Ihm das Herz ab. Es brach sein Herz und Er starb. Nicht selten tritt der Tod wegen übergroßer plötzlicher Freude in Folge des Zuströmens alles Blutes zum Herzen ein — aber auch das namenlose Leid und übermenschlicher Schmerz vermögen dem Menschen das Herz zu brechen.

Mit Recht singt schon Konrad von Wirzburg in seiner goldenen Schmiede V. 981:

sank er des males und schrei
da im sin herz wart entzwei
gespalten von des todes macht.

Bernhardin von Siena, Guardian und Commissarius des heiligen Landes im Anfang des XV. Jahrhunderts, und Franz von Sales erzählen von einem Ritter aus der Provence, welcher alle Sanktuarien von Nazaret bis zum Calvarienberge besuchte, endlich auch den Ölberg bestieg und dort an der Stätte der Himmelfahrt kniend voll heiliger Inbrunst und sterblichem Verlangen, dem Heilande nachzufolgen, tausend- und abertausendmal die Fußstapfen Christi mit den Worten küßte: o Jesus, meine Liebe! meine Liebe! bis er todt umsank. Als man den Leichnam untersuchte, fand man sein Herz zersprungen. Tobler[1]) führt eine ähnliche Begebenheit mit einem griechischen Pilger an, welcher beim Anblick des heiligen Grabes, des ersehnten Zieles seiner Wallfahrt, mit verklärtem Blicke todt dahinsank.

Fälle der Ruptur des Herzens aus übermäßiger Freude oder vor unnennbarem Schmerze, vor namenlosem Heimweh und wie hier aus

1) Golgatha S. 420. Mehrere Beispiele bei Reuß repertor. a soc. lit. ed. X, p. 97. Pfeifer Universal-Rep. d. deutsch. medic. Journalist. Abth. II, 158. Voigtel Pathol. Anatom. I, 403. Nach Berichten aus Göttingen ist der große Philolog Hermann 1856 förmlich an gebrochenem Herzen über den acht Tage zuvor erfolgten Tod seiner Frau gestorben. Bei der Sektion seiner Leiche fand sich keinerlei materielle Todesursache, und während seines kurzen Krankseyns hat man keine weitere abnorme Erscheinung wahrgenommen, als einen beschleunigten Puls. (Nürnb. Corresp. 14. Jan. 1856.)

gänzlicher Erschöpfung der Liebe sind in alter und neuer Zeit nicht selten, so daß man darüber Regeln aufgestellt hat.[2]) „Die Zerreißungen kommen am häufigsten auf der linken Seite, namentlich in der linken Kammer vor, und scheinen immer im Augenblick der Zusammenziehung zu geschehen. Am gewöhnlichsten reißt das Herz an der Grundfläche, der Vereinigungsstelle mit der Aorta, weil hier beide vorzüglich nur durch die äußere und innere Haut und Zellgewebe zusammenhängen. Die Veranlassungen sind nicht immer dieselben, am häufigsten Hindernisse der Blutbewegung, Verengungen und Verknöcherungen, die vorzüglich am linken Herzen häufig vorkommen."

Noch in neuester Zeit hat William Stroud in London[3]) eine Abhandlung über die letzte Ursache des raschen Todes Christi veröffentlicht, und als dieselbe einen plötzlichen Herzbruch bezeichnet, womit der den Moment des Todes unmittelbar begleitende furchtbare Angstschrei seine Erklärung finde. Der Hauptbeweis, daß dem Erlöser das Herz gebrochen, liegt darin, daß sofort das crassamentum vom serum sanguinis sich trennte, und beim letzten Herzensstoße das Blut und die Lymphe von einander ausgeschieden aus der Herzkammer sich auf die Erde ergoß. (Joh. XIX, 34.)

Diese außerordentliche Todesart eignete sich für den Heiland der Welt, der aus Liebe zu seinen Geschöpfen den Thron Gottes verlassen und zur Erlösung des sterblichen Geschlechts in den Tod gegangen. Darauf, daß das Herz Jesu, der Sitz des Lebens, im Sterben gebrochen ist, soll auch das Brechen des Brodes im Abendmahle deuten.

CVII. Kapitel.

Riß des Tempelvorhanges.

„Und siehe, der Vorhang des Tempels zerriß von oben bis unten in zwei Stücke." (Mk. XV, 38. Mth. XXVII, 51.)

Vollendet ist das große Werk der Erlösung, der Schatten des Todes liegt ausgebreitet über das Opfer. Die Gottheit ist versöhnt, die Schuld getilgt, die Weissagung erfüllt, der alte Bund ist zu Ende gekommen, der neue eröffnet, und so zerreißt der Vorhang, der das

2) Ersch u. Gruber Encyklopädie II. Sekt. VII, 91.

3) Dr. Med. A. Treatise on the Physical Cause of Death of Christ. Lond. 1847.

Allerheiligste vom Heiligthum getrennt. Jetzt soll Gott nicht mehr hinter diesem Tempel der Juden sich bergen; denn er ist der Gott aller Völker geworden, und alle sollen sich zu ihm bekehren. Jährlich am Versöhnungsfeste, wenn das vorbildliche Sühnopfer geschlachtet war, eröffnete der jüdische Hohepriester den Vorhang, um das Allerheiligste zu betreten. Jetzt war die wirkliche Versöhnung vollbracht, es trauert die ganze Natur über den Tod des göttlichen Mittlers, und der große Vorhang zerreißt; denn der ewige Hohepriester geht in das Sanktissimum ein, um dort allgegenwärtig zu wohnen, und uns zur Anbetung gegenwärtig zu seyn, ja um auch uns dort einzuführen, denn (Hebr. VI, 19. 20): „Jesus ist unser Vorgänger bis in's Innere des Vorhanges, Er der ewige Hohepriester nach der Ordnung Melchisedeks. So lange noch die Stiftshütte bestand," fährt Paulus IX, 6 f. X, 19—21 fort, „war der Weg in's Allerheiligste nicht offen. Man brachte Gaben und Opfer zum Vorbild der künftigen Dinge, und pflog der Opferspeise und Opfertränke und äußerlicher Reinigung. Christus aber ging durch eine vollkommenere Hütte, als die von Menschen gemacht war, nicht mit dem Blute der Böcke und Kälber, sondern mit seinem eigenen ein- für allemal in's Sanktissimum ein, nachdem Er eine ewige Erlösung erworben. Christus hat uns einen neuen lebendigen Weg durch den Vorhang, d. i. seinen Leib in's Allerheiligste geöffnet." Unser Leib selbst ist im Grunde nur die Hülle und der Vorhang der Seele, der sie hindert, das Angesicht Gottes zu schauen und den höheren Glanz der Sonne wahrzunehmen. Vor dem Falle, sagen die Rabbinen, war Adam in Licht (or) gekleidet; darnach aber wurde sein Körper verdunkelt, und er hüllte sich, entsprechend seiner neuen Natur, in Pflanzenblätter und Thierfelle (oroth). Darum muß durch Leiden die entstandene Trübung geläutert, und auch unser Leib im Tode gebrochen werden, auf daß der Geist in's Adytum eingehe.

In dem ersten salomonischen Tempel war nur Ein Vorhang vor einer ellendicken Mauer, welche die Scheidewand zwischen dem Sanktuarium und dem Sanktissimum bildete. [1]) Als man nach der Zerstörung und babylonischen Gefangenschaft bei der Wiederaufrichtung des Tempels unter Esra nicht mehr wußte, ob früher der Vorhang inner- oder außerhalb an der Mauer gehangen und ob diese Mauer auf dem Boden des Heiligthums oder des Allerheiligsten gestanden:

1) Bab. Joma f. 51, 2. Maimon. in Beth habbechira cap. 4. II. Chron. III, 14.

wurden nun zwei Vorhänge angebracht, und der Raum[2]) inzwischen blieb leer, so daß der Priester, der an diesem Vortage beim Abendopfer, eben um die Zeit der Schiedniß Christi zur Räucherung in's Heiligthum ging, beide Vorhänge von oben nach unten in Stücke gehen, und das Allerheiligste geöffnet sah — was bei dem früheren Tempel ohne den Fall der Mittelwand nicht geschehen, nicht offenbar geworden wäre. *Καταπέτασμα* schreiben Markus und Matthäus: dieß ist eben der bezeichnende Name für den Vorhang des Allerheiligsten (פָּרֹכֶת), während jener vor dem Heiligthume *κάλυμμα* (מָסָךְ), die übrigen zehn aber (von der Summe der dreizehn Tempelvorhänge), welche rings vor den äußeren Pforten hingen, ganz einfach *αὐλαῖαι* (יְרִיעָה) hießen. Der Vorhang zwischen dem Heiligthum und Allerheiligsten war nach mosaischer Vorschrift aus Fäden von blauer, purpurner, Kokkus- und weißer Farbe gewebt; jeder Faden sechsfach gezwirnt. Ein eigener Tempeldiener hatte die Aufsicht über die sämmtlichen Vorhänge an den verschiedenen Portikus. Dieser doppelte innere Vorhang war an vier vergoldeten Säulen ausgespannt, vierzig Ellen lang, und zwanzig breit, im Verhältniß zum innersten Heiligthum, dessen Quadratur zwanzig Ellen betrug, während die des Sanktuariums vierzig Ellen ausmaß. Von Gold und Purpur gewebt, und mit hyacinthblauen Schnüren und Bordüren verbunden, war er in 72 Felder abgetheilt, eine flache Hand dick (palmaris), und im Ganzen aus 82 Myriaden Fäden geschlungen; 82 Jungfrauen arbeiteten ein volles Jahr an ihm, dreihundert (?) Priester wuschen ihn. So hat Rabban Simeon, Gamaliels Sohn, die Sage hinterlassen.[3])

Josephus unterscheidet nicht so genau, wie Philo, und bezeichnet mit *καταπέτασμα τοῦ ναοῦ* auch den Außenvorhang des heiligen Hauses, doch stimmt seine Schilderung[4]) zu Exod. XXVI, 31: „Vor den gol-

---

2) Tarakfin genannt Middoth c. 4, 7 vom aram. Tarak, verschließen, und Sin, weil er die Lade mit den Gesetztafeln vom Sinai verschloß, wie die Erklärung lautet. Philo vit. Mos. III, 5. al. II, 150. Otho lexic. rabbin. s. v. vel.

3) Schekalim c. 8, 5. Vgl. Danz. De funct. pontif. M. in adyto anniversaria c. 2. in Hebr. IX, 4. Maimonides Chele hammikdasch c. 8, 14 führt als Regel an, „daß allenthalben, wo im Gesetze von feiner oder feiner gezwirnter Leinwand die Rede ist, ein sechsfacher Faden gemeint werde." Auch bemerkt Jarchi ausdrücklich, daß an dem blauen, purpurnen, scharlachrothen und byssusfarbigen Vorhange „jede Art einen sechsfachen Faden hatte."

4) Bell. V. 5, 4. Ant. VIII. 3, 3. Daselbe sagt Hieronymus ep. 64. p. 364

denen Thüren, die eine Höhe von 55, eine Breite von 16 Ellen hatten, war ein gleich langer goldener Vorhang oder s. g. babylonischer Teppich gespannt, von Hyacinth und Byssus, Kokkus und Purpur geblümt, ein Werk von wunderbarem Gewebe, und schon wegen des mannigfaltig in einander gewirkten Stoffes sehenswerth, indem er gleichsam ein Abbild des Weltalls darstellte. Denn der Scharlach schien das Feuer, Byssus die Erde, Hyacinth die Luft, der Purpur das Meer anzudeuten, jene wegen ihrer Farbenähnlichkeit, diese wegen ihres Ursprungs; weil den Byssus die Erde, den Purpur das Meer erzeugt. Auch war auf der Decke der ganze Himmel zu schauen, mit Ausnahme des Thierkreises."

Im selben Augenblicke, wo das Herz des Gottmenschen brach, riß auch der Vorhang, das Symbol der somatischen Hülle der Gottheit, den nach der Legende die heilige Jungfrau im Tempel gewebt, mitten entzwei.[5]) Bei der Höhe von vierzig Ellen und der außerordentlichen Dicke des sechsfach gezwirnten Gewebes ist dieß Reißen um so auffallender und wunderbarer. Im Testament der zwölf Patriarchen, das ein Judenchrist in der zweiten Hälfte des II. Jahrhunderts verfaßte und schon Tertullian Marcion. V, 1. adv. gnost. 13 kennt, spricht Levi: „Kinder, ich bin unschuldig an jeglicher Gottlosigkeit, die ihr beim Ende der Welt wider den Weltheiland boshaft verüben werdet, so daß ihr das Gewand des Tempels zerreißt, daß es eure Schmach nicht mehr bedecke."

Wie ein Menschenalter früher im Beginne des Erlösungswerkes das Wunder im Heiligthum sich begeben, daß der Engel des Herrn dem Zacharias beim Morgenopfer die Geburt eines Sohnes verkündete, welcher der Vorläufer des Allerhöchsten seyn werde, indeß das Volk draußen im Vorhofe auf den Weihesegen harrte, und betroffen stand, weil er so lange im Heiligthume verweilte, bis er plötzlich bleich und stumm daraus hervorging — so trat jetzt am Schlusse des großen Aktes ein anderer Priester um die Stunde des Todes Christi

---

in Bezug auf den Hohenpriesterrock Ex. XXVIII, 5: Quatuor colores ad quatuor elementa referuntur, ex quibus universa subsistunt. Byssus terrae deputatur, quia ex terra gignitur, Purpura mari, quia ex ejus cochleolis tingitur, Hyacinthus aëri propter coloris similitudinem, Coccus igni et aetheri.

5) Eine Parallele zum göttlichen Wahrzeichen des zerrissenen Vorhangs führt H. Grotius in Math. XXXVII, 51 aus Plutarch u. s. w. an.

beim Abendopfer[6]) in den Tempel, um zu räuchern und die heilige Lampe anzuzünden: da zerriß der Engel des Bundes den Doppelvorhang des Allerheiligsten, vor seinen Augen war die Stiftshütte aufgethan, und wieder tritt von Schrecken angedonnert und entsetzensbleich der Priester mit dem Rauchfaß aus dem Heiligthume, und verkündet stammelnd der erstaunten Menge, daß der Tabernakel geöffnet sey!

Als Jakob den Tod seines geliebten Sohnes Joseph erfuhr, zerriß er im großen Schmerze, wie Hiob, sein Gewand. Ebenso wenn Israel eine Niederlage erlitt, zerriß alles Volk im Gefühl des Nationalunglücks seine Kleider. Eine Gotteslästerung galt für kein geringeres Unglück; darum griff der Hohepriester und alle vom Rathe, die es hörten, in seinen Ornat. Jetzt aber ist der entsetzlichste Mord, die größte Gotteslästerung eben vor sich gegangen: darum zerriß Jehova selber sein Doppelgewand, womit Er sich im Allerheiligsten des Tempels verhüllte; die Himmel trauern umflort, und die Erde zittert, Gottes Engel bedecken ihr Angesicht, um den Tod des Eingebornen vom Vater nicht zu schauen — nur allein der Mensch bleibt unbeweglich!

Von Titus selbst melden die Rabbinen,[7]) ob wahr oder aus Verleumdung, er sey während des Brandes in den Tempel gegangen, und habe den (neuen) Vorhang des Allerheiligsten mit dem Schwerte durchhauen, sprechend: „Wenn du der wahre Gott bist, so komm, und nimm den Kampf mit mir auf!" Der Schleier ist zerrissen, die Wolke von der Bundeslade verschwunden, das Mysterium, welches bisher unter der Hülle der Symbole verkündet ward, wird aller Welt kund nnd es geschieht ein Zeichen, daß fortan der Cult vor den Augen alles Volkes gefeiert werden soll. Die Juden wie Heiden stunden in der Vorhalle, erst den Christen ist das Sanktissimum eröffnet und der Altar rückt nun in den Chor der Basilika. Zur steten Vergegenwärtigung dieses weltgeschichtlichen Ereignisses ist der Vorhang (velum,

---

6) Pesach. c. 5. Juge sacrificium vespertinum mactabatur ad dimidium horae post octavam, et ad dimidium post nonam obferebatur.

7) Siphri in Deut. XXXII, 38. col. 232. Titus filius uxoris Vespasiani ingressus in Sanctum Sanctorum, velum gladio dissecuit. Beresch. r. 10, 8. Laceravit duo vela et dixit: si Deus ille est, veniat et deleat (nos). Vajicra r. 20. 22. Cum Titus ille impius velum templi scinderet, factum est miraculum, et sanguis effluxit, sic ut Titus exiens putaret, se occidisse ipsum Deum. Weistein in Apoc. XIII, 4. 18.

nubes) vor dem christlichen Altar selbst verschwunden, und das Allerheiligste zur Anbetung eröffnet; nur für die Griechen, welche dem alten Testamente näher stehen, ist der Vorhang nicht gerissen, und der Einblick auf den Altar nur vorübergehend gestattet.

CVIII. Kapitel.

Das Erdbeben und der Felsenriß.

„Die Erde bebte, die Felsen spalteten sich und die Gräber thaten sich auf.“ (Mth. XXVII, 51. 52.)

Ein Erdbeben galt nach Nahum I, 5. 6 für ein Zeichen des göttlichen Zornes, und mit Ausnahme der Ägyptier hielten alle Völker des Alterthums sie für unglückbedeutend. Die Spartaner fürchteten sie so sehr, daß sie bei einem solchen Ereigniß ihr im Auszug begriffenes Heer unverzüglich auseinander gehen ließen. (Xenoph. hist. Gr. III, 151.) Ein Erdbeben, das die Stadt Lysimachia zerstörte, verkündete nach dem allgemeinen Glauben dem Könige Lysimachus, seinem Geschlechte und Reiche den nahen Untergang. (Justin XVII, 1.) Der ältere Plinius erzählt II, 85. 86 als eine ausgemachte Thatsache, daß Rom nie von einem Erdbeben betroffen wurde, ohne daß eine wichtige Begebenheit sich dadurch ankündigte, so daß namentlich vor dem Ausbruch des zweiten punischen Krieges die Consuln wegen der deßhalb erforderlichen Opfer und gottesdienstlichen Handlungen kaum einen Senat abhalten und zu ihren Amtsverrichtungen schreiten konnten. Man ordnete bei all derlei Prodigien Ruhetage an. [1])

Unter König Ozias trug sich nach dem Zeugnisse des Josephus Ant. IX. 10, 4 das Wunder zu, daß durch ein Erdbeben vor den Mauern Jerusalems an dem Orte, der Eroge hieß, der halbe Theil des Berges an der Westseite sich losriß, und vier Stadien weit niederstürzend erst auf der Morgenseite des gegenüberstehenden Berges anprallte, nachdem er die öffentlichen Straßen und königlichen Gärten ganz überschüttet. Damals schlenderte der Dschebel Dêr Abu Tor oder s. g. Berg des bösen Rathes seine Nordwand gegen den Sion und bedeckte zugleich die Pforte Gehenna und das Typhonium oder die Feuerstätte Tophet. Zur Zeit der Schlacht bei Aktium, als Judäa seine Selbständigkeit für immer verlor, erschütterte ein

---

1) Vgl. Cic. divin. II, 27. Liv. XXXIV, 55. Vom bösen Omen der Erdbeben Plin. II, 81–84.

mächtiges Erdbeben, das am dritten Tage sich noch wiederholte, das ganze Land, alle Elemente schienen sich zum Ruin desselben verschworen zu haben, und gewaltig war der Schaden, daß allein zehntausend Menschen beim Einsturz der Gebäude den Untergang fanden. [2]) Das Erdbeben unter Tiberius, wodurch zwölf Städte in Asien zerstört wurden, fand nach Plin. II, 86 in der Nacht statt, und zwar 18 n. Chr. Wie die Ermordung des vorbildlichen Dionysos durch die Titanen nach der Mythe von Erdbeben begleitet war, so bringt der Tod des Urbildes die Erde aus dem Gleichgewichte, und macht sie gleichsam in ihren Angeln erzittern. Wegen des ungeheuren Frevels an Gott entfesseln sich die Kräfte des Abgrunds und der Stein des Fundamentes scheint erschüttert, da der, welcher die Fundamente des Weltbaues gelegt, dahinstirbt. Dumpfen Donners erbebt die Erde in ihrem Innern, als ob die Welt aus ihren Angeln gehe. Der Felsgrund zuckt gleichsam in Schmerz und spaltet sich beim Tode des Herrn. Hier veranschaulicht es die Härte der Juden, die, während Felsen auseinander rissen, gleichsam von Mitleid gespalten, doch unbeweglich und wie versteinert blieben.

Schon Bischof Cyrillus von Jerusalem [3]) nimmt in seinen Predigten, die er 347 oder 348 in der ältesten Heiliggrabkirche hielt, den Felsenspalt auf Golgotha als Zeugniß für die Wahrheit des Evangeliums an. Der klaffende Riß senkt sich durch den Golgothafels noch heute sichtbar 14 bis 15 Fuß von oben, wo das Kreuz stand, bis hinab in die Adamskapelle, quer durch die Schicht, als ob er und durch ihn das Blut des Heilands bis in den Mittelpunkt der Erde dringen sollte. In der That zeigte man im s. g. Hades oder Thal Gehinnom in den Kreuzzügen (1125) einen während der Kreuzigung

---

2) Jos. Ant. XV. 5, 2. Meisterhaft zeichnet Seneka in den Trojanerinen das Erdbeben:

Cum subito caeco terra mugitu fremens
Concussa, caecos traxit ex imo sonos
Movere silvae capita, et excelsum nemus
Fragore vasto tonuit et lucus sacer
Idaea ruptis saxa ceciderunt jugis.

3) Catech. XIII, 4. Si nunc negavero, arguet me hic Golgothas 39. Golgothas iste sanctus supereminens et huc usque conspicuus atque in praesentem diem fidem faciens petras propter Christum eo tempore scissas fuisse. Proximum quoque monumentum, in quo conditus est, et ostio impositus lapis, qui ad huncusque diem proxime monumentum jacet. Mein Palästina Bd. I, Kap. XIX.

gespaltenen Fels. (Tobler Golg. 290.) Auf wirklich überzeugende Weise tritt der sonst unerklärlich befundene Felsenspalt oben an der Kreuzigungsstelle wie unterhalb in der einstigen Felsenkapelle zu Tage. Jetzt beträgt der ganze Umfang am Fuße des Hügels kaum über 70 Fuß und zwar die Dicke von Osten nach Westen 10, die Breite von Süden nach Norden etwa 25 Fuß bei einer Höhe von 14 Fuß über dem Boden der heiligen Grabkirche; doch gewinnt dessen Höhe von der Stadtseite und zumal vom nahen Tyropöon aus betrachtet. Steigt man nehmlich von der Kreuzkapelle, welche jetzt eine Länge von 42, eine Breite von 18 Fuß einnimmt, die 18 Stufen zum Dompflaster nieder, so gelangt man daneben am Ostende der Kirche auf 28 weiteren Stufen erst in die Kapelle der heiligen Helena, und wieder auf 13 an die Stätte der Kreuzerfindung, welche rings bis auf die nördliche Treppenmauer den natürlichen Kreidefels zeigt. Bei 60 Stufen mithin oder (14′ 2″ + 12′ + 9′ 5″) 35 bis 36 Fuß beträgt die Höhe des Calvarienhügels von letztgenannter Stätte aus; der Umfang des Naturfelsens dürfte, wie schon ältere Pilger bemerken, bei Einschließung der Schädelstätte in die heilige Grabkirche verkürzt worden seyn. Die Legende will, daß bei der Felsenspaltung, da viele Gräber der Heiligen sich öffneten, der Schädel Adams unter dem Golgotha in Vorschein gekommen sey. Die Adamskapelle hieß früher bei den Morgenländern auch Melchisedekskapelle, weil man glaubte, daß er da begraben liege.

CIX. Kapitel.

Gräbereinsturz. Erscheinung der Altväter.

„Auch die Grabmäler öffneten sich und viele Leiber der entschlafenen Heiligen standen auf, und gingen nach seiner Auferstehung aus ihren Gräbern hervor, kamen in die heilige Stadt und erschienen Vielen.“ (Mth. XXVII, 52. 53.)

Beim Eingange jedes Festtages wurde von den Priestern vor der Pforte Nikanors mit dem Klange der Posaunen, da es im alten Bunde keine Glocken gab, der Osterfesttag angeblasen. Dasselbe geschah im Momente des Todes Christi, es war der größte historische Zeitabschnitt, der je eingetreten, und die Posaunen bliesen zugleich das Signal des zeitlichen Weltgerichtes. Der Tod hat seine Macht verloren, denn die Gräber öffnen sich. Die Begräbnißplätze waren und sind außerhalb der Stadt. (B. Kidduschin f. 80, 2. Gl.) Darum heißt es, daß die auferweckten Heiligen in die Stadt gegangen. Das Volk sagt: Vor dem Weltende wird die Unterwelt ihre Geister wieder geben, damit sie Zeugniß ablegen von dem jüngsten Tage. Der Menschensohn vom edelsten Geblüte der davidischen Jungfrau soll zu seinen Vätern versammelt werden, darum erheben sich die Ahnen aus dem Grabe. Es ist eine alte Sage, daß bei Todesfällen in Regentenhäusern die Ahnmutter des Geschlechtes aus der Gruft steigt und sich anmeldet; daher die weitverbreitete Sage von der weißen Frau. Um den Glauben an die Einholung des letzt versterbenden Gliedes durch die vorangegangenen Ahnen zu bethätigen, bestand in Rom bei Bestattung der Patricier, welchen das jus imaginum zukam, eigens ein Aufzug von Guglmännern, welche mit Wachsmasken nach den Bildnissen der Ahnen vermummt den Todten in die Gruft einbegleiteten. Am feierlichsten ging dieser Zug der gleichsam auferstandenen großen Feldherren und alten Herrscher bei der Beisetzung eines Kaisers vor sich.[1]) Allen Völkern sind die Erzählungen von der Anmeldung der Todten geläufig, wenn jemand ihnen aus der Familie folgen soll; Zeugnisse für derlei Kundgebungen anzuführen, ist überflüssig, da fast in jeder Familie, wenigstens beim Tode ihres Hauptes und Gründers, eigenthümliche Manifestationen der Geister sich begeben, die in's irdische Leben wieder einzugreifen scheinen. Hier im Centrum der Geschichte, wo der König der Geisterwelt wahrhaftig in das Unterreich einzieht, bezeugen dieß vor allem die Evangelien. Ein Geschlecht hatte die Erbsünde verschuldet: Adam und sein Weib; jetzt hatte der zweite Adam siebenundsiebzigfache Genugthuung geleistet, so daß alle siebenundsiebzig Geschlechter bis auf Ihn herab sich der Erlösung erfreuten. Beim Tode des Königs der Könige steigen die Erzväter aus den Gräbern hervor, und erscheinen den Lebenden, zum Vorspiele der allgemeinen Urstände. Unter den Leibern der Heiligen sind die auferstandenen Patriarchen und Propheten gemeint, die auf das Heil Israels hofften und die Erscheinung des Messias weissagten. (Vgl. Luk. II, 25.) Und sollten nicht auch die Martyrer des alten Bundes, vom gerechten Hirten Abel bis auf Zacharias den Gerechten, der zwischen Tempel und Altar erschlagen ward, sodann der Vater Johannis wie der Nährvater Christi mit aus den Gräbern gegangen seyn?

Das Einstürzen der Gräber gilt für das Symbol des Ablaufes

---

1) Mein Heidenth. II, 283. Schönwerth Sitten und Sagen der Oberpfalz III, 330.

einer Zeitperiode. Einstürzende Erdgruben (gropar), sagt die nordische Mythe, weissagen einen Todesfall. (Grimm Myth. 1090.) Als Salomons Grabmal unter Barcocheba einstürzte (Dio LXIX, 14), hielt man dieß für einen Beweis, daß sich die Judennation das Grab eröffnet habe, wie 1853 der Einsturz der Gräber der osmanischen Sultane zu Brusa für deren Reich verhängnißvoll erschien. Über die Anmeldung der Geister beim Tode des Herrn, vor dem alle Kniee sich beugen im Himmel, auf Erden und in der Unterwelt, haben wir noch ein merkwürdiges Zeugniß bei Plutarch in seiner Schrift: „Vom Aufhören der Orakel" c. 17, welche zugleich den Beweis liefert, daß die Erscheinungen beim Tode Christi über die ganze Erde sich verbreiteten. Es ist die in einer Besprechung zahlreicher römischer Philosophen erwähnte Thatsache, wie ein Schiff, welches mit vielen Reisenden an Bord durch die griechischen Gewässer den Weg nach Italien verfolgte, bei eingetretener Windstille gegen Abend in der Nähe von Paxos und Antipaxos festgehalten wurde, als plötzlich, zur allgemeinen Verwunderung von den Inseln her der Kapitän, ein Ägyptier, bei seinem Namen: Thammuz! Thammuz! gerufen wurde, den die wenigsten kannten. Als dieser, selber betroffen, erst bei dem drittmaligen Rufe eine Antwort gab, erhielt er über das Meer her mit scheinbar höchst angestrengter Stimme den Bescheid: wenn er bei Palodes ankomme, zu melden, daß der große Pan gestorben sey. Darauf hätten die Schiffsgenossen mit einander Rath gepflogen und ausgemacht, am bezeichneten Orte, wenn der Wind bliese, in aller Stille vorüberzufahren: als aber an der Stelle auffallend wieder eben Windstille eintrat, und Thammuz nun vom Steuerruder aus in der Richtung gegen das Land ausrief: Der große Pan ist todt! habe sich im Augenblick ein gewaltiges, wie von einer ganzen Menge ausgehendes Seufzen und Verwundern laut gemacht, was nicht bloß auf dem Schiffe allen unbegreiflich vorkam, sondern nach ihrer erfolgten Landung in ganz Rom, wo der Vorfall schnell unter die Leute kam, zum Stadtgespräche wurde, so daß Tiberius selber den Thammuz zu sich rufen ließ, und man auf Befehl des Kaisers, welcher der Sache Aufmerksamkeit schenkte, eigens darüber sich berieth, welch ein Gott unter dem zu Grabe Gegangenen wohl zu verstehen sey. Für die Bedeutsamkeit dieser räthselhaften Begebenheit spricht am beßten der Umstand, daß noch zwei Menschenalter darnach die obigen Philosophen hierüber verhandelten, noch dazu waren mehrere darunter Schüler und Bekannte des Rhetors Ämilianus, dessen Vater Epitherses selber mit auf jenem Schiffe war und das wunderbare Ereigniß erlebt hatte.

Da durch den Tod Christi alle Gesichte und Weissagungen erfüllt waren, so verstand sich damit das von Plutarch zum Gegenstand obiger Abhandlung gemachte Erlöschen der Orakel von selber, [2]) und die Weisen der Zeit waren der Ursache auf der Spur, wenn sie dem Geheimnisse vom Tode des großen Pan nachforschten. Daß gerade nach dem Zeitalter des Augustus oder unter Tiberius dieß allenthalben sich kund gab, und damit die Quelle der heidnischen Offenbarung erlosch, mit Ausnahme des Todtenorakels zu Lebadea, das noch zu Plutarchs Zeit ordentlich fortbestand, hat bei der Aufmerksamkeit der Völker hierauf nicht bloß die hervorragenden Rhetoren, Dichter und Schriftsteller aller Art in der griechisch-römischen Welt beschäftigt, sondern auch einige nach ihrer Bekehrung zum Christenthum veranlaßt, die bedeutsamen sibyllinischen Lieder umzudichten und in einleuchtendere Beziehung zum Christenthume zu bringen, was uns zwar die jetzt noch in dieser Form vorhandenen Weissagungen verdächtigen muß, anderseits aber die allgemeine Überzeugung von den unfehlbaren Kundgebungen der Orakel beim Tode Christi beurkundet. So soll Augustus auf die Anfrage, wer ihm im Reiche folgen werde, die Antwort erhalten haben:

Παῖς Ἑβραῖος πάντων λαῶν θεὸς αὐτὸς ἀνάσσων,

Der milesische Apollo, gefragt, ob er Gott oder Mensch sey, soll den Ausspruch gethan haben:

Θνητὸς ἔην κατὰ σάρκα, σοφὸς τερατώδεσιν ἔργοις,
Ἀλλ' ὑπὸ Χαλδαίων κριτῶν ὅπλοις συναλωθεὶς
Γόμφοις καὶ σκολόπεσσι πικρὴν ἀνέτλησε τελευτήν.

Sterblich ist er im Fleisch, erfahren in Wundern und Zeichen,
Aber von den chaldäischen Richtern mit Waffen bezwungen
Nimmt er durch Nägel und Spieße ein bitterschreckliches Ende.

Traditionell beglaubigt ist das Zeugniß, Dionysius der Areopagit habe in Ansehung der Wunder und Zeichen ausgerufen: Entweder leidet der Urheber der Natur, oder das ganze Triebwerk der Welt löst sich auf. Wilhelm von Tyrus meldet von der Erstürmung Jerusalems durch die Kreuzfahrer VIII, 22 die auffallende Erscheinung: „An diesem Tage erschien der Bischof Ademar von Puy

2) Vgl. meine Chronologie S. 281 und mein Heidenth. III, 217. 221.

unsterblichen Andenkens, der bei Antiochia das Zeitliche gesegnet, vielen Menschen in der heiligen Stadt, und eine große Anzahl der ehr- und glaubwürdigsten Männer versicherten auf's Bestimmteste, ihn mit leiblichen Augen geseh'n zu haben, wie er zuerst über die Mauer gestiegen sey und die übrigen aufgefordert habe, ihm zu folgen. Auch vielen anderen, die bei den heiligen Orten umhergingen, erschien er später an demselben Tage. Außer ihm wurden auch manche andere, welche auf dem Zuge, dem sie sich in frommer Ergebenheit angeschlossen, selig in Christo entschlafen waren, von vielen in der Stadt gesehen, wie sie gleich den übrigen nach den verehrten Orten wallfahrteten. Hieraus erkannte man auf's deutlichste, daß sie, ob sie gleich aus diesem zeitlichen Leben zur himmlischen Seligkeit abgerufen waren, dennoch nicht um die Erfüllung ihres heißen Wunsches kamen, sondern all ihre Sehnsucht in Erfüllung gehen sahen, wodurch sie zugleich ein gewichtiges Zeugniß für unsere künftige Auferstehung lieferten. Und wie bei der Auferstehung des Herrn viele Leiber der Heiligen sich aus dem Todesschlafe erhoben und vielen in der heiligen Stadt erschienen, so war es dieses großen Ereignisses würdig, daß sich das alte Wunder erneuerte, und jetzt, wo die gläubigen Völker den Ort der heiligen Auferstehung vom heidnischen Aberglauben reinigten, die, welche sich so fromm und ergeben dem Dienste des Auferstandenen geweiht hatten, im Geiste wieder auferstanden."

Die Erscheinung der Geister vieler Abgeschiedenen, die nach dem Tode Christi aus den Gräbern steigen, ist ein sprechendes Zeugniß für das Hereinragen der Geisterwelt in das Reich der Menschen. Mit Recht spricht selbst einer der modernen Heiden [3]): „Was soll diese Welt aus einfachen Elementen zusammengesetzt, wenn Gott nicht den Plan hatte, sich auf dieser materiellen Grundlage eine Pflanzschule für eine Welt von Geistern zu gründen!"

CX. Kapitel.

Die sieben Wahrzeichen beim Tode Christi.

Die Evangelisten melden uns von den ominösen Vorgängen dieses Tages nur die Finsterniß, das Erdbeben, den Einsturz der Gräber und das Zerreißen des Tempelvorhanges, oder:

---

3) Göthe. Gespräche bei Eckermann II, 374.

Eclipsis, velum, terrae trepidatio, rupes,
Busta, cruci astantum confessio, sanguis et unda.

Sieben Wunder sind es gleichwohl, welche dem Volke von Jerusalem zum Merkzeichen dienen sollten. Wie kleinlaut auch die Rabbinen gegenüber der Erscheinung des neuen Religionsstifters sind, so können sie doch nicht umhin, einiges von den bedeutsamen Ereignissen nachzutragen.

Vierzig Jahre vor der Zerstörung des Heiligthums, so erzählt der Talmud von Jerusalem,[1]) erlosch mit einem Male das Licht vom goldenen Leuchter, der nebst dem Tische der Schaubrode im Sanktuarium stand, und brannte nie wieder. Die westliche Lampe (Ner Máarabi), welche im Heiligthume auf dem heiligen Leuchter die ganze Nacht zu leuchten pflegte, fand man nun regelmäßig vor Tagesanbruch von selbst erloschen. Wenn in den Tagen der Charwoche, wo auch der Glockenton verstummt, zur Erinnerung an die Sonnenfinsterniß und daß das Auge Christi, des Lichtes der Welt, im Tode gebrochen, kein Licht in den Kirchen offen brennen soll, so mögen wir dabei auch jenes erloschenen Lichtes im Heiligthum eingedenk seyn.

Das Loos der Wüste, das am Versöhnungsfeste über die beiden Sündenböcke geworfen wurde, fiel von nun an immer auf den zur Linken; und das zungenförmige Scharlachband, das ihm halb an die Hörner, halb an der Tempelpforte befestiget wurde, bleichte seine Blutfarbe nicht mehr — während früher, namentlich während des vierzigjährigen Pontifikats Simon des Gerechten dasselbe Loos immer auf den Bock zur Rechten des Hohenpriesters gefallen, und die blutrothe Farbe plötzlich wie Schnee vor aller Augen gebleicht seyn

1) Joma f. 39, 2 u. 43, 3. Tradiderunt Rabbini: Quadraginta annis ante vastatum templum lucerna occidentalis, media scil. in candelabro sacro extincta est, limbum coccineum rubedinem suam retinuit; et sors Domini prodiit a sinistra; atque ostia templi, obserata vespere, mane inventa sunt aperta sponte sua. (Gl. Signum hostibus, ut veniant et intrent.) Dixit ergo Rabban Jochanan ben Zachai: o templum! templum! quare te ipsum perturbas? Fatum tuum novimus, te nempe esse excidendum; nam sic jam dudum vaticinatus est Zacharias filius Iddo XI, 1. „Aperi Libanon portas tuas, ut exedat ignis cedros tuas.“ (Gl. Quod apertio haec sit futura in signum desolationis.) Dixit R. Isaac filius Tablai: quare vocatum est nomen templi Libanon? Ideo quia dealbat iniquitates Israelitarum. Ebenso Juchasin f. 21, 1.

soll. Diese rothe Farbe am Halse des Sündenbockes war das Zeichen, daß die Sünde nicht mehr von ihnen genommen, und Gott ihnen nicht mehr gnädig seyn werde; denn roth ist die Farbe der Schuld nach der Grundanschauung aller Völker des Alterthums; darum heißt Adam wie Esau, Typhon wie Mars der Kriegsgott, der Rothe, und eine rothe Kuh mußte zum Behufe der Reinigung verbrannt werden. Umsonst spricht fürder der Hohepriester sein und des Volkes Sündenbekenntniß über das stellvertretende Thier: die Reue wird nicht angenommen, die Blutfarbe will nicht mehr weichen und von Versöhnung im Sinne des alten Bundes ist ferner keine Rede, seit das Volk selbst, zum Himmel schreiend, das Blut des Gerechten über sich und seine Kinder herabgerufen.

Während das Evangelium vom Riß des Antependiums berichtet, den die Priester etwa noch verheimlichen konnten, fährt der Talmud fort: Des andern Morgens fand man die Pforte Nikanors von freien Stücken in weiten Angeln aufgesprungen, was den meisten für ein unzweifelhaftes Vorzeichen der unabwendbaren demnächsten Zerstörung galt. Auch Josephus [2]) erwähnt dieses Ereigniß als Prodigium des nachfolgenden Unterganges, aber, vielleicht absichtlich! ohne diese bestimmte Angabe der Zeit zu treffen; und beschreibt sie als die östliche Tempelpforte des inneren Heiligthumes, die ganz von Erz gegossen in massiven eisernen Angeln und Schwellen von Quadern hing, und so gewaltig schwer war, daß zwanzig Mann sie schließen oder öffnen mußten, und man, wie die Rabbinen übertreiben, das Knarren der Thore bis Jericho gehört haben soll — was die Thatsache der plötzlichen Selbsteröffnung um so unbegreiflicher machen mußte. Das Evangelium der Hebräer aber liefert die erläu-

---

2) Bell. VI. 5, 3. Sed et janua interioris sacrarii orienti obversa, quae tota aerea et immensi ponderis erat, et quae sub vesperam vix ab hominibus viginti claudebatur, et vectibus quidem ferro munitis sustentata erat, pessulos vero altissime in saxeum limen ex uno perpetuo lapide demissos habebat, visa est nocte circa horam sextam sponte patefacta, quod templi custodes, quum ad templi praetorem cucurrissent, ei indicaverunt; ille vero, ubi ascenderat, aegre eam claudere potuit. Id quoque rudibus quidem et indoctis signum videbatur optimum, Deum scil. illis bonorum portam aperuisse; docti vero et eruditi securitatem templi ultro abiisse secum reputabant, et portam hostibus gratis patefactam, solitudinemque illo ostento signari inter se pronunciabant. Apion II, 9. Lightfoot in Mth. IX, 14. Bd. V, 437 f. 475.

ternde Nachricht, daß dabei die Oberschwelle des Tempels von gewaltigen Dimensionen geborsten und gebrochen sey, worauf schon Hieronymus [3]) seine Zeitgenossen aufmerksam macht.

Da habe, fährt der Talmud fort, Rabban Johanan Zachäi Sohn — der Johannes der Apostelgeschichte IV, 6 — im Anblick dieses traurigen Wunders gerufen: „O Tempel, Tempel, warum bist du also erschüttert? Siehe, das Schicksal deiner bevorstehenden Verwüstung ist uns bekannt, wie Zacharias, der Sohn Jojoda's, geweissagt hat: Öffne Libanon deine Thore, daß Feuer deine Cedern verzehre." — So der nachmalige Fürst des Synedriums zu Jafna, der noch oft in sommerheißen Tagen unter den Schatten des Tempels das Volk lehrte, bis er zuletzt, wie die Rabbinen melden, fast kleinmüthig und verzweifelnd an seinem Seelenheile den Geist aufgab; [4]) denn er hatte die Gnade der Erlösung ungenützt an sich vorübergehen lassen.

Aber es galt nicht bloß dafür, sondern es war das wirkliche Omen, daß das Verderben vor der Thüre stehe, und von diesem Augenblicke an das Judenthum sich überlebt habe. Denn in Folge dieser göttlich ausgesprochenen Verwerfung seines Hauses, wie die Talmudisten melden, und in Verbindung stehender Ereignisse brach

3) In Math. XXVII, 5. In evangelio, cujus saepe facimus mentionem, superliminare templi infinitae magnitudinis fractum esse atque divisum legimus. Ad Hedib. quaest. 8. In evangelio, quod Hebraicis literis scriptum est, legimus, non velum templi scissum, sed superliminare templi mirae magnitudinis corruisse. Epist. ad Damas. 18.

4) B. Beracoth f. 28, 2. „Zum R. Jochanan b. Z. kamen seine Schüler, ihn zu besuchen; als er sie aber sah, fing er an zu weinen. Da sprachen zu ihm seine Schüler: Du Licht Israels, du rechte Säule, du gewaltiger Hammer! weßhalb weinest du? Und er erwiederte ihnen: Wenn man mich vor einen König von Fleisch und Blut führen würde, so daß ich heute hier wäre, und morgen im Grabe, und wenn er mir zürnte, so wäre sein Zorn doch kein ewiger Zorn; wenn er mich einkerkerte, so wäre seine Einkerkerung keine ewige; und wenn er mich tödtete, so wäre dieser Tod kein ewiger Tod. Nun aber, da man mich führen wird vor den Hochgebenedeiten, der da lebt in Ewigkeit, und in die Ewigkeit aller Ewigkeiten, und da zwei Wege vor mir sind, der eine zum Paradiese, der andere zur Hölle, und ich nicht weiß, welchen man mich führen wird: soll ich da nicht weinen? Da sprachen seine Jünger zu ihm: Meister! segne uns. Und er antwortete ihnen: Möge es der göttliche Wille seyn, daß die Furcht Gottes in euch wohne, wie die Furcht vor Fleisch und Blut" u. s. w.

das Synedrium für immer aus dem Richtsaale Gazith auf, und damit hatte die Ehre des Gesetzes ein Ende; die Richter in Israel hörten nunmehr auf, jemand weiter nach ihren Gesetzen zu richten. Bei dieser offenen Ankündigung des Schlusses ihrer Jurisdiktion, wie vierzig Jahre später bei dem plötzlichen Aufhören des mosaischen Opferdienstes, ergriff das Volk ein panischer Schrecken, sie hüllten sich in Sack und Asche, rauften sich die Haare ihres Hauptes aus, und schrien: Wehe uns, daß der Szepter von Israel genommen und doch der Messias noch nicht erschienen ist!

Die Fanatisirten hatten nehmlich jetzt seine augenblickliche Erscheinung verhofft, um gegen den Nazarener, ihren Widerchrist, und das gedankenschnell um sich greifende Christenthum aufzutreten und sie in den Kampf zu stellen. Dieß alles berichten die Juden selbst. Der Rabbi Zadok aber, der Vater des R. Lazarus (welche insgesammt nach Christi Wort das Gericht Jerusalems noch überlebten), als er so den Aufbruch der Tempelpforten und damit den Gräuel der Verwüstung im Heiligthume sich ankünden sah, begann zu fasten und zu büßen von der Zeit an vierzig Jahre lang, um das drohende Unheil zu sühnen und zu beschwören, so daß er zum lebendigen Skelette einschrumpfte, und vom Volke nur חַלָּשָׁא „der Schwache" genannt wurde, wie der talmudische Traktat Taanith urkundlich aufbehalten hat. Als aber das Verderben endlich dennoch hereingebrochen war und all sein Kasteien nichts fruchtete, ergab er sich in das Unvermeidliche, und ließ durch die Ärzte des Titus, bei welchem er mit Rabban Johanan Gnade fand, als gänzlich abgeschwächt, von dem übermäßigen Fasten und seiner Magerkeit sich wieder kuriren.

Wie zufolge der Tradition [5]) unter Salomo beim Einzug der Arche Gottes die Thore des Heiligthums sich von selbst aufgethan: so nahm die Schutzgottheit unter derselben Erscheinung und dem lauten Rufe: Laßt uns von hinnen ziehen! zum Wahrzeichen des Unterganges ihren Auszug und verließ ihr Haus. Die Pforten des Tempels, die jetzt in offenen Angeln gähnen, die Vorhänge des Tabernakels, die mit weiten Flügeln auseinander klaffen, sind die geöffneten Thüren des Janustempels, die den offenen

5) Targum in Ps. LXXXVI. Quo tempore Salomo filius meus introducet arcam in domum sanctuarii, aperient sese portae. Vgl. Js. LX, 11.

Krieg und das gähnende Verderben verkünden, während sie bei der Geburt des Erlösers geschlossen waren, Friede anzusagen. Die Thore des Abgrunds sind aufgethan, der Herr des Todes hat die Riegel der Unterwelt gesprengt; die Altväter zu befreien, hält er im Hades seinen Einzug. Aber auch die Rachefurien sind losgekommen, der Gott des Friedens scheidet von hinnen, und die Höllengeister halten triumphirend ihren Einzug im umnachteten Judäa.

Die Rabbinen vergleichen Palästina mit einem Auge, das umgürtende Meer sey das Weiße darin, das Schwarze der Stamm Juda, die Pupille davon Jerusalem, das Bild in dieser Pupille der Tempel mit seiner Arche, über der die Schechina ruhte, die Herrlichkeit Gottes befassend. Dieß Auge war jetzt erblindet, mit dem Vorhange war gleichsam die Netzhaut zerrissen, und strahlte das Bild Gottes nicht mehr von sich: darum verbreitete sich von da aus Nacht über die ganze Natur.

Das sind die sieben großen und wunderbaren Zeichen, die sich beim Tode des Gottmenschen begeben: die Verdunkelung der Sonne am hellen Tage, das Beben der Erde, so daß die Grabhöhlen einstürzen, als wollten sie jetzt schon die Leichname des dem Untergange geweihten Volkes verschlingen; der zerrissene Vorhang und das Erlöschen des immerwährenden Lichts vor dem Altar, zum Zeichen, daß Gott ihre Opfer verworfen habe; das Aufspringen der Tempelpforten und der Bruch der Schwelle, weil das Heiligthum von nun an der Zerstörung verfallen war. Endlich die nimmerbleichende Blutfarbe am Scharlachbande des Sündenbocks, der durch das Loos von der linken Seite ausgeschieden in die Wüste gejagt wird; denn die jüdische Nation selbst wird im Gerichte, das nun bevorsteht, von Gott als schuldig befunden auf die Linke gestellt, wie Kain der Verbrecher mit einem unauslöschlichen Malzeichen gestempelt, und mit dem nehmlichen Fluche belegt, den wir in der Genesis IV lesen, unstät und flüchtig in die weite Welt hinausgetrieben zu werden.

CXI. Kapitel.

Der Hauptmann Longinus.

„Als nun der Hauptmann, der gegenüber stand, und die mit ihm waren und Jesum bewachten, sah, wie Er mit lautem Geschrei verschied, und das Erdbeben und was weiter geschah, wahrnahm, erschracken sie sehr und sagten: Wahrhaftig! der Mann war unschuldig! Der Hauptmann aber gab Gott die Ehre, und sprach: Wahrlich! dieser ist Gottes Sohn!" (Mk. XV, 39. Mth. XXVII, 54. Lk. XXIII, 47.)

Siebenmal wird der Heiland im Evangelium in prophetischer Weise als Sohn Gottes anerkannt, oder als Prophet in Israel, als der Unschuldige und Gerechte gepriesen: vom Dämonischen in der Synagoge zu Kapharnaum, wie vom besessenen Gadarener, am Wasserfeste zu Jerusalem von Seite des Volkes (Joh. VII, 40), von Claudia Prokle und ihrem Gemahle mittels der symbolischen Händewaschung, endlich von dem gerechten Schächer und dem Hauptmanne unter dem Kreuze.

Wie aber kömmt der römische Centurio zu der erhabenen Einsicht, ja nur zum einfachen Begriffe vom Sohne Gottes? Antwort: Die Heiden hatten ihre angestammten Götter, und ihre mythologischen Göttersöhne. Großartige Naturen erschienen ihnen darum häufig als höhere überirdische Wesen, wie Alexander der Große, Plato u. a. In diesem Sinne nennt auch der Centurio den Heiland einen Sohn Gottes (vgl. S. 183).

Oder war seine Stimme nur das Echo und die laute Zustimmung und Bekräftigung auf die Rede vieler Umstehenden, welche den Lästernden gegenüber betheuerten: „Wahrhaftig, dieser ist der Sohn Gottes!" Der Hauptmann sieht dabei Wunderzeichen, dergleichen oft durch Zulassung der Götter die Römer erschreckten. Er hat auch den Ruf der Gottlosen gehört: „Du hast dich zum Sohne Gottes gemacht, jetzt steige herab vom Kreuze" — da faßt er selbst die Überzeugung und nimmt laut das Wort: Ja wahrhaftig, dieser ist ein Kind Gottes! Es ist wieder ein prophetisches Wort im Munde des Heiden an diesem Tage; denn Jesus war aus Gott geboren, der Gedanke aller früheren Apotheosen war nur typisch, und sie nur Spiegel- und Schattenbilder auf Ihn, den der bessere Theil der Menschheit fortan als Gott verehrt. Er war das Licht, das in die Finsterniß schien, wie

Johannes spricht, und mithin auch der Gegenstand der Huldigung und Erwartung der Völker.

Das „Evangelium Nikodemi“ nennt den Namen des Hauptmannes unter dem Kreuze Longinus, und bei den selbständigen anderweitigen Notizen und der eigenen Motivirung der Hinrichtung des Herrn in diesen s. g. Akten des Pilatus ist an der Richtigkeit des Namens so wenig wie bei Claudia Prokle und Veronika zu zweifeln. Tacitus nennt aus dieser Ritterfamilie einen Ämilius, Cassius und Pompejus Longinus; ein eques Longinus zeichnet sich 42 Jahre später beim Angriff auf Jerusalem aus. (Jos. bell. V. 7, 3.) Der Hauptmann hatte bereits aus Menschlichkeit dem Nazarener auf dem Wege zur Richtstätte das Kreuz abnehmen und auf stärkere Schultern laden lassen.

Kaiphas findet (Joh. XI, 50) Jesu Hinrichtung nur durch die politische Erwägung gerechtfertigt und als staatsrechtliche Nothwendigkeit geboten etwa nach dem Grunde, daß der Zweck das Mittel heilige! wogegen schon Paulus Röm. III, 8 erinnert: „Man muß nicht Böses thun, damit Gutes daraus entstehe.“ Der Hohepriester fürchtete nur für den Frieden des Landes, daß eine Anerkennung des Messias von Seite der geistlichen Behörden eine theokratische Volkserhebung und somit den Krieg mit den Römern zur Folge haben werde. Pilatus wäscht seine Hände vom Justizmorde rein, und der Ritter Longinus, der mit seiner Abtheilung in der Nähe gehalten, um jede Unordnung zu entfernen und gewaltsame Auftritte unter den Volkshaufen nöthigenfalls mit Gewalt zu unterdrücken, aber von Zeit zu Zeit zur Kreuzwache heranreitend an den Kreuzesscenen theilgenommen, erklärt laut vor allen, die es zu hören vermögen, daß nur ein Gerechter eines so exemplarischen Todes zu sterben fähig sey. Auch für ihn, der Zeuge der Hinrichtung war, war das Blut der Erlösung nicht vergebens vergossen.[1]) Vom sterbenden Sokrates äußert der Gefängnißwärter und Diener der elf Männer, daß er der hochherzigste und beßte unter allen Menschen gewesen sey, die er je bedient habe.[2]) Es ist ein Todtengericht über den Herrn, dergleichen die Ägyptier über jeden Verstorbenen abzuhalten pflegten. Des Beispiels wegen verdient

1) Daß dem Hauptmann die Erleuchtung über den wahren Sohn Gottes geworden, deutet die Legende auf eine wirkliche Augenheilung, indem das auf sein Lied spritzende Blut des Erlösers ihm die Sehkraft wieder gegeben.

2) Plato Phaed. p. 124, 4. Σὲ ἔγνωκα ἐν τούτῳ τῷ χρόνῳ γενναιότατον καὶ πρᾳότατον καὶ ἄριστον ὄντα τῶν πώποτε δεῦρο ἀφικομένων.

Plutarchs Bericht von König Cleomenes c. 39 Erwähnung, der von Sparta als Gast an den Hof der Ptolemäer gekommen, und unter Philopator bei den Ausschweifungen seines Hofes und den Ränken der Günstlinge als der einzige Mann von redlichem Charakter im Wege stand, so daß er gewaltsam zum Tode gebracht und noch sein Leichnam gekreuziget wurde. „Wenige Tage nachher gewahrten die Männer, welche den gekreuzigten Leichnam bewachten, wie eine Schlange von bedeutender Größe sich um sein Haupt wand und das Angesicht bedeckte, so daß kein Raubvogel darauf hinfliegen konnte. Hiedurch befiel den König eine geheimnißvolle Furcht, weil ihm der Gedanke kam, man habe einen von Gott geliebten Mann von edlerer Natur getödtet; die Bürger von Alexandria aber liefen an den Platz und redeten den Cleomenes als Heros und Sohn der Götter an."

CXII. Kapitel.

Umstimmung der Volksmenge.

„Und alles Volk, welches bei dem Auftritte gegenwärtig war und die Ereignisse mit ansah, schlug an seine Brust und kehrte zurück. Es standen auch alle seine Bekannten von ferne, darunter viele Frauen, die Ihm von Galiläa nachgefolgt waren, indem sie Ihm dienten, und sahen dieß alles. Unter diesen befand sich Maria Magdalena, Maria (Klopas), Jakobus des Kleineren und Joses Mutter, und Salome, die Mutter der Söhne des Zebedäus. Dazu noch eine Menge andere, die mit Ihm nach Jerusalem hinaufgezogen waren." (Mk. XV, 40. 41. Mth. XXVII, 55. 56. Lk. XXIII, 48. 49.)

Der Centurio reitet unter das Volk, um die militärische Autorität aufrecht zu erhalten. Doch bemächtigt sich der Menge, die ihr Ziel erreicht, selber allmählig ein Schauer, denn es offenbaren sich die Zeichen am Himmel und auf Erden. Öffentliche Hinrichtungen wurden in alter Zeit häufig als Bußakte angesehen. Um das Kreuz her athmet alles Verlassenheit und Trauer; der Schrecken des Todes ging vom Kreuze aus, die eindrücklichen Worte des Sterbenden brachten viele zur Besinnung über die Größe des hier von der Nation und ihren Vorständen verübten Verbrechens, wofür die Strafe nicht ausbleiben konnte. Das Entsetzen, welches die Natur selber kund zu geben scheint, bemächtigt sich auch der Menge, und viele klopfen an's Herz und treten auf's tiefste ergriffen den Heimweg an, um vielleicht schon am nächsten

Pfingstfeste sich in die Reihe der Gläubigen zu stellen. Wenn schon die Passionsvorstellung von erschütternder Wirkung auf die Zuschauer ist, so daß der Eindruck das ganze Leben hindurch sich nicht mehr verwischt, welch eine Stimmung muß erst der wahrhafte Leidenstod des Gerechten hervorgerufen haben!

Um so verstockter blieb die herrschende Judenschaft. Der Evangelist Johannes trägt in seinen Briefen wie in der Apokalypse Bilder und Sprüche aus dem früheren Lebenskreise und der wirklichen Erfahrung während seines Wandels an Christi Seite nach. So frohlocken die Bewohner der Erde und senden einander Geschenke zu vor Freude über die Hinrichtung des Prophetenpaares am Ende der Zeiten (Offb. XI, 10); aber nach drei und einem halben Tage erwachen sie wieder zum Leben, und steigen in der Wolke zum Himmel empor. Wer sieht hierin nicht einen Zug aus den Ereignissen beim Tode Christi, wo ähnliche Beglückwünschungen unter den Häuptern der Judenschaft stattfinden mochten! [1])

Die ewige Gerechtigkeit zu sühnen starb am Holze Gottes Sohn. Die alten Juden betrachteten jeden Stammesgenossen, der eines gewaltsamen Todes für seinen Glauben gestorben, ja selbst den ruhigen Tod des Gerechten als Versöhnungsopfer für die Sünden des Volkes. Ganz im Sinne des Christenthums erklärt schon der Talmud (Sanh. f. 98, 2): „Der Messias wird mit Geschwüren behaftet seyn, denn Ihn meint Isaias LIII, 4 mit den Worten: Fürwahr! Er hat unsere Krankheit selbst getragen, und unsere Schmerzen auf sich geladen, und wir achteten Ihn wie einen Aussätzigen, der von Gott gestraft und gedemüthigt wäre.“ Nicht minder ist B. Sabbat f. 118, 2 die Rede von den Schmerzen des Messias (חֲבְלֵי), wofür auch „Bande“ verstanden werden mag. (Vgl. Apstg. II, 24.) „So spricht H. Joma f. 1 der R. Chija: Die Söhne Aarons sind am ersten Nisan gestorben, warum wird ihres Todes erst am Versöhnungsfeste gedacht? Deßhalb, damit du lernest: wie der Versöhnungstag für Israel Sühne bringt, so auch der Tod des Frommen. R. Leo spricht: Warum berichtet die heilige Schrift den Tod Mirjams gleich nach dem Abschnitte von der rothen Kuh? Damit du daraus erkennest: gleichwie die Asche der rothen Kuh versöhnte, so sühnt auch der Tod des Frommen.“

Das ist der Ausspruch des Sohar Gen. fol. 29, col. 113 sq.: „Der

1) Vgl. Ewald Geschichte des Volkes Gottes V, 437.

Gerechteste unter allen, welche in dieser Welt Leiden und Martern ausstehen, ist der Messias ..... Von jenem Tage an, wo die böse Schlange den Adam überredete, bekam sie Macht über die Kinder der Welt, und die Welt kann sich von ihrer Bestrafung nicht mehr losmachen, bis der König Messias kömmt.“ (Fol. 85, col. 346.) „Als Israel noch im heiligen Lande wohnte, bewirkte die Darbringung der Opfer im Tempel, daß alle Leiden von den Menschen ferne blieben: gegenwärtig aber ist es der Messias, welcher jene Übel von den Menschenkindern abwendet.“ Levit. f. 24: „Der Tod der Gerechten ist eine Sühne für ihr Zeitalter.“ (Unter dem Gerechten war vorzugsweise der Messias verstanden.) F. 88: „Wenn die Frommen von Leiden heimgesucht werden, geschieht es zur Sühne der Welt. Will Gott der Menschheit Heil schicken, so schlägt er einen Frommen aus ihrer Mitte, damit die ganze Menschheit gerettet werde.“ In Bezug auf den Messias spricht sich die Erwartung der Rabbinen Bereschith rabba in Gen. I, 4 noch auffallender aus: „Und Gott sah, daß das Licht gut war.“ „Daraus erhellt, daß Gott schon vor der Weltschöpfung die Bosheit jener Generation, unter welcher der Messias einst auftreten sollte, vorhergesehen habe. Damals noch war das Licht des Messias unter dem Throne der Herrlichkeit verborgen. Damals war es auch, wo Gott zum Messias sagte, welche Leiden die Menschen Ihm einst anthun würden, wenn Er unter ihnen wandelte, aber eben diese Martern würden die Sünden der Menschheit sühnen. Wenn ich dieß vermag, antwortete der Messias, so willige ich mit ganzer Seele darein, jenes harte Loos zu ertragen, doch bedinge ich mir, daß alle Israeliten durch mich erlöst werden müssen (vgl. Mth. I, 21), nicht nur meine künftigen Zeitgenossen, sondern auch alle jene, welche beim Beginne meiner Wirksamkeit schon die Erde decken wird, überhaupt alle Nachkommen Adams müssen durch mein Blut erlöst werden. Dieß ist mein Verlangen, soll ich mich für sie zum Opfer bringen.“

Noch ausführlicher lesen wir im Pesikta rabbathi f. 62, 1: „Wen meinte David mit den Worten Ps. XXXVI, 10: In deinem Lichte sehen wir das Licht? Antwort: Das Licht des Messias, von welchem Gen. I, 4 die Rede ist: Und Gott sah, daß das Licht gut war! Daraus entnehmen wir, daß Gott schon vor der Weltschöpfung die einstigen Werke des Messias im Spiegel der Zukunft sah. Satan fragte den Herrn der Welt: Was ist das für ein Licht, das unter dem Throne der Herrlichkeit verborgen ist? Zeige mir's! Gott antwortete: Komm und sieh! Als der Satan näher getreten, fiel er erschrocken auf sein Angesicht und rief: Dieser ist es, der mich und die Heiden in die Hölle stürzen wird nach Is. XXV, 8. Da sprach Gott zum Messias: Wisse, daß die, welche du unter deine Obhut nimmst, dich einst unter ein hartes Joch beugen werden. Deine Ohren werden Schmähungen vernehmen, dein Gaumen nur Bitterkeit schmecken, und Schmerzen werden deinen Leib aufreiben. Willst du dich diesen Leiden unterziehen, gut! wo nicht, so will ich sie verwerfen. Hierauf versetzte der Messias: Herr der Welt, ich freue mich darob, und willig übernehme ich alle über mich verhängten Leiden." Jalkut Schimoni II. f. 56, 2 fügt bei: „Wenn ich nur dadurch bewirke, daß du die Leiber einst wieder auferweckest, welche durch Adams Sünde eine Beute des Grabes wurden. Auch die noch zu erschaffenden Generationen alle sollen des Heiles durch mich theilhaftig werden. Der hochgelobte Gott sprach: Amen! und allsogleich unterzog sich der Messias mit Liebe jenen Martern." Ebenso lesen wir Jalkut Rubeni f. 30, 4: „Der Messias trägt die Sünden Israels."

Von dem Glauben, daß der Messias alles, und selbst den bittersten Tod für die Erlösung seines Volkes leiden müsse, waren die alten Juden so durchdrungen, daß sie zwischen einem leidenden und verherrlichten Messias sogar der Person nach unterschieden. (S. Bd. II, 2, S. 41. Heidenth. I, 503. 511.) Noch in späteren rabbinischen Schriften begegnen wir der Äußerung: „Der Messias, der Sohn Josephs, wird sich selbst dargeben, und seine Seele in den Tod ausschütten, und sein Blut wird das Volk Gottes versöhnen." Unter andern steht auch im Buche Nevech Schalom (l. 9, c. 5) von R. Abraham ben Isaak geschrieben: „Die Reinigung, welche der Messias vollbringt, wird die Gesammtschuld tilgen, die Missethat hinwegnehmen, und der Sünde, welche das menschliche Geschlecht befangen hat, eine Grenze setzen. Denn gleichwie der erste Mensch es war, welcher sündigte, so wird der Messias als ein neuer Mensch die Sünde vollends aufheben." Endlich führt noch Abarbanel in Is. LII, 13 Gott redend ein, wie er den Messias frägt: „Willst du, mein Sohn, nach 6000 Jahren heilen und erlösen? Willst du die Züchtigung ertragen, ihre Ungerechtigkeit zu sühnen, wie geschrieben steht: Wahrlich Er hat unsere Schmerzen getragen?"

Mußte nicht das Leiden des Nazareners den Gedanken an den leidenden Messias, den die Propheten in Aussicht stellten, in vielen erwecken, daß sie in sich gekehrt und im Innern zerknirscht die Stätte des Mysteriums verließen. Alle Erwartungen von der vollgiltigen Versöhnung und dem Opfertode deutet Jesus zuerst auf sich mit den Worten: Mußte nicht Christus all das leiden, um dann in seine Herrlichkeit einzugehen? (Lk. XXIV, 26.) Jetzt zerstreute sich die Menschenmenge, mit ihr auch die Schriftgelehrten und Ältesten, denen es nun doch etwas unheimlich zu werden anfing, und den entsetzlichen Mord auf dem Herzen gingen sie hin, die Paschamahlzeit zu bereiten. — In dem Bildercyklus, welchen Nikola Pisano an der Kanzel von Pisa ausgeführt, sehen wir die Juden voll Entsetzen und wie vom Sturmwinde zurückgetrieben vor dem Kreuze die Flucht ergreifen.

CXIII. Kapitel.

Christus der Versöhner.

Jerusalem ist schon dem Namen nach die „Friedensstätte" und vorbestimmt als der Ort, wo das große Opfer gebracht werden sollte. Es ist der Mittel- und Wendepunkt aller gottesdienstlichen Opfer von dem Tage der Patriarchen her; doch hat entsprechend dem dreifachen Opferakte die Cultusstätte in der Siebenhügelstadt des Orientes dreimal gewechselt. In ältester Zeit und wohl Jahrhunderte hindurch rauchte im „Höllenthale" Gihon der Opferaltar des Moloch mit sieben Feuerkapellen, worin die Kanaanäer vom Stamme Jebus die Erstgebornen zum Opfer brachten, so daß Gehenna in den Schriften des alten wie neuen Bundes zum Bilde und Namen der Hölle wurde.[1]) Auch Abraham, der Patriarch der Semiten, die durch die Kinder Chams aus dem ihnen „verheißenenen Lande" und vom „Erbe Salem" (ירוש שלם) ausgeschlossen waren, hat die Vision vom rauchenden Ofen, und Gott erscheint ihm als ein verzehrendes Feuer (Hebr. XII, 29), so daß er nächtlicher Weise versucht wird, selber seinen Eingebornen als Opfer zur Sühne der beleidigten Gerechtigkeit zu schlachten und zu verbrennen; und wirklich beginnt die einheimische Mythe nach dem Sanchuniathon bei Eusebius damit, daß Israel seinen Jehud auf

1) S. mein Heidenth. II, 96. 169. 366 f. Zu Salem auf Cypern bestand derselbe Dienst noch lange fort, wie Laktanz instit. div. I, 21 schreibt: Apud Salaminem humanam hostiam Jovi Teucrus immolavit, idque sacrificium posteris tradidit, quod est nuper Hadriano imperante sublatum. Vgl. Steph. Byzant. s. v. *Σαλάμιοι ἔθος Ἀράβων, Σάλαμα δὲ ἡ εἰρήνη· ὠνομάσθησαν δὲ ἀπὸ τοῦ ἔνσπονδοι γίνεσθαι τοῖς Ναβαταίοις.*

dem Altare geopfert und zur Abwehr einer Pest sein ganzes Heer beschnitten habe. Dieß ist eben der Moment, wo im Centrallande der Erde durch Jehova's Offenbarung und auf des Engels Geheiß das stellvertretende Thieropfer an die Stelle der kanaanäischen Menschenopfer tritt, und während der anderthalbtausendjährigen Herrschaft des Mosaismus an derselben Stelle auf Moria dargebracht wird. Endlich spricht Gott durch den Psalmisten und die Propheten aus: daß er Gerechtigkeit begehre und kein Opfer, und ihm das Blut der Böcke und Fett der Rinder zuwider sey. Indeß aber auf den Altären der Duft der Opfer nach wie vor zu den Wolken qualmte, hatte längst durch Melchisedek in Save oder dem s. g. Königsgrunde vor den Mauern von Salem die Oblation von Brod und Wein als Vorbild des unblutigen Opfers der Zukunft stattgefunden, mithin das dritte Sacrificium.

Als ein vorbildlicher „Versöhner" ist wegen Abstellung der blutigen Menschenopfer dem heidnischen Alterthume auch der mythische Jason erschienen, daher dürfen wir uns nicht wundern, bei Justin [2]) zu lesen: „Dem Jason habe fast das ganze Morgenland als seinem Begründer göttliche Ehren und Tempel errichtet;" und Strabo XI, 2 zählt als Länder seines Cultes namentlich Armenien, Medien, Colchis, Albanien und Iberien auf. Jetzt ging auf Golgotha das allein wahre und in den Augen Gottes giltige Kreuzopfer des Gottessohnes vor sich, worauf jene superstitiösen Sohnesopfer der alten Zeit im dunklen Drange des menschlichen Gewissens hinwiesen. Dadurch geschah es, daß auch die Opfer der Lämmer und Stiere, der Widder und Böcke vorzugsweise am Oster- und Versöhnungsfeste ihre vorbedeutende Giltigkeit verloren. Bereits Origenes erklärt in Levit. homil. 2: „Für die Juden bluteten Schafe, Böcke und Stiere, für uns ist der Sohn Gottes geschlachtet." Die Götter der alten Welt forderten das Blut der Creatur, das in Strömen von den Tausenden von Schlachtopfern auf allen Altären vergossen wurde. Auch im Jehovatempel auf Moria floß unsägliches Blut von allerlei Thieren. Jetzt aber tritt das umgekehrte Verhältniß ein, indem Christus, der wahre Menschensohn und zugleich das wahre Osterlamm, ein- für allemal sein Blut für die Gesammtheit darbringt. Der Engel mit dem Racheschwert, der einst vor dem Altare auf der Tenne Aravna stille gehalten, als wegen

2) Hist. XLII, 3. 'Ιάσων ist der mythol. Heiland (von ἰάομαι), wie Josua von יְהוֹ und יָשַׁע = σαόω, σώζω, auf den Gott und Heiland, den erwarteten σωτήρ oder Saosiosch der Iranier hinweist.

Davids Sünde die Pest das Volk hinwegzuraffen begonnen hatte, er hält jetzt inne vor Golgotha, wo der neue Salomo, der himmlische Friedbringer und Sohn des Allerhöchsten, die ewige Versöhnung stiftet. Die Dreieinigkeit durch Einen Wortlaut ausgedrückt, meint Heinrich Frauenlob, sey Sonne, Sohn und Sühne, Vater, Sohn und Geist. Wie der Sohn die Verbindung der beiden getrennten Prinzipe der Ältern ist, so gilt der Erstgeborne bei den Indern und Persern für den gebornen Priester im Hause, dem der Familiengottesdienst obliegt, und der Arier, welcher ohne Sohn stirbt, wird als unglücklich beklagt. [3]) Während man im Oriente die Braut erkauft, hat Christus, der für sich selbst ein Blutbräutigam ward, nicht mit vergänglichem Golde oder Silber, wie der Apostel bemerkt, sondern mit seinem theuren Blute die Kirche seine Braut erlöset und erkauft. Die Gottheit kann sich nicht göttlicher manifestiren, nicht würdevoller offenbaren, als in diesem Opferakte des Sohnes, wo der König der Tafelrunde der zwölf Apostel sein Herz vom Stiche der Lanze durchbohrt sah und sein Blut in den Becher des Joseph von Arimathäa, in den heiligen Graal ausgegossen hat. Nach diesem Opfer auf Golgotha ist zuerst das dona pacem, der Friede für alle Welt eingetreten, den die Engel schon bei der Krippe des Erlösers angesungen.

Von der Freiwilligkeit des Opfertodes Christi zeugen seine eigenen Worte Joh. X, 11. 17 f.: „Ich bin der gute Hirt und lasse mein Leben für meine Schafe. Darum liebt mich mein Vater, weil Ich mein Leben lasse, um es wieder zu nehmen. Niemand kann es mir nehmen, sondern Ich lasse es aus freien Stücken und habe Macht, dasselbe wieder zu nehmen.“ Darin besteht die Allverdienstlichkeit. Hatte jedoch Abels Blut zum Himmel um Rache gerufen, so ruft Christi Blut um Gnade und Verzeihung. Christus stirbt als Hoherpriester für sein Volk; der Hohepriester aber wiegt nach altjüdischem Grundsatze [4]) das ganze Volk auf; darum mußten auch der Oberpriester im alten Meroe, die vom Priestergeschlechte des Athamas in Griechenland, die alten Opferkönige und der Priester

3) Putra pers. = puer (puser), χοῖρος, πῦρ, purus. Vgl. goth. sunis wahr, sunja Wahrheit, woher sühnen, versöhnen, stammverwandt mit sunus Sohn, von Skr. su, zeugen.

4) Aben Esra in Levit. IV, 13. Pontifex summus aequiparatur universo Israeli. Siphre in leg. Ecce unctus i. e. sacerdos sive Messias similis coetui.

der Diana zu Aricia in Latium, wie nicht minder der Crive Criveito bei den alten Preußen in Tagen des Unglücks für ihr Land sich zum Todesopfer bringen. Keine Versöhnung ist möglich ohne Blut, ist rabbinisches Axiom;[5]) der König Messias hat dieß für Alle vergossen: somit ist das Christenthum wesentlich durch das Opfer bedingt, und in der Opferfähigkeit bethätigt sich die Religion des einzelnen gegenüber seinem Nächsten, gegenüber der Gesammtheit und dem Vaterlande.

Das Alterthum kennt keine Versöhnung ohne Opfer: dieß Bewußtseyn geht durch die ganze Welt. Das innerste Centrum aller alten Religionssysteme ist das Gefühl der Erlösungsbedürftigkeit, und daß diese Erlösung nur durch einen Unschuldigen möglich sey, spricht schon das correlate Verhältniß von pius und piare aus: das gesammte Heidenthum hängt an diesem Glauben.[6]) So läßt Sophokles den seiner Verklärung entgegensehenden Ödipus auf Colonos (v. 498 f.) sagen: „Eine rein gesinnte Seele ist im Stande, durch ihr freiwilliges Opfer für Tausende genugzuthun." Daher der freiwillige Opfertod zur Sühne einer großen Schuld oder zur Rettung des Vaterlandes bei Codrus, Curtius und den beiden Decius, welche, indem sie alles Unglück auf ihr Haupt nahmen, und die Rache der Unterwelt herauf beschworen, unter der Verwünschung ihrer Kinder sich in den Schlachtentod stürzten (Liv. VIII, 10. X, 28) — und in zahllosen anderen Beispielen; daher die Opferung des eigenen Kindes auf Befehl des Orakels von Seite des Aristodemus u. s. w. Darum spricht bei Euripides Alceste v. 282 zu Admet: „Zu deiner Ehre sterbe ich, auf daß du statt meiner leben mögest." Porphyrius abstin. IV, 15 erklärt von Asklepiades, daß die vornehmsten Opfer als Leben für ein anderes Leben dargebracht wurden.

Vor allen vertritt das Centralvolk des alten Bundes den Glauben an den stellvertretenden Sühntod, bis die Welt endlich einig ward, daß nur ein Mensch gewordener Gott die große Sühne vollbringen könne. Die Sprache selbst gibt davon Zeugniß. Vom hebräischen Caphar, sühnen, hat der Gnadenstuhl im Allerheiligsten, den der Hohepriester am Versöhnungsfest mit dem Blute des Opfers besprengte, den Namen Caporeth; zugleich leitet sich davon

---

5) Nulla expiatio sine sanguine nach Lev. XVII, 11.

6) Bohlen Altes Indien II, p. 141 und Lasaulx Die Sühnopfer der Griechen und Römer. Eisenmenger II, 721. Meine Chronol. S. 266.

καθαίρω, reinigen, *καθαρός* und *καθάρσιος* ab, welches Prädikat Apollo führte. Ebenso hieß der Priester auf Samothrake Coës von חָאֵם oder חָיִים, der Sühner, oder von כֹּהֵן, sacerdos, woher *κοιᾶσθαι*, versöhnen, inchoare, einweihen. Auch Choseh der Seher stellt sich hiezu. David weigerte sich, für die Sünde der Volkszählung zu büßen, da sucht die Pest das Volk heim. Der sündenlose Sohn Davids dagegen opfert sich für das Volk und nimmt dessen Schuld, ja die Sünden aller Welt auf sich. In gleicher Weise betrachteten die Juden nicht bloß ihre Sühnopfer als *λύτρα* und *ἀντίλυτρα*, als Lösegelder für das Leben des Sünders, sondern noch mehr eines schuldlosen Menschen blutigen Tod. So betet Eleazar bei Josephus Maccab. 8, 9, daß Gott sein Blut als Sühnopfer für die Juden und sein Leben statt ihres Lebens hinnehmen möge. Ein rabbinischer Lehrsatz lautet: Mitah mechaperah awonoth. „Der Tod ist die Sühne der Sünde." (Vgl. Röm. VI, 7.)

Daß den Juden bei ihrer Hoffnung auf den verheißenen Erlöser die Idee eines Versöhners nicht ferne lag, bezeugt schon der Name גֹּאֵל, den sie insbesondere nach dem Vorgange des Isaias,[7]) dem „Heiligen und Starken Israels", dem Messias beilegen. Goël oder Erlöser hieß eigentlich der nächste Verwandte, welcher für die Erhaltung des Besitzes bei der Familie zu wachen, seinen Blutsfreund, wenn er leibeigen geworden war, auszulösen, und das verkommene Gut zurückzukaufen hatte, wie es das Gesetz Levit. XXV, 26. 47 bestimmte, damit das Eigenthum dem Hause nicht immer entfremdet bliebe. Er war zugleich der Bluträcher, welcher die Pflicht auf sich hatte, das vergossene Blut seines Bruders zu sühnen. Nun wollte Christus freiwillig unser Bruder werden, um die Menschheit, welche durch eigene Schuld sammt ihrer Wohnstätte der Erde dem Satan verfallen war, auszulösen, und den Mörder von Anbeginn zu bekämpfen, indem Er sein eigenes Blut zum Kaufpreis und zur Versöhnung darbot. Wie dann der Goël die verwaiste Wittwe seines Bruders zur Ehe nehmen und ihm einen Saamen erwecken sollte, so ging auch Christus mit der dem himmlischen Vater abgestorbenen, von Gott abgefallenen Menschheit die neue Ehe, den neuen Bund ein, um Kinder für das Himmelreich zu gewinnen! Er stirbt als der Knecht Israels, als der

---

7) XLIII, 25. XLIV, 23. 24. LIX, 20. Vgl. XLI, 14. XLVII, 4. XLIX, 7. 26. LIV, 5. LX, 16. LXIII, 16. Jer. XXIII, 5. 6.

Knecht Jehova's, vermöge der solidarischen Haft, nach welcher die Sünden der Väter an Kind und Kindeskind gerochen werden, für die Schuld seines Volkes; nachdem aber der Goël durch die von Jerusalem getödtet ward, geht hier auch das ganze Volk zu Grunde, um ein neues versöhntes Geschlecht über ihren Gräbern auferstehen zu lassen. Endlich sollte zufolge Num. XXXV, 25 und Jos. XX, 6 [8]) beim Tode des Hohenpriesters der Mörder oder asylsuchende Verbrecher in den sechs Freistädten Israels seine Befreiung erlangen — fürwahr im Hinblick auf den Erlösungstod des himmlischen Pontifex.

Wie der jüdisch alexandrinische Philosoph das unerschaffene göttliche Wort: den Gesandten, König, Hohenpriester, Archangelos, oder Boten Gottes, seinen eingebornen Sohn, den anderen Gott nennt, so hatten die Heiden ähnliche entsprechende Bezeichnungen, wie Heiland, Erlöser (σωτήρ), Gottessohn u. s. w. für den vom Himmel erwarteten Retter. Wenn aber Hiob klagt: „Keiner ist, der sich zwischen Gott und den Menschen setzen und beide vergleichen könnte" — so bietet der Alleinheilige und Gerechte sich jetzt als Mittler dar. Christus ist nicht etwa bloß Versöhner zwischen Juden- und Heidenthum, sondern zwischen Gott und den Menschen. Die gottgeschaffene Seele sollte frei für Gott leben, doch nach der Sünde vermochte sie nicht einmal mehr frei für Gott zu sterben, sondern war natürlich dem Tode verfallen. Ein Opfer ist allein Hingabe dessen, was man frei besitzt. Dieses freiwillige Opfer des Lebens und Todes konnte nur bringen, wer über diese sündige Welt erhaben war, und dieß für andere thun wollte. Der Mensch hatte durch die Sünde den Grund und das Recht zur Existenz verloren, daß er, anstatt Gott sich selbst darzubringen in allem, was er war, d. h. ihm mit ganzer Seele und aus allen Willenskräften zu dienen, nur mehr anbieten konnte, was er hatte. Christus gibt die Seele als Lösung, wie Js. LIII, 10 ausspricht. „Mit Einem Opfer hat Er für immer gesühnt die geheiliget werden." Hebr. XVI, 14. Und Röm. XV, 16 knüpft der Apostel unmittelbar an das Heidenopfer an.

Was am Holze gesündigt ward, ist nun am Holze gebüßt. Wie jeder sterben muß zur Sühne der alten Schuld, so war Christus jetzt für alle gestorben. Er gab sich hin in den blutigen Tod zum Sühnopfer für die Welt, wie als Friedensstifter zwischen dem Land-

8) Mischna Maccoth c. 2, 6. Bucherus Antiq. Bibl. 937. 942 sq.

pfleger und dem Volke, zwischen Pilatus und dem Vierfürsten Herodes; für die Befreiung des Mörders im Kerker, wie für die Bekehrung des Schächers am Kreuze. Ja indem Er selbst die schrecklichste und schmählichste aller Todesarten auf sich nahm, starb Er zugleich zur Versöhnung menschlicher Grausamkeit, zur Milderung der barbarischen Strafgesetzgebung.

Vom Sinai ward das Gesetz des alten, auf Golgotha wird das des neuen Bundes verkündet, und der alte erfüllt. Der Fels, worauf das Kreuz steht, dient zum Vorbilde jedes Altarsteines; denn das Opfer wird fort und fort gebracht und das Blut im Kelche unter dem Crucifixe gesammelt.

Die große Messe, deren Introitus und Confiteor an den Stufen des Paradieses begonnen, die mit Vorbereitungen, Sühnen und Weihungen seit Anfang der Geschichte bis zum Evangelium, das dem Abraham verkündet worden, sich fortgesetzt; die Messe, deren Credo am Horeb unter dem Rauchen des Berges feierlich verkündet wurde: sie war jetzt bis zur Wandlung gediehen, wo der, welcher im Leibe Mariens Fleisch und Blut angenommen, vor den Augen derer erhöht wurde, für welche das Opfer galt, um darauf in verborgener Gestalt in der Communion des neuen Bundes sich uns mitzutheilen, bis nach langem Seufzen der bedrängten Kirche: dona nobis pacem! mit dem letzten Gericht das Ite missa est eintritt.

Erst am Kreuze zeigt sich der Heiland recht als das Lamm Gottes, welches für die Sünden der Welt stirbt; denn auch das Osterlamm, welches jährlich zur Sühne des Volkes dargebracht wurde, mußte an einem Kreuzspieße hangen.

CXIV. Kapitel.

Bedeutung des Tages.

Es war am Paraskeue oder Rüsttag, den vierzehnten Nisan oder fünfzehnten April im fünfzehnten Jahre der Regierung des Kaisers Tiberius, d. i. 782 nach Erbauung der Weltstadt, 29 nach christlicher Zeitrechnung, an einem Freitage, da der Festsabbat dießmal mit dem Wochensabbat zusammenfiel, um die neunte Stunde oder gegen drei Uhr Nachmittags, als der Erlöser am Kreuzesstamm endete. Als eben die Priester im Vorhof zu Tausenden die Osterlämmer schlachteten, hatte das wahre Opfer ausgeblutet, und die göttliche Liebe erfüllt, was die Erbarmung verheißen. Es war zudem ein

Sabbatjahr; denn es steht aufgeschrieben, daß das 42ste darnach, oder das Jahr der Zerstörung Jerusalems ebenfalls ein Sabbatjahr gewesen, vielleicht daß auch darum eine so große Hungersnoth unter den Aufständischen wüthete, während die Christen nach Pella auswanderten, weil im transjordanischen Gebiete Getreide gebaut worden war.[1])

Daß die Erlösung Israels wie des ganzen Geschlechtes an diesem Tage sich erfüllen würde, war den Sehern dieses Volkes von Alters her nicht verborgen geblieben, und wie eine unerklärliche Ahnung den Juden in's Gewissen geschrieben. Daher lesen wir zu unsrer Verwunderung wieder im Talmud[2]) und in zahlreichen anderen Büchern, sowohl der früheren als der späteren Rabbinen, wie folgt: „Die zukünftige Erlösung wird der ersten gleich seyn: deßwegen haben unsere Weisen gesegneten Gedächtnisses gesagt: Israel ist einst im Monate Nisan erlöst worden, Israel wird auch im Monate Nisan wieder erlöst werden.“ Jalkut Schimoni f. 57, 1 num. 302 über Isaias: „Josua sprach: Die Israeliten haben im Monat Nisan ihre Befreiung aus Ägypten erlangt, in demselben Monat soll auch ihre künftige Erlösung vor sich gehen.“ Deßhalb beten die Juden in einem ihrer Gebete, welches anfängt Othseh hachodesch: „Errette uns von der Adina (d. h. der Christenheit, wörtlich: von „den Wohllüstigen“) in dem ersten Monate des Jahres, nehmlich im Nisan, in welchem deine Gemeinde erlöst werden soll.“ Im Commentar hiezu heißt es: „Errette die Israeliten von dem gottlosen Volk in dem ersten Monate des Jahres, nehmlich im Monate

---

1) Otho Lexic. rabbin. philol. s. v. Pella. Dagegen bezeichnet Jos. Ant. XV. 1, 2 das Jahr 717 u. c. als Sabbatjahr.

2) Jos. Antiq. II. 14, 6. Tanchuma 75, 1. Rosch haschana f. 11, 2. R. Josua dixit: Sicut mense Nisan facta est olim redemtio, ita eodem Nisan redemtio futura est. Sohar II. f. 49. III, 102. Dies Messiae non sunt, donec appropinquat Pascha, ut confirmetur illud, quod legitur Mich. VII, 15. „Sicut diebus exitus tui ex Egypto ostendam miracula.“ Mense Nisan liberati sunt, et eodem mense futuro tempore liberabuntur, et quidem die XIV. illius. — Targum Hos. III, 2. Et liberabo eos per Verbum meum die XV. mensis Nisan. — Schemoth rabba sect. 13. f. 113, 4. Postquam Deus mundum suum elegit, novilunia et annos defixit: postquam vero Jacobum et filios illius elegit, constituit ipsis novilunium redemtionis, quo ex Aegypto liberati sunt, et quo futuro etiam tempore redimentur.

Nisan, in welchem sie erlöst werden sollen." Im Buche Emek hammelek des R. Nephtali (cap. 32. f. 141, 2) hören wir noch weiter: „Wir haben eine bestimmte Tradition oder mündliche Lehre, daß die Erlösung zur Zeit des Sabbat-Eingangs vor sich gehen werde." Am Pascha bekannte sich das ganze Volk als todeswürdig, und hatte wie am Versöhnungstag ein Opfer für seine Sünden zu bringen.

Darum ist dieser Tag bei den Juden der Inbegriff aller Geschichte; er trägt mythischen Charakter, d. h. alles convergirt in ihm und knüpft sich mythisch an ihn, weil alle Gesichte und Weissagungen, wie die Rabbinen sagen, an ihm historisch in Erfüllung gehen sollten. (Schöttgen de Messia VI, c. 3.) An diesem Tage brachten die ersten vom Weibe Gebornen Jehova ihr erstes Opfer dar, und Abel wurde von Kain erschlagen. In der Paschanacht läßt die Tradition im Pirke Elieser Jehova als rauchenden Ofen dem Abraham erscheinen. Am Ostertage hatte Gott mit dem Stammvater den Bund eingegangen und das Testament der Beschneidung geschlossen. An diesem Tage war ihm Sara von Pharao und Abimelech zurückgegeben, und die erste Plage über die Ägypter verhängt worden. An diesem Tage hatten die drei Engel dem Erzvater die Verheißung eines Sohnes gebracht, und war ein Jahr darauf Isaak geboren worden, endlich zur Opferung gegangen. An diesem Tage hatte Abraham die Könige besiegt, war Sodoma zerstört, Lot in Freiheit geführt und von Melchisedek Brod und Wein zum Opfer gebracht worden. An diesem Tage hatte Esau dem Jakob die Erstgeburt verkauft, und Isaak den Jakob gesegnet u. s. w. An diesem Tage war die Stammmutter Christi, Ruth, mit Noëmi nach Bethlehem gekommen; von Gideon die Midianiten überwunden, und Sanheribs Heer durch den Engel Jehova's erschlagen worden. An diesem Tage hatte Esther vor den Augen ihres Herrn Gnade gefunden und den Untergang des ganzen Volkes Israel abgewehrt. An diesem Tage waren Hiskias aus dem Kerker, Ananias, Misael und Azarias aus dem Feuer, und Daniel aus der Löwengrube errettet worden. An diesem Tage sollte auch der Elias und Messias verherrlichet werden.

Was den Leidenstag selbst betrifft, so sollte nach der Anordnung der ewigen Vorsehung der Schöpfungstag des Menschen zugleich der Erlösungstag seyn. Denn am sechsten Wochentage hatte der erste Adam das Licht der Welt erblickt, und war nach einer alten Sage des Orients an demselben auch gestorben. Darum feiern die Bekenner des Islam den Freitag als ihren Wochensabbat, und sie glauben zu dem, auch die Auferstehung der Todten und das jüngste Gericht werde an einem Freitage eintreten — gleichwie die Christen in den ersten Jahrhunderten nach dem Zeugnisse des Laktantius [3]) die Wiederkunft Christi im Pervigilium Paschae erwarteten.

Wie aber an diesen Tag die Umkehr der Welt sich knüpft, so hält das Volk noch fest daran, daß am Freitage immer der Witterungswechsel eintrete, und die neue klimatische Veränderung sich bestimme.

CXV. Kapitel.

Anzahl der Todeszeugen Christi.

Im Gesetze Mosis Deut. XVII, 12. 13 sind öffentliche Hinrichtungen geboten, „auf daß alles Volk es sehe und sich fürchte und keiner mehr vermessen sey.“ Deßhalb wurden Todesurtheile an großen Festzeiten vollstreckt, wo alles Volk versammelt war; dasselbe Motiv, ein abschreckendes Exempel zu statuiren, galt bei den Heiden.

Da hing der Gottessohn am Hochgerichte, ausgespannt vor den Augen der ganzen Welt, für die Er starb, in dieser Ausspannung zugleich der Mittelpunkt und höchste Gegenstand der kirchlichen Kunst; und es erfüllte sich jetzt das Wort Ps. LXXIII, 12 (vgl. Ez. V, 5): „Gott wirkte unser Heil zu Jerusalem in Mitte der Erde.“ Das Centraldrama durch die ganze Geschichte geht jetzt vor sich. Da hing Er, gekreuzigt gegen Niedergang, daß „Er schaut in die finstere Decke“, wie es im alten Rechtsbuche heißt: Abgewendet ist sein Angesicht vom Oriente, wo bisher der Tempel seines heiligen Dienstes gestanden: aber sein erbarmender Blick fällt auf Europa hinüber. Da hing Er auf dem Kreuzberge im Angesichte von wenigstens drei- bis viermal hunderttausend Juden, die sich aus

---

3) Instit. div. VII, 19. Hujus noctis duplex ratio est, quod in ea et vitam recepit (Christus), cum passus est, et postea orbis terrae regnum recepturus est“ und Isidor von Sevilla (L. VI. c. 16): Hujus noctis ratio est, sive quod eadem cum vitam recepit, cum passus est, sive quod postea eadem hora, qua resurrexit, ad judicandum venturus est. Oben S. 389, not. 1.

allen Ländern der Erde, wie wir aus der Apostelgeschichte II, 9—12 ersehen, zum Paschafeste versammelten.

Palästina, soweit es für das Land der Hebräer gelten konnte, ist nur ein kleiner Bezirk von drei bis vier Tagreisen Länge, zwei Tagreisen Breite; darüber hinaus wohnten die Juden in den Städten unter vorwiegend griechischer Bevölkerung, im Mittellande aber nahmen die Samariter keinen Theil am „Feste der Juden“. Rechnen wir ein Gebiet von 360 Quadratmeilen, bewohnt von durchschnittlich 5000 bis 6000 Menschen, was auf dem wasserarmen Terrain nicht wenig sagen will, so gewinnen wir mit Einschluß der Hauptstadt eine einheimische Bevölkerung von etwa zwei Millionen Juden. Der fromme König Josias bestimmte zu den Paschaopfern an Kleinvieh, Lämmern und jungen Ziegenböcken 30,000, dazu 3000 Rinder und noch 300 für die Priester, 500 für die Leviten (II. Chron. XXXV, 7 f.), letztere nach Jerchi's Erklärung zur Chagiga. Die Zahl der Paschalämmer läßt auf drei- bis viermal hunderttausend Festbegeher schließen. Hekatäus, der Zeitgenosse Alexanders M., schätzt in seinem staatsmännischen Bericht den Umfang des damaligen Jerusalems auf 50 Stadien oder anderthalb Stunden, die Einwohnerzahl aber auf 120,000 (Jos. Apion I), so daß die Stadt damals dicht genug bevölkert war. Bei der Eroberung durch Antiochus Epiphanes 175 v. Chr. kamen in drei Tagen 80,000 Juden um, 40,000 wurden gefangen und bei 80,000 verkauft (II. Makk. V, 14), was eine Volksmenge von 200,000 voraussetzen ließe, wenn wir nicht die der Vertheidigung wegen zugeströmte Menge in Abzug zu bringen hätten. Aus der letzten Zeit des Reiches erhalten wir leider übertriebene Berichte. Als nehmlich der syrische Statthalter Cestius Gallus, um dem Kaiser Nero einen Begriff von der Stärke und Anzahl der streitbaren Männer der Hauptstadt beizubringen, sich deßhalb an die Priester wandte, da es eben Paschazeit war: fanden sich der Hostien oder geschlachteten Osterlämmer 256,500. An einem Paschalamm durften aber nie weniger als zehn Personen mit essen — beim Abendmahle Christi waren es dreizehn. Häufig aber nahmen selbst zwanzig, ja sogar vierzig und fünfzig an einem Lamme Theil, wenn einen nur eine Olive groß davon traf. Nicht gezählt waren dabei Knaben unter zwölf Jahren, Greise und Frauen in den ihnen eigenen Unpäßlichkeiten, Kranke und Gebrechliche, Taube und Wahnsinnige, Aussätzige oder sonst Unreine, indem ihnen nicht die Verpflichtung oblag, zur Communion des Lammes zu gehen. Gewiß betrug die Summe der Festbesucher aus allen Weltgegenden mehr als die olympischen Spiele bei den Griechen je vereinten, die denselben Zweck verbanden, daß das Volk sich gegenseitig kennen lernen und nach seinen verschiedenen Stämmen befreunden sollte; wenn aber Josephus obige Lämmerzahl angibt und bell. II. 9, 3 die Zahl der Festgäste auf mindestens 270 Myriaden gesetzlich reiner Menschen schätzt, ja später II. 14, 3 die Summe des Volkes, das den Cestius Gallus bei seiner Anwesenheit am Pascha umgab, um über den Landpfleger Florus Klage zu führen, auf drei Millionen anschlägt, so rechnet er, dieß ist meine feste Überzeugung, absichtlich um eine Nulle zuviel.[1]) Zwar zählte das benachbarte Alexandrien mit den nächsten ägyptischen Umlanden nach Philo in Flacc. p. 971 über eine Million Juden, aber diese ließen sich nur durch Karawanen vertreten, welche, wie die meisten Landesgemeinden, ihre eigenen Synagogen in der heiligen Sion bezogen; die Fremden übrigens, die, obwohl nicht jüdischer Abkunft, doch aus Frömmigkeit herbeigekommen waren, dem Feste beizuwohnen, wie dießmal die Gesandtschaft des Königs Abgar, machten keine große Zahl aus. Unter Titus betrug die Zahl aller Gefangenen 97,000, jene der Todten angeblich 1,100,000 (bell. VI. 9, 3); und doch hatte Simon der Giaur auf Sion 10,000 Mann um sich, dazu 5000 Idumäer, Johannes Gischala dagegen im Tempel 6000 Bewaffnete, wozu noch 2400 Zeloten unter Eleazar kamen. (Jos. bell. V. 6, 1.) Wo bleiben hier die Hunderttausende, auch wenn wir die wehrlose Pilgermasse noch so hoch anschlagen? Gibt doch Tacitus (hist. V, 13) die Belagerten jedes Alters und Geschlechtes auf 600,000 an, und die Römer hatten gewiß keine Ursache, die Anzahl der Besiegten geringer anzugeben. Allerdings mochte man während der Festwoche Bethanien und Bethphage als Vorstädte zu Jerusalem zählen, indem sie den Festgästen Herberge gewährten, falls in den Häusern, weil der Umfang der Stadt wenig über eine Stunde betrug, nicht alle Unterkunft fanden, sondern viele unter Zelten geschaart, wie noch heute die muhammedanischen Pilgrime, außer den Häusern die Festzeit zubrachten. Ein solcher Zeltmacher war Paulus. Natürlich übertreiben die Rabbinen[2]) die Zahl der Festpilger um's siebenfache,

---

1) Wenn er angibt, jeder Stadtflecken in Galiläa habe wenigstens 15,000 Einwohner gezählt, oder er habe Jotapata mit 40,000 Mann vertheidigt, so scheint es fast, als ob er um zwei Nullen zu viel gegriffen. Im Umfang der Ruinen des heutigen Dschefat bei Kana finden kaum 4000 Platz, wenn ein Mann den andern auf die Schultern nimmt. S. oben S. 42.

2) Echa rabbathi f. 59, 1. 2. Agrippa rex cupiens scire, quanta turba fuerit

ja sie erzählen uns noch vielmehr, man habe einst zur Volksschätzung 1,200,000 Nieren von den Pesachim oder Festlämmern für König Agrippa bei Seite gelegt, was die Menge der Einheimischen und der Wallfahrer aus den Heidenländern auf zwölf bis zwanzig Millionen steigern würde. Sie rechnen es mit zu den zehn wunderbaren Vorrechten der heiligen Stadt, daß ungeachtet der kaum zählbaren Menge doch alles Volk in Jerusalem sein Unterkommen fand. Inzwischen beklagt sich der Talmud [3]) wohl über den unbeschreiblichen Zusammenfluß von allerlei Volk zu den hohen Festzeiten, und nennt namentlich die drei: Pascha, Pfingsten und Laubhütten, die Räude des Jahres, weil alsdann keine strenge Scheidung der Geschlechter, selbst nicht einmal bei den gottesdienstlichen Vorträgen mehr möglich war, auch abgesehen von allerlei Unfug sogar Leute beim Feste erdrückt wurden. So finden wir auch in dieser Beziehung die Episode von der Ehebrecherin historisch gerechtfertiget. Doch uns genügt es, aus dem Angeführten den Schluß auf die Menschenzahl beim Todesfeste Christi zu ziehen.

Wenn schon bei einer nicht außerordentlichen Hinrichtung zu gewöhnlichen Zeiten Tausende und Zehntausende von Neugierigen sich versammeln: wie viel mußten erst bei der Anwesenheit der ganzen Judenschaft und dem Tode des großen Rabbi sich Augenzeugen eingestellt haben! Jesus aber, der sich am Osterfeste vor drei Jahren zuerst für den Messias, Gottessohn, erklärt hatte, und jetzt für dieses vermeintliche Verbrechen am Pascha auch büßen sollte, ließ wohl die Hunderttausende Zeugen seiner Erniedrigung, aber nur wenige Zeugen seiner herrlichen Auferstehung seyn, welcher Triumph Christi dem Tage des

---

Hierosolymis in Paschate, dixit sacerdotibus: seponite mihi renem unum de unoquoque agno. Seposuerunt sexcenties mille paria renum, numero duplicato supra numerum exeuntium ex Aegypto. Non autem erat agnus quivis Paschalis, ad quem non numerabantur plures quam decem personae; R. Chaija dicit: quadraginta, imo quinquaginta. Tempore quodam ingressi sunt in montem templi, et non potest eos continere. Erat autem inter eos senex quidam, quem sub pedibus conculcarunt: vocarunt ergo istud Pascha compressum. Vgl. meine Uranologie S. 102.

3) Kidduschin f. 81, 1. Scabies anni sunt tria festa. Gl. Pascha, Pentecoste et Scenopegiae sunt rupturae anni ratione consociationis virorum ac foeminarum, et propter transgressiones, quia istis diebus hi et hae congregantur una ad audiendum conciones, atque alter in alterum jactant lumina vultus. Et dicunt quidam, quod ob hanc causam soliti sunt jejunare post Pascha et Pentecosten.

Weltgerichtes vorbehalten bleibt. Dort schwebt am Kreuze der Erlöser auf Golgotha, Angesichts des versammelten auserwählten Volkes, und unter dieser ungeheuren Menge, zahlreicher als Israel aus Ägypten gezogen war, befand sich nicht Ein Fremdling in Jerusalem, der von dem Sündengerichte nicht gewußt hätte. (Lk. XXIV, 6.) Aber nach 42 Jahren sollte dasselbe Volk in seinen Kindern noch zahlreicher versammelt seyn, um die Strafe des Gottesmordes auf sich zu nehmen und die Erfüllung des Fluches: Sein Blut komme über uns und unsere Kinder! über sich ergehen zu lassen. Es war dieselbe Osterzeit, wo das ganze Volk, wie es jetzt über den Messias zu Gerichte ging, mit Josephus zu reden, gleichsam in einem Kerker eingesperrt der Urtheilsvollstreckung gewärtig blieb. Es war dieselbe Stelle, hier wie am Ölberge, wo, als die Strafe über Stadt und Volk hereinbrach, die Römer Wall und Lager aufgeworfen, und Titus, als Werkzeug der Vergeltung, wie vordem der Landpfleger Florus, die Juden zu Tausenden an's Kreuz schlagen ließ, so daß man nach Josephus bell. V. 11, 1 nicht genug Holz auftreiben konnte, um sie alle daran zu henken. Es war dieselbe Stadt, die Gottesmörderin, wo schließlich im zweimaligen Aufstande der Kern der Nation durch Hunger und Wechselmord entsetzlich zu Grunde ging, oder gefangen ward, um in die Sklaverei verkauft, oder im Cirkus den Bestien vorgeworfen zu werden — wo sich selig priesen die Unfruchtbaren, die nicht geboren, und die Brüste, die nicht gesäugt, wie der Weltheiland noch am Kreuzgange weinend über Jerusalem geweissagt hatte, in der grauenvollen Zerstörung, die ihresgleichen nicht in der Geschichte hat, noch haben wird bis an den jüngsten Tag, so zwar, daß Christus selbst ihren Untergang zum Vorbild des letzten Weltgerichts aufstellt. Während aber die Juden in ihrer ungeheuren Mehrzahl die Zeit der Heimsuchung unbenützt vorüber gehen ließen, ja ihren Messias kreuzigten, sind Millionen Menschen aus der Heidenwelt im Hinblick auf den Gekreuzigten getröstet gestorben — wo wäre ein ähnliches Vorbild in der Weltgeschichte?

CXVI. Kapitel.

Mysterium des Kreuzes im alten Bunde.

So ward der neue Bund mit dem Kreuze besiegelt. Aber die Kreuzfigur hat bereits bei den Heiden mysteriöse Bedeutung, und nicht erst der Nazarener hat dasselbe in die früher so heitere Welt hereingeschleppt. Als der Serapistempel zu Alexandrien zerstört wurde, hat man unter anderen hieroglyphischen Figuren auch die des Kreuzes gefunden, welches die Heiden sowohl, als die Christen, auf ihre Religion bezogen. Jene behaupteten, es bezeichne das zukünftige Leben,[1] welches die Christen begierig ergriffen, um ihrem Glauben dadurch neue Anhänger zu verschaffen. Es war das Symbol des Todtenerweckers Osiris. So sehen wir bildlich auch das Kreuz auf dem Haupte der Artemis, vorstellend die Regentin über Leben und Tod; denn es bedeutet den Durchschnitt der Ekliptik mit dem Äquator, welcher Punkt nach der Lehre von der Seelenwanderung zugleich den Übergang aus einer Welt in die andere bezeichnet — wir könnten es in demselben Sinne noch über den Gräbern aufgepflanzt betrachten.

Die Kreuzfigur ist das Netz eines Würfels, die aufgeschlagene Stiftshütte. Das Kreuz stellte nicht bloß die gennetische Einigung, sondern auch die Begegnung des Himmlischen und Irdischen vor, daher es urbildlich auf dem Weltplane, wie noch auf der Erdkugel in der Hand des Weltregenten figurirt.

Der Kreis, von zwei Durchmessern in Quadranten getheilt, war also die Hieroglyphe des Cosmos bei den Ägyptern. Das älteste Kreuz bildete sich durch die Einzeichnung der Figur in den Weltring, um die vier Himmelsgegenden und wie in einer Windrose die vier Elemente anzuzeigen. So theilten die Auguren den Tempel, d. h. das Feld ihrer Himmelsbeobachtung, durch den Cardo und Decumanus in ein Kreuz, und aus diesem Central- oder Kreuzpunkte wurden die Augurien immer vorgenommen. Nach diesen Aspekten legten dieselben Auguren das Kreuz auch bei Anlegung der Städte und Lager zu Grunde. An den Kreuzwegen begegnen sich die Seelen, darum war man schon in ältester Zeit bemüht, daselbst Wahrsagung zu holen, wie unter andern das Beispiel vom Könige zu Babel Ezech. XXI, 21 f.

---

1) Sokrates hist. eccl. V, 17. Sozomenos II, 19. Theophanes Chron. p. 61. Diruto porro Alexandriae Serapidis templo, repertae sunt sacrae Aegyptiorum eruditis dictae literae crucis formam referentes, quas cum ex gentibus fideles conspicarentur, dixerunt, crucem juxta sacrarum literarum interpretationem significare vitam venturam. Kreuzer Symb. Tab. III, 3 u. 5. Auszug nach Mone 313.

beweist. Nach Plato Gorgias p. 165 halten Minos, Äakos und Rhadamantos in der Unterwelt auf der Asphodeloswiese über die Todten Gericht an der Kreuzstraße, wo der eine Weg nach der Insel der Seligen, der andere nach dem Tartarus abgeht. Griechische wie römische Schriftsteller beziehen es auf die Allegorie von Herakles am Scheidewege, und sehen darin ein Bild der beiden Lebenspfade. Am Himmel selbst steht das südliche Kreuz als leuchtendes Zeichen über dem Welttheile, der bisher dem Christenthum noch ferne geblieben.

Man möchte sagen, im Kreuzessegen sey die Erde selbst geschaffen, wenn man die Configuration der Länder, Flüsse und Meere einerseits nach der Richtung des Nordpols, anderseits nach der des Äquators sich vergegenwärtigt. Im Kreuze liegt der Abschluß und die Vollendung, sowie die Wiederherstellung, die In- und Restauration aller Dinge, dieß drückt prototyp sogar die Sprache aus, wie schon Makrobius [2]) das Wort verstand. Ein römischer Festtag, der ad propitiandum Jovem wegen harter Behandlung der Sklaven dem Fest der Circenses beigefügt war, hieß instauralitius.

Man hat in neuerer Zeit unter den altägyptischen Monumenten, die der Wuth der Eroberer entgangen, auch eines aus der Periode der sechzehnten Dynastie, welche der Zeit Abrahams vorhergeht, entdeckt, worauf der Pharao im freien Felde sich findet, über ihm die Sonne (Fre), deren Repräsentant auf Erden er selbst im Namen ist. Sie übergießt ihn mit ihren leuchtenden Strahlen aus der Höhe; jeder Strahlenbüschel aber endet in der Nähe des Königs mit dem Zeichen des höheren göttlichen Lebens, der Kreisform, überragt von einem Kreuze.

Ein Kreuz, von einem Kreise umfaßt, sinnbildete den Ägyptern das beständige Auseinander- und Zusammengehen der vier Elemente im Kreislauf des Werdens. Die Figur + ist die keusche Vignette der Verbindung, also der kosmischen Naturkraft, wovon die Fortdauer des Lebens abhängt, zugleich das Zeichen der Vermehrung. Bei den Chinesen hat es die Bedeutung zehn, und gilt als Symbol der Vollkommenheit, wie die Römer dieselbe Grund- und Schlußzahl durch das s. g. Andreaskreuz X ausdrückten, während der Deutsche mit dem vorgesetzten Worte seinen Superlativ bildet. In China und Indien hat das Kreuz talismanische oder phallische Bedeutung; das

---

2) Saturn. I, 11 *ἀπὸ τοῦ σταύρου*. Vgl. Sskr. stawara = *στιβαρός*, firmus, munitus.

Zeugniß der zeitlichen Fortpflanzung dient zugleich zum Symbol des Fortlebens nach dem Tode, obwohl jenseits keine Kreuzung der Geschlechter mehr statt hat. Die Brahmanen bezeichnen sich nach dem Bade mit einem Zeichen in der Form eines V, es bildet die Bürgschaft des Segens. [3]) Der Stamm der Abords in Tibet malt sich das Kreuzzeichen auf die Stirne in dem Glauben, daß wer so bezeichnet ist, für diese Welt geschützt und nach dem Tode des Himmels versichert sey, indem Gott nur jene an seinem Glücke Theil nehmen lasse, die durch das Kreuz gevestet sind.

Unter den vorchristlichen Tempeln Indiens finden sich selbst etwelche von kreuzförmiger Bauart, wovon besonders unter den prächtigen Tempelruinen von Chandisevu auf Java einer merkwürdig ist. Seitdem der menschliche Wille mit dem göttlichen sich kreuzte, muß das Kreuz (crucca, Krücke) jeder tragen, und durch dasselbe zur Erkenntniß kommen. Tiefe Bedeutung hat die crux ansata, der Nilschlüssel als Bild des Mysterienschlüssels in der Hand der ägyptischen Priester. Die Anhänger des Schiva zeichnen seit uralter Zeit ihre heiligen Stiere mit dem Henkelkreuze, welches bis zur Stunde das Bild des Mithraplaneten ist, auch tragen die Inder ein solches Kreuz auf der Brust. Auf sidonischen Münzen aus dem III. Jahrhundert v. Chr. trägt Astarte einen Stab in der Hand, der sich in ein Kreuz endigt. Der Sonnengott Baal an ihrer Seite ward mit Armen abgebildet, die er in Form eines Kreuzes ausstreckte. In Numidien fand man 1833 einen Votivstein, auf welchem der Gott im Strahlenglanze die beiden Arme ausbreitet, in jeder Hand einen Zweig haltend, so daß er die natürliche Gestalt eines Kreuzes darstellt. Die mexikanischen wie die indischen Götterbilder halten das Kreuz an der Stirne, auch fand man in Cuzko und Inkata zwei alte Kreuze von Stein vor. Nach einem unter den Ruinen von Palenque in Guatemala erhaltenen Relief ist es Humboldt zufolge außer Zweifel, daß eine symbolische Figur in der Form eines Kreuzes dort den Gegenstand der Anbetung bildete. Unter den aztekischen Hieroglyphen findet sich eine, welche die Sonne in ihren vier Bewegungen durch Fußstapfen bezeichnet und gleichfalls an die Gestalt des Kreuzes erinnert, dessen Verehrung mithin keineswegs erst durch das Christenthum eingeführt ward. [4]) Das stumpfe

---

3) Münter Rel. d. Babyl. 129. Annalen des Glaubens. Münch. Nr. 116. S. 602. Vgl. Görres Wallfahrt nach Trier 79.

4) Minutius Felix Octav. p. 33 gibt den Heiden den Vorwurf der Kreuzesver-

Kreuz spielt ebenso in den Isisprozessionen wie bei den gnosticirenden Ophiten eine Rolle, und kömmt auf den Denkmälern der Tempelherrn, wie — als Hammer der geheimen Orden wieder vor. Nichts war den Glaubenspredigern leichter, als den nordischgermanischen Völkern die Verehrung des Kreuzes beizubringen, denn ihnen erschien der Hammer Thors, der im Runenalphabete den Buchstaben T vertrat, um so mehr vor- oder gleichbedeutend, als man damit alle Segnungen und Weihungen, z. B. die des Minnetrankes, vornahm. In den ältesten Denkmälern Skandinaviens und des westlichen Europas, den s. g. Kumelgräbern, findet sich das heilige Zeichen. Auf den dänischen und britischen Inseln, auf Jütland und in Holland, wo man sie Hömenbetten heißt, in Frankreich, im nördlichen Spanien und noch in Portugal entdeckt man außer Urnen, Streithämmern und Keulen von Hornstein auch kleine glatte Steinchen mit vielen eingegrabenen Kreuzzeichen. Es ist wie in den amerikanischen Gräbern wohl das Bild des Lingam, des tröstenden Zeichens der Wiedergeburt, das Dionysos an den Pforten des Hades aufgepflanzt. Die Tscheremissen, Tschuwaschen und Wotjäcken, Reste der alten Skythen, legen ihre Eide über ein paar kreuzweis gehaltenen Säbeln ab.

Nach Tertullian [5]) bezeichnete bei den Persern Mithras seine Kämpfer auf der Stirne mit einem Zeichen, wodurch der Kirchenvater versucht war, zu glauben, es habe der Satan ihnen den christlichen Gebrauch, der sohin schon den ersten Jahrhunderten angehört, nachäffend vorgespiegelt. Die alten Hebräer merkten ihre Heerden mit einem Kreuze, welches dem Zugviehe an die Hüfte oder an den Hals gebrannt wurde, um sie kenntlich zu machen; wie die Christen im III.

---

ehrung mit der Bemerkung zurück: Vos plane, qui ligneos deos consecratis, cruces ligneas, ut deorum vestrorum partes, forsitan adoratis. Nam et signa ipsa et cantabra et vexilla castrorum quid aliud quam inauratae cruces sunt et ornatae? Tropaea vestra victricia non tantum simplicis crucis faciem, verum et affixi hominis imitantur.

5) Praescr. haeret. c. 40. Tingit et ipse diabolus quosdam utique credentes et fideles suos, expiationem delictorum de lavacro repromittit, et si adhuc memini, Mithra signat illic in frontibus milites suos, celebrat et panis oblationem et imaginem resurrectionis inducit, et sub gladio redimit coronam. Quid? quod et summum pontificem unius nuptiis statuit? habet et virgines, habet et continentes. c. Marcion III, 22. — Bohlen Das alte Indien I, 210. II, 89.

und IV. Jahrhunderte anfingen, die ihrigen dadurch vor Ansteckung zu bewahren; oder ein Kreuz über sich schlugen, wenn sie aus dem Bade kamen. Noch jetzt bekreuzen die Beduinen-Araber mit dem Opferblut geschlachteter Ziegen die Hälse und den übrigen Körper der Kameele, um sie vor allem Unfalle zu bewahren; und das Kreuz tritt namentlich in den noch unentzifferten, aber nach überwiegender Annahme noch der vorchristlichen Zeit angehörigen sinaitischen Inschriften hervor. Ein solches Kreuz (+ X †) zeigt auch die jüdische Münzschrift; nicht minder drückten sie es auf ihren Broden und Opferkuchen ab.[6])

Wenn Ezechiel IX, 4 spricht: „Zeichne ein Tau auf die Stirne deren, die seufzen und weinen" — so bemerken schon Origenes i. l., Tertullian[7]) und Hieronymus: das Kreuz sey die ursprüngliche Gestalt des Tau bei den Hebräern, Samaritern und Griechen gewesen, wie nach Isaak Vossius auch bei den Äthiopen und Ägyptern. Durch dieses Kreuzzeichen, das mit dem Blute des Lammes an die Thürpfosten geschrieben wurde, woher noch bei uns die Sitte der Thürbekreuzung am Dreikönigsabend stammt, war Israel errettet worden, als der Würgengel alle Erstgeburt in Ägypten erschlug, und nur an seinen Häusern vorüberging. Allen, die nicht mit diesem Kreuze auf der Stirne bezeichnet sind, verkündet Ezechiel bei der künftigen Heimsuchung Jerusalems den Untergang durch das Schwert; und nur die also Bezeichneten werden nach der Apokalypse des neuen Bundes (VII, 3) am Ende der Tage von dem auserwählten Volke gerettet. Am Kreuze wurde die eherne Schlange in der Wüste erhöht, von deren Anblick alle genasen: wie auch der indische Salivahanam, der Schlangenfürst und mythologische Schlangentreter am Kreuze erhoben wird. Mit dem Kreuze unterzeichnet sich im Buche Hiob (XXI, 35), jenem ältesten der h. Bücher, der des Schreibens Unkundige; und eben dieses Stauropegion fand auch bei den späteren Griechen im Beiseyn eines Notars mit dem bekannten labarum oder *χρήσιμον* statt, woher die Vertragsbrüchigen *σταυροπάται* genannt wurden.

---

6) Menacoth c. 6, 3. Quomodo vero ungunt liba contorta ac tenuia? Ungunt ea in modum X Graecorum. Robinson Paläst. I, 301.

7) Adv. Marcion. III, 22. Ipsa est enim litera Graecorum Tau, nostra autem T species crucis. Hieron. in Ezech. l. Antiquis Hebraeorum literis, quibus usque hodie utuntur, Samaritani, extrema Tau litera crucis habet similitudinem.

So ist das unterschriebene Kreuz schon bei den Alten, wie noch bei uns das stereotype Vor- und Nachbild der großen Bundesbesieglung auf Golgotha. Das Kreuz erhebt sich über der Arche wie über jedem Schiffe, gebildet durch den Mastbaum mit der Segelstange, woran die Kirchenväter [8]) mit Vorliebe erinnern. Der Kreuzstandarte folgten die römischen Legionen in die Schlacht, wie die Kirche ihren Gläubigen dieselben Fahnen als Signale in den Kämpfen dieses Lebens vorantragen läßt.

Auch schuf das Alterthum noch mehr nach der geheimnißvollen Ausdehnung des menschlichen Leibes diese Hieroglyphe, denn die Arme sind wie herabgesunkene Flügel, womit sich unser Leib zum höheren Leben erschwingen soll. [9]) Rufinus belehrt uns hist. eccl. II, 23, daß der unterweltliche Osiris im Serapistempel zu Alexandria mit ausgestreckten Armen, wie im Bilde des Gekreuzigten dargestellt war, so daß er in seiner Größe die beiden Ende der Westwand erreichte, und gleichsam das Crucifix in seiner Urgestalt vorstellte. Ihm folgten seine Verehrer; denn mit in Kreuzesform ausgespannten Armen beteten auch die Heiden, daher Minutius Felix berichtet: Cum homo porrectis manibus Deum pura mente veneratur, ita signo crucis ....

Was das auserwählte Bundesvolk insbesondere betrifft, so läßt der bekehrte Jude Raphael Aquilino, der um 1571 blühte, in seinem Traktate de mysterio ligni über die Bedeutung der Kreuzfigur im alten Testamente sich des weiteren vernehmen. [10]) Mit dem Kreuze, so schreibt er, segnete Noa seine Söhne Sem und Japhet. Mit dem Kreuze zeichnete Jakob seine Heerden. — Er vergißt zu erinnern: die Arme kreuzend segnete er die Söhne Josephs in

---

8) Ambrosius de cruce I. Arbor quaedam in navi est crux in ecclesia ... Sicut autem ecclesia sine cruce stare non potest, ita et sine arbore navis infirma est. Vgl. Tertullian apol. 16. Hieron. in Marc. XI. Ipsa species crucis quid est, nisi forma quadrata mundi.

9) Weil aber die Hirnschaale gleichsam das Himmelsgewölbe im Menschen bildet, so betrachtet man noch jetzt die Neugebornen deßhalb, und wenn das Haupt im Cardinalpunkte in deutlicher Kreuzesform sich zusammen schließt, wird dieß als ein Zeichen von günstiger Vorbedeutung für die trefflichen Anlagen und das künftige Glück des Kleinen angesehen.

10) Wolf Bibl. hebr. P. I, 433. III, 993 sq. Otf. Müller Die Etrusker III, 6. Mein Heidenth. II, 5.

Ägypten, Ephraim und Manasse. (Gen. XLVIII, 13. 14.) Und so soll auch der neugeweihte Priester, wenn er zum erstenmal das Volk zu segnen auf die Kanzel tritt, seine Arme kreuzend, zur Benediktion über die Gemeinde erheben! — Mit dem Kreuzzeichen wirkte Moses die Wunder im Nillande, wandelte das Wasser in Blut und Bitterkeit, und traf die Schlangen, Frösche, Heuschrecken und Fliegen, daß sie wieder verdarben. Mit dem Kreuzzeichen bahnte er sich den Weg durch's rothe Meer, und schlug den Felsen in der Wüste, daß er Wasser gab. In's Kreuz erhob Moses die Hände auf dem Berge, als er Gott um Sieg wider Amalek bat. Vor dem Kreuzzeichen wich die Pest, die wegen der Sünde des Phineas im Lager ausgebrochen war. Bei dem Anblicke der Kreuzschlange wurden alle geheilt, die durch den Biß der Nattern in der Wüste verwundet worden waren. An einer Kreuzstange, deren Zwerchhölzer sie sich über beide Schultern legten, brachten die beiden Kundschafter, nach einer Überlieferung, die auch der Rabbi Jehuda bar Joseph von Saragossa (de palmite et botro uvarum Num. XIII, 24) aufbehalten hat, Josua und Kaleb die große Traube aus dem gelobten Lande Kanaan zurück, indem dieselbe in der Mitte des Querbalkens befestiget war, und so zugleich ein Symbol auf das unblutige Opfer Christi im Altarssakrament des neuen Bundes darstellte. Auf das Kreuzzeichen theilte sich der Jordan, daß das Volk mit der Bundeslade hindurchging, und vor dieser Signatur fielen die Mauern von Jericho ein. Mittels des Kreuzzeichens erweckten die Propheten Todte zum Leben, und trieben die Geister der Besessenen aus. Auf das Kreuzzeichen erhob sich das Beil an die Oberfläche des Wassers vor Elisa. Mit demselben segnete Esra das Volk nach der Rückkehr aus der Gefangenschaft zur neuen Beobachtung des Gesetzes ein; und eben damit wurden die geheilten Aussätzigen von den Priestern entlassen.

Den hebräischen Königen wurde in Form einer Krone das Haupt gesalbt, den Hohenpriestern kreuzweise, und die Salbung dauerte sieben Tage;[11]) ja nach der Behauptung vieler war selbst der Altar

11) B. Bava Metzia f. 33, 1. Ungebant reges in forma coronae et pontifices in forma Chi. Dicit R. Menassija: in forma X Graecorum. Tosaphta in Cheritut f. 77, 2. Sicut corona circa caput ejus secundum speciem X literae graecae, et nodus ejus fit secundum hanc figuram X. Ille qui effundebat oleum super caput ejus, postea quoque inter palpebras oculo-

in's Kreuz gebaut. Noch mehr! Nach dem Zeugnisse des Palästinensers Justin[12]) des Martyr steckte man dem Osterlamm einen Bratspieß von Granatenholz wie einen Pfahl durch den Leib nach dem Kopfe, einen andern quer durch die Brust, um beide Vorderfüße daran zu befestigen, da ihm kein Bein gebrochen werden sollte, so daß beide Hölzer die Figur eines Kreuzes bildeten, an welchem das Lamm befestigt war.

Diese und andere Mysterien treten schon im alten Bunde unter der Signatur des Kreuzes hervor. Urkundlich geschieht des Kreuzzeichens nach dem Vorgange der Offenbarung Johannis zuerst in der s. g. Apostelgeschichte des Abdias im Kampfe wider die Magie der Bileamiten oder Nikolaiten wieder Erwähnung.[13]) Im christlichen Sinne erscheint das Kreuz auf den Münzen Abgar bar Manu's, des Fürsten von Armenien, um 160—170 n. Chr. Endlich errichtete Constantin auf allen Landstraßen und an den Kreuzwegen an der Stelle der Hermen das Siegeszeichen der Erlösung. Die Kaiserin Helena ihrerseits erbaute vielleicht den ersten christlichen Tempel in Kreuzesform über den Jakobsbrunnen bei Sichem, wovon noch die massiven Trümmer sichtbar sind. Die Kirche selber wird zum Abbilde des Kreuzes. Das Hauptportal befindet sich an dem Theile des Kreuzstammes, wo die Füße des Heilandes geruht. Wer immer den leuchtenden Fußstapfen des Herrn folgen will, muß

---

rum istius conjungebat id digito suo in fronte. Maimon. Hilcoth Kele Hammikdasch: Quomodo ungebant sacerdotem? Affundebat oleum capiti ejus, et illinebat inde super oculos ad speciem X Graeci taliter ... de vasis sanctuar. I, 3. Joma c. 1, 5. Jurejurando obstrinxerunt eum, et abierunt et dixerunt ipsi: Vir Sacerdos magne, nos sumus legati magni senatus, et tu es noster legatus et legatus magni Synedrii. Auch in dieser Beziehung vergleicht Paulus Hebr. III, 1 den Hohenpriester mit Christus.

12) Trypho c. 40. p. 137. *Τὸ δὲ κελευσθὲν πρόβατον ἐκεῖνο ὀπτὸν ὅλον γίνεσθαι, τοῦ πάθους τοῦ σταυροῦ, δι' οὗ πάσχειν ἔμελλεν ὁ Χριστὸς, σύμβολον ἦν. Τὸ γὰρ ὀπτόμενον πρόβατον, σχηματιζόμενον ὁμοίως τῷ σχήματι τοῦ σταυροῦ ὀπτᾶται· εἷς γὰρ ὄρθιος ὀβελίσκος διαπερονᾶται ἀπὸ τῶν κατωτάτω μερῶν μέχρι τῆς κεφαλῆς, καὶ εἷς πάλιν κατὰ τὸ μετάφρενον, ᾧ προσαρτῶνται καὶ αἱ χεῖρες τοῦ προβάτου.*

13) VI, §. 15. Cumque respondissent Amen, signatis frontibus abierunt.... Denique signum Dei sui in frontibus nostris digitis suis facientes, miserunt huc, ista verba adjicientes: Si post illud signaculum Dei praevaluerint artes illorum, sciatis nos mentitos etc.

auch in seine Kirche eintreten. Zwei andere Eingänge finden sich an den beiden Enden des Kreuzbalkens, wo der Erlöser mit ausgebreiteten Armen alle zu sich einladet, um an dem durch sein Blut gestifteten Bunde der Erlösung Theil zu nehmen. Wo aber sein allerheiligstes Haupt geruht, da wurde der Altar erbaut und das Sanktissimum ausgesetzt. Wo der Herr die Worte sprach: Es ist vollbracht! dort vollbringen die Priester das Opfer des neuen Bundes; wo die Schmachinschrift Ihn verhöhnte, hören wir Ihn in der Höhe der Glorie feiern, und wo die spitze Dornkrone sein Haupt umfing, dort umschließt die goldene Strahlenkrone der Monstranz das hochwürdige Gut.

Das nachweisbar älteste Bildwerk des Christenthums mit der Figur des Kreuzes glaubt man in einem Hause zu Pompeji am Orte der Penaten entdeckt zu haben. Man sieht als Wandgemälde ein Gebäude, an zwei Bäumen ist ein Netz ausgespannt, andeutend die Fischerthätigkeit der Bekehrer, hinter diesen steht in den Bäumen versteckt ein aufgerichtetes Kreuz, das seiner Stelle nach einem Isisbild in der heidnischen Vorstellung entspricht. Daneben und darüber befinden sich Bilder, die noch auf das Heidenthum zielen. So erhebt sich aus dem mittleren von drei Bäumen, einem kräftigen blätterreichen Stamme, aus der Wurzel eine Dryade mit geschwungener Axt, um ihn umzuhauen.[14]) Vielleicht zielt diese Vorstellung auf das Heidenthum, dem die Axt an die Wurzel gelegt war.

CXVII. Kapitel.

Das Beinbrechen der Schächer.

„Weil nun gerade der Vorbereitungstag war, und der große Sabbat bevorstand, so baten die Juden den Pilatus, er möchte denselben die Beine brechen und sie abnehmen lassen, damit die Leichname nicht über den Sabbat am Kreuze blieben.“ (Joh. XIX, 31.)

Nach römischem Brauche wurden die Gekreuzigten gar nicht abgenommen, sondern blieben daran, bis ihr Fleisch von Raben und wilden Thieren, Schakalen und Wölfen gefressen wurde, wie es Horaz ep. 16, 48 heißt: non pasces in cruce corvos. Die heilige Balbina erfährt an's Kreuz gebunden das Schicksal, von Löwen und Bären zerfleischt und aufgefressen zu werden. Eusebius hist. eccl. V, 1 nr. 18. VIII, 8 erzählt ferner von Martyrern in Ägypten, die am Kreuze des

14) Kinkel Geschichte der bildenden Künste S. 45.

Hungertodes gestorben. Auch der heilige Andreas soll zwei Tage am Kreuze gelebt und fortwährend das Volk belehrt haben. (Martyrol. 30. Nvb.) Der heilige Viktorin wurde mit dem Haupte nach unten gekreuziget und lebte drei Tage (Martyrol. 5. Sept.), ja Timotheus und Maura haben sogar neun Tage am Kreuze gelebt und sich während ihres Leidens gegenseitig im Glauben gestärkt. (Martyrol. 3. Mai.) Ausnahmsweise beschleunigte man ihren Tod, indem man Feuer unter dem Kreuzgalgen anmachte. (Cic. ad Quint. frat. I. 2, 2.)

Nur im Judenlande durfte gesetzlich [1]) kein Leichnam über Nacht am Holze oder unbeerdigt bleiben, geschweige in der heiligen Osternacht, darum gehen die Vorstände zu Pilatus und bitten um Anordnung des Beinbrechens. Nicht über eine gewöhnliche, geschweige über die heilige Nacht sollten die Opfer ihrer Justiz am Hochgerichte bleiben.

Die Alten hielten im Ernste dafür, die Kraft und die Seele eines Menschen ruhe in seinen Knieen, indem sich auch sprachlich *γόνυ* auf *γένω* reducirt; daher das Zerbrechen der Schenkel der Gekreuzigten, um sogleich den Tod herbeizuführen. [2]) „Deine Gebeine sollen zerschmettert werden!“ galt bei den Juden sogar als eine Verwünschungsformel, die sie fluchwürdig erachteten Namen anhingen. Nach Thisbi f. 31, 1 soll der, welcher am Sabbatvorabende stirbt, von dem Gerichte im Grabe oder von der Zerschlagung der Gebeine durch den Engel des Todes befreit bleiben. Wir lesen auch Sota c. 8, 6 in Deut. XX, 9: „Sie stellten tapfere Leute voran und ebenso dahinter mit eisernen Beilen in den Händen, um jedem, der umzukehren versuchte, die Schenkel entzwei zu schlagen.“

Es war, an den Gekreuzigten verübt, ein ictus gratiosus oder

1) B. Sanhed. f. 46, 1. Si quis arbori infelici suspensus sit, e vestigio solvebatur. Si pernoctaret, interdicti violatio esset Deut. XXI, 23. Nam, si homines quaererent: Quare hic suspensus est? Quia maledixit Deo! sic nomen Dei profanationi esset.

2) Bamidbar r. 1. Nebucadnezar, Hadrianus, cujus ossa conterantur. Polyb. I. Admutilantes et crura conterentes adhuc vivos (Poenorum optimates) projecerunt in foveam. Apulejus asin. l. IX. Uxor diras in eum devotiones deprecata, et crurum ejus fragium abominata. Andere Zeugnisse bei Cicero, Plautus asinar., Galen, Agathias, Philostorgius und den Rabbinen. S. Wetstein in Joh. XIX, 31. 36. Lipsius de cruce II, c. 14.

Gnadenstoß zum sicheren Tode. Bei den Römern dagegen bestand das crurifragium selbst als Todesstrafe für sich, wie bei uns das Rädern, und wurde nicht selten gegen Sklaven, zuletzt auch gegen Freie in Anwendung gebracht. Justin hist. XXI, 4 schreibt, als Hanno beim Versuche, sich der Oberherrschaft von Carthago zu bemächtigen, gefangen ward, „ließ man ihm nach vorangegangener Geißlung die Augen ausstechen, Arme und Beine zerschlagen und so gleichsam alle Glieder zur Strafe ziehen, endlich ihn in Gegenwart des Volkes hinrichten und seinen zerfleischten Körper an's Kreuz schlagen". Seneka[3]) gedenkt, daß „Sylla dem Prätor Marius die Beine brechen, die Augen ausreißen, die Hände abhauen ließ, und wie wenn er ihm so oft einen Tod anthäte, als er ihm eine Wunde zufügte, ihn nach und nach Glied für Glied zerfleischte". Augustus ließ seinem Geheimschreiber Thallus, weil er aus Bestechlichkeit ein kaiserliches Schreiben unter der Hand veröffentlicht hatte, die Beine entzweischlagen. Von Tiberius meldet Sueton 44, er habe, von der Schönheit eines Opferknaben bezaubert, denselben sowie seinen Bruder, einen Flötenspieler, sogleich nach der Opferdarbringung auf unnatürliche Weise geschändet, als sie aber wegen dieser Schändung sich gegenseitig Vorwürfe machten, beiden die Beine entzweischlagen lassen. Später ließ Commodus diese ursprünglich für Sklaven bestimmte Strafe auch auf andere Übelthäter ausdehnen, bis sie zuletzt namentlich die Christen traf. Oft wurde den bereits zum Tode fertigen Verbrechern mit der eisenumschmiedeten Keule auch noch die Brust eingeschlagen. Eusebius hist. V, 21 berichtet zuvörderst, wie zu Rom unter diesem Kaiser 192 n. Chr. der Kirchengelehrte Apollonius dem Martyrtode verfiel, indem man ihm die Gebeine zerschmetterte. Ferner erzählt er VIII, 12 von Martyrern in Cappadocien, die man mittels Entzweischlagens der Gebeine tödtete. So lesen wir auch bei Ammianus Marcell. XIV, 9, daß die beiden Apollinaris, Vater und Sohn, durch die Exekution des Crurifragium (σκελοκοπια) getödtet wurden. Das Martyrologium vom 4. März erwähnt, wie unter Diokletian der Martyr Hadrian zu Nikomedia mit dreiundzwanzig anderen durch Beinbrechen den Tod erlitten habe. Nach dem Martyrologium vom 9. März wurden zu Sebaste in Armenien vierzig Legionären, welche Christen waren, die Schienbeine zerbrochen: sie starben alle auf der Stelle bis auf den

3) De ira III, 18. cf. 32. Quid properamus verberare statim, crura protinus (servo) frangere? Sueton Oct. 67. Val. Max. II, 155.

jüngsten Melitho.[4]) Am 23. Mai ist das Gedächtniß der Martyrer, welchen in der Verfolgung unter Maximin die Beine zerschmettert wurden. Weitere Beispiele sammelt Surius aus den Martyrakten (T. V, die VIII. Sept.), bis endlich Constantin diese schreckliche Hinrichtungsart aufhob.

Auf Golgotha tritt diese Strafe in Verbindung mit der Kreuzigung, um den Tod zu beschleunigen. An eine Begnadigung oder lebendige Auslieferung der gekreuzigten Delinquenten war unter keinen Umständen zu denken, auch durfte diese Pilatus nicht gewähren. Ausnahmsweise erzählt Josephus vita 75, daß, als er nach der Einnahme Jerusalems auf dem Rückwege von Tekoa, also in der Nähe von Bethlehem, unter einer Menge Gekreuzigter drei Bekannte getroffen, er den Titus fußfällig um deren Begnadigung gebeten habe, worauf man sie allsogleich vom Kreuze abgenommen; doch seyen zwei davon ungeachtet der sorgfältigen Behandlung gestorben und nur einer habe noch längere Zeit sein Leben gefristet. Vom Kreuze war kein Abkommen außer durch den Tod, daher schon der Dichter spottet (Lipsius de cruce I, 5):

Noxius infami districtus stipite membra
Sperat et a fixa posse redire cruce.

Der Heiland erliegt nach einem unaussprechlichen mehrstündigen Leiden am Kreuze, nach starkem Blutverluste und der äußersten Entkräftung, die Ihn schon auf dem Kreuzwege ohnmächtig gelassen, und vollendet so, wie der Weltapostel spricht Gal. III, 13: „Christus hat uns erlöst vom Fluche des Gesetzes, indem Er für uns zum Fluche geworden; denn es steht geschrieben: Der Leichnam soll nicht am Holze hangen bleiben, sondern noch desselben Tages begraben werden, denn verflucht ist vom Herrn, wer am Holze gehangen.“ Indeß erfüllte sich auch das Wort des Psalmisten XXXIII, 20 f.: „Der Gerechte muß viele Trübsale dulden, doch der Herr hilft ihm aus allem. Er bewahret all seine Gebeine, daß auch nicht eines davon gebrochen werde.“

---

4) Vgl. Firm. Matern. VIII, 6. Hi tales aut in crucem tolluntur aut illis crura publica judicum animadversione franguntur.

CXVIII. Kapitel.
Der Lanzenstich.

„Also kamen jetzt die Soldaten, und brachen dem ersten die Beine, und dann dem andern, der mit ihm gekreuziget ward. Als sie aber zu Jesu kamen, und sahen, daß Er schon gestorben sey, brachen sie Ihm die Beine nicht; sondern einer der Soldaten öffnete Ihm mit einer Lanze die Seite, und sogleich floß Blut und Wasser daraus hervor. Der dieß bezeugt, war Augenzeuge und sein Zeugniß ist wahrhaftig. Er weiß, daß er die Wahrheit redet, damit auch ihr glaubet. Denn dieß ist geschehen, damit die Schrift in Erfüllung gehe: Sie haben Ihm kein Bein gebrochen! und wieder die andere Schriftstelle lautet: Sie werden sehen, wen sie durchstochen haben!" (Joh. XIX, 32—37.)

Der Evangelist fügt wegen der damals schon überhand nehmenden Doketen, die Christo einen himmlischen Leib, und darum nur ein Scheinleiden und einen Scheintod zumaaßen, noch besonders die Bekräftigung bei, daß er, der dieses schreibe, am Kreuze davon Augenzeuge gewesen; und wiederholt diese Versicherung noch im letzten Kapitel, zur unumstößlichen Urkunde und damit niemand ohne Frevel es läugnen möge, einerseits, daß der Herr für uns gestorben, und anderseits, daß er, der Jünger der Liebe, dieß bezeuge, wie er sich denn im Buche der Offenbarung auch mit Namen nennt.

Obige Stelle aus Zacharias XII, 10 wird auch im Talmud (Succa f. 52, 1) und ebenso ausdrücklich von Aben Esra und Kimchi i. l. auf den Messias, den Sohn Josephs bezogen, welcher angeblich noch vor dem Messias, dem Sohne Davids, kommen und getödtet werden soll. Es ist Jehova, der dort spricht, und Jehova, den sie durchstochen haben. Die Wundmale des Lammes am Throne Gottes bilden das Siegeszeichen am Tage des Weltgerichtes, daher trägt Johannes im Buche der Offenbarung I, 7 nach: „Es werden Ihn sehen alle Augen, auch die Ihn durchstochen haben, wenn Er kömmt in den Wolken des Himmels."

Da bei einer Hinrichtungsart wie diese der Tod gewöhnlich durch Erstarrung eintritt, also im Muskelsystem seinen Zugang findet, so äußert sich das noch übrige Leben schließlich in krampfhaften Zuckungen und erschütterndem Zusammenfahren der am Kreuze Ausgestreckten. Des Heilands Leichnam aber war bereits ganz ruhig. Bis zum letzten

Augenblicke war Er bei Besinnung geblieben, und mit dem letzten Rufe war Er zugleich verschieden. Der Triarier ersieht's, und geht vorüber. Auch dem an's Kreuz gespießten wahrhaftigen Osterlamme sollte kein Bein gebrochen werden; damit war das Vorbild erfüllt, und die Juden genoßen zum erstenmal ein ungiltiges Pascha. Der Henker ging an Ihm vorüber, erhob die Keule, schmetterte sie aber nicht wider Ihn; er wußte nicht, wie ihm geschah. Er ging vorüber, wie einst der Würgengel in dieser Nacht an den Thüren der Israeliten in Ägypten, die mit dem Blutkreuze bezeichnet waren; denn es war eben die Feier des Pascha oder des „Vorüberganges". Aber zur Probe will sein Nebenmann Ihm doch einen Gnadenstich versetzen. Er öffnet Ihm durch seinen Wurfspieß mit der Rechten die linke Seite und durchsticht sein Herz, um seinem Leben sicher den letzten Rest zu geben, und seines Sterbens gewiß zu seyn.

Der Gnadenstoß wurde allen zum Tode Verurtheilten in der Arena wie anderswo gegeben (vgl. S. 287. not.). Verwundete und zu Boden gesunkene Gladiatoren empfingen ihn, indem die Zuschauer durch einfache Wendung des Daumens mit dem Zurufe: macte! deren Tod forderten. So werden nach dem Martyrol. vom 18. Juni Markus und Marcellian, nachdem sie Tag und Nacht mit durchbohrten Füßen am Kreuze gehangen, auf Befehl ihres Richters Fabian mit Speeren in die Seite durchstochen und getödtet; auch berichtet Origenes in Matth. XXVII, 54, daß man die Gekreuzigten, um ihre Leiden abzukürzen, bisweilen unter die Achseln gestochen habe. So galt es auch bei Jesus, den letzten Funken im Centralsitze des Lebens, dem Herzen, auszulöschen.

Die Lanze der Veliten (hasta velitaris) war ein Wurfspieß mit einem Schafte (κόντος) von 4 Fuß Länge und 1 Zoll Dicke, der eine 6 bis 7 Zoll lange Spitze hatte, so fein, daß sie beim ersten Gebrauche sich schon umbog, wie Polybius VI. 22, 4 sagt. Von dieser leichteren Todeswaffe scheint hier nicht die Rede zu seyn, wohl aber von der hasta der Triarier, wovon sie auch Hastaten oder Lanzenträger hießen; ihr Schaft hatte 3 Zoll Durchmesser, 3 Ellen oder nach Vegetius I, 20 neunthalb Fuß Länge, und am oberen Ende befand sich eine 9 bis 10 Zoll lange Spitze mit Widerhaken.[1]) Dieser Speer

1) Polyb. I, 1. Λόγχη heißt auch die Spitze oben am Schafte allein, welche nach Pollux V, 3 handbreit, also selber herzförmig und von schneidender Schärfe war. Nonnus interpretirt das Wort übrigens durch μάχαιρα, was nach Po-

drang tief in das Herz des Erlösers ein, da das Kreuz niedrig war und ein fast senkrechter Stoß geführt werden konnte.

Der Lanzenstich, der den edelsten Theil des Leibes trifft, ist schon an sich ein Opferakt. So wurde nach Strabo XI, 4 namentlich von den Albanern im Kaukasus einer der von göttlichem Wahnsinne ergriffenen Tempelsklaven ein Jahr lang köstlich genährt, darnach zur Opferung gesalbt und vom Priester mit der heiligen Lanze nicht ohne Geschicklichkeit durch die Seite in's Herz gestochen, worauf man aus der Art des Hinstürzens Orakel nahm und alle Anwesenden der Entsündigung wegen den Leichnam mit dem Fuße berührten. Ἴχωρ, Blutwasser fließt den Göttern Homers in den Adern. Er ist der von der Heidenwelt erwartete wahre Osiris, der das ψυχρόν ὕδωρ oder kühle Wasser spendet. [2]) Wie nach dem mythologischen Glauben das Blut der Leidensgötter, eines Osiris, Adonis und Attys u. s. w. die schuldbefleckte Erde entsühnte und den Segen des neuen Jahres, all die Gaben und Gnaden der wieder zur Fruchtbarkeit gelangten Natur hervorrief, wobei mit jedem Frühjahre in heiligen Wasserströmen das rothe Blut des Gottes auf's neue befruchtend dahinrann, so entsühnt jetzt das Blut des Erlösers in Wirklichkeit die Natur, und eine neue Lebensströmung dringt in die Adern der Erde.

Der Lebensgeist war aus dem hochheiligen Leibe entflohen: so sollte vereint nun auch der Träger des Lebens, das Wasser mit dem Blute durch die geöffnete Seite entweichen! Nur ein kleiner Raum in Mitte der Erde war rein und paradiesisch erhalten, wo Gott sein Haus sich erbaute, wo sein Antlitz leuchtete, und man ihn anbeten mochte: der Tempel zu Jerusalem. Die ganze übrige Welt war gleichsam hinausgeworfen, und in den Besitz der Dämonen gekommen, die auch in der menschlichen Natur gewaltet, und sie zu den wahnsinnigen Grausamkeiten des Götzendienstes getrieben. Jetzt aber wird durch das Blut des Gottessohnes, das vom Kreuze rinnt, die ganze Erde gereiniget, und fortan kann aller Orten Gott im Geiste und in der Wahrheit angebetet werden. Aller Seelen Durst wird durch sein welterlösendes Blut gestillt.

Die Aussage des Augenzeugen Johannes, daß Blut und Wasser

---

lybius Meldung einen kurzen iberischen Säbel bezeichnete, dergleichen seit Hannibals Zeit beim Fußvolk eingeführt waren.

2) Mein Heidenth. II. §. 112. „Die Seelenopfer und Todtenmahlzeiten." Lehre vom Fegefeuer. III, 72 u. weiter s. v. Weihwasser.

geflossen, beweist, daß der Stoß das Pericardium getroffen, und von unten auf in die Brusthöhle (cavum thoracis) gedrungen war. Im Herzbeutel sammelt sich zumal nach großen ausgestandenen Qualen und verzehrender Hitze eine dunstartige Flüssigkeit, die sich bei der Abkühlung des Körpers als Wasser niederschlägt. Jesus war nehmlich noch nicht so lange todt, daß das Blut selbst in serum und cruor, in Lymphe und Blutkuchen sich geschieden haben konnte. In der Regel fließt aus einer frischen Wunde höchstens eine Stunde nach dem Tode noch Blut, außer bei Erstickten, wo dasselbe langsamer stockt, [3] aber dann eben nicht mehr rinnt. Sollte das Herzblut unmittelbar sich ausgießen, so kann der Lanzenstoß nicht wohl die rechte Seite getroffen haben, was zum Theil schon aus der minder bequemen Stellung für den Stechenden erhellt, indem bei jedem regulären Stoße der rechte Arm den Nachdruck gibt. Hätte der göttliche Dulder nicht schon ausgerungen gehabt, so mußte dieser Stich von unbedingt tödtlicher Wirkung seyn. Daß die Wunde handbreit war, bestättigt die spätere Aufforderung des Herrn an Thomas, seine Hand in die Malzeichen der Seite zu legen.

CXIX. Kapitel.

Geheimniß der Seitenwunde Christi.

Gerade dieß ist dem Evangelisten von mystischer Bedeutung für seine hellenischen Leser, daß Blut und Wasser aus der Springquelle des Herzens Christi rann, denn beides bezieht sich geheimnißvoll auf den alten und neuen Bund. Das alte Testament war in Blut gestiftet und mit seinem eigenen Blute schließt Christus denselben endgiltig ab, während die Aufnahme in den neuen durch die Wassertaufe vermittelt wird. Christus ist die Erfüllung der beiden Bünde. Das alte Testament war mit Blut bestättigt, das man, um das Gerinnen zu verhüten, mit Wasser mischte (Hebr. IX, 19. XII, 24.); beides wurde zur Sühne über das Volk ausgesprengt. Wasser und Blut deuten auf die Taufe und das Abendmahl, die initiirenden Sakramente im neuen Testamente, wie Augustin und Cyrill wollen. [1] Doch

3) Nach Dr. Schuhmachers und Christisons Untersuchungen können bei Leichen mehrere Stunden nach dem Tode noch Sugillationen bewirkt werden. Dr. Siebenhaar äußert, daß solche Blutergießungen aus größeren Gefäßen möglich seyen. Als Hendiadys gefaßt wäre es Blutwasser.

1) In Ps. XL. §. 10. De latere Domini in Ps. CII. serm. 4. §. 6. Über die

das Mysterium begründet sich noch tiefer. Wie Eva aus Adams Seite, ging die Kirche aus Christi Seitenwunde hervor, erklärt Augustin. [2]) Nachdem der erste Menschenvater, den Lukas III, 38 den irdischen Sohn Gottes nennt, entschlummert war, ging aus seinen Rippen die Mutter der Lebendigen hervor, die ihm als Braut zugestellt wurde: so ist jetzt über den Gottmenschen der schwere Todesschlaf verhängt, und aus seiner geöffneten Seite entquillt das Blut und Leben der Kirche, seiner Braut. Sie ist Ihm angehörig, Fleisch von seinem Fleische, Geist von seinem Geiste; ihr Leben ist an seine strömende Wunde gewiesen, und durch die innigste Verbindung mit Ihm das Wachsthum und Fortkommen der Gläubigen, ihrer Kinder, bedingt! Noch ein weiteres Geheimniß deutet die heilige Urkunde an. Zweimal, sagen die Juden, [3]) schlug Moses den Fels in der Wüste: zum ersten floß Blut, zum zweiten Male Wasser hervor. Der geistige Fels aber, der sie begleitete, war Christus, wie der große Apostel I. Kor. X, 4 lehrt. Darum schreibt auch der Seher der Offenbarung: „Christus ist durch das Wasser und Blut gekommen; nicht durch das Wasser allein, sondern durch's Wasser und Blut. Und drei sind, die da zeugen auf Erden: der Geist, das Wasser und das Blut, und diese drei sind Eins." (I. Joh. V, 6. 8.)

Die Biblia pauperum stellt die Erschaffung der Eva und den von Mosis Stab geschlagenen Felsen zusammen in Parallele mit der Öffnung der Seitenwunde Christi. Christus ist der wandelnde Fels, der mit dem Stabe berührt dem Volke in der Wüste Wasser spendet, der Brunnen lebendigen Wassers oder der beseligenden Gnade. Die Pforte des Lebens ist aufgethan: die strömenden Adern aus der klaffenden Herzenswunde theilen ihr Leben der bräutlichen Kirche mit, damit sie in Wasser und Blut fort und fort das Sakrament auf den Altären

---

mystische Bedeutung von Wasser und Blut vgl. Apollinaris von Hierap. in Chron. Pasch. I, 13. Tertull. de baptismo 16.

2) Civ. Dei XXII, 17. in Joh. tract. 9. Dormit Adam ut fiat Eva, moritur Christus ut fiat Ecclesia. Dormienti Adae fit Eva e latere, mortuo Christo etc. Tertull. de anima 43.

3) Schemoth r. f. 122, 1. „Et percussit petram, et effluxerunt aquae." Ps. LXXVIII, 20. At vox יָזוּבוּ nihil aliud denotat, quam sanguinem, sicut dicitur Levit. XV, 20. Percussit ergo Moses petram bis, et produxit primo sanguinem, et postea aquam.

des neuen Bundes darbringe. Christus ist es, der das Wasser in's ewige Leben spendet, daß niemand mehr dürstet. Er ist die lebendige Quelle der Seelen, sein aus dem Herzen geflossenes Wasser und Blut kömmt den Lechzenden zu Gut. (Joh. IV, 14. VII, 37.)

Sowie wir lesen, daß die ersten Christen regelmäßig das Blut der Martyrer aufzufassen sich bemühten und dasselbe eigens in Fläschchen in den Katakomben u. s. w. beigesetzt finden, so ist mit aller Zuversicht anzunehmen, daß auch das Blut des gekreuzigten Erlösers von den Seinen mit Tüchern aufgetrocknet und verwahrt wurde, daher schon in ältester Zeit viele Kirchen eines solchen Besitzes sich rühmten.

Die Krieger unter dem Kreuze theilen sich auf traurige Weise in die Blutarbeit, indem sie den Nazarener an die Kreuzbalken festbinden, dann die vier Nägel durch Fleisch und Holz schlagen; einer reicht Ihm den Essigschwamm, und während die andern die Beine der Schächer zerschmettern, vollführt zuletzt der Legionär noch den Lanzenstich. Die fünf Wundmale aber sind Springquellen der Gnade geworden, und aus ihrem Borne schöpft die Andacht der Gläubigen ohne Unterlassen.

CXX. Kapitel.

Überantwortung des Leichnams Christi an Joseph von Rama.

„Als es nun Abend ward — es war nehmlich Rüsttag, d. h. Vorsabbat, sieh! da kam ein reicher Mann, Namens Joseph von Arimathäa, einer Stadt in Judäa, der ein angesehener Rathsherr, und nur wegen der Juden noch ein heimlicher Jünger Jesu war, aber ihrem Rathe und Verfahren nicht beigestimmt hatte, dabei ein unbescholtener und gerechter Mann, welcher ebenfalls das Reich Gottes erwartete. Dieser ging ganz unerschrocken zu Pilatus, und bat ihn um den Leichnam Jesu."

Nach dem Gebote der Klugheit also wollten die Römer, wie auch Philo schreibt,[1]) nicht durch Hangenlassen der Leichname am Kreuze die Heiligkeit der Festtage stören, sondern nahmen dieselben, das jüdische Herkommen zu schonen, jedesmal vor Sonnenuntergang ab, oder gestatteten wenigstens diese Abnahme den Verwandten und Bekannten der in der Hauptstadt Hingerichteten. Indeß ist der Prätor erstaunt,

1) Flacc. p. 977. Ἔδει τὸ ἱεροπρεπὲς τῆς πανηγύρεως φυλαχθῆναι.

daß der Nazarener schon so früh gestorben; der Tod war also ein ganz gewaltsamer und durch die schrecklichen Torturen unerhört beschleunigter.

Markus XV, 43 gebraucht ausdrücklich das Wort εἰςῆλθε, Joseph ging hinein, in die Stadt nehmlich, denn auch er war die Zeit über mit an der Richtstätte gewesen und hatte sich mit Nikodemus vom Gefolge der Hohenpriester seitwärts gehalten, die ihrerseits doch Augenschein davon nehmen mußten, daß der verhaßte Nazarener endlich todt sey. Nicht Neugier und solch sündhaftes Verlangen hatten den Arimathäer hinausgetrieben, noch war es die Nähe seines Gartens, den er vor Beschädigung durch das mitziehende Volk wahren wollte, sondern auch er wartete auf das Reich Gottes. Ohne die Dazwischenkunft der Freunde hätte auch der Heiland kein ehrliches Begräbniß gefunden, worauf die Juden so großen Werth legten, daß sie die Bestattung unter die guten Werke der Barmherzigkeit rechneten. Josephus IV. 5, 3 zählt zu den größten Gräueln der Zeloten im belagerten Jerusalem, daß die Bewohner nicht einmal wagen durften, die Getödteten zu beweinen und zu begraben. Geschah es doch, daß die Idumäer die Leichname des Hohenpriesters Ananus und anderer Vornehmer „sogar unbeerdigt hinwarfen, obschon die Juden in Ansehung des Begräbnisses so sorgfältig sind, daß sie jeden, der nach gefälltem Todesurtheil an's Kreuz geschlagen wird, vor Sonnenuntergang abnehmen und beerdigen".

Der Leichnam des Hingerichteten gehört dem Gerichte und verfällt bei uns der Anatomie, doch mag er auch den Verwandten ausgeliefert werden. Gesetzlich durfte der Scharfrichter in Rom die Leichname von Gekreuzigten auf Verlangen zur Beerdigung ausliefern, nur Vatermörder sollten keine Bestattung finden. „Man schneidet die Kreuze um," bemerkt Quinktilian,[2]) „und der Henker versagt es nicht, daß man die Durchstochenen zur Bestattung bringe." In den Provinzen erfolgte jedoch diese Auslieferung an die Anverwandten seltener und nur auf besondere Veranlassung, z. B. am Geburtstage des Kaisers.[3]) Viel-

---

2) Declam. VI, 9. 10. 21. Cruces succiduntur, percussos sepeliri carnifex non vetat. Petron. Satyr. c. 71. Quum interim imperator provinciae latrones jussit crucibus affigi, secundum illam eandem casulam, in qua recens cadaver matrona deflebat.

3) Philo Flacc. 10. Quosdam novi jam crucifixos instante tali festo de cruce depositos, et cognatis, ut sepulturam et justa exequiarum consequerentur,

leicht hatten auch die Jünger des Täufers wegen der Geburtsfeier des Vicefürsten Herodes den Leichnam ihres Meisters ausgeliefert erhalten. (Mk. VI, 29.) Indeß kömmt Joseph von Rama, dem sein Ansehen als Rathsherr förderlich ist: er findet im Prätorium ohne Umstände Zutritt.

„Pilatus aber verwunderte sich, daß Er schon verschieden sey; er rief also den Hauptmann herbei, und fragte ihn, ob Er schon lange gestorben wäre? Nachdem er aber vom Centurio den Rapport eingeholt hatte, gestattete er es, schenkte dem Joseph den Leichnam, und gebot, ihm denselben zur Abnahme auszuliefern.“ [4])

Der Arimathäer verkündet zuerst den Tod des Gerechten, worauf Pilatus noch den Centurio zurückbeordert, um Bericht zu erstatten. War doch das Tagewerk der Henkersknechte mit der Abnahme und Verscharrung der Leichen zu Ende. Aber nur eine kleine Weile, und es eilten nahe von derselben Stelle die Grabwächter als Boten des Lebens oder der Auferstehung in die Stadt, wo den Hohenpriestern dieß Ereigniß noch unerwarteter kömmt als der schnelle Tod dem Pilatus. Ohne besondere Erlaubniß des Prokurators war es nicht erlaubt, einen Hingerichteten vom Holze abzunehmen und zu begraben, sonst wurden die Leichname wohl auch verbrannt. Cicero erhebt gegen den Prätor Verres [5]) den Vorwurf, er habe sich für die Auslieferung der Leichen von Hingerichteten an deren Verwandte bezahlen lassen. Bestechung führte in Judäa zum Hohenpriesterstuhle (Bd. V, 368). Durch

---

redditos. Decebat enim etiam ad mortuos redire aliquem fructum ex natalibus Imperatoris, et simul honorem sacrum solennitatis servari. At Flaccum novos etiam iis affixisse.

4) Joh. XIX, 38. Mk. XV, 42—44. Mth. XXVII, 57. 58. Luk. XXIII, 50—52. Hier findet, wie mehrfach bei den Evangelisten, eine leise Synchysis oder Trajectio verborum statt; denn eigentlich fragte Pilatus: „Ist Er denn schon todt?“ und der dienstthuende Offizier antwortete: πάλαι, „schon lange!“

5) I, 3. Rapiunt eum ad supplicium dii patrii, quod iste inventus est, qui e complexu parentum abreptos filios ad necem duceret, et parentes pretium pro sepultura posceret. V, 45. Redimat pretio sepeliendi potestatem. 51. Dico etiam in illo supplicio mercedem funeris ac sepulturae constitui nefas fuisse. Quapropter si mihi respondere voles, haec dicito; nummum ob sepulturam datum nemini. Cf. Aeneis I, 488. Exanimumque auro corpus vendebat Achilles. Justin. hist. IX. 4, 4. Atheniensibus et captivos gratis remisit, et bello consumtorum corpora sepulturae reddidit. 6. Thebanorum porro non solum captivos, verum etiam interfectorum sepulturam vendidit Philippus Macedo. Lampridius Commod. 14. Vendidit etiam suppliciorum diversitates et sepulturas etc.

Bestechung erkaufen die Hohenpriester das Stillschweigen der römischen Wachmannschaft über die Auferstehung des Herrn, und nach Apostelgeschichte XXIII, 25 fürchtet später unter dem Landpfleger Felix auch der Obrist Cl. Lysias für bestechlich zu gelten — wahrhaftig man konnte von Jerusalem, wie nach Cicero off. II, 21 Jugurtha von Rom sagen: „O du feile Stadt, du wärest zu haben, wenn sich nur ein Käufer für dich fände!“ Nach Mth. XXVIII, 14 hoffen die Rathsgenossen den Pilatus, wenn ihm das absichtlich verbreitete Gerücht vom Leichenraube durch die Jünger zu Ohren käme, schon zufrieden zu stellen, d. h. sie rechnen auf seine Bestechlichkeit. Die Notiz, Pilatus habe den Leib des Herrn dem Joseph von Arimathäa ausnahmsweise geschenkt, obwohl dieser reich war und sich anerbot, ihn zu kaufen, läßt zwischen den Zeilen lesen, daß die römischen Behörden herkömmlich per dona pardonirten, d. h. alles zu Geld zu machen wußten, selbst die Opfer ihrer Justiz, wie die Schergen und Henker die Gewande der Delinquenten. Auch blickt durch, daß Joseph, der geheime Jünger Jesu, von dem sonstigen Nachlasse des Herrn an sich gekauft habe, und in der That führt die kirchliche Legende den Besitz der wichtigsten Reliquien, z. B. des Abendmahlskelches, auf den reichen Arimathäer zurück, dessen Garten am Abhang des Golgotha jetzt den Herrn des Lebens in die dunkle Behausung aufnehmen sollte.

Vor allen tritt Joseph von Rama, den einige mit Alting (Schilo p. 309) für den ben Gorion und Bruder des reichen Nikodemus halten (Bd. III, 76 f.), als ein Charakter auf,[6]) indem er ungeachtet seiner Stellung und des Hasses der Juden sich der ehrenvollen Beerdigung des Hingerichteten unterzog. Er erkühnte sich, sagt Mk. XV, 43; denn es gehörte Kühnheit dazu, sich des Hingerichteten anzunehmen, und dem Leichnam des neuen Religionsstifters, den die Landesbehörde als staatsgefährlich zum Tode verdammt hatte, seine Privatgruft einzuräumen. Er kam dabei in Widerspruch mit dem herrschenden Geiste der Hauptstadt, er opferte seine Popularität, lief sogar Gefahr, von seinen Mitbürgern aus dem Stadtrathe, von seinen Collegen aus dem Sanhedrin gestoßen zu werden, von sonstigen Einbußen nicht zu reden. Wie selten verzichtet selbst ein Nichtjude so sehr auf seinen Vortheil,

6) Wie Cicero in Laelio c. 5 das Leben des Rechtschaffenen schildert: Qui ita vivunt, ut eorum probetur fides, integritas, aequalitas, liberalitas, nec sit in illis ulla cupiditas vel libido, vel audacia, sintque magna constantia: hos bonos viros appellandos putamus.

daß er der aura popularis zu trotzen wagt? Er ist als das Vorbild rechtschaffener Staatsmänner zu betrachten, welche ihre redliche Überzeugung mit Standhaftigkeit und Selbstaufopferung bethätigen, ohne sich von feiger Popularitätshascherei zu falschen Rücksichtnahmen verleiten zu lassen.

Markus XV, 43 nennt den edlen Arimathäer einen ehrsamen Rathsherrn (εὐσχήμων βουλεύτης), ohne anzugeben, ob er Beisitzer des Stadtrathes oder des Staatsrathes, d. h. des Hohenrathes, oder beides zugleich war. Wir haben ihn (S. 10) als Mitglied der Adelskammer im Synedrium aufgefaßt, aber vielleicht war er ein ausgezeichnetes Mitglied des Stadtmagistrates von Jerusalem, welcher im Rathhause (βουλή, βουλευτήριον, Jos. bell. V. 4, 2. VI. 6, 3) zwischen dem westlichen Portikus des Tempels und den Säulenhallen des Xystus, dem Orte der Volksversammlungen am Ostabhange des Sion seine Sitzungen hielt, an der Stelle, wo noch heute das Rathhaus, el Mehkemeh, liegt. Er rettet als solcher die Ehre der Bürgerschaft der Hauptstadt, wohin er wohl von seinem früheren Wohnsitze oder Geburtsorte Rama übergesiedelt war. Liscath Buleuthe, Kammer der Rathsherrn, hieß (B. Joma f. 3, 2 H. 38, 3) zwar auch der Richtersaal der Hohenpriester im Tempel (Grotius in Mth. XXVII, 57), aber daß Joseph nicht in den gemeinsamen „Richtergräbern" im Norden der Stadt sein Grab in Aussicht hatte, sondern das Privatgrab stiftete, ermöglicht die Folgerung, daß er in einer besonderen Rathsversammlung der Bürgerschaft im Stadthause den Anschlag wider Jesus von Nazaret zu vereiteln gesucht hatte.

Die Bewilligung des Leichnams erscheint von Pilatus Seite als besondere Gunst und Gnade, denn wenn dieser Fall auch gesetzlich vorgesehen war,[7]) so wissen doch Sueton und Tacitus als außerordentliche Grausamkeit des Tiberius in seinen letzten Regierungs-

---

7) Ulpian. Dig. XLVIII. T. 24, 1 de cadav. punit. Corpora eorum, qui capite damnantur, cognatis ipsorum neganda non sunt. Et id se observasse etiam divus Augustus l. X. de vita sua scribit. Hodie autem eorum, in quos animadvertitur, corpora non aliter sepeliuntur, quam si fuerit petitum et permissum, et nonnunquam non permittitur, maxime majestatis causa damnatorum. 3. Corpora animadversorum quibuslibet petentibus ad sepulturam danda sunt. Diocletianus et Maximianus: obnoxios criminum, digno supplicio affectos, sepulturae tradi non vetamus. Weiter s. Wetstein in Matth. XXVII, 58 und Marc. XVI, 45.

jahren zu rügen, daß er den Körpern der Hingerichteten sogar die Begräbniß verweigerte. Diokletian und Maximin erließen in der Folge noch eigene Edikte hierüber: nur bei Hingerichteten wegen Majestätsverbrechen, wie Christus verurtheilt ward, bestand ein Veto! Ob die Unterlassung des Beinbrechens bei Christus bereits eine Folge der Bitte Josephs war, läßt sich aus dem Evangelium nicht entnehmen. Jedenfalls ist der Lanzenstich dieser Meinung nicht hold, und der Legionär wäre wegen eines solchen nachträglichen Übermuthes offenbar der militärischen Correktion verfallen.

In finstere Ahnung und tiefe Schwermuth versunken, vernimmt der Landpfleger die Meldung. Ein grauenvolles Verbrechen liegt auf seinem Gewissen, er hat durch einen unerhörten Justizmord von den Juden sich den ferneren Besitz seiner Statthalterei erkauft, und auf längere Jahre gesichert. Er wollte sich aus den Schlingen der Volksanklage ziehen, und opfert den Gerechten ihrem Hasse. Aber was frommt ein Vortheil der Selbstsucht für so heillosen Preis? Die Verzweiflung verfolgt ihn, er sucht umsonst durch neue Grausamkeiten sich Luft zu machen. Die Furien hängen sich an seinen Nacken, und als er endlich dennoch auf die Anklage des Volkes der Juden, wie der Samariter, vom Imperator wegen seiner Unthaten des Richteramtes entsetzt, und nach Gallien verwiesen wird, stürzt er, der Mörder des Davidsohnes, in einem Anfalle von Raserei, gleich Saul, sich in sein eigenes Schwert!

CXXI. Kapitel.

Kreuzabnahme durch Joseph und Nikodemus.

„Mit dieser Vollmacht ging also Joseph hin, kaufte Leinwand, und nahm den Leichnam Jesu ab. Es trat aber auch Nikodemus hinzu, welcher gleich im Anfange zu Jesu gekommen war, und brachte eine Mischung von Myrrhen und Aloë, gegen hundert Litren.“ (Joh. XIX, 38. 39. Mk. XV, 46. Mth. XXVII, 59. Lk. XXIII, 53.)

Sechs Stunden hatte der Herr am Kreuze gehangen, denn zwischen der dritten und sechsten Stunde, zunächst um Mittag, war Er an's Holz geschlagen.[1]) Erst werfen die Knechte die Schächer herab,

---

1) Die Kirche läutet um 11 Uhr jeden Freitags „Christi Schiedung“ oder vielmehr die Stunde der Kreuzigung ein. „Du bist gehanget biß an die 6 stund“ heißt es im mittelalt. Passion. Mone Schausp. d. Mittelalters II, 138.

ein Stuhl genügt, um die Nägel auszuschlagen, oder die Kreuze werden sammt den daran Hängenden einfach umgesägt und umgelegt. Der Friedhof von Clamart in Paris dient eigens zur Beerdigung der Hingerichteten. Vielleicht hatte das Thal der Leichen, dessen Jer. XXXI, 40 neben dem Aschenthale und den Hügeln Gareb und Goath oder Golgotha gedenkt, dieselbe Bestimmung, daß die Opfer der Justiz da hinausgeschleppt und verscharrt wurden. Inzwischen haben die beiden Rathsmitglieder sich eingefunden, um einer ähnlichen Mißhandlung des heiligen Leibes vorzubeugen, und Ihn in Ehren vom Kreuze abzunehmen.

Die Mischna bestimmt Sanhed. c. 6, 5: „Wer einen Todten über Nacht unbeerdigt läßt, verletzt ein gesetzliches Verbot. Doch ließ das Synedrium einen zum Tode Verurtheilten nicht in den Gräbern seiner Väter bestatten, sondern es bestanden hiefür zwei eigene Grabstätten, die dem Hohenrathe gehörten, die eine für Enthauptete und Gehenkte, die andere für Gesteinigte und Verbrannte, weil man die Schuldigen nicht neben den Unschuldigen begraben wissen wollte. War das Fleisch verwest, so mochte man die Gebeine sammeln und in den Gräbern der Voraltern unterbringen." Der hingerichtete Nazarener war ein Unschuldiger, ja Er allein konnte unter allen Menschen sagen: Wer kann mich einer Sünde beschuldigen? Darum durfte Er, nachdem Er zur Stunde die Schuld des ganzen Geschlechtes gebüßt, nicht neben den Verbrechern eingescharrt werden; sondern wie die Jünger Johannis gethan, indem sie ihren Meister bestatteten, so thaten jetzt auch die Anhänger Jesu.

Schon Josua VIII, 29. X, 27 befiehlt die Abnahme der Gekreuzigten vor Sonnenuntergang, um wie viel mehr hatte es jetzt damit Eile, da das höchste Fest im Kirchenjahre anbrach! So schritten nun die beiden Rathsherrn mit Beihilfe ihrer Leute zur Herabnahme des heiligen Leibes, welche mit Niederlassung des Kreuzbaumes oder mittels Stuhl und Leiter durch mühsame Ablösung des noch Angehefteten vor sich geht. In Bezug auf die Marterwerkzeuge galt die Vorschrift Sanhed. f. 45, 2: „Der Stein, womit jemand gesteinigt, das Holz, woran einer gehangen wird, das Schwert, mittels dessen jemand enthauptet, und das Schweißtuch, womit einer erdrosselt wird, soll neben dem Manne des Todes eingescharrt werden." Wegen des Felsbodens warf man die Kreuze in die nächste Cisterne. Die Erhebung des heiligen Kreuzes durch die Kaiserin Helena und den Bischof Makarius, welche schon der große Cyrillus von Jerusalem 347 oder 348, etwas über zwanzig Jahre nach dem Ereignisse, epist. ad Constantium 3 meldet, aus einer cisternenartigen Tiefe, hat demnach nichts Auffallendes mehr.

Zur Einwicklung der Leichname der Hingerichteten aber verwendeten die Juden nach einer eigenen Bestimmung [2]) bloß die veraltete Leinwand, womit die Gesetzrollen eingehüllt und umbunden waren. Im Buche Juchasin [3]) lesen wir die besondere Beschränkung: „Lasset die Grabwindeln von weißer Leinwand und den Preis nicht theuer seyn, denn es ist selbst für einen Fürsten in Israel verboten, in Seide oder verbrämten Kleidern begraben zu werden, weil dieß Stolz und Verschwendung und ein Werk der Heiden ist.“ Die Jünger Jesu und die heiligen Frauen, welche dem Herrn ein ehrenvolles Begräbniß bereiteten, konnten es aber nicht über sich gewinnen, in Ansehung des gekreuzigten Messias zu kargen und sich an die bei den Juden giltigen Bestimmungen zu halten; darum meldet der Evangelist ausdrücklich, Joseph von Arimathäa habe sofort ganz neue reine Leinwand, Sindon, für den Herrn angekauft, was für die ganze Folgezeit maaßgebend war, indem das christliche Mittelalter auf die Stickung der Gewänder für den Dienst des Frohnleichnams eine nicht geringe Sorgfalt verwandte. Σινδών vom Sansk. sindhu, entsprechend dem pers. Hindhu, arab. Hind, und hellen. Ἰνδία, ist der Name des Landes, woher die Baumwolle stammte, und ging, wie in ähnlichen Fällen, auf das Kleid über. Σινδόνες findet sich schon bei Herodot für baumwollene Zeuge; später brauchte man das Wort für die feinsten Linnen. Die Leiche Christi wurde nach ägyptisch-jüdischer Art mit schmalen Streifen feiner und ungebrauchter Leinwand umwunden, mit und unter denen man Spezereien einwickelte: es geschah dieß an Händen und Füßen, wie Joh. XI, 44 bei Lazarus angibt. Der Name Byssus rührt vom hebr. buç, weiß machen. Neue feine Leinwand (σινδόνι καθαρᾷ) oder Byssus war übrigens das Kostbarste,

2) Megilla f. 26, 2. Mar Zutra dicit: de linteis, quibus libros involvunt, jam veterascentibus, faciunt involucra pro mortuo praecepti (sc. ex judicio Synedrii); nam hoc est in dedecus eorum. Gl. Etiam de linteis, quibus involvunt librum Legis.

3) F. 34, 2. Non licet sepelire in sericeis involucris, aut vestibus phrygionicis, ne principem quidem, quoniam haec est perditio et opus gentium.

was sie hiebei gebrauchen mochten. Rein hieß sie auch, weil die Priester sich in Sindon kleideten.

Bei Gamaliels Tod verbrannte Onkelos der Targumist nach alter Sitte, wie bei königlichen Leichenbegängnissen, siebzig (tyrische) Pfund Specereien.[4]) Als man ihm diese Verschwendung vorwarf, erwiederte er: R. Gamaliel ist mehr werth, denn hundert Könige, an denen die Welt nichts hat. Gamaliel selbst hatte statt der üblichen kostbaren Gewande sich einfache Leichenkleider bestellt. Seitdem wurden einfache Leichenbestattungen üblich, und die dankbare Nachwelt pflegte beim Leichenmahl einen Trostbecher mehr zum Andenken an R. Gamaliel zu leeren.

Von Nikodemus meldet hier der heilige Bericht, er habe hundert Litren Specereien herbeigeschafft, Maria von Bethanien nimmt ein Pfund Salbe, um Jesu bei der Einkehr in Bethanien die Füße zu salben — wozu also hier 100 Pfund? Den Überfluß zu beseitigen haben die Ausleger *λιτρα* auch in der Bedeutung Geld aufgefaßt und eine kleine Münze, wie einen Obol oder den sechsten Theil einer äginetischen Drachme darunter verstehen wollen. Die Talmudisten gebrauchen nehmlich Litra auch für Geldgewicht und setzen es einem halben Log, einer Mine oder 100 Denaren gleich. Die alte griech. sizilische Litra betrug indeß nur halb so viel oder $\frac{7}{20}$ köln. Pfund;[5]) doch dann wäre *λιτρων* statt *λιτρα* zu vermuthen. Michaelis (Begräbniß- und Auferstehungsgeschichte S. 72 f.) berechnet aber die Litra als Gewicht nur auf $\frac{1}{2}$ Pfund, wonach der Tiegel des Nikodemus etwa

4) Nach andern: Kleider und Möbelstücke im Werthe von 70 Minen (140 Thalern). Tosiphta Sabbat c. 8. Nidda s. f. Avoda sara f. 11, 1. Semachot c. 8. Zemach David f. 36. Rabban Gamaliel senex praeceperat ante obitum, ut ipsum indumentis lineis vestitum ad sepulturam efferrent, quoniam antehac extulerant mortuos in nudumentis holosericis, ut elatio mortui gravior esset propinquis morte ejus, sicut est in Talmud Sabbat c. 2.

5) Böck Metrol. Untersuch. 294. Wirklich gebrauchen die Juden in diesem Sinne das Wort Lithrin noch in ihren Heiratsbriefen, wo es sich um die Aussteuer handelt. Bodenschatz IV, 110. Vgl. Pollux IV. 24, 2. *Ἡ δὲ λιτρα δύναται ὀβολὸν Αἰγυναίων*. Salmasius bei Wetst. in Joh. XII, 3. Siculi obolum *λιτραν* vocabant, Romani dixerunt libram; et quia eorum oboli seu asses primo fuerunt libriles', hinc postea de illo pondere eam vocem usurparunt. A quibus acceperunt Graeci omnes, qui *λιτραν* eo sensu posuerunt, quae Graecis antiquioribus inaudita est.

12 Pfund auswog. Vielleicht war die Schwere des Gefäßes mitgerechnet, und der Evangelist will uns damit nur andeuten, es sey ein ganz frischer und voller Salbentiegel aus einer Offizin Jerusalems herbeigeschafft worden? All dieß gibt uns gleichwohl keinen festen Anhalt, wenn wir auch annehmen müssen, daß die Salbe an Werth jene zu Bethanien weit übertraf. Doch warum nicht hundert Litren? 500 Seckel fließende Myrrhe, 500 Seckel Kasia, 250 Kalmus und 250 Zimmt wurden als Zuthat zum hohepriesterlichen Salböl verwendet, im Ganzen ein Gewicht von einem halben Centner.[6]) Tertullian äußert in Betreff der Specereien und des Balsams: „Die Araber und Sabäer wissen wohl, daß die Christen jährlich mehr für ihre Todten brauchen, als die heidnische Welt für ihre Götter verwendete.“ Die Alten nennen die Myrrhe das Blut der Balsamstaude (Maim. de vas. sanctuar. I, 3). Zum Balsamiren brauchte man flüssige, d. h. in Öl aufgelöste Myrrhe. Nikodemus verwandte eine Mischung von Myrrhen und Aloe, oder sollte ein Theil zur Räucherung dienen?

Bis all das hergerichtet war, wurde der vom Kreuze herabgenommene Menschensohn in die Arme seiner Mutter gelegt, ein Anlaß zu den kirchlichen Vesperbildern. Wie aber der Heiland vor seiner Geburt im Schooße einer Jungfrau gelegen, so sollte Er auch aus einem unberührten Grabe seine Urstände begehen, und niemand mehr nach Ihm daselbst ruhen, wie schon Augustinus tract. 120 bemerkt.

CXXII. Kapitel.

Einbalsamirung und Beisetzung des Frohnleichnams.

„Sie nahmen jetzt den Leichnam, und wickelten ihn sammt den Specereien in reine Tücher nach der Begräbnißsitte der Juden.“ (Joh. XIX, 40.)

Es geschah in der allerfeierlichsten Weise, denn die Vornehmen wurden bei den Hebräern wie Ägyptern einbalsamirt. Tacitus hist. V, 5 erklärt: „Die Beisetzung der Leichname statt der Verbrennung ist ägyptische Sitte, und geschieht bei den Juden mit eben der

---

6) Kunert de unct. pontif. hebr. per crucem p. 17. Bähr II, 170. Wir lassen demnach die Vermuthung auf sich beruhen, ursprünglich sey statt hundert Pfund Salbe ρʹ vielmehr ζʹ d. i. sieben oder ςʹ sechs gestanden, was die Abschreiber verkehrten.

Sorgfalt." Von König Asa heißt es II. Chron. XVI, 14: „Sie bestatteten ihn in seinem ausgehauenen Grabe in der Stadt Davids, und legten ihn auf ein Bett voll von Gewürzen und überaus kostbaren Salben, die alle mit pharmaceutischer Kunst zubereitet waren; und sie räucherten über ihm mit ungemeinem Aufwande." Ja von der Todtenfeier des alten Herodes meldet der jüdische Geschichtschreiber ant. XVII. 8, 3. bell. I. 1 s. f. mit wiederholten Worten: „Seiner Leiche seyen fünfhundert Sklaven und Freigelassene gefolgt, welche Specereien trugen"! Nach solcher Zeitsitte und der hier beschriebenen Weise der Bestattung darf uns also der große Aufwand des Nikodemus an Rauchwerk, Myrrhen und Salben nicht mehr Wunder nehmen. So geschah es hier, daß, wie im Tempel, auf das blutige Opfer die Räucherung folgte. Auch die Ägypter gebrauchten bei ihrer Einbalsamirung, wenn diese auf die kostbarste Weise geschah, geriebene Myrrhen, Casia, das duftende Xylaloe von einem Baume in Yemen, und sonstiges Räucherwerk mit Ausnahme von Weihrauch, trockneten den Leib dann in Salpeter (λίτρῳ) aus, und umwickelten ihn ganz mit Byssus.[1] Myrrhen, Casia, indische Aloë bildeten die vornehmsten Specereien (Hohel. IV, 14. Sprichw. VII, 17), die man zum heiligen Räucherwerk brauchte, und dienten auch den Römern zur feierlichen Leichenbestattung.[2] Die Pietät in der Bestattung und Todtenfeier gibt überhaupt den Maaßstab für die Religiosität der verschiedenen Völker des Alterthums, und bezeichnet auch die Rangstufe der christlichen Confessionen unter sich.

---

1) Herod. II, 86. Plin. XII, 35. Diosk. I, 21. Die heutige Begräbnißweise bringt es in Judäa mit sich, daß man dem Leichnam ein Hemd anzieht, dazu bisweilen einen weißen oder blauen Schleier (Chirba), sey es einen schwarzen (Schambar) überbreitet, und die Leiche in Baumwolltuch näht. Der Klagelaut ist ein hoher, gellender, ein fortgesetztes Wiehern. (Bd. III, 307 f.) Erfolgt der Tod in der Nacht, so zündet man Lichter an, bis der Leib am Tage sofort begraben wird. Dem Leichenzug schließt sich an, wer kann und mag, da zum Leichenbitten die Zeit mangelt. Auf einer Bahre ohne Sarg wird der Todte hinausgetragen, im Grabe aber nicht unmittelbar mit Erde, sondern erst mit Steinen bedeckt, und so zu sagen überwölbt. Auch herrscht noch die Sitte, am Grabe oft sieben Morgen hinter einander eine Todtenmahlzeit einzunehmen, die aus Waizenschrot oder Weißbrod mit Zuckerwürze besteht, wozu auch wohl Wein kömmt.

2) Martial XI. epigr. 35 et olentem funera myrrham.

Von dieser Art der Beisetzung bei den Ägyptern war die vornehmere Begräbnißsitte der Juden nur dadurch verschieden, daß sie an den Leichnamen nicht die Bauchhöhle eröffneten, sondern dieselben mit Tüchern in die genannten Specereien hüllten, deren sie eben darum eine große Menge erforderlich hatten, wenn die Bestattung vornehm herging. Christus selbst spricht von dieser Todtensalbung (pollinctura, ἐνταφιασμός), welche nur äußerlich und nicht mit Eröffnung des Leichnams verbunden war, Joh. XII, 7 in Bezug auf seinen Leib. Auch im Grabe sollte der Leib des Herrn nicht zergliedert werden. Eine so vornehme Art von Balsamirung, wie sie jetzt nur noch Königen zu Theil wird, erfuhren Jakob und Joseph in Mizraim. Außer diesen von ägyptischen Ärzten einbalsamirten Patriarchen und den späteren Königen findet sich in der israelitischen Geschichte kein Beispiel einer Balsamirung, außer beim zweiten Israel, Christus. Die Herrichtung der Leiche zur Begräbniß ging bei den Juden, wie noch zur Stunde, unter vielen Ceremonien vor sich. Maimonides tr. Ebel. c. 4, 1 schreibt: „Man drückte dem Todten zuerst Augen und Mund zu, wusch ihn sodann, salbte ihn mit aromatischen Specereien und umwickelte ihn mit Streifen von weißer Leinwand.“ (Apstg. IX, 37.)

Bekanntlich erfordern schon die Waschungen und Reinigungen, welche die Juden mit jedem Leichnam (vgl. Apstg. IX, 37) in der Beisetze vornehmen, und wobei auch das letzte Haar vom Körper wegrasirt werden muß, viele Zeit und Mühe. Ein eigener Salbtisch oder vielmehr Salbstein diente zu diesen Ab- und Einreibungen, es war in der Vorkammer der Grabhöhle eigens darauf angetragen, und des Wassers hiezu eine Menge erforderlich, das man aus der nächsten Cisterne schöpfen mochte. Sokrates, bevor er den Giftbecher nimmt, äußert im Phädon 115: „Es dünkt mich besser, zu baden, ehe ich den Trank nehme, um nicht den Weibern mit dem Waschen des Leichnams Mühe zu machen.“ Das Abwaschen des blutigen Frohnleichnames, wobei Haar und Bart, mit Blut überronnen, und alle Wunden, mit einer Blutkruste bedeckt, erst umständlich gereiniget, dann mit Salbe eingerieben werden sollten, erforderte mehr Aufwand, als daß sie vor dem Anbruche der heiligen Nacht damit fertig wurden. „Waschet den Propheten nicht, denn er ist rein!“ erscholl eine Stimme vom Himmel bei Muhammeds Tod (Weil 338). Jedenfalls fanden sie, bevor die Sterne aufgingen, keine Zeit, den Frohnleichnam mit Sorgfalt zu balsamiren, darum schlugen sie Ihn mit den Specereien in Tücher bis nach dem hohen Festtage. Der Salbentiegel des Nikodemus blieb vielleicht in der Vorkammer stehen. Von der göttlichen Würde des Gekreuzigten und einer bevorstehenden Auferstehung hatte natürlich weder Joseph noch Nikodemus eine Ahnung; während aber nach jüdischem Moralgesetze ein Priester unrein ward, wenn er auch nur auf vier Ellen Entfernung in den Umkreis eines Todten kam, achteten sie durch die Nähe des Gerechten sich nicht für verunreinigt, um allenfalls noch das Pascha zu essen.

CXXIII. Kapitel.

Das heilige Grab.

„Es befand sich aber an dem Orte, wo Jesus gekreuzigt worden war, ein Garten, und in dem Garten ein in Felsen gehauenes neues Grab, in welchem noch niemand gelegen hatte. Dort setzten sie Jesum einstweilen bei, weil eben der Vorbereitungstag der Juden war, und das Grab in der Nähe sich befand. Sie wälzten einen großen Stein vor die Grabthüre und gingen hinweg. Es war aber am Vorbereitungstage und der Sabbat brannte ein.“ (Joh. XIX, 41. 42. Mk. XV, 46. XXVII, 60. Lk. XXIII, 53. 54.)

Die Alten pflegten ihre Todten in Bergen beizusetzen, wovon selbst die zahlreichen mit Graburnen bestellten unterirdischen Gänge in unserem deutschen Vaterlande Zeugniß geben: daher die Sage vom Hervorgange des großen Königs der Nation am Ende der Tage aus Bergestiefen. Das „Labyrinth“ an der Abendseite des todten Meeres ist ein solcher Gräberberg, durchzogen von Katakomben. Das heutige Dorf Siloam ist großentheils in eine alte Gräberstadt hineingebaut und die Felskammern der Todten dienen jetzt zu Behausungen der Lebendigen. Die s. g. Königsgräber im Norden Jerusalems gleichen den Grabkammern der Priester und Privaten im ägyptischen Theben. Die gewöhnlichen Grabstätten der Ägypter waren unterirdische, in Felsen gehauene Gewölbe, zu welchen ein senkrechter, oft 40 Fuß tiefer Gang führte, der oben mit einem Steine bedeckt war, und die Pyramiden selbst sind eben künstliche Gräberberge der Pharaonen. Das Gewölbe umfaßte mehrere Gemächer, in deren jedem gewöhnlich vier Mumien auf einer Steinbank lagen; die Wände waren hieroglyphisch bemalt. Bisweilen trifft man aber 30 bis 40 solche Gräber, die alle einen gemeinschaftlichen Eingang haben und durch Gänge verbunden sind. Auch die persischen Felsengräber sind durch einen verborgenen Eingang gegen Entweihung gesichert. Insofern also glichen die Gräber der reichen Juden jenen der Ägypter, und das Felsengrab des Hohenpriesters Ananus am Dschebel Kebur oder Gräberberge am Abhange des Hinnom gibt davon noch ein sprechendes Zeugniß.

Schon Abraham erkauft von Ephron dem Hethiten die doppelte Höhle nebst dem Acker bei Mambre für 400 Silberseckel zum Grabmal für sich und seine Sara, Gen. XXIII, und groß war die Pietät des ägyptischen Joseph in Ansehung der Begräbnißpflichten, die er gegen seinen Vater ausübte, indem er dessen Leichnam bis aus Ägyptenland nach Kanaan brachte und ihn in der Doppelhöhle neben seinen Vätern beisetzte. Die Sitte, Gräber in Felsen zu hauen, artete später in solchen Luxus aus, daß die Propheten dagegen eifern, denn so spricht Isaias XXII, 15 f.: „Gehe hin zum Schatzmeister (?) Sobna und frage ihn, was lässest du ein Grab dir hauen, ein Denkmal im hohen Felsen dir sorgfältig zur Wohnung ausarbeiten?“ Ein solches Felsengrab war eine Auszeichnung, darum hebt auch Isaias LIII, 9 vom Manne der Schmerzen hervor: „Sein Grab wird bei den Reichen seyn.“ Und wie derselbe Prophet V, 2 bezeugt, daß man die Weinberge mit einer von Steinen aufgerichteten Mauer umgab, so wird auch das Landgut des Arimathäers oder der Grabhof mit einer Mauer von aufgeschichteten Steinen und durch die Straße vom Kreuzberge geschieden gewesen seyn.

Strabo nennt die Umgegend von Jerusalem auf 60 Millien ὑπόπετρον, felsig unterhöhlt. Josephus aber schildert bell. V. 3, 2 den Zustand vor der Mauer nach dieser Seite mit folgender Meldung: „Titus sah sich hier mit wenigen von den Seinen abgeschnitten, ohne mehr vorwärts zu können; denn von der Mauer an war alles Terrain um die Gärten her mit Gräben durchzogen, und von den im Wege liegenden Gärten und ihren Steineinfassungen okkupirt.“ So sah es im Zwischenraume zwischen der Sions- und zweiten Mauer aus, bevor der ganze Winkel in den Bereich der dritten Umfassung gezogen ward. Noch in später Zeit bestand vor dem Damaskusthore bis zu den Richtergräbern ein Weinberg. Der Weinstock und die Ähren, die in den Gärten allenfalls wuchsen, welch ein Symbol waren sie für den Herrn der Natur, der hier begraben lag, und aus dessen Fleisch und Blut die beseligende Gottesfrucht erwachsen sollte! Es war da ein Garten, schreibt Johannes (ἦν κῆπος), ehe nehmlich die Zerstörung über Jerusalem hereinbrach. Stand mit der Villa ein Weingarten in Verbindung, so ging jene Parabel von den undankbaren Rebleuten, die den Sohn des Hausvaters im Weinberge erschlugen und vergruben, hier am Sohne des himmlischen Vaters wieder faktisch in Erfüllung. Er selbst war ja die Rebe, deren Traubensaft das Blut der Menschheit erfrischen und regeneriren sollte! Die Furche ist hier das Grab. Die Evangelisten bedienen sich durchweg des Ausdruckes *μνημεῖον*, nur Matthäus nennt es *τάφος*. [1])

Das neue Grabmal des reichen Joseph ist nicht das einzige, von dem wir in der Nähe der alten Stadtmauern Kunde haben. Abgesehen von den Königsgräbern im Norden, welche die Juden dem wegen seiner Reichthümer und der Wohlthätigkeit sprichwörtlich berühmten Calba Sabua aus Jerusalem zuschreiben, der kurze Zeit vor dem Untergange des Reiches gelebt; abgesehen ferner von den Mausoleen Davids und Salomo's und einer Anzahl anderer Königsgräber auf dem Berge Sion, wovon II. Chron. XXI, 20. XXIV, 25. XXVIII, 27. XXIII, 20 Meldung geschieht, und zwischen welchen das heilige Grab in der Mitte liegt, gedenkt Josephus (bell. V. 6, 2) beim Angriffe der Römer gegen die Westseite der Stadt des Grabmales des Hohenpriesters Johannes (Apstg. IV, 6), zunächst am Hiskiasteiche und neben den Gärten und verbarrikadirten Villen mit ihren Höhlen und baumbesetzten Vertiefungen, welche dem Titus die Annäherung gegen die Nordseite der Stadt sehr erschwerten. Ja selbst hinter der Auferstehungskapelle im heiligen Grabdome sieht man unter dem das Tempelpflaster überhängenden Felsen ein paar im natürlichen Kalkstein des Landes eröffnete Gräber aus uralter Zeit.

Die Mischna Bava Bathra c. 6, 8 enthält die Vorschrift: „Verkauft man an den Nachbar eine Stätte, daß er sich ein Grab bereite, oder kauft man vom Nachbar eine Stätte für ein Grab, so sey der Mittelraum der Höhle vier Ellen breit und sechs lang, und im Mittelraume öffne man acht Kokim, drei hier und drei dort und zwei ihm gegenüber. Das Kok habe aber eine Länge von vier Ellen, eine Höhe von sieben Spannen oder Handbreiten, und eine Breite von sechs Handbreiten. (Gl. Der R. Simeon sagt: Man mache den Mittelraum der Höhle zu sechs Ellen [Breite] und zu acht [Länge]; man

---

1) XXVI, 61. XVIII, 1. Grotius in Mth. XXVIII, 2 führt aus Frontin an: Habent et Mausolaea juris sui hortorum modos circumjacentes. Vgl. mein Heidenth. II, 358.

öffne im Mittelraum dreizehn Kokim, vier hier, vier dort und drei gegenüber, eines rechts und eines links vom Eingange.) Gegenüber oder vor dem Eingange in die Höhle mache man auch einen Vorhof, jede Seite zu sechs Ellen nach der Ausdehnung der Tragbahre und nach der Anzahl der Todtenträger. Im Mittelraume eröffne man zwei (Reihen) Höhlen, die eine nach dieser, die andere nach jener Seite. (Gl. Der Rabbi Simeon sagt: Vier Höhlen nach allen Weltgegenden. Rabban Simeon, Gamaliels Sohn, dagegen erklärt: Das alles richtet sich nach den Vermögensumständen.)"

Die Mischna unterscheidet an den altjüdischen Felsgräbern der Vornehmen also eine Vorkammer, den Eingang, eine Mittelkammer und die Kokim oder Öffnungen zum Hineinschieben der Leiche, wie in den Columbarien und Klostergrüften. Diese Felsgräber sind in der That, wie der Augenschein lehrt, mit einem großen Aufwand von Arbeit und Kosten angelegt. Die Thüröffnung oder der Eingang gleicht vielmehr einem Schlupfloche und faßt gewöhnlich nur drei Fuß in Höhe und Breite. Dieser war durch eine Steinthüre gesperrt, bei Vorkammern folgte ein Doppeleingang hinter einander. Die Grabkammern bilden oblonge Vierecke, und die Troggräber bestimmen zugleich die Länge einer Kammer. Ausnahmsweise bildet die Grabkammer eine Rotunde, wie dieß bei den Prophetengräbern am Ölberg der Fall ist, und auch bei Christi Grab nach den ältesten Berichten zutraf. Ein Einzelgrab, wie dieses, gehört überhaupt zu den selteneren.

Es war also eine neue Gruft, in welcher noch kein Todter gemodert hatte, und der versöhnte Gott konnte nimmer gestatten, daß sein Heiliger die Verwesung schaue. Nach dem Vorbilde des Christusgrabes wurden die ersten Gläubigen in den Katakomben beerdigt, und zwar in einer Höhle in ein Grab gelegt, in Linnen gewickelt, mit Specereien einbalsamirt und mit einem versiegelten Steine das Grab geschlossen, um so den Bestatteten mit Christus der Auferstehung entgegensehen zu lassen. Darum lautet auch die gewöhnliche Inschrift: „Beigesetzt in Frieden", und der Kirchhof heißt Coemeterium, „Schlafstätte", bis zum großen Tage des Wiedererwachens.

Die Thüre vor dem Grabe war eine im Felsen angelnde und die Vorkammer als προσκέπασμα abschließende Steinthüre, kunstreich aus derselben Felswand geschnitten, und diese war von außen mit einem vorgewälzten Steinblock verriegelt. Unter den Hunderten von Gräbern im Umkreise der heiligen Stadt finden sich nicht bloß einzelne noch mit der Vorkammer und dem Salbsteine, worauf nehmlich der Leichnam auf der Tragbahre niedergestellt und zur Beisetzung zubereitet wurde, sondern erst in der jüngsten Zeit ist die letzte, unter freiem Himmel noch im Felsenzapfen bewegliche Steinthüre, wodurch das Grab geschlossen war, verschleppt worden. Trümmer von solchen, unterirdisch in der Steinwand sich drehenden Grabporten finden sich in den Königsgräbern. Dagegen konnte die gewohnte Grabestünche, damit das Monument schon von ferne auffiele (Bd. IV, 29. 32), wegen der unerwartet raschen Beisetzung und darauf folgenden Auferstehung nicht in Anwendung kommen.

Vom Christusgrabe bis zur Kreuzigungsstelle beträgt die Entfernung nur 110 Fuß. Dort legten die beiden Ältesten den Gekreuzigten in ein Troggrab, mit dem Haupte gegen Abend, so daß er gegen Morgen blickte. Dann schloßen sie die Grabthüre und wälzten davor einen schweren Stein, der eben vom Wälzen die Benennung Golal führte. [2]) Man könnte darüber streiten, ob der Rollstein oder die im Zapfen sich drehende Steinthüre Golal hieß, beide zusammen mochten nicht überall nothwendig erscheinen. Cyrill von Jerusalem, welcher 315 geboren, 347 Presbyter, dann Bischof war und in der constantinischen Basilika predigte, weist neben dem auf Golgotha aufgestellten heiligen Kreuze und sichtbaren Felseuriß auf das Martyrion oder Sepulcrum Christi hin, vor welcher der Stein aus der Engelskapelle liege, [3]) die übrigens beim Bau der Grabrotunde demolirt werden

2) Sanhed. f. 47, 2. A quonam tempore incipit luctus? Inde ex quo clauditur sepulcrum imposito operculo, quod גּוֹלֵל dicitur. Oholoth c. 2, 4.

Refertur Golal inter ea, quae immundum reddunt attactu et in tentorio, non autem immundum reddunt lotione. Gl.: Golal est operculum, quo obtegendi erant defuncti, sive sit ex lapide sive ex ligno, aut ex alia praeter hanc materia. Hlêa heißt im Heliand 124, 18 der Stein, der über Lazarus, und hlêo 171, 29 der über Christi Grab gewälzt war = tumulus, mausoleum, ein „Todtenmal". Am Eingange der Königsgräber ist noch der Rollstein, wie im Innern derselben Reste von Steinthüren erhalten, in Hauran bestehen sie zahlreich bis heute.

3) Catech. XIII, 29. *Καὶ ὁ ἐπιτεθεὶς τῇ θύρᾳ λίθος, ὁ μέχρι σήμερον παρὰ τῷ μνημείῳ κείμενος.* XIV, 9. Petra, quae speluncam habuit non intra veteres muros, sed intra antemuralia postea exstructa (*ἐν τοῖς ὕστερον γενομένοις προτειχίσμασι*), sita fuit. XV, 5. In loco, in quo crucifixus est, prius hortum fuisse, cujus adhuc vestigia et reliquiae manent. 9. Ante sepulcri exornationem a Constantino factam speluncam fuisse sancto sepulcro pro vestibulo, quae Constantini jussu erasa fuit. Porro sancta loca post annum 326 purgari et exornari coeperunt.

mußte. Des natürlichen Felsenhäuschens über dem Christusgrabe wird noch von den späteren Pilgern gedacht, bis, nach der schon 614 erfolgten Verwüstung des Sepulcrum durch die Magier und Juden, 1010 der wahnsinnige Chalif Hakem dasselbe bis auf den Grund abbrechen ließ.

CXXIV. Kapitel.

Der Conduft.

„Es folgten auch die Frauen, die mit Jesu aus Galiläa gekommen waren, Maria von Magdala und die andere Maria, die Mutter Josis. Sie beschauten das Grabmal, setzten sich ihm gegenüber, und sahen zu, wo sein Leichnam hingelegt, und wie Er beigesetzt wurde. Dann kehrten sie heim und bereiteten noch Specereien und Salben, am Sabbat aber ruhten sie nach dem Gesetze." (Mk. XV, 47. Mth. XXVII, 61. Lk. XXIII, 55. 56.)

Also wurde der göttliche Heiland zwei Stunden von der Stätte seiner Geburt zur Erde bestattet. Ein Mitglied des Hohenrathes hatte Ihn in seiner frühesten Kindheit auf seinen Armen im Tempel aufgeopfert, und prophetisch verkündet, Er werde vielen in Israel zum Anstoße, vielen zur Aufrichtung gereichen, und ein Mann der Schmerzen seyn: zwei Senatoren erwiesen Ihm den letzten Liebesdienst. Es wurde jetzt der doppelte Sabbat von den Tempelzinnen herab mit Posaunen angeblasen, um die heilige Zeit von der profanen zu unterscheiden.[1]) Die Sabbatruhe war Ex. XX, 8 f. geboten, darum geschah am Leichname des Herrn für jetzt bloß, was, wenn der Todte noch im Hause war, ohne Bewegung seiner Glieder auch am Sabbate erlaubt war[2]): er

1) Cholin f. 26, 2. Gemara: R. Juda et R. Nachman dicunt, divisionem illam fieri debere sub exitum Sabbati; sed R. Schescheth filius R. Iddi dixit: etiam sub initium illius; verum decisio non est secundum mentem posterioris. — Mischna. Ubicunque locorum usitatus est clangor buccinarum, ibi non est divisio et vice versa. Quando vero dies festus incidit in vesperam Sabbati, tunc buccina canunt, sed non divisionem faciunt; sub exitum vero Sabbati divisionem faciunt, sed non buccina canunt. Quomodo vero illa divisio instituitur? resp. Distinctio fit inter unum sanctum et sanctum alterum: sive ut R. Dosa dicit, inter sanctum grave et leve.

2) H. Schabbat f. 12, 1. Quidnam est, quod quoad viventem permittitur

wurde mit den Aromen obenhin in Leintücher gehüllt und das Schweißtuch Ihm über den Kopf gebreitet, damit am zweitfolgenden Tage die Einwickelung Glied um Glied, wie bei Lazarus, vor sich gehen, und die eigentliche Balsamirung vollendet werden könnte.

Es war noch nicht die zwölfte Stunde des Tages oder vollständig Sonnenuntergang, da sie Jesum vom Kreuze abnahmen und im ganz nahen Grabe beisetzten, sonst hätten die Evangelisten, die an diesem letzten Tage nach römischer Weise die dritte, sechste und neunte Stunde verzeichnen, auch jene anzugeben nicht ermangelt.

Die Bestattung von Männern war ausschließlich Sache männlicher Personen, und die Frauen durften dabei nicht thätig seyn, darum heißt es: sie schauten von ferne zu, wo sie Ihn hinlegten. Die Maler beachten dieß nicht. Anders war es mit der Beischaffung der nöthigen Linnen und Specereien. Mit dem Verschlusse des Grabsteines fing die Trauer an. (B. Sanhed. f. 47, 2.) Obwohl die jüdische Regel Sanhed. c. 6, 4 bestimmte: „Über einen Hingerichteten führt man keine Trauerklagen; man ist wohl betrübt, aber es ist allein eine Traurigkeit im Herzen" — so erheben doch die Frauen die Todtenklage um den Herrn. Es war aber Sitte, daß die Trauernden sich an die Erde setzten und so ihrem Schmerze und elegischen Ausbrüchen freien Lauf ließen (Bd. V, 351). Darum ist gesagt, die vorher gestanden, Magdalena und die andere Maria, setzten sich dem Grabe gegenüber. Auch diese „weinenden Frauen" waren nicht die gewöhnlichen Klageweiber (מקוננות, τηλεμιστραί, praeficae Jer. IX, 17), wohl aber bilden jetzt die ehemaligen Gefährtinen Christi, die als Diakonissen Ihm von Galiläa her an die Hand gingen, den solennen Condukt. Sie ließen, nachdem sie Ihn zur letzten Ruhestätte begleitet, sich Angesichts des Grabmales an die Erde nieder und erhoben die Todtenklage, in welche die Kirche seit ihrer Gründung mit ihren Lamentationen einstimmt. Die Madonna war nicht mehr unter ihnen.

Lateiner, Griechen und Armenier, Kopten, Abessinier, Äthiopen, Maroniten, Chaldäer, Nubier und Inder oder Thomaschristen pilgern zum Grabe Christi und feiern hier ohne Unterlaß ihren Gottesdienst. Niemals erlöschen die Lichter des Altars, niemals die Opfer der

---

(Sabbato), quoad mortuum vero non? Est unctio. Cf. 151, 1. Praestant omnia necessaria mortuo (Sabbato), ungunt et lavant eum proviso eo, ne quod membrum ejus moveant et.

Priester. Wenn es möglich, daß ein Verbrechen, wie kein größeres zu denken ist, durch menschliche Gebete gesühnt werden könne, so geschieht dieß hier; die Thränen der Gläubigen, die da von allen Enden der Erde zusammenströmen, sind eine ununterbrochene Expiation des ungeheuren Mordes, der an dem Fürsten des Lebens begangen wurde. Zu weinen kömmt der Pilger dahin: heiße Zähren und kalte Schauer des Herzens sind der erste Tribut, den er an der heiligen Stätte der Erlösung darbringt.

Das Fahldunkel der Sonne ging jetzt in die Abenddüstere über. Schon nahte die Zeit der fallenden Dämmerung, wo die Sabbatlaterne angezündet wurde — es war das Grablicht über dem Sarge des Erlösers! „Der Sabbat leuchtete heran“ (Lk. XXIII, 54). Pesachim erläutert dieß c. 1, 1: „Mit dem Lichte des vierzehnten Nisan suchen sie nach Sauerteig.“ (Bd. V, 79.) Der Ausdruck rührt vom Anzünden der Lampen her, was das Eingehen des Sabbats bezeichnete. Sabbat c. 2, 7: „Drei Dinge ist ein Mann verpflichtet am Sabbatabende zu sagen, wenn es beinahe dunkelt: zünde die Lampe an &c.“ Maimonides Sabbat c. 5, 1. 3: „Das Anzünden der Sabbatlampe steht nicht in jemands Willkür, sondern jeder Mann wie jede Frau sind verpflichtet, die Lampe am Sabbat brennend in ihren Häusern zu erhalten, und wer nichts zu essen hat, muß das Öl erbetteln und die Lampe anzünden.“

Sofort kehren die Matronen zurück, um noch andere häusliche Vorbereitungen zur Vollendung der Einbalsamirung nach dem Festsabbat zu treffen, die Männer aber, um ihrer religiösen Pflicht zu genügen. Es sollte nehmlich das Pascha gegessen werden, nur wer mit einer Leiche umging, durfte am Osterlamme keinen Antheil nehmen. Doch es war heute zum erstenmale, daß das Pascha seine vorbildliche Giltigkeit eingebüßt hatte, und der entscheidende Augenblick war gekommen, wo sie, hingerissen im inneren unaufhaltsamen Drange von der Macht der Wahrheit und der Pflicht ihrer Überzeugung, sich öffentlich und thatsächlich für den Messias erklären mußten.

CXXV. Kapitel.

Judas der Verräther im Tempel.

„Als nun Judas der Verräther sah, daß Jesus verurtheilt wurde, reuete es ihn, und er brachte die dreißig Silberlinge den Hohenpriestern und Ältesten zurück, und sprach: Ich habe gesündigt, daß ich unschuldiges Blut verrieth!“ (Mth. XXVII, 3. 4. Apstg. I, 18.)

Wie Kain, der Mörder des guten Hirten Abel, verzweifelnd ausruft: Meine Sünde ist größer, als daß sie Verzeihung finden könnte! so gibt jetzt Iskarioth sich verloren, [1]) und in der That ist seine Sünde die größte, welche je ein Mensch verschuldet. Er hatte seine Seele von Gott abgewandt und dem Teufel verschrieben, darum dreht ihm der Böse den Hals um. Er hat seinen himmlischen Antheil verwirkt; denn ist es nach Hebr. VI, 4 f. „schon unmöglich, diejenigen, welche einmal erleuchtet waren, die himmlischen Gaben gekostet haben und des heiligen Geistes theilhaftig geworden und doch abgefallen sind, neuerdings zu einer Sinnesänderung zu vermögen, da sie den Sohn Gottes für sich selbst abermals kreuzigen und verspotten" — wie war erst bei Judas noch ein Heil zu hoffen, der den Heiland durch seinen Verrath zuerst an's Kreuz geschlagen hatte! Plutarch beantwortet die Frage: wer der boshafteste und verworfenste Mensch sey, ohne weiteres mit der Hinweisung auf den Verräther. (Über die Geschwätzigkeit 15.) Schon Jesus, der den Seinen Wohnungen bereiten wollte, heißt den Judas einen Teufel Joh. VI, 71, und XVII, 12 einen Sohn des Verderbens. „Jeder, der einen Israeliten an die Heiden verräth, hat keinen Theil an der künftigen Welt" ist ein jüdisches Sprichwort. [2])

Indeß der Hoherath, durch die wüthendsten Häupter seiner drei Collegien repräsentirt, Jesum von Pilatus zu Herodes und von da wieder zurückschleppte, hatte sich Judas bei dem anderen Theil der Hohenpriester, der wegen des Rüsttages von der dritten Stunde oder der Zeit des Morgenopfers an bis gegen Abend, wo heute der Vorhang im Heiligthume zerriß, im Tempel versammelt bleiben mußte, in seiner Verzweiflung eingestellt, gleich als könnte er noch ungeschehen machen, was geschehen war, und als wolle nun auch er seine Hände in Unschuld waschen, weil sein Meister noch möglicher Weise zu retten war.

---

1) So spricht der Jude Acher zu R. Meir: Wenn es für alle Sünder Verzeihung gibt, so ist für mich die Gnadenpforte verschlossen, weil ich die Geistesgaben, die mir Gott verliehen, zum Ärgerniß mißbraucht habe. Graetz Gesch. d. Jud. IV, 207.

2) Maimon. Chobel Masik c. 8. Prohibitum est, Israelitam in manus Ethnicorum prodere vel quoad personam suam, vel quoad bona sua etc. Et quicunque Israelitam ita tradiderit, partem nullam habebit in seculo futuro.

„Diese entgegneten aber: was kümmert das uns? da sieh du zu! Da warf er die Silberlinge im Tempel hin, und stürzte hinaus." [3])

Verachtung ist der Lohn des Verrathes, ihn ärntet Judas im reichsten Maaße, nachdem er sich bestimmt mit der Hoffnung getragen, wie ein Retter des Tempels und Vaterlandes gepriesen und seinem Geize durch reichliche Nachzahlung gefröhnt zu sehen. Iskarioth hatte gut gerechnet, bei allem zeitlichen Vortheil noch den Ruhm eines Patrioten mit in's Grab zu nehmen, der für Aufrechterhaltung des Mosaismus gegen die Neuerungen des Nazareners in die Schranken getreten, und doch ein schlechtes Geschäft gemacht, indem er sich nur den Strick erkaufte. Wie so mancher Verräther war er nur von andern mißbraucht, und nachdem er fremden Zwecken gedient, ärntete er die verdiente Abweisung. Man erinnert sich nicht mehr der ihm gemachten weiteren Zusicherungen, und wirft schnöde hinweg, was man nicht mehr braucht. Voll Verzweiflung stürzt Iskarioth herein, auch er erklärt Jesum für unschuldig, er droht, sich selbst den Tod zu geben, erfährt aber unter Hohngelächter, daß er damit der Partei, die ihn zuvor erkaufte, den größten Dienst erweise, wenn so der Mund verstumme, der von der Mordgenossenschaft Zeugniß geben konnte.

Unter *ναός*, wo Judas den in weiterer Berathung oder in Erwartung des Ausganges der Dinge versammelten Priestern das Blutgeld hinwarf, verstehen einige, wie Lempereur, das Conclave Gazith. Vielleicht aber ist nur von einer zufälligen Begegnung im Vorhofe oder den Außengebäuden die Rede. Im großen Atrium versammelte sich ja jetzt die ganze Priesterschaft, um das Blut der Osterlämmer in Empfang zu nehmen. Das Geld klirrt auf dem Tempelpflaster — ein schöner Beitrag zu dem Ärar, wohin jeder Israelite zur Ehre Jehova's gerade auf die Osterzeit den heiligen Säckel opfern ging. Iskarioth war der dreizehnte an der Tafel Christi, und aus einer der dreizehn Kisten, wo der Korban hinterlegt war, hatte er den Lohn des Verrathes empfangen. Aus dem Tempelschatze, der seine Bestimmung zur Verherrlichung des Gottesdienstes hatte, entnahmen die Hohenpriester die 30 Silberlinge für den Verrath am Gottessohne. Auch das Volk damit zu bestechen, machen sie sich kein Gewissen. Der Pharisäismus, welcher durch das ganze Leben des Erlösers im grellsten Lichte prangt, setzt sich hier vollends die Krone auf, denn die Priester scheuen sich nicht, das Blut des Gerechten zu vergießen, sie

3) Mth. XXVII, 45. „Was geht das mich an?" II. Kön. III, 13.

erkaufen wohl mit Geld vom heiligen Schatze den Verräther und damit den Tod des Heilands, sind aber engbrüstig, das Mordgeld wieder in's Gazophylakion zu legen, woraus es erhoben war.

Sie nahmen ungerechtes Gut in ihren Opferkasten auf, wie der Heiland (Bd. IV, 132) ihnen vorwirft, und schreckten vor keinem Vermächtnisse zurück, auch wenn die Ältern und nächsten Verwandten darüber verkümmern sollten. Jetzt können sie auch das Erbe Iskarioths einthun. Znm Glück besannen sich diese Hüter des Heiligthums noch des Verbotes Deut. XXIII, 18, wonach kein Geld von schändlichem Erwerbe in den heiligen Schatz kommen durfte (vgl. Sanhed. f. 112); oder sollte auch hierin noch ein Hohn liegen, denn nach dem Gesetze durfte der Preis für einen Hund und für eine Buhlerin nicht in die Schatzkammer geworfen werden! Hier ist der Ischariothismus auf Seite der Priester, denn sie haben den Heiland erschachert, um Ihn hinzurichten, und hoffen mit demselben Gelde sich noch den Himmel zu erkaufen, wenn sie ein Feldstück zur Grabstätte für Fremdlinge erstanden.

CXXVI. Kapitel.

Henkertod Iskarioths.

„Da machte Judas sich davon, ging hin und erhenkte sich, stürzte herab, borst mitten entzwei, und sämmtliche Eingeweide fielen aus ihm heraus, wie es denn allen Bewohnern Jerusalems kund ward.“ (Mth. XXVII, 5.)

Während der Himmel durch den großen Tod des Gerechten auf Golgotha versöhnt ward, bringt auch die Hölle an diesem Tage ihr Kreuzopfer ein. H. Grotius in Mth. XXVII, 5 glaubt, Iskarioth habe, wie dieß einige Rabbinen auch von Ahitophel fassen, nur seinem Schmerze auf's tiefste nachgehangen, gemäß Tob. III, 12, wo es nach dem Tode der sieben Männer von der trauernden Sara heißt: *ἐλυπήθη σφόδρα ὥστε ἀπάγξασθαι.* Als Wahrzeichen der strafenden Gerechtigkeit habe er dann den Unfall erlitten, wovon Petrus Apstg. I spricht. Indeß schon im fraglichen Sendschreiben des Ignatius an die Philipper lesen wir: *μετάμελον ἐμβάλλει τῷ προδότῃ, ὁ βρόχον αὐτῷ δείκνυσι, ἀγχόνην διδάσκει.* „Reue erfaßt den Verräther, zeigt ihm den Strick und heißt ihn sich henken.“

Judas erwürgte oder erhing sich, er endet als Selbstmörder, und alle, die Hand an sich legen und in Verzweiflung enden, sind seines Gleichen. Wie Christus bei früherer Gelegenheit (Bd. V, 191 f.)

durch sein lebendiges Wort, so spricht hier die Schrift durch Erzählung der That ihren Abscheu vor dem Tode des Verräthers aus. Beispiele des Selbstmordes finden wir in der heiligen Schrift bei Saul, Ahitophel und Razias II. Makk. XIV, 41. Doch ist hier, wie bell. III. 8, 5, mehr nur von Kriegern die Rede, die nicht in Gefangenschaft fallen wollten. Auch die Griechen und Römer verabscheuten den Selbstmord in alter Zeit. Pythagoras verbot, wider Willen des Herrschers, d. h. Gottes, von seinem Posten (praesidio) oder der Station des Lebens abzutreten. (Cic. Cat. maj. c. 20.) Plato (Phaed. p. 62, 6) thut den Ausspruch, die menschliche Seele befinde sich im Körper wie in einem Kerker, aus dem sie nicht entfliehen dürfe. (Athenäus IV, 45.) Aristoteles [1]) nennt den Selbstmord eine Feigheit, die darum fast nur beim schwachen Geschlechte vorkomme, z. B. Jokaste, Antigone, Euridike, Neobule erhenken sich. Erst später, und zunächst nach Cato von Utika pries man ihn als eine Heldenthat. [2])

Von allen verachtet und verflucht haben die Ankläger des Sokrates sich zuletzt selbst erhenkt, so meldet die Geschichte. [3]) Auch Iskarioth muß sein Urtheil sich selber fällen, und Satan gemahnt ihn, es alsogleich an sich zu vollziehen — während die Priester Angesichts des Altares ihre gelungene Unthat noch triumphirend bestättigen, so daß ihr Gebet zur Sünde wird, und auch ihnen der Fluch des CIX. Psalms gilt, den Petrus auf den Verräther anwendet: „Verödet werde seine Behausung, und niemand wohne mehr darin; sein Amt empfange ein anderer.“ [4]) Mit dem Schweißtuch oder Gürtel, worin er die dreißig Silberlinge geborgen hatte, hängt sich Iskarioth auf, vielleicht auf dem Acker, worin er sein gestohlenes Gut vergraben. [5]) Dem Orte, wo sein Herz war, verfiel

---

1) Eth. Nic. III, 7. IX, 4. *Οἷς δὲ πολλὰ καὶ δεινὰ πέπρακται διὰ τὴν μοχθηρίαν, μισοῦσί δὲ καὶ φεύγουσι τὸ ζῆν καὶ ἀναιροῦσιν ἑαυτούς.*

2) Oder wie Dio (Mai Exc. Vat. 207) äußert: *ὥστε ἀρετὴν νομίζεσθαι τὸ αὐτόχειρα γίνεσθαι.* Pauly Realenc. VI, 1483.

3) Plut. mor. p. 538. Diod. XIV, 37. Lasaulx Sokrates 96.

4) Aben Esra in Ps. LXIX, 26. Haec diebus David aut diebus Messiae contingent.

5) Bd. III, 345. V, 404. 490. Die Legende wies als Stätte der Aufknüpfung Iskarioths einen (wie ich ihn sah, galgenartig gekrümmten) Feigenbaum in der Nähe des Töpferackers. Vgl. Juvencus hist. evgl. l. IV. p. 518:

Exorsusque suas laqueo sibi sumere poenas
informem rapuit ficus de vortice ventrem.

jetzt auch sein Leib. Er endet sein unseliges Daseyn am Feigenbaume. Die Tradition hierüber ist alt. Die Alten scherzten sogar über die häufige Benützung des Feigenbaumes, sich daran aufzuknüpfen; so jener Timon von Athen (bei Plutarch M. Ant. p. 949), der die Rednerbühne bestieg und zur Volksversammlung sprach: „Ich habe nur einen kleinen Hofraum, ihr Athener, wo ein Feigenbaum steht, den sich schon viele Bürger zum Angehänge wählten; da ich aber nun den Platz verbauen will, so kann ich nicht umhin, es öffentlich bekannt zu machen, damit, wenn einer von euch noch Lust hat, sich daran aufzuknüpfen, er es bei Zeiten thue, ehe der Feigenbaum umgehauen wird.“ Wieder erzählen Cicero (de orat. II, 69) und Quinktilian (instit. or. VI. p. 290) von einem Sicilier, dem sein guter Freund, ein Ehemann, sein Leidwesen klagte, daß sich seine Frau an einem Feigenbaume aufgehängt hätte, die launige Erwiederung: „Gib mir doch, ich bitte dich, von dem Baume einige Pfropfreiser, um ihn zu verpflanzen!“ Die Rabbinen zählen zwölf Arten von Feigen, ein passendes Symbol für die jetzt abgestandenen zwölf Stämme Israels.

Wie Judas gibt sich Pilatus später selber den Tod (Euseb. hist. II, 7); denn große Missethäter hassen zuletzt das Leben und suchen durch Selbstmord dem ewigen Richter zu entgehen, dessen mahnende Stimme sie im Innern vernehmen. Der Verräther griff zum Strange und erhing sich,[6]) stürzte aber vor Schwere herab und zerplatzte.

Die Zerberstung des Unterleibes erfolgt sonst an warmer Luft bei einem Gehenkten schon nach einigen Tagen vermittels des im

---

Bereschith r. ed. Prag. 1689. f. 77, 2. Ficus, quas comedit Adam primus, quidam vocant Benoth Schuach, ut quae depressionem vel imminutionem lapso homini attulerint. Zu S. 224 und 422 vgl. auch Maimon. in Scheviith cap. 5, 1. Benoth Schuach protrudunt fructus unoquoque anno, at non ad maturitatem perducunt nisi anno tertio, ita ut in arbore ista conspici possit unoquoque anno triplex fructus. Sic ficus pharsaoth fructum ad maturitatem perducunt duorum annorum spatio.

6) Ἀπήγξατο, oder wie es die alten Lutheraner nahmen: er wurde gehangen, sc. per diabolum. Eine jüdische Todesart war es unter andern (Bd. II, 2, S. 219 f.), daß Verbrecher von Felsen gestürzt wurden. Gesetzt, daß dieß auch bei den Leichnamen der Selbstmörder geschah, so haben wir hier in Iskarioth ein Beispiel. Übrigens lesen wir die Beschreibung eines Todtsturzes mit denselben Worten Cholin f. 56, 2. Aramaeus quidam vidit hominem, qui de tecto in plateam decidit, et ruptus est ejus venter, et viscera ejus effluxerunt.

selben sich entwickelnden Phosphorgases, das jeden thierischen Leichnam vor der Verwesung zerplatzen macht, und oft selbst die Gedärme heraustreibt. Darum rechnen die Juden (Bodenschatz III, 95) zu den sieben Gerichten, welche ihren Begriffen zufolge der Mensch nach dem Tode zu bestehen hat, folgende: „Das erste werde über ihn verhängt, wenn die Seele aus dem Leibe fahre; das zweite, wenn seine Werke vor ihm hergehen und wider ihn schreien; das dritte, wenn der Leib in's Grab gelegt werde. Das vierte sey die Zerschlagung der Gebeine; das fünfte das Gericht der Würmer; denn nach dreien Tagen, wenn der Leib im Grabe liege, werde sein Bauch aufgerissen, und seine Gedärme fließen aus seinem Wanste, und werden dem Todten in's Angesicht geschlagen mit den Worten: »Nimm, was du deinen Eingeweiden zugeschoppt hast, von dem, was du täglich gegessen und getrunken, und all deine Tage durch nicht mit den Armen und Nothdürftigen getheilt hast!« wie Malachias II, 3 spricht. Nach den dreien Tagen werde der Mensch bis zum dreißigsten an Augen, Händen und Füßen, und zwar an Leib und Seele zugleich gerichtet. Das sechste Gericht sey das der Hölle; das siebente und letzte aber bestehe darin, daß die Seele wandere durch die ganze Welt, und solange keinen Ort zur Ruhe finde, bis die Tage ihrer Strafe ein Ende nähmen!" So ging das eine Gericht vor jedermanns Augen in voller Anwendung an Iskarioth in Erfüllung, gleichviel, ob der Verräther erst nach einigen Tagen oder alsogleich durch das Gewicht seines feisten Körpers seine Eingeweide verschüttete.

Fußend auf der Gematria oder kabbalistischen Zahlenkunst erklärt der Talmud,[7]) neunhundert und drei Todesarten gebe es in der Welt, unter allen aber sey die schrecklichste der Henkertod oder das Erdrosseln, und dafür galt er nach Servius auch bei den Heiden. Ja Iskarioth heißt am Ende selbst „der Gehenkte"; denn Iscara (אסכרה) nannten die Juden das Stranguliren! Dieses Appellativ zielt möglicher Weise auf seine Todesfahrt hin. (Bd. III, 64.)

7) B. Beracoth f. 8, 1. Nongenta et tria genera mortis creata sunt in mundo s. d. Ps. LXVIII, 20. „Et exitus mortis." Vox תוצאות (mors) arithmethice eo numeri assurgit. Asperrima mors inter omnia genera est אסכרא, facillima נשיקה. Gl. Iscara vernacule est strangulamentum. — Gl. Baal Turim in Numer. XXIV, 25. Balaam in locum suum abiit i. e. in infernum.

Die Volksjustiz hatte aber an dem so gedeuteten Scheltnamen noch kein Genüge, sondern die Rache folgte dem Gottlosen auf dem Fuße: darauf weist Apstg. I, 25 die allgemeine Sentenz hin: Abiit in locum suum sc. Gehennam, d. h. „Er habe seinen Theil! Er sey zur Hölle gefahren!“ [8])

„Er ging an seinen Ort“ ist ein jüdischer Euphemismus. Wenn es Gen. XXXI, 55 von Laban heißt, er sey zu seinem Orte wiedergekehrt, so deutet dieß Zeror hammor f. 43, 2 auf die Hölle. Ebenso Num. XXIV, 14. 15 von Bileam, ja Hiob II, 11 kömmt von den Freunden jeder aus seinem Orte, d. h. nach Zeror h. f. 127, 1, sie kamen aus den für sie in der Hölle bereiteten Orten, indem sie ihrer Barmherzigkeit wegen erlöst wurden.

Aber auch im guten Sinne kömmt der Ausdruck vor, so Ignatius ad Magn. §. 5: „Jeder wird nachmals nach dem ihm eigenen Orte gehen. Barnabas ep. §. 19: Welche im Lichte wandeln, werden nach dem für sie bestimmten Orte gehen,“ d. i. wie Clemens Romanus sagt, nach dem ihnen gebührenden Orte der Herrlichkeit. So schreibt Plato Phaed. p. 80, daß der im Leben erwählte Schutzgeist den Menschen an seinen Ort bringe, und zwar die unverbesserlich gottlose Seele εἰς τὴν αὐτῇ πρέπουσαν οἴκησιν, in die ihr zukömmliche Wohnung, die reine Seele aber εἰς τόπον προσήκοντα, nach ihrem entsprechenden Orte.

„Es mußte jenes Wort der Schrift sich erfüllen, das der heilige Geist durch Davids Mund von Judas vorhergekündet hatte, welcher der Wegweiser derjenigen war, die Jesum gefangen nahmen. Es steht nehmlich im Buche der Psalmen geschrieben: Verödet stehe seine Behausung und niemand wohne darin. Sein Amt empfange ein anderer.“ Apstg. I, 16. 20. Ps. LXVIII, 26.

Wir erfahren hier, daß Judas von Karioth ein Eigenthum besaß. Es ist aber alter und allgemein verbreiteter Volksglaube, daß das Haus eines Selbstmörders nicht mehr bewohnbar sey, indem der Geist des Verdammten darin sein Spiel treibe. Die Psalmstelle bezieht sich auf Achitophel, der gegen David die Ferse erhob (Joh. XIII, 18) und ebenfalls Ixions Ende nahm.

---

8) Gl. Baal Turin in Numer. XXIV, 25. Bileam ivit in locum suum, i. e. in Gehennam. Ebenso Midrasch coheleth f. 100. wozu Gl. e loco suo proprio i. e. Gehenna, idololatris destinato.

CXXVII. Kapitel.
Hakeldama, der Blutacker.

„Nun aber nahmen die Hohenpriester die Silberlinge, und sprachen: es ist uns nicht erlaubt, sie wieder in den Tempelschatz zu werfen; denn es ist Blutgeld. Und nachdem sie sich berathschlagt hatten, kauften sie damit das Feld eines Töpfers zur Begräbniß für die Fremdlinge. So erwarb er einen Acker mit dem Lohne seines Verbrechens, und weil dieß allen Bewohnern Jerusalems kund ward, heißt derselbe Acker in ihrer Sprache Hakeldama, das ist der Blutacker, bis auf den heutigen Tag." [1])

Vierhundert Seckel Silbers bezahlt Abraham an Ephron für die Grabhöhle in Hebron — eine bedeutende Summe; wogegen Jeremias während der Belagerung Jerusalems durch Nebukadnezar von Hanameel, seinem Oheim, einen Acker in Anathot für sieben Stater und zehn Silberlinge erkauft. Für dreißig erwarb der Selbstmörder den Leichenacker, indem er der erste war, der darauf eingescharrt wurde, und zwar von Henkershand. Wie bei uns die Juden allenthalben einen besonderen Grabhof außerhalb des Weichbildes besitzen, so stellte sich in Jerusalem das Bedürfniß eines besonderen Leichenackers für die Fremden heraus, da die Fremdherrschaft zunehmends mehr Ausländer, Hellenen wie Römer nach der Sionsstadt führte, und der Jude gesetzlich weder Tisch noch Bett noch Grabstätte mit ihnen theilen konnte. So haben in Rom selbst die nordischen Ultramontani seit den Tagen Karls des Großen eine eigene Begräbniß in der Kirche S. Salvatoris de ossibus oder ad Turionem, die ihren Namen von der Menge der da befindlichen Skelete führt. In Athen war die Grabstätte im äußeren Kerameikos oder Stadtviertel der Töpfer (Paus. I. 29, 2), wo noch heute die Töpfer wohnen. Das Töpferthor in Jerusalem (Jer. XVIII, 2. XIX, 2), das nach der Seite von Ben Hinnom gelegen, führte seinen Namen von den in der Nähe befindlichen Töpfereien, beziehungsweise kömmt demnach Hakeldama oder das Acheldama des Eusebius und Hieronymus schon im alten Testamente vor, und noch heute wird das Thonlager daselbst auf Pfeifenerde

---

1) Mth. XXVIII, 6—8. Apstg. I, 18. 19. Judas erwarb den Acker, d. h. veranlaßte den Kauf, ist indirekt zu verstehen wie Gen. XLII, 28. Ex. XXIII, 8. I. Kön. XIV, 16. Js. VI, 10. I. Kor. VII, 16. I. Tim. IV, 16.

benützt. Eine solche Lehmgrube war nicht theuer; und so sollte der Kaufpreis Christi den Heiden zu Gute kommen und nach seinem Tode noch zum Geschenke der Wohlthätigkeit werden.

Simanovics (Evgl. J. Chr. *συντεττόμενον*, Vindob. 1792, p. 716) zieht aus dem emerunt agrum Figuli den Schluß auf einen römischen Ländereibesitzer des Namens Figulus. Doch hatten die Römer bis auf diese Zeit gewiß in Judäa bei der noch bestehenden Stammverfassung nicht so leicht Grundbesitz erworben — wie auch zur Stunde nach türkisch-moslemitischem Gesetze kein Franke in Palästina auf eigenen Namen unbewegliche Güter an sich bringen kann. Vor allen aber — ist ja das Evangelium nicht ursprünglich lateinisch geschrieben, und das figuli nur aus *κεραμέως* (יוֹצֵר) übersetzt.

Hakeldama liegt südwärts von der Davidstadt links vom Wege, der nach Bethlehem führt — Bethlehem selbst war ursprünglich von Töpfern angelegt, und es befanden sich daselbst so viele Thonarbeiter, daß es davon sogar den Namen Töpferstadt erhielt. (Jugendgesch. S. 72.) Beziehungsweise heißt es Targum I Chron. IV, 23: „Diese (bethlehemitischen Töpfer) sind die Lehrlinge des Gesetzes oder der Gesetzesgelehrten, um welcher willen die Welt erschaffen ist, die zu Gerichte sitzen und die Welt befestigen, die die Brüche des Hauses Israel bauen und vollkommen bessern."

Die Ackerkrume um Jerusalem ist überhaupt röthlich (adama), Hakel aber heißt man ein abgeräumtes, von jaar oder dem platten Gestein gereinigtes Feld. Mit דָּם bezeichnet der Hebräer das Blut, mit אֲדָמָה aber den Dammboden; die Ideenverbindung rief am s. g. Damasceneracker bei Hebron wie zu Damaskus die Sage in's Leben, daselbst sey Adam geschaffen und habe Kain das Blut seines Bruders vergossen. Das Volk scheint von der richtigen Überzeugung auszugehen, daß man den Verräther unfern von der Stelle, wo er seinen Tod gesucht, eingescharrt und sofort den Ort für die Fremden bestimmt habe; daher zeigen die Araber noch heute den Baum, daran er sich gehenkt, unter dem Namen Skariotti auf dem Berge des bösen Rathes.

CXXVIII. Kapitel.

Judas' Verwerfung unter dem Wahrzeichen vom Töpferacker.

„Da ward der Ausspruch des Propheten Jeremias erfüllt, indem er spricht: Sie nahmen die dreißig Silberlinge, den Preis des Geschätzten, welchen die Söhne Israels geschätzt, und gaben sie für den Töpferacker, so wie mir der Herr befohlen."

Matthäus XXVII, 9. 10 nennt hier Jeremias, während die Stelle aus Zacharias XI, 12. 13 ist. Auffallend in der That! und doch liegt ein historisches Gesetz zu Grunde, das Lightfoot [1]) zuerst endeckt hat. Die alten Juden theilten nehmlich, und wir wissen dieß aus Jesu eigenem Munde, ihren ganzen biblischen Canon in drei Rollen: in das Gesetz, die Propheten, und die Psalmen mit den Hagiographen. Unter den Propheten aber, versichert der Talmud, nahm Jeremias die erste Stelle ein, ungeachtet Isaias der ältere war. Denn wie das Buch der Könige mit der Gefangenführung schloß, so ist der ganze Jeremias Klage über den Untergang des Reiches: wie aber Ezechias mit der Gefangenschaft anhebt und mit einer trostreichen Zukunft endet, so ist der ganze Isaias Weissagung des Trostes. Darum waren sie in dieser Folge geordnet, Unglück zu Unglück, Trost zu Trost; und weil Jeremias im Canon der Propheten so die erste Stelle einnahm, hat Matthäus das ganze Prophetenbuch hier überhaupt nach ihm genannt. Also ist sogar der vermeinte Irrthum noch lehrreich!

Israel selber entzieht sich der Hut des Herrn und zahlt seinem Gesandten den blutigen Lohn. Eine neue Zeit ist im Werden, eine andere Generation im Entstehen, die einem neuen

1) In Matth. XXVII, 9 in Luc. XXIV, 44. B. Bava Bathra f. 14, 2. Traditio Rabbinorum: Hic est ordo Prophetarum, omnes libri sunt octo: Liber Josuae, Judicum, Samuelis, Regum, Jeremiae, Ezechielis, Esaiae et duodecim. Hic est ordo librorum Hagiographorum: Ruth, Liber Psalmorum, Job, Proverbia, Ecclesiastes, Cantica, Threni, Daniel, liber Esther, Ezrae et Chronica. Cum autem tempore praecesserit Esaias Jeremiam atque Ezechielem, praeponendus rite esset Esaias; cum vero liber Regum terminaret in excidio, Jeremiasque totus agat de excidio, cumque initium Ezechielis sit de excidio, finiaturque in consolatione, cumque totus Esaias sit de consolatione: conjunxerunt excidium cum excidio et consolationem cum consolatione. Luk. XXIV, 44.

Hirten untergeben werden soll. Durch das ganze Alterthum hatte Gott sein Volk behütet, und seine Wohlfahrt sieben guten Hirten anvertraut, wie die Weisen Israels erklären [2]): dem Abraham, Isaak und Jakob, Moses, Aaron, David und Salomo. Da es aber widerspännstig gegen seine Leitung sich erwies, ließ er es seine Wege gehen und in die Nacht des Exils zurücksinken. Drei grausame Hirten hatte er nun den Seinen vorgesetzt, wie es bei Zacharias XI heißt, um darüber zu schalten nach Wohlgefallen: es waren die Könige der drei Reiche oder der babylonischen, persischen und hellenischen Weltmonarchie, welche gleichsam in den drei Nachtwachen [3]) sich ablösten, bis das Morgenlicht der neuen Zeit anbrach. Als aber ihre Stunde geschlagen und der Tag der Rache herannahte, „zerbrach der Herr die Hirtenstäbe und räumte die drei Hirten mit Einem Male hinweg": dafür sollte fürder ein sanftmüthiger Friedenskönig in sein Reich kommen und auf einem Eselsfüllen in Sion seinen Einzug halten, wie der Prophet IX, 9 spricht, um seine auserlesene Heerde frei zu lassen und wieder selbst zu weiden. Doch als der Gesalbte nun seinen Hirtenlohn begehrte, zahlten sie ihm dafür den Preis eines Sklaven, „und sie wogen Ihm dreißig Silberlinge zu. Darum sprach der Herr: Ein schöner Preis, zu dem sie mich geschätzt haben, wirf ihn dem Töpfer hin!" Der Sinn dieser Worte erklärt sich aus einer anderen Stelle.

Vor dem ersten Untergange Jerusalems nehmlich hatte Jeremias XIX den Auftrag erhalten, zum Wahrzeichen, daß das göttliche Strafgericht ohne Aufhalt hereinbrechen werde, einen irdenen Krug zu kaufen und vor dem Töpferthor im Thale Tophet oder ben Hinnom in Stücke zu schlagen, sprechend: „Wie eines Töpfers Geschirr zertrümmert, daß man es nicht mehr ganz machen kann, so will ich dieß Volk und diese Stadt zertrümmern. Sie soll so unrein wie Tophet seyn, und ihre Einwohner daselbst begraben werden." Jetzt war wieder ein großer Wendepunkt eingetreten und aus Abend und Morgen ein Tag geworden. Die Juden hatten den ihnen ver-

---

2) Abarbanel in Daniel f. 87. Quatuor elementis respondent quatuor ancillae. Praeterea in hoc populo septem erant pastores: Abraham, Isaac, Jacob, Moses, Aaron, David, Salomo. Js. XL, 11. XLIV, 28. Zach. X, 2.

3) Beracoth c. 1, 1. Gl. Vigilia est noctis tertia pars. Vgl. Ebrard Kritik der evangel. Geschichte S. 844 f.

heißenen guten Hirten verworfen, den ewigen Friedensfürsten mit jenem Spottpreise abgelohnt oder vielmehr verkauft, und ihn, wie Kain den Abel, den ersten Hirten, getödtet, so daß sein Blut um Rache zum Himmel schrie: darum wollte der Herr zur Strafe einen „vierten thörichten Hirten über sie kommen lassen, welcher die verlassenen Schafe nicht heimsuchen, den zerstreuten nicht nachgehen, die erkrankten nicht heilen, noch die gesunden ernähren, sondern das Fleisch der fetten essen und ihnen die Klauen spalten sollte." (Zach. XI, 15.) Dieser arge Hirt waren die Römer in der vierten Weltzeit, welche Israel nach der Tödtung des wahren Hirten wie eine Heerde Schafe aus ihrer Umzäunung oder dem Burgfrieden von Palästina hinwegtreiben, und in alle Welt zerstreuen, die verlassene Hürde aber oder den schützenden Herd niederreißen sollten.

Judas Iskarioth steht jetzt als Repräsentant des verstockten und exilirten Judenvolkes da; er hat den Sklavenpreis für seinen Meister erhoben und ihn im Tempel, welcher neuerdings zur Mördergrube und so unrein wie Tophet geworden, vor den Augen der Priester hingeworfen, welche ihn selbst für Blutgeld erklären. Davon mochten sie nun, meint der Evangelist, welcher darum die Prophezie dem Jeremias, anstatt dem Zacharias zuschreibt, wieder ein Töpfergefäß erkaufen, und es zum Wahrzeichen der abermaligen und vollendeten Zerstörung Jerusalems in Tophet zertrümmern, oder dort einen Acker erwerben, um die Fremdlinge darin zu begraben, nachdem die Berge über seine eigenen Bewohner hergestürzt und die Hügel sie bedeckt hätten. Das war das Erbe, welches Judas im Namen des jüdischen Volkes erwarb; und damit war, um mit Petrus in seiner Antrittsrede zu sprechen, auch das Wort des Psalmisten im weitesten Sinne erfüllt: Verödet steht nun seine Behausung, und niemand wohnet darin. Sein Amt empfängt ein anderer!

Dieser andere war in der Reihe der Apostel Matthias, im großen Weltganzen aber die Proselyten aus allen Völkern, welche an der Stelle der Kinder Israel nun in den Schafstall der Kirche eingeführt werden. Die Rabbinen unterscheiden drei Arten von Proselyten,[4]) die einen, welche Gott zu

---

4) Jalkut Schimoni f. 64, 2 nach Sota Exod. XII, 49. Tres sunt proselytarum species, prima qui propter uxorem, secunda qui propter eleemosynam, tertia qui propter Deum. De his Deus s. b. dicit: hic tanti a

lieb, die andern, welche bloß um ein Weib zu nehmen, und einen dritten Theil, welche um ihren Unterhalt zu finden oder Almosen zu gewinnen herüberkämen. Von dieser letzteren Art war Iskarioth gewesen; Gott aber wird das Herz eines jeden wägen, und sie nach ihrer Meinung richten. Von dem wahren Proselyten indeß glaubten die Juden, er sey Gott angenehmer selbst als ein geborner Israelite; denn er gleiche einem Zicklein, das in der Wüste aufgewachsen und mit einmal dem Schäfer zugelaufen. Wie dieser es fröhlich seiner Heerde einverleibe, und größere Freude daran habe, als an seiner eigenen Zucht, die ihm viele Sorge verursachte und schlecht seine Mühe belohnte: so habe auch Gott für all seine Dienste von Israel, seiner auserwählten Schaar, nur Undank geärntet, während die Fremdlinge von selbst zu ihm kämen und mit ganzer Seele ihm anhingen. So war es der Fall in den Tagen des Pfingstfestes, wo der Herr seinen Gläubigen einen neuen Hirten vorstellte, und seine Angehörigen von allen Enden der Erde versammelte, wie besonders Isaias (XLII, 16. XLIX, 11. LVII, 14. LXII, 10. LXVI, 20) geweissagt. Darum hatte der neue Elias mit den Worten jenes Sehers die Predigt des Evangeliums eröffnet, und die Stimme des Rufers in der Wüste gemahnt, die Wege des Herrn zu bereiten und seine Fußsteige zu ebnen, damit der Einzug des Königs der Könige im Triumphe vor sich gehen, Israel seine dritte Rückkehr aus der Gefangenschaft antreten, und die Auserwählten aus allen Nationen auf gebahnten Pfaden den Zugang zur Stadt des Asyles finden möchten, wie man im Alterthume

---

me fit, quanti aliquis eorum. (Ex. XII, 49. Num. XV, 15.) Dixit Moses Deo opt. max. Domine hujus universi, aequumne est, te proselytum hunc tanti facere, quanti Levitam (Deut. XIV, 29)? resp. ei: maximi eum facio, quia mea causa factus est proselytus. Simile a caprea deserti, quae sua sponte venit et miscetur gregi ovium. Huic pastor pabulum ac potum praebet, et jam si alii dicant: tunc majori amore, quam oves tuas, capream hanc prosequeris? resp. illis: quot, quaeso, molestias gregis mei causa sustinui! mane eduxi et vespere reduxi, donec educarentur. Haec autem, quae educta est in desertis et silvis, venit sua sponte ad gregem meum, propterea tanti eam facio. Ita et ego Deus, quantas res gessi Israelitarum causa! eduxi eos ex Aegypto, visus sum eis, depluere illis jussi mannam et advenire seleucidas, aperui fontem, circumdedi eos nube mea, donec legem meam reciperent. Hic proselytus autem sua sponte venit, quare tanti eum facio, quanti Israelitis. Bd. IV, 124. V, 245.

die Wege zu den Freistätten immer eben und im guten Stande erhielt, und das Synedrium jährlich einen Monat vor Ostern eigene Sendboten (Schilhim) abordnete, um laut zu verkünden, daß alle Straßen und Stege hergestellt, die Erhöhungen abgetragen, die Tiefen ausgefüllt werden müßten (Bucherus Ant. Bibl. p. 941). Der hinfällige Leib gleicht dem gebrechlichen Gefäße, er selbst ist aus Thon geschaffen; besonders Paulus liebt das Bild, z. B. Röm. IX, 21: „Hat der Töpfer nicht Macht über den Thon?" Zerbricht eines Kranken Geschirr, so steht sein Tod bevor. Schon der Psalmist spricht [5]): „Ich bin geworden wie ein zerbrochen Gefäß." Der zerschlagene Topf ist das Symbol der Verwerfung der Nation, die ihre Heimat Judäa wegen des am Messias verübten Schachermordes verwirkt hat. Der Töpferacker dient fortan zum Leichenacker.

CXXIX. Kapitel.

Die Grabwache.

15. Nisan, 16. April.

„Des andern Tages, der auf den Rüsttag folgt, kamen die Hohenpriester und Pharisäer bei Pilatus zusammen, und sprachen: Herr! wir haben uns erinnert, daß jener Verführer, als Er noch lebte, gesagt: Nach drei Tagen werde Ich wieder auferstehen! Laß also das Grab bis zum dritten Tage bewachen, damit nicht seine Jünger kommen und Ihn stehlen, und zum Volke sagen: Er sey von den Todten auferstanden; und so der letzte Betrug schlimmer, als der erste werde. Pilatus erwiederte ihnen: Ihr habt ja selbst eine Wache! so gehet hin und bewachet Ihn so viel ihr wollt. Sie gingen also hin, besetzten das Grab mit der Wache, und versiegelten dazu den Stein." (Mth. XXVII, 62—66.)

Der Evangelist wählt absichtlich statt Pascha oder Festsabbat einen gesuchten Ausdruck, um die Abrogation des mosaischen Kirchenwesens zu betonen und ja nicht dem Glauben an die fortdauernde

5) XXXI, 13. Mein Heidenth. I, 95. III, 32 f. 56. Wenn in Konstantinopel ein Aufstand losbricht oder es sich um den Sturz mißliebiger Personen handelt, rottet sich das Volk gewöhnlich mit umgekehrten Töpfen zusammen, was bei ihnen so viel bedeutet, daß sie die weitere Kost des verhaßt gewordenen Gebieters verschmähen.

Giltigkeit der jüdischen Festordnung Nahrung zu geben. Der Mann, welcher dem Hohenrathe im Leben so viel zu schaffen gemacht, beschäftigt ihn nicht minder lebhaft nach dem Tode, und so bringen sie, gewohnt vor Gericht zu liegen, abermals ihr Anliegen vor den Landpfleger, der sie jedoch abweist. Ihr habt eine Wache, spricht Pilatus, nehmlich die Tempelwache, die von der Burg Antonia aus unter Tages in der Vorhalle die Posten bezog, und während der ganzen Festwoche Dienste that. Diese Tempelsoldaten hatten sie schon bei der Gefangennehmung Jesu in Anspruch genommen.

Ähnliche Requisitionen erfolgten in jenen unruhigen Zeiten wohl öfter, die Aufstellung eines Kommando dient ja auch in unseren Tagen bei politischen Hinrichtungen zur Verhütung von allerlei Unfug; neu war bloß die Forderung einer Grabhut. Nur die erste Nacht blieb also der Heiland unbewacht. Vielleicht begehrten sie darum von Pilatus eine Wache, um das Ganze als seine Veranstaltung in Rede zu bringen, und sich durch ihre Besorgniß vor dem Volke keine Blöße zu geben. Oder fürchteten sie durch eigenmächtigen Befehl ihre Untergebenen zu einer Sabbatverletzung zu nöthigen? Sie hätten sich indeß erinnert, sagen sie: aber warum hatten sie sich dessen früher nicht besonnen, als sie vor dem Hohenrathe die Anklage wider Ihn stellten, Er habe den Tempel des Herrn abbrechen, und in drei Tagen wieder aufbauen wollen? Nur so lange sie ein falsches Zeugniß wider Ihn brauchten, war ihnen das Bezügliche nicht eingefallen. Jetzt legen sie selbst offenes Geständniß ab von der Treulosigkeit der Mitglieder des damaligen Synedriums. Pilatus spricht im Unmuth, ertheilt jedoch die Ermächtigung, die Legionswache auch außerhalb des Tempels zu verwenden, und im Besitze dieser Vollmacht beordern die jüdischen Obern die römische Mannschaft zur Bewachung des Felsengrabes.

Eine Abtheilung von sechzehn Mann, wie wir (S. 348) hörten, hatte den Nazarener bei Tag, eine andere bei Nacht zu bewachen, so daß je ein *τετράδιον*, quaternio, die Posten in jeder der vier Tag- und Nachtvigilien bezog — es mochte bei der Auferstehung die vierte aufgezogen seyn. Von der Wachmannschaft erhielt jeder eine tessera mit Bezeichnung der Nachtwache, die er bei der Visitation abzuliefern hatte. Schilde hatten die Posten nicht, damit sie sich nicht darauf lehnten — und einschliefen. (Liv. XLIV, 33. Seneka ep. 36.)

Pilatus erklärt der geistlichen Behörde trotzig: sie sollten nur hingehen, und Wachen nach allen vier Weltgegenden ausstellen, um es mit aller Welt aufzunehmen. *Ἔχετε κουστωδίαν* kann nehmlich auch als Imperativ aufgefaßt werden: „Nun so bewacht Ihn!" Damit aber die Grabwächter nicht obendrein mit den Jüngern Jesu unter Einer Decke steckten, besiegeln sie noch insbesondere das Grab. Sie thun dieß zum Überfluß und zur möglichst denkbaren Versicherung aus eigener Vollmacht, und legen an den Schlußstein Golal ihr geistliches Amtssiegel, gleich wie Darius als Babylons König den Stein über der Mündung der Löwengrube, worein Daniel VI, 17 geworfen war, mit seinem eigenen und dem Siegel seiner Magnaten verschloß, und Alexander M. das Grabmal des Cyrus, nachdem es während seines Inderzuges geplündert worden war. Die Obsignation erfolgte mittels Wachses an zwei Punkten, zwischen welchen man eine Schnur zog, wie bei Testaments- und anderen urkundlichen Siegeln.

Diese vier Wächter bilden ein Gegenstück zu den vier Engeln, welche mit Posaunenschall die Todten von allen Enden der Erde erwecken sollen. Im mittelalterlichen Osterspiele heißen sie die vier Ritter. [1]) Indeß die blinde Gewalt erstreckt sich nur über den Leib, diesen mag sie in Haft halten und sorgfältig bewachen oder im Grabe zur Ruhe bringen, über den Geist und das Leben ist ihr kein Spielraum gegeben.

CXXX. Kapitel.

Der hohe Festtag.

Am Morgen des ersten Ostertages, welcher vorzugsweise חג oder das Fest, das Freudenfest hieß, stellte sich alles Volk im Tempel ein, wie es beim Opfer des Lammes zur Repräsentation im Atrium schon am vorigen Abende nach dem Gesetze gehalten war. Es galt das Opfer der Chagiga, welches aus Schafen und Rindern bestehend zunächst ein Friedensopfer war, und unter großen Lätitien geschmaust wurde, darzubringen. [1]) Doch heute wahrlich nur, um des

---

1) Holland Gesch. der deutschen Literatur I, 414. Menzel Symbolik 358. Als unser große Meister Görres todt und kaum in die Erde versenkt war, kamen die Büttel der Polizei, sein Grab zu bewachen, damit nicht seine Jünger hergingen, seiner Ruhestätte Ehre erwiesen und etwa von seinem Geiste sich entzünden ließen. Gott sey gepriesen für die Ehre, die so dem sterblichen Weisen zu Theil ward, in diesem Stücke dem, der über alle ist, gleich behandelt zu werden.

1) Tosiphta c. 10. Biccurim c. 3. Bartenora in Menacoth f. 65, 1. R. Ismael

Gottesurtheils seiner Verwerfung Zeuge zu seyn. Es war eben Sabbat, aber das Chagiga, wie jedes festgesetzte Opfer, hob den Sabbat auf.

Am Abende wurde der Erstlingsmanipel oder die Primiz der Gerstenärnte vom Thale Cedron eingebracht. Eine Deputation vom Synedrium verfügte sich dahin; zugleich waren aus allen benachbarten Städten, den Stationen der Ephemerien, zur Erhöhung des Pompes die abgeordneten Zünfte dortselbst versammelt. Unter vielen Formeln ward die Gerstengarbe von dem hiezu Beauftragten geschnitten, und in einen Korb gelegt; darauf in zahlreicher Prozession der Rückzug angetreten. Voran schritt das Friedensopfer, ein Rind mit vergoldeten Hörnern und mit einem Weihebüschel, aus Ölzweigen gebunden, aufgeputzt. Dann folgten, von Gesang und Flötenspiel begleitet, die Wochenpriester, die Mitglieder des Hohenrathes, die Abgeordneten der Städte, und endlich das Volk. Unter den Thoren Jerusalems kamen die Standespersonen und obersten Würdeträger der Hauptstadt, die Aufseher und Schatzmeister des Tempels ihnen entgegen. Alle ehrsamen Handwerksinnungen schloßen sich an, und begrüßten die Gewerke aus den benachbarten Städten. So ging die Prozession bis an den Tempelberg; dort übernahm einer von den Honoratioren, sey es sogar der König (wie einmal Agrippa), das Körblein mit der Erstlingsgarbe, und trug es auf der Schulter nach Moria hinauf. Unter den Thoren des Vorhofes standen die Leviten, und stimmten den Kommenden entgegen den Choral an, wie einst bei der Einweihung des Hauses Davids, beginnend mit dem dreißigsten Psalme: „Jubel dem Herrn, denn er hat mich erhoben, daß meine Feinde nicht über mich triumphiren.“ Darauf wurden von der Prozession die Responsorien nach Deuter. XXVI gesungen. Der Priester aber nahm von der Hand des Trägers den Garbenkorb und setzte ihn auf den Altar vor den Herrn.

Damit war die Ärnte für dieses Jahr gesetzlich eröffnet: sie dauerte sieben Wochen, und wurde bis Pfingsten beendigt. Übrigens finden wir das Darbringen der Erstlinge nach uraltem Gebote auch bei anderen Völkern: so bei den Ägyptern, Griechen, Römern und bei den Hyperboräern üblich. Aber der himmlische Schnitter hatte

---

inquit: Omer adducitur Sabbato, quando incidit in Sabbatum; nam pellit Sabbatum, quia omnis oblatio, cujus tempus fixum est, pellit Sabbatum. Lightf. in Marc. XV, 25. u. Joh. XVIII, 28.

eine ganz andere Ärnte zu lesen. Wenige Tage, und Er führte die Erstlinge aus allen Völkern in die Scheunen des Reiches Gottes ein. Die ganze Festwoche hindurch wurden außerdem noch täglich zwei Stiere, ein Widder und sieben jährige Lämmer zum Brandopfer, und ein Bock zum Sündopfer für die Nation dargebracht — während das wahre Sünden- und Osterlamm eben jetzt für die Welt geblutet hatte.

Unter Schmerz und Trauer ging der erste Ostertag für die verwaisten Anhänger des Gekreuzigten hin, und brach die Nacht des folgenden an. Die Jünger hatten sich mit Ausnahme des Petrus und Johannes im ersten Augenblick des Schreckens geflüchtet und zerstreut, ja Didymus war in der Angst vor den Juden, wie es scheint, sogar in weite Ferne entwichen. So erfüllte sich das Wort Jesu Mk. XIV, 27: „Schlage den Hirten und es zerstreut sich die Heerde.“ Die übrigen erholten sich bald von der ersten Bestürzung und wagten sich wieder innerhalb Jerusalems Mauern, ohne anfänglich selbst von einander, oder von der Bewachung des Heilandes zu wissen, bis sie endlich den Petrus und Johannes trafen. Im übrigen brachte man diesen höchsten Festtag des Jahres zu Hause in feierlicher Ruhe zu, gemäß Num. XXVIII, 18.

CXXXI. Kapitel.

Von den Akten des Pilatus.

Der galiläische Prophet, der Messias, Josephs Sohn, war aus der Welt gegangen, ja auf Veranlassung der Hohenpriester eines schrecklichen Todes gestorben und damit alle Furcht beseitigt. Schleunig theilten sie die Nachricht von der Hinrichtung des nazarenischen Prätendenten brieflich und durch eigene Boten den auswärtigen Gemeinden, zumal im benachbarten Alexandria, mit; denn also war es herkömmlich in Israel.[1]) Der älteste Vater, Justin erzählt ausdrücklich,[2]) die Juden hätten nach

1) Sanhed. c. 10, 4. R. Judas inquit: non reddunt acerbum ejus judicium dilatione longa, sed quam primum eum occidunt, literasque conscribunt, et nuncios undequaque dimittunt, hac formula: Vir ille N. N. filius illius N. N. ex sententia Senatus supplicio capitis affectus est.

2) Trypho c. 17. Postquam illum cruci affixistis.... etiam selectos viros Jero-

Jesu Tod Boten an die Synagogen geschickt, mit der Meldung, es sey eine gottlose und gesetzwidrige Häresie angeregt worden von einem gewissen Irrlehrer Jesus aus Galiläa. So wird noch später Saulus mit Briefen und Vollmachten nach Damaskus gesandt Apstg. IX, bis er als Paulus selber den Irrlehrern beigezählt ward. (II Kor. VI, 8.)

Mittlerweile hatte auch Pilatus über die Hinrichtung Jesu nach Rom berichtet, weil es den Landpflegern und Statthaltern zum Gesetz gemacht war, von allen wichtigeren Vorfallenheiten dem Imperator, ihrem Herrn, Bericht zu erstatten, wie wir dieß aus dem officiellen Schreiben des Prätors Festus an Kaiser Nero Apstg. XXV, 26 in Bezug auf Paulus ersehen. Wir haben hiefür das Zeugniß der ältesten christlichen Apologeten.[3]) Eusebius führt[4]) an, es sey eine von den römischen Statthaltern in den Provinzen unverletzlich beobachtete Sitte gewesen, den Kaiser davon in Kenntniß zu setzen, was im Umfange ihrer Provinz Neues und Außerordentliches vorfiel. So schickte man von Alexandria an Caligula Berichte über die täglichen Ereignisse. Man nannte diese Nachrichten ὑπομνήματα καὶ ἐφημερίδες, Commentarii rerum quotidianarum, wie Philo (legat. ad Caj. p. 1016) meldet. Wir haben auch das Beispiel von Plinius dem jüngeren, der sein Verfahren gegen die kleinasiatischen Christen so wie andere Vorkommnisse an Trajan berichtete. Darum erinnert Justin, der christliche Philosoph und Martyr, 167 n. Chr. nicht ohne Grund betreffs des Todes Christi (Apol. I, 35): „Daß sich all dieses so zugetragen, könnt ihr aus den unter P. Pilatus verfaßten Akten entnehmen.“ Derselbe richtete seine Schutzschrift an Kaiser Antonin und dessen Adoptivsöhne M. Aurel und L. Verus, mithin hat seine Behauptung die Kraft eines urkundlichen Beweises. Die wahren Akten kamen wohl nie in die Hände der Christen, höchstens konnten sie durch Einver-

---

solymis in universum orbem misistis, impiam Christianorum haeresim pro diisse dicentes eaque spargentes, quae in nos ab omnibus, quibus noti non sumus, dicuntur. Kap. CXXXIX. not. 3.

3) Tertull. Apol. c. 21. Ea omnia super Christo Pilatus, et ipse jam pro sua conscientia Christianus (?), Caesari tum Tiberio nuntiavit.

4) Hist. l. II, 2. Quoniam vetus haec erat consuetudo provinciarum rectoribus, ut quidquid novi apud ipsos contigisset, Imperatori nuntiarent, ne quid ipsum lateret, Pilatus de resurrectione (?) Servatoris nostri J. Chr. cujus per universam Palaestinam celebris erat fama, ad Tiberium principem retulit.

ständniß mit einem Cabinetsbeamten dazu gelangen, sie zu lesen: so urtheilt Casaubon (exerc. XVI ad annal. Baronii Nr. 221), indem er an der wirklichen Entsendung der Akten des Pilatus nicht im mindesten zweifelt. Irenäus haer. I, 24 spricht von alten Bildern des Heilands in den Händen der Gnostiker, welche angeblich nach einem Bildnisse Christi gemalt waren, das Pilatus hatte anfertigen lassen. Jene Akten, worauf sich die späteren Väter berufen, sind zweifelsohne interpolirt und als Entgegnung hervorgerufen durch die gefälschten, von Lästerung gegen Christus strotzenden Akten, welche noch Kaiser Maximin öffentlich in den Provinzen anschlagen ließ. (Euseb. IX, 5.) Nach der einstimmigen Überlieferung der alten Kirche hat der jüdische Landpfleger den Kaiser Tiberius über den Tod Jesu und zweifelsohne auch über die wunderbaren begleitenden Ereignisse amtlich in Kenntniß gesetzt, sowohl zu seiner eigenen Rechtfertigung, als zur Anklage der Juden. Dieß konnte, schon um anderweitigen Entstellungen vorzubeugen, nicht früh genug geschehen, wie wir beispielsweise aus dem Rapport des Vierfürsten Herodes an den mißtrauischen Monarchen (antiq. XVIII. 4, 4. 5 S. 222) ersehen. Die authentischen Aktenstücke sind wohl beim Brande Roms unter Nero mit zu Grunde gegangen. Diese merkwürdige Kunde aus Judäa, dazu die Sonnenverdunkelung und die gleichzeitig einlaufende Nachricht von dem wunderbaren Orakelrufe auf Paxos: Der große Pan sey gestorben! welche in Rom mächtiges Aufsehen erregte, ja zum allgemeinen Volksgespräche wurde, und selbst dem Kaiser zu Ohren kam, wie Plutarch schreibt, zusammen genommen mit einer gleichzeitigen Vertreibung der Juden aus Rom,[5]) brachte später unter den Christen die Sage in Umlauf, Tiberius habe im Senat darauf angetragen, Christum unter die Zahl der Götter aufzunehmen; so wie später Alex. Severus, indem er wirklich eine Bildsäule Christi in seinem häuslichen Sacellum aufstellen ließ, und noch mehr Philipp der Araber sich zum Christenthume herüberneigten. Ähnlich melden die Juden von Kaiser Antoninus, er sey in so inniger freundschaftlicher Verbindung mit dem Sohne und Nachfolger des Nasi Simon ben Gamaliel II, R. Juda dem Heiligen gestanden, daß er sich sogar beschneiden ließ, und so als heimlicher Jude das Reich beherrschte! Sie meinten hiemit eigentlich Elagabal, welcher nach

---

5) Sueton. Tiber. 36. Jos. Antiq. XVIII. 3, 5. S. Kap. CII. Programm des Benediktinerstifts Metten 1852. S. 21. 24.

Dio (excerpt. Vales. p. 762) wirklich beschnitten war und vom Schweinefleisch sich enthielt — was beides ja auch vielen heidnischen Culten und ihren Priestern zukam.

Tiberius hat nie an eine Apotheose Christi gedacht, und wenn er auch in diesem oder dem darauf folgenden Jahre die Juden aus Rom vertrieb, so steht diese Verbannung und theilweise Einreihung in die Kriegsheere doch mit ihrer Gewaltthat gegen Jesus in keinem Bezuge. Aber es ist eine Thatsache, welche die Talmudisten mit Schmerzen bezeugen,[6]) daß die Juden nach jenem Ereignisse, wo die Pforten des Heiligthums von freien Stücken sich geöffnet, vierzig Jahre vor dem Untergange ihres Reiches (823 u. c.), oder genau genommen ein Jahr nach dem Tode Christi, ihre gesetzliche Gerichtsbarkeit, das jus vitae et necis auch in geistlichen Sachen verloren, und dieß muß seinen Grund in dem vom Synedrium erregten Volkstumult und erzwungenen Todesurtheil gegen Christus haben. Wie sollte auch der Mann, von dem die völlige Umgestaltung der alten Welt ausging, dessen Religion seit achtzehnhundert Jahren den ganzen Erdball erfüllt und nun beherrscht, ungesehen unter seinen Zeitgenossen über die Weltbühne gegangen seyn, ohne eine gleichzeitige Spur seines Lebens zu hinterlassen!

---

6) H. Sanhed. f. 18, 1. Quadraginta annis ante vastatum templum potestas vitae ac mortis ablata fuit ab Israele, et pecuniaria quoque in diebus Simonis ben Jochai. f. 24, 1. Traditio, q. a. a. v. t. ablata sunt judicia capitalia ab Israele cf. 41, 1. B. Sabbat 51, 1. u. Avoda sara 8, 2. Rabh Cana dicit: cum aegrotaret R. Ismael bar Jose, miserunt ad eum (Rabbini) sciscitantes: dic nobis, domine, duo vel tria, quae aliquando narrasti nomine patris tui. Dicit iis: 180 annis ante excidium templi dominabatur regnum impium (sc. Romanum) Israeli, 80 a. e. t. determinarunt (patres) de immunditia terrae ethnicorum et circa vasa vitrea, 40 a. e t. in exilium migravit Synedrium, et consedit in Canuth. Rabh Isaac bar Abdimi dicit: hoc vult, quod non judicarunt judicium capitale. Gl. Talia erant de judicandis vim inferente et virginem alliciente, et circa pretium servi. Cum ergo non sederunt in conclavi Gazith, non judicarunt de iis, et sic cessarunt judicia capitalia. Oben S. 16 u. Kap. CX. Raim. Martini P. III. dist. III. c. 16, 46. u. Ficinus Flagell. Jud. V. 4. Schöttgen de Messia l. V. c. 1. p. 494.

CXXXII. Kapitel.
Der Salbenankauf.

„Am Ausgange des Festtages nun, als der Sabbat vorüber war und der erste Wochentag anbrach, kauften Maria von Magdala, Maria, die Mutter Jakobs, und Salome Specereien. Und sie bereiteten die Arome, um hinzugehen und Ihn zu salben." 1)

Philostratus schreibt *ὀψὲ τῶν Τρωϊκῶν*, nach dem troischen Kriege, und Herodot III, 86 gebraucht den Ausdruck *ἅμ' ἡμέρᾳ δὲ διαφωσκούσῃ* von Tagesanbruch. Beide Ausdrücke vereinigt hier der Evangelist. Der hebräische Tag begann nehmlich astronomisch mit dem Abende, daher der Ausdruck: spät am Sabbate, der auf den ersten Wochentag hinüberleuchtet, d. h. bei der Abenddämmerung, als man die Lichter anbrannte und die Ruhe des ersten Festtags vorüber war. So heißt es den Tag vorher Lk. XXIII, 54: „Der Sabbat brannte ein." Hinüberleuchten ist um so bezeichnender, da es Vollmond war. Der Syrer nennt die erste Morgenfrühe die Nachtzeit, die auf den Tag hinleuchtet. So lesen wir bei Assemani (bibl. orient. aus Bar Hebräus II, f. 257): „Mar Johannes Denha erkrankte, und starb in der Nacht des zweiten Wochentages, die auf den Morgen der großen Fastenzeit hinleuchtete."

Am Ausgange des Sabbats (מוֹצָאֵי שַׁבָּת) öffnete man die Kaufläden noch auf einige Stunden, nachdem sie den Festtag über verschlossen gewesen. Sie benützten noch die späte Dämmerung am

---

1) Mk. XVI, 1. Mth. XXVIII, 1. *Ὀψὲ δὲ σαββάτων, τῇ ἐπιφωσκούσῃ εἰς μίαν σαββάτων.* Vgl. Bereschith rabba 8, 13. Filius Caparae dixit: quartus dies illucescit quinto, quintus i. sexto. Die deutsche Übersetzung: „Am Ende der Ruhetage" ist irrig, weil nur Ein חַג עֲצֶרֶת, der Festsabbat nehmlich, welcher mit dem Wochensabbat zusammenfiel, vorherging. *Τὰ σάββατα* heißt allein der Sabbat, auch denken die Evangelisten nicht daran, den Todestag des Herrn selbst für den Ostertag, und den Wochensabbat für den zweiten Ruhetag zu nehmen, sonst hätten sie wohl des Duals sich bedient. Daneben aber steht es Mth. XXVIII, 1 u. Lk. XXIV, 1 bei *μία* (= *πρώτη*) *τῶν σαββάτων* für „Woche" überhaupt. Vgl. *δὶς τοῦ σαββάτου* Lk. XVIII, 12, wogegen Jos. Ant. III. 10, 1 *σάββατα* für Sabbat setzt. Die Peschito liest wörtlich: vespera autem sabbati quae illucescens in primam hebdomadis.

Vorabende des Sonntags, um Narde, Cassia, und was es sonst an edlen und kostbaren Aromen bei den Salbenhändlern Jerusalems gab, sich zu verschaffen. Glaubten sie doch, Jesu nicht genug Ehre und Liebe erweisen zu können, darum tragen auch sie noch das ihre an Salben käuflich nach, andere hatten sie am Sterbeabende, kurz vor dem Eingange des stillen Tages, wie Lukas (XXIII, 56) meldet, sich selbst bereitet. Während des großen doppelten Festsabbats durften sie nichts vornehmen, ja sogar nicht einmal ausgehen: darum hatten sie alle von der Grabwache noch nichts gehört. Jedenfalls erwies sich auch hier, daß Frauen im Unglücke häufig herzhafter und entschlossener sind, als es sonst ihr Geschlecht mit sich bringt.

Es waren Galiläerinen, Johanna Chuza unter ihnen Lk. XXIV, 10, welche zur Fortsetzung der unterbrochenen Einbalsamirung beitragen wollten. Hermann von der Hardt (aroma vitae) beweist, daß die Salbenhändler Galiläa's langehin berühmt waren; auch Magdalena war eine Galiläerin. Die Aloë wächst in Indien und Arabien. Die kostbarste Salbe verwendet die Bethanierin, als sie den Heiland unbewußt auf seinen Tod hin salbt; auch die galiläischen Matronen, die Jesum mit ihrem Vermögen unterstützten, konnten nur die kostbarsten Salbstoffe wählen. [2]) Man salbte Hände und Füße und die Augenbrauen der Todten, auch lesen wir unter andern Beraooth c. 8, 6, Hier. f. 12, 2 von הַבְּשָׂמִים שֶׁל מֵתִים, den „Specereien der Todten", um sie vor bösem Geruche zu bewahren. (Lazarus war also nicht gesalbt worden, Joh. XI, 39. S. 455.) Maim. hilc. Ebel c. 4, 1 bemerkt: „Sie salbten den Todten mit verschiedenen Arten Specereien." Doch der, den sie salben zu lassen ausgingen, sollte nicht die Verwesung schauen.

Der Auferstehenssonntag, dem der jüdische Ostertag voranging, hieß bei den Juden Jom harischon, „der erste Tag" des Halbfestes, der Montag der zweite Tag des Halbfestes u. s. w. und der nächste Sabbat schloß wieder als Hauptfest die Oktave. Die Evangelisten bezeichnen jenen Tag etwas eigenthümlich, um den Griechen das Verständniß nahe zu legen. Wir erfahren aus der Mischna Moëd Katon c. 1, 6: „An den Zwischenfeiertagen gräbt man keine Grabstätten in Höhlen und bauet keine Gräber (für einen noch nicht Ver-

---

2) Bd. IV, 87. V, 409. In der mittelalt. Passionsvorstellung spielt der Salbenhändler eine Rolle, bei dem die Frauen Myrrhe und Aloë zur Einbalsamirung des heiligen Leibes einkauften. Mone II, 173.

storbenen); doch darf man jene, welche bereits gegraben sind, zurecht machen (kürzer oder länger) — wozu Maimonides erklärt: Die Gräber bedeuten die Gruben in der Erde, die Grabzeichen aber gewisse Gebäude über den Gräbern."

In Bezug auf den Heiland verdienten die Frauen, das mitleidige Geschlecht zu heißen, denn alle, von den Bethanierinen angefangen bis zur Landpflegerin, und die weinenden Töchter Jerusalems wie die heilige Gesellschaft zu Füßen des Crucifixes trugen Erbarmen mit Jesus. An den Missethaten gegen Ihn hat sich keine einzige Frau betheiligt, im Gegentheile: Claudia Prokula wünscht den Heiland zu retten, Veronika bietet Ihm die einzige Erleichterung, die sie Ihm bieten kann, und die Matronen Jerusalems weinen Ihm nach und stärken Ihn mit Myrrhenwein. Kein Weib hat ihn auf seinem Leidensgange geschmäht oder gequält (wohl aber wird seine Mutter von einem Weibe um seinetwillen glücklich gepriesen). Dafür erschien der Heiland zuerst einem Weibe, und diese erkennt Ihn alsogleich als den Meister.

CXXXIII. Kapitel.

Christus in der Unterwelt. Zustand nach dem Tode.

Indeß erfüllte sich das Wort, das Jesus ausgesprochen, als die Juden in Jerusalem Ihm nach dem Leben trachteten, Joh. V, 25: „Es kömmt die Stunde, und sie ist schon da, wo die Todten die Stimme des Sohnes Gottes hören und leben werden." So erklärt Petrus in seinem ersten Hirtenbriefe III, 18 f.: „Christus starb einmal für unsere Sünden, Er, der Gerechte für die Ungerechten, damit Er uns zu Gott führte. Er ward getödtet dem Fleische, aber lebendig dem Geiste nach. In diesem Geiste ging er hin und predigte den Geistern im Gefängnisse, welche einst ungläubig waren, da Gottes Langmuth wartete in den Tagen Noa's bei der Ausrüstung der Arche, in welcher nur wenig, nehmlich acht Personen aus dem Wasser gerettet wurden."

Φυλακή, Kerker, bezeichnet hier dasselbe, was im Munde der Hellenen der Orkus (ὄρκος), nehmlich den Verschluß. Wenn aber von den Riesen unter den Gewässern die Rede ist, denen durch die persönliche Erscheinung des Herrn die Botschaft des Heiles kund ward, so bestättigt dieß den Glauben der alten Kirche, daß Christus außer der Vorhölle oder dem limbus patrum auch zur wirklichen Hölle hinabgestiegen sey, um seine Herrlichkeit denen zu manifestiren, für welche kein Heil mehr war. Spricht doch der Apostel ferner II. Petr. II, 4: „Gott hat der sündigen Engel nicht geschont, sondern sie mit Ketten der Finsterniß gefesselt, in den Tartarus zur Peinigung verstoßen (ταρταρώσας) und zum Gerichte aufbewahrt."

Die Juden verstanden als die Geister unter dem Wasser, die in der Sündfluth umgekommen, die Rephaim oder Nephilim, die gewaltigen Riesen der Vorzeit, wie die alten Griechen das Elysium zwar für die Abkömmlinge und Anverwandten der Götter, besonders für die Helden des goldenen Zeitalters bestimmten, die Titanen dagegen als Feinde der Götter in den Tartarus warfen, alle übrigen Seelen aber im Hades, dem Orte der Schatten, zusammenkommen ließen. Ihre Lage galt hier für so wenig beneidenswerth, daß der Schatten Achills bei Homer versichert, er wollte lieber die Oberherrschaft über die ganze Unterwelt mit dem Dienste bei einem armen Manne auf Erden vertauschen. Vor allem reden Äschylus und Pindar zu den Griechen von der Vergeltung des Guten und Bösen im jenseitigen Leben. Arthurs himmlische Wohnung schwebt wie Asgard gegen Norden im Äther, wogegen die Walhalla mit dem schlafenden Kaiser und seinen Helden eine Art Vorhölle vorstellt, die Verdammten aber in den tiefsten Seen und verwunschenen Orten begraben liegen. Valhöll und die Erde werden vergehen, aber Gimil oder Himinbiorg wird ewig bestehen. Vor Gladsheim, der Wohnung der Götter, liegt der paradiesische Hain Glasur, dessen Bäume goldene Blätter tragen. Dagegen steigt der von Loki gemordete Lichtgott Baldr in's Schattenreich der Hel nieder, welches wie Niflheim, das Land der Nacht, dem Lichtreiche Muspilheim gegenüber liegt. Die Ägypter nahmen die Lage der Inseln der Seligen sieben Tagereisen von der Nekropole von Theben an, wie die Deutschen zur Valhöll auf einer Lufttreppe im Westen gelangten. Der Erebos und Tartarus oder Nastrond der Edda bezeichnen die äußerste Finsterniß, das Reich der kalten Nacht, den Ort der Verdammten. (Mth. VIII, 12. XXII, 11. XXIV, 51. XXV, 30. Juda VI.) Da hinaus wird auch der Sohn der Nacht, der Mann im unhochzeitlichen Kleide gestoßen. Es ist die Gehenna, die ihren Namen (Wady Dschehinnom) dem alten Feuerpfuhle Tophet im verfluchten Thale ben Hinnom hinterlassen hat. [1]) So heißt es Offb. XX, 13: „Das Meer, der Tod und der

1) Mth. V, 22. X, 28. XVIII, 9. XXIII, 15. Mk. IX, 43. Lk. XII, 5. Jak. III, 6. Die Juden kennen bereits den Namen Gahanam, und sprechen von sieben Reini-

Hades gaben die Todten heraus, und Tod und Hades wurden geworfen in den feurigen Pfuhl. Dieser ist der andere Tod." Deutlich wird hier der Mittel- oder Zwischen-Zustand des Hades und seine Vergänglichkeit, die Behausung der Todten bis zum Tage des Weltgerichtes, von der ewigen Pein der Hölle unterschieden.

Dieß ist namentlich Platons Lehre, indem er [2]) die abgeschiedenen Seelen in Finsterniß weilen läßt, bis sie nach vielen Jahren gereinigt werden. Auch er durfte von seinem Standpunkte mit dem Psalmisten beten: **Illuminare his, qui in tenebris et in umbra mortis sedent.**

Plato führt im Buche über die Seele nach der Beschreibung der Flüsse der Unterwelt aus der Überlieferung an: „Jene, welche wegen der Größe ihrer Sünden, sey es Frevel an Heiligthümern, verbrecherischer Mord u. s. w., unheilbar (*ἀνιάτως ἔχειν*, d. h. unrettbar) sind, werden in den Tartarus geworfen, von wo sie nimmer entkommen können. Diejenigen, die zwar in großer Verschuldung, doch heilbar sind, z. B. wenn jemand im Jähzorn einen Mord beging, ungehorsam gegen die Eltern war, im übrigen aber rechtschaffen lebte, werden nach Verhältniß ihres Vergehens in verschiedene Feuerströme geworfen und nahen nach einem oder mehreren Jahren dem Acheron. Sie rufen dort diejenigen, welche sie beleidiget haben, mit flehentlichen Bitten an, daß sie ihnen vergönnen, heraus zu kommen und im Elysium Aufnahme zu finden. Wenn sie ihre Widersacher gewinnen, kommen sie heraus und hören auf, gestraft zu seyn, wenn nicht, so werden sie so lange in jene Feuerströme geworfen, bis sie von ihren Gegnern Verzeihung erlangen. Jene aber, welche besonders heilig gelebt haben, fahren auf zu den reinsten Wohnungen, wo sie ohne Mühsal fortan leben. Die, welche nur mittelmäßig rechtschaffen gelebt, kommen über den Acheron in den Feuerpfuhl, büßen dort ihre Sünden, und gelangen nach ihrer Läuterung zur Erlösung. Alsdann

---

gungshöhlen, nehmlich der Wanderung der zu läuternden Seelen durch die Siebenplanetenwelt. Auch der Koran kennt sieben Höllen, vgl. Tehom Gen. I, 2, Scheol, Abaddon Schachath Ps. LV, 24, Duma XCIV, 17, Bor (Grube) XXVIII, 1, Tit Hajom XL, 3 und Zal Muth CVII, 10.

2) Phaed. p. 400. *Οἳ ἂν δόξωσι μέσως βεβιωκέναι πορευθέντες ἐπὶ τὸν Ἀχέροντα, ἀναβάντες ἃ δὴ αὐτοῖς οχήματά ἐστιν, ἐπὶ τούτων ἀφικνοῦνται εἰς τὴν λίμνην (Ἀχερουσιάδα) καὶ ἐκεῖ οἰκοῦσί τε, καὶ καθαιρόμενοι, τῶν τε ἀδικημάτων διδόντες δίκας, ἀπολύονται, εἴ τίς τι ἠδίκησε, τῶν τε εὐεργεσιῶν τιμὰς φέρονται κατὰ τὴν ἀξίαν ἕκαστος.*

empfangen sie die Belohnung für ihre Gutthaten.“ Ebenso führt Eusebius praepar. evgl. I s. f. aus Platons Gorgias den Sokrates redend ein: „Welcher Mensch sein Leben gerecht und fromm hingebracht hat, gelangt nach seinem Tode auf die Inseln der Seligen und lebt dort sonder Übel in vollkommener Glückseligkeit. Wer aber ungerecht und gottlos lebt, kömmt in den zur Zucht und Strafe bestimmten Kerker, welchen sie Tartarus nennen. Dieß, o Callikles, halte ich für zuversichtlich wahr; es wie das Mährchen eines Mütterchens zu verachten, wäre nichts besonderes, wenn wir beim Nachforschen nur irgendwie etwas Besseres und Wahrhafteres finden könnten. Nun aber siehst du, daß ihr drei, die Weisesten unter den heutigen Hellenen, nicht erweisen konntet, daß man auf eine andere Weise als diese, leben müsse, daß man Unrecht thun mehr scheuen müsse, als Unrecht leiden, daß ein Mann vor allem gut seyn, nicht bloß im Privat- und öffentlichen Leben dieß scheinen müsse. ... Gib mir also Gehör und folge mir dahin, wo angelangt du gewiß selig seyn wirst im Leben und im Tode; und laß dann wen immer dich als unverständig verachten und beschimpfen, ja, beim Zeus! selbst jenen schimpflichen Schlag laß dir getrost zufügen“ u. s. w.

Dichter wie Weltweise suchten nach den Andeutungen der Tempelsage den Schleier zu heben und mit dem an der Lampe des Heiligthums angezündeten Lichte die dunklen Tiefen der Schattenwelt zu beleuchten. Wehmüthig verlangen die Seelen des Hades nach dem strömenden Blut der von Odysseus geopferten schwarzen Schafe — so singt der göttliche Homer Od. XI, 34 f. und entwirft darauf 487 f. eine weitere Schilderung der Unterwelt. In Übereinstimmung damit erklärt der Sänger der Äneide VI, 436:

„Wie möchten sie oben im Äther
Jetzo den Mangel so gern und harte Beschwerden erdulden!“

Und in einer denkwürdigen Stelle 740 f., worauf sich schon Augustinus (civ. Dei LXXI, 13) beruft:

„Alle leiden wir Pein nach dem Tod; durch Elysiums Räume
Schweben wir dann, und bewohnen in Minderzahl frohe Gefilde,
Bis der ersehnte Tag nach vollendetem Ringe der Zeiten
Die noch haftende Mackel getilgt, und gereinigt zurückläßt
Unsern ätherischen Geist, in der Glut urlauterer Heitre.“

Jene, welchen nicht einmal die Ehre der Begräbniß zu Theil ward, wurden nach dem Glauben der Alten von Charon nicht über den Styx in's Land der Schatten gefahren.

CXXXIV. Kapitel.

Heidnische Lehre über die Erlösung der Abgeschiedenen.

Merkwürdig ist, daß selbst die Heiden von einem besonderen Aufenthalt der unmündigen Seelen zunächst an den Pforten des Hades reden. So erzählt der durch die Grotte von Cumä mit Hilfe der Wünschelruthe zu den Vätern, die schmerzlos in der Öde sitzen, hinabgestiegene Äneas bei Virgil VI, 425 f.:

„Plötzlich ertönt's von Stimmen daher und lautem Gewimmer,
Und von kindlichen Seelen, die weineten vorn an dem Eingang,
Solche, die ohne des Lebens Genuß vom Busen der Mütter
Raubte der dunkele Tag und versenkt in die düstere Grube."

Zur Genüge erhellt, wie der Läuterungsort der Abgeschiedenen vom Orte der Verdammten getrennt wurde. Luzian spricht den Glauben seiner Zeitgenossen an einen Mittelzustand aus, wo die Seelen derer, die weder sehr gut noch sehr böse gewesen, sich aufhielten und großen Hunger litten, wenn sie nicht von den wachgebliebenen Verwandten beständig mit Speise und Trank versehen würden. Dagegen ist es altrömischer Glaube, daß die Seelen der Todten während der Exsequien auf Erden wandeln und ihre Verwandten besuchen.

Alle Religion beruht auf dem Glauben an die Fortdauer der Seelen und der Gemeinschaft der Lebendigen und Abgeschiedenen. Es beruht auf dem communis consensus omnium gentinm, daß, wer aus diesem Leben nicht makellos geschieden, jenseits von allen Schlacken befreit werden müsse, um zum seligen Frieden zu gelangen, aber auch daß der Erlöser in die Unterwelt hinabsteigen werde, um die Herrschaft der finstern Mächte zu brechen. Die Mythe anticipirt die Erfüllung der uralten Verheißung des Schlangentreters, indem sie schon Osiris, Ramsinit, Zeus, Apollo, Hermes, Herakles und Dionysos, oder Dschemschid, Zamolxis, Siegfrit und Wolfdietrich in die Schattenwelt niedersteigen und die Macht des Tartarus brechen läßt, auch ihnen im Voraus den Namen Lyäos, Lysios, Eleutherios, Saotes oder Soter, Liber und Salvator vindicirt.[1]) Namentlich begeht als vorbildlicher Erlöser der Heidenwelt der gottmenschliche Herakles seinen descensus ad inferos (Eurip. Alc. 24, 846), den Thamatos zu bekämpfen, oder bezwingt nach Aristarch (in Il. V, 397)

---

1) Mein Heidenth. I, 104 f. II, 502. III, 10. 14. 17. 26. 36. 144. 151 f. 265.

bei Pylos, d. h. an den Pforten der Hölle den Tod in der Person des Hades. In Andromedas Gestalt ist die Menschheit selber an den Felsen geschmiedet und gekreuziget, dem Ungethüm des Abgrunds ausgesetzt: da erscheint der „Lichtheld" Perseus. Calderon de la Barka faßt Orpheus als Vorbild Christi, und es ist Eurydice, die menschliche Natur, zu der er in die Unterwelt hinabsteigt.

Das war schon uralte Lehre der Ägyptier, welche, wie Herodot II, 123 meint, zuerst dem Glauben Worte gegeben, daß die menschliche Seele unsterblich sey und ihren Kreislauf hienieden in der gefallenen Natur bis zur Rückkehr nach oben vollende: „einst würden die Seelen, welche hier von Körpern und Leidenschaften umgeben sind, mit Plutarch (de Osir. 79) zu reden: von den Banden dieses Leibes und von aller Befleckung und Verunreinigung befreit an den reinen, unsichtbaren und von Passionen freien Ort versetzt werden, wo Gott Osiris ihr Führer und König werde, an den sie sich anschließen, um sehnsuchtsvoll ohne Unterlaß die unendliche und für Menschen unaussprechliche Schönheit zu schauen." Der Tod versetzt die Seele in einen Zustand der Passivität, *ψυχοπαννυχια*, den Seelenschlaf, eine schlummerähnliche Ruhe, *κοιμᾶσθαι*, *καθεύδειν*, wobei der Zwiespalt zwischen Seele und Geist aufgehoben und eine Umkehr des Willens nicht mehr möglich ist, dafür aber fremdes Verdienst zugewendet werden mag.[2]) Wer die zur Lösung seiner Seele erforderlichen Opfer nicht gebracht hat, muß dem Zendavesta II, 149 zufolge bis zum jüngsten Gerichte im Duzack ausharren, es sey denn, daß Anverwandte oder Freunde des Verstorbenen durch Gebete an den Ized Dahman die Höllenstrafe abkürzen, denn die guten Handlungen der Frommen werden auch dem Sünder zu Gute gerechnet. Während die Inder die Seelen der Ältern durch das Todtenopfer Sraddha Erlösung finden lassen, und bei den Brahmanen der Sohn putra, der Reiniger heißt, weil er die Todtenopfer für die Ältern verrichtet, fallen die Gatahs oder Todtenfeste der Perser auf die zehn letzten Tage des Jahres, so daß in der ersten Hälfte die Seligen, in der andern die Verdammten auf die Erde kommen sollen, ihre Angehörigen zu besuchen. Übrigens

2) Mein Heidenth. II, 136. 173. 350 f. 401. 441. 475 f. III, Kap. 41. Die Todtenorakel. Visionen über die Schattenwelt. Thiersch Katholiz. u. Protest. II, 184. Lükemüller Unser Zustand vom Tode bis zur Auferstehung. Lpz. 1852.

behaupteten die Perser außer Paradies und Hölle noch einen Mittelort, wo weder Freude noch Leid, sondern ewige Ruhe herrsche, und bestimmten ihn für Kinder, Schwach- und Wahnsinnige und Unzurechnungsfähige.

Keine Religion des heidnischen Alterthums steht auf so hoher Stufe, wie der Parsismus, auch stimmen die Lustrationsgesetze der Perser zunächst mit den mosaischen überein, indem auch sie eine reine und unreine Schöpfung unterscheiden. Für Mittel der Reinigung gelten ihnen 1. das Gebet, 2. das Lesen des Avesta oder lebendigen Gotteswortes, 3. die Darbringung von Opfern. Die Seelen können vor der Zeit aus dem Reinigungsorte durch die Gebete ihrer Verwandten befreit werden, und es ist des Sohnes erste Pflicht, seines Vaters Exsequien zu begehen. Die Gebete müssen an den Ized Bahman gerichtet werden, der die gereinigten Seelen von Serusch empfängt und zu Gorotman führt. Ältern müssen für ihre Kinder dreißig feierliche Gebete darbringen, und dafür werden sechzig Tanafurs (Todsünden) getilgt, die nicht über die Brücke Tschinvat gelangen lassen. Ebenso müssen Kinder für ihre Ältern dreißig Gebete verrichten, welche dieselbe Wirkung haben. Für Großältern bringen die Enkel fünfundzwanzig Gebete und tilgen dadurch fünfzig Tanafurs. Denn die guten Handlungen der Frommen können auch Sündern zugerechnet werden. So heißt es Zendavesta II, p. 149: „Laßt diesen Ormuzddiener Antheil nehmen an dem Edlen, was ich und die Gerechten in der Welt thun.“

Wunderbar bewahrten mithin selbst die Heiden die Lehre, daß die Seelen aus Elysium, dem Orte der Erlösung oder Heimkehr, einst nach vollendeter Reinigung an dem kommenden Tage zu den ätherischen Räumen sich erheben würden: und auch ihren Gerechten wollte Christus, hinabgestiegen zum Hades, die Ankunft des Reiches Gottes verkündigen.

CXXXV. Kapitel.

Der Scheol der Juden.

„Wer ist in den Himmel hinaufgestiegen, um Christus herabzuholen, oder wer wird in den Abgrund hinabfahren, um Christum von den Todten heraufzuholen? (Röm. X, 6 f.) Er, in dessen Namen alle Kniee sich beugen im Himmel, auf Erden und unter der Erde, ist hinabgestiegen in die Tiefen der Erde, und empor über alle Himmel; wie David vorhersah, indem er von der Auferstehung Christi spricht: „Du lässest meine Seele nicht im Todtenreiche, und wirst nicht zugeben, daß dein Heiliger die Verwesung schaue.“ (Eph. IV, 9. 10. Phil. II, 10. Apstg. II, 25. 27. 31.)

Das Volk der Offenbarung bekennt sich zu einer zweifachen Unterwelt, einem oberen und niederen Scheol.[1]) Scheol, von שָׁאַל, fordern, heißt wörtlich der Unersättliche (vgl. Sprichw. XXX, 15. 16), oder besser von שׁוּל, der Saum, das Ende sc. der Welt. In die unterste Hölle mit ihren sieben Abgründen, denen ebenso viele böse Engel vorstehen, sollten die Goim oder siebzig Völker der Erde hinabgestürzt werden, wo die ewige Nacht sie verschlang, oder in einem fort sie das unauslöschliche Feuer verzehrte. Nach Js. XIV, 9 ist der Aufenthalt der Seelen der Heiden in der Unterwelt — im Orkus; denn so spricht er: „Die Hölle da unten gerieth in Bewegung, bei deiner Ankunft dir entgegen zu gehen, sie hat wegen deiner die Giganten auferweckt. Alle Fürsten der Erde, alle Fürsten der Völker erheben sich von ihren Thronen.“ Auch die gottlosen Israeliten, die sich über die mosaischen Vorschriften hinweggesetzt, sollten in diese Finsterniß hinausgestoßen werden, nachdem ihnen zuerst die Vorhaut erneuert worden, weil Gott beschlossen, daß kein Beschnittener in die Hölle fallen sollte, und deßhalb den Abraham zum Wächter bestellt hat.

In den oberen Scheol sollten mit Einschluß einiger wenigen Frommen aus den Heiden alle sündhaften Israeliten verbannt werden, bis sie im sengenden Feuerfluß Dinur all ihre Verunreinigungen abgebüßt hätten. Nach der Lehre der Kabbalisten bilden aber die Werke der Frommen Gewänder, mit welchen angethan die Seelen unversehrt durch den Feuerstrom gelangen, um würdig zu seyn, zu den Vätern in das untere Paradies einzugehen, das nur durch eine dünne Wand vom Scheol geschieden gedacht war, und darum noch von uns die Vorhölle genannt wird, wo sie im Harren der Sehnsucht, allen ferneren Peinen überhoben, die Ankunft des Reiches Gottes erwarteten. Hier verspricht auch Christus dem Schächer, nachdem er seine Mordschuld am Kreuze gebüßt, den Eingang zur Ruhe, und somit die endliche Anwartschaft auf den Himmel, wie es schon die ältesten Väter

---

1) Vgl. Eisenmenger II. Kap. V u. VI. u. oben S. 365 f. — H. B. Witter Dissert. de purgatorio Judaeorum u. Daschizki De ἀποκαθάρσει animae ante et post mortem. Wratisl. 1710. Helmst. Raim. Martini P. III. dist. III. c. 16 — 19.

verstanden.[2]) Clemens v. Alex. (Strom. VI. p. 438) glaubte, vornehmlich die heidnischen Weltweisen, welchen es vor allem um die göttliche Erkenntniß zu thun gewesen, seien auf diese Weise der Erlösung theilhaftig geworden; ja nach dem Vorgange des Hieronymus und Ambrosius nimmt auch Augustinus einen doppelten Scheol an, und lehrt, Christus sey zu beiden hinabgestiegen (cf. in Ps. LXXXV, 13. „Eruisti animam meam ex inferno inferiori“). Ebenso Fulgentius und Prudentius. Gregor der Große dagegen stellt fest, Er sey nur in den oberen Scheol oder das untere Paradies gekommen, wo Abraham mit den Gerechtfertigten verweilte. (Petav. Dogm. XIII. 18, 5 sq.)

Indeß selbst jene, welche noch im Fegfeuer sitzen, glaubte man, erlangten täglich während der dreimaligen Gebetsstunde (gleich unserm dreimaligen Ave Maria, wo auch der armen Seelen gedacht wird), ferner am Sabbate und jedem Neumonde, besonders aber im Erlaßjahre Linderung und Ruhe von ihren Peinen; während das Kaddisch-Gebet, am Grabe gesprochen, den Ältern zu ihrer Erlösung diente, und unter Tages besonders durch das kräftige Zadik hadin jeder den Seinen zu Hilfe kam. Darum spricht Barsilai der Gileadite bei R. Samuel im Buche Chasidim n. 170: „Ich will sterben in meiner Stadt, weil es den Hingeschiedenen ersprießlich ist, wenn die Freunde ihre Gräber besuchen, um für ihre Seelen die Barmherzigkeit anzurufen, und ihnen zu helfen in diesem Leben.“

Außerdem wurde vor der Zerstörung Jerusalems an jedem Sabbate und vor dem Wochenfeste noch für fremde Abgestorbene gebetet. Auch im Nisan oder in der Osterzeit, und im Thisri oder am Neujahr und zur Zeit des Versöhnungsfestes genießen die Seelen nach dem Dafürhalten der Juden eines paradiesischen Friedens, weil die Gläubigen in diesen Monaten am meisten der göttlichen

2) Tertull. Apolog. Et si Paradisum nominemus, locum divinae amoenitatis recipiendis Sanctorum spiritibus, non coelum intelligimus. c. Marcion IV, 34. Eam itaque regionem sinum Abrahae, etsi non coelestem, sublimiorem tamen inferis, interim refrigerium praebituram animabus justorum. Quaest. et respons. 76. Utilitas latroni, quod Paradisum sit ingressus, haec fuit, quod fidei commodum reipsa percepit, per quam dignus reputatus est, qui Sanctorum coetui adjungeretur, in quo usque ad diem resurrectionis et remunerationis reservatur. Hebr. XI, 40. Cf. Burnetii De statu mortuorum p. 64. 78 etc.

Gebote sich befleißen. Dieselbe fromme Meinung ist im christlichen Volke auf den Tag Allerseelen übergegangen.

Darum flehet schon Hiob in dem ältesten der Bücher XIV, 13: „Ach, daß du in der Unterwelt mich verwahrtest und verbärgest, bis dein Zorn sich legte! Daß du eine Zeit mir bestimmtest, wo du meiner wieder gedächtest!“ und wieder XI, 18: „Du wirst im Grabe in Frieden ruhen, und viele werden für dich beten.“ Ps. XLIX, 15: „Die Gottlosen werden dem Scheol übergeben, der Tod wird sie nagen, die Gerechten werden in der Morgenröthe über sie herrschen. Aber Elohim wird mich erkaufen von der Hand des Hades.“ Dieß nannten die Juden: zu den Vätern versammelt werden. Gen. XXV, 8 heißt es ausdrücklich: „Abraham gab seinen Geist auf und starb und ward zu seinen Vätern versammelt.“ Vornehmlich sind es die geläuterten Seelen, die wie verklärt nur noch der Anschauung Gottes harren, welche den leidenden Abgestorbenen, so wie den Lebenden, ihre Fürbitte zuwenden. Darum spricht der Ewige bei Jeremias XV, 1 im Zorne wider Jerusalem: „Wenn auch Moses und Samuel vor mich treten, so habe ich doch kein Herz zu diesem Volke; sondern treibe sie hinweg von meinem Angesichte, und lasse sie hinfahren!“ Darum ruft auch in der Parabel vom armen Lazarus der in Purpur und Byssus gekleidete Pontifex Kaiphas aus der Hölle zu Abraham empor: „Erbarme dich meiner, Vater! und sende doch den Lazarus, daß er die Spitze seines Fingers in's Wasser tauche, und meine Zunge kühle; denn ich leide schrecklich in dieser Flamme.“ Denn im Garten Eden wehet Kühlung, wie es im Jalkut chadasch f. 57, 4 heißt: „Der heilige und gebenedeite Gott erscheint täglich den Gerechten im Paradiese, und berathschlagt sich mit ihnen: und wenn es die Zeit des Thaues ist, läßt er den Thau in die Welt herabsteigen, und wenn es die Zeit des Regens ist, läßt er den Regen hernieder.“

Von den Erben des Heils, für welche eine Fürsprache ersprießlich ist, sind aber nach dem Glauben der alten Juden ebenso die Unmündigen, wie die Unbeschnittenen ausgeschlossen. Darüber erklärt sich selbst der Talmud (Sanh. f. 110): „Die Kinder der gottlosen Israeliten können nicht zum ewigen Leben eingehen, so wenig als jene der Heiden.“ Darnach aber wird die Frage aufgeworfen: „von welchem Zeitpunkte überhaupt ein unmündiges Kind Anspruch auf die Seligkeit habe? und der R. Chaja bestimmt: vom Augenblicke seiner Geburt an; der R. Simeon bar Rabbi aber: von der Zeit, wo es zu stammeln anfängt. Der Rabbenu dagegen urtheilt: von dem Punkte der Zeugung an; der R. Isaak bar Nachman hinwieder: vom Momente der Beschneidung, und der R. Meir: von da an, wo es das Amen sprechen kann!" Das Amen ist es eben auch, was die leidenden Seelen von dem Orte ihrer Qualen befreit. [3])

Diese Ausnahmen rühren zum Theil von der verschiedenen Ansicht über die Formation der menschlichen Seele her. Die Juden beschnitten sogar die Knaben, welche vor dem achten Tage gestorben waren, noch nachträglich, damit sie der Auferstehung nicht verlustig würden, wie wir später in Korinth der Taufe auf die Todten in ähnlichem Sinne begegnen. Die Nichtbeschnittenen wird der Cherub vor dem Paradiese mit dem Flammenschwerte beschneiden, d. h. zur Hölle stürzen. Indeß finden wir diese Lehre auch in's Christenthum mit übergegangen; denn wie das Judenthum den Unbeschnittenen den Antheil an der himmlischen Glorie verweigert, so schließt auch unser Dafürhalten, fußend vorläufig auf den Worten der Schrift (Mk. XVI, 16): „Wer glaubt und getauft ist, wird selig, wer nicht glaubt aber verdammt werden" — die ungetauften oder todtgebornen Kleinen von der Anschauung Gottes im oberen Paradiese aus, ihnen einen eigenen limbus infantium zur Wohnung anweisend. [4]) Gregor von Nissa (T. III. p. 322) läßt seinerseits die Seelen der vor ihrem Vernunftgebrauche oder ohne die Taufe Gestorbenen durch Feuer vollendet werden.

---

3) Vgl. Hiob III, 16. Schylchan Aruch f. 236, 1. Infantulum mortuum ante elapsum diem octavum circumcidunt super sepulcro silice aut arundine, benedictionem tamen circumcisioni non addunt, nomen vero indunt memoriae ergo, ut misericordia a Deo efficiatur et vivat in resurrectionem mortuorum. Sepher Col bo f. 84, 4. Infantem mortuum die octavo nondum exorto circumcidere mos est silice aut calamo in loco sepulturae opprobrii ab eo removendi causa, ne cum praeputis sepeliatur. Der Verfasser des Haggaos Maimonicos e Bereschith rabba bemerkt zu Maimon. hilc. Mila c. 1. §. 15. Deum ipsum removere praeputium parvulis mortuis et incircumcisis cf. Quandt diss. de cultris circumcisionis Regiom. 1713. p. 30 sq.

4) August. cont. Julian. V, 11. Quis dubitaverit, parvulos non baptizatos, qui solum habent originale peccatum, nec ullis propriis aggravantur, in damnatione omnium levissima futuros. De pecc. mer. et remiss. I, 16. Multum autem fallit et fallitur, qui eos in damnatione praedicat non futuros.

In etwas veränderter Weise tritt diese Ansicht zu Tage, wenn wir im Jalkut Schimoni f. 7, 1 lesen: „In der ersten Hut des Paradieses wird der Gerechte klein und gehet ein in den Ort, wo die kleinen Kinder sind, und freuet sich, wie die unschuldigen Kinder sich freuen. In der zweiten wird er zum Jünglinge, in der dritten zum Greise." Hierauf bezieht sich jenes Wort Christi Mth. XVIII, 3: „Wenn ihr nicht werdet, wie diese Kleinen, könnt ihr nicht eingehen in's Himmelreich; denn die Pforte ist eng." Ja, wenn Er spricht Mk. X, 14: „Laßt die Kleinen zu mir kommen, denn ihrer ist das Himmelreich!" scheint er jener Annahme von einem bleibenden freudenlosen Zustande solcher Kinder jenseits des Grabes in einem besonderen Scheol überhaupt zu widersagen.

So spricht der Talmud Rosch haschana f. 16, 2: „Die Schule Schammai's lehrt: am Tage des Gerichtes werden die Menschen in drei Klassen getheilt werden, in Gottlose, Gerechte, und in solche, welche zwischen beiden die Mitte halten. Die Gerechten werden zum ewigen Leben aufgezeichnet, die Gottlosen aber für die Hölle bestimmt, wie Dan. XII, 2 weissagte: Viele von denen, welche in der Erde schlafen, werden aufwachen, einige zum ewigen Leben, andere zur ewigen Schmach. Die Halbsünder fahren zwar auch zur Hölle, kommen aber wieder heraus. Diese meinte Zacharias mit den Worten: Ich will denselben dritten Theil durch's Feuer führen und läutern. Die Schule Hillels aber bestreitet diese Meinung, und lehrt, daß die Halbsünder nicht zur Hölle fahren, sondern der Barmherzigkeit Gottes sich erfreuen werden, und auf sie zielt Ps. CXVI, 8: Du hast meine Seele aus dem Tode gerissen."

Dieß ist auch die Lehre der späteren Rabbinen[5]): „Die Seele werde im Feuer Gehenna's gereiniget, bis sie weiß daraus hervorgehe; dann erhebt sie sich daraus mit Hilfe Michaels, des obersten Hohenpriesters, welcher die Seelen der Gerechten darbringt." Ja, weil die Hölle das Paradies rings mit seiner Lohe umgibt, müssen alle, auch die Gerechten, sie durchwandern, und wie es im Nischmath chajim f. 82, 2 heißt, mit Salz gesalzen werden. (Vgl. Mk. IX, 48.) Selbst auf Moses machte Satan wider den Erzengel Anspruch,

---

5) R. Elias de Vidas in Reschith chokma cap. 3. Maim. Hilcoth. teschuba c. 3, 1. Menasse b. J. de immort. anim. l. I, 4. cf. Hiob. XXI, 33. Ps. XVII, 5. XXIII, 7. CXIV.

obwohl ihm Gott selber die Seele vom Munde weggeküßt hatte. Ebenso zittert Hiskias, der fromme König: er werde, in Mitte seines Lebens dahingerafft, zu den Pforten der Hölle wandern. (Is. XXXVIII, 10.)

Namentlich spricht Maimonides aus: „Alle Menschen theilen sich in vollendet Gute oder Böse (צַדִּיק גָּמוּר, רָשָׁע ג׳) je nach ihren Tugenden oder Lastern; die aber zwischen beiden sich halten, werden Mittelmäßige (בֵּינוֹנִי) genannt: dieß Gesetz gilt durch das ganze Universum. Die Seele wird jedoch aus dem Ärntekranz des himmlischen Lebens ausgeschieden, fährt R. Manasse ben Israel fort, und genießt nicht der Gegenwart und Erleuchtung der göttlichen Majestät als Lohn und geistige Ergötzung, sondern wird hart bestraft, je nachdem sie mehr oder minder gesündiget hat. Hat sie aber ihre Strafe abgetragen, so wird sie auch zu den Freuden der Seligkeit zugelassen."

Damit sehen wir das Dogma von Himmel, Hölle und Reinigungsfeuer oder der Vorhölle im alten wie im neuen Bunde constant bewahrt; der Hades aber soll vernichtet werden. Die Gottesgelehrten unterscheiden: 1. eine poena sensus, a) aeterna, die Hölle, b) temporalis, das Fegefeuer; 2. die poena damni, und zwar a) eine aeterna, den limbus infantium, b) temporalis, den limbus patrum. „Die Seelen der Gerechten sind in Gottes Hand und keine Qual rührt sie an," lehrt das Buch der Weisheit III, 1. Auch die Altväter befanden sich in jenem Mittelzustande, jedoch leidlos, gleichwie das Feuer dem von aller Schlacke gereinigten Golde nichts mehr anhaben kann, daher ihr Aufenthalt auch das untere Paradies genannt wird. Ihr Leiden, den anderen armen Seelen gegenüber, bestand nur in der Sehnsucht und dem heißen Verlangen nach dem Reiche Gottes, wie schon die Juden es auffaßten, daher wir im Buche Col bo f. 136, 4 f. geschrieben finden: „Es kommen die Väter der Welt (nehmlich Abraham, Isaak und Jakob) und alle zehn Stämme, so wie Moses, Aaron, David und Salomo sammt allen Königen von Israel und vom Hause Davids jeden zweiten und fünften Tag, wie auch an jedem Sabbate und Feiertag zum Messias, und weinen mit Ihm, und halten Ihn an, und sprechen: schweige still, und baue auf deinen Schöpfer, denn das Ende ist nahe. Es kommt Korah und seine Gemeinde, so wie Dathan und Abiram zu Ihm, und sie fragen Ihn: wann wird das Ende der Wunder seyn, und wann wirst du uns wieder erwecken, und von den Abgründen der Hölle heraufkommen lassen? Er aber erwiedert ihnen: gehet hin zu euren Vätern, und befraget dieselben. Wenn sie aber solches hören, sind sie betroffen, und fragen ihre Väter nicht. Als jedoch der R. Josua ben Levi (ein Zeitgenosse Christi) zum Messias kam, fragte Er ihn, und sprach: was thun die Israeliten in der Welt, von welcher du gekommen bist? Und ich antwortete Ihm: Sie warten täglich auf dich. Da erhub Er alsbald seine Stimme mit Weinen!"

Der Messias ist es, welcher die Befreiung Aller in der Oberwelt wie in der Unterwelt bewirkt. Der hieros. Targum umschreibt Gen. III, 15: „Ich will Feindschaft setzen zwischen dir und dem Weibe, zwischen deinem und ihrem Saamen, sie wird der Schlange den Kopf zertreten," mit den Worten: „in den Tagen des Messias". Midrasch Tillim f. 40, 1 in Ps. CVII, 1 kommentirt Js. XXXV, 10: „Die Erlösten des Herrn" mit den Worten: Diese sind die durch den Messias erlösten. Vgl. Echa rabbathi f. 59, 1: „Welches ist der Name des Messias? R. Abba, Sohn des Cahana sagte: Jehova ist sein Name, weil geschrieben steht Js. XXXIII, 6: „Und dieß wird sein Name seyn: Herr, der unsere Gerechtigkeit ist."" Dem entspricht Jalkut Simoni in Is. f. 42, 3, wo es heißt: „Im künftigen Säkulum wird der heilige und gebenedeite Gott die Israeliten wegen des Verdienstes ihrer Beschneidung aus der Hölle befreien." Emek hamelech f. 138, 4: „Alsdann wird der Sohn Davids, welcher der David selbst ist, durch dieselbe gehen, und sie erlösen." Und Bereschith r. XXIV, 67: „Als aber die Gefangenen, welche in Gehenna sind, das Licht des Messias erblickten, freuten sie sich, es aufzunehmen, und sprachen: Dieser wird uns aus unserer Finsterniß befreien, wie bei Oseas XIII, 14 geschrieben steht: „Aus der Gewalt der Hölle will ich sie loskaufen, vom Tode sie erretten. Tod, ich will dir ein Gift seyn, Hölle, ich will dir eine Pest seyn!" Und wie Isaias XXXV, 10 spricht: „Die Befreiten des Ewigen kehren zurück, und kommen nach Sion mit Jubel, und ewige Freude ist auf ihrem Haupte. Lust und Wonne werden sie antreffen, und Schmerz und Seufzer entweichen." Unter Sion ist aber hier nichts anderes zu verstehen, als das Paradies." Vgl. Bereschith rabba in Gen. XLIV, 8 über Hohel. I, 4: „Wir freuen uns und sind fröhlich über dir." Auf welchen Zeitpunkt beziehen sich die Worte? Antw. W e n n d i e V e r d a m m t e n a u s d e r H ö l l e b e f r e i t h e r a u f k o m m e n w e r d e n, u n d d i e S c h e c h i n a a n i h r e r S p i t z e, wie geschrieben ist Micha II, 13: „Ihr König wird vor ihnen hergehen, und der Herr an ihrer Spitze."

Merkwürdig für die jüdische Anschauung von der Erlösung aus dem Kerker der Tiefe ist besonders die Erklärung des R. Moses Haddarschan im XI. Jahrhundert, welche wörtlich lautet: „„Im Anfang schuf Gott Himmel und Erde; und er sprach: es werde Licht und es ward Licht.“ Dieß ist das Licht des Messias, wie Ps. XXXIV, 10. XCVII, 11 und Daniel II, 22 geschrieben steht. Es ist eine Lehre, Gott habe den König Messias und seine Generation unter dem Throne seiner Herrlichkeit verborgen. 6) Da sprach zu ihm Satan: Herr der Ewigkeit: wessen ist dieß verborgene Licht unter deinem Throne? Gott erwiederte ihm: es ist das Licht des Messias und seines Anhangs. Darauf Satan: so erlaube mir, daß ich ihn und sein Geschlecht bekämpfe, wie ich kann. Ihm entgegnete Gott: wenn du dazu gemuth bist, so werde ich dich von der Welt vertilgen, jener ganzen Generation aber schonen. Darauf ging Gott mit dem Messias einen Bund ein, und sprach: mein Gerechter! jene, die mit dir noch in der Verborgenheit sind, werden durch ihre Sünden dich in eine schwere Zeit verwickeln; denn deine Augen werden nicht sehen das Licht, und deine Ohren einen großen Vorwurf vernehmen. Aufsteigen wird in deine Nase ihr Gestank, und dein Mund die Bitterkeiten schmecken. An deinem Gaumen wird die Zunge kleben, und deine Haut, am Gebeine hängend, wird von Trauer und Seufzen zerfließen. Neigt sich dein Wille nun noch zu ihnen? Wirst du es für sie übernehmen, gut; wo nicht, so werde ich sie von nun an vertilgen. Da sprach der Messias vor ihm: Herr der Zeiten! meine Freude steht dahin, daß ich alle Trübsale auf mich nehme unter dem Bedinge, daß du die Todten in meinen Tagen wieder erweckest, jene, so gestorben sind von Adam an bis nun; doch nicht sie allein, sondern auch alle, welche von Wölfen und Löwen verschlungen wurden, jene, die im Meer und in den Flüssen untergegangen sind; alle, die nicht das Tageslicht erblickten, und die du nach meinen Tagen zu schaffen noch Willens bist. Da sprach Gott zu ihm: Ich will es so. Und nun nahm der

6) Cf. Abket Rokel P. II. In principio Pesikta legimus, quando Deus creavit mundum, extendit manum sub solio gloriae et produxit animam Messiae ejusque catervam, dicens: visne sanare et redimere filios meos pos sex millia annorum? Respondit: volo. Dixit ipsi: an etiam sustinebis castigationes ad abstergendas iniquitates eorum juxta Is. LIII, 8. Resp. sustinebo illas cum gaudio. Surenhus IV, 266.

Messias alle Martern und Leiden aus Liebe über sich, wie Js. LIII, 7 geschrieben hat: „Er hat gelitten aus freiem Willen.“"

Dieß führt uns auf die obige petrinische Stelle zurück, wo der Apostel das Gewicht seiner Rede besonders auf die Worte legt, daß Christus denen, welche ihren früheren Unglauben in den Gewässern der Sündfluth gebüßt, sich in der Unterwelt geoffenbaret und seine Heimsuchung angekündigt habe. Denn die Juden dehnten diese Erlösung und Auferstehung keineswegs auf Alle aus, sondern schloßen außer den drei Königen Jeroboam, Ahab und Menasse, und vier anderen, nehmlich Bileam, Doëg, Ahithophel und Gehasi, noch namentlich das ganze Geschlecht der Sündfluth und das Volk von Sodom vom Antheile am ewigen Leben aus, wie wir wörtlich Sanhed. c. 11, 3 lesen: „Die in der Fluth umgekommen, haben keinen Theil an der zukünftigen Welt, noch werden sie vor das Gericht gestellt, wie es im Buche der Schöpfung VI, 3 heißt: „Nicht ewig wird mein Geist über diesen Menschen bleiben.“ Ebenso bleibt das Zeitalter der Völkerzerstreuung von der Theilnahme am jenseitigen Leben ausgeschieden, weil XI, 8 geschrieben steht: „Der Herr zerstreute sie von dannen über alle Welt.“ Das Wort „zerstreute“ zielt auf dieses, „von dannen“ aber auf das künftige Säkulum. Wieder haben die Männer von Sodom keinen Anspruch auf die Ewigkeit, indem von ihnen XIII, 13 steht: „Sie waren böse und arge Sünder vor dem Herrn;“ denn der doppelte Ausdruck „böse“ und „Sünder“ ist von der doppelten Bestrafung, hienieden und jenseits zu verstehen. Doch sollen sie vor das Gericht kommen; aber der R. Nehemia verneint auch dieß, weil der Psalmist I, 5 spricht: „Die Gottlosen werden nicht im Gerichte bestehen“ — dieß ist die diluvianische Menschheit; „und die Sünder nicht in der Versammlung der Gerechten“ — dieß zielt auf die Sodomiten. Die Erwiederung darauf lautet: nicht unter den Gerechten, aber im Kreise der Verdammten werden sie fortbestehen. Ferner hat das Geschlecht, das in der Wüste seinen Untergang fand, keinen Zutritt zur dereinstigen Seligkeit und zum Gerichte, nach dem Ausspruche Num. XIV, 35: „Sie werden in dieser Wüste hinweggerafft werden, und dort sterben.“ So R. Akiba; R. Eliefer führt dagegen die Worte des Psalmisten L, 5 an: „Versammelt mir meine Frommen, welche meinen Bund mehr achten, als Opfer.“ Auch Korah und sein Anhang werden nicht zur Auferstehung gelangen, wie Num. XVI, 33 gemeldet wird: „Und die Erde verschlang sie,“ — dieß ist ihre zeitliche Strafe: „und sie gingen unter in Mitte der Gemeinde" — dieß deutet auf ihre ewige Verwerfung. So wieder R. Akiba; R. Eliezer führt dagegen an: „Der Herr macht todt und lebendig; er verwirft in den Abgrund und zieht daraus wieder hervor." Endlich sollen auch die zehn Stämme nicht mehr zurückkehren, wie im Deuteronomium XXIX, 28 erklärt wird: „Und der Herr hat sie in ein fremdes Land verstoßen, wie es noch heutigen Tages ist." Der Tag verstreicht und kehrt nicht wieder: so sind auch jene hingegangen, und kehren nicht mehr zurück. Hier bemerkt schließlich R. Eliezer gegen R. Akiba: „Wie der Tag die Dunkelheit und einen neuen Wechsel des Lichtes nach sich zieht: so sitzen auch die zehn Stämme jetzt in der Finsterniß; aber es wird geschehen, daß sie durch ein neues Licht heimgesucht werden.""

CXXXVI. Kapitel.

Befreiung der Seelen aus der Vorhölle.

„Christus hat die Gefangenschaft selbst gefangen geführt und stieg empor zur Höhe. Und der Lebendige spricht: Ich war todt, und siehe: Ich lebe von Ewigkeit zu Ewigkeit, und führe die Schlüssel des Todes und der Hölle." (Eph. IV, 8. Offb. I, 18.) „Tod, wo ist dein Stachel, Hades, wo bleibt dein Sieg?" (I. Kor. XV, 55.)

Christus steigt zur Unterwelt nieder, um den noch im dunklen Kerker schmachtenden Seelen, wie denen, die in Abrahams, ihres Stammvaters Schooße ruhen, die vollbrachte Erlösung anzukünden, und sie aus dem Zustande des Harrens in den des Besitzes der überirdischen Seligkeit zu versetzen. Auf den Tod folgt der Hades, wie es im Buche der Offenb. VI, 8 heißt; es ist der Mittelort oder das Reich der Todten. Aber am Ende der Tage wird Hades seine Todten herausgeben, damit jeder nach seinen Werken gerichtet werde, und selber in den Feuerpfuhl sich geworfen sehen. (XX, 13. 14. Lk. XVI, 22.) Die Auferstehung des Herrn fällt bedeutsam in die Zeit, wo die Heiden das Fest des Todaustreibens begingen.

Petrus bekämpft vor allen jene Meinung der Synagoge von der insgesammten Verworfenheit der durch Gottes Zulassung und sein zeitliches Strafgericht untergegangenen Geschlechter, indem die Juden, und ihnen gemäß auch die Judaisten der Erlösung nur eine partielle Geltung einräumen wollten, keineswegs aber die universale Bedeutung der Versöhnung, für die Oberwelt sowohl, als für die Unterwelt, für die dahingeschiedene, wie für die zukünftige Menschheit, und für das erwählte Volk, wie für die ohne Gottes besondere Führung gebliebenen Heidenvölker, bei ihrer durchaus partikularistischen Religions- und Weltanschauung sich begreiflich machen konnten. Der Oberhirt der Kirche nennt auf Grund der Belehrung des Herrn die Sündfluth eine Welttaufe und erklärt I. Petr. IV, 6: „Dazu ist auch den Todten das Evangelium verkündet, damit sie, obgleich sie dem Fleische nach von Menschen gerichtet werden, doch dem Geiste nach Gott leben.“

Wie aber Christus die Taufe und den Tod auf sich genommen, so mußte Er vermöge der freiwillig geleisteten Substitution auch noch der letzten Bedingung des sterblichen und dem Scheol verfallenen Geschlechtes sich unterziehen, indem Er selbst in den Hades hinabstieg. Auf diesem letzten Siege über den Tod beruht eben die Gewißheit unserer Auferstehung. Was das Judenthum in seinem prophetischen Geiste, der besonders ihm anvertraut war, geahnt, was die Mythe vorgebildet, und namentlich die samothrakischen und eleusinischen Mysterien in ihrer Symbolik von der Wiederkehr und Auferstehung aus der Nacht des Todes ausgelegt, ging jetzt mit dem Hingange des Erlösers in die Erfüllung über. Christus selbst ist nicht der Unterwelt verfallen. Er hat durch die Versuchung sich nicht verlocken lassen, und den Tod nicht in sich hineingegessen, sondern Er triumphirt als Herr über die Natur und den Tod, der in ihr herrscht, und nachdem Er die Banden des Todes gesprengt und die Gefangenschaft beschlossen, macht Er sich nun auf, den Kreislauf vom Himmel zur Hölle nach aufwärts zu vollenden, und mit den Seelen seiner Verklärten aus der Gefallenheit und Erniederung wieder seiner himmlischen Verklärung entgegenzugehen. Er führt die zur Auferstehung gereiften Heiligen, nachdem sie ihr besonderes Gericht überstanden, ihrer Vollendung entgegen, und mit dieser Erhöhung erst ist eine Verehrung der Heiligen und die Empfehlung in ihre Fürsprache möglich und zuläßig geworden. Der Heidenapostel eröffnet uns einen Einblick in das Mysterium mit den Worten I. Tim. III, 16: „Gott ist geoffenbart im Fleische, gerechtfertigt im Geiste.“ Der Geist des Menschensohnes, den Er am Kreuze aufgegeben, wird gleich dem jedes Sterblichen vor Gottes Gericht gestellt, nachdem Er die Sünden aller Welt auf sich genommen, aber freigesprochen, und die Engel tragen Ihn gerechtfertigt in das Paradies, wo die Gerechten Gott leben. (Lk. XX, 37. 38.)

Der Heiland, der alle Dinge weiß, theilt uns in der Parabel vom armen Lazarus ein Ereigniß aus der Geisterwelt mit, und schildert den Abyssus als Ort der Dürre und Verlassenheit, während jenseits der gähnenden Kluft im Thale der Sehnsucht die Abgeschiedenen dem Tage ihrer Befreiung entgegensehen, wo sie gewürdigt werden, das Angesicht Gottes zu schauen. Dieß ist die Vorhölle, besser noch: der Vorhof des Himmels genannt: dort verspricht Christus heute mit dem reuig flehenden Schächer einzutreffen. (Kap. XCVII.) Nun sollte durch die Verdienste seines Sterbens zum erstenmale der Kerker des Todes geöffnet, und die geläuterten Dulder aus dem Lande der Schatten und den Wohnungen des ewigen Friedens eingeführt werden in's Paradies der himmlischen Geister, zum Leben der unendlichen Seligkeit im Hause des himmlischen Vaters, wohin nach dem Glauben der Juden die Seelen aus dem Orte der Reinigung alle Sabbate und Festtage zu dem oberen Palast emporstiegen, um bis zum Schlusse der Feierzeit von ferne den Abglanz der Majestät Gottes zu genießen!

Nur Einer ist, der in die dunkle Gruft des Grabes hinabgestiegen und wiedergekehrt, um zuvörderst seinen Aposteln vom Jenseits Kunde zu bringen und uns der Auferstehung des Geistes und des verklärten Leibes zu versichern. Dazu stieg Christus auf die Erde und bis zur Unterwelt hinab, um zu erlösen die Seelen derer, die nicht zurückeblicken, aus dem Kerker der Nacht, wie Er ihnen schon im Leben als Licht in der Finsterniß, als Stern der Verheißung erschienen, um als der wohlthätige Gott und Lehrer der Menschen auch ihnen die frohe Botschaft von der endlichen Ankunft des ersehnten Tages zu bringen, und die, so gestorben waren, zum seligen Leben zurückzuführen. Jetzt erfüllte sich das herrliche Wort des Propheten: „Du erlösest durch das Blut deines Bundes deine Gefangenen aus der Grube, darin kein Wasser ist.“ (Zach. IX, 11.) „Das Volk, das im Dunkeln saß, sah ein großes Licht, das seinen Aufgang von der Höhe nahm, um denen zu leuchten, die in der Gegend der Todesschatten wohnten.“ (Mth. IV, 16. Lk. I, 79.) Was Christus IV, 19 beim Antritt seines Lehramts gepredigt: „den Gefangenen Erlösung, den Geplagten Freiheit zu verschaffen“: das erfüllt sich noch durch die Hinabfahrt Christi in die Unterwelt, von wo die Erlösten mit zur himmlischen Auffahrt gelangten, so daß der limbus patrum damit sein Ende erreichte.

Wenn Zacharias IX, 11 verkündet: „Du lässest durch das Blut des

Bundes deine Gefangenen aus der Grube, darin kein Wasser ist" — so ging dieß nun in Erfüllung, nicht nur mit Abrahams, sondern mit Adams Kindern.[1]) Daß Adam durch Christus seiner Erlösung aus der Unterwelt theilhaftig wurde, nimmt mit Augustin ep. ad Evod. 99 fast die ganze Kirche an, und die Kunst hat sich längst dieser Darstellung bemächtiget. In Albrecht Dürers großer Passion trägt Adam beim Ausgang aus der Vorhölle den andern Patriarchen das Kreuz voran. Dasselbe gilt von Enos mit all seinen Nachfolgern bis Noah (II. Petr. II, 5), jenen Gerechten, die Gottes Lo und Ehre schon vor der Fluth verkündeten. So spricht der Erzvater Jakob Gen. XLIX, 18: „Dein Heil will ich erwarten, o Herr!" Und Hiob X, 21: „Ich gehe, um nicht mehr wieder zu kehren, in's Land der Finsterniß, das von der Nacht des Todes umhüllt ist." Aber, fährt er fort XIX, 25: „Ich weiß, daß mein Erlöser lebt und ich am jüngsten Tage aus der Erde auferstehen werde." Wenn David LXXXVIII, 11 frägt: „Wirst du unter den Todten Wunder thun oder werden die Verstorbenen auferstehen und dir danken?" (vgl. Sprichw. IX, 18) und Is. XXVI, 19 darauf erwiedert: „Deine Todten werden leben und mit dem Leibe auferstehen" — vernahmen sie nicht auch die Stimme des Herrn im Scheol? Horchte Samuel nur auf den Ruf des Saul, oder ist der Fürst der Propheten und der Vorläufer Elias im Hades geblieben? So spricht der Herr bei Oseas XIII, 14: „Ich will die Kinder Ephraim aus der Hand des Todes erlösen, ja vom Tode will ich sie erretten. Tod, ich werde dein Tod seyn, Hölle, ich werde deine Zerstörung seyn."

Die tiefsinnigste und zugleich hochdramatische Darstellung des descensus ad inferos liefert eine der ältesten Apokryphen, nehmlich die Akten des Pilatus oder das sg. Evangelium Nikodemi. Der greise Simeon ist nach dem apokryphen Evangelium Nikodemi der, welcher im Hades zuerst die Geburt des Herrn verkündete; war er doch einer von denen, die auf den Trost Israels warteten. Lk. II, 25. Eine Menge Todter ging aus den Gräbern hervor, nachdem der Herr erstanden. Mth. XXVII, 52. Daß mit dem Messias die Heiligen des alten Bundes wieder erscheinen oder durch Christus eine lebendige, persönliche Gemeinschaft mit den verstorbenen Heiligen eintreten werde,

---

1) Abarbanel in Os. II, 21. 22 ex Mechilta: Perspicit etiam neque Abraham patrem nostrum hujus et alterius saeculi haereditatem nisi merito fidei adiisse, quia sc. credidit, q. d. Gen. XV, 6. Röm. IV, 3. 23.

ist eine Wahrheit, die selbst dem Volksglauben Mth. XVI, 14 als Wahrheit zu Grunde liegt. „Die Gottheit Christi," äußert Epiphanius haer. LXIX, „vermochte alles zu bewerkstelligen, was Bezug auf das Geheimniß seiner Leiden hatte, und mit der Seele hinabzusteigen in die Unterwelt, um denjenigen heiligen Patriarchen, die vor Ihm dorthin gegangen, das Heil zuzuwenden." Isidor von Sevilla erklärt orig. VIII. c. 5. p. 66 jene für Ketzer, welche im Niedersteigen Christi zur Unterwelt die Erlösung der Seelen läugnen. Die menschliche Seele geht von Gottes Throne aus und kehrt zu Gott zurück. Dieß ist im christlichen Sinne die Seelenwanderung von der Erde zur Todtenwelt und zum Paradies des Himmels. Die Auferstehung der Frommen bezeichnet die erste Ankunft des Messias, der selber der Erstling der Auferstehung heißt; die allgemeine Resurrektion aber seine zweite. I. Kor. XV, 22 f.

In dankbarer Erinnerung, daß der Erlöser in die Vorhölle hinabgestiegen, die Seelen in der Nacht des Grabes aufgesucht, von dem Orte der Sehnsucht und ihrer langen Duldung befreit, und ihnen die Pforten des Paradieses aufgeschlossen hat, so wie Er auch uns, wenn wir im Guten bestanden und durch Feuer geläutert sind, zu sich aufnehmen wird: erhielt sich noch bis auf Menschengedenken herab, besonders unter dem christlichen Adel die Sitte, jährlich an den drei letzten Tagen der Charwoche die Spitäler der Kranken, die Häuser der Unheilbaren, Leprosen und Waisen zu besuchen, und in den Wohnungen des Elends anzuklopfen, um den Unglücklichen durch Werke der Wohlthätigkeit Trost und Linderung in diesem Leben zu spenden und sie für Gotteslohn aus ihrem Jammer herauszuziehen! In Rußland pflegte sonst der Großfürst noch in der Nacht vor dem Osterfeste die Gefängnisse zu besuchen, und jeden mit einem Ei und Schafspelze zu beschenken, mit dem Zurufe, daß auch sie sich freuen sollten, weil Christus für ihre Sünden gestorben und nunmehr auferstanden sey.

CXXXVII. Kapitel.

Dauer der Grabruhe.

Am Grabe Jesu stehen die bewaffneten Wächter, und harren auf Ablösung; Feuerkörbe sprühen durch die Nacht, sie hüten unter Stein und Siegel den Herrn des Lebens und Todes, der selbst eine Beute des Todes geworden zu seyn scheint: sie wachen, um jeden Unterschleif zu wehren. Aber umsonst ist alle Vorsicht und Klugheit der Menschen, wenn sie dem göttlichen Rathschlusse in die Arme greift. Der nicht durch die Zeugung auf dem gewöhnlichen Wege, wo Tod und neues Leben sich berühren, in's Daseyn trat, kann und darf auch nicht durch die Verwesung berührt werden. Das Grab kann Ihn nicht länger behausen, es muß seine Beute herausgeben, die es bis zum dritten Tage zurückgehalten.

Die Römer hießen die vier Nachtwachen den ersten, zweiten, dritten und vierten Trompetenstoß, weil damit das Zeichen zur Ablösung gegeben ward. Liv. VII, 35. XXIV, 46. XXVI, 15. Unsere christlichen Maler stellen, unpassend genug, die Wächter am Grabe gewöhnlich schlafend vor, obwohl die Schrift dieß für eine pharisäische Lüge erklärt, und bei den Römern Todesstrafe darauf stand, auch alle drei Stunden die Ablösung stattfand. Dieselben werden indeß nach Didron manuel p. 200 bis zum XIII. Jahrhundert schlafend vorgestellt, seitdem aber, gleichsam zum Zeichen des anbrechenden Zweifels, mit etwas geöffneten Augen.

Nach dem Physiologos bei Origenes in Gen. homil. 17 schläft das Löwenjunge nach der Geburt drei Tage und drei Nächte, und ist wie todt, bis es, sagt Durandus (rat. offic. VII de evang.) vom Gebrülle des Löwen erweckt wird, wie der Sohn Gottes durch den ewigen Vater. Ein Glasgemälde zu Bourges stellt diese Erweckung des jungen durch den alten Löwen vor. Conrad von Würzburg in seiner goldenen Schmiede 502 f. vergleicht damit den Todesschrei des Erlösers am Kreuze, der wie ein Löwe die Todten aus den Gräbern weckte.

„Wenn der Mensch stirbt, wo bleibt seine Seele? so fragt (Zendavesta I, p. 32—35) Zoroaster den Ahuramazda. Dieser antwortet: Neben dem Haupte des Leichnams die erste Nacht und ebenso die zweite. Auch die dritte Nacht weilt die Seele noch in der Welt, darnach aber hebt sie sich empor mit einem Winde aus Süden. Wenn der Sünder (Darwand) stirbt, wie steht es um seine Seele in der ersten Nacht? Ahuramazda erwiedert: Sie naget am Gürtel (des Leichnams) und spricht: Welche Erde soll ich anrufen, o Ahuramazda, welches Gebet an dich richten? Schon in dieser Nacht fühlt die Seele das Übel, welches der Mensch begangen, solange er in der Welt lebte, ebenso in der zweiten und dritten Nacht. In der dritten Nacht ist die Seele des Darvand noch in der Welt, sie brennt und ist in Fäulung wie der Leichnam. Dann hebt sie sich empor mit einem Winde aus Norden, einem bösen, faulen, dem faulsten Winde. Am vierten Tage hält Ahuramazda an der Brücke Tschinvat das erste Gericht über die Todten. Wer gerecht befunden wird, den begleiten die Izeds in Gorotman, zum Sitze der Seligen und der Lust; der Sünder aber muß zum Duzak oder in die Hölle wandern, wie Meschia und Meschiane, welche durch ihre Sünde das ganze Menschengeschlecht unglücklich machten. Eine Stelle des Bundehesch [1]) scheint sogar von einem Einflusse der heiligen Urkunden auf den Parsismus zu zeugen: „Drei Tage und drei Nächte muß Leib und Seele der Gottlosen im Duzak büßen, indeß die Gerechten im Himmel die Lieblichkeit der Seligen mit Leib und Seele schmecken. Dann wird der Vater von der geliebten (Mutter), die Schwester vom Bruder, der Freund vom Freunde geschieden, und jeder nach seinen Thaten empfangen. Aus zweien Schwestern wird die eine rein, die andere Darvand seyn. Ihr Lohn wird in ihren Werken liegen. Dann werden von der Hitze des Feuers kleine und große Berge wie Metall zerschmelzen, und dieß geschmolzene Erz einen großen Strom bilden."

In der Gemara [2]) findet sich eine lange Discussion über die Dauer der drei עוֹנָא (noctiduum) bei ceremoniellen Verunreinigungen. R. Eliezer ben Azaria spricht: Ein Tag und eine Nacht machen ein Ona aus, und ein Theil gilt für das Ganze; womit R. Israel übereinstimmt. Dagegen erklären R. Jochanan und Akiba: Ein Ona bestehe entweder in einem Tage oder in einer Nacht. Nach dem Grundsatze, daß der Theil für den ganzen Zeitraum gelte, nehmen die Rabbinen auch an, daß Jonas nur 36 Stunden im Bauche des Leviathan oder im Scheol sich befunden, [3]) so lange als unter Josua die Sonne

---

1) XXXI. Zendav. III. p. 113 f. II. Petr. III, 10. Offb. XX, 9. Bd. IV, 316 f. V, 384. 597.

2) H. Schabbat f. 12, 1. Dies et nox constituunt Ona, et pars est sicut totum.

3) Kimchi in Jon. Drei Tage dauerten zur Zeit der Frühlingsnachtgleiche auch die Mysterien um den Tod des Attys, des Götterjünglings bei den Phrygiern:

stille gestanden. Darum pflegte man in der ersten Kirche diese ganze Zeit über, oder an vierzig Stunden völlig zu fasten, gleichwie nach der uralten Tradition auch die Apostel während dieser Zeit nichts genossen hatten. Christus hielt während des jüdischen Ostertages Sabbatruhe, und ging, nachdem sein heiliger Leib einen Tag und zwei Nächte in der dunklen Felsengruft eingeschlossen war, aus dem Schooße der Erde glorreich an's Licht hervor. Nach den apostolischen Constitutionen V, 7, p. 246 trägt der Phönix zu seiner Selbstverbrennung auf den Sonnenaltar Zimmt (Cinnamomum), Holzbalsam und Kassia; hat er sich dann verbrannt, so entsteht des andern Morgens aus der Asche ein Wurm, am zweiten Tage erhält derselbe Federn, am dritten kehrt er zur vorigen Natur zurück. [4])

CXXXVIII. Kapitel.

Die Auferstehung.

16. Nisan, 17. April.

„Und sieh! ein gewaltiges Erdbeben erfolgte; denn ein Engel des Herrn fuhr vom Himmel hernieder, nahte sich, wälzte den Stein hinweg, und setzte sich darauf. Sein Anblick war wie der Blitz, und sein Gewand weiß wie Schnee. Die Wächter aber bebten vor Furcht zurück, und waren wie todt.“ (Mth. XXVIII, 2—4.)

Christus erstand! Er stieg aus der Nacht mit verklärtem Leibe zum Lichte empor, zur Bürgschaft, daß auch dem sterblichen Geschlechte also geschehen werde. Seine Erscheinung war wie ein Blitz. So schildert Daniel X, 6 die Begegnung des großen Unbekannten an den Wassern des Hidekel. Wie ein Blitz ausgeht, hat der Herr die Pforten des Todes gesprengt und das Leben der Welt gerettet. Wer die Auferstehung Christi läugnet, nimmt der Geschichte alles Transscendentale. Hier sind die Schmerzen der Welt, die Schrecken des Todes überwunden und verschlungen worden in den Sieg. Notker nennt daher den Auferstehungstag Suonotag, Sühntag. Wie Christus die Thore des Grabes sprengt, so sprengt der Geist die Hülle, um

---

am ersten wurde die Fichte mit seinem Bildnisse umgeworfen, am zweiten ertönten die Hörner der klagenden Mutter vom Berge mit Cymbeln und Trommeln, die den Hinabgestiegenen anriefen; am dritten wurde sein Wiederfinden und seine Auferstehung gefeiert. Mein Heidenth. II, 41.

4) Cf. Ep. ad Praesid. in Hieron. Opp. XI. II. p. 218. Kreuser Kirchenbau II, 287.

an's Licht zu treten, so sprengt überhaupt das Christenthum die enge Schranke des Mosaismus, um über die ganze Erde sich zu verbreiten.

Was die Propheten geschaut und die Völker gläubig erwartet, kömmt nunmehr in Erfüllung, wie Isaias XXVI, 19 spricht: „Deine Todten werden leben und mit dem Leibe auferstehen. Erwachet zum Lob, ihr Bewohner des Staubes; denn die Heimat der Riesen wirst du zum Falle bringen.“ Und wieder LXIII: „Wer ist, der da kömmt von Edom mit rothen Gewändern von Basra?“ Der rothe Mantel, das Kleid des Lichtes ziert den Auferstandenen, daher auch der vorbildliche Erlöser aus der Unterwelt, Ramsinit oder der in die Unterwelt hinabgestiegene Osiris mit dem rothen Labarum oder Siegesfähnlein der Auferstehung aus dem Kerker des Todes wiederkehrt. Die Iranier gründeten die Hoffnung der Auferstehung auf Saosioç, und rechnen die Weltdauer von Gayomaratha bis Saosioç, d. h. von der Schöpfung bis zur Urstände.[1]) Sein Name selbst bezeichnet ihn als Beleber, auch heißt er açtvat ereló, der Erheber der Körper; der Siegreiche oder Augustus, weil er die Leiber aus dem Grabe erhebt. Er selber geht aus dem Wasser Kaçvi im Osten hervor, wo seine Mutter beim Bade den verschütteten Lebenskeim Zaratustra's aufnahm; auch die Iranier stammen von dorther.

„Und siehe! Gräber öffneten sich, und viele Leiber der entschlafenen Heiligen standen auf und gingen nach seiner Auferstehung aus ihren Gruben hervor, kamen in die heilige Stadt und erschienen vielen.“

Jetzt ist die Zeit der Trauer vorüber, denn unter Jubel erheben sich die Seelen seiner Erlösten aus den Wohnungen des Hades zur Glorie der Auferstehung, und zeigen sich selbst vielen. Die Thatsache dieser Erscheinungen steht so fest, daß bald Hymenäus und Philetus in Asien sogar lehrten, die Auferstehung sey bereits erfolgt, und keine weitere mehr zu erwarten, gegen welche Irrlehre Paulus II. Tim. II, 18 warnt. Man könnte im Thale Josaphat nach der Öde der kahlen, gesträuchlosen und kreideförmigen Hügel, die es einschließen, nach dem Verfalle all der eingestürzten, zerbrochenen und halboffenstehenden Gräber leicht auf den Gedanken kommen, daß die Posaune

---

1) Yacn. XXVI, 5 u. 10. Windischmann Mithras 75 f. leitet das Wort von çav oder çu = κυίσκων, κυήσων ab.

des Weltgerichts bereits ertönt, und das Thal Josaphat seine Todten eben zurückgeben wolle.

Wer sind diese erstandenen Heiligen? Das Evangelium, in seiner gewohnten Kürze, läßt uns scheinbar in Ungewißheit: aber wie der Ausdruck „die Heiligen" in der ersten Zeit der Kirche häufig gebraucht wurde [2]) und auch in unserem Glaubenssymbol zum Theile seine Erklärung findet, bezeichnet er die Christen überhaupt, hier also jene Gläubige, welche noch bei Lebzeiten des Herrn verstorben waren. Und in der That! wem gegenüber konnten sie als bekannt erscheinen, als eben solchen, mit welchen sie noch kurz zuvor gelebt hatten; und wer mochte ein giltigeres und lebendigeres Zeugniß für die Wahrheit der neuen Gotteslehre und ihren himmlischen Stifter ablegen, in dessen Anerkennung sie gelebt, und in dessen Kraft sie jetzt zu einem höheren Leben auferstanden — als eben diese? Es sind aber auch die Geister der Altväter vor der Fluth, der Patriarchen und Propheten des Volkes, die sich den ihnen im Glauben an das kommende Heil (Hebr. XI, 4), oder in der Hoffnung auf den heute endlich angebrochenen frohen Tag verwandten Seelen in Gesichten offenbarten.

Durch die Auferstehung des Herrn kömmt erst der wahre Trost in die Welt, nehmlich die Versicherung des ewigen Lebens. Wir leben, um zu sterben und sterben, um zu leben, ist die hohe Wahrheit, die nun besiegelt wird. Die Gräber geben ihren Inhalt wieder, und es zeigt sich, was an den Todten ist. Plinius nennt in seiner Naturgeschichte den Glauben an die Auferstehung ein Kindermährchen, und Catull schreibt:

Soles occidere et redire possunt,
Nobis cum occidit brevis lux,
Nox est perpetuo una dormienda,
Sperandum est vivis, non est spes ulla sepultis,
Nec quisquam expergitus extat.

„Sonnen gehen auf und geh'n hinunter,
Anders endet unser Lebenslauf:
Aus dem ew'gen Schlaf wird niemand munter,
Alle Hoffnung geht den Todten unter,
Von dem Grabe stand noch keiner auf."

---

2) Apstg. IX, 32. Röm. XV, 25. 26. XVI, 15. I. Kor. VII, 14. XVI, 1.

Den Glauben an das Fortleben nach dem Tode hatte die damalige Welt soviel wie aufgegeben; den Beweis liefert der Humanist Pomponatius in Bologna, indem er die Unsterblichkeit für einen zweifelhaften Lehrsatz erklärte, den Aristoteles wenigstens indirekt verworfen habe. Freilich ist dieß nur die Verzweiflung der damaligen Zeit, nicht ursprüngliche Lehre der Heidenwelt, die vielmehr dahin ging, daß die Grabmutter wieder gebäre. (Vgl. Bd. V, 356.)

Christus ist der Erstling der Auferstehung von den Todten (Offenb. I, 5.), der Erstgeborne und der lebendige Beweis der Unsterblichkeit. „Gott hat Ihn auferweckt und gelöst die Schmerzen des Todes, indem es unmöglich war, daß Er davon sollte gehalten werden.“ (Apstg. II, 24.) „Selig die Todten, die im Herrn sterben von nun an.“ (Offb. XIV, 13.) Dieses Dogma bildet den Cardinalpunkt der evangelischen Verkündung, darum spricht der Weltapostel I. Kor. XV, 14: „Ist Christus nicht erstanden, so ist unsere Predigt und unser Glaube für nichts.“ Vor allem aber war den Juden damit ein Zeichen gegeben, erwarteten sie doch nach Sohar Gen. f. 85, c. 335: „Wenn der Messias auferstehen wird, soll Jakob die irdischen wie die himmlischen Güter in Besitz nehmen.“ In Exod. f. 23, 89: „Die, welche mit Moses aus Ägypten zogen, werden einst leiblich wieder auferstehen, um Zeugen der Wunder zu seyn, welche Gott über die Israeliten ausüben wird.“ Midrasch Mischle f. 53, 3: „Warum wird der Messias Ps. LXXII, 17 Jinon genannt? Weil er die, welche in der Erde schlafen, auferwecken wird.“ Jalkut Schimoni f. 56, 4: „Unsere Rabbinen lehren, daß die Erzväter in der Zukunft des Messias im Monate Nisan auferstehen und ausrufen werden: O Messias, du unsere Gerechtigkeit.“ R. Moses Hadarsan äußert zu Ps. XLIX, 10: „Dieser Vers handelt vom König Messias, welcher sterben, die Väter erlösen und dann in Ewigkeit leben wird, ohne dabei, wie die verstorbenen Weisen, die Verwesung zu schauen.“ Petrus Galatinus de arcan. cath. verit. VIII, 22 führt uns von demselben Rabbi gelegentlich der Psalmworte: „Am Abend Thränen, des Morgens Freudenlieder,“ die Äußerung an: „Wenn der Messias stirbt, sind alle seine Jünger über seinen Tod betrübt, wenn er aber in's Leben zurückkehrt oder aufersteht, freuen sie sich und jubiliren.“ Dieß ist allgemein menschlich gesprochen, aber wunderbar sollte dasselbe Wort des Herrn Joh. XVI, 20 sich jetzt an den Seinen erfüllen. Das Osterei bezeichnet die Auferstehung Christi aus dem Grabe. Mit dem Anbruche der Morgenröthe des ersten Wochentages stieg der glänzende Morgenstern aus dem Dunkel des Grabes empor,[3]) und durch das neuaufgehende Licht ward uns die Wiederkehr aller Dinge verbürgt.

CXXXIX. Kapitel.

Magdalena. Flucht und Bestechung der Wächter durch die Hohenpriester.

„Am ersten Wochentage in aller Frühe, da es noch dunkel war, kam Maria Magdalena zum Grabe, und sah, daß der Stein vom Grabmal hinweggeschoben war. Da lief sie eilends hin und traf den Simon Petrus und den anderen Jünger, den Jesus lieb hatte, und sprach zu ihnen: sie haben den Herrn aus dem Grabe genommen, und wir wissen nicht, wo sie Ihn hingebracht haben. Da gingen Petrus und der andere Jünger hinaus.“ [1])

„Als sie nun weggingen, sieh! da kamen einige von der Wache in die Stadt, und erzählten den Hohenpriestern den ganzen Vorgang.“ Die Wächter fürchten nicht, daß ihnen die Flucht als Dienstvernachläßigung angerechnet werde, da sie von Schrecken gelähmt, sich kaum ihrer Schritte bewußt sind. An diesem Tage wurde die Abends vorher dargebrachte Garbe entkörnt, mittels einer Handmühle gemahlen, das Mehl dreizehnmal gesiebt, und davon ein Zehntel Epha mit Öl und Weihrauch zum Webeopfer angemacht, von dem eine Handvoll auf dem Altare verbrannt, das übrige von den Priestern genossen wurde, wie zu Pfingsten. (Lev. XXIII, 17.) Die Tempelsoldaten mochten die Hohenpriester an demselben Orte finden, wo Iskarioth sie gefunden. Die von der Wache erzählen den Hohenpriestern, d. h. zunächst wohl dem Oberaufseher der Tempelwache, dem s. g. Mann des Tempelberges, der die Wache von Priestern und Leviten unter sich hatte. (Bd. V, 637.) „Diese versammelten sich mit den Ältesten, schlugen Rath, und gaben den Soldaten reichlich Geld,

3) H. Beracoth. f. 2, 3. R. Chaija Rabba et R. Simeon ben Chalaphta itinerantes simul mane quondam in valle Arbelis viderunt cervam Aurorae, quod lux ejus diffunderet aethera. Dixit R. Chaija: talis futura est redemptio Israelis; primo gradatim et minutim procedit, at quo magis procedet eo magis augebitur. Apoc. XXII, 16. Vgl. Bd. V, 263.

1) Joh. XX, 1—3. אחד כשבת bedeutet den ersten Wochentag, vgl. Maccoth f. 5, 1: Wenn zwei Zeugen aussagen: Dieser hat am ersten Wochentage gestohlen, soll am zweiten das Urtheil an ihm vollzogen seyn.

und sprachen: Saget nur, seine Jünger sind des Nachts gekommen und haben Ihn gestohlen, da wir schliefen. Sollte es aber dem Landpfleger zu Ohren kommen, so wollen wir ihn schon bereden, und euch sicher stellen. Diese nahmen also das Geld und thaten, wie sie unterrichtet waren, und es verbreitete sich diese Sage unter den Juden bis auf den heutigen Tag." (Mth. XXVIII, 11—15.)

Hier also, wie in allen späteren Zeiten weiß der Jude seine Geldmacht geltend zu machen. *Πείϑειν*, sc. *ἀργυρίῳ*, heißt durch Geld beschwichtigen, zum Schweigen bringen, umstimmen. Die hohen Würdeträger der Kirche Mosis beruhigen die römischen Kriegsknechte durch das Versprechen, nicht nur mit dem Prätor zu handeln, daß sie von verdrießlichen Plackereien unbehelligt blieben, sondern sie nöthigenfalls auch sorgenfrei (*ἀμερίμνους*) zu stellen, wenn sie ihren Dienst quittiren müßten. Sie nehmen den Widerspruch nicht wahr, der zwischen Schlafen und Zeugnißgeben obwaltet und ihre Angabe von vornherein vernichtet. Schon Augustin bemerkt in Ps. LXIII, 7 witzig: „Also du bringst einen schlafenden Zeugen vor? Wahrlich nur im Schlafe konnte dir selbst ein solcher Einfall kommen. Wenn sie schliefen, wie konnten sie sehen? wenn sie nicht sahen, wie können sie als Zeugen auftreten?" Ebenso Chrysostomus. Schlafende Wächter ist ein Widerspruch in Wort und That, wie wachende Schläfer.

Von der Bestechlichkeit der römischen Truppen zu jener Zeit finden wir wirklich Beispiele in Menge; wie sollten erst die Tempelsoldaten, die vom Schatzmeister des Tempels aus demselben Gelde, wovon Judas den Verrätherlohn erhalten hatte, ihren Sold erhielten, einer solchen Drohung widerstehen, und ihre Worte nicht nach dem Zünglein an der Goldwage eingerichtet haben? Die Sadducäer aber freute es, daß jetzt die Pharisäer in der Noth zu ihnen halten, und die Lehre von der Nichtauferstehung sogar goldeswerth finden mußten. Wir wissen aus Justin des Martyrs Unterredung mit dem Juden Trypho, [2]) daß der hohe Rath zu Jerusalem, um der Ausbreitung des Evangeliums entgegenzutreten, bald

2) S. Kap. CXXXI, not. 2. u. c. 108. Ut jam dixi, delectos homines constituistis, ac per eos in totum orbem terrarum missos praedicastis, impiam quandam et exlegem sectam a plano quodam Jesu Galilaeo excitatam esse, et cum illum a nobis crucifixum discipuli ex monumento noctu surripuerint decipi ab illis homines, dum eum a mortuis resurrexisse et in coelum ascendisse dictitant.

angesehene Männer an alle jüdischen Gemeinden in Palästina und den Nachbarländern herumsandte, um diese Verleumdung auch an die auswärtigen Synagogen zu verbreiten, in folgender Fassung: „Es sey eine atheistische und gesetzwidrige Sekte aufgekommen, dessen Stifter Jesus, ein gewisser galiläischer Betrüger sey. Nachdem man Ihn kreuzigen lassen, hätten seine Jünger Ihn des Nachts aus dem Grabe hinweggestohlen, und jetzt suchten sie jederman mit dem Vorgeben zu hintergehen, als ob Er von den Todten auferstanden wäre." Dieser ausgebreiteten Gerüchte erwähnt ebenso Tertullian adv. nation. I, 14, wie Eusebius in seiner Kirchengeschichte und in der Schrift über Isaias XVIII, 1.

Aber zu unserer Überraschung finden wir diese Lügenrede unter den Juden noch bis auf unsere Zeit gebracht; denn das Lästerbuch Toldos Jeschu meldet: Judas, ein frommer Weiser zu Jerusalem, der Jeschu den Schemhammphorasch oder heiligen Namen, wodurch dieser seine Wunder verrichtet, nachgelernt, und Ihn darauf am Osterfeste, wo der Jeschu seinen Einzug in den Tempel hielt, um das Opfer des Pesach zu schlachten, in die Hände seiner Feinde lieferte, worauf sie Ihn steinigten und an's Holz hingen: Judas habe den Leib des Herrn aus dem Grabe genommen, und Ihn in seinem Garten unter einem Wasserflusse begraben, indem er das Wasser zuvor abgeleitet, und dann ihm wieder seinen vorigen Lauf gelassen, so daß der Leichnam Jesu des Zauberers nicht mehr gefunden worden sey!

CXL. Kapitel.

Petrus und Johannes am Grabe.

„Da machten sich Petrus und der andere Jünger auf und eilten zum Grabe."

Die übrigen Apostel waren alle zerstreut, und keiner wußte recht um den anderen, nur diese beiden hatten sich bis jetzt zusammengefunden. Petrus und Johannes, die Jesu beim Abendmahle zur Seite lagen, wichen auch nach der Gefangennehmung nicht gänzlich von Ihm, von Reueschmerz über die Verläugnung seines Meisters erfüllt, kömmt der Apostelfürst am Leidenstage nicht mehr in Vorschein, sein Berichterstatter Markus weicht selbst in Bezug auf die Stunde der Kreuzigung von den übrigen ab; jetzt aber hatte er sich wieder ermannt und trifft mit Johannes zusammen, um diesen zum Grabe zu geleiten, dessen Stätte er erst inne werden mußte.

„Beide liefen zugleich, aber der andere Jünger lief noch schneller als Petrus, und kam zuerst an. Er bückte sich hinein, sah die Leintücher liegen, ging aber nicht hinein. Simon Petrus aber kam ihm nach, und ging in die Gruft hinein, und sah die Leintücher da liegen, wie auch das Schweißtuch, womit Jesu das Haupt verhüllt war — das aber nicht bei den Linnen, sondern an einem andern Orte besonders zusammengewickelt lag.“

Wir verdanken den genauen Bericht wieder dem Augenzeugen, der sich in seinem Evangelium nie persönlich nennt. Johannes, weil er an Jahren jünger war, lief schneller und gelangte, von sehnsüchtigem Verlangen getrieben, eher an's Ziel. Johannes trat nur in das Vestibulum, Petrus in das Grab selber hinein. Jesus war in reine Leinwand gewickelt, das Haupt aber mit dem Sudorium oder Sudoriolum, dem Schweiß- oder Haupttuch verhüllt gewesen, dergleichen man im Orient gegen die Sonnenglut und den schädlichen Staub vor den Mund hält, und jedem Todten um das Haupt legt, damit das Welken seines Antlitzes nicht weiter geschaut werde: diese Tücher lagen in Ordnung beiseits.

„Nun ging auch der andere Jünger, der zuerst zum Grabe gekommen war, hinein, sah es, und war eben jener Meinung; denn sie hatten die Schrift noch nicht verstanden, daß Er von den Todten auferstehen müsse. Dann gingen die Jünger wieder nach Hause, und sie verwunderten sich über das, was da geschehen war.“ (Joh. XX, 3—10. Lk. XXIV, 12.)

Trotz der dreimaligen Ankündigung seines bevorstehenden Todes und der Auferstehung faßten sie die Verheißnng nicht in dem Sinne, wie sie jetzt in Erfüllung ging. Natürlich! sie dachten bei den Worten Christi an die jenseitige Auferstehung, welche nach dem Glauben ihrer Zeitgenossen, sowohl der Juden als anderer in der religiösen Erkenntniß vorgerückten Völker, am dritten Tage eintreten sollte, und ahneten nichts weiter. (Bd. IV, 316 f. V, 384. Joh. XI, 24.) Sie erinnerten sich auch nicht anderer Weissagungen, worauf z. B. das Buch Sohar hinweist Gen. f. 53, 210: „Wenn Gott sich seines Bundes erinnert, wird er den Messias aus der Erde erwecken,“ wie der Prophet vorher verkündigte (Jerem. XXX, 9): „Und sie werden dem Herrn ihrem Gott dienen und ihrem König David, welchen ich ihnen erwecken werde“ — d. h. welchen ich aus dem Staube erwecken werde; und wie der Herr durch Amos (IX, 11) sprach: „Zu jener Zeit will ich die zerfallene Hütte Davids wieder aufrichten." Beide schienen indeß berufen, zuerst Zeugniß von dem Siege des Heilands über Tod und Grab zu geben, doch sollte ihr Glaube noch fester auf die Probe gestellt werden.

CXLI. Kapitel.

Die Gnadenmutter.

Wie Eva die erste gewesen, die den Tod gekostet, so sollten ihre Töchter, und Maria zuvörderst, auch das Leben dessen zuerst erfahren, der als der Lebendige vor allen aus dem Tode erstanden und alle aus den Gräbern zu erwecken die Macht hat. „Nicht sollte den Männern," wie Ambrosius spricht, „der Vorwurf des fortwährenden Vergehens ihnen gegenüber zustehen, sondern von wo die Schuld auf den Mann überging, ging auch die Begnadigung aus, und glich so den durch den uranfänglichen Fall entstandenen Schaden aus." Nicht bloß Eva ist eine Mutter der Lebendigen, sondern von der Gnadenmutter ist der Herr des Lebens in Wahrheit geboren, und ihr der Lebendige vor allen offenbar geworden. Welche Freude für den alten Vater Jakob, als er hörte, daß sein Sohn Joseph, dessen blutigen Rock man ihm gezeigt hatte, noch lebe! Wer aber vergleicht die Wonne der Gnadenmutter bei der Erscheinung ihres auferstandenen Sohnes, obwohl sie diese Erwartung in ihrem Herzen bewahrte! (Lk. II, 19. 51.) Eine solche Freude war solcher überstandener Leiden werth. Im Passionsspiele von der Himmelfahrt (Mone I, 262) spricht Christus zur Mutter:

Maria reini muter min,
du solt lenger uf ertrich sin,
wonn du bist aller rainikait vol,
min junger bedürfent din och wol.
daz du inen von mir lere gebest.

Sinnig ist die Legende: nach dem Tode des Herrn habe die Madonna allein im Glauben an seine Auferstehung nicht gewankt, so daß die Hoffnung der Kirche einzig auf ihr beruhte. Darum sey der Sonnabend ihr heilig, der zwischen dem Todesabende und Auferstehungsmorgen in der Mitte liegt.

Die heiligen Geschichtschreiber haben uns kein Leben Maria's hinterlassen, denn in den Evangelien ist nur einschlägig von ihr die Rede. Indeß hat die Überlieferung mit einer gewissen Stetigkeit einzelne Lebenszüge als historisch begründet festgehalten, so ihre Erziehung am Tempel, wo sie mit andern den Vorhang des Allerheiligsten webte, ferner die Begegnung mit ihrem Sohne am Kreuzwege neben der Veronika, die erste Erscheinung des Auferstandenen vor seiner Mutter, endlich ihren Tod im zwölften Jahre nach der Aufnahme ihres göttlichen Sohnes.

Die Marienkirche, welche nördlich an den heiligen Grabtempel stößt, soll über der Stätte erbaut seyn, wo Jesus seiner Mutter erschien. Es stand da die Wohnung des Garteneigenthümers Joseph von Arimathia oder das Haus seines Gärtners, und die fromme Sage will wissen, daß hier die Gnadenmutter in der Nähe des Grabes sich aufhielt.

Die geweihte Stätte nahm in der constantinischen Basilika die Sakristei ein, und seitdem ist es tradionell, die Kapelle, worin der Priester zum Dienste Gottes sich ankleidet, der Madonna zu heiligen, in welcher Christus das Gewand des Leibes angezogen, womit Er auch verklärt aus der Grabestiefe zum Throne Gottes emporsteigen sollte.

CXLII. Kapitel.

Magdalena und der Gärtner.

„Maria aber stand draußen vor dem Grabe und weinte. Indem sie nun weinend sich bückte und in das Grab hineinsah, erblickte sie zwei Engel in weißen Kleidern sitzen, wo der Leichnam Jesu gelegen hatte, einen zu Haupten, den andern zu Füßen.“

Das heilige Grab wird zur Bundeslade, denn die Cherubim überschweben es [1]): war doch auch die Größe entsprechend, da letztere nicht mehr als vierthalb Ellen lang, anderthalb breit und ebenso hoch war; doch schon im Tempel des Esra befand sich die heilige Lade nicht mehr. Die Sadducäer läugneten das Daseyn der Engel wie die Auferstehung, beide predigt die Erscheinung am heiligen Grabe. Ein Engel verkündet den Eingang Jesu in die Niedrigkeit dieses Lebens

1) Vgl. Sophronius sermo de assumptione Virginis. Tobler Golg. 367.

1) Bava Bathra f. 99, 1. Onkelos Proselytus dicit: Cherubini erant instar puerorum recedentium a magistro (facie partim erga magistrum, partim erga viam versa). Cum praestaret Israel voluntatem Dei, alter in alterius faciem respexerunt Cherubini; at vero cum non, tum respexerunt parietes.

und den Ausgang aus dem Grabe zur höheren Herrlichkeit. Magdalena war den beiden Aposteln langsam nachgefolgt und näherte sich zum andernmale dem heiligen Grabe, um sich auszuweinen — Da erblickt sie die Himmelsboten.

„Und sie sprachen zu ihr: Weib, was weinest du? Sie antwortete ihnen: sie haben meinen Herrn weggenommen, und ich weiß nicht, wo sie Ihn hingelegt haben. Und als sie dieses gesagt hatte, kehrte sie sich nach rückwärts, und sah Jesum vor sich stehen, wußte jedoch nicht, daß Er es sey. Jesus aber sprach zu ihr: Frau, warum weinest du, und wen suchst du? Sie nun, in der Meinung, daß Er der Gärtner sey, redete Ihn an: Herr, hast du Ihn weggenommen, so sage mir, wo du Ihn hingelegt hast, damit ich Ihn erhebe."

Die Beerdigung in Gärten war nicht ungewöhnlich, denn wir lesen schon II. Kön. XXI, 18: „Manasses entschlief zu seinen Vätern und ward begraben im Garten seines Hauses, im Garten Oza." Joseph von Rama hatte zur Bestellung seiner Villa einen Gärtner, für dessen Person Magdalena den Herrn ansah. Josephus kennt nicht nur die durch Verhaue gedeckten Pflanzungen nach dieser Seite, sondern von den Gärten im Suburbium führte die nördliche Pforte in der Sionsmauer selbst den Namen Gennath oder Gartenthor (bell. V. 2, 2. 4, 2). Durch sie gingen die Anhänger Jesu bei und nach der Kreuzigung ein und aus. Christus pflanzt die Gemeinde als einen Garten Gottes an, spricht der altlateinische Hymnus aus, Er ist also wahrhaft ein Gärtner. (Bd. V, 467 f.) Auch der Heiland frägt Joh. XI, 34: „Wo habt ihr ihn hingelegt?" als Er über Lazarus Tod in Bethanien weint. Es ist der Schmerz grenzenloser Liebe, in welchem Magdalena der ganzen Welt ihr Leid klagen, und jeden zur Theilnahme bringen, oder als mitschuldig an ihrem Unglück verantwortlich machen möchte. Unter den Gläubigen war vor andern eine bekehrte Sünderin gewürdigt, den Auferstandenen zu sehen, und dann der reuige Petrus. Während sie an die Erhebung des Frohnleichnams denkt, steht der Herr vor ihr. Quid mulier ploras? en jam quem quaeris adoras! stand einst am Südportal der Golgothakirche der Kreuzritter.

„Jesus aber sagte zu ihr: Maria! Da wandte sie sich zu Ihm und sprach: Rabbuni! d. h. Mein Meister!"

Sie fiel Ihm dabei zu Füßen, seine Knie zu küssen, was bei den Morgenländern und Griechen der Akt der höchsten Ehrerbietung und Unterwürfigkeit war, und auch den Statuen der Gottheiten erwiesen wurde, um ihren Schutz anzuflehen. So kniet Abigail und Semei vor David, die Sunamit vor Elisa, wobei sie weinend über den Tod ihres Sohnes seine Knie umschlingt, II. Kön. IV, 27; ebenso wirft sich Petrus nach dem reichen Fischfange, und der reiche Jüngling jenseits des Jordan vor dem großen Wunderthäter nieder. Wir lesen auch[2]): „Als der R. Akiba zum Zwecke des Studiums zwölf Jahre abwesend geblieben und endlich heimkehrte, warf seine Gemahlin bei der Begegnung sich vor ihm nieder und umfing seine Knie, worauf ein anderer den Akt des Fußkusses wiederholte, indem er ihn für einen großen Rabbi hielt.“ Auf Einem Knie zu knien ist ein Zeichen der Verhöhnung;[3]) so werfen sich die Spötter Christi hin, um Ihm ihre Adoration zu erweisen — auf beide sinkt die Büßerin nieder. Magdalena wollte im ersten stürmischen Drange von Überraschung und seelenvoller Glut sich leibhaftig von Jesu Auferstehung überzeugen und seine Erscheinung festhalten, damit der Ersehnte ihr nicht mehr entschwinde. Auch sie will die Wahrheit der Resurrektion des Herrn mit Händen greifen, von seiner Gegenwart sich fühlbar überzeugen, ob es keine Vision sey, ähnlich wie Thomas und die Jünger am See Gennesaret meinten. Sie will Ihn adoriren, Er aber weist ihre *προςκύνησις* zurück und macht ihr kund, Er bleibe zu ihrer Überzeugung noch länger auf Erden.

Von Magdalena, der viel vergeben worden, dieweil sie viel geliebt, gilt hier, was die Braut des Hohenliedes III spricht: „Ich will aufstehen, und auf den Straßen und Gassen in der Stadt umgehen, zu suchen, den meine Seele liebt. Ich suchte, aber ich fand ihn nicht. Es trafen mich die Wächter, welche in der Stadt umziehen: Habt ihr nicht gesehen, den meine Seele liebt? Doch da ich ein wenig an ihnen vorüber kam, traf ich ihn, den meine Seele liebt. Ich halte ihn und will ihn nicht lassen, bis ich ihn bringe in meiner Mutter Haus.“

„Jesus aber sprach: Rühre mich nicht an; denn noch bin Ich nicht aufgefahren zu meinem Vater; aber gehe hin zu meinen Brü-

---

2) B. Chetubboth f. 63, 1. Weitere Beispiele sieh Otho lexic. s. v. genuflexio u. osculum.

3) Durandus rat. V, 2. n. 45. In ecclesia utrumque genu flectendum est, non alterum tantum, ne Judaeis assimilemur. Nam et Christo omne genu flectatur. (Philem. 2.)

dern und sage ihnen: Ich fahre auf zu meinem Vater und zu eurem Vater, zu meinem Gott und zu eurem Gott."

Noli me langere, spricht Christus zu Magdalena. Das Judenthum besaß den Heiland im Fleische und folgte dem mächtigen Zuge des Sinnlichen. Dem wehrt Christus, indem Er dem Vorwitz der Eva steuert, und den sittlichen und idealen Geist der neuen Religion einschärft, wo Sinnenglut und Liebesreiz nicht an der Stelle sind. [4]) *Μή μου ἅπτου*, halte dich nicht an meine Menschheit, sondern an die verklärte Gottheit, wenn Ich aufgefahren bin.

„Nachdem also Jesus Morgens früh am ersten Wochentage auferstanden war, erschien er zuerst der Maria Magdalena, aus welcher Er sieben Teufel ausgetrieben hatte. Diese ging hin, und verkündete den Jüngern, und denen, die um Ihn gewesen waren, und jetzt trauerten und weinten: ich habe den Herrn gesehen, und dieß hat Er zu mir gesagt. Da sie aber hörten, daß Er lebe, und von ihr gesehen worden wäre, glaubten sie es nicht." (Joh. XX, 11—18. Mk. XVI, 9—11.)

CXLIII. Kapitel.

Johanna Chuza, Maria Clopas und Salome.

„Als nun die Sonne aufging, kamen auch Johanna, das Weib Chuza's, Maria, die Mutter des Jakobus, und Salome zum Grabe, und sie redeten zu einander: wer wird uns wohl den Stein von der Thüre des Grabes wälzen? denn er war sehr groß. Da sie indeß hinblickten, fanden sie, daß der Stein hinweggewälzt war, und sie gingen hinein, fanden aber den Leichnam des Herrn Jesu nicht. Und wie sie darüber in große Bestürzung kamen, steh! da sahen sie zur Rechten einen Jüngling in weißen Kleidern, und sie entsetzten sich. Der Engel aber sprach zu den Frauen: Erschrecket nicht! Ich weiß, ihr suchet Jesum von Nazaret, den Gekreuzigten: was suchet ihr den Lebendigen bei den Todten?

4) *Μή μου ἅπτου*, sc. *προσκυνοῦσα*, „bete mich noch nicht an, denn noch bin Ich nicht aufgefahren." Vgl. Mth. XXVIII, 17. Lk. XXIV, 52. V, 8. Mk. III, 11. Kühn ist Vogels Conjektur *μὴ οὐ πτοοῦ*, „fürchte dich nicht, erschrecke nicht vor mir; denn Ich bin es wirklich, und bin noch nicht aufgefahren zum Vater." Vgl. Deut. XXXI, 6: *μὴ φοβοῦ μηδὲ πτοηθῇς*. Oder: „Taste mich nicht an," d. h. halte mich nicht auf. (Hiob XXXI, 7.) „Prüfe nicht lange, ob ich ein Geist sei!"

Er ist auferstanden, und nicht hier. Kommet und sehet die Stätte, wo der Herr gelegen hat. Erinnert euch, wie Er zu euch geredet, da Er noch in Galiläa war: der Menschensohn muß in die Hände der Sünder überliefert und gekreuziget werden, aber am dritten Tage wieder auferstehen. Gehet nun eilends hin, und saget es seinen Jüngern, zumal dem Petrus, daß Er auferstanden ist. Und sieh! Er geht euch voraus nach Galiläa, dort werdet ihr Ihn sehen. Sieh, ich habe es euch gesagt." 1)

Die Frauen, welche der vorläufigen Beisetzung beigewohnt, hatten sich nach dem Beispiele des Joseph und Nikodemus um Specereien umgesehen. Sie, die zuletzt vom Richtplatze heimgekehrt, wollten nun die ersten am Grabe seyn, wo sie die Ankunft der Männer erwarten mochten, und sicher auf das Eintreffen der beiden Rathsglieder rechneten. Vereint ziehen sie hinaus zum Grabe nach der Gewohnheit der Orientalinen; denn schreitet man durch die Thore so oft man will und kömmt man an den Cypressenhainen vorüber, welche die Gräber beschatten, so findet man daselbst die in lange Schleier gehüllten Frauengestalten wie weiße Tauben an den Leichensteinen sitzen, indem dieß ihr einziger Ausgang ist, daß sie die Gräber ihrer Angehörigen besuchen dürfen. Namentlich trifft sich's bei den Muhammedanerinen an den Freitagen, bei den Christinen in Jerusalem an den Feiertagen. Die Matronen wandeln mit Maria zuerst den Kreuz- und Leidensweg zur Leidens- und Grabstätte des ermordeten Gerechten, und die Völker der Christenheit treten in ihre Fußstapfen, dieselben Stationen zu betrachten.

Nach der Überlieferung der Alten ward jemand durch Berührung des Steines vor der Öffnung des Grabes unrein. (Oholoth c. 2, 4.) Die Frauen aber besorgen nur, der Stein werde ihnen zu schwer seyn, der vor dem Eingange lag. Jakob und Moses wälzen den Stein vom Brunnen, damit die Töchter Labans und Jethro's ihre Schafe zu tränken vermögen: ebenso gehörte hier ein starker Mann dazu. Sie gingen, das Grab nicht bloß zu sehen, sondern zu schmücken (θεωρῆσαι). Auch sie finden die Gruft leer, aber an der Stelle einen Jüngling in weißer Stola, d. h. einem bis auf die Knöchel reichenden Gewande. Himmel und Erde sind versöhnt und die Bewohner der oberen Welt nähern sich der unteren, doch ist die Begegnung immerhin Furcht erregend. Sie selber erscheinen als die Lebendigen

---

1) Εἶπον in allen MS. Maldonat vermuthet ursprünglich εἶπεν.

gegenüber den Todten, und verkünden den Überraschten verständlich genug den Herrn des Lebens. Wir lesen auch Schemoth rabba f. 124, 1: „Ein Diener, besorgt über die lange Abwesenheit seines Herrn, ging auf den Todtenacker, und fragte daselbst mit lauter Stimme: Habt ihr nicht meinen Herrn gesehen? Wie? fragten die Todtengräber, ist nicht dein Herr aus dem priesterlichen Geschlechte? So ist's! versetzte der Gefragte. Thor! schalten ihn jene, hast du jemals einen Priester auf Gräbern wandelnd angetroffen? So sagten einst Mose und Aaron zum Pharao: Sucht Jemand wohl die Todten unter den Lebenden oder die Lebenden unter den Todten? Unser Gott ist ein lebendiger Gott, die Götter hingegen, von welchen du sprichst, sind Todte rc." Vajikra rabba 6. f. 151, 1: „Jemand suchte seinen verlornen Sohn unter den Todten. Er wurde von einem Manne, der ihm begegnete, gefragt: Lebt dein Sohn? Ja, versetzte der Vater. Thor! spottete jener: Sucht man wohl die Lebenden unter den Todten oder die Todten unter den Lebenden?"

Die Worte! „Christus ist nicht hier", hat man längst als prophetisch genommen wegen der Entweihung des heiligen Grabes durch den Streit der Parteien.

Bei Markus XVI, 7 liest die persische Version: „Saget dem Kephas und den Jüngern", der Grundtext stellt aber Petrus hinten nach, gleichsam als ob er durch seine Verläugnung diese Zurücksetzung verdiente. So fassen es schon Gregorius, Hieronymus und Chrysostomus; Baronius dagegen nimmt καὶ für sonderlich, insbesondere. Wenn I. Petr. I, 3 die Auferstehung Jesu Christi von den Todten als der Grund der Wiedergeburt zur lebendigen Hoffnung angegeben wird, so haben schon die alten Kirchenlehrer hierin eine Schilderung der Umwandlung des Seelenzustandes im Fürstenapostel erkannt. Er hatte geglaubt, nun sey es mit dem Reiche Gottes und der Hoffnung Israels zu Ende — und nun welch ein Wandel der Dinge!

„Da erinnerten sie sich seiner Worte; und sie machten sich hinaus und flohen vom Grabe hinweg, denn Schrecken und Entsetzen[2]) hatte sie ergriffen. Sie sagten auch zu niemand etwas; denn sie fürchteten sich, und liefen schnell, um es seinen Jüngern kund zu machen. Wie sie aber unterwegs waren, sieh! da begegnete ihnen Jesus und sprach: Freuet euch! (Seyd gegrüßt!) Da traten sie hinzu, umfaßten

2) Matthäus schreibt: Furcht und große Freude. Cf. Aeneis I, 512 percussus Achates Laetitiaque metuque.

seine Knie und fielen vor Ihm nieder. Jesus aber sprach zu ihnen: Fürchtet euch nicht! gehet hin, verkündiget es meinen Brüdern, daß sie nach Galiläa gehen, dort werden sie mich sehen! Und sie eilten hin vor Furcht und großer Freude, kamen zurück, und verkündeten dieß alles den Eilfen und der Gesammtheit der Übrigen. Es war Maria Magdalena, und Johanna, Maria Jakobs Mutter und ihre Begleiterinen, welche dieß den Aposteln mittheilten. Diesen aber kamen ihre Worte wie Mährlein vor, und sie schenkten ihnen keinen Glauben."

Es ist der Schrecken vor der Majestät des Herrn, der die Matronen erfaßt; denn wenn ein gewöhnlicher Sterblicher schon vor einem König nicht ohne Zagen tritt, wie mußte die Begegnung mit dem König der Könige nach seinem Siege über den Tod sie zu Boden drücken! Sie eilten erschrocken, den Jüngern die Zeitung zu bringen, und sagten unterwegs niemand ein Wort; jenen aber kam die Mittheilung wie Ammenmährchen und Altweibergeschwätz (ὡς λῆρος) vor.

Einige alte Handschriften lesen nach Markus XVI, 8: „Alles nun, was ihnen befohlen war, verkündigten sie alsbald dem Petrus und denen, die um ihn waren. Jesus aber ließ nachher vom Aufgange bis zum Niedergange durch sie die heilige und unverwüstliche Botschaft der ewigen Seligkeit ausbreiten." Soll diese Ausbreitung sich auf die Mitwirkung der Frauen beziehen, so kömmt hiebei in Betracht, was die Legende von Veronika, der Herodierin, und ihrer Reise nach Rom meldet (Kap. LXXX.); auch Johanna Chuza, die Wittwe des Rentmeisters am Hofstaate des galiläischen Vierfürsten (Bd. IV. 87 f.) tritt hier bedeutsam auf.

„Nun wanderten noch mehrere zum Grabe hinaus, und fanden es so, wie die Frauen gesagt, Ihm selbst aber begegneten sie nicht." (Mk. XVI, 2—8. Mth. XXVIII, 1—10. Lk. XXIV, 1—11. 24.)

CXLIV. Kapitel.

Die Jünger von Emmaus.

„Nach diesem erschien Er zweien von ihnen in unkenntlicher Gestalt unterwegs, da sie über Land gingen." Was hier Markus XVI, 12 nur andeutet, führt Lukas weiter aus, indem er erzählt:

„Und siehe! an demselben Tage gingen zwei von den Jüngern über Land nach einem Flecken, der gegen sechzig Stadien von Jerusalem entfernt ist, und Emmaus heißt. Und sie redeten mit einander über alles, was sich jetzt zugetragen hatte."

Eusebius und Hieronymus verwechseln Emmaus das Dorf mit der bekannten Stadt gleichen Namens, und obwohl diese nicht 60, sondern 176 Stadien von Jerusalem ab liegt, und der Weg hin und zurück zwei volle Tagreisen ausmacht, stimmen doch selbst neuere Geographen, wie Karl v. Ritter, ihnen bei. Indeß bestättigt der Geschichtschreiber des jüdischen Krieges [1]) die Lage des neutestamentlichen, durch die Anwesenheit des Herrn verherrlichten Ortes, indem er meldet: Titus habe, als er das ganze jüdische Land versteigern ließ, des Willens, daß keine Stadt mehr darin aufgebaut werde, 800 Veteronen Ländereien zu Ammaus, 60 Stadien von Jerusalem, zu einer Colonie angewiesen. In dieser Entfernung, d. h. zwei Stunden von der Hauptstadt am Wege nach Joppe liegt noch heute — Colonieh, indem der Ort mithin den Namen gewechselt, neben Castel und Latron, durchweg römischen Namen. Hier findet sich aber kein Warmbrunnen, noch ein sonstiges Bad, wie in den gleichnamigen Orten bei Tiberias und Gadara, höchstens eine Quelle, Ain Colonieh. Die Lage im Terebinthenthale ist so herrlich, der Boden, welcher in seinem Anbau sogar noch die Spuren der abendländischen Pflanzer trägt, so fruchtbar, daß schon in alter Zeit der Flecken Ammaus bestanden haben muß. Und wir rathen nicht fehl, ja es bedarf bei der Umgebung der Städte Mizpa, Kaphira (Kefir) kaum eines Beweises, daß hier das im Buche Josua XVIII, 25 erwähnte Ammosa, eine Filiale Benjamins, gestanden. Ohne den Artikel ה kömmt dasselbe Mosa I. Chron. VIII, 36. 37. IX, 42 f. vor, und die Mischna Succa c. 4, 5 bestättigt: „Unterhalb Jerusalem war ein Flecken, Mosa genannt; dahin ging man, Weiden (für die Prozession am Hüttenfeste) zu sammeln." Hiezu fügt die Gemara f. 45, 1 die Bemerkung: „Mosa ist Colonieh. Warum heißt es aber Mosa? Antwort: Weil es vom Tribut gegen den Kaiser frei ausging." Der Name bedeutet wirklich Ausgang oder Paß; die Ableitung, von der Steuerfreiheit der obigen römischen Colo-

1) VII. 6, 6. Eodem tempore Caesar ad Bassum et Liberium Maximum scripsit (is enim procurator erat), jubens, ut omnem Judaeorum terram venderent, non enim civitatem in ea condidit, proprium servans sibi eorum agrum: sed octingentis duntaxat emeritis locum incolendum dedit, qui vocatur quidem Ammaus, distat autem ab Hierosolymis sexaginta stadiis. Den ausführlichen Beweis in meinem Palästina Bd. I, Kap. V. Die in der ersten Auflage des 2. Chr. III, 654 aufgestellte Hypothese wird durch diese unsere Forschungen an Ort und Stelle zur unumstößlichen Gewißheit.

nisten hergenommen, ist nach rabbinischem Geschmack. Eher haben wir an den Ursprung obiger Quelle oder den Abfluß des Terebinthenthales zu denken, zumal מוֹצָא II. Chron. XXXII, 20 von der Wasserquelle Gihon vorkömmt.

Die Jünger verreisen nach Emmaus, denn im Grunde war ein rechtschaffener Israelite nur verpflichtet, den 15. Nisan in der heiligen Stadt zuzubringen, hierauf entfernten sich die fremden Juden allmählig wieder; die vier Tage nach dem Pascha- und Chagigaessen waren überhaupt von geringerer Feier, nur den 21sten stand nochmals große Feierlichkeit angeordnet. Der Weg nach Emmaus überschritt das Maaß des Sabbatweges wohl um das achtfache, aber es war jetzt der doppelte Sabbat vorüber und nur ein Zwischentag, Omer, der Tag der Manipel, an welchem man zuerst wieder ausgehen durfte. Wenn zwei Jünger der Weisen über Land gingen, und sich nicht vom Gesetze mit einander unterhielten, sollten sie nach der Norm der Zeit schwere Verantwortung auf sich haben.[2]) Diese also unterhielten sich von der Hoffnung des Messias.

„Und es geschah, während sie nun so redeten und Zwiegespräch hielten, nahete sich ihnen Jesus und ging mit ihnen. Ihre Augen aber waren gebunden, daß sie Ihn nicht kannten. Und Er sprach zu

2) Taanith f. 20, 2. R. Alai bar Barachia dicit: si duo discipuli sapientum itinerentur simul, et non sit inter eos colloquium de Lege, merentur comburium, sicut dicitur: „Dum illi incedebant et colloquebantur, ecce currus igneus et equi ignei“ etc. II. Reg. II, 11. Wir begegnen im Talmud mehrfach großen Rabbinen, welche auf der Reise ihre Jünger im Gesetze unterweisen; dieß bringt die biblische Scene unserer Vorstellung näher. Namentlich lesen wir H. Chagiga f. 77, 1. Bab. 14, 2: „R. Jochanan ben Sackai machte einst eine Reise, reitend auf einem Esel, wobei R. Eliezer ben Erech den Treiber abgab. Der sprach zu ihm: Mein Meister, unterweise mich vom Werke des Wagens. Da stieg dieser vom Saumthiere ab, verhüllte sein Angesicht und setzte sich auf einen Stein nahe unter einer Olive. Jener sprach: Mein Meister, warum bist du abgestiegen? Und er erwiederte: Wie! wenn du dich mit mir vom Werke des Wagens (über die Cherubim) zu besprechen anfängst, und die göttliche Majestät mitten unter uns ist (Bd. II, 2, S. 333), und die Engel des Dienstes uns begleiten, da sollte ich auf dem Thiere sitzen bleiben? Indem sie sich also unterredeten, umgab sie himmlisches Licht, und sie stimmten Ps. CXLVIII, 7. 9 an. R. Jochanan aber erzählte: Ich war im Traume mit euch auf dem Berge Sinai, da kam eine Stimme vom Himmel und sprach: Steiget herauf, steiget herauf! Prächtige Stühle sind bereitet und überaus schöne Lagerkissen. Ihr und eure Jünger und die Schüler eurer Jünger sind zur dritten Schaar bestimmt.“ (Bd. V, 337 f.)

ihnen: was sind das für Reden, die ihr da mit einander wechselt auf dem Wege, und warum seyd ihr so traurig?"

Von Jerusalem bis Colonieh ist die Gegend bergig, steil abfallend und unfruchtbar: hier aber sieht man sich mit einmal in ein fruchtbares Thal versetzt, das die unverkennbaren Spuren eines einst noch fleißigeren und gesegneteren Anbaues an sich trägt, zur Überraschung manches Reisenden. Die Jünger gingen hinter einander den schmalen Weg fort, der immer mehr abwärts sich senkt, und waren schüchtern, vor dem von Ungefähr hinzu- oder vielmehr nachgekommenen Fremdling ihr Gespräch laut werden zu lassen; sie trauten nicht, wegen der Späher, und wollten lieber allein seyn; indeß gab ein Wort das andere. Wer war denn der neue Begleiter? sie ahnten es nicht und ihre Augen waren befangen, daß sie Ihn vorerst nicht kannten. So öffnet Gott Gen. XXI, 19 der Hagar die Augen, daß sie den Wasserbrunnen sieht, Num. XXII, 31 die Augen Bileams, daß er den Engel gewahrt, II. Kön. II, 10. VI, 17. 20 jene des Elisa und des Knaben bei ihm, daß er schaute den feurigen Wagen mit den Rossen, und die mit Blindheit Geschlagenen erkennen erst am Ende des Weges, wo sie sind.

„Da antwortete einer von ihnen, Kleophas mit Namen, und dieser sprach zu Ihm: Bist du der einzige Fremdling in Jerusalem, der nicht weiß, was daselbst geschehen ist in diesen Tagen?"

Kleophas ist Ein Name mit Kleopater,[3]) nicht aber mit Klopas oder Alphäus. Er war ein Hellenist oder Judengrieche und von ihm offenbar keine Gattin am Grabe (Lk. XXIV, 22), wenn er auch im Lande ansässig seyn mochte. *Πάροικοι* sind auswärtige Volksgenossen, Esra VIII, 35 Juden der Diaspora, dagegen *ξένοι*, Fremdlinge, alle Nichtjuden, oder höchstens angehende Proselyten. Sie nun hielten Jesum, der unterwegs zu ihnen stieß, für einen *πάροικος* oder zugereisten Fremden, für einen Hellenisten, denn sie sprachen

---

3) Dieselbe Apokope finden wir bei andern biblischen Namen, wie Demas aus Demetrius, Theudas aus Theodorus, Epaphras statt Epaphroditus, Apellas für Apollodorus u. a. Epiphan. haer. XXIII hält den anderen Emmausjünger für Nathanael, Theophylakt in Luc. XXIV, 13 für Lukas. Die Worte Lk. XXV, 15: „Et factum est, dum fabularentur" gaben zwar nicht den Anlaß, doch die Rechtfertigung der späteren Ostermährlein oder des Ostergelächters, jener komischen Spiele, die nach der furchtbaren Tragödie der Charwoche zur Volkserheiterung dienen sollten.

unterwegs griechisch. *Παροικεῖν* hieß ein Zugewanderter, nicht ein eingesessener Bürger seyn, also begegnete ihnen hier ein Fremdling, der aus anderem Lande und spät genug zum Feste kam? Übrigens heißt Apstg. VII, 6 Abraham mit seinem Saamen *πάροικος ἐν τῇ ἀλλοτρίᾳ*, ebenso 29 Moses ein Fremdling in Midian. Im geistigen Verstande nennt Paulus Eph. II, 19 die Gläubigen aus den Heiden nicht mehr Fremdlinge und Hintersassen. Wie aber nach Hebr. XI, 9 die Patriarchen als Fremdlinge im Lande der Verheißung wohnten, so sollten es bald auch die Christen seyn. Eine Masse Volkes, Einheimische wie Festpilger aus weiter Ferne, hatten an dem furchtbaren Trauerspiele, der Hinrichtung Jesu, Antheil genommen, der Unbekannte konnte unmöglich so fremd seyn, nicht davon gehört zu haben.

„Was denn? fragte Er sie; und sie antworteten: Das mit Jesus von Nazaret, der ein prophetischer Mann war, mächtig in Wort und That vor Gott und allem Volke (vor Gott und der Welt!); wie Ihn unsere Hohenpriester und Vorsteher dem Todesrichter überliefert haben, und wie sie Ihn dann kreuzigten. Wir aber hofften von Ihm Israels Erlösung; doch nun ist es mit all dem heute schon der dritte Tag, seit dieses vorgegangen."

Denn am dritten Tage mußte es sich entscheiden, derselbe spielt auch im ganzen alten Testamente eine Rolle. [4]) Sie hatten die drei Tage in Trauer hingebracht und trugen ein Fastengesicht zur Schau, darum sahen sie düster (*σκυθρωποί*) darein, wie es Mth. VI, 16 von den fastenden Pharisäern heißt. Auch nennt der Redner Jesum nach seiner bisherigen Erkenntniß einen Propheten, ja gleich Mth. II, 23 den *Ναζωραῖος*, der Israel erlösen sollte. Sie hoffen, es müsse sich doch noch etwas weiteres zutragen, und die letzte Katastrophe könne unmöglich schon vorüber seyn. Nun war alles in Jerusalem des Redens von

---

4) Bereschith r. f. 62, 2. „Abraham levavit oculos suos die tertia." Genes. XXII, 4. Et de die tertia tribuum scribitur: „Dixit iis Joseph die tertia." Genes. XLII, 18. D. d. t. exploratorum: „Abscondimini illic dies tres." Jos. II, 16. Et d. d. t. promulgationis Legis: „Et fuit die tertia." Exod. XIX, 19. D. d. t. Jonae sc.: „Fuit Jonas in ventre piscis tribus diebus et tribus noctibus." Jon. II, 1. D. d. t. ascendentium e captivitate sc.: „Et castrametati sumus illic dies tres." Esra VIII, 15. D. d. t. revificationis mortuorum sc.. „Post dies duos revificabit nos, tertia die resuscitabit nos, et vivemus in conspectu ejus." Hos. VI, 3. D. d. t. Estherae sc.: „Et die tertia induit Esther regalia." Esth. V, 1. Targumista addit: Induit Esther regalia die tertia Paschatis. Bd. V, 71. 352.

Jesu voll, und dieser räthselhafte Unbekannte schien allein nichts davon zu wissen.

„Da haben uns einige Frauen von den Unsrigen in Erstaunen gesetzt, die schon vor Tagesanbruch beim Grabe waren. Sie fanden seinen Leichnam nicht, und kamen zurück und sagten, sie hätten eine Erscheinung von Engeln gehabt, welche sprachen, Er lebe. Nun gingen Einige von den Unseren zum Grabe, und fanden es ebenso, wie die Frauen gesagt; Ihn selbst jedoch sahen sie nicht. Jesus aber sprach zu ihnen: O ihr Unverständigen![5]) wie lange sträubt sich euer Herz, alles zu glauben, was die Propheten ausgesprochen haben. Mußte denn nicht Christus dieß alles leiden, um in seine Herrlichkeit einzugehen? Und nun fing Er an von Moses und allen Propheten, und erklärte ihnen alle Schriftstellen, die auf Ihn deuteten."

Es sind Stellen wie die obigen (Kap. CXXXVI), deren Verständniß auch den Aposteln erst mit der Zeit aufging, andere, die von der Auferweckung am dritten Tage handeln, u. s. w. Von Moses angefangen und zwar Gen. III, 15 beginnen die Weissagungen vom Tode des Erlösers, den die Schlange in die Ferse stechen solle, der Psalmist XXII verkündet dessen Leiden, und unter den Propheten sehen besonders Is. LIII und Dan. IX seinen Tod vorher. Dieß legte Er ihnen in Kürze aus, so wie die Auferstehung und Herrlichkeit, welche darauf folgen würde. (Ps. XVI, 10. 11. LXVIII, 19. CX, 1. 7.) Bald überkam sie Verwunderung, daß sie nicht selber daran gedacht hatten, wie nach den Erwartungen der Juden der leidende Messias, der Sohn Josephs, von dessen Marter auch Isaias geweissagt, vor dem verherrlichten Sohne Davids kommen und für die Erlösung der Menschen, die Heiden nicht ausgenommen, sterben müsse. (Bd. II, 2, S. 41 f.)

„Unterdeß näherten sie sich dem Flecken, wohin sie gingen. Da stellte Er sich, als wollte Er weiter gehen. Sie aber nöthigten Ihn, und sprachen: Bleib' bei uns, denn es will Abend werden, und der Tag hat sich geneigt. Da ging Er mit ihnen hinein." (Lk. XXIV, 13—29.)

Zahlreiche Volkssagen haben zum Inhalte, wie der Tod oder die Pest als Unbekannte in Person einem Reisenden begegneten, und das bevorstehende Verderben wahrsagten, aber auf inständiges Bitten den nächsten Ort von der Heimsuchung verschonten. Hier wandelt der Auferstandene, der Herr des Lebens, mit den zum Tode

---

5) Cf. B. Avoda sara f. 2, 2. 3, 1. O ihr Thoren (שוטים), die ihr in der Welt seyd.

Erschrockenen. Als sie in den Wady Hanina hinabgestiegen, wo die Brücke über den Steinbach führt, und der Herr sich anschickte, als wolle Er den Höhenweg gen Kastel hinaufsteigen und seinen Weg weiter abendwärts nach Kiriath el Enab, der Stadt der Weintrauben, oder dem nahen Arimathäa fortsetzen, da nöthigten sie Ihn, hier zu bleiben und ihr Gast zu seyn. So nöthigt Lot die Engel, bei ihm Einkehr zu nehmen und die Nacht zu bleiben Gen. XIX, 3, und sie lehnen anfänglich ab, wie Jesus gegenüber dem Jüngerpaar thut. Ebenso wird Richt. XIX, 9 f. jener Levit in Bethlehem Juda genöthigt: „Sieh, der Tag geht nieder und es will Abend werden, hier ist die Herberge, bleibe über Nacht."

CXLV. Kapitel.

Die Communion unter der Gestalt des Brodes.

„Und es geschah, als Er mit ihnen zu Tische lag, nahm Er das Brod, segnete und brach es, und reichte es ihnen."

Der Talmud belehrt uns B. Berac. f. 45, 1 f.: „Wenn zwei Personen mit einander essen, einer ein Schriftgelehrter, der andere ein gemeiner Mann, so spricht der Schriftgelehrte den Segen und der andere ist entschuldigt." Wenn ein Wandersmann [1]) oder Gast über Tische war, pflegte man diesen ehrenhalber die Danksagung sprechen zu lassen, wobei er das Brod in die Hand nahm. Hier hatte der Fremdling sich als Sopher oder Schriftweiser im eminenten Sinne kund gegeben, Er trat also an die Stelle des Hausvaters, welcher das Benedicamus, oder wenn mehr als drei waren, das Benedicite vorbetete, die anderen antworteten mit Amen. Wer den Tischsegen sprach, brach auch das Brod, und reichte es herum; doch aß man gewöhnlich nicht, ehe, der das Brod gebrochen, von den Speisen gekostet hatte. Jesus begann also: „Preiset den Herrn, der uns das Brod der Erde geschaffen hat!" und die beiden erwiederten: Amen! Nun brach Er die ungesäuerte Oblate, und reichte sie ihnen. Sie ward bei diesen Worten unter seinen Händen zur Eucharistie: und so war der Herr selbst der Erste, der das Abendmahl unter Einer Gestalt reichte!

---

1) Jos. Karo in Schylchan Aruch num. 201. Viatoris est benedicere, quamvis paterfamilias illo dignior fuerit. Non benedicit antequam panem in manum sumserit, ut omnes videant.

„Da wurden ihre Augen aufgethan und sie erkannten Ihn. Er aber verschwand in ihrer Mitte. Und sie sprachen zu einander: Hat uns nicht das Herz gebrannt, als Er auf dem Wege mit uns redete, und uns die Schrift eröffnete!“ (Lk. XXIV, 30—32.)

Die Himmelsspeise, die uns Christus, der neue Lebensbaum, zum Abendmahle reicht, steht als Heilkost im direkten Gegensatze zu jener Sündenspeise, welche die ersten Stammältern am Paradiesesmorgen vom Holze des Fluches oder dem Baume der Erkenntniß genoßen, wobei sie sich den Tod und die Vergessenheit hinein gegessen. Heute nun begibt sich zum Heile der erlösten Menschheit der gegentheilige Akt; denn wie es dort von Adam und Eva heißt: „Sie aßen und ihre Augen wurden aufgethan, und sie erkannten beide ihre Nacktheit“ — so findet jetzt beim Empfange der Eucharistie für die Beiden eine entgegengesetzte Augenöffnung statt; sie erkennen, daß ihnen damit keine Täuschung, sondern die Wahrheit und Realität geboten sey, und ihr Genuß bringt ihnen die Erleuchtung, die Gnade und das Leben der Gottheit wieder zuwege, dessen die Stammältern dort in falscher Erkenntniß und Elohimssucht verlustig gegangen. Weit entfernt, von den Augen Gottes verstoßen und mit dem Flammenschwerte hinausgetrieben zu werden, sehen sie Gott auf's neue im Umgange mit ihnen, sehen seine Engel wiederkehren, um sie freundlich zum Tische des Herrn und zur Anschauung seines göttlichen Angesichtes einzuladen.

Das Paschabrod wird also zum Brode der Erkenntniß, bei dessen Darbringung in den Händen des Hohenpriesters im neuen Bunde sie den Herrn gegenwärtig schauen, es sind Schaubrode im geistigen Sinne. Diese, ungesäuert und selbst in der Form der Osteroblaten gebacken, wurden alle Sabbate von den Priestern am heiligen Orte gegessen und durch frische ersetzt. Sie hießen das Brod des Angesichts, d. h. des göttlichen Angesichts [2]): als das Brod, durch welches Gott geschaut wird, mit dessen Genuß das Schauen Gottes verbunden ist, mit dessen Empfang man zur Vision Gottes kömmt. Dieß Brod sollte nicht im eigentlichen Sinne Speise für das leibliche Daseyn bedeuten, sondern auf ein geistiges Nahrungsmittel hinweisen, um das

2) Ex. XXXIII, 14. Deut. IV, 37. Js. XXXIX, 6. Bähr Symb. d. mos. Cult. I, 428 f.

höhere Leben zu fördern, welches in der Anschauung Gottes von Angesicht zu Angesicht besteht. Der Tisch der Schaubrode stand im Heiligen, dem Nachbilde des Himmels: sie waren sohin als Himmelsbrode geboten, und die Priester, die davon aßen, befanden sich im vorbildlichen Genusse des seligen, himmlischen Lebens, in welchem Schauen und Sättigen identisch ist. (Ps. XVII, 15.) Nun heißt aber (II. Kor. IV, 4. 6) Christus selbst das Ebenbild Gottes, das Angesicht des Vaters: also ist das Brod des Angesichts ein und dasselbe mit Brod Christi, und Er selber spricht bei Joh. VI, 40. 51: „Wer den Sohn schauet, der hat das ewige Leben; und wer von Ihm, dem lebendigen Brode, das vom Himmel herabkam, ißt, der wird leben in Ewigkeit.“

Zwölf Brode waren dargestellt, nach der Anzahl der Stämme Israels, welches selber das Volk des Angesichtes oder das Volk des Bundes ist, gleichwie der Engel des Antlitzes auch der Engel des Bundes heißt. Sie wurden genossen am Tage des Bundes, d. i. wie früher am Sabbat, so jetzt am Sonntag. Das Brod ist Symbol der Mittheilung des ewigen, unvergänglichen Lebens an die Heiligen und Gerechten: darum stand es ungesäuert, also rein und unverweslich, im Gegensatze zu Fäulniß und Tod, auf dem vorbildlichen Communiontische ausgesetzt. Im Buche Numeri IV, 7 heißt es לֶחֶם הַתָּמִיד, das Brod der beständigen Fortdauer, oder das immer in Bereitschaft stehende Brod, das wie das consekrirte Brod des neuen Bundes fortwährend zur Anbetung im Tabernakel ausgesetzt ist, und wir alle, ein priesterliches Volk, stets zum Opfermahle geladen werden, um mittels dieser Stärkung zum höchsten Lebensgenusse zu gelangen, auch einst nach Christi Wort im Himmelreiche mit Ihm zu Tische zu liegen.

Jetzt erst erkennen sie Ihn, doch Jesus verschwindet sofort aus ihrem Gesichte Lk. XXIV, 31, wie damals zu Nazaret, und im Tempel, da sie Ihn steinigen wollten. Die Beiden schließen einander in die Arme vor Rührung und wundern sich über ihre bisherige Geistesblindheit, obwohl ihr Herz sie gemahnte. So spricht Jer. XX, 9: „In meinem Herzen ward es wie ein brennend Feuer, wie ein Sengen in meinen Gebeinen.“ Schon der Psalmist singt XXXIX, 4: „Mein Herz ist entbrannt in meinem Leibe, und wenn ich daran denke, werde ich entzündet.“ Am Brodbrechen erkennen die Jünger Jesum. So wird man auch unsere Zeit mit ihren sozialen Nöthen, wo es will Abend werden und die Sonne des Tages zum Untergange neigt, die Kirche Christi daran erkennen, daß sie die Herzen erweckt und den Armen das geistige wie leibliche Brod bricht.

„Und sie machten sich noch auf in derselben Stunde, kehrten nach Jerusalem zurück, und fanden die Eilfe mit den Übrigen versammelt, die ihnen zuriefen: Der Herr ist wahrhaft auferstanden und indeß dem Simon erschienen. Sie aber verkündeten jetzt, was ihnen unterwegs begegnete, und wie sie Ihn am Brodbrechen erkannt hätten: demungeachtet wollten sie ihnen das nicht glauben." (Mk. XVI, 13. Lk. XXIV, 33—35.)

Diese besondere Erscheinung, zu der Christus sich zum Fürstenapostel herabließ, um ihn, den gänzlich darniedergedrückten, von seinem Falle wieder aufzurichten, finden wir auch durch das Zeugniß des Paulus bestättiget, aus dessen Munde die Nachricht eben an Lukas gelangte. Denn so schreibt er I. Kor. XV, 3 f.: „Vor allem habe ich euch mitzutheilen, daß Christus für unsere Sünden gestorben ist, daß Er begraben wurde und am dritten Tage wieder auferstand, und daß Er dem Kephas und den Eilfen erschienen ist."

Das Wort, welches jetzt im Munde aller war: *Χριστὸς ἀνέστη!* „Christ ist erstanden!" bildet den Gruß, womit noch heute die Griechen und Anhänger der morgenländischen Kirche am Ostertage sich entgegenkommen, wie die Abendländer mit Halleluja! Das Ostermahl selbst bildet die Bürgschaft der Auferstehung. Wie Gott in der Schöpfung sein Leben aus Liebe zur Welt hingegeben und sein Blut zum Lebensstrome für das menschliche Geschlecht ward, so mischt Er im neuen Abendmahlsbecher die Elemente zur Rekreation der Dinge, damit ein neuer Himmel und eine neue Erde werde, und die Sterblichen durch sein Fleisch und Blut genährt zur Auferstehung und Wiedergeburt im ewigen Leben gelangen. Der Kelch, in welchem die Wandlung vor sich geht, steht im Zusammenhange mit dem typischen Schöpfungsbecher des Dionysos, worin göttliches Blut den Eingeweihten zur Lebensmittheilung kam, sie der höheren Urstände und seligen Vereinigung mit der Gottheit zu versichern. D a m i t w e r d e n n u n a u c h u n s d i e A u g e n a u f g e t h a n, s o w o h l ü b e r d i e u n i v e r s a l e B e d e u t u n g d e s C h r i s t e n t h u m s, a l s d e r n u n m e h r g e o f f e n b a r t e n u n d n i c h t l ä n g e r v e r h ü l l t e n W e l t r e l i g i o n; w i e ü b e r d i e R e a l i t ä t d e s m i t F l e i s c h u n d B l u t i m G e d ä c h t n i ß m a h l e d e s B u n d e s g e g e n w ä r t i g e n G o t t e ssohnes, nachdem schon das Heidenthum seine lebendige Darstellung im Symbole erfaßte.

CXLVI. Kapitel.

Offenbarung Jesu im Kreise der Apostel. Der Honig-Seim.

„Am späten Abende desselben ersten Wochentages nun, da die Jünger aus Furcht vor den Juden bei verschlossenen Thüren versammelt waren und noch so zu einander redeten, erschien Jesus, stand in ihrer Mitte, und sprach zu ihnen: Der Friede sey mit euch! Ich bin es, fürchtet euch nicht! Doch sie erschracken und waren voll Furcht, weil sie glaubten, einen Geist zu sehen. Er aber sprach zu ihnen: Wie seyd ihr so bestürzt, und warum steigen solche Gedanken in euch auf?"

Das Hin- und Wiederlaufen und Schweben zwischen Furcht und Hoffnung ließ die Apostel bis tief in die Nacht nicht dazu kommen, an das Essen zu denken. Die beiden Jünger hatten schon zu Emmaus das Abendmahl eingenommen, und seitdem den zweistündigen Weg zurückgelegt. Erst jetzt setzten sie sich allmählig zu Tische, und Thomas hatte sich noch gar nicht gefunden. Da findet Jesus sich ein: Er, der selbst die Mutter nicht gebrochen, geht auch durch verschlossene Thüren. Die Apostel glaubten, es sey ein Geist, und der Herr findet keinen Anlaß, den Geisterglauben überhaupt zu berichtigen. Plutarch meldet: „Wenn in einer Gesellschaft plötzlich eine Stille eintrat, so sprachen die Alten: Merkur sey hereingekommen." Auch von Apollonius von Thyana, dem Reformator des Heidenthums in den Tagen der Apostel, führt Philostratus VIII, 30 f. absichtlich wegen der Parallele mit Christus an, er, der so viel über die Unsterblichkeit der Seele philosophirte, sey bei seinem Sterben durch die verschlossenen Thüren des Tempels der Artemis Diktynna auf Creta eingegangen, und während der jungfräuliche Gesang erscholl: Geh aus der Erde hinauf zum Himmel! mit einmal verschwunden. Gleichwohl sey er noch nach seinem Tode seinen Jüngern erschienen, um sie im Glauben an die Unsterblichkeit zu bestärken.

Von diesen verschlossenen Thüren lesen wir auch Apstg. XII, 12. XIII, 14. Die Unsicherheit der Jünger vor einer Verfolgung erinnert an Is. XXVI, 20: „Geh in deine Kammer, verschließe die Thüre hinter dir und verbirg dich eine kleine Weile, bis der Zorn vorübergeht."

Auch der Gruß Salam aleikum, Friede mit euch, oder Friede sey unter uns! gemahnt an den uralt erblichen Unfrieden der Stämme der Wüste, bei welchen Raub und Krieg die Regel, Aussöhnung und Friede die Ausnahme bilden. Wenn eine Horde unversehens der anderen begegnet, erkundet sie sich von ferne, ob dieselbe in friedlicher Absicht des Weges ziehe oder einem feindseligen Beduinenstamme angehört: dann nähert man sich langsam und tauscht die Friedensversicherungen aus, ißt Brod und Salz mit einander, oder reicht, wie in Amerika, sich die Friedenspfeife.

Mit Pax vobiscum grüßt der Herr seine Jünger wiederholt in diesen Tagen; denn Er, der als Friedensstifter vom Himmel zur Erde gekommen war, hatte nun sein Werk vollbracht. Es ist zugleich der priesterliche Gruß, den Er ihnen bietet; denn wie nach der Anschauung des Alterthums, die wir gelegentlich der Kreuztafel besprochen, in den Grundsprachen der Welt der dreifache Charakter der verschiedenen Nationen hervortritt, so sehen wir dieß auch schon in ihrer Weise, zu grüßen, sich äußern. Der Grieche grüßt mit den Worten: χαίρετε! freuet euch! seyd wohlgemuth! allegro! so im Alterthume, wie noch jetzt. (Matth. XXVIII, 9.) Es ist die Lebensheiterkeit, die diesem Stamme eigen ist, und selbst in seinen Göttermythen sich ausspricht, aber auch der Leichtsinn und die Frivolität, sein mehr sociales, kaufmännisches und Conversationsleben damit ausgedrückt. Der Römer dagegen spricht: salve! Heil dir! sey gesund! es ist das heroische Element, was sich hierin abprägt; denn er ist von herberem und derberem Wesen, und seiner Kraft sich bewußt, und die Macht ist auf seine Schultern gelegt. So sagt auch bei den Germanen das uralte: Gott grüße dich! nichts anderes aus, als: Gott mache dich groß![1]) Es ist gleichsam die Wiederholung des Segens, den der Erzvater Noe dem Japhet und seinen Söhnen mit auf den Weg gegeben, stark und kräftig zu werden, und seine Herrschaft über seine Brüder auszubreiten.

„Friede mit euch! fürchtet euch nicht!" spricht Joseph der Ägypter, indem er sich seinen Brüdern zu erkennen gibt. Gen. XLIII, 23. Salem, die Friedensstadt, ist der Wohnsitz Melchisedeks, nach dessen Vorbild jetzt Jesus seine Zwölfboten zu Priestern des neuen Bundes einsetzt;

1) Vgl. schwed. grid, grud, Friede, Wohlergehen, agſ. grith, Gras, Wachsthum. Der Slave spricht sdrávo, salve!

daher derselbe Gruß noch täglich in der Kirche an unser Ohr erschallt. Denn, sagen die Rabbinen, [2]) Gott kannte keine größere Benediktion für sein Volk, als den Frieden.

„Und nachdem Er dieses gesagt hatte, zeigte Er ihnen seine Hände und Füße, wie auch seine Seite, und sprach: Sehet meine Hände und meine Füße: Ich bin es selbst! Rühret mich an und überzeuget euch; denn ein Geist hat nicht Fleisch und Bein, wie ihr an mir sehet. Da sie aber vor Überraschung noch nicht glaubten, und staunten, sprach Er: Habt ihr etwas zu essen hier? Da gaben sie Ihm ein Stück von einem gebratenen Fisch und etwas Honigseim. Er nahm und aß es vor ihren Augen, den Überrest aber vertheilte Er ihnen.“ [3])

Hier sehen wir deutlich, daß Christus auch an den Füßen angenagelt, und nicht bloß mit Stricken angebunden war; denn Er wies ihnen seine Wunden. Und wie Er im Leben mit ihnen gewandelt, so ließ Er auch jetzt sich wieder zu ihnen herab, aß als Gastgenosse von ihrem Tische, um sich ihnen vertraut zu erweisen, und sie handgreiflich von seiner Gegenwart zu überzeugen.

Das Hebräerevangelium liefert als ergänzenden Bericht [4]): „Jakobus habe geschworen, er werde keine Nahrung mehr zu sich nehmen von jenem Tage an, wo er den Kelch des Herrn genossen, bis er Ihn wirklich von den Todten auferstanden sehen würde. Darum sey ihm der Herr erschienen, und habe gesprochen: Bringet Brod auf den Tisch. Und Er nahm das Brod, segnete und brach es, und reichte

---

2) Gen. XLIII, 23. cf. Oketsim 3, 12. Dixit R. Simeon: non invenit Deus s. b. vas continens Israelitarum benedictionem, nisi pacem, s. d. Ps. XXIX, 11.

3) Lk. XXIV, 36—43. Joh. XXI, 19, 20. Ἔχετέ τι βρώσιμον. Habt ihr etwas Brosamen hier?

4) Hieron. de vir. illustr. 2. Evangelium quoque, quod appellatur secundum Hebraeos, post resurrectionem Salvatoris refert: Dominus autem, postquam dedisset sindonem servo sacerdotis, ivit ad Jacobum et apparuit ei. Juraverat autem Jacobus, se non comesturum panem ab illa hora, qua biberat calicem Domini, donec videret eum resurgentem a dormientibus. Rursusque post paululum: Afferte, ait Dominus, mensam et panem. Statimque additur: Tulit panem et benedixit ac fregit, et dedit Jacobo Justo et dixit ei; frater mi, comede panem tuum, quia resurrexit filius hominis a dormientibus.

es dem Jakobus mit den Worten: Mein Bruder! iß dieß Brod; denn der Menschensohn ist von den Entschlafenen auferstanden."

Diese Ascese entspricht vollkommen dem Charakter des Alphäiden (Bd. II, 2, S. 311) und motivirt doppelt das Verlangen des Herrn nach Speise; sie aber reichten Ihm Honigseim. Er genoß davon nicht nach einem Bedürfnisse des Hungers, sondern den Seinen zum Zeugnisse seiner leibhaften Urstände. So spricht der Erzengel Raphael zu Tobias XII, 19: „Ich koste eine unsichtbare Speise und einen Trank, der von Menschen nicht gesehen werden kann." Justin erklärt Trypho: „Das Wort, welches [von den Elohim an Abrahams und Lots Tisch [5])] bezeugt, daß sie gegessen, ist so gemeint, wie wir vom Feuer sagen, daß es alles verzehrt." Augustinus braucht von Christus den Vergleich: Er absorbirte die Speise, wie die Sonne das Wasser.

Sie setzten dem Heiland Honigkuchen vor, welche bei den Juden in der Osteroktave die Stelle der süßen Brode vertraten. Es waren mit Mandeln und Gewürzen durchsetzte Lebkuchen statt des minder schmackhaften Ungesäuerten. Für die Mündel und Waisen besorgte der Vormund das Paschaessen, [6]) davon schreibt sich noch bis auf unsere Zeit die Sitte her, daß die Täuflinge am Ostertage zum Pathen auf ein Osterei gehen, und hiezu schon bei der Taufe den silbernen Löffel zum Geschenke erhalten, wie denn auch Meth und Honigbrode am christlichen Pascha nicht fehlen. Sie sollten an die Süßigkeit des messianischen Reiches erinnern, dessen Herstellung man am einstigen Pascha erwartete. Ebenso finden wir den Honiggenuß in den Eleusinien und Mithrasmysterien (im Löwengrade) mit der Bedeutung, von der Süße des Lebens der Unsterblichkeit in der jenseitigen Welt, dessen die Eingeweihten versichert waren, einen Vorgeschmack zu erhalten. In demselben Sinne wurde den Catechumenen in der ersten Kirche am weißen Sonntage nach Ostern Milch und Honig eingeflößt, um sie an das Land, das von Milch und Honig fließt, d. h. an das ursprüngliche Himmelreich zu erinnern, an das sie nun vermöge der Taufgnade Anspruch erhielten.

---

5) Jos. Ant. I 11, 2. At illi prae se tulerunt, quasi comederent.

6) Pesach. f. 87, 1. Orphanus, pro quo (duo) tutores Pascha mactarunt, comedat ubicunque voluerit; item maritata vel apud maritum vel apud patrem suum. Mein Heidenth. und dessen Bedeutung für das Christenth. II, 350 f.

Honig und Honigkuchen bildeten nach der religiösen Vorstellung des Alterthums zugleich die Speise der Todten, womit man die Manen letzte, und noch in der christlichen Zeit das Seelenopfer, daher auch am Tage aller Seelen wieder im weiten Kreise der Christenheit den Kindern von ihrem Pathen Lebkuchen überschickt werden. In Rußland legt das Volk noch immer am Montage nach Ostern zum Gedächtnisse der Verstorbenen auf deren Gräber Honigbrode gleichsam als Seelenspeise hin, die man entweder selbst verzehrt, oder noch üblicher den Popen zum Geschenke überläßt. In der Apstg. X, 41 kömmt Petrus darauf zurück: daß sie, die von Gott vorher bestimmten Zeugen, nach seiner Auferstehung von den Todten mit Ihm gegessen und getrunken. Daß der Herr den Seinen zu essen gebot und zu ihrer Ermunterung selber mitaß, geschah nach dem Zeugnisse der kirchlichen Überlieferung: weil die Apostel seit seinem Scheiden nichts mehr genoßen, ja der Eine sogar geschworen hatte, aller Nahrung sich zu enthalten, bis er Ihn auferstanden sehen würde.

CXLVII. Kapitel.

Predigt der Sündenvergebung.

„Und wie sie zu Tische lagen, verwies Er ihnen ihren Unglauben und ihre Herzenshärtigkeit, daß sie denen, die Ihn schon auferstanden gesehen, nicht geglaubt hatten. [1]) [Sie aber entschuldigten sich, und sprachen: Es ist zur Zeit die Welt voll Bosheit und Unglaubens, und läßt durch ihren unlauteren Geist nicht zu, die wahre Kraft Gottes zu erfassen; darum: so offenbare dein Reich der Gerechtigkeit schon [2])

---

1) Der Herr erinnerte sie jetzt, was Er früher Mth. XVI, 21. XVII, 22 f. XX, 18 f. ihnen vorherverkündet.

2) Diese, Einigen manichäisch dünkenden Worte überliefert Hieronymus (l. II. adv. Pelag. Opp. T. III. f. 131) mit dem Bemerken: In quibusdam exemplaribus et maxime in graecis codicibus juxta Marcum in fine ejus evangelii scribitur: Postea cum accubuissent undecim, apparuit eis Jesus, et exprobravit incredulitatem et duritiem cordis eorum, quia his, qui viderant eum resurgentem, non crediderunt; et illi satisfaciebant, dicentes: Saeculum istud iniquitatis et incredulitatis substantia est (οὗτος ὁ αἰὼν κακίας καὶ ἀπιστίας ὑπόστασίς ἐστιν. cf. II. Cor. XI, 17. ἐν ταύτῃ τῇ ὑποστάσει τῆς καυχήσεως), quae non sinit per immundos spiritus, veram dei apprehendi virtutem: idcirco jam nunc revela justitiam tuam. Merkwürdig

jetzt.] Nun sprach Er zu ihnen: Dieß sind die Reden, die Ich zu euch geredet habe, da Ich noch bei euch war, daß alles erfüllt werden müsse, was im Gesetze Mosis, in den Propheten und Psalmen von mir geschrieben steht. Dann schloß Er ihnen den geistigen Sinn auf, daß sie die Schrift verstanden, und sprach: Also steht es geschrieben und also mußte Christus leiden, und von den Todten auferstehen am dritten Tage. Und nun muß in seinem Namen Buße und Vergebung der Sünden unter allen Völkern verkündiget werden, von Jerusalem angefangen." (Mk. XVI, 14. Lk. XXIV, 44—47.)

„Da freuten sich die Jünger sehr, daß sie den Herrn sahen. Er aber sprach abermal zu ihnen: Der Friede sey mit euch! wie mich der Vater gesendet hat, so sende Ich euch! Und indem Er dieses sagte, hauchte Er sie an, und sprach zu ihnen: Nehmet hin den heiligen Geist: welchen ihr die Sünden erlasset, denen sind sie erlassen, welchen ihr sie behaltet, denen sind sie behalten." (Joh. XX, 20—23.)

Jetzt nach vollbrachter Versöhnung und Tilgung der Erbschuld wird zuerst der Menschheit Vergebung der Sünden verkündet und das Sakrament der Buße mit dem Bekenntnisse des Gewissens und des Mundes in der kirchlichen Heilsanstalt hienieden sanktionirt, nachdem das mündliche Bekenntniß zum Theil schon unter den Juden bestanden und namentlich bei der Taufe Johannis hervortritt; ohne dieses wäre die Vollmacht Christi nicht wohl ausführbar, jemand eine Sünde vorzubehalten. Wir begegnen im Talmud (H. Sanhed. c. 6) den denkwürdigen Worten: „Wer da bekennt, wird des ewigen Lebens theilhaftig;" diese Erfahrung haben wir an Achan, zu dem Josua (VII, 19 f.) sprach: „Mein Sohn! gib Gott dem Herrn Israels die Ehre, und lege ihm deine Beichte ab; eröffne mir, was du gethan hast, und verhehle mir nichts. Und Achan erwiederte dem Josua und sprach: Ich habe wahrhaftig gesündiget gegen den Herrn und Gott Israels, und dieß und jenes habe ich gefehlt." Woher aber wissen wir, daß ihm seine Sünde nachgelassen worden? Daraus, daß Josua sprach: „Wie du uns betrübt hast, so betrübe dich heute Gott. Du leidest an diesem Tage, aber

---

stimmt hiezu eine apokryphe Nachricht bei den Kirchenvätern, der zufolge Jesus gesagt haben soll: Diese Welt ist die Substanz der Bosheit und des Unglaubens, und wenn ihr dem widersaget, so werdet ihr doch nicht in Abrede stellen, daß die Welt im Argen liegt?

dafür nicht im künftigen Säkulum." (Joma f. 86, 2.) Es sprach der R. Huna: „Wer immer eine Übertretung begeht, muß seine Sünde einzeln bekennen, wie Exod. XXXII, 31 geschrieben steht." Ferner lesen wir in dem wider die Christen verfaßten Buche Ikkarim f. 38, 1: „Obwohl Saul dem Samuel zweimal seine Sünde bekannte, und sprach: ich habe gesündiget! so wurde seine Reue doch nicht angenommen." (I. S. XV, 24. 30.) Ja die Mosaischen unterscheiden selbst zwischen contritio und confessio, satisfactio und absolutio, und leiten diesen Unterschied aus Deut. XXX, 14 ab. So schreibt noch der R. Elia ben Mose di Widasch in seiner Moral, genannt Reschith Chocma [3]): „Wenn geschrieben steht: „Nahe liegt dir das Wort, in deinem Munde und in deinem Herzen, daß du es vollbringest;" so heißt „in deinem Munde" soviel, als das mündliche Bekenntniß alles dessen, was ein Büßer bekennen muß. „Und in deinem Herzen": dieß ist, wenn man die Buße zu Herzen nimmt, mit dem Vorsatze, nicht weiter zu sündigen. „Es zu thun" endlich, wenn der Pönitent z. B. etwas entwendet hat, daß er es zurückstelle." Ja im Schene Luchoth Berith oder den „beiden Bundestafeln" von R. Hurwiz, der im Jahre 1610 als Nasi im heiligen Lande starb, finden wir die Gesetze einer wahren Confession fast wie nach katholischer Anschauung entwickelt.

Keiner erlangte bekanntlich die Aufnahme in den Orden der Essener ohne vorangängige Beicht; ebenso keiner die Einweihung in die kabirischen Mysterien zu Samothrake, wo durch den Herold Cadmiel der kommende Gott verkündiget wurde, als nach vor-

3) Cap. 1. de poenit. Saphet 1576. cf. Sepher Chasidim von R. Jehuda dem Frommen † 1217. num. 167. Si quis peccavit occulte, nemine id sciente, praeter v. g. illam mulierem, quacum peccaverit, quando poenitentiam aget, prudentiae ejus est efficere, ut illa mulier sciat, et non alii, ipsum poenitentiam agere. Deinceps vero ne loquatur cum ea. Quodsi multis notum sit, illum peccasse, nota sit etiam multis ipsius poenitentia. n. 593. Scriptum est Hos. XIV, 3. „Tollite vobiscum verba, et convertimini" etc. Peccaverat aliquis peccatis gravibus, et obtulit se sapienti, et petiit ab eo dimitti sibi leve peccatum; at noluit illum admittere sapiens. Dixit ei alius: quare non das illi reconciliationem? resp. sapiens: quia ille non petiit pro gravibus sed pro levibus, ideoque non dedi illi remissionem. Scriptum est enim Jerem. II, 35 etc. Verum oportet eum confiteri omnia peccata sua, juxta Levit. XVI, 21. — De Voisin obs. in R. Martini p. 179. Die wahnsinnigen Forderungen des jüdischen Bußcanons nach Reschith Chocma siehe ebend. Pugio fidei P. III. dist. III. c. 14.

heriger Entsündigung, ja selbst kein Götterausspruch konnte erholt werden, wenn man nicht zuvor die unrechtmäßigen Handlungen seines Lebens bekannt hatte, wie dieß auch von Lysander erfordert wurde. Nur vorsätzlicher Mord fand nie Vergebung, unbedachtsamer dagegen war der Versöhnung fähig. Der Priester selbst, der das Bekenntniß abnahm, trug den Namen *κοής* oder *προφήτης*, wie auch der Hierophant zu Eleusis, wo die Herabkunft der Seelen aus einer höheren in diese Sinnenwelt nebst ihrer einstigen Rückkehr nach oben oder ihrem Sichverlieren im Reich der Dämonen gelehrt wurde. Daß aber das spezielle Sündenbekenntniß vor dem Priester auch in den persischen Mithriaken und namentlich noch jezt bei den von Indien ausgegangenen Buddhisten sich vorfinde, haben wir schon früher auseinandergesetzt. [4])

Somit treffen wir auch dieses, in den Bedürfnissen des menschlichen Herzens selbst begründete Institut in seinen wesentlichen Zügen bereits bei allen Völkern der vorchristlichen Zeit an, und diese Grundlage (auch ein *γνῶθι σεαυτόν*) voraussetzend, ertheilt jezt Christus den Seinen die Vollmacht der wirklichen Sündenvergebung, mit dem Auftrage, die ganze Welt einzuladen, an der nun eingetretenen Versöhnung Theil zu nehmen. Aber indem Er ihnen so am ersten Tage seiner Auferstehung seinen Geist einhauchte und sie zur Verwaltung der Geheimnisse der Buße und des Abendmahles berief, hatte Er sie zugleich zur Ausspendung aller übrigen Sakramente: der Taufe, Confirmation und letzten Ölung und zur Einsegnung der Ehe geweiht und bevollmächtigt. (Apstg. II, 38.)

Jesus haucht seine Jünger an, und legt ihnen zur Weihe des Berufes die Hände auf. Der Athem seines Mundes belebt; wenn der Herr seinen Odem zurückzieht, sinkt die Welt in ihr Nichts zurück. Mit dem Athem seines Mundes hauchte Gott dem ersten Menschen die vernünftige Seele ein; darum galt der Anhauch (divinus afflatus) von jeher und bei allen Nationen als das Symbol der Mittheilung des höhern Geistes. Christus haucht die Apostel an mit dem göttlichen Ruach, welcher von Ihm und dem Vater zugleich ausgehet in Ewigkeit. Schon diese einzige Stelle der Schrift genügt, um dem dogmatischen Zweifel der

---

4) Schelling die Gotth. v. Samothr. not. 9. u. 81. Kreuzer Symbolik u. Mone 847. Mein Heidenth. II, 395. Leben Chr. II, 2, S. 90 f.

griechischen Kirche, ob der Geist zugleich vom Sohne ausgehe, zu begegnen.

„Nehmet hin den heiligen Geist!“ Alle Weihe der Macht, alle Segnung und Heiligkeit geht von oben aus: Christus, der vom Himmel herabgestiegen, ist der Träger dieses Segens und der höheren Gnade, die Übertragung aber erfolgt durch die Händeauflegung auf die Apostel und durch dieses Medium auf alle folgenden kirchlichen Lehrer. Die Kirche erlaubt darum nicht, die Weihe, sondern höchstens die unwürdigen Träger einer geistlichen Würde anzufechten; denn nicht von unten erfolgt der Übertrag, sondern von der Höhe; nicht von der Gesammtheit, sondern von ihrem einzelnen Mittelpunkte. Kraft dieser Sendung spricht Paulus II. Kor. II, 10: „Wenn ihr jemand vergebet, so vergebe auch ich, wenn ich aber etwas zu vergeben habe, so ertheile ich Vergebung für euch an Christi Statt.“

CXLVIII. Kapitel.

Zweifel und handgreifliche Überzeugung des Thomas.

23. Nisan, 24. April.

„Thomas jedoch, einer von den Zwölfen, auch Didymus genannt, war nicht bei ihnen, als Jesus kam. Da sprachen die anderen Jünger zu ihm: Wir haben den Herrn gesehen. Er aber sagte ihnen: Wenn ich nicht auch in seinen Händen die Nägelmale sehe und meinen Finger in die Nägelmale und meine Hand in seine Seite lege, so glaube ich es nicht.“

Eben was er am meisten wünschte, wollte er, vorsichtig genug, am wenigsten glauben, davon wollte er die handgreiflichsten Beweise haben, weil uns die Sehnsucht so oft betrügt. Wahrlich, keiner von uns, wie schon Stolberg sagt, darf sich schmeicheln, noch hartnäckiger im Unglauben seyn zu können, als die Apostel zur Versicherung der heiligsten Wahrheit waren, indem sie allein dem Augenscheine trauten! [1]) Thomas trägt auf Bildwerken das offene Buch,

1) Doch war der Zweifel Mosis an dem Abfalle Israels im Angesichte Gottes nach den Angaben der Rabbinen noch stärker. Schemoth r. f. 160, 1. Cum diceret Sanctus benedictus Mosi: descende, nam corrupit se populus tuus! prehendit ille tabulas, et non credidit, quod Israel peccaverat, dicens: nisi videro, non credam.

weil er alles gleichsam schwarz auf weiß sehen wollte. Nicht unähnlich wird im Phädon Simmias, des Sokrates Schüler, von diesem beim Vortrage über die Unsterblichkeit der Seele für hartnäckig im Glauben erklärt.

„Als aber acht Tage nachher die Jünger wieder beisammen waren und Thomas unter ihnen, da kam Jesus bei verschlossenen Thüren, trat in ihre Mitte und sprach: Der Friede sey mit euch! Darauf sagte Er zu Thomas: Reiche deinen Finger her, und sieh meine Hände; reiche deine Hand her und lege sie in meine Seite; und sey fortan nicht mehr ungläubig, sondern gläubig. Thomas antwortete und sprach: Mein Herr und mein Gott!"

Wie Gideon im alten Bunde den Zweifler spielt und dreimal Beweise fordert, einmal, daß das ausgebreitete Fell Nachts vom Thaue trocken bleibe, dann allein davon befeuchtet werde; als aber der Engel vor seinen Augen verschwindet, unter dem Rufe: Mein Herr und mein Gott! seinen Glauben ausspricht (Richt. VI, 22) und sofort als ächter Ritter für Israel streitet; so Thomas im neuen Testamente. Nach Petrus ist Thomas der erste, welcher die Gottheit Christi bekennt (vgl. Bd. V, 90. 214 f.) und somit seinem Glauben an den Auferstandenen den stärksten Ausdruck gibt. (Röm. I, 4.) Auch das auserwählte Volk hielt es für keinen Raub an der Ehre Jehova's, und glaubte keine Blasphemie zu begehen, wenn es dem Messias den Namen Gottes beilegte. Daher lesen wir Midrasch Tillim in Ps. XXI, 1: „Gott nennt den Messias nach seinem eigenen Namen," und dieser lautet: „Der Herr ist der rechte Streiter, Jehova sein Name." (Ex. XV, 3.) Und vom Messias spricht Jeremias XXIII, 6: „Dieß wird sein Name seyn, man wird Ihn heißen: Jehova, unsere Gerechtigkeit!" Auch im Sohar (I. f. 63. col. 249) finden wir die Erklärung: „Es ist der König Messias, welcher auch den Namen des heiligen, hochgebenedeiten Gottes führt." Und II. f. 4, 14: „Der König Messias heißt Zebaoth, und Ihm gilt das Wort im Hohenliede II, 7: Ihr Töchter Jerusalems, ich beschwöre euch bei Zebaoth!" So nahm jetzt Thomas keinen Anstand, den, der zur Knechtesgestalt sich entäußert hatte, aber von seiner Erniedrigung bis zum Tod des Grabes nun wieder auferstanden war, um zur Gottesgestalt zurückzukehren, und sich Gott gleich auf den Thron seiner himmlischen Herrlichkeit zu setzen (Phil. II, 6), anbetend mit dem Namen Jehova anzureden. Noch nachdrücklicher schreibt Paulus Röm. IX, 5: „Christus, der da ist über alles, Gott, hochgelobt in Ewigkeit. Amen."

„Jesus aber sprach zu ihm: Weil du mich gesehen hast, Thomas, so glaubst du; selig sind, die nicht sehen, und dennoch glauben." (Joh. XX, 24—29.)

Unter den letzteren verstanden die Juden die Proselyten, welche die Wunder auf Sinai nicht gesehen und das Gesetz nicht empfangen hatten, aber dennoch glaubten — also die Heiden. (Bd. V, 234.) Wir lesen Tanchuma f. 8, 1: „R. Simon Sohn Lakisch sagte: Ein Proselyt ist Gott willkommener als sämmtliche Israeliten, die das Gesetz auf dem Berge Sinai empfingen, denn sie hätten es gewiß nicht beachtet, wenn nicht Donner und Blitz und das Wanken des Berges sie von der Nähe Gottes überzeugt hätte. Der Proselyt hingegen, welcher diese Wundererscheinungen nicht gesehen, und demungeachtet nach der Kenntniß der heiligen Schrift Verlangen trägt, dieser wird ein Bürger des Himmelreichs."

Philostratus kopirt im Leben des Apollonius von Tyana, den er zum Gegenbilde Christi macht, die Scene mit Thomas, und meldet, der heidnische Wunderthäter sey, vor Domitians Richterstuhl gebracht, um sich zu verantworten, plötzlich nach Putroli verschwunden, wo er im Kreise seiner Jünger sich einfand, die aber nicht glauben wollten, ihn lebend vor sich zu sehen. Da streckte Apollonius seine Hand nach dem Zweifler Demetrius aus und sprach: Nimm! entschlüpfe ich dir, so bin ich ein Schattenbild aus dem Todtenreiche, halte ich aber aus, so überzeuge auch den Damis, daß ich leiblich vor euch stehe. — Die Legende läßt Thomas in die weiteste Ferne wandern, und Gregor von Naz. orat. 25 meldet bereits, er sey wirklich nach Indien gekommen — wie gleichzeitig Apollonius von Tyana. Thomastag fällt Ende Dezembers, weil er als Zweifler im Finstern tappt und nicht glauben will, bis er sieht, was der dunklen Jahrzeit entspricht, wo zugleich die Sonnwende eintritt. Wie Christus vom ungläubigen Thomas, so wird seine Kirche von der ungläubigen Zeit an den Wundmalen erkannt. Auch die Kirche duldet zum öftern, daß man die Hand in jede Wunde lege, um zu erproben, ob noch ein Leben in ihr sey? Durch Thomas' Zweifel sind wir der Auferstehung im Fleische vollends versichert; daher wagt Gregor M. den Ausspruch,[2])

2) Homil. VI. in Joh. XX. Plus nobis Thomae infidelitas ad fidem, quam fides credentium discipulorum profuit.

sein Unglaube habe der Kirche mehr genützt, als der Glaube der übrigen Apostel. Man kann dieß mit Unterschied auch auf uns Deutsche anwenden, die wir vorzugsweise die kritisch wissenschaftliche Richtung vertreten.

Und nun gab ihnen der Herr noch zuletzt die Weisung, nach Galiläa sich zu versammeln, wie Er schon vor seinem Leidensgange ihnen dieß Geheiß ertheilt, und durch den Engel am Grabe neuerdings wiederholt hatte. Dorthin wollte Er ihnen vorausgehen; denn Er mochte nicht öffentlich weiter unter den Juden wandeln: der Glaube an Ihn sollte nicht erzwungen werden.

CXLIX. Kapitel.

Erscheinung beim Fischfange am See Tiberias.

„Die elf Jünger gingen nun nach Galiläa, wie ihnen Jesus befohlen hatte. Da offenbarte sich Jesus abermals und zwar am Meer bei Tiberias. Er zeigte sich ihnen aber auf folgende Weise. Es waren bei einander Simon Petrus und Thomas, Germanus genannt, Nathanael von Kana in Galiläa, die Söhne des Zebedäus, und noch zwei andere von seinen Jüngern. Da sagte Simon Petrus zu ihnen: Ich will fischen gehen. Sie sprachen zu ihm: wir wollen mit dir gehen."

Die beiden nicht aufgeführten Apostel sind vielleicht Philippus und Andreas oder ein paar Jünger, die nicht Apostel waren; im Ganzen waren ihrer sieben. Jesus hatte aber seine Jünger nach Galiläa beschieden, weil die Hohenpriester wahrscheinlich darauf sannen, die Versammlung der Anhänger des Gekreuzigten gewaltsam aufzuheben. Ihren Lebensunterhalt noch immer mit eigener Hand zu verdienen, gingen sie in nächtlicher Stille ihrem Tagewerke nach. Es war wohl nahezu das letztemal, wo sie, ihrer ehemaligen Beschäftigung sich gleichsam noch einmal erinnernd, mit Wehmuth von ihrem alten Gewerbe Abschied nahmen; denn nunmehr brachten sie ihre häuslichen Angelegenheiten in Ordnung, und griffen nicht mehr zum Ruder, es sey denn zum Steuerruder der Kirche. Sie überließen die Fischereien ihren Mitgenossen, verkauften in Bälde alles, und legten den Erlös in die gemeinschaftliche Casse zusammen.

„Sie zogen alsogleich hinaus, und bestiegen ein Schiff; fingen jedoch nichts in selber Nacht. Da es aber Morgen ward, stand Jesus am Ufer, indeß die Jünger erkannten nicht, daß es Jesus sey. Da rief Jesus ihnen zu: Kindlein, habt ihr nichts zu essen? Sie antworteten Ihm: Nein."

Die Leute der Umgegend waren schon gewohnt, sich um Lebensbedürfnisse an die Apostel wenden zu dürfen, bis diesen selbst die Nahrung ausging; darum befremdete die Jünger die Frage gar nicht. *Προςφάγιον*, obsonium heißt Zukost, diese bildeten aber häufig Fische, auch der Herr hat Verlangen nach einem solchen. Hatte Er doch das Wunder der Speisung mittels Broden und Fischen in derselben Gegend gewirkt. „Nach Adams Fall wurde die Erde, aber keineswegs das Wasser von Gott verflucht," erinnert Vincenz von Beauvais, „darum lesen wir, daß der Herr einen Fisch gekostet, keineswegs aber Fleisch von Thieren der Erde, es sey denn vielleicht das gesetzliche Osterlamm." Darum darf der Christ zur Fastenzeit sich ebenfalls zur Fischspeise wenden.

„Da sprach Er zu ihnen: Werfet das Netz zur Rechten des Schiffes aus, so werdet ihr etwas fangen. Jetzt sagte der Jünger, den Jesus lieb hatte, zu Petrus: Es ist der Herr! Sie warfen also das Netz aus, und konnten es nicht mehr ziehen vor der Menge der Fische. Doch da Simon Petrus hörte, daß es der Herr wäre, gürtete er sein Oberkleid um, denn er war unbekleidet und sprang in's Meer. Die anderen Jünger aber kamen auf dem Schiffe heran, denn sie waren nicht ferne vom Lande, nur etwa zweihundert Ellen, und zogen das Netz mit den Fischen nach."

Petrus erinnert sich des ersten reichen Fischzuges und erkennt bei dem erneuten Wunder sofort den Herrn und Meister. Er war aber entkleidet, nehmlich im bloßen Fischerhemde oder Hüftschurz, d. h. nackt im Sinne der Alten. Nackt sahen Adam und Eva sich nach dem Sündenfalle, und nackt seyn heißt erröthen müssen und sein Fleisch feil bieten. Nackt ist der Rasende im Evangelium, aber nach seiner Heilung bekleidet er sich. (Lk. VIII, 27. 35. vgl. Apstg. XIX, 16.) Dagegen ist bei den Aposteln gelegentlich der Fischerarbeit nur insofern von leichter Kleidung die Rede, wie es Hiob XXII, 16 heißt: „Du hast dem Nackten die Kleider ausgezogen." Vgl. XXIV, 7. Ähnlich wohl entkleidet sich I. Sam. XIX, 14 Saul unter den Propheten und liegt Tag und Nacht entblößt an der Erde. So tanzt David nackt oder wie es II. Sam. VI, 14. 20 heißt, bloß mit dem Linnenrock angethan vor der Bundeslade, und Isaias geht XX, 23 drei Jahre lang baarfuß und nackt, wohl im bloßen Hemde, in farbigen Linnen (wie das gemeine Volk im Nillande noch heute pflegt), zum Sinnbild des von den Assyrern ausgezogenen Ägyptens und Äthiopiens. Ebenso geht Michas I, 8 vor Klage und Trauer bloß einher. Bei Aristophanes entschuldigt sich Evan, nackt zu seyn, da ihm kein Mantel zur Verfügung steht. Unter den Griechen hießen nicht bloß die Jünger in der Gymnastik, sondern auch die Leichtbewaffneten *γυμνοί*. Aur. Viktor erzählt vir. illustr. c. 20 von Cincinatus, daß die Boten des Minutius ihn nackt, d. h. im bloßen Hemde jenseits der Tiber pflügend fanden. Aber eilends legt Petrus voll Ehrfurcht den Rock an,[1]) um vor dem Herrn zu erscheinen. „Selig, der da wacht und seine Kleider bewahrt, daß er nicht nackt wandle und man seine Schande sehe," bezeugt Johannes Offb. XVI, 15 in Verbindung mit einem andern Ausspruche Christi.

„Als sie nun an's Land traten, sahen sie Kohlenfeuer angemacht, einen Fisch darauf und Brod dabei. Jesus sprach zu ihnen: Bringet von den Fischen her, die ihr gefangen habt. Simon Petrus stieg sofort hinein, und zog das Netz an's Land: es war mit hundert drei und fünfzig großen Fischen angefüllt, und obwohl ihrer so viele waren, so zerriß doch das Netz nicht. Jesus sprach zu ihnen: Kommet und esset! aber keiner von den Jüngern wagte es, Ihn zu fragen: wer bist du? denn sie wußten, daß es der Herr sey. Jesus aber näherte sich, nahm das Brod, und vertheilte es ihnen, deßgleichen auch die Fische. Dieß war nun schon das drittemal, daß sich Jesus seinen Jüngern offenbarte, nachdem Er von den Todten auferstanden war." (Joh. XXI, 1—14.)

Auch von Pythagoras erzählen Porphyrius[2]) und Jamblichus

---

1) *Ἐπενδύτης* ist das hebr. אפונדה, aphunda, das ein enges Kleid war und auf bloßem Leibe getragen wurde. *Χιτών*, tunica, heißt der Rock, *ἱμάτιον*, toga, der Mantel. Wer des *ἱμάτιον* entbehrte, war nackt, i. e. leicht geschürzt, so nehmen es Demosth. in Mid. p. 216, Aristoph. *νεφελ*. 965. Bd. V, 589.

2) Vit. Pythag. c. 25. Jamblich. v. P. c. 36. Die A. Allg. Zeit. meldet 11. April 1858 aus dem St. Gallerblatte: Nicht 250, sondern 300 Centner Steinbrachsen wurden bei dem reichen Fischzuge in Ermatingen am Bodensee in Einem Netze gefangen, und die Abrechnung am Ostermontag ergab einen Gewinn von 3000 Franken. Weder seit Menschengedenken, noch aus Chroniken weiß man je von einem solchen Fange. Das Netz zerriß nicht, und die Last konnte in 27 Booten fortgeschafft werden. Die gleichen Fischer fingen vor 4 Jahren fast an derselben Stelle 110 Ctr. Fische; es kam beidemale zum Osterfest sehr gelegen, zumal die trefflichen Bodenseefische durch die Eisenbahnen rasch in entfernte Landstädte transportirt werden können. Vgl. Bd. II, 2, S. 282 f. Mein Heldenth. I, 306 f.

einen ähnlichen Fischzug, wobei sie die Zahl der gefangenen Fische anzugeben nicht versäumen. Nicht die Masse überrascht, sondern der Moment und die Weise, wie dieß unter den Augen Jesu geschah. Die Fische sind ein Symbol der Christen, die in den Netzen des Reiches Gottes gefangen werden und aus dem Wasser der Taufe kommen. Das Braten hat als eine Anspielung auf den Martyrtod, z. B. des Diakons Laurentius und so vieler anderer in der Zeit der Christenverfolgung gegolten. Der gebratene Fisch sinnbildet den Leib Christi, das Brod seiner Lehre, nach Euseb. v. Emesa; derselbe erklärt zugleich: jene seyen Häretiker, welche das Netz des Evangeliums zerrießen, so daß die Fische wieder entgingen. Die Zahl 153 ist durch die Nachfolger Petri bis auf unsere Zeit bereits erfüllt. Sieben Apostel bilden hier die Versammlung um den Herrn. Septem convivium ist ein klassisches Sprichwort, und bekanntlich schildert auch Plutarch ein Gastmahl der sieben Weisen. Speise für den Heiland ist es, daß sie Ihn, den Herrn des Lebens, erkennen, und Ihm die Früchte dieser Erkenntniß bieten.

CL. Kapitel.

Petrus der Oberhirt. Einsetzung des Primates.

„Nachdem sie nun gegessen hatten, sprach Jesus zu Simon Petrus: Simon, Jonas Sohn! liebst du mich mehr, als diese? Er antwortete: Ja, Herr, Du weißt, daß ich Dich liebe! Jesus sagte: Weide meine Lämmer!“

Er war ihm in's Meer entgegen gesprungen, wie er früher einmal auf des Herrn Einladung auf dem Meere zu wandeln gesucht, um desto eher bei Ihm zu seyn, da die andern wegen einer Untiefe hier wahrscheinlich erst auf einem Umwege landen konnten. Wie sollte das nicht dem Meister ein Beweis seiner Liebe seyn?

„Er sprach zum zweitenmale zu ihm: Simon, Jonas Sohn, hast du mich lieb? Da erwiederte er: Ja, Herr, Du weißt ja, wie ich Dich lieb habe. Da sprach Jesus zu ihm: Weide meine Lämmer! Und zum drittenmale redete Er ihn an: Simon, Jonas Sohn, hast du mich lieb? Da ward Petrus traurig, weil Er ihn zum drittenmale fragte, und sprach zu Ihm: Herr, Du weißt alles, Du weißt auch, daß ich Dich liebe! Und Jesus sprach zu ihm: So weide meine Schafe.“ (Joh. XXI, 15—17.)

Wie schon bei der ersten Berufung zum Apostolate, so wählt Christus gegen den Sohn Jonas auch bei der Erwählung zu seinem Oberhirten und Nachfolger die feierliche Ansprache. Durch diese dreimalige Versicherung sollte der Fürst der Gläubigen zugleich seine dreimalige Verläugnung wieder gut machen. Es war das drittemal, wo Jesus seinen versammelten Jüngern erschien; das drittemal zugleich, wo Er den Simon, Jonas Sohn, der Ihn hier auch als den Allwissenden bekennt, zum Oberhaupte seiner Kirche einsetzte. Denn so geschah es zum erstenmale schon bei seiner Erwählung am Jordan, wo Er ihm auch einen neuen Namen gab, um seine Hoffnung auf den Messias zu krönen. Zum zweiten dann zu Cäsarea Philippi auf das gläubige Bekenntniß seiner Gottheit hin. Jetzt sollte die Liebe das Band seyn, welches die neu zu gründende Gemeinde mit ihm und unter sich einigte; also der Grundstein auch mit dem Heilande der Welt in Liebe verknüpft und verbunden seyn, daher seine dreimal betonte Frage: Liebst du mich? Petrus bekennt sofort die Allwissenheit des Herrn, und spricht: Du weißt alles, also auch, daß ich Dich liebe.

Albert der Große bietet in seinem Commentar zu Joh. XXI die Erklärung: „Simon, liebst du mich? Das ist die Prüfung dessen, dem das Hirtenamt übertragen werden soll. Er wird nicht geprüft in Wissenschaft, denn sie soll er vom heiligen Geist empfangen, sondern in Bezug auf Liebe. Dreimal wird gefragt, weil die Liebe des Nächsten drei Dinge verlangt: Das erste ist die Glut der Liebe nach Hohel. VIII, das zweite die Unterscheidung, woher der Name (dilectio von dis legere), nach Ekkles. XXIV, das dritte die Ordnung der Liebe, womit jeder in der Heerde zu lieben sey. Hohel. II.“ In seiner dreifachen Eigenschaft als Priester, König und Prophet oder oberster Richter und Lehrer und Gründer der höchsten Lehr- und Weiheanstalt hat Christus vor seiner Himmelfahrt die jurisdictio oder kirchliche Regierung, das Lehramt oder magisterium und den ordo oder das ministerium des Priesterthums eingesetzt.

Der Heiland wollte seine Kirche auf Felsen bauen. Er selbst stellt die Parabel vom weisen Manne auf, der um sein Haus zu bauen die Fundamente tief legt, wo er den Grund erreicht, während der Thor nebenan auf Sand, oder richtiger auf Schutt baut, der in den orientalischen Städten, die wie Jerusalem einer wiederholten Zerstörung unterlegen sind, oft haustief liegt. Nicht auf dem Schutte der alten Religionsgebäude, sondern auf dem Urgrunde der Dinge sollte das Gotteshaus des neuen Bundes stehen. (Lk. VI, 48. Eph. II, 20.) Indem Er also den Petrus „zum Hirten und Steine in Israel“ bestellt (wie der Ausdruck im Segen Jakobs Gen. XLIX, 24 vorkömmt), wird dieser dreimal geprüft, denn der Fels durfte nicht wankelmüthig befunden werden.

Dreimal befragt Er ihn dringend um seine Liebe, und erst als Er dieser versichert ist, erklärt Er ihn zu seinem Stellvertreter und Nachfolger. Er bestellt ihn zum Hirten der Lämmer und der Schafe im neuen Gottesreiche, damit die Heerde sich nicht zerstreue, denn der Hirt des alten Bundes, der zu seiner Gemeinde herabgestiegen, war geschlagen, der Gesandte des Himmels, der Führer des Sternenheeres zurückgerufen von dem, der Ihn gesendet. Nach talmudischer Lehre (Rosch hasch. f. 18, 1) sollen bei dem Gerichte, welches Gott am Neujahr vornimmt, alle Seelen, welche in die Welt kommen, vor Gott wie Lämmer vorbeigehen, und nach Raschi's Erklärung gleichwie die Schafe, wenn man sie zählet, durch die kleine Pforte gehen, welche zum Leben führt. Also vertraute der Herr alle Sterblichen der Hut des Oberhirten seiner Christenheit an. Eigentlich jedoch betrachteten die Juden sich als die Schafe, die Gott selber zusammengeführt, umhegt uud bewahret, indem er ihnen in David seinem Sohne einen Hirten zum Hüter gegeben und verheißen. (Bd. V, Kap. LXX u. LXXI, oben Kap. CXXVIII.) Und so war hier Simon Petrus vom Herrn an seiner Statt zuvörderst zum geistigen Fürsten Judäa's eingesetzt: aber auch die Schafe in der Zerstreuung, d. h. jene Juden, die in der Heidenwelt lebten, und die Proselyten, die gleichsam als Lämmer von ihnen stammten, sollte er aufsuchen, ja die Heiden selbst, die in den Umkreis des Centralvolkes fielen, sollte er herbeirufen, und sie in seine Hürde versammeln, damit sie sich nicht auf den Irrwegen und im Dickicht der Welt verlieren und in den Abgrund stürzen möchten. Bedeutungsvoll heißt es im Sohar (III. p. 9): „Alles, was die (alten) Weisen gesagt haben, ist gut und schön; aber wehe dem Geschlechte, wenn sich keine Hirten finden, und die Schafe gehen hin und wissen nicht, wohin sie gehen, weder zur Linken noch zur Rechten!“ Darum weiset der unbekannte Verfasser des vierten Buches Esra II, 34 Israel darauf hin, seinen wahren Hirten, und mit Ihm den seligen Frieden zu erwarten.

Die Heiden waren Lämmer, neuherangezogen im Verhältnisse zu den Juden, die schon länger im Schafstalle weilten. Avoth. c. 3: „R. Akiba spricht: Die Masora ist der Zaun für das Gesetz, das Almosen für den Reichthum, die Gelübde für die Separation, das Stillschweigen für die Weisheit.“ Dieser Zaun des Gesetzes umfing das Volk Israel, während die Goim frei umherliefen. Weide meine Lämmer, spricht der Herr, und versteht darunter die ersten Christen, die der Heiland selber noch auf die Schulter genommen, und aus dem verirrten Israel in den Schafstall seiner Kirche getragen. Der Grieche bezeichnet weiden und regieren mit Einem Worte νέμω, und wie Homer von den Hirten der Völker spricht, so setzt der Herr seine Apostel zu Pastoren und Petrus zum Oberhirten ein. Auch die Schafe, die schon Junge haben, soll er weiden, d. h. seine Autorität sich nicht bloß über jene erstrecken, die noch der Milch der Lehre bedürfen, sondern auch über die Erwachsenen, nicht bloß über die erste Kirche, sondern auch über die späteren Generationen, und ebenso über die Juden, von welchen das Heil kommen sollte, wie über die Heiden, die an ihren Brüsten sich nährten, und wie Lämmer zu den Schafen sich verhielten. So spricht Ezechiel XXXIV, 31: „Ja ihr Menschen sollt die Schafe meiner Weide seyn, und ich bin euer Gott und Herr.“ Als solcher übergibt Christus dem Petrus sie zur Hut: er muß nicht bloß die Schafe, sondern auch die zerstreuten Hirten sammeln und zusammenhalten, und seinem Krummstabe sind ebenso die untergeordneten Hirten und stabtragenden Bischöfe unterthan.

Wieder wird Simon Petrus vom Fischfange hinweg zu einer so hohen Würde erhoben; aber schon als Hüter der Arche hatte er die hier ihm neuerdings ausdrücklich verliehene fürstliche Gewalt übernommen. Denn die Arche oder Lade des Bundes beschloß in sich erstens die Gesetzestafeln als Symbol der Lehre; sodann die Ruthe Aarons oder das geistige Szepter Israels; und drittens das Manna oder himmlische Lebensbrod zur Nährung der Seelen. Also soll auch Petrus fortan als oberster Lehrer und Vorsteher des Glaubens das Wort Gottes zu allen Zeiten und unter allen Völkern ausbreiten; er soll alle Nationen der Welt unter sein oberhirtliches Szepter vereinen, damit Ein Hirt und Ein Schafstall sey; und endlich als der oberste Hausvater und Speisemeister allen das sakramentalische Lebensbrod brechen und sie am Tische des himmlischen Abendmahles vereinen. Daß er aber als Führer und Schirmer, Lehrer und Mehrer der Gemeinde alle ihm Untergebenen in der Glaubenshut, Hierarchie und höheren Heilsordnung verbinde, treu bewahre und erhalte, und als würdiger Nachfolger Aarons und Melchisedeks, des Priesters von Salem, sein Amt bestelle, wird ihm hier vom göttlichen Erlöser das dreifache Bekenntniß seiner Liebe abgenommen. Ausdruck dessen ist auch die Tiara oder dreifache Krone, welche der heilige Vater in seiner Eigenschaft als oberster Hoherpriester, als theokratischer König und als Bewahrer des Bundes stellvertretend für Christus und nach dem Vorbilde des jüdischen Pontifex trägt, welcher ebenfalls den Titel „Seine Heiligkeit" führte. [1])

Bis zur Stunde wird der römische Oberhirt als rector orbis gekrönt, und bei der Aufsetzung der Tiara lauten die Worte: „Nimm die dreifache Krone und wisse, daß du bist König der Könige und Herr der Herrschenden und Stellvertreter unseres Herrn Jesu Christi auf Erden."

Die erste Kirche Roms ist die ecclesia pastoris, von Petrus selber eingeweiht zu Ehren des göttlichen Hirten, der ihm zuerst die Hut seiner Heerde anvertraut. Die Christenheit beging am 1. August zum Andenken die Einsegnung der Schafe, woher der englische Name Lambmass, Lammmesse, und Lammas Day, Lammstag, alle Pächter trieben dann ihre Heerden zur Cathedralkirche von York.

CLI. Kapitel.

Investitur mit Ring und Stab.

Aus dem friedlichen Hirtenstabe geht der patriarchalische Richterstab hervor (Gen. XXXII, 10. XXXVIII, 18. Num. XX, 8. XXI, 18); er ist das Zeichen der Würde, insbesondere des Heroldamtes. Die Fürsten bei Homer bedienen sich des Szepters in Volksversammlungen und durchschreiten mit geweihten Stäben das Lager vor Troja, eben solche trugen die Herolde der Franken, und erschienen dadurch unverletzlich. Dieser heilige Stab ist auch als priesterliches Erkennungszeichen mit der Wunderkraft begleitet, so bei Moses und Aaron, und zum Wahrzeichen blühen Blumen daran. Israel wird durch seinen Stab vertreten, er ist das Sinnbild des Volksstammes in seinem

---

1) Cf. Tikkune Sohar c. 5, 5. f. 15. in Gen. XXVIII, 12. Ps. CXVIII, 22. Et hic Lapis est peculium regum, meditatio angelorum etc. Ipse est corona legis, corona sacerdotii, corona regni. — Philo vit. Mos. II. p. 654 seq. Bähr Symbol. II, 119.

Wachsthume, wie des Königsstammes in seiner Mitte. Er ist das Zeichen der überlieferten Macht, daß David und seine Nachfolger von Gott belehnt sind. Von Zeus stammt das Königsszepter nach Homer (Il. I, 230 f., II, 101. 196). Auf Bergeshöhen ist er mit Blättern und Blüthen gewachsen, aber nachdem er ihn mit goldenen Nägeln geschmückt:

„Hat an Chronion geschenkt dasselbe Szepter Hephästos,
Zeus Chronion verehrt es dem rüstigen Mörder des Argus,
Hermes verlieh es dem König Pelops, dem Tummler der Rosse,
Pelops schenkt es hinwieder an Atreus, den Hirten der Völker,
Dieser vermacht es sterbend dem heerdereichen Thyestes,
Der es sofort zu führen dem Agamemnon zurückließ,
Agamemnon, dem Herrscher von Argos und zahlreichen Inseln.
Dieser sprach auf das Szepter gelehnt die geflügelten Worte."

Noch bis zum XV. Jahrhundert herab wurde der Stab als Sinnbild richterlicher Würde geführt, und die Urkunden verlauten: „Als ich mit gewaltigem Stab zu Gerichte saß," oder: „Dieweil ich saß und hielt den Stab des Gerichts in der Rechten." Einen Eid staben heißt: unter Szepterberührung schwören. Die Übergabe des Stabes drückte die Unterwürfigkeit aus. Christus übernahm als der Ben Nezer oder Sprosse von der Wurzel Jesse das Szepter Davids mit der Ruthe Aarons oder dem verborgenen geistlichen Wunderstabe, daher Er häufig als Gegenbild Mosis, der dem Felsen Wasser entlockt, oder mit dem Hirtenstabe auf Särgen und in Grabgemälden abgebildet wird. Dieser geht als Bischofstab an die Apostel über.

Vom Patriarchen Jakob war dem Juda der Segen der Erstgeburt und der Stab Israels ertheilt, mit dem Versprechen, daß er nimmer von ihm weichen solle, bis der Verheißene komme. Jetzt war der Schilo erschienen, und vor seinem letzten Scheiden hinterläßt der neue Stammvater eines zweiten Geschlechtes, wieder mit Übergehung seiner früher berufenen Söhne, dem Simon Petrus denselben Segen und das fürstliche Szepter, das nicht von ihm genommen werden soll, bis der ewige Weltrichter kömmt. Er ist der neue Juda im Hause Israel, und wie dieser den Löwen, den König der vierfüßigen Thiere im Schilde führt, so geht das Symbol auch auf den ersten christlichen Kirchenfürsten, und von ihm auf seinen Jünger Markus über.

Raphael und Overbek haben durch ihre Meisterhand die

Scene künstlerisch verewigt, wie Christus dem Petrus mit dem Ringelstabe (in den Tapeten bei Überreichung der Schlüssel) die Hut der Seinen anvertraut, indem er auf eine Schafheerde zeigt. Der Ausdruck: „mit einem Amte bekleiden“ rührt von der gleichzeitigen Verleihung der richterlichen Kleidung, des priesterlichen Talars oder bei den Orientalen des Kaftan her; dieses Umhängen des Mantels war im ganzen Alterthum das Symbol der übernommenen Dignität. Dasselbe gilt von der Umgürtung des Schwertes, der Überantwortung des Siegelringes, oder hier der Belehnung mit dem Stabe.

Petrus tauchte aus dem Wasser auf, legt aber sein altes Gewand am Lande nur ab, um sofort mit dem Mantel zum Zeichen seiner neuen Würde bekleidet zu werden. Als er diesen umlegt und festgürtet, spricht der Heiland: „Wahrlich! wahrlich! Ich sage dir: da du jung warst, gürtetest du dich selbst, und wandeltest, wohin du wolltest; wenn du aber alt geworden, wirst du deine Hände ausstrecken und ein anderer wird dich gürten, und dich führen, wohin du nicht willst. Dieß sagte Er, um anzudeuten, durch welchen Tod Er ihn verherrlichen würde.“ (Joh. XXI, 18. 19.)

Der Gürtel ist das Sinnbild der Kraft und Rüstigkeit; man gürtete sich in der Arena zu Ringkämpfen. Beispielsweise wird unter den Indern und Persern beim Eintritt in's Jünglingsalter dem Confirmanden zur Weihe der heilige Costi umgehangen, um ihn zum Kämpfer für Recht und Wahrheit auszurüsten, und von nun an heißt er nach den Gesetzen des Manu (II, 169 f.) ein Zweigeborner. So hatte Petrus die Toga, aber auch das Schwert umgürtet, bis ihm der Herr letzteres abzulegen befahl. Indeß bedeutet gürten bei den Juden mitunter auch, was binden und fesseln; in diesem Doppelsinne spricht der Herr: ein anderer wird dich gürten und führen, nehmlich abführen zur Kreuzigung, wie das Wort Mth. XXVII, 31. Lk. XXIII, 32. Apstg. XII, 19 in diesem Sinne und Zusammenhange steht. Ebenso heißt: Ἐκτείνειν τὰς χεῖρας, „die Arme zur Kreuzanheftung ausspannen“.[1]) Jesus spricht dieß im Hinblick auf die Nachfolge Petri, die sich selbst auf den Kreuzestod erstrecken sollte, so daß ihm in Wahrheit zuerst crux de cruce in Aussicht gestellt ward. Er spricht es auch in Bezug auf die Gefangenführung so vieler Nach-

---

1) Arrian Epict. IV, 26. Ut in balneo vestibus exutus et te ipsum extendens, ut solent crucifixi, hinc inde fricaris. Weitere Beispiele aus Artemidor bei Wetstein i. l.

folger Petri. Mit Recht erinnerte Pius VII. bei seiner Gefangennahme durch Bonaparte an die Worte: „Wenn du alt bist, wirst du deine Hand ausstrecken und ein anderer dich führen.“ Es war ebenfalls zum drittenmale, daß der Heiland ihm jetzt den Tod in seiner Nachfolge vorherkündete, und der Jünger der Liebe hat es nach diesen Worten sichtlich erlebt; denn wie er selber bei verschiedenen Gelegenheiten (Joh. II, 22. VII, 39. XII, 16. Lk. XXIV, 8) bekennt: sie verstanden die Weissagungen Christi gewöhnlich erst nach ihrer Erfüllung. Der Fürstenapostel sollte es durch sein gleichheitliches Ende bezeugen, daß er des ihm von seinem göttlichen Meister anvertrauten Amtes der Succession vor allen andern würdig gewesen.

Nach solchem Übertrage seines obersten Propheten-, Priester- und Königs- oder Patriarchen-Amtes übernimmt Petrus auch den Fischerring. Der Sohn Gottes war als der Abgesandte des himmlischen Vaters mit seinem Zeichen, der Wundermacht beglaubigt, auf die Erde gekommen, um seinen Auftrag zu vollenden, und stand jetzt im Begriffe, wieder zum Throne Gottes zurückzukehren: darum wollte Er eben einen anderen Schilo, Apostel oder Gesandten an die Menschheit, die Ihm noch fremd geblieben, zu seinem Stellvertreter hinterlassen, und ihm zugleich das Siegel der Beglaubigung einhändigen. Dieses Siegel, wie es noch der Pontifex der Christenheit führt, besteht eben in dem Fischerringe: nicht aus dem Grunde, weil der erste Petrus ein Fischer gewesen, sondern weil die Fische das Symbol der Erlösung sind, und Jesus Christus, der Sohn Gottes, unser Heiland (*ΙΧΘΥΣ*) selbst unter dem Himmelszeichen der Fische zur Welt gekommen ist. (Chronol. 157 f.) Der Bischof erhält bei der Weihe einen Ring zum Symbol der Vermählung mit der Kirche, es ist ein Siegelring mit einem Edelsteine, welcher an die Bewahrung des unschätzbaren Evangeliums vom Himmelreiche erinnert. (Mth. XIII, 44 f. vgl. Haggai II, 24.) Die Einhändigung des Ringes ist von jeher das Zeichen der übertragenen Gewalt, so beim Staatssiegel. (Gen. XLI, 42. Tacit. h. IV, 4. 11.)

Zugleich blieben die Schlüssel des Hauses Gottes, das im Himmel sein Vorbild haben sollte, den Hütern des alten, nunmehr abgethanen Bundes abgenommen; der Herr hatte sie andern Händen anvertraut. Bei Einnahme einer Stadt ist die Überreichung der Schlüssel das Symbol der Übergabe. Diese Schlüssel und damit die Binde- und Lösegewalt hatte der Menschensohn bereits bei der Verkündung seines eigenen Todesganges dem Simon überantwortet. (Bd. V. Kap. XXXVIII u. XXXIX.) Der Auftrag, zu binden und zu lösen, wird nicht bloß den Nachfolgern der Apostel im Priesterthume, sondern auch in der Wissenschaft zu Theil; denn hier sollen falsche verstrickende Syllogismen gelöst, und alles Lügengewebe seiner Verfänglichkeit entkleidet werden, um dafür aber die Wahrheit bündig darzustellen, und die zerrütteten Fäden der Überlieferung wissenschaftlich fester zu knüpfen. Wir lesen zum Belege dessen schon B. Chagiga f. 3, 2: „Meister der Versammlungen (Pred. XII, 11) sind die Jünger der Weisen, die in verschiedenen Versammlungen sitzen und sich im Gesetze üben. Diese erklären Dinge oder Personen für befleckt oder für rein, diese binden und lösen, diese verwerfen Dinge oder Personen und erklären sie für unheilig oder für gesetzmäßig."

Also hat der Heiland dem Fischer Petrus durch die Übertragung des Schlüssels der Erkenntniß das Lehramt über die Gläubigen anvertraut, um ihnen aufzuschließen den Sinn der Schrift, und zu eröffnen die Geheimnisse des Glaubens; dann durch die Erhebung zum Eben Schatja oder Grundstein der Kirche und die Umwandlung seines Namens ihn zum Oberpriester und Verwalter der Mysterien des neuen Bundes erhoben; endlich durch die Einhändigung des Hirtenstabes ihm die Königswürde übertragen, weil die Könige in alter Zeit immer die Hirten der Völker heißen, und merkwürdig fast bei allen Nationen, wie David, aus diesem Stande hervorgegangen sind.

CLII. Kapitel.

Simon Jonas, der Nachfolger Christi.

„Und nachdem Er dieß geredet hatte, sprach Er zu Simon Petrus: Folge mir nach! Da wandte sich Petrus um, und sah den Jünger folgen, den Jesus lieb hatte, der auch beim Abendmahle an seiner Brust gelegen, und Ihn fragte: Herr, wer ist's, der dich verräth? Als nun Petrus diesen sah, sprach er zu Jesus: Herr, was soll dann dieser?" (Joh. XXI, 19—21.)

Wie Moses Ex. IV am Horeb bei seiner Erwählung zum großen Missionswerke zu zagen begann, und er sein Auge auf Aaron warf, weil seine Zunge zu stammelnd sey, um so große Botschaft würdig auszurichten, so war auch Petrus ein Schwerredender, und zitternd vor seinem hohen Berufe fleht er sich um einen Gehilfen um;

er weist den Herrn demüthig auf den Jünger, den Jesus vor allen lieb hatte. Suchte Jonas sogar zu fliehen, um dem Rufe des Herrn nach der damaligen Weltstadt zu entrinnen, warum sollte dem Bar Jonas die Aufgabe nicht zu schwer bedünken, die von nicht minderer Tragweite war. Wie bedeutsam ist dieses Mißtrauen Petri in seine Kraft; denn erhebt er nicht Vorstellungen, wie Jeremias I, 6 f., der anfangs zaghaft des Prophetenamtes sich weigert mit den Worten: „Ach Herr, ich tauge nicht zum predigen, ich bin zu jung. Der Herr aber spricht: Du sollst gehen, wohin ich dich sende und predigen, was ich dich heiße. Fürchte dich nicht, denn ich bin bei dir, und will dich beschützen. Und der Herr streckte seine Hand aus, berührte den Mund des Propheten und sprach: Sieh, ich lege meine Worte in deinen Mund. Sieh, ich setze dich dieses Tages über Völker und Könige."

Nirgend tritt die Gnadenwahl entscheidender hervor, als an dieser Stelle. Petrus verzagte an seinem Berufe, an seiner Fähigkeit zur geistigen Führerschaft, er blickt auf Johannes, den Gnadensohn und ersterwählten Apostel, der auch beim ersten Abendmahle oder der Stiftung der österlichen Communion des neuen Bundes den Ehrenplatz Jesu zur Rechten eingenommen hatte, ihm wollte er gerne den Vorzug lassen. Der Fischer der Sterblichen, den der Heiland schon namentlich zum Felsen seiner Kirche in Mitte aller Stürme, zum Pförtner seines himmlischen Reiches und zum Oberhirten aller Gläubigen eingesetzt hatte, wird nunmehr bei dem letzten wunderbaren Fischfange mit so klaren und bestimmten Worten von Jesus zu seinem Nachfolger bestimmt, daß er sich selber ob dieser seiner offenbaren Erhöhung, des ihm gewordenen Auftrages und großen Vorzuges von Seite des Herrn, selbst mit Übergehung des Jüngers, der an Jesu Brust lag, entsetzt, und verwundert frägt: was soll dann dieser?

An die Abkunft wird Jonas Sohn gemahnt, denn auf der Nachfolge beruht das dauernde Regiment. Alles, was der Herr geredet und gethan, hat für die ganze Dauer der Kirche, d. h. bis an's Ende der Tage, seine Giltigkeit und Bedeutung. Jede Gemeinschaft bedarf der einheitlichen Leitung, wie kann die Kirche einer persönlichen Spitze entbehren, ohne zu verfallen![1]) Sollte Johannes nicht vielleicht wenig-

---

1) „Ohne den kath. Primat, ich sage, ohne den Pabst, hätten wir längst kein Christenthum mehr. Nur die Bornirtheit des Parteihasses kann solches mißkennen." Schelling Vorlesungen über Philosophie der Offenbarung.

stens zum Nachfolger Petri vom Herrn bestimmt seyn? Doch nicht dem talentvollsten und begabtesten, noch auch dem lebhaftesten und unternehmendsten Manne gebührt nothwendig die Vorstandschaft und das Amt der Oberleitung in geistlichen und weltlichen Dingen, sondern dem, in welchem alle Kräfte in gewissem Ebenmaaße vereinigt sind, dem nicht ein einseitiger Vorzug zukömmt, da eine extreme Begabung häufig eine anderweitige um so größere Lücke läßt, und je höher der Berg, um so tiefer das Thal ist.

CLIII. Kapitel.

Johannes, der Apostel der letzten Tage.

„Jesus aber erwiederte ihm: So Ich will, daß er bleibe, bis Ich komme, was geht es dich an? Du folge mir nach!"

Die Erinnerung an den Jünger, den der Herr lieb hatte, wiederholt sich Joh. XIII, 23. XX, 7. 20 auffallend, und schließt einen ungeahnt tiefen Sinn ein. Denn ὃν ἠγάπα ὁ Ἰησοῦς ist eigentlich nur die mystische Deutung des Namens Johannes, nur ist bezeichnend Gottlieb in Jesuslieb übersetzt. Außerdem erschiene die fortgesetzte Hinweisung auf dieß Freundschaftsverhältniß allzu anspruchsvoll.

Sollte Johannes nicht der Nachfolge im Leben wie im Tode gewürdigt seyn, so ergeht hier an ihn das Versprechen, er werde den Tod nicht kosten, bis der Menschensohn in seinem Reiche komme, d. h. bis zu seinem Gerichte über Jerusalem, dem Vorspiele des Weltgerichtes. So spricht der Herr bei der ersten Aussendung der Apostel: „Ihr werdet mit den Städten Israels nicht fertig werden, bis der Menschensohn kömmt." Mth. X, 23 und wieder XVI, 28: „Einige, die hier stehen, werden den Tod nicht kosten, bis sie den Menschensohn in seinem Reiche kommen sehen." Der Untergang des jüdischen Staatswesens und im Zusammenhange damit der Umsturz der alten Weltordnung heißen im orientalischen Bilderstyle die Wiederkunft des Goël oder Bluträchers. Unmöglich konnten die Apostel das Wort in voraus verstehen, sie besannen sich erst später eines bessern. Petrus selbst, welcher in seinem II. Pastoralschreiben I, 14 der Offenbarung Jesu Christi gedenkt, daß er bald seine Hülle ablegen werde, glaubte in den letzten Zeiten zu leben und war III, 12 f. der Ankunft des Herrn gewärtig. Johannes nimmt in seinem I. Briefe II, 18 noch von den herrschenden Spaltungen einen Beweis dafür, daß die letzte

Stunde bald komme und der Widerchrist nicht ferne sey. Und doch mußte das Evangelium zuvor noch allen Völkern geprediget werden!

„Daher ging die Rede unter den Brüdern: dieser Jünger stirbt nicht! Jesus aber hatte nicht gesagt: er stirbt nicht, sondern: so Ich will, daß er bleibe, bis Ich komme, was geht es dich an? Dieß ist derselbe Jünger, der das bezeugt und geschrieben hat, und wir wissen, daß sein Zeugniß wahr ist.“ (Joh. XXI, 22. 23.)

Der Adler, das Symbol der ewigen Jugend, ist das Attribut des Jüngers der Liebe, der zugleich der jüngste unter den Zwölfen und der Jüngling oder jungfräuliche Apostel war. Noch in Augustinus Tagen bestand die Sage, Johannes sey nicht gestorben; der Kirchenvater selbst erklärt in Joh.: „Wem es gefällt, der füge bei, Johannes, der Apostel, lebe noch, und in demselben Grabe bei Ephesus schlafe er vielmehr, als daß man behaupten könne, er liege darin todt. Man kann als Beweis anführen, daß die Erde daselbst aufwallt, oder gleichsam sprudelt: dieß soll durch sein Athmen bewirkt werden. Und obgleich man ihn für todt hält, soll er doch nur schlafend begraben worden seyn und so verbleiben und sein Lebenszeichen durch Aufquellen des Staubes von sich geben, bis Christus wiederkömmt. Von diesem Staube glaubt man also, er steige aus der Tiefe auf die Oberfläche des Grabes, indem er durch den bloßen Athem emporgetrieben wird... Ich habe dieß in der That von zuverläßigen Leuten gehört.“ Hier tritt der schlafende Jüngling von Ephesus,[1]) wie Joseph von Arimathäa, der in Bergestiefe eingegangene Träger des heiligen Graal, an die Stelle eines mythischen Gottkönigs des Orients, welcher in den Hintergrund entschwunden, aber dereinst aufwachen wird, wenn Himmel und Erde sich erneuen und das Reich der Herrlichkeit für alle Zukunft sich begründen soll. Damit hängt eben die Sage vom Priesterkönig Johannes zusammen. „Johannes, bleibe, bis ich komme!“ spricht hier der Herr, d. h. bis zur Offenbarung der letzten Gesichte, wo ihm X, 11 gesagt ward: „Du sollst abermals weissagen den Nationen und Völkern und Sprachen und vielen Königen.“ Jetzt ist die Zeit der Unruhe und kirchlicher wie politischer Kämpfe, aber gegen

---

1) Er repräsentirt im Grunde die Heidenwelt, wie sie bei Beginn der römischen Christenverfolgung gleichsam schlafen gegangen, und, nach drei Jahrhunderten wieder erwacht, ihr Erstaunen über die Umwandlung der Erde ausspricht, die eine christliche geworden. Sieh mein Heidenthum und dessen Bedeutung für d. Christenth. III, §. 37.

Ende der Zeiten wird das Reich des Friedens und der Gerechtigkeit auf Erden herrschen, dessen Repräsentant der Jünger der Liebe ist. Wie Melchisedek der Sage nach nicht gestorben, sollte Johannes den Tod nicht sehen, sondern von Christus persönlich heimgeholt werden. Allen Ernstes halten Ephrem, Hilarius, Ambrosius, Gregor von Tours, Johannes Damascenus und Peter Damiani ihn nicht eigentlich für gestorben, und die Griechen und Orientalen behaupten, daß Johannes fortlebe, sey im Evangelium nicht widersprochen. Im Mittelalter kam der Glaube auf, der heilige Franziskus werde vor dem Weltende wiederkommen. So bewahrt auch die Christenheit gläubig zwei Zeugen für das Ende der Zeiten, wie im alten Bunde Henoch und Elias den Tod nicht geschaut haben sollten.

CLIV. Kapitel.

Versammlung der Fünfhunderte auf dem Berge in Galiläa.

„Hierauf gingen die elf Jünger auf den Berg, wohin sie Jesus beschieden hatte. Da erschien Er mehr als fünfhundert (oder nach Arnobius I. p. 37 unzähligen) Brüdern auf einmal, von welchen“ — wie Paulus fünfundzwanzig Jahre später in unserm I. Korintherbriefe XV, 6 schreibt, damals, — „die meisten noch lebten, einige aber entschlafen waren.“ Auch Lukas (I, 2) hatte noch einige davon gesprochen, und von ihnen mündliche Mittheilungen zu seinem Evangelium erhalten. Ebenso jener Quadratus, der wegen seines heiligen Eifers in Verbreitung des Evangeliums unter den ersten Gemeinden selbst den Namen eines Evangelisten erhielt. (Bd. IV, 191. vgl. 326.)

Mit der letzten Haupterscheinung tritt der Messias vollends aus seinem Dunkel hervor. Wie ein Feldoberster die flüchtigen Krieger und Landsknechte nach der Schlacht sammelt, die sie für verloren hielten, so Christus die Apostel nach der Passionsschlacht, worin Er allein den Satan besiegte. Die zerstreute Heerde, die den Hirten verloren, sammelt sich auf sein Geheiß im „Grenzlande“.

Sollen wir errathen, welches der Berg war, worauf Christus die Gläubigen um sich schaarte, die Er selber auf Erden gewonnen? Markus III, 13 und Lukas VI, 12 reden von einem Berge oder dem bestimmten Berge, bei Kapharnaum nehmlich, wo der Herr öfter im Gebete zu übernachten pflegte, und von wo Er die Apostel zuerst zur

Predigt des Evangeliums in's Land Israel aussandte. Johannes VI, 3. 15 meldet ähnlich von einem Berge bei Bethsaida, wohin sich Jesus zurückzog. Der Berg, auf dem die Versammlung statt hat, steht hier ohne nähere Bestimmung, ist aber vielleicht der Asamon oder Asmon, jetzt Dschebel Dschermak, der höchste Berg in Galiläa (Jos. bell. II. 18, 11), an welchem das Flüßchen Kapharnaum seine Quellen hat. Der oberste Gipfel des Dschermak heißt Dschebel Zabud, die westlichen Ausläufer Dschebel Tawil und Adathir.

Nach mittelalterlicher Annahme sollte Christus bestimmt zu Cabul zwischen Kana und Ptolemais zuerst nach seiner Auferstehung den Jüngern erschienen seyn. Der Mamlukensultan Bibars zerstörte im April 1263 die Kirche daselbst.[1]) Matthäus XXVIII, 16 wählt den Ausdruck *εἰς τὸ ὄρος, οὗ ἐτάξατο αὐτοῖς ὁ Ἰησοῦς*. Ist damit der „Gesetzesberg" bezeichnet, nicht der Tabor, wie eine Legende[2]) annimmt, noch der Ort, wo er die Seinen das Gebet des Herrn gelehrt, sondern der Sinai des neuen Bundes, wo Christus die Bergpredigt vor einer noch größeren Versammlung gehalten und über den Unterschied des alten und neuen Gesetzes sich erklärt hatte, und zwar in Galiläa jenseits des Meeres oder im Grenzland östlich von Gennesaret? Leider wissen wir vorerst auch diesen nicht näher zu bestimmen.

Der Berg in Galiläa, wo sich Christus zum letztenmale den Seinen offenbarte und die ganze Versammlung der Gläubigen um sich schaarte, ist der Berg *κατ' ἐξοχήν*, der dem Höhepunkte der Bergpredigt, wie der Nebo, wo sich Moses von seinem Volke verabschiedete, dem Gesetzesberge Sinai gegenübersteht. Das apokryphe Evangelium Nikodemi nennt ihn Mamilch oder Malech[3]): es ist der Königs-

---

1) Wilken Geschichte der Kreuzzüge VIII, 461.

2) S. Bd. IV der I. Aufl. Der mythische Christus S. 150.

3) Wofür auch Mabrech oder Mambech und Momphe als Lesearten auftauchen. Vgl. Bd. V, 205. 214. 238. 245 f. Daß Matthäus Jesum scheinbar auf dem Berge in Galiläa von den Seinen Abschied nehmen läßt, hat die Legende bis heute veranlaßt, den Nordhügel des Ölbergs für Galiläa zu nehmen oder Viri Galilaei zu nennen. Vgl. die Acta Pilati bei Tertullian apol. 21. Cum discipulis quibusdam apud Galilaeam Judaeae regionem ad 40 dies egit, docens eos, quae docerent. Dehinc ordinatis eis ad officium praedicandi per orbem, circumfusa nube in coelum ereptus est. Im Evangel. Nicodemi c. 14 steht nach Tischendorfs Textrecension: *Τὸν Ἰησοῦν, ὃν ὑμεῖς ἐσταυρώσατε, εἴδομεν ἐν τῇ Γαλιλαίᾳ μετὰ τῶν ἕνδεκα μαθητῶν αὐτοῦ εἰς τὸ ὄρος τῶν ἐλαιῶν.*

berg oder der Fürst der Berge, Dschebel Schech, wie der Hermon bei Paneas bis zur Stunde heißt, und hier bei Cäsarea Philippi war es, wo Christus den Petrus schon zuvor zum Grunde der neuen Kirche gesetzt hat.

„Und da sie Ihn sahen, fielen sie vor Ihm nieder: einige aber zweifelten noch (*οἱ δὲ ἐδίστασαν*) — oder nach verbesserter Leseart (*οὐ δ' ἐ*) „keiner zweifelte mehr.“ “ [4]) Der übergroßen Mehrzahl wurde die Erscheinung zum erstenmal zu Theil, darum mochten einige allerdings zagen und prüfend stehen bleiben. — Lukas gedenkt bereits XXIV, 24 der Hinweisung Jesu auf frühere Reden und nunmehr in Erfüllung gegangene Verkündigungen; dazu unterrichtete Er seine Jünger auch über die Leitung der ihnen anvertrauten und erst zu erweckenden Gläubigen, über die Ausbreitung und Regierung des Reiches Gottes auf Erden. Hieher gehört nun wahrscheinlich ein Theil der Vorträge, welche die Evangelisten zum Theil an die erste Sendung der Apostel knüpfen, obwohl sie erst auf die künftigen Zeiten Bezug haben, zum Theil an die Weissagung von der Zerstörung Jerusalems und dem jüngsten Gerichte anschließen, so wenn der Herr Mk. XIII, 11. Mth. X, 17 f. XVI, 25. Lk. XII, 8 f. XXI, 12 f. beginnt: „Gehet hin! sieh, Ich sende euch wie Lämmer mitten unter die Wölfe. Ihr werdet vor Landpfleger und Könige gezogen werden um meinetwillen, zum Zeugnisse für sie und für die Völker. Und wenn man euch in die Synagogen führt, und vor die Obrigkeiten und Mächtigen stellt, so seyd unbesorgt, wie ihr antworten, und was ihr reden sollet; denn es wird euch zu derselben Stunde gegeben werden, was ihr reden sollet. Nicht ihr seyd es ja, die dann reden, sondern der Geist eures Vaters ist es, der in euch spricht. Ich will eurem Munde Weisheit geben, welcher alle eure Widersacher nicht widersprechen, noch widerstehen sollen können. Ihr werdet aber überliefert werden selbst von Ältern und Brüdern, von Verwandten und Freunden, und sie werden manche von euch um's Leben bringen. Bei jedermann werdet ihr um meines Namens willen verhaßt seyn, und „Ich werde von neuem gekreuziget werden.“ [5]) Durch Geduld aber werdet ihr eure Seelen erhalten. Ver-

4) Mth. XXVII, 16. 17. *Οὐ δὲ* ist Correctur Beza's wider alle Hdschr., *οἱ δὲ*, quidam autem geht sprachlich an, wenn auch kein *οἱ μὲν* vorangeht.

5) Ein Ausspruch des Herrn nach Origenes in Joh. T. II. p. 298. ed. Huet. *Εἰ τὸ δὲ φίλον παραδέξασθαι τὸ ἐν ταῖς Παύλου πράξεσιν ἀναγεγραμμένον, ὡς ὑπὸ σωτῆρος ἀρημένον: Ἄνωθεν μέλλω σταυροῦσθαι.* Hiezu

folgt man euch in dieser Stadt, so fliehet in eine andere. Wahrlich, Ich sage euch, ihr werdet mit den Städten Israels nicht fertig werden, bis der Menschensohn kömmt. „So müssen die, welche mich sehen, und an meinem Reiche Antheil nehmen wollen, unter Bedrängnissen und Leiden mich annehmen.“ [6]) — Wer mich aber vor den Menschen bekennt, den will auch Ich vor meinem Vater im Himmel bekennen; wer mich aber vor den Menschen verläugnet, den will auch Ich verläugnen vor meinem himmlischen Vater. Wer sein Leben zu erhalten sucht, der wird es verlieren, und wer sein Leben um meinetwillen verliert, der wird es finden.“

Dieß ist die große Versammlung aller Gläubigen auf dem heiligen Berge in Galiläa, worauf der Erlöser die Seinen durch wiederholte Hinweisung vorbereitet hatte.

CLV. Kapitel.

Christus bei Jakobus. Talmudische Nachrichten.

„Darnach erschien Christus noch dem Jakobus.“ (I. Kor. XV, 7.)

Herkömmlich versteht man hierunter den Apostel, welchen Markus XV, 40 Jakob den Kleinen nennt, wie Sohar Exod. f. 63, 2 R. Jesa צְעֵירָא, oder Samuel Katon, „der Kleine“ heißt. (B. Berac. f. 28, 2.) In diesem Falle löst sich die besondere Manifestation Christi in jene allgemeine auf, die den versammelten Zehn am Tage Omer widerfahren war. (Kap. CXLVI, not. 4.) Wenn aber der Apostel an der Stelle nicht bloß mit einer numerischen Aufzählung sich befaßt, sondern sein ἔπειτα und εἶτα, „ferner, sodann“, die Aufeinanderfolge der Erscheinungen ausdrückt, so kann statt des Alphäiden und Erstlingsbischofs von Jerusalem der Sohn der Salome und Protomartyr unter den Aposteln gemeint seyn. Von diesem scheint auch Avoda sara f. 17, 1 die Rede zu seyn, wo R. Eliezer erzählt: „Einst erging ich mich auf dem oberen Marktplatze der Stadt Zipporis und traf dort einen von den Schülern Jesus des Nazareners mit Namen Jakobus von Sechania. Der sprach

---

stimmt die Legende, Christus sey dem in der Neronianischen Verfolgung aus der Tiberstadt flüchtenden Petrus an der Porta San Sebastiano begegnet und habe dem erstaunten Apostel auf die Frage: Meister wohin? erwiedert: „Zurück nach Rom, um mich auf's Neue kreuzigen zu lassen.“

6) Ein Spruch vom Herrn, nach Barnabas epist. Cathol. §. 7.

zu mir: es steht in eurem Gesetze Deut. XXIII, 19: „Du sollst nicht Buhlerlohn in's Haus deines Herrn und Gottes bringen“ — wie darf man also dafür dem Hohenpriester einen besonderen Ort errichten? [1]) Da ich nichts darauf erwiederte, fuhr er fort: Jesus der Nazarener hat mich über den Sinn der Worte Mich. I, 7 belehrt: Was vom unreinen Orte kömmt, kehrt zum unreinen zurück! und mit dieser Auslegung war ich einverstanden.“

Sechania oder Sichnin ist das Sogane des Josephus oder heutige Saknin zunächst bei Kana und Jotapata. Vater Zebedäus lebte übrigens in Kapharnaum. Nach Geständnissen im Talmud (vgl. Bd. IV, 312) wirkte derselbe Jakobus Wunder; indem der Name Jesu gegen Krankheit in der Kehle wie gegen Schlangenbiß sich heilkräftig erwies. Dieß scheint Markus XVI, 17. 18 im Auge zu haben, indem er am Schlusse seines Evangeliums von den Verheißungen des Herrn gerade sie besonders hervorhebt: „Bei denen aber, die da glauben, werden folgende Zeichen eintreten: In meinem Namen werden sie Teufel austreiben, neue Sprachen werden sie reden, Schlangen werden sie aufheben und wenn sie etwas Tödtliches trinken, wird es ihnen nicht schaden, Kranken werden sie die Hände auflegen und sie sollen gesund werden.“

Die Macht, welche Moses und nach Jamblichus vita Pythag. c. 28 Pythagoras über die Schlangen geübt, sollte auch den Jüngern zu Theil werden. (Pred. X, 11.) Papias erzählt ferner (Euseb. h. e. III, 39) von Barsabas, mit dem Beinamen Justus, daß ein vergifteter Trank ihm nicht schadete. Daher das Symbol der ausfahrenden Schlange von dem gesegneten Kelche bei St. Johannes, Benediktus u. a. Hier ist offenbar auf die Wunder des Petrus und Paulus, Jakobus und Johannes Rücksicht genommen, am wenigsten ist aber gerade von Jakobus auf uns gekommen, bis gleichwohl die Legende sich seiner bemächtigte und er als eine der vorzüglichsten Säulen der alten Kirche und als der Apostel Spaniens mehr Würdigung fand. Er starb zu früh und hinterließ weder einen Schüler als Evangelisten, wie Petrus und Paulus, noch schrieb er selber ein Evangelium und Briefe, wie sein jüngerer Bruder. Jetzt also wurde auch ihm, wie zuvor dem Simon Petrus, eine besondere Offenbarung seines Heilandes

1) Vgl. Joma c. 1, 1: „Sieben Tage vor dem Versöhnungsfeste sondern sie den Hohenpriester ab und führen ihn aus seinem Hause in die Kammer von Palhedrin“ (Parhedrin, Kammer der Rathsherren, Bab. f. 8, 2, die im Tempel sich befand).

zu Theil. Aber gerade Johannes, an welchem es war, die Lücke auszufüllen, senkt hierüber und über so vieles andere den Schleier mit der Betheuerung XX, 30. 31: „Jesus hat zwar noch viele andere Zeichen vor den Augen seiner Jünger gethan, welche nicht in dieser Bibel aufgeschrieben sind; diese aber stehen aufgezeichnet, damit ihr glaubet, daß Jesus der Messias, der Sohn Gottes sey, und durch den Glauben in seinem Namen das Leben gewinnet“ — Worte, dergleichen zwar auch die Rabbinen nicht selten auf ihre Lehrer anwandten, die aber hier in voller Wirklichkeit gelten, indem die ganze Welt das aufgeschlagene Buch der Weisheit und Wundermacht des Gottessohnes ist; Worte übrigens, ganz geeignet, in denen, welche alles in der Schrift suchen und aus ihr ableiten wollen, die Erleuchtung zu erwecken, daß außer ihr noch eine reichere Quelle geoffenbarter Glaubenswahrheiten fließe. .

Auch der Talmud [2]) kennt diese allgemeine Formel. Unter den heidnischen Autoren deklamirt Aristides der Rhetor über Serapis p. 99: „Wenn ich all seine Wohlthaten und Wunderwerke aufzählen wollte, würde das längste Leben nicht hinreichen.“ Ähnlich schildert Augustin die jenseitigen Leiden für jedes kleinste Vergehen hienieden. Johannes wiederholt indeß die Rede, indem er, der die Zerstörung Jerusalems wohl überlebte, der herrschenden Meinung widerspricht, als solle er bis zur letzten Ankunft Christi übrig bleiben, und zum andernmal lautet der Schluß XXI, 24. 25: „Dieß ist derselbe Jünger, der dieß bezeugt und dieß geschrieben hat, und wir wissen, daß sein Zeugniß wahr ist. Es sind auch noch viele andere Dinge, welche Jesus verrichtet hat. Wollte man sie alle einzeln schildern, so glaube ich, würde die Welt die Bücher nicht fassen, die zu schreiben wären.“

---

2) Avoda sara 1. Beresch. rabba c. 15. Quamquam coeli pergamentum, et arbores Libani calami, aqua deinde maris atramentum fuissent, ad ipsius scientiam tamen non suffecissent. Sabbat 11, 1 non sufficerent ad describendam profunditatem cordis principum. Taanith s. f. non forent sufficientes scribere omnes calamitates, quae venerunt super eos. Jalkuth 7, 1. Dixit R. Jochanan ben Zachai: si omnes coeli essent pergamena, et omnes filii hominum scribae, et omnes silvae arbores calami, non possent scribere ea, quae didici a praeceptoribus meis, quibus non sum inferior, nisi quam canis lambit in mari. Bozn Schalscheleth f. 26, 2. Hinc disce, quanta fuerit sapientia et eruditio praeceptorum ejus, cum tanta fuerit discipuli. Cf. Buxtorf s. v. קֻלְמוּס.

Hiemit weist Johannes allerdings geheimnißvoll auf das Walten desjenigen in der Schöpfung und Weltgeschichte hin, der von sich selber aussprach: „Ehe Abraham war, bin ich!“ und der noch vor seinem Leiden über seine Jünger betete: „Laß sie meine Herrlichkeit sehen, die du mir in deiner Liebe gegeben, ehe denn die Welt gegründet ward.“ Wir haben über diese, die dritthalb Jahre des Lehrwandels Christi weit überschreitende Periode der Regierung des Menschensohnes auf Erden in unserem „Heidenthum und dessen Bedeutung für das Christenthum“ uns ausführlicher ergangen.

Hiemit hätten wir also zehn Revelationen des Erlösers nach seiner Auferstehung, eine Zahl, auf deren Bedeutsamkeit in der göttlichen Heilsökonomie die Juden ein besonderes Gewicht legten; denn zehn Worte hatte Gott nach ihrer Betrachtung bei der natürlichen, zehn bei der geistigen Schöpfung (am Sinai) gesprochen; zehn Prüfungen hatte Er dem Abraham, zehn Plagen den Ägyptern auferlegt; zehn Namen oder Wesen nach der Anzahl der Sephiroth sollten vor der Erschaffung der anderen Dinge da gewesen seyn, und endlich zehn Zeichen der Ankunft des Messias vorhergehen.

CLVI. Kapitel.

Letzte Offenbarung. Verheißung des Paraklet.

Und als die Tage seiner Aufnahme nahe waren, „erschien Er zuletzt noch allen Aposteln, welchen Er sich nach seinen Leiden schon durch so viele Beweise als lebend dargestellt hatte, indem Er vierzig Tage hindurch ihnen sich offenbarte, und vom Reiche Gottes redete.“

Vierzig Tage nach seiner Geburt war der Knabe Jesus im Tempel aufgeopfert worden: dieselbe Frist begegnet uns in seinem Leben wieder von der Taufe bis zum Antritt seines Lehrwandels nach der Versuchung, und von seiner Urstände bis zum Hingange zum Vater. Indem sich der Auferstandene den Seinen wahrscheinlich nach einander am Tage des Herrn offenbarte, der dadurch seine Sanktion statt des jüdischen Sabbats erhielt, war das Pfingstfest nahe gekommen, und die Apostel fanden sich wieder in Jerusalem ein. Auch die Mutter Jesu finden wir mit den Frauen und den Vettern nach der letzten Offenbarung des Herrn in Galiläa schließlich am Pfingstfeste (Apstg. I, 14) wieder auf Sion, und sie blieb, nachdem sie in Nazaret ihre

Angelegenheiten geordnet, nunmehr in der Davidsstadt, wo auch sie ihren Eingebornen in den Tod dahingegeben hatte, unter der fürsorglichen Pflege des Johannes bleibend wohnen.

„Und als Er sie versammelt hatte, befahl Er ihnen, von Jerusalem nicht zu weichen, sondern die Verheißung des Vaters abzuwarten, die ihr, sprach Er, aus meinem Munde vernommen habt. Ihr nun seyd Zeugen dessen. Und steh! Ich sende die Verheißung meines Vaters in euch herab. So bleibet nun in der Stadt, bis ihr mit Kraft aus der Höhe erfüllt werdet. Denn Johannes hat mit Wasser getauft, ihr aber werdet mit dem heiligen Geiste getauft werden nach wenigen Tagen. Die Versammelten fragten Ihn nun, und sprachen: Herr, wirst du wohl jetzt das Reich Israel wieder herstellen?“

Die Frage nach der Gründung des messianischen Reiches legten die Juden Christo drei Jahre früher bei seinem ersten Auftreten am Osterfeste vor. (Bd. III, 58.) Umsonst hatte Jesus dasselbe in die Erneuerung des geistigen Lebens gesetzt, die Apostel wollten sich noch immer nicht von ihren pharisäischen Vorurtheilen trennen, die eine politische Erneuerung, eine abermalige nationale Herrlichkeit unter dem erwarteten Sohne Davids in Aussicht stellten, wobei auch die Zwölfe Richterstühle erwarteten, um die Stämme Israels zu regieren. Sie hofften, daß Jesus die zehn Stämme aus der Gefangenschaft heimführen und mit ihnen den Thron wieder aufrichten werde. Die Apostel mochten erwarten, Christus werde in die Diaspora von Aufgang auswandern, um die zehn Stämme heimzuholen. (Lk. XIII, 22.) Er war aber über Hauran und Trachon, Idumäa und die Landschaft jenseits des Jordan nicht hinausgekommen, indem Er im ἐρημος bald das Volk versammelte, bald einsam blieb. Die Juden hofften auf den Messias, der sie alles lehren und in Bezug auf das Leben nach dem Tode unterrichten werde; darum begehrten sie die Andeutungen des alten Testamentes nicht alle dogmatisch zu fassen. Christus verweist seine Jünger an den heiligen Geist. „Er aber erwiederte ihnen: es steht euch nicht zu, Zeit und Stunde zu wissen, die der Vater aus eigener Macht festgesetzt hat. Doch ihr werdet die Kraft des heiligen Geistes empfangen, der über euch herabkommen wird, und sollet meine Zeugen seyn in Jerusalem, in ganz Judäa und Samaria und bis an die äußersten Grenzen der Erde.“ [1]) „So jemand

1) Apstg. I, 2—8. Lk. XXIV, 48. 49. I. Kor. XV, 7. Vgl. R. Menahem in

aus Israel sich bekehren und in meinem Namen an Gott glauben will, dem sollen seine Sünden vergeben werden. Nach zwölf Jahren aber gehet aus in alle Welt, damit niemand sage, wir haben nichts davon gehört."

Diese Schlußworte theilt Clemens von Alexandrien Stromat. VI als Fragment einer von Petrus aufgezeichneten Abschiedsrede mit, und Eusebius der Kirchengeschichtschreiber bestättiget diese Meldung. Hundertundzwanzig Jahre hatte Gott der vorfluthigen Welt noch in Gnaden zugesehen, nachdem ihr Sündenmaaß längst voll gewesen; die vierfache Frist hatten die Juden von ihrer Erlösung aus Babel bis zum Tode des Messias unbenützt verstreichen lassen: nur noch zwölf Jahre will Er jetzt seinem Volke Bedenkzeit geben. Nach diesem aber wollte Er seinen Geist von ihnen nehmen, und auf die Völker übertragen. Während die Apostel von einer Zurückführung Israels in's Land der Verheißung träumten, erhalten sie jetzt die Mission in alle Länder der Welt, um die Nationen in ihrer Zerstreuung über den weiten Erdkreis in's Reich Gottes zu versammeln. Ἔσχατον τῆς γῆς, hier neben Judäa und Samaria gestellt, ist die wörtliche Übersetzung von Galiläa, d. h. dem Grenzland oder der Landesgrenze, mit der weiteren universalen Beziehung. Nicht bloß die Heiden, wie die stolzen Diener Mosis erwarteten, [2]) sondern auch die Juden sollten in kurzer Frist Proselyten der Kirche werden oder übergangen seyn.

Vor allem sollten die Sendboten mit dem heiligen Geiste getauft werden. Die Welt kann euch nicht trösten, spricht der Herr beim ersten Abendmahle, darum sendet Er ihnen nun den Paraklet, den Tröster. Der Vater hat Christo das Siegel des Reiches zu seiner Beglaubigung mitgegeben (ἐσφράγισε, Joh. VI, 42). Es ist der Stempel des heiligen Geistes, indem Er auch uns besiegelt und das Pfand des Geistes in unsere Herzen gegeben hat. (Eph. I, 13. II. Kor. I, 22.) . Die Rabbinen vergleichen [3]) den Geist des Messias mit jenem

Levit. III: „Der heilige und benedeite Gott tauft mit Feuer und der Weise wird es verstehen."

2) Avoda sara f. 24, 1. Messiae tempore omnes gentes in Proselytos sincero animi affectu puriorem cultum appetentes convertentur. Ein Hymnus in Sama Veda VII. 7, 3 lautet:

„O Indra, Menschen beten dich an, sey es im Osten, Westen, Norden oder Süden!"

3) Bereschith r. 1, 2. R. Simeon filius Lakisch exposuit sententiam de

Geiste, der im Anfange der Schöpfung über den Wassern schwebte, den vorhergehenden chaotischen Zustand der Wüste und Leere, der Finsterniß und des Abgrundes aber mit den vier Weltreichen der danielischen Gesichte. In den Schriften der Propheten finden wir die Verheißung des künftigen heiligen Geistes häufig unter dem Bilde der Ausgießung frischen Wassers über dürres Land vorgetragen; darum spricht hier Christus: sie sollten mit dem Geiste getauft werden, und seine Ausströmung zuerst über das dreifache Landesgebiet von Palästina sich verbreiten; wenn aber dessen Bewohner ein steinernes Herz ihm entgegensetzten, und sich nicht umwandeln ließen, wenn sie nicht zur Buße sich erweichten, und, wie die Juden selbst sagten, gleich dem Urmeere sich bewegten, das der Geist Gottes überschwebte: sollten sie dieselben verhärten und ihrem Verderben und Ruine überlassen, den Staub von ihren Füßen schütteln, und den Wanderstab in die weite Welt ergreifen, wie sie bald wirklich thaten, damit auch den fernsten Nationen das Evangelium zu Ohren komme.

Zum drittenmal sendet nun der Heiland die Seinen aus, und zwar in alle Welt, nachdem Er sie zuerst zu den Juden, daneben dann auch zu den benachbarten Heiden geschickt und mit ihrem Berufe vertraut gemacht hatte. Sie waren mit Ihm herumgereist all die Tage seines Lehrwandels; sie hatten seine Lehrvorträge alle gehört: es konnte ihnen also nicht schwer fallen, im Geiste und in der Kraft Gottes gestärkt das große Sendamt durch die Welt anzutreten, und zu suchen und in's Vaterhaus zu führen, was verloren war. Die Sendung des heiligen Geistes also, der bei seiner Kirche bleiben würde bis an das Ende der Welt, die Stiftung und Erhaltung des Reiches Gottes hienieden, und die Aussendung seiner Apostel in alle Länder und unter

---

regnis. „Et terra erat inanis“: h. e. regnum Babel, de quo Jerem. IV, 23. „Et vacua“: istud est regnum Medorum s. d. Esth. VI, 14. „Et tenebrae“: istud est regnum Graecorum, quod obtenebravit oculos Israelis cum decretis suis, et dixit: scribite super cornu bovis: non est nobis pars in Deo Israelis. „Super faciem abyssi“: istud est regnum nequam Romae; sicut enim abyssus, ista non habet fundum. „Et spiritus Dei volitans“: iste est spiritus Messiae, de quo Is. XI, 2. Per cujusmodi autem meritum spiritus Messiae erit ministrans, et volitans super faciem aquarum? Per hoc, quod movebitis cor vestrum sicut aquam in poenitentia, s. d. Thren. II, 19. cf. R. Martini P. III. dist. III. c. 13, 2 u. 13. Is. XLIV, 3. Ez. XXXVI, 25 f. Joann. VII, 39. Vgl. Bd. I, 2, S. 115.

alle Völker der Welt erfüllen noch die Schlußrede des scheidenden Erlösers am letzten Tage seines Erdenwandels, welcher der Tag seiner Himmelfahrt, der vierzigste nach seiner Auferstehung, und zwar ein Donnerstag war. Und wäre der heilige Geist je von der Kirche gewichen, das Christenthum wäre in Leichenschlaf gesunken, und keine menschliche Kraft könnte es wieder beleben: die Menschheit bedürfte einer neuen Erlösung. Die Bibel wäre eine hieroglyphe Grabschrift, gleich den Papyrusrollen einer Mumie.

CLVII. Kapitel.

Ertheilung der Weltmission an die Apostel.

„Und nachdem Er dieses gesagt, und in Hinsicht des heiligen Geistes ihnen die Befehle gegeben hatte, führte Er sie gen Bethanien hinaus auf den Ölberg, der nahe bei Jerusalem ist und nur einen Sabbatweg abliegt."

Josephus gibt die Entfernung des Ölbergs bell. V. 2, 3 auf sechs, Ant. XX. 8, 6 auf fünf Stadien an, während es nach Bethanien dreimal so weit ist. (Joh. XI, 18.) Ein Sabbatweg betrug 2000 Ellen oder eine Viertelstunde; Epiphanius haer. LXVI nimmt ihn zu sechs Stadien an. Der Blick vom Ölberg aus ist einer der inhaltreichsten in der Welt; denn wie man räumlich halb Judäa und das Land jenseits des todten Meeres bis zum Nebo und tief nach Arabien hinein überschaut (Bd. V, 586), so verliert sich der geistige Blick in die Ferne der Zeiten. Es war die mittlere Kuppe, und der Überlieferung zufolge am hellen Mittag.

„Da erhob Er seine Hände und segnete sie und sprach: Mir ist alle Gewalt gegeben im Himmel und auf Erden. So gehet hin in die weite Welt, verkündiget der ganzen Schöpfung die frohe Botschaft, lehret alle Völker und taufet sie im Namen des Vaters, des Sohnes und des heiligen Geistes, und unterweiset sie alles zu halten, was Ich euch befohlen habe. Wer glaubt und getauft ist, der wird selig werden, wer aber nicht glaubt, der wird verdammt werden. Und siehe! Ich bin bei euch bis an das Ende der Welt!" (Lk. XXIV, 50. Apstg. I, 12. Mk. XVI, 15. 16. Mth. XXIV, 18—20.)

Unter Ausstreckung beider Hände (Semicha), wie sie auch mosaischer Ritus war (Lev. IX, 22), segnet Jesus vor seiner Auffahrt die ganze Schöpfung. Das Wort Jehova selbst galt den Juden für unaussprechlich heilig (*ἄῤῥητον*); dafür sagten die Juden bloß שֵׁם oder הַשֵּׁם „der Name“. Darum begegnet uns im ganzen Testamente, und auch hier aus Christi Mund immer der Ausdruck „Name Gottes“. Sota c. 7, 6 heißt es: „Im Lande Israel sprach man einen dreifachen priesterlichen Segen, im Heiligthum nur Einen, und zwar mit Nennung des Namens Gottes, wie er geschrieben steht, im Lande Israel sprach man nur den Beinamen (Adonai) aus. In der Provinz erhoben die Priester die Hände bis an die Schultern, im Heiligthume aber über ihren Häuptern, außer der Hohepriester, der sie nicht über die güldene Platte an seiner Stirne erhob“ (worauf der Name Jehova geschrieben stand).

So legt Moses, bevor er die Erde verläßt, dem Josua als seinem Nachfolger die Hände auf, und dieser wird erfüllt vom Geiste der Weisheit, und ein Theil seiner Herrlichkeit geht auf ihn über. (Num. XXVII, 20. Deut. XXXIV, 9.) Gregor von Nazianz spricht: „Wie Moses breitete Er seine Arme aus, um die Jünger seinem himmlischen Vater darzustellen, dann legte Er seine allmächtigen Hände kreuzweise über einander und senkte sie herab über das Haupt seiner Geliebten, um sie noch einmal zu segnen. Hierauf verließ Er mit unglaublicher Majestät die Erde, stieg langsam gegen die ewigen Wohnungen seines Vaters empor, und verschwand in einer lichten Wolke den Blicken seiner zurückgelassenen Freunde. In dieser Majestät aber, auf einer Wolke von den himmlischen Heerschaaren umgeben, wird Er als Richter einst wieder kommen.“

Alle Creatur, d. h. nach jüdischer Sprachweise, die ganze Heidenwelt im Gegensatze zum Volke Gottes soll die Heilsverkündung inne werden (Mk. XVI, 15): dafür gebraucht Mth. XXVIII, 19 den Ausdruck: Lehret alle Völker. So heißt es B. Pesach. f. 118, 1: „Der heilige und gebenedeite Gott hat seinen Sitz im Höhepunkt der Welt, und gibt jedem Geschöpfe den ihm beschiedenen Theil.“ Beresch. r. f. 11, 3: „Alle Gebete der Geschöpfe (d. i. der Heiden) sind allein für die Erde: Herr, laß die Erde fruchtbar werden! alle Gebete der Israeliten allein für das Haus des Herrn: Herr, laß das Haus des Heiligthums gebaut werden!“

Die ganze Schöpfung seufzte nach Erlösung, wie Paulus Röm. VIII, 22. 23 ausspricht, und lag in Geburtsnöthen; jetzt sollte ihr die trostreiche Verkündung werden. Auch den Creaturen soll das Evangelium gepredigt (Kol. I, 23), selbst den Thieren Schonung zu Theil werden, und die Grausamkeit der alten eisernen Zeit ein Ende nehmen. Die Menschen selbst sollen dem Zustande der Thierheit und brutalen Sklaverei entrissen, und ihnen die frohe Botschaft der Erlösung gebracht werden. Alle Völker und Nationen ohne Unterschied, Heiden wie Juden, Barbaren wie Hellenen, Dienstbare wie Freie, Reiche wie Arme, Frauen wie Männer, Sünder wie Gerechte, soviel ihrer unter dem Himmel sind, sollen die Heilsverkündung empfangen, und daß selbst die Geisterwelt nicht ausgeschlossen war, davon zeugt die Auferstehung der Todten und sonstige Anzeigen.

Jesus sendet seine Jünger hin in alle Welt, nicht in ein besonders auserwähltes Land, denn nicht eine Landes- und Volksreligion soll das Christenthum seyn wie der Mosaismus. Nicht eine verschiedene Lehre, sondern die allgemeine Wahrheit soll verkündet werden, nicht mannigfaltige Kirchen, sondern dieselbe hierarchische Verfassung alle umfassen, um ein friedliches Band wieder um die ganze Menschheit zu schlingen. Durch alle Jahrhunderte kämpft die allgemeine Kirche den Kampf wider die Staatschristenthümer, und sie setzt ihren welthistorischen Charakter darein, nicht innerhalb der Schranken jedes größeren oder kleineren Territoriums sich anders zu gestalten: sie erfüllt eine und dieselbe Mission bis an die Grenzen der Erde und bis an's Ende der Zeitwelt (עוֹלָם, *αἰών*, wie Mth. schließt). Nicht die Taufe war neu, sondern der Auftrag: alle Völker zu taufen. Und wer die Heilspredigt hört und sich von den Gläubigen ausschließt, richtet sich selbst.

An die Heiden erging jetzt die große Botschaft, die von den Juden nur als ausgesetzte Findlinge am Wege angesehen waren, und nur schwer als Proselyten durch die Beschneidung adoptirt und legitimirt werden mochten, während jene sich als Nachkommen Abrahams, als Kinder der wahren Ehe oder des rechtmäßigen Bundes betrachteten, und als die Erben der Verheißung von jeher im Hause ihres Vaters erzogen wurden. Einen Findling konnte man auch auf den Namen Knecht taufen,[1]) wenn er in den alttestamentlichen Familienverband aufgenommen werden sollte, und so erwarteten es die Juden von den Tagen des Messias, wo ihnen die

1) H. Jevamoth f. 8, 4. R. Ezechia dicit: ecce invenit infantem expositum et baptizat eum in nomine servi. Bd. III, 86.

Goim zu Gebote stehen würden. Jetzt aber sandte Christus seine Apostel unter die Völker aus, um sie, die verlorenen Waisen, als Kinder des Reiches zu den Wohnungen des ewigen Friedens einzuladen, sie heimzuführen und zuerst zu taufen im Namen des dreieinigen Gottes, gemäß der Signatur, wie Er sie nach seinem Ebenbilde erschaffen. Durch diese gnadenreiche Predigt soll das menschliche Erkenntnißvermögen erhöht oder die Intelligenz gesteigert, das Herz umgewandelt werden, d. h. das Gemüth sich veredeln, und die Willenskräfte ihre Stärkung finden, damit die Wahrheit mit Seelenadel und Tugend sich zur Heiligkeit verbinde. Bei seiner Auffahrt erklärt sich hier Christus noch für den verheißenen Immanuel, d. h. Gott mit uns! Darum spricht Er: „Sieh, Ich bin bei euch alle Tage bis an der Welt Ende." So spricht der Psalmist XLV, 8. 12: „Gott der Herr ist mit uns, unser Helfer (hebr. unsre Burg), der Gott Jakobs." Js. XLIII, 2: „Wenn du Gewässer durchschreitest, ich bin mit dir, und wenn Ströme, sie reißen dich nicht mit fort." Und wieder Jeremias I, 8: „Fürchte dich nicht vor ihnen, denn ich bin mit dir, dich zu schützen." Der Heiland erfüllt auch diese Verheißung, denn Er verspricht bei den Seinen zu bleiben bis an den Ausgang der Dinge.

CLVIII. Kapitel.

Die Himmelfahrt.

25. Jjar, 26. Mai.

„Der Herr Jesus aber ward nach diesen Worten in den Himmel aufgenommen; denn es geschah, indem Er sie segnete, schied Er von hinnen und ward emporgehoben, eine Wolke entrückte Ihn ihren Blicken: und so sitzet Er nun zur Rechten Gottes." [1])

Das Wort, welches Fleisch geworden, wird nun zur Herrlichkeit des Vaters aufgenommen, der Menschensohn zum Throne Gottes erhöht. Es ist der verklärte Leib, den die Erde wider den Willen seines Inhabers nicht länger mehr halten mochte. Alles Irdische ist durch Schwere gebunden: es ist der geistige Schwung, der zum Himmel zieht, es ist die leibliche Wucht, die an der Erde uns festhält. Die letztere

1) Mk. XVI, 19. Lk. XXIV, 51. Apstg. I, 9. Ἐπήρθη, Er erhob sich, das Passiv wie Apstg. I, 4. Röm. XIII, 1. 5. II. Kor. XII, 7. II. Theff. II, 2. Nach Muhammeds Legende hat der Messias vom Kreuze aus sich zum Himmel erhoben.

ist in dem Verklärten gelöst, darum mußte es Ihn nach Aufwärts heben. Das höhere Prinzip, das bei der Verkündung herniederstieg, kehrt nun mit der verklärten Menschennatur nach Oben zurück. Jetzt ward vor den Augen der Jünger offenbar Joh. III, 13: „Niemand ist noch in den Himmel hinaufgestiegen, als der vom Himmel herabstieg, der Menschensohn, der im Himmel ist"; und VI, 63: „Wie, wenn ihr den Menschensohn da hinauffahren sehen werdet, wo Er früher war!" So erfüllt sich Ps. LXVIII, 19. 34: „Du bist in die Höhe gefahren, du hast die Gefangenschaft selber gefangen geführt und Gaben empfangen für die Menschen. . . . Lobpreiset den Herrn, der aufstieg über die Himmel der Himmel nach Sonnenaufgang." Midrasch Tillim [2]) spricht R. Juda im Namen des R. Chama: „In der Zukunft des Messias wird der hochgelobte Gott den König Messias zu seiner Rechten sitzen lassen, wie der Psalmist sagt CX, 1: „Der Herr sprach zu meinem Herrn: Setze dich zu meiner Rechten."" Paulus ergreift das Wort Eph. IV, 8: „Er ist in die Höhe gestiegen und hat die Gefangenschaft selber gefangen geführt und den Menschen Gaben verliehen." Phil. II, 9. 10: „Darum hat Gott Ihn erhöht und Ihm einen Namen gegeben über alle Namen, daß in seinem Namen alle Knie sich beugen im Himmel, auf Erden und unter der Erde, und alle Zungen bekennen, daß Jesus Christus der Herr sey, zur Ehre Gottes des Vaters." Eine Wolke, die Schechina, nahm Ihn auf. Die Wolken bilden die natürliche Verschleierung des unsichtbaren Himmels. Seine Auffahrt in der Wolke ist eine Bürgschaft, daß Er einst in den Wolken des Himmels wieder kommen werde, um nach Daniels Gesicht als Richter der Welt zu glänzen.

„Und sie beteten Ihn an; aber wie sie unverwandt zum Himmel blickten, wohin Er auffuhr, siehe! da standen zwei Männer in weißem Gewande vor ihnen und sprachen: Ihr Männer von Galiläa, was stehet ihr da und schauet gen Himmel? Dieser Jesus, der vor euch zur Höhe aufgenommen worden ist, ebenso wird Er wieder kommen, wie ihr Ihn gen Himmel fahren sahet!" (Lk. XXIV, 52. Apstg. I, 10. 11.)

---

2) F. 14, 3 in Ps. XVIII, 36. In saeculo futuro Deus collocabit Messiam ad dextram et Abraham ad sinistram suam; et facies hujus erit pallida et dicet: filius filii mei ad dextram sedet et ego ad sinistram? Deus autem ipsum consolabitur et dicet ei: filius filii tui sedet ad dextram meam et ego ad dextram tuam.

Wie bei der Verklärung auf Tabor treten bei der Auffahrt zwei himmlische Zeugen auf, und kniend bieten die Elfe dem Aufgenommenen die Adoration. Es war der erste Cult, den die Apostel dem Gottessohne erwiesen, als die Engel der Auferstehung sie überraschen. Ein Engel verkündet die Herabkunft des Gottessohnes in's zeitliche Leben, ein Engelpaar den Ausgang vom Grabe, sowie die Aufnahme zur ewigen Herrlichkeit. Dieser Jesus wird wieder kommen — und zwar nach II. Theſſ. I, 7. 8 mit seinen mächtigen Engeln in Feuerflammen, um Rache zu nehmen an denen, die Gott nicht anerkennen und seinem Evangelium nicht gehorchen. I. Theſſ. IV, 16: „Dann werden wir zugleich mit den Todten hinaufgerückt in den Wolken, Christo entgegen in der Luft.“ Dieß war an der Stelle um so bedeutsamer, als nach Targum Cant. VIII, 5 es jüdische Erwartung ist: „Wenn die Todten wieder aufleben, wird sich der Ölberg spalten und alle verstorbenen Israeliten unter demselben hervorkommen, ja selbst die Gerechten, welche in der Gefangenschaft (der Diaspora) gestorben sind, unter der Erde durchgehen und beim Ölberge herauskommen.“ Auf den Ölberg wird der Herr niederfahren Zach. XIV, 4. Josaphat ist das Thal der Gräber, also auch der Auferstehung und des Gerichtes. Alle Nationen, die Griechen und Römer, wie nicht minder die Deutschen, knüpfen die Erneuerung der Erde und Wiederherstellung des Friedens an die Zwischenkunft der vom Himmel niedersteigenden Gottheit, an das Ende der Welt, wo das goldene Zeitalter wiederkehren soll. Herrlich, ja in demselben Maaße glänzend, wie die erste Erscheinung demüthig war, soll die zweite Ankunft Christi werden, wenn Er kommen wird, um, wie Isaias LXV, 17 f. verkündet, einen neuen Himmel und eine neue Erde zu schaffen.

CLIX. Kapitel.

Der Kirchensaal auf Sion.

„Hierauf kehrten sie von dem so genannten Ölberge, der in der Nähe von Jerusalem liegt, so daß der Abstand nur einen Sabbatweg beträgt, mit großer Freude nach Jerusalem zurück.“

Rings um die heilige Stadt stand nach allen Weltgegenden, auf den Straßen nach Bethel, Bethhoron, Hebron und Jericho, in der Entfernung von zweitausend Schritten die Burgfriedensſäule, um den heiligen Weg von dem profanen zu unterscheiden; niemand sollte darum am Ruhetage zu Wagen steigen, auf daß er die

Sabbatgrenze nicht übersähe. [1]) Bethphage selbst lag noch innerhalb dieses Umfanges, und genoß darum auch das Stadtrecht von Jerusalem. (Bd. V, 420 f.) Gerade davor war der Scheideweg (ἐπὶ τοῦ ἀμφόδου), wie Markus XI, 4 meldet, wo Christus zu seinem feierlichen Palmeneinzuge ein Lastthier bestiegen hatte, und in der Nähe auf der Höhe des Ölberges auch der Punkt, wo Er gen Himmel fuhr. Darum bemerkt der Verfasser der Apostelgeschichte so bestimmt, wie aus lokaler Anschauung, die Grenze des Sabbatweges.

„Und als sie heimkamen, stiegen sie hinauf in den oberen Saal, wo sie sich aufhielten, nehmlich Petrus und Jakobus, Johannes und Andreas, Philippus und Thomas, Bartholomäus und Matthäus, Jakobus Alphai Sohn, Simon der Eiferer und Judas, des Jakobus Bruder. Diese alle verharrten einmüthig im Gebete, zusammt den Frauen und Maria, der Mutter Jesu, und seinen Brüdern. Darnach waren sie immer im Tempel, und lobten und priesen Gott.“ (Luk. XXIV, 52. 53. Apstg. I, 12—14.)

Unter Obersaal, ὑπερῷον, ist das Cönakulum zu verstehen, wo der Heiland das Abendmahl gefeiert und das unblutige Opfer des neuen Bundes nach Melchisedeks Ordnung eingesetzt hatte. [2]) Dieß war nach der Bauweise der Häuser Jerusalems, wo zwar der Boden überall die Quadern liefert, es aber an Holz zur Dachung gebricht, ein mit einer oder auch zwei Kuppeln überwölbter Hochsaal, wobei der (um ein paar Stufen erhöhte) Vorderraum allenfalls durch Tragsäulen vom Hinterraume geschieden war. Indem nun das Quadrat in's Achteck umsetzt, erhebt sich darüber die kreisrunde Wölbung, während die von den Gewölbekappen eingeschlossenen Fenster im Spitzbogen auslaufen. So sind in einfachster wie in verschwenderischer Weise Hunderte von Wohnzimmern und Gaststuben der heiligen Stadt gebaut, und diese Architektur erstreckt sich bis Hebron, Joppe und Sichem weiter als die für Judäa charakteristische. S o f o r t entwickelte sich aus dem einfachen Wohnhause oder nach dem Vorbilde des Cönakulums auf Sion der ursprüngliche christliche Kirchenbau,

---

1) Betsa f. 36. Nullis vehuntur animalibus in Sabbato aut die festo, ne scil. exeant ultra limites. Gl. Quia, qui non pedibus ambulat, non videt signa limitum. Vgl. oben 307. not.

2) Mk. XIV, 15. Lk. XXII, 12: Ἀνάγαιον, text. rec. ἀνώγεον. Cod. B. M. S. ἀνώγαιον, über der Erde, d. h. im oberen Stockwerk. Orig. in Jer. hom. 18: Ἄνω ἐστὶν ἐν ἀναγαίῳ μεγάλῳ. Vgl. Apstg. XX, 8, oben Bd. III, 193.

der, weil ihn die s. g. altgläubige, griechische Kirche festhielt, der byzantinische heißt.

Wunderbar hat diese Sionskirche nach Epiphanius Zeugniß [3]) die Zerstörung Jerusalems unter Titus überdauert, wie daneben auch die Synagoge Johannan ben Sakkais, die heilige Moschee el Omary im Judenviertel stehen blieb. Der Kirchenvater, von einer jüdischen Bauersfamilie aus Bezanduka bei Eleutheropolis stammend, versichert ausdrücklich: dieser Speisesaal sey der Versammlungsort der Jünger nach ihrer Heimkehr vom Ölberge geblieben, auch sey später die Gemeinde von Pella wieder dahin zurückgekehrt. Dieser „Dom“ (domus Dei) hatte durch das hohepriesterliche Amt der Celebrirung des Abendmahles von Seite des ewigen Pontifex und die darauf folgende Herabkunft des Geistes am Pfingstfest seine unmittelbare Weihe zur Kirche Gottes erhalten. Unter ihm liegt noch heute das (erst unter Barcocheba eingestürzte) Grabgewölbe Davids, wovon schon Petrus Apstg. II, 30 spricht, als das eigentliche Martyrion oder der Krypte. Nach H. Chagiga f. 78, 1 soll David am Pfingstfeste gestorben seyn — Hyrkan und Herodes ließen sein Grab öffnen —. Der Versammlungssaal lag ja im Gebäude des Davidsgrabes. Hieronymus ep. 16 ad Marcell. spricht von den Überbleibseln des Grabes Davids zu seiner Zeit, und bezeugt epitaph. Paulae f. 61: Als Paula auf den Sion kam, zeigte man ihr den Ort, wo der heilige Geist auf die 120 Gläubigen herabkam, die Weissagung Joels zu erfüllen.

Diese Geisteskirche führt auch den Titel San Salvator, und schließt, weil daselbst zugleich die Madonna unter der Obsorge ihres Adoptivsohnes Johannes bis zu ihrem Hinscheiden lebte, Kapellen der heiligen Jungfrau und des Evangelisten ein. Sie ist das Prototyp des Lateran in Rom, und verdient vor diesem die Inschrift: Omnium urbis et orbis ecclesiarum mater et caput. Es ist unmöglich, daß

---

3) De pondere et mensura c. 14: *Εὗρε τὴν πόλιν πᾶσαν ἐδαφισμένην καὶ τὸ ἱερὸν τοῦ Θεοῦ καταπεπατημένον, παρεκτὸς ὀλίγων οἰκημάτων, καὶ τῆς τοῦ Θεοῦ ἐκκλησίας μικρᾶς οὔσης. Ἔνθα ὑποστρέψαντες οἱ μαθηταί, ὅτε ὁ Σωτὴρ ἀνελήφθη ἀπὸ τῆς Ἐλαιῶνος, ἀνέβησαν εἰς τὸ ὑπερῷον. Ἐκείνη γὰρ ᾠκοδόμητο τουτέστιν ἐν τῷ μέρει Σιών, ἥ τις ἀπὸ τῆς ἐρημώσεως παρελήφθη* (al. *παρελείφθη*), *καὶ μέρη οἰκήσεων περὶ αὐτὴν τὴν Σιών, καὶ ἑπτὰ Συναγωγαί, αἳ ἐν τῇ Σιὼν μόναι ἑστήκεσαν, ὡς καλύβαι, ἐξ ὧν μία περιελήφθη* (al. *περιελείφθη*) *ἕως χρόνου Μαξιμωνᾶ τοῦ Ἐπισκόπου καὶ Κωνσταντίνου τοῦ βασιλέως ὡς σκηνὴ ἐν ἀμπελῶνι.* Is. I, 8 Sieh mein Palästinabuch I, Kap. 30.

„die heilige Sion“, denn diesen Namen trägt der Tempel des heiligen Geistes, dieß Presbyterium aus der Apostelzeit, wo die Ältesten der Gemeinde zugleich zum ersten allgemeinen Concil sich versammelten (Apstg. XV), als „das einzige von der Tochter Sion noch übrige Haus im Weinberge“ (Js. I, 8), noch länger verwaist bleibe, nachdem die umfangreiche, von den Minoriten neuhergestellte Metropole en Neby Daûd erst 1561 ihnen mit Gewalt abgenommen und in ein Kloster türkischer Derwische verwandelt wurde!

Wir sehen, wie die Davididen, deren Geschlecht berufen war, die uralten Verheißungen zu erfüllen, sich an die monumentalen Erinnerungen davidischer Herrlichkeit anklammerten. Inmitten der Ruinen des Hauses Davids zu Bethlehem sollte und wollte die Gebenedeite unter den Weibern den göttlichen Sohn gebären. Auch das vernachläßigte Mausoleum der alten Könige ließ die Familie Jesse oder Isai nicht aus dem Auge, und die Gebäulichkeiten scheinen vollends in den Besitz der Nazarener übergegangen zu seyn. Die Stellung und Stimmung der ersten Christen war indeß nach der Auffahrt des Herrn fast so gedrückt wie nach dem Todeshintritte. Sie waren beständig im Tempel, d. h. beim Morgen- und Abendopfer, welche I. Chron. XVI, 40. II. Chron. II, 4 beständige Opfer heißen. Sie klammerten sich an den Tempel des alten Dienstes an, obwohl der Herr dessen Zerstörung als nothwendig in Aussicht gestellt, den blutigen Opferaltar umgestoßen und den Sabbat abrogirt hatte. Sie erwarteten alsbald die Wiederkunft des Herrn in seiner Herrlichkeit, wie die Juden die glorreiche Erscheinung ihres Messias. Nur ein Ereigniß über alle Ereignisse, wie die Geistessendung, konnte die Gemeinde aus ihrer Letargie reißen, und jenen Aufschwung hervorrufen, wovon Markus XVI, 20 schreibt: „Sie aber gingen hin und predigten überall, und der Herr wirkte mit ihnen und bestättigte ihre Lehre durch darauf folgende Zeichen.“

CLX. Kapitel.

Wahl des Matthias.

„In diesen Tagen nun stand Petrus in Mitte der Brüder auf — es waren ungefähr hundertundzwanzig Personen beisammen — und sprach: Liebe Brüder! Es mußte jenes Wort der Schrift erfüllt werden, welches der heilige Geist durch den Mund Davids von Judas vorhergesagt hat, welcher der Wegweiser derjenigen war, die Jesum gefangen nahmen. Er war zu uns gezählt und das Loos dieses Amtes ihm zugetheilt worden. Seinen Episkopat (τὴν ἐπισκοπὴν) empfange ein anderer. Demzufolge muß es einer von den Männern seyn, welche bei uns waren die ganze Zeit, da der Herr Jesus bei uns aus- und einging, von der Taufe Johannis an bis zu dem Tage, wo Er von uns weggenommen wurde, einer von diesen muß Zeuge seiner Auferstehung mit uns werden."

„Und sie stellten zwei vor, Joseph, mit dem Beinamen Barsabas, der auch Justus geheißen ward, und Matthias. Und sie beteten und sprachen: O Herr, du Herzenskundiger aller, zeige an, welchen von diesen zweien du erwählt hast, die Stelle dieses Dienstes und Apostelamtes zu empfangen, aus welchem Judas gefallen ist, um hinzugehen an seinen Ort. Und sie warfen das Loos über sie und das Loos fiel auf Matthias. Somit wurde er den Aposteln zugezählt." (Apstg. I, 15—26.)

Dem Heiland war, wie wir hier erfahren, von seinem ersten Auftreten an eine große Anzahl Jünger gefolgt, die außerhalb des Apostelkreises stand. Aus ihnen erwählte Er später die Siebzig; Joses und Matthias zählten offenbar zu diesen.

Hundertundzwanzig Personen und zehn Gesetzesmänner darunter waren nach der Ansicht des Judenthums erforderlich, um eine Kirchengemeinschaft zu bilden; denn 120 Männer formirten die große Synagoge unter Esra,[1]) als das jüdische Staats- und Cultuswesen sich neuerdings begründete. Dieselbe Anzahl der Gläubigen war jetzt mit den Aposteln versammelt, und sie schritten vereint auf die Anrede ihres Primas Petrus zur Ergänzung der Zwölfzahl durch die Wahl eines neuen Apostels.

Der Evangelist verständigt uns nicht darüber, ob dieser Joses oder Joseph ein Alphäide war. Die Vermuthung spricht dafür, zumal „Jakobus und Joses Mutter bei der Kreuzigung gegenwärtig erscheint". Mth. XXVII, 46. Dieser Joses führte nach seinem Oheim, dem Nährvater Christi, den Namen, denn Joseph war des Klopas Bruder. Dann trug Jakobus nach Eusebius h. e. II, 23 ebenso, wie hier Joses, den Beinamen Justus. Ein Rabbi Justa oder Justai

1) Bd. II, 2, S. 250. Petrus steht auf vor 120 Namen, d. h. Personen. So steht bei Äschylus τὸ Θηβαίων ὄνομα, bei Cicero Romanorum nomen, für jemand aus Theben und Rom, und Silvius heißt bei Virgil Aen. VI, 763: Albanum nomen. Vgl. Offb. III, 4.

kömmt mehrfach in den talmudischen Schriften vor.[2]) Barsabas heißt entweder das Kind des Greises oder der Sohn des Eides. Matthias soll, wie Stephanus, von den Hirtenfamilien Bethlehems abstammen, und daß Bethlehem oder Nazaret den neuen Apostel stellten, war durch die Verhältnisse nahe gelegt.

Wie Zacharias durch das Loos zum Rauchopferdienste erwählt wird, sollte auch hier nach alttestamentlicher Weise[3]) der Wille der Vorsehung durch das Loosorakel erkundet werden. Sie legten also die Namen der Beiden in eine Urne, in die andere ein Loos mit der Aufschrift: Apostel, nebst einer Niete, und zogen so gegenseitig. Die Wahl (ψῆφος) durch Stimmabgabe und persönliches Votum entspricht dem Geiste des Christenthums besser. So tritt selbst im Spiele der Unterschied zwischen der alten und neuen Zeit hervor. Im Alterthume ist der Mensch mehr Unterthan des blinden Looses und Spielball des Zufalls: im Christenthume ist er dem Fatum entronnen, und freigestellt wirkt er sein Loos nach eigenem Verstande sich selber. Clemens von Alex. führt aus einer Rede des Apostels Matthias an: „daß man das Fleisch bestreiten und kreuzigen müsse, so daß man demselben nichts zur Wohllust bewillige, die Seele aber durch Glauben und Erkenntniß zum Wachsthum bringen solle".

CLXI. Kapitel.

Die Geistessendung.

6. Sivan, 5. Juni.

„Als nun das Pfingstfest eintrat, waren alle einmüthig am nehmlichen Orte versammelt. Da entstand plötzlich ein Getöse vom Himmel gleich einem Sturmwinde und erfüllte das ganze Haus, wo sie saßen. Es erschien über ihnen wie getheilte feurige Zungen und ließ sich über jeden von ihnen nieder. Und alle wurden voll des heiligen Geistes, und fingen an in fremden Sprachen zu reden, so wie es ihnen der Geist in den Mund legte." (Apstg. II, 1—4.)

Es war am Haupttage des Pfingstfestes, welches gleich dem Pascha, Hütten- und Tempelweihfeste zufolge Apstg. XX, 16. XXI, 27

---

2) J. B. H. Beracoth. f. 12, 3: יוסטא. Brucker die h. Schrift des n. T. i. l. Sieh oben Bd. II, 1, S. 88. II, 2, S. 248 f. V, 39.

3) Jos. VII, 14. 15. I. Sam. X, 20, 21. I. Chron. XXIV, 5. 7. Lucian Hermotim.

damals als ein eigentliches Wochenfest volle sieben Tage dauerte. Am 6. Sivan, der jedesmal, wenn das Osterfest mit dem Wochensabbat zusammenfiel, ein Sonntag war, [1]) zehn Tage nach der Auffahrt des Erlösers ging endlich die Verheißung des Paraklet in Erfüllung. So liest der Talmud B. Pesach. f. 68, 2: „Fünfzig Tage verfloßen vom Tag des Auszuges aus Ägypten bis zu dem der Gesetzgebung." Sie rechneten sieben Wochen vom Anbruch des 16ten Nisan. Also da der 14te auf den Freitag fiel, begann der 50ste am Sonnabend mit der Nacht auf den folgenden Tag. Es geschah um die dritte Tagesstunde, zur Zeit des Morgenopfers.

Zu Weihnacht, d. h. am Tempelweihfeste, wird Gott in der Höhe oder der himmlische Vater verherrlicht vom Chor der englischen Heerschaaren, zu Ostern triumphirt Christus, am Pfingstfeste offenbart sich der Ruach Elohim. Die Ausgießung des heiligen Geistes bildet einen Hauptzug der messianischen Zeit, wie Petrus Apstg. II, 17 f. sofort ausführt. So weissagt der Prophet Joel III, 1 f.: „Nach diesem will ich meinen Geist ausgießen über alles Fleisch, eure Söhne und Töchter sollen weissagen, eure Ältesten Träume und eure Jünglinge Gesichte haben. Auch will ich zur selben Zeit über Knechte und Mägde meinen Geist ausgießen, und Wunderzeichen geben im Himmel und auf Erden." Auffallend macht diese Prophezie, welche die gewöhnlichen Juden aus unbekannten Gründen mit dem zweiten Verse abbrechen, vielleicht weil die Worte wider sie lauten, einen Theil der heutigen Pfingstfest-Lektionen der Keraiten aus, und vielleicht bildete sie auch zur Apostelzeit eine Abtheilung der Haphtaren oder Lesekapitel des Tages.

„Über das Haus Davids und die Bürger Jerusalems will ich ausgießen den Geist der Gnade und des Gebetes, daß sie mich ansehen, den sie durchstochen haben, und klagen wie über ein einziges Kind, und sich betrüben wie über ein Erstgebornes." Diese Worte bei Zacharias XII, 10 haben entweder nie ihre Erfüllung gefunden, oder

---

1) B. Rosch haschana f. 22, 2. Gl. Cupiunt Baithusaei, ut sit primus dies Paschatis Sabbato, ita ut praesentatio manipuli sit prima hebdomadis, et festum Pentecostes prima hebdomadis. Tosaphta c. 10. Baithusaei dixerunt: non est messis manipuli exeunte die festo. Dieß ist unser letzter überzeugender Beweis, daß der Leidenstag des Herrn nicht der hohe Festtag gewesen seyn kann. Das christliche Pfingstfest ist Ostern um einen Tag näher gerückt. Vgl. S. 24 f. 179 f. Lev. XVI, 31. XXIII, 15. 32.

bei der Geistessendung am Pfingstfeste, als die gesammte Kirchengemeinde über dem Grabe Davids im Obersaale versammelt war, wo auch die Einsetzung des Opfers stattgefunden, das den Tod des Herrn verkünden soll. So spricht Jeremias, nachdem der Herr seine Lippen berührt und sein Wort dem Propheten in den Mund gelegt I, 9 f. XX, 9 f. XXIII, 9: „Mir ist wie einem Trunkenen und wie einem, der vom Weine taumelt vor dem Herrn und seinen heiligen Worten. Ich dachte, wohlan, ich will nicht mehr in seinem Namen predigen; aber es ward in meinem Herzen wie ein brennend Feuer und unausstehlich in meinen Gebeinen, so daß ich schier vergangen wäre.“ Ueber Ezechiel III, 22. 27 kömmt dieselbe Hand des Herrn und der Höchste erklärt: „Wenn ich mit dir reden werde, will ich dir den Mund aufthun, auf daß du zu sprechen wissest.“ Diese flammende Begeisterung und Zungenberedsamkeit ist also der Ausdruck der höheren Eingebung.

Mit der Herabkunft des heiligen Geistes war bezeichnet, daß die Schechina von den Juden genommen werden und auf das Volk des neuen Bundes übergehen sollte.

Unter Sturmesbrausen und lautem Rufe war die Schechina, welche ihre Gegenwart über dem Tabernakel einst durch Feuer beurkundete, von dem Allerheiligsten ausgezogen (Kap. CVII), ja sie hatte, mit den Rabbinen zu reden, vor den Sünden der Menschen sich bis in den siebenten Himmel zurückgezogen (Chronol. 185, not. 36): mit der Gewalt der Windsbraut zog sie heute im Hause der Gläubigen des neuen Bundes ein, und weihte dasselbe zur Kirche. Wie der Geist des Herrn bei der Taufe über Jesus herabstieg, und Feuer auf dem Jordan brannte, als die messianische Inauguration erfolgte (Bd. II, 2, S. 115. 117): so erscheint derselbe jetzt unter dem Sinnbild der feurigen Zungen über der Apostelschaar, denn das Licht von oben wird über sie ausgegossen. Es ist eine Feuertaufe in Verbindung mit der Geistestaufe, daher das Bild des Geistes auch über Taufbecken und Predigtstühlen figurirt. In bildlicher Darstellung gehen Strahlen von der Taube aus, die in Flammenfunken über den Häuptern der Versammlungen enden. Nach anderer Auffassung wurden die Zungen der Apostel selber feuerflammend. Die sieben Haupttugenden, Weisheit, Verstand, Rath, Starkmuth, Wissenschaft, Frömmigkeit und Furcht [2]) werden häufig durch sieben Tauben versinnbildet.

---

2) Js. XI, 2. Weish. VII, 22 f. Durandus ration. IV, 47. num. 10. Sa-

CLXII. Kapitel.

Versammlung aus allen Ländern und Völkern.

„Es hielten sich aber zu Jerusalem Juden auf, gottesfürchtige Männer aus allen Völkern unter dem Himmel. Als nun diese Stimme erscholl,[1]) versammelte sich die Menge und staunte; denn jeder verstand ihre Rede in seiner Sprache. Entsetzt und verwundert sprachen alle zu einander: Ei! sind denn nicht all diese, wie sie reden, Galiläer? Wie hören wir sie denn, jeder in der eigenen Srache, in welcher wir geboren sind: Parther, Meder, Elamiten und Bewohner von Mesopotamien, Indien und Cappadocien, von Pontus und Asien, Phrygien und Pamphylien, von Ägypten und den Gegenden Libyens bei Cyrene. Auch Ausländer von Rom, sowohl Juden als Proselyten, Kreter und Araber, wir alle hören sie in unseren Sprachen die großen Thaten Gottes verkünden: was soll das seyn? Andere aber spotteten und sagten: sie sind voll süßen Weines." (Apstg. II, 5—13.)

Das Volk kam eben in Haufen vom Morgenopfer aus dem Tempel, da hört es den Lärm himmlischer Stimmen, sieht das Haus erbeben, und darauf die Männer von Begeisterung entflammt hervortreten, und auf unerklärliche Weise ihre Worte an sie richten. Die Juden behaupteten wohl mit Grund, daß sie die drei Gebetsstunden, Morgens, Mittags und Abends (Ps. LV, 18) von Abraham, Isaak und Jakob hätten, wie denn die Moslemin auch ihre fünf täglichen Gebetszeiten auf die Erzväter zurückführen. Die apostolischen Constitutionen VII, 24 verordnen: bete das Gebet des Herrn dreimal des Tages. Tertullian de orat. bezeugt, daß diese drei Stunden die vorzüglichsten zu den täglichen Gebeten seyen. Das

---

pientia, intellectus, consilium, fortitudo, scientia, pietas et timor. Clemens Brentano legt der Nonne von Dülmen die Worte auf die Zunge: „Die Versammelten waren alle wie entzückt, sie richteten wie bewußtlos dürstend ihr Antlitz in die Höhe, und ich sah in den Mund eines jeden einen Lichtstrom, wie kleine lodernde Flammenzungen sich ergießen, es war, als athmeten, als tränken sie das Feuer ein, und als loderte ihre Begierde dieser Flamme entgegen. Das heilige Feuer ergoß sich in einer Glanzwolke um sie. Die Lichtstrahlen kamen auf jeden in verschiedener Stärke und Färbung."

1) Τῆς φωνῆς γενομένης, „da das Bathkol eintrat". Bd. V, 453.

tägliche Opfer wurde um die vierte Morgenstunde verrichtet und nicht eher Brod gegessen. B. Beracoth. f. 44, 2: „Wer vor dieser Zeit etwas kostete, ward für einen Mann gehalten, mit dem man nichts zu thun haben wollte.“ B. Sabbat f. 10, 1 spricht R. Papa: „Die vierte Stunde ist Essenszeit für jeden, die fünfte für die Arbeiter, die sechste für die Jünger der Weisen.“ (Targ. Eccl. X, 17.) Um wie viel mehr mußte Petrus den spöttischen Vorwurf der Trunkenheit zu solcher Stunde ablehnen und erklären, sie seyen voll des heiligen Geistes.

Es waren Proselyten aus allen Ländern, die zum Feste nach Jerusalem gekommen, oder da wohnten, wie noch heutzutage von vielen geschieht, um selig zu sterben und im Thale Josaphat der Auferstehung versichert zu seyn. Nicht ohne Grund behauptet Philo leg. in Caj. p. 791. 802 von seiner Zeit, daß Juden überall auf dem bewohnten Erdkreise lebten, und Agrippa bei Jos. bell. II. 16, 4: „Es ist kein Volk auf Erden, unter welchem nicht einige Juden wohnten.“ (Vgl. I. Kol. I, 25.) Die Israeliten in Parthien, Medien, Elymais stammten möglicher Weise von den zehn Stämmen aus der assyrischen Gefangenschaft (II. Kön. XVII, 6). Die aus Babel, wohin sie durch Nebukadnezar geschleppt worden waren, und wo sie im lebhaftesten Verkehr mit Judäa noch zahlreich lebten, fehlen im Verzeichnisse. Mit Libyen, dem Löwenlande, ist Afrika, im engeren Sinne aber das Grenzland Ägyptens bezeichnet. (H. Kelaim f. 31, 3.) Nach dem recipirten Texte sind Einwohner von Judäa und Cappadocien neben einander genannt. Das erste erscheint überflüssig, aber in dieser Verbindung noch überdieß paradox. Darum haben einige die Leseart Ἰνδίαν urgirt, wofür, sey es durch Versehen oder durch den Unglauben der Abschreiber, Ἰουδαίαν in den Text gekommen. Indien bezeichnet hier nicht die Gangesländer, wo allerdings um jene Zeit, außer auf der Coromandelküste, noch keine Juden und jüdische Proselyten in der Zerstreuung lebten: sondern es ist Colchis, das bei den Alten das kaukasische Indien heißt, die regio Indorum (I. Makk. VIII, 8.), welche König Eumenes von Pergamus beherrschte; dasselbe Colchis, Armeniens und Cappadociens Nachbarland, wohin auch der heilige Thomas, der sogenannte Inderapostel, das Evangelium trug (Bd. V, 460). So finden wir auch bei Xenophon (Cyrop. I. 5, 3. cf. III. 2, 25) Cappadocier und Phrygier, Paphlagonier und Inder zusammengestellt. Von daher kamen also die obigen Inder auf das Pfingstfest. Die alten Colcher oder Casluchim waren ägyptischen Ursprungs, und galten für eine Colonie des Sesostris. Plinius nennt h. n. V, 29 auch einen Fluß Indus in Carien, welcher sechzig rinnende Wasser und hundert Wildbäche aufnehme. Man hält indeß mit diesen Indern auch die pelasgischen Heneter bei Homer zusammen, die unter Antenor nach dem adriatischen Busen eine Colonie entsandten, wo nun Venedig sich erhebt.

Bis zum heutigen Tage wird in Jerusalem arabisch, hebräisch, türkisch, armenisch, griechisch, spanisch und deutsch, italienisch, französisch und englisch, moharisch und russisch gesprochen, der Sprachen der Pilger nicht weiter zu gedenken. Man könnte auch jetzt noch immer aus den Pilgerschaaren an hohen Festzeiten eine Pfingstversammlung veranstalten.

Wie es vom Propheten Isaias VI, 6 heißt: Der Seraph berührte seine Lippen mit glühender Kohle, und der Herr sagte zu ihm: Gehe hin, und sprich zu diesem Volke! — so war die Flammenpredigt Petri, des Fürsten unter ihnen, anzuhören. Eine Flamme über dem Haupte erschien schon dem höchsten Alterthume als Zeichen eines göttlichen Berufes, wie uns bei König Tarquinius Priscus als Kind in der Wiege erzählt wird. Und wie dieß Leuchten des Hauptes hier zum erstenmale bei den Jüngern Christi hervortritt, so sehen wir auch bei einzelnen Aposteln der späteren Kirche, namentlich bei Franz von Sales während seiner Predigten die nehmliche Erscheinung sich wieder begeben. Auch Brigida hat eine Flamme über dem Haupte. St. Bernhard, Franziskus Xaverius und Capistran sollen in fremden Sprachen gepredigt haben. Vincenz Ferrerius wurde, wenn er in seiner Muttersprache oder lateinisch predigte, verstanden von solchen, die beider Sprachen nicht mächtig waren.

Einige aus der Menge glaubten, die Apostel seyen von Cordiakos, dem Dämon der Trunkenheit und des Weines, eingenommen, der solche Reden aus ihnen führe. [2]) Aber das waren keine verworrenen Stimmen, und nicht auf ein vielzüngiges Reden kam es hier an, sondern daß Eine Predigt „allen Völkern unter dem Himmel" gleichmäßig verständlich war. Da waren nehmlich aus den drei Stämmen und von den drei großen

2) Bd. III, 244. IV, 161. Euseb. demonst. evgl. III. c. 5. p. 117. u. c. 6. p. 136 nimmt an, die Apostel hätten nur das Syrische verstanden. Petrus sprach hier und in Rom ohne alle Frage griechisch.

Sprachwurzeln der Völker als Proselyten der Einen allgemeinen Kirche versammelt:

Von den Kindern Sems: Elamiten, Mesopotamier, Asiaten oder Lydier, Araber und einheimische Juden.

Von den Ländern Chams: Ägypter, Lybier oder Cyrenaiker, kaukasische Inder oder Colcher, und Kananäer oder Phönizier aus dem Nachbarlande.

Von den Söhnen Japhets endlich: Römer, Griechen, Parther, Meder, Creter, Pamphylier, Cappadocier, Ponter, Phrygier und so weiter.

Und sie alle, obwohl Völker von sieben Sprachen, hörten nun und verstanden in der Predigt der erleuchteten Apostel und den Feierworten ihres Oberhauptes Petrus ihre eigene Zunge wieder.

CLXIII. Kapitel.

Die Spracheinigung am Pfingstfeste im Gegensatz zur Sprachverwirrung zu Babel.

Unter Donner und Blitz war das alte Gesetz am heutigen Tage vor anderthalb Tausend Jahren den Juden am Sinai gegeben worden, wie es noch in ihren Gebetbüchern heißt: „Du hast uns diesen Tag des Wochenfestes oder die Zeit der feierlichen Gesetzverkündigung erschaffen.“ „Pfingsten ist der Tag, wo das Gesetz gegeben ward,“ heißt es Pesach. f. 68, 2. und Schir rabba 1, 9: „Von der Stunde, wo die Israeliten aus Ägypten wanderten, bis wo sie das Gesetz empfingen, sind fünzig Tage.“ [1]) Da

1) Sabbat 86, 2. Tradunt sapientes: die sexto mensis Sivan data sunt decem verba Israelitis. Rabba dixerat, totum mundum consentire, quod in principio mensis istius in desertum Sinai venerint (Ex. XIX), et Legem in Sabbato Israelitis fuisse traditam. Seder Olam c. 5. s. f. Totis quinque diebus Moses ad montis verticem ascendebat rursusque descendebat, ut populo Dei oracula declararet, et responsa populi Domino renunciaret. Sexto die mensis tertii tradita sunt illis decem verba, qui dies erat Sabbati. Cf. 88, 2. Sohar II. f. 41, 2. Cum impletae fuissent septem hebdomadae, veniebat rex sanctus, ut copularetur cum ecclesia Israelis Lege data: quo ipso coronabatur monarcha, unitate absolutissima, ut inveniretur unus superne et unus inferne etc. Weitläufig Danz De promulg. evangelii.

war der Horeb erschüttert worden und von Wolken umhüllt, seine Zinnen flammten und rauchten, und leuchtenden Antlitzes kam **Moses** hernieder, und verkündete dem versammelten Israel die Gebote des Dekaloges. Jetzt tritt der Berg Sion für den Sinai ein, unter denselben Anzeichen wird heute die Kirche des neuen Bundes gestiftet, und ein neuer Moses verkündet dem erstaunten Israel den Abschluß des Testaments der Verheißung, die Erfüllung aller Weissagungen und die Auferstehung des Leibes von den Todten mit Christus, dem Erstling der Auferstandenen. Auch bei der Gründung des alten Bundes hatte nach dem Glauben der Juden sich das Wunder mit den Sprachen begeben; denn es knüpft sich an die Worte der Schrift: „das ganze Volk hörte die Stimmen," unter den Rabbinen die Tradition [2]): Beim Ausgange der Verkündung des Gesetzes habe sich das Wort in zweiundsiebzig Zungen gespalten, daß nicht nur Greise und Jünglinge, Mütter und Säuglinge es vernahmen, sondern auch die Nationen der Erde desselben theilhaftig werden konnten. Sebachim f. 116, 1: „Als das Gesetz den Israeliten gegeben ward, erscholl Gottes Stimme von einem Ende der Welt zum andern, und Schrecken ergriff alle Völker." Schemoth rabba f. 70, 4: „Die Stimme vom Sinai war getheilt in siebzig Stimmen und siebzig Sprachen, daß alle Nationen der Welt (das Gesetz) hörten, und jegliche vernahm es auch wirklich in ihrer Sprache." [3]) Ja im Nachklange dessen stellt der Talmud an die Hohenrichter Israels das Postulat, sie sollten außer allen anderen Wissenschaften auch die siebzig Sprachen der Völker inne haben.

Nun aber predigt Petrus in Wahrheit, als ob er die Sprache der Engel und Menschen redete (I. Kor. XIII, 1). Die helle Begeisterung ergreift die Apostel, und das Wunder ereignet sich in den Zu-

---

2) Schemoth r. 5 u. 28. Exod. XX, 18. Non scriptum est vocem, sed voces. Dixit R. Jochanan: exibat vox et dividebatur in septuaginta voces et linguas, ut audirent omnes gentes unaquaeque lingua sua. Deut. V, 23. Dixit Moses: tu audivisti, quomodo vox exivit ad omnem Israelem, unicuique secundum facultatem suam, senes, juvenes, pueri, lactantes, mulieres.

3) Midrasch Tanchuma f. 26, 3. M. Tillim in Ps. LXVIII, 12. More Nebuchim II, c. 30. Nach einer Stelle der Mechilta führt Jarchi in Mal. I, 1 an: „Alle Propheten standen am Fuße des Sinai, wo ihnen die Weissagungsgabe verliehen ward." Vgl. Js. XLVIII, 16.

hörern, daß sie alle die Rede verstehen, wie die Täuflinge am Jordan die Stimme des Vaters erkannten. Am Pfingstfeste sollten die Primizien oder Erstlingsbrode der Waizenärnte Gott dem Allmächtigen in seinem Tempel dargebracht werden: so wurden jetzt dreitausend Erstlinge aus allen Völkern auf die Predigt des Petrus in die Scheunen des Reiches Gottes gesammelt. Denn gleichwie im Lande der Hellenen die Feier der olympischen Spiele, zur natürlichen Unterhaltung des nationalen Gemeinbewußtseyns eingesetzt, alle Stämme und Völkerschaften vereinte, so bei den Hebräern ihre drei höchsten Festtage in den drei Hauptepochen des Jahres: Ostern unmittelbar vor, wie Pfingsten unmittelbar nach der Getreideärnte, und das Hüttenfest nach der Weinlese. Heute haben aber alle Völker unter dem Himmel, wie sie einst sich getrennt, in ihrem innersten Kerne sich neu zusammengefunden, und mit ihren Repräsentanten gleichsam zu der Einen, ursprünglichen Menschheit sich wieder vereinigt. Denn es begibt sich heute der umgekehrte Akt von jenem zu Babel. Wie nehmlich damals beim Thurmbaue der Ruach Elohim in Sturmeswehen herniederfuhr, und die Sprache der Menschen verwirrte, daß sie sich in Völker zertheilten und auseinander gingen: so fährt er jetzt wieder herab, und die Zungen, die dort sich gespalten, sie finden sich jetzt in Einer Sprache, die allen verständlich war, wieder. Die Sprachverwirrung zu Babel war Folge der religiösen Ideenverwirrung, der göttliche Logos, die Sprache als erste Offenbarung, zertheilte sich in viele λόγια, das die Menschheit einigende Band zerriß, und wie das Gottesbewußtseyn in verschiedene Mythologien sich auflöste, so spalteten sich auch die Völker, jedes ging mit seiner Sprache und Religion seine eigenen Wege. Das Evangelium beginnt mit der Aufforderung, den Weg des Herrn zu bereiten, um alle Menschen wieder zu Gott zurückzuführen. Die christliche Theologie gibt von der neuen Offenbarung des Logos Zeugniß, der im Anfange der Zeiten zum Menschen geredet, in ihr sollen alle mythologischen Systeme ihre Lösung, ihr Ziel und Ende finden. Eine neue Idee ist in die Welt getreten, um die Völker wieder zu Einer Familie zu verbinden, und sie erkennen sich heute vor Gottes Stellvertreter als Kinder des Einen Vaters wieder. Das Wort der Logoslehre oder das Evangelium, das er ihnen verkündet, ist ein katholisches, ein allgemeines; darum finden sich heute alle Stämme und Geschlechter der Erde in

Einer Religion, die das ursprüngliche Band der Sprachen wie der Nationen bildete, oder im Glauben an Christus in einer großen geistigen wie sichtbaren Gemeinschaft, gleichsam in Fleisch und Blut wieder zusammen. Babel hatte alle Völker von ihrem Zornweine trunken gemacht und sie mit allen Göttern buhlen gelehrt (Offb. XVIII, 3); dagegen sollte das Fest des Geistes auf Sion sie ernüchtern, darum erklärt Petrus, sie seyen nicht süßen Weines trunken, indem der Geist Gottes aus ihnen rede. Der Name katholischer Glaube, katholische Kirche kam bereits im Kampfe wider die gnostischen Sekten in Aufnahme, und wurde im Beginne des II. Jahrhunderts auf Verordnung des Pabstes Evaristus (eines gebornen Bethlehemiten) allgemein. [4]) Und so nennen glaublich schon die Kirchenväter diesen Vorgang am Pfingstfeste das umgekehrte Babel; wenigstens legt in der apokryphischen Apostelgeschichte des Abdias (VII, 3) merkwürdig der Evangelist Matthäus (!) dem Kämmerer der Königin von Äthiopien diese ganze Anschauung aus. Nach mexikanischer Sage ist es eine Taube, die den stummen Kindern der neuen Stammältern nach der Fluth die Sprachwurzeln vertheilt, indem sie einen Zweig mit verschiedenen Blättern im Munde bringt, oder vom Baumeswipfel herab 33 Zünglein vertheilt und so die Sprachen bezeichnet, in welche die Menschen sich theilen. [5]) Jetzt wird diese Theilung aufgehoben, und es ist der Geist Gottes, sonst als Taube erscheinend, der die Einigung der Zungen vollbringt, indem alle Anwesenden mit feuriger Glut übergossen werden. Tiefsinnig spricht Augustin serm. 295. §. 2 von der Taube: sie bindet und löst. Columba ligat, columba solvit. Schon auf älteren byzantinischen Bildern finden wir die Sprachverwirrung beim Thurmbau und das Sprachenwunder am Pfingstfest in gewisse Beziehung gebracht, indem dort Flammenzungen und Lichtstrahlen schief, hier senkrecht vom Himmel fallen. (Didron man. p. 206.)

Am Feste der Verkündigung des alten Gesetzes treten die Apostel mit dem neuen hervor, und die Einheit des Geistes und des Glaubens gibt sich in der Sprache kund. Darum hielt die Kirche auch die Einheit der gottesdienstlichen Sprache nach Kräften fest, und das

---

4) Kreuser Christl. Kirchenbau II, 7. Hugo Grotius i. l. Poena linguarum dispersit homines, donum linguarum dispersos in unum populum redegit.

5) Clavigero Gesch. von Mexiko II, 6. Lücken Traditionen der Menschheit 287.

Sprachenfest der Propaganda gilt ihr gleichsam als Erinnerungsfeier des ersten Pfingstfestes. Zugleich erhebt sie zum heiligen Geiste die Hymne: qui diversitatem gentium in unitate fidei congregasti ... und preiset den Tag, wo dem Nationalitätsegoismus und all den Landesreligionen und Staatsculten ein Ende gemacht wurde, wo der Unterschied zwischen Juden, Griechen und Barbaren thatsächlich aufgehoben wurde, und alle versammelten Tausende sich als Glieder Einer Familie erkannten.

Orient und Occident hatten sich nur in ihren am wenigsten homogenen Sprach- und Cultursystemen, in den semitischen und griechisch-römischen berührt und abgestoßen, und hätte nicht die höhere Einheit des Christenthums eines dem andern unentbehrlich gemacht, sie würden völlig getrennt geblieben seyn. Überall, vom fernsten Alterthum an, erneuert sich der Gegensatz zwischen Hellenen und Barbaren, Ägyptern und Hyksos, Iraniern und Turaniern, Aryas und Mletschas — ein Krieg aller gegen alle, eine Getrenntheit in unzählige Zungen und Culturen. Die Lösung dieses Räthsels der Zerklüftung des einigen Menschengeschlechts in so viele widerstrebende Theile gibt die Offenbarung. Die blinde Rückkehr zum krassen Nationalitätsprinzip ist, wie unsere Zeit den Beweis liefert, mit dem Abfalle vom Christenthume gepaart.

Eine allgemeine, den Erdboden umfassende Kenntniß von den Völkern und ihren Sprachen war nicht möglich, vordem die Scheidewand zwischen Volk und Volk eingerissen wurde. In der europäischen oder römischen Culturgeschichte verwirklichte sie sich, und diese hinwiederum beruht auf der Lehre von der Einheit aller Völker, auf dem Christenthum. Erst als gepredigt worden war, daß in Christo nicht Hellene und Jude, nicht Barbare und Skythe, sondern alle in Einem seyen, als die Boten dieser Lehre in alle Länder gedrungen, wurde die ethnographische Wissenschaft der bisherigen Empirie gegenüber möglich: erst nach dem Pfingstfeste der Einigung löste sich die Verwirrung Babylons auch für die Linguistik. Mit Tiefsinn hat schon Tertullian de testim. anim. c. 6 gesagt: „Alle Völker stellen Einen Menschen vor mit verschiedenen Namen, mit einer Seele und verschiedenem Laute, einem Geiste und verschiedenem Tone, jedem Volke ist seine Sprache eigenthümlich, aber die Sprachwurzel ist eine gemeinsame.“ Dieses Heraustreten der Sprachwissenschaft aus ihrem früheren kleinen Haushalt auf einen allgemeinen Standpunkt, der die Erde überschaut, ist also ein wahrhaft christlicher Sieg, ein gewaltiger Triumph des Geistes.

Die Sprache selber ist ein Licht,[6]) und das Wort aus Gott geboren, erleuchtet die Menschen vom Anbeginn. Das Wort der Sprache ist eine Ausstrahlung des Geistes, was an die höchsten Geheimnisse des Christenthums erinnert, wo das ewige Wort zugleich Licht und Abglanz des Vaters ist (Heb. I, 3). Was Wunder, wenn auch das Organ der Sprache, die Zunge, in den Aposteln leuchtend wurde! Nach Ansicht der alten Rabbinen hat Gott siebzig Namen nach den verschiedenen Völkern und Völkerzungen auf Erden. All die zerstreute Gotteserkenntniß führte demnach auf Einen Gott zurück, der dem Wesen nach Einer in mannigfaltiger Benennung verehrt ward. Aber der Schemhamphorasch, welcher auf den Grundstein der Erde geschrieben war, vereinigte all diese Namen. Wenn der Heiland seine Jünger beten lehrt: geheiliget werde dein Name! wenn Er für die Seinen betet: Vater, erhalte Sie in deinem Namen! oder endlich im Namen des Vaters, Sohnes und Geistes taufen heißt, so ist hier die Einheit des Namens und göttlichen Bekenntnisses zu verstehen, wie es von Enos heißt, er habe den Namen Gottes angerufen, zu einer Zeit nehmlich, wo schon mehrere Gottesbenennungen existirten. Die altjüdischen Lästerschriften werfen Jesu vor, Er habe den heiligen Namen auf dem Fundamente des Tempels gelesen und durch die Kraft desselben seine Wunder gewirkt, ihn aber sodann dem Simon Kephas hinterlassen.

Durch die Sünde war der Mensch von Gott abgewendet, und indem er sich der Natur zukehrte, und mit seiner ganzen Anschauung sich in die geschöpfliche Welt versah, blieb im alten Bunde, so Juden wie Heiden, nur mehr der zürnende Vater offenbar. Aber durch die Menschwerdung des Sohnes, indem der Ewige wieder mit seinen Geschöpfen umwandelte, wie einst in Paradiesesauen, ward das Verhältniß des Menschen zur dreieinigen Gottheit wieder hergestellt. In Jesus, dem Centralmenschen und zweiten Adam, wurde dieß zuerst offenbar und bei der Taufe im Jordan sichtbar; durch die Geistessendung aber ist die Menschheit zumal in diesen göttlichen Verkehr wieder aufgenommen. Darum ist das

---

6) Dieß liegt schon im Worte φημι und φῶς, fari und fas, Skr. bha, glänzen, leuchten, und bhasch, sprechen, ah, sprechen und ahan, Tag, ebenso ćaks', sprechen und ćaks'u, Auge. Windischmann Der Fortschritt der Sprachenkunde. S. 4. 5. 27.

Pfingstfest die Erfüllung und das Ende aller alten Offenbarung, und der Gründungstag der Kirche des neuen Bundes auf Erden.

CLXIV. Kapitel.

Neue Schöpfung in Kraft und im Bilde der sieben Sakramente.

Der Geist Gottes, der heute herniederkömmt, und das große Werk der Erlösung vollendet, ist also derselbe, der bei Babel sich der Menschheit entzog. Es ist derselbe Ruach Elohim, der Geist des Messias, wie er im Sohar (I, f. 128) heißt, der Urbeginns der Schöpfung brütend die Wässer überschwebte, und alle Wesen zum Leben ausgebar. Das Leben der Kirche aber sind die sieben Sakramente, die ihre Gnaden- und Heilsquelle bilden, und im alten Bunde durch die sieben Lampen des goldenen Leuchters im Heiligthume, wie in der Apokalypse [1]) durch die sieben Augen des Lammes, welche die siebenfache Erscheinung des göttlichen Geistes bedeuten, symbolisirt werden. Sie sind an diesem heiligen Wochenfeste den Gläubigen zum erstenmale zu Gute gekommen, und fortan der Menschheit zu ihrer Begeistigung geschenkt. Indem aber so die neue geistige Creation an den sieben Tagen der Pfingsten sich entfaltet, stellt sich zugleich das Abbild jener großen Schöpfungswoche her, in der die ursprüngliche Genesis nach demselben sakramentalen Typus verläuft.

„Im Anfange schuf Gott Himmel und Erde, und der Geist Gottes schwebte über dem Urmeere, und Gott sprach: es werde Licht! und es ward Licht, und er schied das Licht von der Finsterniß.“ Dieß ist für die neue spirituelle Schöpfung die Taufe, wodurch die Kinder des Lichts von denen der Finsterniß geschieden werden. Es ist der Sonntag, der erste Schöpfungstag, welcher, mit den Rabbinen zu reden, zehn Kronen trägt, zugleich der Tag der Epiphanie am Jordan, [2]) wie wie hörten, an dem auch die erste

---

1) I, 4. V, 6. Zach. III, 9. IV, 2. 6. 10. 12. Js. XI, 2. Bähr Symb. I, 443.

2) Sabbat f. 87, 2. Dies ille Solis decem coronas accepit: primus est in opere creationis, primus est principibus populi (sc. ad consecrandum

Regeneration des Geschlechtes durch die Geistestaufe vor sich geht. Gleichwie aber damals, als der Geist Gottes über den Keim der neuen Menschwerdung, über Jesus im Moment der Taufe herniederkam und neuerdings über dem Wasser schwebte, ein großes Licht den ganzen Ort erhellte, wie geschrieben steht: so kündet sich auch jetzt die Feuertaufe in Flammenzungen an, und so war die Taufe in der alten Kirche überhaupt φωτισμός oder illuminatio, das Sakrament der Erleuchtung, genannt.

Von dieser ersten Begründung geht der Schöpfungsakt am zweiten Tage zum ethischen Gebiete über, indem es heißt: „Gott sprach: es werde das Firmament!“ und es begab sich die Scheidung zwischen den Wässern ober und unter der Feste. Dieß ist in der geistigen Creation das Sakrament der Firmung, worin sich das Königthum Christi wiederspiegelt, und wir aus der ersten Kindschaft Gottes erhoben, im Willen gekräftigt zu Mitstreitern und Theilnehmern an dem großen Kampfe zwischen den Mächten der Höhe und der Tiefe sanktionirt werden.

Am dritten Tage befestiget sich der Continent; die cosmische Erde begrünt sich mit Gräsern, Blumen und Früchten, und die Natur bringt dem Schöpfer ihren ersten Frühling zum Opfer dar. Dieß ist die Priesterweihe in der Kirche, wobei nach dem Vorbilde des obersten Hohenpriesters in dem von Ihm eingesetzten Opfer des Brodes und Weines das gesteigerte Blut der Pflanzenwelt zur Mittheilung göttlichen Lebens verwandelt und vergeistigt wird.

So spiegeln sich zuvörderst die drei Sakramente, welche einen unauslöschlichen Charakter einprägen, in den drei ersten Schöpfungswerken; sie treten speciell unter der Signatur des dreifachen Gottes hervor, wie sie in der Mythologie als uranische, titanische und dialische Weltbildung bezeichnet werden. Indem aber der früheren Expansion eine dreifache Contraktion folgt, wiederholt sich der genetische Akt in demselben Fortgange für jedes Sonnensystem insbesondere. Es wird also am vierten Tage das Licht zunächst für die Planeten,

---

templum), primus est in sacerdotio, primus in cultu Levitico, primus quo flamma coelestis sacrificium devoravit, primus quo Schechina descendit, primus in quo benedictionem accepit Israel, primus in quo prohibita sunt excelsa, et denique primus mensium. Chronol. 244.

mithin für unsere Erde bestimmt, indem Sonne und Mond als die beiden großen Leuchten des Tages und der Nacht aufsteigen, und gleichwie am ersten Tage eine neue Trennung des Lichtes und der Finsterniß sich begibt. Dieß wäre im Bilde der Sakramente die persönliche Erleuchtung, Lustration oder Buße, welche nur die Erneuerung und Wiederherstellung der in der Taufe erlangten Kindschaft Gottes ist.

Der fünfte Tag, an welchem die obere und untere Region sich von lebenden Wesen bewegt, und die Vögel des Himmels von den Fischen des Wassers sich scheiden, begegnet ebenso dem zweiten Schöpfungstage, wie die Ölung nur eine neue Firmung für den Moment des Todes ist, wo Irdisches und Himmlisches sich sondert.

Der sechste Tag, wo als Krone der ganzen Schöpfung der Mensch hervortritt, und zugleich als Herr derselben eingeführt und zur Fortpflanzung gesegnet wird, bringt die Einsetzung des Sakramentes der Ehe schon vom ersten Anfange mit sich, und steht wieder dem dritten Schöpfungstage, wo zuerst die Erde sich befruchtete, parallel: wie im sakramentalischen Typus die leibliche Zeugung der geistigen Verbindung Christi mit seiner Kirche im Priesterthume sich im Spiegel gegenüberstellt.

Dem Sabbate oder Ruhetage endlich entspricht die beständige Gegenwart und Anbetung Gottes im heiligsten Altarssakramente.

Da aber die Weltgeschichte selbst nach Gottes Plane nur eine Fortsetzung der Weltschöpfung ist, so kehrt dieser sakramentale Typus auch in ihren Perioden wieder, und zwar ist von dem großen Septenar vier, als die Natur- und Grundzahl der Erde und ihrer Reiche, vorzüglich dem alten Bunde, drei aber der neuen Zeit eigen.

Darum tritt auch Christus in der Mitte der Zeiten, oder nach der ganzen alten Weltanschauung am vierten Welttage, als die neue Schöpfungssonne auf unserer Erde auf, wie wir (Bd. I, 2) die uranologischen Gesetze weiter ausgeführt haben.

Vorzüglich aber prägt die Geschichte der christlichen Kirche in der Fortsetzung desselben Geistes, der sie am Pfingstfeste gegründet und ihr die Sakramente hinterlassen hat, den damals ihr aufgedrückten sakramentalen Charakter aus, und zwar verläuft die Periode des *φωτισμός* oder der Taufe und Aufnahme der Menschen zur Kindschaft Gottes während der drei Jahrhunderte von der ersten Ausbreitung der Kirche bis auf Kaiser Constantin den Großen. Von da, wo das Christenthum zuerst weltherrschend wurde, bis zum achten Säkulum oder bis auf Carl den Großen, ist die Zeit des Firmamentums oder der Begründung der christlichen Reiche bis zur Salbung des ersten Kaisers in Rom. Nun folgt die Priesterweihe in der Kirche oder die Begründung der Hierarchie in der dritten Periode.

Diese drei Perioden bilden, um die jüngst erfundenen, aber vollkommen zweckmäßigen Ausdrücke hier in ihrer wahren Bedeutung zu adoptiren, das petrinische, paulinische und johanneische Zeitalter, bis mit der Reformation wieder die petrinische oder die Zeit der Buße und der Thränen eintritt, wo eine neue Verfolgung, eine neue Bluttaufe und Reinigung der Kirche nothwendig wird, und sie währet wieder, wie die Periode der ersten Taufe, drei Jahrhunderte, bis auf unsere Tage. Jetzt aber ist die Zeit der Ölung oder der neuen Confirmation der Gläubigen angebrochen; wo die Kirche schon dem Tode nahe schien, eröffnet sich ein neues paulinisches Zeitalter, neue Streiter und Kämpfer werden ihr erweckt, daß sie wieder triumphire, und, gleich den alten Domen, deren Bau seit dreihundert Jahren darniedergelegen, nun aber wieder aufgenommen wird, sich vollende. Dann folgt durch weitere Säkula, welche unter dem Bilde des Sakramentes der Ehe stehen, die Ausbreitung der Einen, allgemeinen christlichen Kirche über die ganze Erde, indem alle Völker mit Johannes, dem Jünger der Liebe, zur Hochzeit des Lammes geladen werden. Ist aber das letzte Jahrtausend der Christenheit abgelaufen, dann wird der ewige Sabbat eintreten, und Gott einen neuen Himmel und eine neue Erde schaffen, wo er, wie er jetzt im Geheimnisse des Altars verhüllt unsere Anbetung empfängt, von Angesicht zu Angesicht seine Gegenwart offenbart.

In den sieben Sakramenten spannt sich der Regenbogen der leuchtenden Gnade, wie am Ende der Sündfluth über die heilsbedürftige Erde. Savonarola (triumphus crucis III. c. 15) vergleicht die Bedeutung und Wirksamkeit der Sakramente mit den Bedingungen des Werdens und der Erhaltung des leiblichen Lebens. „Zuerst," spricht er, „ist die Erzeugung zum Leben des Körpers geordnet, wodurch das leibliche Leben entsteht. Das zweite ist das Wachsthum, damit das Lebende das rechte Maaß und die körperliche Stärke erhält. Das dritte ist die Nahrung, ohne welche dasselbe weder erhalten werden, noch wachsen könnte. Daher schreibt man der vegetativen Seele drei Grundkräfte zu, die generatio, augmentatio, nutritio.

Ferner sind zur Abwehr und Heilung körperlicher Krankheiten passende Arzneimittel gefunden. Da aber die Erzeugung nicht ohne Erzeuger erfolgen kann, so sind auch diese von der Natur geordnet, damit die Geschlechter und Individuen erhalten werden."

„So ist auch im geistigen Leben die Taufe das Erstnothwendige, daß dadurch die Menschen, die in der Erbsünde außer der Gnade empfangen sind, in Christo wiedergeboren werden, und den Anfang und die Form des geistlichen Lebens empfangen. So wie die Menschen aus dem Dunkel des mütterlichen Schooßes leiblich an's Tageslicht hervorgehen, so werden sie aus der Finsterniß der Welt in die Klarheit der Kirche und den heiligen Tempel Gottes durch die Taufe eingeführt. Durch das Sakrament der Firmung erhalten die in Christo Wiedergebornen Befestigung und Kraft, denn das Leben des Menschen ist ein Kampf auf Erden, und wir müssen Alle durch allerlei Trübsale in das Reich Gottes eingehen. Das Sakrament der Eucharistie bildet die geistige Nahrung; ohne diese würden die kirchlichen Kämpfer im geistlichen Streite erliegen. Das Sakrament der Buße ist gestiftet zur Wiedererlangung der geistlichen Gesundheit. Denn so wie auf den Schlachtfeldern viele verwundet werden, denen zeitige Hilfe gereicht werden muß, damit sie nicht umkommen, so müssen auch die, welche im geistigen Kampfe Wunden davon tragen, sofort genesen, und dieß geschieht durch die heilsame Arznei der Buße. Das fünfte Sakrament, die letzte Ölung, bezieht sich auf die Gesundheit der Seele und des Körpers zugleich, denn es ist oft der Fall, daß der Körper siech und hinfällig wird durch die Sünde, indem aber die Kraft der heiligen Ölung sich in die Seele ergießt, und also die Ursache gehoben wird, erlangt der Kranke seine vorige Gesundheit wieder. Umgekehrt werden oft die Seelenorgane durch das Siechthum des Körpers angegriffen, so daß sie sich der Contemplation und den Übungen in der Gottseligkeit nicht hingeben können. Auch hier tritt das Charisma der Ölung hinzu, der Seelenkranke gewinnt neue Kraft, und wird zu einer leichteren Hinfahrt aus diesem in das ewige Leben vorbereitet. Das Sakrament des Ordo gehört zur geistlichen, jenes der Ehe zur fleischlichen Fortpflanzung, ohne welche auch die geistliche Vermehrung nicht stattfinden könnte."

Die sieben Sakramente sollen die geistigen Gnadenmittel den Menschen zugleich in allen Altersstufen zuwenden; unser ganzes Leben heiligen. Durch die Taufe erlangt das Kind alsbald nach der Geburt die Aufnahme in die Kirche, um als Mitglied des

Reiches seine geistige Erziehung zu erhalten. Mittels der Firmung soll der Geist von oben, der den Aposteln am Pfingstfeste zu Theil ward, sich auf jeden einzelnen niederlassen, und in den Jahren, wo die Leidenschaften zuerst erwachen, die Willenskräfte ihre höhere Richtung erhalten. Kraft der Ehe soll der Paradiesessegen (Gen. I, 28) den Sterblichen zugewendet werden, daß aus der Verbindung beider Geschlechter nach der Idee der Vereinigung Christi mit seiner Kirche sich die Gemeinde der Heiligen erbaue. Die drei folgenden Sakramente sollen den Eindruck der drei ersten erneuern und die Gnadenwirkung für das übrige Leben verstärken, und zwar erzielt die Buße eine Auffrischung der Taufgnade, damit für die Sünden des seitherigen Wandels Vergebung eintrete. Die Ölung ist eine Confirmation für den bevorstehenden Todeskampf, durch die Priesterweihe soll der geistliche Stand und Bund mit Gott eingegangen, und von solchen, die der leiblichen Ehe entsagt, die Kinder des Himmelreiches erzogen werden. Endlich bildet das Sakrament des Altars als das siebente die Vollendung des Cyklus und ist das eigentlich centrale, indem durch den Genuß des Lebensbrodes der Vorgeschmack und die Gewißheit des ewigen Lebens erreicht wird.

Was aber so für unsere Erde gilt, hat im wesentlichen auch für alle übrigen Weltkörper seine Beziehung und Geltung. Die Natur selbst ist nun von ihrem Fluche erlöst, daß sie durch die Sünde des Menschen aus der ursprünglichen Sonnennähe in die Tiefe des Abgrundes den satanischen Mächten zum Dienste gefallen: darum befiehlt der Erlöser, der ganzen Schöpfung die frohe Botschaft zu verkündigen. Das uranfängliche Gottesverhältniß ist für das gesammte Weltall, wie für den Erdenbürger als Mikrokosmos wieder hergestellt, ihre Abhängigkeit von oben offenbart sich heute bei der Herabkunft des göttlichen Geistes, wo die Erde wieder in den Strahlenkreis einer höheren moralischen Welt aufgenommen und vom Centralfeuer der göttlichen Gnadensonne aus dem oberen Empyreum sichtbar ergriffen, entzündet und begeistiget wird.

Das Endziel der Weltgeschichte ist der Sieg des Christenthums. Hatte die Heidenwelt ausgesprochen: a Jove principium est, so gilt dieß nunmehr a Christo; denn es erneuert sich mit Ihm das Angesicht der Erde. Das Alterthum ruhte in innerster Wurzel in der Natur; das System des Heidenthums war die ptolemäische Weltanschauung, wo die Erde für fest, der Himmel aber für beweglich nach ihrer Richtung hin angenommen wurde. All ihre Theogonien fußten auf derselben Basis: die Erde war die Allmutter der Götter, von ihr waren sie an den Himmel hinaufgestiegen, und an ihren Gebrechen nahmen sie fortwährend Theil. Ebenso waren die alten Weltreiche auf sie begründet, indem sie, durchaus pantheistisch, von der breiten Basis der Republik sich erhebend, wie eine Pyramide endlich im Gipfelpunkte in die Tyrannis ausliefen. In den vollkommenen Gegensatz hiezu tritt das Christenthum, das ein höheres Centrum in den Umkreis der Dinge gesetzt, nach welchem das Universum sich drehe. Schon einige unter den Alten huldigten dieser, nur durch den sinnlichen Augenschein verdrängten, ursprünglichen Idee. So schreibt Aristoteles de coelo II, 13: Die Pythagoräer nehmen an, Feuer sey im Mittel der Welt, um welches sich die Erde wie ein Stern bewege, und so das Jahr erzeuge; dieses Centrum aber hießen sie Herd oder Einheit. Plutarch, der einen eigenen Traktat „über die Bewegung der Erde" verfaßte, erklärt Numa 11 die Erde weder für unbeweglich, noch für den Mittelpunkt des Weltumschwunges (ἐν μέσῳ τῆς περιφορᾶς); sie gehöre nicht zu den edelsten noch vorzüglichsten Theilen der Welt. Auch Plato (VIII, 1) soll in seinem Greisenalter diese Ansicht von der Erde sich gebildet haben, daß sie eine andere Stellung einnehme und der mittlere und vorzüglichste Platz einem besseren Weltkörper zukomme. So versichert Plutarch; er schreibt de placit. philos. III, 13 die Meinung vom Empyräum oder Centralfeuer dem Pythagoräer Philolaus zu und berichtet zugleich von der ersten gerichtlichen Verfolgung dieser Lehre: „Aristarch meinte, die Griechen sollen Cleanthes vor Gericht ziehen und wegen Gotteslästerung verurtheilen, weil er den Herd der Welt umstürze: sintemal dieser Mensch, darauf ausgehend den Augenschein zu retten, die Vermuthung aufstelle, daß der Himmel unbeweglich bleibe, und nur die Erde es sey, die sich durch den schiefen Zirkel des Thierkreises bewege, während sie sich um ihre Achse drehe." Eigentlich war es Cleanthes in Athen, welcher den Philosophen Aristarch von Samos wegen dieser Doktrin vor dem Areopag verklagte. Aristarchs Hypothese, die in dem erst nach Copernikus entdeckten Arenarius des Archimedes auf uns gekommen ist, war so richtig, daß er selbst lehrte, die Erde bewege sich in schiefen Bahnen um die Sonne und täglich um ihre eigene Achse.

Der Pythagoräer Philolaus nahm eine tägliche Erdbewegung um ein Centralfeuer an, während zwei andere Philosophen dieser Schule, Herakleitus von Pontus und Ekphantus ihr bloß eine Drehung um ihre Achse beimaßen. Beides zusammen lehrten Diogenes von Laërte, Hiketas von Syrakus und Seleukus, nehmlich daß der Jahreslauf unseres Planeten um eine Weltachse stattfinde, und dieser Orbis nur ein Punkt im Verhältniß zu den Fixsternen sey.

Kein Wunder, wenn auch den Zeitgenossen Christi dieser Glaube nicht fremd blieb. Wirklich finden wir in dem oft erwähnten cabbalistischen Buche Sohar, das so zu sagen die ganze vorchristliche Metaphysik und Theosophie, die mit den letzten Schicksalen der Nation auf einmal vernichtet schien, die ältesten jüdischen Traditionen und rabbinischen Spekulationen in einer ewig denkwürdigen Sammlung bewahrt, welche, wenn einer rüstigen Kraft die Dolmetschung gelingt, vielleicht einer neuen mystischen Sekte ihr Entstehen geben wird, folgende merkwürdige Stelle aus einem noch älteren Werke ausgezogen: „Im Buche des Rab Hamenuna ist die Sache weiter erklärt in der Weise, daß die ganze Erde (יְשׁוּבָא ἡ οἰκουμένη) sich drehet im Kreise wie eine Kugel, so daß die einen sich unten, die andern oben befinden. Es sind lauter Creaturen, welche nach der Verschiedenheit des Clima verschieden sind, gemäß einem jeglichen Orte; und sie stehen, wie die übrigen Menschen. Ferner kömmt es auf der Erde vor, daß wenn den einen der Tag leuchtet, so haben die anderen Nacht, und haben diese Tag, so ist's bei jenen finster; auch gibt es einen Ort, wo es immer Tag ist, und die Nacht nur eine kurze Stunde währet."

Was hier von der Erdrotation und den Antipoden und Polarkreisen gesagt ist, lesen wir seltsam genug auch schon bei dem indischen Astronomen Brahmagupta. Er und Anaxagoras sprechen die Rotation unseres Planeten Tellus aus, und im Zendavesta I, p. 145 wird Zanm die Erde genannt, welche umgeht — mithin die Bewegung unseres Weltkörpers gelehrt. Diese Wahrheit gerieth in Abgang, indeß noch ein paar Jahrhunderte vor Galilei hat der große Cardinal Nikolaus von Cusa mit sicherem Instinkte dasselbe geahnt und vertheidigt. Als aber das copernikanische System endlich vollends zum Durchbruche kam, da war, weit entfernt, daß es im durchgreifendsten Widerspruche gegen die Bibel und das Christenthum stand, mit diesem letzten Schritte vielmehr die christliche Weltanschauung auch in die bisher heidnisch gebliebene Physik eingetragen, die neue Ordnung stellt, der ptolemäischen Ansicht schnurstraks entgegen, das Centrum nach aufwärts hin fest, so daß die Erde in peripherischem Range sich in der Tiefe ausbreitet, und um die nächste Sonne rollt, diese aber mit unserem ganzen Systeme an der linken Seite der Milchstraße kreisend, mit ihrer in Jahrtausenden verlaufenden Centralbewegung wieder um eine höhere Sonne sich dreht: während das ganze Himmelsheer der Monde und Erden, Cometen und Fixsterne mit der in's Unermeßliche auslaufenden und sich verzweigenden Sternenbahn um die höchste Geistersonne, in stetiger Gegenwart seinen harmonischen Kreislauf vollendet.

Wie aber nach dieser schöpferischen Ordnung des Weltraumes die Wurzel nach oben sich kehrt, die Blüthe nach unten sich entfaltet, muß mit dem wiederhergestellten Prinzipe der Dinge im Christenthume auch eine durchgängige Umkehr aller geistigen wie socialen Verhältnisse eintreten. Der Himmel erscheint jetzt als das substanzielle und gesetzgebende, die Erde als das wandelbare und zufällige; die Einheit oder das monarchische Prinzip in Staat und Kirche geht von oben, nicht fernerhin, wie in der Heidenzeit, von unten aus. Christus steht als die neue Geistersonne in Mitte der Apostel als der zwölf Häuser und ihrer zweiundsiebzig Dekane, oder der Jünger, sowie der Evangelisten, oder der vier Cardinalpunkte des neuen Himmelskreises; aber Er spricht zu ihnen: „Ihr nennet mich Meister und Herr, und das mit Recht; denn nicht ihr habet mich bestellt, sondern Ich habe euch erwählt!" So sind mit der Herabkunft des Geistes zuerst die Zwölfboten und näheren Jünger Christi nach freier Wahl, durch ihre Vermittlung aber alle Sterblichen in den Bereich der himmlischen Gnadensonne aufgenommen. Die Erde wird demzufolge in einen höheren Rapport hineingezogen, sie hat den Radius ihrer Bestimmung von oben erhalten; wie sie aber selbst unterwürfig geworden, so müssen es auch ihre Bewohner seyn.

Das planetarische kann nicht länger eine solare Stellung behaupten: deßhalb wird nun auch der Sonntag zum Festtag der neuen Zeit eingesetzt, und dieser ist somit an den Anfang, nicht wie zuvor an den Schluß, der Woche getreten. Denn die Verheißung des Künftigen am letzten Tage der Zeitwoche des alten Bundes ist in Erfüllung gegangen, das Ende ist zum Anfang, der Anfang zum Ende geworden. Der erste Schöpfungstag ist der Ruhetag der Erlösung, der Schlußstein der alten zum Grundstein der neuen Kirche Gottes geworden.

Die Versöhnung des Vaters durch seinen Sohn wird durch die Sendung des Geistes besiegelt und bestättiget.

Erst von nun an konnte der Friede und das Heil, welches Jesus Christus durch seine Genugthuung im Leben wie im Tode für alle Völker und für alle Zeiten erworben, oder die frohe Botschaft von der Erlösung der ganzen Welt geprediget, und allen Menschen die Gnade der Taufe werden im Namen Gottes des Vaters, des Sohnes und des heiligen Geistes.

Nachtrag.

Band II, 1, Seite 141 Zeile 24 lies: Berseba

Band II, 2, S. 41 Z. 20 l.: Joh. I, 46.

S. 43 Z. 28 l.: predigte und taufte. Z. 32 l.: Mk. I, 4.

S. 47 Z. 9 l.: Mk. I, 6.

S. 71 Z. 33 l.: Vor Anbruch der Pilgerzeit zogen die Legaten des Synedriums, Schilohin oder Apostel genannt, aus, den Heroldsruf erschallen zu lassen: „die Wege herzustellen und zu erweitern, alle Anstöße und Hindernisse davon zu entfernen, nicht Hügel oder Thal zu belassen," u. s. w. (Vgl. Jarchi in Deut. XIX, 3 bei Bucherus Antiq. Bibl. 941.)

S. 185 Z. 34 l.: Plin. V, 19. Letzte Z. l.: Mabog.

S. 229 Z. 21 l.: Js. V, 24. XXVI, 11.

S. 258 Z. 1 l.: Mk. I, 29—31.

S. 269 Z. 3 l.: Lk. V, 11—16.

S. 332 Z. 27 schalte ein Joh. XV, 7.

S. 350 Kap. LXX ergänze Mk. III, 10—12.

Band III. S. 18 Z. 17 l.: Mth. VI, 24.

S. 27 Z. 36 l.: fünfzig Morgen

S. 45 not. l.: 50 Cubitos.

S. 104 Z. 12 hier Lk. VII, 30.

S. 139 Z. 27 l.: vor dem heutigen Jafathore

S. 159 Z. 22 l.: Babel und Cutha, Ava, Chamath und Sepharvaim schicken Colonisten nach Samaria II. Kön. XVII, 24; es sind nach Jos. Ant. IX. 14, 3 fünf Stämme, die ihre eigenen Götter verehrten. Die Verhältnisse des Weibes sind wie die des Volkes.

S. 208 Z. 24 l.: Mk. VIII, 36. 37.

S. 216 Z. 4 l.: Die Parabel vom ungerechten Haushalter scheint uns nur darum anstößig, weil wir die nähere Beziehung nicht kennen; wahrscheinlich zielt der Ausdruck: „damit sie euch in eure Häuser aufnehmen," auf die beiden Häuser in Israel (Js. XI, 14), worunter nach Hieronymus Zeugniß schon die Nazaräer die Rabbinenschule Hillels und Schammai's verstanden. Diese blühten ein volles Jahrhundert bis zur Tempelzerstörung, und zeichneten sich dadurch aus, daß der eine vor dem anderen dem Gesetzesgläubigen recht viele Lasten und Schulden aufbürdete. Hillel ließ in diesem Rigorismus nach und dieß lobt der Herr.

S. 245 Z. 25 l.: חַלְפֵי

S. 249 Kap. LI ergänze Mk. III, 9.
S. 249 Z. 21 l.: Ägialea
S. 309 Z. 6 streiche den letzten Satz
S. 324 Z. 29 l.: Migdal Gedor
S. 354 Z. 9 ergänze Mth. XVII, 26.

Band IV. S. 48 Z. 14 ergänze Mk. II, 23—28.
S. 91 Z. 5 ergänze Lk. III, 19. 20.
S. 158 not. l.: Pirke Avoth c. 3, 5.
S. 169 Z. 30 ergänze Mk. III, 27. Mth. XII, 29.
S. 177 Z. 27 ergänze Mth. XII, 31.

S. 205 Z. 2 l.: Jos. Ant. XVII. 2, 1. 2 nennt Bathyra in Batanäa als den Ort vieler ausgezeichneter babylonischer Juden, die unter Herodes einwanderten; daher Juda ben Bathyra und seine Söhne Judas und Josua im Hohenrathe erscheinen (Bd. II, 1. S. 97 f.). H. Pesach. f. 33 legen die Ältesten von Bathyra dem jungen Hillel, der ja ebenfalls von Babel herübergezogen, eine Gesetzesfrage vor und erheben ihn dann zu ihrem Nasi. Jamaris der Babylonier war mit hundert Anverwandten an der Spitze von 500 Bogenschützen zu Pferd vom Euphrat nach Ulatha am See Huleh übergesiedelt, und von da durch König Herodes zur Vertheidigung der Grenzveste Bathyra gegen die Trachoniter bestellt. Sein Sohn Jachim und sein Enkel Philippus treten als reiche Grundbesitzer um Gamala auf, ja die beiden Nichten des Letzteren waren die Einzigen, welche bei der Zerstörung von Gamala in einem Verstecke sich retteten (bell. IV. 1, 10. Bd. V, 90). Indem der Heiland so oft in den transjordan. Landen verkehrte und die Gesetzeskundigen Ihn allenthalben um Rath angingen, kam er auch mit den Israeliten aus der Gefangenschaft oder von jenseits des Euphrat in Berührung.

S. 205 Z. 28 ergänze Mk. VII, 31.
S. 275 Z. 7 l.: Mth. XIV, 6.
S. 316 letzte Z. hieher Lk. IX, 44. 45.
S. 322 vorl. Z. hieher Lk. IX, 48.
S. 386 Z. 6 hieher Mth. XVI, 22. 23.

Band V. S. 36 Z. 7 l.: Mk. VIII, 10.
S. 40 not. l.: Lk. XVII, 22. 23.
S. 61 Z. 7 l.: und Lk. XI, 16.
S. 93 Z. 28 l.: Jochanan
S. 121 Z. 12 l.: Mk. VIII, 30. 31.

S. 135 Z. 23 l.: Mth. XI, 23, wie Lk. X, 15, liest die altsyrische Version nach Cureton: „Kapharnaum! nicht bis zum Himmel sollst du erhöht, sondern zur Hölle erniedrigt werden." Dasselbe wenden die sibyllinischen Lieder V, 72 bezüglich Js. XIV, 11 auf Memphis an: Ἄστρων πέπτωκας ἐς οὐρανὸν οὐκ ἀναβήσῃ.

S. 154 Z. 2 l.: Sukkoth oder Tabernakel
S. 156 Z. 12 l.: Sukkorfest
S. 279 not. l.: und Lk. XV, 18.
S. 296 letzte Z. l.: Lk. IX, 48.
S. 304 not. l.: Lk. XVII, 1. 2.

S. 332 Z. 9 l.: In Kairo sogar ist manche Straße so eng, daß man am Eingang derselben die Kameele abpacken muß, weil sie mit der Ladung nicht hindurch können. (So erfuhr es Bagge, Reise nach dem Orient 196.)

S. 335 vorl. Z. l.: Mk. X, 28—31.

S. 446 Z. 26 l.: und Lk. XIX, 47. 48.

S. 465 Z. 23 l.: ἦν

S. 468 Z. 20 tilge XIX, 47.

S. 473 Z. 13 l.: Mk. VIII, 39.

S. 502 Z. 3 l.: Mth. XXI, 44.

S. 553 Z. 8 l.: Lk. X, 36. 37.

S. 597 not. fehlt Mk. XIII, 23.

S. 580 Z. 38 l.: Diesen Säulenwald stützte ein Unterbau von massiven Pfeilern, die schon seit Salomo's Tagen von der Südstrecke her die Tempelarea tragen

S. 588 not. l.: Pesikta.

S. 603 Z. 35 l.: Mk. XIII, 5—10.

S. 624 Z. 16 tilge: oder von der Wohlthat Christi

S. 639 Z. 32 l.: Mth. VII, 22. 23.

S. 645 l.: Nobe = Bet Nuba. Bethoannaba = Annabe.

Band VI. S. 38 Z. 1 l.: Exod. XXXI, 14. XXXV, 2

S. 53 not. l.: Lightfoot

S. 55 Z. 1 l.: Mth. XXVI, 18. 19.

S. 65 Z. 14 l.: Petrus Jesu zur Linken, Johannes zur Rechten
Z. 17 l.: Johannes an dem nächsten Ehrenplatz (cf. Suet. Calig. 24)

S. 80 letzte Z. l.: I. Kap. 30.

S. 103 Z. 13 l.: הַמָּן

S. 109 Z. 6 l.: Zacharias.

S. 110 not. 7 l.: Sufficit. Stecke dein Schwert ein, spricht Jehova zum Pestengel auf Moria II. Sam. XXIV, 16.

S. 125 not. l.: וְלֵילִין

S. 128 Z. 11 l.: ist an die durch Salomo zum Tempelbau hergeschafften Cedern zu denken

S. 143 Z. 5 l.: II. Kön. VI, 16. 17. VII, 6.

S. 153 Z. 31 l.: יָהּ

S. 164 Z. 16 l.: Mth. XXVI, 58. 69—72.

S. 168 Z. 14 l.: אֱמָר

S. 169 Z. 19 l.: Dalmaus.

S. 169 Z. 20 l.: תְּפִלָּא

S. 170 not. l.: Ein Beispiel solcher Verwünschungen ist Ps. CXXXVI, 5. 6. Meine Zunge klebe am Gaumen!

S. 182 Z. 17 l.: Mk. XV, 1. Mth. XXVII, 1.

S. 202 Z. 27 l.: Lk. XXIII, 2. 3.

S. 235 Z. 33 l.: Mk. XV, 10—14.

S. 238 Z. 26 l.: Joh. XIX, 1. Mk. XV, 16. 17.

S. 280 Z. 16 l.: Mk. XV, 15.

S. 318 letzte Z. l.: Kap. 20.

S. 334 Z. 34 l.: Mk. XV, 27. 28.

S. 339 Z. 9 l.: Joh. XIII, 36.

S. 347 Z. 18 l.: tesserae

S. 350 Z. 17 l.: Mth. XXVII, 35. 36.

S. 370 vorl. Z. l.: Mth. XXVII, 55. 56.

S. 389 not. 1 l.: Kap. CXIV, not. 3.

S. 393 Z. 28 l.: Philipp V. von Spanien ist bei der Nachricht, daß sein Heer bei Piacenza geschlagen worden, plötzlich vor Schrecken gestorben; bei der Sektion fand man sein Herz geborsten. (Vering über die Wechselwirkung zwischen Seele u. Körper I, 120.)

S. 397 letzte Z. l.: Mth. XXVII, 51.

S. 422 Z. 33 l.: Hebr. X, 14.

S. 450 Z. 26 l.: Mk. XV, 42—45.

S. 482 Z. 30 l.: Kap. XCI. Der Kirchenvater Gregorius erklärt homil. 24 in Evgl.: „Zweimal lesen wir im hl. Evangelium, daß der Herr die Netze zum Fischfange auswerfen ließ, nehmlich vor und nach der Auferstehung. Ehe unser Heiland litt und auferstand, befahl Er, die Netze auszuwerfen, sagt aber nicht, ob zur Rechten oder Linken; wer weiß übrigens nicht, daß durch die Rechte die Guten, durch die Linke die Bösen abgebildet werden? Dieser Fischzug also bedeutete die gegenwärtige Kirche, welche Gute und Böse sammelt und nicht auswählt, denn welche zu wählen sind, weiß sie nicht. Der Fischzug nach der Auferstehung dagegen erfolgt zur Rechten, denn zum Anschauen des Glanzes seiner Herrlichkeit gelangt nur die Kirche der Auserwählten.“ Das Zerreißen der Netze wegen der Störrigkeit der Fische erfolgt nur bei jenem ersten Fischzuge. Die Versammlung aller Völker im Reiche Gottes wird also erst nach der zweiten Ankunft Christi erfolgen.

S. 541 not. 3 l.: Joh. XX, 19. 20.

S. 544 Z. 16 folgt Mth. XVIII, 18.

S. 579 Z. 33 l.: Apstg. I.

Register der Bibelstellen.

Bemerkung: Band I. a. bezeichnet die Chronologie, Band I. b. die Uranologie, Band II. a. die Jugendgeschichte Jesu, Band II. b. Jesu Lehrwandel bis zum ersten Osterfeste.

Altes Testament.

Genesis.

Exodus.

Levitikus.

Numeri.

Josua.

Kap. u. Vers	Band u. Seite
I, 24.	II. b. 197.
II, 29.	„ 66.
IV, 2.	IV. 28.
5.	VI. 162.
12.	V. 633.
V, 6. 8.	III. 90.
8.	V. 235.
VI, 7.	„ 216.
14.	VI. 551.
23.	II. b. 63.
VII, 14. 15.	VI. 360.
X, 17.	II. b. 66.
XII.	„ 93. III. 182.
5.	VI. 159.
31.	V. 633.
XIII, 19.	VI. 159.
XIV, 14.	„ 379.
XV, 30.	V. 489.
XVI, 1.	„ 425.
XVII, 18.	II. b. 276.
22.	„ 66.
23.	VI. 117.
29.	III. 20.
XVIII, 12.	„ 41.
XIX, 15.	„ 20.
XX, 9.	VI. 139.
19.	II. a. 96.
XXI.	IV. 229.
6.	VI. 371.
9.	„ 298.
XXII, 14.	V. 453.
39.	„ 501.
XXIII, 6.	III. 253.
20.	VI. 153.
XXIV, 1.	II. b. 330. V. 365.
6.	III. 284.

I. Könige.

Kap. u. Vers	Band u. Seite
I, 33. 38.	V. 224.
52.	III. 206.
II, 9.	IV. 229.
19.	V. 338.
28.	„ 224.
34.	II. b. 44.
IV.	III. 208.
30.	„ 214.
33.	VI. 382.
V, 16.	II. b. 227.
VI, 1.	I. b. 97.
VII, 7.	VI. 269.
14.	II. b. 35. III. 315.
VIII, 2.	V. 187.
41.	„ 447.
50.	„ 216.
54. 66.	„ 187.
IX, 8.	„ 140.
11.	II. b. 41.
22.	III. 79.
X, 1.	V. 75.
5.	III. 208.
8.	V. 304.
14.	I. b. 72.
16.	VI. 195.
27.	„ 128.
XI, 6.	V. 425.
14.	II. a. 58.
29.	VI. 355.
42.	I. b. 98.
XIII, 4.	IV. 74.
XIV, 26.	V. 572. VI. 195.
XV, 15. 18.	„ 572.
22.	III. 47. IV. 226.
XVI, 24.	„ 154.
XVII, 9.	„ 121. IV. 201.
12.	II. a. 158.
18.	II. b. 200. V. 73.
40.	II. a. 158.
XVIII, 7.	V. 321.
XIX, 13.	„ 558.
14.	„ 499.
19.	IV. 23.
XX, 26.	II. b. 225.
29.	IV. 262.
35.	„ 166.
XXI, 9. 12.	VI. 150.
10.	V. 500.
13.	VI. 319.
XXII, 17.	V. 4.
24.	„ 499.

II. Könige.

Kap. u. Vers	Band u. Seite
I, 2.	II. b. 276.
10. 12.	II. a. 10.
II, 2. 3.	V. 330.
5.	IV. 166.
8.	II. b. 66.
10.	VI. 532.
10—16.	IV. 299.
13.	V. 558.
14.	II. b. 66.
16.	„ 132. IV. 184.
23.	VI. 178.
24.	IV. 11. V. 376.
III.	VI. 127.
13.	II. b. 200. VI. 469.
IV, 1.	III. 234.
8.	„ 121.
20.	V. 73.
29.	IV. 338.
27.	VI. 525.
38.	II. b. 64. IV. 166.
42.	V. 10. 92.
V, 7.	II. b. 209.
10.	„ 100.
15.	IV. 336.
24.	III. 24.
VI, 1.	IV. 166.
8.	V. 78.

I. Chronik.

II. Chronik.

Sprüchwörter.

Jeremias.

Daniel.

Oseas.

Joel.

Judith.

Weisheit.

Tobias.

Ecclesiastikus o. Jesus Syrach.

I. Makkabäer.

II. Makkabäer.

Neues Testament.

Matthäus.

Markus.

Lukas.

Johannes.

Apostelgeschichte.

Römerbrief.

Sach-Register.

Bemerkung: Band I. a. bezeichnet die Chronologie, Band I. b. die Uranologie, Band II. a. die Jugendgeschichte Jesu, Band II. b. Jesu Lehrwandel bis zum ersten Osterfeste.

A.

F.

G.

H.

K.

L.

M.

N.

O.

P.

Q.

R.

S.

T.

U.

V.

W.

X.

Y.

Z.

CPSIA information can be obtained
at www.ICGtesting.com
Printed in the USA
LVHW111944130522
718423LV00014B/129

9 783375 008789